DIE ERZÄHLUNGEN AUS DEN TAUSENDUNDEIN NÄCHTEN

Vollständige deutsche Ausgabe
in sechs Bänden
Zum ersten Mal nach dem
arabischen Urtext der Calcuttaer
Ausgabe aus dem Jahre 1839
übertragen von Enno Littmann

SECHSTER BAND

Insel Verlag

Kassettenmotiv: © Henry Wilson, London

Insel Verlag Frankfurt am Main und Leipzig 2004
© Insel-Verlag Wiesbaden 1953
Alle Rechte vorbehalten, insbesondere das
des öffentlichen Vortrags sowie der Übertragung
durch Rundfunk und Fernsehen, auch einzelner Teile.
Kein Teil des Werkes darf in irgendeiner Form
(durch Fotografie, Mikrofilm oder andere Verfahren)
ohne schriftliche Genehmigung des Verlages reproduziert
oder unter Verwendung elektronischer Systeme verarbeitet,
vervielfältigt oder verbreitet werden.
Druck: Ebner & Spiegel, Ulm
Printed in Germany
Erste Auflage dieser Ausgabe 2004
ISBN 3-458-17214-9

1 2 3 4 5 6 – 09 08 07 06 05 04

WAS SCHEHREZÂD

DEM KÖNIG SCHEHRIJÂR IN DER

NEUNHUNDERTSTEN

BIS

TAUSENDUNDERSTEN

NACHT ERZÄHLTE

Ferner wird erzählt

DIE GESCHICHTE DES KÖNIGS DSCHALI'ÂD UND SEINES SOHNES WIRD CHÂN

Einst lebte in alten Zeiten und längst entschwundenen Vergangenheiten ein König im Lande Indien; der war ein mächtiger König, von hohem Wuchs, schön von Gestalt und schön von innerem Wesen, voll edler Eigenschaften, wohltätig gegen die Armen und liebreich gegen die Untertanen und gegen alles Volk seines Reiches. Sein Name war Dschali'âd; und unter seiner Herrschaft standen zweiundsiebzig Könige, und in seinen Städten lebten dreihundertundfünfzig Kadis. Ferner hatte er siebenzig Wesire, und über je zehn von dieser Schar hatte er einen Oberwesir gesetzt. Der höchste aller Wesire aber war ein Mann, namens Schimâs; der war zweiundzwanzig Jahre alt, ein Mann von schönem Aussehen und Wesen, freundlich in seiner Rede, klug in seiner Antwort, erfahren in allen seinen Geschäften, ein weiser und geschickter Führer trotz seinen jungen Jahren, kundig in aller Wissenschaft und feinen Bildung. Der König liebte ihn herzlich und war ihm zugetan wegen seiner Erfahrenheit in der Kunst der feinen Rede und in den Geschäften des Staates, zumal auch wegen der Barmherzigkeit und Leutseligkeit gegen das Volk, die Allah ihm verliehen hatte. Jener König war gerecht in seiner Herrschaft, ein Schirmherr seiner Untertanen, der groß und klein mit seiner Wohltat umfaßte und ihnen zukommen ließ, was ihnen gebührte, Schutz und Gaben, Sicherheit und Ruhe, und der allem Volke die Abgaben leicht machte. Ja, er war liebevoll gegen hoch und niedrig, handelte an ihnen mit Wohlwollen und Fürsorge und regierte unter ihnen so vortrefflich, wie vor ihm noch keiner regiert hatte. Doch bei alldem hatte Allah der

Erhabene ihm kein Kind geschenkt, und das betrübte ihn und das Volk seines Reiches. Eines Nachts aber, als der König auf seinem Lager ruhte, gequält von sorgenvollen Gedanken darüber, was aus seinem Reiche wohl noch werden möchte, begab es sich, daß der Schlaf ihn übermannte und daß ihm träumte, er gösse Wasser auf die Wurzel eines Baumes. – –«

Da bemerkte Schehrezâd, daß der Morgen begann, und sie hielt in der verstatteten Rede an. Doch als die *Neunhundertste Nacht* anbrach, fuhr sie also fort: »Es ist mir berichtet worden, o glücklicher König, daß König Dschali'âd im Traume sah, wie er Wasser auf die Wurzel eines Baumes goß, der von vielen anderen Bäumen umgeben war; und siehe, da stieg ein Feuer aus jenem Baum empor und verbrannte all die Bäume, die ihn rings umgaben. Voll Furcht und Schrecken wachte er aus seinem Schlafe auf, rief einen seiner Diener und sprach zu ihm: ‚Geh eilends hin und bringe mir sogleich den Wesir Schimâs!' Der Diener eilte zu Schimâs und sprach zu ihm: ‚Der König entbietet dich auf der Stelle zu sich; denn er ist voll Schrecken aus seinem Schlaf erwacht und hat mich zu dir gesandt, damit du sogleich vor ihm erscheinst.' Als Schimâs die Worte des Dieners vernahm, erhob er sich unverzüglich, begab sich zum König und trat in sein Gemach ein; er sah ihn auf seinem Lager sitzen, und nachdem er sich unter Segenswünschen für die Dauer seines Ruhms und Gedeihens vor ihm niedergeworfen hatte, sprach er zu ihm: ‚Möge Allah dich nie betrüben, o König! Was hat dich in dieser Nacht beunruhigt, und was ist der Grund, daß du mich so eilig zu dir entboten hast?' Der König hieß ihn sich setzen, und nachdem der Wesir das getan hatte, erzählte er ihm, was er geträumt hatte, indem er sprach: ‚Ich habe in dieser Nacht einen Traum gesehen, der mich erschreckt hat; mir war nämlich, als ob ich Wasser auf die Wurzel eines Baumes gösse, der von vielen Bäumen umgeben war; und während ich das tat, stieg plötzlich ein Feuer aus der Wurzel jenes Baumes empor und verbrannte all die Bäume rings um ihn. Darüber erschrak ich, Angst ergriff mich, und ich wachte alsbald auf; und dann sandte ich nach dir, da du so große Kenntnisse hast und die Träume deuten kannst, und da ich weiß, wie ausgebreitet dein Wissen und wie reich deine Einsicht ist.' Schimâs senkte eine Weile sein Haupt; dann aber lächelte er. Da fragte ihn der König: ,Was dünkt dich, Schimâs? Sag mir die volle Wahrheit und verbirg mir nichts!' Schimâs antwortete ihm und sprach: ,O König, wisse, Allah der Erhabene erfüllt dir deinen Wunsch und kühlt dir deine Augen; denn die Bedeutung dieses Traumes verheißt alles Gute. Er besagt nämlich, daß Allah der Erhabene dir einen Sohn schenken wird, der nach deinem langen Leben das Reich von dir erben soll. Freilich liegt noch etwas anderes darin, das ich dir jetzt nicht erklären möchte, da die Zeit für seine Deutung nicht günstig ist.' Der König freute sich darüber gar sehr, und er war so hoch beglückt, daß seine Furcht von ihm wich und sein Geist sich beruhigte; darum sprach er: ,Wenn es also steht mit der glücklichen Bedeutung dieses Traumes, so vollende mir die Auslegung, wenn die passende Zeit für die völlige Deutung gekommen ist. Denn was jetzt noch nicht gedeutet werden darf, das zu deuten geziemt dir, wenn die Zeit dazu gekommen ist, auf daß meine Freude erfüllet werde; ich suche hierin nichts anderes als das Wohlgefallen Allahs, des Gepriesenen und Erhabenen.' Der Wesir Schimâs erkannte wohl, daß es den König sehr nach der vollen Deutung verlangte, aber er nahm seine Zuflucht zu einem Vorwand, durch den er ihn hinhielt. Deshalb berief der König alle Sternkundigen und Traumdeuter, die in seinem Reiche waren; und wie sie allesamt vor ihm standen, erzählte er ihnen jenen Traum und fügte hinzu: ,Ich verlange von euch, daß ihr mir seine wahre Deutung verkündet!' Da trat einer von ihnen vor und erbat vom König die Erlaubnis, reden zu dürfen. Als jener es ihm gestattet hatte, begann er: ,Wisse, o König, dein Wesir Schimâs ist keinesweges außerstande, dir dies zu deuten; er hat sich nur vor dir gescheut und davor, deine Ruhe zu stören; darum hat er dir nicht die ganze Deutung in ihrer Vollkommenheit kundgetan. Doch wenn du mir erlaubst zu sprechen, so will ich reden.' Der König erwiderte: ,Sprich, du Traumdeuter, ohne Scheu und sage mir die Wahrheit!' So hub denn der Deuter von neuem an: ,Wisse, o König, dir wird ein Knabe geboren werden, der soll nach deinem langen Leben das Reich von dir erben. Aber er wird unter dem Volke nicht wandeln, wie du wandelst, nein, er wird deine Vorschriften übertreten und dein Volk bedrücken, und dann wird ihm widerfahren, was der Katze mit der Maus widerfahren ist; ich aber nehme meine Zuflucht zu Allah dem Erhabenen.' Da fragte der König: ,Was ist das für eine Geschichte mit der Katze und der Maus?' Der Deuter antwortete: ,Allah schenke dem König ein langes Leben! Vernimm

DIE GESCHICHTE
VON DER KATZE UND DER MAUS

Eines Nachts strich Hinz der Kater auf einem der Felder umher, um einen Fang zu tun; aber er fand nichts, und daher ward ihm schwach vor dem Übermaß der Kälte und des Regens, der in jener Nacht strömte. Deshalb sann er auf eine List, durch die er etwas gewinnen könnte. Wie er nun so umherschlich, gewahrte er plötzlich ein Loch am Fuß eines Baumes, und er begann zu schnüffeln und zu schnurren, bis er spürte, daß in dem Loch eine Maus war; und er ging darum herum und wollte hineindringen, um sie zu packen. Als jedoch die Maus ihn bemerkte, wandte sie ihm den Rücken und begann mit Vorderpfoten und Hinterpfoten im Boden zu kratzen, um dem Kater den Eingang zu dem Loch zu versperren. Da begann der Kater mit schwacher Stimme zu rufen und sprach: ,Warum tust du das, liebe Schwester? Ich suche doch Schutz bei dir, damit du dich meiner erbarmst und mich heute nacht in deinem Loche beherbergst; denn ich bin schwach vor Alter, und meine Kraft ist geschwunden, so daß ich mich kaum noch zu rühren vermag. Ich habe mich heute nacht auf dies Feld gewagt; aber wie oft habe ich mir schon den Tod herbeigerufen, damit ich Ruhe hätte! Siehe, hier liege ich vor deiner Tür, zitternd vor Kälte und Regen, und ich bitte dich um Allahs willen, ergreif in deiner Güte meine Hand und zieh mich zu dir hinein, gib mir ein Obdach in der Vorhalle deines Nestes; denn ich bin ein armer Fremdling, und es heißt doch: Wer einem armen Fremdling in seinem Hause Herberge leiht, dem steht am Jüngsten Tage das Paradies als Herberge bereit. Du, liebe Schwester, verdienst es, dir himmlischen Lohn um meinetwillen zu erwerben, indem du mir gestattest, bei dir heute nacht bis zum Morgen zu verbleiben; dann will ich wieder meiner Wege gehen.' – «

Da bemerkte Schehrezâd, daß der Morgen begann, und sie hielt in der verstatteten Rede an. Doch als die *Neunhundertunderste Nacht* anbrach, fuhr sie also fort: »Es ist mir berichtet worden, o glücklicher König, daß der Kater zu der Maus sprach: ,Gestatte mir, bei dir heute nacht zu verbleiben; dann will ich wieder meiner Wege gehen!' Doch als die Maus die Worte des Katers vernommen hatte, sprach sie zu ihm: ,Wie dürftest du in mein Nest kommen, da du mein natürlicher Feind bist und von meinem Fleische lebst? Ich muß doch fürchten, daß du an mir Verrat übst; denn das ist dir eingeboren, und du übst keine Treue. Es heißt ja auch: Man soll einem liederlichen Mann keine schöne Frau anvertrauen, noch einem kinderreichen Armen Geld, noch auch dem Feuer das Brennholz. So geziemt es mir auch nicht, mich dir anzuvertrauen, da es heißt: Die Feindschaft der Natur wird um so stärker, je schwächer der Feind wird.' Der Kater sagte darauf mit erlöschender Stimme, als wäre er schon dem Tode nahe: ‚Was du da anführst an warnenden Beispielen, ist richtig, und ich kann es dir nicht abstreiten. Doch ich bitte dich, vergib mir, was hinter uns liegt an natürlicher Feindschaft zwischen uns beiden! Denn es heißt: Wer einem Geschöpfe seinesgleichen vergibt, dem vergibt sein Schöpfer. Ja, ich bin früher dein Feind gewesen, aber siehe, heute suche ich deine Freundschaft. Es heißt doch: Wenn du willst, daß dein Feind dir zum Freunde werde, so tu ihm Gutes! Ich, liebe Schwester, ich schwöre dir bei Allah einen feierlichen Eid, daß ich dir nimmermehr ein Leid antun will; ich habe ja außerdem gar keine Kraft mehr dazu. So vertraue denn auf Gott, tu Gutes und nimm meinen feierlichen Eid an!' Die Maus erwiderte: ‚Wie kann ich einen Eid von dem annehmen, zwischen dem und mir eine eingewurzelte Feindschaft besteht und dessen Gewohnheit es ist, an mir Verrat zu üben? Wäre die Feindschaft zwischen uns etwas anderes als eine Feindschaft auf Tod und Leben, so wäre es ein leichtes; aber es ist eine angeborene Feindschaft zwischen den Seelen, und es heißt: Wer sich seinem Feinde anvertraut, der ist wie einer, der seine Hand in den Rachen einer Viper steckt.' Nun sprach der Kater voller Grimm: ‚Meine Brust ist beklommen, und meine Seele ist schwach; siehe, ich liege im Sterben, und in Kürze werde ich tot vor deiner Tür liegen, dann wird mein Blut über dich kommen, dieweil es in deiner Macht stand, mich aus meiner Not zu retten. Dies ist mein letztes Wort an dich.' Da ward die Maus von Furcht vor Allah dem Erhabenen erfüllt, Erbarmen rührte sich in ihrem Herzen, und sie sprach bei sich selbst: ‚Wer von Allah dem Erhabenen Hilfe haben will vor seinem Feinde, der möge ihm Erbarmen und Güte erweisen. So will ich denn auf Allah vertrauen in dieser Sache und will den Kater aus seiner Not befreien, um mir durch ihn den himmlischen Lohn zu verdienen.' Nun kam die Maus zu dem Kater hinaus und zog ihn in ihr Loch herein. Dort blieb er liegen, bis er sich erholt und ausgeruht hatte und sich ein wenig besser fühlte; dann fing er an zu klagen über seine Schwäche und über das Schwinden seiner Kraft und darüber, daß er keine Freunde habe. Und die Maus war gütig zu ihm, tröstete ihn, behandelte ihn als Freund und mühte sich ab, ihm zu dienen. Der Kater aber kroch langsam zum Ausgang des Loches, bis er ihn in seiner Gewalt hatte, da er fürchtete, die Maus könne hinausschlüpfen. Und als nun die Maus hinauslaufen wollte, kam sie dem Kater zu nahe, was sie ja vorher schon getan hatte; wie sie ihm jetzt jedoch nahe war, ergriff er sie und packte sie mit den Krallen, und er begann sie zu beißen und zu schütteln, ins Maul zu nehmen, aufzuheben und niederzuwerfen, hinter ihr her zu laufen, sie zu quälen und zu peinigen. Die Maus schrie um Hilfe und flehte zu Allah um Rettung; dem Kater aber machte sie Vorwürfe, indem sie sprach: ‚Wo ist der Eid, den du mir geschworen hast? Wo sind die Schwüre, die du mir geleistet hast? Ist dies mein Lohn von dir dafür, daß ich dich in mein Nest geholt und mich dir anvertraut habe? Wahrlich, der hat recht, der da sagte: Wer von seinem Feinde einen Schwur annimmt, der sucht nicht das Heil für sich selbst. Und ebenso jener, der da sagte: Wer sich selbst dem Feinde ausliefert, der verdient das eigene Verderben. Doch ich habe mein Vertrauen auf meinen Schöpfer gesetzt, und Er wird mich von dir befreien!' Als es nun so um den Kater stand und er gerade auf die Maus losspringen wollte, um sie zu zermalmen, da kam plötzlich ein Jägersmann des Wegs mit bissigen Hunden, die zur Jagd abgerichtet waren; einer von den Hunden kam beim Ausgange des Loches vorbei, und als er einen großen Lärm darin hörte, glaubte er, es sei dort ein Fuchs, der etwas zerrisse. Deshalb kroch er hinein, um den Fuchs zu packen; doch da traf er den Kater und zerrte ihn an sich. Und als der Kater nun in die Gewalt des Hundes gefallen war, mußte er an sich selber denken und ließ die Maus los, die noch unverletzt war. Der bissige Hund aber holte den Kater heraus, nachdem er ihm das Genick zerbrochen hatte, und warf ihn draußen tot nieder; und so wurde durch die beiden die Wahrheit des Spruches kund: Wer sich erbarmt, wird später Erbarmen finden; doch wer da hart ist, den wird die Härte bald schinden.'

*

,Solches also geschah mit den beiden, o König, und deshalb soll niemand dem, der ihm vertraut, die Treue brechen; denn wer Verrat und Treulosigkeit übt, dem wird widerfahren, was dem Kater widerfuhr. Wie der Mensch richtet, so soll er gerichtet werden; doch wer sich der Güte befleißigt, der soll seinen Lohn empfahen. Aber sei nicht traurig, o König, und laß es dir nicht zu Herzen gehen; denn dein Sohn wird nach seiner Härte und Grausamkeit wohl zurückkehren zu deinem trefflichen Wandel! Und ich wünschte, dieser Weise, der dein Wesir Schimâs ist, hätte dir in seiner Deutung nichts verborgen; dann wäre er wohlberaten gewesen, denn es heißt: Die Menschen, die am meisten Besorgnis hegen, haben auch die reichsten Kenntnisse und sind die eifrigsten im Guten.' Der König fügte sich nun und befahl, den Sterndeutern große Geschenke zu geben. Nachdem er sie dann entlassen hatte, machte er sich auf, begab sich in seine Gemächer und begann über den Ausgang seines Geschickes nachzusinnen.

Als es aber Nacht geworden war, ging der König zu einer von seinen Gemahlinnen ein, zu der, die ihm die teuerste und liebste war; und er ruhte bei ihr. Und nachdem vier Monde über sie dahingegangen waren, regte sich das Kind in ihrem Leibe, und dessen freute sie sich über die Maßen. Sie meldete es dem König, und der sprach: ‚So hat denn mein Traum die Wahrheit gesagt, bei Allah, den wir um Hilfe anflehen!' Dann ließ er sie in den schönsten Gemächern wohnen, erwies ihr die höchsten Ehren, machte ihr reiche Geschenke und überhäufte sie mit vielerlei Gnaden. Danach rief er einen seiner Diener und schickte ihn fort, um Schimâs zu holen. Als der vor ihm stand, erzählte ihm der König, daß seine Gemahlin schwanger sei, und er fügte erfreut hinzu: ‚Mein Traum hat mir die Wahrheit enthüllt, und meine Hoffnung hat sich erfüllt. Vielleicht ist das noch ungeborene Kind ein Knabe, der nach mir mein Reich erben wird. Was meinst du dazu, Schimâs?' Doch der Wesir schwieg und gab keine Antwort, so daß der König zu ihm sprach: ‚Warum muß ich sehen, daß du dich nicht mit mir freust und mir keine Antwort gibst? Sollte dir dies etwa mißfallen, Schimâs?' Da warf der Wesir sich vor ihm nieder und sprach: ‚O König, Allah schenke dir ein langes Leben! Was nützt es, daß man im Schatten eines Baumes sitzt, wenn Feuer aus ihm emporsteigt? Welche Freude hat der, so lauteren Wein trinkt, wenn er daran ersticken muß? Welchen Nutzen hat der, so seinen Durst an frischem, kühlem Wasser stillt, wenn er darin ertrinkt? Ich bin nur ein Knecht Allahs und dein

Knecht, o König, aber es heißt: Drei Dinge gibt es, von denen der Weise nicht reden soll, ehe sie erfüllt sind: der Wanderer, ehe er heimgekehrt ist, von seiner Reise; der Kämpfer, ehe er den Feind besiegt hat, vom Kriege; und die schwangere Frau, ehe sie geboren hat, vom Kinde.' – –«

Da bemerkte Schehrezâd, daß der Morgen begann, und sie hielt in der verstatteten Rede an. Doch als die *Neunhundertundzweite Nacht* anbrach, fuhr sie also fort: »Es ist mir berichtet worden, o glücklicher König, daß der Wesir Schimâs, als er dem König die drei Dinge genannt hatte, von denen der Weise nicht eher reden soll, als bis sie erfüllt sind, des weiteren sprach: ‚Wisse denn, o König, wer von einer Sache redet, ehe sie erfüllt ist, gleicht dem Frommen, dem sich die zerlassene Butter aufs Haupt ergoß.' Da fragte der König: ‚Was ist das für eine Geschichte mit dem Frommen? Was ist ihm widerfahren?' Nun erzählte der Wesir

DIE GESCHICHTE VON DEM FROMMEN
UND SEINEM BUTTERKRUG[1]

Vernimm, o König, es lebte einmal ein frommer Mann bei einem der Vornehmen in einer der Städte; jener Fromme erhielt eine tägliche Gabe durch die Güte des Vornehmen, und das waren drei Laibe Brot und dazu etwas zerlassene Butter und Honig. Nun war die Butter teuer in jenem Lande, und der Fromme sammelte alles, was er davon erhielt, in einen Krug, den er bei sich hatte, bis er voll war; dann hängte er ihn sich zu Häupten auf, aus Besorgnis und Vorsicht. Als er aber eines Nachts auf seinem Lager dasaß, mit einem Stab in seiner Hand, begann er über die Butter nachzudenken und darüber,

---

1. Ähnlich ist die Erzählung des Barbiers von Baghdad von seinem fünften Bruder, Band I, Seite 385 ff.

daß sie so teuer war; und er sprach bei sich selber: ‚Ich muß all diese Butter, die ich besitze, verkaufen und mir von dem Erlös ein Schaf kaufen; dann will ich mich mit einem Bauern zusammentun. Im ersten Jahre wird es dann ein Bocklamm und ein Schaflamm zur Welt bringen, und ebenso im zweiten Jahre ein solches Pärchen; und diese Tiere werden dann immer weiter Bocklämmer und Schaflämmer zur Welt bringen, bis eine große Herde daraus geworden ist. Dann will ich meinen Anteil nehmen und davon verkaufen, soviel ich will. Darauf will ich mir ein Stück Land kaufen und dort einen Garten anlegen und ein herrliches Schloß bauen; auch will ich Kleider und Gewänder erwerben, dazu mir Sklaven und Sklavinnen kaufen und mich mit der Tochter des Kaufmanns Soundso vermählen; und eine Hochzeit will ich feiern, wie sie noch nie dagewesen ist. Ich will Vieh schlachten, ich will prächtige Speisen, Süßigkeiten und Zuckerwerk bereiten lassen, ich will dazu alle Spielleute, Künstler und Musikanten kommen lassen, und ich will Blumen, Wohlgerüche und allerlei duftende Kräuter besorgen. Dann will ich Reiche und Arme einladen, die Gelehrten, die Hauptleute und die Großen des Landes; und wer nur immer um etwas bittet, dem will ich es bringen lassen. Alle Arten von Speisen und Getränken will ich bereit halten und einen Herold aussenden, der soll rufen: ‚Wen es nach etwas verlangt, der soll es erhalten!' Zuletzt werde ich zu meiner jungen Frau eingehen, wenn sie entschleiert ist, und mich ihrer Schönheit und Lieblichkeit erfreuen. Ich will essen und trinken und lustig sein und zu mir selbst sagen: ‚Jetzt hast du dein Ziel erreicht', und ich will von der Frömmigkeit und dem Gottesdienste mich erholen. Dann wird meine Frau schwanger werden und einen Knaben gebären; ich werde mich seiner freuen, für ihn Gastmähler abhalten, und dann werde ich ihn mit der zärtlichsten Fürsorge erziehen. Ich will ihn in der Philosophie, der Literatur und der Mathematik unterrichten lassen und seinen Namen unter den Menschen bekannt machen; dann darf ich mich seiner rühmen in den Versammlungen der Gelehrten. Ich werde ihm gebieten, Gutes zu tun, und er wird mir nicht zuwiderhandeln; ja, ich will ihm die Unzucht und das Schlechte verbieten und ihn zur Gottesfurcht und Rechtschaffenheit ermahnen. Ich will ihm auch schöne und kostbare Geschenke geben; wenn ich sehe, daß er eifrig ist im Gehorsam, so will ich ihm noch viel mehr treffliche Geschenke geben; sehe ich aber, daß er zum Ungehorsam neigt, so will ich mit diesem Stab über ihn kommen.' Und er hob den Stab, um seinen Sohn damit zu schlagen; doch er traf den Butterkrug, der ihm zu Häupten hing, und zerbrach ihn. Da fielen die Scherben auf ihn herunter, und die Butter floß ihm auf den Kopf und auf die Kleider und auf den Bart. So ward er zu einem warnenden Beispiel.'

*

‚Deshalb, o König, geziemt es dem Menschen nicht, von etwas zu reden, ehe es eingetreten ist.' Der König erwiderte ihm: ‚Du hast recht mit dem, was du gesagt hast. Du bist ein trefflicher Wesir, da du die Wahrheit sprichst und zum Guten rätst. Du stehst in so hohem Ansehen bei mir, wie du dir nur wünschen kannst, und du sollst immerdar mein Wohlgefallen finden.' Da warf sich Schimâs nieder vor Gott und vor dem König und wünschte ihm Dauer des Gedeihens, indem er sprach: ‚Allah lasse deine Tage lange währen und erhöhe deine Macht! Wisse, ich verberge dir nichts, weder im geheimen noch öffentlich; dein Wohlgefallen ist mein Wohlgefallen, und dein Mißfallen ist mein Mißfallen. Ich habe keine andere

Freude als deine Freude; ich kann nicht schlafen, wenn du mir zürnst, denn Allah der Erhabene hat mir alles Gute durch deine Huld gewährt. Deshalb bitte ich Allah den Erhabenen, daß Er dich durch Seine Engel behüte und dir schönen Lohn zuteil werden lasse, wenn du vor Sein Angesicht trittst.' Der König freute sich über diese Worte, und Schimâs erhob sich und verließ ihn.

Nach einer Weile gebar die Gemahlin des Königs ein Knäblein; und die Freudenboten eilten zum Herrscher und brachten ihm die frohe Nachricht von dem Knaben. Dessen freute sich der König über die Maßen, und er dankte Gott von ganzem Herzen, indem er sprach: ‚Preis sei Allah, der mir einen Sohn geschenkt hat, nachdem ich schon die Hoffnung aufgegeben hatte; denn Er ist gnadenreich und barmherzig gegen seine Diener!' Dann ließ der König an alle Völker seines Reiches Briefe schreiben, um ihnen die Kunde mitzuteilen und sie in seine Hauptstadt zu entbieten. Da kamen zu ihm die Emire und die Häuptlinge, die Gelehrten und die Großen des Reiches, die ihm untertan waren.

Sehen wir nun, was der König für seinen Sohn tat! Er ließ die Freudentrommeln um der Geburt des Knaben willen in allen seinen Landen schlagen; und so strömte denn das Volk von allen Seiten herbei; da waren auch die Männer der Wissenschaften, die Philosophen, die Literaten und die Weisen, und alle zogen zum König, und er machte einem jeden ein Geschenk nach dessen Rang. Dann gab er den sieben Großwesiren, deren Oberhaupt Schimâs war, ein Zeichen, sie sollten, ein jeder nach dem Maße seiner Weisheit, über das reden, was ihm damals am Herzen lag. Da begann ihr Oberhaupt, der Wesir Schimâs, und bat den König um Erlaubnis zu reden; nachdem jener sie ihm gegeben hatte, hub er an: ‚Preis sei Allah, der uns aus dem Nichtsein ins Dasein rief und der Seinen

Dienern gnädiglich Könige gibt, die Recht und Gerechtigkeit walten lassen in der Herrschaft, mit der Er sie bekleidet hat, und rechtschaffen handeln in dem, was Er ihren Händen zur Versorgung ihrer Untertanen zugewiesen hat; besonders aber unseren König, durch den Er die Toten unseres Landes wieder zum Leben auferweckt hat mit dem, was Er uns an Güte spendete, und durch dessen Wohlergehen Er uns ein behagliches Leben und Ruhe und Gerechtigkeit beschert hat! Welcher König handelt wohl je so an seinem Volke, wie dieser König an uns gehandelt hat, indem er unsere Bedürfnisse erfüllte, uns gab, was uns zukam, einem jeden wider den andern sein Recht verschaffte, uns nie außer Augen ließ, und abschaffte, was uns bedrückte? Es ist wahrlich eine Gnade Allahs gegen die Menschen, wenn ihr König eifrig ihre Geschäfte leitet und sie gegen ihre Feinde schützt; denn es ist ja das höchste Ziel des Feindes, seinen Feind zu unterdrücken und in seiner Hand zu halten. Viele Menschen bringen ihre Söhne als Diener zu den Königen, und sie nehmen bei ihnen die Stellen von Knechten ein, um die Feinde von ihnen fernzuhalten. Bei uns aber hat in den Tagen dieses unseres Königs kein Feind den Boden unseres Landes betreten; so groß ist sein Segen, so überreich sein Glück, das niemand schildern kann, da es alle Beschreibung übersteigt. Du, o König, bist würdig dieses reichen Segens, und wir stehen unter deinem Schutz und im Schatten deiner Schwingen; möge Allah dir den schönsten Lohn verleihen und dein Leben von langer Dauer sein lassen! Wir haben schon früher eifrig zu Allah dem Erhabenen gefleht, Er möchte uns gnädiglich erhören und dich uns erhalten und dir einen trefflichen Sohn schenken, der deinen Augen Kühlung bringt. Nun hat Allah, der Gepriesene und Erhabene, sich unser angenommen und unser Gebet erhört.' – –«

Da bemerkte Schehrezâd, daß der Morgen begann, und sie hielt in der verstatteten Rede an. Doch als die *Neunhundertunddritte Nacht* anbrach, fuhr sie also fort: »Es ist mir berichtet worden, o glücklicher König, daß der Wesir Schimâs zum König sprach: ‚Allah der Erhabene hat sich unser angenommen und unser Gebet erhört; er hat uns schnellen Trost gebracht, wie er ihn einmal den Fischen im Wasserteich brachte.' Der König fragte: ‚Was ist das für eine Geschichte mit den Fischen? Wie war das?' Da sprach Schimâs: ‚Vernimm, o König,

DIE GESCHICHTE VON DEN FISCHEN
UND DEM KREBS

Irgendwo war einmal ein Wasserteich, in dem einige Fische lebten, und es begab sich, daß in jenem Teiche das Wasser abnahm und allmählich versiegte; da blieb den Fischen kaum noch genug Wasser zum Leben, und sie waren dem Tode nahe. Nun sprachen sie: ‚Was soll aus uns werden? Was können wir ersinnen, und wen können wir um Rat fragen, auf daß wir gerettet werden?' Einer von ihnen, der unter ihnen der weiseste und älteste war, hub an: ‚Uns bleibt kein anderes Mittel übrig, uns zu retten, als daß wir zu Allah flehen. Wir wollen aber auch den Krebs um seine Meinung fragen; denn er ist der Größte unter uns. Wohlan denn, auf zu ihm, wir wollen sehen, wie sein Rat lautet! Er hat doch mehr Einsicht in das wahre Wesen der Dinge als wir.' Die anderen billigten diesen Vorschlag und zogen allesamt zum Krebse; den fanden sie ruhig in seinem Loche liegen, ohne daß er eine Kunde oder Nachricht von dem erhalten hatte, was sie bedrängte. Sie grüßten ihn und sprachen zu ihm: ‚O unser Herr, geht dir unsere Sache nicht zu Herzen, da du doch unser Herrscher und Oberhaupt bist?' Der Krebs antwortete und sprach zu ihnen: ‚Auch mit euch sei Friede! Was habt ihr, und was wollt ihr?' Da erzählten sie ihm ihre Geschichte und berichteten ihm, in welche Not sie durch das Schwinden des Wassers geraten seien, und daß ihnen der Untergang drohte, wenn das Wasser ganz austrocknen würde; und sie fügten hinzu: ,Deshalb kommen wir zu dir und harren deines Rates und dessen, wodurch wir gerettet werden können; denn du bist unser Meister und der Klügste unter uns.' Darauf senkte der Krebs sein Haupt eine Weile zu Boden; dann sprach er: ,Ohne Zweifel fehlt es euch an Verstand, da ihr an der Barmherzigkeit Allahs des Erhabenen verzagt und daran, daß Er für die Notdurft aller seiner Geschöpfe sorgt. Wißt ihr denn nicht, daß Allah, der Gepriesene und Erhabene, Seine Diener versorgt, ohne zu rechnen, daß Er ihnen ihr täglich Brot vorausbestimmte, ehe Er noch irgendeines der Dinge schuf, und daß Er einem jeden Geschöpf in Seiner göttlichen Allmacht eine bestimmte Lebenszeit und einen zugemessenen Unterhalt festsetzte? Wie sollten wir uns da mit der Sorge um irgend etwas beladen, das in Seiner geheimen Absicht vorherbestimmt ist? Also ist es mein Rat, daß ihr nichts Besseres tun könnt, als Gott den Erhabenen anzuflehen. Es geziemt sich, daß ein jeder von uns sein Gewissen vor dem Herrn reinigt, insgeheim und öffentlich, und daß er zu Allah betet, uns zu erretten und aus unseren Drangsalen zu befreien. Allah der Erhabene läßt die Hoffnung derer nicht zuschanden werden, die auf Ihn vertrauen, und weist das Flehen derer nicht ab, die sich mit ihren Gebeten an Ihn wenden. Wenn wir einen rechtschaffenen Wandel führen, so wird es uns gut ergehen, und lauter Glück und Segen wird uns zuteil werden. Und wenn der Winter kommt und unser Land vermöge des Gebetes eines Gerechten unter uns überschwemmt wird, so wird Der das Gute nicht wieder einreißen, der es erbaut hat. Also noch einmal, ich rate, daß wir uns gedulden und dessen harren, was Allah mit uns tun will. Kommt der Tod zu uns nach seiner Gewohnheit, so werden wir Ruhe haben; geschieht etwas, das uns zur Flucht zwingt, so flüchten wir und ziehen aus unserem Lande dort hin, wo Gott will.' Darauf erwiderten die Fische allesamt wie aus einem Munde: ,Du hast recht, unser Herr, Allah lohne es dir mir Gutem an unserer Statt!' Dann kehrte ein jeder von ihnen an seine Stätte zurück, und kaum waren einige Tage vergangen, da sandte Allah ihnen einen heftigen Regen, so daß der Teich noch voller wurde, als er es zuvor gewesen war.'

*

,So ist es auch uns ergangen, o König; wir hatten schon die Hoffnung aufgegeben, daß du einen Sohn haben würdest. Jetzt aber, da Gott uns und dir diesen gesegneten Knaben gnädiglich geschenkt hat, beten wir zu Allah dem Erhabenen, daß Er ihn wirklich zu einem gesegneten Kinde machen möge, daß Er deine Augen durch ihn kühle und dir in ihm einen würdigen Nachfolger gebe, durch den uns der gleiche Segen beschert wird wie durch dich; denn Allah der Erhabene läßt den nicht zuschanden werden, der Ihn sucht, und niemanden geziemt es, daß er seine Hoffnung auf die Barmherzigkeit Gottes fahren lasse.'

Darauf erhob sich der zweite Wesir und sprach den Friedensgruß vor dem König; der antwortete ihm und sprach: ,Auch mit euch sei Friede!' Und nun hub jener Wesir an: ,Fürwahr, der König verdient nur dann den Namen eines Königs, wenn er Gaben verteilt, in Gerechtigkeit herrscht, gütig ist und vor seinen Untertanen einen schönen Wandel führt, indem er die Satzungen und Vorschriften, die unter den Menschen gelten, aufrecht erhält, dem einen wider den anderen sein Recht verschafft, ihr Blut nicht vergießt und Schaden von ihnen abwehrt. Es gehört auch zu seinen Eigenschaften, daß er die Armen unter ihnen nicht vergißt und den Höchsten und Niedrigsten hilft und einem jeden gibt, was ihm gebührt, so daß alle den Segen des Himmels auf ihn herabflehen und seinem Befehle gehorchen. So kann es nicht ausbleiben, daß ein König, der diese Tugenden besitzt, von den Untertanen geliebt wird und in dieser Welt irdischen Ruhm gewinnt, in jener aber Ehre und Gunst bei ihrem Schöpfer. Und wir, die wir als deine Diener versammelt sind, bezeugen dir, o König, daß alles, was wir aufgezählt haben, in dir vorhanden ist; wie es heißt: Das beste der Dinge ist es, daß der König eines Volkes gerecht sei, daß sein Arzt geschickt und sein Wesir erfahren sei und nach seinem Wissen handle. Wir erfreuen uns jetzt dieses Glückes, nachdem wir früher schon die Hoffnung aufgegeben hatten, daß dir noch ein Sohn beschert würde, der dein Reich erben sollte. Allah jedoch, dessen Name glorreich ist, hat deine Hoffnung nicht zuschanden werden lassen, sondern Er hat deine Bitte erhört, dieweil du Ihm so schön vertraut und deine Sache Ihm anheimgestellt hast. Ein treffliches Hoffen war dein Hoffen! Dir ist es ergangen wie dem Raben mit der Schlange.' ‚Wie war das', fragte der König, ‚und was ist das für eine Geschichte mit dem Raben und der Schlange?' Und der Wesir fuhr fort: ‚Vernimm, o König,

DIE GESCHICHTE VON DEM RABEN
UND DER SCHLANGE

Einst wohnte ein Rabe auf einem Baume mit seinem Weibchen, und sie führten dort das schönste Leben, bis ihre Brutzeit kam; das war in den Tagen des Hochsommers, und da kroch eine Schlange aus ihrem Loch hervor, klomm jenen ist mit dem, was Allah ihm zuerteilt hat, und Ihm dankt für das, was Er ihm sendet. Wer aber aufbegehrt und nach anderem verlangt, als dem, was Allah für ihn und wider ihn bestimmt hat, der gleicht dem Wildesel und dem Schakal.' Da fragte der König: ,Was ist das für eine Geschichte mit den beiden?' Und der Wesir fuhr fort: ,Vernimm, o König,

DIE GESCHICHTE VON DEM WILDESEL
UND DEM SCHAKAL

Ein Schakal pflegte jeden Tag von seinem Lager auszuziehen, um seine tägliche Nahrung zu suchen. Während er sich nun eines Tages in einem Gebirge befand, ging der Tag zur Rüste; und da machte er sich auf den Heimweg und vereinigte sich mit einem anderen Schakal, den er dahintraben sah. Nun begann ein jeder von beiden dem andern zu erzählen, was für Beute er gemacht hatte. Der eine von beiden sprach: ,Ich traf neulich, als ich ganz ausgehungert war, auf einen Wildesel; drei Tage lang hatte ich nichts zu fressen gehabt, und so freute ich mich über die Beute und dankte Allah dem Erhabenen, der mich sie hatte finden lassen. Dann machte ich mich über sein Herz und fraß es; und als ich gesättigt war, kehrte ich zu meinem Lager zurück. Jetzt sind schon wieder drei Tage vergangen, ohne daß ich etwas zu fressen gefunden habe; aber trotzdem bin ich immer noch satt.' Als der andere Schakal die Geschichte hörte, beneidete er seinen Gefährten um seine Sättigung und sprach bei sich: ,Ich muß auch unbedingt ein Wildeselherz fressen.' Darauf enthielt er sich mehrere Tage des Fressens, bis er ganz ausgezehrt und dem Tode nahe war; ohne sich zu rühren und um einen Fang zu bemühen, lag er in seiner Höhle. Während er nun so dort lag, kamen eines Tages zwei Jäger des Wegs, die dem Wilde nachspürten und gerade einen

Wildesel verfolgten; den ganzen Tag über brachten sie damit zu, daß sie seiner Spur nachjagten. Dann schoß der eine von den beiden auf ihn mit einem gegabelten Pfeil; und der traf ihn, drang ihm in die Eingeweide und blieb in seinem Herzen stecken. Gerade vor der Höhle jenes Schakals wurde der Esel getötet; und nun kamen die beiden Jäger herzu, fanden ihn tot daliegen und zogen den Pfeil, der ihn getroffen hatte, aus dem Herzen, doch nur der Pfeilschaft kam heraus, während die gegabelte Spitze im Bauche des Esels stecken blieb. Als es Abend ward, kam der Schakal aus seinem Loch heraus, stöhnend vor Schwäche und Hunger, und sah jenen Wildesel tot vor seiner Tür liegen; da freute er sich über die Maßen, und es war ihm, als müßte er vor Freude fliegen. Er rief: ‚Preis sei Allah, der mich ohne Mühe mein Ziel hat erreichen lassen! Ich wagte schon nicht mehr zu hoffen, einen Wildesel oder irgendeine andere Beute zu finden; doch jetzt hat Allah wohl diesen hier zu Fall gebracht, nachdem er ihn mir zu meinem Lager geschickt hatte.‘ Dann sprang er auf ihn, zerriß ihm den Bauch, steckte seinen Kopf hinein und wühlte mit seiner Schnauze in den Eingeweiden herum, bis er das Herz fand; da schnappte er gierig mit dem Maule und verschlang es. Kaum aber war es in seiner Kehle, so blieb die gegabelte Spitze in seinem Schlundknochen stecken, und nun konnte er es weder in den Leib hinunterschlucken noch auch zum Maule herauswürgen. Er sah den Tod vor Augen und sprach: ‚Fürwahr, es geziemt dem Geschöpfe nicht, daß er für sich mehr begehre, als was Allah ihm zuerteilt hat. Wäre ich mit dem zufrieden gewesen, was Allah mir zuwies, so wäre ich nicht in mein Verderben gerannt.‘

*

›Deshalb, o König, gebührt es sich für den Menschen, daß er sich mit dem begnüge, was Allah ihm zuerteilt hat, und Ihm danke für Seine Güte und daß er nie die Hoffnung auf seinen Herrn fahren lasse. Sieh, o König, um deiner lauteren Absicht und deiner guten Werke willen hat Allah dir einen Sohn geschenkt, nachdem du schon die Hoffnung verloren hattest. Und nun beten wir zu Allah dem Erhabenen, daß Er ihm ein langes Leben und immerwährendes Glück schenke und ihn zu einem gesegneten Nachfolger mache, der nach dir treu deinen Bund bewahrt, wenn du dein langes Leben beschlossen hast.‹

Dann erhob sich der vierte Wesir und sprach: ›Wenn der König verständig ist und die Tore der Weisheit kennt‹ – –«

Da bemerkte Schehrezâd, daß der Morgen begann, und sie hielt in der verstatteten Rede an. Doch als die *Neunhundertundfünfte Nacht* anbrach, fuhr sie also fort: »Es ist mir berichtet worden, o glücklicher König, daß der vierte Wesir sich erhob und sprach: ›Wenn der König verständig ist und die Tore der Weisheit, des Urteilens und der Staatskunst kennt, und wenn er ferner eine lautere Absicht hat und Gerechtigkeit gegen die Untertanen übt, indem er die ehrt, denen Ehre gebührt, und die auszeichnet, die der Auszeichnung wert sind, wenn er Milde mit Macht vereint, wo es notwendig ist, wenn er Herrscher und Beherrschte schützt und ihre Bürden erleichtert und ihnen Spenden verleiht, ihr Blut schont, ihre Blöße bedeckt und sein Versprechen hält – ein solcher König ist des Glückes in dieser und in jener Welt würdig; und all dies gehört zudem, was ihn schützt und ihm hilft, seine Herrschaft zu festigen, und ihm über seine Feinde Sieg verleiht, was ihm seine Hoffnungen erfüllt und ihm zugleich die Güte Gottes mehrt, ihm für seine dankbare Gesinnung Förderung und Schutz durch Gott einträgt. Doch wenn der König das Gegenteil davon ist, so wird er immerdar von Unglück und Mißgeschick betroffen, er selbst und das Volk seines Reiches; denn dann lastet seine Härte auf Fremden und auf den eigenen Volksgenossen, und es ergeht ihm, wie es dem ungerechten König mit dem Pilgerprinzen erging.' ‚Und wie war das?' fragte der König. Da erzählte der Wesir dem König

DIE GESCHICHTE
VON DEM UNGERECHTEN KÖNIG
UND DEM PILGERPRINZEN

Vernimm, o König, einst lebte im Westlande ein König, der ungerecht herrschte, ein grausamer, tyrannischer, gewalttätiger Mann, der sich nicht darum kümmerte, seine Untertanen zu schützen, noch alle Fremden, die sein Land betraten; ja, niemand konnte sein Land betreten, ohne daß seine Zöllner ihm vier Fünftel seines Geldes abnahmen, so daß ihm nur noch ein einziges Fünftel blieb. Nun hatte aber Allah der Erhabene es gefügt, daß dieser König einen glückseligen und Gott wohlgefälligen Sohn hatte; und als der sah, daß die Dinge dieser Welt vergänglich sind, verließ er sie. Von Jugend auf zog er als Pilger hinaus, um Allah dem Erhabenen zu dienen; er schüttelte die Welt ab und alles, was in ihr ist, und ging von dannen im Gehorsam gegen Allah den Erhabenen, indem er die Steppen und die Wüsten durchwanderte und auch die Städte betrat. Eines Tages aber kam er in jene Stadt, und als er vor den Wächtern stand, ergriffen sie ihn und durchsuchten ihn; doch sie fanden an ihm nur zwei Gewänder, ein neues und ein altes. Da zogen sie ihm das neue aus und ließen ihm allein das alte, nachdem sie ihn schmählich und schändlich behandelt hatten. Er aber hub an zu klagen und rief: ‚Weh euch, ihr Bedrücker! Ich bin ein armer Pilgersmann; was könnte dies Gewand euch wohl nützen? Wenn ihr es mir nicht wiedergebt, so gehe ich zum König und verklage euch bei ihm.' Doch sie antworteten ihm und sprachen: ‚Wir haben dies auf Befehl des Königs getan; was dir gut dünkt zu tun, das magst du tun.' Der Pilger ging weiter, bis er zum Palaste des Königs kam, und wollte dort eintreten; aber die Kämmerlinge ließen ihn nicht ein, und er mußte umkehren. Nun sprach er bei sich: ‚Mir bleibt nichts anderes übrig, als daß ich auf ihn warte, bis er herauskommt, und ihm dann meine Not und mein Unglück klage.' Während er also auf das Herauskommen des Königs wartete, hörte er plötzlich, wie einer der Wachen das Nahen des Königs ankündigte. Da schlich er sich langsam heran, bis er vor dem Tore stand; und ehe er sich dessen versah, kam der König heraus. So trat ihm denn der Pilger in den Weg, wünschte ihm Heil und Sieg, berichtete ihm, was ihm von den Wächtern widerfahren war, und klagte ihm sein Leid. Auch tat er ihm kund, er sei ein Mann vom Volke Allahs und habe diese Welt von sich abgeschüttelt und sei ausgezogen, um nur das Wohlgefallen Allahs des Erhabenen zu suchen; er wandere hier auf Erden umher, und jeder Mensch, dem er begegne, tue ihm Gutes nach seinem Vermögen; in jede Stadt und in jedes Dorf ziehe er in solcher Weise ein. Und er schloß mit den Worten: ‚Als ich nun in diese Stadt kam, hoffte ich, ihre Einwohner würden an mir handeln, wie man sonst an Pilgersleuten zu handeln pflegt. Doch deine Mannen traten mir entgegen, zogen mir eines meiner Gewänder aus und versetzten mir harte Schläge. Drum nimm du dich meiner an, reich mir deine Hand und schaffe mir mein Gewand wieder; dann will ich keine einzige Stunde mehr in dieser Stadt verweilen!' Aber der ungerechte König antwortete ihm und sprach: ‚Wer hat dich angewiesen, diese Stadt zu betreten, wo du doch nicht weißt, was ihr König zu tun pflegt?' ‚Wenn ich mein Gewand erhalten habe,' erwiderte der Pilger, ‚dann tu mit mir, was du willst!' Als der grausame König diese Worte aus dem Munde des frommen Wanderers vernahm, verfinsterte sich sein Gemüt, und er rief: ‚O du Tor, wir haben dir dein Gewand nehmen lassen, auf daß du gedemütigt werdest; jetzt aber, da du ein solches Geschrei vor mir erhebst, werde ich dir das Leben nehmen lassen.' Dann befahl er, ihn in den Kerker zu werfen; und als der Pilger im Gefängnis lag, begann er zu bereuen, was er zur Antwort gegeben hatte, und er machte sich Vorwürfe, daß er sein Gewand nicht im Stich gelassen hatte, um sein Leben zu retten. Und als es Mitternacht geworden war, stand er auf und sprach ein langes Gebet, und er flehte: ‚O Gott, du bist der gerechte Richter, du kennst meine Not, du weißt, wie es um meine Sache bei diesem grausamen König steht; und ich, dein bedrückter Knecht, bitte dich, du wollest in deiner übergroßen Barmherzigkeit mich aus der Hand dieses ungerechten Königs befreien und deine Strafe über ihn kommen lassen; denn keines Tyrannen Grausamkeit bleibt dir verborgen. Wenn du daher weißt, daß er mir unrecht getan hat, so sende deine Rache noch in dieser Nacht auf ihn herab und laß deine Strafe über ihn kommen. Denn dein Walten ist gerecht, und du bist der Helfer eines jeden Betrübten, o du, dem Macht und Herrlichkeit gehören bis an das Ende der Zeiten!' Als der Kerkermeister das Gebet jenes Armen hörte, begannen ihm alle seine Glieder zu zittern; und während er in solcher Angst schwebte, flammte plötzlich ein Feuer auf in dem Palaste, in dem der König war, und verbrannte alles, was sich darin befand, bis zum Tor des Gefängnisses; und niemand entrann dem Verderben außer dem Kerkermeister und dem Pilger. So wurde der fromme Wanderer befreit und zog mit dem Kerkermeister fort; die beiden gingen ihres Weges, bis sie in eine andere Stadt kamen, während die Stadt des ungerechten Königs wegen der Grausamkeit ihres Herrschers ganz und gar niederbrannte.'

*

‚Wir aber, o glücklicher König, wir beten jeden Abend und jeden Morgen für dich, und wir danken Allah dem Erhabenen für Seine Güte, in der Er dich uns schenkte, so daß wir durch deine Gerechtigkeit und deinen frommen Wandel in Sicherheit leben können. Wir grämten uns sehr, weil dir kein Sohn beschieden war, der dein Reich erben sollte; denn wir befürchteten, es würde nach dir ein König von anderer Art als du über uns herrschen. Aber jetzt hat Gott uns Seine Güte gewährt, Er hat den Kummer von uns genommen und uns die Freude gebracht durch die Geburt dieses gesegneten Knaben; und so flehen wir zu Allah dem Erhabenen, daß Er ihn zu einem rechtschaffenen Herrscher mache und ihm Ruhm und dauerndes Glück und bleibendes Wohlergehen verleihe.'

Dann erhob sich der fünfte Wesir und sprach: ‚Gepriesen sei Allah der Allmächtige' – –«

Da bemerkte Schehrezâd, daß der Morgen begann, und sie hielt in der verstatteten Rede an. Doch als die *Neunhundertundsechste Nacht* anbrach, fuhr sie also fort: »Es ist mir berichtet worden, o glücklicher König, daß der fünfte Wesir sprach: ‚Gepriesen sei Allah der Allmächtige, der Spender aller guten Gaben und kostbaren Geschenke! Des ferneren aber sind wir gewiß, daß Allah dem gnädig ist, der Ihn lobt und seinen Glauben treulich wahrt. Und du, o glücklicher König, bist weitberühmt ob dieser erlauchten Tugenden und ob der Gerechtigkeit, und weil du deinen Untertanen ihr Recht gewährst, wie es Allah dem Erhabenen wohlgefällig ist. Deshalb hat Gott deine Macht erhöht und deine Tage beglückt und hat dir dies herrliche Geschenk verliehen, diesen glückseligen Knaben, nachdem du schon die Hoffnung aufgegeben hattest. Dadurch ist uns dauernde Freude zuteil geworden und Fröhlichkeit, die immer währet; denn früher waren wir in schweren Sorgen und wachsendem Gram, weil du keinen Sohn hattest, und wir gedachten voll Trauer deiner Gerechtigkeit und deiner Milde, die du an uns übtest; wir fürchteten ja, Allah könne dir den Tod senden, ohne daß du jemanden hättest, der dir folgen und nach dir dein Reich erben könnte, so daß wir uns in unserem Rat gespalten hätten und uneins geworden wären und es uns ergangen wäre, wie es den Raben erging.' Da fragte der König: ,Was ist das für eine Geschichte mit den Raben?' Und der Wesir antwortete ihm und sprach: ,Vernimm, o glücklicher König,

DIE GESCHICHTE VON DEN RABEN

UND DEM FALKEN

In einer der Steppen befand sich einst ein weites Tal, in dem Bäche flossen und Bäume sprossen, mit Früchten behangen, wo die Vöglein sangen zum Lobe Allahs, des Einzigen, des Herrn der Macht, des Schöpfers von Tag und Nacht. Unter den Vögeln dort gab es auch eine Schar von Raben, die das schönste Leben führten. Ihr Oberster aber, der über sie herrschte, war ein Rabe, der Milde und Güte bei ihnen walten ließ, so daß sie unter ihm in Sicherheit und Frieden lebten; und da sie alles, was sie anging, so gut verwalteten, vermochte keiner von den anderen Vögeln etwas wider sie. Doch dann begab es sich, daß ihr Häuptling aus dem Leben schied, da ihn das Geschick ereilte, das für alle Kreatur bestimmt ist; und sie betrauerten ihn schmerzlich. Was ihren Gram aber noch vermehrte, war dies, daß sich unter ihnen keiner fand, der ihm glich und an seine Stelle hätte treten können. Deshalb versammelten sie sich alle und berieten miteinander, was sie tun sollten, damit einer über sie herrsche, der rechtschaffen sei. Nun wählte ein Teil von ihnen einen Raben und sagte: ‚Diesem gebührt es, König über uns zu sein.' Andere jedoch widersprachen dem und wollten ihn nicht; so entstand unter ihnen Zwiespalt und Streit, und es erhob sich ein gewaltiger Kampf. Schließlich aber einigten sie sich, indem sie verabredeten, jene Nacht über zu schlafen, und dann sollte am nächsten Tage keiner in der Frühe seiner Nahrung nachgehen, sondern alle sollten bis zum hellen Morgen warten; wenn es heller Tag geworden sei, sollten sie sich an einem Orte versammeln und dann schauen, welcher Vogel höher fliegen könne als die anderen. Denn sie sprachen: ‚Der ist es, der uns von Allah bestimmt ist, auf daß er bei uns zum Herrscher gewählt werde; wir wollen ihn zum König über uns machen und ihm unsere Sache anvertrauen.' Damit waren alle zufrieden, und sie schlossen einen Bund miteinander und wurden sich über diesen Bund einig. Während sie das taten, stieg plötzlich ein Falke auf; und sie riefen ihm zu: ‚O du Vater des Guten, wir wählen dich zum Herrscher über uns, auf daß du unsere Angelegenheiten verwaltest!' Der Falke war mit dem, was sie sagten, einverstanden, und er sprach zu ihnen: ‚So Allah der Erhabene will, wird euch durch mich großes Heil widerfahren.' Nachdem sie ihn jedoch zum Herrscher über sich gemacht hatten, begann er jeden Tag, wenn er mit den Raben ausflog, einen von ihnen beiseite zu nehmen; den stieß er nieder und fraß sein Gehirn und seine Augen; während er das übrige liegen ließ. Das tat er immerfort, bis die Raben darauf achteten und dessen gewahr wurden, daß der größte Teil von ihnen vernichtet war. Als sie aber den Tod vor Augen sahen, sprach einer zum anderen: ‚Was sollen wir tun? Nun sind die meisten von uns dahin; und wir haben erst jetzt, da unsere Großen vernichtet sind, dessen geachtet. Wir müssen für unsere eigene Sicherheit sorgen.' Und am nächsten Morgen flogen sie fort von ihm und verließen ihn, indem sie sich nach allen Richtungen zerstreuten.'

*

‚So fürchteten auch wir, daß es uns ähnlich ergehen könnte, wenn ein König von anderer Art als du über uns herrschen würde; aber jetzt hat Allah uns diese Huld gewährt und dein Antlitz uns zugewandt, und jetzt sind wir des Gedeihens und der Einigkeit und des Friedens und der Sicherheit und des Heiles in der Heimat gewiß. Gepriesen sei Allah der Allmächtige, Ihm sei Lob und Dank und der schönste Preis! Gott segne den König und uns, die Schar der Untertanen, Er beschere ihm und uns das höchste Glück und gebe, daß seine Zeit voll Segen und sein Wirken voll Erfolg sei!'

Danach erhob sich der sechste Wesir und sprach: ‚Allah gewähre dir, o König, die höchste Seligkeit in dieser Welt und in der nächsten. Von den Alten ist uns ein Wort überliefert, das da lautet: ‚Wer betet und fastet und den Eltern das Ihre gibt und in seinem Walten gerecht ist, der wird seinen Herrn schauen, und Er wird Wohlgefallen an ihm haben.' Du wurdest über uns gesetzt und warst gerecht, und dadurch war all dein Tun gesegnet; deshalb flehen wir zu Allah dem Erhabenen, daß er dir reichen Lohn gebe und dir deine Güte vergelte. Ich habe nun vernommen, was dieser weise Mann darüber gesagt hat, daß wir befürchteten, unser Glück zu verlieren durch das Ableben des Königs oder durch das Auftreten eines anderen Königs, der ihm nicht gleich wäre; und daß nach seinem Tode heftiger Streit unter uns entstehen und daraus dann Unheil erwachsen könnte; und daß es uns in Anbetracht dessen geziemte, Allah den Erhabenen in aller Demut zu bitten, Er möge dem König einen glücklichen Sohn gewähren und ihn nach ihm zum Erben der Herrschaft machen. Aber schließlich ist dem Menschen der Ausgang dessen, was er auf Erden wünscht und begehrt, unbekannt, und somit geziemt es ihm nicht, seinen Herrn um etwas zu bitten, dessen Ausgang er nicht kennt; denn vielleicht ist der Schaden, der daraus entsteht, ihm näher als sein Nutzen, und in dem, was er verlangt, kann sein Verderben liegen, und ihm mag widerfahren, was dem Schlangenbeschwörer, seiner Frau, seinen Kindern und den Leuten seines Hauses widerfuhr.' – –«

Da bemerkte Schehrezâd, daß der Morgen begann, und sie hielt in der verstatteten Rede an. Doch als die *Neunhundertundsiebente Nacht* anbrach, fuhr sie also fort: »Es ist mir berichtet worden, o glücklicher König, daß der sechste Wesir zum König sprach: ‚Es geziemt dem Menschen nicht, seinen Herrn um etwas zu bitten, dessen Ausgang er nicht kennt; denn vielleicht ist der Schaden, der daraus entsteht, ihm näher als sein Nutzen, und in dem, was er verlangt, kann sein Verderben liegen, und ihm mag widerfahren, was dem Schlangenbeschwörer, seinen Kindern, seiner Frau und den Leuten seines Hauses widerfuhr.' Da fragte der König: ‚Was ist das für eine Geschichte mit dem Schlangenbeschwörer, seinen Kindern, seiner Frau und den Leuten seines Hauses?' Und der Wesir hub an: ‚Vernimm, o König,

DIE GESCHICHTE
VON DEM SCHLANGENBESCHWÖRER

Es war einmal ein Schlangenbeschwörer, der pflegte die Schlangen abzurichten, und solches war sein Gewerbe; und er hatte einen großen Korb, in dem drei Schlangen waren, ohne daß die Leute seines Hauses etwas davon wußten. Jeden Tag pflegte er fortzugehen und mit den Schlangen in der Stadt umherzuziehen, um dadurch den Unterhalt für sich und für die Seinen zu verdienen; wenn er des Abends nach Hause kam, so legte er die Schlangen heimlich in den Korb, und am nächsten Morgen nahm er sie wieder heraus und zog mit ihnen in der Stadt umher. Das tat er eine lange Weile, wie er es gewohnt war; und die Leute seines Hauses ahnten nicht, was in dem Korbe war. Einmal aber begab es sich, als der Schlangenbeschwörer wie gewöhnlich nach Hause kam, daß seine Frau ihn fragte: ‚Was ist in diesem Korbe?' Er gab ihr zur Antwort: ‚Was willst du denn damit? Habt ihr nicht genug und übergenug zu essen? Sei zufrieden mit dem, was Allah dir zuerteilt hat, und frage nicht nach anderen Dingen!' Da schwieg die Frau; aber sie sprach bei sich selber: ‚Ich muß doch noch diesen Korb durchsuchen und erfahren, was darinnen ist.' Sie war fest dazu entschlossen und tat es auch ihren Kindern kund; denen schärfte sie zunächst ein, sie sollten ihren Vater nach jenem Korbe fragen und sollten ihn mit Fragen bedrängen, daß er es ihnen sagte. Den Kindern aber schwebte der Gedanke vor, in dem Korbe wäre etwas zu essen, und sie begannen ihren Vater tagtäglich zu bitten, er möchte ihnen zeigen, was darin sei. Der Vater wies sie in freundlicher Weise ab und verbot ihnen solches Fragen. Nun verging wiederum eine Zeit, während derer die Kinder so hingehalten wurden, ihre Mutter sie aber immer von neuem anreizte. Schließlich verabredeten sie mit ihr, sie wollten hinfort bei ihrem Vater keine Speise mehr kosten und keinen Trank mehr trinken, bis er ihnen ihre Bitte gewähre und ihnen den Korb öffne. Nachdem dies geschehen war, kam eines Abends der Schlangenbeschwörer heim mit einer großen Menge von Speise und Trank; er setzte sich nieder und rief sie, auf daß sie mit ihm äßen; sie aber weigerten sich, zu ihm zu kommen, und zeigten, daß sie ihm zürnten. Da begann er sie mit schönen Worten zu begütigen und sprach zu ihnen: ‚Schaut her und sagt, was ihr wünscht, damit ich es euch bringe, sei es Speise oder Trank oder Kleidung!' ‚O unser Vater,' erwiderten sie ihm, ‚wir wünschen nichts von dir, als daß du diesen Korb öffnest, damit wir sehen, was darinnen ist; sonst töten wir uns selbst.' Doch der Vater fuhr fort: ‚Meine Söhne, nichts Gutes für euch ist darin; wenn er geöffnet wird, so ist es nur euer Schade!' Da wurden sie noch zorniger; und als er das sah, begann er sie einzuschüchtern und mit Schlägen zu bedrohen, wenn sie nicht von diesem Vorhaben abständen. Dennoch wurden sie immer zorniger und bestanden immer dringender auf ihrer Forderung. Wie sie das taten, ergrimmte er wider sie und ergriff einen Stock, um sie damit zu schlagen; sie aber flohen vor ihm ins Haus hinein. Der Korb nun stand da, ohne daß der Schlangenbeschwörer ihn irgendwo versteckt hätte; deshalb ließ die Frau ihren Mann sich mit den Kindern beschäftigen und öffnete rasch den Korb, um zu sehen, was darin war. Siehe, da kamen die Schlangen aus dem Korb heraus, und sie bissen zuerst die Frau tot, dann eilten sie im Hause umher und töteten groß und klein, mit Ausnahme des Beschwörers; der verließ das Haus und ging fort.'

*

‚Wenn du also dies beachtest, o glücklicher König, so wirst du erkennen, daß es einem Menschen nicht zukommt, etwas zu begehren, was Allah der Erhabene nicht will; nein, er soll sich zufrieden geben mit dem, was Gott ihm nach Seinem Willen bestimmt hat. Schau, o König, um deines reichen Wissens und deiner trefflichen Einsicht willen hat Allah deinem Auge Trost verliehen dadurch, daß dir ein Sohn geboren ward, nachdem du schon die Hoffnung aufgegeben hattest; und er hat dein Herz erfreut. Darum flehen wir zu Gott dem Erhabenen, daß er ihn zu einem der gerechten Herrscher mache, die vor Allah dem Erhabenen und den Untertanen wohlgefällig wandeln.'

Dann erhob sich der siebente Wesir und sprach: ‚O König, siehe, ich weiß und kenne die Wahrheit dessen, was meine Brüder gesagt haben, diese gelehrten und in Weisheit bewährten Minister, ja, alles dessen, was sie in deiner Gegenwart gesprochen haben, o König, und was sie rühmend verkündet haben von deiner Gerechtigkeit und deinem schönen Wandel, wodurch du dich von allen anderen Königen unterscheidest, weshalb sie dir vor ihnen den Vorzug gaben. Das ist ja auch nur eine unserer Pflichten gegen dich, o König. Und ich sage: Preis sei Allah, der dir Seine Huld gewährte und dir in Seiner Gnade die Wohlfahrt des Reiches bescherte! Er hat dir und uns geholfen, so daß wir Ihn um so mehr preisen, und all das nur um deinetwillen. Solange du unter uns weilst, fürchten wir kein Unrecht und erwarten keine Grausamkeit, und niemand vermag uns in unserer Schwachheit zu vergewaltigen. Es heißt doch: Das Beste für die Untertanen ist es, wenn ein gerechter König über sie herrscht, das größte Übel für sie aber ist ein grausamer König. Und ferner heißt es: Lieber unter reißenden Löwen wohnen als einem grausamen Sultan fronen! Deshalb: Preis sei Allah ewiglich dafür, daß Er uns mit dir begnadet und dir diesen gesegneten Sohn geschenkt hat, nachdem du in deinem hohen Alter schon die Hoffnung aufgegeben hattest; denn die herrlichste der Gaben in dieser Welt ist ein rechtschaffener Sohn! Und es heißt: Wer keinen Sohn hat, der hat kein Lebensziel und hinterläßt kein Andenken. Dir aber ist wegen deiner wahrhaften Gerechtigkeit und wegen deines schönen Vertrauens auf Allah den Erhabenen dieser glückliche Sohn geschenkt; ja, dieser gesegnete Knabe ist als eine Gabe von Gott dem Erhabenen zu dir und zu uns gekommen um deines schönen Wandels und deiner trefflichen Geduld willen. Darin ist es dir ergangen, wie es der Spinne und dem Winde erging.' Der König fragte: ,Was ist denn das für eine Geschichte von der Spinne und dem Winde?' – –«

Da bemerkte Schehrezâd, daß der Morgen begann, und sie hielt in der verstatteten Rede an. Doch als die *Neunhundertundachte Nacht* anbrach, fuhr sie also fort: »Es ist mir berichtet worden, o glücklicher König, daß jener König den Wesir fragte: ,Was ist denn das für eine Geschichte von der Spinne und dem Winde?' Dann fuhr der Wesir fort: ,Vernimm, o König,

DIE GESCHICHTE VON DER SPINNE
UND DEM WINDE

Eine Spinne hatte sich einst an ein hohes Tor gehängt, das abseits stand, und sie spann ihr Gewebe und wohnte dort in Frieden. Sie pflegte Allah dem Allmächtigen zu danken, der ihr diese Stätte bereitet und sie vor der Gefahr durch feindliche Kriechtiere gesichert hatte. So lebte sie eine lange Weile dahin, indem sie immerdar Gott dankte für ihr ruhiges Leben und die ständige Gabe ihres täglichen Brotes. Doch da prüfte ihr Schöpfer sie und trieb sie fort, um ihre Dankbarkeit und Geduld zu erkennen. Er schickte ihr nämlich einen heftigen Ostwind[1], und der trug sie mit ihrem Gewebe fort und warf sie ins Meer; dann aber brachten die Wogen sie wieder ans Land. Da pries sie Allah den Erhabenen ob ihrer Rettung; doch sie schalt den Wind, indem sie sprach: ‚O Wind, warum hast du mir dies angetan? Welcher Vorteil ist dir daraus erwachsen, daß du mich von meiner Stätte hierher geweht hast? Ich lebte doch sicher und ruhig in meinem Hause dort oben an dem Tore!' Der Wind aber antwortete ihr: ‚Hör auf zu schelten, ich werde dich zurücktragen und wieder an deine Stätte bringen, wo du früher warst!'[2] Da wartete die Spinne geduldig in der Hoffnung, sie würde an ihre Stätte heimkehren, bis der Nordwind, der sie nicht zurückbringen konnte, zu wehen abließ und der Südwind sich erhob; der wehte an ihr vorüber, hob sie auf und flog mit ihr in der Richtung ihrer Wohnstätte davon. Und als sie dort vorüberkam, erkannte sie die Stätte und hängte sich wieder daran.'

*

‚So beten auch wir zu Gott, der den König für sein standhaftes Ausharren in seiner Einsamkeit belohnt und ihm diesen Knaben geschenkt hat, nachdem er in seinem hohen Alter die Hoffnung schon aufgegeben hatte, zu Ihm, der ihn nicht eher aus dieser Welt fortnehmen wollte, als bis Er ihm seinen Augentrost gewährte und ihm Königtum und Herrschaft verlieh

---

1. So im arabischen Text; nach dem Folgenden wäre hier besser ‚Nordwind' zu lesen. – 2. Nach der Breslauer Ausgabe (VIII, Seite 49–50) macht der Wind die Spinne darauf aufmerksam, daß irdisches Glück keinen Bestand hat und daß Gott die Geduld seiner Geschöpfe auf die Probe stellt, und die Spinne gibt ihm darin recht.

und sich seiner Untertanen erbarmte und ihnen seine Huld zuteil werden ließ.'

Da sprach der König: ,Preis sei Allah über allem Preise, und Lob sei Ihm über allem Lob! Es gibt keinen Gott außer Ihm, dem Schöpfer aller Dinge, dessen herrliche Allmacht wir an dem Lichte Seiner Zeichen erkennen und der Königtum und Herrschaft in Seinem Lande dem unter Seinen Knechten verleiht, wem Er will! Er wählt unter ihnen aus, wen Er will, auf daß Er ihn zu Seinem Statthalter mache und zu Seinem Sachwalter über Seine Geschöpfe, und befiehlt ihm, Recht und Gerechtigkeit unter ihnen zu pflegen, die göttlichen Satzungen und die Überlieferungen aufrecht zu erhalten, das Rechte zu tun und ihre Angelegenheiten getreulich zu verwalten, so wie es Ihm und ihnen lieb ist. Wer unter ihnen tut, was Gott befohlen hat, der erreicht sein Ziel und gehorcht dem Befehl seines Herrn; und Er schützt ihn vor den Schrecken dieser Welt und gibt ihm schönen Lohn im Jenseits; denn Er läßt den Lohn der Rechtschaffenen nicht verloren gehen.[1] Wer unter ihnen aber anders handelt, als Allah befohlen hat, begeht eine schwere Sünde und widersetzt sich seinem Herrn, indem er sein Diesseits über sein Jenseits stellt; der wird in dieser Welt nicht ob edler Eigenschaften gepriesen und hat an jener Welt keinen Anteil. Wohl gewährt Allah einen Aufschub den Missetätern und Ungerechten, aber Er vergißt keinen von Seinen Knechten. Diese unsere Wesire haben dargelegt, wie Allah uns wegen unserer Gerechtigkeit gegen sie und unseres guten Waltens über sie uns und sie mit Seiner Huld begnadet hat, dieweil wir Ihm den gebührenden Dank für Seine überreiche Güte darbringen. Ein jeder von ihnen hat ausgesprochen, was Gott ihm darüber eingegeben hat, und sie haben Allah dem

1. Koran, Sure 9, 121; 11, 117; 12, 90.

Erhabenen Lob und Preis überschwenglich dargebracht um Seiner Huld und Gnade willen. Und auch ich preise Gott; denn ich bin nur ein Knecht unter Befehl; mein Herz ist in Seiner Hand, und meine Zunge ist Ihm untertan, ich bin zufrieden mit dem, was Er mir und ihnen bestimmt, mag kommen, was da will. Jeder von ihnen sagte, was ihm in den Sinn kam betreffs dieses Knaben; sie haben verkündet, welch neue Gnade uns zuteil wurde, als ich in meinem Alter bereits die Grenze erreicht hatte, da die Verzweiflung die Oberhand gewinnt und die Zuversicht schwach wird. Preis sei Allah, der uns vor der Enttäuschung bewahrt hat und vor einer Reihenfolge von Herrschern, die da gewesen wäre wie die Folge der Nacht auf den Tag! Das war gewißlich eine große Gnade für sie und für uns; so preisen wir denn Allah den Erhabenen, der uns diesen Knaben schenkte, indem Er schnelle Erhörung brachte, und ihn an hoher Stelle zum Erben der Kalifenwürde machte. Und nun erflehen wir von Seiner Güte und Milde, daß Er ihn glücklich mache in all seiner Tätigkeit und zu frommen Werken bereit, damit er ein König und Sultan werde, der über seine Untertanen in Recht und Gerechtigkeit gebietet und sie vor dem Elend der Gewalttätigkeit behütet in Seiner Huld und Güte und Hochherzigkeit.' Als der König seine Rede beendet hatte, erhoben sich die Weisen und Gelehrten und warfen sich dann vor Allah nieder und dankten dem König und küßten ihm die Hände; darauf begab sich ein jeder von ihnen nach seinem Hause. Nun zog sich der König in seinen Palast zurück; dort schaute er das Kind an, segnete es und gab ihm den Namen Wird Chân. Als der Knabe sein zwölftes Jahr erreicht hatte, beschloß der König, ihn in den Wissenschaften unterrichten zu lassen; so ließ er ihm inmitten der Stadt einen Palast erbauen, und darin ließ er dreihundertundsechzig Zimmer herrichten. Dann brachte er den Knaben dorthin und bestimmte für ihn drei von den Weisen und Gelehrten, denen er befohlen hatte, sie sollten Tag und Nacht auf seine Unterweisung bedacht sein; in jedem Zimmer sollten sie einen Tag mit ihm sitzen und mit Eifer darüber wachen, daß keine Wissenschaft übrig bliebe, in der sie ihn nicht unterrichteten, auf daß er in allen Wissenschaften erfahren werde; auch sollten sie an die Tür eines jeden Zimmers schreiben, welchen von den Zweigen der Gelehrsamkeit sie ihn darin lehrten, und alle sieben Tage sollten sie ihm selber berichten, was der Prinz an Wissen erworben hatte. Darauf begaben sich die Gelehrten zu dem Knaben und waren Tag und Nacht auf seine Unterweisung bedacht, indem sie ihm nichts vorenthielten von allem, was sie wußten. Alsbald zeigten sich in dem Knaben ein so scharfer Verstand und eine so treffliche Begabung, das Wissen aufzunehmen, wie sie sich noch nie in jemand gezeigt hatten. Seine Lehrer aber erstatteten in jeder Woche dem König Bericht über das, was sein Sohn gelernt und begriffen hatte, und so gewann auch der König dadurch treffliches Wissen und reiche Bildung. Und die Gelehrten sagten: ‚Wir haben noch nie jemand gesehen, der so reich mit Verstand begabt wäre wie dieser Knabe. Allah segne dich in ihm und gebe dir Freude an seinem Leben!' Als nun der Knabe sein zwölftes Lebensjahr vollendet hatte, wußte er schon das Beste von allen Wissenschaften und übertraf alle Gelehrten und Weisen, die zu seiner Zeit lebten. Da brachten die Gelehrten ihn zum König, seinem Vater, und sprachen zu ihm: ‚Allah tröste deine Augen, o König, durch diesen glücklichen Jüngling! Wir bringen ihn dir, nachdem er jede Wissenschaft gelernt hat; ja, keiner der Gelehrten und Weisen unserer Zeit vereinigt so viel Wissen in sich wie er.' Darüber freute sich der König gar sehr, und er pries Allah den Erhabenen noch lauter, indem er sich niederwarf vor Ihm, dem Allgewaltigen und Glorreichen; und er sprach: ‚Lob sei Allah für Seine zahllosen Gnaden!' Dann rief er den Wesir Schimâs und sprach zu ihm: ‚Wisse, Schimâs, die Gelehrten sind zu mir gekommen und haben mir berichtet, daß dieser mein Sohn jede Wissenschaft erlernt hat und daß es keine von allen Wissenschaften mehr gibt, in der sie ihn nicht unterrichtet hätten, so daß er darin alle Früheren übertrifft. Was sagst du, o Schimâs?' Da warf der Wesir sich nieder vor Allah, dem Allgewaltigen und Glorreichen, und küßte dem König die Hand. Dann sagte er: ‚Auch wenn der Rubin im härtesten Felsen ruht, so kann er nichts anderes tun als Licht ausstrahlen gleich einer Leuchte. Dieser dein Sohn ist ein Edelstein; seine Jugend hindert ihn nicht daran, ein Weiser zu sein, – Preis sei Allah für das, was Er ihm verliehen hat! Morgen werde ich, so Allah der Erhabene will, ihn fragen und prüfen über das, was er weiß, in einer Versammlung der vornehmsten Gelehrten und Emire, die ich für ihn berufen möchte.' – –«

Da bemerkte Schehrezâd, daß der Morgen begann, und sie hielt in der verstatteten Rede an. Doch als die *Neunhundertundneunte Nacht* anbrach, fuhr sie also fort: »Es ist mir berichtet worden, o glücklicher König, daß König Dschali'âd, als er die Worte seines Wesirs Schimâs vernommen hatte, Befehl gab, es sollten die scharfsinnigsten Gelehrten und die klügsten Männer der Wissenschaft und die erfahrensten Meister sich am nächsten Tage im Königsschlosse einfinden; und da kamen sie alle. Nachdem sie sich beim Tor des Königs versammelt hatten, befahl er, sie einzulassen. Darauf trat der Wesir Schimâs vor und küßte dem Prinzen die Hände; doch der warf sich vor Schimâs nieder. Da sprach der Wesir: ‚Es geziemt nicht dem jungen Löwen, daß er sich vor einem der

Tiere des Feldes niederwerfe; noch auch gebührt es sich, daß Licht und Finsternis miteinander wetteifern.' Der Prinz erwiderte: ,Wenn der junge Löwe den Wesir des Königs erblickt, so wirft er sich vor ihm nieder.' Darauf hub Schimâs an: ,Sage mir, was ist das Ewige, das Absolute? Welches sind seine beiden Erscheinungsformen? Und welche von diesen beiden ist die dauernde?' Darauf gab der Knabe zur Antwort: ,Das Ewige, das Absolute ist Allah, der Allgewaltige und Glorreiche; denn Er ist der erste ohne Anfang und der letzte ohne Ende. Was seine beiden Erscheinungsformen betrifft, so sind das diese Welt und das Jenseits, und die dauernde dieser beiden Wesenheiten ist die künftige Seligkeit.' ,Du hast recht mit deiner Antwort, und ich nehme sie von dir an; aber ich möchte noch, daß du mir kundtuest, woher du weißt, daß die eine der beiden Erscheinungsformen diese Welt, die andere das Jenseits ist.' ,Daher, daß diese Welt erschaffen wurde aus dem Nichtsein; deshalb ist ihr Ursprung auf die erste Erscheinungsform zurückzuführen, aber sie ist ein Etwas, das schnell vergeht und das Vergeltung für die Handlungen verlangt, und daraus ergibt sich die Notwendigkeit der Neuschöpfung des Vergänglichen, und zwar im Jenseits, der zweiten Erscheinungsform.' ,Du hast recht mit deiner Antwort, und ich nehme sie von dir an; aber ferner möchte ich, daß du mir kundtuest, woher du weißt, daß die künftige Seligkeit die dauernde der beiden Daseinsformen ist.' ,Ich weiß es daher, daß sie die Stätte der Vergeltung ist für die Taten dieser Welt, von dem Ewigen, Unvergänglichen dazu bestellt.' ,Sag mir weiter, welche Leute auf Erden sind am meisten zu preisen wegen ihres Tuns?' ,Die, so ihr Jenseits ihrem Diesseits vorziehen.' ,Und wer ist es, der sein Jenseits seinem Diesseits vorzieht?' ,Der, so da weiß, daß er an einer endlichen Stätte wohnt und nur geschaffen wurde, um dahinzugehen, und daß er zur Rechenschaft gezogen wird, wenn er dahingegangen ist, und daß, auch wenn jemand ewig in dieser Welt leben könnte, er sie doch nicht dem Jenseits vorziehen würde.' ‚Nun tu mir kund, kann das Jenseits ohne das Diesseits bestehen?' ‚Wer kein Diesseits hat, kann auch kein Jenseits haben. Ich vergleiche nun diese Welt und ihre Bewohner und die Stätte, zu der sie wandern, mit den Bewohnern jener Dörfer, für die ihr Emir ein enges Haus gebaut hat, in das er sie hineinführt; er hat ihnen befohlen, eine bestimmte Arbeit zu leisten, hat jedem von ihnen eine Frist bestimmt und einen Aufseher darüber gesetzt. Wer von ihnen die ihm befohlene Aufgabe vollbracht hat, den führt der Aufseher aus jener Enge heraus. Wer aber nicht tut, was ihm befohlen ward, und die ihm gesetzte Frist verstreichen läßt, der wird bestraft. Während sie aber in dem Hause weilen, sickert plötzlich vor ihren Augen aus den Ritzen des Hauses etwas Honig; und wenn sie von diesem Honig gegessen und seinen süßen Geschmack gekostet haben, werden sie lässig in der Arbeit, die ihnen aufgetragen ward, und werfen sie hinter ihren Rücken. Und dann ertragen sie geduldig die Enge und Not, in der sie leben, obwohl sie jene Strafe kennen, der sie entgegengehen, und begnügen sich mit jener dürftigen Süße. Der Aufseher aber holt einen jeden, sobald dessen Zeit gekommen ist, aus jenem Hause heraus. Wir wissen also, daß diese Welt eine Stätte ist, in der die Blicke verwirrt werden, und daß für ihre Bewohner die Fristen festgesetzt sind; und wer die geringe Süße, die in der Welt ist, findet und sich durch sie verlocken läßt, der gehört zu den Verlorenen, dieweil er die Dinge seines Diesseits seinem Jenseits vorzieht; wer aber das Glück seines Jenseits seinem Diesseits vorzieht und sich nicht um jene armselige Süßigkeit kümmert, der gehört zu denen, die gerettet werden.' ,Ich habe vernommen, was du von den Dingen dieser und jener Welt gesagt hast, und ich nehme es von dir an. Nun meine ich aber, daß die beiden als Herren über den Menschen Macht haben, und daß er nicht umhin kann, beide zusammen zufrieden zu stellen, obgleich sie einander widersprechen. Wenn jedoch der Mensch sich daranmacht, seinen Lebensunterhalt zu suchen, so ist das ein Schaden für seine Seele in jener Welt; und wenn er sich dem Jenseits zuwendet, so ist das ein Schaden für seinen Leib. Also hat er keine Möglichkeit, die beiden Gegensätze zugleich zu befriedigen.' ,Siehe, wer seinen Lebensunterhalt in dieser Welt gewinnt, hat an ihm eine Stärkung für das Jenseits. Ich vergleiche die Dinge dieser und jener Welt mit zwei Königen, einem gerechten und einem ungerechten.

DIE GESCHICHTE
VON DEN ZWEI KÖNIGEN

Das Land des ungerechten Königs war reich an Bäumen und Früchten und Kräutern; und doch ließ jener Herrscher keinen Kaufmann dort, dem er nicht sein Geld und seine Waren raubte. Die Kaufleute ertrugen das in Geduld, weil die Fruchtbarkeit jenes Landes ihnen Lebensunterhalt bot. Was aber den gerechten König betrifft, so entsandte er einen Mann von dem Volke seines Landes, indem er ihm viel Geld gab und ihm befahl, sich damit zum Lande des ungerechten Königs zu begeben, um dort Juwelen zu kaufen. Da machte jener Mann sich auf mit dem Gelde, und als er in dem anderen Lande ankam, ward dem König gesagt: ,Siehe, in dein Land ist ein Kaufmann gekommen, der viel Geld bei sich trägt; dafür will er hier Juwelen kaufen.' Alsbald sandte er zu ihm und ließ ihn vor sich kommen; dann fragte er ihn: ,Wer bist du? Woher kommst du? Wer hat dich in mein Land gebracht? Und was ist dein Begehr?' Der Kaufmann gab ihm zur Antwort: ‚Ich bin aus dem Lande Soundso, und der König jenes Landes hat mir Geld gegeben und mir befohlen, ihm dafür Juwelen aus diesem Lande zu kaufen; ich habe seinem Befehle gehorcht und bin hierher gekommen.' Da rief der König: ‚Wehe dir! Weißt du nicht, wie ich an dem Volke meines Landes handle, wie ich ihnen jeden Tag ihr Geld abnehme? Wie kannst du da mit deinem Gelde zu mir kommen? Und siehe, du weilst schon seit dannunddann in meinem Lande!' Der Kaufmann erwiderte: ‚Wisse, von dem Gelde gehört mir gar nichts; es ist ein Pfand in meinen Händen, bis ich es dem übergebe, dem es zukommt.' Aber der König sprach: ‚Ich werde nicht zulassen, daß du deinen Lebensunterhalt aus meinem Lande entnimmst, es sei denn, daß du dich mit diesem ganzen Gelde loskaufst!' – –«

Da bemerkte Schehrezâd, daß der Morgen begann, und sie hielt in der verstatteten Rede an. Doch als die *Neunhundertundzehnte Nacht* anbrach, fuhr sie also fort: »Es ist mir berichtet worden, o glücklicher König, daß der ungerechte König zu dem Kaufmanne, der in seinem Lande Juwelen kaufen wollte, sprach: ‚Es ist nicht möglich, daß du aus meinem Lande deinen Lebensunterhalt entnimmst, es sei denn, daß du dich mit diesem Gelde loskaufst; sonst mußt du sterben.' Da sagte sich der Mann: ‚Ich bin zwischen zwei Könige geraten! Ich weiß, daß die Ungerechtigkeit dieses Königs alle trifft, die in seinem Lande weilen; und wenn ich ihn nicht zufrieden stelle, so ist das mein Verderben, und auch das Geld geht verloren, ganz sicher, und ich kann meinen Auftrag nicht ausrichten. Gebe ich ihm aber alles Geld, so gerate ich in Not bei dem König, dem es gehört; daran ist auch kein Zweifel. Mir bleibt also kein anderer Ausweg, als daß ich dem da von diesem Gelde einen kleinen Teil gebe und ihn so befriedige, um von mir selber das Verderben abzuwenden und dies Geld vor dem Verlust zu bewahren. Dann kann ich von dem Überflusse dieses Landes meine Nahrung gewinnen, bis ich so viele Juwelen gekauft habe, wie ich brauche. So stelle ich den König zufrieden durch das, was ich ihm gebe, so gewinne ich meinen Anteil an diesem seinem Lande, und so kann ich zu dem Besitzer des Geldes gehen, nachdem ich seinen Auftrag erfüllt habe; und ich erhoffe von seiner Gerechtigkeit und Nachsicht, daß ich bei ihm keine Strafe zu fürchten habe, weil dieser König mir Geld abgenommen hat, zumal, wenn es nur wenig ist.' Darauf wünschte er dem König Glück und Segen und sprach zu ihm: ‚O König, ich möchte mich und dies Geld mit einem kleinen Teile davon loskaufen für die Zeit von meinem Einzug in dein Land bis dahin, wann ich es wieder verlasse.' Der König nahm das von ihm an und ließ ihn ein Jahr lang seiner Wege gehen; nun kaufte der Mann für all sein anderes Geld Juwelen und kehrte dann zu seinem Herrn zurück.

Der gerechte König ist ein Gleichnis des Jenseits, und die Juwelen, die im Lande des ungerechten Königs waren, sind ein Gleichnis für die schönen Taten und guten Werke. Der Mann, dem das Geld anvertraut ward, gleicht dem, der dem Irdischen nachgeht; das Geld, das er bei sich hatte, ist ein Abbild des menschlichen Lebens. Wenn du dies erwägst, so weißt du, daß es dem, der den Lebensunterhalt in dieser Welt sucht, geziemt, keinen Tag verstreichen zu lassen, ohne auch nach dem Jenseits zu trachten. So leistet er der Welt Genüge durch das, was er von dem Überfluß der Erde erwirbt, und er leistet dem Jenseits Genüge durch das, was er im Streben nach ihm von seinem Leben aufwendet.'

*

Schimâs aber fuhrt fort: ‚Nun sage mir, sind Leib und Seele gleichermaßen beteiligt an Lohn und Strafe, oder trifft die Strafe nur den, der im Banne der Lüste steht und der die Sünden begeht?' Und der Knabe erwiderte: ‚Die Neigung zu Lüsten und Sünden kann der Anlaß von Belohnung sein, wenn die Seele sich ihrer enthält und sie bereut; doch in der Hand dessen, der da tut, was er will, liegt der Entscheid, und die Dinge werden unterschieden durch ihre Gegensätzlichkeit. So ist der Lebensunterhalt unumgänglich notwendig für den Leib; aber es gibt keinen Leib ohne Seele, und die Reinheit der Seele besteht in der Lauterkeit der Absicht in Dingen dieser Welt und in der Hinkehr zu dem, was in jener Welt von Nutzen ist. Die beiden, Leib und Seele, sind wie zwei Pferde, die im Wettlauf eilen, oder wie zwei Milchbrüder, die miteinander die Mutterbrust teilen, oder wie zwei Männer, die ein Geschäft gemeinsam betreiben; und durch die Beziehung auf die Absicht muß in der Gesamtheit das Einzelne unterschieden bleiben. So sind denn Leib und Seele Teilhaber in den Handlungen und in Lohn und Strafe; darin gleichen sie dem Blinden und dem Krüppel.

DIE GESCHICHTE VON DEM BLINDEN
UND DEM KRÜPPEL

Die beiden nahm ein Mann, der einen Garten besaß, mit sich und führte sie in seinen Garten, indem er ihnen befahl, in ihm nichts zu verderben noch auch etwas zu tun, was ihm schaden könnte. Als aber die Früchte des Gartens reif waren, sagte der Krüppel zum Blinden: ‚Heda, ich sehe reife Früchte, und mich gelüstet nach ihnen; aber ich kann mich nicht zu ihnen erheben, um von ihnen zu essen. Drum steh du auf, denn du hast zwei gesunde Beine, und hole uns von ihnen etwas zum Essen!'

Doch der Blinde erwiderte: ‚Weh dir, jetzt lässest du mich an sie denken; vorher wußte ich nichts von ihnen. Aber ich kann nicht zu ihnen gelangen, da ich sie nicht sehen kann! Was sollen wir nun tun, damit wir sie erreichen?' Während sie so miteinander redeten, kam zu ihnen der Aufseher des Gartens, der ein kluger Mann war, und der Krüppel sagte zu ihm: ‚Heda, du Aufseher, mich gelüstet es nach etwas von diesen Früchten; aber ich bin verkrüppelt, wie du siehst, und mein Freund dort ist blind und kann nicht sehen. Was sollen wir nun tun?' Der Aufseher sprach zu ihnen: ‚Weh euch, wißt ihr nicht mehr, was ihr dem Besitzer des Gartens versprochen habt, nämlich, daß ihr euch in nichts einmischen wollt, woraus dem Garten Schaden erwachsen könne? Also laßt ab und tut es nicht!' Doch die beiden bestanden darauf: ‚Wir müssen notwendig unseren Anteil an diesen Früchten haben, den wir essen können; drum sage uns ein Mittel, das du weißt!' Wie die beiden nun nicht von ihrer Absicht ließen, sprach er zu ihnen: ‚Das Mittel dazu wäre, daß der Blinde sich aufmacht und dich, o Krüppel, auf seinen Rücken nimmt und nahe an den Baum heranträgt, dessen Früchte dir gefallen; und dann, wenn er dich zu ihm gebracht, magst du so viele Früchte pflücken, wie du erreichen kannst.' Da machte der Blinde sich auf und nahm den Krüppel auf seinen Rücken, während dieser ihn auf den Weg leitete, bis er ihn nahe an einen Baum herangetragen hatte; dort begann der Krüppel nach Herzenslust zu pflücken. Und sie hörten mit ihrem Tun nicht eher auf, als bis sie alle Bäume im Garten völlig geplündert hatten. Plötzlich aber kam der Herr des Gartens und rief sie an: ‚Wehe euch beiden! Was habt ihr da getan? Hab ich euch nicht versprechen lassen, daß ihr diesen Garten nicht beschädigen wollt?' Sie gaben ihm zur Antwort: ‚Du weißt, daß wir nicht imstande sind, irgend etwas zu tun, da einer von uns ein Krüppel ist, der sich nicht aufrichten kann, und der andere ein Blinder, der nicht sieht, was vor ihm ist. Was ist denn unsere Schuld?' Doch der Herr des Gartens fuhr fort: ‚Meint ihr beide denn, ich wüßte nicht, wie ihr es gemacht habt, meinen Garten zu verwüsten? Mich deucht, daß du, o Blinder, dich aufgemacht und den Krüppel auf deinen Rücken genommen hast, und daß er dir den Weg zeigte, bis du ihn zu den Bäumen brachtest.' Darauf nahm er die beiden, bestrafte sie schwer und jagte sie zum Garten hinaus. Der Blinde ist ein Gleichnis für den Leib, da der nur durch die Seele zu sehen vermag; und der Krüppel gleicht der Seele, die sich nur durch den Leib zu bewegen vermag. Der Garten aber ist ein Gleichnis der Werke, für die der Mensch seine Vergeltung empfängt; und der Aufseher ist die Vernunft, die das Gute gebietet und das Böse verbietet. Daher haben Leib und Seele gleichermaßen Anteil an Lohn und Strafe.'

*

Darauf sagte Schimâs: ‚Du hast recht gesprochen, und ich nehme diese deine Rede an. Nun tu mir kund, welcher von den Gelehrten ist deines Erachtens am höchsten zu preisen?' Der Knabe erwiderte: ‚Wer in der Kenntnis Gottes gelehrt ist und wem sein Wissen nützt.' ‚Und wer ist das?' ‚Wer nach dem Wohlgefallen seines Herrn strebt und Seinen Zorn meidet.' ‚Und wer von ihnen ist der Trefflichste?' ‚Wer das beste Wissen von Gott hat.' ‚Und wer ist von ihnen der Erfahrenste?' ‚Wer im Handeln gemäß seiner Erkenntnis am beharrlichsten ist.' ‚Sage mir, wer von ihnen das lauterste Herz hat!' ‚Wer sich am besten für den Tod vorbereitet und den Herrn am meisten preist, aber am wenigsten hofft. Denn wer seine Seele von den Nöten des Todes durchdringen läßt, ist wie einer, der in einen klaren Spiegel schaut: er erkennt die Wahrheit, und der Spiegel nimmt immer noch zu an Klarheit und Glanz.' ,Welche Schätze sind die besten?' ,Die Schätze des Himmels.' ,Welcher von den Schätzen des Himmels ist der beste?' ,Die Verherrlichung und der Lobpreis Gottes.' ,Und welcher von den Schätzen der Erde ist der trefflichste?' ,Die Übung der Güte.' – –«

Da bemerkte Schehrezâd, daß der Morgen begann, und sie hielt in der verstatteten Rede an. Doch als die *Neunhundertundelfte Nacht* anbrach, fuhr sie also fort: »Es ist mir berichtet worden, o glücklicher König, daß der Prinz, als der Wesir Schimâs ihn fragte, welcher von den Schätzen der Erde der trefflichste sei, zur Antwort gab: ,Die Übung der Güte.' Dann fuhr der Wesir fort: ,Du hast recht gesprochen, und ich nehme diese deine Rede an. Nun gib mir Auskunft über drei verschiedene Dinge, über Wissen, Urteil und Verstand, sowie über das, was sie verbindet.' ,Das Wissen entsteht aus dem Lernen, das Urteil aus der Erfahrung, der Verstand aus dem Nachdenken, und alle drei sind in der Vernunft fest gegründet und vereint. Der nun, in dem diese drei Eigenschaften vereinigt sind, ist vollkommen, und wenn er hierzu noch die Gottesfurcht hinzutut, so erreicht er das rechte Ziel.' ,Du hast recht gesprochen, und ich nehme dies von dir an. Nun aber tu mir weiter kund, können dem wissenden Gelehrten, dem Manne des rechten Urteils, der leuchtenden Erkenntnis und des überragenden, die Klarheit in sich tragenden Verstandes – können dem Lust und Begierde diese erwähnten Eigenschaften trüben?' ,Wenn diese beiden Leidenschaften in den Menschen eindringen, so trüben sie sein Wissen, seine Einsicht, sein Urteil und seinen Verstand. Dann ist er wie der Adler, der Raubvogel, der in seiner Furcht vor den Jägern aus übergroßer Klugheit in den Lüften schwebt und plötzlich, während er dort oben weilt, einen Vogelsteller sieht, der sein Netz aufgeschlagen hat; wenn der Mann nun das Netz fest aufgestellt und ein Stück Fleisch hineingelegt hat, so erblickt der Adler den Köder, und Lust und Begierde kommen über ihn, so daß er vergißt, was er früher gesehen hat von Fallen und von dem üblen Schicksal aller Vögel, die hineingeraten sind; und dann stößt er hernieder aus dem Luftraum, stürzt sich auf das Stück Fleisch und verstrickt sich im Netz. Wenn der Vogelsteller kommt, sieht er den Adler in seinem Netz und verwundert sich gar sehr und spricht: ‚Ich habe doch mein Netz aufgestellt, damit Tauben oder ähnliche kleine Vögel hineinfallen sollen; wie ist nun dieser Adler hineingeraten?' Es wird aber auch gesagt: Wenn Lust und Begierde einen verständigen Mann zu etwas reizen, so erwägt er den Ausgang dieser Sache mit seinem Verstande und achtet nicht auf das, wodurch jene sie ihm schön erscheinen lassen, sondern er bezwingt Lust und Begierde durch seinen Verstand. Denn wenn diese beiden Leidenschaften ihn zu etwas verlocken wollen, so geziemt es sich, daß er seinen Verstand zu einem Reitersmanne mache, der in der Reitkunst erfahren ist und der, wenn er ein wildes Pferd besteigt, es fest im Zaume hält, so daß es gehorsam ihn trägt, wohin er will. Wer aber töricht ist, weder Wissen noch Urteil hat, so daß ihm alle Dinge dunkel sind und Lust und Begierde ihn beherrschen, der handelt nach diesen Leidenschaften und gehört zu den Verlorenen; und unter den Menschen gibt es keinen, dem es schlimmer erginge als ihm.' ‚Du hast recht mit dem, was du gesagt hast, und ich nehme es von dir an. Nun sage mir weiter, wann das Wissen sich nützlich erweist und der Verstand das Unheil der Lust und Begierde weichen heißt!' ‚Wenn ihr Besitzer sie im Streben nach dem Jenseit verwendet; denn Verstand und Wissen sind zwar allzeit nützlich, aber es geziemt ihrem Besitzer nicht, daß er sie im Streben nach irdischen Dingen verwendet, es sei denn in dem Maße, daß er durch sie seine irdische Nahrung gewinnt und das Übel der Welt von sich abwehrt; im übrigen soll er sich ihrer nur im Wirken für das Jenseits bedienen.' ‚Nun tu mir kund, was verdient es am meisten, daß der Mensch sich ihm widme und sein Herz daran hänge?' ‚Die guten Werke.' ‚Wenn der Mensch das tut, so lenkt es ihn ab vom Erwerb des täglichen Brotes; was soll er also für seinen Lebensunterhalt tun, den er doch nicht entbehren kann?' ‚Sein Tag hat vierundzwanzig Stunden, und es geziemt ihm, daß er einen Teil davon auf die Suche nach seinem Lebensunterhalt verwende, einen anderen Teil auf Rast und Ruhe und den übrigen Teil auf das Streben nach Wissen. Denn wenn der vernunftbegabte Mensch kein Wissen hat, so gleicht er nur einem dürren Lande, das keine Stätte hat, an der man pflügen, Bäume setzen oder Gras säen kann. Wird es nicht für den Pflug und die Bepflanzung gerüstet, so trägt es keine gute Frucht; wird es aber zum Pflügen und Bepflanzen bereit gemacht, so bringt es schöne Früchte hervor. So steht es auch mit dem Menschen ohne Wissen; er ist so lange nutzlos, bis Kenntnisse in ihn hineingepflanzt werden; sind diese aber in ihn gepflanzt, so trägt er Frucht.' ‚Nun sprich mir von dem Wissen ohne Verstand; wie steht es darum?' ‚Das ist wie das Wissen eines Tieres, das die Stunden kennt, in denen es gefüttert und getränkt wird und aufwacht, aber keine Vernunft besitzt.' ‚Du hast mir hierauf eine kurze Antwort erteilt; doch ich nehme diese Rede von dir an. Sage mir, wie soll ich mich vor dem Sultan hüten?' ‚Gib ihm keine Gelegenheit wider dich!' ‚Wie wäre ich imstande, ihm keine Gelegenheit wider mich zu geben, da er doch als Herr über mich gesetzt ist und die Zügel meiner Sache in seinen Händen hält?' ‚Seine Herrschaft über dich besteht in den

Rechten, die er an dich hat. Wenn du ihm also gibst, was sein ist, so hat er keine Macht mehr über dich.' ‚Welches Recht hat der König an seinem Wesir?' ‚Der soll ihm guten Rat geben, ihm eifrig dienen im Verborgenen und in der Öffentlichkeit, rechtes Urteil fällen und sein Geheimnis behüten; ferner soll er ihm nichts von dem verbergen, was ihm zu wissen gebührt, er soll in der Ausführung der Angelegenheiten, mit denen sein Herr ihn betraut hat, es an nichts fehlen lassen; auf jede Weise soll er sein Wohlgefallen suchen und seinen Zorn gegen ihn vermeiden.' ‚Sage mir weiter, wie soll der Wesir es mit dem König halten?' ‚Wenn du Wesir des Königs bist und vor ihm sicher sein willst, so soll dein Hören auf ihn und deine Rede vor ihm alles übertreffen, was er von dir erwartet; dein Anliegen an ihn sei nach Maßgabe deiner Stellung bei ihm; hüte dich davor, dir selbst eine Stellung anzumaßen, deren er dich nicht würdig erachtet, denn das würde an dir eine Vermessenheit wider ihn sein! Wenn du aber seine Milde ausnutzest und dich zu einer Stellung erhebst, deren er dich nicht für wert hält, so gleichst du dem Jäger, der wilde Tiere fing, um ihnen ihre Felle abzuziehen, deren er bedurfte, und dann ihr Fleisch fortwarf. Nun pflegte ein Löwe zu jener Stätte zu kommen, um von dem Aas zu fressen; und nachdem er oft dorthin gekommen war, ward er mit dem Jäger vertraut und befreundet. Dann kam der Jäger ihm entgegen, warf ihm das Fleisch hin und streichelte ihm mit der Hand den Rücken, während der Löwe mit dem Schweife wedelte. Wie nun der Jäger sah, daß der Löwe zahm und vertraut mit ihm und unterwürfig gegen ihn war, sprach er bei sich selber: ‚Dieser Löwe ist mir untertan, und ich bin sein Herr. Und jetzt will ich nichts anderes tun, als mich auf ihn setzen und ihm dann die Haut abziehen wie den anderen Tieren.' So faßte er sich denn Mut, sprang dem Löwen auf den Rücken und wollte sich an ihn machen. Doch als der Löwe sah, was der Jäger begann, ergrimmte er gewaltig; und alsbald erhob er seine Pranke und schlug nach dem Jäger, so daß jenem die Krallen in die Eingeweide drangen. Dann warf er ihn unter seine Füße und zerriß ihn in Stücke. Hieraus kannst du erkennen, daß es dem Wesir geziemt, sich dem König gegenüber so zu verhalten, wie der seine Stellung ansieht, und sich nicht gegen ihn zu überheben, weil er sich selber höher einschätzt, auf daß der König ihm nicht zürne.' – –«

Da bemerkte Schehrezâd, daß der Morgen begann, und sie hielt in der verstatteten Rede an. Doch als die *Neunhundertundzwölfte Nacht* anbrach, fuhr sie also fort: »Es ist mir berichtet worden, o glücklicher König, daß der Knabe, der Sohn des Königs Dschali'âd, zum Wesir Schimâs sprach: ,Dem Wesir geziemt es, sich dem König gegenüber so zu verhalten, wie der seine Stellung ansieht, und sich nicht gegen ihn zu überheben, weil er sich selbst höher einschätzt, auf daß der König ihm nicht zürne.' Dann fragte Schimâs weiter: ,Sage mir, wie soll sich der Wesir vor dem König angenehm machen?' Und der Knabe erwiderte: ,Er soll das Vertrauensamt, das der König ihm übertragen hat, erfüllen durch guten Rat, rechtes Urteil und Ausführung seiner Befehle.' ,Was du da sagst von der Pflicht des Wesirs gegen den König, daß er seinen Zorn meide und tue, was sein Wohlgefallen findet, und für das sorgt, was jener ihm aufträgt, so ist das etwas, das an sich notwendig ist. Doch sage mir, was soll er tun, wenn der König immer nur an Ungerechtigkeit und am Begehren von tyrannischer Gewalttat sein Gefallen findet? Was soll der Wesir tun, wenn er durch das Zusammensein mit einem solchen ungerechten Herrscher geplagt wird? Wenn er ihn von seiner Lust und Begierde und seiner Laune abbringen will, so vermag er es nicht zu tun;

wenn er aber seinen Lüsten nachgibt und seine Laune gutheißt, so lädt er die Last der Verantwortung auf sich und wird ein Feind der Untertanen. Was sagst du dazu?' ‚Was du, o Wesir, von der Verantwortung und der Schuld redest, das gilt nur, wenn er dem König im sündigen Wandel folgt. Aber es liegt dem Wesir doch ob, daß er dem König, wenn der sich mit ihm über solche Dinge berät, den Weg des Rechts und der Gerechtigkeit zeige, ihn vor Ungerechtigkeit und Gewalttat warne und ihm den guten Wandel unter dem Volke vorhalte, indem er den Wunsch nach dem künftigen Lohne, der darin liegt, in ihm erweckt und ihn durch die Strafe, die ihn ereilen muß, schreckt. Wenn der König ihm geneigt ist und seinen Worten sich fügt, so erreicht er sein Ziel; wenn nicht, so bleibt ihm nichts zu tun übrig, als daß er sich von ihm in freundlicher Weise trennt; denn durch die Trennung wird ihnen beiden die Ruhe zuteil.' ‚Sage mir, welches Recht hat der König an seine Untertanen, und welches Recht haben die Untertanen an den König?' ‚Was er ihnen befiehlt, das müssen sie tun in reiner Absicht, und sie müssen ihm gehorchen in dem, was ihm gefällt und Allah und Seinem Gesandten gefällt. Das Recht der Untertanen an den König ist, daß er ihr Hab und Gut schirmt und ihre Frauen schützt, wie es ihre Pflicht gegen ihn ist, daß sie auf ihn hören und ihm gehorchen, ihr Leben für ihn opfern, ihm geben, was sein ist, und ihn für die Gerechtigkeit und Güte, die er ihnen erweist, geziemend preisen.' ‚Du hast mir die Rechte des Königs und der Untertanen, nach denen ich dich gefragt habe, nunmehr klargelegt. Aber sag, gibt es für die Untertanen noch einen anderen Anspruch an den König außer dem, was du gesagt hast?' ‚Ja; das Recht des Volkes an den König ist bindender als das Recht des Königs an die Untertanen; denn der Verlust ihrer Rechte ihm gegenüber ist schädlicher als der Verlust seiner Rechte ihnen gegenüber, da das Verderben des Königs und der Untergang seines Reiches und seines Wohlstandes nur eintreten, wenn die Rechte der Untertanen verloren gehen. Wer also mit der Königswürde betraut ist, dem geziemt es, daß er sich dreier Dinge befleiße; das sind die Förderung des Glaubens, die Förderung der Untertanen und die Förderung der Staatspflege. Wenn er sich dieser drei Dinge befleißt, so ist seine Herrschaft von Dauer.' ,Tu mir kund, in welcher Weise er für die Förderung der Untertanen sorgen muß!' ,Er soll ihnen geben, was ihnen gebührt, er soll ihre Sitten und Gebräuche aufrecht erhalten, Gelehrte und Weise bestallen, um sie zu unterrichten, und ihnen Recht untereinander verschaffen; er soll ihr Blut schonen, sich ihres Besitzes enthalten, ihre Lasten erleichtern und ihre Heere stärken.' ,Welches Recht hat der Wesir an den König?' ,Der König hat gegen keinen von allen Menschen eine stärkere Verpflichtung als die, so ihm gegenüber dem Wesir obliegt, und zwar aus drei Gründen: erstlich, wegen dessen, was ihm vom König widerfährt, wenn sein Rat falsch ist, und wegen des allgemeinen Nutzens für König und Volk, wenn sein Rat richtig ist; zweitens, damit die Menschen seine hohe Stellung bei dem König erkennen und damit die Untertanen mit dem Auge der Ehrfurcht und Achtung und Demut zu ihm emporschauen; und drittens, auf daß der Wesir, wenn er dies vom König und von den Untertanen erfährt, von ihnen fernhält, was sie verabscheuen, und ihnen erfüllt, was sie lieben.' ,Ich habe nunmehr alles vernommen, was du mir über die Eigenschaften des Königs und des Wesirs und der Untertanen gesagt hast, und ich nehme es an von dir. Jetzt aber tu mir kund, was nötig ist, um die Zunge vor Lüge und Torheit, Verleumdung und Übertreibung in der Rede zu bewahren.' ,Es geziemt dem Menschen, daß er nur Gutes und Treffliches rede und nicht von dem spreche, was ihn nichts angeht, daß er sich der Verleumdung enthalte und nichts von dem, was er über einen Mann gehört hat, seinem Feinde hinterbringe; ferner soll er weder seinem Freunde noch seinem Feinde bei seinem Herrscher zu schaden suchen; auch soll er sich weder um den kümmern, von dem er Gutes erhofft, noch um den, dessen Unheil er fürchtet, sondern nur um Allah den Erhabenen; denn Er ist es, der in Wahrheit schadet und nützt. Und er soll von niemandem Schlechtes berichten noch töricht von ihm reden, damit er nicht vor Allah die Last der Sünde auf sich nehme und nicht bei den Menschen Haß ernte. Wisse, die Rede ist wie ein Pfeil; wenn der abgeschossen ist, so kann niemand ihn zurückbringen. Er hüte sich, sein Geheimnis jemandem anzuvertrauen, der es verrät, auf daß ihm aus diesem Verrat kein Schaden erwachse, nachdem er darauf vertraut hatte, daß es geheim bliebe; ja, er soll sein Geheimnis vor seinem Freunde noch mehr verbergen als vor seinem Feinde; sieh, etwas Anvertrautes vor allen anderen Menschen bei sich zu behalten, das ist die rechte Erfüllung des Vertrauens.' ,Berichte mir von dem rechten Verhalten gegenüber den Angehörigen und den Verwandten!' ,Die Menschenkinder finden nur im rechten Verhalten Ruhe; deshalb geziemt es dem Menschen, daß er den Seinen gebe, worauf sie ein Recht haben, und seinen Brüdern, was ihnen zukommt.' ,Sag also, was ist es, das er den Seinen geben soll?' ,Was er den Eltern geben soll, ist Demut, bescheidene Rede, Sanftmütigkeit, Rücksicht und Ehrfurcht. Was er aber den Brüdern geben soll, ist guter Rat, bereitwillige Hilfe durch Geld, Beistand in ihren Unternehmungen, Freude an ihrer Freude und Übersehen dessen, was sie im Irrtum gefehlt haben. Wenn sie solches durch ihn erfahren, so vergelten sie ihm mit dem besten Rat, den sie geben können, und geben ihr Leben für ihn dahin. Wenn du daher deinem Bruder vertrauen kannst, so verschwende deine Liebe an ihn und hilf ihm in allen seinen Angelegenheiten!' – –«

Da bemerkte Schehrezâd, daß der Morgen begann, und sie hielt in der verstatteten Rede an. Doch als die *Neunhundertunddreizehnte Nacht* anbrach, fuhr sie also fort: »Es ist mir berichtet worden, o glücklicher König, daß der Jüngling, der Sohn des Königs Dschali'âd, als der Wesir Schimâs die vorbenannten Fragen an ihn richtete, ihm die Antworten darauf gab. Dann fuhr der Wesir Schimâs fort: ‚Ich denke, es gibt zwei Arten von Brüdern, Brüder zuverlässiger Freundschaft und Brüder der Geselligkeit. Jenen, den Brüdern zuverlässiger Freundschaft gebührt das, was du erwähnt hast; nun möchte ich dich über die anderen fragen, die Brüder der Geselligkeit.' ‚Von den Brüdern der Geselligkeit erfährst du Vergnügen, freundliche Behandlung, gefällige Rede und schöne Geselligkeit; enthalte ihnen keine Freude vor, sondern gib ihnen reichlich, so wie sie dir reichlich geben; tritt ihnen entgegen, so wie sie dir entgegentreten, mit heiterem Antlitz und mit freundlichen Worten, so wird dein Leben schön sein, und deine Worte werden ihnen wohlgefallen!' ‚All das haben wir nun erfahren; doch sprich mir weiter von dem Lebensunterhalt, der dem Geschöpfe vom Schöpfer bestimmt ist! Ist bei Menschen und Tieren jedem Einzelwesen Lebensunterhalt bis zu seinem Ende zuerteilt? Und wenn dem so ist, was treibt den, der seinen Unterhalt sucht, Mühen auf sich zu nehmen im Streben nach etwas, von dem er weiß, daß es, wenn es ihm vorherbestimmt ist, ihm sicher zuteil wird, auch wenn er die Mühe der Sorge nicht auf sich nimmt; und daß es, wenn es ihm nicht bestimmt ist, ihm nie zufällt, mag er sich auch noch so sehr darum bemühen? Soll er also von dem Bemühen ablassen, sein Vertrauen auf den Herrn setzen und Leib und Seele ruhen lassen?' ‚Wohl sehen wir, es ist einem jeden sein Anteil bestimmt an den Gütern der Welt, und es ist ihm eine Lebensfrist gestellt; aber zu jedem Unterhalt gibt es Mittel und Wege. Wer da sucht, würde wohl in seinem Suchen sich ausruhen können, wenn er vom Suchen abließe; dennoch muß er immer nach dem Lebensunterhalt suchen. Nun ist aber der Suchende in zwiefacher Lage: entweder er findet das Gesuchte, oder es bleibt ihm verwehrt. Wer findet, hat eine zwiefache Freude: einmal, daß er seinen Lebensunterhalt gefunden, und zweitens, daß sein Suchen einen glücklichen Ausgang genommen hat. Und der, dem es verwehrt bleibt, hat eine dreifache Befriedigung: erstens, daß er bereit ist, sein tägliches Brot zu suchen; zweitens, daß er es vermeidet, den Leuten zur Last zu fallen; und drittens, daß er frei davon ist, Tadel zu verdienen.' ‚Nun sprich mir von dem Thema, wie man den Lebensunterhalt suchen soll!' ‚Der Mensch soll das für erlaubt halten, was Gott ihm erlaubt hat, und das für verboten, was Allah, der Allgewaltige und Glorreiche, ihm verboten hat.'

Nachdem die beiden bis zu diesem Punkte gelangt waren, wurde die Prüfung beendet. Schimâs und alle Gelehrten, die zugegen waren, warfen sich vor dem Jüngling nieder, indem sie ihn rühmten und priesen. Sein Vater jedoch zog ihn an seine Brust, setzte ihn dann auf den Thron der Königswürde und sprach: ‚Preis sei Allah dafür, daß er mich mit einem Sohne gesegnet hat, der immerdar in meinem Leben mein Augentrost sein wird!' Darauf sprach der Jüngling zu Schimâs und zu den Gelehrten, die dort zugegen waren: ‚O Wesir, der du die geistigen Dinge beherrschest, wenn Allah mir auch nur ein klein wenig von der Wissenschaft erschlossen hat, so habe ich doch deine Absicht verstanden, die darin lag, daß du die Antworten gelten ließest, die ich auf deine Fragen gab, einerlei, ob ich das Rechte traf oder mich irrte; vielleicht hast du auch von meinen Irrtümern abgesehen. Nun möchte ich dich noch etwas fragen, das meine Einsicht nicht zu erfassen, meine Verstandeskraft nicht zu erreichen und meine Zunge nicht zu beschreiben vermag, da es mir dunkel ist wie klares Wasser in einem schwarzen Gefäß. Deshalb wünsche ich von dir, daß du es mir erklärst, auf daß in Zukunft jemandem wie mir nichts davon so unklar bleibe, wie es in der Vergangenheit war; denn wie Allah das Leben durch den Samen, die Kraft durch die Nahrung und die Heilung des Kranken durch die Geschicklichkeit des Arztes entstehen läßt, so läßt er die Heilung des Unwissenden durch das Wissen des Weisen entstehen. Drum leih meinem Worte dein Ohr!' Schimâs erwiderte: ‚O du, so licht an Verstand, du Meister in Fragen der Wahrheit, dem alle Gelehrten den Vorrang zuerkannt haben, der du die Dinge so schön zergliedern und einteilen kannst und in deinen Antworten auf die Fragen, die ich an dich gerichtet, das Rechte getroffen hast, du weißt, daß du mich nach nichts fragen kannst, für dessen Deutung du nicht eine bessere Einsicht hättest und wahrere Worte fändest; denn Allah hat dir an Wissen verliehen, was er noch nie einem anderen Menschen verliehen hat. Doch tu mir diese Dinge kund, nach denen du mich fragen willst!' Da sprach der Prinz: ‚Sage mir, woraus der Schöpfer, dessen Allmacht hochherrlich ist, die Schöpfung erschaffen hat, da vorher doch nichts vorhanden war und da in dieser Welt sich nichts findet, das nicht aus etwas erschaffen ist! Der Schöpfer, der Gesegnete und Erhabene, ist wohl imstande, die Dinge aus dem Nichts zu erschaffen; aber Sein Wille hat bestimmt, daß Er trotz der Vollkommenheit Seiner Allmacht und

Größe nichts erschuf, es sei denn aus etwas.' Der Wesir Schimâs erwiderte: ‚Was die angeht, die Gefäße aus Töpferton anfertigen, und ebenso die anderen Handwerker, so können sie nur ein Ding aus einem anderen erschaffen, da sie selbst erschaffene Wesen sind. Was aber den Schöpfer betrifft, der die Welt so wunderbar kunstvoll erschuf, so mußt du, wenn du die Allmacht des Gesegneten und Erhabenen zur Erschaffung der Dinge erkennen willst, deine Gedanken auf die verschiedenen Arten des Geschaffenen ausdehnen. Dann wirst du Zeichen und Merkmale für die Vollkommenheit Seiner Allmacht finden, die zugleich beweisen, daß Er imstande ist, die Dinge aus dem Nichts zu erschaffen; ja, Er hat sie sogar aus dem absoluten Nichts ins Dasein gerufen, da die Elemente, das heißt der Stoff der Dinge, ein absolutes Nichts waren. Ich will dir dies so klarlegen, daß du nicht im Zweifel darüber sein kannst; die Wunderzeichen von Nacht und Tag werden dir das begreiflich machen. Die beiden folgen aufeinander, so daß, wenn der Tag geschwunden ist und die Nacht kommt, der Tag für uns verborgen ist und wir nicht wissen, wo er weilt; und wenn die Nacht mit ihrem Dunkel und Grauen gewichen ist, so kommt der Tag, und wir wissen nicht, wo die Nacht weilt. Wenn die Sonne über uns aufgeht, so wissen wir nicht, wo ihr Licht zusammengefaltet war; und wenn sie untergeht, so wissen wir nicht die Stätte, in die sie verschwindet. Und solcher Beispiele aus den Werken des Schöpfers, dessen Namen gewaltig und dessen Allmacht hochherrlich ist, gibt es viele, durch die selbst das Denken der Scharfsinnigen unter den Geschöpfen ratlos wird.' Der Prinz fuhr fort: ‚O Weiser, du hast mir von der Allmacht des Schöpfers das kundgetan, was sich nicht bestreiten läßt. Doch sage mir nun, wie Er Seine Schöpfung ins Dasein rief!' Schimâs gab zur Antwort: ‚Die Welt ist nur geschaffen durch Sein Wort, das vor der Zeit existierte und durch das alle Dinge geschaffen sind.' Da sagte der Prinz: ,Allah, dessen Name allgewaltig und dessen Macht hocherhaben ist, hat also die Welt ins Dasein rufen wollen, ehe sie existierte.' Und Schimâs fuhr fort: ,Und mit Seinem Willen hat Er sie durch Sein Wort erschaffen; hätte Er nicht gesprochen und das Wort offenbart, so würde die Schöpfung nicht existieren.' – –«

Da bemerkte Schehrezâd, daß der Morgen begann, und sie hielt in der verstatteten Rede an. Doch als die *Neunhundertundvierzehnte Nacht* anbrach, fuhr sie also fort: »Es ist mir berichtet worden, o glücklicher König, daß Schimâs, als der Prinz ihm die vorbenannten Fragen stellte, sie ihm beantwortete; dann fuhr er fort: ,Mein lieber Sohn, keiner der Menschen wird dir etwas anderes kundtun, als was ich gesagt habe, es sei denn, daß er die Worte, die im heiligen Gesetze überliefert sind, falsch auslegt und den Wahrheiten ihren rechten Sinn nimmt. Dazu gehört es zum Beispiel, wenn jemand sagt, daß dem Worte eine eigne Kraft innewohne – ich nehme meine Zuflucht zu Gott vor einem solchen Glauben! Nein, meine Worte in betreff Allahs, des Allgewaltigen und Glorreichen, daß er die Schöpfung durch Sein Wort erschaffen habe, bedeuten, daß der Erhabene eins ist in Seinem Wesen und Seinen Attributen und sie bedeuten nicht, daß dem Worte Allahs eine eigene Kraft innewohne. Im Gegenteil, die Kraft ist eines der Attribute Allahs, wie auch das Wort und die andren Attribute der Vollkommenheit Attribute sind für Allah, der da erhaben ist in Seiner Macht und allgewaltig in Seiner Herrscherpracht. Er ist ohne Sein Wort nicht zu denken, und Sein Wort ist nicht zu denken ohne Ihn. Allah, dessen Ruhm hochherrlich ist, erschuf durch Sein Wort Seine ganze Schöpfung, und ohne Sein Wort erschuf er nichts. Er schuf die Dinge durch Sein Wort, das die Wahrheit ist, und durch die Wahrheit sind wir erschaffen.' Da sagte der Prinz: ‚Ich verstehe, was du über den Schöpfer und die Macht Seines Wortes sagst, und ich nehme das mit Verständnis von dir an. Doch ich hörte dich sagen, daß Er die Schöpfung nur erschuf durch Sein Wort, das die Wahrheit ist. Nun ist die Wahrheit das Gegenteil des Falschen. Aber von wo aus ist die Falschheit in Erscheinung getreten, und wie konnte sie sich der Wahrheit entgegenstellen, so daß sie ihr ähnlich ward und den Geschöpfen zweifelhaft, und daß sie nun zwischen den beiden unterscheiden müssen? Und liebt der Schöpfer, der Allgewaltige und Glorreiche, die Falschheit, oder haßt Er sie? Wenn du sagst, daß Er die Wahrheit liebt und durch sie Seine Schöpfung erschaffen hat und die Falschheit haßt, woher konnte denn dies, was der Schöpfer haßt, eindringen in das, was Er liebt, das heißt in die Wahrheit?' Darauf erwiderte Schimâs: ‚Als Gott den Menschen durch die Wahrheit erschaffen hatte, war dieser nicht eher der Reue bedürftig, als bis die Falschheit in die Wahrheit eindrang, durch die er geschaffen war, und zwar infolge der Fähigkeit, die Gott in den Menschen gelegt hatte, nämlich des Willens und der Neigung, die man Gewinnsucht heißt. Nachdem also die Falschheit in die Wahrheit auf diese Weise eingedrungen war, ward das Falsche mit dem Wahren vermischt, und zwar durch den Willen des Menschen und seine Fähigkeit und die Gewinnsucht, die auf seiner freien Wahl beruhen, zugleich auch auf der Schwäche der menschlichen Natur. Daher erschuf Gott für ihn die Reue, damit sie ihn von jenem Falschen fernhalte und ihn in der Wahrheit festige; doch Er schuf auch für ihn die Strafe, wenn er im Dunkel der Falschheit beharren sollte.' Weiter fragte der Prinz: ‚Sage mir nun, weshalb ist diese Falschheit der Wahrheit entgegengetreten, so daß sie mit ihr verwechselt wurde, und wie konnte die Strafe für den Menschen nötig werden, so daß er der Reue bedurfte?' Schimâs antwortete: ‚Als Gott den Menschen durch die Wahrheit erschuf, machte Er ihn so, daß er sie liebte, und es gab für ihn weder Strafe noch Reue; und er blieb so, bis Gott ihn mit der Seele versah, die zum vollkommenen Wesen des Menschen gehört, wiewohl sie von Natur auch die Neigung zu den Lüsten hat. Daraus entsprang das Aufkommen der Falschheit und ihre Vermischung mit der Wahrheit, durch die der Mensch geschaffen und die zu lieben ihm von Natur bestimmt war. Als aber der Mensch so weit gekommen war, wandte er sich im Ungehorsam von der Wahrheit ab; und wer sich von der Wahrheit abwendet, gerät nur in die Falschheit hinein.' Darauf sagte der Prinz:‚ So drang denn die Falschheit in die Wahrheit nur infolge des Ungehorsams und der Widersetzlichkeit?' ‚So ist es,' erwiderte Schimâs, ‚denn Gott liebt den Menschen, und wegen Seiner großen Liebe zu ihm schuf Er den Menschen so, daß er Seiner bedurfte, das heißt eben der Wahrheit selbst. Aber oftmals wird der Mensch lässig hierin wegen der Neigung seiner Seele zu den Lüsten; und er wendet sich dann zum Widerspruch. So fällt er durch den Ungehorsam, mit dem er sich seinem Herrn widersetzte, jener Falschheit anheim und verdient die Strafe. Aber wenn er die Falschheit von sich fernhält durch seine Reue und seine Rückkehr zur Liebe der Wahrheit, so verdient er sich den künftigen Lohn.' Und weiter sprach der Prinz: ‚Erzähle mir nun von dem Ursprung der Widersetzlichkeit, da doch die ganze Menschheit so weit zurückgeführt werden kann, bis daß sie von Adam abstammt; den aber hat Gott durch die Wahrheit geschaffen. Wie konnte er da den Ungehorsam an sich ziehen, so daß seinem Ungehorsam sich die Reue verband, nachdem die Seele in ihn gelegt

war, und sein Ausgang Lohn oder Strafe wurde?' Wir sehen, daß einige Menschen in der Widersetzlichkeit beharren, indem sie sich dem zuneigen, was Er nicht liebt, und dem ursprünglichen Zweck ihrer Erschaffung, das heißt der Liebe zur Wahrheit, zuwiderhandeln und sich den Zorn ihres Schöpfers zuziehen. Andere aber sehen wir, wie sie in dem, was ihrem Schöpfer wohlgefällt, und in dem Gehorsam gegen Ihn beharren und sich Gnade und künftigen Lohn verdienen. Was ist der Grund für den Unterschied, der zwischen ihnen besteht?'
Schimâs gab zur Antwort: ‚Der Ursprung des Auftretens dieses Ungehorsams in der Menschheit ist nur bei dem Teufel zu suchen; er war zuerst der Vornehmste unter allen Engeln und Menschen und Geistern, die Allah, dessen Name hochherrlich ist, geschaffen hatte, und er war von Natur zur Liebe geschaffen, so daß er nichts anderes kannte als sie. Doch weil er hierin einzigartig war, drangen in ihn Stolz und Dünkel, Anmaßung und Überhebung wider die Treue und den Gehorsam gegen seinen Schöpfer; deshalb erniedrigte Allah ihn unter alle Geschöpfe und schloß ihn von der Liebe aus, und jener bereitete sich selber eine Stätte im Ungehorsam. Als er nun erkannte, daß Allah, dessen Name hochherrlich ist, den Ungehorsam nicht liebt, und zugleich sah, wie Adam in der Wahrheit und der Liebe und im Gehorsam gegen seinen Schöpfer beharrte, drang der Neid in ihn, und er ersann eine List, um Adam von der Wahrheit abzuwenden, auf daß der mit ihm an der Falschheit teilnähme. So erwirkte denn Adam die Strafe, weil er sich zum Ungehorsam neigte, den sein Feind ihm so schön darstellte, und sich von seiner Lust beherrschen ließ, so daß er dem Befehle seines Herrn zuwiderhandelte und die Falschheit sich erheben konnte. Als darauf der Schöpfer, dessen Preis hochherrlich ist und dessen Namen geheiligt sind, die Schwäche

des Menschen erkannte und sah, daß er sich rasch seinem Feinde zuneigte und die Wahrheit verließ, da schuf Er für ihn in Seiner Barmherzigkeit die Reue, auf daß er sich durch sie aus dem Abgrunde der Neigung zum Ungehorsam erhöbe und die Rüstung der Reue anlege, um durch sie seinen Feind, den Teufel und dessen Heerscharen zu überwinden und zur Wahrheit zurückzukehren, die ihm von Natur bestimmt war. Doch wie der Teufel sah, daß Allah, dessen Preis hochherrlich ist und dessen Namen geheiligt sind, ihm eine ferne Grenze festgesetzt hatte, eilte er, den Menschen zu befehden, und berannte ihn mit Listen, um ihn aus der Gunst seines Herrn zu verdrängen und ihn zum Genossen zu machen in dem Zorn, den er und seine Heerscharen verdient hatten. Deshalb gab Allah, dessen Preis hochherrlich ist, dem Menschen die Fähigkeit zur Reue und gebot ihm, an der Wahrheit festzuhalten und in ihr auszuharren; doch Er verbot ihm den Ungehorsam und die Widersetzlichkeit und offenbarte ihm, daß er auf Erden einen Feind habe, der da Krieg führe und weder bei Tage noch bei Nacht von ihm abließe. So hat denn der Mensch ein Anrecht auf künftigen Lohn, wenn er an der Wahrheit festhält, die zu lieben seine Natur geschaffen ward; doch er zieht sich Strafe zu, wenn seine Seele über ihn herrscht und ihn den Lüsten geneigt macht.' – –«

Da bemerkte Schehrezâd, daß der Morgen begann, und sie hielt in der verstatteten Rede an. Doch als die *Neunhundertundfünfzehnte Nacht* anbrach, fuhr sie also fort: »Es ist mir berichtet worden, o glücklicher König, daß der Prinz, nachdem er an Schimâs die vorbenannten Fragen gerichtet und dieser sie ihm beantwortet hatte, des weiteren sprach: ‚Sage mir, durch welche Kraft sind die Menschen fähig, sich ihrem Schöpfer zu widersetzen, da Er doch unbegrenzte Allmacht hat, wie du schon gesagt hast, und da nichts Ihn überwinden und von Seinem Willen abbringen kann? Glaubst du nicht, daß Er imstande wäre, Seine Geschöpfe von diesem Ungehorsam abzuwenden und sie dauernd bei der Liebe festzuhalten?' Schimâs antwortete: ‚Sieh, Allah der Erhabene, dessen Name hochherrlich ist, übt Recht und Gerechtigkeit und Milde gegen das Volk Seiner Liebe; Er offenbarte ihnen den Weg zum Guten und schenkte ihnen die Fähigkeit und die Kraft, das Gute zu tun, das sie wollen. Wenn sie aber dem zuwiderhandeln, so verfallen sie dem Untergang und dem Ungehorsam.' ‚Wenn der Schöpfer es war, der ihnen die Fähigkeit schenkte und sie deshalb imstande sind, zu tun, was sie wollen, weshalb tritt Er da nicht zwischen sie und das, was sie an Bösem begehren, so daß Er sie zur Wahrheit zurückführt?' ‚Das geschieht wegen Seiner großen Barmherzigkeit und Seiner herrlichen Weisheit; denn wie Er zuvor gegen den Teufel ergrimmte und sich seiner nicht erbarmte, so gab Er einst Adam das Gnadengeschenk der Reue und hatte Wohlgefallen an ihm, nachdem Er wider ihn ergrimmt gewesen war.' ‚Dies ist in der Tat die volle Wahrheit; denn Er ist es, der einem jeden nach seinem Tun vergilt, und es gibt keinen Schöpfer außer Allah, der da Macht hat über alle Dinge. Hat Allah nun erschaffen, was Er liebt und was Er nicht liebt, oder hat Er nur erschaffen, was Er liebt, und nichts anderes?' ‚Er hat alle Dinge geschaffen, doch Er hat nur an dem Wohlgefallen, das Er liebt.' ‚Wie steht es aber mit diesen beiden Dingen, von denen das eine vor Gott wohlgefällig ist und dem, der es übt, künftigen Lohn einträgt, während das andere Gott erzürnt und dem, der es tut, Strafe erwirkt?' ‚Erkläre mir diese beiden Dinge und mache sie mir begreiflich, auf daß ich über ihr Wesen sprechen kann!' ‚Die beiden sind das Gute und das Böse, die in Leib und Seele vereint sind.' ‚O verständiger

Jüngling, ich sehe, du weißt, daß das Gute und das Böse zu den Werken gehören, die der Leib und die Seele begehen. Das Gute von den beiden wird gut genannt, weil es vor Gott wohlgefällig ist; und das Böse heißt das Böse, weil es das ist, worauf Gottes Zorn ruht. Es geziemt dir, daß du Gott kennst und Sein Wohlgefallen erregst durch das Tun des Guten; denn das hat Er uns geboten, doch Er hat uns verboten, das Böse zu tun.'
‚Ich sehe, daß diese beiden Dinge, das Gute und das Böse, nur von den fünf Sinnen ausgeführt werden, wie sie im Leibe des Menschen bekannt sind und wie sie das Empfindungsleben darstellen, von dem Rede, Gehör, Gesicht, Geruch und Gefühl ausgehen. Nun möchte ich, daß du mir kundtust, ob diese fünf Sinne zusammen für das Gute oder für das Böse geschaffen sind.' ‚Vernimm, o Mensch, die Erklärung dessen, nach dem du gefragt hast; sie ist ein klarer Beweis, drum bewahre sie in deinem Denken und laß sie dein Herz durchdringen! Es ist aber diese: Gott, der Gesegnete und Erhabene, schuf den Menschen durch die Wahrheit und erfüllte seine Natur mit der Liebe zu ihr, und kein erschaffenes Wesen geht aus ihr hervor, es sei denn durch die Macht des Höchsten, die sich in allem Geschehen ausprägt. Und von Ihm, dem Gesegneten und Erhabenen, kann nichts anderes ausgesagt werden, als daß Er in Gerechtigkeit und Recht und Güte richtet. Er hat den Menschen zur Liebe geschaffen und die Seele in ihn gelegt, deren Natur zu den Lüsten hinneigt, und ihm die Fähigkeit gegeben und ihm diese fünf Sinne verliehen, die ihn zum Paradies oder zur Hölle ziehen.' ‚Wie ist das?' ‚Er schuf die Zunge zum Sprechen, die Hände zum Arbeiten, die Füße zum Gehen, die Augen zum Sehen und die Ohren zum Hören; und Er verlieh einem jeden dieser fünf Sinne eine Fähigkeit und veranlaßte sie zu Tätigkeit und Bewegung, indem Er einem jeden gebot, nur das zu

tun, was Ihm wohlgefällt. Was Ihm aber an der Rede wohlgefällt, ist die Wahrhaftigkeit und das Meiden ihres Gegenteils, nämlich der Lüge. Was Ihm am Auge wohlgefällt, ist der Blick auf das, was Gott liebt, und das Meiden seines Gegenteils, nämlich des Hinwendens der Blicke auf das, was Gott verabscheut, wie zum Beispiel den Blick auf die Lüste. Was Ihm am Gehör wohlgefällt, ist dies, daß es nur auf die Wahrheit horcht, wie die Ermahnung und das, was in den Schriften Allahs steht, und daß es das Gegenteil davon meidet, das heißt nicht auf solches hört, was Gottes Zorn herbeiführt. Was Ihm an den Händen wohlgefällt, ist dies, daß sie nicht bei sich behalten, was Er ihnen geschenkt hat, sondern es so ausgeben, wie es Ihm lieb ist, und daß sie das Gegenteil davon meiden, das heißt den Geiz oder die Verschwendung der Gaben Gottes in Ungehorsam. Und was Ihm an den Füßen gefällt, ist ihr Wandel im Guten, wie zum Beispiel in der Suche nach Belehrung, und das Meiden seines Gegenteils, nämlich des Wandels auf anderen Wegen als denen Gottes. Was nun die übrigen Lüste betrifft, die der Mensch übt, so entspringen sie dem Leibe auf Befehl der Seele. Und die Lust, die aus dem Leibe hervorgeht, ist von zweierlei Art: die Lust der Zeugung und die Lust des Bauches. Was Gott an der Lust zur Zeugung wohlgefällt, ist dies, daß sie sich nur an das Erlaubte hält, und es erregt Seinen Zorn, wenn sie dem Unerlaubten sich hingibt. Die Lust des Bauches besteht in Essen und Trinken; und was Gott an ihr gefällt, ist dies, daß ein jeder davon nur das nimmt, was Allah ihm gewährt hat, sei es wenig oder viel, und daß er Allah lobt und preist; was aber an ihr Gottes Zorn erregt, ist dies, daß der Mensch nimmt, was ihm Rechtens nicht zukommt. Alle anderen Ansichten hierüber sind falsch; du weißt, daß Gott alle Dinge erschaffen hat, aber nur am Guten Wohlgefallen hat, und daß Er einem jeden von den Gliedern des Leibes befohlen hat, das zu tun, was Er ihm zur Pflicht gemacht hat, denn Er ist der Allwissende, der Allweise.' ‚War es Allah, dessen Macht hochherrlich ist, im voraus bekannt, daß Adam von dem Baume essen würde, den Er ihm verboten hatte, so daß mit ihm geschah, was geschehen ist, und er sich dadurch vom Gehorsam zum Ungehorsam wandte?' ‚Ja, du weiser Jüngling, das war Allah dem Erhabenen im voraus bekannt, ehe er Adam erschuf; und der Beweis und das Zeichen dafür ist dies, daß Er ihn vorher warnte, von dem Baume zu essen, und ihm kundtat, er würde ein Sünder sein, wenn er davon äße; dies geschah aus Gründen der Gerechtigkeit und Billigkeit, damit Adam keine Entschuldigung hätte, um sich durch sie vor seinem Herrn rein zu waschen. Als er aber in den Abgrund der Sünde gestürzt war und Schmach und Tadel schwer auf ihm lasteten, ging das alles in der Folgezeit auf seine Nachkommen über. Deshalb schickte Allah der Erhabene die Propheten und die Gesandten und gab ihnen Schriften; und sie lehrten uns die göttlichen Gebote und erklärten uns, was darin an Ermahnungen und Vorschriften enthalten ist, ja, sie zeigten uns klar und deutlich den Weg, der zum Ziele führt, und erklärten uns, was uns zu tun geziemt und was wir unterlassen müssen. Wir aber sind Herren des freien Willens; und wer innerhalb dieser Grenzen handelt, erreicht sein Ziel und hat Gewinn; wer aber diese Grenzen überschreitet und diesen Geboten zuwiderhandelt, der ist ungehorsam und erleidet Schaden in dieser und der nächsten Welt. Dies also ist der Pfad des Guten und des Bösen. Du weißt, daß Allah mächtig ist über alle Dinge und daß Er die Triebe in uns mit Seinem Willen und Wohlgefallen geschaffen hat, indem Er uns befahl, sie nur in erlaubter Weise walten zu lassen, auf daß sie uns zum Guten dienen; denn wenn wir sie in unerlaubter Weise gebrauchen, so dienen sie uns zum Bösen. Alles Gute, was uns trifft, kommt von Allah dem Erhabenen; doch alles Böse, was uns widerfährt, stammt von uns selber, der Schar der geschaffenen Wesen, nicht von dem Schöpfer, – darüber ist Allah weit und hoch erhaben!' – –«

Da bemerkte Schehrezâd, daß der Morgen begann, und sie hielt in der verstatteten Rede an. Doch als die *Neunhundertundsechzehnte Nacht* anbrach, fuhr sie also fort: »Es ist mir berichtet worden, o glücklicher König, daß der Jüngling, der Sohn des Königs Dschali'âd, als er dem Wesir Schimâs diese Fragen vorgelegt und der sie ihm beantwortet hatte, des weiteren zu ihm sprach: ,Deine Beschreibung dessen, was man von Allah dem Erhabenen annehmen und was man Seinen Geschöpfen zuschreiben soll, habe ich verstanden. Doch gib mir noch über eine andere Sache Bescheid, die meinen Verstand in ratloses Staunen versetzt! Denn ich wundere mich über die Menschenkinder, die so gar nicht an die künftige Welt denken und es unterlassen, von ihr zu sprechen, und nur diese Welt lieben, wiewohl sie wissen, daß sie von ihr scheiden und elend aus ihr fortziehen müssen.' ,Ja, wahrlich; und wenn du siehst, daß sie dem Wechsel unterworfen ist und treulos an ihren Kindern handelt, so ist das ein Beweis dafür, daß dem Glücklichen sein Glück nicht dauernd hold ist und dem Unglücklichen das Unglück nicht ewig währt. Niemand in ihr ist sicher vor ihrem Wechsel, und auch wenn einer Macht über sie hat und sich in ihr zufrieden fühlt, so muß dennoch sein Zustand sich wandeln, und der Abschied von ihr muß ihm bald nahen. Deshalb kann der Mensch kein Vertrauen auf sie setzen, noch kann der Flittertand, den sie ihm bietet, ihm von wahrem Nutzen sein. Da wir aber dies wissen, so wissen wir auch, daß es dem unter den Menschen am schlechtesten ergeht, der sich von ihr täuschen läßt und das Jenseits vergißt; denn jenes Glück, das er genossen hat, wiegt nicht die Furcht und die Drangsal und die Schrecken auf, die ihm nach seinem Scheiden aus ihr zuteil werden. Und ferner wissen wir, daß der Mensch, wenn er ahnte, was ihm bevorsteht, sobald der Tod naht und ihn trennt von den Wonnen und Freuden, in denen er weilt, sicherlich die Welt mit allem, was in ihr ist, von sich werfen würde; und wir sind dessen gewiß, daß die künftige Welt besser und nützlicher für uns ist.' ‚O Weiser,' sagte darauf der Prinz, ‚jetzt ist das Dunkel gewichen, das auf meinem Herzen lag, durch das helle Licht deiner Leuchte; du hast mich auf die Wege gewiesen, die ich wandeln muß, um der Wahrheit zu folgen, und du hast mir eine Leuchte gegeben, durch deren Licht ich sehen kann.' Da erhob sich einer von den Weisen, die zugegen waren, und sprach: ‚Wenn die Frühlingszeit kommt, so muß der Hase sowohl wie der Elefant eine Weide suchen. Ich habe von euch beiden Dinge vernommen an Fragen und Erklärungen, die ich noch nie in meinem Leben gehört habe; und das veranlaßt mich dazu, euch nach etwas zu fragen. So tut mir denn kund: welche ist die beste von den Gaben dieser Welt?' Der Prinz erwiderte: ‚Die Gesundheit des Leibes, rechtmäßig Brot und ein rechtschaffener Sohn.' ‚Nun sagt mir, was ist das Größere und was das Kleinere?' ‚Das größere ist das, dem sich ein Kleineres fügt, und das Kleinere das, was sich einem Größeren fügt.' ‚Sagt mir ferner, welches sind die vier Dinge, in denen sich alle Geschöpfe gleich sind?' ‚Die Geschöpfe sind sich gleich in Speise und Trank, in der Süße des Schlafs, in der Begierde nach dem Weibe und im Todeskampf.' ‚Welches sind die drei Dinge, deren Häßlichkeit niemand beseitigen kann?' ‚Dummheit, Gemeinheit der Natur und Lüge.' ‚Welche Lüge ist die beste, wiewohl eine jede an sich gemein ist?' ‚Die Lüge, die den, der sie ausspricht, vor Schaden bewahrt und ihm Nutzen einbringt.' ‚Welche Wahrheit ist häßlich, obgleich eine jede an sich schön ist?' ‚Die selbstgefällige Eitelkeit des Menschen auf das, was er besitzt.' ‚Und was ist das Häßlichste des Häßlichen?' ‚Wenn der Mensch auf das stolz ist, was er nicht besitzt.' ‚Welcher Mann ist der dümmste?' ‚Wer an nichts anderes denkt als an das, was er sich in den Bauch stecken kann.'

Nun aber sprach Schimâs: ‚O König, du bist unser Herrscher; doch wir wünschen, daß du das Königreich nach dir deinem Sohne vermachst; wir sind die Diener und Untertanen.' Darauf ermahnte der König die Gelehrten und alle anderen, die zugegen waren, das im Gedächtnis zu bewahren, was sie von ihm gehört hatten, und danach zu handeln; und er befahl ihnen, dem Gebot seines Sohnes zu gehorchen, da er ihn zu seinem Thronfolger nach ihm gemacht habe, auf daß er an seines Vaters Statt über das Reich herrsche. Allem Volke seines Reiches, den Kriegern und den Weisen, den Jungen und den Greisen und allen übrigen Menschen nahm er einen Eid ab, daß sie sich ihm nicht widersetzen und seinem Befehle nicht ungehorsam sein wollten.

Als der Prinz siebenzehn Jahre alt geworden war, ward der König von einer schweren Krankheit heimgesucht, so daß er dem Tode nahe kam. Und da der König gewiß wußte, daß der Tod bei ihm eingekehrt war, sprach er zu den Seinen: ‚Dies ist die Todeskrankheit, die mich befallen hat; drum beruft meine Anverwandten und meinen Sohn und versammelt um mich alles Volk meines Reiches, keiner von ihnen bleibe zurück, alle sollen zugegen sein!' Da gingen sie hinaus und verkündeten es denen, die nahe waren, und ließen es denen, die fern waren, durch eine Botschaft kundtun, bis daß alle kamen und zum König eintraten. Darauf sprachen sie zu ihm: ‚Wie geht es dir, o König? Und was hältst du von dieser Krankheit für dich?' Der König erwiderte ihnen: ‚Diese meine Krankheit ist die, in der das Verhängnis liegt; der Pfeil des Todes hat erfüllt, was Allah der Erhabene über mich beschlossen hat; dies ist der letzte meiner Tage in dieser Welt und der erste meiner Tage in jener Welt.' Dann sprach er zu seinem Sohne: ‚Tritt nahe heran zu mir!' So trat der Jüngling denn an ihn heran, indem er so bitterlich weinte, daß seine Tränen fast das Bett überströmten; doch auch dem König traten die Zähren in die Augen, und es weinten alle, die zugegen waren. Darauf sprach der König zu seinem Sohne: ‚Weine nicht, mein Sohn; ich bin nicht der erste, dem dies Unvermeidliche widerfahren ist, nein, es muß allen zuteil werden, die Allah erschaffen hat! Fürchte Gott und tu Gutes, das dir voraneilt zu der Stätte, die das Ziel aller Geschöpfe ist! Gehorche der Lust nicht, beschäftige deine Seele damit, den Namen Gottes anzurufen, wenn du dich erhebst und wenn du dich setzest, wenn du aufwachst und wenn du einschläfst! Mache die Wahrheit zum Merkzeichen für dein Auge! Dies ist mein letztes Wort an dich; und damit Gott befohlen!' – –«

Da bemerkte Schehrezâd, daß der Morgen begann, und sie hielt in der verstatteten Rede an. Doch als die *Neunhundertundsiebenzehnte Nacht* anbrach, fuhr sie also fort: »Es ist mir berichtet worden, o glücklicher König, daß damals, als König Dschali'âd seinem Sohne diese Ermahnungen vorgehalten und ihm für die Zeit nach seinem Tode das Reich übergeben hatte, der Prinz seinem Vater antwortete: ‚Du weißt, lieber Vater, daß ich dir immer gehorsam gewesen bin, deine Ermahnungen beobachtet, deine Befehle erfüllt und nur dein Wohlgefallen erstrebt habe; denn du bist mir der beste Vater gewesen.

Wie sollte ich nach deinem Tode von dem abweichen, was dir wohlgefällig ist? Jetzt nun, nachdem du mich so trefflich hast erziehen lassen, willst du von mir gehen, und ich habe keine Macht, dich zu mir zurückzubringen. Doch wenn ich deiner Ermahnungen eingedenk bleibe, werde ich durch sie glücklich sein, und das schönste Los wird mir zuteil werden.' Der König, der schon fast in den letzten Todeszuckungen lag, sprach darauf: ‚Mein lieber Sohn, halt fest an zehn Geboten, deren Erfüllung dir vor Gott in dieser und in jener Welt Segen bringen wird! Und sie lauten: ‚Wenn du zornig bist, so zügle deinen Zorn; wirst du von Leid heimgesucht, so sei standhaft; wenn du redest, so sage die Wahrheit; wenn du versprichst, so erfülle; wenn du richtest, so sei gerecht; wenn du Macht hast, so vergib; sei gütig gegen deine Beamten; verzeih deinen Feinden; überhäufe deinen Gegner mit Huld; füge ihm keinen Schaden zu! Und ferner halt fest an zehn anderen Geboten, durch die Allah dir unter dem Volke deines Reiches Nutzen verleihen wird; es sind diese: Wenn du teilst, sei gerecht; wenn du strafst, sei nicht grausam; wenn du dich verpflichtest, so erfülle deine Verpflichtung; nimm guten Rat an; laß Verstocktheit fern von dir sein; schärfe den Untertanen ein, sich an die göttlichen Gesetze und die löblichen Überlieferungen zu halten; richte gerecht unter den Menschen, auf daß hoch und niedrig dich lieben, die Übermütigen und Missetäter unter ihnen dich fürchten!' Dann sprach er zu den Gelehrten und Emiren, die als Zeugen zugegen waren, als er seinen Sohn zu seinem Nachfolger in der Herrschaft einsetzte: ‚Hütet euch, dem Befehle eures Königs zuwider zu handeln und den Gehorsam gegen euren Herrscher zu versäumen; denn das führt zum Untergang eures Landes, zur Trennung eurer Gemeinschaft, zum Schaden für euren Leib und zum Verlust eures Besitzes, worüber eure Feinde frohlocken würden! Seht, ihr wisset doch, was ihr mir gelobt habt, und so sei auch euer Gelöbnis diesem Jüngling gegenüber; und der Bund zwischen mir und euch walte auch zwischen euch und ihm! Drum ist es eure Pflicht, auf seinen Befehl zu hören und ihm zu gehorchen; denn darin liegt euer Wohlergehen. Haltet fest an ihm, wie ihr an mir getan habt; dann wird es gut stehen um eure Sache, und alles wird euch gedeihen! Seht, dort ist euer Herr und der Sachwalter eures Glückes, und damit Gott befohlen!' Darauf kam der Todeskampf mit solcher Gewalt über ihn, daß seine Zunge stockte; er drückte seinen Sohn ans Herz und küßte ihn und pries Allah. Dann verschied er und gab seinen Geist auf. Alle seine Untertanen, das ganze Volk seines Reiches, beweinten ihn; und er ward ins Leichentuch gehüllt und mit Ehren und feierlicher Pracht zur letzten Ruhestatt gebracht. Darauf kehrte das Volk mit dem Jüngling zurück; und man legte ihm die königlichen Gewänder an, setzte ihm die Krone seines Vaters aufs Haupt, schob den Siegelring auf seinen Finger und setzte ihn auf den Thron der Herrschaft. Nun wandelte der Jüngling unter ihnen nach der Weise seines Vaters in Milde und Gerechtigkeit und Wohlwollen, doch nur eine kleine Weile. Da trat ihm die Welt in den Weg und erfüllte mit ihren Lüsten seinen Sinn, und er gab sich ihren Wonnen hin; er hängte sich an ihren Flittertand und vergaß die Pflichten, die ihm sein Vater auferlegt hatte, er achtete nicht des Gehorsams gegen den Vater und vernachlässigte sein Reich, und so ging er einen Weg, auf dem sein eigenes Verderben lag. Stark ward in ihm die Liebe zu den Frauen, und er konnte von keiner schönen Maid hören, ohne daß er nach ihr sandte und sich mit ihr vermählte; und bald brachte er eine größere Zahl von Frauen zusammen, als je Salomo, Davids Sohn, der König der Kinder

Israel, sie gehabt hatte.[1] Und er begann sich abzuschließen, jedesmal mit einer anderen Schar von ihnen, und dann mit denen, die bei ihm waren, einen ganzen Monat zu verbringen, indem er sie nie verließ; dabei kümmerte er sich nicht um sein Reich und seine Herrschaft, achtete nicht auf die Beschwerden seiner Untertanen, die vor ihm Klage führen wollten, und wenn sie ihm schrieben, so gab er ihnen keine Antwort. Als sie nun das an ihm sehen mußten und gewahrten, wie er es ganz und gar unterließ, in ihre Angelegenheiten Einsicht zu nehmen, und wie er alles vernachlässigte, was sein Reich und seine Untertanen anging, da waren sie gewiß, daß bald das Unheil über sie hereinbrechen würde; und das bereitete ihnen Kummer. So kamen sie denn zusammen, um miteinander zu klagen, und einer sagte zum anderen: ‚Kommt, laßt uns zu Schimâs gehen, dem obersten seiner Wesire, und ihm unsere Sache darlegen und ihm kundtun, wie es mit diesem König steht, auf daß er ihn ermahne! Sonst wird binnen kurzer Zeit das Unheil über uns kommen; denn die Welt hat diesen König durch ihre Wonnen geblendet und mit ihren Stricken an sich gezogen.' Alsdann machten sie sich auf und begaben sich zu Schimâs und sprachen zu ihm: ‚O du gelehrter und weiser Mann, die Welt hat diesen König durch ihre Wonnen geblendet und mit ihren Stricken an sich gezogen; er hat sich der Torheit zugewendet, und sein Tun dient seinem Reiche zum Verderben. Wenn aber das Reich zugrunde geht, so geht auch das Gemeinwesen zugrunde, und wir geraten ins Verderben. Dies liegt daran, daß wir ihn tagelang und monatelang nicht sehen, und daß von ihm kein Befehl zu uns ergeht weder für

---

[1]. Im ersten Buch der Könige, Kapitel 11, Vers 3, heißt es von Salomo: Er hatte siebenhundert Weiber zu Frauen und dreihundert Kebsweiber; und seine Weiber neigeten sein Herz.

den Wesir noch für jemand anders. Daher ist es unmöglich, daß ihm ein Anliegen vorgetragen wird, er kümmert sich nicht um die Rechtsprechung, noch sorgt er für irgendeinen von seinen Untertanen; so wenig nimmt er sich ihrer an. Deshalb sind wir zu dir gekommen, um dir die Wahrheit der Dinge kundzutun; denn du bist der Erste und Vornehmste unter uns. Es geziemt sich nicht, daß ein Unglück über ein Land komme, in dem du weilst; denn du hast von allen am meisten Macht, den König zu bessern. Drum geh hin und sprich mit ihm; vielleicht wird er deine Worte annehmen und wieder zu Gott zurückkehren!' Da machte Schimâs sich auf und begab sich dorthin, wo er jemanden traf, durch den er Zugang zum König zu erlangen hoffte; zu dem sprach er: ,Guter Knabe, ich bitte dich, erwirke mir die Erlaubnis, zum König einzutreten; denn ich habe eine Sache, die ich ihm von Angesicht zu Angesicht vortragen möchte, um zu hören, was er mir selbst darauf erwidert.' Doch der Sklave antwortete ihm: ,Bei Allah, Herr, seit einem Monat hat er niemandem erlaubt, zu ihm einzutreten; auch ich habe in dieser ganzen Zeit sein Antlitz nie gesehen. Aber ich will dich zu jemand führen, der ihn für dich um Erlaubnis bitten kann; halt dich an denundden Sklaven, der zu seinen Häupten zu stehen pflegt und ihm die Speisen aus der Küche holt! Wenn er herauskommt und zur Küche geht, um das Essen zu holen, so erbitte von ihm, was dir beliebt; er wird dir deinen Wunsch erfüllen!' Darauf begab sich Schimâs zur Tür der Küche, und kaum hatte er dort eine kleine Weile gesessen, da kam auch schon der Sklave und wollte in die Küche hineingehen; Schimâs aber redete ihn an und sprach zu ihm: ,Mein lieber Sohn, ich möchte vor den König treten, um ihm etwas mitzuteilen, was ihn besonders angeht. Drum sei so gut und sprich mit ihm für mich, wenn er sein Mittagsmahl beendet hat und freundlicher Stimmung ist, und erwirke mir von ihm die Erlaubnis, ihm zu nahen, auf daß ich mit ihm über das reden kann, was ihn angeht!' ,Ich höre und gehorche!' erwiderte der Sklave; und als er die Speisen erhalten und vor den König gebracht hatte, und als der gegessen hatte und freundlicher Laune war, sprach er zu ihm: ,Schimâs steht an der Tür und erbittet von dir die Erlaubnis, zu dir eintreten zu dürfen, um dir Dinge mitzuteilen, die dich besonders angehen.' Der König erschrak und ward von Unruhe erfaßt; und er befahl dem Sklaven, den Minister zu ihm hereinzuführen. – –«

Da bemerkte Schehrezâd, daß der Morgen begann, und sie hielt in der verstatteten Rede an. Doch als die *Neunhundertundachtzehnte Nacht* anbrach, fuhr sie also fort: »Es ist mir berichtet worden, o glücklicher König, daß der Sklave, als der König ihm befahl, Schimâs zu ihm hereinzuführen, zu dem Wesir hinausging und ihm zurief, er möge eintreten. Wie dieser nun vor dem Herrscher stand, warf er sich anbetend vor Allah nieder, küßte dann dem König die Hände und flehte Segen auf sein Haupt herab. Da fragte der König: ,O Schimâs, was hat dich betroffen, daß du Einlaß zu mir begehrst?' Jener gab zur Antwort: ,Seit langem habe ich das Antlitz meines Herrn des Königs nicht mehr gesehen, und ich sehnte mich sehr nach dir. Nun aber schaue ich dein Angesicht, und ich bin zu dir gekommen, um dir ein Wort zu sagen, o König, der du in allem Gedeihen gefestigt sein mögest!' Der König fuhr fort: ,Sprich, was dir beliebt!' Und Schimâs hub an: ,Denke daran, o König, daß Allah der Erhabene dir in deinem jugendlichen Alter an Wissen und Weisheit so viel verliehen hat, wie er es noch keinem der Könige vor dir geschenkt hat! Und Er hat das Maß Seiner Güte gegen dich voll gemacht, indem Er dir die Herrschaft gab. Gott aber liebt es nicht, daß du dich von dem, was Er dir gnädig gewährte, zu etwas anderem abwendest, indem du gegen Ihn ungehorsam bist; drum trotze Ihm nicht im Vertrauen auf deine Schätze, nein, es geziemt dir, daß du an Seine Gebote denkst und Seinen Befehlen Gehorsam schenkst! Ich habe seit einigen Tagen gesehen, daß du deinen Vater und seine Ermahnungen vergessen, sein Vermächtnis verworfen, seinen Rat und seine Worte zunichte gemacht und dich nicht mehr an seine Gerechtigkeit und an seine gute Herrschaft gehalten hast; so hast du der Güte Allahs nicht mehr gedacht und hast ihr nicht durch Danksagung vergolten.' ‚Wie meinst du das,' fragte der König, ‚und was hat all das zu bedeuten?' Nun fuhr Schimâs fort: ‚Es bedeutet, daß du aufgehört hast, für die Angelegenheiten deines Reiches zu sorgen und für die Angelegenheiten deiner Untertanen, mit denen Gott dich betraut hat, und daß du dich von der menschlichen Natur treiben lässest zu allem, was sie dir von den armseligen Lüsten der Welt schön erscheinen läßt. Es heißt aber, daß die Wohlfahrt des Reiches und des Glaubens und der Untertanen zu dem gehört, was zu behüten dem König geziemt; und deshalb ist es mein Rat, o König, daß du deinen Ausgang recht im Auge behältst, denn so wirst du den offenkundigen Weg finden, auf dem das Heil liegt. Wende dich doch nicht der armseligen, vergänglichen Lust zu, die zum Abgrund des Verderbens führt; sonst wird es dir ergehen, wie es dem Fischer erging!' ‚Wie war denn das?' fragte der König; und Schimâs erwiderte: ‚Mir ist berichtet worden

DIE GESCHICHTE
VON DEM TÖRICHTEN FISCHER

Einst zog ein Fischer zum Flusse hinab, um dort nach seiner Gewohnheit zu fischen; und als er am Flusse angelangt war und dann über die Brücke ging, erblickte er einen großen Fisch. Da sagte er sich: ‚Es ist gar nicht nötig für mich, hier stehen zu bleiben; ich will mich aufmachen und diesem Fische folgen, wohin er schwimmt, bis ich ihn fange; dann wird er mich auf eine Reihe von Tagen des Fischens überheben.' Alsbald legte er seine Kleider ab und sprang hinter dem Fische her; und die Strömung des Flusses trug ihn dahin, bis er den Fisch einholte und ergreifen konnte. Darauf blickte er um sich, und er entdeckte, daß er weit vom Ufer entfernt war. Obwohl er nun sah, was die Strömung mit ihm getan hatte, ließ er den Fisch doch nicht los, um zurückzukehren, sondern er setzte sein Leben aufs Spiel, indem er das Tier mit beiden Händen festhielt und sich selbst vom fließenden Wasser dahintragen ließ. Das Wasser aber trug ihn immer weiter, bis es ihn in einen Strudel warf, aus dem keiner, der in ihn geriet, sich retten konnte. Da begann er zu schreien und zu rufen: ‚Rettet einen Ertrinkenden!' Einige von den Stromwächtern eilten herbei und riefen ihm zu: ‚Was ist es mit dir? Was ist dir geschehen, daß du dich in diese große Gefahr gestürzt hast?' Er antwortete ihnen: ‚Ich selber habe den offenkundigen Pfad verlassen, auf dem das Heil liegt, und habe mich der Habgier und dem Verderben hingegeben.' Darauf sagten die Leute: ‚Mann, wie konntest du den Weg des Heils verlassen und dich selbst in dies Verderben stürzen? Du weißt doch von jeher, daß keiner, der hier hineingerät, gerettet wird! Was hinderte dich daran, das fortzuwerfen, was du in der Hand hältst, und dich selbst zu retten? Dann wärest du mit deinem Leben davongekommen und nicht in dies Verderben geraten, aus dem es keine Rettung mehr gibt; jetzt kann dich keiner von uns aus dieser Not befreien.' Da ließ der Mann alle Hoffnung auf sein Leben fahren; er verlor, was er in seiner Hand hielt, und wozu seine Begier ihn verlockt hatte, und er starb eines elenden Todes.'

*

,Dies Gleichnis, o König, habe ich dir nur deshalb erzählt, damit du dies verächtliche Treiben aufgibst, das dich von deinen Pflichten ablenkt, und damit du auf das achtest, was dir anvertraut ist, nämlich auf die Regierung deiner Untertanen und die Sorge für die Ordnung in deinem Reiche, so daß niemand in dir einen Fehler erblicken kann.' ,Was heißest du mich denn tun?' fragte der König; und Schimâs antwortete: ,Wenn es wieder Morgen wird und du wohl und gesund bist, so gib dem Volke Erlaubnis, bei dir einzutreten, und dann nimm Einsicht in die Angelegenheiten deiner Untertanen, entschuldige dich bei ihnen und versprich ihnen aus eigenem Antrieb Gutes und rechten Wandel.' Da sagte der König: ,Schimâs, du hast recht gesprochen; ich werde morgen, so Allah der Erhabene will, das tun, was du mir geraten hast.' Darauf ging der Wesir fort von ihm und tat dem Volke alles kund, was er ihm gesagt hatte. Als der Morgen tagte, trat der König aus seiner Verborgenheit hervor und befahl, das Volk zu ihm einzulassen. Dann entschuldigte er sich vor seinen Untertanen und versprach ihnen, er wolle an ihnen handeln, wie sie es wünschten; dessen waren sie zufrieden, und sie gingen wieder fort, indem ein jeder sich zu seiner Wohnung begab. Danach aber trat eine der Frauen des Königs, die er am liebsten hatte und am höchsten ehrte, zu ihm ein, und sie sah, daß seine Farbe erblichen war, und wie er über seine Angelegenheiten nachsann auf Grund dessen, was er von seinem Großwesir vernommen hatte. So sprach sie denn zu ihm: ‚O König, wie kommt es, daß ich dich beunruhigten Gemütes sehe? Hast du über irgend etwas zu klagen?‘ ‚Nein,‘ erwiderte er, ‚aber die Wonnen haben mich von meinen Pflichten abgelenkt. Welches Recht hatte ich, meine und meiner Untertanen Angelegenheiten also zu vernachlässigen? Wenn ich so fortfahre, wird binnen kurzer Zeit meine Herrschaft mir aus den Händen gleiten.‘ Sie aber antwortete ihm und sprach: ‚Ich sehe, o König, daß du dich von deinen Statthaltern und Wesiren hast täuschen lassen; sie wollen dich nur quälen und überlisten, damit dir in deiner Herrschaft diese Freude versagt bleibe und damit du keinen Genuß und keine Ruhe mehr findest. Ja, sie möchten, daß du dein Leben damit hinbringst, Mühen von ihnen abzuwenden, so daß deine Tage in Qual und Plage hinschwinden und du einem gleichst, der sich selbst für das Wohl eines anderen umbringt, oder daß es dir ergeht wie dem Knaben mit den Dieben.‘ ‚Wie war denn das?‘ fragte der König; und sie hub an: ‚Man erzählt

DIE GESCHICHTE VON DEM KNABEN UND DEN DIEBEN

Eines Tages zogen sieben Diebe aus, um zu stehlen, wie es ihre Gewohnheit war. Da kamen sie an einem Garten vorbei, in dem es frische Walnüsse gab, und sie beschlossen, in jenen Garten einzudringen. Nun sahen sie aber, wie ein kleiner Knabe bei ihnen stand, und zu dem sprachen sie: ‚Knabe, willst du mit uns in diesen Garten gehen und auf den Baum dort klettern, von seinen Nüssen essen, soviel du magst, und uns dann auch einige von seinen Früchten herunterwerfen?‘

Der Knabe war damit einverstanden und ging mit ihnen hinein.' – –«

Da bemerkte Schehrezâd, daß der Morgen begann, und sie hielt in der verstatteten Rede an. Doch als die *Neunhundertundneunzehnte Nacht* anbrach, fuhr sie also fort: »Es ist mir berichtet worden, o glücklicher König, daß der Knabe den Dieben willfahrte und mit ihnen hineinging; und da sagte der eine von ihnen zum anderen: ,Schaut, wer von uns der leichteste und kleinste ist; den laßt hinaufklettern!' Und weiter sagten sie: ,Wir finden unter uns keinen, der schmächtiger wäre als dieser Knabe.' Nachdem sie ihn aber auf den Baum hatten klettern heißen, riefen sie: ,Knabe, rühre keine von den Früchten des Baumes an, damit dich nicht jemand sieht und dir ein Leid antut!' ,Was soll ich denn tun?' fragte der Knabe; und sie erwiderten ihm: ,Setz dich mitten in den Baum und schüttle jeden einzelnen Zweig mit aller Kraft, so daß alles herabfällt, was an ihm hängt, und wir es auflesen! Wenn du alles, was an ihm ist, heruntergeschüttelt hast und zu uns herabgestiegen bist, so nimm deinen Teil von dem, was wir aufgelesen haben!' Der Knabe nun, der oben auf dem Baume war, begann jeden Zweig zu schütteln, den er erreichen konnte, und die Nüsse fielen von ihm herab, während die Diebe sie aufsammelten. Doch als sie damit beschäftigt waren, kam plötzlich der Besitzer des Baumes und blieb bei ihnen stehen, wie sie solches trieben. Und er fuhr sie an: ,Was habt ihr mit diesem Baum zu schaffen?' Sie antworteten ihm: ,Wir haben nichts von ihm weggenommen; wir kamen hier nur vorüber und sahen dort oben diesen Knaben. Und da wir glaubten, er wäre der Herr des Baumes, baten wir ihn, er möchte uns einige seiner Früchte zu essen geben; er schüttelte auch einige Zweige, so daß die Nüsse von ihnen herunterfielen. Uns trifft keine

Schuld!' Darauf sprach der Besitzer des Baumes zu dem Knaben: ,Und was sagst du dazu?' Der aber rief: ,Die da lügen! Ich will dir die Wahrheit sagen. Und die ist, daß wir zusammen hierher kamen; da befahlen sie mir, auf diesen Baum zu steigen und die Zweige zu schütteln, damit die Nüsse zu ihnen niederfielen, und ich mußte ihrem Befehle gehorchen.' Der Herr des Baumes fuhr fort: ,Du hast dich in großes Unheil gestürzt. Hast du denn wenigstens auch Nutzen davon gehabt, indem du einige Früchte davon gegessen hast?' Der Knabe erwiderte: ,Ich habe gar nichts davon gegessen.' Da sagte der Mann: ,Jetzt erkenne ich deine Torheit und Dummheit, die darin besteht, daß du dir selber geschadet hast, um anderen zu nützen.' Zu den Dieben sprach er: ,Euch kann ich nicht fassen; geht eurer Wege!' Den Knaben aber ergriff er und bestrafte ihn.'

*

,So wollen auch deine Wesire und Würdenträger dich zugrunde richten zu ihrem eigenen Vorteil, und sie wollen an dir handeln, wie die Diebe an dem Knaben gehandelt haben.' Da sagte der König: ,Recht ist, was du gesagt hast; du hast die Wahrheit gesprochen in deinen Worten! Ich will nicht zu ihnen hinausgehen und will meine Freuden nicht aufgeben.' Dann ruhte er die Nacht über bei seiner Gemahlin in allen Wonnen, bis der Morgen anbrach. Als es Morgen war, machte der Wesir sich auf, versammelte die Großen des Reiches samt den Untertanen, die bei ihnen zugegen waren; darauf zogen sie alle zum Tor des Königs, frohen und heiteren Sinnes. Aber er ließ ihnen das Tor nicht öffnen, er kam nicht zu ihnen heraus, und er gab ihnen auch nicht die Erlaubnis, zu ihm einzutreten. Und schließlich, als sie die Hoffnung aufgaben, sprachen sie zu Schimâs: ,O du trefflicher Wesir und vollendeter Weiser, siehst du nicht das Tun dieses halbwüchsigen unverständigen Knaben, der mit seinen anderen Sünden auch noch die Lüge vereint? Sieh, wie er dir sein Versprechen gebrochen, wie er gar nicht erfüllt hat, was er dir gelobte! Dies Vergehen mußt du noch zu seinen anderen Vergehen hinzutun. Doch wir bitten, daß du noch einmal zu ihm hineingehest und schaust, weshalb er säumt und nicht herauskommt. Wir erkennen recht wohl seine schmähliche Art, die sich hierin zeigt; ja, er hat den höchsten Grad der Verstocktheit erreicht.' So begab sich denn Schimâs wieder zu ihm, trat ein und sprach: ‚Friede sei mit dir, o König! Wie kommt es, daß ich sehen muß, wie du dich von neuem einer geringfügigen Freude hingibst und die große Aufgabe versäumst, die eifrig zu erfüllen dir geziemt? Du bist wie der Mann, der eine Kamelin hatte und immer nur an ihre Milch dachte, so daß er ob der Süße ihrer Milch vergaß, ihre Halfter festzuhalten; eines Tages kam er, um sie zu melken, dachte aber nicht an ihr Halfterband, und als die Kamelin fühlte, daß er den Strick nicht hielt, riß sie sich los und suchte das Weite. So verlor der Mann die Milch und die Kamelin, und so war der Schaden, den er hatte, größer als der Nutzen. Darum, o König, achte auf das, worin dein eigenes Wohl und das Wohl deiner Untertanen liegt; denn wie es dem Manne nicht geziemt, immer an der Küchentür zu sitzen, weil er das Essen nötig hat, so soll er auch nicht zu viel bei den Frauen sich aufhalten, weil er zu ihnen neigt. Nein, wie ein Mann nur dessen an Speise bedarf, was die Qual des Hungers abwehrt, und nur dessen an Trank, was den Schmerz des Durstes fernhält, so geziemt es dem verständigen Manne, von diesen vierundzwanzig Stunden nur zwei Stunden an jedem Tage bei den Frauen zu verweilen und die übrige Zeit auf seine Geschäfte und auf die Geschäfte seines Volkes zu ver-

wenden. Nicht länger als zwei Stunden soll er bei den Frauen bleiben und mit ihnen allein sein; sonst erleidet er Schaden an Leib und Verstand, da sie nie das Gute gebieten noch auf den rechten Weg dazu leiten. Er soll daher weder Wort noch Tat von ihnen annehmen; denn mir ist schon berichtet worden, daß viele Männer durch ihre Frauen ins Verderben geraten sind, so auch, daß einmal ein Mann umkam, weil er mit seiner Frau zusammen war und auf das hörte, was sie ihm befahl.'
‚Wie war denn das?' fragte der König; und Schimâs erzählte

DIE GESCHICHTE
VON DEM MANNE UND SEINER FRAU

Man berichtet, daß einmal ein Mann eine Frau hatte, die er liebte und ehrte; und er hörte auf ihre Worte und handelte nach ihrem Rate. Er hatte auch einen Garten, den er mit eigener Hand neu gepflanzt hatte; und er ging jeden Tag dorthin, um ihn zu pflegen und zu begießen. Eines Tages nun sprach seine Frau zu ihm: ‚Was hast du in deinem Garten gepflanzt?' Er gab ihr zur Antwort: ‚Alles, was du liebst und begehrst. Sieh, ich bin eifrig dabei, ihn zu pflegen und zu begießen!' Dann fuhr sie fort: ‚Willst du mich nicht mitnehmen und ihn mir zeigen, auf daß auch ich ihn sehe und ein frommes Gebet für dich verrichte? Denn siehe, meine Gebete werden erhört.'
‚Gern,' erwiderte er, ‚doch warte noch auf mich, bis ich morgen zu dir komme und dich mitnehme!' Am nächsten Morgen nahm der Mann seine Frau mit sich und begab sich mit ihr zu dem Garten; dort traten die beiden ein. Doch gerade, als sie eintraten, wurden sie von zwei Jünglingen aus der Ferne gesehen; und der eine von ihnen sprach zum anderen: ‚Der Mann da ist sicher ein Ehebrecher und die Frau da eine Dirne; und die beiden sind nur in den Garten gegangen, um Unzucht

zu treiben.' Deshalb folgten die beiden Jünglinge ihnen, um zu sehen, was mit ihnen geschehen würde; dann blieben sie in einem Winkel des Gartens stehen. Der Mann und seine Frau blieben, nachdem sie in den Garten eingetreten waren, eine Weile darin; dann sprach er zu ihr: ‚Verrichte jetzt das Gebet für mich, das du mir versprochen hast!' Doch sie entgegnete: ‚Ich bete nicht eher für dich, als bis du mir zu Willen gewesen bist, wie es die Frauen von den Männern begehren.' Da rief er: ‚Weh dir, Weib! Ist das, was zu Hause von mir geschieht nicht genug? Hier fürchte ich ein Ärgernis für mich, und du hältst mich auch von meinen Pflichten ab. Ja, fürchtest du denn gar nicht, daß jemand uns sehen könnte?' Sie aber fuhr fort: ‚Darum brauchen wir uns nicht zu sorgen; denn wir begehen doch nichts Schändliches noch Verbotenes. Und mit dem Bewässern des Gartens hat es noch Zeit; den kannst du begießen, wann du willst.' Und sie nahm keine Entschuldigung, keinen Grund von ihm an, sondern drang hartnäckig in ihn, er solle sie umarmen. Schließlich gab er nach und legte sich zu ihr; kaum aber sahen das die erwähnten Jünglinge, so eilten sie auf die beiden zu, legten Hand an sie und sprachen zu ihnen: ‚Wir lassen euch nicht los; denn ihr seid Ehebrecher. Und wenn wir nicht bei dem Weibe ruhen dürfen, so bringen wir eure Sache vor Gericht.' Der Mann erwiderte ihnen: ‚Weh euch! Dies ist meine Gattin, und ich bin der Herr des Gartens.' Sie aber hörten nicht auf seine Worte, sondern fielen über die Frau her; da schrie sie auf und rief ihren Gatten um Hilfe, indem sie sprach: ‚Dulde nicht, daß die Männer mich schänden!' Wie er nun auf die beiden losging und dabei auch um Hilfe rief, wandte sich einer von ihnen wider ihn, traf ihn mit seinem Dolche und tötete ihn. Dann machten sich beide über die Frau her und vergewaltigten sie.' – –«

Da bemerkte Schehrezâd, daß der Morgen begann, und sie hielt in der verstatteten Rede an. Doch als die *Neunhundertundzwanzigste Nacht* anbrach, fuhr sie also fort: »Es ist mir berichtet worden, o glücklicher König, daß die beiden Jünglinge, nachdem der eine den Gatten der Frau getötet hatte, sich über die Frau hermachten und sie vergewaltigten.'

*

‚Dies, o König, habe ich dir nur deshalb erzählt, damit du erkennst, daß es dem Manne nicht geziemt, auf die Rede der Frau zu hören, noch ihr in irgend etwas zu gehorchen, noch auch in der Beratung ihr Urteil anzunehmen. Hüte dich, das Gewand der Torheit anzulegen, nachdem du das Gewand der Weisheit und Kenntnis getragen hast, und schlechtem Rate zu folgen, nachdem du gewußt hast, was rechter und nützlicher Rat ist! Geh nicht länger einem armseligen Vergnügen nach, das zum Verderben führt und dessen Ausgang großen und schweren Verlust bringt!' Als der König diese Worte von Schimâs vernommen hatte, sprach er zu ihm: ‚Morgen werde ich, so Allah der Erhabene will, zu ihnen hinausgehen.' Da kehrte Schimâs zu den Großen des Reiches zurück, die dort zugegen waren, und berichtete ihnen, was der König gesagt hatte. Aber auch der Frau kam zu Ohren, was Schimâs gesagt hatte; und daher trat sie zum König ein und sprach zu ihm: ‚Die Untertanen sind doch nur die Knechte des Königs; allein ich sehe jetzt, daß du, o König, ein Knecht deiner Untertanen geworden bist, da du Angst vor ihnen hast und ihr Unheil fürchtest. Sie wollen ja nur dein inneres Wesen auf die Probe stellen; und wenn sie dich als schwach finden, so verachten sie dich; finden sie aber, daß du stark bist, so werden sie Ehrfurcht vor dir haben. So handeln die schlechten Wesire an ihrem Kö-

nig; denn ihrer Listen sind viel. Ich aber tu dir kund, wie es in Wahrheit um ihre Tücke steht. Wenn du ihnen nachgibst in dem, was sie wollen, so werden sie dich von deinem Willen zu dem ihren hinüberdrängen; dann werden sie dich von einem zum anderen bringen, bis sie dich ins Verderben stürzen. Und dir wird es ergehen wie dem Kaufmann mit den Dieben.'
‚Wie war denn das?' fragte der König; und sie erzählte

DIE GESCHICHTE VON DEM KAUFMANN UND DEN DIEBEN

Es ist mir berichtet worden, daß einmal ein Kaufmann lebte, der viel Geld besaß; der zog mit Waren aus, um sie in einer anderen Stadt zu verkaufen. Und als er in einer Stadt ankam, mietete er sich dort ein Haus und ließ sich in ihm nieder. Es sahen ihn aber einige Diebe, die den Kaufleuten aufzulauern pflegten, um ihre Waren zu stehlen; und die machten sich auf zu dem Hause jenes Kaufmannes und suchten dort einzudringen, allein sie fanden keine Gelegenheit dazu. Da sprach ihr Hauptmann zu ihnen: ‚Ich werde die Sache für euch besorgen.' Dann ging er fort, legte die Kleider der Ärzte an, warf über seine Schulter einen Sack, der einige Heilmittel enthielt, und zog dahin, indem er rief: ‚Wer bedarf eines Arztes?' bis er zu der Wohnung jenes Kaufmannes kam und sah, wie der beim Mittagsmahle saß. Er sprach zu ihm: ‚Brauchst du einen Arzt?' ‚Nein,' erwiderte jener, ‚ich brauche keinen Arzt; doch setz dich und iß mit mir!' Da setzte der Dieb sich ihm gegenüber und begann mit ihm zu essen. Nun war jener Kaufmann ein starker Esser; und da sprach der Dieb bei sich selber: ‚Jetzt habe ich meine Gelegenheit gefunden.' Darauf blickte er den Kaufmann an und sprach zu ihm: ‚Es ist meine Pflicht, dir einen guten Rat zu geben, nachdem du so gütig gegen mich gewesen bist; ja, es ist mir nicht möglich, ihn dir vorzuenthalten. Die Sache liegt nämlich so: ich sehe, du bist ein Mann, der viel ißt, und der Grund davon ist eine Krankheit in deinem Magen; wenn du dich nun nicht eilst, auf deine Heilung Sorge zu verwenden, so wird deine Sache mit Schrecken enden.' Doch der Kaufmann entgegnete: ‚Mein Leib ist gesund, und mein Magen verdaut rasch; und wenn ich auch ein starker Esser bin, so ist doch keine Krankheit in meinem Leibe – Gott sei Lob und Dank!' Der Dieb fuhr fort: ‚Das ist so nur dem Scheine nach, der dich trügt; nein, ich habe erkannt, daß in deinem Inneren eine verborgene Krankheit ist; und wenn du auf mich hören willst, so laß dich heilen.' Da fragte der Kaufmann: ‚Wo soll ich denn jemanden finden, der mein Heilmittel kennt?' ‚Der wahre Heiler ist nur Allah,' erwiderte der Dieb, ‚doch ein Arzt wie ich heilt den Kranken nach seinem besten Können.' Darauf sagte der Kaufmann: ‚Zeige mir sogleich mein Heilmittel und gib mir etwas davon!' Nun gab jener ihm ein Pulver, in dem sich viel Aloe befand, und sprach zu ihm: ‚Nimm dies heute nacht ein!' Der Kaufmann nahm es von ihm hin, und als es Nacht geworden war, gebrauchte er etwas davon; aber wiewohl er fand, daß es Aloe von widerlichem Geschmack war, hielt er das nicht für befremdlich; ja, nachdem er es gebraucht hatte, fand er sogar dadurch in jener Nacht Erleichterung. Am folgenden Abend brachte der Dieb ihm wieder ein Pulver, das noch mehr Aloe enthielt als das erste, und gab ihm etwas davon. Nachdem der Kaufmann es eingenommen hatte, verursachte es ihm in der Nacht eine starke Abführung; dennoch ließ er das geduldig über sich ergehen, ohne Verdacht zu schöpfen. Wie der Dieb nun sah, daß der Kaufmann auf sein Wort achtete und ihm vertraute, und nachdem er dessen gewiß geworden war, daß jener ihm nicht widersprach,

ging er fort und holte ihm eine tödliche Arznei; er gab sie
ihm, der Kaufmann nahm sie und schluckte sie hinunter. Aber
kaum hatte er jenes Gift getrunken, da zerfiel alles, was in seinem Leibe war, seine Eingeweide zerrissen, und er sank tot
nieder. Nun kamen die Diebe und nahmen alles, was dem
Kaufmann gehörte.'

*

‚Sieh, o König, ich erzähle dir dies nur, damit du kein Wort
von diesem Betrüger annimmst und damit dich nichts ereilt,
wodurch dein Leben zugrunde geht.' ‚Du hast recht,' sagte der
König, ‚ich werde nicht zu ihm hinausgehen.' Als es Morgen
ward, versammelten die Leute sich und begaben sich zum Tor
des Königs; dort blieben sie den größten Teil des Tages, bis sie
die Hoffnung, daß er herauskommen würde, aufgeben mußten. Darauf wandten sie sich wieder an Schimâs und sprachen
zu ihm: ‚O du weiser Philosoph und erfahrener Meister, sieh
doch, wie dieser törichte Knabe uns immer noch mehr belügt!
Es wäre nur recht, wenn man ihm die Königsmacht aus der
Hand nähme und sie einem anderen als ihm übertrüge, auf daß
durch den unsere Geschäfte geordnet würden und unsere ganze
Verwaltung in richtige Bahnen käme. Doch geh noch ein
drittes Mal zu ihm und laß ihn wissen, daß nichts uns zurückhält, uns wider ihn zu erheben und ihm die Herrschaft zu entreißen, als allein die Güte seines Vaters gegen uns und die
Schwüre und Eide, die er uns abgenommen hat! Morgen aber
werden wir uns alle bis zum letzten Mann mit unseren Waffen versammeln und das Tor dieser Festung niederreißen.
Wenn er dann zu uns herauskommt und tut, was wir wünschen, so ist es gut; sonst jedoch werden wir zu ihm eindringen
und ihn töten und die Königswürde in eine andere Hand legen
als die seine.' Da ging der Wesir Schimâs hin, trat zum König

ein und sprach zu ihm: ‚O König, der du dich ganz deinen Begierden und deinem Vergnügen hingibst, was machst du da mit dir selber? Wüßte ich nur, wer dich hierzu antreibt! Wenn du wider dich selber sündigst, so ist es zu Ende mit der Rechtschaffenheit und Weisheit und Reinheit, die wir früher an dir gewahrten. Könnte ich nur erfahren, wer dich so verwandelt hat und dich von der Weisheit zur Torheit, von der Treue zur Untreue, von der Milde zur Härte, von der Freundlichkeit gegen mich zur Abneigung wider mich verführt hat! Wie kommt es, daß ich dich dreimal ermahnen muß, ohne daß du meinen Rat annimmst, und daß ich dir guten Rat gebe, ohne daß du meine Worte befolgst? Sage mir, was ist das für ein Leichtsinn? Was ist das für ein frevles Spiel? Wer hat dich dazu verführt? Wisse, das Volk deines Reiches hat sich schon verschworen, zu dir einzudringen und dich zu töten und dein Reich einem anderen zu geben. Hast du etwa Macht über sie alle, und kannst du dich aus ihren Händen retten? Oder vermagst du dich wieder zum Leben zu erwecken, nachdem man dich getötet hat? Freilich, wenn all dies in deiner Macht steht, so bist du sicher davor und hast meinen Rat nicht nötig. Wenn dir aber das Leben in der Welt und die Königswürde noch am Herzen liegen, so komm zu dir selber, halt dein Reich in fester Hand, zeige den Leuten die Kraft deines Mutes und tu ihnen deine Entschuldigungen kund; denn sie wollen dir entreißen, was in deiner Hand ist, und es einem anderen übergeben, sie sind entschlossen zu Aufstand und Empörung! Dazu sind sie veranlaßt, weil sie wissen, wie jung an Jahren du bist, und daß du dich ganz dem Vergnügen und den Lüsten ergeben hast. Mögen Steine auch noch so lange im Wasser liegen, wenn sie herausgenommen und aufeinander geschlagen werden, so sprüht doch Feuer aus ihnen. Nun sind deine Untertanen ein zahlreich Volk; sie verschwören sich wider dich und wollen die Königswürde von dir auf einen anderen übertragen, sie werden ihren Willen an dir durchsetzen und dich ins Verderben stürzen. Dann wird es dir ergehen wie dem Wolf bei den Schakalen.' – –«

Da bemerkte Schehrezâd, daß der Morgen begann, und sie hielt in der verstatteten Rede an. Doch als die *Neunhundertundeinundzwanzigste Nacht* anbrach, fuhr sie also fort: »Es ist mir berichtet worden, o glücklicher König, daß der Wesir Schimâs zum König sprach: ,Sie werden ihren Willen an dir durchsetzen und dich ins Verderben stürzen. Dann wird es dir ergehen wie dem Wolf bei den Schakalen.' ,Wie war denn das?' fragte der König; und der Wesir erzählte

DIE GESCHICHTE VON DEN SCHAKALEN
UND DEM WOLF

Man berichtet, daß ein Rudel von Schakalen eines Tages auszog, um zu suchen, was sie fressen könnten; und während sie auf der Suche danach umherstrichen, trafen sie auf ein totes Kamel. Da sprachen sie bei sich selber: ,Jetzt haben wir etwas gefunden, von dem wir lange Zeit leben können; aber wir fürchten, bei uns wird einer den anderen vergewaltigen, der Starke wird sich mit seiner Kraft wider den Schwachen wenden, und so werden die Schwachen unter uns umkommen. Deshalb geziemt es uns, einen Richter zu suchen, der zwischen uns richtet, und wir wollen ihm auch einen Anteil geben; so wird der Starke keine Gewalt über den Schwachen haben.' Wie sie nun so miteinander darüber berieten, kam plötzlich ein Wolf auf sie zu, und da sagten die Schakale, einer zum anderen: ,Wenn das der rechte Rat ist, so macht doch diesen Wolf zum Richter unter uns; denn er ist der Stärkste von allen!

Sein Vater war früher auch schon Herrscher über uns, und wir hoffen zu Allah, daß er gerecht unter uns entscheidet.' Darauf wandten sie sich an ihn und taten ihm kund, welchen Beschluß sie gefaßt hatten, indem sie sprachen: ‚Wir haben dich zum Richter über uns erwählt, damit du einem jeden von uns seine tägliche Nahrung gibst nach dem Maße seines Bedürfnisses, so daß der Starke von uns nicht den Schwachen vergewaltige und wir uns nicht gegenseitig vernichten.' Der Wolf willfahrte ihrem Wunsche und übernahm die Verwaltung bei ihnen, indem er an jenem Tage ihnen zuteilte, was einem jeden genügte. Am nächsten Morgen aber sprach der Wolf bei sich: ‚Die Verteilung dieses Kamels unter diese Schwächlinge bringt mir nichts weiter ein als den kleinen Teil, den sie mir zuweisen. Wenn ich das Ganze allein fresse, so können sie mir keinen Schaden antun; sie sind doch eine Beute für mich und für die von meinem Hause. Wen gibt es, der mich hindern könnte, dies alles für mich zu nehmen, zumal da Allah sicher es mir verliehen hat, ohne daß ich ihnen für eine Wohltat verpflichtet wäre? Drum ist es das Beste für mich, ich nehme es für mich an ihrer Statt; von jetzt ab will ich ihnen nichts mehr geben.' So kamen denn am Morgen die Schakale zu ihm wie vorher, um ihre Nahrung von ihm zu verlangen; und sie sprachen zu ihm: ‚O Abu Sirhân[1], gib uns die Zehrung für den heutigen Tag!' Doch er antwortete ihnen und sprach: ‚Ich habe nichts mehr übrig, was ich euch geben könnte.' Da verließen sie ihn, elend wie sie waren, und sprachen: ‚Fürwahr, Allah hat uns in große Sorgen gestürzt durch diesen verworfenen Verräter, der Allah nicht ehrt noch fürchtet; doch wir haben weder Kraft noch Macht.' Darauf sprachen sie untereinander: ‚Vielleicht hat ihn nur die Not des Hungers dazu ge-

1. Beiname des Wolfs.

bracht; laßt ihn heute essen, bis er satt ist, morgen wollen wir wieder zu ihm gehen!' Am anderen Morgen also begaben sie sich wieder zu ihm und sprachen zu ihm: ,O Abu Sirhân, wir haben dich nur deshalb über uns gesetzt, damit du einem jeden von uns seine Nahrung zuweisest und dem Schwachen sein Recht gegen den Starken verschaffst; und wenn dies hier zu Ende ist, so solltest du dich bemühen, anderes für uns zu gewinnen, und wir wollten immer unter deinem Schutz und deiner Obhut stehen. Jetzt aber hat der Hunger uns gepackt, da wir zwei Tage lang nichts gegessen haben; also gib uns unsere Nahrung, und du magst nach freiem Ermessen über alles verfügen, was dann noch bleibt.' Doch der Wolf gab ihnen keine Antwort, sondern ward nur noch verstockter; auch wie sie sich von neuem an ihn wandten, ließ er sich davon nicht abbringen. Da sprachen die Schakale, einer zum anderen: ,Es bleibt uns kein anderer Ausweg, als daß wir uns zum Löwen begeben und uns seinem Schutze unterwerfen und ihm das Kamel überliefern. Wenn er uns dann etwas davon schenkt, so geschieht es durch seine Huld; wenn nicht, so verdient er es doch eher als dieser Schurke.' Darauf begaben sie sich zum Löwen und berichteten ihm, wie es ihnen mit dem Wolf ergangen war, indem sie mit den Worten schlossen: ,Wir sind deine Knechte, und wir sind zu dir gekommen, um bei dir Schutz zu suchen, damit du uns von diesem Wolf befreiest; ja, wir wollen dir als Knechte dienen.' Als der Löwe die Worte der Schakale vernommen hatte, ergriff ihn heiliger Eifer für Allah den Erhabenen, und er ging mit ihnen zu dem Wolf. Doch wie der Wolf den Löwen nahen sah, wollte er vor ihm entfliehen; allein der Löwe eilte ihm nach, packte ihn, zerriß ihn in Stücke und gab den Schakalen ihre Beute wieder.

*

‚Daraus erkennen wir, daß es sich für keinen der Könige geziemt, die Angelegenheiten seiner Untertanen zu vernachlässigen; also nimm meinen Rat an und glaube den Worten, die ich vor dir gesprochen habe! Denke daran, daß dein Vater vor seinem Hinscheiden dich ermahnt hat, auf guten Rat zu hören! Dies ist mein letztes Wort an dich; und damit Gott befohlen!' Der König sagte darauf: ‚Ja, ich will auf dich hören. Morgen, so Allah der Erhabene will, werde ich zu ihnen hinausgehen.' Da verließ Schimâs ihn und teilte den Leuten mit, der König habe seinen Rat angenommen und ihm versprochen, am nächsten Tage zu ihnen herauszukommen. Doch als die Gemahlin des Königs jene Worte vernahm, die ihr über Schimâs hinterbracht wurden, und sie nun überzeugt war, daß der König sicherlich zu den Untertanen hinausgehen würde, begab sie sich eiligst zu ihm und sprach zu ihm: ‚Wie sehr muß ich mich wundern über deine Unterwürfigkeit und deinen Gehorsam gegen deine Knechte! Denkst du nicht daran, daß diese deine Wesire für dich nur Knechte sind? Warum erhöhst du sie zu dieser hohen Bedeutung, daß du sie glauben lässest, sie wären es, die dir dies Reich gegeben und dir diesen hohen Rang verliehen hätten, und sie hätten dir Gaben gespendet, während sie doch nicht die Macht besitzen, dir das geringste zuleide zu tun? Nicht du bist es, der ihnen Unterwürfigkeit schuldet, sondern es ist ihre Pflicht, sich dir zu unterwerfen und deine Befehle auszuführen. Wie kannst du nur so gewaltige Angst vor ihnen haben? Es heißt doch: Wenn du nicht ein Herz wie von Eisen hast, so bist du nicht wert, König zu sein. Deine Milde hat die Leute getäuscht, so daß sie sich wider dich erfrecht und dir den Gehorsam versagt haben, obgleich es sich gebührt, daß sie zum Gehorsam gegen dich gezwungen und mit Gewalt dir untertänig gemacht werden.

Wenn du dich beeilst, ihre Worte anzunehmen, und sie lässest, wie sie jetzt sind, und ihnen das geringste wider deinen Willen gewährst, so werden sie schwer auf dir lasten und dich bedrängen; und das wird ihre Gewohnheit werden. Wenn du auf mich hörst, so wirst du keinem von ihnen hohen Rang verleihen und wirst von keinem unter ihnen ein Wort annehmen und sie nicht ermutigen zur Anmaßung wider dich; sonst geht es dir wie dem Hirten mit dem Dieb.' ,Wie war denn das?' fragte der König; und sie erzählte

DIE GESCHICHTE VON DEM HIRTEN
UND DEM DIEBE

Man berichtet, daß einst ein Mann war, der Schafe in der Steppe hütete und sie sorgsam bewachte. Eines Nachts aber kam ein Dieb dorthin, der einige seiner Schafe zu stehlen gedachte; er sah jedoch, wie der Hirt sie eifrig bewachte, da er bei Nacht nicht schlief und bei Tage nie achtlos war, und nun schlich er die ganze lange Nacht um ihn herum, allein er konnte ihm nichts rauben. Als er dann des Planes müde ward, begab er sich weiter in die Steppe hinein und erjagte einen Löwen; dem zog er das Fell ab und stopfte es mit Häcksel aus. Darauf nahm er es mit und stellte es an einer hohen Stätte auf in dem Teile der Steppe, wo der Hirt es sehen konnte, damit er es für einen lebendigen Löwen hielte. Dann ging der Dieb zu dem Hirten und sprach zu ihm: ,Der Löwe dort hat mich zu dir geschickt, um sein Nachtmahl von diesen Schafen zu fordern.' ,Wo ist denn der Löwe?' fragte der Hirt; und der Dieb antwortete ihm: ,Hebe deinen Blick; dort steht er!' Der Hirt hob sein Haupt und sah die Gestalt des Löwen; und wie er sie anschaute, glaubte er, es sei ein lebendiger Löwe, so daß er gewaltig vor ihr erschrak.' – –«

Da bemerkte Schehrezâd, daß der Morgen begann, und sie hielt in der verstatteten Rede an. Doch als die *Neunhundertundzweiundzwanzigste Nacht* anbrach, fuhr sie also fort: »Es ist mir berichtet worden, o glücklicher König, daß der Hirt, als er die Gestalt des Löwen sah, glaubte, es sei ein lebendiger Löwe, so daß er gewaltig vor ihr erschrak; die Angst ergriff ihn, und er sprach zu dem Dieb: ‚Bruder, nimm, was du willst; ich werde mich dir nicht widersetzen.' Da nahm der Dieb so viel von den Schafen, wie er begehrte; dann aber ward er immer gieriger, weil der Hirte so große Furcht hatte, und er kam in kurzen Zwischenräumen zu ihm, versetzte ihn in Schrecken und sprach zu ihm: ‚Der Löwe verlangt dies und dies, und er will das und das tun'; dann nahm er von den Schafen sein Genüge. So verfuhr der Dieb mit dem Hirten, bis er den größten Teil der Herde hatte verschwinden lassen.'

*

‚Diese Worte, o König, habe ich nur deshalb vor dir gesprochen, damit diese Großen deines Reiches sich nicht durch deine Milde und Nachgiebigkeit verleiten lassen, dich auszunutzen. Nach rechtem Urteil wäre es besser, sie stürben, als daß sie so an dir handeln.' Der König hörte auf ihre Worte, indem er zu ihr sprach: ‚Ich nehme diesen Rat von dir an, ich will ihrer Mahnung nicht folgen und nicht zu ihnen hinausgehen.'

Als es wieder Morgen ward, versammelten sich die Wesire und die Großen des Reiches und die Angesehenen unter dem Volke, von denen ein jeder seine Waffen mit sich trug; und sie begaben sich zum Palaste des Königs, um über ihn herzufallen, ihn zu töten und einen anderen an seine Stelle zu setzen. Nachdem sie bei dem Palaste angekommen waren, verlangten sie von dem Wächter, er solle ihnen das Tor öffnen. Da er ihnen aber nicht aufmachte, schickten sie fort, um Feuer zu holen und damit die Türen zu verbrennen und dann einzudringen. Der Torwächter hörte, wie sie so redeten, und er lief eilends hin und meldete dem König, daß sich das Volk bei dem Tore versammelt habe, indem er hinzufügte: ‚Sie verlangten von mir, daß ich ihnen öffnete; doch ich weigerte mich, und da schickten sie, um Feuer zu holen und mit ihm die Tore zu verbrennen; dann wollen sie zu dir eindringen und dich töten. Was befiehlst du mir zu tun?' Der König sprach bei sich: ‚Jetzt bin ich in das größte Unheil geraten.' Dann sandte er nach der Gemahlin, und als sie kam, sprach er zu ihr: ‚Fürwahr, Schimâs hat mir noch nie etwas berichtet, was ich nicht als wahr erfunden hätte; nun ist alles Volk gekommen, Vornehme und Geringe, und sie wollen mich und euch umbringen. Als der Torwächter ihnen nicht öffnete, schickten sie, um Feuer zu holen und mit ihm die Türen niederzubrennen; dann wird das Schloß verbrannt und wir in ihm. Was rätst du uns an?' Die Frau erwiderte: ‚Sei unbesorgt, laß dich von all dem nicht schrecken! Dies ist eine Zeit, in der sich die Toren wider ihre Könige erheben.' Doch der König fuhr fort: ‚Was rätst du mir zu tun? Welchen Ausweg gibt es in dieser Not?' Sie gab ihm zur Antwort: ‚Mein Rat geht dahin, daß du dir eine Binde um den Kopf legst und dich krank stellst; dann schicke nach dem Wesir Schimâs, damit er zu dir komme und sehe, in welchem Zustande du bist! Wenn er vor dich tritt, so sprich zu ihm; ‚Heute habe ich wirklich zum Volke hinausgehen wollen; aber diese Krankheit hat mich gehindert. Geh du nun zu den Leuten hinaus und sag ihnen, wie es mit mir steht! Teil ihnen auch mit, daß ich morgen sicher zu ihnen hinauskommen werde, um ihre Wünsche zu erfüllen und in ihre Angelegenheiten Einsicht zu nehmen, auf daß sie sich wieder beruhigen und ihr Zorn sich legt!' Du aber berufe morgen früh zehn von den Sklaven deines Vaters, Männer von Mut und Kraft, denen du dich anvertrauen kannst, die auf dein Wort hören und deinem Befehle gehorchen, die dein Geheimnis bewahren und dir treu ergeben sind; die stelle zu deinen Häupten auf und befiehl ihnen, immer nur einen nach dem anderen einzulassen! Sobald aber einer eingetreten ist, sprich zu den Sklaven: ‚Packt ihn und schlagt ihn tot!' Wenn du dies vorher mit ihnen verabredet hast, so laß am Morgen deinen Thron in deinem Staatssaale aufstellen und laß dein Tor öffnen! Wenn die Leute das Tor offen sehen, werden sie gutes Mutes sein und unbesorgten Herzens zu dir kommen; sie werden um Erlaubnis bitten, zu dir eintreten zu dürfen, und du erlaube ihnen, einzeln nacheinander einzutreten, wie ich dir gesagt habe; dann tu mit ihnen nach deinem Belieben! Doch es ist nötig, daß du zuerst Schimâs, ihren obersten Meister, töten lässest; denn er ist der Großwesir und der Rädelsführer. Ihn laß als ersten umbringen, danach laß sie alle töten, einen nach dem andern, verschone keinen unter ihnen, von dem du weißt, daß er bundbrüchig wider dich ist; ebenso auch keinen, dessen Macht du fürchtest! Wenn du so an ihnen handelst, werden sie keine Kraft mehr wider dich besitzen; du wirst in voller Ruhe vor ihnen leben, du wirst dich deiner Herrschaft heiter erfreuen und tun können, was dir beliebt. Glaube mir, es gibt keinen besseren Plan für dich als diesen!' Der König sagte darauf: ‚Recht ist dieser dein Rat, er weist auf die richtige Tat; ich werde sicherlich tun, was du gesagt hast.' Dann ließ er eine Binde bringen, verband sich mit ihr sein Haupt, stellte sich krank und sandte nach Schimâs. Als der vor ihn getreten war, sprach er zu ihm: ‚Schimâs, du weißt doch, daß ich dich liebe und deinen Rat befolge. Du bist mir wie ein Bruder und ein Vater, mehr als alle anderen. Du weißt auch, daß ich von dir alles annehme, was du mich tun heißest; und da du mich hießest, zu den Untertanen hinauszugehen und mich niederzusetzen, um Recht vor ihnen zu sprechen, wußte ich sicher, daß dies ein guter Rat von dir für mich war, und ich wollte gestern zu ihnen hinausgehen. Aber da kam diese Krankheit über mich, und ich kann nicht aufrecht sitzen. Nun ist mir zu Ohren gekommen, daß die Untertanen des Reiches in Unruhe sind, weil ich nicht zu ihnen hinausgekommen bin, und daß sie mir Böses antun wollen, was sich nicht gebührt, da sie nicht wissen, an welcher Krankheit ich jetzt leide. Drum geh du zu ihnen hinaus und tu ihnen kund, wie es um mich steht und in welchem Elend ich mich befinde; entschuldige mich bei ihnen, denn ich will ja ihre Worte befolgen und tun, was sie wünschen! Ordne du diese Sache, verbürge dich an meiner Statt hierfür; du warst ja immer ein treuer Ratgeber für mich und für meinen Vater vor mir, und du pflegst Frieden zu stiften unter den Menschen! So Allah der Erhabene will, werde ich morgen zu ihnen hinausgehen; denn vielleicht wird heute nacht diese Krankheit von mir weichen durch den Segen meiner reinen Absicht und des Guten, das ich für sie in meinem Herzen plane.' Da warf Schimâs sich nieder vor Allah, betete für den König, küßte ihm die Hände und war hocherfreut über das Geschehene. Dann ging er zu den Leuten hinaus, teilte ihnen mit, was er von dem König gehört hatte, und hielt sie zurück von dem, was sie tun wollten, indem er ihnen kundtat, wie der König entschuldigt sei durch den Grund, der ihn zurückgehalten hatte hinauszugehen; auch berichtete er ihnen, daß er versprochen habe, am nächsten Tage vor sie zu treten und für sie zu tun, was sie wünschten. Nun kehrten alle nach Hause zurück. – – «

Da bemerkte Schehrezâd, daß der Morgen begann, und sie hielt in der verstatteten Rede an. Doch als die *Neunhundertunddreiundzwanzigste Nacht* anbrach, fuhr sie also fort: »Es ist mir berichtet worden, o glücklicher König, daß Schimâs zu den Großen des Reiches hinausging und zu ihnen sprach: ,Morgen wird der König vor euch treten und für euch tun, was ihr wünscht', und daß dann alle nach Hause zurückkehrten. So nun stand es um sie.

Sehen wir aber, was der König darauf tat! Er ließ die zehn Sklaven kommen, starke Gesellen, die er aus den Recken seines Vaters hatte auswählen lassen, Männer von fester Entschlossenheit und gewaltiger Tapferkeit; zu denen sprach er: ,Ihr wißt, was euch bei meinem Vater an Ehre und hohem Ansehen zuteil wurde, wie er euch Wohltaten erwies, gütig gegen euch war und euch beschenkte. Nun will ich euch, nachdem er dahingegangen ist, bei mir zu einer Stufe erheben, die noch höher ist, als jene es war, und ich will euch den Grund davon kundtun; derweilen gewähre ich euch vor Gott sicheres Geleit. Zuerst aber will ich euch nach etwas fragen, ob ihr darin meinem Befehle, wie ich ihn euch erteile, gehorsam sein wollt, indem ihr mein Geheimnis vor allen Leuten behütet. Euch sollen von mir noch höhere Gnaden erwiesen werden, als ihr wünscht, wenn ihr meinem Befehle gehorcht.' Die zehn erwiderten wie aus einem Munde und mit den gleichen Worten, indem sie sprachen: ,Alles, was du uns befiehlst, o unser Herr, das wollen wir tun; wir wollen nicht von dem abweichen, was du uns heißest, nie und nimmer, denn du bist es, der über uns gebietet.' Er aber fuhr fort: ,Allah lasse es euch wohlergehen! Jetzt will ich euch kundtun, weshalb ich euch ausersehen habe, um euch noch mehr zu ehren. Es ist das Folgende: Ihr wißt, welche Ehren mein Vater den Untertanen seines

Reiches erwies, welchen Eid er sie für mich schwören ließ, und wie sie ihm gelobten, sie wollten mir nie die Treue brechen und meinem Befehle nie widersprechen; ihr habt auch gesehen, was sie gestern getan haben, wie sie sich alle bei mir zusammenrotteten und mich töten wollten. Nun will ich etwas mit ihnen tun, und zwar dies. Da ich geschaut habe, wessen sie sich gestern unterfingen, und da ich eingesehen habe, daß nur eine schwere Strafe sie von dergleichen abhalten wird, so bin ich gezwungen, euch damit zu beauftragen, alle heimlich zu töten, deren Hinrichtung ich euch befehle, auf daß ich Übel und Unheil von meinem Lande abwende, indem ich ihre Anführer und Häupter zu Tode bringe. Dies möge so geschehen: Morgen werde ich mich auf diesen Thron in diesem Gemach niedersetzen und ihnen Erlaubnis geben, einzeln nacheinander bei mir einzutreten; sie sollen durch die eine Tür hereinkommen und durch die andere hinausgehen. Ihr zehn sollt dann vor mir stehen und auf mein Zeichen achten. Jeden, der einzeln hereintritt, den ergreift, schleppt ihn in das Zimmer dort, tötet ihn und verbergt seinen Leichnam!' Sie erwiderten: ‚Wir hören auf dein Wort und gehorchen deinem Befehl.' Darauf gab er ihnen Geschenke, entließ sie und ruhte die Nacht über. Als es Morgen ward, berief er sie und befahl ihnen, den Thron aufzustellen; dann legte er die königlichen Gewänder an, nahm das Buch des Gesetzes in die Hand und gebot, das Tor zu öffnen. Das Tor ward aufgetan, er ließ die zehn Sklaven vor sich treten, und der Herold rief aus: ‚Wer ein Amt hat, der trete zum Teppich des Königs!' Da kamen die Wesire und die Heerführer und die Kammerherren und stellten sich auf, ein jeder nach seinem Range. Darauf gab er Befehl, sie sollten einzeln nacheinander hereinkommen. Zuerst trat der Wesir Schimâs herein, wie es der Brauch des Großwesirs ist; aber kaum war er drinnen und stand vor dem König, so umringten ihn, ehe er sich dessen versah, die zehn Sklaven, ergriffen ihn, schleppten ihn in das andere Zimmer und töteten ihn. Dann machten sie sich an die anderen Wesire, an die Gelehrten und an die Vornehmen und erschlugen sie, einen nach dem anderen, bis sie allen den Garaus gemacht hatten. Darauf berief er die Henker und befahl ihnen, das Schwert an alle zu legen, die noch übrig waren vom Volke der Tapferkeit und des starken Mutes. Keinen von denen, die sie als starke Leute kannten, verschonten sie mit dem Tode; nur das gemeine Volk und das Gesindel ließen sie am Leben. Und die trieben sie fort, so daß ein jeder von ihnen sich zu den Seinen begab. Der König blieb hinfort wieder allein mit seinen Freuden und gab sich ganz seinen Begierden hin; ja, er übte auch Bedrückung, Ungerechtigkeit und Grausamkeit, bis er alle Bösewichter übertraf, die vor ihm gewesen waren. Nun war aber das Land dieses Königs eine Mine von Gold und Silber, Rubinen und anderen Edelsteinen; und alle Könige ringsum beneideten ihn um dies Reich und warteten nur darauf, daß ihm ein Unheil widerführe. Einer der Könige, die ihm benachbart waren, sprach damals bei sich selber: ‚Jetzt habe ich erreicht, was ich wünschte, jetzt kann ich dies Reich dem törichten Knaben dort entreißen, da solches geschehen ist, daß er die Großen seines Reiches, alle mutigen und starken Männer, die in seinem Lande waren, umgebracht hat. Dies ist die Zeit der Gelegenheit, die Zeit, in der ihm genommen werden kann, was er in der Hand hält; denn er ist jung, er hat keine Kenntnis des Krieges und hat keine Einsicht. Auch hat er niemanden mehr um sich, der ihm recht raten oder ihm helfen könnte. Deshalb will ich noch heute bei ihm das Tor des Unheils öffnen, indem ich ihm einen Brief schreibe, darin ich ihn verhöhne und ihn grob anfahre wegen dessen, was er getan hat; dann will ich sehen, was er antwortet.' Und so schrieb er ihm einen Brief des Inhaltes: ‚Im Namen Allahs, des allbarmherzigen Erbarmers! Des ferneren: Mir ist berichtet worden, was du mit deinen Wesiren, Gelehrten und starken Männern getan hast, sowie auch, in welches Unheil du dich selber gestürzt hast, so daß dir keine Kraft noch Stärke geblieben ist, den abzuwehren, der über dich herfällt, zumal da du einen sündigen und verworfenen Wandel führst. Jetzt hat Allah mir den Sieg über dich verliehen und Macht über dich gegeben; drum höre auf mein Wort und gehorche meinem Befehl: Erbaue mir ein festes Schloß mitten im Meere! Wenn du das nicht kannst, so verlaß dein Land und flieh um dein Leben! Denn ich werde aus dem äußersten Indien zwölf Reitergeschwader wider dich entsenden, von denen ein jedes aus zwölftausend Streitern besteht; die werden in dein Land eindringen, dein Hab und Gut als Beute wegtragen, deine Mannen erschlagen und deine Frauen in die Gefangenschaft schleppen. Zu ihrem Anführer mache ich meinen Wesir Badî'a, und ich gebe ihm den Befehl, deine Stadt zu belagern, bis er sie erobert. Diesem Diener aber, den ich zu dir sende, habe ich befohlen, nur drei Tage bei dir zu verweilen. Wenn du dich meinem Gebote fügst, so bist du gerettet; sonst entsende ich wider dich, was ich dir genannt habe.' Dann versiegelte er den Brief und gab ihn dem Boten; der zog mit ihm fort, bis er zu jener Stadt kam. Dort begab er sich zum König und überreichte ihm den Brief. Doch als der König ihn gelesen hatte, versagte ihm die Kraft, seine Brust ward beklommen, und seine Lage ward ihm so unsicher, daß er schon den Tod vor Augen hatte; auch fand er keinen, den er um Rat fragen konnte, keinen, den er um Hilfe bitten konnte, keinen, der ihm hätte beistehen können. Da machte er sich auf und begab sich zu seiner Gemahlin, bleich, wie er war. Und die sprach zu ihm: ‚Was ist dir, o König?' Er antwortete: ‚Heute bin ich kein König mehr, sondern ich bin der Sklave eines Königs!' Darauf öffnete er den Brief und las ihn ihr vor. Und als sie ihn hörte, begann sie zu weinen und zu klagen und zerriß sich die Kleider. Als der König sie aber fragte: ‚Weißt du irgendeinen Rat, irgendeinen Ausweg in dieser argen Not?' erwiderte sie: ‚Die Frauen wissen in Kriegszeiten keinen Ausweg; da haben sie weder Kraft noch Rat, nur bei den Männern sind in solchen Dingen Kraft und Rat und Plan.' Wie der König diese Worte von ihr vernahm, ergriff ihn ein Übermaß von Reue und Gram und Kummer darüber, daß er sich so gegen sein eigenes Volk und die Wesire seines Reiches vergangen hatte. – –«

Da bemerkte Schehrezâd, daß der Morgen begann, und sie hielt in der verstatteten Rede an. Doch als die *Neunhundertundvierundzwanzigste Nacht* anbrach, fuhr sie also fort: »Es ist mir berichtet worden, o glücklicher König, daß jener König, als er solche Worte von seiner Gemahlin vernahm, ergriffen ward von einem Übermaß von Reue und Gram darüber, daß er sich so durch die Ermordung seiner Wesire und der Vornehmsten seiner Untertanen vergangen hatte; und er wünschte, daß er gestorben wäre, ehe ihm eine solche schmähliche Kunde überbracht wurde. Dann sprach er zu seinen Frauen: ‚Mir ist durch euch widerfahren, was dem Rebhuhn von den Schildkröten widerfuhr!' ‚Was war denn das?' fragten sie ihn; und der König hub an:

DIE GESCHICHTE VON DEM REBHUHN
UND DEN SCHILDKRÖTEN

Man berichtet, daß einmal Schildkröten auf einer Insel lebten; das war eine Insel, auf der Bäume mit Früchten sprossen und Bäche flossen. Nun begab es sich eines Tages, daß ein Rebhuhn dort vorüberflog und von der Hitze und der Ermattung übermannt wurde; und weil es sehr darunter litt, so hielt es im Fluge inne und ließ sich auf jener Insel nieder, auf der jene Schildkröten waren. Als es die Tiere erblickte, suchte es Zuflucht bei ihnen und kehrte bei ihnen ein. Aber die Schildkröten waren gerade auf der Suche nach Futter in die verschiedenen Gegenden der Insel gegangen und kehrten nun zu ihrer Stätte zurück. Als sie von ihren Weideplätzen zu ihrer Wohnstatt heimgekommen waren, fanden sie das Rebhuhn dort. Und wie sie es anschauten, gefiel es ihnen, und Allah machte es lieblich vor ihren Augen, so daß sie ihren Schöpfer priesen und dies Rebhuhn sehr lieb gewannen und ihre Freude an ihm hatten. Darauf sprachen sie zueinander: ‚Ganz gewiß ist dieser einer der schönsten Vögel.' Und eine jede von ihnen war ihm freundlich zugetan. Dieweil das Rebhuhn sah, daß sie es mit dem Auge der Liebe anschauten, ward es ihnen geneigt und mit ihnen vertraut; und wenn es des Morgens ausflog, wohin es wollte, so kehrte es doch am Abend zurück, um bei ihnen zu übernachten; am anderen Tage flog es dann wieder, wohin es wünschte. Das ward seine Gewohnheit, und es lebte in dieser Weise eine ganze Weile dahin. Die Schildkröten aber fühlten, daß sein Fernsein sie betrübte, und sie wußten nun, daß sie es nur zur Nachtzeit sehen konnten, daß es aber am Morgen immer eilends davonflog, ehe sie es bemerkten, trotz ihrer großen Liebe zu ihm. So sprachen sie denn eine zur anderen:

‚Seht, wir haben dies Rebhuhn lieb gewonnen, es ist uns ein Freund geworden, und wir können die Trennung von ihm nicht mehr ertragen. Welche List gäbe es nun, die bewirken könnte, daß es immer bei uns bleibt? Ach, wenn es auffliegt, so bleibt es uns den ganzen Tag fern, und wir sehen es nur bei Nacht!' Eine von ihnen aber gab ihnen einen Rat und schloß mit den Worten: ‚Seid ruhig, meine Schwestern, ich will so dafür sorgen, daß es sich keinen Augenblick mehr von uns trennt!' Da sagten alle anderen zu ihr: ‚Wenn du das tust, so wollen wir alle deine Mägde sein.' Als nun das Rebhuhn von seinem Futterplatz heimkehrte und sich unter ihnen niedersetzte, nahte ihm jene listige Schildkröte, rief Segen auf sein Haupt herab und wünschte ihm Glück zur sicheren Heimkehr; dann sprach sie zu ihm: ‚Lieber Herr, wisse, Allah hat dir unsere Liebe geschenkt und ebenso dein Herz mit der Liebe zu uns erfüllt; und du bist uns in dieser Einöde ein trauter Freund geworden. Nun ist die schönste Zeit für die Liebenden, wenn sie vereint sind; und schweres Leid kommt durch Fernsein und Trennung. Aber du verlässest uns, wenn der Morgen dämmert, und du kommst erst bei Sonnenuntergang zu uns zurück; und das betrübt uns gar sehr. Ja, es bekümmert uns tief, und wir leben deshalb in bitterer Qual.' Das Rebhuhn erwiderte ihr: ‚Ja, auch ich liebe euch, und ich sehne mich nach euch noch mehr als ihr nach mir, und die Trennung von euch fällt mir wahrlich nicht leicht. Aber ich habe kein Mittel in der Hand, um dem abzuhelfen; denn ich bin ein Vogel mit Flügeln, und es ist mir unmöglich, immer bei euch zu bleiben, da es wider meine Natur ist. Seht, ein Vogel, der Flügel hat, kann nicht still sitzen außer allein bei Nacht, um zu schlafen; wenn es Morgen wird, so fliegt er fort und sucht sich sein Futter, wo es ihm beliebt.' ‚Du hast recht,' fuhr die Schildkröte fort, ‚aber ein geflügeltes Geschöpf hat zu den meisten Zeiten keine Ruhe, und es gewinnt so an Gutem nicht ein Viertel von dem, was ihm an Mühsal zuteil wird; doch das höchste Ziel für jeden sind Behaglichkeit und Ruhe. Zwischen uns und dir hat Allah die Liebe und die Freundschaft entstehen lassen; und nun sind wir besorgt um dich, daß einer deiner Feinde dich erjagen könnte und du umkämst und wir des Anblickes deines Gesichtes beraubt würden.' Das Rebhuhn antwortete ihr und sprach: ,Du sagst die Wahrheit; aber was für einen Rat, was für einen Ausweg weißt du für mich?' Da hub jene wieder an: ,Mein Rat geht dahin, daß du deine Schwungfedern, mit denen du im Fluge dahineilst, ausreißest und bei uns in Ruhe weilest, von unserer Speise issest und von unserem Tranke trinkest, hier an dieser Futterstätte, wo der reifen Früchte Pracht uns aus vielen Bäumen entgegenlacht. Dann wollen wir mit dir an dieser fruchtbaren Stätte verweilen, und ein jeder von uns kann sich seines Gefährten erfreuen.' Das Rebhuhn gab ihren Worten nach, da es sich auch nach der Ruhe sehnte; dann rupfte es sich eine Feder nach der anderen aus, soviel es, von der Schildkröte beraten, für gut befand. Und nun blieb es bei ihnen und lebte mit ihnen, indem es an der armseligen Lust und der vergänglichen Freude Gefallen hatte. Während sie so dahinlebten, kam einmal ein Wiesel dort vorbei und schaute das Rebhuhn an und betrachtete es genau; da sah es, daß ihm die Flügel gestutzt waren, so daß es sich nicht erheben konnte. Als es solches an ihm bemerkte, freute es sich gar sehr und sprach bei sich: ,Sieh an, dies Rebhuhn dort ist fett an Fleisch und arm an Federn!' Darauf schlich das Wiesel an das Rebhuhn heran und packte es. Das Rebhuhn aber begann zu schreien und rief die Schildkröten zu Hilfe; allein die halfen ihm nicht, sondern sie eilten fort von ihm und krochen dicht zusammen, wie sie es in den Krallen des Wiesels erblickten. Und als sie sehen mußten, daß es vom Wiesel gequält wurde, erstickten sie vor Tränen. Da rief das Rebhuhn: ‚Habt ihr nichts anderes als Tränen?' Doch sie erwiderten ihm: ‚Lieber Bruder, wir haben keine Kraft und keine Macht und kein Mittel wider ein Wiesel.' Darüber war das Rebhuhn betrübt, und indem es alle Hoffnung auf sein Leben fahren ließ, sprach es zu ihnen: ‚Euch trifft keine Schuld; es ist nur meine eigene Schuld, daß ich euch gehorcht und meine Schwungfedern ausgerissen habe, mit denen ich fliegen konnte. Ich verdiene den Tod dafür, daß ich auf euch gehört habe, und ich tadle euch in nichts.'

*

‚Ebenso tadle ich euch jetzt nicht, ihr Frauen, sondern ich tadle und schelte nur mich selbst, dieweil ich nicht dessen eingedenk war, daß ihr der Grund für die Sünde waret, die unser Vater Adam beging und derentwegen er das Paradies verlassen mußte. Ich hatte vergessen, daß ihr die Wurzel alles Übels seid, ich habe auf euch gehört in meiner Torheit, meinem Mangel an Einsicht und meiner Unvorsichtigkeit und habe meine Wesire und die Verweser meines Reiches töten lassen, die meine treuen Ratgeber waren in allen Dingen, meine Stärke und meine Kraft in allem, was mir Sorge machte. Jetzt finde ich keinen Ersatz für sie, keinen sehe ich, der an ihre Stelle treten könnte, und so bin ich in großes Unheil geraten.' – –«

Da bemerkte Schehrezâd, daß der Morgen begann, und sie hielt in der verstatteten Rede an. Doch als die *Neunhundertundfünfundzwanzigste Nacht* anbrach, fuhr sie also fort: »Es ist mir berichtet worden, o glücklicher König, daß jener König sich selber tadelte und sprach: ‚Ich habe ja in meiner Torheit auf euch gehört und habe meine Wesire töten lassen; und nun finde ich keinen Ersatz für sie, keinen, der an ihre Stelle treten könnte. Wenn Allah mir nicht einen Ausweg zeigt durch jemanden, dessen rechter Rat mich dorthin führt, wo Rettung meiner wartet, so bin ich in großes Unheil geraten.' Dann ging er fort und begab sich in sein Schlafgemach; doch vorher klagte er noch um seine Wesire und Weisen, indem er rief: ‚Ach, daß diese Löwen jetzt bei mir wären, wenn auch nur auf eine einzige Stunde, auf daß ich mich vor ihnen entschuldigen und auf sie schauen könnte; dann könnte ich ihnen auch meine Not klagen und alles, was mir nach ihrem Tode widerfahren ist!' Den ganzen Tag über blieb er versunken im Meere der Sorgen, und er aß nicht und er trank nicht. Als es aber dunkle Nacht ward, erhob er sich, tat seine Gewänder ab und legte alte Kleider an, so daß er unkenntlich ward; dann ging er fort, um durch die Stadt zu wandern und vielleicht von jemanden ein Wort zu hören, durch das er Ruhe fände. Und während er durch die Hauptstraßen dahinzog, traf er plötzlich zwei Knaben, die ganz allein neben einer Mauer saßen; sie waren gleichen Alters, ein jeder von ihnen mochte zwölf Jahre alt sein. Und als er hörte, daß sie miteinander redeten, trat er näher an sie heran, bis er ihre Worte genauer hören und verstehen konnte. Da vernahm er, wie der eine von den beiden zum anderen sagte: ‚Höre, Bruder, was mir gestern abend mein Vater erzählt hat über das Unglück, das ihn befallen hat, dieweil seine Saaten vor der Zeit verwelkt sind, weil der Regen mangelt und eine so schwere Heimsuchung über diese Stadt gekommen ist.' Der andere fragte: ‚Kennst du die Ursache dieser Heimsuchung?' ‚Nein, sagte der erste,' ‚aber wenn du sie kennst, so sage sie mir!' Der andere antwortete ihm und sprach: ‚Ja, ich kenne sie und will sie dir kundtun. Wisse, einer von den Freunden meines Vaters erzählte mir, daß der König seine

Wesire und die Großen seines Reiches hat töten lassen, ohne daß sie eine Schuld begangen hätten, sondern nur weil er die Frauen liebte und zu ihnen neigte; die Wesire suchten ihn davon abzubringen, aber er wollte nicht davon lassen, sondern befahl, sie zu ermorden, indem er auf seine Frauen hörte; ja, er hat sogar meinen Vater Schimâs hinrichten lassen, seinen Wesir, der schon vor ihm der Wesir seines Vaters und sein Ratgeber gewesen war. Aber du wirst bald sehen, was Allah mit ihm tun wird um der Sünden willen, die er an ihnen beging, und wie er sie an ihm rächen wird.' Da fragte der erste Knabe wieder: ‚Was kann denn Allah ihm wohl antun, nachdem sie umgekommen sind?' Der andere erwiderte ihm: ‚Wisse, der König vom äußersten Indien mißachtet unseren König und hat ihm einen Brief geschickt, in dem er ihn schmäht und ihm sagt: ‚Erbaue mir ein Schloß mitten im Meere; wenn du das nicht tust, so werde ich zwölf Reitergeschwader wider dich entsenden, von denen ein jedes aus zwölftausend Streitern besteht! Zum Anführer dieser Scharen mache ich meinen Wesir Badî'a; der soll dir dein Reich nehmen, deine Mannen töten und dich samt deinen Frauen in die Gefangenschaft schleppen.' Als der Bote des Königs vom äußersten Indien mit diesem Briefe zu ihm kam, gab er ihm eine Frist von drei Tagen. Wisse aber auch, mein Bruder, jener König ist ein trutziger Degen, ein Mann von Kraft und an Mut verwegen. In seinem Reiche wohnt viel Volks; und wenn unser König kein Mittel findet, ihn von sich abzuwehren, so wird er ins Verderben geraten. Und nach dem Untergang unseres Königs wird jener König unser Hab und Gut rauben, unsere Männer töten und die Frauen in Gefangenschaft schleppen.' Als der König diese Worte von ihnen vernahm, wuchs seine Erregung noch mehr, und er war den beiden geneigt und sprach bei sich: ,Dieser Knabe ist sicher ein Weiser; denn er hat über etwas Auskunft gegeben, das ihm nicht von mir berichtet ist. Den Brief, der von dem König des äußersten Indien gekommen ist, habe ich bei mir, und das Geheimnis hüte ich; niemand außer mir hat Kenntnis von diesen Dingen. Wie hat denn dieser Knabe davon erfahren? Ich will doch Hilfe bei ihm suchen und mit ihm sprechen, und ich will Allah bitten, daß unsere Rettung durch ihn geschehe.' Darauf trat der König freundlich an den Knaben heran und sprach zu ihm: ,Du lieber Knabe, was hast du da von unserem König erzählt, daß er so schweres Unrecht getan habe durch die Ermordung seiner Wesire und der Großen seines Reiches? Ja, er hat in Wahrheit übel gehandelt an sich selbst und an seinen Untertanen; und du hast recht in dem, was du gesagt hast. Doch laß mich wissen, Knabe, woher hast du erfahren, daß der König des äußersten Indien einen Brief an unseren König geschrieben hat, in dem er ihn schmäht und ihm die harten Worte sagt, die du genannt hast?' Der Knabe erwiderte ihm: ,Ich habe dies erfahren nach dem Worte der Alten, daß vor Allah kein Ding verborgen ist, und daß im Geschlechte der Söhne Adams eine geistige Kraft wohnt, die ihnen die verborgensten Geheimnisse offenbart.' ,Du hast recht, mein Sohn.' fuhr der König fort, ,aber sage mir, bleibt unserem König noch irgendein Ausweg oder ein Mittel, durch das er dies große Unheil von sich und von seinem Reiche abwenden kann?' Da antwortete der Knabe und sprach: ,Jawohl; wenn der König zu mir schickt und mich fragt, was er tun soll, um seinen Feind abzuwehren und seiner List zu entfliehen, so werde ich ihm kundtun, wie er gerettet werden kann durch die Kraft Allahs des Erhabenen.' Der König fragte darauf: ,Wer soll denn dem König davon Nachricht geben, so daß er nach dir sende, um dich zu rufen?' Und der

Knabe gab ihm zur Antwort: ‚Ich habe gehört, daß er nach Männern von Erfahrung und rechter Einsicht sucht. Wenn er nun zu mir schickt, so werde ich mit ihnen zu ihm gehen und ihm zu wissen tun, worin sein Heil liegt, und wodurch er das Unheil von sich abwehren kann. Wenn er aber diese schwere Sache vernachlässigt und sich wieder seinem Getändel mit den Frauen hingibt, und wenn ich ihm dann sagen wollte, worin seine Rettung liegt, und aus eigenem Antriebe zu ihm ginge, so würde er mich töten lassen wie jene Wesire, und meine Freundlichkeit gegen ihn würde die Ursache meines Todes sein. Dann würden die Menschen mich verachten und meinen Verstand gering einschätzen, und von mir gälte dann auch das Wort dessen, der da sprach: ‚Wenn einer mehr Wissen als Verstand hat, – ein solcher Weiser kommt durch seine Torheit um.'‘ Als der König die Worte des Knaben vernommen hatte, ward er von seiner Weisheit überzeugt und erkannte seine Vortrefflichkeit und war gewiß, daß ihm und seinen Untertanen die Rettung durch den Knaben kommen würde. So richtete er denn wieder seine Worte an ihn, indem er sprach: ‚Woher bist du, und wo ist dein Haus?‘ Der Knabe erwiderte: ‚Diese Mauer grenzt an unser Haus.‘ Nachdem der König sich jene Stelle gemerkt hatte, nahm er von dem Knaben Abschied und kehrte erfreut in seinen Palast zurück. Und als er sich in seinem Gemache befand, legte er seine rechten Gewänder wieder an und ließ Speise und Trank bringen, aber die Frauen hielt er von sich fern. Er aß und trank und pries Allah den Erhabenen und bat ihn um Rettung und Hilfe, doch auch um Vergebung und Verzeihung für das, was er an den Gelehrten und Vornehmen seines Reiches getan hatte. Ja, er bereute vor Allah mit lauterem Herzen und erlegte sich durch ein Gelübde langes Fasten und viele Gebete auf. Dann rief er einen seiner vertrauten Diener, beschrieb ihm die Wohnung des Knaben und befahl ihm, zu ihm zu gehen und ihn in freundlicher Weise vor ihn zu führen. Jener Sklave begab sich also zu dem Knaben und sprach zu ihm: ‚Siehe, der König beruft dich, auf daß dir Gutes von ihm widerfahre, und daß er eine Frage an dich richte; dann sollst du wohlbehalten nach Hause zurückkehren.‘ Der Knabe antwortete und sprach: ‚Was ist des Königs Anliegen, wegen dessen er mich zu sich beruft?‘ Der Diener sprach: ‚Das Anliegen meines Herrn, wegen dessen er dich zu sich beruft, ist Frage und Antwort.‘ Da sagte der Knabe: ‚Ich höre tausendmal und gehorche tausendmal dem Befehle des Königs!‘ Dann ging er mit ihm, bis er zum König kam. Und wie er nun vor ihm stand, warf er sich vor Allah nieder und betete für den König, nachdem er den Gruß vor ihm gesprochen hatte; der König erwiderte seinen Gruß und hieß ihn sich setzen. Der Knabe setzte sich. – –«

Da bemerkte Schehrezâd, daß der Morgen begann, und sie hielt in der verstatteten Rede an. Doch als die *Neunhundertundsechsundzwanzigste Nacht* anbrach, fuhr sie also fort: »Es ist mir berichtet worden, o glücklicher König, daß der Knabe, als er zum König gekommen war und den Gruß vor ihm gesprochen hatte, dieser ihn sich setzen hieß, und daß er sich dann setzte. Da fragte der König ihn: ‚Weißt du, wer gestern mit dir gesprochen hat?‘ ‚Jawohl!‘ erwiderte der Knabe. Und als der König weiter fragte: ‚Wo ist er?‘ antwortete er ihm und sprach: ‚Der ist es, der jetzt mit mir redet.‘ ‚Du hast recht, mein Lieber‘, erwiderte der König und gab alsbald Befehl, einen Stuhl neben seinen Thron zu stellen; darauf ließ er den Knaben sich setzen, und dann befahl er, Speise und Trank zu bringen. Nachdem sie eine Weile miteinander geplaudert hatten, sagte der König zu dem Knaben: ‚Du, o Wesir, du hast gestern ein Gespräch mit mir gehabt und darin gesagt, du habest ein Mittel, um die Tücke des Königs von Indien von uns abzuwehren. Was ist das für ein Mittel? Wie sollen wir es beginnen, sein Unheil von uns abzuwenden? Tu es mir kund, auf daß ich dich zum Ersten derer mache, die da im Reiche mit mir reden, und dich zum Wesir für mich auserwähle, deinen Rat in allem befolge, was du mir zu tun rätst, und dir einen hohen Ehrensold bestimme.' Doch der Knabe entgegnete ihm: ‚Deinen Ehrensold magst du behalten, o König, und Rat und Plan magst du bei deinen Frauen suchen, die dich angestiftet haben, meinen Vater Schimâs zu töten mit all den anderen Wesiren.' Wie der König das von ihm hörte, schämte er sich und seufzte auf; dann fuhr er fort: ‚Lieber Knabe, war Schimâs wirklich dein Vater, wie du es sagst?' Der Knabe antwortete ihm und sprach: ‚Schimâs war wirklich mein Vater, und ich bin in Wahrheit sein Sohn!' Da neigte sich der König in Demut, Tränen strömten aus seinen Augen, und er bat Gott um Verzeihung. Dann hub er an: ‚O Knabe, siehe, ich tat das in meiner Unwissenheit, und weil die Frauen mich schlecht berieten; denn ihre List ist groß!'[1] Doch ich bitte dich, verzeih mir, und ich will dich an deines Vaters Stelle setzen, ja, ich will deinen Rang noch höher machen als seinen Rang. Ferner will ich dich, wenn diese Heimsuchung, die auf uns herabkam, abgewandt ist, mit einer goldenen Halskette schmücken und dich auf das stolzeste Roß setzen; und ich will dem Herold befehlen, vor dir auszurufen: ‚Dies ist der ruhmreiche Knabe, der Herr des zweiten Thrones nach dem König!' Und was das angeht, was du von den Frauen sagst, so gedenke ich meine Rache an ihnen zu nehmen; das werde ich dann tun, wenn Allah der Erhabene es will. Nun aber tu mir kund, was du für

1. Vergl. Koran, Sure 12, Vers 28.

einen Plan hast, auf daß mein Herz sich beruhige!' Darauf erwiderte ihm der Knabe mit den Worten: ,Schwöre mir einen Eid, daß du in dem, was ich dir sage, meinem Rate nicht zuwiderhandeln willst, und daß ich vor dem, was ich befürchte, sicher sein soll!' Da sprach der König zu ihm: ,Dies sei der Bund Allahs zwischen mir und dir, daß ich von deinem Worte nicht abweichen will, daß du mein Ratgeber sein sollst, und daß ich alles tun will, was du mich heißest; und Zeuge zwischen uns für das, was ich sage, sei Allah der Erhabene!' Da ward des Knaben Brust von Sorgen befreit, und das Feld der Rede öffnete sich ihm weit; und er hub an: ,O König, mein Plan und mein Ausweg ist der, daß du die Zeit abwartest, in der jener Bote wieder zu dir kommt, um Antwort zu heischen, nachdem die Frist verstrichen ist, die du von ihm erhalten hast; und wenn er dann vor dich tritt und die Antwort verlangt, so halt ihn hin und verweise ihn auf einen anderen Tag. Dann wird er dich um Entschuldigung bitten, weil sein König ihm eine bestimmte Anzahl von Tagen festgesetzt habe, und er wird auf eine Antwort von dir dringen. Du aber jage ihn fort und verweise ihn nur auf einen anderen Tag, ohne ihm jenen Tag festzusetzen! Dann wird er dich zornig verlassen und mitten in die Stadt gehen und offen vor den Leuten reden, indem er sagt: ,Ihr Leute der Stadt, ich bin ein Eilbote des Königs vom äußersten Indien; der ist ein Herr an Mut unerreicht und von einer Entschlossenheit, die das Eisen erweicht. Er hat mich mit einem Briefe an den König dieser Stadt geschickt und mir eine bestimmte Frist von Tagen festgesetzt und mir gesagt: ,Wenn du nicht nach Ablauf der Tage, die ich dir festgesetzt habe, zurückkehrst, so wird meine Rache über dich kommen. Seht, ich bin zum König dieser Stadt gekommen und habe ihm den Brief gegeben; und als er ihn gelesen hatte, bat er mich um eine

Frist von drei Tagen, dann würde er mir Antwort auf jenes Schreiben geben. Ich willigte darin ein aus Höflichkeit gegen ihn und Achtung vor ihm. Nachdem aber die drei Tage verstrichen waren, ging ich hin, um die Antwort von ihm zu verlangen; doch er verwies mich auf einen anderen Tag. Jetzt kann ich nicht mehr warten; jetzt will ich zu meinem Herrn gehen, dem König des äußersten Indien, und ihm kundtun, wie es mir ergangen ist. Und ihr, ihr Leute, seid Zeugen zwischen mir und ihm!' Seine Worte werden dir bald hinterbracht werden; dann sende du nach ihm, laß ihn vor dich kommen und sprich milde mit ihm, indem du sagst: ‚O Eilbote, der du in dein eigenes Verderben eilst, was hat dich bewogen, uns vor unseren Untertanen zu tadeln? Du hast wahrlich eiliges Verderben von uns verdient. Aber die Alten haben gesagt: Die Vergebung ist eine von den Eigenschaften der Edlen. Wisse, die Verzögerung der Antwort geschah nicht aus unserem Unvermögen, sondern durch die Häufung unserer Geschäfte und aus Mangel an Muße, eurem König eine Antwort zu schreiben.' Darauf laß den Brief bringen und lies ihn noch einmal; und wenn du ihn zu Ende gelesen hast, so lache laut auf und sprich zu ihm: ‚Hast du noch einen anderen Brief als diesen Brief, damit wir auch den beantworten?' Er wird dir sagen: ‚Ich habe keinen anderen Brief als diesen'; du aber wiederhole ihm die Frage ein zweites und ein drittes Mal, und er wird immer sagen: ‚Ich habe überhaupt nichts anderes.' Dann sprich zu ihm: ‚Fürwahr, dieser dein König ist des Verstandes bar, da er in diesem Briefe Worte an uns richtet, durch die er uns reizen will, daß wir mit unserem Heere wider ihn ziehen und sein Land plündern und ihm seine Herrschaft entreißen. Doch wir wollen ihn diesmal noch nicht strafen für sein unziemliches Verhalten in diesem Briefe, da er ja kurz von Verstand und schwach an

Einsicht ist. Es geziemt sich für unsere Würde, daß wir ihn zuvor ermahnen und warnen, solche törichten Worte zu wiederholen. Wenn er jedoch sein Leben aufs Spiel setzen will und dergleichen noch einmal tut, so verdient er schnelle Heimsuchung. Mich deucht, dieser König, der dich gesandt hat, ist unwissend, töricht und denkt nicht an den Ausgang der Dinge und hat keinen verständigen Wesir von rechtem Urteil, den er um Rat fragen kann; denn wenn er verständig wäre, so hätte er sich mit einem Wesir beraten, ehe er solche lächerlichen Worte wie diese an uns geschrieben hätte. Doch er soll seine Antwort von mir haben, die seinem Briefe entspricht, ja, ihn noch übertrifft; ich will sein Schreiben einem der Schulknaben reichen, daß er es beantworte.' Dann schicke nach mir und laß mich kommen; und wenn ich vor dir stehe, so befiehl mir, den Brief zu lesen und zu beantworten.' Da weitete sich des Königs Brust, er hieß den Rat des Knaben gut und hatte Gefallen an seinem Plan; er beschenkte ihn und setzte ihn in das Amt seines Vaters ein und entließ ihn hocherfreut. Nachdem nun die drei Tage verstrichen waren, die er dem Boten als Frist gesetzt hatte, kam dieser, trat zum König ein und verlangte Antwort; der aber verwies ihn auf einen anderen Tag. Da ging der Bote zum anderen Ende des Teppichs und sprach unziemliche Worte, wie es der Knabe vorausgesagt hatte; danach begab er sich in den Basar und rief: ‚Ihr Leute dieser Stadt, ich bin ein Abgesandter des Königs vom äußersten Indien an euren König, ich habe ihm eine Botschaft überbracht, aber er hält mich hin mit seiner Antwort darauf. Die Frist, die mir unser König festgesetzt hat, ist verstrichen, jetzt hat euer König keine Entschuldigung mehr, und ihr seid Zeugen dafür!' Als diese Worte dem König berichtet wurden, sandte er nach jenem Boten, ließ ihn vor sich kommen und sprach zu ihm: ‚O Eilbote, der du in dein eigenes Verderben eilst, bist du nicht der Überbringer eines Briefes von einem König an einen König, zwischen denen Geheimnisse bestehen? Wie kannst du da unter das Volk treten und die Geheimnisse der Könige vor der Menge kundtun? Du hast wahrlich Strafe von uns verdient. Doch wir wollen dies ertragen, damit du diesem törichten König deine Antwort heimbringen kannst. Es gebührt sich nun am ehesten, daß niemand anders als der kleinste Schulbube ihm eine Antwort für uns gibt.' Dann befahl er, jenen Knaben zu bringen, und er kam. Als er vor den König trat, während der Eilbote zugegen war, warf er sich vor Allah nieder und betete um dauernden Ruhm und langes Leben für den König. Der aber warf dem Knaben den Brief zu, indem er sprach: ‚Lies diesen Brief und schreib schnell eine Antwort darauf!' Da nahm der Knabe den Brief, las ihn, lächelte, lachte und sprach zum König: ‚Hast du wegen der Antwort auf diesen Brief nach mir gesandt?' ‚Ja,' erwiderte der König; und der Knabe gab darauf zur Antwort: ‚Ich höre und gehorche bereitwilligst!' Dann holte er Tintenkapsel und Papier hervor und begann zu schreiben. – –«

Da bemerkte Schehrezâd, daß der Morgen begann, und sie hielt in der verstatteten Rede an. Doch als die *Neunhundertundsiebenundzwanzigste Nacht* anbrach, fuhr sie also fort: »Es ist mir berichtet worden, o glücklicher König, daß der Knabe, nachdem er den Brief genommen und gelesen hatte, Tintenkapsel und Papier hervorholte und zu schreiben begann: ‚Im Namen Allahs, des allbarmherzigen Erbarmers! Friede sei mit denen, die Schutz erlangen und des Erbarmers Mitleid empfangen! Des ferneren: Ich tu dir zu wissen, o du, der du beansprucht ein großer König zu sein, nicht in Wahrheit, sondern nur durch des Namens Schein, dein Brief ist bei mir eingetroffen, wir haben ihn gelesen, und wir haben verstanden, was darin steht an Schwätzereien und sonderbaren Faseleien. Und wir haben uns davon überzeugt, daß du töricht bist und uns Unrecht zufügen möchtest; ja, du hast deine Hände ausgestreckt nach dem, was du nimmer vermagst. Und wäre nicht das Mitleid mit den Geschöpfen Allahs und den Untertanen über uns gekommen, so hätten wir nicht mit dir gezaudert. Was deinen Gesandten betrifft, so ist er in den Basar hinausgegangen und hat die Kunde von deinem Briefe bei vornehm und gering verbreitet; und dafür verdient er Strafe von uns. Dennoch haben wir ihn verschont aus Mitleid mit ihm, und weil er im Hinblick auf dich zu entschuldigen ist; nicht aus Achtung vor dir haben wir ihn straflos ausgehen lassen. Wenn du in deinem Briefe davon sprichst, daß ich meine Wesire und Gelehrten und die Großen meines Reiches habe hinrichten lassen, so ist das Wahrheit; es ist jedoch aus einem bestimmten Grunde geschehen. Ich habe auch keinen von den Gelehrten töten lassen, ohne daß ich von seiner Art tausend hätte, die gelehrter, verständiger und weiser sind als er. Ja, bei mir lebt kein Kind, das nicht von Kenntnissen erfüllt wäre, und an Stelle eines jeden von den Hingerichteten habe ich so viele Vortreffliche seiner Art, daß ich sie nicht zählen kann. Ein jeder von meinen Kriegern nimmt es mit einem Geschwader von deinen Truppen auf. Und was das Geld angeht, so habe ich Werkstätten für Silber und Gold; und die Edelsteine sind bei mir wie die Kiesel. Endlich, was die Leute meines Reiches betrifft, so kann ich dir ihre Schönheit und Anmut und ihren Reichtum gar nicht beschreiben. Wie kannst du dich also wider uns erdreisten und uns sagen: Bau mir ein Schloß mitten im Meere? Das ist doch ein wunderbar Ding! Das kann nur aus dem Schwachsinn deines Verstandes entstanden sein; denn wenn du wirklichen Verstand hättest, so hättest du zuerst forschen müssen nach dem Branden der Wogen und dem Wehen der Winde dort, wo ich dir ein Schloß bauen sollte. Wenn du ferner gar behauptest, du würdest mich besiegen, so möge Allah das verhüten! Wie könnte deinesgleichen uns vergewaltigen und über unser Land herrschen? Nein, Allah der Erhabene hat mir den Sieg über dich verliehen, da du dich ohne Grund wider mich zu Bösem erhoben hast. Wisse, du hast vor Gott und vor mir Strafe verdient; doch meine Gottesfurcht hält mich von dir und deinen Untertanen zurück, und ich will erst nach dieser Warnung wider dich zu Rosse steigen. Wenn du also Allah fürchtest, so eile und schicke mir Tribut für dies Jahr; sonst werde ich unweigerlich gegen dich ausreiten mit tausendmaltausend und hunderttausend Streitern, lauter Recken auf Elefanten, und ich werde sie aufreihen rings um unseren Wesir und ihm befehlen, dich drei Jahre zu belagern, wie du deinem Boten drei Tage Frist gegeben hast. Ich werde mich deines Reiches bemächtigen, indem ich niemanden dort töte als dich allein und niemanden gefangen nehme als deine Frauen.' Dann zeichnete der Knabe sein Bildnis auf das Schriftstück und schrieb daneben: ‚Diese Antwort schrieb der kleinste der Schulknaben.' Schließlich versiegelte er den Brief und reichte ihn dem König; der gab ihn dem Boten. Und der Bote nahm ihn hin, küßte dem König die Hände und verließ ihn, indem er Allah dem Erhabenen und dem König dankte für seine Milde gegen ihn; und als er fortging, wunderte er sich immer noch über die Klugheit, die er an dem Knaben beobachtet hatte. Als er wieder bei seinem König ankam, ergab es sich, daß sich sein Eintreffen bei ihm um drei Tage verzögert hatte hinter der ihm festgesetzten Frist mit dem Aufenthalt von drei Tagen; und der König hatte schon gerade den Staatsrat zusammenberufen, weil der Bote über die Zeit hinaus fortgeblieben war, die ihm bestimmt war. Wie dieser nun vor den König trat, warf er sich vor ihm nieder und überreichte ihm dann den Brief. Der König nahm ihn und fragte den Boten nach dem Grunde seines Ausbleibens und danach, wie es mit dem König Wird Chân stehe. Doch als jener ihm Bericht erstattet und ihm alles erzählt hatte, was er mit seinen Augen gesehen und mit seinen Ohren gehört hatte, verwirrte sich dem König der Verstand, und er sprach zu dem Boten: ‚Weh dir, was sind das für Nachrichten, die du mir von einem solchen König bringst!' Der Bote antwortete ihm und sprach: ‚Großmächtiger König, hier stehe ich vor dir, öffne den Brief und lies ihn, so wird dir Wahrheit und Lüge offenbar werden.' Da öffnete der König den Brief und las ihn; auch sah er darin das Bild des Knaben, der ihn geschrieben hatte. Und nun sah er schon das Ende seiner Herrschaft vor Augen und war ratlos, was er tun sollte. Dann wandte er sich zu seinen Wesiren und den Großen seines Reiches, tat ihnen kund, was geschehen war, und las ihnen den Brief vor. Da erschraken sie gewaltig und suchten die Angst des Königs zu beschwichtigen mit Worten, die nur von der Zunge rollten, während ihre Herzen vor Pochen in Stücke zerreißen wollten. Darauf hub Badî'a, der Großwesir, an: ‚Wisse, o König, in dem, was meine Brüder unter den Wesiren sagten, liegt kein Nutzen. Mein Rat geht dahin, daß du diesem König einen Brief schreibst und dich darin vor ihm entschuldigst, indem du zu ihm sprichst: ‚Ich bin dir ein Freund, und ich war es deinem Vater vor dir; und ich sandte dir den Boten mit diesem Briefe nur, um dich zu erproben und um zu schauen, ob du entschlossen seiest, und welche Tapferkeit du besitzest, wie du in Dingen des Wissens und des Handelns dich verhältst und bei verborgenen Anspielungen, und endlich, welche allgemeinen Vollkommenheiten dir verliehen sind. Nun flehen wir zu Allah dem Erhabenen, daß er dich segne in deinem Königreich, die Burgen deiner Hauptstadt festige und deine Herrschaft mehre, zumal du auf dich selber achtest und die Angelegenheiten deiner Untertanen zum guten Ende zu führen suchst.' Und diesen Brief sende ihm durch einen anderen Boten.' Da rief der König: ‚Bei Allah dem Allmächtigen, dies ist doch ein mächtiges Wunder! Wie kann dieser noch ein mächtiger König sein, bereit zum Kriege, nachdem er die Gelehrten seines Reiches und seine Ratgeber und die Hauptleute seines Heeres hat töten lassen? Wie kann sein Reich danach noch gedeihen, so daß von ihm diese mächtige Kraft ausgehen sollte? Doch noch wunderbarer ist es, daß die Kleinen der Schulen dort eine solche Antwort für ihren König geben können. Ja, ich habe in meiner bösen Gier dies Feuer über mich und über dem Volke meines Reiches entzündet, und ich weiß nicht, wer es löschen kann, es sei denn der Plan dieses meines Wesirs.' Darauf rüstete er ein kostbares Geschenk sowie vielerlei Diener und Sklaven und schrieb einen Brief des Inahlts: ‚Im Namen Allahs, des allbarmherzigen Erbarmers! Des ferneren: O großmächtiger König Wird Chân, Sohn meines teuren Bruders Dschali'âd – Allah habe ihn selig und schenke dir ein langes Leben! –, deine Antwort auf unseren Brief ist bei uns eingetroffen, und wir haben sie gelesen und verstanden, was darinnen steht. Wir haben aus ihr erfahren, was uns erfreut, und das ist das Höchste, was wir von Allah für dich erbitten. Denn wir flehen zu ihm, daß er deine Macht erhöhe, die Pfeiler deines Reiches festige und dir über deine Feinde, die dir übelwollen, Sieg verleihe. Wisse, o König, daß dein Vater mir ein Bruder war, und daß zwischen mir und ihm zeit seines Lebens Bünde und Verträge bestanden; er hat von mir nur Gutes erfahren, und auch wir erfuhren desgleichen nur Gutes von ihm. Als er entschlafen war und du den Thron seines Reiches bestiegst, widerfuhr uns größte Freude und Fröhlichkeit; doch als uns berichtet wurde, was du an deinen Wesiren und an den Großen deines Reiches getan hattest, befürchteten wir, die Kunde davon könnte einen anderen König außer uns erreichen, und der könnte sich wider dich erfrechen. Denn wir vermeinten, du wärest nachlässig in deinen Geschäften und in der Bewachung deiner Burgen, indem du dich um die Angelegenheiten deines Reiches nicht kümmertest; deshalb schrieben wir dir, um dich dadurch aufzurütteln. Nachdem wir aber gesehen haben, daß du uns eine solche Antwort gabst, ward unser Herz um dich beruhigt. Allah möge dir Freude geben an deinem Königreiche und dich festigen in deiner Würde! Und damit Gott befohlen!' Dann sandte er den Brief und die Geschenke, die er gerüstet hatte, mit hundert Reitern zu König Wird Chân. – –«

Da bemerkte Schehrezâd, daß der Morgen begann, und sie hielt in der verstatteten Rede an. Doch als die *Neunhundertundachtundzwanzigste Nacht* anbrach, fuhr sie also fort: »Es ist mir berichtet worden, o glücklicher König, daß der König vom äußersten Indien, nachdem er die Geschenke für den König Wird Chân gerüstet hatte, sie mit hundert Reitern zu ihm sandte. Die ritten dahin, bis sie zum König Wird Chân kamen; und nachdem sie vor ihm den Gruß gesprochen hatten, übergaben sie ihm den Brief. Der König las ihn und verstand seinen Inhalt; dann bestimmte er für den Hauptmann der hundert Reiter eine Stätte, wie sie ihm gebührte, nachdem er ihm Ehren erwiesen und die Geschenke von ihm angenommen hatte. Alsbald verbreitete sich die Kunde davon unter dem Volke, und der König freute sich darüber gar sehr. Dann schickte er nach dem Knaben, dem Sohn des Wesirs Schimâs, ließ ihn vor sich kommen und erwies ihm Ehren; zugleich aber sandte er auch nach dem Hauptmann der hundert Reiter. Darauf ließ er sich den Brief geben, den jener von seinem König mitgebracht hatte, und reichte ihn dem Knaben; der öffnete ihn und las ihn vor. Darüber freute sich der König von neuem gar sehr, während er vor dem Hauptmann der hundert Reiter tadelnde Worte sprach, so daß dieser ihm die Hände küßte und sich vor ihm entschuldigte und für ihn um langes Leben und ewiges Glück betete. Dafür dankte ihm der König und erwies ihm noch höhere Ehren; auch gab er ihm und allen, die bei ihm waren, was ihnen gebührte, und rüstete Geschenke, die sie mitnehmen sollten. Dem Knaben aber befahl er, eine Antwort auf den Brief zu schreiben; da schrieb der Knabe die Antwort, darin er nach einer schön gewählten Anrede kurz von der Versöhnung sprach und dann das treffliche Benehmen des Gesandten und seiner Reitersleute hervorhob. Und als er den Brief beendet hatte, reichte er ihn dem König; der sprach zu ihm: ‚Lies ihn, teurer Knabe, damit wir alle erfahren, was in ihm geschrieben steht!' Da las der Knabe ihn vor in Gegenwart der hundert Reiter; und der König und alle, die zugegen waren, fanden Gefallen an den schönen Worten und ihrem Inhalt. Dann setzte der König sein Siegel darunter und übergab den Brief dem Hauptmann der hundert Reiter, entließ ihn und sandte mit ihm eine Schar von seinen eigenen Truppen, die ihn bis zur Grenze ihres Landes geleiten sollten.

Wenden wir uns nun von dem König und dem Knaben zu dem Hauptmann der Hundert! Der war in seinem Sinne ganz verwirrt über das, was er an dem Knaben gesehen hatte, zumal über seine Kenntnisse; und er dankte Allah dem Erhabenen, daß sein Auftrag so rasch erledigt, und daß der Friede angenommen war. Dann zog er seines Weges dahin, bis er zum

König vom äußersten Indien kam; dem brachte er die Geschenke und Kostbarkeiten, führte ihm auch all die anderen Gaben vor, überreichte ihm den Brief und berichtete ihm, was er geschaut hatte. Darüber war der König hoch erfreut, er pries Allah den Erhabenen und erwies dem Hauptmann der Hundert Ehren, dankte ihm für den Eifer bei seinem Tun und erhöhte seinen Rang. Von jener Zeit an lebte er in Sicherheit und Frieden, Ruhe und wachsender Freude. Soviel über den König des äußersten Indien!

Sehen wir weiter, wie es dem König Wird Chân dann erging! Er kehrte nunmehr zu Allah zurück und wandte sich ab von seinem schlimmen Wege und bereute vor Gott mit aufrichtigem Herzen alles, was er getan hatte. Die Frauen verließ er ganz und gar und widmete sich nur allein der Wohlfahrt seines Reiches und der Sorge für seine Untertanen in der Furcht des Herrn. Den Sohn des Schimâs machte er zum Wesir an seines Vaters Statt und zu seinem ersten Ratgeber im Reiche und zum Hüter seiner Geheimnisse. Und er befahl, die Hauptstadt sieben Tage lang zu schmücken, ebenso auch alle anderen Städte. Des freuten sich die Untertanen, und Furcht und Angst wichen von ihnen; ja, sie erfreuten sich der Gerechtigkeit und der Pflege des Rechts und waren inständig im Gebet für den König und den Wesir, der diese Sorge von ihm und von ihnen genommen hatte. Danach sprach der König zum Wesir: ,Welches ist dein Rat, damit wir das Reich und die Wohlfahrt der Untertanen sichern, und daß es wieder dahin gebracht werde, wo es früher war, hinsichtlich der Hauptleute und der Ratgeber?' Der Wesir antwortete ihm und sprach: ,O König von hohem Ruhm, mein Rat geht dahin, daß du vor allen Dingen damit beginnst, die Wurzel der Sünden aus deinem Herzen zu reißen und von deinem früheren Treiben abzulassen, von dem

Vergnügen und der Ungerechtigkeit und der Hingabe an die Frauen; denn wenn du zur Wurzel der Sünden zurückkehrst, so wird der Rückfall in die Verirrung stärker sein, als sie es zuvor war.' Da fragte der König: ‚Welches ist denn die Wurzel der Sünden, die ich ausreißen muß?' Darauf antwortete ihm jener Wesir, der so jung an Jahren, doch so alt an Einsicht war, indem er sprach: ‚O großer König, wisse, die Wurzel der Sünde ist die Hingabe an die Liebe zu den Frauen und die Neigung zu ihnen, und das Annehmen ihrer Ratschläge und Weisungen; denn die Liebe zu ihnen verwandelt den klaren Verstand und verdirbt das gesunde Wesen. Zeuge für das, was ich sage, sind klare Beweise; und wenn du über sie nachdenkst und ihren Lehren mit festem Blicke folgst, so wirst du einen treuen Berater wider die eigene niedere Seele finden und meines Rates gar nicht mehr bedürfen. Drum erfülle dein Herz nicht mit Gedanken an sie, tilge ihre Spur aus deinem Sinn, zumal da Allah der Erhabene durch den Propheten Moses befohlen hat, sich ihres übermäßigen Gebrauches zu enthalten! Hat doch auch sogar einer von den weisen Königen zu seinem Sohn gesagt: ‚Mein Sohn, wenn du nach meinem Tode die Herrschaft angetreten hast, so gib dich nicht zu viel mit den Frauen ab, auf daß dein Herz nicht irre und dein Urteil sich nicht verwirre! Kurz gesagt, der häufige Umgang mit ihnen führt zur Liebe zu ihnen, und die Liebe zu ihnen führt zur Verwirrung des Urteils.' Der Beweis dafür ist das, was unserem Herrn Salomo, dem Sohne Davids – über beiden sei Heil! – widerfahren ist, ihm, den Allah insbesondere begnadet hatte mit Wissen und Weisheit und großer Herrschermacht, ihm, dem Er verliehen hatte, was noch keinem einzigen der Könige vor ihm zuteil geworden war: die Frauen waren die Ursache der Versündigung seines Vaters. Solcher Beispiele gibt es viele, o König; und ich habe dir nur deshalb Salomo genannt, damit du daran denkst, daß es niemandem beschieden war, solche Macht zu besitzen, wie er sie besaß, so daß ihm alle Könige der Erde gehorchten. Wisse also, o König, die Liebe zu den Frauen ist die Wurzel alles Übels, und keine einzige von ihnen hat ein richtiges Urteil. Daher geziemt es dem Manne, daß er sich hinsichtlich ihrer auf das notwendige Maß beschränke und sich ihnen nicht ganz und gar hingebe; denn das stürzt ihn in Verderben und Unheil. Wenn du also auf meine Worte hörst, o König, so werden dir alle Dinge gedeihen; doch wenn du sie beiseite lässest, so wirst du bereuen, wo die Reue dir nichts mehr nützt.' Der König antwortete ihm und sprach: ,Jetzt habe ich die übermäßige Neigung zu ihnen, die ich früher hatte, von mir abgetan.' – –«

Da bemerkte Schehrezâd, daß der Morgen begann, und sie hielt in der verstatteten Rede an. Doch als die *Neunhundertundneunundzwanzigste Nacht* anbrach, fuhr sie also fort: »Es ist mir berichtet worden, o glücklicher König, daß König Wird Chân zu seinem Wesir sprach: ,Jetzt habe ich die Neigung zu ihnen, die ich früher hatte, von mir abgetan, und ich habe mich gänzlich davon bekehrt, mit den Frauen mich abzugeben. Doch was soll ich ihnen antun, um sie für das zu strafen, was sie getan haben? Denn die Ermordung deines Vaters Schimâs war ein Werk ihrer Tücke; das geschah nicht aus meinem freien Willen, und ich weiß gar nicht, was mit meinem Verstande vorgegangen sein muß, daß ich ihnen nachgab und ihn töten ließ.' Dann begann er zu wehklagen, und er schrie auf und rief: ,O Jammer um den Verlust meines Wesirs und seines trefflichen Rates und seiner schönen Leitung! Und weh um den Verlust von seinesgleichen unter den Wesiren und den Häuptern des Staates mit all der Schönheit ihrer trefflichen und rechten Ratschläge!' Da antwortete ihm der Wesir und sprach: ‚Wisse, o König, die Schuld liegt nicht bei den Frauen allein; denn sie sind gleich einer schönen Ware, nach der die Begierden der Beschauer sich regen. Wer da Lust hat und kaufen will, dem wird sie verkauft; wer aber nicht kaufen will, den kann keiner zwingen, sie zu kaufen. Deshalb liegt die Schuld bei dem Käufer, zumal wenn er weiß, wie schädlich jene Ware ist. Nun warne ich dich, wie dich vor mir mein Vater zu warnen pflegte, ohne daß du guten Rat von ihm annahmst.' Der König erwiderte ihm: ‚Ich habe mir selber die Schuld aufgeladen, wie du gesagt hast, o Wesir, und ich habe keine Entschuldigung als allein das göttliche Verhängnis.' ‚Wisse, o König,' fuhr dann der Wesir fort, ‚Allah der Erhabene hat uns erschaffen, und Er hat zugleich Fähigkeiten für uns geschaffen, indem er uns Willen und freie Wahl verlieh; wenn wir also wollen, so tun wir, und desgleichen, wenn wir wollen, so tun wir nicht. Gott hat uns nicht befohlen, Schädliches zu tun, damit sich die Sünde nicht an uns hängt. Deshalb geziemt es uns, daß wir uns darüber Rechenschaft ablegen, was zu tun richtig ist; denn der Erhabene befiehlt uns in allen Fällen nur das Gute und verbietet uns das Böse. Was wir aber tun, das tun wir aus eigenem Willen, sei es gut oder böse.' Da sagte der König: ‚Du hast recht; meine Sünde kam nur aus mir selber, weil ich mich den Begierden hingab. Freilich habe ich mich selbst oft genug davor gewarnt, wie auch dein Vater Schimâs mich warnte; dennoch siegte meine Lust über meinen Verstand. Weißt du nun etwas, das mich davor behüten kann, diese Sünde noch einmal zu begehen, also daß nunmehr mein Verstand über die Begierden meiner Lust den Sieg davontrage?' ‚Ja,' erwiderte der Wesir, ‚ich weiß etwas, das dich davor bewahren kann, wieder in diesen Fehler zu verfallen; es ist aber

dies, daß du das Gewand der Torheit ablegst und dich in das Gewand der rechten Sinnesart kleidest, deiner Lust widerstrebst und deinem Herrn gehorsam lebst; daß du zu dem Wandel des gerechten Königs, deines Vaters, zurückkehrst und alles tust, was dir obliegt an Pflichten gegen Allah den Erhabenen und an Pflichten gegen deine Untertanen, daß du deinen Glauben und deine Untertanen beschützest, dich selber recht verhältst und deine Untertanen nicht mehr töten lässest; daß du den Ausgang der Dinge bedenkst und dich abwendest von Grausamkeit, Ungerechtigkeit, Gewalttat und Schlechtigkeit; daß du Recht und Gerechtigkeit und Demut übst, den Befehlen Allahs des Erhabenen gehorchst und dich der Sorge für Seine Geschöpfe eifrig widmest, über die Er dich zu Seinem Stellvertreter gemacht hat, und daß du immer nur an das denkst, was dir ihren Segen einträgt. Wenn du darin beharrlich bist, so wird deine Lebenszeit heiter sein, und Allah wird dir in Seiner Barmherzigkeit vergeben und allen, die dich schauen, Ehrfurcht vor dir einflößen; deine Feinde werden zuschanden werden, denn Allah der Erhabene wird ihre Heerscharen in die Flucht schlagen, du wirst vor Gott Wohlgefallen finden, und Seine Geschöpfe werden dich in Ehrfucht lieben.'
Da sprach der König zu ihm: ,Du hast mein Herz zu neuem Leben erweckt und mein Inneres erleuchtet durch deine liebliche Rede, und du hast mein Auge entschleiert, nachdem es blind gewesen ist. Ich bin entschlossen, alles zu tun, was du mir gesagt hast, durch die Hilfe Allahs des Erhabenen; ich will dahinfahren lassen, was früher an Ungerechtigkeit und an Lüsten in mir war, und ich will meine Seele aus der Enge in die Weite, aus der Furcht in die Sicherheit führen. Darüber sollst du froh und fröhlich werden; denn ich bin trotz meinem höheren Alter dir ein Sohn geworden, und du bist mir ein lieber Vater

geworden, wiewohl du noch jung an Jahren bist. So ist es mir auch zur Pflicht geworden, allen Eifer auf das zu verwenden, was du mir gebietest. Und ich preise die Güte Allahs des Erhabenen und deine Güte; denn Er hat mir durch dich Glück und rechte Leitung und trefflichen Rat verliehen, die allen Kummer und Gram von mir abwehren; auch die Sicherheit meiner Untertanen ist durch dich erwirkt worden, durch deine herrlichen Kenntnisse und dein treffliches Planen. Von jetzt an sollst du der Lenker meines Reiches sein, und ich will nur dadurch höher geehrt sein, daß ich auf dem Throne sitze; alles, was du tust, soll mir Gesetz sein, und ich will deinem Worte nicht widersprechen, auch wenn du noch jung an Jahren bist; denn du bist alt an Verstand und reich an Wissen. So preise ich denn Allah, der dich mir geschenkt hat, so daß du mich auf den geraden Pfad des Heils leiten konntest, nachdem ich den krummen Weg des Verderbens betreten hatte.' ,O glücklicher König,' erwiderte der Wesir, ,wisse, ich habe keinen Anspruch auf dein Lob, weil ich dir mit Eifer guten Rat gegeben habe; denn all mein Reden und Tun ist nur ein Teil von dem, was mir obliegt, da ich ein Pflänzling deiner Güte bin; und nicht nur ich allein, sondern auch mein Vater vor mir ward überhäuft mit deiner reichen Huld. Wir alle bekennen deine Huld und Güte; und wie sollten wir das nicht anerkennen? Denn du, o König, bist unser Hirte und Herrscher, du kämpfst für uns wider unsere Feinde, du bist mit unserem Schutz betraut, du behütest uns und sorgst voll Eifer um unsere Wohlfahrt. Wenn wir unser Leben dahingeben in deinem Dienste, so erfüllen wir noch nicht, was wir dir an Dank schuldig sind. Doch wir flehen demütig zu Allah dem Erhabenen, der dich über uns gesetzt und zum Herrscher über uns gemacht hat, und wir bitten Ihn, daß Er dir ein langes Leben gebe und dir Erfolg verleihe in all deinem Tun; daß Er dich in der Zeit deines Lebens nicht durch Prüfungen heimsuche, sondern dich an dein Ziel geleite und bis zur Zeit deines Todes Ehrfurcht vor dir verbreite; daß Er in Großmut deinen Arm ausrecke, damit du jeden Weisen führen und jeden Widersacher bezwingen kannst, daß bei dir in deinem Reiche nur weise und tapfere Männer gefunden werden und alle Toren und Feiglinge dort ausgerottet werden mögen; daß Er teure Zeit und Fährlichkeit von deinen Untertanen fernhalte und Freundschaft und Liebe unter sie säe; so werde dir in dieser Welt Glück zuteil und in jener Welt das ewige Heil, durch Seine Güte und Seine Huld und Seine verborgene Gnade. Amen! Denn auf allen Dingen ruht Seiner Allmacht Kleid, kein Ding bereitet Ihm Schwierigkeit, und zu Ihm führt die Rückkehr und das Ziel aller Zeit!' Als der König dies Gebet von ihm vernommen hatte, freute er sich über die Maßen, und er ward ihm von ganzem Herzen geneigt und sprach zu ihm: ‚Wisse, o Wesir, du bist mir wie ein Bruder, ein Sohn und ein Vater geworden, und nichts als der Tod soll mich von dir trennen. Alles, was meine Hand besitzt, soll dir zur freien Verfügung stehen; und wenn ich keinen Nachkommen habe, sollst du an meiner Statt auf meinem Throne sitzen; denn du bist der Würdigste von allem Volk meines Reiches, und ich will dich mit meiner Königsherrschaft vor allen Großen meines Reiches betrauen, indem ich dich zu meinem Thronfolger nach mir ernenne, so Allah der Erhabene will.' – –«

Da bemerkte Schehrezâd, daß der Morgen begann, und sie hielt in der verstatteten Rede an. Doch als die *Neunhundertunddreißigste Nacht* anbrach, fuhr sie also fort: »Es ist mir berichtet worden, o glücklicher König, daß König Wird Chân zu dem Sohne des Wesirs Schimâs sprach: ‚Ich will dich an meiner Statt zum Herrscher machen und dich zu meinem Thronfolger nach mir ernennen und die Großen meines Reiches zu Zeugen dafür nehmen, durch die Hilfe Allahs des Erhabenen.' Danach berief er seinen Schreiber, und als der vor ihm stand, befahl er ihm, an alle Großen seines Reiches zu schreiben, sie sollten vor ihm erscheinen; auch ließ er es durch Ausruf in der Stadt allen, die zugegen waren, Vornehmen und Geringen, bekanntgeben. So befahl er, daß die Emire und Heerführer, Kammerherren und andere Würdenträger sich in Gegenwart des Königs versammeln sollten, desgleichen auch die Gelehrten und Weisen. Und der König hielt eine große Staatsversammlung ab und ließ ein Gastmahl feiern, wie es noch niemals gefeiert worden war. Dazu lud er alle Leute ein, vornehm und gering, und so waren alle bei ihm fröhlich vereint zu Speise und Trank einen ganzen Monat lang. Dann verteilte er Gewänder an alle seine Diener und an die Armen seines Landes, und den Gelehrten verlieh er reichliche Gaben. Ferner wählte er eine Schar von Gelehrten und Weisen aus, die dem Sohne des Schimâs bekannt waren, und ließ sie zu sich hereinkommen; dort befahl er ihm, er solle aus ihrer Zahl sechs[1] erwählen, um sie zu Wesiren zu machen, die unter seinem Befehle ständen, und er solle ihr Oberhaupt sein. Da wählte der Knabe, der Sohn des Schimâs, solche von ihnen aus, die an Jahren die ältesten, an Verstand die vollkommensten, an Wissen die reichsten und an Beobachtung die schnellsten waren, indem er genau prüfte, welche sechs Männer diese Eigenschaften besaßen. Darauf stellte er sie dem König vor, und der kleidete sie in die Gewänder der Wesire und redete sie an, indem er sprach: ‚Ihr seid jetzt meine Wesire unter dem Befehle des Sohnes des Schimâs. Alles, was dieser mein Wesir, der

1. Im Arabischen hier: sieben; nachher: sechs.

Sohn des Schimâs, euch sagt oder befiehlt, dürft ihr nie und nimmer unterlassen; denn wenn er auch an Jahren der jüngste von euch ist, so ist er doch an Verstand der älteste von euch.' Alsdann ließ der König sie sich auf Stühle setzen, die nach der Sitte der Wesire mit Gold verziert waren, und setzte ihnen Einkünfte und Unterhalt fest. Ferner befahl er, aus den Großen des Reiches, die sich bei ihm zum Gastmahl versammelt hatten, die auszuwählen, die für den Staatsdienst im Heere am geeignetsten wären, auf daß er sie zu Hauptleuten mache über Tausendschaften, Hundertschaften und Zehnschaften; zugleich setzte er für sie die Ämter fest und bestimmte ihnen die Einkünfte nach der Art der Großen. Und das ward in kürzester Zeit getan. Weiter befahl er, allen anderen, die zugegen waren, reiche Geschenke zu geben und sie mit Ehren und Auszeichnung zu entlassen, einen jeden in sein Land. Seinen Statthaltern gab er die Weisung, gegen die Untertanen gerecht zu sein, und ermahnte sie, für Reiche und Arme in gleicher Weise zu sorgen, und befahl, allen je nach ihrem Range aus dem Schatz Unterstützungen zu gewähren. Nachdem die Wesire ihm dauernden Ruhm und langes Leben gewünscht hatten, gab er noch den Befehl, die Hauptstadt drei Tage lang zu schmücken zum Dank gegen Allah den Erhabenen für die Gnade, die Er ihm hatte zuteil werden lassen. Soviel von dem König und seinem Wesir, dem Sohne des Schimâs, und davon, wie das Reich geordnet ward und die Emire und Statthalter dort eingesetzt wurden!

Sehen wir nun, wie es den Frauen erging, den Vertrauten unter den Odalisken und den anderen, die durch ihre List und Tücke die Ermordung der Wesire und das Verderben des Reiches veranlaßt hatten! Nachdem alle, die aus der Stadt und den Dörfern an der Staatsversammlung teilgenommen hatten, wieder heimgekehrt und ihre Angelegenheiten in Ordnung gebracht waren, befahl der König dem Wesir, der so jung an Jahren, doch alt an Verstand war, jenem Sohne des Schimâs, er solle die anderen Wesire herbeirufen. Als sie alle vor den König getreten waren, schloß er sich mit ihnen ein und sprach zu ihnen: ‚Wisset, ihr Wesire, ich war von dem rechten Wege abgewichen, und versunken in Torheit, widersetzte ich mich gutem Rate, brach Versprechen und Gelübde und horchte nicht auf die Ratgeber. Der Grund von all dem war, daß ich mit diesen Frauen tändelte und daß sie mich betrogen und durch ihre gleisnerischen Worte und Falschheit betörten; ich nahm das alles an, da ich vermeinte, ihre Rede sei aufrichtig, wegen ihrer Süße und Lieblichkeit; aber siehe da, sie war ein tödliches Gift. Und jetzt bin ich überzeugt, daß sie nur mein Verderben und meinen Untergang erstrebten, und darum haben sie Strafe und Vergeltung von mir verdient um der Gerechtigkeit willen, auf daß ich sie zu einer Warnung mache für alle, die sich warnen lassen. Was ist nun der rechte Rat betreffs ihrer Hinrichtung?' Da antwortete ihm der Wesir Ibn Schimâs und sprach: ‚Großmächtiger König, ich habe dir schon früher gesagt, daß die Schuld nicht allein an den Frauen liegt, sondern verteilt ist zwischen ihnen und den Männern, die ihnen gehorchen. Dennoch verdienen die Frauen eine Strafe auf alle Fälle aus zwei Gründen: erstlich, auf daß dein Wort erfüllet werde, da du der Großkönig bist, und zweitens, weil sie sich wider dich erfrechten und dich betrogen und sich in Dinge mischten, die sie nichts angehen und von denen zu reden ihnen nicht gebührt. Deswegen haben sie gar wohl den Tod verdient; es möge ihnen aber genügen, was ihnen bereits widerfahren ist! Erniedrige sie von jetzt ab zum Range von Sklavinnen! Doch der Befehl steht bei dir, hierin und in allen anderen Dingen.'

Einer der Wesire riet dem König das gleiche, was der Sohn des Schimâs ihm gesagt hatte. Ein anderer aber trat vor den König, warf sich vor ihm nieder und sprach: ‚Allah lasse die Tage des Königs lange währen! Wenn du nicht umhin kannst, an ihnen etwas zu tun, das ihnen Verderben bringt, so tu, was ich dir sage.' ‚Und was hast du mir zu sagen?' fragte der König; da fuhr jener fort: ‚Das beste wäre, wenn du einer deiner vertrauten Sklavinnen befiehlst, sie solle die Frauen, die dich betrogen haben, mit sich nehmen und in das Zimmer führen, in dem die Wesire und Weisen ermordet wurden, und sie dort einschließen; und wenn du ferner befiehlst, man solle ihnen nur wenig Speise und Trank reichen, gerade so viel, daß ihr Leben gefristet wird. Dann soll es ihnen nie erlaubt sein, jenes Gemach zu verlassen; und jede, die stirbt, soll unter ihnen liegen bleiben, wie sie ist, bis daß sie alle, auch die letzte, gestorben sind. Dies ist das geringste, was sie verdienen; denn sie waren die Ursache dieses großen Unheils, ja, die Wurzel aller Heimsuchungen und Prüfungen, die in dieser Zeit hereingebrochen sind; und an ihnen ist zur Wahrheit geworden das Wort dessen, der da gesagt hat: Wer eine Grube gräbt dem Bruder sein, fällt selbst hinein, mag es ihm auch noch lange wohl ergehen.' Der König nahm seinen Rat an und tat, wie er ihm gesagt hatte. Er sandte nach vier kräftigen Sklavinnen und übergab ihnen die Frauen, indem er ihnen befahl, sie sollten sie in das Zimmer der Ermordeten schleppen und dort gefangen setzen, und er bestimmte für sie nur ein wenig grobe Speise und nur ein wenig trübes Wasser. So geschah es, daß sie tief betrübt wurden und bereuten, was sie verbrochen hatten, und bitterlich klagten. Und so gab Allah ihnen als ihren Lohn in dieser Welt die Schande und bereitete ihnen die Strafe im Jenseits vor; sie blieben immer in jenem finsteren Gemach mit dem eklen Geruch, und jeden Tag starb eine von ihnen, bis sie alle umgekommen waren, auch die letzte von ihnen. Und die Kunde von diesem Ereignisse verbreitete sich in alle Länder und Gegenden.

Dies ist das Ende der Geschichte von dem König und seinen Wesiren und seinen Untertanen. Und Preis sei Allah, der da macht, daß die Völker vergehen und die modernden Gebeine wieder auferstehen, Ihm, dem da gebühren Preis und Herrlichkeit und Heiligung in Ewigkeit!

Ferner wird erzählt

DIE GESCHICHTE VON ABU KÎR
UND ABU SÎR

Einst lebten zwei Männer in der Stadt Alexandrien, der eine von ihnen war ein Färber und hieß Abu Kîr, der andere aber war ein Barbier und hieß Abu Sîr. Die beiden waren einander benachbart in der Marktstraße; denn der Laden des Barbiers stand neben dem Laden des Färbers. Der Färber nun war ein Betrüger und Belüger, ein arger Bösewicht, als wäre seine Schläfe aus hartem Felsen hergekommen oder aus der Schwelle einer Synagoge der Juden entnommen; und er schämte sich keiner Schandtat, die er unter den Menschen verübte. Wenn jemand ihm ein Stück Zeug zum Färben brachte, so pflegte er von ihm zuerst den Lohn zu verlangen, indem er vorgab, er müsse dafür Stoffe kaufen, mit denen er färbe; und jener gab ihm dann den Lohn im voraus. Sobald der Färber aber das Geld von ihm in Händen hatte, gab er es für Essen und Trinken aus; und dann verkaufte er auch noch das Zeug, das er erhalten hatte, sowie dessen Besitzer fortgegangen war, und gab den Erlös für Essen und Trinken und andere Dinge aus. Er aß nur das feinste von den leckersten Gerichten und trank nur das beste von den Getränken, die den Verstand vernichten. Wenn dann der Eigentümer des Stoffes kam, so sprach er zu ihm: ‚Komm morgen vor Sonnenaufgang wieder zu mir, so wirst du dein Zeug gefärbt vorfinden!' Der Eigentümer ging darauf seiner Wege, indem er bei sich sprach: ‚Ein Tag ist dem andern nahe.' Wenn er aber am folgenden Tage zur verabredeten Zeit kam, so sagte der Färber zu ihm: ‚Komm morgen wieder; gestern hatte ich keine Zeit; denn es waren Gäste bei mir, und ich mußte für ihre Bewirtung sorgen, bis sie fortgingen; aber morgen vor Sonnenaufgang magst du kommen und deinen gefärbten Stoff mitnehmen!' Wieder ging der Mann fort und kam am dritten Tage zurück; und der Färber sagte ihm: ‚Gestern war ich wirklich zu entschuldigen; denn meine Frau kam in der Nacht nieder, und ich hatte den ganzen Tag über mit allen möglichen Dingen zu tun. Aber wenn du morgen kommst, so sollst du auf alle Fälle dein Zeug gefärbt mitnehmen.' Kam der Mann jedoch zu der bestimmten Zeit wieder zu ihm, so trat er ihm mit einer anderen Ausrede entgegen, einerlei welcher, und schwor ihm einen Eid. – –«

Da bemerkte Schehrezâd, daß der Morgen begann, und sie hielt in der verstatteten Rede an. Doch als die *Neunhundertundeinunddreißigste Nacht* anbrach, fuhr sie also fort:» Es ist mir berichtet worden, o glücklicher König, daß der Färber jedesmal, wenn der Eigentümer der Sache zu ihm kam, ihm mit einer anderen Ausrede entgegentrat, einerlei welcher, und ihm einen Eid schwor. Und er versprach und schwor immer wieder, wenn der Kunde zu ihm kam, bis dieser die Geduld verlor und zu ihm sprach: ‚Wie oft willst du zu mir sagen: morgen? Gib mir meinen Stoff; ich will ihn nicht mehr färben lassen.' Dann pflegte der Färber zu sagen: ‚Bei Allah, mein Bruder, ich schäme mich vor dir; aber ich muß dir die Wahrheit sagen –

möge Allah jeden schädigen, der die Menschen in ihrem Besitze schädigt!' ‚Sage mir, was ist denn geschehen?' pflegte der Kunde zu sagen; und der Färber antwortete: ‚Deinen Stoff hatte ich unvergleichlich schön gefärbt, und ich hatte ihn auf die Leine gehängt, aber er ist mir gestohlen, und ich weiß nicht wer ihn gestohlen hat.' Gehörte nun der Eigentümer des Stoffes zu den gutmütigen Leuten, so sagte er wohl: ‚Allah wird ihn mir ersetzen.' Wenn er aber zu den übelwollenden Menschen gehörte, so drang er bei ihm auf Schimpf und Schande; dennoch erreichte er nichts von ihm, wenn er ihn auch beim Richter verklagte. Solches Tun trieb er so lange, bis sich sein Ruf unter den Leuten verbreitete und diese sich gegenseitig vor Abu Kîr warnten und ihn zum Sprichwort machten und sich alle von ihm fernhielten. Keiner fiel mehr in sein Netz, außer denen, die nicht wußten, wie es mit ihm stand; und außerdem hatte er jeden Tag Schimpf und Schande zu erdulden bei den Geschöpfen Allahs des Erhabenen. So kam es, daß er schlechte Geschäfte machte, und er begann, zu dem Laden seines Nachbars Abu Sîr, des Barbiers, zu gehen und sich darinnen niederzusetzen mit dem Blick auf die Färberei, so daß er deren Tür im Auge behielt. Und wenn er jemanden, der ihn nicht kannte, mit einem Stück Stoff, das er färben lassen wollte, an der Tür der Färberei stehen sah, so verließ er den Laden des Barbiers und sprach zu dem Kunden: ‚Was suchst du, Mann?' Jener antwortete ihm: ‚Nimm dies Stück und färbe es mir!' Dann fuhr er fort: ‚Welche Farbe wünschest du?' Denn trotz seiner schurkischen Streiche lag es in seiner Hand, daß er in allerlei Farben färbte; aber er war nie gegen jemanden ehrlich, und so war die Not über ihn gekommen. Dann nahm er den Stoff dem Kunden aus der Hand und sprach zu ihm: ‚Gib mir den Lohn im voraus, und komm morgen wieder und hole deinen Stoff!' Der Fremde gab ihm das Geld und ging fort; und wenn der dann seiner Wege gegangen war, so nahm Abu Kîr den Stoff und trug ihn zum Basar und verkaufte ihn; für den Erlös kaufte er sich Fleisch und Gemüse, Tabak und Früchte und was er sonst brauchte. Doch sooft er einen von denen vor dem Laden stehen sah, die ihm etwas zum Färben gegeben hatten, ging er nicht zu ihm hinaus und zeigte sich ihm nicht. In dieser Weise lebte er mehrere Jahre; aber da begab es sich eines Tages, daß er von einem harten Manne ein Stück Zeug erhielt; er verkaufte es und verbrauchte den Erlös. Nun kam der Eigentümer jeden Tag zu seinem Laden und fand ihn nicht dort, weil der jedesmal, wenn er einen sah, der einen Anspruch an ihn hatte, vor ihm fortlief in den Laden des Barbiers Abu Sîr. Da nun jener harte Mann ihn nicht in seinem Laden fand und des Wartens überdrüssig wurde, so ging er zum Kadi; von dem holte er einen Gerichtsboten, und dann nagelte er die Tür des Ladens zu in Gegenwart einer Schar von Muslimen und versiegelte sie; denn er hatte dort nur einige zerbrochene irdene Geräte gesehen, aber nichts darunter gefunden, was ihm seine Sache hätte ersetzen können. Dann nahm der Gerichtsbote den Schlüssel an sich und sprach zu den Nachbarn: ‚Sagt ihm, er solle das Zeug dieses Mannes herbeischaffen; dann mag er kommen, um sich den Schlüssel seines Ladens zu holen!' Darauf gingen der Mann und der Gerichtsbote ihrer Wege. Abu Sîr aber sprach zu Abu Kîr: ‚Was ist das für eine arge Sache mit dir? Jedesmal, wenn einer dir etwas bringt, lässest du ihn dessen verlustig gehen. Wohin ist der Stoff dieses harten Menschen verschwunden?' Der Färber antwortete: ‚Lieber Nachbar, er ist mir gestohlen.' Da rief Abu Sîr: ‚Sonderbar, jedesmal, wenn dir jemand etwas gibt, so stiehlt es dir ein Dieb. Bist du denn ein Sammelplatz aller Diebe geworden? Doch ich glaube, du lügst; nun erzähl mir deine Geschichte in Wahrheit!' ,Lieber Nachbar,' erwiderte der Färber, ,niemand hat mir etwas gestohlen.' Abu Sîr fragte darauf: ,Was machst du denn mit den Sachen der Leute?' Und der Färber gestand: ,Wenn jemand mir etwas bringt, so verkaufe ich es und gebe den Erlös für mich aus.' Als aber Abu Sîr fragte: ,Ist dir das vor Gott erlaubt?' gab jener zur Antwort: ,Ich tu es nur aus Not; denn mein Geschäft geht schlecht; ich bin arm und habe nichts.' Und nun begann er ihm zu klagen über die schlechten Geschäfte und über den Mangel an Mitteln; da hub auch Abu Sîr an, ihm zu erzählen, das es um sein Gewerbe schlimm bestellt sei, indem er sprach: ,Ich bin ein Meister, meinesgleichen gibt es nicht in dieser Stadt. Aber niemand läßt sich bei mir scheren, weil ich ein armer Kerl bin; ich habe keine Lust mehr zu dieser Kunst, mein Bruder!' Da sagte Abu Kîr, der Färber, zu ihm: ,Auch ich habe keine Lust mehr zu meinem Gewerbe, weil es so schlecht geht; doch, mein Bruder, was hält uns denn in dieser Stadt fest? Wir beide, ich und du, wollen uns auf die Wanderschaft machen und uns in den Ländern der Menschen umsehen, mit unserer Kunst in unseren Händen; denn die gilt in der ganzen Welt. Und wenn wir reisen, kommen wir an die frische Luft und haben Ruhe vor dieser schweren Sorge.' Und Abu Kîr fuhr fort, vor Abu Sîr das Reisen schön auszumalen, bis auch der begierig ward aufzubrechen. So einigten sich denn die beiden darüber, daß sie reisen wollten. – –«

Da bemerkte Schehrezâd, daß der Morgen begann, und sie hielt in der verstatteten Rede an. Doch als die *Neunhundertundzweiunddreißigste Nacht* anbrach, fuhr sie also fort: »Es ist mir berichtet worden, o glücklicher König, daß Abu Kîr fortfuhr, vor Abu Sîr das Reisen schön auszumalen, bis auch der begierig ward aufzubrechen, und daß die beiden sich dann darüber einigten, daß sie reisen wollten; nun war Abu Kîr froh, daß auch Abu Sîr Lust zum Reisen hatte, und sang die Worte des Dichters:

> Zieh fort aus deinem Land, erstrebe hohe Dinge
> Und reise! Reisen bringt doch Nutzen fünferlei:
> Es macht von Sorgen frei, läßt dich dein Brot gewinnen,
> Bringt Wissen, feine Bildung, edle Kumpanei.
> Und wenn es heißt, das Reisen bringe Gram und Kummer
> Und Trennung der Gemeinschaft, schwerer Mühen Leid,
> So ist der Tod dem Manne besser als ein Leben
> Im Hause der Verachtung zwischen Haß und Neid!

Nachdem die beiden sich also zum Aufbruch entschlossen hatten, sprach Abu Kîr zu Abu Sîr: ‚Lieber Nachbar, jetzt sind wir Brüder geworden, und es gibt keinen Unterschied zwischen uns. Daher geziemt es uns, die Fâtiha[1] daraufhin zu sprechen, daß, wer von uns Arbeit hat, aus seinem Verdienst den ernähren soll, der keine Arbeit hat, und daß wir alles, was übrig bleibt, in eine Truhe legen. Wenn wir dann nach Alexandrien zurückkehren, so wollen wir es zwischen uns gerecht und ehrlich teilen.', ‚So sei es!', erwiderte Abu Sîr; und nun sagten beide die Fâtiha her daraufhin, daß der Arbeitende aus seinem Verdienste den Arbeitslosen ernähren solle. Darauf schloß Abu Sîr den Laden und übergab die Schlüssel ihrem Verwalter; Abu Kîr aber ließ den Schlüssel bei dem Boten des Kadi und ließ den Laden verschlossen und versiegelt zurück. Beide nahmen ihre Habseligkeiten mit und machten sich auf die Reise, indem sie eine Galeone bestiegen, die auf dem Salzmeer fuhr; noch am selben Tage gingen sie unter Segel, und das Glück war ihnen hold. Zur höchsten Freude des Barbiers war unter allen, die sich an Bord der Galeone befanden, kein einziger Barbier, wiewohl dort hundertundzwanzig Menschen waren

1. Die erste Sure des Korans.

außer dem Kapitän und den Seeleuten. Als man nun die Segel des Schiffs gespannt hatte, hub der Barbier an und sprach zum Färber: ‚Bruder, hier auf dem Meere haben wir Essen und Trinken nötig; aber wir haben nur wenig Zehrung bei uns. Vielleicht wird einer zu mir sagen: ‚Komm her, Barbier, scher mich!' Dann will ich ihn scheren für einen Laib Brot oder für einen Para oder für einen Trunk Wassers; und so haben wir beide Nutzen davon, ich und du.' ‚Das kann nicht schaden', antwortete ihm der Färber, legte sein Haupt nieder und schlief ein, während der Barbier sich aufmachte, indem er sein Handwerkszeug und seine Schale nahm und einen Lumpen über die Schulter warf, der ihm als Handtuch diente, da er arm war; und er ging zwischen den Reisenden umher. Einer von ihnen sprach zu ihm: ‚Meister, komm und scher mich!' Da schor er ihn, und als er das getan hatte, gab jener Mann ihm einen Para. Aber der Barbier sprach: ‚Bruder, ich kann dies Parastück nicht brauchen. Hättest du mir einen Laib Brot gegeben, so wäre er mir auf diesem Meere von größerem Segen; denn ich habe noch einen Gefährten, und unser Vorrat ist sehr gering.' Da gab jener ihm einen Laib Brot und ein Stück Käse und füllte ihm die Schale mit süßem Wasser. Der Barbier nahm alles, trug es zu Abu Kîr und sprach zu ihm: ‚Nimm dies Brot und iß es mit dem Käse und trink, was in der Schale ist!' Und jener nahm, aß und trank. Danach griff Abu Sîr, der Barbier, wieder zu seinem Handwerkszeug, legte den Lumpen über seine Schulter, nahm die Schale in die Hand und ging auf dem Schiff unter den Reisenden umher. Einen schor er für zwei Brote, einen anderen für ein Stück Käse, und es entstand große Nachfrage nach ihm; daher begann er von einem jeden, der da rief: ‚Scher mich, Meister!', sich zwei Brote und einen Para auszubedingen; denn es war ja kein anderer Barbier auf der Galeone außer ihm. Und noch ehe die Sonne unterging, hatte er schon dreißig Brote und dreißig Parastücke beisammen, dazu noch Käse, Oliven und Fischrogen; denn alles, was er von den Reisenden verlangte, gaben sie ihm, und so war er bald im Besitz vieler Dinge. Er schor auch den Kapitän, und als er dem klagte, daß er zu wenig Zehrung für die Reise habe, sagte dieser zu ihm: ‚Du bist mir jeden Abend willkommen, und bring auch deinen Gefährten mit; dann könnt ihr bei mir essen und braucht keine Sorge mehr zu haben, solange ihr mit uns fahrt!' Darauf kehrte Abu Sîr zu dem Färber zurück, und als er ihn schlafend fand, weckte er ihn auf. Wie nun Abu Kîr die Augen aufschlug, fand er zu seinen Häupten eine Fülle von Brot, Käse, Oliven und Fischrogen; und er fragte: ‚Woher hast du das?' ‚Durch die Güte Allahs des Erhabenen', antwortete der Barbier. Abu Kîr wollte gleich zugreifen, doch Abu Sîr sprach zu ihm: ‚Iß nicht davon, Bruder; laß es liegen, damit es uns ein andermal von Nutzen sein kann! Denn wisse, ich habe den Kapitän geschoren und ihm über unseren Mangel an Vorrat geklagt; da sprach er zu mir: ‚Du bist mir jeden Abend willkommen, und bring auch deinen Gefährten mit; dann sollt ihr bei mir essen!' Und unsere erste Mahlzeit bei dem Kapitän ist heute abend.' Abu Kîr gab ihm jedoch zur Antwort: ‚Mir dreht sich der Kopf bei dem Seegang, und ich kann mich nicht von der Stelle rühren; deshalb laß mich von diesen Dingen hier essen, und geh du allein zum Kapitän!' Abu Sîr sagte: ‚Das ist mir auch recht', setzte sich und schaute dem anderen zu, wie er aß; da sah er, daß jener sich Bissen abhieb, wie ein Steinhauer Steine aus dem Felsen schlägt, und sie hinunterschlang wie ein Elefant, der seit Tagen nichts gefressen hat; und er schluckte immer schon einen neuen Bissen, ehe er den anderen ganz hinuntergewürgt hatte. Dabei starrte er das, was vor ihm lag, groß an wie mit Augen von Dämonen, und er schnaufte, wie ein hungriger Stier schnauft bei Häcksel und Bohnen. Doch nun kam ein Seemann und sprach: ‚Meister, der Kapitän läßt dir sagen: Bring deinen Gefährten mit und komm zum Abendessen!' Da sagte Abu Sîr zu Abu Kîr: ‚Willst du mitkommen?' Der antwortete ihm: ‚Ich kann nicht gehen.' So ging denn der Barbier allein hin und sah den Kapitän vor einem Tische sitzen, auf dem zwanzig oder noch mehr verschiedene Gerichte standen, während er mit seiner Gesellschaft auf den Barbier und seinen Gefährten wartete. Sobald der Kapitän ihn erblickte, fragte er ihn: ‚Wo ist dein Gefährte?' ‚Hoher Herr,' erwiderte jener, ‚ihm schwindelt der Kopf beim Seegang.' Der Kapitän fuhr fort: ‚Ich wünsche ihm Besserung; der Schwindel wird ihn bald verlassen. Komm du und iß mit uns, ich habe schon auf dich gewartet!' Dann nahm er eine Schüssel beiseite und tat von jedem Gericht etwas hinein, so daß sich zehn daran hätten satt essen können. Und nachdem der Barbier gegessen hatte, sprach der Kapitän zu ihm: ‚Nimm diese Schüssel mit für deinen Gefährten!' Der nahm sie also und brachte sie zu Abu Kîr; doch er sah, daß jener mit seinen Zähnen wie ein Kamel die Speisen zermalmte, die vor ihm lagen, und es gar eilig hatte, Bissen auf Bissen hinunterzujagen. Abu Sîr sprach zu ihm: ‚Hab ich dir nicht gesagt, du solltest hiervon nicht essen? Der Kapitän ist sehr gütig; sieh, was er dir geschickt hat, weil ich ihm erzählte, dir sei schwindelig!' ‚Her damit!' rief der Färber, und der Barbier reichte ihm die Schüssel hin. Jener riß sie ihm aus der Hand, gierig nach ihr wie nach all den anderen Speisen, gleichwie ein Hund, der die Zähne weist, oder ein Leu, der alles zerreißt, oder auch gleichwie ein Geier, der auf eine Taube niederfährt, oder wie einer, der dem Hungertode nahe ist und plötzlich etwas sieht, das ihn nährt. Und Abu Kîr fing an zu essen, während Abu Sîr ihn verließ und sich zum Kapitän begab und dort Kaffee trank. Als er zu Abu Kîr zurückkam, sah er, wie der alles gegessen, was in der Schüssel war, und sie leer beiseite geworfen hatte. – –«

Da bemerkte Schehrezâd, daß der Morgen begann, und sie hielt in der verstatteten Rede an. Doch als die *Neunhundertunddreiunddreißigste Nacht* anbrach, fuhr sie also fort: »Es ist mir berichtet worden, o glücklicher König, daß Abu Sîr, als er zu Abu Kîr zurückkam, sah, wie der alles aufgegessen, was in der Schüssel war, und sie leer beiseite geworfen hatte; er nahm sie auf und brachte sie einem der Diener des Kapitäns, ging wiederum zu Abu Kîr zurück und schlief bis zum Morgen. Am nächsten Tage begann Abu Sîr wieder zu scheren, und alles, was er verdiente, gab er Abu Kîr. Der aber aß und trank und blieb, wo er war; nur wenn er ein Bedürfnis verrichten mußte, stand er auf. Und jeden Abend brachte ihm sein Gefährte eine gefüllte Schüssel vom Kapitän. In dieser Weise lebten die beiden zwanzig Tage dahin, bis die Galeone in einem Hafen vor Anker ging. Da verließen sie das Schiff, gingen in jene Stadt hinein und nahmen ein Zimmer in einer Herberge. Abu Sîr stattete es aus und kaufte alles, was die beiden nötig hatten, holte Fleisch und kochte es, während Abu Kîr immer dalag und schlief, von dem Augenblick an, da sie das Zimmer in dem Chân betreten hatten, und erst aufwachte, als Abu Sîr ihn weckte und den Tisch vor ihn hinsetzte. Als er nun aufgewacht war, aß er; danach sagte er zu seinem Gefährten: ‚Nimm es mir nicht übel; mir ist immer noch schwindelig', und schlief wieder ein. So trieb er es vierzig Tage lang, während der Barbier jeden Tag sein Gerät nahm und in der Stadt umherging, für das arbeitete, was ihm zufiel, heimkehrte und

Abu Kîr schlafend fand und ihn aufweckte. Wenn der dann wach war, so machte er sich gierig über das Essen her und aß wie einer, der nie genug erhält und den nichts zufrieden stellt; danach schlief er wieder ein.

Dies dauerte wiederum vierzig Tage lang; jedesmal, wenn Abu Sîr sagte: ‚Setz dich auf, mache es dir bequem, geh aus und wandere in der Stadt umher; denn sie ist schön anzusehen und hat nicht ihresgleichen unter den Städten!' antwortete ihm Abu Kîr, der Färber: ‚Nimm es mir nicht übel; mir ist noch schwindelig!' Abu Sîr aber, der Barbier, brachte es nicht übers Herz, ihn zu betrüben oder ihn ein verletzendes Wort hören zu lassen; doch am einundvierzigsten Tage erkrankte er selbst und vermochte nicht auszugehen; deshalb dang er den Pförtner des Châns, und der besorgte den beiden, was sie brauchten, und brachte ihnen zu essen und zu trinken. All das geschah, während Abu Kîr nur aß und schlief. Vier Tage lang hatte der Barbier den Pförtner in seinem Dienst, so daß er für ihre Bedürfnisse sorgte; danach aber ward die Krankheit in ihm so heftig, daß er das Bewußtsein verlor in seinem schweren Siechtum. Was Abu Kîr betraf, so quälte ihn bald der brennende Hunger, und er suchte in den Kleidern seines Gefährten nach, bis er darin eine Anzahl Dirhems entdeckte; die nahm er an sich, dann schloß er die Tür des Zimmers hinter Abu Sîr und ging davon, ohne jemandem etwas zu sagen; der Pförtner aber war auf dem Markte und sah ihn nicht hinausgehen. Nun begab Abu Kîr sich auf den Markt, kleidete sich in kostbare Gewänder und ging umher in der Stadt und schaute sie sich an; dabei sah er, daß es eine Stadt war, derengleichen es unter den Städten nicht gab. Als er aber bemerkte, daß alle Kleider dort nur weiß und blau waren und von keiner anderen Farbe, ging er zu einem Färber, und er sah, daß alles in dessen Laden blau war. Da zog er ein Tuch heraus und sprach zu ihm: ‚Meister, nimm dies Tuch, färbe es mir und nimm deinen Lohn dafür!' Der Färber sagte darauf: ‚Das zu färben kostet zwanzig Dirhems.' Abu Kîr entgegnete: ‚Wir können das in unserem Lande für zwei Dirhems färben lassen.' ‚So geh und laß es in eurem Lande färben! Ich färbe es dir nur für zwanzig Dirhems; von diesem Preise lasse ich nichts ab.' ‚In welcher Farbe willst du es färben?' ‚Ich färbe es nur in blauer Farbe.' ‚Ich will aber, daß du es mir rot färbst.' ‚Ich weiß nicht, wie man rot färbt.' ‚Dann grün!' ‚Ich weiß auch nicht, wie man grün färbt.' ‚Dann gelb!' ‚Ich weiß auch nicht, wie man gelb färbt.' Nun begann Abu Kîr ihm alle Farben aufzuzählen, eine nach der anderen, bis der Färber zu ihm sprach: ‚Wir sind in unserem Lande vierzig Meister, nie um einen mehr noch um einen weniger. Wenn einer von uns stirbt, so lehren wir seinen Sohn das Gewerbe; hinterläßt er aber keinen Sohn, so haben wir einen zu wenig. Und wenn einer zwei Söhne hat, so lehren wir einen von den beiden; stirbt der, so lehren wir seinen Bruder. Dies unser Gewerbe ist streng geordnet; und wir wissen nur, wie man blau färbt, doch in keiner anderen Farbe.' Da sprach Abu Kîr, der Färber, zu ihm: ‚Wisse, auch ich bin ein Färber, und ich verstehe in allen Farben zu färben; und ich möchte, daß du mich bei dir um Lohn in Dienst nimmst, so will ich dich in allen Farben zu färben lehren, auf daß du dich dadurch vor der ganzen Färberzunft auszeichnest.' Jener aber erwiderte ihm: ‚Wir lassen nie einen Fremden in unsere Zunft eintreten.' Da fragte Abu Kîr: ‚Und wie, wenn ich mir selbst für mich allein eine Färberei auftue?' ‚Das wird dir niemals möglich sein', erwiderte der Färber; und nun verließ Abu Kîr ihn und begab sich zu einem zweiten, doch der sagte ihm das gleiche wie der erste. Dann wandte er sich von Färber zu Färber, bis er bei allen vierzig Meistern die Runde gemacht hatte; aber keiner nahm ihn an, weder als Lehrling noch als Meister. Schließlich begab er sich zum Scheich der Färber und meldete ihm alles; aber der erwiderte ihm auch: ‚Wir lassen keinen Fremden in unsere Zunft eintreten.' Da kam gewaltiger Zorn über Abu Kîr, und er ging hin, um bei dem König jener Stadt Klage zu führen, und er sprach zu ihm: ‚O größter König unserer Zeit, ich bin ein Fremdling, und mein Gewerbe ist die Färberei, und soundso ist es mir bei den Färbern ergangen. Ich verstehe rot in verschiedenen Tönen zu färben, wie zum Beispiel rosenrot und brustbeerenrot; auch grün in verschiedenen Tönen, wie grasgrün, pistaziengrün, olivengrün und papageiengrün; ferner schwarz von verschiedener Art wie kohlschwarz und antimonschwarz; und ebenso auch gelb von verschiedener Art, wie orangengelb und zitronengelb.' Und so zählte er ihm alle Farben auf; dann sprach er: ‚O größter König unserer Zeit, alle Färber, die in deiner Stadt sind, haben nicht die Fähigkeit, in irgendeiner von diesen Farben zu färben, sie verstehen nur blau zu färben. Sie wollen mich aber auch nicht bei sich aufnehmen, weder als Meister noch als Lehrling.' Der König erwiderte ihm: ‚Das ist richtig; aber ich will dir eine Färberei auftun und dir Kapital geben. Mach dir keine Sorge um die Leute; jeden, der dir ein Hindernis in den Weg legt, lasse ich über seiner Ladentür aufhängen!' Dann ließ er die Baumeister kommen und sprach zu ihnen: ‚Geht mit diesem Meister und zieht mit ihm in der Stadt umher; wenn ihm ein Platz gefällt, so treibt den Eigentümer fort, einerlei ob es ein Laden oder Chân oder irgend etwas anderes ist, und baut ihm eine Färberei nach seinem Wunsche! Was er euch nur befiehlt, das tut; widersprechet seinen Worten nicht!' Darauf ließ der König ihm ein schönes Gewand bringen und gab ihm tausend Dinare, indem er zu ihm sprach: ‚Gib die für dich selbst aus, bis der Bau vollendet ist!' Auch gab er ihm zwei Mamluken zu seiner Bedienung und ein Roß mit goldverziertem Geschirr. Nachdem Abu Kîr das Gewand angelegt und das Roß bestiegen hatte, ward er einem Emir gleich. Ferner wies der König ihm ein Haus an und befahl, es auszustatten; und es ward für ihn hergerichtet. – –«

Da bemerkte Schehrezâd, daß der Morgen begann, und sie hielt in der verstatteten Rede an. Doch als die *Neunhundertundvierunddreißigste Nacht* anbrach, fuhr sie also fort: »Es ist mir berichtet worden, o glücklicher König, daß jener König dem Abu Kîr ein Haus anwies und befahl, es auszustatten, und daß es für ihn hergerichtet wurde; und nun schlug er darin seinen Wohnsitz auf. Am nächsten Tage aber stieg er zu Roß und ritt durch die Stadt, während die Baumeister vor ihm herzogen; dabei schaute er sich immer um, bis ihm eine Stelle gefiel. Dort sprach er: ‚Diese Stelle ist gut'; und seine Begleiter warfen den Eigentümer hinaus und brachten ihn vor den König. Der zahlte ihm den Preis für sein Grundstück, und zwar so hoch, daß er mehr als zufrieden war. Dann ward der Bau auf ihm begonnen, und Abu Kîr sagte zu den Bauleuten: ‚Baut soundso und tut dasunddas!' bis sie ihm eine Färberei erbaut hatten, die nicht ihresgleichen besaß. Darauf trat er vor den König und meldete ihm, daß der Bau der Färberei beendet sei und daß nur noch das Geld für die Farbstoffe nötig sei, um sie zu eröffnen. Der König sprach zu ihm: ‚Nimm diese viertausend Dinare und verwende sie als Betriebskapital; dann zeige mir die Frucht deiner Färbekunst!' Da nahm jener das Geld, ging auf den Markt und fand dort Farbstoffe in Mengen, die fast umsonst zu haben waren; und nun kaufte er alles ein, was er zum Färben nötig hatte. Darauf sandte der König ihm fünfhundert Stücke Zeug; und er zog sie durch die Farben und färbte sie in allen Arten und breitete sie dann vor der Tür der Färberei aus. Als die Leute dort vorbeigingen, sahen sie etwas so Wunderbares, wie sie es ihr ganzes Leben lang noch nicht erschaut hatten. Und das Volk drängte sich vor der Tür der Färberei zusammen und schaute zu; dann fingen sie an zu fragen, indem sie zu Abu Kîr sprachen: ‚Meister, wie heißen diese Farben?' Er antwortete ihnen: ‚Dies ist rot, und dies ist gelb, und dies ist grün', und nannte ihnen so die Namen der Farben. Alsbald brachten sie ihm allerlei Stoffe und sprachen zu ihm: ‚Färbe sie uns wie dies oder wie jenes und nimm, was du verlangst!' Sobald er mit dem Färben der Stoffe des Königs fertig war, nahm er sie und brachte sie in den Staatssaal. Wie der König jenes gefärbte Zeug erblickte, freute er sich darüber und machte dem Färber reiche Geschenke. Nun kamen auch alle Truppen mit Zeug zu ihm und sprachen: ‚Färbe es uns soundso!' Und er färbte es ihnen nach ihren Wünschen, und sie warfen ihm Gold und Silber zu. Hinfort verbreitete sich sein Ruf, und seine Färberei wurde die Königliche Färberei genannt; zu jeder Tür strömte der Reichtum zu ihm herein, und keiner von all den anderen Färbern vermochte mehr ein Wort gegen ihn zu sagen, sondern sie kamen zu ihm, küßten ihm die Hände, entschuldigten sich bei ihm wegen dessen, was sie ihm früher zuleide getan hatten, und boten sich ihm an, indem sie sprachen: ‚Mache uns zu Dienern bei dir!' Er geruhte aber keinen von ihnen anzunehmen; denn er besaß nun Sklaven und Sklavinnen und hatte großen Reichtum angehäuft.

Wenden wir uns jedoch von Abu Kîr wieder zu Abu Sîr zurück! Abu Kîr war ja, nachdem er ihm sein Geld genommen und die Tür hinter ihm verschlossen hatte, fortgegangen und hatte ihn dort allein gelassen, krank und bewußtlos, wie er war.

So blieb der Barbier in jenem Zimmer bei geschlossener Tür liegen und verharrte drei Tage in diesem Zustande. Da ward der Pförtner des Châns auf die Tür des Zimmers aufmerksam, weil er sie verschlossen sah und keinen von den beiden bis zum Sonnenuntergang erblickte und keine Kunde von ihnen erhielt. So sagte er sich: ‚Vielleicht sind sie abgereist, ohne die Miete für das Zimmer zu zahlen, oder sie sind tot; oder was mag sonst mit ihnen geschehen sein?' Darauf ging er zu der Tür des Zimmers, die er immer noch verschlossen fand, und hörte den Barbier drinnen stöhnen. Weil er aber den Schlüssel im Riegel stecken sah, öffnete er die Tür und trat ein. Als er nun den Barbier erblickte, wie er dort stöhnte, sprach er zu ihm: ‚Möge es dir gut gehen! Wo ist dein Freund?' Jener erwiderte ihm: ‚Bei Allah, ich bin erst heute aus meiner Krankheit zum Bewußtsein gekommen, und da fing ich an zu rufen, aber niemand gab mir eine Antwort. Um Allahs willen, mein Bruder, sieh nach dem Beutel unter meinem Kopfe, nimm fünf Parastücke heraus und kaufe mir dafür etwas zum Essen; denn mich hungert gewaltig!' Der Pförtner streckte die Hand aus und nahm den Beutel; da er ihn aber leer fand, sprach er zu dem Barbier: ‚Siehe, der Beutel ist leer; es ist nichts darin.' Da wußte Abu Sîr, der Barbier, daß Abu Kîr genommen hatte, was darin gewesen war, und sich davongemacht hatte; und er fragte den Pförtner: ‚Hast du meinen Freund nicht gesehen?' Jener gab ihm zur Antwort: ‚Seit drei Tagen habe ich ihn nicht gesehen, und ich glaubte nichts anderes, als daß du mit ihm abgereist wärest.' Da rief der Barbier: ‚Nein, wir sind nicht abgereist; aber ihn gelüstete nach meinem Gelde, und er hat es genommen und ist entflohen, als er mich krank sah.' Dann begann er zu weinen und zu klagen; doch der Pförtner des Châns sprach zu ihm: ‚Möge es dir gut gehen! Allah wird ihm seine Tat vergelten!' Dann ging er fort, kochte für ihn eine Brühe, füllte ihm einen Teller und brachte ihm den; und so pflegte er ihn zwei Monate lang, während er alles aus seinem Beutel bezahlte, bis daß der Barbier in Schweiß kam und Allah ihn von der Krankheit, die in ihm war, genesen ließ. Darauf erhob sich Abu Sîr und sprach zu dem Pförtner des Châns: ‚So Allah der Erhabene es mir möglich macht, werde ich dir das Gute vergelten, das du an mir getan hast; doch der wahre Vergelter ist nur Gott in Seiner Güte.' Jener sagte darauf: ‚Preis sei Allah für deine Genesung! Ich habe dies nur aus Verlangen nach dem Antlitze des allgütigen Gottes an dir getan.' Dann verließ der Barbier die Herberge und wanderte in den Marktstraßen umher; da führte ihn das Schicksal auch zu der Straße, in der die Färberei des Abu Kîr sich befand, und er sah die buntgefärbten Stoffe ausgebreitet vor der Tür der Färberei liegen, während das Volk sich zusammendrängte und sie anschaute. Er fragte nun einen Mann von den Einwohnern der Stadt und sprach zu ihm: ‚Was für ein Ort ist das? Und wie kommt es, daß ich die Menschen sich drängen sehe?' Der Gefragte erwiderte ihm: ‚Das ist die Färberei des Sultans, die er für einen fremden Mann namens Abu Kîr gegründet hat. Immer wenn er einen Stoff gefärbt hat, versammeln wir uns bei ihm und schauen uns sein Werk an; denn in unserem Lande gibt es keine Färber, die in solchen Farben zu färben verstehen. Mit den Färbern der Stadt aber ist es ihm soundso ergangen.' Und er berichtete ihm alles, was sich zwischen Abu Kîr und den Färbern zugetragen hatte, und wie er beim Sultan Klage geführt und der sich seiner angenommen, ihm diese Färberei erbaut und ihm dasunddas gegeben hatte; kurz, er berichtete ihm alles, was geschehen war. Darüber war Abu Sîr erfreut, und er sprach bei sich selber: ‚Preis sei Allah, der ihm den Weg öffnete, so daß er zum Meister ward! Und der Mann ist zu entschuldigen; wahrscheinlich wurde er durch sein Handwerk von dir abgelenkt und hat dich vergessen. Aber du hast freundlich und gütig an ihm gehandelt, während er ohne Arbeit war; und wenn er dich jetzt sieht, so wird er seine Freude an dir haben und dich ebenso hochherzig behandeln, wie du gegen ihn gewesen bist.' Darauf trat er an die Tür der Färberei heran und sah, wie Abu Kîr auf einem hohen Polster saß, das über eine Bank im Eingang zur Färberei gebreitet war; er war in königliche Gewänder gekleidet, und vor ihm standen vier Negersklaven und vier weiße Mamluken, die mit den prächtigsten Kleidern angetan waren. Auch sah er die Arbeiter, zehn Sklaven, bei ihrer Arbeit stehen; denn die hatte er, als er sie kaufte, die Kunst des Färbens gelehrt. Abu Kîr selbst aber saß zwischen den Kissen, als wäre er ein Großwesir oder ein mächtiger König, der keine Arbeit mit seiner Hand tat, sondern nur zu seinen Leuten sprach: ,Tut dies und das!' Nun trat Abu Sîr vor ihn hin, in dem Glauben, er würde, wenn er ihn sähe, seine Freude an ihm haben und ihn begrüßen und ehrenvoll behandeln und freundlich aufnehmen. Doch als Auge auf Auge traf, schrie Abu Kîr ihn an: ,Du Schuft! Wie oft habe ich dir schon gesagt, du sollst nicht im Eingang dieser Werkstatt herumstehen? Willst du mich bei den Leuten in Verruf bringen, du Dieb? Ergreift ihn!' Da liefen die Sklaven auf ihn zu und packten ihn; Abu Kîr aber richtete sich auf, ergriff einen Stock und rief: ,Werft ihn nieder!' Nachdem sie ihn niedergeworfen hatten, versetzte er ihm hundert Schläge auf den Rücken; dann drehten sie ihn um, und er schlug ihn auch noch hundertmal auf den Bauch. Darauf schrie er ihn an: ,Du Schuft, du Schurke, wenn ich dich von heute an noch einmal an der Tür dieser Färberei stehen sehe, so sende ich auf der Stelle zum

König, und der wird dich dem Wachthauptmann übergeben, damit er dir den Kopf abschlägt! Fort von hier, Allah segne dich nicht!' Nun ging Abu Sîr fort von ihm, gebrochenen Herzens ob der entehrenden Schläge, die ihm versetzt worden waren; die Umstehenden aber fragten Abu Kîr, den Färber: ,Was hat der Mann da getan?' Und jener antwortete ihnen: ,Er ist ein Dieb, der die Stoffe der Leute stiehlt.' – –«

Da bemerkte Schehrezâd, daß der Morgen begann, und sie hielt in der verstatteten Rede an. Doch als die *Neunhundertundfünfunddreißigste Nacht* anbrach, fuhr sie also fort: »Es ist mir berichtet worden, o glücklicher König, daß Abu Kîr den Abu Sîr schlug und fortjagte und zu den Leuten sprach: ,Der da ist ein Dieb, der die Stoffe der Leute stiehlt. Wie oft hat er mir schon Zeug gestohlen! Immer sagte ich mir: ,Allah verzeihe ihm! Er ist ein armer Mann.' Und ich wollte ihn nicht in Verlegenheit bringen, sondern ich ersetzte den Leuten den Wert ihrer Sachen und verbot es ihm in Güte, aber er ließ es sich nicht verbieten. Wenn er jetzt noch einmal wiederkommt, so schicke ich zum König, damit er ihn hinrichten läßt und die Menschen von dem Schaden durch ihn befreit.' Da begannen die Menschen ihm noch zu fluchen, nachdem er schon fortgegangen war. Solches tat Abu Kîr.

Sehen wir nun, wie es Abu Sîr erging! Er kehrte zur Herberge zurück und setzte sich nieder und sann nach über das, was Abu Kîr ihm angetan hatte; und er saß so lange da, bis ihn die Schläge nicht mehr brannten. Dann ging er hinaus und wanderte in den Marktstraßen der Stadt umher; dabei kam es ihm in den Sinn, in das Badehaus zu gehen, und er fragte einen Mann von den Leuten der Stadt, indem er zu ihm sprach: ,Bruder, wo ist der Weg zum Badehaus?' Der aber fragte ihn: ,Was ist denn ein Badehaus?' Abu Sîr antwortete ihm: ,Ein Ort, an dem man sich wäscht und sich von seinem Schmutz reinigt; das gehört zum Besten der guten Dinge dieser Welt.' Da rief der Städter: ‚Geh doch zum Meer!' Aber der Barbier bestand darauf: ‚Ich will ins Badehaus gehen.' Nun erzählte jener: ‚Wir wissen nicht, wie ein Badehaus ist; wir gehen immer alle zum Meer, auch der König, wenn er sich waschen will, begibt sich zum Meer.' Als Abu Sîr sich überzeugt hatte, daß es in der Stadt kein Badehaus gab, und daß die Einwohner dort kein Warmbad kannten noch wußten, wie es beschaffen war, ging er zur Staatsversammlung des Königs, trat zu ihm ein, küßte den Boden vor ihm und flehte den Segen des Himmels auf sein Haupt. Dann sprach er zu ihm: ‚Ich bin ein landfremder Mann und meines Gewerbes ein Badediener; und als ich in deine Stadt kam, wollte ich ins Badehaus gehen, doch ich fand in ihr auch nicht ein einziges Warmbad. Wie kann eine Stadt, die so schön ist wie diese, ohne ein Warmbad sein, da dies doch eine der höchsten Wonnen der Welt ist?' Als der König dann fragte: ‚Was ist denn ein Warmbad?' begann Abu Sîr ihm die Art eines Badehauses zu beschreiben und fügte noch hinzu: ‚Deine Hauptstadt ist keine vollkommene Stadt, wenn es kein Badehaus in ihr gibt.' ‚Sei mir willkommen!' rief der König, ließ ihn in ein Gewand kleiden, das nicht seinesgleichen hatte, und gab ihm ein Roß und zwei Sklaven; ferner schenkte er ihm vier Sklavinnen und zwei Mamluken und wies ihm ein schön eingerichtetes Haus an, ja, er ehrte ihn noch mehr als den Färber. Dann schickte er die Bauleute mit ihm aus, nachdem er ihnen befohlen hatte: ‚Erbaut ihm ein Badehaus an der Stätte, die ihm gefällt!' Jener nahm die Leute und zog mit ihnen mitten durch die Stadt, bis ihm eine Stätte gefiel; er zeigte sie den Baumeistern, und sie begannen dort zu bauen, während er sie in der Ausführung anleitete, bis sie ihm ein Badehaus errichtet hatten, das seinesgleichen suchte. Dann befahl er ihnen, es auszumalen, und sie schmückten es mit so wunderbaren Malereien, daß es eine Freude für die Beschauer war. Darauf ging Abu Sîr zum König und meldete ihm, der Bau und die Ausschmückung des Bades seien vollendet; und er fügte hinzu: ,Jetzt fehlt ihm nichts mehr als die Einrichtung.' Da gab der König ihm zehntausend Dinare; und Abu Sîr nahm sie, richtete das Badehaus ein und reihte darin die Badetücher an den Leinen auf. Alle, die an der Tür des Bades vorüber kamen, starrten es an und wurden von seinem Schmuck ganz bezaubert; das ganze Volk drängte sich dort zusammen bei etwas, dessengleichen sie in ihrem ganzen Leben noch nicht gesehen hatten. Und während sie es anschauten, riefen sie: ,Was ist denn das?' Abu Sîr antwortete ihnen: ,Das ist ein Badehaus', und sie waren voll von Bewunderung. Dann machte er das Wasser heiß und setzte das Bad in Betrieb; und in dem großen Becken richtete er einen Springbrunnen ein, der die Sinne aller Städter, die ihn erblickten, gefangen nahm. Von dem König aber erbat er sich zehn Mamluken, die noch nicht erwachsen waren; und der gab ihm zehn Mamluken so schön wie Monde. Darauf knetete er sie und sprach zu ihnen: ,Tut so mit den Kunden!' Nachdem er noch Weihrauch angezündet hatte, sandte er einen Ausrufer aus, der in der Stadt ausrief und sprach: ,Ihr Geschöpfe Allahs, auf ins Bad, das da heißt das Königliche Bad!' Die Leute strömten zu ihm herbei, und er befahl den Mamluken, ihnen den Leib zu waschen; danach stiegen die Leute in das Becken, und nachdem sie wieder herausgekommen waren, setzten sie sich auf die Estrade, und die Mamluken kneteten sie, wie Abu Sîr es sie gelehrt hatte. Drei Tage lang konnten die Leute ins Bad kommen und sich dort nach Herzenslust erquicken und dann wieder fortgehen, ohne zu bezahlen. Am vierten Tage aber lud er den König ins Bad; und der saß mit den Großen seines Reiches auf und ritt mit ihnen zum Badehause. Dort legte er seine Kleider ab und trat ins Innere, während Abu Sîr mit ihm ging; der rieb den König und holte von seinem Leibe den Schmutz herunter, Lampendochten gleich, und als er sie ihm zeigte, war der Herrscher froh; wenn er nun die Hand auf seinen Leib legte, ertönte ein Klang von Weichheit und Sauberkeit. Nachdem Abu Sîr den Leib des Königs gewaschen hatte, mischte er Rosenwasser in das Wasser des Beckens, und der König stieg hinein; als er wieder herauskam, war sein Leib erfrischt, und ein Wohlgefühl kam über ihn, wie er es noch nie in seinem Leben verspürt hatte. Darauf bat der Barbier ihn, sich auf die Estrade zu setzen, und die Mamluken kneteten ihn, während die Räucherpfannen den Duft von Nadd[1] verbreiteten. Da sagte der König: ‚Meister, ist dies das Warmbad?‘ ‚Jawohl‘, erwiderte jener; und der König fuhr fort: ‚Bei meinem Haupte, meine Stadt ist erst durch dies Badehaus zur Stadt geworden.‘ Dann fragte er den Meister: ‚Welchen Lohn nimmst du von jedem Besucher?‘ Abu Sîr erwiderte: ‚Was du mir befiehlst, will ich nehmen.‘ Der König befahl, ihm tausend Dinare zu geben, und sagte zu ihm: ‚Nimm von jedem, der sich bei dir badet, tausend Dinare.‘ Doch Abu Sîr entgegnete: ‚Verzeihung, o größter König unserer Zeit, die Menschen sind nicht alle gleich, sondern es gibt unter ihnen Reiche und Arme. Wenn ich von einem jeden tausend Dinare nehme, so wird das Bad leer stehen; denn die Armen können nicht tausend Goldstücke bezahlen.‘ ‚Wie willst du es denn mit dem Preise halten?‘ fragte der König; und der Barbier gab zur Antwort: ‚Ich will den Preis der Großmut überlassen. Ein jeder, der etwas zu zahlen vermag und

1. Vgl. Band II, Seite 798, Anmerkung.

dem seine Seele es nicht verargt, wird es geben; wir wollen von jedermann das nehmen, was er zu geben vermag. Wenn es so gehalten wird, dann werden die Leute zu uns kommen; wer da reich ist, soll nach seinem Stande zahlen; wer da arm ist, möge geben, wie es seiner Seele beliebt. Auf diese Weise wird das Bad blühen und herrlich gedeihen. Was aber die tausend Dinare betrifft, so sind sie eines Königs Gabe, und nicht ein jeder ist dazu imstande.' Die Großen des Reiches pflichteten ihm bei, indem sie sprachen: ‚Das ist wahr, o größter König unserer Zeit! Glaubst du, alle Menschen wären dir gleich, o ruhmvoller König?' ‚Eure Worte sind richtig,' erwiderte der Herrscher, ‚doch dieser Mann ist ein armer Fremdling, und es geziemt uns, großmütig an ihm zu handeln. Denn er hat in unserer Stadt dies Badehaus errichtet, dessengleichen wir nie in unserem Leben gesehen haben und ohne das unsere Stadt schmucklos war und kein Ansehen hatte. Wenn wir ihm also einen höheren Lohn schenken, so ist es doch nicht zuviel.' Darauf sagten die Großen: ‚Wenn du freigebig gegen ihn sein willst, so lohne ihn mit deinem Gelde; und den Armen möge sich die Huld des Königs darin zeigen, daß der Preis des Bades niedrig sei, auf daß die Untertanen dich segnen! Was die tausend Dinare betrifft, so sind wir die Großen deines Reiches, und dennoch sträubt unsere Seele sich dagegen, sie auszugeben; wie sollte es also den Armen möglich sein, sie zu zahlen?' Da fuhr der König fort: ‚Ihr Großen meines Reiches, ein jeder von euch gebe ihm für diesmal hundert Dinare, einen Mamluken, eine Sklavin und einen Sklaven!' ‚Gern,' erwiderten sie, ‚das wollen wir ihm geben; doch wer von heute an hier eintritt, möge nicht mehr bezahlen, als ihm möglich ist.' ‚So möge es sein!' sagte der König; und nun gab ein jeder von den Großen dem Barbier hundert Dinare, eine Sklavin, einen

Mamluken und einen Sklaven. Die Zahl der Vornehmen aber, die sich an jenem Tage mit dem König gebadet hatten, betrug vierhundert Seelen. – –«

Da bemerkte Schehrezâd, daß der Morgen begann, und sie hielt in der verstatteten Rede an. Doch als die *Neunhundertundsechsunddreißigste Nacht* anbrach, fuhr sie also fort: »Es ist mir berichtet worden, o glücklicher König, daß die Zahl der Vornehmen, die sich an jenem Tage mit dem König gebadet hatten, vierhundert Seelen betrug; und so belief sich die Gesamtheit dessen, was sie ihm gaben, an Geld auf vierzigtausend Dinare, an weißen Mamluken auf vierhundert, an schwarzen Sklaven auf vierhundert und an Sklavinnen auf vierhundert: an einem solchen Geschenk kann man schon genug haben! Aber der König gab ihm auch noch zehntausend Dinare und zehn Mamluken, zehn Sklavinnen und zehn Sklaven. Darauf trat Abu Sîr vor, küßte den Boden vor dem König und sprach zu ihm: ,O König der Glückseligkeit, der da urteilt in Gerechtigkeit, welche Stätte könnte für mich alle diese Mamluken und Sklavinnen und Sklaven aufnehmen?' Der König erwiderte ihm: ,Ich habe dies meinen Hofleuten nur befohlen, damit wir für dich eine große Menge von Hab und Gut zusammenbringen. Denn vielleicht wirst du deiner Heimat gedenken und der Deinen und dich nach ihnen sehnen und wirst in dein Vaterland zurückkehren wollen. Dann sollst du aus unserem Lande eine gewaltige Fülle von Hab und Gut mitnehmen, davon du zeit deines Lebens in deiner Heimat dich nähren kannst.' ,O größter König unserer Zeit,' sagte Abu Sîr darauf, ,diese vielen Mamluken und Sklavinnen und Sklaven geziemen nur Königen. Hättest du befohlen, mir bares Geld zu geben, so wäre das besser für mich gewesen als dieser Troß; denn die Leute wollen essen und trinken und Kleider haben, und alles Geld, das ich verdiene, genügt nicht für ihren Unterhalt.' Da lachte der König und sprach: ‚Bei Allah, du hast recht! Dies ist wirklich ein gewaltiges Heer geworden, und du hast nicht die Mittel, um die Ausgaben dafür zu bestreiten. Doch willst du sie mir verkaufen um hundert Dinare für den Kopf?' ‚Ich verkaufe sie dir für diesen Preis', antwortete Abu Sîr; und alsbald ließ der König dem Schatzmeister sagen, er solle das Geld herbeischaffen. Der brachte es und gab dem Barbier den Preis für alle voll und ganz. Darauf schenkte der König sie ihren Eigentümern, indem er sprach: ‚Jeder, der seinen Sklaven oder seine Sklavin oder seinen Mamluken kennt, möge sie an sich nehmen; denn sie sind ein Geschenk von mir an euch.' Sie gehorchten dem Befehle des Königs, und ein jeder von ihnen nahm, was ihm zukam, während Abu Sîr zum König sprach: ‚O größter König unserer Zeit, Allah gebe dir Ruhe, wie du mir Ruhe gegeben hast vor diesen Dämonen, die nur Er allein satt zu machen imstande ist.' Über diese seine Worte lachte der König, und er gab ihm recht; dann nahm er die Großen seines Reiches und zog aus dem Badehaus wieder in seinen Palast zurück. Abu Sîr aber verbrachte jene Nacht damit, daß er das Gold zählte und in Beutel tat und versiegelte. Und er hatte nun zwanzig Sklaven und zwanzig Mamluken und vier Sklavinnen für seine Bedienung. Als es wieder Morgen ward, öffnete er das Badehaus und sandte einen Ausrufer umher, der da ausrief und sprach: ‚Jeder, der das Bad besucht und sich badet, soll zahlen, was ihm möglich ist und was sein Edelmut ihn geben heißt.' Während Abu Sîr nun neben dem Geldkasten saß, strömten die Kunden zu ihm herein, und ein jeder, der wieder herauskam, bezahlte, so viel, wie er leicht entbehren konnte; und ehe noch der Abend kam, war der Kasten schon voll von den guten Gaben Allahs des Erhabenen. Bald darauf wollte auch die Königin das Bad besuchen, und als dies dem Abu Sîr berichtet wurde, teilte er um ihretwillen den Tag in zwei Teile; die Zeit von Tagesanbruch bis zum Mittag bestimmte er für die Männer, und die Zeit von Mittag bis Sonnenuntergang wies er den Frauen zu. Und sowie die Königin kam, stellte er eine Sklavin hinter den Geldkasten; denn er hatte vier Sklavinnen den Dienst im Badehause gelehrt, so daß sie geschickte Badewärterinnen geworden waren. Als dann die Königin eintrat, gefiel es ihr dort, und die Brust ward ihr weit; und sie zahlte tausend Dinare. So verbreitete sich sein Ruf in der Stadt, und einen jeden, der da kam, behandelte er ehrenvoll, mochte der reich oder arm sein. Von allen Türen strömte Reichtum zu ihm herein; und er wurde auch mit den Leibgarden des Königs bekannt und gewann sich Freunde und Vertraute. Der König selbst pflegte in jeder Woche an einem Tage zu ihm zu kommen und ihm jedesmal tausend Dinare zu geben; die anderen Tage der Woche waren für die Vornehmen und die Armen bestimmt. Und Abu Sîr war gegen alle Leute zuvorkommend und behandelte sie auf das freundlichste. Eines Tages begab es sich, daß auch der Kapitän des Königs zu ihm ins Badehaus kam; da zog Abu Sîr selbst ihm die Kleider aus, ging mit ihm hinein und begann ihn zu kneten und behandelte ihn mit der größten Höflichkeit. Und als jener aus dem Bade kam, bereitete er ihm Scherbette und Kaffee; doch wie er ihm etwas geben wollte, schwor Abu Sîr, daß er nichts von ihm nehmen wolle. Daher fühlte der Kapitän sich ihm verpflichtet wegen seiner übergroßen Freundlichkeit und Güte gegen ihn, und er wußte nicht, was er dem Badebesitzer schenken sollte, um ihm seine Großmut zu vergelten. So nun erging es Abu Sîr.

Sehen wir aber, was Abu Kîr inzwischen tat! Er hörte, wie alle Leute immer von dem Bad redeten und wie ein jeder von ihnen sagte: ‚Dies Bad ist ein Paradies auf Erden, ganz sicherlich. Du da, du mußt, so Gott will, morgen mit uns in dies köstliche Bad gehen!' Da sprach Abu Kîr bei sich selber: ‚Ich muß doch auch wie die anderen Leute hingehen und mir dies Bad anschauen, das die Sinne der Menschen bezaubert.' Darauf legte er die prächtigsten Gewänder an, die er besaß, bestieg ein Maultier und nahm vier Sklaven und vier Mamluken mit sich, die hinter ihm und vor ihm laufen mußten; so begab er sich zum Badehause und stieg an dessen Tür ab. Wie er nun dort an der Tür stand, roch er schon den Duft des Nadd und sah, wie die Leute ein und aus gingen und wie die Steinbänke voll waren von Vornehmen und Geringen. Da trat er in die Vorhalle ein und erblickte Abu Sîr, der sich erfreut vor ihm erhob. Abu Kîr aber sprach zu ihm: ‚Ist dies die Art wohlgeborner Leute? Ich habe eine Färberei eröffnet und bin Meister dieser Stadt geworden, ich bin mit dem König bekannt und bin zu Glück und Ansehen gelangt, und doch kommst du nicht zu mir, fragst nicht nach mir und sagst nicht: ‚Wo ist mein Gefährte? Ich habe immer vergeblich nach dir gesucht, ich habe meine Sklaven und Mamluken ausgesandt, um nach dir zu forschen in den Herbergen und an allen anderen Orten; aber sie erfuhren nicht, wohin du gegangen warst, und niemand konnte ihnen von dir Kunde geben.' Abu Sîr erwiderte ihm: ‚Bin ich nicht zu dir gekommen? Hast du mich nicht einen Dieb geheißen, mich geschlagen und mich vor allem Volk entehrt?' Nun stellte Abu Kîr sich bekümmert und sprach: ‚Was für ein Gerede ist das? Bist du es etwa gewesen, den ich geschlagen habe?' ‚Ja, ich bin es gewesen', antwortete Abu Sîr; doch Abu Kîr schwor ihm tausend Eide, daß er ihn nicht erkannt habe, und sprach: ‚Da war einer, der dir gleich sah und der jeden Tag kam, um die Stoffe der Leute zu stehlen, und da muß ich gedacht haben, du wärst der Mann.' Und er heuchelte Reue, schlug die eine Hand auf die andere und rief: ‚Es gibt keine Macht und es gibt keine Majestät außer bei Allah, dem Erhabenen und Allmächtigen. Ja, wahrlich, wir haben böse an dir gehandelt. Hättest du dich nur zu erkennen gegeben und gesagt: Ich bin Derundder! Eigentlich ist es deine Schuld, weil du dich mir nicht zu erkennen gabst, zumal da ich durch das Übermaß von Geschäften ganz verwirrt war!' Darauf sagte Abu Sîr: ‚Allah vergebe dir, mein Freund! Dies war im geheimen Ratschluß vorherbestimmt, und Allah macht alles wieder gut. Nun tritt ein, lege deine Kleider ab, bade und sei guter Dinge!' Als Abu Kîr bat: ‚Um Allahs willen, vergib mir, mein Bruder!' erwiderte Abu Sîr: ‚Allah spreche dich frei von deiner Schuld und vergebe dir! Dies war von Ewigkeit her für mich bestimmt.' Dann fragte Abu Kîr ihn: ‚Woher ward dir diese hohe Stellung zuteil?' Und jener gab ihm zur Antwort: ‚Der dir Segen verlieh, verlieh ihn auch mir! Ich ging zum König und schilderte ihm die Art eines Warmbads; da befahl er, mir eins zu erbauen.' Darauf sagte Abu Kîr: ‚So wie du mit dem König bekannt bist, bin auch ich mit ihm bekannt.' – –«

Da bemerkte Schehrezâd, daß der Morgen begann, und sie hielt in der verstatteten Rede an. Doch als die *Neunhundertundsiebenunddreißigste Nacht* anbrach, fuhr sie also fort: »Es ist mir berichtet worden, o glücklicher König, daß Abu Kîr, nachdem er und Abu Sîr sich gegenseitig Vorwürfe gemacht hatten, zu jenem sprach: ‚So wie du mit dem König bekannt bist, bin auch ich mit ihm bekannt; und so Allah der Erhabene will, werde ich ihn veranlassen, daß er dich um meinetwillen noch mehr liebt und noch höher ehrt als bisher. Denn er weiß nicht, daß du mein Freund bist; ich aber will ihm von unserer Freundschaft berichten und dich ihm empfehlen.' Doch Abu Sîr entgegnete ihm: ,Es bedarf keiner Empfehlung; denn Er, der die Herzen geneigt macht, lebt noch. Der König hat mich schon lieb gewonnen und, wie er, so auch sein ganzer Hof; und er hat mir dies und das gegeben.' Nachdem er dem Färber darauf seine ganze Geschichte erzählt hatte, sprach er zu ihm: ,Lege deine Kleider ab hinter der Kiste und tritt ins Bad ein; ich komme mit dir, um dich abzureiben!' Da legte Abu Kîr seine Gewänder ab und trat in das Bad ein; und Abu Sîr ging mit ihm, seifte ihn ein und rieb ihn ab, legte ihm die Kleider wieder an und bediente ihn, bis er wieder hinausging. Nachdem aber der Färber herausgekommen war, brachte Abu Sîr ihm das Mittagsmahl und die Scherbette; und alle Leute wunderten sich darüber, daß er ihm so hohe Ehren erwies. Als jedoch Abu Kîr ihm etwas geben wollte, schwor er, von ihm könne er nichts nehmen, und fügte hinzu: ,Schäme dich, so etwas zu tun! Du bist doch mein Gefährte, und zwischen uns ist kein Unterschied.' Dann aber sagte Abu Kîr zu Abu Sîr: ,Lieber Freund, bei Allah, dies Bad ist großartig, allein deiner Kunst hier mangelt noch etwas.' ,Was fehlt ihr denn?' fragte jener; und Abu Kîr fuhr fort: ,Das Mittel, das aus einer Verbindung von Arsenik und ungelöschtem Kalk besteht und das die Haare mit Leichtigkeit entfernt. Bereite dir dies Mittel; und wenn der König kommt, so reiche es ihm und zeige ihm, wie dadurch die Haare ausfallen; dann wird er dich sehr lieb gewinnen und dich ehren!' ,Du hast recht,' erwiderte Abu Sîr, ,so Allah will, werde ich das bereiten.' Darauf ging Abu Kîr hinaus, bestieg sein Maultier und ritt zum König, trat vor ihn und sprach zu ihm: ,Ich möchte dir einen guten Rat geben, o größter König unserer Zeit.' ‚Und wie lautet dein Rat?' fragte der Herrscher; da sagte der Färber: ‚Zu mir drang die Kunde, daß du ein Badehaus hast bauen lassen.' Der König sprach: ‚Jawohl; es kam ein Fremdling zu mir, und ich habe es ihm errichtet, wie ich dir die Färberei da errichtet habe. Es ist ein prächtiges Bad, und es gereicht meiner Stadt zur Zierde.' Und er begann ihm alle Vorzüge jenes Bades zu schildern. Und Abu Kîr fragte nun: ‚Hast du es besucht?' und als der König erwiderte: ‚Jawohl', rief er: ‚Preis sei Allah, der dich vor dem Unheil dieses Schurken und Glaubensfeindes, des Bademeisters dort, errettet hat!' ‚Was ist es mit ihm?' fragte der König; und Abu Kîr antwortete: ‚Wisse, o größter König unserer Zeit, wenn du von heute ab noch einmal dorthin gehst, so bist du des Todes.' ‚Warum denn?' fragte nun der König; und der Färber fuhr fort: ‚Der Bademeister ist dein Feind und der Feind des Glaubens, und er hat dich nur deshalb dazu bewogen, dies Bad zu errichten, weil er dir darin Gift einflößen will. Denn er hat etwas für dich vorbereitet, und wenn du ins Bad eintrittst, so wird er es dir bringen und zu dir sprechen: ‚Dies ist ein Mittel, das einem jeden, der sich unten damit einreibt, mit Leichtigkeit die Haare entfernt.' Es ist aber kein solches Mittel, sondern eine gefährliche Arznei, ja, ein tödliches Gift. Denn der Sultan der Christen hat diesem gemeinen Kerl versprochen, er wolle ihm, wenn er dich töte, seine Frau und seine Kinder aus der Gefangenschaft freilassen; seine Frau und seine Kinder sind nämlich in Gefangenschaft bei dem Sultan der Christen, und auch ich war bei ihm in ihrem Lande gefangen. Aber ich tat eine Färberei auf, und ich färbte für sie in mancherlei Farben, so daß sie mir das Herz des Königs geneigt machten und er zu mir sprach: ‚Welche Gnade erbittest du dir?' Da erbat ich mir von ihm die Freilassung; und er ließ mich frei, und ich kam in diese Stadt. Als ich jenen Mann aber im Badehause erblickte, fragte ich ihn, indem ich zu ihm sprach: ‚Wie ist es dir und deiner Frau und deinen Kindern gelungen, frei zu werden?‘ Und er gab mir zur Antwort: ‚Ich und meine Frau und meine Kinder waren noch immer in Gefangenschaft, bis ich eines Tages, als der Christenkönig eine Staatsversammlung abhielt, auch zugegen war und unter der Schar von Leuten stand; da hörte ich, wie sie die Könige aufzählten, bis sie auch den König dieser Stadt nannten. Und nun rief der Christenkönig: ‚Wehe!‘ und sprach: ‚Nichts in der ganzen Welt quält mich so sehr wie der König dieser Stadt! Wer mir eine List ersinnt, ihn zu Tode zu bringen, dem gebe ich alles, was er sich wünscht.‘ Da trat ich vor ihn hin und sprach zu ihm: ‚Wenn ich es dir erwirke, daß er zu Tode kommt, willst du dann mich und meine Kinder freilassen?‘ ‚Jawohl,‘ antwortete er, ‚ich will euch freilassen und will dir alles geben, was du dir wünschest.‘ Nachdem wir dies verabredet hatten, schickte er mich auf einer Galeone zu dieser Stadt; und ich ging zu diesem König, und er ließ mir dies Badehaus erbauen. Nun habe ich nichts mehr zu tun, als ihn umzubringen; hernach will ich mich zum Christenkönig begeben, meine Kinder und meine Frau befreien und mir von ihm eine Gnade erbitten.‘ Als ich ihn dann fragte: ‚Welches Mittel hast du denn ersonnen, um ihn umzubringen, so daß er zu Tode kommt?‘ sagte er mir: ‚Das ist ein einfaches Mittel, das einfachste, das es gibt. Sieh, er kommt doch zu mir in dies Bad; und da habe ich etwas für ihn zubereitet, in dem sich Gift befindet. Sobald er wieder da ist, werde ich zu ihm sagen: ‚Nimm dies Mittel und reib dich unten damit ein; denn es wird die Haare dort beseitigen!‘ Dann wird er es nehmen und sich unten damit salben; das Gift aber wird einen Tag und eine Nacht lang in ihm wirken, bis es zu seinem Herzen dringt, und es wird ihn verrecken lassen, und damit ist alles zu Ende.' Als ich diese Worte von ihm vernahm – so schloß Abu Kîr –, fürchtete ich für dein Leben; denn du hast mir Gutes erwiesen. Und deshalb habe ich dir dies mitgeteilt.' Wie der König diese Rede angehört hatte, kam gewaltiger Zorn über ihn, und er sprach zu dem Färber: ‚Halt dies geheim!' Alsdann verlangte er ins Bad zu gehen, um dem Zweifel durch Gewißheit ein Ende zu machen. Nachdem der König das Bad betreten hatte, entkleidete sich Abu Sîr wie gewöhnlich, bediente den König und rieb ihn ab. Danach sprach er: ‚O größter König unserer Zeit, ich habe ein Mittel bereitet, um die unteren Haare zu beseitigen.' ‚Bring es mir!' befahl der König; und als jener es vor ihn gebracht hatte, fand der König den Geruch widerlich und war sicher, daß es Gift wäre. Voll Zorn schrie er die Leibwächter an und rief: ‚Ergreift ihn!' Da ergriffen ihn die Wachen, und der König ging fort, von Zorn erfüllt; doch niemand kannte den Grund seines Zornes, da der König im Übermaße seines Grimms niemandem etwas sagte und auch niemand ihn zu fragen wagte. Darauf legte er die Staatsgewänder an, begab sich in den Staatssaal und ließ Abu Sîr in Fesseln vorführen. Ferner ließ er den Kapitän kommen, und als der erschien, sprach der König zu ihm: ‚Nimm diesen Schurken und tu ihn in einen Sack; tu aber auch zwei Zentner ungelöschten Kalkes in den Sack und binde seine Öffnung zu über diesem und über dem Kalk! Dann lege ihn in ein Boot und fahre unter meinem Palast vorbei; sobald du mich am Fenster sitzen siehst, frage mich: ‚Soll ich ihn hineinwerfen?' und ich werde dir zurufen: ‚Wirf ihn hinein!' Wenn ich dir das befohlen habe, wirf ihn ins Wasser, so daß der Kalk über ihm gelöscht wird und er stirbt, ertränkt und von Feuer versengt.' ‚Ich höre und gehorche!' sprach der Kapitän und führte den Gefangenen aus der Gegenwart des Königs zu einer Insel gegenüber dem königlichen Palast. Dort sprach er zu Abu Sîr: ‚Du da, ich bin einmal zu dir ins Badehaus gekommen, und da hast du mich ehrenvoll behandelt und sorgsam bedient, und ich hatte große Freude durch dich; aber du schworst, du wollest von mir keine Bezahlung annehmen; und so gewann ich dich sehr lieb. Nun sag mir, was ist zwischen dir und dem König geschehen? Was für ein Verbrechen hast du an ihm begangen, so daß er wider dich ergrimmt ist und mir befohlen hat, dich diesen scheußlichen Tod sterben zu lassen?' Abu Sîr gab ihm zur Antwort: ‚Bei Allah, ich habe nichts getan, und ich bin mir keiner Sünde bewußt, die ich an ihm begangen hätte und die solches verdiente!' – –«

Da bemerkte Schehrezâd, daß der Morgen begann, und sie hielt in der verstatteten Rede an. Doch als die *Neunhundertundachtunddreißigste Nacht* anbrach, fuhr sie also fort: »Es ist mir berichtet worden, o glücklicher König, daß Abu Sîr, als der Kapitän ihn nach der Ursache des königlichen Zornes wider ihn gefragt hatte, ihm zur Antwort gab: ‚Bei Allah, mein Bruder, ich habe kein Verbrechen wider ihn begangen, das solches verdiente!' Dann fuhr der Kapitän fort: ‚Sieh, du standest in so hohem Ansehen bei dem König, wie noch niemand vor dir es erreicht hat; und jeder, dem es wohl ergeht, wird beneidet. Vielleicht ist jemand auf dich neidisch geworden wegen dieses Glückes und hat beim König einige Worte wider dich fallen lassen, so daß der König von diesem Zorn wider dich ergriffen wurde. Doch du bist bei mir willkommen, und dir soll nichts Böses widerfahren! Wie du mich ehrenvoll behandelt hast, ohne daß zwischen mir und dir Bekanntschaft bestand, so will ich dich jetzt erretten. Wenn ich dich aber freigelassen habe, so mußt du bei mir auf dieser Insel bleiben, bis von dieser Stadt eine Galeone nach deinem Lande fährt; dann will ich dich mit ihr dorthin senden.' Abu Sîr küßte dem Kapitän die Hand und dankte ihm für seine Güte; dann holte jener den ungelöschten Kalk und tat ihn in einen Sack; ferner legte er einen großen Stein hinein, der so groß war wie ein Mann, und sprach: ,Ich setze mein Vertrauen auf Allah!' Darauf gab er dem Abu Sîr ein Netz mit den Worten: ,Wirf dies Netz in die See, damit du vielleicht einige Fische fängst. Ich muß nämlich jeden Tag die Fische für des Königs Küche besorgen; und jetzt bin ich durch dies Unglück, das dich betroffen hat, vom Fischfang abgehalten worden, und ich fürchte, die Küchenjungen werden kommen und Fische verlangen und keine finden. Wenn du also etwas fängst, so werden sie es vorfinden; inzwischen kann ich hingehen und meine List unter dem Palast ausführen, indem ich tue, als ob ich dich ins Meer würfe.' Abu Sîr erwiderte ihm: ,Ich werde fischen, geh du nur, und Allah stehe dir bei!' Da legte der Kapitän den Sack ins Boot und fuhr dahin, bis er unter dem Schlosse ankam; als er den König am Fenster sitzen sah, sprach er: ,O größter König unserer Zeit, soll ich ihn hineinwerfen?' Der König rief: ,Wirf ihn hinein!' und wie er ihm zugleich mit der Hand winkte, blitzte plötzlich etwas auf und fiel ins Meer. Was aber dort ins Meer fiel, das war der Siegelring des Königs; und der trug einen Zauber in sich von dieser Art: Wenn der König wider jemanden ergrimmte und seinen Tod wünschte, so zeigte er auf ihn mit seiner rechten Hand, die diesen Ring trug; und alsbald fuhr ein Blitz aus dem Ringe hervor und traf den Menschen, auf den er gezeigt hatte, und dem fiel das Haupt von den Schultern herab. Und nur um dieses Ringes willen gehorchten ihm die Truppen, nur durch ihn hatte er die Gewaltigen bezwungen. Als ihm nun der Ring vom Finger fiel, hielt er die Sache geheim; denn er wagte nicht zu sagen: ‚Mein Ring ist ins Meer gefallen', da er befürchtete, die Truppen möchten sich wider ihn erheben und ihn töten; so schwieg er denn.

Wenden wir uns von dem König nun zu Abu Sîr! Der hatte, nachdem der Kapitän fortgefahren war, das Netz genommen und es ins Meer geworfen; dann zog er es herauf, und es war voll von Fischen. Auch als er es zum zweiten Male auswarf, kam es voll von Fischen wieder herauf; so tat er mehrere Male, indem er auswarf, während das Netz voll wieder hochkam, bis ein großer Berg von Fischen vor ihm lag. Da sprach er bei sich selber: ‚Bei Allah, ich habe seit langer Zeit keine Fische mehr gegessen!' Darauf suchte er sich einen großen, fetten Fisch aus, indem er sagte: ‚Wenn der Kapitän wiederkommt, will ich ihn bitten, daß er mir diesen Fisch brate, damit ich ihn zu Mittag essen kann.' Dann tötete er ihn mit einem Messer, das er bei sich hatte, aber das Messer blieb in den Kiemen des Fisches hängen; und dort erblickte er des Königs Siegelring! Den hatte der Fisch verschlungen, und dieser war vom Schicksal an jene Insel getrieben und dort ins Netz geraten. Abu Sîr nahm den Ring und steckte ihn an seinen kleinen Finger, ohne zu ahnen, welche besonderen Kräfte er hatte. Nun kamen zwei Knaben von den Dienern des Kochs herbei, um Fische zu holen; und als sie vor Abu Sîr standen, sprachen sie: ‚Mann, wohin ist der Kapitän gegangen?' ‚Ich weiß es nicht', gab er zur Antwort und winkte ihnen mit seiner rechten Hand; da fielen plötzlich die Köpfe der beiden Knaben von ihren Schultern herunter, im selben Augenblick, in dem er ihnen winkte und sagte, er wisse es nicht. Darüber erstaunte Abu Sîr, und er sprach: ‚Wer mag die beiden wohl getötet haben?' Sie taten ihm leid, und er begann darüber nachzudenken, als plötzlich der Kapitän zurückkam; und wie der den großen Berg von Fischen erblickte und die beiden Toten sah und den Siegelring am Finger des Abu Sîr erkannte, rief er ihm zu: ‚Bruder, rühre nicht die Hand, an der du den Ring hast! Wenn du sie bewegst, so tötest du mich.‘ Abu Sîr wunderte sich, daß jener sagte: ‚Rühre nicht die Hand, an der du den Ring hast! Wenn du sie bewegst, so tötest du mich.‘ Und als der Kapitän auf ihn zutrat, sprach der zu ihm: ‚Wer hat diese beiden Knaben getötet?‘ ‚Bei Allah, mein Bruder, ich weiß es nicht.‘ ‚Du sagst die Wahrheit; aber tu mir kund, woher du diesen Ring bekommen hast?‘ ‚Ich fand ihn in den Kiemen dieses Fisches.‘ ‚Du sprichst die Wahrheit,‘ sagte der Kapitän, ‚denn ich habe gesehen, wie er blitzend aus dem Schlosse des Königs herabkam und ins Meer fiel, als er wider dich winkte und mir zurief: ‚Wirf ihn hinein!‘ Als er das Zeichen gab, warf ich den Sack ins Meer; aber sein Ring fiel ihm vom Finger und versank ins Meer, und da hat dieser Fisch ihn verschlungen, und der ward vom Schicksal zu dir getrieben, damit du ihn fangen solltest; dies war dir vorherbestimmt. Kennst du aber die besonderen Kräfte dieses Ringes?‘ ‚Ich kenne keine besonderen Eigenschaften an ihm‘, erwiderte Abu Sîr; und der Kapitän fuhr fort: ‚Wisse, die Truppen unseres Königs gehorchen ihm nur aus Furcht vor diesem Ringe; denn er birgt einen Zauber. Wenn der König wider jemand ergrimmt ist und seinen Tod wünscht, so zeigt er auf ihn mit diesem Ringe, und jenem fällt das Haupt von den Schultern herunter; denn es fährt ein Blitz aus ihm hervor, und sein Strahl trifft jenen, dem er zürnt, so daß der im selben Augenblick tot ist.‘ Als Abu Sîr diese Worte vernahm, war er hoch erfreut und sprach zum Kapitän: ‚Führe mich nach der Stadt zurück!‘ Und der gab ihm zur Antwort: ‚Ich will dich gern zurückführen; denn nun fürchte ich nichts mehr für dich von dem König. Wenn du mit deiner Hand auf ihn weisest und ihm den Tod wünschest, so wird sein Haupt vor dir niederrollen. Ja, auch wenn du nicht nur den König, sondern auch sein ganzes Heer töten wolltest, so könntest du sie alle umbringen, ohne behindert zu werden.' Darauf ließ er ihn ins Boot steigen und fuhr mit ihm zur Stadt. – –«

Da bemerkte Schehrezâd, daß der Morgen begann, und sie hielt in der verstatteten Rede an. Doch als die *Neunhundertundneununddreißigste Nacht* anbrach, fuhr sie also fort: »Es ist mir berichtet worden, o glücklicher König, daß der Kapitän, nachdem er Abu Sîr hatte ins Boot steigen lassen, mit ihm zur Stadt fuhr. Als sie dort ankamen, begab Abu Sîr sich alsbald zum Schlosse des Königs. Dort trat er in den Staatssaal und sah den König sitzen, während die Truppen vor ihm standen; doch der war in schwerer Sorge um seinen Ring und wagte keinem seiner Mannen etwas von dessen Verlust zu sagen. Wie nun der König den Barbier erblickte, sprach er zu ihm: ‚Haben wir dich nicht ins Meer werfen lassen? Wie hast du es gemacht, daß du wieder aus ihm herausgekommen bist?' Abu Sîr erzählte ihm darauf: ‚O größter König unserer Zeit, als du Befehl gabst, mich ins Meer zu werfen, nahm mich dein Kapitän und er fuhr mit mir nach einer Insel; dort fragte er mich nach dem Grunde deines Zornes wider mich, indem er zu mir sprach: ‚Was hast du dem König angetan, daß er deinen Tod befahl?' Ich antwortete ihm: ‚Bei Allah, ich weiß nicht, daß ich irgendein Verbrechen wider ihn begangen hätte.' Dann sagte er zu mir: ‚Sieh, du standest doch in hohem Ansehen bei dem König; vielleicht ist jemand auf dich neidisch geworden und hat beim König Worte wider dich fallen lassen, so daß der zornig auf dich ward. Aber ich bin zu dir in dein Badehaus gekommen, und du hast mich ehrenvoll behandelt; und zur

Vergeltung dafür, daß du in deinem Badehause gütig gegen mich warst, will ich dich erretten und dich in deine Heimat entsenden.' Darauf nahm er an meiner Statt einen Stein ins Boot und warf den ins Meer. Doch als du ihm das Zeichen wider mich gabst, fiel der Ring von deinem Finger ins Meer, und ein Fisch verschlang ihn. Während ich nun auf jener Insel war und Fische fing, kam jener Fisch mit vielen anderen Fischen im Netz herauf. Ich nahm ihn und wollte ihn braten; doch als ich ihm den Leib aufschnitt, fand ich den Ring, und den ergriff ich und tat ihn an meinen Finger. Dann kamen zwei von den Dienern der Küche zu mir und suchten Fische; ich winkte ihnen, ohne die Kraft des Ringes zu kennen, und da fielen ihre beiden Köpfe herunter. Schließlich kam auch der Kapitän wieder, und als er den Ring an meinem Finger erkannte, berichtete er mir von seinem Zauber. Jetzt bringe ich ihn dir zurück, denn du hast freundlich an mir gehandelt und mir die höchsten Ehren erwiesen; und was du Gutes an mir getan hast, das ist nicht bei mir verloren. Hier ist dein Ring, nimm ihn hin! Und wenn ich dir irgend etwas angetan habe, das den Tod verdient, so tu mir mein Verbrechen kund und töte mich; und du sollst der Schuld an meinem Blute ledig sein!' Darauf zog er den Ring von seinem Finger und reichte ihn dem König; als der König sah, was Abu Sîr in seinem Edelmute tat, nahm er den Ring von ihm entgegen, schob ihn auf den Finger und fühlte, wie neues Leben in ihn kam. Dann sprang er auf und umarmte Abu Sîr, und er sprach zu ihm: ,O Mann, du gehörst wirklich zu den Auserlesenen unter den edlen Menschen! Sei mir nicht böse, vergib mir, was dir von mir zuleide geschah! Hätte irgendein anderer als du diesen Ring in seine Gewalt bekommen, so hätte er ihn mir nicht gegeben.' Darauf sagte Abu Sîr: ,O größter König unserer Zeit, wenn du willst, daß ich dir vergebe, so tu mir meine Sünde kund, die deinen Zorn wider mich veranlaßte, so daß du Befehl gabst, mich zu töten!' Der König erwiderte ihm: ‚Bei Allah, es ist mir sicher, daß du unschuldig bist und du dich in gar nichts vergangen hast, seit du so edel gehandelt hast. Es war nur der Färber, der mir soundso berichtete'; und er tat ihm kund, was der Färber gesagt hatte. Da hub Abu Sîr an: ‚Bei Allah, ich kenne keinen König der Christen und bin in meinem ganzen Leben noch nie in das Land der Christen gereist; auch ist es mir nie in den Sinn gekommen, dich zu töten. Doch dieser Färber war mein Gefährte und mein Nachbar in der Stadt Alexandrien. Dort ward uns das Leben zu eng; und wir zogen fort von ihr, eben weil wir in Bedrängnis lebten, nachdem wir die Fâtiha darüber gesprochen hatten, daß, wer von uns Arbeit fände, den Arbeitslosen ernähren solle. Mit ihm ist es mir jedoch soundso ergangen.' Und nun erzählte er dem König alles, was er mit Abu Kîr, dem Färber, erlebt hatte, wie der ihm sein Geld genommen und ihn krank in dem Zimmer der Herberge hatte liegen lassen; wie der Pförtner des Châns ihn während seiner Krankheit aus eigenen Mitteln verpflegte, bis Allah ihn genesen ließ; wie er dann ausging und mit seinem Handwerkszeug in der Stadt umherzog nach seiner Gewohnheit; und wie er auf seinem Wege plötzlich eine Färberei sah, bei der die Leute sich zusammendrängten, und, als er nach der Tür der Färberei schaute, dort Abu Kîr auf einer Bank sitzen sah; wie er dann eintrat, um den Freund zu begrüßen, und wie ihm von jenem Schläge und entehrende Behandlung zuteil wurden, da er behauptete, er sei ein Dieb, und ihm schmerzhafte Schläge versetzte; kurz, er berichtete dem König alles, was ihm widerfahren war, von Anfang bis zu Ende, indem er zuletzt erzählte: ‚O größter König unserer Zeit, er ist es, der mir sagte: ‚Bereite das Mittel und biete es dem König dar! Denn dein Bad ist in allen Dingen vollkommen, nur daß ihm noch dies Mittel fehlt.' Wisse, o größter König unserer Zeit, dies Mittel ist ganz harmlos, und wir bereiten es immer in unserem Lande; es gehört zu den Erfordernissen des Bades, aber ich hatte es vergessen. Als der Färber zu mir kam und ich ihn ehrenvoll aufgenommen hatte, erinnerte er mich daran und sagte mir, ich solle das Mittel bereiten. Du aber, o größter König unserer Zeit, laß den Pförtner der Herberge Soundso und die Arbeiter der Färberei kommen und frage sie nach alledem, was ich dir berichtet habe.' Da sandte der König nach dem Pförtner des Châns und den Arbeitern der Färberei, und als alle zugegen waren, fragte er sie, und sie taten ihm kund, was geschehen war. Dann sandte er nach dem Färber, indem er sprach: ‚Bringt ihn mir barfuß, barhaupt und gefesselt herbei!' Nun saß der Färber in seinem Hause da, froh über den Tod des Abu Sîr. Doch ehe er sich dessen versah, stürzten die Wachen des Königs auf ihn zu, und Hiebe sausten auf seinen Nacken; dann fesselten sie ihn und schleppten ihn vor den König. Dort sah er Abu Sîr neben dem König sitzen und den Pförtner des Châns und die Arbeiter der Färberei vor ihm stehen. Der Pförtner der Herberge fragte ihn: ‚Ist dies nicht dein Gefährte, dem du sein Geld gestohlen und den du krank bei mir im Zimmer hast liegen lassen und dem du dasunddas angetan hast?' Und die Arbeiter der Färberei sagten: ‚Ist dies nicht der Mann, den du uns ergreifen hießest und den wir prügeln mußten?' Da wurde dem König die Gemeinheit des Abu Kîr offenbar, und er sah ein, daß jener noch ärgere Strafen verdiente als die von Munkar und Nakîr.[1] Deshalb sprach der König: ‚Ergreift ihn und führt ihn in der Stadt und auf dem Markte umher!' – –«

1. Vgl. Band III, Seite 526, Anmerkung.

Da bemerkte Schehrezâd, daß der Morgen begann, und sie hielt in der verstatteten Rede an. Doch als die *Neunhundertundvierzigste Nacht* anbrach, fuhr sie also fort: »Es ist mir berichtet worden, o glücklicher König, daß jener König, als er die Worte des Pförtners der Herberge und der Arbeiter aus der Färberei vernommen hatte, von der Schlechtigkeit des Abu Kîr überzeugt war; und er bezeigte seinen Abscheu vor ihm und sprach zu seinen Wachen: ,Ergreift ihn und führt ihn in der Stadt umher; dann tut ihn in einen Sack und werft ihn ins Meer!' Doch Abu Sîr sagte: ,O größter König unserer Zeit, nimm meine Fürsprache für ihn an; denn ich vergebe ihm alles, was er mir angetan hat!' Allein der König erwiderte: ,Wenn du ihm auch seine Vergehen gegen dich verzeihst, so kann ich ihm doch nicht verzeihen, was er an mir gesündigt hat.' Und so rief er: ,Ergreift ihn!' Da ergriffen sie ihn und führten ihn umher; und dann legten sie ihn in einen Sack und taten zu ihm ungelöschten Kalk hinein und warfen ihn ins Meer. Und er starb ertränkt und vom Feuer versengt. Nun sprach der König: ,O Abu Sîr, erbitte eine Gande von mir, sie soll dir gewährt sein.' Jener erwiderte ihm: ,Ich erbitte von dir die Gnade, daß du mich in mein Land heimsendest; denn ich trage kein Verlangen mehr danach, hier zu weilen.' Da schenkte der König ihm noch viel zu dem hinzu, was er schon an Geld und Gut und Gaben besaß; ferner gab er ihm eine Galeone, die mit Gütern beladen war und deren Mannschaft aus Mamluken bestand; auch diese schenkte er ihm, nachdem er ihm angeboten hatte, ihn zum Wesir zu machen, Abu Sîr es aber abgelehnt hatte. Darauf nahm dieser vom König Abschied und reiste ab; alles auf der Galeone war sein Eigentum, auch die Seeleute waren seine Mamluken. So fuhr er dahin, bis er zum Lande von Alexandrien kam; dort bei der Stadt Alexandrien warfen sie Anker und gingen an Land. Einer von seinen Mamluken aber entdeckte einen Sack am Strande, und er sprach: ‚O Herr, dort am Strande liegt ein großer, schwerer Sack; seine Öffnung ist zugebunden, und ich weiß nicht, was darin ist.' Da kam Abu Sîr herbei und öffnete den Sack; und er fand darin Abu Kîr, den die Meeresströmung nach Alexandrien getrieben hatte. Er nahm die Leiche heraus und begrub sie in der Nähe der Stadt, erbaute darüber eine Grabkapelle und stattete sie mit Stiftungen aus. Über der Tür des Grabmals aber ließ er diese Verse einmeißeln:

> *Der Mann wird in der Welt erkannt an seinem Handeln;*
> *Des Edlen, Freien Taten sind gleich seiner Art.*
> *Verleumde nicht, sonst wirst auch du gar bald verleumdet;*
> *Wer etwas sagt, dem bleibt das gleiche nicht erspart!*
> *Vermeide schlechtes Wort und führ es nie im Munde,*
> *Magst du im Ernste reden oder auch im Scherz!*
> *Ein Hund, der edles Wesen wahrt, wird gern geduldet;*
> *Dem Löwen, ist er töricht, trifft der Ketten Schmerz.*
> *Und einsam treibt die Leiche oben auf dem Meere,*
> *Indes die Perle drunten liegt in seinem Sand.*
> *Ein Sperling würde nie nach einem Falken jagen,*
> *Es sei aus Narrheit denn und Schwäche an Verstand.*
> *Im Himmel steht geschrieben auf der Liebe Blättern:*
> *Wer Gutes tut, dem wird der gleiche Lohn gereicht.*
> *Drum suche keinen Zucker bei der Koloquinte,*
> *Da jedes Dings Geschmack nur seinem Wesen gleicht!*

Hinfort lebte Abu Sîr noch eine Weile, bis Allah ihn zu sich nahm; da begrub man ihn neben dem Grabe seines Gefährten Abu Kîr. Und deshalb erhielt diese Stätte den Namen Abu Kîr und Abu Sîr; aber jetzt ist sie nur als Abu Kîr bekannt. Dies ist es, was uns von der Geschichte der beiden berichtet wurde. Und Preis sei Ihm, der da lebet in Ewigkeit und durch dessen Willen Tag an Nacht sich im Wechsel reiht!

Ferner wird erzählt

DIE GESCHICHTE VON 'ABDALLÂH,
DEM LANDBEWOHNER,
UND 'ABDALLÂH, DEM MEERMANN

Es war einmal ein Fischersmann, 'Abdallâh geheißen; der hatte eine große Familie, denn bei ihm waren neun Kinder und deren Mutter. Aber er war arm und besaß nichts als sein Netz. Jeden Tag ging er zum Meere, um zu fischen; und wenn er wenig gefangen hatte, so verkaufte er es und verwandte den Erlös für seine Kinder je nach Maßgabe dessen, was Allah ihm beschert hatte; fing er aber viel, so kochte er ein gutes Gericht und holte Früchte. Dann gab er so lange Geld aus, bis ihm nichts mehr übrig blieb; und er pflegte darauf bei sich zu sprechen: ‚Das Brot für morgen kommt morgen!' Als seine Frau ihm noch ein Kind schenkte, waren es ihrer zehn; und gerade an jenem Tage mußte es sein, daß der Mann ganz und gar nichts besaß. Die Frau sprach zu ihm: ‚Mein Gebieter, schau doch für mich nach etwas, von dem ich mich nähren kann!' Er gab ihr zur Antwort: ‚Ich will noch heute, auf den Segen Allahs des Erhabenen hin, zum Meere gehen, für das Glück dieses Neugeborenen, auf daß wir sehen, ob das Geschick ihm günstig ist.' Darauf sagte sie zu ihm: ‚Setze dein Vertrauen auf Allah!' So nahm er denn das Netz und begab sich zum Meere. Dann warf er es aus für das Glück jenes kleinen Kindleins, indem er sprach: ‚O Gott, laß den Lebensunterhalt leicht für ihn werden und ohne Beschwerden, reichlich und nicht kärglich!' Nachdem er eine Weile gewartet hatte, zog er es hoch; und es kam hoch, voll von Abfall, Sand, Kieseln und Tang, aber von Fischen konnte er nichts darin entdecken, weder viel noch wenig. Dann warf er es ein zweites Mal aus und wartete; doch als er es herauszog, fand er wieder keine Fische darin. Und von neuem warf er es aus, ein drittes, ein viertes und ein fünftes Mal; dennoch kam kein Fisch in ihm hoch. Da ging er an eine andere Stelle und flehte zu Allah dem Erhabenen um sein täglich Brot. Unaufhörlich mühte er sich so, bis der Tag sich neigte; aber er fing auch nicht einmal ein kleines Fischlein. Da wunderte er sich in seiner Seele und sprach: ‚Hat Allah denn dies Neugeborene ohne sein täglich Brot erschaffen? Das ist doch ganz unmöglich! Denn Er, der den Menschen mit dem Spalt des Mundes vollendet, hat sich auch für seine Speise verpfändet; und Allah der Erhabene ist der Allgütige, der die Nahrung spendet.‘ Alsdann lud er sein Netz auf und kehrte heim, gebrochenen Mutes und das Herz voll von Sorgen um die Seinen, daß er sie ohne Speise lassen mußte, zumal da seine Frau im Kindbett lag. So zog er seines Weges weiter, indem er bei sich selber sprach: ‚Was soll ich nur tun? Was soll ich heute abend den Kindern sagen?‘ Wie er aber zu dem Ofen eines Bäckers gelangte, sah er dort ein Gedränge; denn es war eine Zeit der Teuerung, und in jenen Tagen ward nur wenig Nahrung bei den Menschen gefunden; die Leute hielten dem Bäcker das Geld hin, aber er achtete ihrer nicht, weil das Gedränge so groß war. Der Fischer blieb dort stehen und schaute zu; und als er den Duft des warmen Brotes roch, gelüstete es seine Seele danach, weil ihn hungerte. Da erblickte ihn der Bäcker, und er rief ihm zu: ‚Komm her, Fischer!‘ Als der zu ihm herangetreten war, fragte er ihn: ‚Willst du Brot?‘ Doch der Fischer schwieg. Dann fuhr der Bäcker fort: ‚Sprich nur, scheue dich nicht; denn Allah ist gütig! Wenn du kein Geld bei dir hast, so will ich dir Brot geben und warten, bis es dir wieder gut geht.‘ ‚Bei Allah,‘ erwiderte der Fischer, ‚Meister, ich habe kein Geld; doch gib mir Brot genug für die Meinen, und ich will dies Netz als Pfand bis morgen bei dir lassen.' Da sagte der Bäcker: ‚Armer Kerl, dies Netz ist dein Laden und das Tor zu deinem täglichen Brot. Wenn du es verpfändest, womit willst du fischen? Sage mir nur, wieviel dir genügt!' ‚Für zehn Para', antwortete der Fischer; und da gab der Bäcker ihm Brot für zehn Para und reichte ihm auch noch zehn Para hin, indem er zu ihm sprach: ‚Nimm diese zehn Parastücke und koche dir dafür ein Gericht Fleisch; dann bist du mir zwanzig Para schuldig! Morgen kannst du mir Fische dafür bringen. Wenn du aber nichts fängst, so komm und hol dir dein Brot und deine zehn Para; ich will gern warten, bis das Glück wieder zu dir kommt!' – –«

Da bemerkte Schehrezâd, daß der Morgen begann, und sie hielt in der verstatteten Rede an. Doch als die *Neunhundertundeinundvierzigste Nacht* anbrach, fuhr sie also fort: »Es ist mir berichtet worden, o glücklicher König, daß der Bäcker zum Fischer sprach: ‚Nimm, was du brauchst; ich will gern warten, bis das Glück wieder zu dir kommt! Dann bringe mir Fische für alles, was ich von dir zu fordern habe!' Da sagte der Fischer: ‚Allah der Allmächtige lohne es dir und vergelte dir an meiner Statt mit allem Guten!' Darauf nahm er das Brot und die zehn Parastücke und ging freudigen Herzens von dannen; nachdem er gekauft hatte, was ihm erreichbar war, trat er zu seiner Frau ein, und er sah, wie sie dasaß und die Kinder tröstete, die vor Hunger weinten, indem sie zu ihnen sprach: ‚Gleich bringt euer Vater euch etwas zum Essen!' Als er nun wirklich bei ihnen war, legte er das Brot vor sie hin, und sie aßen, während er seiner Frau erzählte, wie es ihm ergangen war; und sie sprach: ‚Allah ist gütig!' Am nächsten Tage lud er sein Netz wieder auf und ging aus seinem Hause, indem er sprach: ‚Ich flehe dich an, o Herr, gewähre mir heute so viel, daß ich mit reinem Gesicht vor dem Bäcker dastehe!' Als er zum Meere kam, warf er das Netz aus und zog es wieder ein; aber es kam kein Fisch darin hoch. Wiederum mühte er sich unablässig, bis der Tag zur Rüste ging, ohne daß er etwas gefangen hätte. Voll schweren Kummers kehrte er heim; und da der Weg zu seinem Hause an dem Ofen des Bäckers vorbeiführte, so sprach er bei sich selber: ‚Wie soll ich nun zu meinem Hause gehen? Ich will doch meinen Schritt beeilen, damit der Bäcker mich nicht sieht!' Als er dann zum Ofen des Bäckers kam, sah er dort wieder ein Gedränge, und er beeilte seinen Gang aus Scheu vor dem Bäcker, auf daß der ihn nicht sähe. Aber der Bäcker hob seinen Blick zu ihm auf und rief: ‚Du, Fischer, komm her, hol dir dein Brot und dein Geld. Du hast es wohl vergessen!' ‚Nein, bei Allah,' erwiderte jener, ‚ich hab es nicht vergessen; ich schämte mich nur vor dir, weil ich auch heute keine Fische gefangen habe.' Doch der Bäcker fuhr fort: ‚Schäme dich nicht! Habe ich dir nicht gesagt, daß es Zeit für dich hat, bis das Glück wieder zu dir kommt?' Darauf gab er ihm das Brot und die zehn Para; und der Fischer ging zu seiner Frau und berichtete ihr das Geschehene. Sie sagte darauf: ‚Allah ist gütig! So Gott der Erhabene will, wird das Glück wieder bei dir einkehren, und du kannst ihm deine Schuld bezahlen.' Vierzig Tage lang ging es so weiter; jeden Tag zog er zum Meere von Sonnenaufgang bis Sonnenuntergang und mußte ohne Fische heimkehren; und immer holte er Brot und Geld von dem Bäcker, ohne daß der je einmal von den Fischen zu ihm sprach oder ihn warten ließ wie die anderen Leute, sondern er gab ihm stets die zehn Para und das Brot. Sooft der Fischer zu ihm sprach: ‚Bruder, rechne ab mit mir!' erwiderte er ihm: ‚Geh, dies ist nicht die Zeit zum Abrechnen; wenn das Glück wieder zu dir kommt, will ich mit dir abrechnen!' Dann segnete der

Fischer ihn und verließ ihn, indem er ihm dankte. Am einundvierzigsten Tage nun sprach er zu seiner Frau: ‚Ich will dies Netz zerreißen und vor diesem Leben Ruhe haben!‘ ‚Weshalb denn?‘ fragte sie; und er gab ihr zur Antwort: ‚Es scheint, als ob mein Lebensunterhalt nicht mehr aus dem Meere kommt. Wie lange soll dies Leben noch dauern? Bei Allah, ich vergehe aus Scham vor dem Bäcker; und ich will hinfort nicht zum Meere gehen, damit ich nicht bei seinem Ofen vorbeikomme. Ich habe ja keinen andren Weg als den, der an ihm vorbeiführt; und jedesmal, wenn ich dort vorüberkomme, ruft er mich und gibt mir das Brot und die zehn Parastücke. Wie lange soll ich noch Schulden bei ihm machen?‘ Da sprach sie zu ihm: ‚Preis sei Allah dem Erhabenen, der dir sein Herz geneigt gemacht hat, so daß er dir die Nahrung gibt! Was mißfällt dir daran?‘ Er entgegnete: ‚Jetzt hat er schon eine große Summe von Dirhems von mir zu fordern, und er wird sicherlich verlangen, was ihm gebührt!‘ ‚Hat er dir harte Worte gegeben?‘ ‚Nein; er will sogar nicht mit mir abrechnen und sagt immer: Wenn das Glück wieder zu dir kommt.‘ ‚Wenn er dich mahnen sollte, so sprich du zu ihm: Warte, bis das Glück kommt, auf das wir beide hoffen, ich und du.‘ ‚Und wann kommt endlich das Glück, auf das wir hoffen?‘ ‚Allah ist gütig!‘ ‚Du hast recht!‘ sagte der Fischer, lud sich sein Netz wieder auf und begab sich zum Meere, indem er betete: ‚O Herr, gewähre mir etwas, sei es auch nur ein einziger Fisch, damit ich ihn dem Bäcker schenken kann!‘ Dann warf er das Netz ins Meer; und als er es herausziehen wollte, fand er, daß es schwer war; er mühte sich lange mit ihm ab, bis er ganz ermattet war. Wie er es aber am Lande hatte, entdeckte er darin einen toten Esel, der schon aufgedunsen war und abscheulich stank. Ihm ward ganz übel, und als er das Tier aus dem Netze herausgeholt hatte, sprach er: ‚Es gibt keine Macht und es gibt keine Majestät außer bei Allah, dem Erhabenen und Allmächtigen! Ich verzweifle jetzt! Ich sage da zu meiner Frau: ‚Aus dem Meere kommt kein Lebensunterhalt mehr für mich; laß mich dies Gewerbe aufgeben!' Und sie antwortet mir: ‚Allah ist gütig! Das Glück wird zu dir kommen.' Ja, ist denn dieser tote Esel etwa das Glück?' Nun kam wieder schwerer Kummer über ihn, und er begab sich an eine andere Stelle, um dem Geruch des Esels fern zu sein; dort nahm er das Netz und warf es von neuem aus. Nachdem er eine ganze Weile gewartet hatte, zog er daran und fühlte, daß es schwer war, und er mühte sich so lange damit ab, bis ihm das Blut aus den Händen rieselte. Als er es schließlich am Lande hatte, entdeckte er darin ein menschliches Wesen, und er vermeinte, daß es einer von den Dämonen des Herrn Salomo sei, die er in kupferne Flaschen zu sperren und ins Meer zu werfen pflegte, und daß die Flasche im langen Laufe der Jahre zerbrochen und jener Dämon aus ihr herausgekrochen und in das Netz geraten sei. Deshalb floh er vor ihm und schrie: ‚Gnade! Gnade! O Dämon Salomos!' Doch jenes Menschenwesen rief ihm aus dem Netze zu: ‚Komm her, Fischer, und flieh nicht vor mir; denn ich bin ein Mensch wie du! Befreie mich, auf daß du himmlischen Lohn dafür empfangest!' Wie der Fischer seine Worte vernahm, beruhigte sich sein Herz, und er trat zu ihm hin und fragte ihn: ‚Bist du denn nicht ein Dämon aus der Geisterwelt?' ‚Nein,' erwiderte jener, ‚ich bin ein Mensch, der an Allah und Seinen Gesandten glaubt.' Und als der Fischer ihn fragte: ‚Wer hat dich ins Meer geworfen?' fuhr er fort: ‚Ich gehöre zu den Kindern des Meeres, und ich wandelte gerade umher, als du das Netz über mich warfst. Wir sind ein Volk, das den Befehlen Allahs gehorcht, und wir sind gütig gegen die Geschöpfe Allahs des Erhabenen.

Wenn ich mich nicht fürchtete und mich nicht scheute, zu den Ungehorsamen zu gehören, so hätte ich dein Netz zerrissen; aber ich fügte mich in das, was Allah mir vorherbestimmt hat. Und du wirst, so du mich befreist, mein Gebieter; denn ich bin dein Gefangener. Willst du mich nun freilassen im Begehren nach dem Antlitze Allahs des Erhabenen und einen Bund mit mir schließen und mein Freund werden? Dann will ich jeden Tag an dieser Stätte zu dir kommen; und wenn du mich besuchst, so bringe mir ein Geschenk mit von den Früchten des Landes. Denn bei euch gibt es Trauben und Feigen, Wassermelonen und Pfirsiche, Granatäpfel und dergleichen mehr; alles, was du mir bringst, soll mir von dir willkommen sein. Wir aber haben Korallen und Perlen, Chrysolithe und Smaragde, Rubinen und andere Edelsteine, und ich will dir den Korb, in dem du mir die Früchte bringst, mit Juwelen von den Edelsteinen des Meeres füllen. Was sagst du zu diesem Vorschlag, mein Bruder?' Der Fischer gab ihm zur Antwort: ‚Die Fâtiha sei zwischen mir und dir auf diesen Vorschlag!' Da sprachen sie alle beide die Fâtiha, und der Fischer befreite ihn aus dem Netze. Nun fragte er den Mann: ‚Wie heißest du?' Und jener erwiderte: ‚Ich heiße 'Abdallâh der Meermann; und wenn du an diese Stätte kommst und mich nicht siehst, so ruf und sprich: ‚Wo bist du, o 'Abdallâh, o Meermann?' Dann werde ich sofort bei dir sein!' – «

Da bemerkte Schehrezâd, daß der Morgen begann, und sie hielt in der verstatteten Rede an. Doch als die *Neunhundertundzweiundvierzigste Nacht* anbrach, fuhr sie also fort: »Es ist mir berichtet worden, o glücklicher König, daß 'Abdallâh der Meermann zu dem Fischer sprach: ‚Wenn du an diese Stätte kommst und mich nicht siehst, so ruf und sprich: ‚Wo bist du, o 'Abdallâh, o Meermann? Dann werde ich sofort bei dir sein.

Du aber, wie heißest du?' Der Fischer antwortete: ‚Ich heiße 'Abdallâh!' Und der andere fuhr fort: ‚So bist du denn 'Abdallâh der Landbewohner, und ich bin 'Abdallâh der Meermann. Warte du hier, bis ich wiederkomme und dir ein Geschenk bringe!' ‚Ich höre und gehorche!' erwiderte der Fischer, während 'Abdallâh der Meermann im Wasser verschwand. Schon bereute 'Abdallâh der Landbewohner, daß er jenen aus dem Netz befreit hatte; denn er sagte sich: ‚Woher soll ich wissen, daß er zu mir zurückkehrt? Vielleicht hat er mich nur zum besten gehabt, damit ich ihn losließ. Hätte ich ihn festgehalten, so hätte ich ihn vor dem Volke in der Stadt zur Schau stellen können; dann hätte ich für ihn Geld von jedermann eingenommen und hätte ihn auch in die Häuser der Vornehmen führen können.' So bereute er, daß er ihn freigelassen hatte, und sagte zu sich selber: ‚Dein Fang entschwand aus deiner Hand!' Während er noch darüber klagte, daß jener seiner Hand entwischt sei, kehrte plötzlich 'Abdallâh der Meermann zu ihm zurück, die Hände voll von Perlen und Korallen, Smaragden, Rubinen und anderen Edelsteinen, und er sprach zu ihm: ‚Nimm hin, mein Bruder, und sei mir nicht böse! Ich hatte keinen Korb bei mir; sonst hätte ich ihn für dich gefüllt.' Darüber war 'Abdallâh der Landbewohner erfreut, und er nahm die Edelsteine von dem Meermanne hin; der aber sprach zu ihm: ‚Komm jeden Tag vor Sonnenaufgang an diese Stätte!' nahm Abschied von ihm, wandte sich und verschwand im Meere. Der Fischer nun eilte voller Freuden in die Stadt zurück und hielt nicht eher an, als bis er zu dem Ofen des Bäckers kam und zu ihm sprach: ‚Mein Bruder, jetzt ist das Glück zu uns gekommen; drum rechne mit mir ab!' Der Bäcker antwortete ihm: ‚Es bedarf keiner Abrechnung; wenn du etwas hast, so gib es mir, und wenn du nichts hast, so nimm dein

Brot und dein Geld und geh, bis das Glück bei dir einkehrt!' Doch der Fischer fuhr fort: ‚Mein Freund, das Glück ist ja bei mir eingekehrt durch die Güte Allahs. Du hast jetzt eine große Summe von mir zu fordern; nimm doch dies hier!' Und er nahm für ihn eine Handvoll von Perlen und Korallen, Rubinen und anderen Edelsteinen; und diese Handvoll, die von dem, was er bei sich hatte, die Hälfte ausmachte, gab er dem Bäcker, indem er zu ihm sprach: ‚Gib mir etwas Bargeld, das ich heute ausgeben kann, bis ich diese Edelsteine verkauft habe!' Da gab der Bäcker ihm alles, was er an Geld besaß, sowie auch alles Brot in dem Korbe, den er bei sich hatte; er freute sich über jene Edelsteine und sprach zu dem Fischer: ‚Ich bin dein Knecht und dein Diener!' Dann hob er sich alles Brot, das er dort hatte, auf den Kopf und schritt hinter dem Fischer her bis nach Hause; dort gab er es dessen Frau und Kindern, ging alsbald zum Markte und kehrte mit Fleisch und Gemüse und allen Arten von Früchten zurück. Auch verließ er den Ofen und blieb jenen ganzen Tag über bei 'Abdallâh dem Landbewohner, indem er sich mühte, ihm zu dienen, und alles besorgte, dessen er bedurfte. Da sprach der Fischer zu ihm: ‚Bruder, du hast dich selber ermüdet.' Doch der Bäcker antwortete: ‚Das ist meine Pflicht; denn ich bin dein Diener geworden, und du hast mich mit deiner Güte überhäuft.' Der Fischer aber sagte: ‚Du warst mein Wohltäter in der Zeit der Not und der Teuerung.' Jene Nacht über blieb er bei ihm, nachdem sie gut gespeist hatten; und so wurde der Bäcker dem Fischer ein Freund. Der berichtete nun seiner Frau, wie es ihm mit 'Abdallâh dem Meermanne ergangen war; und sie sprach zu ihm: ‚Bewahre dein Geheimnis, damit die Obrigkeit nicht über dich herfällt!' Er gab ihr zur Antwort: ‚Wenn ich mein Geheimnis auch vor allen Leuten bewahre, so will ich es dem Bäcker doch nicht vorenthalten.' Am nächsten Tage machte er sich früh auf, nachdem er noch am Abend vorher einen Korb mit Früchten aller Art gefüllt hatte; den lud er sich vor Sonnenaufgang auf, begab sich zur Meeresküste und setzte ihn am Ufer nieder. Dann rief er: ,Wo bist du, o 'Abdallâh, o Meermann?' Alsbald erschien jener und sprach zu ihm: ,Zu deinen Diensten!' Und wie er aus dem Meere an Land gekommen war, brachte der Fischer ihm die Früchte; der Meermann lud sie auf, ging damit zum Wasser hinab und tauchte wieder unter. Nachdem er eine Weile fortgeblieben war, kehrte er zurück mit dem Korbe, der nun voll von allerlei Edelsteinen und Juwelen war. 'Abdallâh der Landbewohner lud ihn sich auf den Kopf und ging damit fort. Als er zum Ofen des Bäckers kam, sprach der zu ihm: ,Lieber Herr, ich habe dir vierzig Semmeln gebacken und in dein Haus geschickt; jetzt backe ich dir noch Feinbrot, und wenn es fertig ist, will ich es dir nach Hause bringen, und dann will ich gehen, um Gemüse und Fleisch für dich zu holen.' Da griff der Fischer drei Händevoll aus seinem Korbe heraus, reichte sie ihm und begab sich nach Hause; dort setzte er den Korb nieder. Dann nahm er von jeder Art einen kostbaren Edelstein, ging zum Basar der Juweliere und blieb vor dem Laden des Basarscheichs stehen und sprach zu ihm: ,Kaufe mir diese Edelsteine ab!' ,Zeig sie mir!' sprach jener; und der Fischer zeigte sie ihm. Nun fragte der Scheich: ,Hast du noch andere als diese?' Der Fischer antwortete: ,Ich habe zu Hause einen ganzen Korb voll.' ,Wo ist dein Haus?' fragte der Scheich darauf; und 'Abdallâh erwiderte: ,In dem und dem Stadtviertel.' Der Scheich nahm ihm die Edelsteine ab; doch dann rief er plötzlich seinen Dienern zu: ,Haltet ihn fest, denn er ist der Dieb, der die Sachen der Königin, der Gemahlin des Sultans, gestohlen hat!' Ferner befahl er ihnen, den Fischer zu schlagen;

und nachdem sie ihn geschlagen hatten, fesselten sie ihn. Darauf machte der Scheich sich mit allen Leuten des Basars der Juweliere auf den Weg, und sie schrieen: ‚Wir haben den Dieb gefaßt!' Einer hub an: ‚Niemand anders hat die Waren von Demunddem gestohlen als dieser Schurke.' Und ein anderer sagte: ‚Alles, was im Hause Desunddes war, das hat auch nur er gestohlen.' So sagte der eine dies und der andere das in einem fort, während der Fischer schwieg und an keinen eine Antwort verschwendete, noch auch sich mit Worten an jemanden wendete, bis man ihn vor den König gebracht hatte. Dort hub der Scheich an: ‚O größter König unserer Zeit, als das Halsband der Königin gestohlen war, sandtest du und ließest es uns melden und verlangtest von uns die Entdeckung des Schuldigen. Nun habe ich mir mehr Mühe gegeben als alles Volk, und ich habe dir den Schuldigen entdeckt. Da steht er vor dir! Und diese Juwelen haben wir ihm aus der Hand genommen.' Der König befahl dem Eunuchen: ‚Nimm diese Edelsteine, zeige sie der Königin und frage sie: Sind dies deine Schmuckstücke, die dir verloren gegangen sind?' Da nahm der Eunuch die Juwelen und trug sie zur Königin hinein; doch als sie die erblickte, ward sie darüber erstaunt und ließ dem König sagen: ‚Ich habe mein Halsband in meinem Gemach gefunden; dies ist nicht mein Eigentum. Auch sind diese Juwelen noch schöner als die Edelsteine meines Halsbandes. Drum tu dem Manne kein Unrecht!' – –«

Da bemerkte Schehrezâd, daß der Morgen begann, und sie hielt in der verstatteten Rede an. Doch als die *Neunhundertunddreiundvierzigste Nacht* anbrach, fuhr sie also fort: »Es ist mir berichtet worden, o glücklicher König, daß die Gemahlin jenes Königs ihm sagen ließ: ‚Dies ist nicht mein Eigentum. Auch sind diese Juwelen noch schöner als die Edelsteine meines Halsbandes. Drum tu dem Manne kein Unrecht! Wenn er sie verkaufen will, so kaufe sie von ihm für deine Tochter Umm es-Su'ûd, auf daß wir sie ihr in ein Halsband fassen lassen.' Als der Eunuch zurückgekehrt war und dem König die Worte der Königin gemeldet hatte, verfluchte dieser den Scheich der Juweliere samt seiner Gesellschaft mit dem Fluche von 'Âd und Thamûd.[1] Da sprachen sie: ,O größter König unserer Zeit, wir wußten nur, daß dieser Mann ein armer Fischer war, und erachteten dies als zu viel für ihn und glaubten, er hätte es gestohlen.' Doch der König rief: ,Ihr Schurken, mißgönnt ihr einem Gläubigen sein Glück? Warum habt ihr ihn nicht gefragt? Vielleicht hat Allah der Erhabene sie ihm aus einer Quelle beschert, auf die er nicht rechnen konnte. Wie könnt ihr ihn zum Diebe machen und ihn vor aller Welt entehren? Hinaus mit euch, und Allah möge euch nicht segnen!' Da gingen sie voll Angst von dannen; und nun genug von ihnen!

Sehen wir aber, was der König weiter tat! Er sprach: ,Mann, Allah segne dich in allem, was er dir verliehen hat! Ich gewähre dir Sicherheit: sag mir also die Wahrheit, woher hast du diese Juwelen? Denn ich bin ein König, und bei mir finden sich nicht ihresgleichen.' Der Fischer gab zur Antwort: ,O größter König unserer Zeit, ich habe einen ganzen Korb voll von ihnen; und das kam soundso.' Und er berichtete ihm von seiner Freundschaft mit 'Abdallâh dem Meermanne, indem er mit den Worten schloß: ,Zwischen mir und ihm besteht ein Bund, daß ich ihm jeden Tag den Korb mit Früchten fülle, und daß er ihn mir voll von diesen Edelsteinen bringt.' Da sagte der

[1] Zwei vorislamische Araberstämme, die nach der Legende von Allah verflucht wurden, weil sie seine Propheten nicht aufnahmen; sie werden mehrfach im Koran genannt und sind sprichwörtlich geworden.

König: ‚Mann, das ist dir vom Geschick bestimmt. Doch Reichtum verlangt hohen Stand. Ich kann dich in diesen Tagen vor der Gewalttätigkeit der Menschen schützen; aber vielleicht werde ich abgesetzt, oder ich sterbe, und dann herrscht ein anderer an meiner Statt; der könnte dich töten aus Liebe zu den Gütern der Welt und aus Habgier. Deshalb ist es mein Wille, dich mit meiner Tochter zu vermählen und dich zu meinem Wesir zu machen; und ich will dir das Reich nach meinem Tode vererben, damit keiner dir nachstelle, wenn ich gestorben bin.' Dann befahl der König: ‚Nehmt diesen Mann und führt ihn ins Badehaus!' Da nahmen ihn die Diener und wuschen seinen Leib und kleideten ihn in königliche Gewänder; und nachdem sie ihn wieder vor den König geführt hatten, machte der ihn zu seinem Wesir. Auch schickte er die Boten und Wachen und alle Frauen der Vornehmen zum Hause 'Abdallâhs; und die kleideten seine Frau und seine Kinder in königliche Gewänder. Darauf setzten sie die Frau, mit dem Kleinsten im Schoße, in eine Sänfte, und alle Frauen der Vornehmen und die Krieger und Boten und Wachen schritten vor ihr her und geleiteten sie zum Schlosse des Königs. Sie führten auch die größeren Kinder zum König hinein, und der ehrte sie, nahm sie auf den Schoß und ließ sie an seiner Seite sitzen. Es waren aber neun Knaben, während der König keine anderen Nachkommen hatte als jene Tochter, Umm es-Su'ûd geheißen. Derweilen erwies die Königin der Frau 'Abdallâhs des Landbewohners alle Ehren, verlieh ihr Geschenke und machte sie zu ihrer Wesirin. Darauf befahl der König, die Eheurkunde zwischen 'Abdallâh dem Landbewohner und seiner Tochter niederzuschreiben, und dieser bestimmte zu ihrer Brautgabe alle Edelsteine und Juwelen, die er besaß. Nun ward das Tor der Freude geöffnet. Der König gab durch einen Herold Befehl, die Stadt zu Ehren der Hochzeit seiner Tochter zu schmükken. Am nächsten Tage aber, nachdem 'Abdallâh zur Königstochter eingegangen war und ihr das Mädchentum genommen hatte, schaute der König aus dem Fenster und erblickte 'Abdallâh, der einen Korb voll Früchte auf seinem Haupte trug. Da rief er ihn an: ‚Was hast du da, mein Eidam? Und wohin gehst du?' Jener antwortete: ‚Zu meinem Freunde 'Abdallâh dem Meermanne!' Doch der König fuhr fort: ‚Mein Eidam, dies ist nicht die Zeit, zu deinem Freunde zu gehen!' Da sagte 'Abdallâh: ‚Ich fürchte, ihm mein Wort zu brechen, damit er mich nicht für einen Lügner halte und zu mir sage: Die Dinge der Welt haben dich von mir abgelenkt.' ‚Du hast recht,' erwiderte der König, ‚geh zu deinem Freunde, Allah helfe dir!' So schritt er denn durch die Stadt dahin auf dem Wege zu seinem Freunde. Da erkannten ihn die Leute, und er hörte, wie sie sagten: ‚Das ist der Eidam des Königs; der geht hin, um Früchte für Edelsteine einzutauschen.' Die ihn aber nicht kannten noch wußten, wer er war, riefen: ‚Mann, wieviel kostet das Pfund? Komm, verkauf mir etwas!' Dann sagte er: ‚Warte, bis ich zu dir zurückkehre'; denn er wollte niemanden kränken. Darauf ging er hin und traf mit 'Abdallâh dem Meermanne zusammen, gab ihm die Früchte und tauschte dafür die Juwelen ein. Das tat er nun jeden Tag, und dabei kam er immer an dem Ofen des Bäckers vorbei, den er verschlossen fand. Zehn Tage lang blieb es dabei; aber da er den Bäcker nie erblickte und seinen Ofen verschlossen sah, sprach er bei sich: ‚Dies ist doch ein seltsam Ding! Wohin mag der Bäcker wohl gegangen sein?' So fragte er denn dessen Nachbarn und sprach zu ihm: ‚Bruder, wo ist dein Nachbar, der Bäcker? Was hat Allah mit ihm getan?' ‚Lieber Herr,' gab der zur Antwort, ‚er ist krank und darf sein Haus nicht verlassen.' ‚Wo ist sein Haus?' fragte 'Abdallâh weiter; und der andere erwiderte ihm: ‚In dem und dem Stadtviertel.' Da begab er sich dorthin und fragte nach ihm; und als er an die Tür pochte, schaute der Bäcker zum Fenster heraus, und wie der seinen Freund, den Fischer, mit einem vollen Korbe auf dem Kopfe erblickte, eilte er zu ihm hinunter und öffnete ihm die Tür. Nun trat 'Abdallâh ein, warf sich ihm entgegen und umarmte ihn und weinte; und er sprach zu ihm: ‚Wie geht es dir, mein Freund? Ich ging jeden Tag an dem Ofen vorbei und sah ihn verschlossen; nun habe ich deinen Nachbarn gefragt, und er sagte mir, du wärest krank. Dann fragte ich nach deinem Hause, um dich zu besuchen.' Der Bäcker aber sagte zu ihm: ‚Allah vergelte dir an meiner Statt mit allem Guten! Ich bin nicht krank; mir ist nur berichtet worden, der König habe dich gefangen genommen, weil einige Leute dich verleumdeten und behaupteten, du wärest ein Dieb. Deshalb fürchtete ich mich und verschloß den Ofen und verbarg mich.' ‚Das ist wahr', sprach 'Abdallâh und erzählte ihm seine Geschichte, und wie es ihm mit dem König und mit dem Scheich des Basars der Juweliere ergangen war; und er schloß mit den Worten: ‚Der König hat mich auch mit seiner Tochter vermählt und hat mich zu seinem Wesir gemacht.' Dann aber fügte er noch hinzu: ‚Nimm, was in diesem Korbe ist, als deinen Anteil hin und sei unbesorgt!' Nachdem er dem Bäcker seine Furcht verscheucht hatte, verließ er ihn und begab sich zum König mit dem leeren Korb. Da sprach der König zu ihm: ‚Mein Eidam, du hast wohl deinen Freund, 'Abdallâh den Meermann, heute nicht getroffen?' Er gab zur Antwort: ‚Ich war bei ihm; doch was er mir gab, habe ich meinem Freunde, dem Bäcker, gegeben, dem ich Dank für seine Güte schulde.' ‚Wer ist dieser Bäcker?' fragte der König; und 'Abdallâh erwiderte ihm: ‚Er ist ein gefälliger

Mann, und in den Tagen der Armut hat er soundso an mir gehandelt; nie hat er mich vernachlässigt, nie hat er mich verletzt.' ,Wie heißt er?' fragte der König weiter; und sein Eidam erwiderte: ,Er heißt 'Abdallâh der Bäcker, und ich heiße 'Abdallâh der Landbewohner, und mein Freund heißt 'Abdallâh der Meermann.' Da rief der König: ,Auch ich heiße 'Abdallâh! Die Knechte Allahs[1] sind alle Brüder. Drum sende nach deinem Freunde, dem Bäcker, und laß ihn kommen, auf daß wir ihn zum Wesir der Linken machen!' So sandte er denn nach ihm, und als er vor dem König stand, kleidete der ihn in das Gewand eines Wesirs und setzte ihn als Wesir zur Linken ein, während 'Abdallâh der Landbewohner sein Wesir zur Rechten war. – –«

Da bemerkte Schehrezâd, daß der Morgen begann, und sie hielt in der verstatteten Rede an. Doch als die *Neunhundertundvierundvierzigste Nacht* anbrach, fuhr sie also fort: »Es ist mir berichtet worden, o glücklicher König, daß jener König seinen Eidam 'Abdallâh den Landbewohner als Wesir zur Rechten einsetzte, 'Abdallâh den Bäcker aber als Wesir zur Linken. Hinfort lebte 'Abdallâh ein volles Jahr in dieser Weise dahin, indem er an jedem Tage den Korb, der mit Früchten gefüllt war, mitnahm und ihn voller Juwelen und Edelsteine heimbrachte. Als aber die Früchte in den Gärten zur Neige gegangen waren, nahm er Zibeben und Mandeln, Haselnüsse und Walnüsse, trockene Feigen und dergleichen mehr. Alles, was er ihm mitbrachte, nahm der Meermann von ihm hin, und wie immer gab er ihm den Korb voll von Edelsteinen zurück. Eines Tages aber, als 'Abdallâh der Landbewohner wie gewöhnlich den Korb voll trockener Früchte gebracht und der Meermann ihn von ihm hingenommen hatte, begab es sich,

1. 'Abdallâh bedeutet ,Knecht Allahs'.

daß die beiden sich niedersetzten, der eine am Strande, und der andere im Wasser, nahe dem Ufer. Dann begannen sie miteinander zu plaudern, und die Rede zwischen ihnen ging hin und her, bis sie auf die Gräber zu sprechen kamen. Da sagte der Meermann: ‚Bruder, man sagt, daß der Prophet – Allah segne ihn und gebe ihm Heil! – bei euch auf dem Lande begraben ist. Kennst du sein Grab?' ‚Jawohl', erwiderte der andere; und der Meermann fragte weiter: ‚Wo ist es?' ‚In einer Stadt, die man ‚gute Stadt'[1] nennt', gab 'Abdallâh zur Antwort, und als der Meermann fragte: ‚Besuchen es die Leute vom Lande?', sagte er: ‚Jawohl.' Dann fuhr der Meermann fort: ‚Heil euch, ihr Leute vom Lande, daß ihr zu diesem edlen, barmherzigen Propheten wallfahrt, dessen Fürsprache jeder verdient, der ihn besucht! Hast du schon die Wallfahrt zu ihm gemacht, mein Bruder?' ‚Nein,' sagte 'Abdallâh, ‚denn ich war zu arm und hatte nicht das Geld, das ich für die Reise brauchte; und ich bin erst zu Reichtum gekommen, seit ich dich kennen lernte und du mich mit diesem Gut beschenktest. Aber ein solcher Besuch ist meine Pflicht, nachdem ich die Pilgerfahrt zum heiligen Hause Allahs[2] gemacht habe; daran hat mich bisher nur die Liebe zu dir gehindert; denn ich kann mich nicht einen einzigen Tag von dir trennen.' Da sprach zu ihm der Meermann: ‚Geht dir denn die Liebe zu mir über die Wallfahrt zum Grabe Mohammeds – Allah segne ihn und gebe ihm Heil! –, der für dich Fürsprache einlegen wird am Tage der Heerschau vor Gott und dich vom höllischen Feuer erretten und dich durch seine Fürbitte ins Paradies führen wird? Ja, unterlässest du aus Liebe zu dieser Welt die Wallfahrt zum Grabe deines Propheten Mohammed – Allah segne ihn und gebe ihm

1. Gemeint ist Medina; im Arabischen bedeutet *madîna* ‚Stadt'. – 2. Die Kaaba in Mekka.

Heil –?' ‚Nein, bei Gott,' erwiderte 'Abdallâh darauf, ‚die Wallfahrt zu ihm geht mir über alles. So bitte ich dich, mir zu erlauben, daß ich noch in diesem Jahre die Pilgerfahrt dorthin mache.' Der Meermann fuhr fort: ‚Ich gebe dir die Erlaubnis zu dieser Wallfahrt; und wenn du am Grabe des Propheten stehst, so grüße ihn von mir. Ferner habe ich ein Pfand bei mir; deshalb komm mit mir ins Meer, ich will dich mitnehmen zu meiner Stadt und dich in mein Haus führen und bewirten und dir das Pfand geben, auf daß du es am Grabe des Propheten – Allah segne ihn und gebe ihm Heil! – niederlegen kannst. Dann sprich zu ihm: ‚O Gesandter Allahs, Abdallâh der Meermann läßt dich grüßen und bringt dir diese Gabe dar, und er bittet um deine Fürsprache zur Erlösung von dem Höllenfeuer!' Doch 'Abdallâh der Landbewohner entgegnete ihm: ‚Mein Bruder, du bist im Wasser geschaffen, und das Wasser ist deine Wohnstatt und schadet dir nicht; wenn du aber aus ihm heraus an Land kommst, würde dir das nicht Schaden bringen?' ‚Ja,' antwortete der Meermann, ‚mein Leib würde austrocknen, und die Winde des Landes würden mich anwehen, und ich müßte sterben.' Darauf sagte 'Abdallâh: ‚Und ebenso bin ich auf dem Lande geschaffen, und das Land ist meine Wohnstatt; wenn ich ins Meer ginge, so würde das Wasser in meinen Leib eindringen und mich ersticken, und ich müßte sterben.' Doch der Meermann entgegnete ihm: ‚Davor fürchte dich nicht! Ich werde dir eine Salbe bringen, mit der du deinen Leib salben sollst, und dann wird das Wasser dir nicht schaden. Wenn du auch alle übrige Zeit deines Lebens im Meere umhergehen und dort im Wasser schlafen und dich erheben würdest, so würde es dir nicht schaden.' Da sagte 'Abdallâh: ‚Wenn es so steht, so ist alles gut. Bring mir die Salbe, damit ich sie versuche!' ‚So sei es!' rief der Meermann, nahm den Korb und stieg ins Meer hinab; nachdem er eine kleine Weile fortgeblieben war, kehrte er zurück mit einem Fett, das wie Rinderfett aussah und eine goldgelbe Farbe und einen starken Geruch hatte. 'Abdallâh der Landbewohner fragte ihn: ‚Was ist das, mein Bruder?' Und jener antwortete: ‚Dies ist das Leberfett einer Art von Fischen, die Dandân heißt; das ist die größte an Gestalt von den Arten der Fische, und sie ist unser grimmigster Feind. Dieser Fisch ist an Wuchs größer als alle Tiere, die bei euch auf dem Lande gefunden werden, und wenn er ein Kamel oder einen Elefanten sähe, so würde er sie verschlingen.' Weiter fragte 'Abdallâh: ‚Mein Bruder, was frißt denn dies Ungetüm?' und sein Freund erwiderte ihm: ‚Es nährt sich von den Tieren des Meeres. Hast du nicht gehört, daß im Sprichworte gesagt wird: Wie die Fische des Meeres: der Starke frißt den Schwachen?' ‚Du hast recht. Aber gibt es denn bei euch im Meere viele von diesen Dandâns?' ‚Es gibt so viele bei uns, daß nur Allah der Erhabene allein sie zählen kann.' ‚Ich fürchte, wenn ich mit dir in die Tiefe gehe, so wird ein solcher Fisch mir begegnen und mich auffressen.' ‚Fürchte dich nicht! Wenn er dich erblickt, so weiß er, daß du ein Menschenkind bist; und er wird Angst vor dir haben und forteilen. Er fürchtet niemanden im ganzen Meere so sehr, wie er ein Menschenkind fürchtet; denn wenn er einen Menschen frißt, so muß er auf der Stelle sterben, weil das menschliche Fett für diese Art von Tieren ein tödliches Gift ist. Wir können auch sein Leberfett nur durch einen Menschen gewinnen; wenn nämlich einer ins Wasser fällt und ertrinkt, so verändert sich seine Gestalt, und manchmal zerreißt sein Fleisch, und dann frißt der Dandân es, da er meint, es wäre von einem Tiere des Meeres, und er stirbt. So treffen wir ihn tot an, nehmen das Fett seiner Leber und salben uns den

Leib damit, so daß wir im Meere umherwandeln können. Ja sogar, wenn irgendwo ein Menschenkind ist, und wenn dort hundert oder zweihundert oder tausend oder noch mehr von diesen Fischen wären und den Schrei des Menschen hörten, so würden sie alle sofort auf einmal durch diesen Schrei sterben.' --«

Da bemerkte Schehrezâd, daß der Morgen begann, und sie hielt in der verstatteten Rede an. Doch als die *Neunhundertundfünfundvierzigste Nacht* anbrach, fuhr sie also fort: »Es ist mir berichtet worden, daß 'Abdallâh der Meermann zu 'Abdallâh dem Landbewohner sprach: ,Wenn tausend oder noch mehr von diesen Fischen einen einzigen menschlichen Schrei hörten, so würden sie sofort sterben, keiner von ihnen könnte sich mehr von seiner Stelle rühren.' Da rief 'Abdallâh der Landbewohner: ,Ich setze mein Vertrauen auf Allah', legte die Kleider ab, die er trug, machte eine Grube am Strande des Meeres und verbarg seine Gewänder darin. Dann rieb er seinen Leib vom Scheitel bis zur Sohle mit jener Salbe ein, stieg ins Wasser hinab und tauchte unter; als er dann die Augen öffnete, tat ihm das Wasser keinen Schaden, und er konnte nach rechts und nach links gehen. Er stieg in die Höhe, wenn er wollte, und ließ sich zum Boden hinab, wenn er wollte; und er sah, wie das Meereswasser gleich einem Zeltdach über ihn gespannt war und ihm keinen Schaden tat. Nun fragte 'Abdallâh der Meermann ihn: ,Was siehst du, mein Bruder?' Und er gab ihm zur Antwort: ,Ich sehe nur Gutes, mein Bruder! Du hattest recht mit deinen Worten; denn das Wasser tut mir keinen Schaden.' Als darauf der Meermann zu ihm sprach: ,Folge mir!', folgte er ihm, und die beiden schritten immer weiter von Ort zu Ort, während der Mann vom Lande vor sich zu seiner Rechten und seiner Linken Wasserberge sah und seine

Augenweide an ihnen hatte sowie an den Arten von Fischen, die im Meere spielten, die einen groß und die anderen klein. Unter ihnen waren einige, die wie Büffel aussahen, andere, die Rindern glichen, wieder andere sahen wie Hunde aus und noch andere wie menschliche Wesen. Alle Arten aber, denen die beiden nahe kamen, entflohen, sobald sie 'Abdallâh den Landbewohner erblickten. Da sprach er zum Meermanne: ‚Mein Bruder, warum muß ich sehen, daß alle Fische, denen wir uns nähern, vor uns entfliehen?' Jener erwiderte ihm: ‚Das tun sie aus Furcht vor dir; denn alle Wesen, die Allah der Erhabene erschaffen hat, fürchten den Menschen.' Immer wieder schaute 'Abdallâh der Landbewohner die Wunder des Meeres an, bis sie zu einem hohen Berge kamen, und während er an jenem Berge entlang schritt, hörte er plötzlich, ehe er sich dessen versah, einen gewaltigen Schrei. Er wandte sich um und sah etwas Schwarzes von jenem Berge auf ihn herunterkommen, das war so groß wie ein Kamel oder noch größer und schrie. Da fragte er seinen Freund: ‚Was ist das, mein Bruder?' Und der Meermann gab ihm zur Antwort: ‚Das ist der Dandân; er kommt herab auf der Suche nach mir und will mich fressen. Schrei du ihn an, Bruder, ehe er uns erreicht und mich packt und auffrißt!' Sofort schrie 'Abdallâh der Landbewohner ihn an, und siehe da, das Tier sank tot zu Boden; als er den Leichnam sah, rief er: ‚Allah sei gepriesen und gelobt! Ich habe den da nicht mit einem Schwerte getroffen noch auch mit einem Messer; wie ist es möglich, daß dies Wesen, das von so gewaltiger Größe ist, meinen Schrei nicht ertragen kann, sondern stirbt?' Doch 'Abdallâh der Meermann sprach zu ihm: ‚Wundere dich nicht! Bei Allah, mein Bruder, wenn von dieser Art auch tausend oder gar zweitausend da wären, so würden sie nicht den Schrei eines Menschenkindes ertragen!' Darauf schritten sie weiter zu einer Stadt und sahen, daß deren Volk aus lauter Mädchen bestand, unter denen kein männliches Wesen war. Der Landbewohner fragte: ‚Mein Bruder, was für eine Stadt ist dies? Und was für Mädchen sind das?' ‚Dies ist die Weiberstadt; denn ihr Volk besteht aus Meerweibern.' ‚Gibt es denn keine Männer unter ihnen?' ‚Nein!' ‚Wie können sie denn empfangen und gebären ohne Männer?' ‚Der König des Meeres verbannt sie nach dieser Stadt, und sie empfangen nicht, noch gebären sie. Wenn er irgendeiner von den Töchtern des Meeres zürnt, so schickt er sie in diese Stadt. Dann darf sie nie wieder aus ihr hinausgehen; kommt sie aber dennoch aus ihr heraus, so kann sie von jedem Tiere des Meeres, dem sie begegnet, gefressen werden. Doch in den anderen Städten gibt es Männer und Frauen.' ‚Gibt es denn noch andere Städte im Meere als diese?' ‚Ja, viele.' ‚Herrscht über euch auch ein Sultan im Meere?' ‚Jawohl!' Ach, mein Bruder, ich habe doch im Meere schon viele Wunder gesehen!' ‚Was hast du an Wundern gesehen? Hast du nie das Sprichwort gehört, das da lautet: Der Wunder des Meeres sind mehr als der Wunder des Landes?' ‚Du hast recht', erwiderte der Landbewohner und begann, sich nun diese Mädchen anzuschauen; da sah er, daß ihre Gesichter mondengleich waren und daß sie Haare hatten gleich den Haaren menschlicher Frauen; doch Hände und Füße saßen ihnen am Rumpf, und sie hatten Schwänze gleich den Schwänzen von Fischen. Nachdem der Meermann ihm das Volk jener Stadt gezeigt hatte, führte er ihn weiter, indem er vor ihm herging, zu einer anderen Stadt, und 'Abdallâh sah, daß sie voll von männlichen und weiblichen Wesen war, die an Gestalt den Meermädchen glichen und auch Schwänze hatten. Es gab bei ihnen weder Verkauf noch Kauf wie bei den Bewohnern des Landes; und sie trugen keine Kleider, sondern waren alle nackt und hatten die Scham unbedeckt. Da sprach der Landbewohner zu seinem Gefährten: ‚Mein Bruder, ich sehe, daß die Frauen und die Männer ihre Scham nicht verhüllt haben.' Der Meermann antwortete ihm: ‚Das kommt daher, weil die Leute des Meeres keine Kleiderstoffe haben.' Weiter fragte 'Abdallâh: ‚Wie machen sie es, wenn sie heiraten?' ‚Sie heiraten gar nicht; vielmehr jeder, dem ein weibliches Wesen gefällt, stillt sein Begehr an ihr.' ‚Das ist etwas Sündhaftes! Warum freit er denn nicht um sie und gibt ihr eine Brautgabe und richtet ihr ein Hochzeitsfest und heiratet sie, wie es Allah und Seinem Gesandten wohlgefällt?' ‚Wir sind nicht alle von einem Glauben; unter uns gibt es Muslime, die Gottes Einheit bekennen, und unter uns gibt es Christen, Juden und noch andere. Die aber unter uns, die sich vermählen, sind vornehmlich Muslime.' ‚Ihr seid doch nackt, und bei euch gibt es weder Kauf noch Verkauf. Worin besteht dann die Brautgabe für eure Frauen? Gebt ihr ihnen Juwelen und Edelsteine?' Da erzählte ihm der Meermann: ‚Juwelen sind für uns nur Steine, die keinen Wert haben. Aber wenn jemand sich vermählen will, so verlangt man von ihm eine bestimmte Menge von Fischen verschiedener Art, die er fangen muß, etwa tausend oder zweitausend, oder auch mehr oder weniger, je nachdem die Vereinbarung darüber zwischen ihm und dem Vater der Braut getroffen wird. Sobald er das Verlangte bringt, versammeln sich die Leute des Bräutigams und die Leute der Braut und verzehren das Hochzeitsmahl; danach führen sie ihn zu seiner Frau ein. Nachher fängt er Fische und gibt sie ihr zu essen; und wenn er das nicht kann, so fängt sie und nährt ihn.' Und weiter fragte der Landbewohner: ‚Wenn sie untereinander Ehebruch treiben, was geschieht dann?' ‚Wenn das Wesen, das einer solchen

Tat überführt wird, eine Frau ist, so wird sie nach der Weiberstadt verbannt; und wenn sie durch Ehebruch schwanger geworden ist, so läßt man sie in Ruhe, bis sie geboren hat; bringt sie eine Tochter zur Welt, so verbannt man sie mit ihr, und die heißt dann immer Dirne, Tochter einer Dirne, und bleibt Jungfrau, bis sie stirbt; wenn das Kind aber ein Knabe ist, so bringen sie es vor den König, den Sultan des Meeres, und der läßt es töten.' 'Abdallâh der Landbewohner wunderte sich darüber; dann führte 'Abdallâh der Meermann ihn weiter zu einer anderen Stadt und von dort abermals in eine andere. Immer mehr zeigte er ihm, bis er ihm achtzig Städte gezeigt hatte, und er sah, daß immer in jeder Stadt die Leute anders aussahen als in den übrigen Städten. Nun fragte der Landbewohner den Meermann: ‚Mein Bruder, gibt es noch mehr Städte im Meere?' Doch jener erwiderte: ‚Was hast du denn schon von den Städten und den Wundern des Meeres gesehen? Beim Propheten, dem Gütigen, dem Barmherzigen und Langmütigen, wenn ich dir auch tausend Jahre lang an jedem Tage tausend Städte zeigte und dich in jeder Stadt tausend Wunder sehen ließe, so hätte ich dir doch noch nicht ein Karat von den vierundzwanzig Karaten der Städte und der Wunder des Meeres gezeigt. Ich habe dich bis jetzt nur in unserem Land und bei unseren Wohnstätten umhergeführt, sonst nirgends.' ‚Mein Bruder,' sagte darauf 'Abdallâh, ‚da dem so ist, genügt mir, was ich geschaut habe. Mich ekelt davor, noch mehr Fische zu essen; jetzt bin ich schon achtzig Tage bei dir, und immer, morgens und abends, speisest du mich nur mit rohen Fischen, die weder gebraten noch gekocht sind!' ‚Was heißt gekocht und gebraten?' ‚Wir braten die Fische über dem Feuer, und wir kochen sie im Wasser und bereiten sie auf mancherlei Weise und machen viele Gerichte daraus.' ‚Woher sollten wir Feuer bekommen? Wir kennen weder Gebratenes noch Gekochtes noch irgend etwas dergleichen.' ‚Wir backen sie auch in Olivenöl und Sesamöl.' ‚Woher sollten wir Olivenöl und Sesamöl bekommen hier im Meere? Wir kennen nichts von dem, was du da sagst.' ‚Du hast recht; doch, mein Bruder, du hast mir schon viele Städte gezeigt, nur deine eigene Stadt hast du mir noch nicht gezeigt!' ‚An meiner eigenen Stadt sind wir schon längst vorübergekommen; sie liegt nahe dem Festlande, von dem wir gekommen sind. Aber ich habe sie liegen lassen und habe dich hierher geführt, weil ich dich durch den Anblick der anderen Städte im Meer erfreuen wollte.' ‚Was ich bisher gesehen habe, genügt mir, und ich möchte, daß du mir jetzt deine Stadt zeigst.' ‚So sei es!' erwiderte der Meermann, und er führte den Landbewohner zu seiner eigenen Stadt zurück; als sie dort ankamen, sprach er zu ihm: ‚Dies ist meine Stadt.' Da erkannte 'Abdallâh der Landbewohner in ihr eine Stadt, die kleiner war als die Städte, die er gesehen hatte; dann ging er in der Stadt weiter, zusammen mit 'Abdallâh dem Meermanne, bis sie zu einer Höhle kamen; dort sagte der Meermann: ‚Dies ist mein Haus! Alle Häuser dieser Stadt sind wie dies, große und kleine Höhlen in den Bergen; ebenso sind alle Städte des Meeres von dieser Art. Wenn jemand sich ein Haus bauen will, so geht er zum Könige und spricht zu ihm: ‚Ich will mir an derundder Stätte ein Haus gründen.' Dann schickt der König mit ihm eine Schar von Fischen, die man Schnabelhauer nennt, und setzt als Lohn für sie eine bestimmte Anzahl von Fischen fest; die haben nämlich Schnäbel, mit denen sie das härteste Felsgestein zerbröckeln. Sie kommen also zu dem Berge, den der Hausbauer wünscht, und hauen darin eine Wohnung aus, während der Mann für sie Fische fängt und sie speist, bis die Höhle fertig ist; dann gehen sie fort, und der Besitzer des Hauses schlägt darin seinen Wohnsitz auf. So machen es alle Bewohner des Meeres; nur um Fische handeln sie miteinander und dienen einander, und sie alle sind ja auch selber Fische.' Darauf sprach er zu seinem Freunde: ‚Tritt ein!' Und als der eingetreten war, rief 'Abdallâh der Meermann: ‚Heda, Tochter!' Da kam seine Tochter zu ihm; die hatte ein rundes Gesicht, dem Monde gleich, langes Haar, ein schweres Hüftenpaar, Augen von tiefdunklem Schein, einen Leib schmal und fein; doch sie war nackt und hatte einen Schwanz. Als sie 'Abdallâh den Landbewohner bei ihrem Vater erblickte, sprach sie zu ihm: ‚Vater, was ist das für ein Ohneschwanz, den du da mitgebracht hast?' Er antwortete ihr: ‚Liebe Tochter, das ist mein Freund der Landbewohner, von dem ich dir immer die Früchte des Festlandes brachte. Komm, begrüße ihn!' Da trat sie vor und begrüßte ihn mit einer Zunge der Gewandheit und Worten der Beredsamkeit; und ihr Vater sprach zu ihr: ‚Hol Speise für unseren Gast, durch dessen Kommen der Segen bei uns eingekehrt ist!' Alsbald brachte sie ihm zwei große Fische, von denen ein jeder so groß wie ein Lamm war, und sprach zu ihm: ‚Iß!' Er aß, weil er hungrig war, doch nur mit Widerwillen; denn es ekelte ihn, wieder Fische zu essen, aber sie hatten ja nichts anderes als ihre Fische. Kaum war eine kleine Weile vergangen, da kam auch die Frau des Meermannes 'Abdallâh; die war von schönem Aussehen, und sie hatte zwei Knaben bei sich, von denen ein jeder einen jungen Fisch in der Hand hielt, an dem er kaute wie ein Mensch an einer Gurke. Als sie 'Abdallâh den Landbewohner bei ihrem Gatten sah, sprach sie: ‚Was ist das für ein Ohneschwanz?' Und nun liefen die beiden Knaben und ihre Schwester und ihre Mutter hin und schauten 'Abdallâh den Landbewohner von hinten an und riefen: ‚Ja, bei Allah, er hat keinen Schwanz!' Als sie ihn aber auslachten, sprach er zu dem Meermanne: ‚Bruder, hast du mich hierher geführt, um mich zum Gespött für deine Kinder und deine Frau zu machen?' – –«

Da bemerkte Schehrezâd, daß der Morgen begann, und sie hielt in der verstatteten Rede an. Doch als die *Neunhundertundsechsundvierzigste Nacht* anbrach, fuhr sie also fort: »Es ist mir berichtet worden, o glücklicher König, daß 'Abdallâh der Landbewohner zu 'Abdallâh dem Meermanne sprach: ‚Hast du mich hierher geführt, um mich zum Gespött für deine Kinder und deine Frau zu machen?' Darauf erwiderte ihm 'Abdallâh der Meermann: ‚Verzeihung, lieber Bruder! Leute ohne Schwanz werden sonst nicht bei uns gefunden. Wenn sich aber einmal jemand ohne Schwanz findet, so holt ihn der Sultan, um seinen Scherz mit ihm zu treiben. Doch, mein Bruder, nimm es diesen Kindern und der Frau nicht übel; denn ihr Verstand ist gering.' Dann schrie er die Seinen an und rief ihnen zu: ‚Schweigt!' Und sie fürchteten sich und schwiegen. Er aber fuhr fort, seinen Freund zu beruhigen; doch während er mit ihm redete, kamen plötzlich zehn Gestalten herein, große, kräftige und wuchtige Wesen, und die riefen: ‚'Abdallâh, es ist dem König berichtet worden, daß du einen Ohneschwanz von den schwanzlosen Landbewohnern bei dir hast.' Darauf erwiderte der Meermann: ‚Jawohl; es ist dieser Mann. Er ist mein Freund, der als Gast zu mir gekommen ist, und ich will ihn zum Festlande zurückbringen.' Doch sie fuhren fort: ‚Wir können nicht ohne ihn fortgehen; und wenn du etwas zu sagen hast, so steh auf, führe ihn und bringe ihn vor den König; und was du uns sagen willst, das sage dem König!' Da sprach 'Abdallâh der Meermann: ‚Lieber Bruder, meine Entschuldigung liegt klar zutage; es ist uns unmöglich, dem

König zuwiderzuhandeln. Geh nur mit mir zum König! Ich werde dafür sorgen, daß du von ihm befreit wirst, so Gott will. Fürchte dich nicht; denn wenn er dich sieht, so erkennt er, daß du zu den Kindern des Festlandes gehörst; und wenn er weiß, daß du ein Landbewohner bist, so wird er dich sicherlich ehren und dich zum Festlande zurücksenden.' Darauf erwiderte 'Abdallâh der Landbewohner: ‚Du hast ja zu entscheiden; so will ich denn mein Vertrauen auf Allah setzen und mit dir gehen.' Also nahm der Meermann ihn mit und führte ihn, bis er vor dem König stand. Sobald der König ihn erblickte, lachte er über ihn und rief: ‚Willkommen, Ohneschwanz!' Und auch alle, die den König umgaben, lachten über ihn und riefen: ‚Ja, bei Allah, er hat keinen Schwanz!' Doch nun trat 'Abdallâh der Meermann vor den König und meldete ihm, wie es um den Landbewohner stand, indem er sprach: ‚Dieser gehört zu den Kindern des Festlandes; er ist mein Freund, und er kann nicht unter uns leben, da er die Fische nur gebraten und gekocht essen mag. Deshalb wünsche ich, du möchtest mir erlauben, daß ich ihn zum Lande zurückbringe.' Der König antwortete: ‚Da es so steht und er nicht unter uns leben kann, so erlaube ich dir, daß du ihn nach der Bewirtung zu seiner Stätte zurückbringst'; und er fügte alsbald hinzu: ‚Bringt ihm das Gastmahl!' Da brachte man ihm Fische von mancherlei Art und Gestalt; und er aß, gehorsam dem Befehle des Königs. Darauf sprach zu ihm der König: ‚Erbitte dir eine Gnade von mir!' Und 'Abdallâh der Landbewohner sagte: ‚Ich erbitte von dir die Gnade, daß du mir Juwelen gebest.' Nun befahl der König: ‚Führt ihn ins Juwelenhaus und laßt ihn dort auswählen, was er begehrt!' So führte sein Freund ihn denn in das Juwelenhaus, und er las auf, soviel er wollte. Darauf brachte der Meermann ihn in seine Stadt zurück und holte für ihn einen Beutel heraus; dann sagte er zu ihm: ‚Nimm dies Pfand und bring es zum Grabe des Propheten – Allah segne ihn und gebe ihm Heil!' Jener nahm den Beutel, ohne zu wissen, was darin war. Schließlich ging der Meermann mit ihm fort, um ihn ans Land zu bringen; unterwegs aber vernahm 'Abdallâh der Landbewohner Gesang und Freudenrufe und sah, wie ein Tisch mit Fischen bedeckt war, während die Leute aßen und sangen und in heller Festesfreude waren. Da sprach er zu 'Abdallâh dem Meermanne: ‚Warum sind die Leute in so großer Freude? Ist bei ihnen eine Hochzeit?' Jener gab zur Antwort: ‚Es ist keine Hochzeit bei ihnen; nein, es ist einer bei ihnen gestorben.' Als nun der Landbewohner fragte: ‚Freut ihr euch denn, wenn einer von euch stirbt, und singt und esset?' fuhr der andere fort: ‚Jawohl; und ihr, ihr Leute vom Lande, was tut ihr denn?' Der Landbewohner sprach: ‚Wenn bei uns einer stirbt, so trauern wir um ihn und weinen; und die Frauen schlagen sich ins Antlitz und zerreißen die Busen ihrer Kleider aus Trauer um den Toten.' Da starrte 'Abdallâh der Meermann den Landbewohner 'Abdallâh mit weiten Augen an und sprach zu ihm: ‚Gib mir das Pfand wieder!' Der gab es ihm. Dann führte jener den Gefährten ans Land und sprach zu ihm: ‚Ich zerreiße das Band der Freundschaft und Liebe zu dir! Von diesem Tage an wirst du mich nicht wiedersehen, und auch ich werde dich nie mehr schauen.' ‚Warum solche Worte?' fragte der Landbewohner; und der Meermann erwiderte: ‚Seid ihr nicht, ihr Leute vom Festlande, ein Unterpfand Allahs?' ‚Jawohl!' ‚Wie kommt es, daß ihr, wenn Allah sein Unterpfand zurücknimmt, nicht froh seid, sondern weint? Wie kann ich dir ein Pfand anvertrauen für den Propheten – Allah segne ihn und gebe ihm Heil –? Wenn euch ein Kind geboren wird, so freut ihr euch, wiewohl

Allah die Seele doch nur als Unterpfand hineinlegt; und wenn er es zurücknimmt, wie kann euch das so schwer werden, daß ihr weint und trauert? Wir bedürfen eurer Freundschaft nicht!' Und alsbald verließ er ihn und verschwand im Meere. Darauf legte 'Abdallâh der Landbewohner seine Kleider wieder an, nahm seine Juwelen und begab sich zum König; der empfing ihn voll Sehnsucht und freute sich seiner und sprach zu ihm: ‚Wie geht es dir, mein Eidam? Und was ist der Grund deines so langen Fernbleibens von mir?' Da erzählte er ihm seine Geschichte und alles, was er von den Wundern des Meeres gesehen hatte; dem hörte der König voll Staunen zu. Als 'Abdallâh ihm aber berichtete, was der Meermann zuletzt gesagt hatte, sprach der König zu ihm: ‚Du hast darin einen Fehler begangen, daß du ihm dies erzähltest.' Noch eine lange Zeit fuhr 'Abdallâh fort zur Meeresküste zu gehen und nach 'Abdallâh dem Meermanne zu rufen; doch der gab ihm keine Antwort und kam auch nicht zu ihm. So ließ denn 'Abdallâh der Landbewohner alle Hoffnung auf ihn fahren, und er führte zusammen mit dem König, seinem Schwiegervater, und mit ihrer beider Sippen ein Leben, in dem sie voller Freude wandelten und immer rechtschaffen handelten, bis Der zu ihnen kam, der die Freuden schweigen heißt und die Freundesbande zerreißt, und sie alle starben. Preis sei Ihm, der nie dem Tode verfällt, dem Herrn der sichtbaren und unsichtbaren Welt, der über alle Dinge mächtig ist, seinen Dienern Huld gewährt und um sie weiß zu jeglicher Frist!

Ferner wird erzählt

DIE GESCHICHTE VON ZAIN EL-ASNÂM[1]

Es ist mir berichtet worden, o König, daß einst in der Stadt Basra ein mächtiger Sultan lebte, der sehr reich war; doch er besaß gar keinen Sohn, der sein Erbe hätte werden können. Darum war dieser Sultan in Sorgen; und er begann, Almosen an die Armen und Bedürftigen zu verteilen, desgleichen auch Gaben an die Heiligen und Frommen, indem er nur dies eine durch sie erbat, daß ihm ein Sohn beschert werden möge. Und durch seine Wohltaten an den Armen und Elenden ward ihm sein Wunsch gewährt. Da versammelte er die Sterndeuter allesamt und mit ihnen die Männer, die des Sandzaubers[2] kundig waren, und sprach zu ihnen: ‚Es ist mein Wunsch, daß ihr mir kundtut, ob das Kind, das mir in Bälde geboren werden soll, ein Knabe oder ein Mädchen sein wird, und wie sich sein Leben gestalten wird.' Die Sandzauberer warfen den Sand, und zugleich berechneten die Sterndeuter das Gestirn des Kindes, und dann huben sie an: ‚O größter König unserer Zeit, unseres Jahrhunderts und Zeitalters größter Mann im Herrscherkleid, das Kind, das dir von der Königin geboren werden soll, ist ein Knabe, und es geziemt sich, daß du ihn Zain el-Asnâm[3] nennst.' Und weiter sprachen die Sandzauberer: ‚O größter König unserer Zeit, siehe, dieser Knabe wird ein Held werden; doch Ungemach und Mühsale werden über ihn kommen. Wenn er alles überwindet, was ihm vom Schicksal

---

1. Diese Geschichte ist nur in einer Pariser Handschrift erhalten. Nach der Ausgabe dieser Handschrift von Florence Groff (Paris 1889) ist hier übersetzt. – 2. Aus den Figuren des Sandes, der auf die Erde geworfen wird, deutet man die Zukunft. – 3. Die Zierde der Bilder, oder: Zain (abgekürzter Name) von den Bildsäulen.

zuteil wird, so wird er der reichste König seiner Zeit werden.' Darauf erwiderte der Sultan: ‚Da der Knabe ein Held sein wird, so werden die Schicksalsschläge für ihn nichts bedeuten; denn die Wechselfälle des Geschicks dienen den Söhnen der Könige zur Mahnung und lehren sie, weise zu handeln.' Als der Knabe heranwuchs, wurde er reich an Schönheit und Anmut – Preis sei Ihm, der ihn erschuf! – und so war er mit Recht Zain el-Asnâm genannt; er war wie jener, von dem die Dichter sangen:

> *Er kam; die Leute riefen: Allah sei gepriesen!*
> *Ja, glorreich ist der Herr, der ihm Gestaltung gab.*
> *Dies ist der König aller schönen Menschen;*
> *Sie alle beugen sich vor seinem Herrscherstab.*

Als er nun – o ihr Zuhörer – fünf Jahre alt war, brachte man ihm einen Lehrer, der in den Wissenschaften erfahren und in der Philosophie und anderen Kenntnissen bewandert war, so daß Zain el-Asnâm nunmehr ein Jüngling ward, der sich auf alle Wissenschaften der feinen Bildung und auf die Philosophie verstand und sogar die Meister seines Zeitalters übertraf. Da geschah es, daß der Sultan, sein Vater, erkrankte; und sein Siechtum war schwer und unheilbar, und er erkannte, daß der Tod ihn schon in seiner Gewalt hatte und daß die Ärzte ihm nichts mehr nützen konnten. So befahl er denn, seinen Sohn Zain el-Asnâm zu ihm zu bringen, und er versammelte auch die Großen seines Reiches und seine Wesire um sich. Darauf begann er seinem Sohne guten Rat und weise Lehren zu erteilen, indem er zu ihm sprach: ‚Mein Sohn, hüte dich davor, dem Armen ein Unrecht zu tun oder ihm kein Gehör zu leihen; verschaffe dem Armen sein Recht vor dem Reichen! Meide es, nur das zu glauben, was dir die Großen deines Reiches sagen; glaube vielmehr den Worten des Volks! Denn jene suchen dich zu betrügen, auf daß sie erreichen, was ihnen genehm ist; und sie lassen das Wohl des Volkes außer acht!' Dann tat er seinen letzten Atemzug. Sein Sohn Zain el-Asnâm trug nun sechs Tage lang die Kleider der Trauer um seinen Vater; darauf, am siebenten Tage, ging er hin und setzte sich auf den Thron der Herrschaft. Und er berief die Staatsversammlung; das war eine große Menge Volks, und alle traten heran, beglückwünschten ihn zu seiner Thronbesteigung und wünschten ihm Macht und langes Leben. Als Zain el-Asnâm sich nun in solcher Würde sah, kam sein jugendlicher Sinn wieder über ihn, und da er es liebte, Geld auszugeben und zu verschwenden, so gesellte er sich zu Jünglingen seinesgleichen und gab viel Geld aus, während er die Staatsgeschäfte vernachlässigte. Seine Mutter, die Königin, riet ihm von solchem Tun ab und suchte seinen Sinn auf die Verwaltung des Landes zu richten, damit er dem Volke nicht zur Last fiele und das Volk sich nicht wider ihn erhöbe. Doch er wollte nicht auf sie hören, so daß unter den Leuten ein großes Murren entstand ob der Ungerechtigkeit, die ihnen von seiten der Regierung widerfuhr; und sie wollten sich wider den Sultan erheben. Wäre seine Mutter nicht eine kluge Frau und bei dem Volke gar sehr beliebt gewesen, so wären sie damals nicht vor Zain el-Asnâm zurückgewichen. Darauf sprach sie zu ihm: ‚Habe ich dir nicht gesagt, daß du dein Leben und dein Reich durch diesen Wandel verlieren wirst? Du hast die Leitung des Reiches in die Hände der jungen Leute gegeben und hast die Alten beiseite gelassen; und du hast dein Gut und das Staatsgut verschleudert.' Da ließ Zain el-Asnâm von seiner Torheit ab und übergab die Leitung des Reiches den alten Männern; dennoch blieb er bei seinem Tun, bis er das Gut des Reiches vertan hatte und ein armer Mann geworden war. Nun begann er zu bereuen, was er getan hatte, und Trauer kam über ihn, so daß er keine Ruhe mehr fand. Während er aber eines Nachts im Schlafe dalag, erschien ihm im Traume ein alter Mann, der sprach zu ihm: ‚O Zain el-Asnâm, sei nicht traurig! Denn auf die Trauer folgt stets die Freude; und es gibt keine Not, der die Rettung nicht nahe wäre. Wenn es drum nicht anders möglich ist, so begib dich nach Kairo; dort wirst du Schätze von Reichtümern finden.' Nachdem er sich von seinem Ruhelager erhoben hatte, erzählte er den Traum seiner Mutter; die aber fing an zu lachen. Da sprach er zu ihr: ‚Lache nicht! Ich muß jetzt nach Kairo gehen.' Doch sie erwiderte ihm: ‚Nicht doch, mein Sohn! Glaube nicht an Träume; denn die sind alle nur trügerische Vorspiegelungen und Einbildungen!' ‚Dies ist kein Traum,' sagte er darauf, ‚und der mir erschienen ist, der ist kein Mann der Lüge; nein, er ist ein ehrwürdiger Mann, ich glaube, er war der Prophet – Allah segne ihn und gebe ihm Heil! –, der meine Trauer gesehen hat. Darum ist es mir sicher, daß ich nicht unterlassen darf, dorthin zu gehen; denn ich habe Vertrauen zu diesem Manne, und seine Worte sind wahr.' Alsbald entkleidete er sich seiner Herrscherwürde und zog eines Nachts hinaus; und er ritt dahin auf dem Wege nach Kairo, Tag und Nacht, bis er in jene große Stadt kam. Dort ließ er sich in einer der Moscheen nieder, gänzlich ermattet, und nachdem er sich etwas zum Essen gekauft hatte, speiste er davon zu Nacht. Dann legte er sein müdes Haupt nieder und schlief ein. Kaum aber hatte er die Augen geschlossen, so erschien ihm der Alte wieder und sprach zu ihm: ‚O Zain el-Asnâm, du hast getan, was ich dir gesagt habe, und hast meinen Worten vertraut. Ich habe dich nur auf die Probe stellen wollen, um zu erfahren, ob du ein Held bist oder nicht. Jetzt habe ich dich erkannt; und nun kehre du in deine Stadt zurück, denn ich will dich zu einem reichen König machen, so reich, wie keiner der Könige vor dir gewesen ist, noch einer nach dir sein wird.' Wie er dann aus seinem Schlafe erwachte, sprach er: ‚Im Namen Allahs, des allbarmherzigen Erbarmers! Ist das nicht der Alte, der mir solche Mühe gemacht hat, von dem ich glaubte, er spräche die Wahrheit, und den ich für den Propheten hielt? Doch es gibt keine Macht und es gibt keine Majestät außer bei Allah, dem Erhabenen und Allmächtigen! Ich habe gut daran getan, daß ich niemanden von meinem Fortgehen unterrichtete, nicht einmal meine Diener; ich habe diesem Alten geglaubt, und jetzt ist es mir klar, daß dieser Mann nicht zu den Menschen gehört, sondern zu denen, die Gott, den Hochgepriesenen, kennen. Er stellt mich heute wahrlich auf die Probe; darum will ich auch in meinem Glauben an diesen Alten nicht wankend werden!' Als es Morgen ward, bestieg er sein Roß und machte sich auf den Heimweg nach Basra, seiner Hauptstadt; und als er seine Stadt erreicht hatte, begab er sich bei Nacht zu seiner Mutter. Die fragte ihn, ob ihm etwas von dem, was der Alte ihm gesagt hatte, zuteil geworden sei; und sie begann ihm Trost zuzusprechen, indem sie sagte: ‚Sei nicht traurig, mein lieber Sohn, wenn es dir bestimmt ist, so hat Allah etwas mit dir im Sinne, das du ohne Mühe erreichen wirst! Jetzt bitte ich dich, sei weise und tugendhaft, laß ab von den Dingen, die dich in diese Lage gebracht haben, als da sind Tanz und Gesang, Verschwendung und dergleichen mehr!' Da schwor er ihr, er wolle ihrer Mahnung nicht mehr zuwiderhandeln, sondern alle ihre Lehren wohl beachten und seinen Sinn auf das weise Handeln richten. Und dann ließ er ab von all diesen Dingen, von dem Verkehr mit den jungen Leuten und von all jenen Untugenden. In jener Nacht erschien ihm wiederum der Alte im Traum und sprach zu ihm: ‚O

Zain el-Asnâm, du tapferster der Helden, wenn du aus dem Schlafe erwachst, werde ich mein Versprechen an dir erfüllen. Nimm du dann eine Hacke und geh zu demunddem Palast an dieunddie Stelle am Fuße des Palastes deines Vaters; dort grab in der Erde, und du wirst finden, was dich reich machen wird!' Sobald er nun aus dem Schlafe erwacht war, eilte er zu seiner Mutter und tat ihr kund, was sich begeben hatte. Er war voller Freude; aber sie lachte ihn aus, und sie sagte zu ihm: ‚Mein Sohn, dieser Alte spottet deiner, ganz sicher; laß ab von ihm!' Doch er antwortete ihr und sprach: ‚Nein, liebe Mutter, ich glaube, daß dieser Mann die Wahrheit spricht und nicht lügt; das erste Mal hat er mich auf die Probe gestellt, und jetzt will er sein Versprechen erfüllen.' Sie erwiderte ihm: ‚Dies macht dir auf alle Fälle keine Mühe; geh nur hin und tu, was du willst; versuche dein Heil, vielleicht wirst du heute meinen Worten glauben!' Da nahm er eine Hacke, ging hinunter zum Fuße des Schlosses des Sultans, seines Vaters, und begann dort zu graben. Nachdem er ein wenig gegraben hatte, entdeckte er einen Ring; dann grub er weiter, und siehe da, der Ring war an einer weißen Platte befestigt. Alsbald hob er die Platte hoch; darauf ging er auf einer Treppe hinunter und erblickte eine große Höhle, die ganz mit Marmor ausgelegt war. Und als er in sie eingetrten war, erblickte er dort weiter im Innern der Höhle einen Saal, und darin befanden sich acht Krüge aus grünem Jaspis. Jener Saal nahm seinen Sinn gefangen, und so sprach er: ‚Was mögen diese Krüge enthalten? Was mag in ihnen sein?' Nachdem er die Krüge näher angeschaut und sie aufgedeckt hatte, sah er, daß sie mit lauterem Golde gefüllt waren. Er nahm etwas davon in seine Hand, ging zu seiner Mutter und gab es ihr, indem er zu ihr sprach: ‚Siehst du nun, liebe Mutter?' Darüber war sie erstaunt, und sie gab ihm zur

Antwort: ‚Hüte dich, mein Sohn, dies Gold so auszugeben, wie du dein Gold früher verschwendest hast!' Da schwor er und sprach: ‚Liebe Mutter, dein Herz soll um meinetwillen immer beruhigt sein, wahrlich, du wirst in Zukunft immer mit mir zufrieden sein!' Und nun machte sie sich auf und ging mit ihm; sie begaben sich beide hinab in jenen Saal, und da sah sie etwas, das den Blick bezauberte, als sie die Goldkrüge anschaute. Während beide sich die Krüge ansahen, erblickten sie plötzlich in einem kleinen Kruge aus grünem Jaspis einen Schlüssel aus Gold. Da sagte sie zu ihm: ‚Mein Sohn, zu diesem Schlüssel gehört sicherlich eine Tür, die durch ihn geöffnet wird.' Und während sie suchte, sprach sie: ‚Vielleicht werden wir noch etwas entdecken.' So spähten sie an jener Stätte umher, indem sie sagten: ‚Vielleicht finden wir eine Tür.' Unterdessen entdeckten sie plötzlich ein verriegeltes Schloß, und sie erkannten, daß jener Schlüssel zu diesem Schlosse gehörte. Da steckte er den Schlüssel hinein und öffnete die Tür; die führte in einen Saal, der noch größer war als der erste. Er war ganz mit Marmor ausgelegt, und er nahm den Blick gefangen. In ihm sah man kein Feuer und keine Kerze, sondern nur acht Bildsäulen aus Edelsteinen; jede einzelne Bildsäule war aus einem einzigen Edelstein, nichts war hinzugesetzt. Die Sinne der beiden waren ganz verwirrt, und Zain el-Asnâm sprach: ‚Woher mögen diese Dinge kommen?' Darauf begann er umherzuschauen und erblickte vor sich[1] einen seidenen Vorhang, auf dem folgendes geschrieben stand: ‚O mein Sohn, wundere dich nicht über diese Dinge! Es ist wahr, ich habe sie mit Mühe erworben; aber es gibt immer noch in der Welt eine andere

---

[1]. Der arabische Text ist hier fehlerhaft; die Wörter ‚und seine Mutter erblickte' verbessere ich durch eine leichte Änderung zu ‚und erblickte vor sich'.

Gestalt, die zwanzigmal soviel wert ist wie diese Gestalten. Wenn du jene Gestalt sehen und gewinnen willst, so zieh nach Kairo; dort lebt ein Sklave des Namens Mubârak, der einst mein Sklave war, und der wird dich zu jener Gestalt führen. Wenn du die Stadt Kairo betreten hast, so wird dich der erste Mensch, den du dort triffst, zu Mubârak führen; denn er ist in ganz Kairo bekannt.' Nachdem Zain el-Asnâm diese Worte gelesen hatte, sprach er: ‚Mutter, ich will nach Kairo ziehen, um nach der Gestalt zu suchen; aber ich glaube, du wirst sagen, dies sei ein Traum.' Doch sie antwortete und sprach zu ihm: ‚Nein, durchaus nicht, mein Sohn! Denn du stehst jetzt unter dem Schutze des Propheten; so reise denn fort und sei unbesorgt, ich werde mit dem Wesir das Land verwalten! Reise, wann du willst!' Alsbald ging er fort, rüstete sich für die Reise und zog seines Weges dahin, bis er Kairo erreichte. Dort fragte er nach dem Hause Mubâraks, und man gab ihm zur Antwort: ‚O Herr, dies ist der reichste und edelste Mann in Kairo; sein Haus ist für den Fremdling das beste.' Und die Leute gingen vor ihm her, bis er zu jenem Hause kam; dort klopften sie an die Tür, und einer von den Sklaven öffnete und fragte ihn: ‚Wer bist du? Und was willst du?' Zain el-Asnâm erwiderte ihm: ‚Ich bin ein Fremdling aus fernem Lande; ich habe von Mubârak gehört und davon, daß er als edel berühmt ist; deshalb bin ich gekommen, um bei ihm zu Gaste zu sein.' Darauf ging der Sklave hinein, um eine Antwort für ihn einzuholen; und nachdem er mit seinem Herrn Mubârak gesprochen hatte, kehrte er zurück und sagte: ‚O Herr, dein Kommen bringt uns Segen ins Haus; tritt ein, mein Herr Mubârak erwartet dich!' Nun kam er in einen sehr weiten Vorhof, der ganz voll Bäumen und fließenden Wassern war; danach trat er in die Halle ein, in der Mubârak war. Nachdem er ihn begrüßt hatte, sprach jener zu ihm: ‚Reicher Segen ist bei uns eingekehrt! Wer bist du, o Jüngling? Und wohin führt dich dein Weg?' Zain el-Asnâm antwortete ihm: ‚Mein Weg führt mich zu dem Sklaven Mubârak, dem Sklaven des Sultans von Basra, der gestorben ist und dessen Sohn ich bin.' ‚Was sagst du da?' rief Mubârak, ‚du willst der Sohn des Königs von Basra sein?' ‚Jawohl,' erwiderte der Jüngling, ‚ich bin sein Sohn!' ‚Dieser König hat doch keinen Sohn hinterlassen. Wie alt bist du denn?' ‚Gegen sechsundzwanzig Jahre.' ‚Was für einen Beweis kannst du mir geben, damit ich sicher bin, daß du der Sohn meines Herrn, des Königs von Basra, bist?' ‚Du weißt, daß mein Vater unterhalb seines Schlosses einen Bau errichtete, und daß sich in diesem Bau vierzig[1] Krüge aus grünem Jaspis befinden, die mit Gold gefüllt sind, und ferner, daß sich in der zweiten Halle acht Gestalten aus Edelsteinen befinden, von denen jede einzelne aus einem einzigen Stein ist und auf einem goldenen Throne sitzt. Desgleichen ist dir bekannt, daß dort eine Inschrift sich befindet, die besagt, daß ich zu dir gehen solle, da du weißt, wo die neunte Gestalt ist, die so viel Wert hat wie die acht alle zusammen.' Wie Mubârak dies, das heißt die Worte von Zain el-Asnâm, vernommen hatte, fiel er ihm zu Füßen und begann ihm die Hände zu küssen und zu rufen: ‚Fürwahr, du bist der Sohn meines Herrn!' Dann fuhr er fort: ‚Mein Gebieter, ich habe ein Gastmahl bereitet für alle vornehmen Leute Kairos; will deine hohe Gegenwart uns beehren?' ‚Das mag gern geschehen', erwiderte Zain el-Asnâm; und der Sklave Mubârak ging vor seinem Herrn her bis zu der Halle, in der alle Vornehmen von Kairo versammelt waren. Darauf befahl Mubârak das Mahl aufzutragen, und es geschah. Zain

[1]. Der Erzähler hat hier vergessen, daß oben nur von acht bzw. neun Krügen die Rede war.

el-Asnâm, der Sultan von Basra, saß da, während Mubârak stand und ihn bediente; manchmal hatte er die Arme auf der Brust gekreuzt, manchmal kniete er nieder. Darüber wunderten sich die Gäste, wie es möglich war, daß Mubârak, der vornehmste Mann Kairos, diesen Jüngling bediente, und sie waren ganz ratlos, da sie nicht wußten, woher dieser junge Mann kam. Nachdem sie gegessen und getrunken und sich dem Frohsinn hingegeben hatten, hub Mubârak an: ,Ihr Leute, wundert euch nicht darüber, daß ich diesen Jüngling bedient habe, indem ich ihm alle Ehren erwies! Denn das war meine Pflicht, da er der Sohn meines Herrn, des Sultans von Basra, ist. Sein Vater starb, und ich blieb als unfreier Mann zurück, weil ich sein Sklave war, den er mit seinem Gelde gekauft hatte. Deshalb war es heute meine Pflicht, meinen Gebieter zu bedienen, und alles Hab und Gut, das ihr bei mir seht, gehört ihm, nichts gehört mir.' Alsbald erhob sich die ganze Versammlung und erwies dem Sultan, was ihm an Ehren und an Segenswünschen gebührte. Darauf sprach jener: ,Ihr Leute, ich erkläre in eurer Gegenwart, und ihr seid meine Zeugen, daß du, o Mubârak, nunmehr frei bist zu tun, was du willst, und daß alles Gut, was du besitzest, dein Eigentum ist. Fordere auch von mir jegliche Gnade, die du begehrst, und ich will sie dir erweisen!' Mubârak aber küßte ihm die Hand und dankte ihm für seine Güte und sprach: ,Mein Gebieter, ich begehre nur, daß es dir gut ergehe. Dies Gut, das ich besitze, ist zu viel für mich.' Nun blieb Zain el-Asnâm drei bis vier Tage dort, während die Vornehmen Kairos kamen und ihn begrüßten und alle mit ihm an demselben Tische aßen, bis er genug der Ruhe gepflegt hatte. Darauf sagte er: ,Mubârak, die Zeit ist nahe, daß wir aufbrechen müssen.' Doch jener erwiderte ihm: ,Mein Gebieter, du weißt, daß die Sache, die zu suchen du gekommen bist, schwer zu erreichen ist, ja in Todesgefahr bringen kann; ich weiß nicht, ob dir dein Vorhaben gelingen wird. Diese Aufgabe erfordert hohen Mut.' Da antwortete Zain el-Asnâm und sprach zu ihm: ‚Höre, Mubârak, ich weiß, daß Reichtum oft mit Blut bezahlt wird, aber auch, daß nichts in der Welt geschieht ohne den Willen des Barmherzigen. Drum fasse Mut und fürchte dich nicht!' Darauf befahl Mubârak seinen Sklaven, die Vorbereitungen für die Reise zu treffen; und die rüsteten sofort alles. Ehe aber zu Pferde gestiegen ward, sprachen alle das Gebet und lasen die erste Sure des Korans; dann falteten sie das Buch und zogen dahin unter der schützenden Hand des Barmherzigen, Tag und Nacht, Nacht und Tag; dabei erschauten sie an jedem Tage Dinge, die den Verstand verwirrten, dergleichen sie noch nie in ihrem Leben gesehen hatten. Als sie sich ihrem Ziele näherten, stiegen sie von ihren Rossen ab, und Mubârak gab seinen Sklaven Befehl, indem er zu ihnen sprach: ‚Bleibt hier und bewacht die Rosse, bis wir wieder zurückkehren!' Darauf gingen die beiden zusammen fort, indem Mubârak sprach: ‚Mein Gebieter, hier ist hoher Mut vonnöten; wir sind hier im Lande der Gestalt, die zu suchen du gekommen bist.' Und sie zogen weiter dahin, bis sie zu einem großen See gelangten; dort sagte Mubârak: ‚Mein Gebieter, wisse vor allem, daß jetzt ein kleines Schiff kommen wird, einer Gondel gleich, auf dem sich ein blaues Banner befindet und das aus Sandelholz und Ambra verfertigt ist. Und ich will dir einen Rat geben, den du behüten und bewahren mögest.' ‚Was ist das für ein Rat?' fragte Zain el-Asnâm; und der Alte antwortete ihm: ‚In jenem Boote ist ein Fährmann, dessen Gestalt ungeheuerlich ist; hüte dich, ihn anzureden, sonst mußt du ertrinken! Dort ist das Land, über das der König der Geister gebietet, und alles, was du vor dir siehst, ist das

Werk der Geister.' Da kam auch schon ein Boot, von dem ein Duft von Sandelholz und Ambra ausströmte; darinnen saß ein Fährmann, dessen Kopf ein Elefantenkopf war und dessen Leib dem eines Raubtieres glich. Als der ihnen nahe kam, wickelte er seinen Rüssel um die beiden und holte sie in das Boot hinein. Dann ruderte er mit ihnen weiter, bis sie den See durchfahren hatten und wieder an Land gehen konnten. Als sie nun weiterschritten, sahen sie Bäume von Ambra und Aloe und Sandelholz, Früchte, wie sie der Sinn begehrt, und Blumen, die das Herz erfreuen; und die Stimmen der Vögel sangen ihre Weisen und berückten die Menschen durch ihren Klang. Mubârak fragte: ,Wie findest du diese Stätte, mein Gebieter?' Jener antwortete ihm: ,Mich deucht, daß dies das Paradies ist, das der Prophet – Allah segne ihn und gebe ihm Heil! – dem verheißt, der Sein Gebot achtet.' Darauf zogen sie weiter, bis sie sich vor einem großen Schlosse befanden, das ganz aus Smaragden und Rubinen gebaut war und dessen Tore aus reinem Golde waren. Vor diesem Schlosse befand sich eine Brücke, die hundertundfünfzig Ellen lang und fünfzig Ellen breit war; am Ende dieser Brücke stand ein Heer von Geistern, die erschrecklich anzusehen waren, so häßlich, wie es keine anderen Wesen gab, mit schweren Lanzen aus Stahl, die in der Sonne leuchteten wie der Blitz. Da sagte Mubârak: ,Tritt nicht weiter vor, als bis uns ein Befehl gebracht wird!' Dann holte er aus seinem Gewande vier Stücke gelben Seidenzeugs heraus; mit dem einen gürtete er sich, ein zweites legte er auf seine Schulter, und die anderen beiden gab er Zain el-Asnâm; und der tat gleich wie er. Darauf breitete er vor jedem von ihnen beiden ein Tuch von weißer Seide aus; ferner holte er aus seiner Tasche Edelsteine, desgleichen auch Spezereien, wie Ambra und Aloe. Nun setzte sich ein jeder von ihnen auf sein Tuch, und dann hub Mubârak an, diese Worte an Zain el-Asnâm zu richten, indem er ihn lehrte, er solle zum Geisterkönig also sprechen: ‚Mein Gebieter, o König der Geister, wir sind heute unter deinem Schutz.' Dann fuhr er fort: ‚Wisse, jetzt will ich ihn beschwören, damit er uns freundlich empfängt; und bedenke, daß wir in Gefahr sind; drum bin ich in großer Sorge! Wenn er uns empfangen will, ohne uns ein Leid zu tun, so kommt er in Gestalt eines Menschen, der sehr schön anzuschauen ist; wenn wir aber diese Stätte betreten und er uns nicht wohlwill, so kommt er in häßlicher Gestalt, die erschrecklich anzusehen ist. Siehst du ihn also in schöner Gestalt, so bleib vor ihm stehen und sprich den Gruß!' ‚Ich höre und gehorche!' gab der Jüngling ihm zur Antwort; und weiter sprach Mubârak zu ihm: ‚Dein Gruß sei ‚an den König der Geister und den Gebieter der Erde', und sprich zu ihm: ‚Meinen Vater, den König von Basra, hat der Tod uns entrissen, und das ist dir nicht verborgen, da du ihn immer unter deinen Schutz genommen hast; und jetzt bin ich gekommen, um deinen Schutz zu gewinnen, wie mein Vater ihn besaß.' Dies seien deine Worte an ihn, wenn er dir entgegentritt.' Dann fuhr Mubârak noch fort: ‚Wenn der König der Geister uns mit glückverheißendem Antlitz entgegenkommt, so wird er ohne Zweifel dich fragen und zu dir sprechen: ‚Erbitte von mir, was du wünschest; dir soll dein Wunsch sofort erfüllt werden!' Dann sprich du zu ihm: ‚Hoher Herr, ich erbitte von deiner Majestät die neunte Gestalt, die das Kostbarste ist, was es auf Erden gibt, und die deine Majestät meinem Vater zu geben versprochen hat.' Nachdem nun Mubârak seinen Herrn Zain el-Asnâm gelehrt hatte, wie er mit dem Geisterkönig reden solle, und ihm auch gezeigt hatte, wie er von ihm die Gestalt, die er wünschte, erbitten müsse, begann er die Zauberformel zu murmeln. Nach einer kurzen Weile begann es zu blitzen und zu donnern, und es kam eine Finsternis, die das Antlitz der Erde bedeckte; darauf erhob sich ein gewaltiger Wind und ein furchtbares Getöse, so daß die Erde zu beben schien; dergleichen wird nie erhört, es sei denn am Tage der Auferstehung. Prinz Zain el-Asnâm rief: ‚Dies ist wahrlich ein großer Tag!' Und als er all diese Dinge erleben mußte, zitterte er am ganzen Leibe; so sehr erschrak er über all dies, das er noch nie in seinem ganzen Leben gesehen oder gehört hatte. Mubârak aber begann zu lächeln, und er sprach zu ihm: ‚Mein Gebieter, dies, vor dem du dich fürchtest, ist das, was ich wünsche; denn es ist uns ein Vorbote des Glücks. Drum sei munter und zuversichtlich!' Alsbald ward die Welt auch wieder klar und ganz ruhig, und es säuselten gar lieblich duftende Lüfte. Und nun kam der König der Geister in Gestalt eines Menschen, unvergleichlich an Schönheit und Anmut, und er blickte auf die beiden mit freundlichem Antlitz. Als der Prinz ihn erblickte, sprach er vor ihm die ehrfurchtsvollen Grüße und die Segenswünsche, die Mubârak ihn gelehrt hatte. Darauf erwiderte ihm der König, indem die Zähne der Zufriedenheit aus seinem lächelnden Munde blinkten: ‚Prinz Zain, ich war ein Freund deines Vaters, des Sultans von Basra; und jedesmal, wenn er zu mir kam, gab ich ihm eine von den Gestalten, die du gesehen hast, jene, von denen jede einzelne aus einem einzigen Edelstein gefertigt ist. Und du sollst bei mir im selben Ansehen stehen wie dein Vater, ja in noch höherem! Ehe er aus dem Leben schied, machte ich es ihm zur Pflicht, die Inschrift zu schreiben, die du auf dem Stück Seide gesehen hast; und dann versprach ich ihm, ich wolle auch dich in meinen Schutz nehmen gleichwie ihn, und ich wolle dir die neunte Gestalt geben, die so viel wert ist wie alles, was du gesehen hast.

Jetzt will ich das Versprechen erfüllen, das ich deinem Vater gegeben habe, indem ich dir meinen Schutz gewähre.' Dann fuhr er fort: ‚Der Mann, den du im Traume gesehen hast, jener Alte, der bin ich. Und ich bin es, der dir gesagt hat, du sollest die Schatzkammer aufgraben, in der du die Krüge voll Gold und die Gestalten aus Edelsteinen gefunden hast. Ich weiß auch, warum du hierher gekommen bist; denn ich bin ja der Grund deines Kommens. Und ich will dir gewähren, was du durch dein Kommen zu erreichen suchst; doch schwöre du mir einen heiligen Eid, einen Eid, den du nie brechen wirst, daß du zu mir zurückkommen willst mit einer Jungfrau, die fünfzehn Jahre alt ist und die an Schönheit nicht ihresgleichen hat, und daß du sie treu hüten und dich nicht an ihr vergehen willst, wenn du mit ihr auf dem Wege hierher bist!' Da schwor Prinz Zain ihm einen heiligen Eid, indem er sprach: ‚Mein Gebieter, du erweisest mir eine hohe Ehre durch diesen Auftrag; doch ich sehe eine Schwierigkeit in ihm. Gesetzt den Fall, ich finde die Jungfrau, die deine Majestät begehrt, wie soll ich diese Eigenschaften erkennen, die du an ihr wünschest?' Der König antwortete ihm darauf: ‚O Zain, du hast recht; denn die Menschenkinder können dies nicht erkennen.' Und dann fuhr er fort: ‚Mach dir keine Sorge um dieser Schwierigkeit willen; denn ich will dir einen Spiegel geben! Wenn du die Maid gefunden und angeschaut hast und ihre Schönheit dir gefällt, so öffne den Spiegel, den ich dir geben will; siehst du, daß er klar ist und ohne dunkle Flecken, so wisse, daß die Maid eine Jungfrau ohne Tadel ist und alle die Eigenschaften besitzt, die ich dir genannt habe. Ist sie es aber nicht, so wirst du entdecken, daß der Spiegel dunkel ist und von Staub bedeckt, und dann wirst du wissen, daß die Maid einen Fehl hat; hüte dich, sie zu nehmen! Hast du jedoch die rechte gefunden, so bringe sie mit dir; wenn du dann aber nicht die Treue wahrst, so muß ich dir dein Leben nehmen!' Nun schwur der Prinz Zain einen bindenden Eid, einen Eid der Söhne der Könige, daß er nie die Treue brechen werde. So gab denn der Fürst den Spiegel dem Jüngling, indem er sprach: ‚Mein Sohn, nimm diesen Spiegel, von dem ich dir gesagt habe; jetzt kannst du reisen, nichts hält dich zurück!' Und sogleich kehrten der Sklave Mubârak und der Prinz Zain el-Asnâm zurück zum Ufer des Sees, nachdem sie von dem Geisterfürsten Abschied genommen hatten. Bald darauf kam einer von den Geistern, deren Köpfe denen von Elefanten glichen und die das Boot ruderten; mit dem fuhren sie hinüber, und das geschah auf Befehl des Geisterfürsten. Darauf kehrten Mubârak und Prinz Zain el-Asnâm nach Kairo zurück; nachdem der Prinz dort bei Mubârak in Kairo kurze Zeit verweilt hatte, um sich auszuruhen, sprach er zu ihm: ‚Mubârak, laß uns jetzt nach der Stadt Baghdad ziehen, um ein Mädchen zu finden, wie es der Geisterkönig wünscht.' Doch Mubârak antwortete und sprach zu ihm: ‚Mein Gebieter, wir sind hier in Kairo; das ist die Stadt der Städte und das Wunder der Welt. Hier müssen wir doch eine Jungfrau finden, und wir brauchen nicht in ein fernes Land zu gehen.' ‚Du sprichst die Wahrheit, Mubârak,' antwortete der Prinz, ‚aber auf welche Weise können wir eine solche Jungfrau finden? Wer soll sie für uns suchen?' Darauf sagte jener zu ihm: ‚Mach dir deshalb keine Sorge, mein Gebieter! Denn ich weiß hier eine Alte – verflucht sei sie! –, ein kluges und listiges Weib; die kann eine Aufgabe wie diese sicher erfüllen.' Alsbald holte Mubârak die Alte und tat ihr kund, was geschehen sollte, indem er hinzufügte: ‚Du wirst von mir eine hohe Belohnung erhalten, wenn du diese Aufgabe mit allem Eifer ausführst.' Sie erwiderte ihm: ‚Mein Gebieter, du kannst beruhigt sein; ich werde diese Aufgabe vollbringen, und dein Wunsch wird sogleich erfüllt werden; denn ich habe solche Mädchen zur Hand, die alle an Schönheit und Anmut übertreffen, und alle sind Töchter vornehmer Leute.' Allein – o ihr Zuhörer –, sie wußte nichts von dem Spiegel! So ging sie denn in die Stadt, und nachdem sie eine Schar von Mädchen gefunden hatte, die alle fünfzehn Jahre alt waren und vollkommene Schönheit und Anmut besaßen, nahm Zain el-Asnâm den Spiegel heraus und blickte auf die Mädchen im Spiegel. Da sah er, daß sich der Spiegel verdunkelte und verdüsterte, nicht bei einer einzigen von ihnen erblickte er Klarheit in dem Spiegel. So beschloß er denn, nach Baghdad zu ziehen, da es ihm nicht möglich war, in Kairo ein Mädchen zu finden, das vollkommen keusch und rein war. Darauf zogen die beiden fort, bis sie in Baghdad ankamen; dort mieteten sie ein großes Schloß in der Stadt und wohnten darinnen. Fast alle Vornehmen der Stadt pflegten an der Tafel des Prinzen zu speisen, und was von den Mahlzeiten übrig blieb, wurde den Armen und Bedürftigen gegeben. Auch alle, die von nah und fern zu all den Moscheen kamen, aßen von seiner Tafel, so daß sein Ruhm in der Stadt groß ward und man in Baghdad nur noch von Zain el-Asnâm und von seiner Freigebigkeit und seinem Reichtum redete. Es traf sich aber, daß in einer der Moscheen ein verruchter, elender, neidischer Imam war, wie es selbst in der Hölle keinen gemeineren Schuft geben konnte, und er wohnte nahe bei dem Schlosse des Prinzen Zain el-Asnâm. Der Neid auf den Prinzen hatte solche Gewalt über ihn gewonnen, daß er darüber nachzudenken begann, wie er ihm schaden könne; zumeist pflegt auch der Neid nur die Reichen zu treffen. Eines Tages nun stand der Imam in der Moschee zur Zeit des Nachmittagsgebetes, und er hub an zu predigen: ‚O meine Brüder, höret auf mich! Seht, in diesem unserem Stadtviertel wohnt ein fremder Mann; vielleicht habt ihr schon von ihm gehört und auch von der Verschwendung, die er treibt, die geht doch über alle Maßen. Ich vermute, daß er ein Dieb aus der Fremde ist und er gekommen ist, um hier das auszugeben, was er in seinem Lande gestohlen hat.' Und weiter sprach er zum Volke: ,O meine Brüder, ich gebe euch guten Rat, um Allahs willen hütet euch vor diesem Verruchten! Es ist ja möglich, daß der Kalif solche Verschwendung triebe wie dieser Mann, und dann würde das Unglück über eure Häupter hereinbrechen. Ich wasche meine Hände in Unschuld, wenn ihr auch sündigt; sehet, ich habe euch gewarnt, nun tut, was ihr wollt!' Da antworteten ihm die, so zugegen waren, alle insgesamt mit lauter Stimme und riefen: ,Wir wollen alles tun, was du willst, o Abu Bakr, o Imam der Religion Mohammeds.' Darauf begann dieser verfluchte Imam, eine Beschwerdeschrift an den Kalifen gegen den Prinzen Zain el-Asnâm zu verfassen. Der Zufall aber hatte es gewollt, daß der Sklave Mubârak in der Moschee war und die Predigt des verruchten Imams hörte. Drum war er nicht lässig, sondern kehrte nach Hause zurück, holte hundert Golddinare und wickelte sie in ein Bündel von seidenen Stoffen, von allem, was nicht beschwert, und doch von hohem Wert. Das nahm er und begab sich eilends zum Hause des Imams; nachdem er dort an die Tür geklopft hatte, kam der Imam, öffnete die Tür und fragte ihn zornig, indem er sprach: ,Was willst du? Und wer bist du?' Mubârak antwortete und sprach zu ihm: ,Ich bin dein Sklave, o mein Herr Imam Abu Bakr! Ich komme von meinem Herrn, dem Prinzen Zain el-Asnâm; denn er hat von Eurem Wissen und von Eurem guten Tun gehört, und es ist sein Wunsch, mit Euch bekannt zu werden. Darum möchte er tun, was ihm seine Pflicht ist, und er sendet mich mit diesen Stoffen und mit dieser Tasche, und er bittet Euch, ihm nicht gram zu sein; denn dies ist kaum, was Eurem Stande und hohen Range gebührt!' Sobald Abu Bakr das Gold und das Bündel der Stoffe erblickte, sprach er: ‚Mein Gebieter, ich bitte deinen Herrn, den Prinzen, um Verzeihung, und ich schäme mich vor ihm, und es fällt mir schwer auf die Seele, daß ich meine Pflicht nicht erfüllt habe; ich bitte dich, entschuldige mich bei ihm wegen meines Versäumnisses! So der Schöpfer will, werde ich meine Pflicht tun und zu ihm gehen und ihm die Ehren erweisen, die seinem Stande gebühren.' Mubârak aber fuhr fort: ‚Meinem Herrn, dem Prinzen, ist sein Wunsch erfüllt, wenn er Euer Hochwohlgeboren schaut, indem er sich die Ehre gibt, zu Euch zu kommen.' Darauf küßte Mubârak die Hand des Imams und kehrte nach Hause zurück. Abu Bakr jedoch trat am nächsten Morgen zum Frühgebet in die Moschee und hub an: ‚O meine Brüder, höret auf mich! Wisset, der Neid trifft nur die Reichen und Vornehmen; die Armen und Elenden trifft er nicht. So vernehmet denn, der fremde Mann, von dem ich gestern zu euch gesprochen habe, ist ein Prinz von adliger und hoher Abkunft! Er ist nichts von dem, was mir einige Neider zugetragen haben, nämlich, daß er ein Dieb sei. Hütet euch, meine Brüder, daß auch nur einer von euch die Ehre dieses Mannes mit Worten antaste und Späher von seiten des Beherrschers der Gläubigen auf sich lenke! Denn ein Mann wie dieser kann nicht in der Stadt wohnen, ohne daß der Kalif von ihm wüßte.' So nahm der Imam Abu Bakr den bösen Verdacht hinweg aus den Köpfen der Leute, mit denen er über den Prinzen Zain el-Asnâm gesprochen hatte; und nachdem er von dem Frühgebet heimgekehrt war, legte er sein Staatsgewand an, ließ die Säume schwer schleppen[1]

1. So nach einer kleinen Verbesserung des Textes.

und die Ärmel lang herunterhängen, machte sich auf den Weg und begab sich zum Prinzen und trat in den Saal ein. Und der Prinz Zain, der ein höflicher junger Mann war, erwies ihm gebührende Ehren und ließ ihn auf einem hohen Polster sitzen. Dann ließ er Kaffee mit Ambra und Morgenimbiß bringen, und nachdem die beiden ihr Mahl beendet hatten, begannen sie über mancherlei Dinge zu plaudern. Da fragte der Imam Abu Bakr den Prinzen, indem er zu ihm sprach: ‚Hoher Herr, gedenkt Eure Durchlaucht länger hier in Baghdad zu verweilen?' ‚Jawohl,' erwiderte ihm der Prinz, ‚ich möchte eine Weile hier bleiben, bis ich mein Ziel erreicht habe.' Darauf sagte jener: ‚Und was ist das Ziel meines Herrn Prinzen? Vielleicht kann ich ihm seinen Wunsch erfüllen; auch wenn das schwer wäre, würde es mir eine leichte Last sein.' Der Prinz gab ihm zur Antwort: ‚Ich suche nach einer Maid, die fünfzehn Jahre alt ist und die von vornehmer Abkunft, züchtig und von reicher Schönheit und Anmut sein muß.' ‚Hoher Herr,' fuhr der Imam fort, ‚dies ist etwas, das schwer zu finden ist. Doch ich weiß eine Jungfrau, die von herrlicher Anmut ist; ihr Vater war ein Wesir, und er hat sich von dem Wesirat zurückgezogen; jetzt wohnt er in seinem Schlosse und wacht mit großem Eifer über der Erziehung seiner Tochter. Ich glaube, daß sie für Eure Durchlaucht passend sein und daß sie sich auch über einen Prinzen wie deine Hoheit freuen würde, ebenso wie ihr Vater.' Da sagte der Prinz: ‚Vielleicht ist sie das Ziel meiner Wünsche. Doch ich muß sie zuvor anschauen, um zu wissen, ob sie züchtig ist oder nicht. Mein Blick genügt, um ihre Art und Schönheit zu erkennen; ihr aber vermögt es nicht mit Sicherheit zu wissen.' Abu Bakr fragte nunmehr: ‚Und wie ist es Euch, mein Herr Prinz, möglich, aus ihrem Antlitze zu erkennen, ob sie rein ist oder nicht? Vielleicht habt Ihr Kunde von geheimer

Wissenschaft. Wenn also deine Hoheit es wünscht, sie mit mir zu sehen, so will ich dich zu ihrem Schlosse geleiten und dich mit ihrem Vater bekannt machen, so daß er sie vor dich führe.' Darauf geleitete der Imam Abu Bakr den Prinzen und begab sich mit ihm zu dem Hause des Wesirs, des Vaters der Maid. Als die beiden dort eingetreten waren, hieß der Wesir den Prinzen Zain el-Asnâm herzlich willkommen, nachdem er erfahren hatte, daß jener ein Prinz war und seine Tochter begehrte. Dann ließ er sie kommen; und wie sie vor ihm stand, befahl er ihr, den Schleier von ihrem Antlitz zu heben. Kaum hatte sie das getan, so ward der Prinz wie geblendet; denn er war überrascht durch ihre Schönheit und Anmut, und er hatte noch nie in seinem Leben ihresgleichen gesehen. Dann sprach er bei sich selber: ‚Ob ich wohl je ihresgleichen finde? Ob diese wohl für mich bestimmt ist?' So zog er denn den Spiegel aus der Tasche und schaute hinein; da sah er, daß des Spiegels Kristall so klar war wie reines Silber. Und alsobald ward der Ehebund geschlossen, der Kadi ward geholt, die Urkunde ward geschrieben, und so war die Vermählung vollzogen. Man feierte die Hochzeit, und der Prinz führte den Vater der jungen Frau in sein Schloß und machte ihm reichliche Geschenke; auch schickte er der jungen Frau wertvolle Edelsteine, Diamanten und Perlen, Rubinen und Smaragde, so viele, daß sie den Verstand berückten. Ja, es war eine große Hochzeit, derengleichen noch nie gewesen war; die ganze Stadt feierte Gastmähler bei ihm acht Tage lang. Auch dem Imam Abu Bakr sandte er Geschenke. Nachdem aber die Hochzeit beendet war, sprach Mubârak: ‚Mein Gebieter, laß uns an unsere Stätte ziehen und keine Zeit verlieren; denn wir haben gefunden, was wir suchten!' ‚Es sei!' erwiderte ihm der Prinz, und Mubârak begann für die Reise zu rüsten; auch ließ er eine

Sänfte für die junge Frau herrichten. Dann brachen sie auf unter der schützenden Hand des Barmherzigen. Als aber Mubârak erkannte, daß der Prinz von heftiger Liebe zu der ihm angetrauten Maid entbrannt war, sprach er zu ihm: ,Mein Gebieter, ich möchte dich daran erinnern, daß du die Treue wahren mußt, die der Geisterkönig dir geboten hat.' ,Ach,' rief da der Prinz, ,o Mubârak, wenn du wüßtest, welche Qualen mir die Liebe zu dieser Maid bereitet, so würdest du mich entschuldigen. Ich denke daran, sie mit nach Basra zu nehmen.' Doch jener entgegnete ihm: ,Mein Gebieter, hüte die Treue, brich nicht dein Wort, auf daß dir kein arges Leid widerfahre und du nicht dein Leben verlierst um dieser Maid willen! Denke immer an den Eid, den du geschworen hast; laß die Begierde nicht Macht über dich gewinnen, damit du nicht deine Ehre verlierst!' Darauf sagte Zain el-Asnâm zu ihm: ,O Mubârak, sei der Hüter über sie und laß mich sie nie mehr anschauen!' Nachdem der Emir so vorgesorgt hatte, daß die junge Frau behütet wurde, verbarg er sich ganz und gar vor ihr, damit er sie nicht mehr erblicke. Und nun zogen sie auf dem Wege zur Insel des Geisterkönigs weiter, nachdem sie die ägyptische Straße verlassen hatten. Als aber die junge Frau bedachte, daß ihr der Weg lang ward und sie ihren Gatten in dieser ganzen Zeit nicht erblickte, weil er seit der Hochzeitsnacht verschwunden war, so daß sie ihn nie mehr zu Gesicht bekam, da sprach sie: ,Mubârak, tu mir kund – beim Leben des Prinzen, deines Herrn! –, bin ich jetzt der schützenden Hand meines Gatten, des Prinzen Zain, entrissen?' ,Ach, meine Herrin,' gab er ihr zur Antwort, ,es ist mir schwer, dir das Verborgene zu enthüllen. Denkst du, daß der Prinz Zain, der König von Basra, dein Gemahl ist? Nein, er ist nicht dein Gemahl; er hat nur den Ehevertrag mit dir ausstellen lassen als Vorwand vor deinen

Eltern. Du wirst jetzt die Gemahlin des Geisterkönigs, der dich von dem Emir Zain verlangt hat.' Als die Maid die Worte Mubâraks vernommen hatte, weinte sie bitterlich darüber. Und wie der Prinz das hörte, begann auch er heftig zu weinen, da er sie ja so lieb hatte. Darauf rief sie den beiden zu: ‚Habt ihr denn kein Mitleid mit mir, da ich so verlassen bin? Wenn ihr mir einen Gefallen tun wollt, so steht mir Rede über den Betrug, den ihr an mir verübt habt!' Aber ihr Weinen nutzte ihr nichts. Nein, sie brachten sie dem Geisterkönig dar, sobald sie bei ihm ankamen. Als der sie erblickte, gefiel sie ihm, und er wandte sich zum Prinzen Zain mit den Worten: ‚Die Jungfrau, die du mir gebracht hast, ist sehr schön. Kehr nun in deine Heimat zurück! Die neunte Gestalt, die du von mir erbeten hast, wirst du an der Stätte der anderen finden; denn ich sende sie mit einem der Geister, meiner Knechte, dorthin.' Da küßte Zain el-Asnâm ihm die Hand und kehrte mit Mubârak heim auf dem Wege über Kairo; doch er mußte lange warten, ehe er die neunte Gestalt zu sehen bekam. Dabei war er immer traurig und in Sorge um jene Maid und ihre Schönheit und Anmut; und er seufzte und sprach: ‚Ach, mein trübes Geschick! Nun habe ich dich verlassen, du Perle der Anmut; ich habe dich vom Busen deiner Eltern genommen und habe dich dem Geisterkönig dargebracht! Ach, mein Elend!' Und er machte sich Vorwürfe darüber, daß er sie durch Lug und Trug zum Geisterkönig geschleppt hatte. Wie er dann in Basra ankam, begrüßte er die Königin, seine Mutter, und erzählte ihr, was geschehen war; da freute sie sich gar sehr über die neunte Gestalt, die der Geisterkönig ihm geschenkt hatte, und sie sprach zu ihm: ‚Wohlan, mein Sohn, laß uns diese Gestalt anschauen; ich bin hoch erfreut über sie!' Alsbald zogen alle in die Schatzkammer hinunter, zusammen mit Zain el-Asnâm. Doch da mußten sie ein großes Wunder erleben: denn anstatt eine Bildgestalt zu finden, fanden sie eine junge Maid, die wie die Sonne erstrahlte und den leuchtenden Sternen glich. Der Prinz Zain erkannte sie sogleich, und sie sprach zu ihm: ‚Wundere dich nicht, daß du mich hier findest an Stelle dessen, was du suchst! Ich glaube auch nicht, daß du es bereuen wirst, wenn du mich nimmst anstatt dessen, was du wünschtest.' ‚Nein,' rief er, ‚ganz gewiß nicht; denn du bist mein höchster Wunsch, und ich will dich nicht um Edelsteine, ja nicht um die ganze Welt hergeben. Wenn du nur wüßtest, welche Qual ich wegen der Liebe zu dir erduldete, als ich dich deinen Eltern entführte! Ja, nur gegen meinen Willen habe ich dich dem Geisterkönig übergeben.' Er hatte seine Worte noch nicht beendet, da hörte er ein Donnergetöse, von dem die Berge wankten und die Erde erbebte, und die Königin, die Mutter des Prinzen, ward von Furcht ergriffen. Nach einer kleinen Weile erschien der Geisterkönig und sprach zu ihr: ‚Meine Herrin, fürchte dich nicht; ich bin der Schützer deines Sohnes! Ich liebe ihn, und ich behüte ihn. Ich bin es, der ihm im Traume erschienen ist, und ich wollte durch dies alles nur seinen Heldensinn auf die Probe stellen, um zu erfahren, ob er seine Leidenschaften besiegen könne; freilich hat die Schönheit dieser Maid ihn verführt, und er hat seinen Bund mit mir nicht ganz vollkommen gehalten.' Und noch einmal sprach der Geisterkönig zu der Königin, der Mutter des Prinzen: ‚Zain es-Asnâm hat den Bund und die Treue gegen die Maid nicht vollkommen gewahrt, sondern er hat gewünscht, daß sie seine eigene Gemahlin werde. Doch ich kenne die Schwäche der menschlichen Natur, und darum bin ich nicht in ihn gedrungen, als er seine Gedanken verbarg. Ich habe diesen seinen Heldensinn gelten lassen, und so schenke ich sie ihm denn auch zur Gemahlin, samt der neunten Bildgestalt, die ich ihm versprochen habe, sie, die noch schöner ist als alle diese Gestalten und derengleichen in der Welt nicht gefunden wird.' Dann wandte der Geisterkönig sich zu Zain el-Asnâm und sprach zu ihm: ‚O Prinz Zain, dies ist nun deine Gemahlin, nimm sie hin und gehe ein zu ihr, doch nur unter der Bedingung, daß du sie immer lieb hältst und keine andere nimmst außer ihr! Ich bin der Bürge für ihre edle Treue.' Noch am selben Tage ging der Prinz zu ihr ein und hatte große Freude an ihr; und ein prächtiges Hochzeitsfest ward in seinem ganzen Reiche gefeiert. Dann saß er auf seinem Throne und herrschte über sein Land, und seine Gemahlin ward die Königin von Basra genannt. Und sie lebten in Herrlichkeit und Freuden, bis Der zu ihnen kam, der die Freuden schweigen heißt und der die Freundesbande zerreißt.

Ferner wird erzählt

DIE GESCHICHTE VON DEM NÄCHTLICHEN ABENTEUER DES KALIFEN[1]

Es ist mir berichtet worden, o glücklicher König, daß der Kalif Harûn er-Raschîd eines Nachts immerfort wachen mußte; und als er am Morgen sich erhob, kam Unruhe über ihn. Darum waren auch die Leute seiner Umgebung beunruhigt; denn das Volk folgt gern der Weise des Fürsten: es freut sich sehr, wenn er sich freut, und ist sorgenvoll, wenn er sich sorgt, wiewohl es den Grund nicht kennt, weshalb er so gestimmt ist.

---

1. Diese Geschichte und die beiden folgenden Geschichten sind in derselben Weise übersetzt wie die Geschichte von dem Prinzen Ahmed und der Fee Perî Banû und die Geschichte von den beiden Schwestern, die ihre jüngste Schwester beneideten; vgl. Band III, Seite 7, Anmerkung 2, und Band V, Seite 154, Anmerkung 1.

Alsbald aber sandte der Beherrscher der Gläubigen nach Masrûr, dem Eunuchen; und als der zu ihm kam, rief er: ‚Hole mir meinen Wesir, den Barmekiden Dscha'far, ohne Zögern und Zaudern!' So ging denn jener fort und kehrte mit dem Minister zurück; und da dieser den Herrscher allein fand, was wahrlich selten geschah, und, als er näher trat, erkannte, daß er sich in düsterer Stimmung befand und nicht einmal seine Augen hob, so blieb er stehen, bis sein Gebieter geruhen würde, ihn anzublicken. Schließlich warf der Beherrscher der Gläubigen einen Blick auf Dscha'far; doch er wandte sein Haupt sogleich wieder ab und saß regungslos da, wie zuvor. Da nun der Wesir im Antlitz des Kalifen nichts gewahrte, was ihn selber anging, so faßte er sich Mut und redete ihn mit diesen Worten an: ‚O Beherrscher der Gläubigen, will deine Hoheit mir gnädigst gestatten zu fragen, woher diese Traurigkeit kommt?' Da antwortete der Kalif ihm mit einer freundlicheren Stirn: ‚O Wesir, diese Stimmungen haben mich letzthin gequält; und ich kann mich ihrer nur dadurch erwehren, daß ich seltsame Geschichten und Verse höre. Drum, falls du jetzt nicht mit dringenden Geschäften kommst, so wirst du mich erfreuen, wenn du mir etwas erzählst, um meine Traurigkeit zu verscheuchen.' ‚O Beherrscher der Gläubigen,' erwiderte der Wesir, ‚mein Amt zwingt mich, stets dir zu dienen, und so möchte ich dich daran erinnern, daß dies der Tag ist, der dafür bestimmt wurde, daß du dich über die gute Verwaltung deiner Hauptstadt und ihrer Umgebung unterrichtest. Dies wird, so Gott will, deinen Geist ablenken und seine trübe Stimmung verscheuchen.' Der Kalif gab zur Antwort: ‚Du tust recht daran, mich zu erinnern; denn ich hatte es ganz vergessen. Drum geh und wechsle deine Kleider, während ich das gleiche mit den meinen tue.' Alsbald legten beide die Gewänder von fremden Kaufleuten an und gingen hinaus durch eine geheime Tür des Palastgartens, die auf die Felder führte. Nachdem sie dann am Saume der Stadt entlang geschritten waren, erreichten sie das Ufer des Euphrats[1] in einiger Entfernung von dem Tore, das auf jener Seite lag, ohne daß sie irgendwelche Gesetzwidrigkeit bemerkt hätten. Dann fuhren sie über den Fluß in dem ersten Fährboot, das sie fanden; und nachdem sie auf der anderen Seite einen zweiten Rundgang gemacht hatten, kamen sie über die Brücke, durch die beide Hälften der Stadt Baghdad miteinander verbunden werden. Am Ende der Brücke fanden sie einen blinden Alten, der sie um ein Almosen bat; da wandte der Kalif sich um und legte ihm einen Dinar auf die Hand. Der Bettler aber ergriff seine Hand und hielt ihn fest, indem er sprach: ‚O Wohltäter, wer du auch sein magst, du, dem Allah es eingab, mir ein Almosen zu reichen, versage mir nicht die Gunst, um die ich dich bitte, und die ist, daß du mir einen Backenstreich gibst, denn ich verdiene eine solche Züchtigung, ja, eine noch größere!‘ Nach diesen Worten ließ er die Hand des Kalifen los, damit sie ihn schlagen könnte; aber aus Furcht, der Fremde möchte weitergehen, ohne es getan zu haben, hielt er ihn an seinem langen Gewande fest. Der König jedoch, überrascht von den Worten und dem Tun des Blinden, erwiderte: ‚Ich kann dir deine Bitte nicht erfüllen, und ich will auch nicht das Verdienst meiner Mildtätigkeit verringern, indem ich dich behandle, wie du möchtest, daß ich an dir tun soll.‘ Mit diesen Worten suchte er von dem Blinden loszukommen; jener aber, der nach seiner langen Erfahrung diese Weigerung seines Wohltäters erwartet hatte, tat sein Äußerstes, um ihn festzuhalten, und rief: ‚O mein Herr, verzeih meine Kühnheit und meine Hartnäckigkeit! Ich flehe dich an, daß du mir entweder einen

1. Ein Fehler der Überlieferung; Baghdad liegt am Tigris.

Backenstreich gibst oder dein Almosen zurücknimmst; denn ich darf es nur unter der Bedingung annehmen, wenn ich nicht einen feierlichen Eid brechen will, den ich vor dem Angesichte Allahs geschworen habe. Und wenn du den Grund wüßtest, so würdest du mir darin beipflichten, daß die Strafe wahrlich gering ist.' Der Kalif nun, der nicht länger aufgehalten werden mochte, gab dem Drängen des Blinden nach und versetzte ihm einen leichten Streich; darauf ließ jener ihn sofort los und dankte ihm und segnete ihn. Nachdem der Kalif und der Wesir sich eine kleine Strecke von dem Blinden entfernt hatten, rief der erstere aus: ‚Dieser blinde Bettler muß wirklich einen guten Grund haben, daß er sich in dieser Weise allen gegenüber benimmt, die ihm Almosen geben, und ich würde gern darum wissen. Kehre zu ihm zurück und sage ihm, wer ich bin, und befiehl ihm auch, nicht zu versäumen, daß er in meinem Palaste um die Zeit des Nachmittagsgebetes erscheine, auf daß ich mit ihm rede und höre, was er zu sagen hat!' Darauf ging Dscha'far zurück, reichte dem Blinden ein Almosen, indem er ihm gleichfalls einen Backenstreich gab, machte ihn mit dem Befehl des Kalifen bekannt und kehrte sogleich zu seinem Herrn zurück. Als die beiden nun die Stadt erreichten, fanden sie auf einem Platze eine ungeheure Menge Volks, die auf einen schönen und wohlgestalteten Jüngling schaute; der ritt auf einer Stute, die er in rasender Eile um den offenen Platz jagte, indem er das Tier so grausam spornte und peitschte, daß es von Schweiß und Blut bedeckt war. Als der Kalif dies sah, war er entsetzt über die Roheit des Jünglings, und er blieb stehen, um die Anwesenden zu fragen, ob sie wüßten, weshalb er die Stute in solcher Weise quälte und folterte; aber er konnte nur erfahren, daß jener seit einiger Zeit jeden Tag um dieselbe Stunde sie in derselben Weise behandelte. Wie sie dann weiterschritten, gebot der Kalif dem Wesir, sich den Platz genau zu merken und dem Jüngling zu befehlen, daß er am nächsten Tage unweigerlich zu kommen habe, und zwar zu der Stunde, die für den Blinden bestimmt war. Doch ehe der Kalif noch seinen Palast erreichte, sah er in einer Straße, durch die er seit vielen Monaten nicht mehr gekommen war, ein neuerbautes Haus, das ihm der Palast eines großen Herrn im Lande zu sein schien. Er fragte den Wesir, ob er den Besitzer kenne; doch Dscha'far erwiderte, er kenne ihn nicht, darum wolle er sich erkundigen. So fragte dieser denn einen Nachbarn, und der erzählte ihm, daß der Hausbesitzer ein gewisser Chawâdscha Hasan sei, der nach seinem Gewerbe den Beinamen el-Habbâl[1] habe; er selber hätte den Mann in den Tagen seiner Armut bei der Arbeit gesehen, aber wisse nicht, wie Glück und Geschick ihm hold geworden seien; doch dieser Chawâdscha habe solch übermäßigen Reichtum erworben, daß er imstande gewesen sei, alle die Ausgaben, die er auf sich genommen, als er das Haus baute, ehrlich und reichlich zu bezahlen. Dann kehrte der Wesir zum Kalifen zurück und erstattete ihm genauen Bericht über alles, was er gehört hatte. Da rief der Beherrscher der Gläubigen: ‚Ich muß diesen Chawâdscha Hasan el-Habbâl sehen! Drum geh du, o Wesir, und sage ihm, er solle in meinen Palast kommen zur selben Stunde, die du den anderen beiden angegeben hast!' Der Minister führte den Befehl seines Herrn aus; und am nächsten Tage nach dem Nachmittagsgebet zog sich der Kalif in sein eigenes Gemach zurück. Dann führte Dscha'far die drei Männer, von denen wir gesprochen haben, herein und stellte sie dem Kalifen vor. Alle drei warfen sich vor seinen Füßen nieder, und als sie sich wieder erhoben hatten, fragte der Beherrscher der Gläu-

1. Der Seiler.

bigen den Blinden nach seinem Namen; der antwortete, er heiße Baba Abdullah[1]. ‚O Knecht Allahs,‘ rief der Kalif, ‚deine Art, wie du gestern um Almosen batest, schien mir so absonderlich, daß ich dir deine Bitte nicht gewährt hätte, wäre es nicht um gewisser Erwägungen willen geschehen; ja, ich hätte dich gehindert, fürderhin beim Volk Anstoß zu erregen. Jetzt aber habe ich dich hierher entboten, um von dir selbst zu erfahren, was dich veranlaßt hat, jenen voreiligen Eid zu schwören, von dem du mir erzählt hast, auf daß ich besser beurteilen kann, ob du recht oder übel daran getan hast, und ob ich dulden soll, daß du in einem Tun beharrst, das meiner Meinung nach ein so verderbliches Beispiel geben muß. Sage mir offen, wie ein so unsinniger Gedanke dir in den Kopf kommen konnte, und verbirg mir nichts; denn ich will die Wahrheit, die volle Wahrheit erfahren!‘ Baba Abdullah, erschrocken durch diese Worte, warf sich ein zweites Mal vor den Füßen des Kalifen mit dem Gesicht auf den Boden; und als er sich wieder erhoben hatte, sprach er: ‚O Beherrscher der Gläubigen, ich flehe deine Hoheit um Vergebung an für meine Kühnheit, dieweil ich zu fordern wagte, ja, fast von dir erzwang, daß du etwas tatest, was wirklich dem gesunden Verstande zu widersprechen scheint. Ich gestehe meine Schuld ein; aber da ich deine Hoheit zu jener Zeit nicht kannte, so flehe ich deine Milde an, und ich bitte dich, du wollest meine Unkenntnis deines hocherhabenen Ranges bedenken. Was nun die Absonderlichkeit meines Tuns angeht, so gebe ich gern zu, daß es den Menschenkindern seltsam erscheinen muß; aber in den Augen Allahs ist es nur eine geringe Strafe, die ich mir selbst auferlegt habe um eines ungeheuren Verbrechens willen, dessen ich schuldig bin

1. Die persisch-türkische Form für arabisches 'Abd Allâh, ‚Knecht Allahs‘.

und für das es noch keine hinreichende Sühne wäre, wenn alle Menschen der Welt samt und sonders mir einen Backenstreich geben würden. Deine Hoheit soll selbst darüber urteilen, wenn ich deinem Befehle gemäß meine Geschichte erzählt und dir darin mitgeteilt habe, welcher Art mein Vergehen war.' Und nun begann er zu erzählen

DIE GESCHICHTE DES BLINDEN
BABA ABDULLAH

O mein Herr und Kalif, ich, der niedrigste deiner Sklaven, wurde in Baghdad geboren, und mein Vater und meine Mutter, die bald nacheinander innerhalb weniger Tage starben, hinterließen mir ein Vermögen, so groß, daß es mir für mein ganzes Leben genügt hätte. Doch ich kannte seinen Wert nicht, und in kurzer Zeit hatte ich es in Wohlleben und leichtfertigem Wandel vergeudet; denn ich dachte nicht an Sparsamkeit, noch daran, mein Gut zu vermehren. Als aber nur noch wenig von meinem Vermögen übrig war, bereute ich meinen schlechten Wandel und mühte und plagte mich Tag und Nacht, um den Teil meines Geldes, der mir noch verblieben war, zu vergrößern. Es heißt mit Recht: ‚Nach der Verschwendung kommt die Erkenntnis des Wertes.' So brachte ich denn ganz allmählich achtzig Kamele zusammen, die vermietete ich an Kaufleute, und auf diese Weise hatte ich jedesmal, wenn sich Gelegenheit dazu bot, einen beträchtlichen Gewinn; ferner pflegte ich selbst mich mit meinen Tieren zu verdingen, und so durchzog ich alle Länder und Gebiete deiner Hoheit. Kurz, ich hoffte, in Bälde eine überreiche Golderte einzuheimsen durch das Vermieten meiner Lasttiere.

Einmal nun hatte ich Kaufmannsgüter nach Basra gebracht, die nach Indien verschifft werden sollten, und befand mich mit meinen unbeladenen Tieren auf dem Rückwege nach Baghdad. Wie ich so heimwärts zog, traf es sich, daß ich über eine Ebene kam, die ausgezeichnete Weidegründe hatte, aber brachlag und fern von jedem Dorfe war. Dort nahm ich den Kamelen die Packsättel ab, legte ihnen Fußfesseln an und band sie zusammen, damit sie die üppigen Kräuter und Büsche abweiden könnten, ohne sich in der Ferne zu verlaufen. Da erschien plötzlich ein Derwisch, der zu Fuß nach Basra zog; und er setzte sich an meiner Seite nieder, um Ruhe nach der Unruhe zu genießen. Ich fragte ihn, woher des Weges er käme und wohin er wandere. Auch er richtete die gleiche Frage an mich, und nachdem wir einander von uns selbst berichtet hatten, holten wir unsere Zehrung hervor und stillten unseren Hunger, indem wir beim Essen über mancherlei Dinge plauderten. Da sagte der Derwisch: ‚Ich weiß eine Stelle ganz in der Nähe, die einen Schatz birgt; und dessen Reichtum ist so wunderbar groß, daß dort, wenn du auch deine achtzig Kamele mit den schwersten Lasten von Goldmünzen und kostbaren Edelsteinen aus dem Schatze beladen würdest, dennoch keine Lücke zu sehen wäre.' Als ich diese Worte vernahm, freute ich mich gar sehr; und weil ich aus seiner Miene und Haltung ersah, daß er mich nicht belog, sprang ich sofort auf und fiel ihm um den Hals, indem ich rief: ‚O Heiliger Allahs, der du nicht an den Gütern dieser Welt hängst und der du aller irdischen Lust und Pracht entsagt hast, du hast gewißlich genaue Kunde von diesem Schatz; denn heiligen Männern wie dir bleibt nichts verborgen. Ich bitte dich, sage mir, wo er zu finden ist, damit ich meine achtzig Tiere mit Lasten von Goldstücken und Juwelen beladen kann; ich weiß wohl, daß dich nicht nach dem Reichtum dieser Welt gelüstet, aber nimm, ich bitte dich, eins von diesen meinen achtzig Kamelen zum

Lohn und Dank für deine Güte!' Also sprach ich mit meiner Zunge, aber in meinem Herzen war ich doch tief bekümmert durch den Gedanken, daß ich eine einzige Kamelslast von Münzen und Edelsteinen verlieren sollte; freilich überlegte ich mir, daß die anderen neunundsiebzig Kamelslasten Reichtümer genug enthalten würden, um mein Herz zu befriedigen. Wie ich nun so im Geist hin und her schwankte, indem ich in einem Augenblick zugestand, im nächsten aber schon wieder Reue empfand, bemerkte der Derwisch meine Habsucht und Gierigkeit und Unersättlichkeit, und er antwortete mir deshalb: ‚Nein, mein Bruder, ein einziges Kamel genügt mir nicht dafür, daß ich dir diesen ganzen Schatz zeigen soll. Nur unter der einen Bedingung will ich dir die Stelle zeigen, nämlich der, daß wir beide die Tiere dorthin führen und mit den Schätzen beladen, und daß du dann die eine Hälfte mir gibst und die andere Hälfte für dich behältst. Mit vierzig Kamelen kostbarer Erze und Steine kannst du dir mehr als tausend Kamele kaufen.' Da ich einsah, daß eine Weigerung unmöglich war, rief ich: ‚So sei es! Ich nehme deinen Vorschlag an, und ich will tun, wie du es wünschest.' Denn ich hatte die Sache in meinem Herzen erwogen und wußte recht wohl, daß vierzig Kamelslasten Gold und Edelsteine für mich und viele Geschlechter meiner Nachkommen genug sein würden; und ich fürchtete zugleich, ich würde, wenn ich ihm widerspräche, es für immer und ewig zu bereuen haben, daß ich mir einen so großen Schatz aus der Hand schlüpfen ließ. Indem ich also in alles einwilligte, was er sagte, holte ich meine sämtlichen Tiere zusammen und machte mich auf den Weg mit dem frommen Manne. Nachdem wir eine kurze Strecke zurückgelegt hatten, kamen wir in eine Schlucht zwischen zwei schroffen Felswänden, die sich halbmondförmig emportürmten, und der Paß war äußerst schmal, so daß die Tiere gezwungen waren, in einzelner Reihe hintereinander hindurch zu gehen; doch weiterhin wurde der Pfad breiter, und wir konnten ihn ohne Mühe hinabsteigen bis zu dem offenen Tal unter uns. Nirgends war ein menschliches Wesen zu sehen oder zu hören in dieser Einöde, und wir waren daher ungestört und frohen Mutes und fürchteten nichts. Da sagte der Derwisch: ‚Laß die Tiere hier und komm mit mir!' Ich tat, wie der Derwisch mir befahl, ließ alle Kamele niederknieen und folgte seinen Spuren. Nachdem wir uns nur eine kurze Strecke von dem Halteplatz entfernt hatten, zog er Feuerstein und Stahl heraus, schlug Feuer damit und zündete einige Reiser an, die er gesammelt hatte; und indem er eine Handvoll von stark duftendem Weihrauch in die Flammen warf, murmelte er Zauberworte, von denen ich gar nichts verstand. Alsbald stieg eine Rauchwolke auf und wirbelte hoch empor, so daß sie die Berge verhüllte; doch gleich darauf, als der Dunst verschwand, sahen wir einen mächtigen Felsen mit einem Pfade, der bis zu seiner senkrechten Wand emporführte. Und dort hatte diese Wand eine offene Tür, durch die mitten in dem Felsen ein herrlicher Palast sichtbar wurde; das war ein Werk der Geister, denn kein Mensch hätte etwas dergleichen zu schaffen vermocht. Nach schwerer Mühsal konnten wir ihn schließlich betreten, und wir fanden in ihm einen unendlich großen Schatz, der in einzelnen Haufen mit genauester Ordnung und Regelmäßigkeit aufgestapelt war. Als ich dort einen Berg von Goldstücken sah. fiel ich über ihn her, wie ein Geier auf seine Beute, das Aas, hinabstürzt, und ich begann nach Herzenslust die Säcke mit goldenen Münzen zu füllen. Die Säcke waren groß, und ich durfte sie nur so weit füllen, wie meine Tiere sie tragen konnten. Auch der Derwisch machte sich in derselben Weise zu schaffen; allein er füllte seine Säcke nur mit Edelsteinen und Juwelen und riet mir derweilen, das gleiche zu tun wie er. So warf ich denn die Goldstücke beiseite und füllte meine Säcke nur mit den kostbarsten Steinen. Als wir unsere Arbeit nach Kräften getan hatten, legten wir die wohlgefüllten Säcke auf die Rücken der Kamele und rüsteten zum Aufbruch; doch ehe wir das Schatzhaus verließen, in dem auch Tausende von goldenen Gefäßen von erlesener Gestalt und Arbeit aufgereiht standen, ging der Derwisch in eine verborgene Kammer und holte aus einem silbernen Schrein ein kleines goldenes Kästchen, das mit einer Salbe gefüllt war; er zeigte es mir und steckte es dann in seine Tasche. Dann warf er wieder Weihrauch ins Feuer und sprach seine Zauberformeln und Beschwörungen; und nun schloß die Tür sich, und der Fels wurde wieder, wie er zuvor gewesen war. Darauf teilten wir die Kamele, er nahm die eine Hälfte und ich die andere; und nachdem wir die enge und düstere Schlucht wiederum in Einzelreihe durchzogen hatten, kamen wir zurück in das offene Land. Dort teilten sich unsere Wege, da er gen Basra zog, ich aber die Richtung nach Baghdad einschlug; und als ich im Begriff stand, ihn zu verlassen, überschüttete ich den Derwisch mit Danksagungen dafür, daß er mir all diese Schätze und Reichtümer im Werte von tausendmal tausend Goldstücken verschafft hatte, und sagte ihm Lebewohl, von tiefster Dankbarkeit erfüllt. Dann umarmten wir uns, und ein jeder zog seiner Wege. Aber kaum hatte ich von dem frommen Manne Abschied genommen und hatte mich mit meinem Kamelzug eine kurze Strecke von ihm entfernt, als der Teufel mich durch Habgier in Versuchung brachte, so daß ich bei mir selber sprach: ‚Der Derwisch ist allein in der Welt, ohne Freunde und Anverwandte, und ihm sind alle weltlichen Dinge fremd. Was sollen ihm diese Kamelslasten schmutzigen Reichtums nützen? Außerdem, wenn die Sorge um die Kamele noch auf ihm lastet, von dem trügerischen Wesen des Reichtums gar nicht zu reden, so wird er vielleicht seine Gebete und seine Andacht vernachlässigen; deshalb ist es meine Pflicht, einige meiner Tiere ihm wieder abzunehmen.' Kurz entschlossen ließ ich meine Kamele halten, und nachdem ich ihnen die Vorderbeine gefesselt hatte, lief ich dem heiligen Manne nach und rief seinen Namen. Er hörte meine lauten Rufe und wartete sogleich auf mich, und sobald ich ihn erreicht hatte, sprach ich: ‚Als ich dich verlassen hatte, kam mir ein Gedanke in den Sinn, nämlich der, daß du ein Einsiedler bist, der sich von allen irdischen Dingen fernhält und reinen Herzens ist und sich nur mit Gebet und Andacht beschäftigt. Nun wird die Sorge um all diese Kamele dir nichts bringen als Mühsal und Qual, Unruhe und Verlust von kostbarer Zeit; es wäre also besser, du gäbest sie zurück und setztest dich nicht der Gefahr dieser Unannehmlichkeiten und Fährlichkeiten aus.' ‚Mein Sohn,' erwiderte der Derwisch, ‚du sprichst die Wahrheit. Die Pflege all dieser Tiere wird mir nur Kopfschmerzen eintragen; drum nimm so viele von ihnen, wie du wünschest. Ich hatte nicht an die Bürde und Plage gedacht, bis du mich darauf aufmerksam machtest; jetzt aber bin ich davor gewarnt. Möge Allah der Erhabene dich mit Seinem heiligen Schutz behüten!' Demgemäß nahm ich ihm zehn Kamele ab und wollte eben wieder meiner Wege gehen, als mir plötzlich der Gedanke kam: ‚Dieser Fromme hat sich nichts daraus gemacht, zehn Kamele herzugeben; drum wäre es besser, wenn ich noch mehr von ihm verlange.' Darauf trat ich näher an ihn heran und sagte: ‚Du kannst schwerlich mit dreißig Kamelen fertig werden; gib mir, ich bitte dich, noch zehn andere!' ‚Mein Sohn,' gab er zur

Antwort, ‚tu, was du willst! Nimm dir noch zehn Kamele; für mich werden zwanzig genug sein!' Ich tat nach seinem Geheiß, trieb die zwanzig fort und fügte sie zu meinen vierzig hinzu. Aber der Geist der Habgier nahm mich ganz in Besitz, und ich sann immer mehr darauf, noch weitere zehn Kamele von seinem Anteil zu erhalten; so lenkte ich denn zum dritten Male meine Schritte zu ihm zurück und bat ihn um zehn andere, und wirklich, ich schwatzte ihm diese ab, ja auch sogar die zehn, die noch übrig waren. Der Derwisch gab freudig die letzten seiner Kamele her und rüstete sich zum Aufbruch, nachdem er seine Säume geschüttelt hatte; aber meine verruchte Gier ließ mich immer noch nicht los. Wiewohl ich nun die achtzig Tiere, beladen mit Goldstücken und Juwelen, in meinem Besitz hatte und glücklich und zufrieden hätte heimkehren können mit Reichtümern für achtzig Geschlechter, so führte der Teufel mich noch mehr in Versuchung und reizte mich, auch noch das Kästchen mit Salbe zu gewinnen, von dem ich vermeinte, es enthielte etwas noch Kostbareres als Rubinen. Als ich nun wiederum Abschied genommen und ihn umarmt hatte, blieb ich eine Weile stehen und sprach: ‚Was willlst du mit dem Salbenkästchen tun, das du zu deinem Teil hinzugenommen hast? Ich bitte dich, gib mir auch das noch.' Der Fromme wollte sich ganz und gar nicht davon trennen, und deshalb gelüstete mich nur um so mehr danach, es zu besitzen; ja, ich beschloß in meinem Geiste, wenn der Heilige es freiwillig hergebe, so solle das schön und gut sein; wenn nicht, so wollte ich es ihm mit Gewalt abnehmen. Sobald er meine Absicht erkannte, zog er das Kästchen aus seiner Brusttasche und reichte es mir mit den Worten: ‚Mein Sohn, wenn du wirklich dies Salbenkästchen haben willst, so gebe ich es dir aus freiem Willen; aber zuvor geziemt es sich, daß du die

Kraft der Salbe erfährst, die es enthält.' Als ich diese Worte vernahm, sprach ich: ‚Sintemal du mir all diese Güte erwiesen hast, so bitte ich dich herzlich, erzähle mir von dieser Salbe und sage mir, welche Eigenschaften sie besitzt!' Da sagte er: ‚Die Wunderkräfte dieser Salbe sind über die Maßen merkwürdig und seltsam. Wenn du dein linkes Auge schließest und nur ein klein wenig von dieser Salbe aufs Lid reibst, so werden alle Schätze der Welt, die jetzt deinem Blick verborgen sind, sichtbar werden; wenn du aber ein wenig davon auf dein rechtes Auge reibst, so wirst du alsbald auf beiden Augen stockblind.' Da gedachte ich diese Wundersalbe auf die Probe zu stellen, und ich legte das Kästchen in seine Hand mit den Worten: ‚Ich sehe, du verstehst dies Ding aus dem Grunde; darum bitte ich dich jetzt, tu mir mit eigener Hand etwas von der Salbe auf mein linkes Augenlid!' Darauf drückte der Derwisch mein linkes Auge zu und rieb mit seinem Finger ein wenig von der Salbe auf das Lid; als ich es aber wieder aufschlug und umherschaute, sah ich die verborgenen Schätze der Erde in zahllosen Mengen, genau so, wie der fromme Mann es mir gesagt hatte. Dann schloß ich mein rechtes Auge und bat ihn, auch auf dies Auge ein wenig von der Salbe zu tun. Doch er sagte: ‚Mein Sohn, ich habe dich davor gewarnt, daß du auf beiden Augen stockblind wirst, wenn ich die Salbe auf dein rechtes Augenlid reibe. Tu diesen törichten Gedanken weit von dir! Warum solltest du dies Unheil nutzlos über dich bringen?' Er sprach wirklich die Wahrheit; aber mein verruchtes Mißgeschick wollte es, daß ich seiner Worte nicht achtete, sondern mir im Geist überlegte: ‚Wenn das Bestreichen meines linken Augenlids mit der Salbe schon eine solche Wirkung hervorgerufen hat, so wird sicherlich der Erfolg noch viel wunderbarer sein, sobald sie auf das rechte Auge gerieben wird. Dieser Bursche hintergeht mich und verbirgt mir die Wahrheit des Ganzen.' Nachdem ich in meinem Sinne diesen Entschluß gefaßt hatte, lachte ich und sprach zu dem Heiligen: ‚Du täuschest mich in der Absicht, daß ich von dem Geheimnis keinen Nutzen haben soll; denn das Bestreichen des rechten Augenlids mit der Salbe birgt eine noch größere Kraft in sich, als wenn man sie auf das linke Augenlid tut, und du willst mir die Sache verheimlichen. Es ist doch nicht möglich, daß dieselbe Salbe so gegensätzliche Eigenschaften, so verschiedenartige Kräfte hat.' Darauf erwiderte der andere: ‚Allah der Erhabene ist mein Zeuge, daß die Wunderkräfte der Salbe keine anderen sind als diese, von denen ich dir gesagt habe! Mein lieber Freund, habe Vertrauen zu mir; denn ich habe dir nur gesagt, was die reine Wahrheit ist!' Dennoch wollte ich seinen Worten nicht glauben, da ich dachte, er täusche mich und halte die Hauptkraft der Salbe vor mir geheim. Von diesem törichten Gedanken erfüllt, drängte ich ihn also in stürmischer Weise und bat ihn, die Salbe auf mein rechtes Augenlid zu streichen; er weigerte sich aber immer noch und sprach: ‚Du siehst doch, wieviel Gunst ich dir erwiesen habe; wie könnte ich dir nun ein so arges Unheil antun? Wisse, es ist sicher, daß es dir lebenslanges Leid und Elend bringen würde; und ich bitte dich flehentlich, bei Allah dem Erhabenen, gib diese deine Absicht auf und glaube meinen Worten!' Allein, je mehr er sich weigerte, desto hartnäckiger ward ich; und schließlich schwor ich einen Eid bei Allah, indem ich rief: ‚O Derwisch, alles, was ich von dir erbeten habe, das hast du mir freiwillig gegeben; und jetzt habe ich nur noch diese eine Bitte an dich. Um Allahs willen, widersprich mir nicht, gewähre mir diese letzte deiner Wohltaten! Und was mir auch widerfahren mag, ich will dich nicht dafür verantwortlich machen. Laß das Geschick entscheiden, zum Guten oder zum Schlimmen!' Als nun der Heilige sah, daß seine Weigerung nichts fruchtete und daß ich ihn mit äußerster Beharrlichkeit drängte, tat er ein ganz klein wenig von der Salbe auf mein rechtes Lid, und als ich meine Augen weit öffnete, da waren beide wirklich stockblind! Nichts konnte ich sehen wegen der schwarzen Dunkelheit, die vor ihnen lag, und seit jenem Tage bin ich ohne Augenlicht und hilflos, wie du mich antrafst. Als ich erkannte, daß ich geblendet war, rief ich: ‚O du Unglücksderwisch, was du vorausgesagt hast, ist jetzt eingetroffen!' Und ich begann ihm zu fluchen, indem ich rief: ‚Wollte der Himmel, du hättest mich nie zu dem Schatz geführt und mir nie solchen Reichtum gegeben! Was nützt mir nun all dies Gold und Edelgestein? Nimm deine vierzig Kamele zurück und mache mich wieder sehend!' Doch er gab zur Antwort: ‚Was habe ich dir Böses getan? Ich habe dir mehr Wohltaten erwiesen, als je ein Mensch einem anderen hat zuteil werden lassen. Du wolltest nicht auf meinen Rat hören, sondern verhärtetest dein Herz und wolltest in deiner Gier alle diese Reichtümer gewinnen und auch noch die verborgenen Schätze der Erde erspähen. Du wolltest dich mit dem, was du hattest, nicht zufrieden geben, und du zweifeltest an meinen Worten, da du dachtest, ich hintergehe dich. Dein Geschick ist ganz hoffnungslos, denn du wirst dein Augenlicht nie und nimmer wiedergewinnen.' Darauf sagte ich unter Tränen und Klagen: ‚O frommer Mann, nimm deine achtzig Kamele, beladen mit Gold und Edelgestein, wieder an dich und zieh deiner Wege! Ich spreche dich von aller Schuld frei; doch ich bitte dich flehentlich bei Allah dem Erhabenen, gib mir mein Augenlicht wieder, so du es vermagst!' Er gab mir keine Antwort mehr, sondern ließ mich mit meinem Elend allein und machte sich alsbald auf den Weg nach Basra, indem er die achtzig mit Schätzen beladenen Kamele vor sich her trieb. Ich schrie laut und flehte ihn an, mich mit sich zu nehmen, fort aus der todbringenden Einöde, oder mich auf den Weg einer Karawane zu bringen; doch er achtete nicht auf meine Rufe und ließ mich dort zurück. Als nun der Derwisch von mir fortgezogen war, wäre ich fast gestorben vor Gram und Wut über den Verlust meines Augenlichtes und meiner Schätze und vor den Qualen des Durstes und des Hungers. Am nächsten Tage kam zum Glück eine Karawane aus Basra dort vorbei, und da die Kaufleute mich in solch traurigem Zustande sahen, hatten sie Mitleid mit mir und nahmen mich mit nach Baghdad. Ich konnte nichts anderes mehr tun, als mir mein Brot erbetteln, um mein Leben zu fristen; so wurde ich ein Bettler und tat dies Gelübde vor Allah dem Erhabenen, daß ich zur Strafe für meine unselige Gier und verruchte Habsucht von jedem, der Mitleid mit meiner Not hätte und mir ein Almosen geben würde, einen Backenstreich erbitten wollte. Daher kam es, daß ich dich gestern mit solcher Hartnäckigkeit bedrängte.'

Als der Blinde seine Geschichte beendet hatte, sprach der Kalif: ‚Baba Abdullah, dein Vergehen war schwer; möge Allah dir darum gnädig sein! Jetzt bleibt dir nichts mehr übrig, als daß du dein Schicksal den Frommen und Einsiedlern erzählst, auf daß sie für dich ihre fruchtenden Fürbitten emporsenden. Mach dir keine Sorgen um dein täglich Brot; ich habe beschlossen, daß du für deinen Lebensunterhalt eine Spende von vier Dirhems täglich aus meinem königlichen Schatzhause erhalten sollst, wie du sie nötig hast, solange du lebst. Hüte dich aber, hinfort noch in meiner Stadt Almosen heischend umherzugehen!' Da sagte Baba Abdullah dem Beherrscher der Gläubigen Dank und sprach: ‚Ich will nach deinem Geheiß tun.'

Nachdem nun der Kalif Harûn er-Raschîd die Geschichte von Baba Abdullah und dem Derwisch gehört hatte, wandte er sich mit seiner Rede an den jungen Mann, den er gesehen hatte, wie er in rasender Eile auf der Stute ritt und sie grausam peitschte und quälte. ‚Wie heißt du?' fragte er; und der Jüngling antwortete, indem er die Stirn senkte: ‚O Beherrscher der Gläubigen, mein Name ist Sîdi Nu'mân.' Dann fuhr der Kalif fort: ‚Höre einmal, Sîdi Nu'mân! Oft habe ich Reitersleuten zugeschaut, wie sie ihre Rosse übten; und ich habe selbst manchmal desgleichen getan. Aber nie habe ich einen gesehen, der so unbarmherzig ritt wie du auf deiner Stute; denn du gebrauchtest zugleich die Peitsche und das Steigbügeleisen[1] in der grausamsten Weise. Alles Volk stand da und starrte voll Staunen, vor allem aber ich, der ich wider meinen Willen gezwungen war, stehen zu bleiben und die Zuschauer nach dem Grunde zu fragen. Freilich konnte niemand mir die Sache aufklären; alle Leute sagten, du pflegtest jeden Tag die Stute in dieser schauerlich rohen Weise zu reiten, so daß ich mich nur noch mehr wunderte. Jetzt frage ich dich nach dem Grunde dieser unbarmherzigen Grausamkeit; gib acht, daß du mir alles erzählst und nichts verheimlichst!' Als Sîdi Nu'mân den Befehl des Beherrschers der Gläubigen vernahm, wußte er, daß der Herrscher fest entschlossen war, alles zu hören, und daß er ihn sicher nicht eher gehen lassen würde, als bis alles erklärt wäre. Deshalb ward die Farbe seines Antlitzes bleich, und er stand sprachlos da, einer Bildsäule gleich, voll Furcht

---

[1] Im Orient hat man Steigbügel, deren unterer Teil aus einer etwas gebogenen Eisenplatte mit scharfen Kanten besteht; diese gebraucht man zugleich als Sporen.

und Angst. Doch der Beherrscher der Gläubigen sprach: ‚Sîdi Nu'mân, fürchte dich nicht, sondern erzähle mir deine ganze Geschichte! Schau mich an, als wäre ich einer deiner Freunde, und sprich ohne Rückhalt; erkläre mir alles ganz genau so, wie du es tun würdest, wenn du zu deinen vertrauten Freunden sprächest! Überdies, solltest du fürchten, mir irgend etwas anzuvertrauen, und vor meinem Zorn bangen, so gewähr ich dir Straflosigkeit und volle Vergebung.' Bei diesen tröstenden Worten des Kalifen faßte Sîdi Nu'mân sich Mut und antwortete, indem er die Arme kreuzte: ‚Ich hoffe, daß ich in dieser Sache nichts getan habe, was dem Gesetz und dem Brauch deiner Hoheit zuwiderläuft, und dann will ich gern deinem Geheiß gehorchen und dir meine ganze Geschichte erzählen. Wenn ich mich in irgend etwas vergangen habe, so will ich deiner Strafe schuldig sein. Es ist wahr, ich habe jeden Tag die Stute geritten und sie in größter Eile um den Platz gejagt, wie du es mich tun sahst; und ich peitschte sie und bohrte ihr die Steigbügel mit aller Macht in die Flanken. Du hattest Mitleid mit der Stute und hieltest mich für hartherzig, weil ich sie so behandelte; aber wenn du mein ganzes Erlebnis gehört hast, dann wirst du, so Allah will, zugeben, daß dies nur eine ganz geringe Strafe für ihr Vergehen ist, und daß nicht ihr, sondern mir dein Mitleid und deine Gnade gebühren.' Darauf gab der Kalif Harûn er-Raschîd dem Jüngling die Erlaubnis, zu sprechen; und der Reiter der Stute begann in diesen Worten

DIE GESCHICHTE VON SÎDI NU'MÂN

O Herr der Wohltat und des Wohlwollens, meine Eltern waren so reich an Hab und Gut, daß sie ihrem Sohne, als sie starben, reichliche Mittel für seinen lebenslänglichen Unterhalt hinterließen und er seine Tage gleich einem Großen des Landes sorgenlos in Genuß und Freude hinbringen konnte. Ich nun, ihr einziges Kind, brauchte mich um nichts zu kümmern und zu sorgen, bis ich eines Tages in der Blüte meines Mannesalters mich entschloß, mir eine Frau zu nehmen, eine Maid von munterem Wesen und holdselig anzuschauen, auf daß wir in gegenseitiger Liebe und doppeltem Glück miteinander leben könnten. Doch Allah der Erhabene wollte es nicht, daß eine vorbildliche Gehilfin die meine würde; ach nein, das Schicksal vermählte mich dem Gram und dem schwersten Elend. Ich freite eine Jungfrau, die nach ihrer äußeren Gestalt und ihren Zügen ein Vorbild von Schönheit und Lieblichkeit war, aber keine einzige liebreiche Gabe des Gemüts und der Seele besaß; und schon am zweiten Tage nach der Hochzeit begann ihre schlechte Natur sich zu zeigen. Du weißt ja, o Beherrscher der Gläubigen, daß nach unserer muslimischen Sitte niemand das Antlitz seiner Braut vor Abschluß der Eheurkunde sehen darf, noch auch nach der Hochzeit sich beklagen darf, wenn es sich zeigt, daß seine junge Gattin ein Zankteufel oder ein Scheusal ist; er muß durchaus bei ihr ausharren, so gut er es vermag, und muß seinem Schicksal dankbar sein, mag es gut oder schlimm sein.[1] Als ich das Antlitz meiner jungen Gattin zum ersten Male sah und erkannte, daß es über die

---

[1] In diesen Sätzen zeigt sich der europäische Bearbeiter (Galland); ein Muslim hätte von sich aus anders gesprochen. Ähnliche Stellen finden sich mehrfach in diesen Geschichten.

Maßen schön war, freute ich mich gar sehr und dankte Allah dem Erhabenen, daß er mir eine so liebliche Gefährtin geschenkt hatte. In jener Nacht ruhte ich bei ihr in Freude und Liebeswonne; doch am nächsten Tage, als das Mittagsmahl für uns beide ausgebreitet war, fand ich sie nicht an der Tafel, und darum sandte ich nach ihr; nach einiger Zeit kam sie und setzte sich nieder. Ich verbarg mein Mißbehagen und unterließ es, wegen dieses Zuspätkommens etwas an ihr auszusetzen; doch dazu hatte ich bald reichlichen Grund. Es traf sich, daß unter den vielen Speisen, die für uns aufgetragen waren, sich auch ein vortrefflicher Pilaw[1] befand; ich begann von ihm nach der Sitte unserer Stadt mit einem Löffel zu essen, sie aber zog statt dessen einen Ohrlöffel aus ihrer Tasche und fing an, mit diesem den Reis aufzupicken, und sie aß ihn Korn für Korn. Als ich dies sonderbare Tun sah, war ich sehr erstaunt, und obwohl ich innerlich vor Zorn tobte, sagte ich in sanftem Ton: ‚Meine liebe Âmina, was ist das für eine Art zu essen? Hast du das von den Deinen gelernt, oder zählst du die Reiskörner, um hernach ein kräftiges Mahl einzunehmen? Du hast in dieser ganzen Zeit nur zehn bis zwanzig Körner gegessen. Oder vielleicht willst du Sparsamkeit üben? Wenn dem so ist, möchte ich dir zu wissen tun, daß Allah der Erhabene mir überreiches Gut beschert hat; sorge dich also darum nicht! Nein, mein Liebling, tu, wie alle tun, und iß, wie du deinen Gatten essen siehst!‘ Ich war töricht genug, zu glauben, sie würde sicher einige Worte des Dankes an mich richten, aber sie sagte keine einzige Silbe und ließ auch nicht ab, Korn für Korn aufzupicken; ja, noch mehr, sie machte, um mich zu größerem Zorn zu reizen, zwischen je zweien eine lange Pause. Als nun der

1. Das bekannte persisch-türkische Gericht aus körnigem Reis, der mit Butter übergossen wird.

nächste Gang kam, der aus Kuchen bestand, brach sie lässig etwas von dem Backwerk und warf sich ein oder zwei Krumen in den Mund; sie aß in der Tat weniger, als was den Magen eines Sperlings hätte sättigen können. Ich staunte sehr, als ich sie so hartnäckig und eigensinnig fand; doch ich sprach bei mir in meiner Harmlosigkeit: ‚Vielleicht ist sie es nicht gewohnt, mit Männern zu essen, und vor allem mag sie zu schüchtern sein, um in Gegenwart ihres Gatten herzhaft zu essen; sie wird mit der Zeit tun, wie andere Leute tun.‘ Ich dachte mir auch, daß sie vielleicht schon gefrühstückt und so die Eßlust verloren hätte, oder es möchte überhaupt ihre Gewohnheit gewesen sein, allein zu essen. Deshalb sagte ich nichts und ging nach der Mahlzeit hinaus, um frische Luft zu schöpfen und mich im Speerspiel zu Pferde zu üben; und ich dachte nicht mehr an die Sache. Als wir aber wiederum zu Tische saßen, aß meine Gattin in derselben Weise wie zuvor; ja, sie beharrte immer in ihrer unsinnigen Torheit. Deshalb ward ich in meinem Geiste sehr unruhig, und ich wunderte mich, wie sie ohne Nahrung am Leben bleiben konnte. Eines Nachts jedoch geschah es, daß sie in dem Glauben, ich sei in tiefem Schlafe, sich heimlich von meiner Seite erhob, während ich ganz wach war; und ich sah, wie sie vorsichtig aus dem Bette stieg, als fürchtete sie, mich zu stören. Ich wunderte mich über die Maßen, weshalb sie sich so aus dem Schlafe erhob und mich verließ; und ich war entschlossen, die Sache zu untersuchen. Deshalb stellte ich mich auch weiterhin schlafend und schnarchte; doch ich beobachtete sie, während ich dalag, und ich sah, wie sie rasch ihre Kleider anlegte und das Zimmer verließ. Dann sprang ich vom Bett herab, warf mein Gewand um, hängte mein Schwert über die Schulter und schaute aus dem Fenster, um zu sehen, wohin sie ginge. Alsbald schlich sie über den Hof, öffnete die Tür zur

Straße und eilte fort; auch ich lief durch das Tor, das sie offen gelassen hatte, und folgte ihr beim Schein des Mondes, bis sie auf einen Friedhof ging, der nah bei unserem Hause lag. Als ich sah, wie Âmina, meine junge Gattin, den Friedhof betrat, blieb ich draußen stehen, und zwar dicht an der Mauer, über die ich hinübersehen konnte, so daß ich imstande war, sie genau zu beobachten, während sie mich nicht zu entdecken vermochte. Und was mußte ich nun erblicken? Âmina saß da mit einem Ghûl! Deine Hoheit weiß recht wohl, daß die Ghûle zum Geschlecht der bösen Geister gehören; sie sind ja unsaubere Dämonen, die in Ruinen hausen und einsame Wanderer erschrecken und manchmal packen, um ihr Fleisch zu fressen; und wenn sie bei Tage keinen Wanderer finden, den sie fressen können, so gehen sie bei Nacht auf die Friedhöfe, graben Leichen aus und verschlingen sie.[1] So war ich denn gar sehr erstaunt und erschrocken, wie ich meine Gattin dort mit einem Ghûl sitzen sah. Dann gruben die beiden einen Leichnam, der vor kurzem beigesetzt war, aus dem Grabe aus, und der Ghûl und meine Frau Âmina rissen Stücke vom Fleisch ab und aßen sie; dabei war sie guter Dinge und plauderte mit ihrem Genossen; weil ich aber in einiger Entfernung stand, konnte ich nicht verstehen, was sie sagten. Bei diesem Anblick zitterte ich vor grausem Entsetzen. Und als sie zu essen aufhörten, warfen sie die Knochen in die Grube und häuften die Erde wieder darüber, so wie sie zuvor gewesen war. Bei dieser scheußlichen und ekelhaften Arbeit verließ ich sie und eilte nach Hause; die Tür zur Straße ließ ich halb offen, wie meine Gattin es getan hatte, und begab mich in mein Gemach; dort warf ich mich auf

1. Für einen arabisch sprechenden Muslim ist diese Erklärung unnötig; vgl. oben Seite 259, Anmerkung. Der Glaube an dämonische Wesen, die Leichen verzehren, ist weit verbreitet.

unser Bett nieder und stellte mich schlafend. Bald darauf kam Âmina und legte sich, nachdem sie ihre Kleider abgetan hatte, ruhig an meine Seite; und ich erkannte an ihrem Wesen, daß sie mich nicht gesehen hatte, noch auch ahnte, daß ich ihr zu dem Friedhof gefolgt war. Das beruhigte mich sehr, obschon mir davor ekelte, im Bette neben einem Weibe zu ruhen, das Menschen und Leichen fraß; dennoch lag ich still, trotz meinem großen Abscheu, bis der Muezzin zum Frühgebete rief; dann stand ich auf, nahm die religiöse Waschung vor und brach zur Moschee auf. Als ich dort meine Gebete gesprochen und meine Andachtspflichten erfüllt hatte, streifte ich in den Gärten umher, und nachdem ich während dieser Wanderung mir das Ganze im Geiste überlegt hatte, kam ich zu der Überzeugung, daß es mir geziemte, meine Gattin aus so übler Gesellschaft zu reißen und sie von der Gewohnheit, Leichen zu verzehren, abzubringen. In diesem Gedanken kam ich zur Essenszeit nach Hause, und als Âmina mich heimkehren sah, befahl sie den Dienern, das Mittagsmahl aufzutragen. Wir beide setzten uns zu Tisch; aber wie zuvor begann sie den Reis Korn für Korn aufzupicken. Darauf sagte ich zu ihr: ‚Liebe Frau, es verdrießt mich sehr, zu sehen, wie du jedes Korn gleich einer Henne aufpickst. Wenn dies Gericht deinem Geschmack nicht zusagt, so sieh, wir haben doch durch Allahs Gnade und des Allmächtigen Güte alle Arten von Speisen vor uns. Iß von dem, was dir am besten gefällt! Jeden Tag ist der Tisch mit Speisen von mancherlei Art bedeckt; und wenn diese dir nicht gefallen, so brauchst du nur die Speise zu befehlen, nach der deine Seele verlangt. Doch möchte ich eine Frage an dich richten: Ist denn auf dem Tische kein Gericht so nahrhaft und schmackhaft wie Menschenfleisch, so daß du alle Speisen zurückweisest, die dir vorgesetzt werden?' Ehe ich noch meine Worte beendet hatte, war meine Frau überzeugt, daß ich um ihr nächtliches Abenteuer wußte. Und sofort geriet sie in die höchste Wut; ihr Gesicht ward rot wie Feuer, ihre Augäpfel traten aus ihren Höhlen hervor, und der Schaum kam ihr aus dem Munde in ihrer wilden Raserei. Als ich sie in diesem Zustande sah, erschrak ich, und meine Sinne und mein Verstand verließen mich vor lauter Entsetzen. Sie aber nahm in ihrer rasenden Leidenschaft eine Schale mit Wasser, die neben ihr stand, tauchte ihre Finger hinein und murmelte einige Worte, die ich nicht verstehen konnte; dann sprengte sie einige Tropfen auf mich und rief: ‚Verruchter, der du bist! Für diese deine Frechheit und Verräterei sollst du auf der Stelle in einen Hund verwandelt werden.' Sofort war ich verzaubert, und sie ergriff einen Stab und begann, mich damit so unbarmherzig zu schlagen, daß sie mich dem Tode nahe brachte. Ich lief von Zimmer zu Zimmer umher, aber sie verfolgte mich mit dem Stab und hieb mit aller Macht und Kraft unaufhörlich auf mich ein, bis sie fast erschöpft war. Schließlich stieß sie die Tür zur Straße halb auf, und ich lief dorthin, um mein Leben zu retten; da wollte sie die Tür mit Gewalt zuschlagen, um mir die Seele aus dem Leibe zu pressen. Doch ich erkannte ihre Absicht und vereitelte sie; freilich mußte ich die Spitze meines Schwanzes zurücklassen. Da heulte ich jämmerlich, doch ich entrann weiteren Schlägen und hielt mich noch für glücklich, daß ich ihr ohne gebrochene Knochen entkam. Als ich nun auf der Straße stand, immer noch winselnd und von Schmerz gequält, stürzten sich sofort die Hunde des Stadtviertels, da sie einen fremden Hund erblickten, bellend und beißend auf mich; und ich lief, den Schwanz zwischen den Beinen, den Marktplatz entlang und rannte in den Laden eines Mannes, der Köpfe und Füße von Schafen und Ziegen verkaufte; dort kroch ich weiter und verbarg mich in einem dunklen Winkel. Der Ladenbesitzer hatte zwar Gewissensbedenken, da er alle Hunde für unrein hielt, aber er hatte doch Mitleid mit meiner erbärmlichen Lage, und er trieb die kläffenden und zähnefletschenden Köter fort, die mir in den Laden folgen wollten. So war ich nun der Todesgefahr entronnen und verbrachte die ganze Nacht in meinem Winkel verborgen. Früh am nächsten Morgen ging der Fleischer aus, um seine gewohnte Ware einzukaufen, Köpfe und Füße von Schafen; und als er mit einem großen Vorrat davon zurückkam, begann er sie in dem Laden zum Verkauf auszulegen. Wie ich nun ein ganzes Rudel von Hunden, die durch den Fleischgeruch angelockt waren, sich dort versammeln sah, schloß ich mich ihnen an. Der Ladenbesitzer aber, der mich unter den zottigen Kötern erblickte, sprach bei sich: ‚Dieser Hund hat nichts gefressen seit gestern, als er hungrig kläffend in meinen Laden lief und sich dort versteckte.' Dann warf er mir ein ziemlich großes Stück Fleisch zu, doch ich verschmähte es und lief zu ihm hin und wedelte mit dem Schwanz, damit er erkennen sollte, daß ich bei ihm zu bleiben und durch seinen Laden beschützt zu werden wünschte; er glaubte jedoch, ich hätte mich schon satt gefressen, und ergriff einen Stab, drohte mir und jagte mich von dannen. Als ich einsah, daß der Fleischer sich nicht mehr um mich kümmern wollte, trabte ich fort, und indem ich hierhin und dorthin lief, kam ich alsbald zu einer Bäckerei und blieb vor der Tür stehen, durch die ich den Bäcker beim Frühstück sitzen sah. Obgleich ich nicht zu erkennen gab, daß ich etwas zu fressen begehrte, warf er mir doch ein Stück Brot zu; anstatt es aber aufzuschnappen und gierig zu verschlingen, wie es die Art aller Hunde ist, der vornehmen und der geringen, lief ich damit auf ihn zu, schaute ihm ins Gesicht und wedelte mit dem Schwanz, um meinen

Dank zu zeigen. Er freute sich über mein wohlerzogenes Benehmen und lächelte mich an; darauf begann ich, obwohl ich ganz und gar nicht hungrig war, nur ihm zu Gefallen das Brot zu essen, Bissen für Bissen, langsam und gemächlich, um meine Achtung zu zeigen. Da hatte er noch mehr Freude an meinem Benehmen und wünschte mich in seinem Laden zu behalten; wie ich seine Absicht bemerkte, setzte ich mich an der Tür nieder und blickte ihn aufmerksam an, und dadurch erkannte er, daß ich von ihm nur seinen Schutz begehrte. Darauf streichelte er mich und nahm mich in seine Obhut und behielt mich als Wächter für seinen Laden; ich wollte aber nicht eher sein Haus betreten, als bis er mir vorangegangen war; er zeigte mir auch, wo ich des Nachts liegen sollte, und fütterte mich gut bei jeder Mahlzeit und behandelte mich mit aller Freundlichkeit. Ich meinerseits pflegte jede seiner Bewegungen zu beobachten und legte mich stets nieder oder stand auf, wie er es mir befahl; und wenn er seine Wohnung verließ, jedesmal wenn er irgendeinen Gang machte, nahm er mich mit sich. Wenn er je ausging, während ich schlief, und er mich nicht fand, so stand er draußen auf der Straße still und rief mich laut: ‚Bacht! Bacht!‘[1]; denn diesen Glücksnamen hatte er mir gegeben. Sobald ich ihn hörte, eilte ich hinaus und sprang lustig vor der Tür; und wenn er ausging, um frische Luft zu schöpfen, so lief ich neben ihm her, und bald sprang ich voraus, bald folgte ich ihm, und immer blickte ich ihm von Zeit zu Zeit ins Gesicht. So verging einige Zeit, während deren ich bei ihm in allem Behagen lebte. Eines Tages aber begab es sich, daß eine Frau zu der Bäckerei kam, um sich Brot zu kaufen, und dem Bäcker einige Dirhems in Zahlung gab, von denen einer schlechte Münze war, während die anderen gut waren. Mein Herr prüfte all die Silber-

1. Persisch = Glück.

stücke, und als er das falsche Geldstück erkannte, gab er es zurück und verlangte einen echten Dirhem dafür; die Frau aber fing an zu zanken und wollte es nicht zurücknehmen, sondern schwor, er sei echt. Der Bäcker sagte: ‚Dieser Dirhem ist ohne allen Zweifel wertlos; sieh meinen Hund dort, er ist zwar nur ein Tier, aber paß auf, er wird dir sagen, ob dies ein echtes oder ein falsches Silberstück ist.‘ Dann rief er mich bei meinem Namen: ‚Bacht! Bacht!‘, und alsbald sprang ich auf und lief zu ihm hin; und er warf all die Silberstücke vor mich auf den Boden, indem er rief: ‚Da, sieh dir diese Dirhems an, und wenn eine falsche Münze unter ihnen ist, so lege sie abseits von all den anderen!‘ Ich schaute die Silberstücke an, eins nach dem andern, und fand das unechte; darauf schob ich es auf eine Seite und all die übrigen auf die andere, legte meine Pfote auf das falsche Silberstück und wedelte mit meinem Schwanzstumpfe, indem ich meinen Herrn ansah. Der Bäcker war über meinen Scharfsinn entzückt; und die Frau ihrerseits, höchlichst erstaunt über das, was geschehen war, nahm den falschen Dirhem zurück und zahlte einen echten an seiner Statt. Nachdem die Käuferin sich entfernt hatte, rief mein Herr seine Nachbarn und Gevattern zusammen und erzählte ihnen dies Begebnis; da warfen sie denn gute und falsche Münzen vor mich auf den Boden, damit ich sie anschaute und sie mit eignen Augen sähen, ob ich so klug wäre, wie mein Herr von mir behauptete. Viele Male nacheinander suchte ich das falsche Geldstück unter den echten heraus und setzte meine Pfote darauf, ohne mich ein einziges Mal zu versehen. Da gingen alle erstaunt von dannen und erzählten die Geschichte jedem einzelnen, den sie sahen; und so verbreitete sich die Kunde von mir überall in der Stadt. Jenen ganzen Tag verbrachte ich damit, daß ich echte und falsche Dirhems auseinander las. Und von jenem

Tage an hielt der Bäcker mich noch höher in Ehren, und all seine Freunde und Bekannten sagten scherzend: ‚In dem Hunde da hast du wirklich einen ganz ausgezeichneten Geldwechsler!' Und manche beneideten meinen Herrn um das Glück, daß er mich in dem Laden hatte, und versuchten oft, mich fortzulocken, aber der Bäcker behielt mich bei sich und wollte nie dulden, daß ich von seiner Seite wich; denn mein Ruhm brachte ihm eine Schar Kunden von aus allen Teilen der Stadt, selbst aus den fernsten. Wenige Tage darauf kam eine andere Frau, um Brot in unserem Laden zu kaufen, und sie zahlte dem Bäcker sechs Dirhems, von denen einer wertlos war. Mein Herr reichte sie mir, um sie zu proben und zu prüfen, und alsbald nahm ich das falsche Stück heraus; dann legte ich meine Pfote darauf und blickte der Frau ins Gesicht. Dadurch wurde sie verwirrt, und sie gestand, daß es gefälscht war, und lobte mich, weil ich es entdeckt hatte; als sie nun fortging, machte mir eben diese Frau Zeichen, ich sollte ihr folgen, ohne daß der Bäcker darum wüßte. Ich hatte inzwischen unaufhörlich zu Allah gebetet, er möchte mir irgendwie meine menschliche Gestalt wiedergeben, und hatte immer gehofft, irgendein frommer Diener des Allmächtigen würde meinen jämmerlichen Zustand erkennen und mir Hilfe bringen. Wie also jene Frau sich noch einige Male umwandte und mich ansah, war ich in meinem Innersten überzeugt, daß sie wußte, wie es um mich stand; deshalb behielt ich sie im Auge, und als sie das sah, kam sie zurück, ehe sie noch viele Schritte getan hatte, und winkte mir, ihr zu folgen. Ich verstand ihr Zeichen, schlich mich von dem Bäcker fort, der damit beschäftigt war, den Ofen zu heizen, und folgte ihr auf den Fersen. Sie war über die Maßen froh, als sie sah, daß ich ihr gehorchte, und eilte schnurstracks mit mir nach Hause; nachdem wir dort eingetreten waren, verschloß sie die Tür und führte mich in ein Gemach, in dem eine schöne Jungfrau saß, mit gestickten Gewändern bekleidet, und nach ihren Zügen hielt ich sie für die Tochter der guten Frau. Diese Maid nun war in allen Zauberkünsten bewandert, und also sprach die Mutter zu ihr: ‚Liebe Tochter, hier ist ein Hund, der falsche Dirhems von echten unterscheiden kann. Schon als ich zum ersten Male von diesem Wunder hörte, dachte ich mir, dies Tierchen müßte ein Mensch sein, den irgendein gemeiner und grausamer Wicht in einen Hund verwandelt habe. Deshalb beschloß ich heute, mir dies Tier anzusehen und es auf die Probe zu stellen, wenn ich Brot in dem Laden jenes Bäckers kaufte, und siehe da, es hat sich aufs schönste bewährt und Probe und Prüfung bestanden. Sieh dir diesen Hund genau an, liebe Tochter, und schau, ob er wirklich ein Tier ist oder ein Mensch, der durch Zauberkunst in ein Tier verwandelt ist!' Die junge Dame, die ihr Gesicht verschleiert hatte[1], schaute mich darauf genau an und rief alsbald: ‚Liebe Mutter, es ist, wie du sagst, und ich will es dir sogleich beweisen.' Dann erhob sie sich von ihrem Sitze, nahm ein Becken mit Wasser, und nachdem sie ihre Hand eingetaucht hatte, sprengte sie einige Tropfen auf mich, indem sie sprach: ‚Wenn du als Hund geboren bist, so bleibe ein Hund! Bist du aber als Mensch geboren, so nimm denn durch die Kraft dieses Wassers deine menschliche Form und Gestalt wieder an!' Im selben Augenblick verwandelte ich mich aus der Gestalt eines Hundes wieder in ein menschliches Wesen, und ich fiel der Jungfrau zu Füßen und küßte den Boden vor ihr, um ihr zu danken. Dann küßte ich den Saum ihres Gewandes und rief: ‚Meine Gebieterin, du bist über die Maßen gütig gewesen

[1]. Dies tut sie, um nicht von einem fremden Manne angeschaut zu werden; vgl. Band I, Seite 38.

gegen einen Fremden, der dir ganz unbekannt war. Wie kann ich Worte finden, um dir zu danken und dich zu segnen, wie du es verdienst? Sage mir jetzt, ich bitte dich, wie und wodurch ich dir meine Dankbarkeit beweisen kann! Von heute an bin ich dir für deine Güte verpflichtet und bin dein Sklave geworden.' Dann erzählte ich ihr meine ganze Geschichte und berichtete ihr auch von Âminas Bosheit und von den Missetaten, die sie an mir verübt hatte; und ich sprach ihrer Mutter geziemenden Dank aus dafür, daß sie mich in ihr Haus gebracht hatte. Nun sprach die Jungfrau zu mir: ‚Sîdi Nu'mân, ich bitte dich, spende mir nicht so überschwenglichen Dank; vielmehr bin ich selbst erfreut und dankbar, daß ich jemandem, der es so verdient wie du, diesen Dienst erweisen konnte. Ich bin lange Zeit mit deiner Frau Âmina vertraut gewesen, ehe du dich ihr vermähltest; ich wußte auch, daß sie in der Zauberei erfahren ist, und auch sie weiß um meine Kunst, da wir beide bei einer und derselben Meisterin der Geheimwissenschaft in der Lehre waren. Wir trafen uns manchmal als Freundinnen im Badehaus; aber da sie von üblem Wesen und von übler Art war, so lehnte ich es ab, noch weiter mit ihr zu verkehren. Glaube nicht, daß es mir genügt, wenn ich dich deine Gestalt habe wiedergewinnen lassen, so wie sie ehedem war! Nein, wahrlich, ich muß auch gebührende Rache an ihr nehmen wegen des Bösen, das sie dir angetan hat. Und das will ich durch dich tun, so daß du Gewalt über sie gewinnst und in deinem eigenen Haus und Hof wieder Herr bist. Warte hier eine Weile, bis ich wiederkomme!' Mit diesen Worten trat die Jungfrau in ein anderes Gemach, während ich sitzen blieb und mit ihrer Mutter plauderte und ihre Vortrefflichkeit und Güte gegen mich rühmte. Die alte Dame erzählte mir auch von seltsamen und merkwürdigen Wundertaten, die ihre Tochter in reiner Absicht und mit erlaubten Mitteln verrichtet hatte, bis die Maid mit einer Kanne in der Hand zurückkam und sprach: ‚Sîdi Nu'mân, meine Zauberkunst sagt mir, daß Âmina zu dieser Stunde nicht zu Hause ist, aber bald dorthin zurückkehren wird. Seither verstellt sie sich vor den Dienern und heuchelt Kummer über die Trennung von dir; sie hat behauptet, du seiest, als du mit ihr zu Tische saßest, plötzlich aufgestanden und in irgendeiner wichtigen Angelegenheit fortgeeilt; dann sei plötzlich ein Hund durch die offene Tür hereingelaufen, und sie habe ihn mit einem Stock fortgejagt.' Darauf gab die Maid mir einen kleinen Krug voll von dem Wasser und fuhr fort: ‚Sîdi Nu'mân, geh nun zu deinem eigenen Hause und warte, indem du diesen Krug bei dir behältst, geduldig auf Âminas Rückkehr! Bald wird sie heimkehren, doch wenn sie dich sieht, wird sie sehr erschrecken und wird eilen, dir zu entkommen; aber ehe sie hinausgelangt, sprenge einige Tropfen aus diesem Becher auf sie und sprich diese Zauberformeln, die ich dich lehren will! Mehr brauche ich dir nicht zu sagen; du wirst mit eigenen Augen sehen, was dann geschehen wird.' Nachdem die junge Herrin also gesprochen hatte, lehrte sie mich Zauberformeln, die ich mir ganz fest in mein Gedächtnis einprägte, und danach nahm ich Abschied von beiden und sagte ihnen Lebewohl. Als ich mein Haus erreicht hatte, geschah alles genau so, wie die junge Zauberin mir gesagt hatte; ich hatte auch nur eine kurze Zeit im Hause zu warten, bis Âmina eintrat. Ich hielt den Krug in der Hand, und als sie mich erblickte, begann sie zu zittern und zu beben und wollte sogleich entrinnen; doch ich besprengte sie rasch mit einigen Tropfen und sprach die Zauberworte; da ward sie in eine Stute verwandelt, in ebenjenes Tier, das deine Hoheit gestern zu beachten geruhte. Ich war sehr verwundert, als ich diese Verwandlung sah, ergriff aber die Stute an der Mähne, führte sie in den Stall und band sie mit einer Halfter fest. Dann überhäufte ich sie mit Vorwürfen wegen ihrer Bosheit und ihres gemeinen Tuns, und ich schlug sie mit einer Peitsche, bis mein Arm lahm ward. Und nun beschloß ich in meinem Herzen, sie jeden Tag in rasender Eile um den Platz zu jagen und ihr so die gerechte Strafe zuteil werden zu lassen.'

Da schwieg Sîdi Nu'mân still, nachdem er seine Geschichte zu Ende erzählt hatte; aber alsbald fuhr er fort: ‚O Beherrscher der Gläubigen, ich hoffe, du bist nicht ungehalten wegen dieses meines Tuns, ja, ich glaube, du würdest ein solches Weib noch härter strafen, als ich es tue.' Darauf küßte er den Saum von des Kalifen Gewand und schwieg wiederum; und als Harûn er-Raschîd erkannte, daß jener alles gesagt hatte, was er zu sagen hatte, rief er: ‚Wirklich und wahrhaftig, deine Geschichte ist über die Maßen seltsam und merkwürdig. Die Missetaten deiner Frau sind nicht zu entschuldigen, und deine Vergeltung deucht mich angemessen und gerecht zu sein. Doch ich möchte dich noch eins fragen: Wie lange willst du sie so züchtigen, und wie lange soll sie in Tiergestalt bleiben? Es wäre doch wohl besser, wenn du die junge Herrin aufsuchtest, durch deren Zauberkunst deine Frau verwandelt wurde, und sie bätest, ihr die menschliche Gestalt wiederzugeben. Und doch fürchte ich sehr, daß diese Zauberin, die Ghûla, wenn sie sich in die Gestalt einer Frau zurückverwandelt sieht und ihre Beschwörungen und Zaubereien wieder aufnimmt, dir vielleicht, wer weiß, mit einem noch größeren Unheil vergilt, als sie dir zuvor angetan hat, und daß du dann nicht imstande sein möchtest, diesem zu entrinnen.' So unterließ der Beherrscher der Gläubigen es denn, auf dieser Angelegenheit zu bestehen, wiewohl er von

Natur mild und barmherzig war; und indem er den dritten Mann anredete, den der Wesir vor ihn gebracht hatte, sprach er: ‚Als ich in demunddem Stadtteile umherging, wunderte ich mich, dein Haus zu sehen, so groß und prächtig ist es; und wie ich mich bei den Städtern erkundigte, antworteten mir alle insgesamt, daß der Palast jemandem – nämlich dir – gehöre, der Chawâdscha Hasan heiße. Sie fügten hinzu, du seiest ehedem über die Maßen arm und bedürftig gewesen, doch Allah der Erhabene habe dir reichere Mittel verliehen und dir jetzt Reichtum in solcher Fülle gesandt, daß du dir den herrlichsten Bau errichten konntest; ferner seiest du, obwohl du ein so fürstliches Haus und solchen Überfluß an Reichtum besäßest, doch nicht deines früheren Standes uneingedenk, und du verschwendest deinen Besitz nicht in schwelgerischem Leben, sondern mehrest ihn durch rechtmäßigen Handel. Die ganze Nachbarschaft spricht gut von dir, und nicht ein einziger von den Leuten hat etwas wider dich zu sagen; deshalb möchte ich jetzt von dir die Wahrheit über all diese Dinge erfahren und von deinen eigenen Lippen hören, wie du diesen Überfluß an Reichtum gewonnen hast. Ich habe dich vor mich berufen, damit ich durch eigenes Hören von all diesen Dingen sicher unterrichtet werde; drum fürchte dich nicht, mir deine ganze Geschichte zu erzählen; ich wünsche nichts von dir, als von diesem deinem Schicksal Kunde zu haben. Genieße du nach Herzenslust den Wohlstand, den Allah der Erhabene dir zu verleihen geruht hat, und laß deine Seele sich seiner freuen!'
Also sprach der Kalif; und die huldreichen Worte beruhigten den Mann. Nun warf Chawâdscha Hasan sich vor dem Beherrscher der Gläubigen nieder, und nachdem er den Teppich zu Füßen des Thrones geküßt hatte, rief er: ‚O Beherrscher der Gläubigen, ich will dir getreulich Bericht erstatten von mei-

nen Erlebnissen, und Allah der Erhabene sei mein Zeuge, daß ich nichts getan habe, was deinen Gesetzen und gerechten Geboten zuwider ist; denn dieser mein ganzer Reichtum kommt allein von der Gnade und Güte Allahs!' Darauf befahl Harûn er-Raschîd ihm von neuem, offen zu sprechen, und alsbald begann jener mit folgenden Worten

DIE GESCHICHTE
VON CHAWÂDSCHA HASAN EL-HABBÂL

O Herr des Wohltuns, gehorsam deinem königlichen Geheiß, will ich jetzt deine Hoheit davon unterrichten, durch welche Mittel und Wege das Schicksal mich mit solchem Reichtum beglückt hat; aber zuvor möchte ich, daß du etwas von zweien meiner Freunde vernimmst, die in Baghdad, der Stätte des Friedens, wohnen. Die beiden leben noch, und beide kennen die Geschichte, die dein Sklave dir jetzt erzählen will. Den einen nennen die Leute Sa'd, den anderen Sa'di. Sa'di war der Ansicht, daß ohne Reichtum niemand in dieser Welt glücklich und unabhängig sein könne; und ferner, daß ohne schwere Mühe und Arbeit und ohne Wachsamkeit und Weisheit es obendrein unmöglich sei, reich zu werden. Sa'd aber war anderer Meinung und behauptete, Wohlstand werde dem Menschen nur zuteil durch den Spruch des Schicksals und das Gebot des Glückes und Geschickes. Sa'd war ein armer Mann, aber Sa'di hatte viel Geld und Gut; doch zwischen ihnen entstand eine feste Freundschaft und eine herzliche Neigung zueinander. Sie pflegten auch nie über irgend etwas zu streiten, außer allein über dies: nämlich darüber, daß Sa'di sich nur auf Überlegung und Vorbedacht verließ, Sa'd aber auf das Verhängnis und des Menschen Los. Eines Tages begab es sich, daß

Sa'di, als sie beisammen saßen und wieder über die Frage plauderten, behauptete: ‚Das ist ein armer Mann, der entweder als Armer geboren ist und alle seine Tage in Bedürftigkeit und Mangel zubringt, oder der in Reichtum und Wohlstand geboren ist, aber alles, was er hat, in seinen Mannesjahren vergeudet und in arge Not gerät und dann nicht mehr die Kraft hat, seine Reichtümer wiederzugewinnen und durch seinen Verstand und Fleiß in Behaglichkeit zu leben.' Sa'd antwortete und sprach: ‚Weder Verstand noch Fleiß nützen einem irgend etwas, sondern allein das Schicksal macht es einem möglich, Reichtümer zu erwerben und zu bewahren. Elend und Mangel sind nur Zufälle, Überlegung ist nichts. Gar mancher Arme ist wohlhabend geworden durch die Gunst des Geschicks, und viele Reiche sind trotz ihrem Wissen und Wohlstand in Elend und an den Bettelstab geraten.' Da sagte Sa'di: ‚Du redest töricht. Aber wir wollen doch einmal die Sache richtig erproben und uns einen Handwerksmann suchen, der nur spärliche Mittel hat und von seinem täglichen Verdienst leben muß; den wollen wir mit Geld versehen, dann wird er ohne Zweifel sein Vermögen vermehren und in Ruhe und Behaglichkeit leben, und dann wirst du dich überzeugen, daß meine Worte wahr sind.' Als die beiden dann ihres Weges dahingingen, kamen sie durch die Gasse, in der mein Haus stand, und sahen, wie ich Seile drehte, ein Handwerk, das mein Vater und Großvater und viele Geschlechter vor mir ausgeübt hatten. Aus dem Zustande meines Hauses und meiner Kleidung schlossen sie, daß ich ein bedürftiger Mann war; so wies denn Sa'd seinen Gefährten auf mich hin und sprach: ‚Wenn du diese unsere Streitfrage durch einen Versuch erproben möchtest, so sieh den Mann dort! Er wohnt hier seit vielen Jahren, und durch sein Seilerhandwerk verdient er einen dürftigen Unterhalt für sich und die Seinen. Ich kenne seine Lage sehr genau seit langer Zeit; er ist der rechte Mann für den Versuch; drum gib ihm einige Goldstücke und erprobe die Sache!' ‚Recht gern,' erwiderte Sa'di, ‚aber laß uns zuerst genauer mit ihm bekannt werden!' So kamen denn die beiden Freunde auf mich zu, und ich verließ meine Arbeit und grüßte sie. Sie erwiderten meinen Gruß, und darauf sagte Sa'di: ‚Mit Verlaub, wie ist dein Name?' Ich antwortete: ‚Mein Name ist Hasan, aber wegen meines Seilerhandwerks nennen mich alle Leute Hasan el-Habbâl.' Weiter fragte Sa'di mich: ‚Wie geht es dir bei diesem Gewerbe? Mich deucht, du bist vergnügt und ganz mit ihm zufrieden. Du hast lange und tüchtig gearbeitet, und ohne Zweifel hast du eine große Menge Hanf und andere Vorräte angehäuft. Deine Vorfahren haben dies Handwerk viele Jahre schon betrieben und müssen dir viel Geld und Gut hinterlassen haben, das du gut verwertet hast, und in dieser Weise hast du deinen Besitz gewißlich sehr vermehrt.' Doch ich gab zur Antwort: ‚Ach, hoher Herr, ich habe in meinem Beutel kein Geld, von dem ich glücklich leben oder mir auch nur genug zu essen kaufen könnte. Mit mir steht es so, daß ich jeden Tag von früh bis spät damit verbringe, Seile zu machen, und ich habe keinen einzigen Augenblick Zeit, um mich auszuruhen; dennoch fällt es mir sehr schwer, nur das trockene Brot für mich und meine Familie herbeizuschaffen. Ich habe eine Frau und fünf kleine Kinder, die noch zu jung sind, um mir zu helfen, dies Gewerbe zu betreiben; es ist aber keine leichte Sache, für ihre täglichen Bedürfnisse zu sorgen; wie kannst du also glauben, ich wäre imstande, einen großen Vorrat an Hanf und anderen Dingen aufzuspeichern? Die Seile, die ich täglich drehe, verkaufe ich sofort, und von dem Geld, das ich dafür erhalte, gebe ich einen Teil für unsere Bedürfnisse aus, und für das übrige kaufe ich

Hanf, aus dem ich am nächsten Tage Seile drehe. Doch Allah der Erhabene sei gepriesen, daß Er uns trotz dieser meiner armseligen Lage mit so viel Brot versorgt, wie es für unsere Bedürfnisse genug ist!' Nachdem ich so meine Lage genau geschildert hatte, hub Sa'di wieder an: ‚O Hasan, jetzt bin ich über deine Lage unterrichtet; sie ist wirklich anders, als ich gedacht hatte. Wenn ich dir nun einen Beutel mit zweihundert Goldstücken gebe, so wirst du dadurch deinen Verdienst gewißlich sehr vermehren und in Ruhe und Wohlstand leben können; was sagst du dazu?' Ich erwiderte: ‚Wenn du mir gütigst so viel Geld geben willst, so könnte ich hoffen, reicher zu werden als alle meine Zunftgenossen insgesamt, obgleich Baghdad so begütert wie bevölkert ist.' Sa'di, der mich für treu und vertrauenswürdig hielt, zog darauf aus seiner Tasche einen Beutel mit zweihundert Goldstücken und reichte ihn mir mit den Worten: ‚Nimm dies Geld und treib Handel damit! Möge Allah dich fördern; doch gib acht, daß du dies Geld mit aller Vorsicht verwendest, und vergeude es nicht in Torheit und Gottlosigkeit! Ich und mein Freund Sa'd, wir werden hocherfreut sein, von deinem Wohlergehen zu hören; und wenn wir wiederkommen und dich in Glück und Gedeihen finden, so wird es uns beiden eine große Genugtuung sein.' Daraufhin, o Beherrscher der Gläubigen, nahm ich den Beutel voll Gold mit großer Freude und dankbarem Herzen an, legte ihn in meine Tasche und dankte Sa'd, indem ich den Saum seines Gewandes küßte; dann gingen die beiden Freunde fort. Und als ich, o Beherrscher der Gläubigen, die beiden aufbrechen sah, fuhr ich mit meiner Arbeit fort; doch ich war in großer Verlegenheit und ganz ratlos, wo ich den Beutel unterbringen sollte, da in meinem Hause kein Schrank und keine Truhe war. Ich nahm ihn jedoch mit nach Hause und hielt die

Sache vor meiner Frau und meinen Kindern geheim. Und als ich allein und unbeobachtet war, nahm ich zehn Goldstücke für meine Ausgaben heraus; dann verschloß ich die Öffnung des Beutels mit einer Schnur, band ihn fest in die Falten meines Turbans und wand mir das Tuch um den Kopf. Darauf ging ich in die Marktstraße und kaufte mir einen Vorrat an Hanf, und auf dem Heimwege erstand ich etwas Fleisch zum Nachtmahl; denn es war lange her, seit wir Fleisch gekostet hatten. Während ich so, das Fleisch in der Hand, den Weg dahinschritt, stieß plötzlich eine Weihe herab[1], und sie hätte mir das Fleisch aus der Hand gerissen, wenn ich den Vogel nicht mit der anderen Hand fortgescheucht hätte. Dann wollte er das Fleisch von der anderen Seite packen; aber ich trieb ihn wieder weg, und wie ich nun in wilder Verzweiflung mich abmühte, den Vogel fernzuhalten, fiel zum Unglück mein Turban auf den Boden. Sofort stieß jene verruchte Weihe herunter und flog davon, indem sie ihn in den Krallen hielt; ich lief hinterher und schrie laut. Als die Leute im Basar mein Schreien hörten, Männer und Frauen und eine Schar von Kindern, taten sie, was sie nur konnten, um den gräßlichen Vogel zu erschrecken, damit er seine Beute fallen ließe; doch vergebens schrieen sie und warfen mit Steinen. Die Weihe wollte den Turban nicht fallen lassen und flog bald ganz außer Sicht davon. Ich war sehr bekümmert und schweren Herzens, weil ich die Goldstücke verloren hatte, als ich mich nun nach Hause begab mit dem Hanf und der Zehrung, die ich gekauft hatte; besonders aber war ich ärgerlich und betrübt im Geiste und wollte vor

---

1. Die Weihen (Schmarotzermilane und andere Raubvögel) stürzen im Orient oft mit großer Geschwindigkeit auf die Straße herunter und heben Dinge auf oder reißen sie den Menschen (namentlich Kindern) aus der Hand.

Scham sterben, wenn ich daran dachte, was Sa'di sagen würde; zumal da ich erwog, wie er an meinen Worten zweifeln und die Geschichte nicht für wahr halten würde, wenn ich ihm erzählte, eine Weihe hätte meinen Turban mit den Goldstücken fortgerafft, und wie er vielleicht glauben müßte, ich hätte irgendeinen Betrug verübt und zur Entschuldigung ein lächerliches Märchen erdacht. Immerhin hatte ich noch große Freude an dem, was mir von den zehn Goldstücken übrig geblieben war, und ich lebte einige Tage herrlich mit meiner Frau und meinen Kindern. Als dann aber alles Gold ausgegeben war und nichts mehr davon übrig blieb, ward ich wieder so arm und bedürftig wie zuvor; doch ich war zufrieden und dankbar gegen Allah den Erhabenen und schalt mein Los nicht. Er hatte mir in Seiner Gnade diesen Beutel mit Gold unversehens gesandt, und nun hatte Er ihn wieder genommen, und so war ich dankbar und zufrieden; denn was Er tut, ist immerdar wohlgetan. Meine Frau, die von der Geschichte mit den Goldstücken nichts wußte, bemerkte bald, daß ich aufgeregt war, und um der Ruhe meines Lebens willen war ich gezwungen, sie in mein Geheimnis einzuweihen. Dazu kamen auch noch die Nachbarn herbei, um mich nach meinem Ergehen zu fragen; allein es widerstrebte mir sehr, ihnen alles zu erzählen, was geschehen war, denn sie konnten das Verlorene doch nicht wiederbringen, und sicherlich hätten sie über mein Unglück Schadenfreude empfunden. Jedoch, als sie sehr in mich drangen, erzählte ich ihnen alles; einige dachten, ich hätte gelogen, und spotteten meiner, andere meinten, ich wäre toll und nicht recht bei Sinnen, und meine Worte wären das wirre Geschwätz eines Irrsinnigen oder das Gefasel von Traumphantasien. Die jungen Leute machten sich unmäßig lustig über mich und lachten über den Gedanken, daß ich, der ich in meinem ganzen Leben noch nie eine Goldmünze gesehen hatte, behaupten wollte, ich hätte so viele Goldstücke erhalten, und eine Weihe sei mit ihnen davongeflogen. Nur meine Frau schenkte meiner Erzählung vollen Glauben, und sie weinte und schlug sich die Brust vor Kummer. So gingen sechs Monate über uns dahin; da begab es sich eines Tages, daß die beiden Freunde, Sa'di und Sa'd, in mein Stadtviertel kamen, und dort sagte Sa'd zu Sa'di: ‚Schau, da ist die Straße, in der Hasan el-Habbâl wohnt! Wohlan, laß uns hingehen und sehen, wie er sein Vermögen vermehrt hat und wie er zu Wohlstand gekommen ist durch die zweihundert Goldstücke, die du ihm gegeben hast!' ‚Wohlgesprochen,' erwiderte Sa'di, ‚in der Tat, wir haben ihn seit vielen Tagen nicht mehr gesehen; ich möchte ihn gern aufsuchen und würde mich freuen, zu hören, daß es ihm gut ergangen ist.' So schritten denn die beiden weiter auf mein Haus zu, und da sagte Sa'd zu Sa'di: ‚Fürwahr, ich sehe, daß er noch immer der gleiche zu sein scheint, arm und dürftig wie zuvor; er trägt noch alte und zerfetzte Gewänder, nur sein Turban ist vielleicht etwas neuer und sauberer. Sieh doch genau hin und überzeuge dich selbst, ob es so ist, wie ich sagte!' Darauf trat Sa'di näher zu mir heran, und auch er sah ein, daß meine Lage unverändert war; und alsbald sprachen die beiden Freunde mich an. Nach der üblichen Begrüßung fragte Sa'd: ‚Hasan, wie geht es dir? Und wie steht es mit deinem Gewerbe? Haben die zweihundert Goldstücke dir gut genützt und dein Geschäft verbessert? Darauf gab ich zur Antwort: ‚Ach, meine Herren, wie kann ich euch von dem schweren Unglück erzählen, das mich betroffen hat? Ich wage vor lauter Scham nicht zu reden, doch kann ich das Geschehnis nicht verborgen halten. Wahrlich, ein wunderbar und seltsam Ding ist mir widerfahren, und der Bericht darüber wird euch mit Verwunderung und Verdacht erfüllen; denn ich weiß recht wohl, daß ihr mir nicht glauben werdet, und daß ich vor euch dastehen werde wie einer, der sich mit Lügen abgibt. Dennoch muß ich euch das Ganze erzählen, so ungern ich es tue.' Darauf berichtete ich ihnen jede Einzelheit, die mir begegnet war, von Anfang bis zu Ende, besonders wie es mir mit der Weihe ergangen war; doch Sa'di beargwöhnte mich und mißtraute mir und rief: ,O Hasan, du sprichst nur im Scherz und willst uns hintergehen. Die Geschichte, die du erzählst, ist schwer zu glauben. Weihen fliegen sonst nicht mit Turbanen davon, sondern nur mit solchen Dingen, die sie fressen können. Du möchtest uns überlisten, und du bist einer von denen, die alsbald, wenn ihnen ein unvorhergesehenes Glück zuteil wird, ihre Arbeit und ihr Geschäft verlassen und dann, nachdem sie alles für Vergnügungen verschwendet haben, wieder arm werden und hinfort, mögen sie wollen oder nicht, ihr Dasein fristen müssen, so gut sie können. Dies scheint mir besonders der Fall zu sein mit dir; du hast in aller Eile unsere Gabe vergeudet und bist nun so bedürftig wie zuvor.' ,O mein guter Herr, nicht so,' rief ich, ,diesen Vorwurf und diese harten Worte verdiene ich nicht; denn ich bin gänzlich unschuldig an all dem, was du mir zur Last legst. Das sonderbare Mißgeschick, von dem ich dir berichtet habe, ist die reinste Wahrheit, und ich kann beweisen, daß es keine Lüge ist, denn alle Leute in der Stadt haben Kenntnis davon; ich treibe wirklich und wahrhaftig kein falsches Spiel mit dir. Gewißlich fliegen Weihen sonst nicht mit Turbanen davon; aber solche wunderbaren und merkwürdigen Mißgeschicke können den Menschen widerfahren, zumal denen, die ein unglücklich Los haben.' Sa'd nahm sich meiner Sache an und sprach: ,O Sa'di, oftmals haben wir gesehen oder gehört, wie Weihen mancherlei andere Dinge forttragen als nur eßbare Sachen; darum braucht seine Geschichte nicht ganz und gar der Vernunft zu widersprechen.' Darauf zog Sa'di aus seiner Tasche einen Beutel voll Goldstücke, zählte mir weitere zweihundert ab und gab sie mir mit den Worten: ‚Hasan, nimm diese Goldstücke, doch gib acht, daß du sie mit aller Sorgfalt und allem Fleiß aufbewahrst; hüte dich, ich sage dir noch einmal, hüte dich, daß du sie nicht verlierst wie die anderen! Gib sie in solcher Weise aus, daß du vollen Nutzen von ihnen hast und wohlhabend wirst, wie deine Nachbarn wohlhabend sind!' Ich nahm das Geld von ihm hin und überschüttete sein Haupt mit Danksprüchen und Segenswünschen; und als sie ihre Wege gingen, kehrte ich zu meiner Reeperbahn zurück und ging von dort zur rechten Zeit nach Hause. Meine Frau und meine Kinder waren ausgegangen; so nahm ich wieder zehn Goldstücke von den zweihundert und band die übrigen sicher in ein Tuch. Dann schaute ich umher, einen Ort zu finden, an dem ich meinen Schatz so verbergen könnte, daß meine Frau und meine Kinder nichts davon erführen und auch nichts davon in die Hände bekämen. Und alsbald erblickte ich einen großen irdenen Krug voll Kleie, der in einem Winkel des Zimmers stand; darin verbarg ich das Tuch mit den Goldmünzen, und fälschlich glaubte ich, dort sei es sicher vor Weib und Kind verborgen. Nachdem ich die Goldstücke unten in dem Kleiekrug versteckt hatte, kam meine Frau herein; aber ich sagte ihr nichts von den beiden Freunden, noch irgend etwas von dem, was geschehen war, sondern ich ging auf den Markt, um Hanf zu kaufen. Doch kaum hatte ich das Haus verlassen, so wollte es das Unheil, daß ein Mann vorbeikam, der Walkererde verkaufte, mit der sich die ärmeren Frauen die Haare zu waschen pflegen. Meine Frau wollte gern etwas davon kaufen, aber sie hatte keine einzige Kaurimuschel noch auch eine Mandel[1] bei sich. Deshalb dachte sie nach und sprach bei sich selber: ‚Dieser Kleiekrug da ist nutzlos; ich will ihn für die Tonerde eintauschen.' Auch der Händler willigte in diesen Tausch ein, und er ging weiter, nachdem er den Kleiekrug als Preis für die Wascherde erhalten hatte. Bald darauf kam ich zurück mit einer Last Hanf auf dem Kopfe und anderen fünf Lasten auf den Köpfen von ebensoviel Trägern, die mich begleiteten; ich half ihnen ihre Bündel abnehmen, und nachdem wir den Vorrat in einem Zimmer aufgestapelt hatten, bezahlte ich sie und entließ sie. Danach streckte ich mich auf dem Boden aus, um ein wenig der Ruhe zu pflegen, und wie ich dabei in den Winkel schaute, in dem der Krug vorher gestanden hatte, entdeckte ich, daß er verschwunden war. Die Worte versagen mir, o Beherrscher der Gläubigen, um den Aufruhr der Gefühle zu schildern, die mein Herz bei diesem Anblick erfüllten. Ich sprang auf, so rasch ich vermochte, rief meine Frau und fragte sie, wohin der Krug gekommen wäre. Sie erwiderte mir, sie hätte seinen Inhalt für ein wenig Walkererde vertauscht. Da rief ich laut: ‚O du Elende, o du Unglückselige, was hast du getan! Du hast mich und deine Kinder zugrunde gerichtet, denn du hast großen Reichtum an jenen Tonerdeverkäufer weggegeben!' Dann erzählte ich ihr alles, was geschehen war, wie die beiden Freunde gekommen waren und wie ich die hundertundneunzig Goldstücke in dem Kleiekrug verborgen hatte. Als sie das hörte, weinte sie bitterlich und schlug sich die Brust und raufte sich das Haar, indem sie rief: ‚Wo kann ich nun den Händler da finden? Der Mann ist ein Fremdling, ich habe ihn nie zuvor in dieser Straße oder

---

[1]. Die Muschel der Kauri-Schnecke war in Asien und Afrika als Geldstück weit verbreitet und ist teilweise noch im Gebrauch. Mandeln sollen in Indien als Kleingeld bekannt sein.

in diesem Stadtviertel gesehen!' Dann wandte sie sich zu mir und fuhr fort: ‚Darin hast du sehr töricht gehandelt, daß du mir nicht zuvor von der Sache erzähltest und daß du kein Vertrauen zu mir hattest; sonst wäre dies Unglück nie und nimmer über uns gekommen.' Dann klagte sie laut und bitterlich, also daß ich sprach: ‚Mache nicht solchen Lärm und zeige nicht solche Erregung, damit unsere Nachbarn dich nicht hören und, wenn sie von unserm Mißgeschick erfahren, sich nicht etwa über uns lustig machen und uns Narren heißen! Es geziemt uns, in den Willen Allahs des Erhabenen uns zu ergeben.' Die zehn Goldstücke, die ich von den zweihundert genommen hatte, genügten mir zwar, einige Zeitlang mein Handwerk leichter fortzuführen und in größerer Behaglichkeit zu leben; aber ich grämte mich immer und wußte keinen Rat, was ich Sa'di sagen sollte, wenn er wiederkäme; denn da er mir schon beim ersten Male nicht geglaubt hatte, war ich im Innern überzeugt, daß er mich nunmehr laut einen Lügner und Betrüger schelten würde. Eines Tages kamen denn auch die beiden, Sa'd und Sa'di, auf mein Haus zu, indem sie beim Wandeln sich unterhielten und wie gewöhnlich über mich und meinen Fall miteinander stritten. Als ich sie von ferne sah, verließ ich meine Arbeit, um mich zu verbergen; denn ich konnte vor lauter Scham nicht vortreten und sie anreden. Da sie das bemerkten, aber den Grund nicht ahnten, traten sie in meine Wohnung ein, boten mir den Gruß und fragten mich, wie es mir ergangen sei. Ich wagte nicht, meine Augen zu heben, so beschämt und zerknirscht war ich; daher erwiderte ich den Gruß mit gesenkter Stirn. Nun bemerkten sie meine klägliche Verfassung und fragten verwundert: ‚Geht alles gut bei dir? Weshalb bist du in diesem Zustande? Hast du keinen guten Gebrauch von dem Golde gemacht, oder hast du deinen

Reichtum in liederlichem Leben verschwendet?' ,Ach, meine Herren,' sprach ich, ,die Geschichte der Goldstücke ist keine andere als diese: Als ihr mich verließet, ging ich mit dem Beutel voll Geld nach Hause, und da ich dort niemanden fand, weil alle ausgegangen waren, nahm ich zehn Goldstücke heraus. Dann legte ich die übrigen mitsamt dem Beutel in einen großen irdenen Krug, der ganz voll Kleie war und lange in einem Winkel des Zimmers gestanden hatte; auf diese Weise wollte ich die Sache vor meiner Frau und meinen Kindern geheim halten. Aber während ich auf dem Markt war, um mir Hanf zu kaufen, kam meine Frau nach Hause, und in demselben Augenblick kam ein Mann zu ihr herein, der Walkererde zum Waschen der Haare verkaufte. Sie hatte sie nötig, doch sie hatte nichts zum Bezahlen; und so ging sie denn zu ihm hin und sprach: ,Ich habe keinen Heller, aber ich habe etwas Kleie; sage mir, willst du die für deine Tonerde in Tausch nehmen?' Der Mann war einverstanden, und also nahm meine Frau die Erde von ihm hin und gab ihm dafür den Krug voll Kleie; er trug ihn fort und ging seiner Wege. Wenn ihr nun fragt: ,Warum hast du die Sache deiner Frau nicht anvertraut und ihr gesagt, daß du das Geld in den Krug getan hattest?' – so erwidere ich meinerseits, daß ihr mir strengen Befehl gabt, das Geld diesmal mit äußerster Sorgfalt und Vorsicht aufzubewahren. Mir schien jener Ort der sicherste zu sein, um das Gold zu verwahren, und es widerstrebte mir, das Geheimnis meiner Frau anzuvertrauen, damit sie nicht etwa einiges von dem Gelde nähme und es im Haushalt verwende. Ach, meine Herren, ich bin von eurer Güte und Gnädigkeit überzeugt: aber Armut und Elend stehen für mich im Buche des Schicksals geschrieben, wie kann ich da noch auf Güter und Gedeihen hoffen? Doch nimmer, solange ich noch den Odem des

Lebens atme, werde ich diese eure hochherzige Huld vergessen!' Da sagte Sa'di: ‚Mir scheint, ich habe vierhundert Goldstücke nutzlos ausgegeben, indem ich sie dir schenkte; doch die Absicht, in der ich sie dir gab, war die, daß du Nutzen davon haben solltest, nicht die, von dir Lob und Dank zu beanspruchen.' Beide hatten nun Mitleid mit meinem Unglück und sprachen mir ihre Teilnahme aus; und alsbald zog Sa'd, der ein rechtschaffener Mann war und mich seit vielen Jahren kannte, eine Bleimünze hervor, die er von der Straße aufgelesen hatte und noch in seiner Tasche trug; die zeigte er Sa'di, und dann sprach er zu mir: ‚Siehst du dies Stückchen Blei? Nimm es, und durch die Gunst des Geschicks sollst du erfahren, welchen Segen es dir bringen wird.' Als Sa'di es sah, lachte er laut auf und machte sich darüber lustig und sagte spottend: ‚Welchen Vorteil wird Hasan von diesem Scherflein Blei haben, und wie soll er es benutzen?' Doch Sa'd reichte mir die Bleimünze und erwiderte: ‚Achte nicht auf das, was Sa'di sagen mag, sondern behalte dies bei dir! Laß ihn nur lachen, wenn es ihm beliebt! Eines Tages wird es vielleicht, so Allah der Erhabene will, geschehen, daß du hierdurch ein reicher und vornehmer Mann wirst.' Ich nahm das Stückchen Blei und tat es in meine Tasche; die beiden aber sagten mir Lebewohl und gingen ihrer Wege. Sobald Sa'd und Sa'di fortgegangen waren, begann ich wieder Seile zu drehen, bis die Nacht herankam; und als ich mein Gewand ablegte, um zu Bett zu gehen, fiel die Bleimünze, die Sa'd mir gegeben hatte, aus meiner Tasche heraus; ich hob sie auf und legte sie achtlos in eine kleine Wandnische. In eben jener Nacht traf es sich nun, daß ein Fischer, einer meiner Nachbarn, eine kleine Münze nötig hatte, um etwas Zwirn zu kaufen, mit dem er sein Schleppnetz ausbessern wollte, wie er es in den dunklen

Stunden zu tun pflegte; dann konnte er vor Tagesanbruch die Fische fangen und von dem Erlös seiner Beute Lebensmittel für sich und seinen Haushalt kaufen. Da er also gewohnt war aufzustehen, ehe die Nacht ganz verstrichen war, befahl er seiner Frau, bei allen Nachbarn die Runde zu machen und eine Kupfermünze zu borgen, damit er den nötigen Zwirn kaufen könnte; und die Frau ging überall hin, von Haus zu Haus, aber sie konnte nirgends einen Heller entleihen, und zuletzt kam sie müde und enttäuscht nach Hause. Da fragte der Fischer sie: ‚Bist du auch bei Hasan el-Habbâl gewesen?' Sie antwortete: ‚Nein, in seinem Hause habe ich es nicht versucht. Das ist das fernste unter allen Nachbarhäusern, und meinst du denn, ich hätte etwas von da zurückgebracht, wenn ich dorthin gegangen wäre?' ‚Fort mit dir, o du faulste unter den Weibern, du nichtsnutzigste unter den Dirnen,' rief der Fischer, ‚fort mit dir in diesem Augenblick! Vielleicht hat er doch eine Kupfermünze, die er uns leihen kann.' So ging denn die Frau murrend und brummend fort, und als sie zu meiner Wohnung kam, klopfte sie an die Tür und rief: ‚O Hasan el-Habbâl, mein Gatte braucht dringend einen Heller, um dafür etwas Zwirn zum Ausbessern seiner Netze zu kaufen.' Da ich mich an die Münze erinnerte, die Sa'd mir gegeben hatte, und auch an den Ort, an den ich sie gelegt hatte, rief ich ihr zu: ‚Warte, meine Gattin wird zu dir hinauskommen und dir geben, was du brauchst!' Als meine Frau all diesen Lärm hörte, erwachte sie aus dem Schlaf, und ich sagte ihr, wo sie das Geldstück finden würde; darauf holte sie es und gab es der Fischersfrau, und die sagte hoch erfreut: ‚Du und dein Gatte, ihr habt meinem Mann große Güte erwiesen, und deshalb verspreche ich dir, daß alle Fische, die er beim ersten Wurf des Netzes fangen wird, euch gehören sollen, und ich bin sicher, daß mein Ehegatte, wenn er von diesem meinem Versprechen hört, es gutheißen wird.' Als darauf die Frau das Geldstück ihrem Manne brachte und ihm erzählte, welches Versprechen sie gegeben hatte, war er ganz einverstanden und sprach zu ihr: ‚Du hast recht und verständig darin gehandelt, daß du dies Gelöbnis tatest.' Nachdem er also etwas Zwirn gekauft und alle seine Netze ausgebessert hatte, erhob er sich vor Tagesanbruch und eilte zum Fluß hinab, um Fische zu fangen wie gewöhnlich. Aber als er das Netz zum ersten Wurf in den Strom geworfen hatte und wieder einholte, fand er, daß es nur einen einzigen Fisch enthielt, der aber ungefähr eine Spanne dick war; den legte er als meinen Anteil beiseite. Dann warf er das Netz wieder und wieder aus, und bei jedem Wurf fing er viele Fische, große und kleine, doch keiner kam dem an Größe gleich, den er zuerst im Netz herausgeholt hatte. Sowie der Fischer heimgekehrt war, kam er alsbald zu mir und brachte den Fisch, den er für mich gefangen hatte, indem er sprach: ‚Lieber Nachbar, meine Frau versprach in der letzten Nacht, du solltest alle Fische haben, die beim ersten Wurf des Netzes eingebracht würden. Dies ist nun der einzige Fisch, den ich dabei fing. Hier ist er; bitte, nimm ihn hin als eine Gabe des Dankes für deine Güte in der vergangenen Nacht und als Erfüllung des Versprechens! Wenn Allah der Erhabene mir ein ganzes Schleppnetz voll von Fischen gewährt hätte, so wäre alles dein gewesen; aber es war dein Schicksal, daß nur dieser eine beim ersten Wurf ans Land kam.' Ich erwiderte: ‚Das Scherflein, das ich dir gestern nacht gab, war nicht von solchem Werte, daß ich eine Gegengabe erwarten könnte.' So weigerte ich mich, den Fisch anzunehmen. Auch nach langem Hin- und Herreden wollte er den Fisch nicht zurücknehmen, sondern bestand darauf, daß er mir gehöre; schließlich willigte ich ein, ihn zu behalten, und gab ihn meiner Frau mit den Worten: ‚Frau, dieser Fisch ist eine Gegengabe für das Scherflein, das ich in der letzten Nacht unserm Nachbarn, dem Fischer, gegeben habe. Sa'd hat behauptet, ich würde durch jene Münze zu großem Reichtum und zu hohem Wohlstand gelangen.' Nun erzählte ich meiner Frau, wie meine beiden Freunde mich wieder aufgesucht und was sie gesagt und getan hatten, und berichtete ihr alles über die Bleimünze, die Sa'd mir gegeben hatte. Sie wunderte sich, wie sie nur den einen Fisch sah, und sagte: ‚Wie soll ich ihn zubereiten? Ich glaube, es wäre das beste, ihn zu zerschneiden und für die Kinder zu braten, zumal wir keinerlei Spezereien und Gewürze haben, mit denen ich ihn anders bereiten könnte.' Als sie nun den Fisch aufschnitt und säuberte, fand sie in seinem Bauche einen großen Diamanten, den sie für ein Stück Glas oder Kristall hielt; denn sie hatte zwar oft von Diamanten reden hören, aber nie mit ihren eigenen Augen einen gesehen. Daher gab sie ihn dem jüngsten der Kinder zum Spielen, und als die anderen ihn sahen, wollten ihn alle haben wegen seines hellen und glänzenden Scheines, und abwechselnd behielt ihn jeder eine Weile; und wie die Nacht kam und die Lampe angezündet wurde, drängten sie sich um den Stein und starrten seine Schönheit an und jauchzten und schrieen vor Entzücken. Nachdem meine Frau den Tisch gebreitet hatte, setzten wir uns zum Nachtmahl nieder, und der älteste Knabe legte den Diamanten auf die Tafel; doch sobald wir mit dem Essen fertig waren, stritten und balgten sich die Kinder wieder darum wie zuvor. Erst achtete ich nicht auf ihr Lärmen und Toben; doch wie es allzu laut und lästig wurde, fragte ich meinen ältesten Jungen, aus welchem Grunde sie stritten und solchen Lärm machten. Da sagte er: ‚Der Lärm und der Streit drehen sich um ein Stück Glas, von dem ein Licht ausgeht so hell wie das der Lampe.' Nun befahl ich ihm, es mir zu zeigen; und ich wunderte mich sehr, wie ich seinen funkelnden Glanz sah; und ich fragte meine Frau, wann sie das Stück Kristall bekommen hätte. Sie erwiderte: ‚Ich fand es im Bauche des Fisches, als ich ihn ausnahm.' Aber ich hielt es immer noch für nichts anderes als Glas. Dann befahl ich meiner Frau, die Lampe hinter dem Herde zu verbergen; und als sie das getan hatte, war der Glanz des Diamanten so hell, daß wir sehr gut ohne ein anderes Licht sehen konnten; deshalb legte ich ihn auf den Herd, damit wir bei seinem Schein arbeiten könnten, und sprach bei mir selber: ‚Die Münze, die Sa'd mir hinterließ, hat doch diesen Nutzen gebracht, daß wir keine Lampe mehr brauchen; wenigstens erspart sie uns das Öl.' Als die Kleinen sahen, daß ich die Lampe auslöschte und das Glas an ihrer Statt gebrauchte, sprangen und tanzten sie vor Freude und schrieen und jauchzten vor Entzücken, so daß alle Nachbarn ringsum sie hören konnten; deshalb schalt ich sie und schickte sie ins Bett, und auch wir gingen zur Ruhe und schliefen alsbald ein. Am nächsten Tage wachte ich beizeiten auf und begab mich an meine Arbeit, ohne weiter an das Stück Glas zu denken. Nun wohnte dicht bei uns ein reicher Jude, ein Juwelier, der alle Arten von Edelsteinen kaufte und verkaufte; und wie er und seine Frau in jener Nacht schlafen wollten, wurden sie durch das Lärmen und Schreien auf viele Stunden hin gestört, und der Schlaf mied ihre Augen. Als es Morgen ward, kam die Frau des Juweliers zu unserem Hause, um sich in ihrem und ihres Gatten Namen über den Lärm und das Geschrei zu beklagen. Ehe sie aber ein Wort des Tadels hatte sagen können, erriet meine Frau schon die Absicht, in der sie kam, und richtete die Worte an sie: ‚Rahîl[1],

1. Das ist Rahel.

ich fürchte, meine Kinder haben dich in der letzten Nacht durch ihr Lachen und Schreien belästigt. Ich bitte dich dafür um Nachsicht; du weißt doch wohl, wie Kinder über Kleinigkeiten bald lachen und bald weinen. Komm herein und sieh dir die Ursache ihrer Aufregung an, wegen deren du mich mit Recht zur Rede stellen willst!' Sie tat es und schaute das Stück Glas an, wegen dessen die Kleinen solches Getöse und solchen Lärm gemacht hatten; und als sie, die eine lange Erfahrung in Edelsteinen jeglicher Art besaß, den Diamanten betrachtete, war sie von Staunen erfüllt. Dann erzählte meine Frau ihr, wie sie ihn in dem Bauch des Fisches gefunden hatte, und darauf sagte die Jüdin: ,Dies Stück Glas ist besser als alle anderen Sorten von Glas. Ich habe auch ein solches Stück wie dies, und ich pflege es manchmal zu tragen; wenn du es verkaufen willst, so will ich dir dies Ding gern abkaufen.' Als die Kinder hörten, was sie sagte, fingen sie an zu schreien und riefen: ,Liebe Mutter, wenn du es nicht verkaufst, versprechen wir dir, nie mehr Lärm zu machen.' Da die Frauen einsahen, daß die Kleinen sich auf keinen Fall davon trennen wollten, sprachen sie nicht mehr darüber, und bald darauf ging die Jüdin fort; doch ehe sie Abschied nahm, flüsterte sie meiner Frau ins Ohr: ,Sieh zu, daß du niemandem davon erzählst, und wenn du Lust hast, es zu verkaufen, so laß es mich sofort wissen!'

Der Jude saß gerade in seinem Laden, als seine Frau zu ihm kam und ihm von dem Glasstück erzählte. Da sagte er: ,Geh sogleich zurück und biete einen Preis dafür, indem du sagst, es sei für mich. Fang mit einem kleinen Gebot an, und biete immer höher, bis du es bekommst!' Darauf kehrte die Jüdin zu meinem Hause zurück und bot zwanzig Goldstücke; das schien meiner Frau eine hohe Summe zu sein für eine solche Kleinigkeit, aber sie wollte den Handel doch nicht abschließen.

In diesem Augenblick verließ ich gerade meine Arbeit, und als ich zum Mittagsmahle heimkam, sah ich die beiden Frauen redend an der Schwelle stehen. Meine Frau hielt mich an und sagte: ‚Diese Nachbarin bietet zwanzig Goldstücke als Preis für das Stück Glas; aber ich habe ihr bis jetzt noch keine Antwort gegeben. Was sagst du dazu?' Da gedachte ich dessen, was Sa'd mir gesagt hatte, nämlich, daß mir durch diese Bleimünze großer Reichtum zuteil werden sollte. Als die Jüdin sah, wie ich zögerte, glaubte sie, ich wolle nicht in den Preis einwilligen, und so sprach sie: ‚Lieber Nachbar, wenn du dich für zwanzig Goldstücke nicht von dem Stück Glas trennen willst, will ich dir sogar fünfzig geben.' Nun überlegte ich mir, wenn die Jüdin ihr Angebot so bereitwillig von zwanzig auf fünfzig Goldstücke erhöhte, so müßte dies Glas sicher von großem Werte sein; deshalb schwieg ich und erwiderte ihr kein Wort. Als sie sah, daß ich immer noch schwieg, rief sie: ‚So nimm denn hundert, das ist sein voller Wert, ja, ich weiß nicht einmal, ob mein Gatte mit einem so hohen Preise einverstanden sein wird.' Ich gab zur Antwort: ‚Gute Frau, warum so töricht schwätzen? Ich verkaufe es nicht für weniger als hunderttausend Goldstücke, und du kannst es zu dem Preise erhalten, doch nur deshalb, weil du unsere Nachbarin bist.' Die Jüdin steigerte ihr Gebot nach und nach bis zu fünfzigtausend Goldstücken und sagte dann: ‚Bitte, warte bis morgen und verkaufe es nicht vorher, damit mein Gatte kommen und es ansehen kann!' ‚Recht gern,' erwiderte ich, ‚auf jeden Fall laß deinen Gatten nur herkommen und es sich ansehen!' Am nächsten Tage kam der Jude in unser Haus, und ich zog den Diamanten heraus und zeigte ihn ihm; da glänzte und glitzerte er in meiner Hand mit einem Lichte, das so hell war wie von einer Lampe. So überzeugte er sich, daß alles, was seine Frau ihm von seinem gleißenden Schein erzählt hatte, ganz der Wahrheit entsprach, und er nahm ihn in die Hand, prüfte ihn, wandte ihn hin und her und wunderte sich gar sehr über seine Schönheit; dann sagte er: ‚Meine Frau hat dir fünfzigtausend Goldstücke geboten; schau, ich will dir noch zwanzigtausend dazulegen.' Doch ich erwiderte: ‚Deine Gattin hat dir sicherlich die Summe genannt, die ich festgesetzt habe, das heißt, einhunderttausend Goldstücke und nicht weniger; von diesem Preise lasse ich keinen Deut und kein Tüttelchen ab.' Der Jude tat, was er nur konnte, um es für eine geringere Summe zu erwerben, aber ich antwortete nur: ‚Es macht nichts aus; wenn du mir meinen Preis nicht zahlen willst, muß ich ihn einem anderen Juwelier verkaufen.' Schließlich willigte er ein und wägte mir zweitausend Goldstücke ab als Handgeld, indem er sprach: ‚Morgen will ich dir den Betrag, den ich dir geboten habe, bringen und meinen Diamanten mitnehmen.' Damit war ich zufrieden; und so kam er am folgenden Tage zu mir und wägte mir die volle Summe von hunderttausend Goldstücken ab, die er unter seinen Freunden und Geschäftsteilhabern aufgebracht hatte. Darauf gab ich ihm den Diamanten, der mir so übermäßigen Reichtum eingetragen hatte, und dankte ihm und pries Allah den Erhabenen für dies große Glück, das mir so unerwartet zuteil geworden war, und ich hoffte sehr, bald meine beiden Freunde Sa'd und Sa'di wiederzusehen, um auch ihnen zu danken. Ich brachte nun zunächst mein Haus in Ordnung und gab meiner Frau einiges Geld, das sie für die Bedürfnisse des Hauses und für ihre eigene Kleidung und die der Kinder ausgeben sollte; dann aber kaufte ich mir ein schönes Wohnhaus und stattete es aufs beste aus. Darauf sprach ich zu meiner Frau, die an nichts anderes dachte als an prächtige Kleider und an gutes Essen und ein Leben in Herrlichkeit und Freuden: ‚Es geziemt uns nicht, dies unser Handwerk aufzugeben; wir müssen etwas Geld beiseite legen und das Geschäft weiterführen.' Ich ging also zu allen Seilern der Stadt, kaufte mit vielem Gelde verschiedene Werkstätten und ließ darin arbeiten; über jede Werkstatt setzte ich einen Aufseher, einen verständigen und vertrauenswürdigen Mann, und jetzt gibt es in der ganzen Stadt Baghdad keinen Bezirk und kein Viertel, in denen sich nicht Reeperbahnen und Seilereien von mir befänden. Ja, noch mehr, ich habe in jedem Bezirk, in jeder Stadt des Irak Warenhäuser, alle unter der Obhut ehrlicher Aufseher; so ist es gekommen, daß ich solch eine Menge von Reichtümern aufgehäuft habe. Schließlich kaufte ich ein anderes Haus zu meinem eigenen Geschäftshaus; das war ein zerfallener Bau, an den genügend viel Land angrenzte, aber ich ließ das alte Gemäuer niederreißen und erbaute an seiner Statt das große und geräumige Gebäude, das deine Hoheit gestern anzuschauen geruht hat. Dort finden alle meine Arbeiter ihr Unterkommen, und dort werden meine Geschäftsbücher und Rechnungen geführt; und es enthält außer meinem Warenhaus auch noch Gemächer, versehen mit einfachem Hausrat, wie er für mich und die Meinen genügt. So konnte ich nach einiger Zeit meine alte Heimstätte, an der Sa'd und Sa'di mich hatten arbeiten sehen, verlassen und in das neue Haus ziehen und dort wohnen. Nicht lange nach dieser Übersiedlung dachten meine beiden Freunde und Wohltäter daran, mich wieder zu besuchen. Sie wunderten sich sehr, als sie in meine alte Werkstatt kamen und mich dort nicht fanden; und sie fragten die Nachbarn: ‚Wo wohnt der Seiler Soundso? Lebt er noch, oder ist er tot?' Die Leute antworteten: ‚Er ist jetzt ein reicher Kaufherr, und man nennt ihn nicht mehr einfach Hasan, sondern gibt ihm den Titel: Meister Hasan, der

Seiler. Er hat sich ein prächtiges Haus gebaut und wohnt in dem unddem Stadtviertel.' Darauf gingen die beiden Gefährten hin, um mich zu suchen. Sie waren über die gute Botschaft erfreut; doch Sa'di wollte sich auf keine Weise davon überzeugen lassen, daß all mein Reichtum, wie Sa'd behauptete, aus jener Wurzel entsprungen sei, nämlich aus der kleinen Bleimünze. Nachdem er nun die Sache im Geiste überlegt hatte, sprach er zu seinem Begleiter: ‚Es freut mich dennoch, von all diesem Glück zu hören, das Hasan widerfahren ist, obgleich er mich zweimal getäuscht und mir vierhundert Goldstücke abgenommen hat, durch die er zu solchem Reichtum gekommen ist; denn es ist widersinnig, anzunehmen, daß der von der kleinen Bleimünze herrühren sollte, die du ihm gegeben hast. Doch ich vergebe ihm und trage ihm nichts nach.' Der andere erwiderte: ‚Du bist im Irrtum. Ich kenne Hasan von alters her als einen guten und wahrhaften Mann; er würde dich nie täuschen, und was er uns erzählt hat, ist die reine Wahrheit. Ich bin in meinem Innern davon überzeugt, daß er all dies Geld und Gut durch die Bleimünze erworben hat; allein, wir werden ja bald hören, was er zu sagen hat.' Unter solchen Gesprächen kamen sie in die Straße, in der ich jetzt wohne, und als sie dort ein großes und prächtiges, neu errichtetes Gebäude sahen, ahnten sie, daß es das meine wäre. Deshalb pochten sie an, und wie der Pförtner öffnete, wunderte Sa'di sich ob solcher Pracht und ob der vielen Leute, die darinnen saßen, und er fürchtete schon, sie seien vielleicht, ohne es zu wissen, in das Haus irgendeines Emirs eingedrungen. Doch er faßte sich ein Herz und fragte den Pförtner: ‚Ist dies die Wohnung von Chawâdscha Hasan el-Habbâl?' Und der Pförtner antwortete: ‚Dies ist in der Tat das Haus von Chawâdscha Hasan el-Habbâl. Er ist zu Hause und sitzt in seiner

Kanzlei. Bitte, tritt ein, und einer der Sklaven wird ihm dein Kommen melden!' Darauf gingen die beiden Freunde hinein, und sowie ich sie sah, erkannte ich sie; und ich erhob mich, lief ihnen entgegen und küßte die Säume ihrer Gewänder. Sie wollten mir um den Hals fallen und mich umarmen, aber aus lauter Bescheidenheit wollte ich nicht dulden, daß sie es taten; so führte ich sie denn in einen großen und geräumigen Saal und bat sie, sich auf die höchsten Ehrenplätze zu setzen. Sie wollten mich zwingen, auf dem obersten Platze zu sitzen, aber ich rief: ‚Hohe Herren, ich bin um nichts besser als der arme Seiler Hasan, der immer, eingedenk eurer Würde und Güte, für euer Wohlergehen betet und nicht verdient, an höherer Stelle zu sitzen als ihr.' Da setzten sie sich, und ich setzte mich ihnen gegenüber, und Sa'di sprach: ‚Mein Herz ist über die Maßen erfreut, da ich dich in diesem Wohlstand sehe; denn Allah hat dir alles gegeben, was du nur wünschen konntest. Ich zweifle nicht daran, daß du all diesen Reichtum und Überfluß durch die vierhundert Goldstücke gewonnen hast, die ich dir einst gab; nun sage mir aber ehrlich, warum hast du mich zweimal getäuscht und mir die Unwahrheit gesagt?' Sa'd hörte diesen Worten mit stiller Entrüstung zu, und ehe ich noch etwas erwidern konnte, hub er an: ‚O Sa'di, wie oft habe ich dir versichert, daß alles, was Hasan früher über den Verlust der Goldstücke gesagt hat, keine Lüge, sondern die Wahrheit ist?' Darauf begannen sie miteinander zu streiten, während ich, sobald ich mich von meiner Überraschung erholt hatte, ausrief: ‚Ach, meine Herren, wozu dieser Streit? Entzweit euch nicht um meinetwillen, ich flehe euch an! Alles, was mir früher widerfahren ist, habe ich euch mitgeteilt, und ob ihr meinen Worten glaubt oder nicht, glaubt, darauf kommt wenig an. Vernehmet nun meine ganze Geschichte der Wahrheit gemäß!' Dann erzählte ich ihnen die Geschichte von dem Bleistück, das ich dem Fischer gegeben hatte, und von dem Diamanten, der sich im Bauche des Fisches fand; kurz, ich berichtete ihnen alles genau so, wie ich es jetzt deiner Hoheit kundgetan habe. Nachdem Sa'di mein ganzes Erlebnis vernommen hatte, sagte er: ‚O Chawâdscha Hasan, es erscheint mir über die Maßen seltsam, daß ein so großer Diamant sich in dem Bauche eines Fisches finden sollte; und ich halte es auch für ein unmöglich Ding, daß eine Weihe mit deinem Turban fortgeflogen oder daß deine Frau den Krug mit Kleie für die Walkererde weggegeben haben könnte. Du sagst, die Geschichte sei wahr; dennoch kann ich deinen Worten keinen Glauben schenken, denn ich weiß doch recht wohl, daß die vierhundert Goldstücke dir all diesen Reichtum verschafft haben.' Als die beiden jedoch aufstanden, um Abschied zu nehmen, erhob auch ich mich und sprach: ‚Hohe Herren, ihr habt mir die Gunst erwiesen, daß ihr mich in meiner armen Hütte zu besuchen geruhtet. Ich bitte euch nun herzlich, kostet auch von meiner Speise und verweilet hier diese Nacht unter dem Dache eures Dieners; denn morgen möchte ich euch gern auf dem Flusse in ein Landhaus führen, das ich vor kurzem erworben habe!' Darin willigten sie ein nach etlichen Einwendungen; und nachdem ich die Anordnungen für das Nachtmahl gegeben hatte, führte ich sie im Hause umher und zeigte ihnen die Einrichtung, indem ich sie mit gefälligen Worten und heiterem Geplauder unterhielt, bis ein Sklave kam und meldete, daß die Abendmahlzeit aufgetragen sei. Da geleitete ich sie in den Saal, in dem die Platten aufgereiht waren, beladen mit mancherlei Gerichten; auf allen Seiten standen Kerzen, die nach Kampfer dufteten, und vor dem Tische waren Spielleute versammelt, die sangen und auf mancherlei

Instrumenten der Fröhlichkeit und Freude spielten, während am oberen Ende des Saales Männer und Frauen tanzten und allerlei zum Zeitvertreib aufführten. Als wir zu Nacht gegessen hatten, gingen wir zu Bett; dann standen wir beizeiten wieder auf, sprachen das Frühgebet und bestiegen ein großes und gut ausgerüstetes Boot, und die Ruderer ruderten mit der Strömung und landeten uns bald bei meinem Landsitz. Dort wandelten wir gemeinsam über das Land und traten ins Haus; ich zeigte ihnen auch unsere neuen Bauten und wies ihnen alles, was dazu gehörte; und sie betrachteten es mit größter Verwunderung. Darauf begaben wir uns in den Garten und sahen, in Reihen an den Wegen gepflanzt, Fruchtbäume jeglicher Art, die sich unter den reifen Früchten beugten; die wurden mit Wasser vom Strom her durch Kanäle aus Ziegelsteinen bewässert. Ringsum standen blühende Büsche, deren Duft dem Zephir Freude machte; hie und da ließen Springbrunnen ihre Wasserstrahlen hoch in die Luft steigen, und mit süßen Stimmen sangen die Vöglein zwischen den laubreichen Zweigen Loblieder dem Einen, dem Ewigen. Kurz, der Anblick und die Wohlgerüche erfüllten die Seele mit Freude und Fröhlichkeit. Meine beiden Freunde schritten erfreut und entzückt umher und dankten mir immer wieder, daß ich sie an einen so herrlichen Ort geführt hatte, und sprachen: ‚Allah der Erhabene, lasse es dir in Haus und Garten wohlergehen!' Zuletzt führte ich sie an den Fuß eines hohen Baumes, nahe einer der Gartenmauern, und dort zeigte ich ihnen ein kleines Sommerhaus, wo ich mich auszuruhen und zu erfrischen pflegte; der Raum war mit Kissen und Polstern und Diwanen ausgestattet, die mit reinem Golde bestickt waren. Nun traf es sich, als wir in jenem Sommerhause der Ruhe pflegten, daß zwei meiner Söhne, die ich mit ihrem Erzieher des Luftwechsels halber zu meinem Landsitz geschickt hatte, im Garten umherstreiften und nach Vogelnestern suchten. Da entdeckten sie ein großes Nest, hoch im Gipfel, und versuchten, den Stamm hinaufzuklettern, um es zu holen; aber sie wagten sich doch nicht so hoch hinauf, weil sie nicht so stark und geübt waren, und deshalb befahlen sie einem jungen Sklaven, der sie immer begleitete, den Baum zu erklimmen. Er tat nach ihrem Geheiß; aber als er in das Nest hineinschaute, staunte er über die Maßen, weil er sah, daß es zum großen Teile aus einem alten Turban gemacht war. Dann brachte er das Nest herunter und hielt es den Knaben hin. Mein ältester Sohn nahm es ihm aus den Händen und brachte es in die Laube, um es mir zu zeigen; und indem er es mir zu Füßen legte, rief er in heller Freude: ,Vater, schau hier, dies Nest ist aus Zeug gemacht!' Sa'd und Sa'di waren über diesen Anblick höchlichst erstaunt, und das Staunen wuchs noch um so mehr, als ich das Nest näher ansah und darin eben den Turban erkannte, auf den die Weihe sich gestürzt hatte und der mir von jenem Vogel geraubt war. Darauf sagte ich zu meinen beiden Freunden: ,Seht euch diesen Turban näher an und überzeugt euch selbst, daß er genau derselbe ist, den ich auf dem Kopfe trug, als ihr mich zum ersten Male mit eurem Besuch beehrtet!' Sa'd sagte: ,Ich kenne ihn nicht.' Und Sa'di sprach: ,Wenn du in ihm die hundertundneunzig Goldstücke findest, so kannst du gewiß sein, daß es wirklich dein Turban ist.' ,Lieber Herr,' erwiderte ich, ,ich weiß ganz genau, daß dies derselbe Turban ist.' Und als ich ihn in meiner Hand hielt, fand ich, daß er schwer von Gewicht war; dann entfaltete ich ihn und fühlte, daß in einem Zipfel des Tuches etwas eingebunden war. Rasch rollte ich die Wickel auf, und siehe da – ich fand den Beutel mit den Goldstücken. Ich zeigte ihn Sa'di und rief: ,Kannst du diesen Beutel nicht wiedererkennen?' Und er gab zur Antwort: ‚Dies ist wirklich derselbe Beutel mit Goldstücken, den ich dir gab, als wir einander zum ersten Male sahen.' Dann öffnete ich ihn und schüttete das Gold in einem Haufen auf den Teppich aus und hieß ihn sein Geld zählen; er zählte es, Münze auf Münze, und stellte fest, daß es einhundertundneunzig Goldstücke waren. Tief beschämt und verwirrt rief er nun: ‚Jetzt glaube ich deinen Worten; indessen du wirst doch zugeben, daß du die Hälfte dieses deines ungeheuren Reichtums durch die zweihundert Goldstücke erworben hast, die ich dir bei unserm zweiten Besuche gab, und nur die andere Hälfte durch das Scherflein, das du von Sa'd erhieltest.' Darauf gab ich keine Antwort; doch meine Freunde ließen nicht ab, darüber zu streiten. Dann setzten wir uns nieder zu Speise und Trank, und als wir gesättigt waren, gingen ich und meine beiden Freunde in der kühlen Laube zur Ruhe; und als die Sonne dem Untergang nahe war, saßen wir auf und ritten nach Baghdad zurück, während die Diener uns folgen sollten. Doch nachdem wir die Stadt erreicht hatten, fanden wir alle Läden geschlossen und konnten nirgends Korn und Futter für unsere Pferde finden; deshalb sandte ich zwei junge Sklaven, die neben uns her gelaufen waren, auf die Suche nach Futter. Einer von ihnen fand im Laden eines Kornhändlers einen Krug voll Kleie, und nachdem er für den Inhalt bezahlt und versprochen hatte, er würde das Gefäß am nächsten Tage zurückbringen, brachte er die Kleie samt dem Krug. Dann begann er die Kleie im Dunkeln herauszuholen, Handvoll auf Handvoll, und sie den Pferden vorzuwerfen. Plötzlich aber traf seine Hand auf ein Tuch, in dem etwas Schweres war. Er brachte es mir so, wie er es gefunden hatte, und sagte: ‚Sieh, ist dies Tuch nicht gerade das, von dessen Verlust du oft zu uns gesprochen hast?' Ich nahm es und erkannte zu meinem höchsten Erstaunen, daß es dasselbe Stück Zeug war, in das ich die hundertundneunzig Goldstücke eingebunden hatte, ehe ich sie in dem Kleiekrug verbarg. Dann aber sprach ich zu meinen Freunden: ‚Liebe Herren, es hat Allah dem Erhabenen gefallen, ehe wir uns voneinander trennen, meine Worte zu bezeugen und zu beweisen, daß ich euch nichts als die lautere Wahrheit erzählt habe.' Dann fuhr ich fort, indem ich mich zu Sa'di wandte: ‚Schau hier die andere Summe Geldes, das heißt, die hundertundneunzig Goldstücke, die ich, nachdem du sie mir gegeben hattest, in ebendies Tuch einband, das ich nun wiedererkenne.' Sogleich ließ ich den Tonkrug bringen, damit sie ihn sehen könnten; und ich befahl, ihn auch zu meiner Frau zu tragen, damit sie ebenfalls Zeugnis ablegte, ob es derselbe Kleiekrug war, den sie damals für die Walkererde hingegeben hatte. Sie schickte uns alsbald Bescheid und ließ uns sagen: ‚Jawohl, ich erkenne ihn genau. Dies ist derselbe Krug, den ich mit Kleie gefüllt hatte.' Jetzt gab Sa'di endlich zu, daß er im Unrecht war, und er sagte zu Sa'd: ‚Nun weiß ich, daß du recht hast, und ich bin überzeugt, daß Reichtum nicht durch Reichtum kommt; sondern allein durch die Gnade Allahs des Erhabenen wird ein Armer zu einem reichen Manne.' Und er bat um Vergebung für sein Mißtrauen und seinen Unglauben. Wir nahmen seine Entschuldigung an, und dann begaben wir uns alle zur Ruhe. Früh am nächsten Morgen sagten meine beiden Freunde mir Lebewohl und zogen heim, fest davon überzeugt, daß ich kein Unrecht begangen und die Gelder, die sie mir gegeben hatten, nicht verschwendet hatte.'

Als der Kalif Harûn er-Raschîd die Geschichte des Chawâdscha Hasan bis zum Schluß vernommen hatte, sprach er: ‚Ich kenne dich seit langer Zeit durch den guten Ruf, den du beim Volke hast; denn alle, einer wie der andere, erklären, daß du ein guter und wahrhaftiger Mann bist. Überdies ist dieser selbe Diamant, durch den du so großen Reichtum erlangt hast, jetzt in meiner Schatzkammer. Deshalb möchte ich gern sofort nach Sa'di ausschicken, auf daß er ihn mit eigenen Augen sehe und sicher wisse, daß die Menschen nicht durch Geld reich oder arm werden.' Ferner sagte der Beherrscher der Gläubigen noch zu Chawâdscha Hasan el-Habbâl: ‚Geh hin und erzähle deine Geschichte meinem Schatzmeister, damit er sie zu ewigem Gedächtnis aufzeichne und die Schrift in der Schatzkammer bei dem Diamanten niederlege.' Darauf entließ der Kalif den Chawâdscha Hasan mit einem Wink, und Sîdi Nu'mân und Baba Abdullah küßten den Fuß des Thrones und gingen gleichfalls ihrer Wege.

Ferner wird erzählt

DIE GESCHICHTE VON CHUDADÂD
UND SEINEN BRÜDERN[1]

O glücklicher König, diese meine Geschichte erzählt von dem Königreich von Dijâr Bakr[2], in dessen Hauptstadt Harrân[3] ein Sultan von erlauchter Herkunft lebte, ein Schirmherr des Volks, der seine Untertanen liebte, ein Freund der Menschen, der berühmt war, weil er alle guten Eigenschaften besaß. Nun hatte Allah der Erhabene ihm alles verliehen, was sein Herz nur begehren konnte, doch mit einem Kinde hatte Er ihn nicht gesegnet; denn wiewohl er anmutige Gemahlinnen und schöne Nebenfrauen in großer Zahl in seinem Harem hatte, so war ihm doch kein Sohn beschert worden, und deshalb

---

1. Vgl. oben Seite 240, Anmerkung 1. – 2. Nordmesopotamien ist gemeint; die Stadt Dijâr Bakr am oberen Tigris hieß früher Amida. – 3. Südlich von Edessa.

sandte er unablässig Gebete zum Schöpfer empor. Eines Nachts aber erschien ihm im Traume ein Mann von schöner Erscheinung und heiligem Aussehen, gleich einem Propheten; der sprach ihn an und sagte: ‚Mächtiger König, deine Gebete sind endlich erhört. Erhebe dich morgen, wenn der Tag anbricht, und verrichte ein Frühgebet von zwei Rak'as[1] und sende deine Bitten empor; dann eile zum Obergärtner deines Palastes und verlange von ihm einen Granatapfel; von dem iß dann so viele Kerne, wie dir gut dünkt. Dann verrichte noch einmal ein Gebet von zwei Rak'as, und Allah wird dein Haupt mit Huld und Gnade überschütten.' Als nun der König bei Tagesanbruch erwachte, entsann er sich des Traumgesichts und dankte dem Allmächtigen, verrichtete seine Gebete und flehte knieend um Segen. Darauf erhob er sich und begab sich in den Garten; und nachdem er einen Granatapfel von dem Obergärtner erhalten hatte, zählte er fünfzig Kerne davon und aß sie, einen für eine jede seiner Frauen. Dann ruhte er nacheinander eine Nacht bei jeder, und durch die Allmacht des Schöpfers offenbarte sich nach Erfüllung der Zeit bei allen, daß sie empfangen hatten, außer bei einer, die Firûza[2] geheißen war. Darum hegte der König einen Groll gegen sie, indem er bei sich sprach: ‚Allah erachtet diese Frau für gering und unselig, und Er will nicht, daß sie die Mutter eines Prinzen werde, und darum ist der Fluch der Unfruchtbarkeit ihr zuteil geworden.' Er wollte sie hinrichten lassen, aber der Großwesir legte Fürbitte für sie ein und bat ihn, er möge bedenken, daß Firûza vielleicht doch guter Hoffnung sei und trotzdem nicht die äußeren Anzeichen davon an sich trüge, wie es mancher Frau ergehe; wenn er sie also töten ließe, so möchte er vielleicht einem Prinzen mit der Mutter das Leben nehmen.

1. Vgl. Band I, Seite 390, Anmerkung. – 2. Persisch=Türkis.

Der König erwiderte: ‚So sei es! Töte sie nicht, aber sorge dafür, daß sie nicht länger am Hofe noch in der Stadt bleibt, denn ich kann ihren Anblick nicht mehr ertragen!' Darauf sagte der Minister: ‚Es soll geschehen, wie deine Hoheit befiehlt. Möge sie der Obhut des Sohnes deines Bruders, des Prinzen Samîr, anvertraut werden!' Der König folgte dem Rate seines Wesirs und entsandte die verabscheute Königin nach Samaria, zugleich mit einem Schreiben folgenden Inhaltes an seinen Neffen: ‚Wir vertrauen diese Herrin deiner Obhut an; behandle sie ehrenvoll, und solltest du an ihr Zeichen bemerken, daß sie guter Hoffnung ist, so denke daran, daß du uns alsbald und ohne Verzug davon Nachricht gibst!' So reiste denn Firûza nach Samaria, und als ihre Zeit erfüllt war, schenkte sie einem Knäblein das Leben und ward Mutter eines Prinzen, dessen Antlitz so hell erstrahlte wie der leuchtende Tag. Da sandte der Herr von Samaria einen Brief an den Sultan von Harrân mit der Botschaft: ‚Ein Prinz ist geboren aus dem Schoße Firûzas; Allah der Erhabene gebe dir Dauer des Glücks!' Durch diese Nachricht wurde der König von Freude erfüllt, und alsbald antwortete er seinem Neffen, dem Prinzen Samîr: ‚Jede von meinen neunundvierzig Frauen ist mit einem Sprößling gesegnet, und es erfreut mich über die Maßen, daß auch Firûza mir einen Sohn geschenkt hat. Laß ihn Chudadâd[1] heißen und hüte ihn sorgsam; und was du nur immer brauchst für die Feierlichkeit seiner Geburt, soll dir ohne Rücksicht auf die Kosten ausgezahlt werden!' Da übernahm Prinz Samîr mit der allergrößten Freude die Sorge für den Prinzen Chudadâd, und sobald der Knabe das Alter erreichte, Unterricht zu empfangen, bestellte er für ihn Lehrer in der Reitkunst, im Bogen-

1. Persisch=von Gott gegeben, wie hebräisch Nathanael, griechisch Theodor u. a. m.

schießen und in allen Künsten und Wissenschaften, die zu lernen Königssöhnen geziemt, so daß er in allen Kenntnissen vollkommen ward. Mit achtzehn Jahren war er von herrlicher Gestalt, und seine Stärke und Tapferkeit waren so groß, daß niemand in der ganzen Welt sich ihm vergleichen konnte. Und da er nun fühlte, daß er von ungewöhnlicher Kraft und männlichem Wesen erfüllt war, so wandte er sich eines Tages an seine Mutter Firûza und sprach zu ihr: ‚Liebe Mutter, gib mir Urlaub, auf daß ich Samaria verlasse und auf der Suche nach dem Glück ausziehe, zumal auf dem Schlachtfelde, wo ich meine Kraft und Kühnheit erweisen kann. Mein Vater, der König von Harrân, hat viele Feinde, von denen es manche gelüstet, Krieg wider ihn zu führen, und es wundert mich, daß er in solcher Zeit mich nicht beruft, um mich in diesen wichtigsten aller Dinge zu seinem Helfer zu machen. Da ich sehe, daß ich solchen Mut und solche gottgegebene Kraft besitze, so geziemt es mir, nicht müßig zu Hause zu sitzen. Mein Vater weiß nicht von meiner Stärke und denkt wirklich überhaupt nicht an mich; trotzdem gebührt es mir, daß ich in solcher Zeit vor ihn hintrete und ihm meine Dienste anbiete, bis auch meine Brüder fähig sind, zu fechten und gegen seine Feinde Fehde zu führen.‘ Darauf erwiderte seine Mutter: ‚Mein lieber Sohn, dein Fernsein ist mir leid; doch in der Tat, es geziemt dir, deinem Vater gegen die Feinde zu helfen, die ihn von allen Seiten angreifen, falls er nach deiner Hilfe verlangt.‘ Chudadâd aber antwortete seiner Mutter Firûza: ‚Ich bin wahrlich nicht imstande noch länger zu warten; ferner habe ich solch eine Sehnsucht in meinem Herzen, den Sultan, meinen Vater, zu sehen, daß ich sicher sterben werde, wenn ich nicht hingehe, ihn zu besuchen und ihm die Füße zu küssen. Ich will als ein Fremdling, der ihm ganz unbekannt ist, in seinen Dienst treten, ohne ihm zu sagen, daß ich sein Sohn bin; ich will ihm als einer seiner Dienstmannen aus fremdem Lande gelten und ihm mit solcher Hingabe folgen und dienen, daß er mir, wenn er erfährt, daß ich wirklich sein Kind bin, seine Gunst und Zuneigung schenkt.' Auch Prinz Samîr wollte nicht dulden, daß er von dannen zöge, und er verbot es ihm; dennoch verließ der Prinz eines Tages Samaria ganz plötzlich unter dem Vorwande, daß er zu Jagd und Hatz ausreite. Er bestieg ein milchweißes Roß, dessen Zügel und Steigbügel aus Gold waren und das einen Sattel und Schabracken aus blauem Atlas trug, die mit Juwelen besetzt und mit Fransen aus hellen Perlen verziert waren. Sein Säbel hatte einen Griff aus einem einzigen Diamanten, die Scheide aus Sandelholz war mit Rubinen und Smaragden besetzt, und sie war an einem Gürtel voller Juwelen befestigt, während sein Bogen und sein reich verzierter Köcher ihm zur Seite hingen. So ausgerüstet und von seinen Freunden und Vertrauten begleitet, traf er bald wohlbehalten in der Stadt Harrân ein; und als sich die Gelegenheit bot, erschien er vor dem König und wartete ihm auf bei der Staatsversammlung. Da der König seine Schönheit und sein stattliches Aussehen bemerkte, oder vielleicht auch, weil sich die natürliche Zuneigung in ihm regte, geruhte er seinen Gruß zu erwidern; dann rief er ihn huldvoll an seine Seite und fragte ihn nach seinem Namen und seiner Herkunft. Darauf erwiderte Chudadâd: ‚Hoher Herr, ich bin der Sohn eines Emirs in Kairo. Die Lust zum Reisen hat mich getrieben, meine Vaterstadt zu verlassen und von Land zu Land zu wandern, bis ich schließlich hierher gekommen bin; und da ich gehört habe, daß du wichtige Dinge betreibst, so hege ich den Wunsch, dir meine Tapferkeit zu beweisen.' Der König war über die Maßen erfreut, als er diese festen und mannhaften Worte vernahm, und er gab ihm sogleich das Amt eines Befehlshabers in seinem Heer. Chudadâd aber gewann sich schnell durch sorgsame Aufsicht über die Truppen die Achtung seiner Hauptleute, die er alle zufrieden zu stellen suchte, und auch die Herzen der Krieger durch seine Kraft und seinen Mut, sein gütiges Wesen und seine freundliche Gesinnung. Er brachte ferner das Heer und seine ganze Ausrüstung und das Kriegsgerät in eine so trefflich geordnete Verfassung, daß der König entzückt war, als er eine Musterung über sie abhielt, und den Fremdling zum Oberbefehlshaber ernannte und ihn zu seinem besonderen Günstling machte; und als die Wesire und Emire, die Statthalter und die Vornehmen bemerkten, daß er in hoher Ehre und Achtung stand, zeigten auch sie ihm nichts als Wohlwollen und Zuneigung. Allein die anderen Prinzen, die nun in den Augen des Königs und der Untertanen nichts mehr galten, wurden neidisch auf seine hohe Stellung und Würde. Chudadâd aber gefiel dem Sultan, seinem Herrn, immerdar zu allen Zeiten, wenn sie miteinander sprachen, durch seine Klugheit und Besonnenheit, seine Einsicht und Weisheit und gewann seine Achtung immer noch mehr; und als die Feinde, die einen Raubzug in das Reich geplant hatten, von der Manneszucht im Heere und von Chudadâds Waffenrüstungen hörten, gaben sie jegliche feindliche Absicht auf. Nach einer Weile übertrug der König an Chudadâd auch die Obhut und die Erziehung der neunundvierzig Prinzen, da er sich ganz auf seine Weisheit und sein Geschick verließ, und so wurde Chudadâd, obwohl er im gleichen Alter stand wie seine Brüder, dennoch ihr Meister durch seine Einsicht und seinen Verstand. Sie aber haßten ihn deshalb nur noch um so mehr; und als sie sich eines Tages berieten, sprach einer zum anderen: ‚Was hat unser Vater da getan, daß er einen fremden Kerl zu seinem Vertrauten gemacht und zum Herrn über uns gesetzt hat? Wir können nichts mehr tun ohne die Erlaubnis dieses unseres Lehrmeisters, und unsere Lage ist ganz unerträglich; wir wollen darum etwas ersinnen, um uns von diesem Fremdling zu befreien oder doch wenigstens ihn in den Augen unseres Vaters, des Sultans, gemein und verächtlich zu machen.' Einer hub an: ‚Wir wollen uns zusammentun und ihn an einer einsamen Stelle totschlagen.' Doch ein anderer entgegnete: ‚Nicht so! Wenn wir ihn töten, so nützt uns das nichts; denn wie könnten wir die Sache vor dem König verborgen halten? Er würde unser Feind werden, und nur Allah weiß, welches Unheil dann über uns käme. Nein, wir wollen ihn vielmehr um Erlaubnis bitten und auf die Jagd ziehen und dann in einer fernen Stadt bleiben; nach einer Weile wird der König sich über unser Ausbleiben wundern, danach wird er sich tief grämen, und schließlich, wenn er zornig und argwöhnisch wird, so wird er diesen Gesellen zum Palast hinausjagen oder gar vielleicht hinrichten lassen. Dies ist der einzige wirklich sichere Weg, sein Verderben herbeizuführen.' Die neunundvierzig Brüder stimmten darin überein, daß dieser Plan der klügste sei; dann gingen sie alsbald gemeinsam zu Chudadâd und baten ihn um Erlaubnis, eine Weile im Lande umherzureiten und auf die Jagd zu ziehen, indem sie ihm versprachen, sie würden bei Sonnenuntergang heimkehren. Er ließ sich überlisten und erlaubte ihnen zu gehen; darauf ritten sie fort zur Jagd, allein sie kehrten weder an jenem noch am nächsten Tage zurück. Der König aber, der sie vermißte, fragte am dritten Tage Chudadâd, wie es käme, daß keiner seiner Söhne zu sehen wäre; und der antwortete, sie hätten vor drei Tagen von ihm die Erlaubnis erhalten, auf Jagd zu reiten, und wären noch nicht heimgekehrt. Darüber machte sich der Vater schwere Sorgen; und als noch mehrere Tage verstrichen waren und die Prinzen immer noch nicht erschienen, wurde der alte Sultan sehr erregt in seinem Innern, so daß er seinen Unwillen kaum noch zurückhalten konnte; und er berief Chudadâd und fuhr ihn in hellem Zorn an: ‚O du pflichtvergessener Fremdling, was ist das für eine Kühnheit und Vermessenheit von dir, daß du meine Söhne auf die Jagd reiten ließest und nicht mit ihnen rittest? Jetzt liegt es dir ob, dich aufzumachen, um nach ihnen zu suchen und sie zurückzubringen; sonst ist der Tod dir sicher.' Als Chudadâd diese harten Worte vernahm, ward er bestürzt und erschrak; doch er machte sich bereit, bestieg sofort sein Roß und verließ die Stadt, um nach den Prinzen, seinen Brüdern, zu suchen; so zog er von Land zu Land, gleichwie ein Hirte, der eine verirrte Ziegenherde sucht. Da er nun keine Spur von ihnen entdeckte, weder in bewohntem Lande noch in der Wüste, wurde er über die Maßen bekümmert und betrübt, und er sprach in seiner Seele: ‚Ach, meine Brüder, was ist euch widerfahren, und wo mögt ihr jetzt weilen? Vielleicht hat irgendein mächtiger Feind euch gefangen genommen, so daß ihr nicht entrinnen könnt! Doch ich kann nie mehr nach Harrân zurückkehren, wenn ich euch nicht finde, denn das würde dem König bitteren Kummer und Gram bringen.' Nun bereute er es immer tiefer, daß er sie ohne sein Geleit und seine Führung hatte ziehen lassen. Schließlich, wie er so nach ihnen suchte von Tal zu Tal und von Wald zu Wald, kam er plötzlich zu einer weiten und geräumigen Flur, in deren Mitte sich ein Schloß von schwarzem Marmor erhob; er ritt langsam darauf zu, und als er dicht unter den Mauern war, erblickte er eine Maid von unvergleichlicher Schönheit und Anmut, die in tiefer Trauer an einem Fenster saß und keinen anderen Schmuck an sich hatte als ihre eigenen Reize. Ihr schönes Haar hing in losen Locken herunter; ihr Gewand war zerfetzt, und ihr Antlitz war bleich und verriet Trauer und Kummer. Doch sie sprach ihn mit gedämpfter Stimme an, und als Chudadâd aufmerksam lauschte, hörte er, wie sie diese Worte sprach: ,O Jüngling, flieh diese unselige Stätte, sonst fällst du in die Hände des Ungeheuers, das hier wohnt! Ein schwarzer[1] Menschenfresser ist der Herr dieses Schlosses, der ergreift alle, die das Schicksal zu dieser Flur sendet, und sperrt sie in dunkle und enge Zellen ein, um sie sich als Speise aufzubewahren.' Da rief Chudadâd ihr zu: ,Meine Herrin, sage mir, ich bitte dich, wer bist du, und wo ist deine Heimat?' Und sie antwortete: ,Ich gehöre zu den Töchtern Kairos und bin eine der edelsten unter ihnen. Vor kurzem, als ich auf dem Wege nach Baghdad war, machte ich auf dieser Ebene halt, und da begegnete ich jenem Mohren; der erschlug alle meine Diener, und nachdem er mich mit Gewalt fortgeschleppt hatte, sperrte er mich in diesen Palast ein. Ich mag nicht länger leben, ja, es wäre tausendmal besser für mich, wenn ich stürbe; denn diesen Mohr gelüstet es nach mir, und wiewohl ich bisher den Liebkosungen dieses unreinen Schurken entgangen bin, so wird er doch morgen, wenn ich mich wieder weigere, sein Begehren zu erfüllen, mich ganz sicher schänden und ums Leben bringen. So habe ich denn alle Hoffnung auf Rettung fahren lassen; aber du, weshalb bist du hierher gekommen, um zu verderben? Flieh, ohne Zögern und Zaudern! Denn er ist ausgegangen, um Wanderer zu suchen, und er wird recht bald zurückkommen. Überdies, er kann weit und breit sehen und alle erkennen, die diese Steppe durch-

---

1. Der hindustanische Text hat hier *zangi*, später *habaschi* (bzw. *habschi*); beide Wörter bedeuten allgemein ,Neger', obwohl letzteres ursprünglich den ,Abessinier' bezeichnet.

ziehen.' Kaum hatte die Maid diese Worte gesprochen, als der Neger schon in Sicht kam; er war ein Teufel der Wildnis, ein riesiger Recke, gruselig von Gesicht und Gestalt, und er ritt auf einem starken tatarischen Rosse und schwang im Reiten eine schwere Klinge, die niemand führen konnte außer ihm. Als Chudadâd dies Ungetüm erblickte, ward er ganz bestürzt, und er betete zum Himmel, daß er jenen Teufel besiegen möchte; dann aber zog er sein Schwert und erwartete das Nahen des Negers mutig und standhaft. Der Mohr freilich dachte, als er näher kam, der Prinz sei zu winzig und zu schwach, um mit ihm zu kämpfen, und er beschloß, ihn lebendig zu fangen. Wie Chudadâd bemerkte, daß sein Feind nicht streiten wollte, versetzte er ihm mit seinem Schwert einen so gewaltigen Hieb, daß der Neger vor Wut schäumte und einen so lauten Schrei ausstieß, daß die ganze Ebene von seinem Klageruf widerhallte. Dann erhob sich der Räuber wutentbrannt aufrecht in seinen Steigbügeln und holte mit seinem gewaltigen Schwert zu einem Streich gegen Chudadâd aus; und wenn der Prinz nicht so geschickt ausgewichen und sein Renner nicht so gewandt gewesen wäre, so hätte der Schwarze ihn in zwei Teile gespalten wie eine Gurke. Obgleich das Schwert durch die Luft sauste, tat der Hieb doch keinen Schaden, und im Nu versetzte Chudadâd ihm einen zweiten Streich und schlug ihm die rechte Hand ab, so daß sie mit dem Schwerte, das sie hielt, auf den Boden fiel; der Mohr aber verlor das Gleichgewicht und stürzte aus dem Sattel, daß die Erde von dem Anprall erdröhnte. Da sprang der Prinz von seinem Rosse, trennte rasch den Kopf des Feindes von seinem Rumpfe und warf ihn beiseite. Nun hatte die Maid durch das Gitterfenster hinabgeschaut und dabei inbrünstig für den tapferen Jüngling gebetet; wie sie aber den Neger erschlagen und den Prinzen siegreich sah, ward sie von Freude überwältigt und rief ihrem Befreier zu: ‚O mein Gebieter, Preis sei Allah dem Erhabenen, der diesen Teufel durch deine Hand geschlagen und vernichtet hat! Komm jetzt zu mir in das Schloß, dessen Schlüssel der Neger bei sich trägt; nimm sie ihm ab und öffne die Tür und befreie mich!' Chudadâd fand ein großes Schlüsselbund unter dem Gürtel des Erschlagenen; so öffnete er denn die Tore der Feste und kam in einen großen Saal, in dem die Maid sich befand. Kaum hatte sie ihn erblickt, so eilte sie auf ihn zu und wollte sich ihm zu Füßen werfen und sie küssen; allein Chudadâd hinderte sie daran. Sie pries ihn, so hoch sie vermochte, und rühmte ihn ob seiner Tapferkeit mehr als alle Helden der Welt; und er bot ihr den Gruß, und als er sie aus der Nähe sah, deuchte es ihn, daß sie mit noch mehr Anmut und Liebreiz begabt wäre, als es aus der Ferne geschienen hatte. Darüber war der Prinz hoch erfreut, und beide setzten sich nieder zu heiterem Geplauder. Plötzlich aber hörte Chudadâd Schreie und Rufe, Weinen und Wimmern, Seufzen und Ächzen und Klagen, die immer lauter erschollen; da fragte er die Maid, indem er sprach: ‚Von wo kommen diese Schreie? Wer klagt dort so jämmerlich?' Sie deutete auf eine kleine Pforte in einem verborgenen Winkel des Hofes drunten und antwortete: ‚Mein Gebieter, diese Laute kommen von dort. Viele Unglückliche sind, vom Schicksal getrieben, dem schwarzen Dämon in die Klauen gefallen und sind in Zellen fest eingeschlossen; jeden Tag pflegte er einen der Gefangenen zu rösten und zu fressen.' ‚Es wäre mir eine hohe Freude,' erwiderte Chudadâd, ‚wenn ich das Mittel zu ihrer Befreiung würde; komm, meine Herrin, zeige mir, wo sie eingesperrt sind!' Darauf gingen die beiden zu jener Stätte, und der Prinz versuchte sogleich einen Schlüssel an dem Kerkerschloß, doch er paßte nicht; dann versuchte er einen zweiten, und mit diesem konnten sie die Pforte öffnen. Während sie dies taten, wurde das Jammern und Wimmern der Gefangenen immer lauter und lauter, so daß Chudadâd, von ihrer Ungeduld ergriffen und betroffen, nach der Ursache fragte. Die Maid gab zur Antwort: ‚Mein Gebieter, sie haben unsere Schritte und das Rasseln des Schlüssels im Schloß gehört und glauben nun, der Menschenfresser sei nach seiner Gewohnheit gekommen, um ihnen Speise zu bringen und sich einen von ihnen zum Nachtmahl zu holen. Jeder fürchtet, er sei an der Reihe, gebraten zu werden, und deshalb sind alle in der größten Angst und schreien und rufen um so lauter.‘ Die Laute aus jenem versteckten Raum schienen aus der Erde zu kommen, gleichwie aus den Tiefen eines Brunnens. Und als der Prinz die Kerkertür öffnete, sah er eine steile Treppe; die stieg er hinab, und dann fand er sich in einer tiefen, engen und dunklen Grube. In ihr waren mehr als hundert Menschen mit zusammengebundenen Ellenbogen und gefesselten Füßen eingepfercht, und Licht sah er nur durch ein kleines, rundes Fenster. Er rief ihnen zu: ‚Ihr Unglücklichen, fürchtet euch nicht mehr! Ich habe den Neger getötet; preiset drum Allah den Erhabenen, der euch von eurem Peiniger befreit hat; ich bin gekommen, um euch die Fesseln abzunehmen und euch die Freiheit wiederzugeben!‘ Als die Gefangenen diese frohe Botschaft vernahmen, kam ein Rausch der Verzückung über sie, und sie erhoben allesamt ein Geschrei der Freude und des Jubels. Dann begannen Chudadâd und die Maid, ihnen die Arme und die Füße von den Fesseln zu befreien; und ein jeder half, sobald er von der Haft befreit war, seine Mitgefangenen zu erlösen; kurz, nach einer kleinen Weile waren alle aus Banden und Kerker befreit. Darauf küßten sie alle, einer nach dem andern, Chudadâds Füße, dankten ihm und beteten für sein Wohlergehen; als aber jene befreiten Gefangenen den Hof betraten, wo hell die Sonne schien, erkannte Chudadâd unter ihnen seine Brüder, die er auf so langer Wanderschaft gesucht hatte. Er staunte über die Maßen und rief: ‚Preis sei dem Herrn, daß ich euch alle unverletzt und unversehrt wiedergefunden habe; euer Vater ist über euer Ausbleiben schwer betrübt und bekümmert, und der Himmel verhüte, daß dieser Teufel einen von euch verschlungen hätte!' Dann zählte er ihre Zahl, neunundvierzig, und er trennte sie von den andern; und alle fielen einander um den Hals in übermäßiger Freude und ließen nicht ab, ihren Retter zu umarmen. Darauf ließ der Prinz ein Festmahl herrichten für alle die Gefangenen, die er befreit hatte; und als sie sich an Speise und Trank gesättigt hatten, gab er ihnen alles zurück, was der Neger den Karawanen abgenommen hatte, das Gold und das Silber, die türkischen Teppiche und chinesischen Seidenstoffe, die Brokate und zahllosen anderen Dinge von hohem Wert; ferner auch ihr eigen Hab und Gut, indem er sie anwies, ein jeder solle sein Eigentum fordern. Was dann noch übrig blieb, das verteilte er unter sie zu gleichen Teilen. ‚Doch wie könnt ihr', fragte er sie, ‚alle diese Lasten in eure Heimat schaffen? Wo könnt ihr Lasttiere finden in dieser öden Wildnis?' Sie erwiderten: ‚Unser Gebieter, der Neger raubte uns auch unsere Kamele mitsamt ihren Lasten, und die sind sicher in den Ställen des Schlosses.' Alsbald begab Chudadâd sich mit ihnen zu den Ställen, und dort fand er, gefesselt und gebunden, nicht nur die Kamele, sondern auch die neunundvierzig Rosse seiner Brüder, der Prinzen, und so gab er denn einem jeden sein Tier. Ferner waren in den Ställen Hunderte von Negersklaven; und als die jene Gefangenen befreit sahen, wußten sie, daß ihr Herr, der Menschenfresser, getötet war; und deshalb flohen sie voll Entsetzen in den Wald, doch niemand dachte daran, sie zu verfolgen. Nun luden die Kaufleute ihre Waren auf die Rükken der Kamele und zogen fort in ihre Heimat, nachdem sie dem Prinzen Lebewohl gesagt hatten. Chudadâd aber sprach zu der Maid: ‚O du, so herrlich schön und keusch, woher kamst du, als der Neger dich raubte, und wohin willst du jetzt dich begeben? Sage es mir, auf daß ich dich wieder in deine Heimat bringe! Vielleicht kennen diese Prinzen, meine Brüder, die Söhne des Sultans von Harrân, die Stätte, da du wohnst, und sie werden dich sicherlich dorthin geleiten.' Da blickte die Maid auf Chudadâd und antwortete: ‚Ich wohne weit von hier, und mein Land, das Land Ägypten, ist zu weit, um dorthin zu reisen. Doch du, o tapferer Prinz, hast meine Ehre und mein Leben vor dem Neger gerettet, und du hast mir einen so großen Dienst erwiesen, daß es mir übel anstände, dir meine Geschichte zu verheimlichen. Ich bin die Tochter eines mächtigen Königs, der in Oberägypten herrschte; doch als ein tükkischer Feind ihn gefangen nahm und ihn des Lebens und seines Reiches beraubte, indem er den Thron und die Herrschaft an sich riß, da floh ich, um mein Leben und meine Ehre zu retten.' Darauf baten Chudadâd und seine Brüder die Maid, alles zu erzählen, was ihr widerfahren sei, und sie beruhigten sie, indem sie sprachen: ‚Hinfort sollst du in Freude und Überfluß leben, Mühe und Not sollen dir nie mehr nahen!' Als sie nun sah, daß ihr nichts anderes möglich war, als ihre Geschichte zu erzählen, begann sie mit folgenden Worten

DIE GESCHICHTE
DER PRINZESSIN VON DARJABÂR

Auf einer Insel steht eine große Stadt, Darjabâr geheißen, und in ihr lebte ein König von hoher Würde. Aber trotz seiner Tugend und Tapferkeit war er immer traurig und betrübt, da er keine Nachkommen hatte, und deshalb sandte er unablässig Gebete empor. Nach langen Jahren und vielem Beten wurde ihm eine halbe Gnade gewährt, nämlich eine Tochter, und zwar ich selbst. Mein Vater, der zuerst sehr traurig war, war aber doch bald von hoher Freude erfüllt über meine unselige, unglückliche Geburt; und als ich alt genug war, um zu lernen, befahl er, mich lesen und schreiben zu lehren; auch ließ er mich unterrichten in höfischer Sitte, in königlichen Pflichten und in den Annalen der Vergangenheit, mit der Absicht, daß ich ihm einst folgen sollte als die Erbin seines Thrones und seiner Herrschaft. Nun begab es sich eines Tages, daß mein Vater auf die Jagd ritt und einem Wildesel mit solch hitzigem Eifer nachsetzte, daß er sich am Abend von seinem Gefolge getrennt fand; ermüdet durch den Ritt, sprang er nun von seinem Rosse und setzte sich an einem Waldpfade nieder, indem er sich sagte: ‚Der Wildesel wird sicher in diesem Dickicht Unterschlupf suchen.' Plötzlich aber sah er ein Licht, das hell zwischen den Bäumen erglänzte, und da er glaubte, ein Weiler wäre in der Nähe, entschloß er sich, dort zu nächtigen und mit Tagesanbruch über seinen weiteren Weg zu entscheiden. So erhob er sich denn, und wie er auf das Licht zuschritt, erkannte er, daß es aus einer einsamen Hütte im Walde kam; als er aber hineinlugte, erblickte er dort einen Neger von gewaltiger Größe und schwarz wie der Satan, der auf einem Diwan saß. Vor ihm standen viele große Krüge voll Wein, und über einem

Kohlenfeuer röstete er einen ganzen Ochsen, dessen Fleisch er verzehrte, indem er von Zeit zu Zeit tiefe Züge aus einem der Krüge tat. Doch weiter erblickte der König in jener Hütte eine Herrin von wunderbarer Schönheit und Anmut, die voll tiefer Trauer in einem Winkel saß; ihre Arme waren mit Stricken festgebunden, und zu ihren Füßen lag ein Kind von zwei oder drei Jahren, das über seiner Mutter Elend weinte. Als nun mein Vater den jammervollen Zustand dieser beiden sah, ward er von Mitleid erfüllt und wollte sich mit dem Schwert in der Hand auf das Ungeheuer stürzen; doch da er nicht imstande war, es mit ihm aufzunehmen, unterdrückte er seinen Jähzorn und blieb heimlich auf der Wacht. Nachdem der Riese alle Krüge voll Wein geleert und die Hälfte des gerösteten Ochsen verschlungen hatte, wandte er sich an die Herrin und sprach: ‚O du lieblichste aller Prinzessinnen, wie lange willst du noch spröde sein und dich mir versagen? Siehst du nicht, wie es mich danach verlangt, dein Herz zu gewinnen, und wie ich aus Liebe zu dir vergehe? Drum wäre es doch nur recht, daß du meine Liebe erwiderst und mich als dein eigen ansiehst; dann werde ich der gütigste Mensch zu dir sein.' ‚O du Teufel der Wildnis,' rief die Herrin, ‚was für ein Geschwätz führst du da im Munde? Niemals, nein, niemals sollst du erreichen, was du von mir begehrst, mag es dich auch noch so sehr danach gelüsten. Foltere mich, und wenn du willst, töte mich auf der Stelle, ich aber werde mich nie deinen Lüsten ergeben!' Bei diesen Worten brüllte der rasende Wilde laut auf: ‚Es ist genug und mehr als genug; dein Haß weckt Haß in mir, und jetzt wünsche ich weniger dich zu haben und zu besitzen, als dich ums Leben zu bringen.' Dann ergriff er sie mit einer Hand, zog seinen Säbel mit der anderen und hätte ihr den Kopf vom Leibe geschlagen, wenn mein Vater ihn nicht so geschickt mit einem Pfeil getroffen hätte, daß der sein Herz durchbohrte und ihm glitzernd zum Rücken herausfuhr; da sank der Riese zu Boden und fuhr sogleich zur Hölle. Darauf trat mein Vater in die Hütte, löste die Fesseln der Herrin und fragte sie, wer sie sei, und wie das Ungeheuer sie dorthin gebracht habe. Sie gab zur Antwort: ‚Nicht weit von hier lebt an der Küste ein Stamm von Beduinen, die den Dämonen der Wüste gleichen. Ganz wider meinen Willen wurde ich ihrem Fürsten vermählt, und der ekelhafte Schurke, den du soeben getötet hast, war einer der Hauptleute meines Gatten. Er war von rasender Liebe zu mir erfüllt, und er entbrannte in heißem Verlangen danach, mich in seine Gewalt zu bekommen und mich aus meinem Hause zu entführen. Als nun eines Tages mein Gatte sich fortbegeben hatte und ich allein war, schleppte er mich mit diesem meinem Kinde aus dem Schlosse in diesen wilden Wald, in dem niemand weilt als der Allgegenwärtige, und wo, wie er wohl wußte, alles Suchen und Forschen vergeblich ist. Und von Stunde zu Stunde schmiedete er arge Pläne wider mich, doch durch die Gnade Allahs des Erhabenen bin ich aller fleischlichen Besudelung durch jenes schmutzige Scheusal entgangen. Heute abend verzweifelte ich schon an meiner Rettung, als ich sein viehisches Ansinnen abwies und er mich umzubringen versuchte; doch bei diesem Versuch wurde er von deiner tapferen Hand getötet. Dies also, was ich dir erzählt habe, ist meine Geschichte.‘ Mein Vater beruhigte die Prinzessin, indem er sprach: ‚Meine Herrin, dein Herz möge guten Mutes sein! Morgen früh will ich dich aus dieser Wildnis fortführen und dich nach Darjabâr geleiten, der Stadt, deren Sultan ich bin; wenn dir die Stadt gefällt, so magst du dort bleiben, bis dein Gatte kommt, dich zu suchen.‘ Sie erwiderte: ‚Mein Gebieter, dieser Plan mißfällt mir nicht.‘ So nahm denn mein Vater am nächsten Tage beim ersten Morgengrauen Mutter und Kind aus dem Walde fort, und gerade wollte er sich auf den Heimweg begeben, als er plötzlich seine Heerführer und Hauptleute traf, die während der ganzen Nacht überall auf der Suche nach ihm umhergewandert waren. Sie waren hoch erfreut, als sie den König erblickten, und staunten über die Maßen, wie sie eine Verschleierte bei ihm sahen; denn sie wunderten sich sehr, daß eine so anmutige Herrin in einem so wilden Walde wohnen sollte. Darauf erzählte ihnen der König die Geschichte von dem Ungeheuer und der Prinzessin, und wie er den Mohr getötet hatte. Dann ritten sie heimwärts weiter; einer der Emire nahm die Herrin hinter sich aufs Roß, während einem anderen die Obhut des Kindes anvertraut wurde. Nachdem sie die Hauptstadt erreicht hatten, befahl der König, für seinen Gast ein großes und prächtiges Haus zu erbauen; und auch das Kind erhielt die gebührende Pflege. So verbrachte denn die Mutter ihre Tage in aller Behaglichkeit und Zufriedenheit. Als aber nach dem Verlauf einiger Monate immer noch keine Nachricht von ihrem Gatten kam, obwohl sie sehnsüchtig darauf wartete, willigte sie ein, sich meinem Vater zu vermählen, den sie durch ihre Schönheit und Anmut und ihr liebliches Wesen bezaubert hatte; darauf nahm er sie zur Gemahlin, und nachdem die Ehurkunde nach der Sitte der damaligen Zeit niedergeschrieben war, lebten sie beide an gemeinsamer Stätte. Mit der Zeit wuchs der Knabe zu einem kräftigen Jüngling von schönen Angesicht heran, und er ward auch vollkommen in höfischer Sitte und in allen Künsten und Wissenschaften, die sich für Prinzen geziemen. Der König und alle Wesire und Emire hatten großes Gefallen an ihm, und sie beschlossen, daß ich ihm vermählt würde und daß er dem Herrscher als Erbe des Thrones und der Königswürde folgen sollte. Auch der Jüngling war über diese Zeichen der Gunst meines Vaters erfreut; doch die allergrößte Freude bereitete es ihm, daß er hörte, wie von seiner Verbindung mit der einzigen Tochter seines Beschützers gesprochen wurde. Eines Tages nun wünschte mein Vater, meine Hand in die seine zu legen, um die Hochzeitsfeier sofort stattfinden zu lassen; aber zuvor wollte er meinem künftigen Gatten noch gewisse Bedingungen auferlegen, unter anderen die, daß er neben mir, der Tochter seiner Gemahlin, keine andere Frau zur Gattin nehmen solle. Diese Verpflichtung mißfiel dem hochmütigen Jüngling, und er versagte sogleich seine Einwilligung, da er glaubte, das Verlangen einer solchen Bedingung mache aus ihm einen verächtlichen und mißachteten Freier von niedriger Herkunft. So wurde denn die Hochzeit verzögert, und dieser Aufschub erregte in dem Jüngling heftigen Unwillen, so daß er in seinem Herzen glaubte, mein Vater sei sein Feind. Deshalb suchte er ihm immer aufzulauern, damit er ihn in seine Gewalt bekäme, bis er eines Tages in einem Anfall von Wut ihn erschlug und sich selbst zum König von Darjabâr ausrief. Ja, der Mörder wollte sogar in mein Gemach eindringen, um auch mich zu töten; aber der Wesir, ein treu ergebener Diener seines Herrschers, hatte mich bei der Nachricht vom Tode des Königs rasch fortgeführt und in dem Hause eines Freundes verborgen, und dort befahl er mir, mich versteckt zu halten. Zwei Tage später rüstete er ein Schiff aus und bestieg es mit mir und einer alten Kammerfrau; dann begann er mit uns die Fahrt nach einem Lande, dessen König ein Freund meines Vaters war. Unter dessen Obhut wollte er mich stellen, und von ihm wollte er ein Hilfsheer erlangen, mit dem er sich an dem undankbaren und gottlosen Jüngling rächen könnte, an ihm, der sich als Verräter am

Salz[1] erwiesen hatte. Doch wenige Tage, nachdem wir die Anker gelichtet hatten, erhob sich ein rasender Sturm, der dem Kapitän und der Mannschaft alle Besinnung raubte; da schlugen die Wogen alsbald mit so ungeheurer Macht auf das Schiff, daß es unterging, und der Wesir, die Kammerfrau und alle, die an Bord waren, ertranken in den Wogen, nur ich wurde gerettet. Obgleich ich fast ohnmächtig war, klammerte ich mich doch an eine Planke, und ich wurde bald darauf von der Meeresströmung an den Strand geworfen; denn Allah hatte in Seiner Allmacht mich vor dem drohenden Tod in der tosenden See sicher und gesund bewahrt, freilich nur dazu, daß noch mehr Leid über mich käme. Als ich Besinnung und Bewußtsein wiedergewann, fand ich mich lebend am Strande liegen, und ich sandte innigen Dank zu Allah dem Erhabenen empor; da ich aber weder den Wesir noch irgend jemand aus unserem Geleite sah, wußte ich, daß alle in den Wassern umgekommen waren. Dann dachte ich daran, daß mein Vater ermordet war, und ich stieß einen lauten Schrei des bittersten Schmerzes aus; denn ich fürchtete mich sehr ob meiner Verlassenheit, und ich wollte mich schon wieder ins Meer stürzen, als plötzlich die Stimme eines Menschen und das Stapfen von Pferdehufen an mein Ohr klangen. Da schaute ich mich um und entdeckte eine Schar von Reitern, in deren Mitte sich ein schöner Prinz befand; der ritt auf einem Roß von edelstem arabischen Geblüt und war mit einem goldgestickten Mantel bekleidet; um die Lenden trug er einen Gürtel, der mit Diamanten besetzt war, und auf seinem Haupte ruhte eine goldene Krone; kurz, seine Gewandung und seine Gestalt zeigten, daß er ein geborener Herrscher über Menschen war. Als mich die Ritter nun allein am Strande erblickten, wunderten sie sich über die Maßen; und der Prinz entsandte

1. Das ist: der Gastfreundschaft.

einen von seinen Hauptleuten, daß er sich nach meiner Geschichte erkundige und ihm darüber berichte. Doch wiewohl der Hauptmann mit Fragen in mich drang, antwortete ich ihm kein Wort, sondern vergoß nur im tiefsten Schweigen einen Strom von Tränen. Als sie dann die Trümmer am Strande erblickten, dachten sie bei sich: ‚Vielleicht ist ein Schiff an dieser Küste untergegangen, und seine Planken und Balken sind hier an Land geworfen; sicher war diese Herrin auf jenem Schiff und ist auf einer Planke an den Strand getrieben.' Darauf umringten die Reiter mich und baten mich inständig, ihnen zu erzählen, was mir widerfahren sei; doch immer noch erwiderte ich ihnen kein Wort. Schließlich ritt der Prinz nahe an mich heran, und von großem Staunen ergriffen, schickte er sein Gefolge fort und redete mich mit diesen Worten an: ‚Meine Herrin, fürchte nichts Arges von mir und quäle dich nicht durch nutzlose Angst! Ich möchte dich in mein Haus geleiten und dich der Obhut meiner Mutter anvertrauen; deshalb möchte ich gern von dir erfahren, wer du bist. Die Königin wird sicherlich deine Freundin werden und dich in Behaglichkeit und Zufriedenheit bei sich behalten.' Da ich nun erkannte, daß sein Herz sich mir zuneigte, erzählte ich ihm alles, was ich erlebt hatte, und als er die Geschichte meines traurigen Schicksals vernahm, ward er von tiefstem Mitleid gerührt, und seine Augen standen voll Tränen. Dann tröstete er mich und führte mich mit sich und übergab mich der Königin, seiner Mutter; auch sie lieh meiner Erzählung ein freundliches Ohr, und nachdem sie mein ganzes Leben von Anfang bis zu Ende kennen gelernt hatte, war auch sie tief betrübt, und sie ward nicht müde, mich Tag und Nacht zu pflegen und mich, soweit sie es vermochte, glücklich zu machen. Da sie zudem erkannte, daß ihr Sohn von tiefer Zuneigung zu mir ergriffen und von Liebe verstört war, so willigte sie ein, daß ich seine Gemahlin werden sollte; und auch ich war damit einverstanden, da ich die Schönheit und den Adel seines Gesichts und seiner Gestalt sah und an seine erprobte Liebe zu mir und an seine Herzensgüte dachte. So wurde denn die Vermählung zu ihrer Zeit mit königlichem Prunk und Aufwand gefeiert. Doch wer vermag dem Schicksal zu entrinnen? In eben jener Nacht, der Hochzeitsnacht, geschah es, daß der König von Zanzibar, der nahe bei jener Insel wohnte und auch früher schon Anschläge gegen jenes Reich gemacht hatte, die günstige Gelegenheit ergriff und uns mit einem gewaltigen Heere überfiel; und nachdem er viele Leute getötet hatte, beschloß er, mich und meinen Gatten lebendig gefangen zu nehmen. Allein wir entrannen seinen Händen, und nachdem wir im Dunkel der Nacht an die Meeresküste geflohen waren, fanden wir dort ein Fischerboot; das bestiegen wir, indem wir unseren Sternen dankten, und wir fuhren ab und ließen uns von der Strömung weit forttreiben, ohne zu wissen, wohin das Geschick uns führen würde. Am dritten Tage bemerkten wir ein Schiff, das auf uns zukam; und darüber freuten wir uns gar sehr, denn wir vermeinten, es sei irgendein Kauffahrer, der uns zu Hilfe käme. Kaum aber lag es längsseit von uns, da tauchten mit einem Male fünf oder sechs Piraten auf, deren jeder ein gezücktes Schwert schwang, und als sie auf unserem Schiffe waren, banden sie uns die Arme auf dem Rücken zusammen und schleppten uns auf ihr Fahrzeug. Darauf rissen sie mir den Schleier vom Angesicht und wollten mich sogleich besitzen, indem einer zum andern sprach: ‚Ich will diese Dirne haben!' Auf diese Weise entbrannte Zank und Streit, bis es nach kurzer Zeit zu Kampf und Blutvergießen kam, und nun fielen die Räuber, einer nach dem andern, in wenigen Augenblicken tot nieder, bis alle erschlagen waren, außer einem einzigen Piraten, dem tapfersten Bande. Der sprach zu mir: ‚Du sollst mit mir nach Kairo reisen; denn dort wohnt ein Freund von mir, und dem will ich dich geben, da ich ihm früher versprochen habe, ich wollte ihm von dieser Reise eine schöne Frau als Sklavin mitbringen.' Dann aber sah er meinen Gatten, den die Piraten in Fesseln hatten liegen lassen, und er rief: ‚Wer ist dieser Hund? Ist der dein Liebhaber oder dein Freund?' Ich antwortete: ‚Er ist mein angetrauter Gatte.' ‚Schön,' rief er, ‚es geziemt mir wahrlich, ihn von den bitteren Qualen der Eifersucht zu befreien und ihm den Anblick zu ersparen, wie du von einem anderen liebevoll umarmt wirst.' Und sogleich hob der Schurke den unglücklichen Prinzen, der an Händen und Füßen gebunden war, in die Höhe und warf ihn ins Meer, während ich laut aufschrie und um Gnade flehte, doch vergebens. Wie ich den Prinzen in den Wellen ringen und ertrinken sah, schrie ich von neuem und klagte und schlug mir das Gesicht und raufte mir das Haar; ach, wie gern hätte ich mich selbst ins Wasser gestürzt, doch ich konnte es nicht tun, da der Räuber mich festhielt und mich an den Großmast band. Dann fuhren wir bei günstigem Winde weiter und erreichten bald ein kleines Hafendorf; nachdem er dort Kamele und Sklaven gekauft hatte, zog er weiter gen Kairo. Doch als wir schon mehrere Tagesreisen zurückgelegt hatten, überfiel uns plötzlich der Neger, der in diesem Schlosse hier wohnte. Von fern hielten wir ihn für einen hohen Turm, und als er uns nahte, konnten wir kaum glauben, daß er ein menschliches Wesen war. Aber der Neger zückte sogleich sein Riesenschwert, stürzte auf den Piraten los und befahl ihm, sich gefangen zu geben, samt mir und allen seinen Sklaven, und ihm mit gefesselten Ellenbogen zu folgen. Da griff der Räuber mit feurigem Mut an der

Spitze seiner Mannen den Neger an; und lange tobte der Kampf mächtig und stark, bis er und die Seinen tot auf dem Felde lagen. Dann führte der Mohr die Kamele fort und schleppte mich und die Leiche des Räubers zu seinem Schloß; dort verschlang er das Fleisch seines Feindes zum Nachtmahl. Darauf schaute er mich an, wie ich bitterlich weinte, und sprach zu mir: ‚Verbanne dies Weh und diesen Gram aus deiner Brust; lebe in diesem Schlosse mit aller Ruhe und Behaglichkeit und tröste dich durch meine Umarmungen! Da du jedoch jetzt in tiefer Trauer zu sein scheinst, so will ich dich für diese Nacht entschuldigen; aber morgen mußt du dich ganz sicher mir ergeben.' So führte er mich denn in ein getrenntes Gemach und legte sich selbst, nachdem er Tore und Türen fest verschlossen hatte, an einer anderen Stätte allein zum Schlafe nieder. Als er sich dann am nächsten Morgen früh erhoben hatte, durchsuchte er das ganze Schloß, öffnete die Pforte und verriegelte sie wieder und brach wie immer auf, um nach Wanderern zu suchen. Aber die Karawane entging ihm, und er kehrte mit leeren Händen zurück – da kamst du über ihn und schlugst ihn tot.'

*

So erzählte die Prinzessin von Darjabâr ihre Geschichte dem Prinzen Chudadâd, und er hatte Mitleid mit ihr; dann tröstete er sie, indem er sprach: ‚Hinfort fürchte nichts mehr und mache dir keinerlei Sorgen! Diese Prinzen sind die Söhne des Königs von Harrân; und wenn es dir beliebt, so laß sie dich an seinen Hof geleiten und dir dort ein Leben in Behaglichkeit und Überfluß bereiten; und der König wird dich auch vor allem Unheil behüten! Oder sollte es nicht dein Wunsch sein, mit ihnen zu ziehen, möchtest du dann nicht einwilligen, den zum Gatten zu nehmen, der dich aus so großem Elend befreit hat?' Die Prinzessin von Darjabâr willigte ein, sich mit ihm zu vermählen; und nun wurde alsbald die Hochzeit mit großer Pracht in dem Schlosse gefeiert; denn dort fanden sie Speisen und Trank von mancherlei Art, auch köstliche Früchte und herrliche Weine, mit denen der Menschenfresser sich gütlich zu tun pflegte, wenn er des Menschenfleisches überdrüssig geworden war. So ließ denn Chudadâd Gerichte von aller Art zubereiten und bewirtete seine Brüder. Am nächsten Tage brachen alle gen Harrân auf, nachdem sie an Zehrung mitgenommen hatten, was zur Hand war; und am Ende einer jeden Tagereise wählten sie eine passende Stätte aus, um dort zu nächtigen. Wie nun noch ein Tagesmarsch vor ihnen lag, verspeisten die Prinzen am Abend alles, was ihnen an Zehrung übrig geblieben war, und sie tranken auch des Weines letzte Neige. Als aber der Wein ihrer Sinne Herr geworden war, redete Chudadâd seine Brüder an, indem er sprach: ‚Bislang habe ich euch das Geheimnis meiner Geburt verborgen; doch jetzt muß ich es euch enthüllen. Wisset denn, daß ich euer Bruder bin; auch ich bin ein Sohn des Königs von Harrân, den der Herr des Landes Samaria erzog und unterrichten ließ, meine Mutter aber ist die Prinzessin Firûza.' Dann sprach er zu der Prinzessin von Darjabâr: ‚Du kanntest meinen Rang und meine Herkunft nicht; hätte ich mich dir früher entdeckt, so wäre dir vielleicht eine Kränkung erspart geblieben, nämlich die, daß ein Mann von gemeinem Blute dich freite. Jetzt aber beruhige dein Gemüt; denn dein Gemahl ist ein Prinz!' Darauf erwiderte sie: ‚Wiewohl du mir bis zu dieser Zeit nichts enthüllt hast, so fühlte ich doch in meinem Herzen gewißlich, daß du von edler Geburt und der Sohn eines mächtigen Herrschers seiest.' Alle Prinzen schienen äußerlich sehr erfreut zu sein, und ein jeder von ihnen brachte ihm warme Glückwünsche dar, während sie die Hochzeit feierten; im Innern aber waren sie von Neid und argem Verdruß erfüllt ob eines so unwillkommenen Ausganges der Dinge. Als Chudadâd sich dann mit der Prinzessin von Darjabâr in sein Zelt zurückzog, um zu schlafen, schmiedeten jene Undankbaren sogar schwarze Pläne, uneingedenk des Dienstes, den ihr Bruder ihnen geleistet hatte, da er sie befreite, während sie in den Händen des schwarzen Menschenfressers gefangen waren; und sie suchten sich einen sicheren Ort und berieten miteinander, ihn zu töten. Da sprach der erste unter ihnen: ,Brüder, unser Vater bewies ihm die größte Liebe, da er uns nichts war als ein Landstreicher und ein Unbekannter, und machte ihn sogar zu unserem Herrscher und Lehrmeister; wenn er nun von seinem Siege über das Ungeheuer hört und erfährt, daß der Fremdling sein Sohn ist, wird er da nicht diesen Bastard sogleich zu seinem einzigen Erben machen und ihm Gewalt über uns geben, so daß wir alle gezwungen sind, ihm zu Füßen zu fallen und sein Joch zu tragen? Mein Rat ist, daß wir hier auf der Stelle ein Ende mit ihm machen.' Daraufhin schlichen sie leise in sein Zelt und hieben von allen Seiten mit ihren Schwertern auf ihn ein, bis sie ihm alle Glieder zerfetzt hatten; und sie vermeinten, sie hätten ihn tot auf dem Bette liegen lassen, ohne daß die Prinzessin erwacht wäre. Am nächsten Morgen zogen sie in die Stadt Harrân ein und machten ihre Aufwartung vor dem König, der schon daran verzweifelte, sie je wiederzusehen; so freute er sich denn über die Maßen, wie er sah, daß sie ihm wiedergeschenkt waren, sicher und munter und gesund, und er fragte sie, warum sie so lange von ihm ferngeblieben wären. In ihrer Antwort verbargen sie ihm sorgfältig, daß sie von dem schwarzen Teufel in den Kerker geworfen waren und daß Chudadâd sie gerettet hatte; vielmehr erklärten sie alle, sie wären aufgehalten worden, als sie gejagt und die umliegenden Städte und Länder besucht hätten. Der Sultan schenkte ihrem Bericht vollen Glauben und schwieg. So stand es nun mit ihnen.

Was aber Chudadâd anging, so fand die Prinzessin von Darjabâr, als sie am Morgen erwachte, ihren Gemahl im Blute schwimmen, zerrissen und zerfetzt von vielen Wunden. Und da sie ihn für tot hielt, weinte sie bitterlich bei diesem Anblick, und sie gedachte seiner Jugendschönheit, seiner Tapferkeit und seiner vielen Tugenden, und während sie sein Gesicht mit ihren Tränen tränkte, rief sie: ‚Weh mir, wehe! O mein Geliebter, o Chudadâd, müssen diese Augen dich schauen, wie ein jäher und gewaltsamer Tod dich ereilt hat? Sind diese deine Brüder, die Teufel, die dein Mut gerettet hat, deine Mörder? Nein, ich allein bin deine Mörderin; ich, die ich duldete, daß du dein Schicksal mit meinem unseligen Geschick verkettetest, mit einem Los, das alle meine Freunde dem Untergange weiht!‘ Als sie aber den Leib aufmerksam betrachtete, bemerkte sie, daß noch der Atem langsam durch seine Nase kam und ging, und daß seine Glieder noch warm waren. So schloß sie denn die Zelttür und lief zur Stadt, um einen Arzt zu suchen; und nachdem sie einen geschickten Mann der Heilkunde gefunden hatte, kehrte sie sofort mit ihm zurück. Aber, siehe da, Chudadâd war verschwunden! Sie wußte nicht, was aus ihm geworden war; doch glaubte sie in ihrem Sinne, irgendein wildes Tier hätte ihn fortgeschleppt. Nun weinte sie wiederum bittere Tränen und beklagte ihr Unglück, so daß der Arzt von Mitleid erfüllt ward und ihr mit Worten des Trostes und der Zusprache sein Haus und seine Dienste anbot; und schließlich geleitete er sie in die Stadt und wies ihr eine eigene Wohnung an. Auch bestimmte er zwei Sklavinnen, um ihr zu dienen; und wiewohl er nichts von ihrem Stande wußte, diente er ihr stets mit der Ehrfurcht und Ergebenheit, die Königen gebührt. Eines Tages nun, als sie weniger traurigen Herzens war, richtete der Arzt, der inzwischen davon gehört hatte, an sie die Bitte: ‚Meine Gebieterin, es beliebe dir, deinen Stand und deine Mißgeschicke mir kundzutun, und soweit es in meiner Macht liegt, will ich mich bemühen, dir Hilfe und Beistand zu leisten.' Da sie erkannte, daß der Arzt klug und zuverlässig war, machte sie ihn mit ihrer Geschichte bekannt. Darauf sagte der Arzt: ‚Wenn es dein Wunsch ist, so möchte ich dich gern zu deinem Schwiegervater geleiten, dem König von Harrân, der in Wahrheit ein weiser und gerechter Herrscher ist; er wird sich freuen, dich zu sehen, und er wird an den unmenschlichen Prinzen, seinen Söhnen, Rache nehmen, weil sie das Blut deines Gemahls so ungerecht vergossen haben.' Diese Worte gefielen der Prinzessin; und nachdem der Arzt zwei Kamele gemietet hatte, saßen die beiden auf und machten sich auf den Weg nach der Stadt Harrân. Noch am selben Tage stiegen sie in einer Karawanserei ab, und der Arzt fragte, was es Neues aus der Stadt gäbe; da sprach zu ihm der Pförtner: ‚Der König von Harrân hatte einen Sohn, überaus tapfer und untadelig, der einige Jahre hindurch bei ihm als Fremdling weilte; doch seit kurzer Zeit ist er verschollen, und niemand weiß, ob er tot oder noch am Leben ist. Seine Mutter, die Prinzessin Firûza, hat überall nach ihm suchen lassen, doch hat sie weder Spur noch Nachricht von ihm gefunden. Seine Eltern und, wahrlich, alles Volk, reich und arm, beweinen und beklagen ihn; und obgleich der Sultan noch neunundvierzig Söhne hat, so kann sich doch keiner von ihnen mit ihm vergleichen an tapferen Taten und kluger Gewandtheit, und keiner von ihnen vermag ihm den geringsten Trost zu bieten. Man hat überall gesucht und geforscht; doch bisher ist alles vergeblich gewesen. Der Arzt tat diese Worte der Prinzessin von Darjabâr kund; da gedachte sie alsbald zu Chudadâds Mutter zu gehen und sie mit allem, was ihrem Gemahl widerfahren war, bekannt zu machen; aber der Arzt sprach nach reiflicher Überlegung: ‚O Prinzessin, wenn du dich in dieser Absicht aufmachen würdest, so könnten schon vielleicht vor deiner Ankunft die neunundvierzig Prinzen von deinem Nahen hören; dann werden sie dich gewißlich auf irgendeine Weise umbringen, und dein Leben wird nutzlos vergeudet sein. Nein, laß mich zuerst zu Chudadâds Mutter gehen, ich will ihr deine ganze Geschichte erzählen, und sie wird dann sicher nach dir senden. Bis dahin bleib du in dieser Karawanserei verborgen!' So ritt denn der Arzt gemächlich zur Stadt, und auf dem Wege begegnete er einer Herrin auf einer Mauleselin, deren Decken von der reichsten und schönsten Art waren, und hinter ihr schritten vertraute Diener, denen eine Schar von Reitern und Fußvolk und schwarzen Sklaven folgte; und während sie dahinritt, stellte sich das Volk zu beiden Seiten in Reihen auf und grüßte sie auf ihrem Wege. Auch der Arzt mischte sich unter die Menge und machte seine Verbeugung; dann sagte er zu einem der Zuschauer, einem Derwisch: ‚Mich deucht, dies muß die Königin sein.' ‚So ist es,' erwiderte jener, ‚sie ist die Gemahlin unseres Königs, und alles Volk ehrt und achtet sie höher als die anderen Frauen des Sultans, da sie doch die Mutter des Prinzen Chudadâd ist, von dem du sicherlich gehört hast.' Darauf ging der Arzt mit dem Reiterzug; und als die Herrin bei einer Hauptmoschee abstieg und Goldmünzen als Almosen unter die Anwesenden verteilte – denn der König hatte ihr befohlen, daß sie bis zu Chudadâds Rückkehr den Armen mit eigener Hand spenden und dafür beten sollte, daß der Jüngling in Frieden und Sicherheit heimkehren möchte –, da mischte sich der Arzt unter die Leute, die sich zum Gebet für ihren Liebling vereinten, und flüsterte einem Sklaven die Worte zu: ‚Bruder, ich muß unverzüglich der Königin Firûza ein Geheimnis mitteilen, das ich hüte.' Jener antwortete: ‚Wenn es etwas über den Prinzen Chudadâd ist, gut, so wird die Gemahlin des Königs dir sicherlich ihr Ohr leihen; ist es aber etwas anderes, so wirst du schwerlich Gehör finden, denn sie ist durch die Trennung von ihrem Sohne verstört und hat für nichts anderes Sinn.' Da fuhr der Arzt fort, immer noch leise sprechend: ‚Mein Geheimnis betrifft das, was ihr am Herzen liegt.' ‚Wenn es so ist,' antwortete der Sklave, ‚dann folge heimlich dem Zuge, bis er das Tor des Palastes erreicht.' Wie nun die Herrin Firûza bei ihren königlichen Gemächern angelangt war, trat der Mann bittend an sie heran und sprach: ‚Ein Fremder möchte dir heimlich etwas kundtun.' Und sie geruhte, Befehl und Erlaubnis zu geben, indem sie rief: ‚Gut, er möge hierher geführt werden!' Darauf brachte der Sklave den Arzt zu ihr, und die Königin gebot mit huldvoller Miene, er möge näher treten; nachdem er den Boden vor ihr geküßt hatte, trug er sein Anliegen vor mit den Worten: ‚Ich habe deiner Hoheit eine lange Geschichte zu erzählen, über die du sehr staunen wirst.' Und nun schilderte er ihr Chudadâds Geschichte, die Schurkerei seiner Brüder und seinen Tod durch ihre Hand; auch berichtete er ihr, daß seine Leiche von wilden Tieren fortgeschleppt sei. Als aber die Königin Firûza von der Ermordung ihres Sohnes hörte, fiel sie sogleich ohnmächtig zu Boden; und die Diener eilten herbei, richteten sie auf und besprengten ihr Gesicht mit Rosenwasser, bis sie wieder zu Verstand und Bewußtsein kam. Dann gab sie dem Arzte Befehl, indem sie sprach: ‚Begib dich sofort zur Prinzessin von Darjabâr und überbringe ihr von mir und von seinem Vater Grüße und den Ausdruck des Mitgefühls.' Sobald aber der Arzt gegangen war, gedachte sie wieder ihres Sohnes und weinte bitterlich. Zufällig ging der Sultan dort vorbei, und wie er sah, daß Firûza weinte und seufzte und in schwere und bittere Klagen ausbrach, fragte er sie nach dem Grunde. Da erzählte sie ihm alles, was sie von dem Arzt gehört hatte, und ihr Gemahl wurde von heißem Grimm gegen seine Söhne erfüllt. So erhob er sich denn und eilte geradewegs in den Staatssaal, in dem sich das Volk der Stadt versammelt hatte, um Anliegen vorzutragen und um Gerechtigkeit und Abhilfe zu erbitten; doch als sie seine Züge vor Wut zucken sahen, wurden alle von großer Furcht erfüllt. Dann setzte sich der Sultan auf den Thron seiner Herrschaft und erteilte seinem Großwesir Befehl, indem er sprach: ‚Wesir Hasan, nimm mit dir tausend Mann von den Wächtern, denen die Hut und Bewachung des Palastes anvertraut ist, und hole die neunundvierzig Prinzen, meine unwürdigen Söhne, dann wirf sie in den Kerker, der für Totschläger und Mörder bestimmt ist; doch gib wohl acht, daß keiner von ihnen entkommt!' Der Wesir tat, wie ihm befohlen war; er ließ die Prinzen allesamt ergreifen und in den Kerker werfen zu den Mördern und anderen Verbrechern, und er berichtete seinem Herrn darüber. Darauf entließ der Sultan einige Kläger und Bittsteller und sprach: ‚Für den Zeitraum eines vollen Monats von heute an geziemt es mir nicht, in der Halle der Rechtsprechung zu sitzen. Geht fort von hier, und wenn die dreißig Tage verstrichen sind, so mögt ihr wieder hierher kommen!' Danach verließ er den Thron, nahm den Wesir Hasan mit sich und begab sich zum Gemach der Königin Firûza; dort befahl er dem Minister in aller Eile, doch mit königlicher Pracht und Würde, die Prinzessin von Darjabâr und den Arzt aus der Karawanserei zu holen. Der Wesir saß alsbald auf, begleitet von den Emiren und den Kriegern; und nachdem er eine schöne weiße Mauleselin, die reich mit juwelenbesetztem Geschirr geschmückt war, aus den königlichen Ställen geholt hatte, ritt er zu der Karawanserei, in der die Prinzessin von Darjabâr wohnte. Er berichtete ihr alles, was der König getan hatte, und ließ sie dann die Mauleselin besteigen; dem Arzt aber gab er ein Roß aus turkmenischem Blut zu reiten, und nun zogen alle drei in Pracht und Herrlichkeit zum Palast. Die Ladenbesitzer und das Stadtvolk eilten herbei, um die Herrin zu begrüßen, während der Reiterzug sich durch die Straßen bewegte; und als sie hörten, daß sie die Gemahlin des Prinzen Chudadâd war, waren sie hoch erfreut, weil sie nun doch etwas über seinen Aufenthalt erfahren mußten. Sobald der Zug die Tore des Palastes erreichte, sah die Prinzessin von Darjabâr den Sultan, der ihr entgegenkam, um sie zu begrüßen, und sie sprang von ihrem Maultier und küßte ihm die Füße. Der König aber ergriff ihre Hand und richtete sie auf, und dann führte er sie in das Gemach, in dem Königin Firûza saß und ihren Besuch erwartete. Dort fielen alle drei einander um den Hals und weinten bitterlich, ja, sie konnten ihren Gram gar nicht mehr beherrschen. Doch als ihr Kummer sich ein wenig gelegt hatte, sprach die Prinzessin von Darjabâr zum König: ‚O mein Gebieter und Sultan, ich möchte demütig bitten, daß volle Rache über alle jene komme, von denen mein Gemahl so schmählich und grausam ermordet worden ist.' Der König erwiderte: ‚Mein Gebieterin, sei versichert, daß ich gewißlich alle jene Schurken hinrichten lassen werde zur Strafe für das vergossene Blut Chudadâds.' Und er fügte hinzu: ‚Freilich ist die Leiche meines tapferen Sohnes nicht gefunden worden; doch scheint es mir nur recht, daß ein Grabmal erbaut werde, ein leeres Grabgebäude, durch das seine Größe und Güte ewiglich im Gedächtnis festgehalten werde.' Alsbald berief er den Großwesir und gab Befehl, daß ein großes Mausoleum aus weißem Marmor mitten in der Stadt gebaut würde; und der Minister ernannte sofort Werkleute, nachdem er eine passende Stätte mitten im Herzen der Stadt ausgesucht hatte. Dort nun errichteten sie ein prunkvolles Grabgebäude, das von einer stolzen Kuppel gekrönt war, und darunter ward ein Bildnis Chudadâds ausgemeißelt. Nachdem die Kunde von der Vollendung dem König überbracht war, bestimmte er einen Tag für die Trauerfeier und die Lesungen aus dem Koran. Zur bestimmten Zeit versammelten sich das Volk der Stadt, um dem Trauerzuge und der Totenfeier für den Dahingeschiedenen zuzuschauen; und der Sultan begab sich im Prunkzuge zu dem Mausoleum, begleitet von allen Wesiren und Emiren und Herren des Landes, und er setzte sich auf Decken aus schwarzem Atlas, die mit goldenen Blumen bestickt waren und die über den Marmorboden ausgebreitet lagen. Nach einer Weile kam eine Schar von Reitern angeritten, mit gesenkten Häuptern und niedergeschlagenen Augen; nachdem sie zweimal um das Mausoleum gezogen waren, machten sie beim dritten Male halt vor dem Tor und riefen laut: ‚O Prinz, o Sohn unseres Sultans, könnten wir durch das Schwingen unserer guten Schwerter und die Kraft unserer tapferen Arme dich zum Leben erwecken, so würden unser Herz und unsere Stärke nicht versagen in heißem Bemühen! Doch vor dem Spruche Allahs des Erhabenen müssen alle Nacken sich beugen.' Dann ritten die Reiter wieder zu dem Platze hin, von dem sie gekommen waren, und ihnen folgten hundert weißhaarige Einsiedler, Bewohner der Höhlen, die ihr Leben in Einsamkeit und Entsagung verbracht und nie mit einem Mann oder einer Frau gesprochen hatten, sondern nur dann in Harrân erschienen, wenn eine Totenfeier des Königshauses stattfand. An ihrer Spitze schritt einer dieser Graubärte, der mit einer Hand ein großes und schweres Buch hielt, das er auf dem Haupte trug. Alle diese Heiligen zogen dreimal um das Mausoleum, dann machten sie auf der Straße halt, und der Älteste rief mit lauter Sitmme: ‚O Prinz, könnten wir dich durch Gebete und Andacht ins Leben zurückrufen, so würden diese unsere Herzen und Seelen nur daran denken, dich aufzuerwecken; und wenn wir dich auferstehen sähen, so wollten wir dir die Füße mit unseren altersweißen Bärten abwischen.' Als auch sie sich zurückgezogen hatten, kamen hundert Jungfrauen von wunderbarer Schönheit und Anmut, beritten auf weißen Berberrossen, deren Sättel reich bestickt und mit Juwelen besetzt waren; ihre Gesichter waren entblößt, und auf ihren Häuptern trugen sie goldene Körbchen, die mit Edelsteinen, Rubinen und Diamanten gefüllt waren. Auch sie ritten rings um das Grabgebäude, und als sie an dem Tore hielten, sprach die Jüngste und Schönste unter ihnen im Namen ihrer Schwestern und rief: ‚O Prinz, vermöchte unsere Jugend und unsere Schönheit dir etwas zu nützen, so würden wir uns dir darbieten und deine Mägde werden. Aber ach, du weißt recht wohl, daß all unsere Schönheit nutzlos ist und daß unsere Liebe deinen Staub nicht zu erwärmen vermag.' Darauf zogen auch sie in tiefster Trauer von dannen. Sobald sie den Blicken entschwunden waren, erhoben sich der Sultan und alle, die bei ihm waren, und sie schritten dreimal um die Bildsäule, die unter der Kuppel errichtet war; dann blieb der Vater zu ihren Füßen stehen und sprach: ‚O mein geliebter Sohn, mach diese Augen hell, die von den Tränen ob des Trennungsschmerzes verdunkelt sind.' Und er weinte bitterlich, und alle seine Minister und Hofmänner und Großen trauerten und klagten mit ihm. Als aber die Totenfeier beendet war, kehrte der Sultan mit seinem Gefolge in den Palast zurück, und die Tür des Mausoleums ward geschlossen. Darauf gab der König Befehl, eine ganze Woche lang in den Moscheen Gemeindegebete abzuhalten; und er selbst weinte und trauerte acht Tage hindurch unaufhörlich vor dem Mausoleum seines Sohnes. Nachdem diese Zeit verstrichen war, befahl er dem Großwesir, die Rache für den Mord des Prinzen Chudadâd zu vollstrecken; die Prinzen sollten aus ihren Kerkern geholt und hingerichtet werden. Die Nachricht davon verbreitete sich in der Stadt, die Vorkehrungen für die Hinrichtung der Mörder wurden getroffen, und große Volksscharen versammelten sich und schauten auf das Blutgerüst, als plötzlich gemeldet ward, daß ein Feind, den der König in früheren Zeiten geschlagen hatte, mit einem Eroberungsheere wider die Stadt heranrücke. Darüber war der König sehr erschrocken und bestürzt, und die Minister sagten zueinander: ‚Ach, wäre Prinz Chudadâd noch am Leben, er hätte die Scharen der Feinde, so grimmig und grausam sie auch wären, alsbald in die Flucht geschlagen.' Nun zog der Herrscher sofort mit seinem Gefolge und seinem Heer ins Feld; doch er traf zugleich Vorkehrungen, um auf dem Flusse in ein anderes Land zu flüchten, wenn die Truppen des Feindes siegreich sein sollten. Dann prallten die beiden Heere in heißem Kampfe aufeinander; und die Eindringlinge, die das Heer des Königs Harrân auf allen Seiten umzingelten, hätten ihn und alle seine Krieger in Stücke zerhauen, wenn nicht plötzlich eine bewaffnete Schar, die man bisher noch nicht gesehen hatte, quer über das Feld geritten wäre, so schnell und so sicher, daß die beiden feindlichen Könige sie in höchster Verwunderung anstarrten, und niemand wußte, woher jene Schar kam. Als sie aber näher rückte, fielen die Reiter über die Feinde her und schlugen sie im Nu in die Flucht; und sie fällten sie in hitziger Verfolgung mit dem schneidenden Schwert und dem durchbohrenden Speer. Als der König von Harrân diesen Ansturm sah, staunte er gar sehr, und nachdem er seinen Dank gen Himmel gesandt hatte, sprach er zu denen, die ihn umgaben: ‚Erkundet den Namen des Hauptmanns jener Schar und erforscht, wer er ist und woher er kam!' Als nun die Feinde auf dem Felde gefallen waren, bis auf wenige, die nach allen Seiten hin flüchteten, und bis auf den feindlichen Sultan, der gefangen genommen war, da kehrte der Hauptmann der befreundeten Schar zufrieden zurück von der Verfolgung, um den König zu begrüßen. Doch wie die beiden einander näher kamen, siehe, da erkannte der Sultan, daß der Hauptmann kein anderer war als sein geliebter Sohn Chudadâd, der einst verloren, aber nun wiedergefunden war. Eine unsagbare Freude kam über ihn, daß sein Feind so besiegt worden war, und daß er selbst seinen Sohn Chudadâd wiedersah, der lebend und sicher und gesund dort vor ihm stand. ‚Mein Vater,' rief der Prinz, ‚ich bin der, den du für tot hieltest; allein Allah der Erhabene hat mich am Leben erhalten, auf daß ich an diesem Tage für dich einstände und diese deine Feinde vernichtete.' ‚Ach, mein geliebter Sohn,' erwiderte der Vater, ‚wahrlich, ich hatte die Hoffnung verloren und glaubte nicht mehr, daß ich dich je mit eigenen Augen wiedersehen würde.' Da sprangen Vater und Sohn vom Rosse und fielen einander um den Hals, und der Sultan ergriff die Hand des Jünglings und sprach: ‚Seit langem kannte ich deine tapferen Taten, und ich wußte auch, daß du deine unseligen Brüder aus den Händen des schwarzen Menschenfressers befreit hast und daß sie dir so übel vergolten haben. Eile jetzt zu deiner Mutter, die so bitterlich um dich weint, daß von ihr nur noch Haut und Knochen übrig sind; sei du der erste, der ihr Herz erfreut und ihr die frohe Kunde von deinem Siege bringt!' Als sie dann weiter ritten, fragte der Prinz den Sultan, wie er von dem Neger und von der Befreiung der Prinzen aus den Klauen des Menschenfressers gehört habe. ‚Hat einer von meinen Brüdern', so fügte er hinzu, ‚dir von diesem Abenteuer berichtet?' ‚Ach nein, mein Sohn,' erwiderte der König, ‚sie sagten nichts, sondern die Prinzessin von Darjabâr hat mir die jammervolle Geschichte erzählt; sie wohnt schon seit vielen Tagen bei mir, und sie hat als erste und am meisten nach Rache für dein Blut verlangt.' Wie Chudadâd vernahm, daß die Prinzessin, seine Gemahlin, als Gast bei seinem Vater weilte, freute er sich über die Maßen und rief: ‚Laß mich erst meine Mutter sehen! Dann will ich zur Prinzessin Darjabâr eilen.' Darauf schlug der König von Harrân seinem Erzfeinde das Haupt ab und ließ es öffentlich durch die Straßen seiner Hauptstadt tragen; und alles Volk freute sich nicht nur über den Sieg, sondern auch über die wohlbehaltene und sichere Heimkehr Chudadâds, und in allen Häusern gab es Tanz und Feiern. Dann traten Königin Firûza und die Prinzessin von Darjabâr vor den Sultan und brachten ihm ihre Glückwünsche dar; und nun begaben sich die beiden Hand in Hand zu Chudadâd, und da fielen alle drei einander um den Hals und weinten vor eitel Freude. Danach unterhielten sich der König und seine Königin und seine Schwiegertochter lange miteinander, und sie wunderten sich, wie Chudadâd, obwohl er von den Schwertern schwer verwundet und zerhauen war, doch noch lebendig aus jener öden Wildnis entronnen sei; da erzählte der Prinz auf das Geheiß seines Vaters in diesen Worten seine Geschichte: ‚Es traf sich, daß ein Bauer, der auf einem Kamel ritt, an meinem Zelt vorüberkam; und als er sah, wie ich schwer verwundet war und mich in meinem Blute wälzte, hob er mich auf sein Reittier und führte mich zu seinem Hause; dann wählte er einige Wurzeln der Steppenkräuter aus und legte sie auf die Wunden, so daß sie sanft heilten und ich bald wieder bei Kräften war. Nachdem ich meinem Wohltäter gedankt und ihm ein reiches Geschenk gegeben hatte, machte ich mich auf nach der Stadt Harrân, doch auf meinem Wege sah ich, wie die Scharen der Feinde in gewaltiger Zahl gegen deine Stadt zogen. Deshalb meldete ich es den Einwohnern der Flecken und Dörfer ringsum und bat sie um Hilfe; so sammelte ich eine große Streitmacht und stellte mich an ihre Spitze, und da ich gerade noch zur rechten Zeit eintraf, konnte ich die Scharen der Eindringlinge vernichten.' Der Sultan dankte Allah dem Erhabenen von neuem und sagte dann: ‚Alle die Prinzen, die sich wider dein Leben verschworen haben, sollen jetzt hingerichtet werden'; und er schickte sogleich nach dem Träger des Schwertes seiner Rache. Aber Chudadâd legte bei seinem Vater Fürbitte ein, indem er sprach: ‚Wahrlich, o mein Herr und König, sie alle verdienen mit Recht das Schicksal, das du für sie bestimmt hast! Doch sind sie nicht meine Brüder und auch dein Fleisch und Blut? Ich habe ihnen schon aus freien Stücken ihre Schuld gegen mich vergeben, und ich bitte dich demütig, du mögest ihnen ihr Leben schenken; denn Blut ruft wieder nach Blut.' Der Sultan willigte schließlich ein und vergab ihnen ihre Missetat. Dann berief er alle Wesire und erklärte Chudadâd zu seinem Erben und Nachfolger in Gegenwart der Prinzen, die er aus dem Gefängnis hatte bringen lassen. Chudadâd aber ließ ihnen ihre Ketten und Fesseln abnehmen und umarmte sie, einen nach dem andern, indem er ihnen die gleiche Liebe und Freundlichkeit zeigte, die er ihnen in dem Schlosse des schwarzen Menschenfressers bewiesen hatte. Und alles Volk brach in Rufe des Beifalls aus, als dies edle Verhalten des Prinzen Chudadâd bekannt wurde, und liebte ihn noch mehr als zuvor. Der Arzt, der sich um die Prinzessin von Darjabâr so verdient gemacht hatte, empfing ein Ehrengewand und großen Reichtum; und so endete das, was in Leid begonnen hatte, in eitel Freude. – –«

Danach fuhr die Königin Schehrezâd auf Befehl des Königs Schehrijâr fort und erzählte

DIE GESCHICHTE VON 'ALÎ CHAWÂDSCHA UND DEM KAUFMANNE VON BAGHDAD[1]

Unter der Regierung des Kalifen Harûn er-Raschîd lebte in der Stadt Baghdad ein Kaufmann, 'Alî Chawâdscha geheißen; der hatte einen kleinen Vorrat an Waren, mit dem er Handel trieb und ein kärgliches Brot verdiente, indem er allein und ohne Angehörige im Hause seiner Vorväter wohnte. Nun begab es sich, daß er drei Nächte hintereinander in jeder Nacht im Traume einen ehrwürdigen Scheich sah, der also zu ihm sprach: ‚Du bist verpflichtet, eine Pilgerfahrt nach Mekka zu machen. Warum verharrst du versunken in achtlosem Schlummer und machst dich nicht auf, wie es dir geziemt?' Als er diese Worte vernahm, ward er bestürzt und so erschrocken, daß er Laden und Waren und all sein Hab und Gut verkaufte und in der festen Absicht, das heilige Haus Allahs des Erhabenen zu besuchen, sein Haus vermietete und sich einer Karawane anschloß, die nach dem hochgeehrten Mekka reiste. Doch ehe er seine Vaterstadt verließ, legte er tausend Goldstücke, die er über das Reisegeld hinaus noch besaß, in einen irdenen Krug und füllte ihn dann mit Sperlingsoliven[2], und nachdem er die Öffnung des Kruges verschlossen hatte, trug er ihn zu

---
1. Vgl. oben Seite 240, Anmerkung. – 2. Vgl. Band II, Seite 461.

einem Kaufmanne, mit dem er seit vielen Jahren befreundet war, und sprach: ‚Mein Bruder, vielleicht hast du vernommen, daß ich die Absicht habe, mit einer Karawane die Pilgerfahrt zu machen nach Mekka, der heiligen Stadt; ich habe nun hier einen Krug Oliven bei mir, und ich möchte dich bitten, ihn mir als anvertrautes Pfand bis zu meiner Rückkehr aufzubewahren.' Der Kaufmann überreichte sofort den Schlüssel zu seinem Warenhause an 'Alî Chawâdscha und sprach: ‚Hier, nimm den Schlüssel, öffne den Speicher und stelle den Krug dorthin, wo es dir gut dünkt, und wenn du wiederkehrst, sollst du ihn genau so finden, wie du ihn verlassen hast.' 'Alî Chawâdscha tat nach dem Geheiße seines Freundes, und als er die Tür wieder verschlossen hatte, gab er den Schlüssel seinem Herrn zurück. Dann lud er seine Reisevorräte auf ein Kamel, stieg selbst auf ein zweites Tier und brach mit der Karawane auf. Schließlich erreichten sie Mekka, die hochgeehrte Stadt; das war im Monate Dhu el-Hiddscha[1], in dem Zehntausende von Muslimen dorthin pilgern und vor dem Tempel der Kaaba beten und sich niederwerfen. Und nachdem er das heilige Haus umschritten und alle Bräuche und Zeremonien erfüllt hatte, wie sie von den Pilgern erfordert werden, tat er einen Laden auf zum Verkauf von Waren. Da begab es sich, daß zwei Kaufleute durch jene Straße gingen und die feinen Stoffe und Waren im Laden von 'Alî Chawâdscha bemerkten; sie fanden großen Gefallen an ihnen und lobten ihre Schönheit und Vortrefflichkeit. Dann sprach der eine zum anderen: ‚Dieser Mann bringt höchst seltene und kostbare Waren hierher; in Kairo, der Hauptstadt von Ägyptenland, würde er aber erst den vollen Wert dafür erhalten, weit mehr als auf den Märkten dieser Stadt.' Als nun 'Alî Chawâdscha Kairo nennen hörte, über-

---

1. Der Monat der Pilgerfahrt, im islamischen Jahr der zwölfte Monat.

kam ihn eine heiße Sehnsucht, jene berühmte Hauptstadt zu besuchen, und so gab er seine Absicht auf, nach Baghdad heimzukehren, und beschloß, gen Ägypten zu ziehen. Deshalb schloß er sich einer neuen Karawane an, und als er dort ankam, hatte er großes Gefallen sowohl an dem Lande wie an der Stadt; auch machte er großen Gewinn, als er seine Waren verkaufte. Dann kaufte er andere Waren und Stoffe und faßte die Absicht, nach Damaskus zu reisen; doch er blieb noch einen ganzen Monat in Kairo und besuchte dort die Heiligtümer und geweihten Stätten; und als er die Mauern der Stadt verlassen hatte, ergötzte er sich damit, manche berühmten Städte zu sehen, die einige Tagereisen von der Hauptstadt entfernt an den Ufern des Nilstromes lagen. Danach nahm er Abschied von Ägypten und kam zur heiligen Stadt Jerusalem; dort betete er in dem Tempel der Kinder Israel, den die Muslime wieder aufgebaut hatten. Zur angemessenen Zeit traf er in Damaskus ein, und er sah, daß die Stadt schön gebaut und volkreich war; auch schaute er die Felder und Wiesen, die von Quellen und Kanälen reich bewässert wurden, und die Gärten und Haine, die in einer Fülle von Blumen und Früchten prangten. Inmitten solcher Freuden dachte 'Alî Chawâdscha kaum an Baghdad; doch er setzte seine Reise fort und zog durch Aleppo, Mosul und Schiras, und in jeder von diesen Städten, besonders aber in Schiras, verweilte er eine Zeit lang, bis er schließlich nach sieben Jahren der Wanderschaft wieder in Baghdad ankam.

Jetzt mußt du nun, o glücklicher König, von dem Kaufmann in Baghdad und von seiner Unehrlichkeit hören. Sieben lange Jahre hatte er nicht ein einziges Mal an 'Alî Chawâdscha gedacht, noch an das Pfand, das seiner Obhut anvertraut war. Schließlich aber, als er eines Tages mit seiner Frau beim Nachtmahle saß, kam ihr Gespräch auf Oliven, und sie sagte: ‚Ich möchte jetzt gern einige zum Essen haben.' Da gab er zur Antwort: ‚Weil du gerade davon sprichst, fällt mir ein, daß 'Alî Chawâdscha, der vor sieben Jahren auf die Pilgerfahrt nach Mekka zog, vor seiner Abreise mir einen Krug mit Sperlingsoliven anvertraute, der noch im Speicher steht. Wer weiß, wo er jetzt weilt und was ihm widerfahren ist? Ein Mann, der kürzlich mit der Pilgerkarawane heimgekehrt ist, erzählte mir, daß 'Alî Chawâdscha Mekka, das hochgeehrte, verlassen habe mit der Absicht, nach Ägypten zu ziehen. Einzig Allah der Erhabene weiß, ob er noch am Leben oder schon gestorben ist; indessen, wenn seine Oliven noch gut sind, so will ich hingehen und einige davon bringen, damit wir sie kosten; gib mir also den Schlüssel und eine Lampe, daß ich einige davon holen kann!' Seine Frau jedoch, die ein ehrlich und rechtschaffen Weib war, erwiderte: ‚Allah verhüte, daß du eine so gemeine Tat begehst und dein Wort und Gelöbnis brichst! Wer kann es wissen? Du hast von niemandem sichere Kunde, daß er tot ist; vielleicht kommt er morgen oder übermorgen sicher und gesund aus Ägypten zurück; dann wirst du, wenn du ihm nicht unbeschädigt wiedergeben kannst, was er dir einst anvertraute, dich wegen deines gebrochenen Wortes schämen müssen, wir werden vor den Menschen in Schande geraten und vor deinem Freunde entehrt sein. Ich wenigstens will an solcher Schändlichkeit keinen Teil haben, ich will auch die Oliven nicht kosten; überdies widerspricht es aller Vernunft, daß sie nach sieben Jahren noch eßbar sein sollten. Ich flehe dich an, laß ab von dieser argen Absicht!' In dieser Weise erhob die Frau des Kaufmanns Einspruch, und sie bat ihren Gatten, sich an 'Alî Chawâdschas Oliven nicht zu vergreifen, und brachte ihn durch Scham von seinem Vorhaben ab, so daß er sich für den Augenblick die Sache aus dem Sinne schlug. Obwohl der Kaufmann es an jenem Abend unterließ, 'Alî Chawâdschas Oliven anzurühren, so behielt er doch den Plan im Gedächtnis, bis er eines Tages in seiner Hartnäckigkeit und Treulosigkeit beschloß, sein Vorhaben auszuführen; da machte er sich auf und begab sich mit einer Schüssel in der Hand zum Vorratshause. Zufällig traf er seine Frau, und die rief: ‚Ich habe mit dir an dieser argen Tat keinen Anteil. Wahrlich, dir wird Böses widerfahren, wenn du eine solche Tat begehst.' Er hörte sie, aber er achtete ihrer nicht; und als er im Speicher war, öffnete er den Krug und fand, daß die Oliven verdorben und weiß von Schimmel waren. Wie er dann jedoch den Krug umstürzte und einen Teil seines Inhalts in die Schüssel schüttete, sah er plötzlich, daß ein Goldstück zusammen mit den Früchten herausfiel. Von Gier erfüllt, schüttete er nunmehr alles, was darinnen war, in einen anderen Krug und wunderte sich über die Maßen, als er die untere Hälfte voll von Goldstücken fand. Dann legte er das Geld und die Oliven beiseite, schloß das Gefäß, kehrte zu seiner Frau zurück und sprach zu ihr: ‚Du hättest recht; denn ich habe den Krug untersucht und gefunden, daß die Früchte schimmelig sind und verdorben riechen. Deshalb habe ich sie wieder in den Krug getan und ihn stehen lassen, wie er war.' In jener Nacht konnte der Kaufmann kein Auge zutun, da er immer an das Gold dachte und grübelte, wie er es sich aneignen könnte; und als der Morgen graute, nahm er alle die Goldstücke heraus, kaufte auf dem Markte einige frische Oliven, füllte den Krug mit ihnen auf, verschloß die Öffnung und stellte ihn wieder an seinen alten Platz.

Nun begab es sich, daß durch Allahs Gnade 'Alî Chawâdscha sicher und gesund am Ende des Monats wieder nach Baghdad heimkehrte. Zuerst begab er sich zu seinem alten

Freunde, dem Kaufmann; der begrüßte ihn mit geheuchelter Freude und fiel ihm um den Hals, aber er war doch sehr in Sorgen und Verlegenheit wegen dessen, was da kommen möchte. Nachdem sie sich also begrüßt und beide ihrer großen Freude Ausdruck gegeben hatten, begann 'Alî Chawâdscha von Geschäften zu sprechen und bat den Kaufmann, ihm seinen Krug mit Sperlingsoliven zurückzugeben, den er einst der Obhut seines Freundes anvertraut hatte. Da sagte der Kaufmann zu 'Alî Chawâdscha: ‚Lieber Freund, ich weiß nicht, wohin du deinen Olivenkrug gestellt hast. Aber hier ist der Schlüssel; geh hinunter in den Speicher und nimm alles, was dein ist!' 'Alî Chawâdscha tat, wie ihm gesagt war; er holte den Krug aus dem Vorratshaus, nahm Abschied und eilte heim. Als er aber den Krug öffnete und die Goldstücke nicht fand, ward er bestürzt und von Schmerz überwältigt, und er klagte bitterlich. Dann eilte er zu dem Kaufmann zurück und sagte: ‚Mein Freund, Allah, der Allgegenwärtige und Allsehende, sei mein Zeuge, daß ich in dem Kruge tausend Goldstücke zurückließ, als ich auf die Pilgerfahrt zog nach Mekka, dem hochgeehrten, und jetzt finde ich sie nicht; kannst du mir nicht etwas über sie sagen? Wenn du in arger Not von ihnen Gebrauch gemacht hast, so tut es nichts; denn du wirst sie mir zurückgeben, sobald du kannst.' Der Kaufmann erwiderte, indem er sich den Anschein gab, als bemitleide er ihn: ‚Mein guter Freund, du hast den Krug mit deiner eigenen Hand in den Speicher gestellt. Ich wußte nicht, daß du etwas anderes darin hattest als Oliven; genau wie du ihn verlassen hast, so hast du ihn wiedergefunden und fortgetragen; und jetzt beschuldigst du mich des Diebstahls von Goldstücken! Es kommt mir seltsam, ja noch mehr als seltsam vor, daß du eine solche Anklage zu erheben wagst. Als du fortgingst, sprachst du von keinem

Gelde in dem Krug, sondern du sagtest nur, er sei voll von Oliven, so wie du ihn auch angetroffen hast. Hättest du Goldmünzen darin gelassen, so hättest du sie sicherlich auch wiedergefunden.' Darauf begann 'Alî Chawâdscha inständig und flehentlich zu bitten, indem er sprach: ‚Jene tausend Goldstücke waren alles, was ich besaß, das Geld, das ich in Jahren mühevoller Arbeit verdient hatte; ich flehe dich an, hab Mitleid mit meiner Not und gib sie mir zurück!' Aber der Kaufmann ergrimmte heftig und rief: ‚Mein Freund, du bist ein feiner Gesell, daß du von Ehrlichkeit redest und dennoch solche falschen und lügnerischen Anklagen erhebst. Geh, hebe dich von dannen und komm mir nicht wieder in mein Haus; denn jetzt weiß ich, was du bist – ein Schwindler und Betrüger!' Alle Leute des Stadtviertels aber kamen herbei und drängten sich um den Laden, als sie den Streit zwischen 'Alî Chawâdscha und dem Kaufmann hörten; und die Menge griff die Sache hitzig auf, und so wurde es allen, Reichen und Armen, in der Stadt Baghdad bekannt, daß ein Mann namens 'Alî Chawâdscha tausend Goldstücke in einem Olivenkruge verborgen und sie einem gewissen Kaufmann anvertraut hatte; daß ferner der arme Mann nach der Pilgerfahrt gen Mekka und nach sieben Jahren der Wanderschaft zurückgekehrt war und der Reiche seine Worte in betreff des Goldes bestritten hatte und bereit war, zu schwören, er habe keinerlei derartiges Pfand erhalten. Schließlich, als nichts anderes mehr fruchtete, war 'Alî Chawâdscha gezwungen, die Sache vor den Kadi zu bringen und von seinem falschen Freunde tausend Goldstücke einzuklagen. Der Richter fragte: ‚Welche Zeugen hast du, die für dich einstehen können?' Darauf erwiderte der Kläger: ‚O Herr Kadi, ich fürchtete mich, die Sache irgend jemandem mitzuteilen, damit nicht alle von meinem Geheimnis erführen. Allah der Erhabene ist mein einziger Zeuge. Dieser Kaufmann war mein Freund, und ich glaubte nicht, daß er sich als unehrlich und ungetreu erweisen würde.' Der Richter fuhr fort: ‚Dann muß ich den Kaufmann kommen lassen und hören, was er unter Eid aussagt.' Wie nun der Beklagte kam, ließen sie ihn schwören bei allem, was ihm heilig war, das Gesicht nach der Kaaba gewandt, mit erhobenen Händen; und er rief: ‚Ich schwöre, daß ich nichts weiß von irgendwelchen Goldstücken, die 'Alî Chawâdscha gehören.' Da sprach der Kadi ihn frei und entließ ihn aus dem Gericht; 'Alî Chawâdscha aber ging traurigen Herzens nach Hause und sprach bei sich selber: ‚Weh, was ist das für eine Rechtsprechung, die mir zuteil geworden ist! Ich soll mein Geld verlieren, und meine gerechte Sache soll für ungerecht erklärt werden? Mit Recht heißt es: Wer vor einem Schurken klagt, dem wird sein Recht versagt.' Am nächsten Tage verfaßte er einen Bericht über seine Sache; und als der Kalif Harûn er-Raschîd sich auf dem Wege zum Freitagsgebet befand, warf er sich vor ihm zu Boden und überreichte ihm das Schriftstück. Der Beherrscher der Gläubigen las die Bittschrift, und nachdem er sich den Fall überlegt hatte, geruhte er zu befehlen, indem er sprach: ‚Man bringe morgen den Kläger und den Beklagten in die Audienzhalle und lege mir die Bittschrift vor; denn ich will diese Angelegenheit selbst untersuchen!'

An jenem Abend nun legte der Beherrscher der Gläubigen, wie es seine Gewohnheit war, eine Verkleidung an, um in Baghdad über die Märkte und durch die Straßen und Gassen zu wandern; und begleitet von Dscha'far, dem Barmekiden, und Masrûr, dem Träger des Schwertes seiner Rache, zog er aus, um zu erforschen, was in der Stadt geschah. Bald nachdem er hinausgegangen war, kam er auf einen offenen Platz im

Basar, und dort hörte er den Lärm von spielenden Kindern. Dann sah er in geringer Entfernung etwa zehn bis zwölf Knaben, die sich im Mondenschein vergnügten; und er blieb eine Weile stehen, um ihrem Spiele zuzuschauen. Nun sagte einer von den Knaben, ein hübscher Bursche von heller Hautfarbe, zu den anderen: ‚Kommt her und laßt uns jetzt Kadi spielen[1]; ich will der Richter sein, einer von euch sei 'Alî Chawâdscha und ein anderer der Kaufmann, dem er die tausend Goldstücke anvertraute, ehe er auf die Pilgerfahrt ging. Tretet nur vor mich her, und ein jeder rede für seine Sache!' Als der Kalif den Namen 'Alî Chawâdscha hörte, dachte er an die Schrift, die ihm überreicht war mit der Bitte um Rechtsprechung wider den Kaufmann, und er beschloß zu warten, um zu sehen, wie der Knabe die Rolle des Kadis im Spiel darstellen und welche Entscheidung er treffen würde. So beobachtete denn der Herrscher das Prozeßspiel mit lebhafter Aufmerksamkeit, indem er sich sagte: ‚Dieser Fall hat wirklich die ganze Stadt in solche Erregung gebracht, daß selbst die Kinder davon wissen und ihn in ihren Spielen darstellen.' Dann traten beide vor, der Knabe, der die Rolle des Klägers 'Alî Chawâdscha spielte, und sein Gefährte, der den wegen des Diebstahls verklagten Kaufmann von Baghdad darstellte, und sie standen vor dem Knaben, der als Kadi ernsthaft und würdevoll dasaß. Der Richter hub also an: ‚'Alî Chawâdscha, wie lautet deine Klage wider diesen Kaufmann?' Und der Kläger brachte seine Klage in allen Einzelheiten vor. Darauf sprach der Kadi zu dem Knaben, der den Kaufmann spielte: ‚Was erwiderst du auf diese Klage,

[1]. Knaben sind manchmal bei den öffentlichen Gerichtsverhandlungen zugegen und spielen dann nachher unter sich solche Verhandlungen, bei denen sie große Geschicklichkeit, Beredsamkeit und Leidenschaft zeigen.

und warum hast du die Goldstücke nicht zurückgegeben?' Der Angeklagte gab dieselbe Antwort, die der wirkliche Beklagte gegeben hatte, indem er vor dem Richter alles ableugnete und sich bereit erklärte, seine Aussage zu beschwören. Nun sagte der junge Kadi: ,Ehe du einen Eid schwörst, daß du das Geld nicht genommen hast, möchte ich gern selbst den Olivenkrug sehen, den der Kläger in deiner Obhut zurückließ.' Und dann wandte er sich zu dem Knaben, der 'Alî Chawâdscha vertrat, und rief: ,Geh hin und bringe mir sofort den Krug, damit ich ihn untersuchen kann!' Als der Krug gebracht war, sprach der Richter zu den beiden Streitführenden: ,Schaut nach und sagt mir: ist dies derselbe Krug, den du, Kläger, bei dem Beklagten zurückgelassen hast?' Und beide erwiderten, es sei derselbe. Alsdann sagte der Richter von eigenen Gnaden: ,Öffnet nun den Krug und bringt mir etwas von seinem Inhalt, damit ich sehe, in welchem Zustande die Sperlingsoliven jetzt sind.' Und er kostete von den Früchten und rief: ,Wie geht das zu? Ich sehe, sie schmecken frisch und sind in vortrefflichem Zustand! Im Laufe von sieben Jahren müßten die Oliven doch gewißlich schimmelig geworden und verdorben sein. Bringt mir jetzt zwei Ölhändler aus der Stadt; sie sollen ihr Urteil darüber abgeben!' Darauf übernahmen zwei andere von den Knaben die befohlenen Rollen, traten in den Gerichtshof und standen vor dem Kadi still; der fragte: ,Seid ihr Olivenhändler von Beruf?' Sie antworteten: ,Das sind wir, und dies ist der Beruf unserer Vorfahren gewesen seit vielen Geschlechtern; durch den Handel mit Oliven verdienen wir unser täglich Brot.' Weiter fragte der Kadi: ,Sagt mir jetzt, wie lange halten sich Oliven frisch und schmackhaft?' Sie erwiderten: ,O Herr, wenn wir sie auch noch so sorgfältig aufbewahren, so verlieren sie doch nach dem dritten Jahre ihren Geschmack und ihre

Farbe, und dann taugen sie nicht mehr zum Essen, sondern sind zu nichts mehr gut als zum Wegwerfen.' Dann fuhr der Kadi fort: ‚Prüfet nun diese Oliven, die sich in diesem Kruge befinden, und sagt mir, wie alt sind sie und wie ihr Zustand und ihr Geschmack ist!' Die beiden Knaben, die als Ölhändler auftraten, gaben sich den Anschein, als ob sie einige Früchte aus dem Kruge nähmen und sie kosteten, und dann sagten sie: ‚O Herr Kadi, diese Oliven sind in gutem Zustande und haben den vollen Geschmack.' Doch der Kadi rief: ‚Ihr redet falsch; es ist sieben Jahre her, seit 'Alî Chawâdscha sie in den Krug legte, damals, als er sich auf die Pilgerfahrt begeben wollte.' Sie entgegneten aber: ‚Sage, was du willst; diese Oliven sind von der Ernte dieses Jahres, und es gibt keinen einzigen Ölhändler in ganz Baghdad, der uns darin nicht beistimmen würde.' Ferner hieß man den Beklagten die Früchte kosten und riechen, und er konnte nicht umhin, einzugestehen, daß es sich genau so verhielt, wie jene behauptet hatten. Darauf sprach der junge Kadi zu dem jungen Beklagten: ‚Es ist klar, daß du ein Schurke und ein Schuft bist, und du hast eine Tat getan, für die du reichlich den Galgen verdienst.' Als die Kinder das hörten, sprangen sie umher und klatschten froh und fröhlich in die Hände; dann ergriffen sie den, der den Kaufmann von Baghdad spielte, und führten ihn wie zur Hinrichtung ab.

Der Beherrscher der Gläubigen, Harûn er-Raschîd, hatte großes Gefallen an dem Scharfsinn des Knaben, der den Richter in dem Spiele dargestellt hatte, und er gab seinem Wesir Dscha'far den Befehl: ‚Merke dir den Knaben genau, der in diesem Prozeßspiel der Kadi war, und sieh, daß du ihn mir morgen vorführst; er soll den Fall vor mir wirklich und in vollem Ernst untersuchen, genau so wie wir ihn im Spiel haben handeln sehen! Berufe auch den Kadi dieser Stadt, damit er von diesem Kinde die Rechtsprechung lerne! Ferner sende Bescheid an 'Alî Chawâdscha, daß er den Olivenkrug mitbringen soll, und halt mir auch zwei Ölhändler aus der Stadt bereit!' Diese Befehle erteilte der Kalif dem Wesir, als sie dahinschritten; dann kamen sie zum Palast zurück. Am nächsten Morgen begab sich der Barmekide Dscha'far zu jenem Stadtteile, in dem die Kinder das Prozeßspiel aufgeführt hatten, und fragte den Schulmeister, wo seine Schüler wären; der antwortete: ,Sie sind alle fortgegangen, ein jeder in sein Haus.' Darauf besuchte der Minister die Häuser, die ihm bezeichnet wurden, und befahl, daß die Kleinen vor ihm erscheinen sollten. Als sie ihm dann vorgeführt wurden, sprach er zu ihnen: ,Wer von euch ist es, der gestern abend die Rolle des Kadis gespielt und in der Sache von 'Alî Chawâdscha das Urteil gefällt hat?' Der Älteste unter ihnen antwortete: ,Das war ich, o Herr Wesir'; aber dann ward er bleich, da er nicht wußte, weshalb die Frage gestellt war. Der Minister rief: ,Komm mit mir; der Beherrscher der Gläubigen bedarf deiner!' Darüber erschrak die Mutter des Knaben gar sehr, und sie begann zu weinen; doch Dscha'far tröstete sie, indem er sprach: ,Gute Frau, hab keine Furcht und mach dir keine Sorge! Dein Sohn wird wohlbehalten zu dir zurückkehren, so Gott will, und mich dünkt, der Sultan wird ihm viel Gunst erweisen.' Als die Frau diese Worte des Wesirs vernommen hatte, ward ihr Herz beruhigt, und sie legte ihrem Sohne voller Freuden sein bestes Gewand an, ehe sie ihn mit dem Wesir fortgehen ließ; der leitete ihn an der Hand in die Audienzhalle des Kalifen und führte auch alle die anderen Befehle aus, die ihm sein Herr gegeben hatte. Nachdem der Beherrscher der Gläubigen sich selber auf den Richterthron gesetzt hatte, wies er dem Knaben einen Sitz zu seiner

Seite an; und sobald die streitenden Parteien, nämlich 'Alî Chawâdscha und der Kaufmann von Baghdad, vor ihm erschienen, befahl er einem jeden, seine Sache vor dem Knaben vorzutragen, denn der solle den Prozeß entscheiden. Beide also, der Kläger und der Beklagte, berichteten über ihren Streit vor dem Knaben in allen Einzelheiten; doch als der Beklagte alle Schuld bestimmt ableugnete und schon einen Eid schwören wollte, daß seine Aussage wahr sei, mit erhobenen Händen und das Gesicht nach der Kaaba gewandt, hielt der junge Kadi ihn zurück und sprach: ‚Genug! Schwöre nicht eher, als bis es dir befohlen wird! Zunächst soll der Olivenkrug vor den Gerichtshof gebracht werden.' Alsbald wurde der Krug geholt und vor ihn gestellt; dann befahl der Knabe, ihn zu öffnen, kostete eine Frucht und gab auch den beiden Ölhändlern, die vorgeladen waren, damit sie gleichfalls kosteten und erklärten, wie alt die Früchte wären, und ob ihr Geschmack gut oder schlecht wäre. Sie taten nach seinem Geheiß und sagten: ‚Der Geschmack dieser Oliven ist unverändert, und sie sind von der Ernte dieses Jahres.' Darauf sprach der Knabe: ‚Mir scheint, ihr irrt euch; denn 'Alî Chawâdscha legte die Oliven vor sieben Jahren in den Krug. Wie könnten Früchte aus diesem Jahre hineingelangt sein?' Doch sie erwiderten: ‚Es ist, wie wir sagen; wenn du unseren Worten nicht glaubst, sende sofort nach anderen Ölhändlern und befrage sie, dann wirst du sehen, ob wir die Wahrheit oder die Unwahrheit sagen!' Als nun der Kaufmann von Baghdad einsah, daß es ihm nicht mehr gelingen konnte, seine Unschuld zu erweisen, gestand er alles, nämlich daß er die Goldstücke herausgenommen und den Krug mit frischen Oliven gefüllt hatte. Wie der Knabe das hörte, sprach er zu dem Beherrscher der Gläubigen: ‚O huldreicher Herrscher, gestern abend haben wir diese Sache im Spiel entschieden; aber du allein hast die Macht, die Strafe zu verhängen. Ich habe das Urteil in deiner Gegenwart gefällt, und ich bitte dich in Demut, daß du diesen Kaufmann nach dem Gesetze des Korans und dem Brauche des Propheten bestrafst; und dann befiehl, daß die tausend Goldstücke an 'Alî Chawâdscha zurückgegeben werden; denn es ist bewiesen, daß sie sein Eigentum sind!' Darauf befahl der Kalif, daß der Kaufmann von Baghdad abgeführt und gehängt werden sollte, nachdem er gestanden habe, wo er die tausend Goldstücke verborgen hatte, und daß diese dann ihrem rechtmäßigen Eigentümer 'Alî Chawâdscha zurückgegeben würden. Dann wandte er sich auch zu dem Kadi, der die Sache so voreilig abgeurteilt hatte, und hieß ihn von jenem Knaben lernen, wie er seine Pflicht eifriger und gewissenhafter ausüben könnte. Den Knaben aber umarmte der Beherrscher der Gläubigen, und er befahl dem Wesir, ihm tausend Goldstücke aus dem königlichen Schatze zu geben und ihn sicher in sein Haus zu seinen Eltern zurückzuführen. Und als der Knabe zum Mann herangewachsen war, machte der Beherrscher der Gläubigen ihn zu einem seiner Tischgenossen und förderte sein Wohlergehen und erwies ihm stets die höchsten Ehren.

Ferner wird erzählt

DIE GESCHICHTE VON HARÛN ER-RASCHÎD UND ABU HASAN, DEM KAUFMANN AUS OMAN[1]

Eines Nachts war der Kalif Harûn er-Raschîd von Schlaflosigkeit heftig geplagt; da rief er nach Masrûr, und als der gekommen war, sprach er zu ihm: ‚Hole mir sogleich Dscha'far!' Jener ging hin und holte den Wesir, und als der vor dem Herrscher stand, sprach dieser: ‚Dscha'far, heute nacht ist Schlaf-

[1]. Von hier an ist wieder nach dem Arabischen übersetzt.

losigkeit über mich gekommen, und der Schlummer ist mir versagt; nun weiß ich nicht, was mir Ruhe verschaffen könnte.' ‚O Beherrscher der Gläubigen,' erwiderte Dscha'far, ‚die Weisen sagen: In den Spiegel schauen, ins Badehaus gehen, dem Gesange lauschen, all das vertreibt Kummer und Sorgen.' Doch der Kalif sagte darauf: ‚Ach, Dscha'far, ich habe ja dies alles schon getan; aber es hat mir keine Ruhe gebracht. Jetzt schwöre ich bei meinen frommen Vorvätern, wenn du mir kein Mittel ersinnst, mich von dieser Unruhe zu befreien, so lasse ich dir den Kopf abschlagen.' Der Wesir fuhr fort: ‚O Beherrscher der Gläubigen, willst du tun, was ich dir rate?' ‚Was rätst du mir denn?' fragte der Herrscher; und Dscha'far gab ihm zur Antwort: ‚Dies, daß wir ein Boot besteigen und in ihm den Tigrisfluß mit der Strömung hinabfahren, bis zu einem Orte, der Karn es-Sarât¹ genannt wird. Vielleicht hören wir dann etwas, das wir noch nicht gehört haben, oder sehen etwas, das wir noch nicht gesehen haben; denn es heißt: Befreiung von Sorgen liegt in einem von drei Dingen: darin, daß man sieht, was man noch nie gesehen hat, oder daß man hört, was man noch nie gehört hat, oder daß man ein Land betritt, das man noch nie betreten hat. Und so wird dies vielleicht auch ein Mittel sein, um die Unruhe von dir zu vertreiben, o Beherrscher der Gläubigen.' Alsbald machte er Raschîd sich auf, begleitet von Dscha'far, von dessen Bruder el-Fadl, ferner von Ishâk dem Tischgenossen, von Abu Nuwâs, Abu Dulaf und Masrûr, dem Schwertträger. – –«

Da bemerkte Schehrezâd, daß der Morgen begann, und sie hielt in der verstatteten Rede an. Doch als die *Neunhundertundsiebenundvierzigste Nacht* anbrach, fuhr sie also fort: »Es ist mir berichtet worden, o glücklicher König, daß der Kalif und

1. Der Stadtteil nahe der Mündung des Sarât-Kanals in den Tigris.

Dscha'far und die anderen Begleiter, nachdem sie sich erhoben hatten, in die Kleiderkammer eintraten und alle sich in Gewänder von Kaufleuten kleideten. Dann begaben sie sich zum Tigris und bestiegen ein Boot, das mit Gold verziert war; in ihm fuhren sie mit der Strömung hinab und erreichten die Stätte, die sie erstrebten. Dort vernahmen sie plötzlich die Stimme einer Maid, die zur Laute sang und diese Verse vortrug:

> *Ich sprech zu ihm, wenn mir der Wein im Becher leuchtet*
> *Und wenn die Nachtigall im dichten Laube singt:*
> *Wie lange willst du dich der Freude noch enthalten?*
> *Erwach! Ein Leh'n ist alles, was das Leben bringt.*
> *So nimm den Trank aus Händen eines lieben Freundes,*
> *Der dich versonnen anschaut mit verhaltner Sucht!*
> *Ich sät auf seine Wangen eine frische Rose;*
> *Da reifte bei den Locken der Granate Frucht.*
> *Du siehst, wo sonst Betrübte ihr Gesicht zerfleischen,*
> *Verglommne Asche; doch der Wangen Feuer blinkt.*[1]
> *Der Tadler sagt zu mir, ich solle sein vergessen;*
> *Wie könnt ich das, solang der Flaum mir heimlich winkt!*

Als der Kalif diesen Gesang hörte, rief er: ‚O Dscha'far, wie herrlich ist diese Stimme!' Und der Wesir erwiderte: ‚O unser Gebieter, nie ist etwas Lieblicheres oder Schöneres als dieser Gesang in meinen Ohren erklungen! Doch, hoher Herr, hinter einer Mauer hören, heißt nur halb hören. Wie wäre es, hinter einem Vorhang zu hören?' Da sprach der Kalif: ‚Wohlan denn, Dscha'far, wir wollen uns selbst bei dem Herrn dieses Hauses zu Gaste laden; vielleicht werden wir dann die Sängerin mit unseren eigenen Augen erblicken.' ‚Wir hören und gehorchen!' antwortete Dscha'far; und nun verließen sie alle das Boot und baten um Einlaß. Siehe, da trat ein Jüngling zu ihnen heraus;

---

[1]. Das heißt: die Stelle im Gesicht, die von Klagenden sonst zerfleischt wird, ist bei ihm mit grauem Flaum bedeckt, doch die Wangen sind hellrot.

der war schön von Angesicht und sprach zierlich und in gewählten Worten: ‚Herzlich willkommen, ihr Herren, die ihr mir die Gunst eurer Gegenwart erweiset! Tretet ein zu Gemach und Behagen!' So traten sie denn ein, indem er ihnen voranging, und sie erblickten einen Saal mit vier Fronten, dessen Decke mit Gold verziert war und dessen Wände azurnen Schmuck trugen. Darinnen befand sich eine Estrade, und auf ihr stand eine schöne gepolsterte Bank mit Rückenlehnen; dort saßen hundert Mädchen, schön wie Monde. Denen rief der Herr des Hauses, und nachdem sie von ihren Sitzen heruntergekommen waren, wandte er sich zu Dscha'far und sprach zu ihm: ‚Ich weiß nicht, wer von euch der Allerhöchste an Rang ist. In Allahs Namen, wer von euch der Höchste ist, geruhe sich auf den Ehrenplatz zu setzen, und ein jeder von seinen Gefährten setze sich nach dem Range, der ihm gebührt!' Da ließen sie sich alle nieder, jeder an seine Stätte, während Masrûr vor ihnen stand, um ihnen aufzuwarten. Nun fragte der Herr des Hauses sie: ‚Meine Gäste, soll ich euch mit eurer Erlaubnis etwas zu essen bringen?' ‚Gern', erwiderten sie; und er gebot alsbald den Dienerinnen, die Speisen aufzutragen. Vier Mädchen mit geschürzten Gewändern stellten einen Tisch vor sie hin; auf dem befanden sich alle Arten von seltenen Gerichten, was da läuft und sich in den Lüften bewegt, und was in den Meeren sich regt; unter anderem waren dort Flughühner und Wachteln, Küken und Tauben. Und um den Rand des Tisches standen Verse geschrieben, die einer solchen Gelegenheit angemessen waren. Die Gäste aßen, bis sie gesättigt waren, und wuschen sich danach die Hände. Da sprach der Jüngling: ‚Liebe Herren, wenn ihr noch einen Wunsch habt, so tut ihn mir kund, auf daß wir die Ehre haben, ihn zu erfüllen!' ‚Ja,' erwiderten sie, ‚wir sind eigentlich nur deshalb in deine Wohnung gekommen, um eine Stimme zu hören, die wir hinter der Mauer deines Hauses vernommen haben; und nun möchten wir ihr noch einmal lauschen und die Maid, die so singt, kennen lernen. Wenn du es darum für recht hältst, uns diese Gunst zu gewähren, so wäre das ein neues Zeichen von der Großmut deines Wesens. Danach wollen wir dorthin zurückkehren, von wo wir gekommen sind.' ,Das sei euch gewährt!' sagte der Wirt, wandte sich an eine schwarze Sklavin und sprach zu ihr: ,Hole deine Herrin Soundso!' Da ging die Sklavin fort, kam mit einem Stuhl zurück und setzte ihn nieder; dann entfernte sie sich noch einmal und kehrte mit einer Maid zurück, die dem Mond in der Nacht seiner Fülle glich. Die setzte sich auf den Stuhl, und nachdem ihr die schwarze Sklavin ein Tuch aus Atlas gereicht hatte, holte sie daraus eine Laute hervor, die mit Edelsteinen und Rubinen eingelegt war und Wirbel aus Gold hatte. – –«

Da bemerkte Schehrezâd, daß der Morgen begann, und sie hielt in der verstatteten Rede an. Doch als die *Neunhundertundachtundvierzigste Nacht* anbrach, fuhr sie also fort: »Es ist mir berichtet worden, o glücklicher König, daß die Maid, nachdem sie hereingetreten war, sich auf den Stuhl setzte und die Laute aus dem Beutel nahm, jene, die mit Edelsteinen und Rubinen eingelegt war und Wirbel aus Gold hatte. Dann stimmte sie die Saiten zu reinem Lautenklang, und es war, wie der Dichter von ihr und ihrer Laute sang:

> *Sie legte sie auf ihren Schoß, wie eine Mutter*
> *Voll Liebe ihren Sohn, und schlug die Saiten an.*
> *Und immerdar, wenn ihre rechte Hand sie rührte,*
> *War's ihre Linke, die den reinen Ton gewann.*

Und so zog sie die Laute an ihre Brust und neigte sich über sie, wie eine Mutter sich über ihr Kind neigt; dann rührte sie die

Saiten, und die klagten, wie das Kindlein seiner Mutter klagt, und schließlich spielte sie und hub an, diese Verse zu singen:

> *Wenn mir die Zeit den Freund zurückgibt, will ich schelten:*
> *Gefährte mein, nun laß die Becher kreisen, lab*
> *Am Weine dich, der nie ins Herz des Mannes eindrang,*
> *Ohn daß er ihm der Freude höchste Wonne gab!*
> *Der Zephir nahte sich und trug des Weines Becher;*
> *Hast du den Stern gesehen in des Vollmonds Hand?*[1]
> *Wie manche Nacht verbracht ich plaudernd, wenn der Vollmond*
> *So hell im Dunkel ob des Tigris Fluten stand!*
> *Dann senkte sich der Mond, dem Schwinden zugekehrt,*
> *Als reckt' er übers Wasser hin ein gülden Schwert.*

Als sie ihr Lied beendet hatte, weinte sie bitterlich; und alle, die im Saale zugegen waren, weinten laut, bis sie fast den Geist aufgaben. Keiner war unter ihnen, der um ihres schönen Gesanges willen nicht den Verstand fast verloren, seine Kleider zerrissen und sich ins Angesicht geschlagen hätte. Da sprach er-Raschîd: ‚Fürwahr, der Gesang dieser Maid beweist, daß sie eine verlassene Liebende ist.' Ihr Herr erwiderte: ‚Sie hat Vater und Mutter verloren'; doch er-Raschîd fuhr fort: ‚Dies ist nicht das Weinen einer, die Vater und Mutter verloren hat; nein, es ist das Klagen einer, die ihren Geliebten verloren hat.' Und entzückt von ihrem Gesang, sprach der Kalif zu Ishâk: ‚Bei Allah, ihresgleichen habe ich nie gesehen!' Und Ishâk sagte: ‚Ich bewundere sie über alle Maßen, ja, ich kann mich vor Entzücken nicht halten.' Derweilen schaute er-Raschîd immer den Hausherrn an und betrachtete seine Schönheit und all seine Lieblichkeit. Doch in seinem Antlitz entdeckte er Zeichen der Blässe, und so wandte er sich zu ihm und rief: ‚Du Jüngling!' Jener antwortete: ‚Zu Diensten, mein Gebieter!'

---

1. Der Schenke wird mit Zephir und Vollmond verglichen, der Becher mit einem Stern.

Und der Kalif fuhr fort: ‚Weißt du, wer wir sind?' ‚Nein', erwiderte der Jüngling; und dann fragte Dscha'far: ‚Wünschest du, daß wir dir von einem jeden von uns den Namen kundtun?' ‚Ja', gab der Jüngling zur Antwort; und nun hub Dscha'far an: ‚Dies ist der Beherrscher der Gläubigen, der Nachkomme des Oheims des Herrn der Gottesgesandten', und er nannte ihm die Namen der anderen, die bei ihm waren. Darauf sagte er-Raschîd: ‚Ich wünsche, daß du mir kundtust, ob diese Blässe in deinem Antlitz erworben oder dir angeboren ist.' ‚O Beherrscher der Gläubigen,' erwiderte der Jüngling, ‚meine Geschichte ist seltsam gar, und mein Erlebnis ist wunderbar. Würde man sie mit Nadeln in die Augenwinkel schreiben, so würde sie allen, die sich belehren lassen, ein warnendes Beispiel bleiben.' ‚Tu sie mir kund; vielleicht liegt deine Heilung in meiner Hand!' ‚O Beherrscher der Gläubigen, wolle dein Ohr mir leihen und mir deine ganze Aufmerksamkeit weihen!' ‚Fang an und erzähle mir, du hast mich begierig gemacht, deine Geschichte zu hören!'

Da hub der Jüngling an: ‚Wisse, o Beherrscher der Gläubigen, ich bin einer von den Kaufleuten, die das Meer befahren, und ich stamme aus der Stadt von Oman. Mein Vater war ein sehr reicher Kaufmann, und er besaß dreißig Schiffe für den Handel über See; ihre Pacht trug ihm alljährlich dreißigtausend Dinare ein. Er war ein edler Mann; und er lehrte mich schreiben und alles, dessen ein junger Mann bedarf. Als der Tod ihm nahte, rief er mich und gab mir die Ermahnungen, die man zu geben pflegt. Dann ließ Allah der Erhabene ihn zu Seiner Barmherzigkeit eingehen – möge Allah den Beherrscher der Gläubigen am Leben erhalten! Mein Vater hatte aber Teilhaber, die mit seinem Gelde Handel trieben und auf See fuhren. Und es begab sich eines Tages, als ich in meinem Hause saß mit einer Schar von Kaufleuten, daß einer von meinen Dienern zu mir eintrat und sprach: ‚Mein Gebieter, an der Tür steht ein Mann, der um Erlaubnis bittet, zur dir hereinkommen zu dürfen.' Ich gab ihm die Erlaubnis, und er trat ein, indem er etwas auf dem Kopfe trug, das zugedeckt war. Das legte er vor mir nieder und deckte es auf; es waren Früchte außer der Zeit, kostbare und seltsame Dinge, die es nicht in unserem Lande gab. Ich dankte ihm dafür und gab ihm hundert Dinare; und er ging dankbar davon. Dann verteilte ich jene Dinge an alle Gefährten, die zugegen waren; und ich fragte die Kaufleute, woher solches käme. Man antwortete mir: ‚Diese kommen aus Basra', und pries sie hoch. Dann begannen die Leute Basras Schönheit zu beschreiben, und sie waren sich darin einig, daß es in der Welt nichts Schöneres gäbe als das Land von Baghdad und sein Volk. Und nun beschrieben sie mir Baghdad und das feine Wesen seiner Bewohner, die Herrlichkeit seiner Luft und die Schönheit seiner Anlage. Da sehnte sich meine Seele nach dieser Stadt, und alle meine Hoffnungen hängten sich daran, sie zu sehen. Drum machte ich mich auf und verkaufte meine Grundstücke und Besitztümer; auch verkaufte ich die Schiffe um hunderttausend Dinare und verkaufte die Sklaven und die Sklavinnen. Darauf sammelte ich meine Habe, und das waren tausendmaltausend Dinare, ausgenommen die Edelsteine und Juwelen; und ich mietete ein Schiff und belud es mit meinem Gelde und all meinem Gut. Auf dem reiste ich Tag und Nacht dahin, bis ich nach Basra kam; und dort blieb ich eine Weile. Dann mietete ich mir ein anderes Schiff und belud es mit meiner Habe; und wir fuhren wenige Tage stromaufwärts, bis wir Baghdad erreichten. Dort fragte ich, wo die Kaufleute wohnten, und welches Viertel das angenehmste zum Wohnen wäre. Man antwortete mir: ‚Im Viertel el-Karch.'[1] So begab ich mich dorthin, mietete ein Haus in der Straße, die ‚Safranstraße' genannt wird, schaffte all meinen Besitz in jenes Haus und blieb dort eine Weile. Eines Tages aber ging ich aus, um mich zu vergnügen, indem ich etwas Geld mitnahm; jener Tag war ein Freitag, und als ich zu der Moschee kam, die Mansûrs Moschee heißt, wurde dort die Freitagsandacht abgehalten. Nachdem wir den Gottesdienst beendet hatten, ging ich mit den Leuten hinaus zu einer Gegend, die Karn es-Sarât heißt; und an jener Stätte sah ich ein hohes und schönes Haus mit einem Söller, der das Ufer überschaute und auf der Seite ein Fenster hatte. Ich ging mit einer Schar von den Leuten zu jenem Gebäude, und dort sah ich einen alten Mann sitzen, der schöne Kleider trug und von dem Wohlgerüche ausströmten; sein Bart wallte herab und teilte sich auf seiner Brust in zwei Äste, die wie Stäbe reinen Silbers aussahen. Um ihn standen vier Dienerinnen und fünf Diener. Ich fragte einen der Leute: ‚Wie heißt dieser Alte, und was für ein Gewerbe hat er?' Jener Mann antwortete mir: ‚Dies ist Tâhir ibn el-'Alâ, und er ist ein Mädchenwirt; jeder, der bei ihm eintritt, kann dort essen und trinken und schöne Mädchen sehen.' Ich sprach zu ihm: ‚Bei Allah, seit langem bin ich auf der Suche nach dergleichen.' – –«

Da bemerkte Schehrezâd, daß der Morgen begann, und sie hielt in der verstatteten Rede an. Doch als die *Neunhundertundneunundvierzigste Nacht* anbrach, fuhr sie also fort: »Es ist mir berichtet worden, o glücklicher König, daß der Jüngling sprach: ‚Bei Allah, seit langem bin ich auf der Suche nach dergleichen.' Und nun fuhr er fort zu erzählen: ‚Ich trat auf ihn zu, o Beherrscher der Gläubigen, grüßte ihn und sprach zu ihm: ‚Lieber Herr, ich habe ein Anliegen an dich.' ‚Was ist dein Be-

1. Die Vorstadt von Baghdad auf dem Westufer des Tigris.

gehr?' fragte er; und ich antwortete: ‚Ich wünsche heute nacht dein Gast zu sein.' ‚Herzlich gern', erwiderte er; und dann fügte er hinzu: ‚Mein Sohn, ich habe viele Mädchen, solche, deren Nacht zehn Goldstücke kostet, und solche, deren Nacht vierzig Goldstücke erfordert, ja auch solche, deren Nacht noch mehr wert ist. Wähle, welche du willst!' Da sprach ich zu ihm: ‚Ich wähle eine, deren Nacht zehn Dinare kostet', und wägte ihm dreihundert Dinare ab, den Preis für einen Monat. Darauf übergab er mich einem Diener, und jener Knabe führte mich und brachte mich in ein Bad im Obergeschoß; dort wartete er mir in trefflicher Weise auf. Als ich das Bad verlassen hatte, führte er mich zu einem Gemach und klopfte an die Tür. Nun trat eine Maid zu ihm heraus, und er sprach zu ihr: ‚Nimm deinen Gast!' Sie empfing mich mit herzlichem Willkommensgruß, lieblich lächelnd, und führte mich in einen wunderbaren Raum, der mit Gold ausgeschmückt war. Als ich mir jene Maid anschaute, erkannte ich, daß sie so schön war wie der Vollmond in der Nacht seiner Fülle; und sie ward bedient von zwei Sklavinenn, die Sternen glichen. Sie hieß mich niedersitzen und setzte sich selbst neben mich; dann gab sie den Dienerinnen einen Wink, und die brachten einen Tisch, auf dem sich mancherlei Fleischgerichte befanden, Küken und Wachteln, Flughühner und Tauben. Wir aßen, bis wir gesättigt waren; und nie in meinem Leben habe ich etwas Köstlicheres kennen gelernt als jene Speisen. Nachdem wir also gegessen hatten, ließ sie jenen Tisch forttragen und den Tisch des Weines, der Blumen, der Süßigkeiten und der Früchte bringen. In dieser Weise blieb ich einen Monat lang bei ihr; und als der Monat verstrichen war, begab ich mich ins Bad, und danach ging ich zu dem Alten und sprach zu ihm: ‚Lieber Herr, ich möchte eine, deren Nacht zwanzig Dinare kostet.' ‚Wäge das

Gold ab!' sprach er; und so ging ich fort, holte das Gold und wägte ihm sechshundert Dinare ab für einen Monat. Da rief er einen Diener und sprach zu ihm: ,Führe deinen Herrn!' Der führte mich und brachte mich ins Bad; und als ich es verlassen hatte, geleitete er mich zur Tür eines Gemaches und klopfte an. Eine Maid trat heraus, und er sprach zu ihr: ,Nimm deinen Gast!' Sie empfing mich in freundlichster Weise und befahl den vier Sklavinnen, die bei ihr waren, die Speisen aufzutragen. Die brachten einen Tisch, auf dem sich alle Arten von Speisen befanden, und ich aß. Als ich mein Mahl beendet hatte, ließ sie den Tisch forttragen, nahm die Laute zur Hand und sang diese Verse:

> *Ihr duftgen Moschuswolken aus dem Land von Babel,*
> *– Bei meiner Sehnsucht! – traget meiner Botschaft Wort!*
> *Ich habe meinem Lieb gelobt, in jenen Landen*
> *An einem Ort zu sein – wie schön ist jener Ort!*
> *Und dort ist sie, für die sie alle heiß erglühn,*
> *Von Liebe ganz erfüllt, – vergeblich ist ihr Mühn.*

Ich blieb also einen Monat bei ihr; dann begab ich mich zu dem Alten und sprach zu ihm: ,Ich möchte die zu vierzig Dinaren.' ,Wäge mir das Gold ab!' sprach er; und ich wägte ihm für einen Monat eintausendundzweihundert Dinare ab und blieb einen Monat bei ihr, als wäre es ein einziger Tag, da ich ihren Anblick so schön und ihr Gespräch so lieblich erfand. Darauf begab ich mich wieder zu dem Alten; das war an einem Abend, und da hörte ich plötzlich ein großes Getöse und laute Stimmen. Als ich ihn fragte, was das zu bedeuten habe, antwortete er mir: ,Diese Nacht ist bei uns die berühmteste aller Nächte; in ihr vergnügt sich alles Volk miteinander. Hast du Lust, aufs Dach zu steigen und dir die Leute anzusehen?' ,Gern', erwiderte ich und stieg aufs Dach. Oben entdeckte ich plötzlich einen schönen Vorhang und hinter dem Vorhang eine geräumige Stätte, auf der sich eine Bank mit Rückenlehnen befand, bedeckt mit einem prächtigen Teppich. Dort saß eine schöne Maid, die aller Augen entzückte durch ihre Schönheit und Lieblichkeit und ihres Wuchses Ebenmäßigkeit; und neben ihr saß ein Jüngling, der seine Hand um ihren Hals gelegt hatte, während er sie küßte und sie ihn küßte. Als ich die beiden sah, o Beherrscher der Gläubigen, konnte ich nicht mehr an mich halten, und ich wußte nicht, wo ich war, da mich die Schönheit ihrer Gestalt ganz verwirrt hatte. Sobald ich wieder nach unten kam, fragte ich die Maid, bei der ich gewesen war, indem ich ihr die Gestalt beschrieb. Da sprach sie: ‚Was ist es mit dir und ihr?' Ich antwortete: ‚Sie hat mir den Verstand geraubt!' Lächelnd fragte sie: ‚O Abu el-Hasan, verlangt es dich nach ihr?' ‚Ja, bei Allah; sie hat mir Herz und Seele gefangen genommen.' ‚Dies ist die Tochter von Tâhir ibn el-'Alâ; sie ist unsere Herrin, und wir alle sind ihre Mägde. Weißt du aber auch, o Abu el-Hasan, wieviel ihre Nacht und ihr Tag kosten?' ‚Nein.' ‚Fünfhundert Dinare! Sie erweckt Seufzer in den Herzen der Könige.' ‚Bei Allah, ich will all mein Gut für diese Maid ausgeben!' Die ganze Nacht hindurch ward ich von Sehnsucht gepeinigt; und als es Morgen ward, begab ich mich ins Bad, legte das prächtigste der königlichen Gewänder an und ging dann zu ihrem Vater. Zu dem sprach ich: ‚Lieber Herr, ich möchte die, deren Nacht fünfhundert Dinare kostet.' ‚Wäge mir das Gold ab!' sagte er; und ich wägte ihm für den ganzen Monat fünfzehntausend Dinare ab. Nachdem er sie empfangen hatte, sprach er zu dem Diener: ‚Begib dich mit ihm zu deiner Herrin Soundso!' Der führte mich und brachte mich in ein Gemach, so prächtig, wie mein Auge auf dem Angesichte der Erde noch nie eines geschaut hatte; ich trat ein und sah darinnen eine Maid sitzen. Als ich die erblickte, ward mein Verstand durch ihre Schönheit verwirrt, o Beherrscher der Gläubigen; denn sie war wie der Vollmond in der vierzehnten Nacht.' – –«

Da bemerkte Schehrezâd, daß der Morgen begann, und sie hielt in der verstatteten Rede an. Doch als die *Neunhundertundfünfzigste Nacht* anbrach, fuhr sie also fort: »Es ist mir berichtet worden, o glücklicher König, daß der Jüngling, als er dem Beherrscher der Gläubigen jene Maid beschrieb, des weiteren sprach: ‚Sie war wie der Vollmond in der vierzehnten Nacht, sie besaß Schönheit und Lieblichkeit und des Wuchses Ebenmäßigkeit; ihre Rede beschämte die Klänge der Laute, und es war, als ob der Dichter dieser Verse sie im Geiste erschaute:[1]
Und wie schön sind die Worte eines anderen:

> *Alle Götzendiener müßten, würde sie vor ihnen stehn,*
> *Sie allein als Gott verehren und die Götzen nicht mehr sehn.*
> *Spiee sie ins Meereswasser, wo das Meer doch salzig ist,*
> *Würde doch von ihrem Speichel süß das Meer zur selben Frist.*

1. Die hier folgenden neun Verse sind so obszön, daß sie sich deutsch nicht wiedergeben lassen; eine lateinische Übersetzung in Prosa, bei der mich ein befreundeter Latinist unterstützte, lautet folgendermaßen: Dixit puella, cum iam libido sub artus demanaret, nocte obscura tenebras demittente: ‚O nox, aderitne mihi in tua caligine sodalis aliquis vel isto cunno fututor?' Ac manu cunnum pulsans suspiria suspirabat dolentis maerentis plorantis. Ordinis dentium quae sit pulchritudo apparet e dentiscalpio, et mentula cunnis instar est dentiscalpii. O Mohammedani, nonne stant vobis mentulae? Nonne vestrum est aliquis, qui maerenti succurrat? Mihi autem erecta sub vestimentis stetit mentula et clamavit: ‚Ecce veniet tibi! Ecce veniet tibi!' Ac solvi ei zonam vestis; sed illa perterrita ‚quisnam', inquit, ‚tu es?' Ast ego: ‚Juvenis oboediens voci tuae.' Et pertudi eam mentula sicut bracchium crassa, trudens usque ad clunes in modum eius, qui subtilitates pernoscit, quoad illa, cum ego re ter patrata surgerem, dixit: ‚bene tibi vortat hic coitus!' et ego: ‚tibi quoque bene vortat!'

> *Aber hätte sie im Osten dem Asketen sich gezeigt,*
> *Würde er den Osten lassen, nur dem Westen zugeneigt.*[1]

Wie schön auch die Worte eines dritten:

> *Ich warf auf sie nur einen Blick; mein ganzes Herz*
> *Ward bald durch ihrer Reize Herrlichkeit gefangen.*
> *Daß ich sie liebte, tat ihr eine Ahnung kund;*
> *Und diese Ahnung zeigte sich auf ihren Wangen.*

Ich grüßte sie, und sie sprach: ‚Willkommen, herzlich willkommen!' Und sie ergriff meine Hand, o Beherrscher der Gläubigen, und zog mich neben sich nieder. Doch da die Leidenschaft Gewalt über mich gewann, hub ich aus Furcht vor der Trennung zu weinen an, so daß der Tränenstrom aus meinen Augen brach, während ich diese beiden Verse sprach:

> *Die freudelosen Trennungsnächte muß ich lieben;*
> *Nach ihnen bringt vielleicht das Glück ein Wiedersehn!*
> *Ich hass' die Tage des Zusammenseins, dieweil ich*
> *Dann denk, daß alle Dinge, ach, so bald vergehn.*

Darauf begann sie mir sanfte Worte zuzusprechen von tröstender Kraft, während ich versunken war im Meere der Leidenschaft, und ich fürchtete die Trennung schon beim Zusammensein im Übermaß der gewaltigen Liebespein; denn ich gedachte der brennenden Schmerzen von Scheiden und Meiden, und ich sprach von Versen diese beiden:

> *Als ich ihr nahe war, gedachte ich der Trennung;*
> *Da strömten meine Tränen gleichwie Drachenblut.*
> *Und ich begann, an ihrem Hals mein Aug zu trocknen:*
> *Um Blut zu stillen, ist des Kampfers Art so gut.*[2]

Dann befahl sie, die Speisen zu bringen, und nun kamen vier Mädchen, hochbusige Jungfrauen, und setzten vor uns Spei-

---

1. Vgl. Band V, Seite 642, Anmerkung. – 2. Die Tränen werden mit Blut, der weiße Hals des Mädchens wird mit Kampfer verglichen.

sen, Früchte, Süßigkeiten, Blumen und Wein, wie sie nur den Königen geziemen. So aßen wir denn, o Beherrscher der Gläubigen, und blieben beim Weine sitzen, umgeben von süßduftenden Kräutern, in einem Beisammensein, wie es einem König zukommt. Darauf kam zu ihr, o Beherrscher der Gläubigen, eine Dienerin mit einem Beutel aus Seide; sie nahm ihn hin und holte eine Laute aus ihm hervor. Die legte sie auf ihren Schoß, und dann schlug sie die Saiten, so daß sie klagten, wie ein Kind seiner Mutter klagt; und sie sang diese beiden Verse:

> *Trink immer nur den Wein aus Händen eines Schönen,*
> *Zu dem du zierlich sprichst, und der zu dir so spricht!*
> *Denn nimmer kann der Trinker sich am Wein erfreuen,*
> *Zeigt ihm der Schenke nicht ein strahlend Angesicht.*

Und nun blieb ich, o Beherrscher der Gläubigen, eine lange Weile bei ihr, bis all mein Geld verbraucht war. Da begann ich, während ich bei ihr saß, der Trennung von ihr zu gedenken; und meine Tränen strömten wie Bäche über meine Wangen einher, und ich kannte den Unterschied von Tag und Nacht nicht mehr. Sie fragte mich: ‚Warum weinst du?' Und ich gab ihr zur Antwort: ‚Meine Gebieterin, seit ich zu dir gekommen bin, hat dein Vater mir für jede Nacht fünfhundert Dinare abgenommen; und jetzt bin ich aller Mittel bar – ja, der Dichter sprach in diesem Verse wahr:

> *Die Armut macht die Heimat uns zur Fremde;*
> *Der Reichtum macht die Fremde uns zur Heimat.*

Darauf sagte sie: ‚Wisse, mein Vater hat die Sitte, einen Kaufmann, der bei ihm gewesen und verarmt ist, noch drei Tage als Gast bei sich zu behalten; danach treibt er ihn fort, und jener darf nie wieder zu uns kommen. Doch hüte du dein Geheimnis und verbirg deine Not! Ich will ein Mittel ersinnen daß ich mit dir vereint bleiben kann, solange es Allah gefällt, da mein Herz in heißer Liebe für dich glüht. Wisse, alles Geld meines Vaters steht unter meiner Hand, und er weiß nicht, wieviel es ist; ich will dir also jeden Tag einen Beutel mit fünfhundert Dinaren geben, gib du den meinem Vater mit den Worten: ,Ich will dir hinfort das Geld Tag für Tag geben.' Jedesmal, wenn du ihm gezahlt hast, zahlt er es mir aus, und dann gebe ich es dir wieder; in dieser Weise können wir zusammenbleiben, solange es Allah gefällt.' Ich dankte ihr dafür und küßte ihre Hand; und dann blieb ich, o Beherrscher der Gläubigen, in gleicher Weise ein ganzes Jahr lang bei ihr. Doch eines Tages begab es sich, daß sie eine ihrer Sklavinnen heftig schlug; und die sprach zu ihr: ,Bei Allah, ich will deinem Herzen weh tun, wie du mir weh getan hast!' Darauf ging jene Sklavin zu ihrem Vater und erzählte ihm unsere ganze Geschichte von Anfang bis zu Ende. Als Tâhir ibn el-'Alâ die Worte der Sklavin vernommen hatte, machte er sich sofort auf und kam zu mir herein, während ich bei seiner Tochter saß. Er rief mich an: ,He, du da!' ,Zu deinen Diensten!' erwiderte ich; und er fuhr fort: ,Es ist unsere Sitte, einen Kaufmann, der bei uns gewesen und verarmt ist, drei Tage lang als Gast bei uns zu behalten. Du aber hast nun schon ein ganzes Jahr lang bei uns gegessen und getrunken und getan, was du wolltest!' Dann wandte er sich zu seinen Sklaven und befahl ihnen: ,Zieht ihm die Kleider aus!' Sie taten es und gaben mir ein schäbiges Gewand, das fünf Dirhems wert war, und dazu reichten sie mir zehn Dirhems. Darauf sprach er zu mir: ,Geh von dannen; ich will dich weder schlagen noch schmähen! Aber zieh deiner Wege; wenn du noch länger in dieser Stadt verweilst, so werde dein Blut ungestraft vergossen!' Da ging ich fort, o Beherrscher der Gläubigen, wider meinen Willen, und ich wußte nicht, wohin ich mich wenden sollte; auf meinem Herzen lastete das Leid der ganzen Welt, und trübe Gedanken quälten mich. Und ich sagte mir: ‚Wie konnte es nur geschehen, daß mir, nachdem ich mit hunderttausendmaltausend Dinaren, von denen ein Teil der Erlös von dreißig Schiffen war, zu Meere hierhergekommen bin, all dies in dem Hause dieses Unglücksalten verlorengegangen ist! Und jetzt muß ich sein Haus verlassen, nackt und gebrochenen Herzens! Doch es gibt keine Macht und es gibt keine Majestät außer bei Allah, dem Erhabenen und Allmächtigen!‘ Dann blieb ich drei Tage in Baghdad, ohne Speise oder Trank zu kosten. Am vierten Tage aber entdeckte ich ein Schiff, das nach Basra fahren wollte; auf das ging ich und mietete mir einen Platz bei seinem Führer. Als wir in Basra ankamen, eilte ich sofort auf den Markt, da ich sehr hungrig war. Dort erkannte mich ein Mann, ein Krämer, und der kam auf mich zu und umarmte mich, da er früher mein und meines Vaters Freund gewesen war. Er fragte mich, wie es mir ergangen sei, und ich berichtete ihm alles, was mir widerfahren war. Da rief er: ‚Bei Allah, dies ist nicht das Tun eines verständigen Mannes! Aber was hast du nach allem, was dir widerfahren ist, nunmehr im Sinne zu tun?‘ ‚Ich weiß nicht, was ich tun soll‘, erwiderte ich; und er fuhr fort: ‚Willst du bei mir bleiben und über meine Ausgaben und meine Einnahmen Buch führen? Dann sollst du jeden Tag zwei Dirhems erhalten und dazu noch dein Essen und Trinken.‘ Ich sagte es ihm zu und blieb bei ihm, o Beherrscher der Gläubigen, ein volles Jahr lang, indem ich verkaufte und kaufte, bis ich im Besitz von hundert Dinaren war. Dann mietete ich mir ein Obergemach am Ufer des Stromes, um zu sehen, ob nicht ein Schiff mit Waren vorbeikäme, die ich für meine Dinare kaufen und nach

Baghdad bringen könnte. Nun begab es sich eines Tages, daß die Schiffe ankamen und alle Kaufleute dorthin eilten, um einzukaufen; auch ich ging mit ihnen. Aus dem Inneren eines Schiffes kamen zwei Männer hervor, die stellten sich zwei Stühle hin und setzten sich darauf. Und alsbald versammelten sich die Kaufleute bei ihnen, um zu kaufen. Die beiden befahlen einigen Dienern, den Teppich zu bringen; und als die ihn gebracht hatten, holte einer von den beiden eine Satteltasche, entnahm ihr einen Sack, öffnete den und leerte den Inhalt auf den Teppich aus. Ach, der blendete die Augen mit all seinen Edelsteinen, Perlen, Korallen, Rubinen, Karneolen und all seinen anderen Arten von Juwelen.' – –«

Da bemerkte Schehrezâd, daß der Morgen begann, und sie hielt in der verstatteten Rede an. Doch als die *Neunhundertundeinundfünfzigste Nacht* anbrach, fuhr sie also fort: »Es ist mir berichtet worden, o glücklicher König, daß der Jüngling, als er dem Kalifen von der Geschichte mit den Kaufleuten und dem Sack und dessen Inhalt an allerlei Edelsteinen erzählte, des weiteren sagte: ‚O Beherrscher der Gläubigen! Darauf wandte sich der eine von den beiden Männern, die auf den Stühlen saßen, an die Kaufleute und sprach zu ihnen: ‚Ihr Männer des Handels, ich will heute nur dies verkaufen, da ich müde bin.' Nun begannen die Kaufleute auf den Preis der Juwelen zu bieten und boten immer höher, bis er auf vierhundert Dinare stieg. Der Besitzer des Sackes aber, der ein alter Bekannter von mir war, sprach zu mir: ‚Weshalb sprichst und bietest du nicht wie die anderen Kaufleute?' ‚Bei Allah, lieber Herr,' gab ich ihm zur Antwort, ‚ich habe in der ganzen Welt nur noch hundert Dinare.' Und da ich mich vor ihm schämte, füllten sich meine Augen mit Tränen. Er sah mich an, betrübt über meine Not, und sprach zu den Kaufleuten: ‚Seid meine

Zeugen, daß ich alles, was in diesem Sack an verschiedenerlei Juwelen und Edelsteinen enthalten ist, diesem Manne für hundert Dinare verkaufe, wiewohl ich weiß, daß er soundso viele tausend Dinare wert ist. Es sei ein Geschenk von mir an ihn.' Dann gab er mir die Satteltasche und den Sack und den Teppich mit all den Juwelen, die auf ihm lagen; und ich dankte ihm dafür, während alle Kaufleute, die zugegen waren, ihn priesen. Darauf nahm ich das alles und trug es zum Juwelenbasar; dort setzte ich mich nieder, um Handel zu treiben. Nun befand sich unter jenen Edelsteinen ein rundes Amulett, das von den Meistern der Zauberkunst gearbeitet war und ein halbes Pfund wog; es war von rötestem Rot, und auf seinen beiden Seiten befanden sich Schriftzeichen, die wie Ameisenspuren aussahen; ich wußte aber nicht, welche Kraft es hatte. Ein volles Jahr lang trieb ich dort Handel; dann nahm ich das Amulett zur Hand und sagte: ,Dies liegt schon eine lange Weile bei mir, ohne daß ich wüßte, was es ist und welche Kraft es hat.' Deshalb gab ich es dem Makler; und der nahm es und zog damit herum. Als er wiederkam, sagte er: ,Keiner der Kaufleute hat mehr als zehn Dirhems geboten.' Da sprach ich: ,Um diesen Preis will ich es nicht verkaufen'; er aber warf es mir ins Gesicht und ging davon. Später an einem anderen Tage bot ich es von neuem zum Verkauf aus, und der Preis stieg auf fünfzehn Dirhems; da nahm ich es dem Makler zornig weg und warf es zu meinen Sachen. Während ich noch immer dasaß, kam eines Tages ein Mann auf mich zu, und nachdem er mich gegrüßt hatte, sprach er zu mir: ,Darf ich mit deiner Erlaubnis durchsehen, was du an Waren bei dir hast?' ,Gern', erwiderte ich; aber ich war noch ärgerlich, o Beherrscher der Gläubigen, weil das runde Amulett keinen Käufer gefunden hatte. Jener Mann also durchsuchte die Waren und nahm wirklich nichts von ihnen als gerade das runde Amulett! Und als er es erblickte, o Beherrscher der Gläubigen, küßte er seine Hand und rief: ‚Preis sei Allah!' Dann fragte er: ‚Mein Herr, willst du es verkaufen?' In steigendem Grimm antwortete ich ihm: ‚Jawohl!' ‚Wieviel kostet es?' fragte er weiter; und ich fragte dagegen: ‚Wieviel zahlst du?' ‚Zwanzig Dinare', sagte er; und weil ich vermeinte, er spotte meiner, rief ich: ‚Geh deiner Wege!' Doch er fuhr fort: ‚Fünfzig Dinare!' Als ich ihm darauf keine Antwort gab, sagte er: ‚Tausend Dinare!' Und wie ich, o Beherrscher der Gläubigen, auch dabei noch schwieg und ihn keines Wortes würdigte, lächelte er über mein Schweigen und fragte: ‚Warum antwortest du mir nicht?' ‚Geh doch deiner Wege!' sagte ich und wollte schon mit ihm zanken, während er immer Tausend auf Tausend höher bot. Doch ich erwiderte ihm nichts, sogar als er sagte: ‚Willst du es für zwanzigtausend Dinare verkaufen?', da ich ja glaubte, er wolle mich verspotten. Nun umringten uns die Leute, und ein jeder von ihnen sprach: ‚Verkaufe es! Und wenn er es nicht kauft, so sind wir alle wider ihn; dann wollen wir ihn verprügeln und zur Stadt hinausjagen.' Ich fragte ihn darauf: ‚Willst du kaufen, oder treibst du Scherz!' Er aber fragte mich: ‚Willst du verkaufen, oder treibst du Scherz?' ‚Ich will verkaufen', antwortete ich; und er sagte: ‚Also für dreißigtausend Dinare; nimm sie und schließe den Verkauf ab!' Da sprach ich zu den Leuten, die zugegen waren: ‚Legt Zeugnis ab wider ihn! Aber ich stelle die Bedingung, daß er mir kundtut, welchen Nutzen und welche Kraft das Amulett hat!' Er rief: ‚Schließ den Verkauf ab, dann will ich dir seinen Nutzen und seine Kraft kundtun!' ‚Ich verkaufe es dir', erwiderte ich; und er sprach: ‚Allah sei Bürge für das, was ich sage!' Danach holte er das Gold, und während er es mir reichte, nahm er das Amulett und tat es in seine Tasche. Schließlich fragte er mich: ‚Bist du nun zufrieden?', und ich antwortete: ‚Jawohl.' Zu den Leuten aber sprach er: ‚Seid meine Zeugen wider ihn, daß er den Verkauf abgeschlossen und den Preis erhalten hat, dreißigtausend Dinare!' Dann wandte er sich wieder an mich und sprach zu mir: ‚Armer Kerl, bei Allah, hättest du den Verkauf noch länger hinausgezogen, so wäre ich bis auf hunderttausend Dinare gegangen, ja, bis auf tausendmaltausend Dinare.' Als ich diese Worte hörte, o Beherrscher der Gläubigen, da entfloh mir das Blut aus meinem Antlitz, und seit jenem Tage ist diese Blässe in ihm aufgestiegen, die du siehst. Ich sagte darauf zu dem Manne: ‚Künde mir, was für einen Grund dies hat, und welche Kraft dies Amulett besitzt.' Da hub er an: ‚Wisse, der König von Indien hat eine Tochter, das schönste Wesen, das man je erschaut hat; doch sie hat die Krankheit der fallenden Sucht.[1] Deshalb berief der König die Zauberer und die Gelehrten und die Wahrsager; aber sie konnten sie nicht davon befreien. Ich war in der Versammlung zugegen, und so sprach ich zu ihm: ‚O König, ich kenne einen Mann, der heißt Sa'dallâh der Babylonier, und auf dem Angesichte der Erde gibt es niemanden, der diese Dinge besser kennt als er. Wenn du es für recht hältst, mich zu ihm zu schicken, so tu es!' ‚Geh hin zu ihm!' sprach er; und ich bat ihn: ‚Laß mir ein Stück Karneol bringen!' Da ließ er mir ein großes Stück Karneol bringen, dazu noch hunderttausend Dinare und ein Geschenk; und ich nahm das alles und begab mich nach dem Lande Babel. Dort fragte ich nach dem Scheich, und als man ihn mir gezeigt hatte, gab ich ihm die hunderttausend Dinare und das Geschenk. Er nahm beides von mir entgegen, dazu auch das Stück Karneol

1. So nach der Breslauer Ausgabe.

und ließ einen Steinschneider kommen; der machte daraus dies Amulett. Dann blieb der Scheich sieben Monate versunken in der Betrachtung der Sterne, bis er eine günstige Zeit erwählen konnte, um es mit Schrift zu versehen. Und er schrieb alsbald diese Talismanzeichen darauf, die du siehst. Danach brachte ich es dem König.' – –«

Da bemerkte Schehrezâd, daß der Morgen begann, und sie hielt in der verstatteten Rede an. Doch als die *Neunhundertundzweiundfünfzigste Nacht* anbrach, fuhr sie also fort: »Es ist mir berichtet worden, o glücklicher König, daß der Jüngling dem Beherrscher der Gläubigen des weiteren erzählte: ‚Jener Mann sagte mir darauf: ‚Ich nahm also dies Amulett und brachte es dem König; und als der es auf seine Tochter legte, war sie im selben Augenblick gesund, trotzdem sie mit vier Ketten hatte gebunden werden müssen und trotzdem in jeder Nacht eine Sklavin hatte wachen müssen und am nächsten Morgen mit durchschnittener Kehle aufgefunden wurde. Als er nun dies Amulett auf sie gelegt hatte und sie sofort genesen war, freute der König sich dessen über die Maßen, und er verlieh mir ein Ehrengewand und spendete viel Geld als Almosen; das Amulett aber ließ er in das Halsband der Prinzessin einfügen. Da begab es sich eines Tages, daß sie mit ihren Dienerinnen ein Schiff bestieg, um sich auf dem Meere zu ergötzen. Und als eine von den Mägden ihre Hand nach ihr ausstreckte, um mit ihr zu spielen, zerriß das Halsband und fiel ins Meer; zur selbigen Zeit fuhr der Dämon wieder in die Prinzessin. Da kam die Trauer von neuem über den König, und er gab mir viel Geld und sprach zu mir: ‚Geh zum Scheich, auf daß er ein anderes Amulett für sie mache anstatt des verlorenen!' Ich reiste darauf zu dem Alten, aber ich erfuhr, daß er gestorben war; drum kehrte ich zum König zurück und meldete es ihm. Da schickte er mich und zehn andere aus, um die Welt zu durchstreifen, ob wir ein Heilmittel für die Prinzessin fänden. Und jetzt hat Allah es mich bei dir finden lassen.' So nahm er das Amulett fort von mir, o Beherrscher der Gläubigen, und ging seiner Wege. Das also war die Ursache der Blässe, die auf meinem Antlitze liegt. Ich begab mich dann nach Baghdad mit all meiner Habe und wohnte wieder in dem Hause in dem ich früher gelebt hatte. Und am folgenden Morgen legte ich meine Gewänder an und ging zum Hause von Tâhir ibn el-'Alâ, um vielleicht die zu sehen, die ich liebte; denn die Liebe zu ihr war in meinem Herzen unaufhörlich gewachsen. Doch als ich zu seinem Hause kam, sah ich die Fenster zerbrochen; ich fragte einen Burschen und sprach zu ihm: ‚Was hat Allah mit dem Alten getan?' Jener gab mir zur Antwort: ‚Mein Bruder, in einem der Jahre kam ein Kaufmann zu ihm, des Namens Abu el-Hasan aus Oman; der verweilte eine lange Zeit bei seiner Tochter. Als aber sein Geld verbraucht war, jagte der Alte ihn aus dem Hause, gebrochenen Herzens, wie er war. Nun war jedoch die Maid von heißer Liebe zu ihm erfüllt, und als sie von ihm getrennt war, erkrankte sie so schwer, daß sie dem Tode nahe war. Sowie ihr Vater das erfuhr, schickte er nach dem Jüngling in alle Lande, und er verbürgte sich, dem hunderttausend Dinare zu geben, der ihn brächte. Aber niemand konnte ihn finden, noch auch eine Spur von ihm entdecken; und jetzt liegt sie auf den Tod danieder.' Ich fragte weiter: ‚Und wie steht es um ihren Vater?' Und jener erwiderte: ‚Er hat die Mädchen in seinem großen Kummer verkauft.' Darauf sprach ich zu ihm: ‚Soll ich dich zu Abu el-Hasan aus Oman führen?' ‚Um Allahs willen,' rief er, ‚mein Bruder, führe mich zu ihm!' Und ich fuhr fort: ‚Geh zu ihrem Vater und sprich zu ihm: ‚Frohe Botschaft bei dir! Abu el-Hasan aus Oman steht vor der Tür.' Da eilte der Mann so rasch fort, als wäre er ein Maultier, das aus der Mühle davongelaufen ist. Nachdem er eine Weile fortgeblieben war, kehrte er mit dem Alten zurück, und wie der meiner gewahr wurde, kehrte er in sein Haus zurück und gab dem Manne hunderttausend Dinare. Als jener sie erhalten hatte, ging er davon, indem er mich segnete. Dann trat der Scheich zu mir, umarmte mich unter Tränen und rief: ,Ach, lieber Herr, wo bist du in all dieser Zeit gewesen? Meine Tochter ist dem Tode nahe wegen der Trennung von dir. Komm mit mir ins Haus!' Als ich eingetreten war, fiel er anbetend nieder, um Allah dem Erhabenen zu danken, und er sprach: ,Preis sei Allah, der uns wieder mit dir vereinigt hat!' Dann ging er zu seiner Tochter hinein und sprach zu ihr: ,Allah hat dich von dieser Krankheit geheilt.' Doch sie erwiderte: ,Lieber Vater, ich werde nur dann von meiner Krankheit genesen, wenn ich Abu el-Hasan ins Antlitz schaue.' Er sagte darauf: ,Wenn du einen Bissen essen und ins Bad gehen willst, werde ich euch zusammenführen.' Als sie seine Worte vernommen hatte, rief sie: ,Ist das wahr, was du sagst?' ,Bei Allah dem Allmächtigen,' antwortete er, ,was ich gesagt habe, ist wahr.' Darauf sagte sie: ,Wenn ich sein Antlitz erblicke, bedarf ich keiner Speise mehr.' Nun gebot er seinem Diener: ,Führe deinen Herrn herein!' So trat ich denn ein; doch als sie mich erblickte, o Beherrscher der Gläubigen, sank sie ohnmächtig hin. Sobald sie wieder zu sich gekommen war, sprach sie diesen Vers:

> *Gar oft vereinigt Allah die Getrennten dennoch,*
> *nachdem sie fest geglaubt, sie sähen sich nie wieder.*

Dann richtete sie sich auf zum Sitzen und sprach: ,Bei Allah, mein Gebieter, ich hatte nie geglaubt, ich würde dein Antlitz je wiedersehen, es sei denn im Traume!' Darauf umarmte sie mich unter Tränen und sprach: ‚O Abu el-Hasan, jetzt will ich essen und trinken.' Und man brachte ihr Speise und Trank. Nun blieb ich, o Beherrscher der Gläubigen, eine lange Weile bei ihnen, und ihre frühere Schönheit kehrte zu ihr zurück. Dann ließ ihr Vater den Kadi und die Zeugen kommen und ließ den Ehevertrag zwischen ihr und mir niederschreiben; auch rüstete er ein gewaltig großes Hochzeitsfest. Und sie ist meine Gattin bis zum heutigen Tag.'

Dann verließ jener junge Mann den Kalifen und kehrte zu ihm mit einem Knaben[1] zurück; der war von großer Lieblichkeit und hatte einen Wuchs von schlanker Ebenmäßigkeit. Abu el-Hasan sprach zu ihm: ‚Küsse den Boden vor dem Beherrscher der Gläubigen!' Da küßte er den Boden vor dem Kalifen; und der Herrscher bewunderte seine Schönheit und pries seinen Schöpfer. Dann machte er-Raschîd sich mit seinen Gefährten auf den Heimweg, und er sprach: ‚O Dscha'far, dies ist doch wirklich etwas Wunderbares, ich habe noch nie etwas Seltsameres gesehen oder gehört.' Und als er-Raschîd im Palaste saß, rief er: ‚He, Masrûr!' ‚Zu deinen Diensten, mein Gebieter!' erwiderte jener; und der Herrscher fuhr fort: ‚Leg auf diese Estrade den Tribut von Basra und den Tribut von Baghdad und den Tribut von Chorasan!' Da häufte Masrûr ihn dort auf, und es ward eine gewaltige Menge Geldes, deren Größe nur Allah der Erhabene berechnen konnte. Nun rief er-Raschîd: ‚He, Dscha'far!' ‚Zu deinen Diensten!' antwortete der; und der Kalif befahl ihm: ‚Bring mir Abu el-Hasan!' ‚Ich höre und gehorche!' erwiderte der Wesir und holte den Jüngling. Als der eintrat, küßte er den Boden vor dem Kalifen; und er befürchtete, der Herrscher hätte nach ihm gesandt wegen eines Versehens, das er begangen hätte,

1. Sein Sohn von der Tochter des Tâhir ibn el-'Alâ ist gemeint.

als jener in seinem Hause war. Da hub er-Raschîd an: ‚Du Mann aus Oman!' Und jener antwortete: ‚Zu deinen Diensten, o Beherrscher der Gläubigen! Möge Allah dir ewiglich seine Gunst gewähren!' Dann befahl der Kalif: ‚Zieh diesen Vorhang zurück!' Denn er hatte seinen Leuten geboten, nicht nur den Tribut der drei Provinzen dorthin zu schaffen, sondern auch einen Vorhang davor zu ziehen. Als jedoch der Mann aus Oman den Vorhang vor der Estrade zurückgezogen hatte, ward ihm der Verstand wirr ob der Menge des Goldes. Da fragte der Kalif ihn: ‚Sag, Abu el-Hasan, ist diese Summe größer als jene, die du durch das Amulett verloren hast!' Jener gab ihm zur Antwort: ‚Diese hier ist vielmals größer, o Beherrscher der Gläubigen!' Dann fuhr er-Raschîd fort: ‚Seid Zeugen, alle, die ihr zugegen seid, daß ich dies Gold diesem jungen Manne schenke!' Abu el-Hasan küßte beschämt den Boden und weinte Freudentränen vor er-Raschîd. Und wie er so weinte, rannen ihm die Tränen über die Wangen, und das Blut kehrte in seine Adern zurück, so daß sein Antlitz wurde wie der Vollmond in der Nacht seiner Fülle. Da rief der Kalif: ‚Es gibt keinen Gott außer Allah! Preis sei Ihm, der Wandel auf Wandel verursacht und selbst der Gleiche bleibt, der sich nie wandelt!' Darauf ließ er einen Spiegel bringen und hieß den Jüngling sein Antlitz darin betrachten. Wie der das sah, warf er sich nieder, um Allah dem Erhabenen zu danken. Dann gab der Kalif Befehl, ihm das Geld ins Haus zu bringen, und er bat ihn, sich nicht von ihm fernzuhalten, auf daß er sein Tischgenosse werde. Und so pflegte Abu el-Hasan häufig den Kalifen zu besuchen, bis dieser zur Gnade Allahs des Erhabenen einging – Preis sei Ihm, der nie dem Tode verfällt, dem Herrn der sichtbaren und der unsichtbaren Welt!

Ferner wird erzählt, o glücklicher König,

DIE GESCHICHTE
VON IBRAHÎM UND DSCHAMÎLA

El-Chasîb, der Herr von Ägyptenland, hatte einen Sohn, so schön, wie es keinen anderen gab; und aus Besorgnis um ihn ließ er ihn nie ausgehen, außer zum Freitagsgebet. Nun kam der Jüngling einmal, als er von dem Freitagsgebete heimkehrte, an einem alten Manne vorüber, der viele Bücher bei sich hatte; da saß er von seinem Pferde ab und setzte sich neben ihn nieder und begann die Bücher zu wenden und anzuschauen. In einem aber erblickte er das Bildnis einer Frau, die fast zu sprechen schien, der schönsten, die auf dem Angesichte der Erde gefunden wurde; da ward ihm der Verstand geraubt und sein Sinn verwirrt. Und er sprach: ‚O Scheich, verkaufe mir dies Bild!‘ Jener küßte den Boden vor ihm und sprach: ‚Mein Gebieter, es ist dein ohne Preis!‘ Da zahlte der Jüngling ihm hundert Dinare und nahm das Buch, in dem sich dies Bild befand; dann begann er es anzustarren, mit Tränen im Auge, Tag und Nacht, und er enthielt sich der Speise und des Tranks und des Schlafes. Und er sprach bei sich selber: ‚Wenn ich den Buchhändler nach dem Maler dieses Bildes frage, so wird er ihn mir vielleicht kundtun; und wenn das Urbild am Leben ist, so will ich zu ihm zu gelangen suchen. Ist es aber nur ein Bild, so will ich davon ablassen, dieser Frau in Liebe anzuhängen, und will mich nicht um etwas quälen, das keine Wirklichkeit hat.‘ – –«

Da bemerkte Schehrezâd, daß der Morgen begann, und sie hielt in der verstatteten Rede an. Doch als die *Neunhundertunddreiundfünfzigste Nacht* anbrach, fuhr sie also fort: »Es ist mir berichtet worden, o glücklicher König, daß der Jüngling bei sich selber sprach: ‚Wenn ich den Buchhändler nach dem Maler dieses Bildes frage, so wird er ihn mir vielleicht kundtun. Und ist es nur ein Bild, so will ich davon ablassen, dieser Frau in Liebe anzuhängen, und will mich nicht mit etwas quälen, das keine Wirklichkeit hat.' Als es wieder Freitag wurde, ritt er bei dem Buchhändler vorbei; und wie der vor ihm aufsprang, sprach er zu ihm: ‚Oheim, tu mir kund, wer dies Bild gemalt hat!' ‚Hoher Herr,' gab jener ihm zur Antwort, ‚ein Mann aus dem Volke von Baghdad hat es gemalt; er heißt Abu el-Kâsim es-Sandalâni, und er wohnt in einem Viertel des Namens el-Karch. Aber ich weiß nicht, wessen Bildnis dies ist.' Da verließ der Jüngling ihn, und ohne irgendeinem aus dem Volke seines Reiches etwas von seinen Absichten zu verraten, verrichtete er das Freitagsgebet und kehrte nach Hause zurück. Dann nahm er einen Sack und füllte ihn mit Gold und Edelsteinen im Werte von dreißigtausend Dinaren. Nachdem er bis zum anderen Morgen gewartet hatte, ging er fort, ohne jemandem etwas zu sagen. Er schloß sich einer Karawane an, und als er einen Beduinen erblickte, fragte er ihn: ‚Sag, Oheim wie weit ist es zwischen mir und Baghdad!' ‚Ach, mein Sohn,' antwortete jener, ‚wo bist du und wo ist Baghdad? Zwischen dir und jener Stadt liegt eine Reise von zwei Monaten!' Doch Ibrahîm fuhr fort: ‚Oheim, wenn du mich nach Baghdad bringst, so will ich dir hundert Dinare geben, dazu noch diese Stute, die ich reite und die tausend Dinare wert ist.' Da sprach der Beduine: ‚Allah sei Bürge für das, was wir reden! Heute nacht sollst du bei niemand anders zu Gaste sein als bei mir.' Der Jüngling willigte in seinen Vorschlag ein und verbrachte die Nacht bei ihm. Als die Morgenröte anbrach, nahm der Beduine ihn mit sich und führte ihn eiligst auf dem kürzesten Wege aus Gier nach jener Stute, die er ihm versprochen hatte; und sie zogen unablässig weiter, bis sie vor den Mauern von

Baghdad anlangten. Dort sprach der Beduine zu ihm: ‚Preis sei Allah für die glückliche Ankunft, mein Herr! Dies ist Baghdad.' Des freute sich der Jüngling über die Maßen, und nachdem er von der Stute abgestiegen war, gab er sie dem Manne der Wüste zugleich mit den hundert Dinaren. Dann nahm er den Sack und begann nach dem Viertel von el-Karch zu fragen sowie nach der Stätte der Kaufleute; da führte ihn das Schicksal in eine Gasse, in der sich zehn kleine Häuser befanden, auf jeder Seite fünf, die einander gegenüber lagen. Am oberen Ende der Gasse befand sich ein Tor mit zwei Türflügeln, an denen ein silberner Ring erglänzte; und in dem Torweg standen zwei Marmorbänke, die mit den schönsten Teppichen bedeckt waren. Auf einer von beiden saß ein Mann von ehrwürdigem Aussehen und schöner Gestalt, der in prächtige Gewänder gekleidet war; und vor ihm standen fünf Mamluken, so schön wie Monde. Als der Jüngling das sah, erkannte er die Zeichen, die ihm der Buchhändler beschrieben hatte, und er grüßte den Mann; jener gab ihm den Gruß zurück, hieß ihn willkommen, bat ihn, sich zu setzen, und fragte ihn nach seinem Ergehen. Der Jüngling erwiderte ihm: ‚Ich bin ein Fremdling, und ich bitte dich, sei so gütig, mir in dieser Straße ein Haus auszusuchen, in dem ich wohnen kann.' Da rief der andere laut: ‚He, Ghazâla!'[1] Und nun kam eine Sklavin zu ihm heraus und sprach: ‚Zu deinen Diensten, mein Herr!' Er befahl ihr: ‚Nimm einige Diener mit dir und dann geht zu dem und dem Haus, säubert es, stattet es aus und bringt alles dorthin, was es an Geräten und anderen Dingen bedarf, und zwar für diesen schöngestalteten Jüngling!' Die Sklavin ging hin und tat, wie er ihr befohlen hatte. Dann nahm der Scheich den Jüngling mit und zeigte ihm das Haus. Und als

1. Gazelle; Name einer Sklavin.

jener fragte: ‚Lieber Herr, wie hoch ist die Miete dieses Hauses?' antwortete er: ‚O Schöngesicht, ich nehme keine Miete von dir, solange du darin wohnst.' Dafür dankte ihm der Jüngling; und dann rief der Scheich eine andere Sklavin; nun trat ein Mädchen heraus, so schön wie die Sonne, und zu der sprach er: ‚Bring das Schachspiel!' Als sie es gebracht hatte, breitete ein Mamluk das Schachbrett aus; und der Greis sprach zu dem Jüngling: ‚Willst du mit mir spielen?' ‚Gern', erwiderte jener; und sie spielten mehrere Male. Ibrahîm gewann, und der Scheich rief: ‚Das hast du gut gemacht, Jüngling! Du bist fürwahr vollkommen in deinen Eigenschaften. Bei Allah, es gibt in Baghdad niemanden, der mich besiegen kann; und nun hast du mich besiegt.' Als die Diener das Haus mit Teppichen und allem anderen, dessen es bedurfte, ausgestattet hatten, übergab der Alte dem Jüngling die Schlüssel und sprach zu ihm: ‚Mein Gebieter, willst du nicht in mein Haus eintreten und von meinem Brot essen, so daß wir durch dich beehrt werden?' Der Jüngling willigte darin ein und ging mit ihm; und als sie zu dem Hause kamen, sah er ein schönes, prächtiges Gebäude, das mit Gold verziert war; in ihm befanden sich allerlei Gemälde, ferner viele Arten von Teppichen und andere Dinge, die keine Zunge beschreiben kann. Dort hieß der Alte ihn willkommen und befahl, die Speisen zu bringen; die Diener brachten einen Tisch, der aus San'â in Jemen stammte, und setzten ihn nieder; dann brachten sie die seltensten Speisen, wie sie prächtiger und köstlicher nirgends gefunden werden. Der Jüngling aß, bis er gesättigt war, wusch sich danach die Hände und begann das Haus und die Ausstattung anzusehen. Darauf wandte er sich um und schaute nach dem Sack, den er mitgebracht hatte; doch er fand ihn nicht, und so sprach er: ‚Es gibt keine Macht und es gibt keine Majestät außer bei

Allah, dem Erhabenen und Allmächtigen! Ich habe einen Bissen gegessen, der einen Dirhem oder zwei wert ist, und ich habe einen Sack verloren, in dem dreißigtausend Dinare waren. Doch ich suche Hilfe bei Allah.' Dann schwieg er und konnte nicht weiterreden. – –«

Da bemerkte Schehrezâd, daß der Morgen begann, und sie hielt in der verstatteten Rede an. Doch als die *Neunhundertundvierundfünfzigste Nacht* anbrach, fuhr sie also fort: »Es ist mir berichtet worden, o glücklicher König, daß der Jüngling, als er sah, daß der Sack verloren war, von schwerer Sorge ergriffen ward und schwieg und nicht mehr reden konnte. Da brachte der Scheich das Schachspiel und sprach zu ihm: ‚Willst du mit mir spielen?' ‚Jawohl', erwiderte der Jüngling; und nun spielten sie, doch diesmal gewann der Alte. Da sagte Ibrahîm: ‚Gut!', verließ das Spiel und stand auf. ‚Was ist dir, Jüngling?' fragte der Scheich; und jener antwortete: ‚Ich suche den Sack.' Sofort erhob sich der Alte und holte ihn her und sprach: ‚Da ist er, lieber Herr. Willst du jetzt wieder mit mir spielen?' ‚Gern', erwiderte der Jüngling, spielte mit ihm und gewann wiederum. Der Alte sprach: ‚Als deine Gedanken mit dem Sack beschäftigt waren, gewann ich; aber da ich ihn dir wiedergebracht habe, hast du mich besiegt.' Dann fuhr er fort: ‚Mein Sohn, sage mir, aus welchem Lande bist du?' ‚Aus Ägypten', antwortete jener; und der Scheich fragte weiter: ‚Aus welchem Grunde bist du denn nach Baghdad gekommen?' Nun holte Ibrahîm das Bildnis heraus und sprach: ‚Wisse, Oheim, ich bin der Sohn von el-Chasîb, dem Herrn von Ägypten; ich sah dies Bild bei einem Buchhändler, und es raubte mir den Verstand. Als ich nach seinem Maler fragte, ward mir gesagt, das sei ein Mann im Viertel el-Karch, des Namens Abu el-Kâsim es-Sandalâni, in einer Gasse, die man als die Safrangasse kenne. Da nahm ich etwas Geld mit mir und kam allein hierher, ohne daß jemand um mein Tun wußte; ich möchte nun, daß du in der Fülle deiner Güte mich zu ihm führest, damit ich ihn fragen kann, weshalb er dies Bild gemalt hat und wessen Bild es ist. Was er nur immer von mir verlangt, das will ich ihm geben.' ‚Bei Allah, mein Sohn,' erwiderte der Alte, ‚ich bin Abu el-Kâsim es-Sandalâni; und dies ist ein wundersam Ding, wie das Schicksal dich zu mir geführt hat!' Als der Jüngling diese Worte von ihm vernommen hatte, eilte er auf ihn zu, umarmte ihn, küßte ihm Haupt und Hände und sprach zu ihm: ‚Um Allahs willen, tu mir kund, wessen Bild es ist!' ‚Ich höre und gehorche!' sprach der Alte, ging hin, öffnete eine Kammer und holte eine Anzahl von Büchern heraus, in die er dasselbe Bild gemalt hatte. Dann sprach er: ‚Wisse, mein Sohn, daß sie, die auf diesem Bilde dargestellt ist, meine Base ist; sie lebt in Basra, ihr Vater ist der Statthalter von Basra und heißt Abu el-Laith, sie selbst aber heißt Dschamîla. Es gibt auf dem Angesichte der Erde keine, die schöner wäre als sie; aber sie ist den Männern abgeneigt, und sie läßt nicht zu, daß man das Wort Mann in ihrer Gegenwart ausspricht. Ich bin schon zu meinem Oheim gegangen, um ihn zu bitten, daß er mich mit ihr vermähle, und ich habe viel Geld dafür ausgegeben; aber er konnte mir diesen Wunsch nicht erfüllen. Und als seine Tochter dies erfuhr, ergrimmte sie und ließ mir eine Botschaft zukommen, in der sie unter anderem sagte: ‚Wenn du noch Verstand hast, so verweile nicht länger in dieser Stadt, sonst wirst du umkommen, und die Schuld ruht auf deinem Haupte.' Sie ist eine herzlose Tyrannin; und so mußte ich denn gebrochenen Herzens Basra verlassen. Doch ich malte das Bild in Bücher und schickte sie in fremde Länder, auf daß ihr Bild vielleicht in die

Hand eines schönen Jünglings fiele, wie du es bist; dann sollte er sich Zutritt zu ihr verschaffen, und sie sollte ihn lieb gewinnen; ich aber wollte ihm das Versprechen abnehmen, sie mir zu zeigen, wenn auch nur einen Augenblick von ferne.' Als Ibrahîm ibn el-Chasîb diese Worte hörte, senkte er sein Haupt eine Weile in tiefen Gedanken; doch es-Sandalâni hub von neuem an: ‚Mein Sohn, ich habe in Baghdad niemanden gesehen, der schöner wäre als du; und ich glaube, sie wird dich lieb gewinnen, wenn sie dich sieht. Willst du also, wenn du mit ihr vereinigt bist und sie gewonnen hast, sie mir zeigen, sei es auch nur einen Augenblick von ferne?' ‚Jawohl', erwiderte Ibrahîm; und der Scheich fuhr fort: ‚Wenn dem wirklich so ist, so bleibe bei mir, bis du aufbrichst!' Doch der Jüngling warf ein: ‚Ich kann nicht länger verweilen; denn die Liebe zu ihr ist wie ein immer heißer brennendes Feuer in meinem Herzen.' Da sprach der Scheich zu ihm: ‚Habe drei Tage Geduld, daß ich dir ein Schiff ausrüste, mit dem du nach Basra fahren kannst!' So wartete jener, bis Abu el-Kâsim ihm ein Schiff ausgerüstet und mit allem versehen hatte, was er an Speise und Trank und anderen Dingen nötig hatte. Nach drei Tagen sprach der Scheich zu dem Jüngling: ‚Halte dich bereit zur Reise! Denn ich habe dir ein Schiff ausgerüstet, auf dem alles ist, was du brauchst. Das Schiff ist mein Eigentum, und die Seeleute sind meine Diener; und an Bord befindet sich so viel, daß es dir genügen wird, bis du heimkehrst; auch habe ich den Seeleuten ans Herz gelegt, dich zu bedienen, bis du wohlbehalten wieder zurückkommst.' Alsbald machte der Jüngling sich auf und begab sich zum Schiffe, nachdem er von seinem Wirte Abschied genommen hatte; und dann segelte er stromabwärts, bis er in Basra ankam; dort holte er hundert Dinare für die Seeleute heraus, doch die sprachen zu ihm:

‚Wir haben unseren Lohn von unserem Herrn erhalten.' ‚So nehmt dies als Gabe,' sagte er, ‚und ich werde es ihm nicht mitteilen!' Da nahmen sie es und beteten für ihn. Dann begab sich der Jüngling in die Stadt Basra und fragte: ‚Wo wohnen die Kaufleute?' Man erwiderte ihm: ‚In dem Chân, der da heißt Chân Hamdân.' Deshalb ging er weiter, bis er zu dem Basar kam, an dem der Chân stand; und aller Augen richteten sich auf ihn, da er so überaus schön und lieblich war. Darauf trat er in den Chân ein, begleitet von einem Seemann, und fragte nach dem Pförtner; man führte ihn zu ihm, und er erkannte in ihm einen hochbetagten Scheich von ehrwürdigem Aussehen. Er grüßte ihn, und jener gab ihm den Gruß zurück. Dann hub Ibrahîm an: ‚Oheim, hast du ein hübsches Zimmer?' ‚Jawohl', erwiderte jener, führte ihn und den Schiffer, öffnete ihnen ein schönes Zimmer, das mit Gold verziert war, und sprach: ‚Junger Herr, sieh, dies Zimmer ist dir angemessen.' Da zog Ibrahîm zwei Dinare hervor und sprach zu dem Pförtner: ‚Nimm diese beiden als Schlüsselgeld!' Jener nahm sie und betete für ihn; dann befahl der Jüngling dem Seemann, zum Schiffe zu gehen, und trat selbst in das Zimmer ein. Der Pförtner des Châns aber blieb bei ihm und bediente ihn, indem er sprach: ‚Hoher Herr, durch dich ist die Freude bei uns eingekehrt.' Nun gab der Jüngling ihm einen Dinar mit den Worten: ‚Hol uns dafür Brot und Fleisch und Süßigkeiten und Wein!' So ging der Türhüter denn auf den Basar, und nachdem er all das für zehn Dirhems gekauft hatte, kehrte er zu Ibrahîm zurück und gab ihm die übrigen zehn. Doch der sprach zu ihm: ‚Gib sie für dich selbst aus!' Dessen freute sich der Pförtner des Châns über die Maßen. Dann aß der Jüngling von alledem, was er hatte kommen lassen, nur ein Brot mit etwas Zukost und sprach zu dem Pförtner: ‚Nimm dies für die

Leute deines Hauses!' Der nahm es, brachte es den Seinen und sprach zu ihnen: ,Ich glaube, es lebt auf dem Angesichte der Erde kein edlerer und kein liebenswürdigerer Mensch als der Jüngling, der heute bei uns eingekehrt ist. Wenn er länger bei uns bleibt, so werden wir reich werden.' Dann trat der Pförtner wieder zu Ibrahîm ein und sah ihn weinen. Da setzte er sich nieder und begann ihm die Füße zu reiben, und er küßte sie und sprach: ,Hoher Herr, warum weinst du? Möge Allah dich nie weinen lassen!' ,Oheim,' erwiderte Ibrahîm, ,ich möchte heute abend mit dir trinken.' ,Ich höre und gehorche!' sagte darauf der Türhüter; und der Jüngling gab ihm fünf Dinare mit den Worten: ,Kaufe uns dafür Früchte und Wein!' Dann reichte er ihm wiederum fünf Dinare und sprach zu ihm: ,Kaufe uns dafür Nachtisch und Blumen und fünf fette Hühner; auch bringe mir eine Laute!' Nun eilte der Alte fort, kaufte, was jener ihm befohlen hatte, und sprach zu seiner Frau: ,Bereite diese Speisen zu und kläre uns diesen Wein! Was du zubereitest, muß aber sehr gut sein; denn dieser Jüngling hat uns mit seiner Güte überhäuft.' Seine Frau tat, wie er ihr befohlen hatte, mit der allergrößten Sorgfalt; und er nahm alles und brachte es zu Ibrahîm, dem Sohne des Sultans, hinein. – –«

Da bemerkte Schehrezâd, daß der Morgen begann, und sie hielt in der verstatteten Rede an. Doch als die *Neunhundertundfünfundfünfzigste Nacht* anbrach, fuhr sie also fort: »Es ist mir berichtet worden, o glücklicher König, daß der Pförtner des Châns, nachdem seine Frau die Speisen und den Wein zubereitet hatte, alles nahm und zu Ibrahîm, dem Sohne des Sultans hineinbrachte. Darauf aßen die beiden und tranken und waren guter Dinge. Doch dann begann der Jüngling zu weinen und sang diese beiden Verse:

Mein Freund, wenn ich mein ganzes Leben opfern müßte,
Dazu auch all mein Geld, die Welt und was sie beut,
Das ganze Paradies und auch das ew'ge Leben
Für eine Liebesstunde, – wär mein Herz bereit.

Dann tat er einen tiefen Seufzer und sank ohnmächtig nieder; und auch der Pförtner des Châns begann zu schluchzen. Als der Jüngling wieder zu sich kam, sprach der Türhüter zu ihm: ‚Hoher Herr, was veranlaßt dich zu weinen, und wer ist sie, die du mit diesen Versen meinst? Sie kann doch nur Staub zu deinen Füßen sein.' Doch Ibrahîm ging hin und holte ein Bündel der schönsten Frauenkleider und sprach zu ihm: ‚Nimm dies für deine Frauen!' Da nahm der Pförtner sie von ihm hin und brachte sie seiner Frau; sie kam mit ihm und trat zu dem Jüngling ein; doch siehe, er weinte wiederum. Nun sprach sie zu ihm: ‚Du brichst unsere Herzen. Tu uns kund, nach welcher Schönen du begehrst, und sie soll alsbald nichts anderes sein als deine Magd!' Der Jüngling erwiderte: ‚Oheim, wisse, ich bin der Sohn el-Chasîbs, des Herrn von Ägypten, und ich bin von Liebe erfüllt zu Dschamîla, der Tochter des Statthalters el-Laith.' Doch die Frau des Türhüters rief: ‚Allah, Allah! Mein Bruder, laß diese Reden, damit uns niemand hört; sonst sind wir des Todes! Denn es gibt auf dem Angesicht der Erde keine, die gewalttätiger wäre als sie; und niemand darf vor ihr das Wort Mann aussprechen, da sie den Männern abgeneigt ist. Mein Sohn, wende dich von ihr zu einer anderen!' Als er ihre Worte vernommen hatte, weinte er bitterlich, und der Pförtner des Châns sprach zu ihm: ‚Ich habe nichts als mein Leben; aber das will ich wagen aus Liebe zu dir, und ich will dir ein Mittel finden, durch das du dein Ziel erreichen mögest.' Darauf gingen die beiden von ihm fort; aber er begab sich am nächsten Morgen ins Bad und legte dann ein königliches Gewand an. Da traten auch schon der Pförtner und seine Frau zu ihm herein und sprachen zu ihm: ‚Hoher Herr, wisse, es wohnt hier ein buckliger Schneidersmann, der ist der Schneider der Herrin Dschamîla. Geh zu ihm und tu ihm kund, wie es um dich steht, vielleicht kann er dir einen Weg zeigen, auf dem du zu deinem Ziele gelangen kannst!' Sofort machte der Jüngling sich auf und begab sich zu dem buckligen Schneider; und als er zu ihm eintrat, fand er bei ihm zehn Mamluken, so schön wie Monde. Er begrüßte sie, und sie gaben ihm den Gruß zurück; dann hießen sie ihn willkommen und baten ihn, sich zu setzen, fast verwirrt durch seine Schönheit und Anmut; auch als der bucklige Schneider ihn sah, ward ihm der Sinn berückt durch die schöne Gestalt. Da sprach der Jüngling zu ihm: ‚Ich wünsche, daß du mir meine Tasche nähest'; und der Schneider trat heran, nahm einen seidenen Faden und nähte die Tasche, die jener absichtlich zerrissen hatte. Und als der Mann mit dem Nähen fertig war, holte der Jüngling fünf Dinare heraus, gab sie ihm und kehrte in seine Wohnung zurück. Der Schneider sprach: ‚Was habe ich für diesen jungen Herrn getan, daß er mir die fünf Dinare gegeben hat?' Dann verbrachte er die Nacht in Gedanken an seine Schönheit und seinen Edelmut. Am nächsten Morgen ging Ibrahîm wieder zu dem Laden des buckligen Schneiders, trat ein und begrüßte ihn; jener gab ihm den Gruß zurück und hieß ihn in höflichster Weise willkommen. Nachdem der Jüngling sich gesetzt hatte, sprach er zu dem Buckligen: ‚Nähe mir meine Tasche! Sie ist mir wieder zerrissen.' Jener antwortete ihm: ‚Herzlich gern, mein Sohn', trat heran und nähte sie. Darauf gab Ibrahîm ihm zehn Dinare; und der Schneider nahm sie, ganz erstaunt ob seiner Schönheit und Großmut. Dann sprach er: ‚Bei Allah, junger Herr, dein Tun muß ganz sicher einen

Grund haben; denn so verfährt man nicht beim Nähen einer Tasche. Doch sage mir, wie es in Wahrheit um dich steht! Wenn du einen dieser Knaben liebst, so ist – bei Allah – unter ihnen keiner schöner als du; sie alle sind Staub zu deinen Füßen, ja, sie sind Sklaven vor dir. Oder wenn es etwas anderes ist als dies, so tu es mir kund!' ‚Oheim,' erwiderte Ibrahîm, ‚dies ist nicht der Ort zum Reden; denn meine Geschichte ist seltsam gar, und mein Erlebnis ist wunderbar.' Der Schneider fuhr fort: ‚Wenn dem so ist, so komm mit mir in ein besonderes Zimmer!' Darauf führte er ihn an der Hand und trat mit ihm in ein Zimmer hinter dem Laden. Dort sprach er zu ihm: ‚Junger Herr, jetzt erzähle mir!' Ibrahîm also erzählte ihm seine Geschichte von Anfang bis zu Ende; der Schneider aber staunte über seine Worte und rief: ‚Junger Herr, fürchte Allah für dich! Die du da nennst, ist eine Tyrannin, die den Männern abhold ist. Hüte deine Zunge, mein Bruder; sonst wirst du dich selbst zugrunde richten!' Als der Jüngling solche Worte von ihm vernahm, weinte er bitterlich, und er rief, indem er sich an die Säume des Schneiders klammerte: ‚Hilf mir, Oheim; sonst bin ich des Todes! Ich habe mein Reich und das Reich meines Vaters und meines Großvaters verlassen und bin ein einsamer Fremdling in fernem Lande geworden; ich kann nicht länger ohne sie sein.' Wie der Schneider nun sah, was über ihn gekommen war, hatte er Mitleid mit ihm und sprach: ‚Mein Sohn, ich habe nur mein Leben; aber das will ich wagen aus Liebe zu dir; denn du hast mein Herz verwundet. Darum will ich dir morgen ein Mittel ersinnen, durch das dein Herz Trost finden soll.' Ibrahîm segnete ihn und kehrte zum Chân zurück; dort erzählte er dem Pförtner, was der Bucklige ihm gesagt hatte, und jener sprach: ‚Er hat fürwahr freundlich an dir gehandelt.' Als es wieder Morgen ward, legte der Jüngling seine prächtigsten Kleider an, nahm einen Beutel voll Dinare mit sich und begab sich zu dem Buckligen. Nachdem er ihn begrüßt und sich gesetzt hatte, sprach er zu ihm: ‚Oheim, halte mir dein Versprechen!' Darauf antwortete ihm jener: ‚Mach dich sogleich auf, hol drei fette Hühner und drei Unzen Zuckerkand und zwei kleine Krüge; die fülle mit Wein und nimm auch einen Becher dazu! All das tu in einen Beutel und steig morgen nach dem Frühgebet zu einem Fährmann ins Boot und sprich zu ihm: ‚Ich wünsche, daß du mich nach unterhalb von Basra fährst.' Wenn er dann sagt: ‚Ich kann nicht weiter fahren als eine Parasange', so sprich zu ihm: ‚Wie du willst!' Wenn er aber so weit gefahren ist, erwecke die Geldgier in ihm, daß er dich ans Ziel führe; wenn du dann dahin kommst, so ist der erste Blumengarten, den du siehst, der Garten der Herrin Dschamîla. Sobald du ihn erblickst, geh zu seinem Tor! Dort findest du zwei hohe Stufen, die mit Teppichen aus Brokat belegt sind und auf denen ein buckliger Mann gleich mir sitzt. Dem klage deine Not und flehe ihn um seine Hilfe an; vielleicht wird er mit deinem Elend Mitleid haben und dir dazu verhelfen, daß du sie siehst, wenn auch nur mit einem Blick aus der Ferne! Ich weiß keinen anderen Weg als diesen. Wenn jener aber kein Mitleid mit deinem Elend hat, so sind wir beide des Todes, ich und du. Dies ist der Rat, den ich geben kann; die Sache aber steht bei Allah dem Erhabenen.' Ibrahîm sprach: ‚Ich flehe Allah um Hilfe an. Was Allah will, das geschieht. Es gibt keine Macht und es gibt keine Majestät außer bei Allah!' Dann verließ er den buckligen Schneider und begab sich in seine Wohnung; nachdem er dann alles, was jener ihm nannte, erhalten hatte, tat er es in einen kleinen Beutel. Am nächsten Morgen eilte er zum Ufer des Tigris, und dort fand er einen schlafenden Fährmann; den weckte er, gab ihm zehn Dinare und sprach zu ihm: ‚Setze mich über nach unterhalb von Basra!' Jener erwiderte ihm: ‚Mein Gebieter, nur unter der Bedingung, daß ich nicht weiter als eine Parasange zu fahren brauche; wenn ich nämlich diese Strecke auch nur um eine Spanne überschreite, so sind wir des Todes, ich und du.' Ibrahîm sagte: ‚Wie du willst!' Da nahm jener ihn und fuhr mit ihm stromabwärts; und als sie sich dem Garten näherten, rief er: ‚Mein Sohn, von hier aus kann ich nicht weiter fahren; wenn ich diese Grenze überschreite, so sind wir des Todes, ich und du.' Doch Ibrahîm zog wiederum zehn Dinare für ihn heraus und sprach zu ihm: ‚Nimm dies Geld und suche damit deine Lage zu bessern!' Weil nun der Fährmann Scheu vor ihm hatte, sprach er: ‚Ich befehle die Sache in die Hand Allahs des Erhabenen.' – –«

Da bemerkte Schehrezâd, daß der Morgen begann, und sie hielt in der verstatteten Rede an. Doch als die *Neunhundertundsechsundfünfzigste Nacht* anbrach, fuhr sie also fort: »Es ist mir berichtet worden, o glücklicher König, daß der Fährmann, als der Jüngling ihm wiederum zehn Dinare reichte, sie hinnahm und sprach: ‚Ich befehle die Sache in die Hand Allahs des Erhabenen.' Und er fuhr weiter mit ihm stromabwärts. Kaum aber waren sie dem Garten nahe, da erhob Ibrahîm sich in seiner Freude und sprang vom Boote aus ans Ufer, etwa einen Speerwurf weit, und warf sich dort nieder; der Ferge jedoch kehrte um und flüchtete. Dann schritt der Jüngling weiter und fand alles, was der Bucklige ihm von dem Garten geschildert hatte; er sah auch das Tor offen und im Torweg ein Lager aus Elfenbein, auf dem ein buckliger Mann von freundlichem Aussehen saß, angetan mit vergoldeten Kleidern und in der Hand eine silberne Keule, die mit Gold überzogen war. Auf den eilte der Jüngling zu, beugte sich über seine Hand und küßte sie. Der Bucklige fragte ihn: ‚Wer bist du? Woher kommst du? Wer hat dich hierher gebracht, mein Sohn?' Jener Mann war aber, als er Ibrahîm ibn el-Chasîb erblickte, über dessen Anmut erstaunt. Da sprach der Jüngling zu ihm: ‚Ach, Oheim, ich bin ein unwissender Knabe und ein Fremdling'; und er weinte. Da hatte jener Mitleid mit ihm und zog ihn zu sich auf das Lager, wischte ihm die Tränen ab und sprach zu ihm: ‚Dir soll kein Leid widerfahren! Wenn du ein Schuldner bist, so möge Allah deine Schulden tilgen; und wenn du in Gefahr bist, so möge Allah dich gegen die Gefahr sichern!' ‚Ach, Oheim,' erwiderte Ibrahîm, ‚ich bin nicht in Gefahr, und ich habe keine Schulden; vielmehr habe ich Geld in Fülle dank der Hilfe Allahs.' Nun fragte der Bucklige: ‚Mein Sohn, was ist denn dein Begehr, so daß du dich und deine Schönheit an eine Stätte wagst, an der das Verderben lauert?' Da erzählte der Jüngling ihm seine Geschichte und berichtete ihm, wie es um ihn stand. Doch als jener seine Worte vernommen hatte, senkte er sein Haupt eine Weile zu Boden; dann fragte er: ‚Ist der Mann, der dich zu mir wies, der bucklige Schneider?' ‚Jawohl', antwortete der Jüngling, und der andere fuhr fort: ‚Er ist mein Bruder, und er ist ein gesegneter Mann.' Dann fügte er hinzu: ‚Mein Sohn, hätten sich die Liebe zu dir und das Mitleid mit dir nicht in mein Herz gesenkt, so wäret ihr alle verloren, du und mein Bruder und der Pförtner des Châns und seine Frau.' Und wiederum sagte er: ‚Wisse, dieser Garten hat auf dem Angesichte der Erde nicht seinesgleichen, und er heißt der Garten der wilden Färse.[1] Während meines ganzen Lebens hat ihn noch kein anderer Mensch betreten als der Sultan und ich und Dschamîla, der er gehört. Ich lebe hier seit zwanzig Jahren, aber noch nie habe ich gesehen, daß jemand an diese

---

1. Das Wort kann auch ‚Perle' bedeuten.

Stätte gelangt wäre. Alle vierzig Tage kommt die Herrin in einer Barke hierher und geht an Land, umgeben von ihren Dienerinnen unter einem Baldachin aus Atlas, dessen Säume zehn Mädchen an goldenen Haken halten, bis sie hineingegangen ist; und so habe ich noch nie etwas von ihr gesehen. Doch ich habe ja nur mein Leben; und das will ich für dich wagen.' Da küßte der Jüngling ihm die Hand, und der Wächter sprach zu ihm: ,Setze dich zu mir, bis ich einen Plan für dich ersonnen habe.' Danach nahm er ihn bei der Hand und führte ihn in den Garten hinein. Als Ibrahîm jenen Blumengarten erblickte, deuchte es ihn, er wäre das Paradies; denn er sah dort, wie die Bäume ineinander verschlungen waren, wie die Palmen hoch aufragten, die Bäche sprangen und die Vöglein mit mancherlei Stimmen sangen. Dann führte der Wärter ihn in einen Pavillon, und dort sprach er zu ihm: ,Dies ist die Stätte, an der die Herrin Dschamîla zu sitzen pflegt.' Da schaute der Jüngling den Pavillon an und erkannte, daß er eines der seltensten Lusthäuser war. Denn an ihm befanden sich lauter Gemälde in Gold und Azurfarbe, und er hatte vier Türen, zu denen man auf fünf Stufen hinaufstieg. In der Mitte aber war ein Wasserbecken, zu dem Stufen aus Gold hinabführten, und diese Stufen waren mit Edelsteinen eingelegt; und inmitten des Beckens stand ein goldener Springbrunnen mit großen und kleinen Figuren, die das Wasser aus dem Munde spien. Und da die Figuren, wenn das Wasser herausfloß, in verschiedenen Klängen ertönten, so schien es dem, der sie hörte, als ob er im Paradies wäre. Rings um den Pavillon floß ein Kanal mit einem Wasserwerk, dessen Eimer aus Silber gearbeitet und mit Brokat bedeckt waren. Und links neben dem Wasserwerk befand sich ein Gitter aus Silber, durch das man auf eine grüne Aue sah; dort waren allerlei wilde Tiere,

Gazellen und Hasen. Rechts daneben aber war ein zweites
Gitter, das auf eine Wiese führte; und dort waren lauter Vögel,
die alle in mancherlei Stimmen sangen und den Hörer berückten. Als der Jüngling das alles geschaut hatte, war er von
Entzücken erfüllt. Dann setzte er sich wieder an den Torweg
des Gartens; und der Gärtner setzte sich neben ihn und sprach
zu ihm: ‚Wie gefällt dir mein Garten?' ‚Er ist das Paradies auf
Erden', antwortete Ibrahîm; der Gärtner lächelte und ging
dann eine Weile fort. Als er zurückkehrte, hatte er eine Platte
bei sich, auf der Hühner und Wachteln waren, allerlei leckere
Speisen und Süßigkeiten aus Zucker; die stellte er vor den
Jüngling hin mit den Worten: ‚Iß dich satt!' So aß denn
Ibrahîm[1], bis er gesättigt war; und als der Gärtner sah, wie
jener gegessen hatte, freute er sich und rief: ‚Bei Allah, dies
ist die Art von Königen und Prinzen.' Dann fragte er: ‚O
Ibrahîm, was hast du bei dir in diesem Beutel?' Der Jüngling
öffnete ihn vor seinen Augen, und der Gärtner sprach: ‚Nimm
ihn mit dir; er wird dir nützen, wenn die Herrin Dschamîla
kommt! Denn wenn sie hier ist, kann ich dir nichts mehr zu
essen bringen.' Dann erhob er sich, nahm Ibrahîm bei der
Hand und führte ihn an eine Stätte gegenüber dem Pavillon
Dschamîlas; dort machte er ihm eine Laube zwischen den
Bäumen und sprach zu ihm: ‚Hier steig hinauf; und wenn sie
kommt, so kannst du sie sehen, während sie dich nicht sieht!
Dies ist das Äußerste, was ich für dich tun kann; auf Allah aber
ruht unser Vertrauen! Wenn sie singt, so trink du zu ihrem
Gesang; und wenn sie fortgeht, mögest du in Sicherheit dort-
hin zurückkehren, von wo du gekommen bist, so Allah der
Erhabene will.' Der Jüngling dankte ihm und wollte ihm die

1. Im Arabischen steht hier mehrfach die erste Person, so daß Ibrahîm
als Erzähler eingeführt wird.

Hand küssen; doch der entzog sie ihm. Darauf legte Ibrahîm den Beutel in die Laube, die jener für ihn gemacht hatte; und nun sprach der Gärtner zu ihm: ,Ibrahîm, schau dich im Garten um und iß von seinen Früchten! Die Zeit der Ankunft deiner Herrin ist auf morgen festgesetzt.' Nachdem Ibrahîm sich also in dem Garten ergötzt und von seinen Früchten gegessen hatte, brachte er die Nacht bei dem Gärtner zu. Als aber der Morgen sich erhob und die Welt mit seinen leuchtenden Strahlen durchwob, sprach Ibrahîm das Frühgebet; da trat auch schon der Gärtner bleichen Angesichts zu ihm und sprach: ,Wohlan, mein Sohn, steig in die Laube hinauf! Denn die Dienerinnen sind schon gekommen, um die Stätte zu bereiten; und sie kommt hinter ihnen her.' – –«

Da bemerkte Schehrezâd, daß der Morgen begann, und sie hielt in der verstatteten Rede an. Doch als die *Neunhundertundsiebenundfünfzigste Nacht* anbrach, fuhr sie also fort: »Es ist mir berichtet worden, o glücklicher König, daß der Gärtner, als er zu Ibrahîm ibn el-Chasîb in den Garten trat, zu ihm sprach: ,Wohlan, mein Sohn, steig in die Laube hinauf! Denn die Dienerinnen sind schon gekommen, um die Stätte zu bereiten; und sie kommt hinter ihnen her. Hüte dich auszuspucken oder zu schnauben oder zu niesen, sonst sind wir beide des Todes, ich und du!' Da ging der Jüngling hin und stieg in die Laube hinauf; doch der Gärtner ging fort und sprach: ,Allah gewähre dir Sicherheit, mein Sohn!' Während Ibrahîm nun dort saß, erschienen plötzlich fünf Dienerinnen, derengleichen noch nie jemand gesehen hatte; die traten in den Pavillon ein, legten ihre Oberkleider ab und wuschen ihn, besprengten ihn mit Rosenwasser, beräucherten ihn mit Aloeholz und Ambra und statteten ihn mit Brokatdecken aus. Nach ihnen kamen fünfzig Dienerinnen mit Musikinstrumenten, und unter ihnen schritt Dschamîla unter einem Baldachin aus rotem Brokat, dessen Säume die Sklavinnen an goldenen Haken hielten, bis sie in den Pavillon eintrat; doch Ibrahîm sah nichts von ihr, noch auch von ihren Gewändern, und so sprach er bei sich: ‚Bei Allah, meine ganze Mühe war vergeblich! Doch es ist nicht anders möglich, als daß ich warte, bis ich sehe, wie es wird.' Da brachten die Dienerinnen Speise und Trank; und nachdem sie gegessen und ihre Hände gewaschen hatten, stellten sie für die Herrin einen Stuhl auf, und sie setzte sich nieder. Darauf spielten sie alle auf den Musikinstrumenten und sangen mit unvergleichlich schönen Stimmen. Plötzlich trat eine alte Kammerfrau hervor, klatschte in die Hände und tanzte, während die Mädchen sie hin und her zogen, bis der Vorhang gehoben wurde und Dschamîla lächelnd heraustrat. Nun konnte Ibrahîm sie schauen, wie sie mit Schmuck und Prachtgewändern bedeckt war und auf dem Haupte eine Krone, besetzt mit Perlen und Edelsteinen, trug; um ihren Hals schlang sich ein Halsband aus Perlen, und um ihren Leib lag ein Gürtel aus Chrysolithstäbchen mit Schnüren aus Rubinen und Perlen. Die Mädchen küßten vor ihr den Boden, während sie lächelte. ‚Als ich sie ansah' – so erzählte Ibrahîm ibn el-Chasîb –, ‚ward ich wie von Sinnen, mein Verstand ward berückt, meine Gedanken verwirrten sich; so sehr überwältigte mich eine Schönheit, derengleichen es auf dem Angesichte der Erde nicht gab. Und ich sank in Ohnmacht; als ich aber wieder zu mir kam, standen mir die Tränen in den Augen, und ich sprach diese beiden Verse:

> *Ich schau dich an und kann die Augen nimmer schließen;*
> *Dein Bild soll durch der Lider Schleier nicht verblassen.*
> *Ach, wenn ich auch mit allen meinen Blicken schaute,*
> *Die Augen könnten deine Reize doch nicht fassen.'*

Darauf sprach die Alte zu den Mädchen: ‚Zehn von euch sollen nun beginnen zu tanzen und zu singen!' Doch als Ibrahîm sie sah, sprach er bei sich: ‚Ich wünschte, die Herrin Dschamîla tanzte selber.' Als nun die zehn Mädchen ihren Tanz beendet hatten, umringten sie die Prinzessin und sprachen: ‚O Herrin, wir möchten, daß du bei dieser Feier tanzest, auf daß unsere Freude dadurch vollkommen werde; wir haben noch nie einen schöneren Tag erlebt als den heutigen.' Wieder sprach Ibrahîm ibn el-Chasîb bei sich: ‚Jetzt sind sicher die Tore des Himmels aufgetan, und Allah hat mein Gebet erhört!' Dann küßten die Mädchen ihrer Herrin die Füße und sprachen zu ihr: ‚Bei Allah, wir haben deine Brust noch nie so freudig erregt gesehen wie heute.' Und sie ließen nicht ab, in ihr die Lust zum Tanzen zu erregen, bis sie ihre Obergewänder ablegte; und nun stand sie da in einem Hemde, das mit Gold durchwirkt und mit allerlei Edelsteinen besetzt war, und zeigte Brüste, die Granatäpfeln glichen, und enthüllte ein Antlitz, gleich dem Monde in der Nacht seiner Fülle. Und Ibrahîm erschaute Bewegungen, wie er sie in seinem ganzen Leben noch nie gesehen hatte; sie schritt tanzend dahin in Weisen, wundersam und unbekannt, die sie so herrlich selbst erfand, bis sie bewirkte, daß alle der Perlen vergaßen, die in den Bechern schäumten, und von wiegenden Turbanen auf den Häuptern träumten. Ja, sie war, wie der Dichter sagt:

> *Sie ward nach ihrem Wunsch geschaffen; und im Gleichmaß,*
> *Nicht kurz und auch nicht lang, ist sie die Schönheit ganz.*
> *Es ist, als wäre sie aus Perlenglanz geschaffen;*
> *Aus jedem Glied erstrahlt des Mondes Schönheitsglanz.*

Oder wie ein anderer sagt:

> *Schau, wie des Tänzers Leib dem Weidenzweige gleicht,*
> *Wie mir, wenn er sich wiegt, die Seele fast entweicht!*

Und wie kein einz'ger Fuß bei seinem Tanze ruht,
Als wär in seinen Füßen meines Herzens Glut!

‚Während ich sie anschaute' - so erzählte Ibrahîm -, ‚fiel ein Blick von ihr auf mich, so daß sie meiner gewahr wurde. Sobald sie mich sah, erblich ihr Antlitz; und sie sprach zu ihren Dienerinnen: ‚Singt, bis ich zu euch zurückkehre!' Dann ging sie und holte ein Messer, das eine halbe Elle lang war, und schritt auf mich zu, indem sie sprach: ‚Es gibt keine Macht und es gibt keine Majestät außer bei Allah, dem Erhabenen und Allmächtigen!' Als sie nahe vor mir stand, verlor ich fast das Bewußtsein. Doch wie sie mich betrachtete und mir von Angesicht zu Angesicht gegenüberstand, entfiel das Messer ihren Händen, und sie rief: ‚Preis sei Ihm, der die Herzen wandelt!' Dann sprach sie zu mir: ‚Jüngling, sei guten Mutes; dir sei Sicherheit gewährt vor dem, was du befürchtest!' Da begann ich zu weinen; sie aber trocknete mir mit eigener Hand die Tränen, indem sie sprach: ‚Jüngling, sage mir, wer du bist und was dich an diese Stätte geführt hat!' Nun küßte ich den Boden vor ihr und ergriff ihren Saum; und sie fuhr fort: ‚Dir soll kein Leid widerfahren; kein andrer Mann als du hat meine Augen erfüllt. Drum sage mir, wer du bist!' Da erzählte ich ihr' - so berichtete Ibrahîm weiter -, meine Geschichte von Anfang bis zu Ende; und erstaunt rief sie: ‚Mein Gebieter, ich beschwöre dich bei Allah, bist du Ibrahîm, der Sohn von el-Chasîb?' ‚Jawohl', erwiderte ich; und nun warf sie sich auf mich und sprach: ‚Mein Gebieter, du bist es, um dessentwillen ich die anderen Männer gemieden habe! Denn als ich hörte, daß in Ägypten ein Jüngling lebe, wie auf dem Angesichte der Erde kein schönerer zu finden sei, da gewann ich dich lieb nach der Beschreibung, und mein Herz ward dir in Liebe zugetan, weil ich so viel von deiner herrlichen Anmut hörte; und es erging mir mit dir wie der Dichter sagt:

Mein Ohr gewann ihn vor dem Auge lieb;
Denn oftmals liebt das Ohr noch vor dem Auge.

Drum Preis sei Allah, der mich dein Antlitz hat sehen lassen! Bei Gott, wäre es ein anderer gewesen als du, so hätte ich den Gärtner und den Pförtner des Châns und den Schneider kreuzigen lassen, sie und jeden, der zu ihnen seine Zuflucht nimmt!' Dann fügte sie hinzu: ,Wie soll ich etwas beschaffen, das du essen kannst, ohne daß meine Frauen es bemerken?' Darauf gab ich ihr zur Antwort: ,Ich habe bei mir, was wir essen und trinken können'; und ich öffnete den Beutel vor ihr. Sie nahm ein Huhn, und nun gaben wir einander die Bissen in den Mund; als ich solches von ihr erleben durfte, wähnte ich, es wäre ein Traum. Danach holte ich den Wein hervor, und wir tranken; und all das geschah, während sie bei mir weilte und die Mädchen mit dem Singen beschäftigt waren. In dieser Weise verbrachten wir die Zeit vom Morgen bis zum Mittag; doch dann hub sie an und sprach: ,Mache dich auf und rüste dir ein Boot und warte auf mich an der und der Stätte, bis ich zu dir komme; denn ich kann es nicht ertragen, von dir getrennt zu sein!' ,Meine Gebieterin,' erwiderte ich, ,wisse, ich habe ein Boot bei mir; das gehört mir, und die Seeleute stehen in meinem Solde; sie warten jetzt auf mich.' Sie sagte: ,Das ist, was wir wünschen', und begab sich zu den Dienerinnen. – –«

Da bemerkte Schehrezâd, daß der Morgen begann, und sie hielt in der verstatteten Rede an. Doch als die *Neunhundertundachtundfünfzigste Nacht* anbrach, fuhr sie also fort: »Es ist mir berichtet worden, o glücklicher König, daß die Herrin Dschamîla, nachdem sie sich zu ihren Frauen begeben hatte, zu ihnen sprach: ,Auf, laßt uns in unser Schloß gehen!' Jene aber wandten ein: ,Wie können wir jetzt schon fortgehen, wo wir sonst doch immer drei Tage zu bleiben pflegen?' Sie erwiderte:

‚Ich fühle einen schweren Druck auf mir, als ob ich krank wäre, und ich fürchte, der wird noch schwerer werden.' ‚Wir hören und gehorchen!' gaben sie zur Antwort und legten ihre Obergewänder an. Dann begaben sie sich zum Ufer und stiegen in das Boot. Alsbald ging der Gärtner zu Ibrahîm, da er nichts von dem wußte, was geschehen war; und er sprach: ‚Ibrahîm, du hast nicht das Glück gehabt, dich ihres Anblicks zu erfreuen; sonst pflegt sie immer drei Tage hier zu verweilen, und ich fürchte, sie hat dich gesehen.' Ibrahîm antwortete: ‚Sie hat mich nicht gesehen, und auch ich habe sie nicht gesehen; denn sie hat den Pavillon nicht verlassen.' ‚Du sprichst die Wahrheit, mein Sohn,' fuhr der Gärtner fort, ‚denn wenn sie dich gesehen hätte, wäre es um uns geschehen; doch bleibe bei mir, bis sie in der nächsten Woche wiederkommt und du sie erblickst und dich an ihr satt siehst!' Darauf entgegnete Ibrahîm: ‚Lieber Herr, ich habe Geld bei mir und bin darum besorgt; auch habe ich Leute daheim gelassen, und ich fürchte, sie werden sich mein Fernsein zunutze machen.' Nun sagte der Gärtner: ‚Ach, mein Sohn, es fällt mir schwer, mich von dir zu trennen' und umarmte ihn und nahm Abschied von ihm. Ibrahîm aber kehrte in den Chân zurück, in dem er wohnte; und als er den Pförtner des Hauses traf, ließ er sich von ihm sein Geld geben. Jener sprach zu ihm: ‚Gute Nachricht, so Gott will!' Doch Ibrahîm erwiderte: ‚Ich habe keinen Weg zu meinem Ziele gefunden; darum will ich zu den Meinen zurückkehren.' Da weinte der Pförtner und sagte ihm Lebewohl; und er lud sich die Sachen des Jünglings auf und geleitete ihn zum Schiff. Nachdem dies geschehen war, begab Ibrahîm sich zu der Stätte, die Dschamîla ihm angegeben hatte, und wartete dort auf sie. Wie es nun dunkle Nacht wurde, siehe, da kam sie auf ihn zu, aber in Gestalt eines verwegenen

Mannes, mit einem Barte, der das Gesicht rings umschloß, und einem Gürtel um den Leib; in der einen Hand trug sie Pfeil und Bogen, in der anderen ein blankes Schwert. Und sie fragte ihn: ,Bist du der Sohn von el-Chasîb, dem Herrn Ägyptens?' ,Der bin ich', erwiderte Ibrahîm; doch sie fuhr ihn an: ,Was für ein Galgenstrick bist du, daß du kommst, um die Töchter der Könige zu verführen? Auf, steh dem Sultan Rede!' ,Da sank ich' – so erzählte Ibrahîm – ohnmächtig nieder; und die Seeleute erstarben vor Furcht in ihrer Haut. Doch als sie sah, wie es um mich stand, riß sie jenen Bart herunter, warf das Schwert aus der Hand und nahm den Gürtel ab; da erkannte ich sie als die Herrin Dschamîla. Und ich sprach zu ihr: ,Bei Allah, du hast mir das Herz zerrissen!' Den Seeleuten aber rief ich zu: ,Lasset das Schiff rasch fahren!' Da machten sie die Segel los und fuhren rasch dahin; und kaum waren wenige Tage verstrichen, so kamen wir in Baghdad an. Dort sahen wir ein Schiff am Ufer liegen; und als die Seeleute, die auf ihm waren, uns bemerkten, riefen sie den Seeleuten zu, die bei uns waren, und huben an: ,He, du da, und he, du da, wir wünschen euch Glück zur guten Heimkehr!' Darauf trieben sie ihr Schiff an das unsere heran, und als wir hineinschauten, war Abu el-Kâsim es-Sandalâni darin! Kaum erblickte er uns, so rief er: ,Dies ist es, was ich wünschte. Ziehet hin in Allahs Hut! Ich will mich an meine Geschäfte begeben.' Er hatte aber eine Fackel in der Hand; und nachdem er mir zugerufen hatte: ,Preis sei Allah für deine glückliche Heimkehr! Hast du dein Ziel erreicht?', und ich geantwortet hatte: ,Jawohl', hielt er die Fackel dicht an uns heran. Als Dschamîla ihn erblickte, ward sie verwirrt und ihre Farbe erblich. Doch es-Sandalâni rief, als er sie erkannte: ,Gehet hin in Allahs Schutz! Ich fahre jetzt nach Basra in Geschäften des Sultans; doch das Geschenk wird dem zuteil, der zugegen ist.' Dann holte er eine Schachtel mit Süßigkeiten hervor und warf sie in unser Schiff; doch in ihnen war Bendsch. Ich sprach zu ihr: ,Mein Augentrost, iß davon!' Sie aber weinte und sprach: ,O Ibrâhîm, weißt du, wer dies ist?' ,Jawohl,' erwiderte ich, ,dies ist derundder.' Da fuhr sie fort: ,Er ist der Sohn meines Oheims; und er hat mich früher von meinem Vater zur Ehe begehrt, aber ich wies ihn ab. Nun fährt er nach Basra und wird gewiß meinem Vater von uns berichten.' ,Meine Gebieterin,' antwortete ich, ,er wird in Basra nicht eher ankommen, als bis wir Mosul erreicht haben.' Aber wir wußten nicht, was im Schoße des Schicksals für uns beide verborgen war. So aß ich den ein Stück von den Süßigkeiten; doch kaum war es in meinen Magen gekommen, so schlug ich mit dem Kopfe auf den Boden. Als der Morgen graute, mußte ich niesen, und da flog das Bendsch mir zur Nase heraus. Ich tat die Augen auf, und wie ich mich nackt unter Trümmern liegen sah, schlug ich mir ins Gesicht und sprach bei mir: ,Dies ist ein Streich, den mir es-Sandalâni gespielt hat.' Ich wußte nicht, wohin ich mich wenden sollte; und ich hatte nichts auf dem Leibe als eine Hose. Doch ich stand auf und schritt etwas weiter; da kam plötzlich der Wachthauptmann mir entgegen, begleitet von Leuten mit Schwertern und Stöcken, so daß ich erschrak. Wie ich nun dort ein verfallenes Badhaus erblickte, lief ich hinein, um mich zu verstecken; dabei stolperte mein Fuß über etwas, und als ich mit der Hand danach griff, ward sie von Blut besudelt. Ich wischte die Hand an meiner Hose ab, ohne zu wissen, was es war, und streckte meine Hand noch einmal aus; da traf sie auf eine Leiche, und deren Kopf kam auf meine Hand zu liegen. Den warf ich alsbald nieder, indem ich sprach: ,Es gibt keine Macht und es gibt keine Majestät außer bei Allah, dem Erhabenen und Allmächtigen!' Dann verkroch ich mich in einen der Winkel des Badhauses; der Wachthauptmann aber blieb vor dem Eingang zum Hause stehen und rief: ,Geht hier hinein und sucht nach!' Da traten zehn von ihnen mit Fackeln ein, während ich mich in meiner Furcht hinter eine Mauer schlich; von dort konnte ich mir nun den Leichnam ansehen, und ich erkannte, daß es eine junge Frau war, deren Antlitz dem Vollmond glich; ihr Haupt lag auf der einen Seite, und ihr Leib auf der anderen, gekleidet in kostbare Gewänder. Wie ich das sehen mußte, erbebte mein Herz vor Entsetzen. Dann trat auch noch der Wachthauptmann selbst ein und rief: ,Durchsucht alle Winkel des Hauses!' So kamen die Leute bald in den Raum in dem ich mich befand, und als einer von ihnen mich erblickte, kam er auf mich zu mit einem Messer in der Hand, das eine halbe Elle lang war; und wie er nahe vor mir stand, rief er: ,Preis sei Allah, dem Erschaffer dieses schönen Angesichts! Jüngling, woher bist du?' Dann aber packte er mich bei der Hand und fragte: ,Jüngling, warum hast du diese Frau getötet?' Ich antwortete: ,Bei Allah, ich habe sie nicht getötet, ich weiß auch nicht, wer sie getötet hat. Ich habe mich nur aus Furcht vor euch an diesen Ort geflüchtet.' Und ich erzählte ihm meine Geschichte und bat ihn: ,Um Allahs willen, tu mir kein Unrecht! Ich bin jetzt in Sorge um mein Leben.' Er aber nahm mich und führte mich vor den Wachthauptmann; und als er die Blutspuren auf meiner Hand erblickte, sprach er: ,Hier bedarf es keines Beweises; schlagt ihm den Kopf ab!' – –«

Da bemerkte Schehrezâd, daß der Morgen begann, und sie hielt in der verstatteten Rede an. Doch als die *Neunhundertundneunundfünfzigste Nacht* anbrach, fuhr sie also fort: »Es ist mir berichtet worden, o glücklicher König, daß der Sohn von el-Chasîb des weiteren erzählte: ,Als man mich vor den Wachthauptmann geführt hatte und der die Blutspuren auf meiner Hand sah, sprach er: ‚Hier bedarf es keines Beweises; schlagt ihm den Kopf ab!' Wie ich diese Worte vernahm, weinte ich bitterlich; eine Tränenflut begann aus den Augen hervorzubrechen, und ich hub an, diese Verse zu sprechen:

> *Wir gehen einen Pfad, der für uns vorgesehen;*
> *Und wem ein Pfad beschieden ist, der muß ihn gehen.*
> *Und droht an einer Stätte einem sein Verderben,*
> *So wird er nur gerad an dieser Stätte sterben.*

Dann tat ich einen tiefen Seufzer und sank ohnmächtig zu Boden. Des Henkers Herz hatte Mitleid mit mir, und er sprach: ‚Bei Allah, dies ist nicht das Gesicht eines Mörders.' Doch der Wachthauptmann wiederholte: ‚Schlagt ihm den Kopf ab!' Da setzte man mich auf das Blutleder und legte mir eine Binde um die Augen. Der Schwertträger ergriff sein Schwert, bat den Wachthauptmann um Erlaubnis und wollte mir eben den Kopf abschlagen, während ich rief: ‚Weh mir armen Fremdling!' – da kamen plötzlich Reiter herangesprengt, und eine Stimme erscholl: ‚Laßt ab von ihm! Zieh deine Hand zurück, Henker!'

Mit diesem wunderbaren Geschehnis hatte es eine seltsame Bewandtnis. Der Herr von Ägypten, el-Chasîb, hatte nämlich seinen Kammerherrn an den Kalifen Harûn er-Raschîd gesandt, und zwar mit Geschenken und Kostbarkeiten und zugleich mit einem Briefe, in dem er ihm mitteilte: ‚Wisse, mein Sohn ist seit einem Jahr verschwunden; und ich habe vernommen, daß er in Baghdad sei. Drum wende ich mich an die Güte des Stellvertreters Allahs, er möge nach Kunde von ihm forschen und eifrig nach ihm suchen und ihn mit dem Kammerherrn zu mir senden.' Als der Kalif das Schreiben gelesen hatte, befahl er dem Wachthauptmann nachzuforschen, wie es in Wahrheit um ihn stände. Unaufhörlich fragte der Wachthauptmann und der Kalif nach ihm, bis dem Hauptmann gesagt ward, er sei in Basra, und dieser teilte es dem Herrscher mit. Darauf schrieb jener einen Brief und gab ihn dem Kammerherrn von Ägypten, indem er ihm befahl, nach Basra zu reisen und eine Schar aus dem Gefolge des Wesirs mit sich zu nehmen. In seinem Eifer, den Sohn seines Herrn zu finden, zog der Kammerherr sofort hinaus; und da traf er den Jüngling, wie er auf dem Blutleder vor dem Wachthauptmann saß. Als der nun den Kammerherrn erblickte und ihn erkannte, saß er ab vor ihm; da fragte ihn der Kammerherr: ‚Was ist das für ein Jüngling? Und was ist sein Verbrechen?' Der Wachthauptmann erzählte ihm den Hergang; aber der Kammerherr, der freilich nicht wußte, daß jener der Sohn des Sultans war, sagte darauf: ‚Fürwahr, das Antlitz dieses Jünglings ist nicht das Antlitz eines Mörders.' Dann befahl er dem Hauptmann, ihm die Fesseln zu lösen; und als der das getan hatte, sprach er: ‚Führ ihn her zu mir!' Nun führte er ihn zu ihm; aber die Schönheit des Jünglings war geschwunden durch die Schrecken, die er durchgemacht hatte. Da sprach der Kammerherr zu ihm: ‚Tu mir deine Geschichte kund, Jüngling! Und sage mir, wie diese ermordete Frau zu dir kommt!' Als Ibrahîm den Kammerherrn anblickte, erkannte er ihn, und er sprach zu ihm: ‚Weh dir! Kennst du mich nicht? Bin ich nicht Ibrahîm, der Sohn deines Herrn? Vielleicht bist du gekommen, um mich zu suchen?' Der Kammerherr schaute ihn genau an, und als er ihn ganz sicher erkannte, fiel er ihm zu Füßen. Kaum hatte aber der Wachthauptmann gesehen, was der Kammerherr tat, so erblich seine Farbe, und der Kammerherr fuhr ihn an: ‚Weh dir, du Tyrann! Hast du den Sohn meines Gebieters el-Chasîb, des Herrn von Ägypten, töten wollen?' Da küßte der Hauptmann den Saum des Kammerherrn und er sprach zu ihm: ‚O mein Herr, wie konnte ich ihn kennen? Wir haben ihn doch nur in diesem Zustande gesehen und die tote Frau neben ihm gefunden.' Doch jener fuhr fort: ‚Weh dir, du taugst nicht für das Amt des Wachthauptmanns. Dies ist ein Knabe von fünfzehn Jahren, der noch kein Vöglein getötet hat; wie sollte der einen Menschen ermorden? Warum hast du dich nicht mit ihm geduldet und ihn gefragt, wie es um ihn stand?' Darauf riefen der Kammerherr und der Hauptmann: ‚Suchet nach dem Mörder der Frau!' Nun gingen die Leute von neuem in das Badhaus und entdeckten dort ihren Mörder; den ergriffen sie und schleppten ihn vor den Wachthauptmann. Jener nahm ihn und brachte ihn in den Palast des Kalifen und tat dem Herrscher kund, was geschehen war. Da befahl er-Raschîd, den Mörder der Frau hinzurichten; und zugleich gab er Befehl, den Sohn von el-Chasîb herbeizuführen. Als er dann vor ihm stand, lächelte der Herrscher ihm ins Antlitz und sprach zu ihm: ‚Erzähle mir deine Geschichte, alles, was dir widerfahren ist!' Da berichtete der Jüngling ihm seine Erlebnisse von Anfang bis zu Ende, und dadurch ward der Kalif gewaltig erregt; drum rief er Masrûr, den Träger des Schwertes, und sprach: ‚Geh sofort, dring in das Haus von Abu el-Kâsim es-Sandalâni und bring ihn und die Jungfrau zu mir!' Jener eilte alsbald dorthin, und als er in das Haus eindrang, sah er, wie die Jungfrau mit ihrem eigenen Haar gefesselt und dem Tode nahe war. Masrûr befreite sie und brachte sie und es-Sandalâni vor er-Raschîd. Wie der sie erblickte, staunte er ob ihrer Anmut; dann aber blickte er es-Sandalâni an und sprach: ‚Nehmt ihn und hackt ihm die Hände ab, mit denen er diese Maid geschlagen hat! Dann kreuzigt ihn und liefert all sein Hab und Gut an Ibrahîm aus!' Sie führten diesen Befehl aus;

doch während sie es taten, kam plötzlich Abu el-Laith zu ihnen, der Statthalter von Basra, der Vater der Herrin Dschamîla, um bei dem Kalifen Hilfe zu suchen gegen Ibrahîm, den Sohn von el-Chasîb, dem Herrn von Ägypten, und bei ihm Klage zu führen, daß er ihm seine Tochter geraubt habe. Da gab ihm er-Raschîd zur Antwort: ‚Sieh, er war die Ursache ihrer Befreiung von Qual und Tod!' Dann ließ er Ibn el-Chasîb kommen; und als der zugegen war, sprach er zu Abu el-Laith: ‚Willigst du nicht ein, daß dieser Jüngling, der Sohn des Sultans von Ägypten, der Gatte deiner Tochter werde?' ‚Ich höre und gehorche Allah und dir, o Beherrscher der Gläubigen!' erwiderte der Statthalter; und der Kalif ließ alsbald den Kadi und die Zeugen rufen. Dann vermählte er die Maid mit Ibrahîm ibn el-Chasîb, gab ihm allen Besitz von es-Sandalâni und rüstete ihn aus für die Rückkehr in seine Heimat. Dort lebte Ibrahîm mit seiner Gemahlin in größter Fröhlichkeit und schönster Seligkeit, bis Der zu ihnen kam, der die Freuden schweigen heißt und die Freundesbande zerreißt. Preis sei dem Lebendigen, der nimmer stirbt!'

Ferner wird erzählt, o glücklicher König,

DIE GESCHICHTE
VON ABU EL-HASAN AUS CHORASAN

Wisse, el-Mu'tadid-billâh[1] war ein hochgemuter und edelgesinnter Herrscher; er hatte in Baghdad sechshundert Wesire, und von dem, was unter dem Volke vorging, blieb ihm nichts verborgen. Eines Tages zog er nun mit Ibn Hamdûn aus, um sich bei den Untertanen umzuschauen und zu hören, was für Neuigkeiten es bei den Menschen gab; doch als der heiße Mittagswind ihnen zu drückend ward, wandten sie sich von

1. Der sechzehnte Abbasidenkalif; er regierte von 892 bis 902.

der Hauptstraße zu einer kleinen Seitengasse, und als sie in diese Gasse eingetreten waren, erblickten sie an ihrem oberen Ende ein schönes Haus, einen Bau, der sich hoch in die Lüfte schwang und gleichsam mit beredter Zunge das Lob seines Herrn sang. Die beiden setzten sich nun am Tore nieder, um sich auszuruhen; da kamen auch schon zwei Diener aus dem Hause, schön wie zwei Monde in der vierzehnten Nacht. Der eine von ihnen sprach zum andern: ‚Wenn doch nur heute ein Gast um Einlaß bitten wollte! Mein Herr will ja nur mit Gästen speisen; und jetzt haben wir schon lange gewartet, ohne daß ich einen gesehen hätte.' Über ihre Rede wunderte sich der Kalif, und er sagte: ‚Dies ist ein Zeichen von der Freigebigkeit des Hausherrn. Wir müssen doch sein Haus betreten und seine Großmut kennen lernen, und dies soll der Anlaß sein, daß ihm von uns eine Gnade zuteil wird.' So sprach er denn zu dem Eunuchen: ‚Bitte deinen Herrn um Einlaß für zwei fremde Gäste!' Zu jener Zeit pflegte nämlich der Kalif, wenn er bei den Untertanen Umschau hielt, sich in dem Gewande eines Kaufmanns zu verkleiden. Der Eunuch ging zu seinem Herrn hinein und brachte ihm die Meldung; und der freute sich, erhob sich und trat selbst zu ihnen hinaus. Er war schön von Angesicht, trefflich von Gestalt, und er trug ein Untergewand von Seide aus Nisabur und darüber einen goldgestickten Mantel; auch hatte er sich mit duftenden Essenzen gesalbt, und an seiner Hand befand sich ein Siegelring mit Rubinen. Als er die beiden erblickte, rief er: ‚Herzlich willkommen, ihr Herren, die ihr uns durch euer Nahen die allerhöchste Ehre erweist!' Als sie dann in jenes Haus eingetreten waren, erkannten sie, daß es den Menschen die Seinen und seine Heimat vergessen ließ; denn es glich einem Stück aus dem Paradies. – –«

Da bemerkte Schehrezâd, daß der Morgen begann, und sie hielt in der verstatteten Rede an. Doch als die *Neunhundertundsechzigste Nacht* anbrach, fuhr sie also fort: »Es ist mir berichtet worden, o glücklicher König, daß der Kalif und sein Begleiter, als sie in das Haus eingetreten waren, erkannten, daß es den Menschen die Seinen und seine Heimat vergessen ließ; denn es glich einem Stück aus dem Paradies. Im Hofe war ein Blumengarten, den auch vielerlei Bäume schmückten, die aller Augen entzückten, und die Wohnräume waren mit dem kostbarsten Hausrat ausgestattet. Man setzte sich, und nun saß el-Mu'tadid da und betrachtete das Haus und den Hausrat. Davon erzählte Ibn Hamdûn: ,Als ich den Kalifen anschaute, sah ich, daß seine Züge sich verändert hatten; und da ich in seinem Gesichte lesen konnte, ob er zufrieden oder mißvergnügt war, sagte ich mir, wie ich ihn so anblickte: ,Was mag ihm wohl fehlen, daß er zornig ist?' Darauf brachte man ein Becken aus Gold, und wir wuschen uns die Hände; dann breitete man ein seidenes Tuch aus und legte darauf eine Tischplatte aus Bambusrohr. Und als die Decken von den Schüsseln genommen waren, sahen wir darin Speisen, so kostbar wie die Blüten des Lenzes zur Zeit ihrer größten Seltenheit, einzeln und auch in Paaren aufgereiht. Da sagte der Hausherr: ,Im Namen Allahs[1], meine Herren! Bei Gott, der Hunger quält mich schon; also tut mir die Ehre an und esset von dieser Speise nach edler Männer Weise!' Darauf begann er, Hühner zu zerlegen und sie uns zu reichen; derweilen scherzte er und unterhielt uns mit Gedichten und erzählte Geschichten und allerlei lustige Märlein, wie sie sich für eine solche Gelegenheit geziemen.' Und weiter berichtete Ibn Hamdûn: ,Wir aßen und tranken und begaben uns dann in ein anderes Gemach, dessen Schön-

1. Mit diesen Worten beginnt man zu essen.

heit die Augen berückte und das von zarten Wohlgerüchen duftete. Darauf ließ er einen Tisch vor uns breiten mit frischen Früchten und köstlichen Süßigkeiten, so daß unsere Freude sich noch mehrte und alle Sorge sich von uns kehrte. Trotzdem aber schaute der Kalif immer noch finster darein, und er lächelte nicht ob der Dinge, die den Seelen Freude verleihn, wiewohl er sonst Lust und Heiterkeit zu lieben pflegte und alles, was die Sorgen bannte, und ich ihn auch nicht als einen grausamen Neidhart kannte. So sprach ich denn bei mir: ‚Warum macht er wohl ein so finsteres Gesicht, und warum weicht seine Verdrossenheit nicht?‘ Dann brachte man den Tisch mit dem Wein, der die Freunde verbindet zu trautem Verein; und man setzte den geklärten Trank in goldenen und kristallenen und silbernen Krügen vor uns hin. Nun schlug der Hausherr mit einem Rohrstabe an die Tür eines anderen Gemaches; und siehe, die Tür tat sich auf, und aus ihr traten drei hochbusige, jungfräuliche Mädchen zu uns herein, mit Angesichtern so schön, wie um die vierte Tagesstunde der Sonne Schein. Von jenen Mädchen war die eine eine Lautnerin, die andere eine Harfnerin und die dritte eine Tänzerin. Man brachte uns wiederum trockene und frische Früchte; und dann ward zwischen uns und den drei Mädchen ein Vorhang aus Brokat gezogen, dessen Quasten aus Seide und dessen Ringe aus Gold waren. Doch der Kalif beachtete all das nicht, und der Hausherr ahnte auch nicht, wer bei ihm war. Plötzlich fragte der Kalif den Hausherrn: ‚Bist du ein Nachkomme des Propheten?‘[1] ‚Nein, mein Gebieter,‘ antwortete jener, ‚ich bin nur einer von den Söhnen der Kaufleute, und ich bin unter dem Volke bekannt als Abu el-Hasan 'Alî, der Sohn Ahmeds aus Chorasan.‘ Weiter fragte der Kalif: ‚Kennst du mich, Mann?‘ Der andere er-

1. Etwa gleich: ‚Bist du adlig?‘

widerte: ‚Bei Allah, mein Gebieter, ich kenne keinen von euch Hochedlen!' Da sprach ich zu ihm: ‚O Mann, dies hier ist der Beherrscher der Gläubigen, el-Mu'tadid-billâh, der Enkel von el-Mutawakkil-'alallâh.'[1] Alsbald küßte der Mann den Boden vor dem Kalifen, zitternd in seiner Furcht, und er sprach: ‚O Beherrscher der Gläubigen, ich beschwöre dich bei deinen frommen Vorvätern, wenn du an mir irgendein Versäumnis oder einen Mangel an feiner Sitte vor deiner Majestät bemerkt hast, so vergib mir!' Der Kalif erwiderte: ‚Was du uns an ehrenvoller Bewirtung hast zuteil werden lassen, das kann nicht übertroffen werden. Wenn du mir nun über das, was ich hier an dir befremdlich finde, wahrhaftige Auskunft gibst und diese meinem Verstande einleuchtet, so sollst du nichts von mir zu fürchten haben; wenn du mir aber nicht die Wahrheit darüber sagst, so will ich dich auf Grund eines klaren Beweises ergreifen lassen und dich strafen wie noch nie jemanden zuvor.' Darauf sagte der Mann: ‚Allah verhüte, daß ich die Unwahrheit spräche! Was ist es, das du an mir befremdlich findest, o Beherrscher der Gläubigen?' Und der Kalif antwortete: ‚Seit ich dein Haus betreten und seine Schönheit, seine Geräte und Teppiche und all seinen Schmuck, ja auch deine Kleider angeschaut habe, finde ich überall den Namen meines Großvaters el-Mutawakkil-'alallâh!' ‚So ist es,' sagte der Kaufmann, ‚wisse, o Beherrscher der Gläubigen – Allah stärke dich! – die Wahrheit ist dein Gewand und die Wahrhaftigkeit dein Mantel, und niemand vermag in deiner Gegenwart anders als wahrhaftig zu reden.' Nun befahl der Kalif ihm, sich zu setzen; er tat es, und der Kalif sprach zu ihm: ‚Erzähle!' Da sagte der Kaufmann: ‚Wisse, o Beherrscher der Gläubigen – Allah stärke dich durch Seine Hilfe und bedecke dich mit Seinen Gnaden! – in Baghdad

[1]. Der zehnte Abbasidenkalif, der von 847 bis 861 regierte.

gab es keinen, der wohlhabender gewesen wäre als ich oder mein Vater. Nun leih mir Sinn und Gehör und Gesicht, damit ich dir den Grund dessen berichte, was du an mir befremdlich fandest.' Der Kalif wiederholte: ,Ezähle deine Geschichte!' Und nun hub jener an:

,Wisse, o Beherrscher der Gläubigen, mein Vater war Kaufherr in den Basaren der Geldwechsler und der Spezereienhändler und der Linnenverkäufer; er hatte in jedem dieser Basare einen Laden und einen Verwalter und Waren von vielerlei Art, und hinter dem Laden, der im Basare der Geldwechsler war, hatte er noch ein Gemach, in dem er allein sein konnte, während er den Laden nur für den Kauf und Verkauf bestimmt hatte. Größer als jede Zahl war, was er besaß, ja, es überstieg jedes Maß. Doch hatte er kein anderes Kind außer mir, und er liebte und hegte mich zärtlich. Als nun sein letztes Stündlein nahte, rief er mich zu sich und empfahl meine Mutter meiner Fürsorge und ermahnte mich zur Gottesfurcht. Und er starb – Allah habe ihn selig und erhalte den Beherrscher der Gläubigen! Ich aber gab mich den Freuden des Lebens hin und aß und trank und gesellte mich zu Freunden und Gefährten. Meine Mutter pflegte mir das zu verbieten und mich deshalb zu tadeln; aber ich hörte nicht auf ihre Worte, bis alles Geld vergeudet war. Dann verkaufte ich die Ländereien, so daß mir nichts mehr übrig blieb als das Haus, in dem ich wohnte; und es war ein schönes Haus, o Beherrscher der Gläubigen! Da sprach ich zu meiner Mutter: ,Ich will das Haus verkaufen.' Doch sie entgegnete: ,Mein Sohn, wenn du es verkaufst, so kommt Schmach über dich, und du kennst keine Stätte mehr, wo du dein Obdach findest.' Darauf sagte ich: ,Es ist fünftausend Dinare wert; ich will dann für tausend Dinare aus dem Erlös ein anderes Haus kaufen und mit dem übrigen Gelde Handel treiben.' Sie fragte mich: ‚Willst du mir dies Haus um diesen Preis verkaufen?' ‚Gern', erwiderte ich; und sie ging zu einer Truhe und holte aus ihr ein Porzellangefäß heraus, in dem sich fünftausend Dinare befanden; da schien es mir, als ob das ganze Haus eitel Gold sei. Sie aber sprach zu mir: ‚Mein Sohn, glaube nicht, daß dies Geld deines Vaters Gut ist! Bei Allah, mein Sohn, es ist von dem Gelde meines Vaters, und ich habe es aufgespart für die Zeit der Not. Zu deines Vaters Zeiten war ich so reich, daß ich dieses Geldes nicht bedurfte.' Ich nahm also das Geld von ihr hin, o Beherrscher der Gläubigen, und kehrte zu meinem früheren Leben zurück; ich schmauste und zechte und vergnügte mich mit Freunden, bis ich die fünftausend Dinare vertan hatte, ohne auf die Worte und auf die Ermahnungen meiner Mutter zu achten. Darauf sagte ich wieder zu ihr: ‚Ich will das Haus verkaufen.' Doch sie erwiderte: ‚Mein Sohn, ich habe dir schon einmal verboten, es zu verkaufen, da ich wußte, daß du seiner bedürfen würdest; wie kannst du es nun zum zweiten Male verkaufen wollen?' Ich sagte darauf zu ihr: ‚Halt mir keine langen Reden; ich muß es verkaufen!' Und sie fuhr fort: ‚Dann verkaufe es mir für fünfzehntausend Dinare unter der Bedingung, daß ich selbst deine Geschäfte beaufsichtige.' Und so verkaufte ich es ihr um jenen Preis und unter der Bedingung, daß sie selbst meine Geschäfte verwaltete. Sie ließ die Verwalter meines Vaters kommen und übergab einem jeden von ihnen tausend Dinare; doch sie behielt die Verfügung über alles Geld in ihrer Hand, Einnahmen und Ausgaben standen bei ihr, und mir gab sie einen Teil des Geldes, auf daß ich damit Handel triebe, indem sie zu mir sprach: ‚Setze dich in den Laden deines Vaters!' Ich tat also nach dem Geheiß meiner Mutter, o Beherrscher der Gläubigen, und begab mich in das Gemach im Basar der Wechsler; und meine Freunde kamen und kauften von mir, und ich verkaufte ihnen; so hatte ich guten Verdienst, und mein Geld mehrte sich. Wie aber meine Mutter mich so auf rechtem Wege sah, zeigte sie mir, was sie an Juwelen und Edelsteinen, Perlen und Gold aufgespeichert hatte. Dann kam ich wieder in den Besitz der Grundstücke, die ich vergeudet hatte, und mein Reichtum wurde wieder so groß wie zuvor. So lebte ich eine Weile dahin, während auch die Verwalter meines Vaters zu mir kamen und ich ihnen die Waren gab; ferner baute ich mir ein zweites Gemach hinter dem Laden. Als ich nun eines Tages nach meiner Gewohnheit dort saß, o Beherrscher der Gläubigen, da trat plötzlich eine Maid zu mir ein, so schön von Angesicht, wie meine Augen noch nie eine andere geschaut hatten. Die fragte: ,Ist dies das Gemach von Abu el-Hasan 'Alî ibn Ahmed aus Chorasan?' ,Jawohl', erwiderte ich ihr; und sie fragte weiter: ,Wo ist er?' ,Ich bin es', gab ich zur Antwort; doch mein Verstand war ganz von ihrer wunderbaren Schönheit berückt, o Beherrscher der Gläubigen. Dann setzte sie sich und sprach zu mir: ,Sage deinem Diener, er solle mir dreihundert Dinare abwägen!' Ich befahl ihm also, ihr jene Summe abzuwägen; und nachdem er es getan hatte, nahm sie das Geld und ging fort, während ich immer noch ganz verstörten Sinnes war. Da sagte mein Diener zu mir: ,Kennst du sie?' ,Nein, bei Allah', erwiderte ich; und er fragte weiter: ,Warum hast du mir denn gesagt, ich solle ihr das Geld abwägen?' Da rief ich: ,Bei Allah, ich wußte nicht, was ich sagte, so verwirrt war ich durch ihre Schönheit und Anmut.' Der Diener aber folgte ihr ohne mein Wissen und kehrte alsbald zurück mit Tränen im Auge und den Spuren eines Schlages in seinem Gesicht. Ich fragte ihn: ,Was fehlt dir?' und er antwortete: ,Ich bin der Dame gefolgt, um zu sehen, wohin sie ging; als sie mich aber bemerkte, kehrte sie sich um und versetzte mir diesen Streich, ja, es fehlte nur wenig daran, daß sie mir mein Auge ausschlug und ihm den Garaus machte.' Dann verstrich ein Monat, ohne daß ich sie wiedersah; sie kam nicht zurück, während mein Sinn immerdar von der Liebe zu ihr berückt war, o Beherrscher der Gläubigen. Am Ende des Monats aber erschien sie plötzlich wieder und grüßte mich; ach, da war mir, als müßte ich vor Freuden auffliegen. Sie fragte mich, wie es mir ergehe, und fuhr dann fort: ‚Vielleicht hast du schon bei dir selber gesprochen: Was ist es mit dieser Betrügerin? Wie konnte sie mein Geld nehmen und von dannen gehen?' Doch ich rief: ‚Bei Allah, meine Gebieterin, mein Geld und mein Leben sind dein Eigentum!' Da entschleierte sie ihr Antlitz und setzte sich nieder, um sich auszuruhen, während Schmuck und Geschmeide um ihr Gesicht und ihren Busen spielten. Nun sagte sie zu mir:‚ Wäge mir dreihundert Dinare ab!' ‚Ich höre und gehorche!' erwiderte ich; und nachdem ich ihr die Goldstücke abgewägt hatte, nahm sie das Geld und ging fort. Zum Diener sprach ich: ‚Folge ihr!' und er ging ihr nach; doch bald kehrte er verstört zurück, und wiederum verging eine Weile, ohne daß sie kam. Doch eines Tages, als ich dasaß, trat sie wieder zu mir ein und plauderte eine Weile; dann sprach sie zu mir: ‚Wäge mir fünfhundert Dinare ab; denn ich habe sie nötig.' Schon wollte ich zu ihr sagen: ‚Weshalb sollte ich dir mein Geld geben?', aber meine übergroße Liebe hinderte mich am Reden; denn jedesmal, wenn ich sie anschaute, o Beherrscher der Gläubigen, zitterten meine Glieder und erblich meine Farbe, und ich vergaß, was ich sagen wollte. Ja, ich war, wie der Dichter sagt:

> *Es ist nur dies: wenn ich sie plötzlich vor mir sehe,*
> *Bin ich verwirrt, so daß mir fast die Sprache fehlt.*

Nachdem ich ihr also die fünfhundert Dinare abgewägt hatte, nahm sie das Geld und ging von dannen. Diesmal aber stand ich selber auf und folgte ihr, bis sie in den Basar der Juweliere gelangte; dort blieb sie bei einem Manne stehen und kaufte von ihm ein Halsband. Als sie sich dann umwandte und mich erblickte, sprach sie: ‚Wäge ihm für mich fünfhundert Dinare ab!‘ Und als der Verkäufer des Halsbandes mich erblickte, erhob er sich vor mir und bezeigte mir seine Ehrfurcht. Ich aber sprach zu ihm: ‚Gib ihr das Halsband; ich will dir den Preis dafür schulden!‘ ‚Ich höre und gehorche!‘ erwiderte er, und sie nahm das Halsband und ging ihrer Wege.‘ – –«

Da bemerkte Schehrezâd, daß der Morgen begann, und sie hielt in der verstatteten Rede an. Doch als die *Neunhundertundeinundsechzigste Nacht* anbrach, fuhr sie also fort: »Es ist mir berichtet worden, o glücklicher König, daß Abu el-Hasan aus Chorasan des weiteren erzählte: ‚Ich aber sprach zu ihm: ‚Gib ihr das Halsband; ich will dir den Preis dafür schulden!‘ Und sie nahm das Halsband und ging ihrer Wege. Doch ich folgte ihr, bis sie zum Tigris kam und ein Boot bestieg; da machte ich mit der Hand ein Zeichen nach der Erde hin, als wollte ich den Boden vor ihr küssen. Sie fuhr lächelnd davon, während ich stehen blieb und ihr nachschaute, bis sie in einen Palast hineinging; ich sah genauer hin, und siehe da, es war der Palast des Kalifen el-Mutawakkil. Als ich dann heimkehrte, o Beherrscher der Gläubigen, da trug ich allen Schmerz der Welt in meinem Herzen; denn sie hatte mir dreitausend Dinare abgenommen, und ich sagte mir: ‚Sie hat mir schon mein Geld genommen und meinen Verstand geraubt; vielleicht werde ich aus Liebe zu ihr auch noch das Leben verlieren.‘ Ich kehrte also nach Hause zurück und erzählte meiner Mutter alles was ich erlebt hatte; da sprach sie zu mir: ‚Mein Sohn, hüte dich, ihr hinfort noch einmal in den Weg zu kommen; sonst bist du des Todes!' Und als ich darauf in meinen Laden gegangen war, kam zu mir mein Verwalter im Basare der Spezereienhändler, ein hochbetagter Mann; der sprach zu mir: ‚Mein Gebieter, warum muß ich sehen, daß du so verändert bist und die Zeichen des Kummers trägst? Sage mir, wie es um dich steht!' So erzählte ich ihm denn alles, was mir mit ihr begegnet war; und er sprach zu mir: ‚Mein Sohn, sie ist wohl eine der Sklavinnen aus dem Palaste des Beherrschers der Gläubigen und vielleicht gar die Favoritin des Kalifen; also rechne das Geld, als hättest du es um Allahs des Erhabenen willen ausgegeben, und denke nicht mehr an sie! Wenn sie noch einmal zu dir kommt, so verhüte, daß sie sich dir wieder zeigt, und tu es mir kund, damit ich dir etwas ersinne, daß du nicht ins Verderben gerätst!' Danach verließ er mich und ging fort, während in meinem Herzen eine Feuerflamme lohte. Doch am Ende des Monats, siehe, da trat sie wieder zu mir ein, und ich freute mich ihrer über die Maßen. Sie fragte mich: ‚Was bewog dich, mir zu folgen?' Und ich erwiderte ihr: ‚Mich bewog dazu die übermächtige Liebe, die ich im Herzen trage.' Dann brach ich vor ihr in Tränen aus; und sie weinte aus Mitleid mit mir und sprach: ‚Bei Allah, wenn dein Herz von Sehnsucht erfüllt ist, so ist es das meine noch viel mehr! Doch was soll ich tun? Bei Gott, es bleibt mir kein anderer Weg übrig, als daß ich dich in jedem Monat einmal sehe.' Darauf reichte sie mir ein Blatt mit den Worten: ‚Nimm dies zu dem und dem dort und dort; der ist mein Verwalter. Und laß dir von ihm das geben, was darauf geschrieben steht!' Doch ich erwiderte: ‚Ich brauche kein Geld; mein Geld und mein Leben gebe ich für dich dahin.' Dann fuhr sie fort: ‚Ich will dir einen Plan ersinnen, durch den du zu mir gelangen kannst, sollte er mir auch viel Mühe bereiten.' Und sie nahm Abschied von mir und ging fort; ich aber begab mich zu dem alten Spezereienhändler und erzählte ihm, was geschehen war. Er ging mit mir zum Palaste el-Mutawakkils, und den erkannte ich als jenen, in dem die Maid verschwunden war. Der alte Händler war zuerst ratlos, was er tun sollte, aber dann sah er einen Schneider, der gegenüber dem Fenster, das zum Flußufer führte, mit seinen Gesellen arbeitete, und nun sprach er: ‚Durch diesen wirst du dein Ziel erreichen; doch erst zerreiß deine Tasche, und dann geh zu ihm und sage ihm, er solle sie dir nähen. Wenn er das getan hat, so gib ihm zehn Dinare!' ‚Ich höre und gehorche!' erwiderte ich; und ich begab mich zu jenem Schneider, indem ich zwei Stücke griechischen Brokats mit mir nahm. Dann sprach ich zu ihm: ‚Mache mir aus diesen beiden vier Gewänder, zwei mit langen Ärmeln und zwei ohne sie!' Als er sie fertig geschnitten und genäht hatte, gab ich ihm zum Lohn viel mehr, als sonst üblich war. Er wollte mir jene Kleider mit der Hand reichen; aber ich sprach zu ihm: ‚Behalt sie für dich und für die Deinen!' Dann setzte ich mich zu ihm und blieb lange bei ihm sitzen, und ich bestellte bei ihm noch andere Gewänder, indem ich sprach: ‚Hänge sie vor deinem Laden auf, damit die Leute sie sehen und kaufen!' Er tat es, und wenn nun irgend jemand aus dem Palaste des Kalifen kam und an einem der Kleider Gefallen fand, so gab ich es ihm, sogar auch dem Pförtner. Eines Tages aber sagte der Schneider zu mir: ‚Mein Sohn, ich möchte, daß du mir die Wahrheit über dich erzählst; denn du hast bei mir schon hundert kostbare Gewänder machen lassen, von denen ein jedes viel Geldes wert ist, und die meisten davon hast du an die Leute verschenkt. Das ist nicht Kaufmannsart; denn ein Kaufmann rechnet mit jedem Dirhem. Wie groß muß dein Besitz sein, daß du solche

Gaben verteilen kannst! Und wie hoch muß dein Verdienst in jedem Jahre sein! Sage mir die Wahrheit, auf daß ich dir zu deinem Ziele verhelfen kann!' Und er fügte hinzu: ‚Ich beschwöre dich bei Allah, sage mir, bist du nicht von Liebe erfüllt?' ‚So ist es', erwiderte ich; und er fragte weiter: ‚Zu wem?' Ich antwortete: ‚Zu einer von den Sklavinnen aus dem Palaste des Kalifen.' Da rief er: ‚Allah bringe Schande über sie! Wie lange wollen sie die Leute noch betören?' Dann fragte er mich: ‚Kennst du ihren Namen?' ‚Nein', gab ich zur Antwort; und er bat mich: ‚Schildere sie mir!' Nachdem ich sie ihm geschildert hatte, sprach er: ‚Wehe! Das ist die Lautnerin des Kalifen el-Mutawakkil und seine Favoritin. Aber sie hat einen Mamluken, mit dem schließ Freundschaft; vielleicht wird er die Ursache werden, daß du zu ihr gelangst.' Während wir so miteinander sprachen, kam plötzlich jener Mamluk aus dem Tor des Kalifen, schön wie der Mond in der vierzehnten Nacht. Vor mir lagen die Gewänder, die der Schneider mir angefertigt hatte, und die waren aus Brokat von allen Farben. Als jener sie sah und betrachtet hatte, trat er auf mich zu; und ich erhob mich vor ihm und grüßte ihn. Er fragte mich: ‚Wer bist du?' Da antwortete ich: ‚Einer von den Kaufleuten.' ‚Willst du diese Kleider verkaufen?' fragte er weiter; und ich erwiderte: ‚Jawohl.' Dann wählte er fünf von ihnen aus und fragte: ‚Wieviel kosten diese fünf?' Doch ich sagte: ‚Sie sind ein Geschenk von mir für dich, auf daß Freundschaft uns verbinde.' Darüber freute er sich; und nun eilte ich nach Hause und holte ein Gewand, das mit Juwelen und Rubinen besetzt und dreitausend Dinare wert war. Ich bot es ihm dar, und er nahm es von mir an. Dann führte er mich in ein Gemach drinnen im Palaste und fragte mich: ‚Wie heißest du unter den Kaufleuten?' ‚Ich bin einer von ihnen', erwiderte ich; und er fuhr fort: ‚Ich habe einen Verdacht gegen dich.' Da fragte ich: ‚Warum denn?' Er gab zur Antwort: ‚Weil du mir ein großes Geschenk gemacht und dadurch mein Herz gewonnen hast; jetzt bin ich überzeugt, daß du Abu el-Hasan aus Chorasan bist, der Geldwechsler.' Als ich nun zu weinen begann, o Beherrscher der Gläubigen, fragte er: ‚Weshalb weinst du? Bei Allah, sie, um die du weinst, ist noch von viel größerer und heißerer Sehnsucht nach dir erfüllt als du nach ihr. Und allen Mädchen im Schloß ist bekannt, wie es zwischen dir und ihr steht.' Alsdann fragte er mich: ‚Was wünschest du?' Ich erwiderte: ‚Ich wünsche, daß du mir in meiner Not zu Hilfe kommst.' Da bestellte er mich auf den folgenden Tag, und ich begab mich nach Hause. Am nächsten Morgen eilte ich zu ihm, und nachdem ich sein Gemach betreten hatte, kam auch er und sprach zu mir: ‚Wisse, als sie gestern ihren Dienst beim Kalifen beendet hatte und wieder in ihr Gemach eingetreten war, erzählte ich ihr alles von dir; und sie ist nun entschlossen, mit dir zusammenzutreffen. Bleib also bei mir, bis der Tag zur Rüste geht!' So blieb ich denn dort, und als die Dunkelheit anbrach, kam der Mamluk mit einem Untergewand aus golddurchwirktem Stoffe und einem der Prachtgewänder des Kalifen; er legte mir die beiden an und beräucherte mich mit Wohlgerüchen, so daß ich dem Kalifen gleich ward. Darauf geleitete er mich in eine Halle mit je einer Reihe von Gemächern auf beiden Seiten und sprach zu mir: ‚Dies sind die Gemächer der Lieblingssklavinnen; wenn du an ihnen vorbeigehst, so lege vor jede Tür eine Bohne; denn es ist die Sitte des Kalifen, allnächtlich so zu tun.' – –«

Da bemerkte Schehrezâd, daß der Morgen begann, und sie hielt in der verstatteten Rede an. Doch als die *Neunhundertundzweiundsechzigste Nacht* anbrach, fuhr sie also fort: »Es ist mir berichtet worden, o glücklicher König, daß Abu el-Hasan des weiteren erzählte: ‚Der Mamluk sprach zu mir: ‚Wenn du an ihnen vorbeigehst, so lege vor jede Tür eine Bohne; denn es ist die Sitte des Kalifen, so zu tun! Wenn du dann zum zweiten Gange rechter Hand gelangst, so wirst du ein Gemach sehen, dessen Türschwelle aus Marmor ist. Die berühre mit der Hand, sobald du dort angekommen bist; oder wenn du willst, so zähle die Türen, deren soundso viele sind, und tritt in die Tür ein, die soundso aussieht: deine Freundin wird dich sehen und dich zu sich einlassen! Deinen Ausgang aber wird Allah mir leicht machen, wenn ich dich auch in einer Kiste hinausschaffen müßte!' Dann verließ er mich und kehrte zurück, während ich weiterging und die Türen zählte und vor jede Türe eine Bohne legte. Als ich aber die Mitte der Halle erreicht hatte, hörte ich plötzlich ein lautes Geräusch und sah das Licht von Kerzen, und dies Licht kam auf mich zu, bis es ganz in meiner Nähe war. Ich blickte verstohlen hin und erkannte, daß es der Kalif war, umgeben von den Sklavinnen, die jene Kerzen trugen. Auch hörte ich, wie eine von ihnen zu einer anderen sagte: ‚Schwester, haben wir heute zwei Kalifen? Der Kalif ist schon an meinem Gemach vorbeigegangen, und ich habe auch den Duft seiner Spezereien und Wohlgerüche gespürt, ja, er hat auch wie immer die Bohne vor mein Zimmer gelegt. Und soeben sah ich das Licht der Kerzen des Kalifen, und er kam selbst mit ihnen daher.' Und die andere sagte: ‚Das ist wirklich sonderbar. Es wird doch niemand sich gegen den Kalifen herausnehmen, seine Gewänder anzulegen!' Als aber das Licht noch näher kam, zitterten mir die Glieder. Plötzlich jedoch rief ein Eunuch den Frauen zu: ‚Hierher!' Da wandten sie sich zu einem der Gemächer und traten dort ein; und nachdem sie wieder herausgekommen waren, gingen sie weiter, bis sie das Gemach meiner Freundin erreichten. Nun hörte ich, wie der Kalif sagte: ‚Wessen Gemach ist dies?' ‚Es ist das Gemach von Schadscharat ed-Durr', ward ihm gesagt; und er gebot: ‚Ruft sie!' Als man sie gerufen hatte, kam sie heraus und küßte die Füße des Kalifen. Er fragte sie: ‚Willst du heute abend trinken?' Und sie gab ihm zur Antwort: ‚Wäre es nicht um deiner Gegenwart willen und um dein Antlitz zu schauen, so würde ich nicht trinken; denn heute abend gelüstet es mich nicht nach dem Weine.' Da sprach der Kalif zum Eunuchen: ‚Sage dem Schatzmeister, er solle ihr dasunddas Halsband geben!' Dann befahl er, in ihr Gemach[1] einzutreten, und die Wachskerzen wurden ihm vorangetragen, während er ihnen dorthin folgte. Nun aber kam plötzlich eine Maid, die ihnen vorausgeeilt war und deren Antlitz das Licht der Kerze in ihrer Hand überstrahlte, und trat auf mich zu und sprach: ‚Wer ist denn das?' Dann ergriff sie mich und zog mich in eines der Zimmer; dort fragte sie mich: ‚Wer bist du?' Ich küßte den Boden vor ihr und rief: ‚Ich beschwöre dich bei Allah, meine Gebieterin, schone mein Blut, habe Erbarmen mit mir und verdiene dir Gottes Lohn, indem du mein Leben rettest!' In meiner Todesangst weinte ich; doch sie sprach: ‚Du bist sicherlich ein Dieb!' ‚Nein, bei Allah, ich bin kein Dieb,' erwiderte ich, ‚sehe ich dir etwa wie ein Dieb aus?' Da sagte sie: ‚Tu mir die Wahrheit über dich kund, so will ich dich in Sicherheit bringen!' Und ich gestand: ‚Ich bin ein törichter, einfältiger Liebender, den die Leidenschaft und sein Unverstand zu solchem Tun getrieben haben, wie du es jetzt an ihm siehst; so bin ich in diesen Abgrund der Gefahr geraten.' ‚Dann sprach sie: ‚Bleib hier, bis ich zu dir zurückkomme!' Darauf

---

[1]. So im arabischen Text; es muß jedoch ein anderes Gemach gemeint sein.

eilte sie fort und kehrte mit den Kleidern einer ihrer Dienerinnen zurück; die legte sie mir in jenem Raume an, und nun befahl sie: ‚Folge mir!' Ich ging also hinter ihr her, bis sie ihr eigenes Gemach erreichte und zu mir sprach: ‚Tritt hier ein!' Als ich in ihr Gemach hineingegangen war, führte sie mich zu einem Lager, über das ein prächtiger Teppich gebreitet war, und sprach: ‚Setze dich; dir soll kein Leid widerfahren! Bist du nicht Abu el-Hasan aus Chorasan, der Wechsler?' ‚Der bin ich', erwiderte ich; und sie fuhr fort: ‚Allah hat dein Blut verschont, wenn du die Wahrheit sprichst und kein Dieb bist; sonst wärest du des Todes, zumal du als Kalif auftrittst, seine Kleider trägst und mit seinen Wohlgerüchen beräuchert bist. Wenn du aber wirklich der Wechsler Abu el-Hasan' Alî aus Chorasan bist, so bist du in Sicherheit, und dir soll kein Leid geschehen; denn dann bist du der Freund von Schadscharat ed-Durr, die meine Schwester ist. Sie hört nie auf, deinen Namen zu nennen und uns zu erzählen, wie sie das Geld von dir entnahm, ohne daß du ungehalten wurdest, und wie du ihr bis zum Ufer des Stromes folgtest und ehrerbietig mit der Hand auf den Boden wiesest; und in ihrem Herzen brennt für dich ein noch heißeres Feuer als in deinem für sie. Aber wie bist du hierher gekommen? Geschah es auf ihren Befehl oder ohne ihre Weisung? Du hast wahrlich dein Leben gefährdet, und was erwartest du von dem Zusammensein mit ihr?' ‚Bei Allah, meine Gebieterin,' erwiderte ich, ich habe mein Leben aufs Spiel gesetzt, und ich wünsche von dem Zusammensein mit ihr nur, daß ich ihr Antlitz schaue und ihre Stimme höre.' Da rief sie: ‚Das ist recht von dir.' Und ich fuhr fort: ‚Meine Gebieterin, Allah ist mein Zeuge für das, was ich sage: meine Seele hat mich noch nie zu einem Vergehen wider ihre Ehre verleiten wollen.' Sie sagte darauf: ‚Wegen dieser Absicht hat Allah dich geschützt und ist mein Herz von Mitleid mit dir ergriffen worden.' Dann rief sie ihrer Dienerin zu: ‚Du da, geh zu Schadscharat ed-Durr und melde ihr: ‚Deine Schwester läßt dich grüßen und bittet dich, du wollest heute abend zu ihr kommen, wie du es zu tun pflegst; denn ihr ist die Brust beklommen.' Die Dienerin begab sich zu ihr, und als sie zurückkehrte, berichtete sie ihrer Herrin: ‚Deine Schwester läßt dir sagen: ‚Allah erhalte dich mir lange und gebe, daß ich mein Leben für dich opfern möge! Bei Gott, hättest du mich zu einer anderen Zeit gerufen, so würde ich nicht fern bleiben; aber nun zwingen mich die Kopfschmerzen des Kalifen dazu, und du weißt ja, in welch hohem Ansehen ich bei ihm stehe.' Da sagte die Maid zu ihrer Dienerin: ‚Geh doch noch einmal zu ihr und sprich zu ihr: ‚Du mußt wegen eines Geheimnisses zwischen dir und meiner Herrin zu ihr kommen.' So ging denn die Dienerin zum zweiten Male zu ihr, und nach einer Weile kam sie mit der Herrin zurück, deren Angesicht leuchtete wie der volle Mond. Ihre Schwester eilte ihr entgegen und umarmte sie; dann sprach sie: ‚Abu el-Hasan, komm heraus zu ihr und küsse ihr die Hände!' Denn ich war in einer Kammer hinter dem Gemach; doch nun trat ich hervor zu ihr, o Beherrscher der Gläubigen, und als sie mich erblickte, warf sie sich auf mich, drückte mich an ihre Brust und sprach zu mir: ‚Wie kommt es, daß du die Gewänder des Kalifen und seinen Schmuck und seine Düfte an dir trägst?' Dann fuhr sie fort: ‚Erzähle mir, wie es dir ergangen ist!' So erzählte ich ihr denn, wie es mir ergangen war, und was ich an Furcht und anderem durchgemacht hatte. Sie sagte darauf: ‚Was du um meinetwillen erlitten hast, betrübt mich schwer; doch Preis sei Gott, der alles zum guten Ende geführt hat! Denn jetzt bist du ganz sicher, da du in meine und meiner Schwester Wohnung eingetreten bist.' Dann führte sie mich in ihr eigenes Gemach, indem sie zu ihrer Schwester sprach: ‚Ich habe mit ihm einen Bund geschlossen, daß ich nur in allen Ehren mit ihm zusammensein will; und wie er sein Leben aufs Spiel gesetzt und diese Schrecken ertragen hat, so will ich die Erde sein unter dem Schritt seiner Füße und der Staub für seine Sandalen.' – –«

Da bemerkte Schehrezâd, daß der Morgen begann, und sie hielt in der verstatteten Rede an. Doch als die *Neunhundertunddreiundsechzigste Nacht* anbrach, fuhr sie also fort: »Es ist mir berichtet worden, o glücklicher König, daß Abu el-Hasan des weiteren erzählte: ‚Die Herrin sprach zu ihrer Schwester: ‚Ich habe einen Bund mit ihm geschlossen, daß ich nur in allen Ehren mit ihm zusammen sein will; und wie er sein Leben aufs Spiel gesetzt und diese Schrecken ertragen hat, so will ich die Erde sein unter dem Schritt seiner Füße und der Staub für seine Sandalen.' Darauf erwiderte ihr die Schwester: ‚Durch diese Absicht errette ihn Allah der Erhabene!' Dann fuhr meine Freundin fort: ‚Bald sollst du sehen, was ich tun werde, auf daß ich mich mit ihm in Ehren vereinige; ja, ich muß mein Herzblut hingeben, damit ich dies erreiche.' Doch während wir noch sprachen, vernahmen wir ein lautes Geräusch, und als wir uns umwandten, erblickten wir den Kalifen, der sich wieder zu ihrem Gemach begeben wollte, da er so sehr von Liebe zu ihr erfüllt war. Da nahm sie mich, o Beherrscher der Gläubigen, und verbarg mich in einem unterirdischen Raum und verschloß die Falltür über mir. Dann eilte sie dem Kalifen entgegen und hieß ihn willkommen; er aber setzte sich, während sie vor ihm stand und ihn bediente; darauf befahl er, Wein zu bringen. Nun liebte der Kalif eine Maid, die el-Bandscha hieß, die Mutter von el-Mu'tazz-billâh[1]; aber sie

---

1. Der dreizehnte Abbasidenkalif; er regierte von 866 bis 869.

hatten sich voneinander abgewandt. Im Stolz ihrer Schönheit und Lieblichkeit wollte sie ihm nicht die Hand zum Frieden reichen; noch auch wollte el-Mutawakkil ihr Versöhnung anbieten und sich vor ihr demütigen, und zwar um der Würde des Kalifats und der Herrschaft willen, wiewohl sein Herz von Leidenschaft zu ihr entflammt war. So suchte er denn seinen Sinn von ihr abzulenken, indem er sich ihresgleichen unter den Odalisken zuwandte und sie in ihren Gemächern besuchte. Er liebte auch den Gesang von Schadscharat ed-Durr; deshalb befahl er ihr zu singen. Da nahm sie die Laute, stimmte die Saiten zum rechten Klingen und hub an diese Verse zu singen:

> *Staunend sah ich, wie das Schicksal mich von dir zu trennen suchte;*
> *Doch als unser Glück geendet, sah ich auch das Schicksal ruhn.*
> *Ach, ich mied dich, bis man sagte: Liebe ist ihm fremd geworden;*
> *Und ich suchte dich, bis daß es hieß: Geduld versagt ihm nun.*
> *Liebe, quäle mich allnächtlich immer noch mit neuer Pein!*
> *Aber du, o Trost der Tage, stell am Jüngsten Tag dich ein! –*
> *Ihre Haut ist wie von Seide, ihre Stimme zart von Klang,*
> *Und sie plaudert nicht zu wenig, doch sie schwätzt auch nicht zu lang.*
> *Von den Augen sagte Allah: Werdet! – und da wurden sie.*
> *Und sie schaun ins Herz, als ob der Wein die Rauschkraft ihnen lieh.*

Als der Kalif ihr Lied vernahm, war er aufs höchste entzückt und auch ich, o Beherrscher der Gläubigen, ward in dem unterirdischen Verlies so entzückt, daß ich laut aufgeschrieen hätte, wenn nicht die gütige Vorsehung Allahs des Erhabenen gewesen wäre – und dann wären wir entdeckt worden. Darauf sang sie auch diese Verse:

> *Ich umarm ihn – doch die Seele ist noch voller Sehnsuchtspein;*
> *Dennoch, kann man sich denn näher als in der Umarmung sein?*
> *Und ich küsse seine Lippen, daß die heiße Glut vergeh;*
> *Doch es brennt in meinem Innern stärker noch das Liebesweh.*
> *Ach, es ist, als ob der Durst im Herzen Heilung nie gewinnt,*
> *Bis du siehst, daß beide Seelen ganz in eins verschmolzen sind.*

Auch davon war der Kalif entzückt, und er sprach: ‚Erbitte dir eine Gnade von mir, Schadscharat ed-Durr!' Sie erwiderte: ‚Ich erbitte als Gnade von dir meine Freilassung, o Beherrscher der Gläubigen, auf daß du dir den Lohn des Himmels verdienst!' Da sagte er: ‚Du bist frei um Allahs des Erhabenen willen'; und sie küßte den Boden vor ihm. Dann fuhr er fort: ‚Nimm die Laute zur Hand und sing uns etwas von meiner Sklavin, der mein Herz in Liebe zugetan ist und deren Wohlgefallen ich suche wie das Volk das meine.' So griff sie denn zur Laute und sang diese Verse:

> *O schöne Herrin, die du meine Andacht raubtest,*
> *Du mußt die Meine werden, sei es, wie es sei:*
> *Sei's, daß die Demut spricht, wie sie die Liebe zieret,*
> *Sei's durch Gewalt – die steht dem Herrscherthrone frei.*

Der Kalif ward von neuem entzückt, und nun sprach er: ‚Nimm deine Laute noch einmal zur Hand und sing ein Lied, das da schildert, wie es mir mit drei Mädchen ergeht, die meine Zügel in den Händen tragen und meinen Schlaf verjagen; es sind aber du und jene eigensinnige Odaliske und eine andere, die ich nicht nennen will und die nicht ihresgleichen hat!' Da nahm sie die Laute und ließ die Saiten erklingen und hub an, diese Verse zu singen:

> *Sie drei, die zarten Mägdlein, halten meine Zügel*
> *Und thronen mir im Herzen als die höchste Zier.*
> *Ich schulde niemand in der ganzen Welt Gehorsam;*
> *Und doch gehorch ich ihnen, und sie trotzen mir.*
> *Das ist allein der Liebe allgewalt'ge Macht:*
> *So ward ich um der Herrschaft höchstes Gut gebracht.*

Da ward der Kalif von größter Verwunderung ergriffen über diese Verse, die seine Lage so trefflich schilderten, und die große Freude machte ihn geneigt, sich mit der eigensinnigen Odaliske wieder zu versöhnen. Darauf ging er hinaus und begab sich zu ihrem Gemach; aber eine Dienerin eilte vorauf und meldete ihr das Nahen des Kalifen. So kam ihm denn die Odaliske entgegen und küßte den Boden vor ihm; dann küßte sie seine Füße, und er versöhnte sich mit ihr, wie sie mit ihm sich ausgesöhnt hatte.

Wenden wir uns nun von dem Kalifen wieder zu Schadscharat ed-Durr! Die kam erfreut zu mir und sprach: ‚Ich bin frei geworden durch dein gesegnetes Kommen. Nun möge Allah mir helfen, daß ich einen Plan ersinne, durch den ich in Ehren mit dir vereint werden kann!' Da rief ich: ‚Allah sei gepriesen!' Doch während wir noch miteinander sprachen, kam ihr Eunuch zu uns herein, und wir erzählten ihm, was bei uns geschehen war. Er sprach: ‚Preis sei Allah, der bislang alles zu gutem Ende geführt hat, und wir wollen den Allmächtigen bitten, daß Er nun das Ganze vollende, indem du wohlbehalten fortgehen kannst!' Und als wir in diesem Gespräch waren, kam auch jene andere Sklavin, ihre Schwester, die den Namen Fâtir trug. Zu der sprach Schadscharat ed-Durr: ‚Schwester, wie sollen wir es beginnen, daß wir ihn wohlbehalten aus dem Palast schaffen? Siehe, Allah der Erhabene hat mir gnädigst die Freilassung gewährt, und ich bin nun eine Freie geworden durch den Segen seines Kommens.' Fâtir antwortete ihr: ‚Ich habe kein anderes Mittel, um ihn hinauszubringen, als daß ich ihm Frauenkleider anlege.' Darauf holte sie Frauengewänder und kleidete mich darein; und alsbald ging ich hinaus, o Beherrscher der Gläubigen; doch als ich bis zur Mitte des Palastes gekommen war, saß dort der Beherrscher der Gläubigen, und die Diener standen vor ihm. Wie er mich erblickte, betrachtete er mich mit dem größten Befremden, und er rief seinen Dienern zu: ‚Eilt hin und bringt mir die Sklavin, die dort vorbeischleicht!' Nachdem sie mich vor ihn geführt hatten, hoben sie meinen Schleier auf; und sobald er mein Gesicht sah, erkannte er mich und stellte mich zur Rede. Ich tat ihm alles kund und verbarg nichts vor ihm. Und als er meine Geschichte vernommen hatte, sann er darüber nach; dann aber sprang er plötzlich auf, begab sich in das Gemach von Schadscharat ed-Durr und fragte sie: ‚Wie kannst du mir einen von den Söhnen der Kaufleute vorziehen?' Da küßte sie den Boden vor ihm und erzählte ihm ihre ganze Geschichte von Anfang bis zu Ende der Wahrheit gemäß; und als er ihre Worte vernommen hatte, hatte er Mitleid mit ihr, und sein Herz erbarmte sich ihrer, so daß er ihr um der Liebe und ihrer Nöte willen verzieh; dann ging er fort. Darauf trat ihr Eunuch zu ihr herein und sprach zu ihr: ‚Sei guten Mutes; als dein Freund vor dem Kalifen stand, hat der ihn gefragt, und er hat ihm Wort für Wort die gleiche Geschichte erzählt wie du.' Nun kehrte der Kalif zurück und ließ mich wieder vor sich kommen und fragte mich: ‚Was trieb dich dazu, dich in den Palast des Kalifats zu wagen?' ‚O Beherrscher der Gläubigen,' erwiderte ich, ‚mich trieben dazu meine Liebestorheit und das Vertrauen auf deine Verzeihung und deine Großmut.' Dann brach ich in Tränen aus und küßte den Boden vor ihm; er aber sprach: ‚Ich habe euch beiden verziehen', und befahl mir, mich zu setzen. Nachdem ich mich niedergesetzt hatte, berief er den Kadi Ahmed ibn Abi Duwâd, und der vermählte mich mit ihr. Nun befahl er, alles, was ihr gehörte, solle in mein Haus geschafft werden. Sie ward in ihrem Gemach mir als Braut zugeführt, und drei Tage danach ging ich fort und ließ all jenes Gut in mein Haus bringen. Was du, o Beherrscher der Gläubigen, hier in meinem Hause siehst, und was dich befremdete, das ist alles insgesamt von ihrer Ausstattung. Doch eines Tages sprach sie zu mir: ‚Wisse, el-Mutawakkil ist ein hochherziger Mann; aber ich fürchte, er wird vielleicht einmal nicht gern an uns zurückdenken, oder einer von den Neidern wird ihn an uns erinnern. Darum will ich etwas tun, was uns davor sichern soll.' ‚Was ist denn das?' fragte ich; und sie antwortete: ‚Ich will ihn um Erlaubnis bitten, daß ich die Pilgerfahrt mache und reumütig von dem Singen ablasse.' Darauf sagte ich: ‚Der Plan, den du gefaßt hast, ist vortrefflich.' Doch während wir noch miteinander redeten, kam plötzlich ein Bote des Kalifen zu mir, um sie zu holen; denn el-Mutawakkil liebte ihren Gesang. So ging sie denn hin und versah ihren Dienst bei ihm; und er sprach zu ihr: ‚Laß uns dich nie entbehren!' ‚Ich höre und gehorche!' erwiderte sie. Nun begab es sich eines Tages, als sie wieder zu ihm gegangen war, da er seiner Gewohnheit gemäß nach ihr geschickt hatte, daß sie plötzlich, ehe ich mich dessen versah, mit zerrissenen Gewändern und mit Tränen im Auge von ihm zurückkam. Erschrocken rief ich: ‚Siehe, wir sind Allahs Geschöpfe, und zu Ihm kehren wir zurück!' Denn ich vermutete, er hätte befohlen, uns zu ergreifen; so fragte ich sie denn: ‚Ist el-Mutawakkil etwa wider uns ergrimmt?' Doch sie rief: ‚Ach, wo ist el-Mutawakkil? Wisse, el-Mutawakkils Herrschaft hat ihr Ende gefunden, und seine Spur auf Erden ist geschwunden!' ‚Sage mir die Wahrheit, was ist geschehen?' rief ich darauf; und nun erzählte sie mir: ‚Er saß hinter seinem Vorhang und trank mit el-Fath ibn Chakân und Sadaka ibn Sadaka. Da fiel plötzlich sein Sohn el-Muntasir mit einer Schar von Türken über ihn her und tötete ihn. So wurde die Heiterkeit zum bitteren Leid und fröhliches Behagen zu Weinen und Klagen. Ich flüchtete mit der Sklavin, und Allah errettete uns.' Nun machte ich mich sofort auf, o Beherrscher der Gläubigen, und zog hinab gen Basra. Dort erreichte mich nach einer Weile die Kunde von dem Ausbruche des Krieges zwischen el-Muntasir und el-Musta'în¹; und in meiner Furcht brachte ich meine Frau und all mein Gut nach Basra. Dies ist meine Geschichte, o Beherrscher der Gläubigen; ich habe nichts hinzugefügt und nichts fortgelassen. Und so ist alles, was du in meinem Hause siehst und was den Namen deines Großvaters el-Mutawakkil trägt, eine Gabe seiner Huld gegen uns; denn wir verdanken den Ursprung unseres Glückes den Hochedlen, denen du deinen Ursprung verdankst. Wahrlich, ihr seid Männer der Wohltätigkeit und die Quelle aller Freigebigkeit!'

Darüber war der Kalif hoch erfreut, und die Geschichte erfüllte ihn mit Verwunderung. Dann ließ ich – so berichtete uns Abu el-Hasan – die Herrin und meine Kinder von ihr kommen; sie küßten den Boden vor ihm, und er staunte ob ihrer Anmut. Ferner rief er nach dem Schreibzeug und schrieb uns eine Urkunde, daß unsere Besitztümer auf zwanzig Jahre von der Grundsteuer befreit sein sollten.

Der Kalif hatte solches Gefallen an Abu el-Hasan, daß er ihn zu seinem Tischgenossen machte, bis das Geschick sie trennte und sie aus der Schlösser Pracht einzogen in die Grabesnacht – Preis sei dem König der allvergebenden Macht!

Ferner wird erzählt, o glücklicher König,

DIE GESCHICHTE VON KAMAR EZ-ZAMÂN UND SEINER GELIEBTEN

Einst lebte in alten Zeiten ein Kaufmann, 'Abd er-Rahmân geheißen, den Allah mit einer Tochter und mit einem Sohne gesegnet hatte; er hatte der Tochter den Namen Kaukab es-Sabâh² gegeben, wegen ihrer hohen Schönheit und Anmut; dem Knaben aber den Namen Kamar

---

1. El-Muntasir war der elfte Abbasidenkalif; er regierte von 861 bis 862. Sein Vetter el-Musta'în regierte von 862 bis 866. – 2. Morgenstern.

ez-Zamân¹, da er auch über die Maßen schön war. Als er nun sah, wie sehr Allah die beiden geschmückt hatte mit Schönheit und Lieblichkeit, Anmut und Ebenmäßigkeit, fürchtete er, daß böse Blicke sie erspähten und Zungen der Neider ihnen ein Leids antäten, daß der tückischen Menschen Tücke und die List der Bösen sie berücke; deshalb verschloß er sie vierzehn Jahre lang vor den Menschen in einem Hause, und niemand sah die beiden als ihre Eltern und eine Sklavin, die bei ihnen ihren Dienst versah. Nun konnte der Vater den Koran hersagen, wie Allah ihn herabgesandt hatte, und desgleichen vermochte die Mutter ihn zu rezitieren; so lehrte denn die Mutter ihre Tochter, und der Mann lehrte seinen Sohn, bis die Kinder den Koran auswendig wußten. Ferner lernten die beiden von Vater und Mutter schreiben und rechnen und wurden in Gelehrsamkeit und feine Bildung eingeweiht, und sie bedurften keines Lehrers. Als aber der Knabe zum Manne herangereift war, sprach die Kaufmannsfrau zu ihrem Gatten: ‚Wie lange noch willst du deinen Sohn Kamar ez-Zamân vor den Augen der Menschen verbergen? Ist er etwa ein Mädchen, oder ist er ein Jüngling?' ‚Ein Jüngling', erwiderte er; und sie fuhr fort: ‚Da er ein Jüngling ist, weshalb nimmst du ihn denn nicht mit dir zum Basar und lässest ihn im Laden sitzen, damit er die Leute kennen lernt und sie ihn erblicken, auf daß er unter ihnen als dein Sohn bekannt werde, und damit du ihn kaufen und verkaufen lehrst? Vielleicht kann dir einmal etwas widerfahren; dann wissen die Leute, daß er dein Sohn ist, und er kann seine Hand auf deine Hinterlassenschaft legen. Aber wenn du stirbst, wie es jetzt steht, und wenn er dann zu den Leuten sagt: ‚Ich bin der Sohn des Kaufmanns 'Abd er-Rahmân', so werden sie ihm nicht glauben, sondern sprechen: ‚Wir haben dich nie gesehen, und

1. [Schönster] Mond der Zeit.

wir wissen auch nicht, daß er einen Sohn hatte'; und dann wird die Obrigkeit deine Habe einziehen, und dein Sohn wird mittellos dastehen. Ebenso steht es mit unserer Tochter; ich will sie unter den Leuten bekannt machen, auf daß einer, der ihr ebenbürtig ist, um sie wirbt und wir sie mit ihm vermählen und unsere Freude an ihr haben.' Er gab ihr zur Antwort: ,Ich bin um die beiden besorgt wegen der Augen der Menschen.' – –«

Da bemerkte Schehrezâd, daß der Morgen begann, und sie hielt in der verstatteten Rede an. Doch als die *Neunhundertundvierundsechzigste Nacht* anbrach, fuhr sie also fort: »Es ist mir berichtet worden, o glücklicher König, daß der Kaufmann seiner Frau, als sie so zu ihm gesprochen hatte, zur Antwort gab: ,Ich bin um die beiden besorgt wegen der Augen der Menschen; denn ich habe sie lieb, und die Liebe wird immer von eifersüchtiger Sorge geplagt, wie so schön der Dichter dieser Verse sagt:

> *Um dich bin ich voll Eifersucht auf meinen Blick,*
> *Auf mich, auf dich, auf deine Stätte und die Zeit.*
> *Und schlöß ich dich auch ganz in meine Augen ein,*
> *Ach, deine Nähe würde mir doch niemals leid.*
> *Ja, wäre ich auch jeden Tag mit dir vereint,*
> *Es wär mir nie genug in alle Ewigkeit.'*

Da sprach seine Frau zu ihm: ,Vertraue nur auf Allah! Denn dem widerfährt nichts Arges, den Allah behütet. Nimm den Knaben noch heute mit dir zum Laden!' Darauf legte sie ihm die prächtigsten Gewänder an, so daß er die Beschauer durch seinen verführerischen Anblick erregte und die Herzen der Liebenden zu heißem Schmerz bewegte. Sein Vater also nahm ihn mit sich und führte ihn auf den Basar; und ein jeder, der ihn erblickte, ward von ihm bezaubert, trat an ihn heran, küßte ihm die Hand und begrüßte ihn. Sein Vater aber schalt die Leute, die ihm um der Neugier willen folgten. Da sagte wohl einer von den Leuten: ‚Die Sonne ist daunddaaufgegangen und scheint nun auf dem Basar.' Und ein anderer sagte: ‚Der Vollmond geht jetzt in derundder Gegend auf.' Und ein dritter sprach: ‚Der Neumond des Festes leuchtet herab auf die Diener Allahs.' In dieser Weise deuteten sie mit ihren Worten auf den Jüngling hin und segneten ihn. Seinen Vater aber überkam die Scham wegen des Geredes der Leute; doch er konnte keinen von ihnen hindern, zu reden. So schalt er denn die Mutter und hub an, ihr zu fluchen, weil sie es veranlaßt hatte, daß der Knabe ausging. Und als er sich dann umschaute, sah er, daß die Menschen sich hinter ihm und vor ihm zusammendrängten, während er dahinschritt, bis er den Laden erreichte. Dort öffnete er die Ladentür, setzte sich nieder und hieß seinen Sohn sich vor ihm niedersetzen. Darauf sah er sich von neuem nach den Leuten um und erkannte, daß sie die Straße gesperrt hatten; denn ein jeder, der vorbeischritt, mochte er kommen oder gehen, blieb vor dem Laden stehen und schaute sich das schöne Gesicht dort an und konnte sich nicht von ihm trennen. So sammelte sich um ihn von Frauen und Männern eine große Schar, und sie machten das Wort des Dichters wahr:

> *Du schufest die Schönheit für uns zur Verführung*
> *Und sprachst: Meine Knechte, habt Ehrfurcht vor mir!*
> *Doch du bist der Schöne, du liebst auch die Schönheit –*
> *Wie wären denn lieblos die Knechte von dir?*

Als nun der Kaufmann 'Abd er-Rahmân sah, wie die Menschen sich bei ihm zusammenscharten und in Reihen vor ihm standen, Männer und Frauen, um seinen Sohn anzustarren, kam große Verlegenheit über ihn; und er war ganz ratlos und wußte nicht, was er tun sollte. Doch ehe er sich dessen versah, kam von der anderen Seite des Basars ein Wanderderwisch des Wegs, ein Mann, der das Gewand der frommen Diener Allahs trug; der schritt auf den Jüngling zu, und er hub an, seine Litaneien zu singen und ließ einen Tränenstrom aus seinen Augen dringen. Doch als er Kamar ez-Zamân dort sitzen sah, an Schönheit reich, einem Weidenzweige auf einem Safranhügel gleich, begann er in noch heftigere Tränen auszubrechen und die Verse zu sprechen:

> *Ich sah ein Reis auf einem Hügel sprießen,*
> *Dem Vollmond gleich in seinem hellen Schein.*
> *Ich rief: ‚Wie heißt du?' Und es sagte: ‚Perle.'*
> *Ich sprach: ‚Für mich?' Es rief: ‚Nein, nein!'*[1]

Darauf schritt der Derwisch langsam hin und her, indem er mit seiner rechten Hand über sein graues Haar strich, und die Menge wich aus Ehrfurcht vor ihm mitten auseinander. Doch als er den Jüngling wieder anschaute, verwirrten sich ihm Blick und Verstand, und es schien, daß der Dichter für ihn diese Worte erfand:

> *Als jener schöne Knabe dort im Hause weilte,*
> *Und als der Festesmond*[2] *aus seinem Antlitz schien,*
> *Da kam ein würdevoller alter Mann des Weges,*
> *Und Ruhe und Bedächtigkeit erfüllte ihn,*
> *An ihm ward der Entsagung Spur geschaut.*
>
> *Er hatte Tag und Nacht das Liebesspiel gekostet,*
> *Er tauchte in des Guten und des Bösen Reich.*
> *Den Frauen und den Männern hatt er sich ergeben;*
> *Er ward an Hagerkeit dem Zähnestocher gleich*
> *Und ward ein alt Gebein, bedeckt von Haut.*
>
> *Er war in jener Kunst ein Mann von Art der Perser,*
> *Der Alte, dem zur Seite sich ein Knabe fand.*
> *In Frauenlieb war er ein Mann vom Stamm der Asra*[3], *–*
> *In beiden Dingen kundig und von Lust entbrannt:*
> *Ihm waren Zaid und Zainab*[4] *gleich vertraut.*

1. Im Arabischen ein Wortspiel zwischen *lûlû* (Perle), *lî lî* (für mich, für mich) und *lâ lâ* (nein, nein). – 2. Der Neumond nach dem Fastenmonat. – 3. Vgl. Band II, Seite 33, Anmerkung 1. – 4. Eigennamen als Gattungsnamen für Knabe und Mädchen.

Zur Schönen zog es ihn, er liebte heiß die Schöne;
Des Lagers Spur beweinte er, von Schmerz erregt.
Ob seiner großen Sehnsucht glich er einem Aste,
Der sich im Frühlingswinde hin und her bewegt.
  Von harter Art ist, wem vor Tränen graut.

Er war erfahren in der Wissenschaft der Liebe
Und spähte wachsam aus für sich zu jeder Zeit.
Er wandte sich zu allem, Leichtem oder Schwerem;
Und schlang die Arme um den Knaben und die Maid.[1]
  Zu alt und jung war ihm die Liebe traut.

Dann trat er nahe an den Jüngling heran und gab ihm eine Wurzel des Basilienkrauts; sein Vater aber streckte seine Hand in die Tasche und holte für den Frommen heraus, was er an Dirhems bei sich hatte, indem er sprach: ‚Nimm, was dir das Glück beut, o Derwisch, und geh deiner Wege!' Jener nahm die Silberlinge von ihm hin und setzte sich auf die Bank vor dem Laden, dem Jüngling gegenüber, und er begann ihn anzustarren und zu weinen, so daß ein Tränenstrom gleich einer sprudelnden Quelle aus seinen Augen drang, während sich Seufzer auf Seufzer seiner Brust entrang. Da begannen die Leute ihn anzuschauen und ihm Vorwürfe zu machen; einige sagten: ‚Alle Derwische sind doch unzüchtige Kerle', und andre: ‚Wahrlich, das Herz dieses Derwisches ist in Liebe zu dem Jüngling entbrannt.' Als nun der Vater dies sah, hub er an und sprach: ‚Auf, mein Sohn, wir wollen den Laden schließen und nach Hause gehen; heute ziemt es uns nicht, Handel zu treiben. Allah der Erhabene vergelte deiner Mutter, was sie uns angetan hat; denn sie hat all dies veranlaßt!' Dann fuhr er fort: ‚Derwisch, erhebe dich, damit ich den Laden schließen kann!' Da stand der Derwisch auf; der Kaufmann aber schloß seinen

1. Im Urtext: weibliche und männliche Gazelle.

Laden, nahm seinen Sohn und ging fort. Doch der Derwisch und die Leute folgten den beiden, bis sie ihr Haus erreichten. Nachdem der Jüngling in die Wohnung hineingegangen war, wandte der Kaufmann sich nach dem Derwisch um und fragte ihn: ‚Was willst du, Derwisch? Und weshalb seh ich dich weinen?' ‚Lieber Herr,' erwiderte jener, ‚ich möchte heute nacht dein Gast sein; und ein Gast ist der Gast Allahs des Erhabenen.' Der Kaufmann sagte darauf: ‚Willkommen sei der Gast Allahs! Tritt ein, Derwisch!' – –«

Da bemerkte Schehrezâd, daß der Morgen begann, und sie hielt in der verstatteten Rede an. Doch als die *Neunhundertundfünfundsechzigste Nacht* anbrach, fuhr sie also fort: »Es ist mir berichtet worden, o glücklicher König, daß der Kaufmann, der Vater von Kamar ez-Zamân, als der Derwisch gesagt hatte: ‚Ich bin der Gast Allahs', ihm erwiderte: ‚Willkommen sei der Gast Allahs! Tritt ein, Derwisch!' Bei sich selber jedoch sprach er: ‚Wenn dieser Derwisch den Jüngling liebt und Schlechtes von ihm begehrt, so muß ich ihn heute nacht umbringen und heimlich begraben. Wenn aber keine Sünde in ihm wohnt, so soll der Gast erhalten, was ihm zukommt.' Dann führte er ihn zusammen mit Kamar ez-Zamân in einen Saal, nachdem er zuvor heimlich dem Knaben gesagt hatte: ‚Mein Sohn, setze dich, wenn ich euch verlassen habe, dem Derwisch zur Seite und schmeichle ihm und scherze mit ihm! Wenn er dann etwas Schlechtes von dir verlangt, während ich euch von dem Fenster, das in den Saal führt, beobachte, so will ich über ihn herfallen und ihn umbringen.' Sowie nun Kamar ez-Zamân mit dem Derwisch allein in jenem Saale war, setzte er sich ihm zur Seite, und der fromme Alte schaute ihn an und begann wieder zu seufzen und zu weinen. Sooft der Jüngling zu ihm sprach, gab er ihm freundlich Antwort; doch dann zitterte er und schaute den Jüngling an und seufzte und weinte. Und als das Nachtmahl gebracht war, begann er zu essen, während seine Augen immer auf Kamar ez-Zamân gerichtet waren und unaufhörlich voll Tränen standen. Nachdem dann ein Viertel der Nacht vergangen und das Geplauder beendet und die Schlafenszeit gekommen war, sagte der Vater des Jünglings: ‚Mein Sohn, widme dich dem Dienste deines Oheims Derwisch und handle ihm nicht zuwider!' Dann wollte er hinausgehen, aber der fromme Alte sprach zu ihm: ‚Lieber Herr, nimm deinen Sohn mit dir oder schlaf mit uns!' ‚Nicht doch,' erwiderte jener, ‚sieh, mein Sohn soll bei dir schlafen; vielleicht verlangt deine Seele nach irgend etwas, dann kann er dir deinen Wunsch erfüllen und dir zu Diensten sein.' Darauf ging er hinaus und ließ die beiden allein; er setzte sich aber in ein anderes Gemach, von dem ein Fenster auf den Saal führte, in dem die beiden waren.

Lassen wir nun den Kaufmann dort, und sehen wir, was der Jüngling tat! Der trat an den Derwisch heran und begann, ihm zu schmeicheln und sich ihm anzubieten. Aber der Alte ward zornig und sprach zu ihm: ‚Was sind das für Reden, mein Sohn? Ich nehme meine Zuflucht zu Gott vor dem verfluchten Teufel. O Allah, dies ist ein Greuel, der dir nicht gefällt. Entferne dich von mir, mein Sohn!' Darauf erhob sich der Derwisch von seinem Sitze und ließ sich in einiger Ferne von dem Jüngling nieder; doch der folgte ihm und warf sich auf ihn und sprach zu ihm: ‚Weshalb, o Derwisch, willst du dir die Freude versagen, mich zu genießen, da doch mein Herz dich liebt?' Nun ward der Derwisch noch heftiger ergrimmt, und er sprach: ‚Wenn du dich nicht von mir zurückhältst, so rufe ich deinen Vater und sage ihm, was du da treibst.' Aber der Jüngling erwiderte ihm: ‚Mein Vater weiß, daß ich von dieser

Art bin, und es ist unmöglich, daß er mich hindern würde; also erfülle meinen Wunsch! Weshalb hältst du dich von mir zurück? Gefalle ich dir denn nicht?' Darauf sagte jener: ‚Bei Allah, mein Sohn, das tu ich nie, würde ich auch mit den scharfen Schwertern in Stücke geschlagen.' Und dann hub er an, das Dichterwort vorzutragen:

> *Mein Herz ist voller Liebe zu den Schönen allen,*
> *Zu Knaben und zu Mädchen, und ich säume nicht.*
> *Doch schau ich sie nur an des Abends und des Morgens:*
> *Ich bin kein Wüstling, keiner, der die Ehe bricht.*

Dann weinte er und sprach: ‚Wohlan, öffne mir die Tür, auf daß ich meiner Wege gehen kann! Ich will nicht mehr an dieser Stätte ruhen.' Und alsbald sprang er auf; aber der Jüngling hängte sich an ihn und sagte: ‚Schau doch mein strahlendes Gesicht und meiner Wangen rotes Licht, meines Leibes weiche Art und mein Lippenpaar so zart!' Dann enthüllte er ihm eine Wade, die den Wein und den Schenken beschämte; und er schaute ihn an mit einem lieblichen Blick, der den Zauber und den Zauberer bezähmte. Er war ja von so herrlicher Lieblichkeit und von so sanfter Zierlichkeit, wie ihm einer der Dichter die Worte geweiht:

> *Ich kann ihn nicht vergessen, seit er vor mir stand,*
> *Mit einer Wade wie von Perlenglanz erfüllt.*
> *Drum staunet nicht, wenn mir die Seele auferstand:* [1]
> *Am Tag der Auferstehung wird das Bein enthüllt.* [2]

Nun zeigte der Jüngling ihm gar seinen Busen und sprach zu ihm: ‚Schau meine Brüste, sie übertreffen die Brüste der Jung-

---

[1]. Das heißt: ein Aufruhr der Gefühle erhob sich in mir. – 2. Im Koran (Sure 68, Vers 42) heißt es vom Jüngsten Gericht: ‚am Tage, an dem der Schenkel entblößt wird'. Das ist ein Ausdruck für eine Schlacht oder ein großes Unglück.

frauen an Lieblichkeit, und mein Lippentau ist zarter als Zukkerkand an Süßigkeit. Drum laß ab von Entsagung und Enthaltsamkeit! Denke nicht mehr an frommes Leben und Gottergebenheit! Erfreu dich dessen, was ich dir bin, und nimm meine ganze Anmut hin! Fürchte ganz und gar nichts; denn du bist sicher vor allem Arg! Tu ab von dir dies schwere Blut; denn solche Gewohnheit ist nicht gut!' So zeigte er ihm seine verborgenen Reize und wollte ihn blenden, und er suchte durch zierliche Windungen die Zügel seines Verstandes zu wenden. Aber der Derwisch wandte sein Antlitz ab und rief: ,Ich nehme meine Zuflucht zu Allah. Schäme dich, mein Sohn, das ist ein sündiges Beginnen, darauf könnte ich nicht einmal im Traume sinnen!' Als der Jüngling ihn jedoch immer noch bedrängte, riß der Derwisch sich von ihm los, wandte sich in die Richtung nach Mekka und begann zu beten. Wie jener ihn beten sah, ließ er von ihm ab, bis er zwei Rak'as gebetet und zum Schlusse den Gruß an die Engel gesprochen hatte. Nun wollte er von neuem auf ihn zukommen; doch der Derwisch machte sich wiederum zum Gebet bereit und betete zwei Rak'as. Und das tat er auch noch ein drittes und viertes und fünftes Mal. Da sprach der Jüngling: ,Was soll dies Beten? Willst du auf den Wolken entweichen? Wenn du die ganze Nacht in der Gebetsnische bist, lässest du unser Glück verstreichen.' Und noch einmal warf sich der Jüngling auf ihn und küßte ihn auf die Stirn. Da sprach der Derwisch zu ihm: ,Mein Sohn, laß doch den Satan von dir weichen und widme dich dem Gehorsam gegen den Erbarmungsreichen!' Doch jener erwiderte: ,Wenn du nicht mit mir tust, was ich will, so rufe ich meinen Vater und spreche zu ihm: Der Derwisch will Schlechtes mit mir tun. Dann wird er über dich kommen und dich schlagen; dann werden dir deine Knochen in deinem

Fleische zerbrochen.' All dies geschah, während der Vater mit eigenen Augen zuschaute und mit eigenen Ohren zuhörte; und so überzeugte der Kaufmann sich, daß in dem Derwisch keine Sünde wohnte. Und er sprach bei sich selber: ‚Wäre dieser Derwisch ein verdorbener Mensch, so hätte er all dieser Drangsal nicht widerstanden.' Dabei fuhr der Jüngling immer fort in seinem Bemühen, den Derwisch in Versuchung zu führen; und sooft jener sich zum Gebet bereit machte, unterbrach er ihn, bis der fromme Mann gewaltig gegen ihn ergrimmte und hart gegen ihn wurde und ihn schlug. Kamar ez-Zamân weinte, und da trat sein Vater zu ihm herein, wischte ihm die Tränen ab und tröstete ihn; zum Derwisch aber sprach er: ‚Bruder, wenn es so mit dir steht, weshalb weintest und seufztest du da, sooft du meinen Sohn anblicktest? Ist dafür ein Grund vorhanden?' ‚Ja', erwiderte jener; und der Kaufmann fuhr fort: ‚Als ich dich bei seinem Anblick weinen sah, faßte ich Argwohn wider dich, und ich befahl dem Jüngling also zu tun, um dich auf die Probe zu stellen. Ich hatte aber den Plan, über dich herzufallen und dich zu töten, wenn ich sähe, daß du Schlechtes von ihm verlangtest. Nun ich aber gesehen habe, wie du in Wirklichkeit gehandelt hast, weiß ich, daß du zu denen gehörst, die über die Maßen tugendhaft sind. Aber um Allahs willen, ich bitte dich, tu mir den Grund deines Weinens kund!' Da seufzte der Derwisch und sprach zu ihm: ‚Lieber Herr, reiß eine vernarbte Wunde nicht auf!' Doch der Kaufmann bestand darauf: ‚Du mußt es mir berichten.' So hub denn jener an: ‚Wisse, ich bin ein Derwisch, der durch die Lande und Reiche der Welt seines Weges zieht und in den Werken des Schöpfers von Tag und Nacht eine Lehre für sich sieht. Es begab sich einmal, daß ich an einem Freitage in der Frühe die Stadt Basra betrat.'— —«

Da bemerkte Schehrezâd, daß der Morgen begann, und sie hielt in der verstatteten Rede an. Doch als die *Neunhundertundsechsundsechzigste Nacht* anbrach, fuhr sie also fort: »Es ist mir berichtet worden, o glücklicher König, daß der Derwisch zu dem Kaufmann sprach: ,Wisse, ich bin ein wandernder Derwisch. Es begab sich einmal, daß ich an einem Freitag in der Frühe die Stadt Basra betrat; da sah ich die Läden offen, und in ihnen befanden sich alle Arten von Waren, Speisen und Getränken. Aber die Stadt war leer; kein Mann, keine Frau war in ihr, kein Mädchen und kein Knabe. Auf den Straßen und Basaren war kein Hund und keine Katze zu sehen; man hörte kein Geräusch, keinen Laut, kein freundliches Lebewesen ward geschaut. Darüber wunderte ich mich, und ich sprach: ,Wohin mögen wohl die Einwohner dieser Stadt mit ihren Katzen und Hunden gegangen sein? Was mag Allah mit ihnen getan haben?' Nun war ich hungrig, und ich nahm mir ein heißes Brot aus dem Ofen eines Bäckers; dann ging ich in den Laden eines Ölhändlers, bestrich das Brot mit geklärter Butter und Honig und aß es. Weiter begab ich mich zu einem Scherbettladen, und dort trank ich, was mir gefiel. Schließlich sah ich auch das Kaffeehaus offen, und so trat ich dort ein; da sah ich die Töpfe voll Kaffee auf dem Feuer stehen, aber niemand war dort. Ich trank, bis ich genug hatte, und sprach: ,Dies ist wirklich sonderbar! Es ist, als wäre der Tod über die Leute dieser Stadt gekommen und als wären sie alle zu dieser Stunde gestorben; oder als wären sie durch eine Gefahr erschreckt, die ihnen drohte, und wären geflohen, ehe sie ihre Läden hätten schließen können.' Während ich nun darüber nachdachte, hörte ich plötzlich, wie Trommeln geschlagen wurden, und in meiner Angst verbarg ich mich eine Weile. Dann spähte ich durch die Spalten und Ritzen und sah Mädchen kommen, so schön wie Monde, und die schritten durch den Basar dahin, je zu zweit, mit unbedeckten Häuptern und entschleierten Gesichtern; es waren vierzig Paare, im ganzen also achtzig Mädchen. Ferner sah ich eine Herrin, reitend auf einem Rosse, das kaum seine Füße vorwärts bewegen konnte, weil es so schwer beladen war, gleich seiner Herrin, mit Gold und Silber und Edelsteinen. Ihr Angesicht war ganz entschleiert, und sie war mit dem kostbarsten Schmuck und mit den prächtigsten Kleidern bedeckt; um ihren Hals trug sie ein Halsband aus Edelsteinen, und auf ihre Brust hing goldenes Geschmeide herab; um ihre Handgelenke lagen Spangen, die wie Sterne leuchteten, und um ihre Knöchel goldene Ringe, die mit Edelsteinen besetzt waren. Die Sklavinnen schritten vor ihr und hinter ihr, zu ihrer Rechten und zu ihrer Linken; und ihr voran ging eine Sklavin, gegürtet mit einem Schwert, dessen Griff aus einem Smaragd bestand und dessen goldenes Gehänge mit Juwelen besetzt war. Als jene Herrin in der Gegend vor meinem Versteck angelangt war, hielt sie den Zügel des Rosses fest und rief: ‚Ihr Mädchen, ich höre ein Geräusch in dem Laden dort; durchforscht ihn, vielleicht ist einer darin verborgen, der uns beobachten will, während wir unsere Gesichter entschleiert haben!' Darauf durchsuchten sie den Laden gegenüber dem Kaffeehaus, in dem ich mich versteckt hielt. Da saß ich nun in meiner Angst und beobachtete, wie die Mädchen einen Mann herausholten und zu der Herrin sprachen: ‚Gebieterin, wir haben dort einen Mann entdeckt, und hier steht er vor dir.' Alsbald rief sie der Sklavin, die das Schwert trug, zu: ‚Schlag ihm den Kopf ab!' Die Sklavin trat an ihn heran und hieb ihm den Kopf ab; dann ließen sie den Leichnam am Boden liegen und zogen weiter. Als ich das sah, ward ich von Grauen erfüllt; dennoch war mein Herz von Liebe zu der jungen Herrin ergriffen. Nach einer Weile erschienen die Einwohner wieder, und jeder, der einen Laden besaß, trat in ihn ein; und die Leute schritten durch die Basare und sammelten sich um den Getöteten und schauten ihn an. Da schlich ich mich heimlich aus meinem Versteck hervor, ohne daß jemand auf mich achtete; aber die Liebe zu jener Herrin hatte mein Herz ganz gefangen genommen. Ich begann insgeheim nach ihr zu forschen; doch niemand konnte mir Auskunft über sie geben. So zog ich wieder fort von Basra mit einem Herzen, in dem die Liebe zu ihr heiß entbrannt war. Doch als ich diesen deinen Sohn sah, erkannte ich, daß er von allen Menschen jener Maid am meisten gleicht. Sogleich erinnerte er mich an sie, ja, er hat von neuem in mir das Feuer der Sehnsucht entfacht und in meinem Herzen die Glut der Leidenschaft zum Lohen gebracht. Dies ist der Grund meines Weinens.' Dann fing er wieder heftig zu weinen an, wie kein Mensch bitterer weinen kann. Und er sprach: ‚Lieber Herr, ich bitte dich um Allahs willen, öffne mir dir Tür, auf daß ich meiner Wege gehen kann!' So öffnete jener denn die Tür, und der Derwisch ging fort.

Wenden wir uns nun von ihm zu Kamar ez-Zamân! Als der die Worte des Derwisches hörte, ward seine Seele von Liebe zu jener Herrin ergriffen; da kam über ihn die Leidenschaft, und es regte sich in ihm der Sehnsucht heiße Kraft. Am nächsten Morgen sprach er zu seinem Vater: ‚Alle Söhne der Kaufleute ziehen umher in der Welt, um zu erreichen, was ihnen gefällt; es gibt keinen unter ihnen, den sein Vater nicht mit Waren ausrüstet, so daß er mit ihnen reisen und durch sie Gewinn haben kann. Weshalb denn, lieber Vater, rüstest du mich nicht mit Kaufmannsgut aus, so daß auch ich damit auf Reisen gehen und mein Glück suchen kann?' ‚Lieber Sohn,' erwiderte jener, ‚solchen Kaufleuten fehlt es an Geld, und sie senden ihre

Söhne aus, damit sie verdienen und Gewinn haben und irdisches Gut erwerben. Ich aber besitze viel Geld und Gut, und es verlangt mich nicht nach mehr. Wie sollte ich dich in die Fremde schicken, da ich mich nicht eine Stunde von dir zu trennen vermag, zumal du einzig bist an Lieblichkeit, Schönheit und Vollkommenheit und ich um dich besorgt bin?' Doch der Sohn entgegnete ihm: ,Lieber Vater, es ist nicht anders möglich, als daß du mich mit Waren ausrüstest, auf daß ich mit ihnen auf Reisen gehe; sonst muß ich, ohne daß du es weißt, entfliehen, sei es auch ohne Geld und ohne Waren. Wenn du also meine Sehnsucht stillen willst, so versieh mich mit Waren, auf daß ich hinausziehe und mir die Länder der Menschen ansehe.' Als nun der Kaufmann sah, daß der Jüngling sein Herz an das Reisen gehängt hatte, tat er das seiner Gattin kund, indem er zu ihr sprach: ,Dein Sohn wünscht, daß ich ihm Waren rüste, mit denen er in die Fremde ziehen möchte, wiewohl die Fremdlingsschaft nur Mühen schafft.' Seine Gattin gab ihm zur Antwort: ,Wie kann dir daraus ein Schaden erwachsen? Das ist doch die Gewohnheit der jungen Kaufleute; sie alle wetteifern um den Ruhm der Reisen und des Verdienstes.' Er sagte darauf: ,Die meisten Kaufleute sind arm und erstreben mehr Besitz; ich aber habe doch Reichtum in Fülle.' ,Zuwachs an Gut schadet nichts,' erwiderte sie, ,und wenn du es ihm nicht erlaubst, so werde ich ihm aus meinem eigenen Geld Waren verschaffen.' Doch der Kaufmann fuhr fort: ,Ich fürchte für ihn die Fremdlingsschaft, da sie doch nur arge Mühsal schafft.' Dem entgegnete sie: ,In der Wanderschaft liegt kein Verderben, wenn sie dazu dient, Gewinn zu erwerben. Wenn wir nicht einwilligen, so wird unser Sohn fortgehen, und wir werden ihn suchen und nicht finden; dann werden wir ins Gerede kommen bei den Menschen.' Der Kaufmann nahm den Rat seiner Frau an und versah seinen Sohn mit Waren im Werte von tausend Dinaren; die Mutter aber gab ihm dazu einen Beutel mit vierzig Siegelsteinen, kostbaren Juwelen, von denen ein jeder zum mindesten den Wert von fünfhundert Dinaren hatte, und sie sprach: ‚Mein Sohn, hüte diese Edelsteine; denn sie werden dir von Nutzen sein!' So nahm denn Kamar ez-Zamân all das Gut und machte sich auf den Weg nach Basra. – –«

Da bemerkte Schehrezâd, daß der Morgen begann, und sie hielt in der verstatteten Rede an. Doch als die *Neunhundertundsiebenundsechzigste Nacht* anbrach, fuhr sie also fort: »Es ist mir berichtet worden, o glücklicher König, daß Kamar ez-Zamân all das Gut nahm und sich auf den Weg nach Basra machte, nachdem er die Edelsteine in einen Gürtel getan und sich den um den Leib gebunden hatte. So zog er denn immer weiter dahin, bis zwischen ihm und Basra nur noch eine Tagereise lag. Dort aber fielen die Beduinen über ihn her und plünderten ihn aus; und als sie seine Leute und Diener töteten, warf er sich unter die Erschlagenen und wälzte sich im Blut, so daß die Beduinen glaubten, er sei tot, und ihn liegen ließen, ohne daß einer näher an ihn heranging. Dann nahmen sie seine Güter und eilten davon. Nachdem aber die Räuber ihrer Wege gegangen waren, erhob sich Kamar ez-Zamân unter den Toten und schritt weiter; und nun besaß er nichts mehr als die Edelsteine, die in seinem Gürtel waren. Ohne Aufenthalt zog er dahin, bis er in Basra ankam. Nun traf es sich, daß der Tag seiner Ankunft ein Freitag war; und da war die Stadt menschenleer, wie es der Derwisch erzählt hatte. Er fand die Basare verlassen und die Läden offen, doch voll von Waren; so aß er und trank und schaute sich um. Während er das tat, hörte er plötzlich, wie die Trommeln geschlagen wurden; darum verbarg er sich in einem Laden, und dann kamen die Mädchen, und er sah sie an. Als er aber die Herrin auf ihrem Rosse erblickte, ergriff ihn der Liebe Leidenschaft, er war von Sehnsucht und Verlangen wie hinweggerafft, und zum Stehen hatte er nicht mehr die Kraft. Nach einer Weile erschienen die Leute wieder, und die Basare füllten sich. Da ging er auf den Basar und begab sich zu einem Juwelier; dem zeigte er einen von den vierzig Edelsteinen, der tausend Dinare wert war, und nachdem er ihn ihm verkauft hatte, kehrte er an seine Stätte zurück. Dort verbrachte er die Nacht, und am nächsten Morgen wechselte er seine Kleider, begab sich ins Badehaus, und als er heraustrat, sah er wie der Vollmond aus. Danach verkaufte er vier Siegelsteine um viertausend Dinare; und nun wandelte er durch die Straßen von Basra dahin, angetan mit den prächtigsten Kleidern, bis er zu einem Basar kam, in dem er einen Barbier erblickte. Zu dem ging er hinein, und nachdem jener ihm das Haupt geschoren hatte, schloß er Freundschaft mit ihm; dann sagte er zu ihm: ‚Mein Vater, ich bin ein Fremdling im Lande; gestern kam ich in diese Stadt, und da fand ich sie verlassen von denen, die hier wohnen, ja, niemand war dort, weder Menschen noch Dämonen. Dann aber erblickte ich Mädchen und unter ihnen eine Herrin, die im Festzug dahinritt.' So erzählte er ihm, was er gesehen hatte; da fragte ihn der Barbier: ‚Mein Sohn, hast du schon jemand anders als mir davon erzählt?' ‚Nein', erwiderte der Jüngling; und der Barbier fuhr fort: ‚Mein Sohn, hüte dich, diese Worte vor irgend jemand anders zu erwähnen! Denn nicht alle Leute können Worte und Geheimnisse für sich behalten; und du bist noch ein unerfahrener Jüngling. Ich fürchte für dich, das Gerede könnte von Mund zu Mund eilen, bis es die Leute erreicht, die es angeht; und dann würden sie dich umbringen. Wisse, mein Sohn, was du gesehen hast, hat man noch nie gesehen und kennt man auch nicht außer in dieser Stadt. Die Leute von Basra sterben hin durch diese Plage; jeden Freitag am Vormittag müssen sie ihre Hunde und Katzen einschließen und verhindern, daß sie auf die Basare laufen; und alle Einwohner der Stadt müssen in die Moscheen gehen und die Türen hinter sich verschließen. Keiner von ihnen darf über den Basar gehen noch aus einem Fenster schauen; und niemand weiß die Ursache dieser Plage. Aber, mein Sohn, heute abend will ich meine Frau nach dem Grunde fragen; denn sie ist eine Wehmutter, die in die Häuser der Vornehmen kommt und weiß, was in dieser Stadt vorgeht. So Allah will, komm du morgen wieder zu mir; dann will ich dir kundtun, was sie mir berichtet hat.' Da zog der Jüngling eine Handvoll Gold hervor und sprach: ‚Mein Vater, nimm dies Gold und gib es deiner Gattin; denn sie ist meine Mutter geworden!' Dann zog er eine zweite Handvoll hervor und sprach: ‚Nimm dies für dich!' Der Barbier aber sprach: ‚Mein Sohn, bleib sitzen, wo du bist; ich will indessen zu meiner Frau eilen und sie fragen und dir dann die rechte Nachricht bringen!' So ließ er jenen im Laden, lief zu seiner Frau und erzählte ihr von dem Jüngling. Und er sprach zu ihr: ‚Ich wünsche, daß du mir die Wahrheit sagst über das, was in dieser Stadt vorgeht, damit ich es diesem jungen Kaufmann berichten kann; denn er ist von heißem Begehren erfüllt, die Wahrheit darüber zu erfahren, weshalb die Menschen und die Tiere jeden Freitag am Vormittag nicht auf die Basare kommen dürfen. Mich dünkt, er ist ein Liebender, denn er ist freigebig und hat eine offene Hand; und wenn wir ihm die Sache mitteilen, so können wir viel Nutzen von ihm haben.' Darauf gab sie ihm zur Antwort: ‚Geh hin und hole ihn, indem du zu ihm sprichst: ‚Komm und sprich mit deiner Mutter, meiner Frau; denn sie läßt dich grüßen und dir sagen, daß dein Ziel erreicht ist!' Alsbald kehrte er zum Laden zurück; und als er Kamar ez-Zamân dort sitzen und auf ihn warten fand, tat er ihm alles kund, indem er zu ihm sprach: ,Laß uns zu deiner Mutter, meiner Frau, gehen; denn sie läßt dir sagen, daß dein Ziel erreicht ist!' Und er nahm ihn mit sich und führte ihn, bis sie zu der Frau eintraten; die hieß den Jüngling willkommen und bat ihn, sich zu setzen. Er aber zog hundert Dinare heraus und gab sie ihr mit den Worten: ,Liebe Mutter, sage mir, wer diese junge Herrin ist!' Sie gab ihm zur Antwort: ,Mein Sohn, wisse, der Sultan von Basra erhielt einst von dem König von Indien ein Juwel und wünschte es durchbohrt zu sehen. Da ließ er alle Juweliere kommen und sprach zu ihnen: ,Ich wünsche, daß ihr mir dies Juwel durchbohrt. Wer das für mich vollbringt, der darf sich etwas von mir wünschen; und was er nur verlangt, das werde ich ihm geben. Aber wenn er es zerbricht, so werde ich ihm den Kopf abschlagen lassen.' Darüber erschraken sie und sprachen: ,O größter König unserer Zeit, ein Juwel nimmt leicht Schaden, und es ist selten, daß jemand es durchbohrt, indem es ganz heil bleibt; denn die meisten haben einen Sprung. Darum erlege uns nichts auf, was wir nicht vollbringen können; unseren Händen wird es doch nicht gelingen, diesen Edelstein zu durchbohren! Aber unser Scheich ist erfahrener als wir.' ,Wer ist denn euer Scheich?' fragte der König; und sie antworteten ihm: ,Meister 'Obaid; er ist in dieser Kunst geschickter als wir, und er hat große Reichtümer und vortreffliche Kenntnisse. Drum schicke nach ihm und laß ihn vor dich kommen, und befiehl ihm, diesen Stein zu durchbohren!' Da schickte der König nach ihm und gebot ihm, das Juwel zu durchbohren, indem er ihm die genannte Bedingung auferlegte. Jener nahm es und durchbohrte es nach dem Wunsche des Königs; darauf sprach dieser zu ihm: ‚Erbitte dir eine Gnade von mir, Meister!' Doch 'Obaid bat: ‚O größter König unserer Zeit, gib mir bis morgen Frist.' Der Grund davon war nämlich der, daß er sich mit seiner Frau beraten wollte; und seine Frau ist jene Herrin, die du im Prunkzug sahst. Er liebt sie inniglich, und in seiner herzlichen Neigung zu ihr tut er nichts, ohne sie vorher darüber um Rat zu fragen. Deshalb bat er auch um Aufschub für seinen Wunsch, um sich mit ihr zu beraten. Als er dann zu ihr kam, sprach er zu ihr: ‚Ich habe für den König ein Juwel durchbohrt, und er hat mir einen Wunsch verstattet; aber ich habe um Aufschub gebeten, auf daß ich dich um Rat fragen könnte. Was willst du nun, das ich erbitten soll?' Sie erwiderte: ‚Wir haben so viel Reichtümer, daß kein Feuer sie verzehren kann. Aber wenn du mich wirklich liebst, so erbitte von dem König, er möchte in den Straßen von Basra verkünden lassen, daß alle Einwohner der Stadt am Freitag zwei Stunden vor dem Gebet in die Moscheen gehen; niemand, weder groß noch klein, soll sich in der Stadt anderswo aufhalten als in der Moschee oder im Hause; und dann sollen sie die Türen der Moscheen und der Häuser hinter sich schließen und sollen die Läden der Stadt offen lassen. Ich aber will mit meinen Dienerinnen ausreiten und durch die Stadt ziehen, ohne daß mich jemand durch ein Fenster oder durch ein Gitter sieht; jeden, den ich draußen treffe, will ich töten lassen.' Der Mann ging zum König und bat ihn um diese Gnade; und der gewährte ihm seine Bitte und ließ unter den Leuten von Basra ausrufen.' – –«

Da bemerkte Schehrezâd, daß der Morgen begann, und sie hielt in der verstatteten Rede an. Doch als die *Neunhundertundachtundsechzigste Nacht* anbrach, fuhr sie also fort: »Es ist mir berichtet worden, o glücklicher König, daß die Frau des Barbiers des weiteren erzählte: ‚Als der König dem Juwelier seine Bitte gewährt hatte und unter dem Volke von Basra ausrufen ließ, um was jener gebeten hatte, sagten die Leute: ‚Wir sind um unsere Waren besorgt wegen der Katzen und der Hunde.‘ Nun befahl der König, die Tiere an jenem Tage einzusperren, bis die Leute vom Freitagsgebet zurückkehrten. So begann denn jene Herrin, an jedem Freitag zwei Stunden vor dem Gebet auszureiten und im Prunkzug mit ihren Dienerinnen in den Straßen von Basra umherzuziehen; dann darf niemand über den Basar gehen noch durch ein Fenster oder durch ein Gitter schauen. Dies ist also der Grund; und nun weißt du, wer die Herrin ist; doch, mein Sohn, war es nur dein Wunsch, von ihr Kunde zu erhalten, oder möchtest du mit ihr zusammentreffen?‘ ‚Liebe Mutter,‘ erwiderte er, ‚ich möchte mit ihr zusammenkommen.‘ Dann fuhr sie fort: ‚Sage mir, was für kostbare Schätze du bei dir hast!‘ Er antwortete: ‚Liebe Mutter, ich habe vier Arten von wertvollen Edelsteinen bei mir; von der ersten Art ist ein jeder fünfhundert Dinare wert, von der zweiten ein jeder siebenhundert Dinare, von der dritten ein jeder achthundert Dinare, von der vierten ein jeder tausend Dinare.‘ Nun fragte sie ihn: ‚Bist du bereit, vier von ihnen zu opfern?‘ ‚Ich will sie alle opfern‘, erwiderte er; und darauf riet sie ihm: ‚Mache dich ohne Verzug auf, mein Sohn, und hole einen Siegelstein, der fünfhundert Dinare wert ist! Dann frage nach dem Laden des Meisters ’Obaid, des Scheichs der Juweliere; geh zu ihm, und du wirst ihn in seinem Laden sitzen sehen, in prächtige Gewänder gekleidet und von seinen Gesellen umgeben. Grüße ihn, setz dich beim Laden nieder und hol den Siegelstein heraus; dann sprich zu ihm: ‚Meister, nimm diesen Stein und fasse ihn mir in einen goldenen Siegelring. Doch mach ihn nicht zu groß, sondern laß ihn nur ein

Mithkâl[1] wiegen, mehr nicht; mach aber ein schönes Stück Arbeit!' Dann gib ihm zwanzig Dinare und jedem der Gesellen einen Dinar; bleib auch eine Weile bei ihm sitzen und plaudere mit ihm, und wenn ein Bettler vorbeikommt, so gib ihm einen Dinar, um deine Freigebigkeit zu zeigen, auf daß der Meister dich lieb gewinnt! Darauf geh fort von ihm, begib dich in deine Wohnung und verbringe dort die Nacht! Am nächsten Morgen aber nimm hundert Dinare mit dir und gib sie deinem Vater hier; denn er ist ein armer Mann!' ,So sei es!' erwiderte der Jüngling, verließ die Frau und begab sich in den Chân. Von dort holte er einen Siegelstein, der fünfhundert Dinare wert war, und nahm ihn mit sich auf den Juwelenbasar; dann fragte er nach dem Laden des Meisters 'Obaid, des Scheichs der Juweliere, und man führte ihn zu ihm. Wie er den Laden erreicht hatte, sah er, daß der Scheich der Juweliere ein würdevoller Mann war und prächtige Kleider trug und daß er vier Gesellen unter sich hatte. Er sprach zu ihm: ,Friede sei mit Euch!' Und nachdem jener seinen Gruß erwidert und ihn willkommen geheißen hatte, bat er ihn, sich zu setzen. Der Jüngling tat es und zeigte ihm dann den Siegelstein, indem er sprach: ,Meister, ich möchte, daß du mir diesen Stein in einen goldenen Siegelring fassest; aber mach ihn nur ein Mithkâl schwer, nicht mehr, und verfertige mir daraus ein schönes Kleinod!' Dann zog er zwanzig Dinare heraus und sprach zu ihm: ,Nimm dies für das Gravieren, die Bezahlung des Ganzen bleibt für später!' Als er noch jedem Gesellen einen Dinar gab, gewannen die Leute ihn lieb, und auch Meister 'Obaid ward ihm geneigt. Danach blieb er sitzen und plauderte mit dem Scheich, und sooft ein Bettler zu ihm kam, gab er ihm einen Dinar, so daß die Leute seine Freigebigkeit bewunder-

1. Vgl. Band I, Seite 556, Anmerkung

ten. Nun hatte Meister 'Obaid auch Werkzeuge in seinem Hause, gleich denen, die er im Laden hatte; und er pflegte, wenn er eine ganz besondere Arbeit verfertigen wollte, diese in seinem Hause herzustellen, damit die Gesellen diese besondere Kunstfertigkeit nicht von ihm lernen sollten. Dann pflegte die Herrin, seine Gattin, vor ihm zu sitzen; und wenn sie so dasaß und er sie anblickte, pflegte er wunderbar schöne Sachen zu arbeiten, wie sie sich nur für Könige geziemten. Darum setzte er sich auch, um diesen Siegelring in wunderbarer Weise zu gestalten, in seinem Hause nieder. Und als seine Frau ihn sah, fragte sie ihn: ‚Was willst du mit diesem Siegelsteine machen?' Er antwortete: ‚Ich will ihn in einen goldenen Ring fassen; denn er ist fünfhundert Dinare wert.' Weiter fragte sie: ‚Für wen?' Und er erwiderte: ‚Für einen jungen Kaufmann, der schön von Gestalt ist. Er hat Augen, die Wunden schlagen, und Wangen, die Feuer in sich tragen. Sein Mund ist wie der Siegelring des Sulaimân[1]; seine Wangen gleichen der Anemone des Nu'mân.[2] Aus seinen Lippen scheinen Korallen hervorzuquellen; und er hat einen Hals gleich dem der Gazellen. Seine Haut ist weiß, mit Rot überhaucht, er ist zierlich und lieblich, auch ist er freigebig und hat soundso gehandelt.' Und so schilderte er ihr bald seine Schönheit und Lieblichkeit, bald seinen Edelmut und seine Vollkommenheit; ja, er beschrieb ihr seine Reize und seine edle Art so lange, bis sie von Liebe zu ihm erfüllt ward; denn es gibt keinen größeren Kuppler als den, der seiner Frau von einem Manne erzählt, er besitze Schönheit und Lieblichkeit und in Sachen des Geldes übermäßige Freigebigkeit. Als nun die Sehnsucht in ihr überhand nahm, fragte sie ihn: ‚Findet sich in ihm auch etwas von meinen Reizen?' Und er antwortete ihr: ‚Alle deine Reize insgesamt sind

1. Das ist König Salomo. – 2. Das sind rote Anemonen.

in ihm vereint; er scheint dein Ebenbild zu sein. Auch ist er an Alter etwa dir gleich; und wenn ich nicht fürchtete, dich zu verletzen, so würde ich sagen, er sei noch tausendmal schöner als du.' Da schwieg sie; aber das Feuer der Liebe war in ihrem Herzen entzündet. Und der Juwelier plauderte immer weiter mit ihr, indem er die Reize des Jünglings aufzählte, bis er den Siegelring fertig geschmiedet hatte. Dann reichte er ihn ihr; sie schob ihn auf ihren Finger, und er paßte genau darauf. Da sprach sie: ,Mein Gebieter, mein Herz hat diesen Siegelring lieb gewonnen; ich wünschte, er gehörte mir, und ich möchte ihn nicht wieder von meinem Finger nehmen.' Er gab ihr zur Antwort: ,Hab Geduld! Sein Eigentümer ist großherzig; ich will versuchen, ihn von ihm zu kaufen, und wenn er ihn mir verkauft, so will ich ihn dir bringen. Oder wenn er noch einen anderen solchen Stein hat, so will ich ihn für dich kaufen und ihn einfassen wie diesen.' – –«

Da bemerkte Schehrezâd, daß der Morgen begann, und sie hielt in der verstatteten Rede an. Doch als die *Neunhundertundneunundsechzigste Nacht* anbrach, fuhr sie also fort: »Es ist mir berichtet worden, o glücklicher König, daß der Juwelier zu seiner Frau sprach: ,Hab Geduld! Der Eigentümer des Ringes ist großherzig; ich will versuchen, ihn von ihm zu kaufen, und wenn er ihn mir verkauft, so will ich ihn dir bringen. Oder wenn er noch einen anderen solchen Stein hat, so will ich ihn kaufen und ihn für dich einfassen wie diesen.' So stand es nun um den Juwelier und seine Gattin.

Kamar ez-Zamân aber verbrachte die Nacht in seiner Wohnung, und am folgenden Morgen nahm er hundert Dinare und brachte sie der Alten, der Frau des Barbiers, indem er zu ihr sprach: ,Nimm diese hundert Dinare!' Doch sie erwiderte ihm: ,Gib sie deinem Vater!' Da gab er sie dem Barbier. Dann fragte sie den Jüngling: ‚Hast du getan, wie ich dir geraten habe?' ‚Jawohl', antwortete er; und sie fuhr fort: ‚Wohlan, begib dich jetzt zum Scheich der Juweliere. Wenn er dir den Ring gibt, so tu ihn auf die Spitze deines Fingers und zieh ihn eilig wieder ab und sprich zu ihm: ‚Meister, du hast dich versehen, der Ring ist zu eng geworden.' Dann wird er zu dir sagen: ‚Kaufmann, soll ich ihn zerbrechen und weiter machen?' Doch du erwidere ihm: ‚Es scheint mir nicht nötig, ihn zu zerbrechen und neu zu schmieden. Nimm ihn und gib ihn einer deiner Sklavinnen!' Dann zeige ihm einen anderen Stein, der siebenhundert Dinare wert ist, und sprich zu ihm: ‚Nimm diesen Stein und fasse ihn für mich; er ist noch schöner als jener!' Ferner gib ihm dreißig Dinare und gib jedem Gesellen zwei Dinare und sprich zu ihm: ‚Diese Goldstücke sind für das Gravieren; die Bezahlung des Ganzen bleibt für später.' Darauf kehre in deine Wohnung zurück, verbringe die Nacht dort und komme am Morgen mit zweihundert Dinaren zu mir; so will ich dir alles mitteilen, was noch weiter zu tun ist.' Darauf ging der Jüngling zu dem Juwelier; und der hieß ihn willkommen und bat ihn, sich in seinem Laden zu setzen. Nachdem der Jüngling sich gesetzt hatte, sprach er: ‚Hast du den Auftrag ausgeführt?' ‚Jawohl', erwiderte der Juwelier und reichte ihm den Ring; Kamar ez-Zamân nahm ihn und tat ihn auf die Spitze seines Fingers, aber dann zog er ihn rasch wieder herunter und sprach: ‚Du hast dich versehen, Meister.' Und er warf ihn ihm zu mit den Worten: ‚Er ist zu eng für meinen Finger.' Da fragte der Juwelier ihn: ‚Kaufmann, soll ich ihn weiter machen?' Doch jener entgegnete: ‚Nein; nimm ihn als Geschenk und steck ihn einer deiner Sklavinnen an! Er ist nicht viel wert, nur fünfhundert Dinare; es lohnt sich nicht, ihn neu zu fassen.' Dann zeigte er ihm einen anderen Siegelstein, der siebenhundert Dinare wert war, und sprach zu ihm: ‚Mach mir den zurecht!' Darauf gab er ihm dreißig Goldstücke und jedem der Gesellen zwei. Doch der Juwelier sagte: ‚Hoher Herr, wir wollen den Preis nehmen, wenn wir den Ring geschmiedet haben.' Kamar ez-Zamân jedoch rief: ‚Das ist nur für das Gravieren; die Bezahlung des Ganzen bleibt für später.' Dann verließ er ihn und ging fort; der Juwelier aber war ganz verwirrt durch die große Freigebigkeit von Kamar ez-Zamân, und desgleichen waren es die Gesellen. Nun eilte der Juwelier zu seiner Gattin und sprach zu ihr: ‚O du, noch nie hat mein Auge einen freigebigeren Mann gesehen als diesen Jüngling; und du hast wirklich großes Glück, denn er hat mir den Ring umsonst geschenkt und zu mir gesagt, ich sollte ihn einer meiner Sklavinnen geben.' Und so erzählte er ihr, was geschehen war, und schloß mit den Worten: ‚Dieser Jüngling kann nicht zu den Söhnen der Kaufleute gehören; er muß einer der Söhne der Könige und Sultane sein.' Je mehr er ihn pries, desto stärker ward in ihr die Leidenschaft und der Liebe heiße Kraft. Sie schob also den Ring auf ihren Finger, während der Juwelier einen zweiten schmiedete, der ein wenig weiter war als der erste. Als er mit seiner Arbeit fertig war, schob sie den neuen Ring auf ihren Finger, und zwar etwas tiefer als den ersten; dann rief sie: ‚Mein Gebieter, sieh, wie schön die beiden Ringe an meinem Finger sind! Ich möchte, daß beide Ringe mir gehören!' Doch er entgegnete ihr: ‚Gedulde dich! Vielleicht kann ich den zweiten für dich kaufen.' Dann schlief er die Nacht hindurch, und am nächsten Morgen nahm er den Ring und begab sich in seinen Laden.

Wenden wir uns nun von dem Juwelier wieder zu Kamar ez-Zamân! Der begab sich am Morgen zu der Alten, der Frau des Barbiers, und gab ihr zweihundert Dinare. Und sie sprach zu ihm: ‚Begib dich zu dem Juwelier, und wenn er dir den Ring gibt, so stecke ihn auf deinen Finger und zieh ihn eilends wieder ab, indem du sagst: ‚Du hast dich versehen, Meister; der Ring ist zu weit geworden! Wenn zu einem Meister, wie du es bist, jemand wie ich mit einem Auftrag kommt, so geziemt es sich, daß er das rechte Maß nimmt. Hättest du das Maß meines Fingers genommen, so hättest du dich nicht versehen!' Dann zeige ihm einen anderen Stein, der tausend Dinare wert ist, und sprich zu ihm: ‚Nimm diesen und mache ihn mir zurecht; den Ring da gib einer deiner Sklavinnen!' Ferner gib ihm vierzig Dinare und jedem der Gesellen drei, indem du zu ihm sagst: ‚Dies ist für das Gravieren; die Bezahlung des Ganzen bleibt für später.' Dann beachte, was er sagen wird. Hernach komm zu uns mit dreihundert Dinaren und gib sie deinem Vater, auf daß er durch sie sich besser durch die Zeit helfe; denn er ist ein armer Mann.' ‚Ich höre und gehorche!' erwiderte der Jüngling und begab sich alsbald zu dem Juwelier. Der hieß ihn willkommen, bat ihn, sich zu setzen, und reichte ihm den Ring; Kamar ez-Zamân steckte ihn auf seinen Finger, nahm ihn aber eilends wieder ab und sprach: ‚Wenn zu einem Meister, wie du es bist, jemand wie ich mit einem Auftrag kommt, so gebührt es sich, daß er das rechte Maß nimmt. Hättest du das Maß meines Fingers genommen, so hättest du dich nicht versehen. Nimm den Ring und gib ihn einer deiner Sklavinnen!' Darauf zeigte er ihm einen Stein, der tausend Dinare wert war, und fuhr fort: ‚Nimm diesen und fasse ihn mir in einen Ring nach dem Maße meines Fingers!' ‚Du sprichst wahr, du hast recht', erwiderte 'Obaid und nahm das Maß. Der Jüngling aber zog vierzig Dinare heraus und sprach: ‚Nimm dies für das Gravieren; die Bezahlung des Ganzen bleibe für später!' ‚Hoher Herr,' sagte der Juwelier, ‚wieviel

Lohn haben wir dir schon abgenommen! Deine Güte gegen uns ist zu groß!' ‚Das ist nicht der Rede wert', erwiderte Kamar ez-Zamân; und er plauderte wiederum eine Weile mit ihm und gab jedem Bettler, der an ihm vorbeikam, einen Dinar. Dann verließ er ihn und ging davon.

Sehen wir nun, was der Juwelier weiter tat! Er begab sich nach Hause und sprach zu seiner Gattin: ‚Wie freigebig ist doch dieser junge Kaufmann! Ich habe nie einen Menschen gesehen, der freigebiger wäre als er, nie einen, der schöner wäre als er, ja, auch keinen, der lieblicher zu reden wüßte als er!' Und wie er ihr so seine Reize und seinen Edelmut schilderte und ihn über die Maßen pries, rief sie: ‚O du Mann ohne Lebensart, nachdem du solche Eigenschaften an ihm kennen gelernt hast und er dir zwei wertvolle Siegelringe geschenkt hat, geziemt es sich doch für dich, ihn einzuladen und ein Gastmahl für ihn herzurichten und ihm jegliche Freundlichkeit zu erzeigen. Wenn er sieht, daß du ihn gern hast, und in unser Haus kommt, so wirst du vielleicht noch viel Gutes von ihm erfahren. Wenn du ihm aber ein Gastmahl nicht gönnst, so lad ihn ein, und ich will ihn auf meine eigenen Kosten bewirten.' Er entgegnete ihr: ‚Kennst du mich etwa als einen Knauser, daß du solche Worte sprichst?' Darauf sagte sie: ‚Du bist kein Knauser; aber dir fehlt es an Lebensart. Lad ihn noch heute abend ein und komm nicht ohne ihn zurück! Wenn er ablehnt, so beschwöre ihn bei der Scheidung und bitte ihn dringend!' ‚Herzlich gern', erwiderte er; doch dann schmiedete er den Ring, legte sich schlafen und begab sich am Morgen des nächsten Tages zu seinem Laden. Dort setzte er sich nieder.

Kamar ez-Zamân andererseits holte dreihundert Dinare, ging zu der Alten und gab sie ihr für ihren Gatten. Da sagte sie zu ihm: ‚Wahrscheinlich wird er dich heute einladen; wenn er das tut und du bei ihm die Nacht verbringst, so erzähle mir am Morgen alles, was du erlebt hast; bring dann aber auch vierhundert Dinare mit und gib sie deinem Vater!' ‚Ich höre und gehorche!' antwortete der Jüngling; und sooft er kein Geld mehr hatte, verkaufte er einige Steine. Er begab sich also wieder zu dem Juwelier, und der erhob sich vor ihm und nahm ihn in seine Arme, und indem er ihn herzlich begrüßte, schloß er Freundschaft mit ihm. Dann holte er den Siegelring hervor; Kamar ez-Zamân fand ihn genau nach dem Maße seines Fingers, allein er sprach: ‚Allah segne dich, du Herr aller Meister! Dein Werk paßt jetzt, aber ich mag den Stein nicht.' – –«

Da bemerkte Schehrezâd, daß der Morgen begann, und sie hielt in der verstatteten Rede an. Doch als die *Neunhundertundsiebenzigste Nacht* anbrach, fuhr sie also fort: »Es ist mir berichtet worden, o glücklicher König, daß Kamar ez-Zamân zu dem Juwelier sprach: ‚Dein Werk paßt jetzt; aber ich mag den Stein nicht. Ich habe noch einen schöneren; behalt diesen und gib ihn einer deiner Sklavinnen!' Dann holte er wieder einen anderen hervor und gab ihm hundert Dinare, indem er sprach: ‚Nimm deinen Lohn und nimm es uns nicht übel, daß wir dir so viel Mühe gemacht haben!' Darauf erwiderte ihm 'Obaid: ‚O Kaufmann, alle Mühe, die wir gehabt haben, hast du uns schon vergolten; denn du hast uns mit deiner Güte überhäuft, so daß mein Herz dich lieb gewonnen hat, und ich kann es nicht ertragen, mich von dir zu trennen. Um Allahs willen, ich bitte dich, sei heute nacht mein Gast und erfreue meine Seele!' Der Jüngling erwiderte: ‚Das soll gern geschehen; doch ich muß vorher in den Chân gehen und meinen Dienern Anweisungen geben und ihnen sagen, daß ich heute nacht auswärts schlafen werde, damit sie nicht auf mich warten.' ‚In welchem Chân bist du eingekehrt?' fragte der Juwelier; und

Kamar ez-Zamân antwortete: ‚In dem Chân Soundso.' Weiter fragte 'Obaid: ‚Darf ich dich dort abholen?' ‚Das mag gern geschehen', erwiderte der Jüngling. So begab sich denn der Juwelier vor Sonnenuntergang zu jenem Chân; denn er fürchtete, seine Gattin würde ihm zürnen, wenn er ohne den Gast nach Hause käme. Und er nahm den Jüngling mit und führte ihn in sein Haus; dort setzten sich die beiden in einem unvergleichlich schönen Saal nieder; die Herrin aber hatte den jungen Kaufmann gesehen, wie er hereinkam, und sie war von ihm bezaubert. Dann plauderten die beiden, bis das Nachtmahl aufgetragen ward; und nachdem sie gegessen und getrunken hatten, wurden der Kaffee und die Scherbette gebracht. Und weiter unterhielt der Juwelier seinen Gast bis zur Zeit des Nachtgebets; da verrichteten beide ihre Andachtspflicht. Darauf kam eine Dienerin zu ihnen mit zwei Schalen, die mit einem Trank gefüllt waren. Nachdem sie den getrunken hatten, überkam sie die Müdigkeit, und sie schliefen ein. Nun aber trat die junge Herrin ein, und als sie die beiden schlafen sah, schaute sie Kamar ez-Zamân ins Antlitz, und ihr Sinn ward berückt von seiner Anmut. Da sprach sie: ‚Wie kann der schlafen, der die Schönen liebt?' Und sie wandte ihn um, so daß er auf dem Rücken lag, und setzte sich auf seine Brust. Überwältigt von wilder Leidenschaft bedeckte sie seine Wangen mit einem Schauer von Küssen, so daß die Spuren davon auf ihnen zurückblieben, denn sie wurden hochrot; und die Haut über den Wangenknochen leuchtete hell. Dann begann sie an seinen Lippen zu saugen, und sie sog an ihnen so lange, bis ihr das Blut in den Mund rann; aber trotzdem blieb ihr Feuer ungelöscht wild, und ihr Durst ward nicht gestillt. Und immer wieder küßte sie ihn und schloß ihn in die Arme ein und umschlang Bein mit Bein, bis der Morgen seine schimmernde Stirn erhob und das Frührot die Welt mit seinen Strahlen durchwob. Nun legte sie vier Spielknöchel in seine Tasche, verließ ihn und ging davon; und dann schickte sie ihre Dienerin mit einem Pulver, das dem Schnupftabak glich, und die tat es ihnen in die Nase, so daß sie niesten und aufwachten. Da sagte die Dienerin zu ihnen: ‚Bedenket, meine Herren, das Gebet ist Pflicht; drum erhebt euch zum Frühgebet!' Und sie brachte ihnen Becken und Kanne. Kamar ez-Zamân aber rief: ‚Meister, es ist spät geworden, wir haben uns verschlafen.' Und der Juwelier sprach zu dem Kaufmanne: ‚Mein Freund, der Schlaf in diesem Zimmer ist schwer; jedesmal, wenn ich hier schlafe, ergeht es mir so.' Jener erwiderte: ‚Du hast recht.' Darauf begann Kamar ez-Zamân die religiöse Waschung vorzunehmen; doch als er sein Gesicht mit dem Wasser berührte, brannten ihm Wangen und Lippen, und er rief: ‚Sonderbar, wenn die Luft in diesem Saale drückend ist und wir in tiefen Schlaf versunken gewesen sind, wie kommt es denn, daß meine Wangen und Lippen so brennen?' Und wiederum rief er: ‚Meister, mir brennen die Wangen und die Lippen!' Jener antwortete ihm: ‚Mich deucht, das kommt von Stichen der Mücken.' Doch der Jüngling fuhr fort: ‚Seltsam! Geht es dir denn auch so wie mir?' ‚Nein,' erwiderte 'Obaid, ‚aber immer, wenn ein Gast wie du bei mir ist, klagt er am Morgen über die Stiche der Mücken; doch es geschieht nur, wenn er bartlos ist wie du. Ist er bärtig, so sammeln sich die Mücken nicht bei ihm; mich hat nur mein Bart gegen die Mücken geschützt. Es scheint, als ob die Mücken bärtige Männer nicht lieben.' ‚Du hast wohl recht', sagte der Jüngling. Dann brachte die Dienerin ihnen das Frühmahl, und nachdem die beiden gespeist hatten, gingen sie fort. Kamar ez-Zamân begab sich zu der Alten; und als die ihn erblickte, sprach sie:

,Ich sehe die Spuren des genossenen Glücks auf deinem Antlitz; berichte mir, was du erlebt hast!' Er gab zur Antwort: ,Ich habe nichts erlebt. Ich habe nur mit dem Hausherrn in einem Saale zur Nacht gespeist; dann haben wir das Nachtgebet gesprochen und sind eingeschlafen und erst am Morgen wieder aufgewacht.' Doch sie lachte und fragte: ,Was sind das für Spuren auf deiner Wange und auf deiner Lippe?' ,Das haben die Mücken im Saale mir angetan', antwortete er; und sie fuhr fort: ,Du magst recht haben; aber ist es dem Hausherrn auch so ergangen wie dir?' ,Nein,' erwiderte er, ,aber er hat mir gesagt, daß die Mücken jenes Saales bärtige Männer nicht belästigen, sondern sich nur bei bartlosen sammeln. Sooft ein bartloser Gast bei ihm sei, beklage er sich am Morgen über die Stiche der Mücken; wenn der Gast aber einen Bart habe, so geschehe ihm nichts dergleichen.' Darauf sagte sie: ,Du magst recht haben; doch sage mir, hast du sonst nichts bemerkt?' Er sprach: ,Ich habe vier Spielknöchel in meiner Tasche gefunden.' Als sie dann bat: ,Zeige sie mir', gab er sie ihr, und sie nahm sie, lachte und fuhr fort: ,Diese Knöchel hat deine Geliebte dir in die Tasche gesteckt!' ,Wieso?' fragte er; und sie erklärte ihm: ,Sie deutet dir dadurch an: ,Wenn du ein Liebender wärest, so würdest du nicht schlafen; denn wer liebt, der schläft nicht. Aber du bist immer noch ein Kind, und für dich paßt sich nur das Spielen mit diesen Knöcheln. Was trieb dich denn an, die Schönen zu lieben?' Sie ist bei Nacht zu dir gekommen und hat dich schlafend gefunden; dann hat sie dir die Wangen wund geküßt und dir dies Zeichen hinterlassen. Aber das wird ihr nicht genügen; sie wird sicherlich ihren Gatten wieder zu dir schicken, daß er dich heute abend einlade. Wenn du dann mit ihm gegangen bist, so eile nicht mit dem Einschlafen; morgen nimm fünfhundert Dinare mit und komm und berichte mir, was dann geschehen sein wird. Ich will dir den Plan vollenden.' ‚Ich höre und gehorche!' erwiderte er ihr und begab sich alsbald zu dem Chân.

Wenden wir uns nun von ihm zu der Frau des Juweliers! Die fragte ihren Gatten: ‚Ist der Gast fortgegangen?' ‚Jawohl', gab er zur Antwort, ‚aber du, die Mücken haben ihn in der Nacht geplagt und ihm die Wangen und Lippen zerstochen, so daß ich mich vor ihm schämte.' Darauf sagte sie: ‚Das tun die Mücken unseres Saales immer; sie lieben ja nur die Bartlosen. Aber lad ihn doch wieder für heute nacht ein!' So begab er sich denn zu dem Chân, in dem der Jüngling wohnte, lud ihn ein und führte ihn wieder in den Saal. Dort aßen und tranken die beiden und verrichteten das Nachtgebet; dann kam die Dienerin zu ihnen herein und gab einem jeden eine Schale mit dem Trank. – –«

Da bemerkte Schehrezâd, daß der Morgen begann, und sie hielt in der verstatteten Rede an. Doch als die *Neunhundertundeinundsiebenzigste Nacht* anbrach, fuhr sie also fort: »Es ist mir berichtet worden, o glücklicher König, daß die Dienerin zu den beiden hereinkam und einem jeden eine Schale mit dem Tranke gab; und beide tranken und schliefen ein. Darauf kam die Herrin und sprach: ‚Du Schlingel, wie kannst du schlafen und behaupten, du seiest ein Liebender? Der Liebende schläft nicht!' Darauf setzte sie sich wieder auf seine Brust und fiel über ihn her mit Küssen und Beißen und Saugen und Liebesspiel bis zum Morgen; nachdem sie ihm dann ein Messer in die Tasche gesteckt hatte, schickte sie ihre Dienerin zur Zeit des Frühgebets. Die weckte die beiden; doch die Wangen des Jünglings waren von so einer heißen Röte bedeckt, daß es schien, als ob sie von Feuer glühten, und seine Lippen waren wie Korallen von all dem Saugen und Küssen. Der Juwelier fragte ihn: ‚Haben die Mücken dich vielleicht wieder geplagt?‘ ‚Nein‘, erwiderte jener; denn da er jetzt das Treiben erkannt hatte, unterließ er es, zu klagen. Dann jedoch bemerkte er das Messer in seiner Tasche; aber er schwieg. Nachdem er das Frühmahl gegessen und den Kaffee getrunken hatte, verließ er den Juwelier und begab sich zum Chân. Dort holte er fünfhundert Dinare und ging dann zu der Alten und berichtete ihr, was er erlebt hatte, indem er sprach: ‚Sieh, ich bin wider meinen Willen eingeschlafen; und als ich am Morgen erwachte, bemerkte ich nichts, als daß ich ein Messer in der Tasche hatte.‘ Da rief sie: ‚Möge Allah dich in der nächsten Nacht vor ihr schützen! Denn jetzt deutet sie dir an: ‚Wenn du noch einmal schläfst, so töte ich dich.‘ Du wirst heute nacht wieder bei ihnen zu Gaste sein, und wenn du dann schläfst, schneidet sie dir den Hals ab.‘ ‚Was soll ich denn tun?‘ fragte er darauf; und sie sprach: ‚Sage mir, was du dort vor dem Einschlafen issest und trinkst!‘ Er sagte: ‚Wir essen zu Abend wie alle Leute; dann kommt nach dem Abendgebet eine Dienerin und gibt einem jeden von uns eine Schale mit einem Trank. Sobald ich meine Schale geleert habe, schlafe ich ein und wache erst wieder am Morgen auf.‘ Da fuhr sie fort: ‚Das Unheil liegt in der Schale. Nimm sie hin, aber trink nicht aus ihr, sondern warte, bis der Herr des Hauses getrunken hat und eingeschlafen ist! Wenn die Dienerin sie dir reicht, so sprich zu ihr: ‚Gib mir einen Trunk Wasser!‘ Wenn sie dann geht, um dir den Wasserkrug zu holen, so gieß die Schale hinter dem Kissen aus und stelle dich schlafend. Sobald sie mit dem Kruge zurückkommt, wird sie glauben, du seiest nach dem Trunk aus der Schale eingeschlafen, und wird dich verlassen. Nach einer Weile wird dir alles klar werden. Hüte dich aber, meinem Rate zuwider zu handeln!‘ ‚Ich höre und gehorche!‘ sagte er und begab sich zum Chân.

Hören wir nun, was weiter geschah! Die Gattin des Juweliers sprach inzwischen zu ihrem Manne: ‚Einen Gast bewirtet man drei Nächte; lad ihn also ein drittes Mal ein!' Da begab er sich zu dem Jüngling, lud ihn ein, nahm ihn mit und führte ihn in den Saal. Nachdem die beiden zu Nacht gegessen und das Abendgebet verrichtet hatten, trat auch schon die Dienerin ein und gab einem jeden seine Schale; der Hausherr trank und schlief ein. Kamar ez-Zamân jedoch trank nicht; und als die Dienerin ihn fragte: ‚Trinkst du nicht, mein Gebieter?' sprach er zu ihr: ‚Ich bin durstig; hole mir den Wasserkrug!' Während sie hinging, um ihm den Krug zu bringen, goß er die Schale hinter dem Kissen aus und legte sich nieder; und als die Dienerin zurückkam und ihn schlafen sah, meldete sie es ihrer Herrin, indem sie sagte: ‚Er hat die Schale ausgetrunken und schläft.' Nun sprach die Herrin bei sich: ‚Es ist besser, daß er stirbt, als daß er am Leben bleibt!' Dann nahm sie ein scharfes Messer, ging zu ihm hinein und sprach: ‚Dreimal, und du hast das Zeichen nicht beachtet, du Narr! Jetzt werde ich dir den Leib aufschlitzen.' Als er sie nun mit dem Messer in der Hand auf sich zukommen sah, machte er die Augen weit auf und sprang lachend empor. Da sagte sie: ‚Nicht aus eigenem Verstand hast du dies Zeichen begriffen, sondern nur mit Hilfe eines listigen Kopfes; drum sage mir, woher du dies Wissen hast!' ‚Von einer alten Frau,' erwiderte er, ‚und mir ist es soundso mit ihr ergangen', und er berichtete ihr, was geschehen war. Dann fuhr sie fort: ‚Morgen, wenn du von uns fortgehst, begib dich zu der Alten und sprich zu ihr: ‚Hast du noch mehr Listen als diese?' Und wenn sie sagt: ‚Ja', so sprich zu ihr: ‚Tu dein Bestes, daß ich sie öffentlich gewinnen kann!' Sagt sie aber: ‚Ich habe kein Mittel mehr, und dies ist meine letzte List', so schlag sie dir aus dem Sinne! Morgen abend wird mein Gatte zu dir kommen und dich einladen; komm du mit ihm und gib mir Nachricht; dann werde ich schon wissen, was weiter zu tun ist.' ‚Das mag gern geschehen', antwortete er; und dann blieb er die Nacht über bei ihr in Umarmungen und Umschlingungen: er gebrauchte die Präposition in der rechten Konstruktion und vereinte den Verbindungssatz mit dem Verbindungswort, doch ihr Gatte fiel wie die Nominal-Endung vor dem Genitiv fort; und in dieser Weise blieben sie bis zum Morgen zusammen. Dann sprach sie zu ihm: ‚Mir genügt nicht eine Nacht mit dir, auch nicht ein Tag oder ein Monat oder ein Jahr; nein, es ist mein Wunsch, mein ganzes Leben lang bei dir zu sein. Aber warte, bis ich meinem Gatten einen Streich spiele, der die Männer des Verstandes irre macht und durch den uns die Erreichung des Zieles entgegenlacht! Ich will Zweifel in ihm erwecken, bis er sich von mir scheidet, so daß ich mich dir vermähle und mit dir in dein Land ziehen kann; ich will auch alle seine Schätze zu dir schaffen und dir einen Plan ersinnen zur Vernichtung seiner Fluren und Verwischung seiner Spuren. Du aber höre auf meine Worte und gehorche mir in dem, was ich dir sage, und handle mir nicht zuwider!' ‚Ich höre und gehorche!' erwiderte er, ‚und ich widerspreche dir nicht.' Da sprach sie: ‚Geh zum Chân, und wenn mein Gatte kommt und dich einlädt, so sprich zu ihm: ‚Lieber Bruder, ein Mensch kann lästig werden, und wenn er seine Besuche zu oft wiederholt, so wird der Hochherzige seiner ebenso überdrüssig wie der Geizige. Wie kann ich jeden Abend mit dir gehen und mit dir im Saale schlafen? Und wenn du nicht zornig wirst wider mich, so werden vielleicht deine Frauen mir zürnen, weil ich dich von ihnen fern halte. Wenn dir der Umgang mit mir erwünscht ist, so verschaffe mir ein Haus neben dem deinen; dann können wir beiden, du und ich, abwechselnd bei mir oder bei dir uns des Abends bis zur Schlafenszeit unterhalten, und danach gehe ich in mein Gemach, und du begibst dich zu deinen Frauen! Dieser Plan ist besser, als daß du jede Nacht deinen Frauen fernbleibst.' Danach wird er zu mir kommen und mich um Rat fragen; ich werde ihm raten, er solle unseren Nachbarn fortgehen heißen; denn das Haus, in dem er wohnt, ist unser Haus, und der Nachbar wohnt darin nur zur Miete. Wenn du erst in das Haus eingezogen bist, wird Allah uns die weitere Ausführung unseres Planes schon leicht machen.' Und sie schloß mit den Worten: ‚Geh jetzt und tu, wie ich dir befohlen habe!' ‚Ich höre und gehorche!' erwiderte er; und sie verließ ihn und ging fort, während er sich schlafend stellte. Nach einer Weile kam die Sklavin und weckte sie; als der Juwelier aufwachte, fragte er: ‚Kaufmann, haben die Mücken dich vielleicht wieder gequält?' ‚Nein', antwortete jener; und 'Obaid fuhr fort: ‚Vielleicht hast du dich an sie gewöhnt.' Dann aßen die beiden das Frühmahl und tranken Kaffee und gingen ihren Geschäften nach; Kamar ez-Zamân begab sich zu der Alten und berichtete ihr, was geschehen war. – –«

Da bemerkte Schehrezâd, daß der Morgen begann, und sie hielt in der verstatteten Rede an. Doch als die *Neunhundertundzweiundsiebenzigste Nacht* anbrach, fuhr sie also fort: »Es ist mir berichtet worden, o glücklicher König, daß Kamar ez-Zamân, nachdem er sich zu der Alten begeben hatte, ihr alles berichtete, was geschehen war. Er sagte: ‚Sie hat soundso mit mir gesprochen, und ich habe ihr dasunddas geantwortet. Hast du nun noch einen weiteren Plan, wie du mich öffentlich mit ihr vereinen kannst?' ‚Mein Sohn,' erwiderte sie, ‚bis hierher hat meine Kunst gereicht, doch jetzt bin ich am Ende meiner Listen.' Darauf verließ er sie und kehrte in den Chân zurück. Am nächsten Tage kam der Juwelier gegen Abend zu ihm und lud ihn ein; doch der Jüngling sprach: ‚Es ist unmöglich, daß ich mit dir gehe.' ‚Warum denn?' fragte der Juwelier, ‚ich habe dich doch so lieb, und ich kann es nicht ertragen, mich von dir zu trennen. Um Allahs willen, ich bitte dich, komm mit mir!' Kamar ez-Zamân gab ihm zur Antwort: ‚Wenn der längere Umgang mit mir und die dauernde Freundschaft zwischen uns beiden dir erwünscht sind, so verschaffe mir ein Haus neben deinem Hause; dann kannst du, wenn du willst, den Abend bei mir verbringen, oder ich komme für den Abend zu dir, und zur Schlafenszeit kann jeder von uns in sein Gemach gehen und dort schlafen.' Da sagte 'Obaid: ‚Ich habe ein Haus neben meinem Hause, und es ist mein Eigentum; komme heute noch mit mir, morgen will ich das Haus für dich räumen lassen!' Jener ging also mit ihm; sie speisten zur Nacht und verrichteten das Abendgebet. Dann trank der Juwelier die Schale mit dem Schlaftrunk aus und schlief ein; an der Schale für Kamar ez-Zamân aber war kein Falsch, und so konnte er sie leeren, ohne daß er einschlief. Und nun kam die Frau des Juweliers und setzte sich nieder und plauderte mit ihm, bis der Morgen anbrach, während ihr Gatte wie tot dalag. Als er dann wie gewöhnlich wieder wach wurde, ließ er den Mieter kommen und sprach zu ihm: ‚Lieber Mann, räume mir mein Haus; denn ich habe es nötig!' ‚Herzlich gern', erwiderte der Mann; und er räumte ihm das Haus, so daß Kamar ez-Zamân darin einziehen und all sein Gepäck dorthin schaffen konnte. An jenem Abend weilte der Juwelier bei Kamar ez-Zamân, bis er in sein eigenes Haus zurückkehrte. Am nächsten Tage schickte die Herrin nach einem kundigen Baumeister und ließ ihn zu sich kommen; dann bestach sie ihn mit Geld, daß er ihr einen unterirdischen Gang machte, der von ihrem Gemach in das Haus des Kamar ez-Zamân hinüberführte, und ihn mit einer

Falltür im Boden versah. Ehe sich nun der junge Kaufmann dessen versah, trat sie bei ihm ein mit zwei Beuteln voll Geld. Er rief ihr zu: ‚Woher kommst du?' Da zeigte sie ihm den Gang und sprach zu ihm: ‚Nimm diese beiden Beutel, die mit seinem Gelde gefüllt sind!' Dann setzte sie sich nieder und koste und scherzte mit ihm bis zum Morgen; und darauf sprach sie zu ihm: ‚Warte auf mich; ich will derweilen zu ihm gehen und ihn aufwecken, damit er in seinen Laden geht, alsdann komm ich wieder zu dir.' So wartete er denn, während sie zu ihrem Gatten ging und ihn weckte; der erhob sich, vollzog die religiöse Waschung, sprach das Frühgebet und begab sich in seinen Laden. Doch kaum war er fort, so nahm sie vier Beutel und eilte durch den unterirdischen Gang zu Kamar ez-Zamân und sprach zu ihm: ‚Nimm dies Geld!' Nachdem sie eine Weile bei ihm gessesen hatte, gingen beide ihrer Wege; sie kehrte in ihr Haus zurück, und Kamar ez-Zamân begab sich in den Basar. Als er aber um die Zeit des Sonnenuntergangs heimkehrte, fand er in seinem Hause zehn Beutel, dazu auch Juwelen und andere Kostbarkeiten. Dann kam der Juwelier zu ihm in sein Haus und nahm ihn mit in den Saal; dort verbrachten die beiden den Abend miteinander. Wie gewöhnlich kam auch die Dienerin und brachte ihnen den Trunk; ihr Herr versank in Schlummer, während mit Kamar ez-Zamân nichts geschah, da sein Trank rein und unverfälscht war. Darauf kam die Herrin zu ihm und setzte sich nieder, um mit ihm zu tändeln; die Dienerin aber brachte derweilen Hab und Gut durch den unterirdischen Gang in das andere Haus hinüber. So taten sie bis zum Morgen; dann weckte die Dienerin ihren Herrn und brachte ihm den Kaffee, und ein jeder von ihnen ging seiner Wege. Am dritten Tag nun brachte die Frau dem jungen Kaufmann ein Messer ihres Gatten, das er mit eigener Hand geschmiedet und sich fünfhundert Dinare hatte kosten lassen. Dessengleichen gab es nicht an Schönheit der Schmiedearbeit; und da die Leute es immer so eifrig von ihm begehrten, hatte er es in eine Truhe getan, und er konnte sich nicht entschließen, es irgend jemand in der Welt zu verkaufen. Sie sagte zu ihm: ‚Nimm dies Messer und stecke es in deinen Gürtel; geh dann zu meinem Gatten, setze dich zu ihm und hole das Messer aus deinem Gürtel heraus. Darauf sprich zu ihm: ‚Meister, schau dies Messer an, ich habe es heute gekauft; sage mir, ob ich dabei verloren oder gewonnen habe.' Er wird es erkennen, aber er wird sich scheuen, zu dir zu sagen: ‚Dies ist mein Messer!' Wenn er dich dann fragt: ‚Wo hast du es gekauft, und für wieviel hast du es erhalten?' so antworte ihm: ‚Ich sah zwei türkische Seesoldaten miteinander streiten, und einer sprach zum anderen: ‚Wo bist du gewesen?' Der andere sagte: ‚Ich bin bei meiner Geliebten gewesen; die gibt mir jedesmal Geld, wenn ich bei ihr bin, doch heute sprach sie zu mir: ‚Jetzt habe ich kein Geld zur Hand, doch nimm dies Messer da, das meinem Gatten gehört.' Da nahm ich es hin von ihr, und ich habe die Absicht, es zu verkaufen.' Das Messer gefiel mir; und als ich ihn so reden hörte, fragte ich ihn: ‚Willst du es mir verkaufen?' ‚Kaufe es!' erwiderte er; und ich erwarb es von ihm für dreihundert Dinare. Nun möchte ich wissen, ob das billig oder teuer ist.' Dann achte auf das, was er dir sagen wird! Plaudere auch noch eine Weile mit ihm, und wenn du ihn verlassen hast, so komm eilig zu mir! Du wirst mich an der Tür des unterirdischen Ganges sitzen und auf dich warten sehen; gib mir dann das Messer!' ‚Ich höre und gehorche!' erwiderte er, nahm jenes Messer und steckte es in seinen Gürtel; darauf ging er zum Laden des Juweliers und begrüßte ihn, und jener hieß ihn willkommen und bat ihn, sich zu setzen. Als der Juwelier aber das

Messer in seinem Gürtel erblickte, erstaunte er und sprach bei sich: ‚Das ist doch mein Messer! Wer mag es diesem Kaufmann in die Hände gespielt haben?' Und er begann zu sinnen und sich zu sagen: ‚Ist dies wohl auch mein Messer, oder ist es ein Messer, das ihm nur ähnlich ist?' Nun zog Kamar ez-Zamân es heraus und sprach: ‚Meister, nimm dies Messer und schau es dir an!' Als jener es aus seiner Hand entgegengenommen hatte, erkannte er es ganz sicher; doch er scheute sich zu sagen: ‚Dies ist mein Messer!' – –«

Da bemerkte Schehrezâd, daß der Morgen begann, und sie hielt in der verstatteten Rede an. Doch als die *Neunhundertunddreiundsiebenzigste Nacht* anbrach, fuhr sie also fort: »Es ist mir berichtet worden, o glücklicher König, daß der Juwelier, als er das Messer von Kamar ez-Zamân hingenommen hatte, es erkannte, aber sich scheute zu sagen: ‚Dies ist mein Messer!' So fragte er ihn denn: ‚Wo hast du es gekauft?' Und der Jüngling erzählte ihm, was die junge Herrin ihm zu sagen befohlen hatte. Da sagte 'Obaid zu ihm: ‚Es ist billig um diesen Preis; denn es ist fünfhundert Dinare wert.' Aber in seinem Herzen entbrannte ein Feuer, und seine Hände waren ihm wie gebunden, so daß er an seinem Werk nicht weiterarbeiten konnte. Kamar ez-Zamân begann mit ihm zu plaudern, während er im Meere der trüben Gedanken versunken war; und auf fünfzig Worte, die der Jüngling sprach, erwiderte er nur ein einziges Wort. Denn im Herzen litt er schwer, und sein Leib flog gleichsam hin und her, sein Gemüt war trüb und bang, und er war, wie einst der Dichter sang:

> *Verlangt man, daß ich rede, find ich keine Worte;*
> *Man sieht, mein Geist ist ferne, redet man mich an.*
> *Versunken in der Sorgen bodenlosem Meere,*
> *Erkenn ich unter Menschen nicht, ob Frau, ob Mann.*

Als Kamar ez-Zamân ihn so verwandelt sah, sprach er zu ihm: ‚Du hast jetzt wohl viel zu tun?' Und er verließ ihn und begab sich eilends nach Hause; dort sah er die junge Frau an der Tür des unterirdischen Ganges stehen und auf ihn warten. Kaum erblickte sie ihn, so sprach sie zu ihm: ‚Hast du getan, wie ich dir befohlen habe?' ‚Jawohl', erwiderte er; und sie fragte weiter: ‚Was hat er zu dir gesagt?' Darauf gab er zur Antwort: ‚Er sagte mir, das Messer sei billig um diesen Preis; denn es sei fünfhundert Dinare wert. Aber er war wie verwandelt; deshalb verließ ich ihn, und ich weiß nicht, was danach geschehen ist.' ‚Gib mir das Messer!' rief sie, ‚und mach dir keine Sorgen um ihn!' Darauf nahm sie das Messer, legte es wieder an seinen Ort und setzte sich.

Sehen wir nun, was der Juwelier tat! Nachdem Kamar ez-Zamân von ihm fortgegangen war, entflammte im Herzen des Mannes ein Feuer, und schwerer Argwohn bedrängte ihn, so daß er bei sich selber sprach: ‚Ich muß aufstehn und nach dem Messer fragen und den Zweifel durch die Gewißheit verjagen.' So erhob er sich denn und begab sich nach Hause; dort trat er zu seiner Frau ein, schnaubend wie ein Drache. ‚Was ist dir, mein Gebieter?' fragte sie ihn, und er rief: ‚Wo ist mein Messer?' Sie gab zur Antwort: ‚In der Truhe.' Dann schlug sie sich mit der Hand auf die Brust und rief: ‚Ach, mein Kummer! Vielleicht hast du mit jemand gestritten und kommst nun, um das Messer zu holen und ihn damit zu stechen!' Doch er befahl ihr: ‚Her mit dem Messer! Laß mich es sehen!' Darauf erwiderte sie: ‚Schwör mir zuerst, daß du niemand damit erstechen willst!' Nachdem er das geschworen hatte, öffnete sie die Truhe und holte es ihm heraus. Er drehte es hin und her, indem er sagte: ‚Das ist doch eine sonderbare Sache!' Dann sprach er zu seiner Frau: ‚Nimm es und lege es wieder an seinen Ort!' Nun hub sie an: ‚Tu mir kund, was dies alles bedeutet!' Er antwortete ihr: ‚Ich sah bei unserem Freunde ein Messer wie dies', und er tat ihr die ganze Geschichte kund und schloß mit den Worten: ‚Da ich es nun in der Truhe gesehen habe, so habe ich den Zweifel durch die Gewißheit verjagt.' Da rief sie: ‚Hast du etwa bösen Argwohn gegen mich gehegt und geglaubt, ich sei die Geliebte des türkischen Seesoldaten und hätte ihm das Messer gegeben?' ‚Ja,' erwiderte er, ‚ich hatte einen solchen Verdacht; aber da ich nun das Messer gesehen habe, ist der Argwohn aus meinem Herzen gewichen.' Doch sie fuhr fort: ‚Mann, in dir ist nichts Gutes.' Da begann er, sich bei ihr zu entschuldigen, bis er sie versöhnt hatte; und dann ging er fort und begab sich in seinen Laden. Am nächsten Tage aber gab sie Kamar ez-Zamân die Uhr ihres Gatten, die er mit eigener Hand verfertigt hatte und derengleichen niemand besaß, indem sie zu ihm sprach: ‚Geh zu seinem Laden, setz dich zu ihm und sprich zu ihm: ‚Den Mann, den ich gestern sah, habe ich heute wiedergesehen, und er hatte eine Uhr in der Hand. Er fragte mich: ‚Willst du diese Uhr kaufen?' Als ich ihn darauf fragte: ‚Woher hast du diese Uhr?' antwortete er: ‚Ich war bei meiner Geliebten; die hat sie mir gegeben.' Da kaufte ich sie ihm für achtundfünfzig Dinare ab. Schau, ob sie billig oder teuer ist um diesen Preis.' Und du, achte auf das, was er sagen wird; und wenn du ihn verlassen hast, komm eilends zu mir und gib sie mir!' So ging denn Kamar ez-Zamân zu ihm und tat bei ihm, wie sie befohlen hatte. Als der Juwelier die Uhr erblickte, sprach er: ‚Die ist siebenhundert Dinare wert'; und Argwohn beschlich ihn. Der Jüngling aber verließ ihn, begab sich zu der jungen Herrin und gab ihr jene Uhr; alsbald trat auch schon ihr Gatte schnaufend ein und fuhr sie an: ‚Wo ist meine Uhr?' Sie erwiderte: ‚Da liegt sie doch!'

‚Her damit!' befahl er ihr, und sie brachte sie ihm. Da rief er: ‚Es gibt keine Macht und es gibt keine Majestät außer bei Allah, dem Erhabenen und Allmächtigen!' Nun sprach sie: ‚Mann, mit dir ist sicher etwas geschehen; tu mir kund, was es ist!' ‚Ach,' erwiderte er, ‚was soll ich sagen? Ich bin ob dieser Dinge ein ratloser Tor!' Und dann trug er diese Verse vor:

> *Bei Gott, ich bin fürwahr verwirrt ob meiner Lage;*
> *Die Not kam über mich; woher? – das weiß ich nicht.*
> *Ich will geduldig sein, bis daß Geduld erfahre,*
> *Daß meine Langmut nicht durch bittre Wehmut bricht.*[1]
> *Ach, bittrer noch als Wermut*[2] *ist doch meine Langmut;*
> *Denn ich ertrug, was heißer noch als Feuer loht.*
> *Was mir geboten, bot sich nicht nach meinem Wunsche,*
> *Da der Gebieter schöne Langmut mir gebot.*

Dann fuhr er fort: ‚Frau, ich habe bei dem Kaufmanne, unserem Freunde, zuerst mein Messer gesehen, und ich habe es erkannt, da seine Ausführung die Erfindung meines eigenen Verstandes ist und seinesgleichen nicht wieder gefunden wird; dann erzählte er mir Geschichten, die das Herz mit Gram erfüllen; aber ich kam und sah es hier. Nun habe ich aber auch bei ihm die Uhr gesehen, deren Ausführung die Erfindung meines eigenen Verstandes ist und derengleichen nicht in Basra gefunden wird; wiederum erzählte er mir Geschichten, die das Herz mit Gram erfüllen. Darum bin ich ratlos in meinem Sinn, und ich weiß nicht, was mit mir vorgeht.' Doch sie erwiderte ihm: ‚Der Sinn deiner Worte ist also, daß ich die Freundin und Geliebte jenes Kaufmanns sein und ihm deine Sachen gegeben haben soll; daß du meine Untreue habest erweisen wollen und deshalb gekommen seist, um mich auszufragen; und daß, wenn du nicht das Messer und die Uhr bei mir gesehen hättest, meine Untreue für dich erwiesen wäre. Aber, Mann, da du solchen

1. Vgl. Band V, Seite 258, Anmerkung. – 2. Wörtlich ‚Aloe'.

Verdacht gegen mich hegen konntest, so will ich hinfort nie wieder Brot mit dir essen noch Wasser trinken; denn ich verabscheue dich wie die Sünde!' Er begann sie zu beruhigen, bis er sie versöhnt hatte, und er ging fort, voll Reue, daß er solche Worte an sie gerichtet hatte, und begab sich in seinen Laden und setzte sich dort. – –«

Da bemerkte Schehrezâd, daß der Morgen begann, und sie hielt in der verstatteten Rede an. Doch als die *Neunhundertundvierundsiebenzigste Nacht* anbrach, fuhr sie also fort: »Es ist mir berichtet worden, o glücklicher König, daß der Juwelier, als er von seiner Frau fortgegangen war, seine Worte zu bereuen begann; und er begab sich in seinen Laden und setzte sich dort. Aber Unruhe bedrückte ihn schwer, und seine Sorge kannte keine Grenzen mehr, und er schwebte zwischen Glauben und Unglauben hin und her. Gegen Abend ging er alleine nach Hause und brachte Kamar ez-Zamân nicht mit sich. Da fragte die junge Herrin ihn: ‚Wo ist der Kaufmann?' Er antwortete: ‚In seinem Hause.' Und sie fuhr fort: ‚Ist die Freundschaft zwischen dir und ihm erkaltet?' ‚Bei Allah,' erwiderte er, ‚ich habe eine Abneigung gegen ihn wegen dessen, was mir durch ihn widerfahren ist.' Doch sie bat ihn: ‚Geh, hole ihn mir zu Gefallen!' So machte er sich auf und ging zu dem Jüngling ins Haus; dort sah er seine Sachen umherliegen, und als er die erkannte, entbrannte ein Feuer in seinem Herzen, und er begann zu seufzen. Kamar ez-Zamân fragte: ‚Wie kommt es, daß ich dich in trüben Gedanken sehe?' Doch 'Obaid scheute sich zu sagen: ‚Meine Sachen sind bei dir; wer hat sie zu dir gebracht?' Und so erwiderte er nur: ‚Eine Mißstimmung ist über mich gekommen; doch wohlan, laß uns in mein Haus gehen, auf daß wir uns dort erheitern!' Da sagte der Jüngling: ‚Laß mich doch hier in meinem Hause; ich möchte nicht mit dir gehen!'

Aber der Juwelier beschwor ihn und nahm ihn mit sich. Dann speisten sie gemeinsam zur Nacht und blieben an jenem Abend beieinander, indem Kamar ez-Zamân mit 'Obaid plauderte, dieser aber im Meere der trüben Gedanken versunken war; wenn der junge Kaufmann hundert Worte sprach, so antwortete der Juwelier ihm nur ein einziges Wort. Dann trat, wie gewöhnlich, die Dienerin zu ihnen ein mit zwei Schalen; als beide getrunken hatten, schlief der Juwelier ein, aber der Jüngling blieb wach, da der Trank in seiner Schale ohne Falsch war. Nun kam die junge Frau zu Kamar ez-Zamân und sprach zu ihm: ‚Was hältst du von diesem Gehörnten, der in seiner Achtlosigkeit trunken ist und nichts weiß von der Frauen List? Ich muß ihn gewiß noch so überlisten, daß er sich von mir scheidet. Morgen will ich mich als Sklavin verkleiden und dir in seinen Laden folgen. Dann sprich du zu ihm: ‚Meister, ich kam heute in den Chân der Sklavenhändler, und dort sah ich diese Sklavin; die habe ich um tausend Dinare gekauft. Schau sie an und sage mir, ob sie um diesen Preis billig ist oder teuer!‘ Dann enthülle ihm mein Gesicht und meine Brüste und laß ihn mich anschauen! Schließlich aber nimm mich und kehre mit mir in dein Haus zurück; ich will von dort durch den unterirdischen Gang in mein Haus eilen, um zu sehen, wie unsere Sache mit ihm ausgeht!‘ Danach verbrachten die beiden die Nacht in Frohsinn und Heiterkeit, mit Unterhaltung und Liebesgetändel, in Freude und ohne Sorgen bis zum Morgen. Und nun ging sie wieder in ihr Gemach und schickte die Dienerin; die weckte ihren Herrn und Kamar ez-Zamân. Da erhoben sich beide, verrichteten das Frühgebet, aßen das Morgenmahl und tranken Kaffee. Der Juwelier ging fort zu seinem Laden; Kamar ez-Zamân aber begab sich in sein Haus. Alsbald trat auch die junge Herrin aus dem unterirdischen Gang heraus zu ihm, in Gestalt einer Sklavin, wie sie ja auch ihrer Herkunft nach eine Sklavin war. Er machte sich nun auf zu dem Laden des Juweliers, während sie ihm folgte, und beide schritten ihres Wegs dahin, er vorauf und sie hinter ihm, bis sie zum Laden des Juweliers gelangten; er grüßte ihn, setzte sich und hub an: ‚Meister, ich kam heute in den Chân der Sklavenhändler, da ich mich dort umschauen wollte, und ich sah diese Sklavin in den Händen des Maklers. Sie gefiel mir, und ich kaufte sie um tausend Dinare. Nun möchte ich, daß du sie dir anschaust und nachsiehst, ob sie billig ist um diesen Preis oder nicht.' Und er enthüllte ihm ihr Antlitz, so daß der Juwelier seine eigene Gattin sah, gekleidet in ihre prächtigsten Gewänder und angetan mit dem schönsten Schmuck, die Augen mit Bleiglanz geschminkt und die Hände mit Henna gefärbt, genau so wie sie sich vor ihm in seinem Hause zu schmücken pflegte. Er erkannte sie mit voller Sicherheit an ihrem Gesicht und ihrer Kleidung und ihrem Schmuck, den er mit eigener Hand geschmiedet hatte; ja, er sah auch an ihrem Finger die Siegelringe, die er erst vor kurzem für Kamar ez-Zamân verfertigt hatte, und so war er denn ganz fest überzeugt, daß sie seine Frau sein mußte. Er fragte sie: ‚Wie heißt du, Mädchen?' Sie antwortete: ‚Halîma.' Seine Gattin hieß wirklich Halîma, und sie wagte es, ihm ihren eigenen Namen zu nennen. Darüber war er sehr erstaunt, und er sprach zu dem Jüngling: ‚Für wieviel hast du sie gekauft?' ‚Für tausend Dinare', antwortete jener, und der Juwelier fuhr fort: ‚Dann hast du sie umsonst erhalten; denn tausend Dinare sind weniger als der Preis der Siegelringe, und ihre Gewänder und ihr Schmuck haben dann auch nichts gekostet.' Der Jüngling sagte darauf: ‚Möge Allah dich mit froher Botschaft erfreuen; da sie dir gefällt, will ich sie in mein Haus bringen!' ‚Tu, was dir beliebt!' sagte 'Obaid;

und Kamar ez-Zamân nahm sie und führte sie in sein Haus. Von dort ging sie durch den unterirdischen Gang und setzte sich in ihrem Gemach nieder.

Wenden wir uns nun von ihr wieder zu dem Juwelier! Ihm brannte ein Feuer im Herzen, und er sprach bei sich selber: ‚Ich will sofort hingehen und nach meiner Frau sehen. Wenn sie zu Hause ist, so ist diese Sklavin ihr Ebenbild – herrlich ist Er, der kein Ebenbild hat! Wenn meine Frau aber nicht zu Hause ist, so ist sie es ohne Zweifel.' Da machte er sich auf und eilte dahin, bis er in sein Haus kam; und dort sah er sie sitzen in ihren Gewändern und ihrem Schmuck, wie er sie im Laden gesehen hatte. Er schlug die Hände aufeinander und rief: ‚Es gibt keine Macht und es gibt keine Majestät außer bei Allah, dem Erhabenen und Allmächtigen!' ‚O Mann,' fragte sie ihn, ‚bist du irre geworden, oder was ist es mit dir? So etwas pflegst du doch sonst nicht zu tun. Dir muß unbedingt etwas widerfahren sein!' Er gab ihr zur Antwort: ‚Wenn du wünschest, daß ich es dir kund tu, gräme dich nicht!' ‚Sprich!' sagte sie zu ihm; und er berichtete: ‚Der Kaufmann, unser Freund, hat eine Sklavin gekauft, deren Wuchs gleich deinem Wuchs und deren Höhe gleich deiner Höhe ist; ja, auch ihr Name ist wie dein Name, und ihre Gewandung ist gleich deiner Gewandung. Sie gleicht dir in allen deinen Eigenschaften, und an ihren Fingern trägt sie die gleichen Siegelringe wie du, und ihr Schmuck ist wie dein Schmuck. Als er sie mir zeigte, glaubte ich, du wärest es selbst, und ich war ganz ratlos. O hätten wir doch diesen Kaufmann nie gesehen und uns nie mit ihm befreundet! O hätte er doch nie sein Land verlassen, so daß wir ihn nie kennen gelernt hätten! Jetzt hat er mein Leben getrübt, nach all der Heiterkeit; er stiftete Zwistigkeit nach all der trauten Einigkeit; und er säte den Zweifel in mein Herz!'

Da sagte sie zu ihm: ‚Schau mir ins Gesicht! Vielleicht bin ich jene, die bei ihm war, und der Kaufmann ist mein Geliebter; vielleicht habe ich mich als Sklavin verkleidet und mit ihm verabredet, daß er mich dir zeigen sollte, um dir eine Falle zu stellen!' Doch er sprach: ‚Was für Worte sind das? Ich glaube nimmer, daß du dergleichen tun könntest.' Nun war jener Juwelier aber unerfahren in den Listen der Frauen; und was sie den Männern antun, war ihm nie zu Ohren gekommen; auch hatte er nie den Spruch des Dichters vernommen:

> *Dich zog ein wallend Herze zu den Schönen*
> *Bald nach der Jugend, als das Alter kam.*
> *Mich quälet Laila[1]; fern ist ihre Liebe;*
> *Uns wurden Feinde und Gefahren gram.*
> *Wenn ihr mich nach den Frauen fragt, so wisset:*
> *Ich kenn der Frauen Leiden alleweil.*
> *Ergraut des Mannes Haupt und schmilzt sein Reichtum,*
> *Hat er an ihrer Liebe keinen Teil.*

Noch auch den eines anderen:

> *Auf Frauen höre nie; das ist der beste Wahlspruch!*
> *Wer Frauen seinen Halfter gibt, der hat kein Glück.*
> *Wenn er auch tausend Jahre sich um Wissen müht,*
> *Sie halten ihn von seinem höchsten Ziel zurück.*

Noch auch den eines dritten:

> *Die Frauen sind für uns als Teufel doch erschaffen;*
> *Ich flüchte mich zu Gott vor solchen Teufelsschlingen.*
> *Doch wen zu seinem Unglück Frauenlieb erfüllt,*
> *Verliert gar bald den Sinn in Welt- und Glaubensdingen.*

Darauf sprach sie zu ihm: ‚Während ich hier in meinem Gemache sitzen bleibe, geh du zu ihm auf der Stelle, poche an die Tür und sieh zu, daß du schnell zu ihm hineinkommst! Wenn du beim Hineintreten das Mädchen dort erblickst, so ist es seine

---

[1]. Arabischer Mädchenname.

Sklavin, mein Ebenbild – herrlich ist Er, der kein Ebenbild hat! Wenn du aber das Mädchen nicht bei ihm erblickst, so bin ich die Sklavin, die du bei ihm gesehen hast, und dein arger Verdacht gegen mich ist bestätigt.' ,Du hast recht', erwiderte 'Obaid, verließ sie und eilte fort; doch auch sie machte sich auf und ging durch den unterirdischen Gang, setzte sich bei Kamar ez-Zamân nieder und erzählte ihm die Sache, indem sie hinzufügte: ,Öffne die Tür schnell und zeige mich ihm!' Während sie noch so miteinander redeten, ward plötzlich an die Tür gepocht, und der Jüngling rief: ,Wer ist an der Tür?' ,Ich, dein Freund,' antwortete der Juwelier, ,du hast mir auf dem Basar die Sklavin gezeigt, und ich freute mich über sie für dich; aber ich habe mich noch nicht genug über sie gefreut, darum öffne mir die Tür und laß mich sie noch einmal anschauen!' Kamar ez-Zamân erwiderte: ,Das mag gern geschehen'; und er öffnete dem Gaste die Tür, so daß dieser seine eigene Gemahlin bei ihm sitzen sah. Sie erhob sich und küßte beiden die Hand; 'Obaid schaute sie an, während sie sich eine Weile mit ihm unterhielt, und er sah, daß sie sich in nichts von seiner Frau unterschied. So sprach er denn: ,Allah schafft, was Er will!' Dann ging er fort, während die Unruhe in seinem Herzen noch größer ward; als er in sein Haus zurückgekehrt war, sah er dort seine Gattin sitzen, denn sie war ihm durch den unterirdischen Gang voraufgeeilt zur selben Zeit, als er durch die Haustür hinausging. – –«

Da bemerkte Schehrezâd, daß der Morgen begann, und sie hielt in der verstatteten Rede an. Doch als die *Neunhundertundfünfundsiebenzigste Nacht* anbrach, fuhr sie also fort: »Es ist mir berichtet worden, o glücklicher König, daß die junge Frau ihrem Gatten durch den unterirdischen Gang voraufeilte zur selben Zeit, als er durch die Haustür hinausging; und sie setzte sich in ihr Gemach, und wie ihr Gatte zu ihr eintrat, sprach sie zu ihm: ‚Was hast du gesehen?' Er antwortete: ‚Ich habe sie bei ihrem Herrn gesehen, und sie ist dein Ebenbild.' Da rief sie: ‚Geh in deinen Laden, laß es genug sein des argen Verdachts, und hege nie wieder schlechte Gedanken wider mich!' ‚So sei es,' erwiderte er ihr, ‚sei mir nicht böse wegen dessen, was durch mich geschah!' Darauf sagte sie: ‚Allah gewähre dir Verzeihung!' Er betrachtete sie noch nach rechts und nach links und ging in seinen Laden. Sie aber eilte durch den unterirdischen Gang zu Kamar ez-Zamân, mit vier Beuteln in den Händen, und sprach zu ihm: ‚Rüste dich zu eiliger Abreise und halte dich bereit, alles Gut ohne Verzug aufzuladen, während ich die List ausführe, die ich im Sinne habe!' Da ging er fort, kaufte Maultiere und belud sie mit Lasten; auch rüstete er eine Sänfte und kaufte Mamluken und Eunuchen und führte alles zur Stadt hinaus, ohne daß ihm ein Hindernis in den Weg trat. Darauf kam er wieder zu ihr und sprach: ‚Ich habe meine Sachen erledigt.' Und sie erwiderte ihm: ‚Auch ich habe sein übriges Geld und alle seine Schätze zu dir hinübergeschafft; ich habe ihm weder wenig noch viel zum Leben übrig gelassen. All das geschieht aus Liebe zu dir, du Geliebter meines Herzens; ich würde dir tausendmal meinen Gatten opfern. Doch jetzt ist es nötig, daß du zu ihm gehst und von ihm Abschied nimmst, indem du zu ihm sprichst: ‚Ich will nach drei Tagen abreisen; deshalb komme ich, um dir Lebewohl zu sagen. Rechne du zusammen, was ich dir an Miete für das Haus schulde, damit ich es dir senden kann und du mein Gewissen von aller Schuld freisprichst!' Achte auf die Antwort, die er dir gibt, und kehre zu mir zurück, um sie mir zu berichten! Ich habe alles getan, was ich tun konnte, indem ich ihn betrog und zu erzürnen suchte, damit er sich von mir scheiden sollte; aber ich sehe, daß er immer noch an mir hängt. So bleibt uns denn nichts Besseres übrig, als in dein Land zu ziehen!' Er rief: ‚Wie herrlich! Wenn nur die Träume sich als wahr erweisen würden!' Dann eilte er zu dem Laden des Juweliers, setzte sich zu ihm und sprach zu ihm: ‚Meister, ich will nach drei Tagen abreisen, und ich komme nur zu dir, um dir Lebewohl zu sagen. Doch ich möchte, daß du berechnest, was ich dir an Miete für das Haus schulde, damit ich es dir gebe und du mein Gewissen von aller Schuld freisprichst.' 'Obaid entgegnete ihm: ‚Was für Reden sind das? Ich stehe doch in deiner Schuld. Bei Allah, ich will von dir nichts für die Miete des Hauses annehmen; denn der Segen ist bei uns eingekehrt. Aber du machst uns durch dein Fortgehen untröstlich, und wäre es mir nicht verboten, so träte ich dir entgegen und hielte dich von den Deinen und von deiner Heimat zurück.' Darauf nahm er Abschied von ihm, und die beiden weinten bitterlich, so daß ihr Schmerz keinem anderen glich; alsbald schloß der Juwelier seinen Laden, denn er sprach bei sich: ‚Ich muß meinem Freunde das Geleit geben.' Immer wenn nun der Jüngling ausging, um etwas zu besorgen, ging der Juwelier mit ihm; und wenn dieser dann in das Haus von Kamar ez-Zamân kam, fand er seine Frau dort, die vor sie hintrat und ihnen aufwartete; kehrte er aber in sein Haus zurück, so sah er sie dort sitzen. So erging es ihm drei Tage lang: er sah sie in seinem Hause, wenn er dort eintrat, und er schaute sie im Hause von Kamar ez-Zamân, sobald er dorthin kam. Schließlich sprach sie zu ihrem Freunde: ‚Jetzt habe ich alles, was er an Schätzen und Geldern und Hausgerät besitzt, zu dir hinübergeschafft, und ihm ist nichts geblieben als die Dienerin, die euch den Trunk zu bringen pflegte; aber ich kann mich nicht von ihr trennen, denn sie ist mir anverwandt und mir lieb und wert und hütet mein Geheimnis. Ich will sie schlagen und mich wider sie zornig stellen, und wenn mein Gatte nach Hause kommt, will ich zu ihm sagen: ‚Ich kann diese Sklavin nicht mehr ansehen, noch auch mit ihr in einem Hause bleiben; also nimm sie und verkaufe sie!' Dann wird er sie fortnehmen, um sie zu verkaufen; du aber kaufe sie, auf daß wir sie mit uns nehmen können!' ‚Das soll gern geschehen', erwiderte er; und sie schlug die Sklavin. Als ihr Gatte ins Haus kam, sah er, wie die Sklavin weinte. Da fragte er sie, warum sie weine; und sie antwortete: ‚Meine Herrin hat mich geschlagen.' Alsbald ging er zu seiner Gattin und fragte sie: ‚Was hat diese elende Sklavin getan, daß du sie schlagen mußtest?' ‚O Mann,' erwiderte sie ihm, ‚ich will dir nur ein einziges Wort sagen, ich kann diese Sklavin nicht mehr ansehen. Nimm sie und verkaufe sie; sonst scheide dich von mir!' Er sagte darauf: ‚Ich will sie verkaufen; ich tu ja alles, was du willst.' Als er sie dann mitnahm, kam er auf dem Wege zu seinem Laden bei Kamar ez-Zamân vorbei. Inzwischen war aber seine Gattin, sobald er mit der Sklavin hinausgegangen war, in aller Eile durch den unterirdischen Gang zu Kamar ez-Zamân gelaufen, und der hatte sie in die Sänfte gesetzt, ehe der alte Juwelier dorthin kam. Wie er aber dort ankam und Kamar ez-Zamân die Sklavin bei ihm sah, fragte dieser: ‚Was für ein Mädchen ist das?' Der Juwelier antwortete: ‚Meine Sklavin, die uns den Trunk zu bringen pflegte. Sie hat ihrer Herrin nicht gehorcht, und die ist wider sie ergrimmt und hat mir befohlen, sie zu verkaufen.' Der Jüngling fuhr fort: ‚Da ihre Herrin sie nicht mehr mag, kann sie nicht mehr bei ihr bleiben. Verkauf sie doch mir, damit ich noch deinen Geruch an ihr verspüren kann, und ich will sie meiner Sklavin Halîma zur Dienerin geben!' ‚Gern; nimm sie!' erwiderte 'Obaid; doch als der Jüngling fragte: ‚Um wieviel?' rief er:

‚Ich will von dir nichts nehmen; denn du bist gütig gegen uns gewesen.' Kamar ez-Zamân nahm sie von ihm an und sprach zu der jungen Herrin: ‚Küsse deinem Herrn die Hand!' Da kam sie aus der Sänfte hervor und küßte ihm die Hand; dann stieg sie wieder hinein, während er sie anschaute. Und nun sprach Kamar ez-Zamân zu ihm: ‚Ich befehle dich in Allahs Hut, Meister 'Obaid! Sprich du mein Gewissen frei von Schuld!' Jener gab ihm zur Antwort: ‚Allah spreche dein Gewissen frei und führe dich in Sicherheit zu den Deinen!' Dann nahm er Abschied von ihm und begab sich in seinen Laden; dabei standen ihm die Tränen in den Augen, denn es ward ihm schwer, sich von Kamar ez-Zamân zu trennen, da er sein Freund war und da die Freundschaft verpflichtet; dennoch freute er sich, daß nunmehr der Argwohn aufhörte, den er gegen seine Gattin gehegt hatte, da jetzt der Jüngling abgereist war und sein Verdacht gegen seine Frau sich nicht bestätigt hatte.

Wenden wir uns von ihm wieder zu Kamar ez-Zamân! Zu dem sprach die junge Herrin: ‚Wenn du sicher sein willst, so laß uns auf einem anderen Wege als dem gewohnten reisen!' – –«

Da bemerkte Schehrezâd, daß der Morgen begann, und sie hielt in der verstatteten Rede an. Doch als die *Neunhundertundsechsundsiebenzigste Nacht* anbrach, fuhr sie also fort: »Es ist mir berichtet worden, o glücklicher König, daß zu Kamar ez-Zamân, als er aufgebrochen war, die junge Herrin sprach: ‚Wenn du sicher sein willst, so laß uns auf einem anderen Wege als dem gewohnten reisen!' ‚Ich höre und gehorche!' erwiderte er ihr; und er schlug einen Weg ein, auf dem die Leute sonst nicht zu reisen pflegten. Immer weiter zog er von Land zu Land, bis er die Grenzen von Ägypten erreichte. Dann schrieb er einen Brief und schickte ihn an seinen Vater mit einem Eilboten. Sein Vater, der Kaufmann 'Abd er-Rahmân, saß gerade auf dem Basar in der Kaufleute Schar, während in seinem Herzen ob der Trennung von seinem Sohn noch immer ein brennendes Feuer war; denn seit dem Tage seines Aufbruches hatte er keine Nachricht mehr von ihm erhalten. Und während er nun so dasaß, kam plötzlich der Eilbote an und rief: ‚Ihr Herren, wer unter euch heißt der Kaufmann 'Abd er-Rahmân?' Sie fragten: ‚Was willst du von ihm?' Und er antwortete ihnen: ‚Ich habe einen Brief von seinem Sohne Kamar ez-Zamân, den ich bei el-'Arîsch[1] verlassen habe.' Darüber war 'Abd er-Rahmân hoch erfreut, und die Brust ward ihm weit; und auch die Kaufleute freuten sich mit ihm und wünschten ihm Glück zur sicheren Heimkehr seines Sohnes. Dann nahm er den Brief und las in ihm das Folgende: ‚Von Kamar ez-Zamân an den Kaufmann 'Abd er-Rahmân. Gruß zuvor an Dich und an alle Keufleute! Wenn Ihr nach uns fragt, so sei Allah Preis und Dank! Wir haben verkauft und gekauft und Gewinn gehabt. Und nun sind wir wohlbehalten und sicher und gesund heimgekehrt.' Da öffnete der Kaufmann der Freude die Tür und rüstete Gastmähler und lud zu den Festen viele Gäste ein; auch ließ er die Instrumente des Frohsinns bringen und verschönte die Freudenfeier mit allerlei wunderbaren Dingen. Als dann sein Sohn in es-Salihîja[2] eintraf, zog ihm sein Vater mit allen Kaufleuten entgegen. Und wie sie sich trafen, umarmte sein Vater ihn und drückte ihn an seine Brust und weinte, bis er in Ohnmacht fiel. Nachdem er wieder zu sich gekommen war, rief er: ‚Das ist ein gesegneter Tag, mein Sohn, da uns der allmächtige Schützer wieder mit dir vereinigt hat!' Und dann sprach er die Worte des Dichters:

1. Ein Ort am Mittelmeer, nahe der syrisch-ägyptischen Grenze. –
2. Nordöstlich von Kairo, erste Station des alten Karawanenwegs, westlich vom heutigen Suez-Kanal.

Die Nähe des Freunds ist die Krone der Freuden;
Da ist uns der Becher des Glückes geweiht.
Willkommen, willkommen, ein herzlich Willkommen,
Dem Vollmond der Monde, dem Licht unsrer Zeit!

Und von neuem begann er im Übermaß der Freude in einen Tränenstrom auszubrechen, und er hub an, diese beiden Verse zu sprechen:

Da jetzt der ‚Mond der Zeit‘[1]*, der Helligkeit uns leiht,*
Von seiner Reise kam, sind Strahlen sein Geleit.
Der Haare dunkle Pracht gleicht seines Fernseins Nacht,
Indes der Sonne Schein aus seinem Antlitz lacht.[2]

Dann traten die Kaufleute an den Jüngling heran und begrüßten ihn; und sie sahen bei ihm viele Lasten und Diener und auch eine Tragsänfte, die mit einem breiten Gurt umgeben war. Und nun nahmen sie ihn mit sich und führten ihn nach Hause; als dort die junge Frau aus der Sänfte stieg, schien es seinem Vater, daß sie alle Beschauer bezaubern mußte. Ihr ward ein hohes Obergemach geöffnet, gleich einer Schatzkammer, von der die Zaubersiegel abgenommen waren; und als seine Mutter sie erblickte, war sie von ihr ganz berückt und hielt sie für eine Prinzessin unter den Gemahlinnen der Könige. Sie freute sich ihrer und befragte sie; Halîma antwortete ihr: ‚Ich bin die Gattin deines Sohnes.‘ Und die Mutter sprach: ‚Da er mit dir vermählt ist, geziemt es uns, daß wir dir eine prächtige Hochzeit rüsten, damit wir an dir und an meinem Sohne unsere Freude haben.‘

Hören wir nun, was der Kaufmann 'Abd er-Rahmân tat! Nachdem die Leute sich zerstreut hatten und ein jeder seiner Wege gegangen war, blieb er mit seinem Sohne zusammen

---

1. Das ist: Kamar ez-Zamân. – 2. Wörtlich: doch das Aufgehen der Sonne (das ist: seines Antlitzes) ist aus seiner Halskrause.

und fragte ihn: ‚Mein Sohn, was ist das für eine Sklavin, die du bei dir hast? Und um wieviel hast du sie gekauft?' Jener antwortete ihm: ‚Mein Vater, sie ist keine Sklavin, sondern sie ist die, um derentwillen ich in die Fremde gezogen bin.' ‚Wie ist das?' fragte der Vater weiter; und der Sohn erwiderte: ‚Sie ist jene, die der Derwisch uns schilderte in der Nacht, die er bei uns verbrachte. Wisse, von jener Zeit ab hängten sich meine Hoffnungen an sie, und nur um ihretwillen verlangte es mich zu reisen. Ich bin sogar auf der Reise ausgeplündert worden, und die Beduinen raubten mein Gut, so daß ich ganz allein in Basra einzog; und dort ist es mir so und so ergangen'; und er begann, seinem Vater alles zu erzählen von Anfang bis zu Ende. Nachdem er seine Geschichte beendet hatte, sprach der Vater zu ihm: ‚Mein Sohn, hast du dich denn nach all dem mit ihr vermählt?' ‚Nein,' gab jener zur Antwort, ‚aber ich habe ihr versprochen, mich mit ihr zu vermählen.' Der Vater fuhr fort: ‚Hast du also die Absicht, sie zur Frau zu nehmen?' Der Sohn antwortete: ‚Wenn du es mir befiehlst, will ich es tun; wo nicht, so werde ich mich nicht mit ihr vermählen.' Darauf sagte der Vater: ‚Wenn du sie zur Frau nimmst, so sage ich mich von dir los in dieser und in jener Welt, und ich werde dir grimmig zürnen. Wie kannst du dich denn mit ihr vermählen, nachdem sie so an ihrem Gatten gehandelt hat? Was sie um deinetwillen ihrem Gatten angetan hat, das wird sie dir ebenso antun um eines anderen willen; denn sie ist eine Verräterin, und einem Verräter darf man nicht trauen. Wenn du mir zuwiderhandelst, so werde ich immer zornig auf dich sein; aber wenn du auf meine Worte hörst, so will ich dir eine Jungfrau suchen, die noch schöner ist als sie, doch zugleich rein und fromm; und ich will dich mit ihr vermählen, müßte ich auch alle meine Habe für sie hingeben; und ich will ein Hochzeitsfest für dich feiern, das nicht seinesgleichen hat, und will auf dich und auf sie stolz sein. Wenn dann die Leute sagen: ‚Der-undder hat sich mit der Tochter Desunddes vermählt', so ist das besser, als wenn sie sagen: ‚Er hat eine Sklavin zur Frau, die ohne Abkunft und Adel ist.' So suchte er seinen Sohn zu überreden, von der Ehe mit ihr zu lassen, und er führte ihm für seinen Rat Beispiele und Geschichten an, dazu Gedichte Sprichwörter und Ermahnungen, bis Kamar ez-Zamân ausrief: ‚Lieber Vater, da es so steht, kann ich es nicht mehr verantworten, sie zur Frau zu nehmen.' Als er diese Worte gesprochen hatte, küßte sein Vater ihn auf die Stirn und sprach zu ihm: ‚Du bist mein echter Sohn! Bei deinem Leben, mein Sohn, ich werde dich gewißlich mit einer Maid vermählen, die nicht ihresgleichen hat.' Darauf brachte der Kaufmann 'Abd er-Rahmân die Frau des Juweliers 'Obaid und ihre Sklavin in ein hochgelegenes Gemach, und ehe er die Tür hinter ihnen schloß, gab er einer schwarzen Sklavin den Auftrag, den beiden ihr Essen und Trinken zu bringen, und sprach zu Halîma: ‚Du wirst mit deiner Sklavin in diesem Gemach gefangen bleiben, bis ich für euch jemanden finde, der euch kauft; dann will ich euch an ihn verkaufen. Wenn ihr Widerstand leistet, werde ich euch töten, dich und deine Sklavin; denn du bist eine Verräterin, und in dir ist nichts Gutes.' Sie antwortete ihm: ‚Tu, was du willst; ich verdiene alles, was du mit mir tun wirst!' So verschloß er denn die Tür hinter ihnen und gab seinem Harem den Auftrag: ‚Niemand soll zu den beiden hinaufgehen, noch mit ihnen sprechen, außer der schwarzen Sklavin, die ihnen ihr Essen und Trinken durch das Fenster des Gemachs reichen wird!' Da saß nun Halîma mit ihrer Sklavin weinend und voll Reue über das, was sie ihrem Gatten angetan hatte. So stand es um sie.

Sehen wir nun, was der Kaufmann 'Abd er-Rahmân des weiteren tat. Er schickte Brautwerberinnen aus, damit sie um eine Jungfrau von Adel und Abkunft für seinen Sohn würben. Die forschten nun unermüdlich umher, aber jedesmal, wenn sie eine Maid sahen, hörten sie von einer, die noch schöner war als sie, bis sie zum Hause des Scheich el-Islam kamen und seine Tochter sahen, die in Kairo nicht ihresgleichen hatte an Schönheit und Lieblichkeit und an des Wuchses Ebenmäßigkeit, ja, sie war noch tausendmal schöner als die Gattin des Juweliers 'Obaid. Von ihr berichteten sie dem Kaufmanne, und nun begab er sich mit den Vornehmen zu ihrem Vater, und sie warben um sie. Dann wurde der Ehevertrag geschrieben, und eine herrliche Hochzeitsfeier ward für die Braut gerüstet. 'Abd er-Rahmân veranstaltete die Hochzeitsmahle; und zwar lud er am ersten Tage die Schriftgelehrten ein, und die feierten ein würdiges Fest. Am zweiten Tage lud er die Kaufleute ein insgesamt; da wurden die Trommeln geschlagen und die Flöten geblasen, und Straße und Stadtviertel wurden mit Lampen erleuchtet. An jedem Abend kamen auch alle Spielleute und trieben mancherlei Kurzweil. So bereitete er an jedem Tage ein Gastmahl für einen besonderen Stand von Leuten, bis er auch die Hochweisen und die Emire und die Bannerträger und die Machthaber eingeladen hatte. Vierzig Tage lang dauerte die Hochzeitsfeier; jeden Tag saß der Kaufmann da und empfing die Leute, während sein Sohn ihm zur Seite saß und sich die Menschen anschaute, wie sie von den Tischen aßen, ja, es war eine Hochzeitsfeier, wie es noch nie eine gegeben hatte. Am letzten Tage lud er die Armen und Bedürftigen von nah und fern ein; und die kamen in Scharen, während der Kaufmann und sein Sohn neben ihm dasaßen. Und als die beiden so zuschauten, kam plötzlich der Scheich

'Obaid, der Gatte der jungen Frau, mit einer Schar von Armen herein; doch er war dürftig gekleidet und müde und trug die Spuren der Reise an sich. Kaum hatte Kamar ez-Zamân ihn gesehen, so erkannte er ihn, und er sprach zu seinem Vater: ‚Schau den armen Mann dort, Vater, der zur Tür hereinkommt!' Jener schaute ihn an und sah, daß er in Lumpen ging und ein altes Hemd trug, das zwei Dirhems wert war. Sein Gesicht war gelbgefleckt, und er war mit Staub bedeckt; er sah aus wie einer von den Pilgern, die am Wege niedersanken, und er stöhnte wie die elenden Kranken. Er ging mit schlotterndem Gang und schwankte beim Gehen bald nach rechts und bald nach links in einem fort; und an ihm bewahrheitete sich das Dichterwort:

> *Durch Armut muß des Mannes Glanz verblassen*
> *Gleichwie der Abendsonne gelber Schein.*
> *Verstohlen schleicht er sich am Volk vorüber;*
> *Es quillt sein Tränenstrom, ist er allein.*
> *Er wird gar bald vergessen, ist er ferne;*
> *Und ist er nahe, wird er nicht beglückt.*
> *Bei Gott, ein Fremdling unter eignem Volke*
> *Ist doch der Mann, wenn ihn die Armut drückt.*

Und das Wort eines anderen:

> *Der Arme geht einher; und alles ist ihm feindlich.*
> *Das ganze Land verschließt vor ihm die Tore dicht.*
> *Du siehst, er ist verhaßt, und hat doch nicht gesündigt;*
> *Er sieht die Feindschaft, doch er sieht die Ursach nicht.*
> *Sogar die Hunde, wenn sie einen Reichen sehen,*
> *So schmeicheln sie und wedeln mit dem Schwanze dann;*
> *Doch sehn sie einmal einen Armen und Bedrückten,*
> *So bellen sie ihn unter Zähnefletschen an.*

Und wie schön ist das Wort des Dichters:

> *Wenn Ruhm und Glück dem Manne zu Gefährten werden,*
> *So meiden ihn Gefahr und Widerwärtigkeit.*

> *Dann kommt zu ihm der Freund schmarotzend ungeladen,*
> *Der Nebenbuhler ist zum Kuppeln gar bereit.*
> *Die Menschen nennen seinen lauten Wind Gesang,*
> *Und sagen, ist er leis: Ein Hauch voll Süßigkeit. – –«*

Da bemerkte Schehrezâd, daß der Morgen begann, und sie hielt in der verstatteten Rede an. Doch als die *Neunhundertundsiebenundsiebenzigste Nacht* anbrach, fuhr sie also fort: »Es ist mir berichtet worden, o glücklicher König, daß der Kaufmann 'Abd er-Rahmân, als sein Sohn zu ihm sprach: ,Schau diesen armen Mann!' fragte: ,Mein Sohn, wer ist das?' Jener antwortete ihm: ,Das ist Meister 'Obaid, der Juwelier, der Gatte der Frau, die bei uns gefangen ist.' Weiter fragte der Kaufmann: ,Ist es der, von dem du mir erzähltest?' ,Jawohl,' erwiderte der Sohn, ,ich habe ihn ganz sicher erkannt.'

Der Grund seines Kommens aber war der folgende. Als Kamar ez-Zamân ihm Lebewohl gesagt hatte, begab der Juwelier sich in seinen Laden; dort ward ihm eine kleine Arbeit gebracht, und er machte sie im Verlauf des Tages fertig. Am Abend schloß er den Laden und ging nach Hause; er legte die Hand an die Tür, und sie tat sich auf. Als er aber eintrat, sah er weder seine Gattin noch die Sklavin; und er fand das ganze Haus in übelstem Stand, so daß dies Dichterwort auf ihn seine Anwendung fand:

> *Voller Bienen war die Stätte, als der Schwarm sich niederließ;*
> *Als die Bienen sie verließen, war es nur ein leer Verlies. –*
> *Heute ist's, als hätten Menschen nie sich dort ein Heim geschafft,*
> *Oder auch, als hätt ein Unheil alles Volk hinweggerafft.*

Als er das Haus verlassen fand, wandte er sich bald nach rechts, bald nach links, ja, er lief überall umher wie ein Irrer; aber er fand niemanden. Dann öffnete er die Tür seiner Schatzkammer; doch er fand in ihr nichts von seinem Geld noch von seinen Schätzen. Da endlich kam er wieder zu sich aus seiner Wirrnis und erwachte aus seiner Betäubung und erkannte, daß seine eigene Frau es war, die sich mit Listen wider ihn gewandt und ihn betrogen hatte; und er weinte über das, was geschehen war. Er hielt jedoch seine Sache geheim, damit keiner seiner Feinde über ihn frohlockte und keiner seiner Freunde sich betrübte; denn er wußte, daß er, wenn er sein Geheimnis ruchbar werden ließe, bei den Menschen nur Schimpf und Schande ernten würde. Deshalb sprach er zu sich selber: ‚Mann, verbirg, was dir widerfahren ist an Leid und Schändlichkeit! Vielmehr sei nach dem Dichterworte zu handeln bereit:

> *Ist eines Mannes Brust beengt durch ein Geheimnis, –*
> *Noch enger wird die Brust dem, der es weitergibt.*‘

Darauf verschloß er sein Haus und begab sich in seinen Laden; dessen Obhut vertraute er einem seiner Gesellen an, indem er zu ihm sprach: ‚Der junge Kaufmann, mein Freund, hat mich eingeladen, ihn nach Kairo zu begleiten, damit ich es mir ansehe, und er hat geschworen, er wolle nicht aufbrechen, es sei denn, daß er mich und meinen Harem mit sich nehme. Deshalb, mein Sohn, sei du mein Stellvertreter in meinem Laden; und wenn der König euch nach mir fragt, so sprecht zu ihm: ‚Er hat sich mit seinem Harem auf die Pilgerreise zum heiligen Hause Allahs begeben.‘ Dann verkaufte er einiges von seinen Waren und kaufte sich Kamele, Maultiere und Mamluken; auch kaufte er sich eine Sklavin und ließ sie in einer Sänfte sitzen; und nach zehn Tagen verließ er Basra. Seine Freunde nahmen Abschied von ihm, und er brach auf; und die Leute glaubten nicht anders, als daß er seine Gattin mit sich genommen und sich auf die Pilgerfahrt begeben habe. Und alle Menschen freuten sich, daß Allah sie davon befreit hatte, jeden Freitag sich in die Moscheen und in die Häuser einsperren zu lassen. Da sagte einer von den Leuten: ‚Allah lasse ihn nie wieder nach Basra zurückkehren, damit wir nicht mehr an jedem Freitag in die Moscheen und in die Häuser eingesperrt werden!' Denn dieser launische Befehl hatte unter dem Volk von Basra viel Ärgernis erregt. Und dann sagte ein anderer: ‚Ich glaube, er wird nie von seiner Reise zurückkehren, da das Volk von Basra ihn so verwünscht.' Und ein dritter sprach: ‚Wenn er zurückkommt, soll er nur als gebrochener Mann wiederkehren!' So freuten sich denn die Bewohner von Basra gar sehr über sein Fortgehen, nachdem sie vorher so geplagt gewesen waren, und auch ihre Katzen und ihre Hunde hatten nun Ruhe. Als aber der Freitag kam, rief der Herold doch wieder wie gewöhnlich in der Stadt aus, das Volk solle zwei Stunden vor dem Freitagsgebet in die Moscheen gehen oder sich in den Häusern verborgen halten, desgleichen auch die Katzen und die Hunde. Da ward den Leuten die Brust wieder beklommen, und sie rotteten sich alle zusammen und begaben sich zum Staatssaal, traten vor den König und sprachen: ‚O größter König unserer Zeit, der Juwelier hat doch seine Frau genommen und ist auf die Pilgerfahrt zum heiligen Hause Allahs aufgebrochen; so hat auch der Grund, aus dem wir uns einsperren mußten, aufgehört zu bestehen. Weshalb sollen wir uns denn jetzt noch einschließen?' Der König rief: ‚Wie konnte dieser Verräter abreisen, ohne es mich wissen zu lassen? Wenn er von seiner Reise zurückkehrt, so wird schon alles in gute Ordnung kommen. Also geht in eure Läden und verkauft und kauft; diese Plage ist jetzt von euch genommen!' So stand es um den König und das Volk von Basra.

Sehen wir nun, wie es Meister 'Obaid, dem Juwelier, erging! Er reiste zehn Tagereisen lang dahin, und da widerfuhr ihm dasselbe, was Kamar ez-Zamân widerfahren war, ehe er in Basra ankam; denn die Beduinen aus der Gegend von Baghdad fielen über ihn her, zogen ihn aus und nahmen ihm alles ab, was er bei sich hatte, und nur dadurch, daß er sich tot stellte, kam er mit dem Leben davon. Als aber die Beduinen fortgezogen waren, erhob er sich und ging, nackt wie er war, weiter, bis er in ein Dorf kam. Dort machte Allah ihm die Herzen gütiger Menschen geneigt, und sie bedeckten seine Blöße mit Stücken von alten Kleidern. Dann fragte er, bettelnd, seinen Weg weiter, von Ort zu Ort, bis er in Kairo, der Stadt, die Gott behüten möge, ankam, und da brennender Hunger ihn quälte, so zog er bettelnd in den Basaren umher. Ein Mann aus dem Volke von Kairo jedoch sprach zu ihm: ‚Du Armer, geh doch in das Hochzeitshaus, iß und trink! Denn dort ist heute der Tisch für die Armen und Fremdlinge.' Da sagte er: ‚Ich kenne den Weg zum Hochzeitshause nicht.' ‚Folge mir, ich will ihn dir zeigen!' sagte der andere und ging ihm voran, bis er zu dem Hause kam. Dort sprach er zu 'Obaid: ‚Dies ist das Hochzeitshaus; geh hinein und fürchte dich nicht, denn an der Tür zum Hause der Hochzeitsfreunde gibt es keine Torwächter!' Nachdem er eingetreten war, erblickte Kamar ez-Zamân ihn und erkannte ihn und sagte es seinem Vater. Der Kaufmann 'Abd er-Rahmân aber sprach zu seinem Sohne: ‚Lieber Sohn, laß ihn jetzt allein; vielleicht ist er hungrig. Laß ihn essen, bis er gesättigt ist und sein Gemüt sich beruhigt hat; hernach wollen wir ihn rufen lassen!' Sie warteten also, bis jener sich satt gegessen und die Hände gewaschen und den Kaffee getrunken hatte sowie die Zuckerscherbette, die mit Moschus und Ambra vermischt waren, und nun wieder gehen wollte. Da sandte der Vater von Kamar ez-Zamân nach ihm, und der Bote sprach zu 'Obaid: ‚Komm, Fremdling, folge dem Rufe des Kaufmanns 'Abd er-Rahmân!' ‚Was ist das für ein Kaufmann?' fragte der Juwelier; und der Bote antwortete ihm: ‚Er ist der Festgeber.' So kehrte er denn um, und er glaubte, jener wolle ihm ein Geschenk geben. Als er sich aber dem Kaufmann näherte, erblickte er seinen Freund Kamar ez-Zamân, und er verlor fast die Besinnung aus Scham vor ihm. Aber Kamar ez-Zamân sprang auf, schloß ihn in seine Arme und begrüßte ihn; und beide weinten bitterlich. Dann ließ er ihn an seiner Seite sitzen; doch sein Vater sprach zu ihm: ‚O du Jüngling ohne Lebensart, auf solche Weise empfängt man die Freunde nicht! Schicke ihn zuerst in das Badehaus, dann sende ihm Gewänder, wie sie ihm gebühren, und danach setz dich mit ihm nieder und plaudere mit ihm!' Da rief er einige seiner Diener und befahl ihnen, sie sollten ihn ins Badehaus führen; auch sandte er ihm auserlesene Gewänder, die tausend Dinare wert waren oder noch mehr. Und die Diener wuschen seinen Leib und kleideten ihn in die Gewänder, so daß er nunmehr wie der Vorsteher der Kaufmannsgilde aussah. Inzwischen aber, während 'Obaid im Badehause war, fragten die Umstehenden Kamar ez-Zamân nach ihm, indem sie sprachen: ‚Wer ist das? Und woher kennst du ihn?' Er gab zur Antwort: ‚Das ist mein Freund, der mich in sein Haus aufgenommen hat und dem ich unzählige Wohltaten verdanke; ja, er hat mir die höchsten Ehren erwiesen. Er ist ein Mann von Pracht und Macht, und seines Berufes ist er ein Juwelier, dem niemand gleichkommt. Der König von Basra ist ihm in herzlicher Liebe zugetan; ja, er steht bei dem König in hohem Ansehn, und seinem Befehl wird Gehorsam geleistet.' So rühmte er ihn hoch vor ihnen; und er fuhr fort: ‚Er hat soundso an mir gehandelt, und ich schäme mich vor ihm, da ich nicht weiß, wie ich ihm lohnen soll, um all die Ehrungen zu vergelten, die er mir erwiesen hat.' So pries er ihn in einem fort, bis sein Ansehen bei den Umstehenden sehr groß ward und er in ihren Augen verehrungswürdig war. Darauf sprachen sie: ‚Wir alle wollen das tun, was ihm gebührt, und wollen ihn um deinetwillen ehren. Jedoch möchten wir wissen, aus welchem Grunde er nach Kairo gekommen ist, weshalb er seine Heimat verlassen hat, und was Allah mit ihm getan hat, daß er in solche Not geraten ist.' Darauf erwiderte er ihnen: ‚Ihr Leute, wundert euch nicht! Ein Menschenkind ist dem Schicksal und dem Verhängnis unterworfen, und solange es in dieser Welt lebt, ist es nie vor Unheil gefeit. Der Dichter dieser Verse schilderte die Wirklichkeit:

> *Das Schicksal stürzt sich auf die Menschen; drum vermeide,*
> *Daß dich die Sucht nach Würden und nach Rang betört!*
> *Und hüte dich vor Fehltritt, halt dich fern dem Elend;*
> *Bedenke, daß zum Schicksal Mißgeschick gehört!*
> *Der Wechsel eines jeden Dings hat seine Ursach:*
> *Durch kleinstes Unglück ward schon manches Glück zerstört!*

Wisset, als ich damals in Basra einzog, war mein Zustand noch schlimmer, als der seine es jetzt ist, und mein Elend noch größer als das seine; denn als dieser Mann nach Kairo kam, war seine Blöße mit Lumpen bedeckt, aber ich zog in seine Stadt mit unverhüllter Blöße, die eine Hand hinten, die andere vorn; und niemand half mir als Allah und dieser hochherzige Mann. Die Ursache davon war, daß die Beduinen mich ausplünderten, mir meine Kamele und Maultiere und Lasten raubten und meine Diener und Mannen töteten; ich legte mich zwischen die Erschlagenen nieder, und die Räuber hielten mich für tot, so daß sie mich liegen ließen, als sie fortzogen. Dann machte ich mich auf und schritt nackend weiter, bis ich in Basra ankam; dort nahm dieser Mann mich auf, kleidete mich und gab mir eine Herberge in seinem Hause; auch versah er mich mit Geld, und alles, was ich mit mir gebracht habe, verdanke ich nur Allah und seiner Güte. Als ich abreiste, gab er mir reiche Geschenke, und ich kehrte fröhlichen Sinnes in meine Heimatstadt zurück. Damals, als ich mich von ihm trennte, lebte er in Pracht und Macht; vielleicht mußte er seither einen Schicksalsschlag erleiden, der ihn zwang, von seinem Volke und seiner Heimat zu scheiden. Ihm mag unterwegs das gleiche widerfahren sein, was mir widerfuhr; und darin liegt nichts Wunderbares. Aber jetzt geziemt es mir, ihm zu vergelten für seine hochherzige Tat, und nach dem Worte dessen zu handeln, der da gesprochen hat:

> *O der du gut denkst von der Zeit,*
> *Bedenkst du, wie die Zeit verfährt?*
> *In Güte tue, was du tust;*
> *Wie einer lohnt, wird ihm gewährt!'*

Während sie sich mit diesen und ähnlichen Worten unterhielten, trat Meister 'Obaid wieder zu ihnen ein, und er sah aus, als wenn er der Vorsteher der Kaufmannsgilde wäre. Alle erhoben sich vor ihm und begrüßten ihn und ließen ihn auf dem Ehrenplatze sitzen. Kamar ez-Zamân aber sprach zu ihm: ‚Lieber Freund, dein Tag sei gesegnet und glücklich! Du brauchst mir nicht zu erzählen, was mir selbst früher als dir widerfahren ist; wenn die Beduinen dich ausgeplündert und dir Hab und Gut geraubt haben, so bedenke, daß Hab und Gut das Lösegeld für das Leben sind, und gräme dich nicht! Siehe, ich bin nackt in deine Stadt gekommen, und du hast mich gekleidet und freundlich aufgenommen; und ich verdanke dir viel Güte. Darum will ich dir vergelten.' – –«

Da bemerkte Schehrezâd, daß der Morgen begann, und sie hielt in der verstatteten Rede an. Doch als die *Neunhundertund-*

achtundsiebenzigste Nacht anbrach, fuhr sie also fort: »Es ist mir berichtet worden, o glücklicher König, daß Kamar ez-Zamân zu Meister 'Obaid dem Juwelier sprach: ‚Siehe, ich bin nackt in deine Stadt gekommen, und du hast mich gekleidet, und ich verdanke dir viel Güte. Darum will ich dir vergelten und an dir handeln, wie du an mir gehandelt hast, ja, ich will noch mehr tun als das. Also hab Zuversicht und quäl dich nicht!' In dieser Weise beruhigte er ihn und hinderte ihn am Reden, damit jener nicht von seiner Frau spräche und erzählte, was sie ihm angetan hatte; unermüdlich sprach er ihm zu mit Ermahnungen, Sprichwörtern und Gedichten, mit Anekdoten, Erzählungen und Geschichten, und er suchte ihn zu trösten, bis der Juwelier verstand, daß Kamar ez-Zamân ihm andeuten wollte, er solle Schweigen bewahren. So schwieg denn 'Obaid von dem, was ihm das Herz beschwerte; die Erzählungen und lustigen Geschichten, die er vernahm, trösteten seinen Sinn, und er sprach das Dichterwort vor sich hin:

> *Auf der Stirn des Schicksals stehet eine Schrift; wenn du die siehst,*
> *Wird ihr Sinn dich so betrüben, daß dein Auge Blut vergießt:*
> *Niemals hat das Schicksal einem mit der Rechten Glück geschenkt,*
> *Ohne daß ihn seine Linke mit dem Unheilsbecher tränkt.*

Darauf nahmen Kamar ez-Zamân und sein Vater, der Kaufmann 'Abd er-Rahmân, den Juwelier mit sich und führten ihn in den Saal des Frauenhauses; dort schlossen sie sich mit ihm ein, und der Kaufmann 'Abd er-Rahmân sprach zu ihm: ‚Wir haben dich nur deshalb am Sprechen gehindert, weil wir fürchteten, es könnte dich und uns ins Gerede bringen. Doch jetzt sind wir allein, und nun berichte uns, was zwischen dir und deiner Frau und meinem Sohne vorgegangen ist!' Da erzählte der Juwelier die Geschichte von Anfang bis zu Ende. Und als er seinen Bericht beendet hatte, fragte der Kaufmann ihn: ‚Lag die Schuld an deiner Gattin oder an meinem Sohne?' ‚Bei Allah,' erwiderte jener, ‚deinen Sohn trifft keine Schuld; denn die Männer gelüstet es nach den Frauen, aber es ist die Pflicht der Frauen, daß sie sich von den Männern fernhalten. Nur meine Frau ist zu tadeln, sie, die mich verraten und mir all dies angetan hat.' Da erhob sich der Kaufmann und ging mit seinem Sohn beiseite und sprach zu ihm: ‚Mein Sohn, wir haben seine Frau geprüft und wissen, daß sie eine Verräterin ist; jetzt will ich ihn prüfen, um zu erfahren, ob er ein Mann von Ehre und Vornehmheit ist oder ein Lump.' ‚Wie willst du das tun?' fragte der Jüngling; und sein Vater antwortete: ‚Ich will ihm zureden, er solle sich mit seiner Frau aussöhnen, und wenn er in die Versöhnung einwilligt und ihr vergibt, so will ich ihn mit einem Schwerte totschlagen und dann auch die Frau und ihre Sklavin töten; denn am Leben eines Kupplers und einer Dirne ist nichts Gutes. Doch wenn er sich mit Grausen von ihr wendet, so will ich ihn deiner Schwester vermählen und ihm dazu noch mehr Geld geben, als jene ihm weggenommen hat.' Dann kehrte er zu 'Obaid zurück und sprach zu ihm: ‚Meister, der Umgang mit Frauen erfordert Langmut, und wer sie liebt, dessen Herz sei weit; denn sie sind böswillig gegen die Männer und tun ihnen weh, da sie ihnen überlegen sind an Schönheit und Anmut. Sie kommen sich selber herrlich vor und sehen auf die Männer herab, vor allem, wenn ihnen von ihren Gatten Liebe bezeigt wird; dann vergelten sie ihnen mit Hoffart, Dreistigkeit und Abscheulichkeit in jeglicher Weise. Wird nun ein Mann jedesmal zornig, wenn er an seiner Frau etwas bemerkt, was ihn verletzt, so kann es zwischen ihm und ihr keine Gemeinschaft geben; nur der vermag mit den Frauen auszukommen, der ein weites Herz sein eigen nennt und die Langmut der Seele kennt. Wenn ein Mann nicht mit seiner

Frau Geduld hat und ihre Bosheit in Milde verzeiht, so erblüht ihm aus dem Umgange mit ihr keine Zufriedenheit. Es heißt von ihm mit Recht: Wären sie auch im Himmel, so würden sich die Hälse der Männer nach ihnen wenden. Und wer die Macht hat und vergibt, dessen Lohn steht bei Allah. Diese Frau ist deine Gattin und deine Gefährtin; sie hat lange mit dir zusammengelebt; deshalb geziemt es sich, daß sie bei dir Vergebung findet, denn dies ist ein Zeichen, daß der Erfolg sich mit dem Zusammensein verbindet. Den Frauen mangelt es ja an Verstand und an Glauben. Wenn sie gesündigt hat, hat sie schon bereut; so Gott will, wird sie es nie wieder so treiben, wie sie es früher getrieben hat. Darum ist es mein Rat, daß du dich mit ihr versöhnst; und ich will dir an Hab und Gut mehr geben, als du besessen hast. Wenn du noch bei mir bleiben willst, so heiße ich dich und sie willkommen; euch soll nur das zuteil werden, was euch Freude macht. Willst du aber in deine Heimat zurückkehren, so will ich dir geben, was du zu deiner Zufriedenheit brauchst; da steht die Sänfte bereit, laß deine Gattin und ihre Sklavin einsteigen und zieh in dein Land! Der Dinge, die zwischen dem Manne und seiner Frau geschehen, sind viele; und es ist deine Pflicht, milde zu handeln und nicht auf dem Wege der Härte zu wandeln.' Da fragte der Juwelier: ,Hoher Herr, wo ist denn meine Gattin?' Der Kaufmann erwiderte ihm: ,Sie ist hier im oberen Gemach. Geh zu ihr hinauf, sei freundlich zu ihr um meinetwillen und betrübe sie nicht! Als mein Sohn sie brachte und sich mit ihr vermählen wolllte, habe ich ihn daran gehindert, und ich habe sie in dies Gemach geführt und die Tür hinter ihr verschlossen. Denn ich sagte mir: ,Vielleicht wird ihr Gatte kommen, und dann will ich sie ihm wohlbehalten übergeben; denn sie ist lieblich von Gestalt, und wenn eine Frau so schön ist wie sie, so ist es unmöglich, daß ihr Gatte sie verläßt! Das, was ich annahm, ist nun eingetroffen, und Preis sei Allah dem Erhabenen, daß du nun wieder mit deiner Gattin vereint bist! Was aber meinen Sohn betrifft, so habe ich um eine andere Frau für ihn geworben, und diese Feste und Gastmähler finden um seiner Hochzeit willen statt; heute nacht wird er zu seiner Gattin eingehen. Da ist der Schlüssel zu dem Obergemach, in dem deine Gattin weilt; nimm ihn, öffne die Tür und geh zu ihr und deiner Sklavin hinein! Sei guter Dinge mit ihr; Essen und Trinken soll euch gebracht werden, und du sollst nicht eher wieder herunterkommen, als bis du dein Genüge an ihr gehabt hast!' Nun sprach der Juwelier zu ihm: ‚Allah belohne dich statt meiner mit allem Guten, lieber Herr!' Und er nahm den Schlüssel und ging fröhlich hinauf. Der Kaufmann glaubte, seine Worte hätten ihm gefallen, und er sei mit ihnen einverstanden; deshalb nahm er das Schwert und ging hinter ihm her, doch so, daß jener ihn nicht sehen konnte. Dann blieb er an einer Stelle stehen, von wo er sehen konnte, was zwischen 'Obaid und seiner Gattin vorgehen würde.

Wenden wir uns nun von dem Kaufmann 'Abd er-Rahmân zu dem Juwelier! Als der zu seiner Gattin eintreten wollte, hörte er sie bitterlich klagen, weil Kamar ez-Zamân sich mit einer anderen vermählt hatte. Und dann hörte er, wie die Sklavin zu ihr sprach: ‚Wie oft habe ich dich gewarnt, meine Gebieterin, und dir gesagt: Von diesem Jüngling wird dir nichts Gutes widerfahren; drum laß ab von dem Umgang mit ihm! Aber du hast nicht auf meine Worte gehört und hast sogar deinem Gatten all sein Hab und Gut geraubt und es dem Jüngling gegeben! Dann hast du dein Heim verlassen und dich nur an die Liebe zu ihm gehalten und bist mit ihm in dies Land gekommen! Er aber hat dich aus seinem Herzen verstoßen und sich mit einer anderen vermählt; und das Ende deiner Vernarrtheit in ihn ist das Gefängnis.' Da rief Halîma: ‚Schweig, du Verruchte! Wenn er auch mit einer anderen vermählt ist, so muß ich doch ganz gewiß ihm eines Tages wieder in den Sinn kommen. Ich kann die Nacht des trauten Vereins mit ihm nie vergessen; und meines Trostes Hort ist auf jeden Fall das Dichterwort:

> *Mein Lieb, willst du denn seiner nicht gedenken,*
> *Dem du allein in seinem Sinne bist?*
> *Es sei dir ferne, daß du den vergessest,*
> *Der sich um deinetwillen selbst vergißt!*

Er wird ganz sicher einst wieder daran denken, wie wir in Freundschaft verbunden waren, und dann wird er nach mir fragen; darum will ich mich nicht von der Liebe zu ihm abwenden und will in meiner Neigung für ihn nicht wankend werden, müßte ich auch im Kerker umkommen! Er ist es, der mir im Herzen weilt und der meine Schmerzen heilt; und meine Hoffnung ruht auf ihm, daß er zu mir zurückkehrt und mir wieder Freude bringt.' Als ihr Gatte hörte, daß sie diese Worte sprach, stürzte er zu ihr hinein und schrie sie an: ‚Du Verräterin, wahrlich, deine Hoffnung auf ihn ist wie die Hoffnung des Teufels auf das Paradies. Alle diese Laster lebten in dir, ohne daß ich es wußte. Hätte ich geahnt, daß auch nur eins von diesen Lastern in dir hause, ich hätte dich nicht eine Stunde lang bei mir behalten. Aber da ich jetzt sicher weiß, daß solches in dir steckt, muß ich dich töten, wenn man mich auch deinetwillen umbringt, du Verräterin!' Und mit beiden Händen packte er sie im Nu und rief ihr diese beiden Verse zu:

> *Ihr Schönen, meine treue Lieb habt ihr durch Sünde*
> *Vertrieben und dem Rechte Achtung nicht bezeigt.*
> *Wie vielen unter euch galt meine Jugendneigung! –*
> *Durch dieses Leid ward ich dem Neigen abgeneigt.*

Dann drückte er ihr die Gurgel zu und brach ihr das Genick, und die Sklavin schrie: ‚Wehe, meine Herrin!' Doch er fuhr sie an: ‚O du Dirne, du trägst an allem die Schuld, da du wußtest, daß diese böse Neigung in ihr lebte, und mir nichts davon sagtest!' Dann packte er auch die Sklavin und erdrosselte sie. All das geschah, während der Kaufmann mit dem Schwert in der Hand hinter der Tür stand und mit seinen Ohren hörte und mit seinen Augen zuschaute. Als nun 'Obaid, der Juwelier, die beiden im Hause des Kaufmanns erdrosselt hatte, ward er von Angst ergriffen, und er fürchtete den Ausgang der Sache; denn er sagte sich: ‚Wenn der Kaufmann erfährt, daß ich die beiden in seinem Hause umgebracht habe, wird er mich ganz gewiß auch umbringen. Doch ich bitte Allah, daß er mich mein Leben aushauchen lasse, solange ich noch am rechten Glauben hänge.' Er war ratlos ob seiner Lage und wußte nicht, was er tun sollte. Während er so dastand, trat plötzlich der Kaufmann 'Abd er-Rahmân zu ihm herein und sprach zu ihm: ‚Dir soll kein Leid widerfahren! Du verdienst, daß es dir gut gehe. Sieh dies Schwert, das ich in meiner Hand halte: ich hatte die Absicht, dich zu töten, wenn du dich wieder mit ihr ausgesöhnt und vertragen hättest, und dann wollte ich auch das Weib töten. Da du aber diese Tat getan hast, so heiße ich dich willkommen, zwiefach willkommen. Und dein Lohn soll kein anderer sein, als daß ich dich mit meiner Tochter vermähle, mit der Schwester von Kamar ez-Zamân.' Dann nahm er ihn mit sich und führte ihn hinunter; darauf ließ er die Leichenwäscherin kommen, und es verbreitete sich die Kunde, daß die beiden Sklavinnen, die Kamar ez-Zamân, der Sohn des Kaufmanns 'Abd er-Rahmân, aus Basra mitgebracht habe, gestorben seien. Da kamen die Leute, um ihm ihre Teilnahme auszusprechen, und sagten zu ihm: ‚Dein Haupt möge leben, und Allah möge dir Ersatz gewähren!' Nachdem die beiden gewaschen und in Totenlaken gehüllt waren, begrub man sie, und niemand erfuhr die Wahrheit über das, was geschehen war.

Hören wir nun, was der Kaufmann 'Abd er-Rahmân weiter tat! Er ließ den Scheich el-Islam und alle Vornehmen kommen und sprach: ‚O Scheich el-Islam, schreib den Ehevertrag zwischen meiner Tochter Kaukab es-Sabâh[1] und Meister 'Obaid, dem Juwelier, und füge hinzu, daß ich die Brautgabe bereits voll und ganz erhalten habe.' Jener schrieb also den Vertrag, und dann wurden die Gäste mit Scherbetten bewirtet. Nun rüstete man ein gemeinsames Hochzeitsfest; während des Hochzeitszuges saßen die Tochter des Scheich el-Islam, die Gattin von Kamar ez-Zamân, und seine Schwester Kaukab es-Sabâh, die Gattin des Meisters 'Obaid, des Juweliers, in derselben Sänfte am gleichen Abend; und an demselben Abend geleitete man im Hochzeitszuge Kamar ez-Zamân und den Meister 'Obaid gemeinsam und führte Kamar ez-Zamân zur Tochter des Scheich el-Islam und den Meister 'Obaid zur Tochter des Kaufmanns 'Abd er-Rahmân. Als dieser zu ihr einging, fand er, daß sie noch tausendmal schöner und lieblicher war als seine erste Gattin; und er nahm ihr das Mädchentum. Am nächsten Morgen aber ging er mit Kamar ez-Zamân in das Badehaus; dann blieb er noch eine Weile bei ihnen in aller Freude, aber schließlich kam die Sehnsucht nach seiner Heimat über ihn. So trat er denn zu dem Kaufmann 'Abd er-Rahmân ein und sprach zu ihm: ‚Lieber Oheim, ich habe Sehnsucht nach meiner Heimat, dort besitze ich noch allerlei Hab und Gut, über das ich einen meiner Gesellen als Verwalter an meiner Statt eingesetzt habe; ich gedenke deshalb heimzureisen, um meine Besitztümer zu verkaufen, und dann will

1. Vgl. oben Seite 432, Anmerkung 2.

ich zu dir zurückkehren. Willst du mir nun erlauben, daß ich mich zu diesem Zwecke in meine Heimat begebe?' Der Kaufmann erwiderte ihm: ‚Mein Sohn, ich gebe dir die Erlaubnis; dich trifft kein Vorwurf, daß du so sprichst, denn die Liebe zur Heimat ist ein Teil des rechten Glaubens. Wer daheim nichts Gutes findet, der findet auch in den Ländern anderer Leute nichts Gutes. Aber es könnte sein, daß du, wenn du ohne deine Gattin reisest und dann in deine Heimat kommst, Gefallen daran findest, dort zu bleiben, und dann würdest du dir keinen Rat wissen, ob du zu deiner Gattin zurückkehren oder in deiner Heimat bleiben sollst. Mir scheint es das beste zu sein, daß du deine Gattin mit dir nimmst; wenn du dann zu uns zurückkehren willst, so kehre mit deiner Gattin zurück, und ihr beide sollt uns willkommen sein! Denn wir sind Leute, die keine Ehescheidung kennen; bei uns vermählt eine Frau sich nie zum zweiten Male, auch sagen wir uns nicht leichtsinnig von einem Manne los.' Doch 'Obaid entgegnete: ‚Lieber Oheim, ich fürchte, deine Tochter wird nicht darin einwilligen, mit mir in meine Heimat zu reisen.' ‚Mein Sohn,' sagte darauf der Kaufmann, ‚bei uns gibt es keine Frauen, die ihren Gatten widersprechen, und wir kennen auch keine Frau, die ihrem Manne zürnt.' Da rief der Juwelier: ‚Allah segne euch und eure Frauen!' und er ging alsbald zu seiner Gattin und sprach zu ihr: ‚Ich will in meine Heimat reisen; was sagst du dazu?' Sie gab zur Antwort: ‚Solange ich Jungfrau war, entschied mein Vater stets über mich; seit ich aber vermählt bin, steht alle Entscheidung bei meinem Gatten, und ich widerspreche ihm nicht.' Darauf sagte 'Obaid: ‚Allah segne dich und deinen Vater! Allah erbarme sich des Schoßes, der dich getragen hat, und der Lenden, die dich gezeugt haben!' Dann traf er alle Vorbereitungen und rüstete sich für die Reise, und sein Schwiegervater beschenkte ihn reichlich. Nachdem sie einander Lebewohl gesagt hatten, nahm 'Obaid seine Gattin mit sich und brach auf; immer weiter zog er dahin, bis er in Basra eintraf, und dort kamen ihm seine Anverwandten und seine Freunde entgegen, alle in dem Glauben, er sei an den heiligen Stätten gewesen. Manche freuten sich über seine Rückkehr, andere aber waren betrübt darüber, daß er wieder in Basra war; und die Leute sprachen untereinander: ‚Jetzt wird er uns wie früher jeden Freitag belästigen, so daß wir in die Moscheen und Häuser eingesperrt werden, ja, auch unsere Katzen und Hunde wird man einsperren.' So redete man von ihm.

Hören wir aber, was der König von Basra tat! Als der vernahm, daß 'Obaid heimgekehrt war, ergrimmte er wider ihn und ließ ihn sofort vor sich bringen; und er schalt ihn und sprach zu ihm: ‚Wie konntest du fortziehen, ohne mir von deiner Reise Kunde zu geben? Hätte ich dir nicht etwas geben können, um dich auf deiner Pilgerfahrt zum heiligen Hause Allahs zu unterstützen?' Der Juwelier gab ihm zur Antwort: ‚Verzeihung, hoher Herr! Bei Allah, ich bin nicht auf die Pilgerfahrt gezogen; aber mir ist es soundso ergangen.' Und er berichtete ihm alles, was er mit seiner Gattin und mit dem Kaufmann 'Abd er-Rahmân in Kairo erlebt hatte, auch, wie dieser ihn mit seiner Tochter vermählt hatte, und er schloß mit den Worten: ‚Schau, ich habe sie auch mit nach Basra gebracht!' Da rief der König: ‚Bei Gott, fürchtete ich mich nicht vor Allah dem Erhabenen, so würde ich dich töten lassen und mich nach deinem Tode mit dieser edlen Frau vermählen, wenn ich auch Schätze Goldes für sie dahingeben müßte; denn sie gebührt nur Königen. Doch Allah hat sie dir zuteil werden lassen, und Er segne sie dir, und du sei immer gut zu ihr!' Dann gab er dem Juwelier ein Geschenk; und der verließ ihn.

Nachdem er fünf Jahre lang mit seiner Gattin gelebt hatte, ging er ein zur Barmherzigkeit Allahs des Erhabenen. Da warb der König um sie; doch sie willigte nicht ein, sondern sprach: ‚O König, ich habe in meiner Sippe nie eine Frau gekannt, die sich nach dem Tode ihres Gatten wieder vermählt hätte. Drum will auch ich mich nach meines Gatten Hinscheiden nicht wieder vermählen; auch deine Gemahlin kann ich nicht werden, selbst wenn du mich töten wolltest.' Später sandte der König ihr einen Boten und ließ sie fragen: ‚Möchtest du in deine Heimat ziehn?' Sie ließ ihm antworten: ‚Wenn du Gutes tust, so wirst du dafür belohnt werden.' Dann ließ er für sie den ganzen Besitz des Juweliers zusammenbringen und fügte auch noch von seinem eigenen hinzu, nach dem Maße seines Standes. Und schließlich sandte er einen seiner Wesire mit ihr, einen Mann, der wegen seiner Güte und Frömmigkeit berühmt war, samt einem Gefolge von fünfhundert Reitern. So zog denn jener Wesir mit ihr, bis er sie zu ihrem Vater geleitet hatte. Dort lebte sie, ohne sich wieder zu vermählen, bis sie starb; und alle die anderen starben auch.

Wenn nun diese Frau nicht einwilligte, nach dem Tode ihres Gatten an seiner Statt sich mit einem Sultan zu vermählen, wie könnte sie da wohl verglichen werden mit einer, die ihrem Gatten noch zu seinen Lebzeiten einen Jüngling von unbekannter Herkunft und Sippe vorzog, zumal sie dabei verbotene Früchte genoß und keinen rechtmäßigen Ehebund schloß! Wer also glaubt, die Frauenart sei überall einerlei, der findet für seinen Wahnsinn keine Arznei. Preis sei dem Herrn der sichtbaren und unsichtbaren Welt, dem Lebendigen, der nie dem Tode verfällt!

Ferner wird erzählt, o glücklicher König,

DIE GESCHICHTE VON 'ABDALLÂH IBN FÂDIL
UND SEINEN BRÜDERN

Eines Tages musterte der Kalif Harûn er-Raschîd den Tribut seines Reiches, und da fand er, daß die Tribute aller Länder und Provinzen ins Schatzhaus eingeliefert waren, nur nicht der Tribut von Basra; der war in jenem Jahre nicht gekommen, und deshalb berief der Herrscher eine Staatsversammlung. Dort befahl er: ,Man führe den Wesir Dscha'far vor mich!' Als der vor ihn getreten war, sprach der Kalif zu ihm: ,Die Tribute aller Länder sind in das Schatzhaus eingeliefert worden, nur nicht der von Basra; von dem ist nichts gekommen.' ,O Beherrscher der Gläubigen,' erwiderte der Minister, ,vielleicht ist dem Statthalter von Basra etwas widerfahren, das ihn verhindert hat, den Tribut zu senden.' Darauf sagte Harûn: ,Der Tribut hätte schon vor zwanzig Tagen eintreffen sollen; was für eine Entschuldigung kann der Statthalter haben, daß er ihn in dieser ganzen Zeit nicht geschickt hat, noch auch jemanden gesandt hat, um sich zu entschuldigen?' Dscha'far fuhr fort: ,O Beherrscher der Gläubigen, wenn es dir beliebt, wollen wir einen Boten zu ihm schicken.' Alsbald befahl der Kalif: ,Schicke ihm Abu Ishâk el-Mausili, den Tischgenossen!' ,Ich höre und gehorche Allah und dir, o Beherrscher der Gläubigen!' sagte der Wesir Dscha'far, begab sich in sein Haus und ließ den Tischgenossen Abu Ishâk el-Mausili kommen; dem schrieb er einen Brief im Namen des Kalifen, und dann sprach er zu ihm: ,Geh zu 'Abdallâh ibn Fâdil, dem Statthalter von Basra, und sieh nach, was ihn verhindert hat, den Tribut zu schicken; dann laß dir von ihm den vollen Betrag des Tributs von Basra übergeben und bring ihn eiligst her! Denn der Kalif hat die Tribute der Provinzen gemustert und gefunden, daß alle angekommen sind, nur nicht der von Basra. Wenn du aber siehst, daß der Tribut nicht bereit ist, und wenn der Statthalter sich vor dir entschuldigt, so bringe ihn mit dir, damit er dem Kalifen seine Entschuldigung mit eigener Zunge vortragen kann!' ‚Ich höre und gehorche!' erwiderte Abu Ishâk, und indem er fünfhundert Reiter aus dem Heere des Wesirs mit sich nahm, machte er sich auf den Weg, bis er die Stadt Basra erreichte. 'Abdallâh ibn Fâdil aber erfuhr von seiner Ankunft, und so zog er mit seinem Heere ihm entgegen und hieß ihn willkommen. Dann ritt er mit ihm in Basra ein und führte ihn zu seinem Schlosse hinauf, während das Geleit draußen vor der Stadt in Zelten lagerte, nachdem der Statthalter ihnen alles angewiesen hatte, dessen sie bedurften. Als nun Abu Ishâk in den Staatssaal getreten war und sich auf den Thron gesetzt hatte, ließ er 'Abdallah ibn Fâdil an seiner Seite sitzen, und die Großen setzten sich rings um ihn, je nach Rang und Würden. Nach der feierlichen Begrüßung hub Ibn Fâdil an: ‚Mein Gebieter, hat dein Kommen zu uns einen Grund?' ‚Jawohl,' erwiderte Abu Ishâk, ‚ich bin gekommen, um den Tribut einzufordern; denn der Kalif hat nach ihm gefragt, und die Zeit seines Eintreffens ist verstrichen.' Da rief der Statthalter: ‚Mein Gebieter, hättest du dich doch nicht geplagt und die Mühsale der Reise nicht auf dich genommen! Der Tribut ist bereit, voll und ganz, und ich hatte beschlossen, ihn morgen abzusenden. Aber da du gekommen bist, will ich ihn dir überliefern, nachdem du drei Tage lang mein Gast gewesen bist. Am vierten Tage werde ich den Tribut vor dich bringen lassen. Jetzt aber geziemt es uns, dir ein Geschenk zu bieten, um für deine und des Kalifen Güte uns dankbar zu zeigen.' ‚Das mag gern geschehen', erwiderte Abu Ishâk; und der Statthalter löste die Staatsversammlung auf und führte seinen

Gast in ein Obergemach in seinem Palaste, das unvergleichlich schön war. Dann ließ er ihm und seinen Gefährten den Tisch der Speisen vorsetzen; und sie aßen und tranken, vergnügten sich und waren guter Dinge. Nachdem der Tisch fortgetragen war, wuschen sie sich die Hände, man brachte Kaffee und Scherbette, und alle saßen in trautem Verein, bis ein Drittel der Nacht verstrichen war. Da breitete man für den Gast ein Bett auf einem Lager aus Elfenbein, das eingelegt war mit Gold von gleißendem Schein. Auf das legte er sich nieder, während der Statthalter von Basra sich auf einem anderen Lager neben ihm zur Ruhe begab. Doch Abu Ishâk, der Gesandte des Beherrschers der Gläubigen, konnte keinen Schlaf finden, und er begann nachzusinnen über die Maße der Dichtkunst und Verskunst; denn er war einer von den auserlesensten unter den Tischgenossen des Kalifen, und besaß große Kenntnisse in Gedichten und heiteren Geschichten. So blieb er denn wach, indem er sich Gedichte aussann, bis es Mitternacht war. Während er so dalag, erhob sich plötzlich 'Abdallâh ibn Fâdil, gürtete sich und öffnete einen Wandschrank; daraus holte er eine Geißel hervor. Ferner nahm er eine brennende Kerze, und dann ging er zur Tür des Gemaches hinaus, in dem Glauben, Abu Ishâk schlafe. – –«

Da bemerkte Schehrezâd, daß der Morgen begann, und sie hielt in der verstatteten Rede an. Doch als die *Neunhundertundneunundsiebenzigste Nacht* anbrach, fuhr sie also fort: »Es ist mir berichtet worden, o glücklicher König, daß 'Abdallâh ibn Fâdil zur Tür des Gemaches hinausging, in dem Glauben, der Tischgenosse Abu Ishâk schlafe. Doch Abu Ishâk wunderte sich über sein Hinausgehen und sprach bei sich selber: ‚Wohin mag 'Abdallâh ibn Fâdil mit dieser Geißel gehen? Vielleicht will er jemanden züchtigen. Es bleibt mir nichts übrig, als daß ich ihm folge und sehe, was er in dieser Nacht tut.' So erhob sich denn auch Abu Ishâk und ging ganz leise hinter ihm her, so daß jener ihn nicht sehen konnte. Da beobachtete er, wie 'Abdallah eine Kammer öffnete und aus ihr einen Tisch mit vier Schüsseln voll Fleisch sowie Brot und einen Krug Wasser holte. Mit Tisch und Krug ging er weiter, während Abu Ishâk ihm heimlich folgte. Als der Statthalter in einen Saal trat, blieb Abu Ishâk hinter der Tür dieses Saales draußen stehen und spähte durch einen Spalt jener Tür. Er sah, daß es ein geräumiger Saal war, ausgestattet mit prächtigem Hausrat; und in der Mitte jenes Saales befand sich ein Lager aus Elfenbein, das ausgelegt war mit Gold von gleißendem Schein; und an jenem Lager waren zwei Hunde mit goldenen Ketten festgebunden. Weiter sah er, daß 'Abdallâh den Tisch beiseite in eine Ecke legte, sich die Ärmel über die Hände zurückstreifte und den ersten Hund losband. Der begann sich an dem Strick in seiner Hand zu winden und seine Schnauze auf den Boden zu legen, als wollte er den Boden vor ihm küssen, indem er dabei mit leiser Stimme kläglich winselte. 'Abdallâh aber band ihm die Füße zusammen, warf ihn auf den Boden, schwang die Geißel und ließ sie auf ihn niedersausen; er versetzte ihm heftige Schläge ohne Erbarmen, während der Hund sich wand, aber sich nicht losreißen konnte. So lange hieb er mit jener Geißel auf ihn ein, bis das Tier aufhörte zu heulen und bewußtlos dalag. Darauf nahm er ihn und band ihn wieder an derselben Stelle an. Als dies geschehen war, holte er den zweiten Hund und tat mit ihm dasselbe, was er mit dem ersten getan hatte. Schließlich zog er ein Tuch heraus und wischte den beiden die Tränen ab und begann sie zu trösten, indem er sprach: ‚Zürnet mir nicht! Bei Allah, dies geschieht nicht nach meinem Willen, und es ist mir nicht leicht geworden. Möge Allah euch beiden aus dieser Not Befreiung und Erlösung gewähren!' Und er betete für sie. All dies geschah, während der Tischgenosse Abu Ishâk dort stand und mit eigenen Ohren zuhörte und mit eigenen Augen zuschaute, erstaunt über ein solches Gebaren. Darauf setzte 'Abdallâh den beiden Tieren den Tisch mit Speisen vor und reichte ihnen die Bissen mit eigener Hand, bis sie satt waren. Nachdem er ihnen noch die Schnauzen abgewischt hatte, holte er den Krug und gab ihnen zu trinken. Schließlich nahm er Tisch und Krug und Kerze und wandte sich zum Gehen; Abu Ishâk aber eilte ihm vorauf, bis er wieder zu seinem Lager kam, und legte sich nieder, so daß der Statthalter ihn nicht sah und nicht erfuhr, daß er ihm gefolgt war und ihn beobachtet hatte. Dann brachte jener den Tisch und den Krug wieder in die Kammer, trat in das Gemach ein, öffnete den Wandschrank und legte die Geißel an ihren Ort; und nachdem er seine Kleider abgelegt hatte, begab er sich zur Ruhe.

Solches tat 'Abdallâh; Abu Ishâk seinerseits verbrachte den Rest jener Nacht damit, daß er über dies Geschehnis nachsann, und er konnte in seiner großen Verwunderung nicht einschlafen. Immer sprach er bei sich selber: ‚Was mag wohl der Grund von diesem Tun sein?' Und immer wunderte er sich, bis es schließlich Morgen ward. Da erhoben sie sich und verrichteten das Frühgebet. Dann ward ihnen der Morgenimbiß gebracht; sie aßen und tranken Kaffee und begaben sich zur Staatsversammlung. Abu Ishâks Gedanken weilten den ganzen Tag bei jenem Ereignis; doch er schwieg davon und befragte 'Abdallâh nicht darüber. In der nächsten Nacht tat der Statthalter ebenso mit den beiden Hunden; nachdem er sie geschlagen hatte, begütigte er sie und gab ihnen zu essen und zu trinken. Dabei folgte ihm Abu Ishâk und sah, daß er mit den beiden Tieren das gleiche tat wie in der Nacht zuvor; und ebenso geschah es in der dritten Nacht. Am vierten Tage aber brachte der Statthalter den Tribut dem Tischgenossen Abu Ishâk; und der nahm ihn und brach auf, ohne jenem etwas zu verraten. Dann zog er rasch dahin, bis er Baghdad erreichte; und dort übergab er dem Kalifen den Tribut. Da fragte der Herrscher ihn nach der Verzögerung des Tributs, und er sprach: ‚O Beherrscher der Gläubigen, ich sah, daß der Statthalter von Basra den Tribut bereit hatte und im Begriffe war, ihn abzusenden. Wäre ich einen Tag später gekommen, so wäre er mir auf dem Wege begegnet. Aber ich habe an 'Abdallâh ibn Fâdil ein wunderbares Gebaren bemerkt, desgleichen ich noch nie in meinem Leben gesehen habe, o Beherrscher der Gläubigen.' ‚Und was war das, o Abu Ishâk?' fragte der Kalif; und Abu Ishâk antwortete: ‚Ach, ich habe solche Dinge gesehen!' und erzählte ihm, was jener mit den Hunden getan hatte, indem er mit den Worten schloß: ‚Ich sah, wie er in drei Nächten nacheinander also tat, daß er die beiden Hunde schlug und sie dann begütigte und tröstete und ihnen zu essen und zu trinken gab, während ich ihm zuschaute, ohne daß er mich sehen konnte.' Da sprach der Kalif zu ihm: ‚Hast du ihn nach dem Grunde gefragt?' ‚Nein, bei deinem Haupte, o Beherrscher der Gläubigen!' erwiderte der Tischgenosse; und der Herrscher fuhr fort: ‚Abu Ishâk, ich befehle dir, daß du nach Basra zurückkehrst und mir 'Abdallâh ibn Fâdil und die beiden Hunde bringst.' ‚O Beherrscher der Gläubigen,' sagte jener, ‚erlaß mir dies! 'Abdallâh ibn Fâdil hat mir doch die größten Ehren erwiesen, und ich habe diese Dinge nur zufällig und ohne Absicht beobachtet und dir davon erzählt. Wie könnte ich zu ihm zurückkehren und ihn dir bringen? Wenn ich wieder zu ihm käme, so würde ich dazu nicht den Mut finden, aus Scham vor ihm. Es wäre daher besser, einen anderen als mich zu ihm zu schicken mit einem Handschreiben von dir; der mag ihn dann mit den beiden Hunden bringen.' Doch der Kalif entgegnete ihm: ‚Wenn ich einen andern als dich zu ihm schicke, so wird er womöglich diese Dinge ableugnen und sagen, er habe keine Hunde. Allein, wenn ich dich schicke, und du ihm sagst, du habest ihn mit eigenen Augen gesehen, so wird er es nicht ableugnen können. Drum geht es nicht anders an, als daß du dich zu ihm begibst und ihn mit den beiden Hunden bringst; sonst steht dir der sichere Tod bevor.' – –«

Da bemerkte Schehrezâd, daß der Morgen begann, und sie hielt in der verstatteten Rede an. Doch als die *Neunhundertundachtzigste Nacht* anbrach, fuhr sie also fort: »Es ist mir berichtet worden, o glücklicher König, daß der Kalif Harûn er-Raschîd zu Abu Ishâk sprach: ‚Es geht nicht anders an, als daß du dich zu ihm begibst und ihn mit den beiden Hunden bringst; sonst steht dir der sichere Tod bevor.' Abu Ishâk erwiderte ihm: ‚Ich höre und gehorche, o Beherrscher der Gläubigen! Allah ist unser Genüge und der trefflichste Sachwalter.'[1] Der hat wahr gesprochen, der da sagte: Von der Zunge kommt, was dem Menschen nicht frommt. Ich habe wider mich selbst gesündigt, da ich dir dies erzählt habe. Doch gib mir ein Handschreiben, so werde ich zu ihm gehen und ihn dir bringen.' Da setzte der Kalif ein Handschreiben für ihn auf, und Abu Ishâk begab sich damit nach Basra. Als er dort zu dem Statthalter eintrat, rief jener ihm zu: ‚Allah behüte uns vor dem Unheil deiner Rückkehr, o Abu Ishâk! Wie kommt es, daß ich dich so bald zurückkehren sehe? Fehlt vielleicht etwas an dem Tribut, so daß der Kalif ihn nicht annehmen will?' ‚O Emir 'Abdallâh,' erwiderte Abu Ishâk, ‚meine Rückkehr hat nicht den Grund, daß an dem Tribut etwas mangelt; nein, der ist vollkommen,

1. Koran, Sure 3, Vers 167.

und der Kalif hat ihn angenommen. Doch ich flehe dich an, zürne mir nicht, weil ich mich wider dich vergangen habe! Dies, was ich mir habe zuschulden kommen lassen, war von Allah, dem Erhabenen, vorherbestimmt.' Nun fragte der Statthalter ihn: ,Und was hast du dir zuschulden kommen lassen, Abu Ishâk? Tu es mir kund; du bist mein Freund, und ich will dir nicht zürnen!' Da gestand er ihm: ,Wisse, als ich bei dir war, folgte ich dir drei Nächte nacheinander, als du jedesmal um Mitternacht aufstandest und die Hunde züchtigtest und dann wiederkamst. Darüber wunderte ich mich, aber ich scheute mich, dich danach zu fragen. Später erzählte ich dem Kalifen dies von dir, nur zufällig und ohne Absicht. Doch er zwang mich, zu dir zurückzukehren; und hier ist sein Handschreiben. Hätte ich nur geahnt, daß die Sache dazu führen würde, so hätte ich ihm nichts gesagt; aber das Schicksal hat es so gewollt.' Und er fuhr fort, sich bei ihm zu entschuldigen; darauf sprach 'Abdallâh zu ihm: ,Da du es ihm berichtet hast, so will ich deinen Bericht vor ihm bestätigen, auf daß er dich nicht der Lüge zeihe; denn du bist mein Freund. Hätte ein andrer als du dies berichtet, so hätte ich es abgeleugnet und ihn für einen Lügner erklärt. Ich will also mit dir gehen und die beiden Hunde mit mir nehmen, auch wenn das dazu führt, daß meine Seele entschwindet und meine Lebenszeit ihr Ende findet.' ,Möge Allah dich schützen, wie du meine Ehre vor dem Kalifen geschützt hast!' rief Abu Ishâk; und 'Abdallâh holte ein Geschenk, wie es sich für den Kalifen geziemte, und nahm die beiden Hunde an goldene Ketten. Dann setzte er jeden Hund auf ein Kamel und machte sich mit Abu Ishâk auf den Weg, bis sie Baghdad erreichten. Dort trat er zum Kalifen ein und küßte den Boden vor ihm. Der Kalif gab ihm die Erlaubnis, sich zu setzen; und jener setzte sich, nachdem er die beiden

Hunde vor den Herrscher geführt hatte. Nun fragte der Kalif: ‚Was für zwei Hunde sind das, Emir 'Abdallâh?' Da begannen die beiden Hunde, den Boden vor ihm zu küssen und mit den Schweifen zu wedeln und zu winseln, als ob sie sich bei ihm beklagten. Darüber erstaunt, sprach der Kalif zu 'Abdallâh: ‚Tu mir kund, was es mit diesen beiden Hunden auf sich hat, und weshalb du sie schlägst, aber nach dem Schlagen sie freundlich behandelst!' ‚O Stellvertreter Allahs,' erwiderte jener, ‚diese beiden sind keine Hunde; nein, sie sind zwei junge Männer von Schönheit und Lieblichkeit und des Wuchses Ebenmäßigkeit. Sie sind meine beiden Brüder, die Söhne meiner Mutter und meines Vaters.' Da fragte der Kalif: ‚Wie kommt es, daß sie, die in Wirklichkeit menschliche Wesen sind, jetzt zu Hunden geworden sind?' Der Statthalter gab zur Antwort: ‚Wenn du es mir erlaubst, o Beherrscher der Gläubigen, so will ich dir den wahren Sachverhalt kundtun.' Und Harûn er-Raschîd fuhr fort: ‚Tu ihn mir kund! Doch hüte dich vor der Lüge; denn die ist eine Eigenschaft der Heuchler! Befleißige dich der Wahrheit; denn sie ist das Rettungsboot und das Kennzeichen der Tugendhaften!' Darauf erwiderte 'Abdallâh: ‚O Stellvertreter Gottes, wenn ich dir nun die Geschichte der beiden berichte, so werden sie meine Zeugen sein: wenn ich lüge, werden sie mich Lügen strafen; und wenn ich die Wahrheit sage, werden sie es bestätigen.' Der Herrscher aber rief: ‚Die beiden gehören doch zu den Hunden; sie können durch Rede und Antwort nichts bekunden. Wie können sie für oder wider dich zeugen?' Da sprach 'Abdallâh zu ihnen: ‚Meine Brüder, wenn ich ein Wort der Lüge spreche, so hebt die Köpfe und blicket starr mit euren Augen; doch wenn ich die Wahrheit sage, so lasset die Köpfe hängen und senkt eure Augen zu Boden!' Und dann erzählte er:

,Wisse, o Stellvertreter Allahs, wir sind drei Brüder von derselben Mutter und von demselben Vater. Unser Vater hieß Fâdil, und er war deshalb so genannt, weil die Mutter unseres[1] Vaters Zwillinge zu gleicher Zeit zur Welt brachte, von denen der eine zur selbigen Stunde starb, während der andere übrig blieb; deswegen nannte sein Vater ihn Fâdil.[2] Sein Vater zog ihn auf und gab ihm die beste Erziehung, bis er herangewachsen war; da vermählte er ihn mit unserer Mutter, und dann starb er. Unsere Mutter gebar zuerst diesen meinen Bruder, und mein Vater nannte ihn Mansûr; dann empfing sie ein zweites Mal und brachte diesen meinen zweiten Bruder zur Welt, dem mein Vater den Namen Nâsir gab; und nachdem sie zum dritten Male empfangen hatte, schenkte sie mir das Leben, und mein Vater hieß mich 'Abdallâh. Nachdem er uns erzogen hatte, bis wir herangewachsen waren und das Mannesalter erreicht hatten, starb auch er. Da hinterließ er uns ein Haus und einen Laden, voll von bunten Stoffen aller Art, indischen, griechischen, chorasanischen und noch anderen; auch hinterließ er uns sechzigtausend Dinare. Nachdem unser Vater gestorben war, wuschen wir ihn und bauten ihm ein prächtiges Grabgebäude; darin bestatteten wir ihn zur Barmherzigkeit seines Herrn. Wir ließen für sein Seelenheil beten und hielten Lesungen aus dem Koran und gaben Almosen für ihn, bis die vierzig Tage verstrichen waren. Und als dies geschehen war, versammelte ich die Kaufleute und die Vornehmen des Volkes und bereitete ihnen ein großes Fest. Nachdem sie gegessen hatten, sprach ich zu ihnen: ,Ihr Kaufleute, seht, diese Welt ist vergänglich, aber die nächste Welt ist beständig – Preis sei Ihm, der ewig besteht, nachdem Seine Geschöpfe ver-

---

1. Im Arabischen, wohl versehentlich: ,seines'. – 2. Der Übrigbleibende.

gangen sind! Wisset ihr, weshalb ich euch an diesem gesegneten Tage bei mir versammelt habe?' Da sprachen sie: ‚Preis sei Allah, der das Verborgene weiß!' Und ich fuhr fort: ‚Mein Vater hat viel Geld hinterlassen, und ich fürchte, es könnte jemand an ihn noch einen Anspruch haben, wegen einer Schuld oder eines Pfandes oder dergleichen. Deshalb ist es mein Wunsch, die Verpflichtungen meines Vaters gegenüber den Menschen zu erfüllen; wer also einen Anspruch an ihn hat, der sage: ‚Er schuldet mir dasunddas', und ich will es ihm zurückzahlen, um die Verpflichtungen meines Vaters zu tilgen.' Doch die Kaufleute sprachen zu mir: ‚O 'Abdallâh, fürwahr, irdisch Gut wiegt nicht das Jenseits auf; und wir sind keine Betrüger. Ein jeder von uns weiß das Erlaubte vom Verbotenen zu unterscheiden, und wir leben in Furcht vor Allah dem Erhabenen; darum hüten wir uns, das Gut der Waisen zu verzehren. Wir wissen, daß dein Vater – Allah habe ihn selig! – immer sein Geld bei den Leuten stehen ließ und es vermied, daß jemand an ihn einen Anspruch behielt. Wir hörten ihn immer sagen: ‚Ich achte voll Sorge das Eigentum der Menschen.' Auch pflegte er in seinen Gebeten zu sagen: ‚Mein Gott, du bist meine Zuflucht und meine Hoffnung; laß mich nicht in Schulden sterben!' So war es denn seine Gewohnheit, wenn er jemandem etwas schuldete, es ihm ungemahnt zu zahlen. Doch wenn jemand ihm etwas schuldete, so drängte er ihn nicht, sondern sprach: ‚Wie es dir genehm ist!' Und wenn der Mann arm war, so erließ er ihm die Schuld und sprach ihn von der Verpflichtung frei. War der Mann aber nicht arm und starb, so pflegte er zu sagen: ‚Allah erlasse ihm, was er mir schuldet!' Wir alle bezeugen, daß er niemandem etwas schuldig ist.' Darauf sagte ich: ‚Gott segne euch!' und wandte mich zu meinen beiden Brüdern, die hier sind, und sprach zu ihnen: ‚Liebe

Brüder, unser Vater schuldete niemandem etwas, und er hat uns dies Geld und Gut, das Haus und den Laden hinterlassen. Wir sind drei Brüder, und einem jeden von uns gehört ein Drittel von allem. Wollen wir uns nun einigen, nicht zu teilen, so daß unser Besitz uns gemeinsam bleibt und wir zusammen essen und trinken, oder wollen wir die Stoffe und das Geld teilen, so daß jeder von uns sein Teil erhält?' Sie sprachen: ‚Laßt uns teilen, damit ein jeder von uns sein Teil nehmen kann!' Da wandte 'Abdallâh sich zu den beiden Hunden und fragte sie: ‚Ist das nicht so geschehen, meine Brüder?' Und beide ließen die Köpfe hängen und senkten ihre Augen zu Boden, als ob sie sagen wollten: ‚Jawohl.' Dann fuhr der Statthalter fort: ‚Ich ließ also einen Erbteiler von seiten des Kadis kommen, o Beherrscher der Gläubigen, und er teilte unter uns das Geld und die Stoffe und alles, was unser Vater uns hinterlassen hatte; Haus und Laden wurden mir zugesprochen als Ersatz für einen Teil des Geldes, auf den ich Anspruch hatte. Damit waren wir zufrieden; und so fielen das Haus und der Laden mir zu, während die beiden ihren ganzen Anteil in Geld und Stoffen erhielten. Darauf eröffnete ich den Laden wieder und tat die Stoffe hinein; auch kaufte ich für einen großen Teil des Geldes, das außer dem Haus und dem Laden mein Eigentum geworden war, neue Stoffe, bis der Laden gefüllt war, und ich betrieb dann Kauf und Verkauf. Meine beiden Brüder aber kauften auch Stoffe, mieteten ein Schiff und fuhren zur See in fremde Länder. Ich sagte: ‚Allah helfe den beiden! Mein Lebensunterhalt wird mir schon zuteil werden, und die Ruhe ist unschätzbar.' Ein volles Jahr lang lebte ich in dieser Weise, und Allah öffnete mir das Tor des Glücks, so daß ich großen Gewinn hatte, bis ich allein so viel besaß, wie unser Vater uns hinterlassen hatte. Als ich nun eines Tages in dem Laden saß, angetan mit zwei Pelzen, einem aus Zobel und einem zweiten aus Feh, weil es damals Winter und die Zeit der größten Kälte war, da begab es sich, während ich so geborgen war, daß meine beiden Brüder zu mir traten, ein jeder von ihnen in ein zerfetztes Hemd und sonst nichts gekleidet; ihre Lippen waren weiß vor Kälte, und beide zitterten. Wie ich sie erblickte, war ich ganz ergriffen, und ich hatte tiefes Mitleid mit ihnen.' – –«

Da bemerkte Schehrezâd, daß der Morgen begann, und sie hielt in der verstatteten Rede an. Doch als die *Neunhundertundeinundachtzigste Nacht* anbrach, fuhr sie also fort: »Es ist mir berichtet worden, o glücklicher König, daß 'Abdallâh ibn Fâdil dem Kalifen des weiteren erzählte: ,Wie ich die beiden zittern sah, war ich ganz ergriffen, und ich hatte tiefes Mitleid mit ihnen, ja, es war mir, als ob mir die Sinne vergingen. Ich eilte auf sie zu und umarmte sie und weinte ob ihrer Not; und sogleich bekleidete ich den einen von ihnen mit dem Zobelpelz und den anderen mit dem Fehpelz. Dann führte ich sie ins Badehaus, und dorthin sandte ich für jeden von beiden eine Gewandung, wie sie sich für einen Kaufherrn ziemt, der tausend Säcke Goldes besitzt. Nachdem sie gebadet hatten, legte ein jeder seine Gewänder an, und ich führte sie in mein Haus; dort sah ich, daß sie fast verhungert waren, und so brachte ich ihnen einen Tisch voll Speisen. Sie aßen, und ich aß mit ihnen, indem ich ihnen freundlich zusprach und sie tröstete.' Wiederum wandte er sich an die beiden Hunde und sprach zu ihnen: ,Ist das nicht so geschehen, meine Brüder?' Und beide ließen die Köpfe hängen und senkten ihre Augen zu Boden. Dann fuhr der Statthalter fort: ,O Stellvertreter Allahs, darauf befragte ich sie, indem ich zu ihnen sprach: ,Wie ist euch dies widerfahren? Und wo sind eure Güter?' Sie gaben zur Antwort: ,Wir fuhren den Fluß hinauf und kamen dann in eine

Stadt, die Kufa heißt; dort verkauften wir das Stück Zeug, das uns einen halben Dinar gekostet hatte, um zehn Dinare, und das, was uns einen Dinar gekostet hatte, um zwanzig Dinare. So hatten wir großen Gewinn und kauften von persischen Stoffen das Stück Seide um zehn Dinare, während es in Basra vierzig Dinare gilt. Weiter kamen wir in eine Stadt, die el-Karch[1] heißt; und auch dort verkauften und kauften wir und erzielten viel Gewinn, so daß wir großen Reichtum unser eigen nannten.' In dieser Weise zählten sie mir die Orte und die Gewinne auf, bis ich zu ihnen sprach: ‚Da ihr all dies gute Glück erlebtet, wie kommt es denn, daß ich euch nackt heimkehren sehe?' Sie seufzten und sprachen: ‚Lieber Bruder, ein böses Auge muß uns getroffen haben, und auf das Reisen ist kein Verlaß. Nachdem wir all das Geld und Gut zusammengebracht hatten, beluden wir unser Schiff mit unserer Habe und fuhren auf See in der Absicht, nach der Stadt Basra heimzukehren. Wir waren schon drei Tage gefahren, da, am vierten Tage, sahen wir, wie das Meer sich senkte und bäumte, tobte und schäumte, raste und wild bewegt war und von tosenden Wogen erregt war, und wie aus den Wellen Funken sprühten, die gleich Feuer erglühten. Die Winde kehrten sich wider uns, und unser Schiff ward gegen ein Felsenriff geworfen; da zerbrach es, und wir gingen unter. Alles, was wir besaßen, versank im Meere; doch wir selbst rangen einen Tag und eine Nacht auf der Oberfläche des Wassers, bis Allah uns ein anderes Schiff sandte und wir von dessen Mannschaft aufgenommen wurden. Danach zogen wir bettelnd von Stadt zu Stadt, indem wir von dem lebten, was uns durch das Betteln zuteil ward, und wir erduldeten große Mühsal. Wir legten sogar unsere Kleider eins nach dem andern ab und verkauften sie, um uns zu ernähren, bis wir uns

---

1. Vgl. oben Seite 361, Anmerkung.

Basra näherten; aber wir kamen nicht eher wieder in dieser Stadt an, als bis wir tausend Leiden gekostet hatten. Wären wir mit allem, was wir besaßen, sicher heimgekehrt, so hätten wir Reichtümer mitgebracht, die den Schätzen des Königs gleich gewesen wären. Aber dies war uns von Allah vorherbestimmt.' Nun sprach ich zu ihnen: ‚Liebe Brüder, macht euch keine Sorgen! Hab und Gut sind das Lösegeld für das Leben; und Gesundheit ist Gewinn. Da Allah euch unter denen verzeichnet hat, die gerettet werden, so ist das der Wünsche Ziel; ach, Armut und Reichtum sind nur so viel wie ein Schattenspiel an der Wand; und wie trefflich war der Mann, der diese Worte fand:

> *Wenn eines Mannes Haupt vom Tod gerettet wird,*
> *Dann ist doch Geld und Gut dem Span des Nagels gleich.'*

Und ich fuhr fort: ‚Liebe Brüder, wir wollen annehmen, unser Vater sei erst heute gestorben und habe uns all dies Gut hinterlassen, das ich jetzt besitze; denn ich bin gern dazu bereit, daß wir es unter uns gleichmäßig verteilen.' So ließ ich denn zum zweiten Male einen Erbteiler von seiten des Kadis kommen und zeigte ihm meine ganze Habe; er teilte unter uns, und ein jeder von uns erhielt ein Drittel des Ganzen. Dann sprach ich zu den beiden: ‚Liebe Brüder, Allah segnet dem Menschen sein täglich Brot, wenn er im eigenen Lande bleibt. Drum möge jeder von euch beiden einen Laden auftun und darin bleiben, um Handel zu treiben; und wenn einem im geheimen Ratschluß etwas vorherbestimmt ist, so muß er es auch gewinnen.' Darauf half ich jedem der beiden, einen Laden zu eröffnen, und füllte ihn mit Waren, indem ich zu ihnen sprach: ‚Verkaufet und kaufet; doch behaltet euer Geld und gebt nichts davon aus; denn alles, was ihr an Speise und Trank und sonst noch nötig habt, soll euch von mir zuteil werden!' Und von da ab sorgte ich für ihre Bewirtung; beide pflegten den Tag über Handel zu treiben und am Abend zu kommen, um in meinem Hause zu übernachten, und ich duldete nicht, daß sie etwas von ihrem Gelde ausgaben. Aber sooft ich bei ihnen saß, um zu plaudern, priesen sie die Wanderschaft und schilderten ihre Freuden und beschrieben, welche Gewinne ihnen beiden durch sie zuteil geworden seien; denn sie wollten mich dazu reizen, daß ich mich mit ihnen entschlösse, in die Ferne zu fremden Völkern zu ziehen.' Dann sprach er zu den Hunden: ‚Ist es nicht so geschehen, meine Brüder?' Da ließen sie die Köpfe hängen und senkten ihre Augen zu Boden, um seine Worte zu bestätigen. Und weiter erzählte er: ‚O Stellvertreter Allahs, so fuhren sie fort, mich zu verlocken, mir all den großen Gewinn und Nutzen in der Fremde vorzuhalten und mich aufzufordern, mit ihnen zu reisen, bis ich schließlich zu ihnen sprach: ‚Es bleibt mir nichts anderes übrig, als daß ich mit euch reise, euch zu Gefallen.' Dann schloß ich mit ihnen Teilhaberschaft, und wir brachten kostbare Stoffe von allen Arten zusammen, mieteten ein Schiff und beluden es mit den Kaufmannsgütern; auch brachten wir auf jenes Schiff alles, dessen wir sonst bedurften. Darauf segelten wir von der Stadt Basra hinaus auf das tosende Meer mit den brandenden Wogen ringsumher, in dem jeder, der hineinfährt, verloren ist, und jeder, der hinausfährt, wie neugeboren ist. Ohne Aufenthalt fuhren wir dahin, bis wir zu einer Stadt kamen, in der wir verkaufen und kaufen konnten; und dort erwuchs uns großer Gewinn. Von dort fuhren wir zu einer anderen Stadt, und so segelten wir immer weiter von Land zu Land und von Stadt zu Stadt, indem wir Handel trieben und Gewinn erzielten, ja, unser Besitz ward groß, denn reicher Gewinn fiel uns in den Schoß. Schließlich kamen wir zu einem Berge, und dort warf der Kapitän die Anker aus und sprach zu uns: ‚Ihr Fahrgäste, geht an Land, auf daß euch dieser Tag¹ erspart bleibe; sucht dort, vielleicht werdet ihr Trinkwasser finden!' Da gingen alle, die auf dem Schiffe waren, an Land, und auch ich verließ mit ihnen das Schiff; und während wir nun nach dem Trinkwasser suchten, schlug ein jeder von uns eine andere Richtung ein. Ich selbst stieg auf den Gipfel des Berges, und als ich dort umherging, erblickte ich plötzlich eine weiße Schlange, die eilig flüchtete, und hinter ihr einen schwarzen Drachen, der ihr nacheilte; der war von häßlicher Gestalt und furchtbar anzuschauen. Der Drache holte sie bald ein und trieb sie in die Enge; dann packte er sie am Kopfe und wand seinen Schwanz um ihren Schwanz. Da schrie sie auf, und ich erkannte, daß er sie vergewaltigen wollte. Ich hatte Mitleid mit ihr, und so nahm ich einen Feuerstein auf, der fünf Pfund wog oder noch mehr, und schleuderte ihn auf den Drachen. Er traf seinen Kopf und zerschmetterte ihn. Doch ehe ich mich dessen versah, verwandelte sich jene Schlange und ward zu einer jungen Maid, strahlend von Schönheit und Lieblichkeit, Anmut und Vollkommenheit und des Wuchses Ebenmäßigkeit, als wäre sie der leuchtende Vollmond. Sie trat auf mich zu, küßte mir die Hand und sprach zu mir: ‚Allah schütze dich zwiefach; er schütze dich vor der Schande in dieser Welt und vor dem Feuerbrande in jener Welt am Tage der großen Auferstehung, dem Tage, an dem weder Gut noch Söhne helfen und nur der besteht, der reinen Herzens zu Allah kommt!'² Dann fuhr sie fort: ‚O Sterblicher, du hast meine Ehre geschützt, und ich bin in deiner Schuld für diese gute Tat; deshalb ist es auch meine Pflicht, dich einst zu belohnen.' Darauf machte sie mit der

1. Das heißt: ‚Tag des Trinkwassermangels an Bord'. – 2. Koran, Sure 26, Vers 88 und 89.

Hand ein Zeichen nach der Erde hin, der Boden spaltete sich, und sie stieg hinab; und die Erde schloß sich wieder über ihr. Da wußte ich, daß sie von der Geisterwelt war. In dem Drachen aber entzündete sich ein Feuer, und es verbrannte ihn, bis er zu einem Haufen Asche wurde. All das erstaunte mich sehr. Darauf kehrte ich zu meinen Gefährten zurück und berichtete ihnen, was ich erlebt hatte. Wir begaben uns dann zur Ruhe für die Nacht; und am nächsten Morgen holte der Kapitän die Anker herauf, breitete die Segel und rollte die Seile auf. Wir fuhren dahin, bis die Küste unseren Blicken entschwand, und segelten dann ununterbrochen zwanzig Tage lang, ohne daß wir ein Land oder einen Vogel sahen. Da ging uns wiederum das Trinkwasser aus, und der Kapitän sprach: ‚Ihr Leute, das Süßwasser ist zu Ende bei uns.' Wir sagten: ‚Laß uns an Land gehen; vielleicht finden wir Trinkwasser!' Doch er rief: ‚Bei Allah, ich habe den Weg verloren, und ich kenne keinen Weg mehr, der uns zum Lande führen könnte.' Nun kam große Sorge über uns, und wir weinten und flehten zu Allah dem Erhabenen, er möchte uns auf den rechten Weg leiten. So verbrachten wir jene Nacht in ärgster Not; doch wie vortrefflich ist der Mann, der uns diese Worte bot:

> *Wie manche der Nächte verbracht ich in Kummer,*
> *Der selbst einem Säugling die Haare wohl bleicht!*
> *Doch ehe der Schimmer des Morgens noch nahte,*
> *War Hilfe von Allah und Sieg schon erreicht!*

Als aber der Morgen sich erhob und die Welt mit seinen leuchtenden Strahlen durchwob, erblickten wir einen hohen Berg. Und wie wir jenen Berg sahen, waren wir hoch erfreut über unser Glück. Wir fuhren also an den Berg heran, und dann sprach der Kapitän: ‚Ihr Leute, geht an Land und laßt uns nach Trinkwasser suchen!' Nachdem wir alle an Land gegangen waren, suchten wir nach Wasser, aber wir fanden dort keins, so daß von neuem drückende Sorge uns befiel wegen des Wassermangels. Ich selbst aber stieg auf den Gipfel jenes Berges hinauf, und da gewahrte ich auf der anderen Seite ein weites rundes Tal, das etwa eine Stunde oder mehr entfernt war. Ich rief meine Gefährten, und sie kamen auf mich zu. Wie sie dann bei mir waren, sprach ich zu ihnen: ‚Schaut jenes runde Tal dort hinter dem Berge. Ich sehe in ihm eine Stadt, deren Bau sich in große Höhe streckt und die ihre Mauern bis in den Himmel reckt, von Wällen und Türmen umkränzt, von Hügeln und Wiesen umgrenzt; dort fehlt es sicher nicht an Wasser und guten Dingen. Drum auf, laßt uns in diese Stadt gehen und von dort Wasser holen; laßt uns auch alles kaufen, was wir an Wegzehrung, Fleisch und Früchten nötig haben, und dann zurückkehren!' Doch sie sprachen: ‚Wir fürchten, daß die Bewohner jener Stadt Ungläubige sind, die Allah Gefährten geben und in Feindschaft gegen den wahren Glauben leben; die könnten uns ergreifen, so daß wir Gefangene in ihrer Gewalt wären, oder uns gar umbringen, so daß wir unseren eigenen Tod verschulden würden; dann stürzen wir uns selbst in Gefahren und treiben ein schlimmes Gebaren. Preis für Verblendung ist eine Verschwendung, da sie sich immer in Gefahr durch Unheil wagt, wie ja auch ein Dichter darüber sagt:

Denn solang die Erde Erde und der Himmel Himmel ist,
Soll man nie Verblendung rühmen, wenn sie auch erfolgreich ist.

Wir wollen unser Leben nicht tollkühn aufs Spiel setzen.' Darauf sagte ich zu ihnen: ‚Ihr Leute, ich habe keine Gewalt über euch; aber ich will meine Brüder mitnehmen und mich in diese Stadt begeben.' Doch meine beiden Brüder sprachen zu mir: ‚Auch wir fürchten uns davor, und wir wollen nicht mit dir gehen. So rief ich denn: ‚Ich für mein Teil bin entschlossen, in diese Stadt zu gehen. Ich vertraue auf Allah und bin mit dem zufrieden, was Er mir vorherbestimmt hat. Drum wartet so lange, bis ich dorthin gegangen und wieder zu euch zurückgekehrt bin!' − −«

Da bemerkte Schehrezâd, daß der Morgen begann, und sie hielt in der verstatteten Rede an. Doch als die *Neunhundertundzweiundachtzigste Nacht* anbrach, fuhr sie also fort: »Es ist mir berichtet worden, o glücklicher König, daß 'Abdallâh des weiteren erzählte: ,Ich rief: ,Drum wartet auf mich, bis ich dorthin gegangen und wieder zu euch zurückgekehrt bin!' Dann verließ ich sie und schritt vorwärts, bis ich bei dem Tore jener Stadt ankam, und ich sah, daß es eine Stadt von wunderbarem Bau und seltsamer Anlage war; sie hatte hohe Wälle und feste Türme und ragende Burgen, ihre Tore waren aus chinesischem Eisen und waren so kunstvoll verziert, daß sie die Sinne berückten. Als ich in das Tor eingetreten war, entdeckte ich eine steinerne Bank, und dort saß auf ihr ein Mann, der an seinem Unterarm eine Kette aus Messing trug. An dieser Kette hingen vierzehn Schlüssel, und so wußte ich, daß jener Mann der Torwächter der Stadt war und daß die Stadt vierzehn Tore hatte. Ich trat an ihn heran und sprach zu ihm: ,Friede sei mit euch!' Doch er gab mir den Gruß nicht zurück, und auch als ich ihn ein zweites und ein drittes Mal grüßte, gab er mir keine Antwort. Da legte ich ihm meine Hand auf die Schulter und sprach zu ihm: ,He, du, warum erwiderst du nicht den Gruß? Schläfst du, oder bist du taub, oder bist du kein Muslim, daß du den Friedensgruß nicht erwiderst?' Doch immer noch antwortete er mir nicht und rührte sich nicht. Nun schaute ich ihn genauer an und erkannte, daß er aus Stein war. Da rief ich: ,Dies ist ein wunderbar Ding! Der Stein da ist gebildet nach der Gestalt eines Menschenkindes, und ihm fehlt nichts als die Sprache!' Dann verließ ich ihn und ging weiter in die Stadt hinein; und als ich einen Mann auf der Straße stehen sah, trat ich zu ihm und schaute ihn an und erkannte, daß auch er aus Stein war. Immer weiter schritt ich durch die Straßen jener Stadt, und jedesmal, wenn ich einen Menschen sah, ging ich nahe an ihn heran und betrachtete ihn und fand, daß er aus Stein war. Ich traf auch eine alte Frau, und die trug auf ihrem Kopfe ein Bündel von Kleidern, das für die Wäsche bereit gemacht war; als ich mich ihr nahte und sie genauer anschaute, entdeckte ich, daß auch sie aus Stein war; ja, auch das Bündel Kleider, das sie auf dem Kopfe trug, war aus Stein. Dann trat ich in den Basar ein und sah einen Ölhändler mit gerichteter Waage, der allerlei Waren vor sich hatte, wie Käse und dergleichen; doch all das war aus Stein. Weiter sah ich all die Händler in den Läden sitzen, und ich sah auch das Volk, von dem die einen standen, die anderen saßen, Männer, Frauen und Kinder, und alle waren aus Stein. Darauf ging ich in den Basar der Kaufleute und schaute, wie ein jeder Kaufmann in seinem Laden saß und wie die Läden mit Waren jeglicher Art angefüllt waren – wiederum alles aus Stein; doch die Stoffe sahen aus wie Spinnengewebe. Ich betrachtete sie, aber jedesmal, wenn ich ein Stück von den Stoffen anfaßte, zerfiel es in meinen Händen zu feinem Staub. Ferner sah ich Truhen, und als ich eine von ihnen öffnete, fand ich darin Gold in Beuteln; da faßte ich die Beutel an, und sie zerfielen in meiner Hand, nur das Gold blieb, wie es gewesen war. Ich nahm davon mit, soviel ich tragen konnte, und ich sagte mir: ‚Wenn meine Brüder bei mir wären, dann könnten sie sich von diesem Golde nehmen, soviel sie wollten, und könnten ihre Freude haben an diesen Schätzen, die herrenlos sind.‘ Danach trat ich in einen anderen Laden und entdeckte darin noch mehr, aber ich konnte nicht mehr tragen, als ich mir bereits aufgeladen hatte.

Von jenem Basar begab ich mich in einen anderen, und von dort wieder in einen anderen, und so ließ ich meine Blicke verweilen auf den verschiedenartigen Geschöpfen, die alle aus Stein waren; ja, auch die Hunde und die Katzen waren aus Stein. Schließlich kam ich in den Basar der Goldschmiede, und dort sah ich Männer in den Läden sitzen, die ihre Waren bei sich hatten, teils in ihren Händen, teils in Körben. Als ich das sah, o Beherrscher der Gläubigen, da warf ich alles Gold, das ich bei mir hatte, fort und nahm mir von den Geschmeiden, soviel ich tragen konnte. Aus dem Basar der Goldschmiede kam ich in den Basar der Edelsteine, und dort sah ich die Juweliere in ihren Läden sitzen; vor einem jeden von ihnen stand ein Körbchen, voll von allerlei edelen Steinen, Hyazinthen und Diamanten, Smaragden und Ballasrubinen und noch anderen von jeglicher Art; die Besitzer der Läden waren aus Stein. Nun warf ich auch die Geschmeide fort, die ich bei mir trug, und ich nahm von den Edelsteinen, soviel ich zu tragen vermochte, immer noch traurig darüber, daß meine Brüder nicht bei mir waren, um auch von diesen Edelsteinen zu nehmen, soviel sie wollten. Nachdem ich den Juwelierbasar verlassen hatte, kam ich zu einem großen Tor, das vergoldet und mit den schönsten Verzierungen geschmückt war. Innerhalb des Tores standen Bänke, und auf jenen Bänken saßen Eunuchen, Kriegsmänner und Leibwächter, Mannen und Hauptleute; sie waren mit den prächtigsten Gewändern bekleidet, und alle waren aus Stein. Ich rührte einen von ihnen an, und da zerfielen die Kleider auf seinem Leibe wie Spinnengewebe. Nachdem ich durch das Tor geschritten war, erblickte ich ein Schloß, unvergleichlich in seinem Bau und in seiner kunstvollen Ausführung. In jenem Schlosse sah ich einen Staatssaal, voll von Vornehmen und Wesiren, Großen und Emiren, die auf Thronen saßen, und alle waren sie aus Stein. Ferner sah ich einen Thron aus rotem Golde, der mit Perlen und Edelsteinen eingelegt war; auf ihm saß ein Mensch, angetan mit den prächtigsten Gewändern, und auf seinem Haupte befand sich eine Krone wie die der Perserkönige, besetzt mit kostbaren Edelsteinen, deren Glanz so hell leuchtete wie das Tageslicht. Als ich an ihn herantrat, sah ich, daß auch er aus Stein war. Dann schritt ich weiter von jenem Staatssaal zum Tore des Harems, und nachdem ich dort eingetreten war, sah ich einen Staatssaal für die Frauen. Und auch in jenem Staatssaal erblickte ich einen Thron von rotem Golde, der mit Perlen und Edelsteinen eingelegt war; auf ihm saß eine Frau, eine Königin, und auf ihrem Haupte ruhte eine Krone, die mit kostbaren Juwelen besetzt war. Rings um sie waren Frauen, schön wie Monde, die auf Thronen saßen, angetan mit den prächtigsten Kleidern von allen Farben. Auch standen dort Eunuchen, die Hände auf der Brust gekreuzt, als ob sie in ihrem Dienste dort ständen. Jener Staatssaal berückte die Sinne der Beschauer durch all seinen Goldschmuck, seine wunderbaren Malereien und seine prächtige Ausstattung. Dort hingen die strahlendsten Hängelampen aus klarem Kristall, und an jeder Kristallglocke befand sich ein Edelstein, einzig in seiner Art, dessen Preis kein Geld bezahlen konnte. Nun warf ich, o Beherrscher der Gläubigen, wiederum alles fort, was ich bei mir trug, und begann mir von jenen Juwelen zu nehmen; ich lud mir auf, soviel ich nur zu tragen vermochte, ratlos, was ich mitnehmen und was ich dortlassen sollte; denn mir schien es, als ob jener Raum eine Schatzkammer von ganzen Städten wäre. Darauf entdeckte ich eine kleine Tür, die offen stand, und hinter ihr eine Treppe; ich ging durch jene Tür und stieg vierzig Stufen hinauf. Dort hörte ich, wie ein Mensch mit sanfter Stimme den Koran vortrug; so ging ich denn der Richtung des Schalles nach, bis ich zur Tür des Obergemaches kam. In ihr sah ich einen seidenen Vorhang, der mit goldenen Schnüren bestickt war und auf dem sich Perlen und Korallen, Rubinen und geschnittene Smaragde aneinanderreihten, lauter Edelsteine, die gleichwie Sterne glitzerten. Die Stimme nun klang hinter jenem Vorhang her; darum trat ich an den Vorhang heran und hob ihn, und dort zeigte sich vor meinem Blick eine vergoldete Zimmertür, deren Schönheit die Gedanken verwirrte. Ich trat durch jene Tür ein und erblickte ein Gemach, das einer Schatzkammer auf der Erdoberfläche glich; und darin befand sich eine Jungfrau, so schön wie der leuchtende Sonnenball mitten im klaren Weltenall. Sie war in die prächtigsten Gewänder gekleidet und mit dem kostbarsten Geschmeide geschmückt, das es nur geben konnte; dazu war sie herrlich an Schönheit und Lieblichkeit in des Wuchses Ebenmäßigkeit und an Anmut und Vollkommenheit. Ihr Leib war schlank und zart, schwer waren die Hüften gepaart; ihr Lippentau gab dem Kranken die Gesundheit wieder, müde träumten ihre Augenlider; und es war, als ob des Dichters Sang von ihr erklang:

> *Mein Gruß soll der Gestalt dort im Gewande gelten,*
> *Den Rosen in der Wangen Gärten auch zumal.*
> *Von ihrer Stirne hängen gleichsam die Plejaden,*
> *Als Schnur auf ihrer Brust die andren Sterne all.*
> *Wenn sie ein Kleid aus lauter zarten Rosen trüge,*
> *Ein Rosenblatt von ihrem Leibe zöge Blut.*
> *Und fiel ihr Lippentau ins Meer hinein, so schmeckte*
> *Noch süßer als der Honig jene Salzesflut.*
> *Und gäb sie ihre Huld dem alten Mann am Stabe, –*
> *Der Greis zerrisse Löwen bald in seinem Mut.*

O Beherrscher der Gläubigen, als ich jene Maid erblickte, ward ich von heißer Liebe zu ihr erfüllt; und ich näherte mich ihr und sah sie auf einem hohen Lager sitzen, wie sie das Buch

Allahs, des Allgewaltigen und Glorreichen, aus dem Gedächtnisse vortrug. Ihre Stimme war wie der Klang der Tore im Paradies, wenn Ridwân[1] sie öffnen hieß; die Worte fielen von ihren Lippen Juwelen gleich, und ihr Antlitz war wie leuchtende Blüten an Schönheit reich. Einer solchen Maid hat der Dichter die Worte geweiht:

> *Die du der Menschen Herz erfreust durch Wort und Reize,*
> *Zu dir hin zieht mich stets der Sehnsucht Allgewalt.*
> *Zwei Dinge sind in dir, die jeden Mann der Liebe*
> *Erweichen: Davids Sang und Josephs Wohlgestalt!*

Ihrer Stimme, die den erhabenen Koran vortrug, lauschte ich von fern; und mein Herz, getroffen von ihren tödlichen Blicken, sprach: ‚Friede, ein Wort von einem erbarmungsreichen Herrn!'[2] Doch mein Mund brachte die Worte nur stammelnd heraus, und ich sprach den Friedensgruß nicht in schöner Weise aus, da Verwirrung mir in Geist und Auge drang, und ich war, wie einst der Dichter sang:

> *Mein stammelnd Wort verrät die Sehnsucht, die mich schüttelt;*
> *Mein Blut zu lassen, tret ich in das Heiligtum.*
> *Und wenn ich je ein Wort von unsren Tadlern höre,*
> *Bekenne ich in Worten, meinem Lieb zum Ruhm.*

Dann wappnete ich mich wider die Qualen der Sehnsucht und sprach zu der Maid: ‚Friede sei mit dir, wohlbehütete Herrin mein, du wohlverwahrter Edelstein, Allah gebe den Pfeilern deines Glücks eine lange Dauer von Tagen, und hoch lasse er die Säulen deines Ruhmes ragen!' Darauf erwiderte sie: ‚Auch von mir aus seien dir Frieden und Gruß und Ehrung beschieden, o 'Abdallâh, o Sohn des Fâdil! Sei mir willkommen, herzlich willkommen, mein Geliebter, du Trost meiner Augen!' Doch ich fuhr fort: ‚Meine Gebieterin, woher weißt du mei-

1. Der Wächterengel des Paradieses. – 2. Koran, Sure 36, Vers 58.

nen Namen? Wer bist du? Und was ist es mit dem Volke dieser Stadt, daß alle zu Stein geworden sind? Ich bitte dich, berichte mir, wie es sich in Wahrheit hiermit verhält; denn ich bin voll Staunen über diese Stadt und ihre Bewohner, und darüber, daß sich außer dir kein lebendes Wesen in ihr gefunden hat. Um Allahs willen, ich bitte dich, sage mir die volle Wahrheit darüber!' Und nun sprach sie: ,Setze dich, 'Abdallâh, und ich werde, so Gott der Erhabene will, dir erzählen und alles genau berichten, was es in Wahrheit mit mir und mit dieser Stadt und ihrem Volke auf sich hat. Es gibt keine Macht und es gibt keine Majestät außer bei Allah, dem Erhabenen und Allmächtigen!' Nachdem ich mich ihr zur Seite gesetzt hatte, fuhr sie fort: ,Wisse, 'Abdallâh – Gott erbarme sich deiner! – ich bin die Tochter des Königs dieser Stadt, und mein Vater ist der, den du im Staatssaal auf dem hohen Throne hast sitzen sehen; die Männer rings um ihn sind die Großen seines Reiches und die Vornehmen seines Landes. Mein Vater war ein Herrscher von gewaltiger Macht, und er gebot über tausendmal tausend und einhundertundzwanzigtausend Krieger; die Zahl der Emire seines Reiches betrug vierundzwanzigtausend, und alle waren Statthalter und Würdenträger. Ihm waren tausend Städte untertan, dazu auch Flecken und Weiler, Festungen, Burgen und Dörfer. Die Emire der Beduinen, die unter seiner Herrschaft standen, waren tausend an der Zahl; und ein jeder von ihnen gebot über zwanzigtausend Reiter. Und er besaß an Geld und Schätzen, Edelsteinen und Juwelen so viel, wie kein Auge je gesehen und kein Ohr je gehört hat.' – –«

Da bemerkte Schehrezâd, daß der Morgen begann, und sie hielt in der verstatteten Rede an. Doch als die *Neunhundertunddreiundachtzigste Nacht* anbrach, fuhr sie also fort: »Es ist mir berichtet worden, o glücklicher König, daß 'Abdallâh des weiteren erzählte: ‚Die Tochter des Königs der steinernen Stadt sprach: ‚Sieh, 'Abdallâh, mein Vater besaß an Geld und Schätzen so viel, wie kein Auge je gesehen und kein Ohr je gehört hat. Er bezwang die Könige und pflegte die Helden und Recken im Kampf auf dem Blachgefild niederzustrecken, so daß die Gewaltigen in Furcht vor ihm schwebten und selbst die Perserkönige in Demut vor ihm lebten. Doch bei alledem war er ein Ungläubiger, der den Dienst anderer Götter neben Allah lehrte und statt seines wahren Herren Götzen verehrte; und auch alle seine Heerscharen waren Ungläubige und dienten den Götzen mit Fleiß, an Stelle des Königs, der alles weiß. Eines Tages aber, als er auf dem Throne seines Reiches saß, umgeben von den Großen des Landes, begab es sich, ehe er sich dessen versah, daß die Gestalt eines Mannes eintrat, der durch das Licht seines Antlitzes den ganzen Staatssaal erleuchtete. Mein Vater blickte ihn an und sah, daß er ein grünes Gewand trug; er war hochgewachsen, und seine Hände reichten ihm bis unter die Kniee herunter; sein Antlitz flößte Ehrfurcht und heilige Scheu ein, und das Licht erstrahlte aus seinem Antlitz. Der sprach zu meinem Vater: ‚O du verstockter Sünder, wie lange noch willst du in verblendetem Trotz die Götzen anbeten und die Verehrung des allwissenden Königs mit Füßen treten? Sprich: ich bezeuge, daß es keinen Gott gibt außer Allah, und ich bezeuge, daß Mohammed sein Knecht und Gesandter ist! Werde Muslim, du mit deinem Volke; und tu den Götzendienst von dir ab; denn in ihm ist kein Nutzen und kein Heil! Wahre Anbetung gebührt nur Allah, der ohne Säulen die Himmel hoch oben weitete und aus Gnade gegen Seine Diener die Länder ausbreitete!' Darauf erwiderte mein Vater: ‚Wer bist du, o Mann, daß du den Göttern die Anbetung versagst und solche Reden zu führen wagst? Fürchtest du dich nicht vor der Götter Zorngericht?' Doch der Mann fuhr fort: ‚Die Götter sind nur Steine, deren Zorn mir nicht schadet und deren Huld mir nicht nützt. Bring mir deinen Gott, den du verehrst, und befiehl, daß ein jeder in deinem Volke seinen Gott herbeibringe! Wenn alle eure Götter da sind, so betet zu ihnen, daß sie mir zürnen. Ich aber will zu meinem Herrn beten, daß Er ihnen zürne; und dann werdet ihr des Unterschiedes zwischen dem Zorn des Schöpfers und dem Zorn des Geschöpfes gewahr werden. Denn eure Götter habt ihr euch selbst gemacht, und die Teufel hausen in ihnen; ja, sie sind es, die aus dem Bauche der Götzenbilder sprechen. Eure Götter sind nur geschaffene Dinge, aber mein Gott ist ein Schöpfer, und Ihm ist kein Ding unmöglich. Wenn das Wahre sich euch offenbart, so folget ihm; und wenn das Falsche euch kund wird, so lasset von ihm.' Da riefen die Leute: ‚Gib uns einen Beweis für deinen Herrn, daß wir ihn sehen!' Doch er sprach: ‚Gebt ihr mir Beweise für eure Herren!' Nun befahl der König, ein jeder, der ein Götterbild als Herren anbete, solle es bringen; darauf brachten alle die Heerscharen ihre Götzen in den Staatssaal. Das geschah damals bei ihnen.

Ich aber saß derweilen hinter einem Vorhang verborgen, doch so, daß ich in den Staatssaal meines Vaters hinabschauen konnte; und ich hatte einen Götzen aus grünem Smaragd, der so groß war wie ein Mensch. Mein Vater verlangte nach ihm, und so sandte ich ihn zu ihm in den Staatssaal hinunter. Dort setzte man ihn neben den Götzen meines Vaters. Der Götze meines Vaters aber war aus Hyazinth, während der Götze des Wesirs aus Diamant war. Von den Götzen der Großen des Heeres und der Untertanen waren die einen aus Ballasrubin, die anderen aus Karneol, wieder andere aus Korallen oder Komoriner Aloeholz, noch andere aus Ebenholz oder aus Silber oder aus Gold; denn ein jeder hatte einen Götzen, je nachdem sein Besitz es ihm gestattete. Das gemeine Volk unter den Kriegern und die Untertanen hatten Götzenbilder teils aus Feuerstein, teils aus Holz, teils aus Ton oder aus Lehm. Und alle die Bilder waren von verschiedenen Farben, gelb oder rot, grün, schwarz oder weiß. Da sprach jener Mann zu meinem Vater: ‚Bete zu deinem Gott und zu diesen anderen Göttern, daß sie mir zürnen!' Und man reihte jene Götzen auf wie eine Staatsversammlung, indem man den Gott meines Vaters auf einen goldenen Thron an den Ehrenplatz setzte und meinen Gott daneben; all die anderen Götzen wurden nach dem Range ihrer Besitzer, die sie anbeteten, aufgestellt. Nun erhob sich mein Vater, warf sich vor seinem Gott nieder und sprach zu ihm: ‚O mein Gott, du bist der gütige Herr, und unter den Göttern ist keiner größer als du. Du weißt, daß dieser Mann zu mir gekommen ist, um deine Gottheit zu beschimpfen und dich zu verspotten. Und er behauptet, er habe einen Gott, der stärker sei als du, und er gebietet uns, von deinem Dienst abzulassen und seinen Gott zu verehren. Darum ergrimme wider ihn, o mein Gott!' So flehte er zu dem Götzen, aber der Götze gab ihm keine Antwort, ja, er sprach kein Wort zu ihm. Dann fuhr mein Vater fort: ‚Mein Gott, dies ist doch sonst nicht deine Art. Du pflegtest mir zu antworten, wenn ich zu dir sprach. Was ist mir, daß ich sehen muß, wie du schweigst und nicht redest? Bist du unachtsam, oder schläfst du? So wach doch auf und hilf mir und gib mir Antwort!' Darauf schüttelte er den Götzen mit seiner Hand; aber der sprach nicht und rührte sich nicht von seiner Stelle. Nun sagte jener Mann zu meinem Vater: ‚Warum sehe ich, daß dein Gott nicht redet?' Und der König erwiderte: ‚Mich deucht, er ist unachtsam oder schläft.' Doch der Fremde sprach zu ihm: ‚O du Feind Allahs, wie kannst du einen Gott anbeten, der nicht spricht und der über nichts Macht hat? Warum verehrst du nicht meinen Gott, der stets in der Nähe weilt und gnädige Antwort erteilt, der allgegenwärtig ist und nie in die Ferne enteilt, der nie unachtsam ist und den kein Schlummer bezwingt, und zu dem empor keine Vorstellung dringt, der da sieht und nicht gesehen wird und über alle Dinge mächtig ist? Dein Gott ist machtlos, und er vermag keinen Schaden von sich abzuwehren; ein verfluchter Satan hat sich in ihn gekleidet, und der führt dich in die Irre und täuscht dich. Aber jetzt ist der Satan entwichen; drum verehre Allah und bezeuge, daß es keinen Gott gibt außer Ihm, daß keiner verehrt werden darf neben Ihm und daß niemand der Anbetung würdig ist außer Ihm, und daß es nichts Gutes gibt als das, was da kommt von Ihm! Aber was diesen deinen Gott betrifft, so kann er sich selbst vor keinem Übel schützen; wie könnte er denn dich davor schützen? Sieh jetzt mit deinen eigenen Augen seine Ohnmacht!' Und nun trat er heran und versetzte dem Götzen einen Schlag auf den Nacken, so daß er zu Boden fiel. Der König aber ergrimmte und rief den Umstehenden zu: ‚Dieser Frevler hat meinen Gott geschlagen; drum tötet ihn!' Da wollten sie sich erheben, um ihn zu erschlagen, aber keiner von ihnen vermochte sich von der Stelle zu rühren. Dann bot der Mann ihnen den Islam dar; doch als sie ihn nicht annahmen, sprach er: ‚Jetzt will ich euch den Zorn meines Herren zeigen.' ‚Zeige ihn uns nur!' riefen jene; und er breitete seine Hände aus und betete: ‚Mein Herr und mein Gott, du bist es, bei dem mein Vertrauen und meine Hoffnung steht, erhöre du mein Gebet wider dies sündige Volk, das von deinem Gute zehrt, aber andere als dich verehrt! Der du die Wahrheit bist, o Herr der Macht, du Schöpfer des Tages und der Nacht, ich bitte dich, verwandle diese Leute in Steine! Denn du bist allmächtig, nichts ist dir unmöglich, und du hast Gewalt über alle Dinge.' Da verwandelte Allah die Leute dieser Stadt in Steine. Ich aber ward, als ich seinen Beweis sah, Muslimin vor dem Angesichte Allahs, und so ward ich vor dem Unheil bewahrt, das sie traf. Darauf trat jener Mann an mich heran und sprach: ,Dir bestimmte Allah im voraus die Seligkeit, und darin hielt Er ein Ziel bereit.' Dann unterwies er mich, und ich leistete ihm Eid und Gelöbnis; damals war ich sieben Jahre alt, und jetzt habe ich das Alter von dreißig Jahren erreicht. Und damals sprach ich zu ihm: ,Mein Gebieter, alles, was in der Stadt ist, und alle ihre Einwohner sind durch dein frommes Gebet zu Stein geworden. Ich aber bin gerettet, weil ich durch dich den Islam angenommen habe; und da du nun mein Scheich geworden bist, so nenne mir deinen Namen und leih mir deine Hilfe und gewähre mir etwas, durch das ich mein Leben fristen kann!' Er gab mir zur Antwort: ,Mein Name ist Abu el-'Abbâs el-Chidr'; und er pflanzte mir einen Granatapfelbaum mit eigener Hand. Der wuchs und trieb Blätter und blühte und trug einen Granatapfel zur selbigen Stunde. Dann sprach er: ,Iß von dem, was Allah der Erhabene dir zur Nahrung beschert, und diene Ihm, wie es Ihm gebührt!' Und weiter lehrte er mich die Vorschriften des Islams und die Vorschriften des Gebets und den Weg der Anbetung; auch lehrte er mich, den Koran vorzutragen. Nun diene ich Allah an dieser Stätte seit dreiundzwanzig Jahren, und an jedem Tage trägt mir dieser Baum einen Granatapfel, und den esse ich, und durch ihn ernähre ich mich von einem Tag zum andern. An jedem Freitag kommt el-Chidr – Heil sei über ihm! – zu mir, und er ist es, der mich mit deinem Namen bekannt gemacht und mir die frohe Botschaft gebracht hat, daß du zu mir an diese Stätte kommen würdest. Dabei sprach er zu mir:

,Wenn er zu dir kommt, so nimm ihn ehrenvoll auf; gehorche seinem Geheiß und handle ihm nicht zuwider; du sollst ihm eine Gattin sein, und er werde der Gatte dein; geh mit ihm, wohin er will!' Und als ich dich sah, erkannte ich dich; und dies ist die Geschichte dieser Stadt und ihrer Bewohner. Das ist alles!'

Darauf zeigte sie mir den Granatapfelbaum, an dem ein Granatapfel hing; sie aß eine Hälfte davon und gab mir die andere zu essen, und nie habe ich etwas gekostet, das so süß und zart und schmackhaft war wie jener Granatapfel. Dann sprach ich zu ihr: ,Willigst du in das ein, was dein Scheich el-Chidr – Heil sei über ihm! – dir aufgetragen hat, nämlich darin, daß du mir zur Gattin werdest und daß ich dein Ehgemahl sei, und daß du mit mir in mein Land ziehest, damit ich mit dir in der Stadt Basra leben kann?' ,Jawohl,' erwiderte sie, ,so Allah der Erhabene will; ich höre auf dein Wort und gehorche deinem Geheiß ohne Widerspruch.' So nahm ich denn Eid und Gelöbnis von ihr hin, und sie führte mich in die Schatzkammer ihres Vaters; daraus entnahmen wir, soviel wir zu tragen vermochten. Dann verließen wir jene Stadt und schritten weiter, bis wir zu meinen Brüdern kamen, die ich nach mir suchen sah. Sie sprachen zu mir: ,Wo bist du gewesen? Du bist lange von uns fortgeblieben, und unsere Herzen waren in Sorge um dich.' Der Kapitän des Schiffes aber sprach zu mir: ,Kaufmann 'Abdallâh, der Wind ist uns schon lange günstig gewesen, und du hast uns an der Abfahrt gehindert.' Ich gab ihm zur Antwort: ,Darin liegt kein Schaden; oft bringt der Aufschub Gewinn, und mein Ausbleiben trug nur Vorteil ein; dadurch ist mir das Ziel meiner Hoffnungen gelungen, und wie vortrefflich hat der Dichter gesungen:

> *Wenn ich nach einem Lande zieh und Gutes suche,*
> *So weiß ich niemals, was von beiden mir dort naht:*

*Ob es das Gute ist, das ich im Sinne habe;
Ob es das Böse ist, das mich im Sinne hat.'*

Dann sprach ich zu ihnen: ‚Seht, was mir zuteil geworden ist, während ich jetzt abwesend war!' Und ich zeigte ihnen die Schätze, die ich bei mir trug, und erzählte ihnen, was ich in der steinernen Stadt erlebt hatte, indem ich mit den Worten schloß: ‚Wenn ihr auf mich gehört hättet und mit mir gegangen wäret, so hättet ihr viel von diesen Dingen gewonnen.' – –«

Da bemerkte Schehrezâd, daß der Morgen begann, und sie hielt in der verstatteten Rede an. Doch als die *Neunhundertundvierundachtzigste Nacht* anbrach, fuhr sie also fort: »Es ist mir berichtet worden, o glücklicher König, daß 'Abdallâh ibn Fâdil des weiteren erzählte: ‚Ich sprach zu meinen Gefährten und zu meinen Brüdern: ‚Wenn ihr mit mir gegangen wäret, so hättet ihr viel von diesen Dingen gewonnen.' Doch sie erwiderten mir: ‚Bei Allah, wären wir mitgegangen, so hätten wir es doch nicht gewagt, zu dem König der Stadt einzutreten.' Und ich sagte zu meinen Brüdern: ‚Macht euch keine Sorgen! Was ich bei mir habe, genügt für uns alle; dies war uns bestimmt.' Darauf teilte ich meinen Gewinn nach Maßgabe unserer Zahl: ich gab meinen beiden Brüdern und dem Kapitän je einen Teil und behielt für mich so viel, wie je einer von ihnen empfangen hatte. Ein weniges gab ich auch den Dienern und den Seeleuten, und die freuten sich und segneten mich. Alle waren mit dem zufrieden, was ich ihnen gab, nur meine beiden Brüder nicht; denn sie sahen mit einem Male ganz verändert aus, und ihre Augen blickten unstet. Daraus ersah ich, daß die Gier über sie Gewalt gewonnen hatte, und ich sprach zu ihnen: ‚Meine Brüder, mich deucht, was ich euch gegeben habe, hat euch nicht befriedigt. Aber ich bin ja euer

Bruder, und ihr seid meine Brüder, und es ist kein Unterschied zwischen mir und euch. Mein Gut und euer Gut sind einunddasselbe; und wenn ich sterbe, soll mich kein anderer beerben als nur ihr beide.' So sprach ich ihnen in Güte zu. Dann führte ich auch die Maid an Bord der Galeone und geleitete sie in die Kabine; darauf sandte ich ihr etwas zu essen und setzte mich nieder, um mit meinen Brüdern zu plaudern. Sie fragten mich: ,Bruder, was willst du mit dieser wunderschönen Jungfrau tun?' Und ich erwiderte ihnen: ,Ich will mit ihr den Ehevertrag schließen, sobald ich wieder in Basra bin, und dann will ich eine große Hochzeit feiern und dort zu ihr eingehen.' Der eine von beiden rief: ,Bruder, diese junge Herrin ist von wunderbarer Schönheit und Anmut, und mein Herz ist von Liebe zu ihr ergriffen; darum wünsche ich, du mögest sie mir geben, auf daß ich mich mit ihr vermähle.' Und der andere rief: ,Auch mich verlangt nach ihr; gib sie mir, daß ich mich mit ihr vermählen kann!' ,Liebe Brüder,' erwiderte ich ihnen, ,sie hat mir Eid und Gelöbnis abgenommen, daß ich mich selber mit ihr vermähle; wenn ich sie also einem von euch beiden gebe, so verletze ich den Bund, der uns beide vereint, und vielleicht würde ihr dann das Herz brechen. Denn sie ist nur unter der Bedingung mit mir gekommen, daß sie meine Gemahlin wird. Wie kann ich sie da einem anderen vermählen? Wenn ihr sie liebt, so liebe ich sie noch mehr als ihr; denn sie ist ein Geschenk des Himmels für mich. Daß ich sie einem von euch geben sollte, ist etwas, das nie und nimmer geschehen kann; aber wenn wir wohlbehalten in der Stadt Basra eingetroffen sind, so will ich mich für euch nach zwei von den besten Töchtern Basras umsehen und will um sie für euch werben und die Brautgabe aus meinem eigenen Gelde bezahlen. Dann will ich ein einziges Hochzeitsfest rüsten, und wir wollen alle drei in derselben Nacht zu unseren Frauen eingehen. Also lasset ab von dieser Maid; denn sie ist mir vom Schicksal bestimmt!' Beide schwiegen, und ich glaubte, daß sie mit dem, was ich gesagt hatte, zufrieden wären. Wir setzten also unsere Fahrt nach dem Lande von Basra fort, während ich der Prinzessin immer Speise und Trank zusandte, so daß sie die Kabine des Schiffes nie verließ; ich schlief aber mit meinen Brüdern auf dem Deck der Galeone. So fuhren wir ohne Aufenthalt vierzig Tage dahin, bis uns die Stadt Basra in Sicht kam; wir waren erfreut, daß wir uns ihr näherten, und ich vertraute auch meinen Brüdern und fühlte mich ganz sicher im Gedanken an sie. Aber niemand kennt das Verborgene außer Allah dem Erhabenen! Ich legte mich also an jenem Abend zur Ruhe nieder; doch als ich in festen Schlaf versunken war, wurde ich plötzlich, ehe ich mich dessen versah, von den Händen dieser meiner beiden Brüder hochgehoben; der eine hatte mich an den Beinen gepackt und der andere an den Händen. Denn die beiden hatten sich verabredet, mich im Meere zu ertränken, damit sie jene Jungfrau gewönnen. Wie ich mich nun von ihren Händen hochgehoben sah, rief ich: ,Meine Brüder, weshalb tut ihr mir dies an?' Sie erwiderten: ,O du frecher Tor, wie kannst du um eines Mädchens willen unsere Freundschaft verscherzen? Dafür wollen wir dich ins Meer werfen.' Und dann warfen sie mich über Bord.' Nun wandte 'Abdallâh sich wieder zu den beiden Hunden und fragte sie: ,Ist dies wahr, meine Brüder, oder nicht?' Sie senkten ihre Köpfe zu Boden und begannen zu winseln, als ob sie seine Worte bestätigen wollten; darüber staunte der Kalif. Doch der Statthalter fuhr fort: ,O Beherrscher der Gläubigen, als sie mich so ins Meer geworfen hatten, sank ich bis auf den Grund hinab. Aber das Wasser trug mich wieder zur Oberfläche des Meeres empor, und ehe ich mich dessen versah, stieß ein mächtiger Vogel, so groß wie ein Mensch, auf mich nieder, ergriff mich und schwebte mit mir hoch in den Luftraum empor. Wie ich meine Augen auftat, fand ich mich in einem Schlosse, dessen Bau sich in große Höhe reckte und seine Mauern bis in den Himmel streckte, und das ein Schmuck von prächtigen Malereien und Gehängen mit Edelsteinen aller Arten und Farben bedeckte. Darin standen Mädchen, die ihre Hände auf der Brust gekreuzt hatten; und in ihrer Mitte saß eine Herrin auf einem goldenen Throne, der mit Perlen und Juwelen besetzt war. Sie trug Gewänder, vor denen kein Sterblicher die Augen öffnen konnte wegen des Strahlenglanzes der Juwelen; um ihre Hüften lag ein Juwelengürtel, dessen Wert kein Geld bezahlen konnte, und auf ihrem Haupte ruhte eine dreigliedrige Krone, die Sinn und Verstand berückte und Herz und Auge entzückte. Der Vogel aber, der mich entführt hatte, schüttelte sich und ward zu einer Jungfrau, die der strahlenden Sonne glich. Als ich die genauer anschaute, erkannte ich in ihr plötzlich jene, die auf dem Berge in Gestalt einer Schlange gewesen war, sie, mit der jener Drache gekämpft und um die er seinen Schwanz gewunden hatte und die ich befreit hatte, da ich den Drachen mit einem Steine tötete, als ich sah, daß er Macht und Gewalt über sie gewann. Nun sprach zu ihr die Herrin, die auf dem Throne saß: ‚Weshalb hast du diesen Sterblichen hierher gebracht?' Sie gab ihr zur Antwort: ‚Mutter, dies ist der Mann, dem ich es verdanke, daß meine Ehre unter den Töchtern der Geister geschützt wurde.' Dann fragte sie mich: ‚Weißt du, wer ich bin?' ‚Nein', erwiderte ich; und sie fuhr fort: ‚Ich bin jene, die auf dem und dem Berge war; damals kämpfte der schwarze Drache mit mir und wollte meine Ehre schänden, aber du tötetest ihn.' Darauf sagte ich: ‚Ich habe nur eine weiße Schlange bei dem

Drachen gesehen.' Und dann erzählte sie: ‚Ich war die weiße Schlange; aber ich bin die Tochter des Roten Königs, des Königs der Geister, und mein Name ist Sa'îda. Die dort sitzt, ist meine Mutter, und sie heißt Mubâraka, die Gemahlin des Roten Königs. Und der Drache, der mit mir kämpfte und meine Ehre schänden wollte, war der Wesir des Schwarzen Königs; er hieß Darfîl, und er war ein häßliches Geschöpf. Es begab sich einmal, daß er mich sah und von Liebe zu mir erfüllt wurde; dann warb er um mich bei meinem Vater, aber mein Vater ließ ihm sagen: ‚Was bist denn du, o Abschaum der Wesire, daß du dich mit Königstöchtern vermählen willst?' Darüber ward er zornig, und er schwor einen Eid, er wolle meine Ehre schänden; und dann lief er meiner Spur nach und verfolgte mich, wohin ich nur ging, in der Absicht, mir die Ehre zu rauben. Darauf entstanden zwischen ihm und meinem Vater heftiger Streit und viel bitteres Leid; aber mein Vater vermochte ihn nicht zu bezwingen, da er wild und voll Lug und Trug war, und sooft mein Vater ihn bedrängte und im Begriffe war, sich seiner zu bemächtigen, entschlüpfte er ihm, bis mein Vater schließlich ratlos war. Ich aber nahm von Tag zu Tage eine andere Gestalt und Farbe an; allein sooft ich mich in eine Gestalt verwandelte, nahm er die Gegengestalt an, und sooft ich in ein anderes Land floh, witterte er mich und folgte mir in jenes Land, so daß ich durch ihn große Qual erlitt. Schließlich nahm ich die Gestalt einer Schlange an und begab mich auf jenen Berg; er jedoch verwandelte sich in einen Drachen und verfolgte mich dorthin. Da kam ich in seine Gewalt, und wir rangen miteinander, bis er mich ermüdet hatte und schon auf mich stieg, um mit mir zu tun, wonach ihn gelüstete. Aber da kamst du und trafst ihn mit dem Steine und tötetest ihn. So verwandelte ich mich wieder in ein Mädchen und zeigte mich dir und sprach zu dir: ,Ich schulde dir für deine Wohltat Dank, der nur bei Bastarden verloren geht.' Als ich nun sah, daß deine Brüder solche Tücke an dir begingen und dich ins Meer warfen, eilte ich zu dir und errettete dich vor dem Verderben; und nun gebührt dir Ehre auch von meiner Mutter und von meinem Vater.' Dann fuhr sie fort: ,Liebe Mutter, ehre ihn zum Dank dafür, daß er meine Ehre geschützt hat.' Und die Königin sprach: ,Willkommen, Sterblicher! Du hast eine gute Tat an uns vollbracht, für die dir Ehre gebührt.' Darauf befahl sie, mir eine Gewandung wie aus einem Schatzhause zu geben, die sehr viel Geld wert war; auch schenkte sie mir eine Menge von Juwelen und Edelsteinen. Dann sprach sie: ,Nehmt ihn und führt ihn zum König hinein!' Da nahm man mich und führte mich zum König in den Staatssaal; ich sah den Herrscher, wie er auf einem Throne saß, umgeben von den Mârids und den Geisterwächtern. Als ich ihn anschaute, wurde mein Blick geblendet durch die Fülle der Juwelen, die er an sich trug. Doch wie er mich sah, erhob er sich, und alle seine Mannen erhoben sich mit ihm, aus Ehrfurcht vor ihm. Darauf begrüßte er mich und hieß mich willkommen und erwies mir die höchsten Ehren; auch gab er mir von den kostbaren Dingen, die er bei sich hatte. Zuletzt sprach er zu einigen aus seinem Gefolge: ,Führt ihn zu meiner Tochter zurück, damit sie ihn wieder an die Stätte bringt, von der sie ihn geholt hat!' Da nahmen die Leute mich mit sich und geleiteten mich zu seiner Tochter Sa'îda; die hob mich hoch und flog mit mir und den Kleinodien, die ich erhalten hatte, auf und davon. So erging es mir damals mit Sa'îda.

Inzwischen war der Kapitän der Galeone durch das Geräusch des Falles aufgewacht, als meine Brüder mich ins Meer warfen. Da rief er: ,Was ist dort ins Wasser gefallen?' Meine Brüder aber begannen zu weinen und sich auf die Brust zu schlagen und zu rufen: ‚Ach um den Verlust unseres Bruders! Er wollte über den Bordrand ein Bedürfnis verrichten und ist dabei ins Meer gefallen.' Dann legten sie Hand an mein Gut; doch wegen der Jungfrau erhob sich ein Streit zwischen ihnen, denn ein jeder von beiden sagte: ‚Keiner soll sie besitzen als ich!' Und nun fuhren sie fort, miteinander zu zanken; sie dachten nicht mehr an den Bruder, noch daran, daß er ertrunken war, und ihre Trauer um ihn war zu Ende. Aber während die beiden noch in dieser Weise miteinander stritten, ließ sich Sa'îda mit mir plötzlich mitten auf der Galeone nieder.'—«

Da bemerkte Schehrezâd, daß der Morgen begann, und sie hielt in der verstatteten Rede an. Doch als die *Neunhundertundfünfundachtzigste Nacht* anbrach, fuhr sie also fort: »Es ist mir berichtet worden, o glücklicher König, daß 'Abdallâh ibn Fâdil des weiteren erzählte: ‚Während die beiden noch in dieser Weise miteinander stritten, ließ sich Sa'îda mit mir plötzlich mitten auf der Galeone nieder. Als meine Brüder mich erblickten, umarmten sie mich und taten, als ob sie über mein Kommen erfreut wären, und sie sprachen: ‚Lieber Bruder, wie ist es dir in dem ergangen, was dir widerfahren ist? Unser Herz war in Sorge um dich!' Doch Sa'îda hub an: ‚Wenn euer Herz um ihn besorgt gewesen wäre und ihr ihn geliebt hättet, so hättet ihr ihn nicht ins Meer geworfen, während er schlief. Jetzt aber wählt euch die Todesart aus, auf die ihr sterben wollt!' Und sie ergriff die beiden und wollte sie töten; aber die beiden schrieen auf und riefen: ‚In deinen Schutz, o Bruder!' Darauf legte ich bei ihr Fürbitte ein, indem ich zu ihr sprach: ‚Ich bitte dich flehentlich, töte meine Brüder nicht!' Sie erwiderte: ‚Es ist nicht anders möglich, als daß sie sterben; denn sie sind Verräter.' Doch ich ließ nicht ab, ihr gut zuzureden und sie zu besänftigen, bis sie sagte: ‚Dir zuliebe will ich sie nicht töten; aber ich werde sie verzaubern.' Dann holte sie eine Schale hervor, füllte sie mit Meerwasser und murmelte unverständliche Worte darüber; und indem sie sprach: ‚Verlasset die menschliche Gestalt und nehmt die Gestalt von Hunden an!' sprengte sie das Wasser auf sie. Da wurden die beiden zu Hunden, wie du sie jetzt siehst, o Stellvertreter Allahs.' Wiederum wandte er sich zu den beiden und fragte: ‚Ist das wahr, was ich gesagt habe, meine Brüder?' Und sie senkten die Köpfe, als ob sie zu ihm sagen wollten: ‚Du hast die Wahrheit gesprochen.' Dann fuhr er fort: ‚O Beherrscher der Gläubigen, nachdem sie die beiden in Hunde verzaubert hatte, sprach sie zu den Leuten auf der Galeone: ‚Wisset, dieser 'Abdallâh ibn Fâdil ist mein Bruder geworden, und ich werde ihn jeden Tag einmal oder zweimal besuchen. Jedem von euch, der ihm widerspricht oder sich seinem Befehl widersetzt oder ihm mit Hand oder Zunge ein Leid zufügt, werde ich das gleiche antun, was ich diesen beiden Verrätern angetan habe; ich werde ihn in einen Hund verwandeln, so daß er in der Hundegestalt sein Leben beschließen und nie Befreiung finden wird.' Insgesamt sprachen sie zu ihr: ‚O unsere Herrin, wir alle sind seine Knechte und seine Diener, und wir werden ihm nicht widersprechen.' Ferner sagte sie zu mir: ‚Wenn du wieder in Basra bist, so prüfe deinen ganzen Besitz; und wenn etwas daran fehlt, so laß es mich wissen, und ich werde es dir bringen, bei wem und wo auch immer es sich befinden mag; und ich werde den, der es genommen hat, in einen Hund verwandeln. Wenn du dann deine Güter aufgespeichert hast, lege jedem dieser beiden Verräter ein eisernes Kettenhalsband um, binde sie an den Fuß eines Lagers und sperre sie für sich allein dort ein. In jeder Nacht geh du um Mitternacht zu ihnen und versetze einem jeden von ihnen so viel Schläge, daß er ohnmächtig wird; wenn aber eine einzige Nacht verstreicht, ohne daß du sie schlägst, so werde ich zu dir kommen und dir dein Teil Schläge geben und danach den beiden das ihre.' ,Ich höre und gehorche!' erwiderte ich; und sie fuhr fort: ,Binde sie nun mit Stricken fest, bis du in Basra ankommst.' So legte ich denn einem jeden von beiden einen Strick um und band sie beide an den Mast; darauf ging sie ihrer Wege. Am nächsten Tage trafen wir in Basra ein; da kamen die Kaufleute mir entgegen und begrüßten mich, aber niemand fragte nach meinen Brüdern. Doch die Leute sahen auf die Hunde und fragten mich: ,Du, was willst du mit diesen beiden Hunden tun, die du mitgebracht hast?' Ich antwortete ihnen: ,Die beiden habe ich während dieser Reise aufgezogen, und nun habe ich sie mitgebracht.' Dann kümmerten sie sich nicht weiter um die beiden, und so erfuhren sie nicht, daß es meine Brüder waren. Ich aber brachte sie in ein Zimmer, und danach war ich jenen ganzen Abend damit beschäftigt, die Ballen unterzubringen, in denen sich die Stoffe und die Edelsteine befanden. Die Kaufleute aber blieben noch bei mir zur Begrüßungsfeier, und ich ward durch sie so abgelenkt, daß ich die beiden Hunde weder mit Ketten festband noch ihnen ein Leids tat. Dann legte ich mich nieder, um zu schlafen; doch ehe ich mich dessen versah, erschien Sa'îda, die Tochter des Roten Königs, vor mir und sprach zu mir: ,Habe ich dir nicht gesagt, du sollest ihnen Ketten um den Hals legen und einem jeden sein Teil Schläge versetzen?' Und alsbald legte sie Hand an mich, zog eine Geißel hervor und schlug mich so lange, bis ich das Bewußtsein verlor; dann eilte sie in den Raum, in dem meine Brüder waren, und hieb auf einen jeden so lange mit der Geißel ein, bis er dem Tode nahe war. Zuletzt sprach sie: ,Schlag beide in jeder Nacht, so wie ich sie geschlagen habe! Wenn eine einzige Nacht vergeht, ohne daß du sie schlägst, so werde ich dich geißeln.' Ich gab ihr zur Antwort: ‚Meine Gebieterin, morgen will ich ihnen die Ketten um den Hals legen, und in der nächsten Nacht will ich sie schlagen, und ich will sie hinfort in keiner Nacht mit der Geißelung verschonen.' Und sie schärfte es mir noch einmal ein, sie zu schlagen. Am nächsten Morgen aber ward es mir nicht leicht, ihnen die Ketten um den Hals zu legen, und so begab ich mich zu einem Goldschmied und befahl ihm, goldene Kettenhalsbänder für die beiden zu machen; nachdem ich das getan hatte, nahm ich sie mit und legte sie den Hunden um den Hals und band sie fest, wie Sa'îda mir befohlen hatte; und in der folgenden Nacht schlug ich sie wider meinen Willen. Diese Sache trug sich zu unter dem Kalifat von el-Mahdî, dem fünften Nachkommen von el-'Abbâs.[1] Ich wurde ihm dadurch vertraut, daß ich ihm Geschenke sandte, und er betraute mich mit der Regierung und machte mich zum Statthalter in Basra. So lebte ich eine ganze Weile dahin; dann sagte ich mir einmal: ‚Vielleicht ist ihr Zorn jetzt abgekühlt'; und so ließ ich die beiden in einer Nacht ungeschlagen. Doch da kam sie zu mir und versetzte mir Schläge, deren Brennen ich in meinem ganzen Leben nicht vergessen werde. Von jener Zeit an unterließ ich es nie, die beiden zu geißeln, solange el-Mahdî regierte. Als er dann gestorben war und du ihm in der Herrschaft folgtest[2], sandtest du zu mir, um mich als Statthalter der Stadt Basra zu bestätigen; und jetzt sind schon zwölf Jahre vergangen, in denen ich sie jede Nacht wider meinen Willen schlage. Aber wenn ich sie geschlagen habe, so be-

1. El-Mahdî gehörte der fünften Generation nach el-'Abbâs an; er regierte als dritter Abbasidenkalif von 775 bis 785. – 2. Zwischen el-Mahdî und Harûn er-Raschîd regierte el-Hâdî, 785 bis 786.

gütige ich sie und bitte sie um Entschuldigung, und ich gebe ihnen zu essen und zu trinken, während sie immer eingesperrt sind. Keins von den Geschöpfen Allahs des Erhabenen hat etwas von ihnen erfahren, bis du den Tischgenossen Abu Ishâk wegen des Tributs zu mir sandtest; der hat mein Geheimnis entdeckt und es dir kundgetan, als er zu dir zurückkehrte. Dann schicktest du ihn ein zweites Mal zu mir, um mich und die beiden zu holen; da erwiderte ich: ‚Ich höre und gehorche!' und ich brachte die beiden vor dich. Und weil du mich nach der Wahrheit hierüber gefragt hast, so habe ich dir den Bericht erstattet. Dies ist also meine Geschichte.'

Staunend hörte der Kalif Harûn er-Raschîd, welche Bewandtnis es mit diesen beiden Hunden hatte; und er fragte: ‚Hast du jetzt deinen Brüdern vergeben, was sie wider dich gesündigt haben? Hast du ihnen Verzeihung gewährt oder noch nicht?' ‚Mein Gebieter,' gab 'Abdallâh zur Antwort, ‚Allah vergebe ihnen und spreche sie von ihrer Schuld frei in dieser und in jener Welt! Ich habe es nötig, daß sie mir vergeben, da schon zwölf Jahre vergangen sind, in denen ich sie jede Nacht geißele.' Dann fuhr der Kalif fort: ‚'Abdallâh, so Gott der Erhabene will, werde ich ihre Befreiung erwirken, so daß sie wieder zu Menschen werden, wie sie es früher gewesen sind, und ich will euch miteinander versöhnen, damit ihr hinfort euer Leben als liebende Brüder verbringt. Und wie du ihnen vergeben hast, so werden sie dir vergeben. Nimm sie also mit dir in die Wohnung und schlag sie heute nacht nicht; morgen wird alles gut sein!' Darauf erwiderte der Statthalter: ‚Mein Gebieter, bei deinem Haupte, wenn ich sie nur eine Nacht ungeschlagen lasse, so kommt Sa'îda zu mir und schlägt mich; und mein Leib verträgt die Schläge nicht mehr.' Doch der Kalif sagte: ‚Fürchte dich nicht; ich will dir ein Handschreiben von mir geben! Wenn Sa'îda zu dir kommt, so gib ihr das Blatt; und wenn sie es gelesen hat und dich verschont, so geschieht es durch ihre Huld. Wenn sie aber meinem Befehl keine Folge leistet, so befiehl du deine Sache Allah und laß dich von ihr schlagen, und nimm an, du hättest vergessen, sie in einer Nacht zu geißeln, und seiest deswegen von ihr geschlagen worden; doch geschieht es also, daß sie mir zuwider handelt, dann will ich, so wahr ich der Beherrscher der Gläubigen bin, mit ihr noch fertig werden.' Darauf schrieb der Kalif an sie auf einem Blatt, das zwei Finger breit war, und nachdem er geschrieben hatte, setzte er sein Siegel darunter. Und er sprach: ,'Abdallâh, wenn Sa'îda zu dir kommt, so sprich zu ihr: ,Der Kalif, der König der Menschenwelt, hat mir befohlen, sie nicht zu schlagen; und er hat für mich dies Blatt geschrieben, und er entbietet dir seinen Gruß.' Dann gib ihr das Schreiben und befürchte kein Leid!' So nahm er dem Statthalter Eid und Gelöbnis ab, daß er sie nicht schlagen wolle; und der nahm die beiden Hunde und ging mit ihnen in seine Wohnung, indem er bei sich sprach: ,Ich möchte wohl wissen, was der Kalif gegen die Tochter des Sultans der Geister ausrichten kann, wenn sie nicht auf ihn hört und mich in dieser Nacht doch schlägt! Aber ich will noch einmal die Schläge ertragen und meine Brüder heute nacht in Ruhe lassen, auch wenn mir um ihretwillen Leid widerfährt.' Dann dachte er weiter in seinem Sinne nach, und sein Verstand sagte ihm: ,Wenn der Kalif sich nicht auf eine starke Hilfe verlassen könnte, so würde er mir das Schlagen nicht verbieten.' Er trat also in seine Wohnung ein und nahm seinen Brüdern die Kettenbänder vom Hals und sprach: ,Ich vertraue auf Allah!' Darauf begann er sie zu trösten, indem er sprach: ,Euch soll kein Leid widerfahren! Denn der Kalif, der sechste Nachkomme von el-'Abbâs[1], hat sich für eure Lösung verbürgt, und ich habe euch verziehen. So Allah der Erhabene will, ist nun die Zeit gekommen, und ihr sollt noch in dieser gesegneten Nacht befreit werden; drum freut euch auf Glück und Fröhlichkeit!' Als die beiden diese Worte gehört hatten, begannen sie wie Hunde zu bellen. – –«

Da bemerkte Schehrezâd, daß der Morgen begann, und sie hielt in der verstatteten Rede an. Doch als die *Neunhundertundsechsundachtzigste Nacht* anbrach, fuhr sie also fort: »Es ist mir berichtet worden, o glücklicher König, daß 'Abdallâh ibn Fâdil zu seinen Brüdern sprach: ‚Freut euch auf Glück und Fröhlichkeit!' Und als die beiden diese Worte gehört hatten, bellten sie wie Hunde und rieben ihre Backen an seinen Füßen, als ob sie Segen auf ihn herabflehten und sich vor ihm demütigten. Er aber war betrübt um sie und begann ihre Rücken zu streicheln, bis der Abend nahte. Und als man dann den Tisch aufgetragen hatte, sprach er zu den beiden: ‚Setzt euch!' Sie setzten sich und aßen mit am Tische; doch seine Leibwächter waren starr vor Verwunderung, daß er mit den Hunden zusammen aß, und sie sprachen: ‚Ist er irre, oder ist er schwachsinnig? Wie kann der Statthalter von Basra mit Hunden zusammen essen, er, der größer ist als ein Wesir? Weiß er denn nicht, daß der Hund unrein ist?' Dann sahen sie die Hunde an, wie sie mit ihm gesittet aßen; aber sie wußten nicht, daß die beiden seine Brüder waren. Ja, sie hörten nicht auf, 'Abdallâh und die beiden Hunde anzuschauen, bis sie die Mahlzeit beendet hatten. Danach wusch 'Abdallâh sich die Hände, und auch die Hunde streckten ihre Pfoten aus, um sie sich zu waschen, so daß alle, die dort zugegen waren, über sie zu lachen began-

1. Harûn er-Raschîd gehörte zur sechsten Generation nach el-'Abbâs, war aber der fünfte Abbasidenkalif; vgl. oben Seite 550 Anmerkung 2.

nen und erstaunt zueinander sprachen: ‚Wir haben doch nie in unserem Leben gesehen, daß die Hunde speisen und sich nach der Mahlzeit die Pfoten waschen!' Dann setzten sich die Hunde auf die Kissen neben 'Abdallâh ibn Fâdil, aber niemand wagte ihn danach zu fragen. So blieb es bis Mitternacht; nun entließ er die Diener, und man ging zur Ruhe, auch jeder von den beiden Hunden legte sich auf ein Ruhelager nieder. Da begannen die Diener untereinander zu sprechen: ‚Seht, dort schläft er, und die beiden Hunde schlafen bei ihm!' Einige sagten: ‚Sintemalen er mit den Hunden an demselben Tische gegessen hat, so macht es nichts aus, wenn sie auch bei ihm schlafen; aber dies ist nur die Art von Irren.' Die Diener aßen dann auch nichts von den Speisen, die auf dem Tische übrig geblieben waren, sondern sie sagten: ‚Wie können wir das essen, was die Hunde übrig lassen?' Dann nahmen sie den Tisch mitsamt dem, was darauf war, und warfen alles fort, indem sie sprachen: ‚Das ist unrein!' Soviel von ihnen.

Hören wir nun, was mit 'Abdallâh ibn Fâdil geschah! Ehe der sich dessen versah, klaffte der Boden vor ihm auseinander, und Sa'îda stieg zu ihm empor und sprach: ‚O 'Abdallâh warum hast du die beiden heute nacht nicht geschlagen, und warum hast du ihnen die Ketten vom Hals genommen? Hast du also getan, um mir zu trotzen und um meinen Befehl zu mißachten? Ha, jetzt werde ich dich schlagen und dich wie sie in einen Hund verwandeln!' Er aber sprach: ‚Hohe Herrin, ich beschwöre dich bei den Zeichen auf dem Siegelringe Salomos, des Sohnes Davids – über beiden sei Heil! –, bezwinge deinen Zorn wider mich, bis ich dir den Grund berichtet habe, und dann tu mit mir, was du willst!' ‚Berichte mir!' gebot sie ihm; und er fuhr fort: ‚Der Grund, weshalb ich sie nicht geschlagen habe, ist dieser: Der König der

Menschenwelt, der Beherrscher der Gläubigen, der Kalif Harûn er-Raschîd, hat mir befohlen, ich solle sie in dieser Nacht nicht schlagen; ja, er hat mir daraufhin Eid und Gelöbnis abgenommen. Er enbietet dir seinen Gruß und hat mir ein Schreiben von seiner eigenen Hand gegeben und mir befohlen, es dir zu überreichen. Ich mußte seinem Befehle willfahren und gehorchen; denn der Gehorsam gegen den Beherrscher der Gläubigen ist Pflicht. Da hast du das Schreiben; nimm es und lies es, und danach tu, was du willst!' ,Gib es her!' erwiderte sie; und er reichte ihr das Schreiben. Sie öffnete es und las es und fand darin geschrieben: ,Im Namen Allahs des allbarmherzigen Erbarmers! Von dem König der Menschenwelt, Harûn er-Raschîd, an Sa'îda, die Tochter des Roten Königs. Des ferneren: Sieh, dieser Mann hat seinen Brüdern vergeben und hat seinen Anspruch wider sie fallen lassen; so habe ich ihm denn geboten, sich mit ihnen auszusöhnen. Wo nun Versöhnung stattfindet, da wird die Strafe aufgehoben. Wenn ihr euch unseren Entscheidungen widersetzt, so werden wir uns eueren Entscheidungen widersetzen und eure Satzungen zerreißen. Wenn ihr aber unser Gebot befolgt und unsere Befehle ausführt, so werden auch wir eure Befehle ausführen. Nun gebiete ich dir, ihnen kein Leid anzutun. Wenn du an Allah und an seinen Gesandten glaubst, so geziemt dir Gehorsam gegen den, der mit der Obrigkeit betraut ist. Wenn du die beiden verschonst, so will ich es dir lohnen, wie mein Herr mich dazu befähigt. Und das Zeichen des Gehorsams ist, daß du den Zauber von diesen beiden Männern nimmst, damit sie morgen als Erlöste vor mir erscheinen können. Doch wenn du sie nicht befreist, so werde ich sie erlösen, dir zum Trotz, durch die Hilfe Allahs des Erhabenen.' Als sie jenen Brief gelesen hatte, sprach sie: ,O 'Abdallâh, ich will nicht eher etwas tun, als bis ich zu meinem Vater gegangen bin und ihm das Schreiben des Königs der Menschenwelt gezeigt habe; mit seiner Antwort werde ich eilends zu dir zurückkehren.' Darauf machte sie mit ihrer Hand ein Zeichen nach dem Boden hin, und der spaltete sich, und sie stieg hinab. Als sie verschwunden war, flog das Herz 'Abdallâhs vor Freuden, und er rief: ,Allah stärke die Macht des Beherrschers der Gläubigen!' Sa'îda aber trat zu ihrem Vater ein, berichtete ihm, was geschehen war, und überreichte ihm das Schreiben des Beherrschers der Gläubigen. Der küßte es, legte es auf sein Haupt und las es dann; nachdem er seinen Inhalt verstanden hatte, sprach er: ,Liebe Tochter, der Befehl des Königs der Menschenwelt ist gültig für uns, und sein Gebot muß bei uns befolgt werden; wir können ihm nicht zuwiderhandeln. Drum geh zu den beiden Männern und befreie sie noch in dieser Stunde, indem du zu ihnen sprichst: ,Die Fürsprache des Königs der Menschenwelt tritt für euch ein.' Denn wenn er uns zürnt, so wird er uns alle bis zum letzten Mann vernichten; drum lad uns nichts auf, was über unsere Kraft geht!' ,Lieber Vater,' erwiderte sie ihm, ,was kann denn der König der Menschenwelt uns antun, wenn er uns zürnt?' Darauf sagte er zu ihr: ,Meine Tochter, er hat Macht über uns aus mehreren Gründen. Erstlich ist er ein Mensch und hat als solcher den Vorrang vor uns[1]; zweitens ist er der Stellvertreter Allahs; und drittens betet er beständig die zwei Rak'as der Morgendämmerung. Wenn alle Stämme der Geister aus den sieben Welten sich gegen ihn vereinen würden, so würden sie doch nicht vermögen, ihm ein Leid zu tun. Wenn er wider uns ergrimmt, so wird er die beiden Rak'as der Morgendämmerung beten und einen einzigen Schrei gegen uns ausstoßen; dann müßten wir uns alle ge-

---

1. Die Menschen haben nach islamischem Glauben den Vorrang vor den Geistern.

horsam vor ihm versammeln und wären wie die Schafe vor dem Schlächter. Wenn er will, so kann er uns befehlen, uns aus unseren Heimstätten in ein wüstes Land zu begeben, in dem wir nicht leben könnten. Oder auch, wenn er will, daß wir untergehen sollen, kann er uns befehlen, uns selbst zu vernichten, indem wir uns gegenseitig umbringen. Wir dürfen uns seinem Befehle nicht widersetzen; denn wenn wir seinem Gebot nicht gehorchen, so würde er uns mit Feuer verbrennen, und wir hätten keine Zuflucht vor ihm. So steht es mit jedem Knechte Gottes, der beharrlich die beiden Rak'as der Morgendämmerung betet; sein Gebot hat Macht über uns. Sei drum nicht um zweier Männer willen die Ursache unseres Verderbens, sondern geh hin und erlöse sie, ehe der Zorn des Beherrschers der Gläubigen uns trifft!' Da kehrte sie zu 'Abdallâh ibn Fâdil zurück und berichtete ihm, was ihr Vater gesagt hatte, indem sie hinzufügte: ‚Küsse dem Beherrscher der Gläubigen für uns die Hände und flehe für uns um sein Wohlgefallen!' Darauf holte sie die Zauberschale hervor, füllte sie mit Wasser und sprach die Beschwörung darüber, indem sie unverständliche Worte murmelte; dann besprengte sie die beiden mit dem Wasser, indem sie sprach: ‚Tretet aus der Hundegestalt heraus wieder in die Menschengestalt ein!' Da wurden sie wieder Menschen wie früher, und der Bann des Zaubers war von ihnen genommen; und ein jeder von beiden sprach: ‚Ich bezeuge, daß es keinen Gott gibt außer Allah, und ich bezeuge, daß Mohammed der Gesandte Allahs ist.' Dann stürzten sie sich auf ihres Bruders Hand und Füße und küßten sie und baten ihn um Verzeihung. Doch er sprach zu ihnen: ‚Vergebt ihr mir!' Und nun bereuten sie aufrichtig und sagten: ‚Der verfluchte Teufel hat uns verblendet, und die Habgier hat uns verführt. Aber unser Herr hat uns vergolten, wie wir es verdienten; und

Vergebung gehört zu den Kennzeichen der Edlen.' So gaben sie ihrem Bruder gute Worte, indem sie weinten und bereuten, was sie getan hatten. Dann fragte er sie: ‚Was habt ihr mit meiner Gemahlin getan, die ich aus der steinernen Stadt mitgebracht hatte?' Sie antworteten: ‚Als Satan uns verführte und wir dich ins Meer geworfen hatten, erhob sich ein Streit unter uns, und jeder von uns sagte: ‚Ich will sie zur Frau haben!' Und als sie unsere Worte hörte und unser Streiten sah und erfuhr, daß wir dich ins Meer geworfen hatten, kam sie aus der Kabine hervor und rief uns zu: ‚Streitet nicht um mich! Ich werde keinem von euch beiden gehören; mein Gemahl ist im Meere versunken, und ich werde ihm folgen.' Dann stürzte sie sich ins Meer und ertrank.' Da rief 'Abdallâh: ‚Wahrlich, sie ist als Märtyrerin gestorben. Es gibt keine Macht und es gibt keine Majestät außer bei Allah, dem Erhabenen und Allmächtigen!' Und er weinte bitterlich um sie; dann sprach er zu seinen Brüdern: ‚Das war nicht recht von euch, eine solche Tat zu begehen und mich meiner Gemahlin zu berauben!' Sie erwiderten: ‚Siehe, wir haben gesündigt, und unser Herr hat uns unser Tun vergolten; dies war etwas, das Allah uns vorherbestimmte, ehe Er uns noch erschaffen hatte.' Und er nahm ihre Entschuldigung an. Darauf sprach Sa'îda: ‚Kannst du ihnen denn vergeben, nachdem sie dir all dies angetan haben?' Er antwortete: ‚Liebe Schwester, wer die Macht hat und vergibt, dessen Lohn steht bei Allah.' Doch sie fuhr fort: ‚Sei auf deiner Hut vor ihnen; denn sie sind Verräter!' Dann nahm sie Abschied von ihm und verschwand. – –«

Da bemerkte Schehrezâd, daß der Morgen begann, und sie hielt in der verstatteten Rede an. Doch als die *Neunhundertundsiebenundachtzigste Nacht* anbrach, fuhr sie also fort: »Es ist mir berichtet worden, o glücklicher König, daß 'Abdallâh, nachdem Sa'îda ihn vor seinen Brüdern gewarnt und Abschied von ihm genommen hatte und ihrer Wege gegangen war, den Rest jener Nacht mit seinen Brüdern verbrachte, indem sie aßen und tranken und fröhlich und guter Dinge waren. Als es wieder Morgen ward, führte er sie ins Bad, und nachdem sie es verlassen hatten, kleidete er einen jeden von ihnen in eine Gewandung, die viel Geld wert war. Darauf ließ er den Speisetisch bringen, und man setzte ihn vor ihn hin, und er aß mit seinen Brüdern. Wie aber die Diener die beiden erblickten und in ihnen seine Brüder erkannten, sprachen sie den Gruß vor den beiden und sagten zu dem Emir 'Abdallâh: ‚O unser Herr, Allah erfreue dich durch die Vereinigung mit den teuren Brüdern! Wo sind sie in all dieser Zeit gewesen?' Er gab ihnen zur Antwort: ‚Sie waren es, die ihr in Gestalt von Hunden gesehen habt. Preis sei Allah, der sie aus der Gefangenschaft und von der schweren Qual befreit hat!' Dann nahm er sie mit sich und begab sich zum Staatssaal des Kalifen Harûn er-Raschîd; dort führte er sie hinein, und nachdem er den Boden vor dem Herrscher geküßt hatte, wünschte er ihm, seine Macht und sein Glück möchten ewig bestehen, doch alles Übel und Unheil solle vergehen. Darauf sagte der Kalif: ‚Willkommen, o Emir 'Abdallâh! Berichte mir, was dir widerfahren ist!' Und der Statthalter berichtete: ‚O Beherrscher der Gläubigen – Allah stärke deine Macht! –, wisse, nachdem ich meine Brüder mit mir genommen und sie in meine Wohnung geführt hatte, war ich über sie beruhigt, und zwar durch dich, da du dich für ihre Befreiung verbürgt hattest. Denn ich sagte mir: Den Königen ist nie etwas unmöglich, wenn sie sich darum bemühen, da ja die Vorsehung ihnen hilft. So nahm ich ihnen denn die Ketten vom Hals und vertraute auf Allah; und ich aß mit ihnen am selben Tisch. Als meine Diener sahen, daß ich mit den beiden aß, die noch in Gestalt von Hunden waren, hielten sie mich für schwachsinnig und sprachen untereinander: ‚Er ist wohl irre! Wie kann der Statthalter von Basra mit den Hunden essen, er, der größer ist als ein Wesir?' Dann warfen sie fort, was auf dem Tische zurückgeblieben war, indem sie sprachen: ‚Wir essen nicht, was die Hunde übrig gelassen haben.' So spotteten sie meines Verstandes, während ich ihre Reden hörte; doch ich sprach zu ihnen kein Wort darüber, da sie ja nicht wußten, daß die beiden Tiere meine Brüder waren. Als die Zeit der Ruhe kam, schickte ich sie fort und wollte schlafen, aber ehe ich mich dessen versah, klaffte der Boden auseinander, und Sa'îda, die Tochter des Roten Königs, stieg empor, ergrimmt wider mich und mit Augen gleich Feuer.' Dann berichtete er dem Kalifen alles, was sie und ihr Vater getan hatten, und wie sie die beiden aus der Hundegestalt wieder in die Menschengestalt verwandelt hatte. Und er fügte hinzu: ‚Hier stehen sie vor dir, o Beherrscher der Gläubigen!' Der Kalif schaute hin, und als er in ihnen zwei Jünglinge, schön wie Monde, erkannte, sprach er: ‚Allah lohne dir statt meiner mit Gutem, o 'Abdallâh, daß du mich mit einer Kraft bekannt gemacht hast, die ich früher nicht kannte! So Gott der Erhabene will, werde ich hinfort nie das Gebet dieser beiden Rak'as vor Anbruch der Morgendämmerung unterlassen, solange ich lebe.' Dann schalt er die beiden Brüder von 'Abdallâh ibn Fâdil wegen ihrer früheren Vergehungen wider ihn; und nachdem sie sich vor dem Kalifen entschuldigt hatten, sprach er zu ihnen allen: ‚Reichet euch die Hände und verzeihet einander; und Gott vergebe, was vergangen ist!' Darauf wandte er sich wieder zu 'Abdallâh und sprach: ‚O 'Abdallâh, mache deine Brüder zu deinen Helfern und laß sie dir angelegen sein!' Als er die beiden dann noch zum Gehorsam gegen ihren Bruder ermahnt hatte, erwies er ihnen seine Gnade; denn er befahl ihnen, nach der Stadt Basra aufzubrechen, nachdem er ihnen reichliche Gaben verliehen hatte. So verließen sie denn fröhlich den Staatssaal des Kalifen. Der Kalif aber freute sich über die Kraft, die er aus diesem Verlauf der Dinge sich erworben hatte, nämlich die des Beharrens im Gebete der zwei Rak'as vor dem Anbruch der Morgendämmerung; und er rief: ‚Der hat recht, der da sagte: Das Unglück des einen ist des anderen Glück!'

Wenden wir uns nun von dem Kalifen wieder zu 'Abdallâh ibn Fâdil! Der reiste von der Stadt Baghdad ab mit seinen Brüdern, indem er sie auszeichnete und ehrte und ihr Ansehen mehrte, bis sie in der Stadt Basra ankamen. Dort zogen die Großen und Vornehmen ihnen entgegen, nachdem man die Stadt geschmückt hatte; und so geleitete man sie in einem unvergleichlich schönen Prunkzug hinein. Das Volk flehte den Segen des Himmels auf sein Haupt herab, während er Gold und Silber unter sie streute. Und als nun das ganze Volk ihm mit Segenswünschen zujubelte, achtete niemand auf seine Brüder. Da schlichen wieder die Eifersucht und der Neid in die Herzen der beiden, obwohl er sie doch hegte und pflegte, wie man ein krankes Auge pflegt; und je freundlicher er sie behandelte, desto mehr wuchs ihr Groll und ihr Neid gegen ihn. Darüber ist einmal gesagt worden:

> *Ich tat den Menschen Gutes; doch bei meinem Neider*
> *Gewann ich keine Gunst, und keine Müh gelang.*
> *Wie kann der Mensch dem Neider seines Glückes wohltun,*
> *Da den doch nichts befriedigt als sein Untergang?*

Er gab jedem von beiden eine Odaliske, die nicht ihresgleichen hatte; auch schenkte er ihnen Eunuchen und Diener, Sklavinnen, schwarze und weiße Sklaven, von jeder Art vierzig. Ferner gab er einem jeden von beiden fünfzig Prachtrosse von

edelem Geblüt, nebst Wärtern und Gefolge; dazu verlieh er
ihnen auch noch Einkünfte und bestimmte ihnen Gehälter,
und er machte sie zu seinen Helfern, indem er zu ihnen sprach:
‚Meine Brüder, wir sind gleich, ich und ihr, und es ist kein
Unterschied zwischen mir und euch.' – –«

Da bemerkte Schehrezâd, daß der Morgen begann, und sie
hielt in der verstatteten Rede an. Doch als die *Neunhundertund-
achtundachtzigste Nacht* anbrach, fuhr sie also fort: »Es ist mir
berichtet worden, o glücklicher König, daß 'Abdallâh seinen
Brüdern Gehälter bestimmte und sie zu seinen Helfern machte,
indem er sprach: ‚Meine Brüder, wir sind gleich, ich und ihr,
und es ist kein Unterschied zwischen mir und euch. Nächst
Allah und dem Kalifen gehört die Macht mir und euch beiden;
drum herrschet in Basra, wenn ich abwesend und wenn ich
anwesend bin! Euer Befehl soll gelten; aber es ist eure Pflicht,
die Furcht Allahs in den Entscheidungen walten zu lassen.
Hütet euch vor der Ungerechtigkeit, die da, wenn sie anhält,
vernichtet; und haltet euch an die Gerechtigkeit, die, wenn sie
anhält, blühenden Wohlstand errichtet! Bedrücket die Diener
Allahs nicht; sonst werden sie euch fluchen, und euer Tun
wird dem Kalifen ruchbar werden, und das wäre eine Schmach
für mich und für euch! Trachtet nicht danach, irgendeinem mit
Gewalt etwas zu nehmen; wenn es euch nach etwas von der
Habe der Menschen verlangt, so nehmt es von meiner Habe
zu dem hinzu, dessen ihr bedürft! Was uns die Schrift über die
Unterdrückung an unverbrüchlichen Versen überliefert, ist
euch nicht unbekannt; und wie trefflich ist der Mann, der
diese Verse erfand:

> *Es lauert in des Mannes Seele Unterdrückung,*
> *Die nur das Unvermögen im Verborgnen hält.*
> *Der weise Mann erhebt sich nie zu einem Werke,*

Bis er die rechte Zeit erkennt, die ihm gefällt.
Des klugen Mannes Zunge wohnt in seinem Herzen;
Allein das Herz des Toren wohnt in seinem Mund.
Und wer nicht größer ist als seine eignen Sinne,
Den richtet bald das kleinste Ding der Welt zugrund.
Des Mannes Ursprung mag verborgen bleiben; dennoch,
Was er verbirgt, das wird aus seinem Handeln klar.
Wer seine Herkunft nicht aus gutem Stamme leitet,
Aus dessen Munde wird nichts Gutes offenbar.
Wer sich dem Toren zugesellt in seinem Handeln,
Der macht sich selber ihm in seiner Torheit gleich.
Wenn einer allen Menschen sein Geheimnis preisgibt,
Erwachen ihm die Gegner aus des Feindes Reich.
Der Mensch begnüge sich mit dem, was ihm gebührt
Und lasse das, was ihn nicht angeht, unberührt!'

So ermahnte er seine Brüder, indem er ihnen Gerechtigkeit gebot und Ungerechtigkeit verbot, bis er glaubte, sie hätten ihn sehr lieb gewonnen wegen der guten Ratschläge, die er ihnen so reichlich erteilt hatte. So verließ er sich denn auf sie und erwies ihnen die höchsten Ehren; aber trotz all seiner Großmut gegen sie wurden ihr Neid auf ihn und ihr Haß gegen ihn nur noch heftiger. Eines Tages nun kamen seine beiden Brüder Nâsir und Mansûr zusammen; da sagte Nâsir zu Mansûr: ‚Ach, Bruder, wie lange noch sollen wir unserem Bruder 'Abdallâh untertan sein, ihm, der solche Herrschaft und Macht besitzt? Nachdem er ein Kaufmann gewesen war, ward er ein Emir; erst war er klein, und dann ward er groß. Aber wir sind nicht groß geworden; wir haben keine Macht und kein Ansehen erlangt. Er hat sich über uns lustig gemacht, als er uns zu seinen Helfern ernannte; was hat denn das zu bedeuten? Heißt das nicht, daß wir seine Diener und ihm untertan sind? So lange er am Leben ist, wird unser Rang nicht erhöht, und wir haben nichts zu bedeuten. Unsere Wünsche werden sich nur erfüllen, wenn wir ihn umbringen und uns seinen Besitz aneignen; wir können ja diese Reichtümer nicht eher erlangen, als bis er beseitigt ist. Haben wir ihn aber getötet, so werden wir herrschen und alles gewinnen, was seine Schatzkammern bergen an Juwelen und Edelsteinen und anderen Kleinodien; das wollen wir dann unter uns teilen. Danach wollen wir dem Kalifen ein Geschenk herrichten und von ihm die Herrschaft über Kufa erbitten; so wirst du Statthalter von Basra werden, und ich werde Statthalter von Kufa. Oder auch du magst Statthalter von Kufa sein, während ich als solcher in Basra bleibe. So kommt ein jeder von uns wirklich zu Ansehen und Macht – aber das wird uns nie zuteil, wenn wir ihn nicht umbringen.' Darauf erwiderte Mansûr: ‚Du hast recht mit dem, was du sagst; doch was wollen wir mit ihm machen, daß wir ihn zu Tode bringen?' Der andre fuhr fort: ‚Wir wollen in dem Hause des einen von uns beiden ein Gastmahl feiern und ihn dazu einladen, und wir wollen ihm mit größter Ergebenheit aufwarten. Dann wollen wir ihn durch Plaudern unterhalten und wollen ihm Geschichten und Scherze und seltene Begebenheiten erzählen, bis sein Herz durch das lange Wachen zergeht. Darauf wollen wir ihm ein Lager breiten, auf daß er ruhe; aber sowie er eingeschlafen ist, wollen wir auf ihm niederknieen, ihn im Schlafe erdrosseln und in den Fluß werfen. Am nächsten Morgen wollen wir sagen: ‚Seine Schwester, die Dämonin, kam zu ihm, während er plaudernd bei uns saß, und rief: ‚O du Abschaum der Menschheit, was bist du, daß du dich über uns bei dem Beherrscher der Gläubigen beklagen darfst? Glaubst du etwa, wir fürchten uns vor ihm? Wie er ein König ist, so sind auch wir Könige; und wenn er sich nicht gesittet gegen uns verhält, so lassen wir ihn des schmählichsten Todes sterben. Inzwischen aber will ich dich töten, damit wir sehen, was die Hand des Beherrschers der Gläubigen zu tun vermag!' Dann ergriff sie ihn, der Boden spaltete sich, und sie stieg mit ihm hinab. Als wir das sahen, sanken wir in Ohnmacht; und als wir wieder zu uns kamen, wußten wir nicht, was aus ihm geworden ist.' Danach wollen wir eine Botschaft an den Kalifen schicken und es ihm kundtun; der wird uns an seine Stelle setzen. Nach einer Weile aber wollen wir dem Kalifen ein kostbares Geschenk senden und ihn um die Herrschaft in Kufa bitten; dann kann einer von uns in Basra bleiben und der andere in Kufa sein. So soll das Land uns Freude bringen, wir wollen die Untertanen niederzwingen, und alle unsere Wünsche sollen uns gelingen!' ,Vortrefflich ist, was du rätst, mein Bruder', erwiderte Mansûr; und die beiden kamen überein, ihren Bruder zu ermorden. Nun rüstete Nâsir ein Gastmahl und sprach zu seinem Bruder 'Abdallâh: ,Lieber Bruder, bedenke, ich bin dein Bruder, und ich möchte, daß ihr beide, du und mein Bruder Mansûr, mein Herz erfreuet, indem ihr als meine Gäste in meinem Hause speiset, damit ich mich deiner rühmen kann und es heißt: ,Der Emir 'Abdallâh hat als Gast im Hause seines Bruders Nâsir gespeist.' So möge mein Herz daran seine Freude haben!' 'Abdallâh erwiderte ihm: ,Das mag gern geschehen, lieber Bruder. Es ist kein Unterschied zwischen mir und dir, noch zwischen meinem Hause und deinem Hause. Du hast mich eingeladen, und nur ein schlechter Kerl lehnt die Gastfreundschaft ab.' Dann wandte er sich an seinen Bruder Mansûr und sprach zu ihm: ,Willst du mit mir in das Haus deines Bruders Nâsir gehen, daß wir dort als seine Gäste speisen und sein Herz erfreuen?' Jener antwortete ihm: ,Lieber Bruder, bei deinem Haupte, ich will nur dann mit dir gehen, wenn du mir schwörst, daß du auch in mein Haus kommst, wenn du das Haus meines Bruders Nâsir verlassen hast, und dann als mein Gast speisest. Wenn Nâsir dein Bruder ist, bin ich nicht auch dein Bruder? Und solltest du nicht auch mein Herz erfreuen, wie du das seine erfreust?' 'Abdallâh erwiderte: ‚Auch das mag gern geschehen, herzlich gern! Wenn ich das Haus deines Bruders verlasse, will ich in dein Haus kommen; denn du bist mein Bruder ebenso, wie er es ist.' Darauf küßte Nâsir die Hand seines Bruders 'Abdallâh, verließ den Staatssaal und rüstete das Gastmahl. Am nächsten Tage bestieg 'Abdallâh sein Roß und begab sich, indem er eine Schar von Kriegern und seinen Bruder Mansûr mit sich nahm, zum Hause seines Bruders Nâsir; er trat ein und setzte sich mit seinem Gefolge und seinem Bruder. Darauf ließ Nâsir ihnen die Tische vorsetzen und hieß sie willkommen; und sie aßen und tranken, waren vergnügt und guter Dinge. Dann wurde der Tisch mit den Schüsseln fortgenommen, und man konnte zum Waschen der Hände kommen; so verbrachten sie jenen Tag bei Speise und Trank und in der Freude Überschwang, bis es Abend ward. Nachdem sie dann noch die Abendmahlzeit eingenommen hatten, verrichteten sie die Gebete des Sonnenuntergangs und des Abends. Und wiederum setzten sie sich zur Unterhaltung nieder; da erzählte bald Mansûr eine Geschichte, bald erzählte Nâsir eine andere, während 'Abdallâh zuhörte. Sie waren allein in einem Gemach, während die Krieger sich in einem anderen Raum befanden, und sie erzählten unablässig Scherze und Geschichten, seltsame Begebenheiten und Ereignisse, bis das Herz ihres Bruders 'Abdallâh durch das lange Wachen zerging und der Schlaf ihn übermannte. – –«

Da bemerkte Schehrezâd, daß der Morgen begann, und sie hielt in der verstatteten Rede an. Doch als die *Neunhundertundneunundachtzigste Nacht* anbrach, fuhr sie also fort: »Es ist mir berichtet worden, o glücklicher König, daß 'Abdallâh des langen Wachens müde ward und zu schlafen wünschte; so breitete man ihm ein Lager, und nachdem er seine Obergewänder abgelegt hatte, ging er zur Ruhe. Die beiden Brüder legten sich neben ihm auf ein anderes Lager und warteten, bis er in tiefen Schlaf versunken war. Aber als sie wußten, daß der Schlaf ihn fest umfing, sprangen sie hoch und knieten auf ihn nieder; er wachte auf, und als er die beiden auf seiner Brust knieen sah, rief er: ,Was ist das, meine Brüder?' Doch sie fuhren ihn an: ,Wir sind nicht deine Brüder, und wir kennen dich nicht, du frecher Kerl. Jetzt ist es besser, daß du stirbst, als daß du am Leben bleibst!' Und sie packten ihn an der Kehle und würgten ihn, bis er die Besinnung verlor und sich nicht mehr regte, so daß sie ihn für tot hielten. Da nun jenes Gemach am Flusse lag, so warfen sie ihn dort hinein. Als er jedoch ins Wasser fiel, machte Allah ihm einen Delphin dienstbar, der unterhalb jenes Schlosses zu schwimmen pflegte, weil die Küche ein Fenster hatte, das auf den Fluß führte, und sooft man ein Tier schlachtete, warf man die Abfälle durch jenes Fenster in den Fluß, und jener Delphin kam und schnappte sie von der Oberfläche des Wassers fort; so hatte er sich an jenen Ort gewöhnt. Nun hatten die Leute an jenem Tage schon viel Abfall hinausgeworfen infolge des Gastmahls; und jener Delphin hatte mehr als sonst gefressen, so daß er große Kraft bekommen hatte. Als er das Aufschlagen des Leibes auf das Wasser hörte, eilte er rasch herbei und sah, daß es ein Mensch war; und der rechte Leiter leitete ihn, so daß er ihn auf seinen Rücken nahm und mit ihm quer durch den Fluß schwamm. Er hörte nicht eher auf zu schwimmen, als bis er das andere Ufer erreichte, und dort warf er ihn an Land. Jene Stätte aber, an der das Tier den Leib abwarf, lag an der Landstraße; und so kam dort bald eine Karawane vorbei. Als die Leute ihn am Ufer liegen sahen, sprachen sie: ‚Da ist ein Ertrunkener, den der Fluß an Land geworfen hat'; und eine Schar von Reisenden aus jener Karawane schartesich zusammen, um ihn zu betrachten. Der Scheich der Karawane war ein trefflicher Mann, der Kenntnisse in allen Wissenszweigen besaß, auch in der Heilkunde erfahren war und einen scharfen Verstand hatte; der sprach zu ihnen; ‚Ihr Leute, was gibt es?' Man gab ihm zur Antwort: ‚Da ist ein Ertrunkener!' Als er nun an den Leib herangetreten war und ihn genau betrachtet hatte, sagte er: ‚Ihr Leute, in diesem jungen Manne ist noch Leben. Er gehört zu den Besten der Söhne vornehmer Leute und ist in Pracht und Wohlstand aufgewachsen; so Allah der Erhabene will, ist noch Hoffnung für ihn vorhanden!' Darauf nahm er ihn mit, legte ihm Gewänder an und wärmte ihn am Feuer; und er hegte und pflegte ihn drei Tagereisen lang, bis 'Abdallâh wieder zu sich kam. Doch er zitterte noch und war von Schwäche überkommen, und der Scheich der Karawane behandelte ihn dann mit Kräutern, die er kannte. Sie zogen immer weiter dahin, bis sie dreißig Tagereisen von Basra entfernt waren, und immer noch wurde 'Abdallâh von dem Scheich gepflegt. Dann kamen sie in eine Stadt im Perserlande, die Audsch hieß; dort stiegen sie in einem Chân ab und breiteten für 'Abdallâh ein Lager, auf dem er ruhte. Aber er stöhnte jene ganze Nacht hindurch und störte die Leute durch sein Stöhnen. Am nächsten Morgen kam der Pförtner des Châns zum Scheich der Karawane und sprach: ‚Was ist es mit dem Kranken, der bei dir ist? Er raubt uns den Schlaf!' Der Scheich erwiderte: ‚Den habe ich unterwegs am Flußufer gefunden; er war fast ertrunken, und ich habe ihn gepflegt, doch ohne Erfolg, denn er ist noch nicht genesen.' ‚Bring ihn doch zur Scheichin Râdschiha!' sagte darauf der Pförtner; und der Karawanenführer fragte: ‚Wer ist die Scheichin Râdschiha?' Der Pförtner fuhr fort: ‚Bei uns ist eine heilige Jungfrau, unvermählt und schön, deren Name Scheichin Râdschiha ist. Jeden, der ein Leiden hat, bringt man zu ihr, und wenn er nur eine Nacht in ihrer Nähe verweilt, so ist er am anderen Morgen geheilt, als ob ihm nie etwas gefehlt hätte.' Da bat der Scheich der Karawane: ‚Führe mich zu ihr!' Und der Pförtner erwiderte: ‚Heb deinen Kranken auf!' So hob jener den Kranken auf und trug ihn, während der Pförtner des Châns vor ihm her ging, bis er zu der Klause kam. Dort sah er, wie die Menschen mit Weihgaben hineingingen und wie andere voller Freuden wieder herauskamen. Zuerst trat der Pförtner des Châns ein, und als er zu dem Vorhang kam, rief er: ‚Mit Verlaub, o Scheichin Râdschiha, nimm diesen Kranken auf!' ‚Bring ihn herein hinter diesen Vorhang!' rief die Scheichin zurück. Da sprach der Pförtner zu 'Abdallâh: ‚Tritt ein!' Nun trat er ein und schaute die Heilige an und sah, daß sie seine Gemahlin war, die er aus der steinernen Stadt mitgebracht hatte. Er erkannte sie, und sie erkannte ihn; sie grüßte ihn, und er grüßte sie. Dann fragte er sie: ‚Wer hat dich an diese Stätte geführt?' Und sie erzählte ihm: ‚Als ich sah, daß deine Brüder dich ins Meer geworfen hatten und um mich stritten, stürzte ich mich selbst ins Wasser. Aber mein Scheich el-Chidr Abu el-'Abbâs nahm mich in seine Arme und brachte mich zu dieser Klause. Und er gab mir Erlaubnis, die Kranken zu heilen, und ließ in dieser Stadt ausrufen: ‚Wer ein Leiden hat, der komme zur Scheichin Râdschiha!' Zu mir jedoch sprach er: ‚Verweile an dieser Stätte, bis die Zeit erfüllet ist, daß dein Gatte zu dir in diese Klause kommt!' Dann pflegten alle Kranken zu mir zu kommen, und wenn ich meine Hände auf sie gelegt hatte, waren sie am andren Morgen wieder gesund; dadurch verbreitete sich mein Ruf unter dem Volke. Und die Leute kamen zu mir mit Weihgaben, so daß ich viel Gut bei mir habe; jetzt lebe ich hier in Ruhm und Ehren, und alles Volk dieses Landes bittet um mein Gebet.' Dann legte sie die Hände auf ihn, und er ward gesund durch die Macht Allahs des Erhabenen. Nun pflegte aber el-Chidr – Heil sei über ihm! – in jeder Freitagsnacht zu ihr zu kommen, und es traf sich, daß jener Abend, an dem 'Abdallâh mit ihr wieder vereinigt wurde, der Abend vor dem Freitag war. Als die Nacht dunkelte, setzte sie sich zu ihm nieder, nachdem beide von den kostbarsten Speisen zu Abend gegessen hatten; und dann blieben sie beieinander sitzen, um auf die Ankunft el-Chidrs zu warten. Während sie so dasaßen, erschien der Heilige plötzlich vor ihnen, trug sie aus der Klause empor und setzte sie dann im Schlosse des 'Abdallâh ibn Fâdil in Basra nieder; dort verließ er sie und ging seiner Wege. Als es Morgen ward, schaute 'Abdallâh sich in dem Schlosse um, und siehe da, er entdeckte, daß es sein eigenes war; doch er hörte ein Lärmen unter dem Volk. Da blickte er zum Fenster hinaus und sah, wie seine beiden Brüder am Kreuze hingen, ein jeder an seinem Pfahl. Dies hatte sich also zugetragen. Als die beiden ihren Bruder in den Fluß geworfen hatten, begannen sie am nächsten Morgen zu weinen und zu rufen: ‚Unseren Bruder hat die Dämonin entführt!' Dann machten sie ein Geschenk bereit und schickten es an den Kalifen, indem sie ihm zugleich die Meldung bringen ließen und ihn um die Herrschaft in Basra baten. Doch er ließ sie vor sich kommen und befragte sie selbst; sie berichteten ihm, was wir schon erzählt haben, und da ergrimmte der Kalif gewaltig. Am Ende jener Nacht aber betete er nach seiner Gewohnheit zwei Rak'as vor dem Anbruch der Morgendämmerung und berief dann die

Stämme der Geister; und die erschienen gehorsam vor ihm. Er fragte sie nach 'Abdallâh, und sie schworen ihm, daß keiner von ihnen ihm ein Leids angetan habe, und fügten hinzu: ‚Wir haben keine Kunde über ihn.' Dann kam Sa'îda, die Tochter des Roten Königs, und berichtete dem Kalifen die Wahrheit; darauf entließ er die Geister. Am andren Tage aber unterwarf er Nâsir und Mansûr der Folter durch Stockschläge, bis sie widereinander bekannten; da ergrimmte der Kalif über sie und rief: ‚Schleppt sie nach Basra und kreuzigt sie vor dem Schlosse 'Abdallâhs!' So erging es den beiden.

Hören wir nun noch, was 'Abdallâh des weiteren tat! Nachdem er seine Brüder hatte begraben lassen, saß er auf und begab sich nach Baghdad; dort berichtete er dem Kalifen, was er erlebt und was seine Brüder ihm angetan hatten, von Anfang bis zu Ende. Darob erstaunte der Kalif, und er berief den Kadi und die Zeugen und ließ den Ehevertrag niederschreiben für 'Abdallâh und die Prinzessin, die er aus der steinernen Stadt mitgebracht hatte. So ging denn 'Abdallâh zu ihr ein und lebte mit ihr in Basra, bis Der zu ihnen kam, der die Freuden schweigen heißt und der die Freundesbande zerreißt. Gepriesen sei der Lebendige, der nie stirbt!

Ferner wird erzählt, o glücklicher König,

DIE GESCHICHTE
VON DEM SCHUHFLICKER MA'RÛF

Einst lebte in Kairo, der wohlverwahrten Stadt, ein Schuhflicker, der alte Schuhe ausbesserte; der hieß Ma'rûf. Er hatte auch eine Frau, die den Namen Fâtima trug und mit Beinamen das Scheusal genannt wurde; diesen Beinamen hatte man ihr nur deshalb gegeben, weil sie frech und boshaft war, arm an Scham, aber reich an Ränken. Sie herrschte über ihren Mann, und jeden Tag beschimpfte und verfluchte sie ihn wohl tausendmal. Er aber fürchtete sich vor ihrer Bosheit und ängstete sich vor ihrem argen Tun; denn er war ein Mann von milder Art, der auf seinen guten Ruf bedacht war, doch er war arm an Geld und Gut. Wenn er viel durch seine Arbeit verdiente, so mußte er es für sie ausgeben; hatte er aber wenig erarbeitet, so ließ sie ihre Wut noch in selbiger Nacht an seinem Leibe aus und raubte ihm die Gesundheit und machte die Nacht für ihn gleich ihrem Buche[1]; ja, sie war, wie der Dichter von ihr gesungen hat:

> *Wie manche Nacht verbrachte ich bei meiner Gattin!*
> *Doch was ich da erlebte, das war schauderhaft.*
> *Hätt ich doch in der Hochzeitsnacht zum Gift gegriffen*
> *Und sie dann mit dem Gifte aus der Welt geschafft!*

Zu dem, was dieser Mann von seiner Frau zu erdulden hatte, gehörte auch das folgende. Sie sprach einmal zu ihm: ‚Ma'rûf, ich verlange von dir, daß du mir heute abend süße Nudelspeise mit Bienenhonig bringst!' Er gab ihr zur Antwort: ‚Allah der Erhabene wird mich den Preis dafür verdienen lassen, und dann werde ich sie dir heute abend bringen. Bei Gott, ich habe jetzt kein Geld, aber vielleicht verhilft der Herr mir dazu.' Doch sie rief: ‚Um solche Reden kümmere ich mich nicht!' – –«

Da bemerkte Schehrezâd, daß der Morgen begann, und sie hielt in der verstatteten Rede an. Doch als die *Neunhundertundneunzigste Nacht* anbrach, fuhr sie also fort: »Es ist mir berichtet worden, o glücklicher König, daß Ma'rûf, der Schuhflicker, zu seiner Frau sprach: ‚Allah wird mir zu dem Preise dafür verhelfen, und dann werde ich sie dir heute abend bringen. Bei Gott, ich habe jetzt kein Geld; aber vielleicht verhilft der

1. Das heißt: so schwarz wie das ‚Buch ihrer Taten'.

Herr mir dazu.' Doch sie rief: ‚Um solche Reden kümmere ich mich nicht. Ob der dir hilft oder nicht hilft – komm du mir nicht heim ohne die süße Nudelspeise mit Bienenhonig! Wenn du ohne die kommst, dann mache ich dir die Nacht so schwarz, wie dein Glück es war, als du mich zur Frau nahmst und mir in die Hände fielst!' Er antwortete ihr nur: ‚Allah ist gütig' und ging fort, der arme Teufel, dem man den Kummer ansah; und er verrichtete das Frühgebet und öffnete den Laden. Dabei sprach er: ‚Ich flehe dich an, o Herr, verhilf mir zum Geld für diese Nudelspeise und behüte mich heute nacht vor der Schlechtigkeit dieses bösen Weibes!' Bis zum Mittag saß er in seinem Laden, aber keine Arbeit ward ihm zuteil; und so wuchs seine Angst vor seiner Frau. Dann erhob er sich und schloß den Laden, ratlos, was er wegen der Nudelspeise tun sollte, da er ja nicht einmal etwas besaß, um Brot zu kaufen. Als er bei dem Laden des Nudelbäckers vorbeikam, blieb er verstört stehen, und die Augen gingen ihm vor Tränen über. Der Bäcker sah ihn an und sprach: ‚Meister Ma'rûf, was ist dir, daß du weinst? Sage mir, was dir widerfahren ist!' Da erzählte er ihm seine Geschichte, indem er zu ihm sprach: ‚Sieh, meine Frau ist ein arg herzloses Weib; sie verlangt von mir süße Nudelspeise; aber ich habe in meinem Laden gesessen, bis es Mittag ward, ohne daß ich auch nur Geld für Brot verdient habe, und deshalb habe ich Angst vor ihr.' Der Nudelbäcker lächelte und sprach: ‚Laß nur gut sein! Wieviel Pfund willst du haben?' ‚Fünf Pfund', erwiderte Ma'rûf; und der Bäcker wägte ihm fünf Pfund ab und sprach zu ihm: ‚Ich habe wohl geklärte Butter, aber ich habe keinen Bienenhonig; dagegen habe ich Zuckerhonig, und der ist besser als Bienenhonig. Und was kann es schaden, wenn die Speise mit Zuckerhonig bereitet ist?' Der Schuhflicker wagte ihm nicht zu widersprechen, weil jener ihm ja für die Bezahlung eine Frist gewähren mußte, und er sprach zu ihm: ‚So gib sie mir mit Zuckerhonig!' Da briet er ihm die Nudelspeise mit geklärter Butter und übergoß sie mit Zuckerhonig, so daß sie ein Geschenk für Könige wurde; dann fragte er ihn: ‚Brauchst du auch Brot und Käse?' ‚Jawohl', erwiderte Ma'rûf; und so gab der Bäcker ihm für vier Para Brot, für einen Para Käse und die Nudelspeise für zehn Para. Dann sprach er zu ihm: ‚Wisse, Ma'rûf, du schuldest mir nun fünfzehn Para. Geh zu deiner Frau und vergnüge dich; nimm auch diesen Para für das Bad! Du kannst einen Tag oder zwei oder auch drei Tage mit der Bezahlung warten, bis Allah dir Verdienst gibt. Mach auch deiner Frau keine Sorgen; denn ich habe Geduld mit dir, bis du mehr Geld verdient hast, als du täglich ausgeben mußt!' Da nahm Ma'rûf die Nudelspeise und das Brot und den Käse und wandte sich zum Gehen, indem er den Bäcker segnete; mit getröstetem Herzen schritt er dahin und sprach: ‚Preis sei dir, o Herr! Wie gütig bist du!' Als er zu seiner Frau eintrat, rief sie ihm entgegen: ‚Hast du die süße Nudelspeise mitgebracht?' ‚Jawohl', antwortete er und setzte ihr die Speise vor. Wie sie aber nachsah und entdeckte, daß sie mit Zuckerhonig bereitet war, rief sie: ‚Hab ich dir nicht gesagt, du solltest sie mit Bienenhonig bringen? Du willst wohl meinem Wunsche zuwiderhandeln, daß du sie mit Zuckerhonig bereiten läßt?' Er entschuldigte sich bei ihr, indem er sprach: ‚Ich konnte sie nur auf Borg kaufen.' Doch sie schrie ihn an: ‚Das ist eitles Geschwätz; ich will nur Nudelspeise mit Bienenhonig essen!' Und voller Wut warf sie ihm die Speise ins Gesicht und rief: ‚Mach dich auf, du Lump, und bring mir eine andere!' Dabei versetzte sie ihm einen Schlag auf die Wange und schlug ihm einen Zahn aus, so daß ihm das Blut auf die Brust herablief. In seinem großen Zorn gab er ihr einen einzigen leichten Schlag auf den Kopf; doch da packte sie ihn am Bart und fing an zu schreien: ‚O ihr Muslime!' Die Nachbarn kamen herein und befreiten seinen Bart von ihrer Hand; und sie schalten sie und tadelten sie, indem sie sprachen: ‚Wir alle sind zufrieden, wenn wir süße Nudelspeise mit Zuckerhonig zu essen bekommen! Wie kannst du so herzlos gegen diesen armen Mann sein? Schäm dich doch!' Und sie redeten ihr im guten zu, bis sie zwischen beiden Frieden gestiftet hatten. Doch als die Leute fortgegangen waren, schwor sie, daß sie von der Speise nicht essen wolle. Ma'rûf aber, der von brennendem Hunger gequält ward, sagte sich: ‚Wenn sie geschworen hat, nicht zu essen, dann will ich essen.' Und er begann zu essen; als sie ihn nun essen sah, rief sie: ‚So Gott will, möge die Speise zu Gift werden, das dir den Leib zerfrißt!' – möge der Fluch niemanden treffen! Da sprach er zu ihr: ‚Es wird schon nicht so sein, wie du sagst', und aß vergnügt weiter und fügte hinzu: ‚Du hast ja geschworen, hiervon nicht zu essen; doch Allah ist gütig. So Gott will, werde ich dir morgen abend eine Nudelspeise mit Bienenhonig bringen, und die sollst du dann allein essen.' Er mühte sich, sie zu begütigen, während sie auf ihn fluchte; ja, sie hörte bis zum Morgen nicht auf, ihn zu schmähen und zu beschimpfen. Und als es Morgen geworden war, schlug sie die Ärmel von ihrem Unterarm zurück, um wieder auf ihn loszuschlagen. Da rief er: ‚Laß mir doch Zeit; ich will dir ja eine andere bringen!' Dann eilte er hinaus zur Moschee, und nachdem er gebetet hatte, begab er sich zu seinem Laden, öffnete ihn und setzte sich nieder. Kaum aber saß er da, als auch schon zwei Boten von seiten des Kadis kamen und zu ihm sprachen: ‚Steh auf und folge dem Rufe des Kadis! Deine Frau hat dich bei ihm verklagt; sie sieht soundso aus.' An dieser Beschreibung erkannte er sie, und mit den

Worten: ‚Allah der Erhabene strafe sie!' erhob er sich und folgte den beiden, bis er vor den Kadi trat. Dort sah er seine Frau stehen mit verbundenen Arm und blutbeflecktem Schleier, wie sie weinte und sich die Tränen abwischte. Der Kadi fuhr ihn an: ‚He, Mann, fürchtest du dich nicht vor Allah dem Erhabenen? Wie kannst du diese Frau prügeln, ihr den Arm zerbrechen und ihr die Zähne ausschlagen, wie kannst du ihr all das antun?' Ma'rûf erwiderte ihm: ‚Wenn ich sie geprügelt oder ihr die Zähne ausgeschlagen habe, so verurteile mich, wie es dir gut dünkt! Aber die Sache liegt soundso, und die Nachbarn haben schon Frieden zwischen mir und ihr gestiftet.' Und er erzählte ihm die Geschichte von Anfang bis zu Ende. Jener Kadi nun war ein guter Mensch, und so zog er einen Vierteldinar heraus und sprach zu Ma'rûf: ‚Mann, nimm dies und laß ihr dafür süße Nudelspeise mit Bienenhonig bereiten; und dann schließ Frieden mit ihr!' Doch der Schuhflicker erwiderte ihm: ‚Gib ihr das Geld!' Nachdem sie es genommen hatte, stiftete der Kadi Frieden zwischen den beiden und sprach: ‚Frau, gehorche deinem Manne; und du, Mann, sei freundlich zu ihr!' Nun gingen sie fort, versöhnt durch den Kadi; die Frau wandte sich nach der einen Seite und der Mann nach der anderen, indem er sich zu seinem Laden begab. Kaum hatte er sich dort niedergesetzt, so kamen auch schon die Boten zu ihm und sprachen: ‚Her mit dem Lohn für unsere Dienste!' Er entgegnete ihnen: ‚Der Kadi hat mir nichts abgenommen, sondern mir sogar einen Vierteldinar gegeben.' Doch sie fuhren fort: ‚Das geht uns nichts an, ob der Kadi dir etwas gegeben oder genommen hat. Wenn du uns nicht unseren Lohn gibst, so nehmen wir ihn dir mit Gewalt ab.' Dann schleppten sie ihn auf den Markt, und er mußte seine Werkzeuge verkaufen; nachdem er ihnen einen halben Dinar gegeben hatte, ließen sie von ihm ab. Er aber legte seine Hand an die Wange und setzte sich traurig nieder, weil er nun keine Werkzeuge mehr hatte, mit denen er arbeiten konnte. Und während er so dasaß, kamen plötzlich zwei Männer von häßlichem Aussehen auf ihn zu und sprachen zu ihm: ‚Steh auf, Mann, folge dem Rufe des Kadis! Deine Frau hat dich bei ihm verklagt.‘ ‚Der Kadi hat doch zwischen mir und ihr Frieden gestiftet‘, entgegnete er; allein sie fuhren fort: ‚Wir kommen von einem anderen Kadi, und deine Frau hat dich bei unserem Kadi verklagt.‘ Da ging er mit ihnen, indem er um Hilfe gegen die Frau bat mit den Worten: ‚Allah ist unser Genüge, und Er ist der treffliche Sachwalter!‘ Wie er sie erblickte, rief er ihr zu: ‚Haben wir denn nicht Frieden geschlossen, gute Frau?‘ Als sie jedoch sagte: ‚Es gibt keinen Frieden zwischen mir und dir‘, trat er vor den Kadi und erzählte ihm seine Geschichte, indem er mit den Worten schloß: ‚Der Kadi Soundso hat in dieser Stunde zwischen uns Frieden gestiftet.‘ Da sprach der Kadi zu ihr: ‚Du schamloses Weib, warum kommst du, um vor mir zu klagen, nachdem ihr schon Frieden geschlossen habt?‘ Sie antwortete: ‚Er hat mich nachher wieder geschlagen.‘ Darauf sprach der Kadi zu den beiden: ‚Versöhnt euch; schlag du sie nicht wieder, und sie wird dir nicht mehr ungehorsam sein!‘ So schlossen sie denn Frieden, und der Kadi sprach zu Ma'rûf: ‚Gib den Boten ihren Lohn für ihre Dienste!‘ Er gab ihnen den Lohn und kehrte zu seinem Laden zurück; den öffnete er wieder, und dann setzte er sich dort nieder, wie trunken von all dem Kummer, der ihn betroffen hatte. Während er so dasaß, kam plötzlich ein anderer Mann auf ihn zu und sprach zu ihm: ‚Ma'rûf, steh auf und verbirg dich! Deine Frau hat dich beim obersten Gerichtshof verklagt, und Abu Tabak[1]

---

[1] ‚Vater Haltfest‘, das ist der Büttel.

ist hinter dir her.' Da sprang er auf, schloß den Laden und floh in der Richtung des Siegestors.[1] Von dem Erlös für die Leisten und die Werkzeuge waren ihm noch fünf Para übrig geblieben; und so kaufte er sich für vier Para Brot und für einen Para Käse, während er vor ihr flüchtete. Nun war es damals Winter und um die Zeit des Nachmittagsgebets; und als er zwischen den Schutthügeln vor dem Tore dahinlief, fiel der Regen auf ihn herab wie aus Wasserschläuchen, und seine ganzen Kleider wurden durchnäßt. So ging er denn in die 'Adilîja-Moschee[2]; dort entdeckte er einen verfallenen Bau und in ihm eine verlassene Zelle, die offen war und keine Tür hatte, und in die ging er hinein, um vor dem Regen Schutz zu suchen, da seine Kleider vom Wasser durchtränkt waren. Die Tränen flossen ihm von den Lidern, und bekümmert über seine Not sprach er: ‚Wohin soll ich fliehen vor diesem bösen Weib? Ich bitte dich, o Herr, sende mir jemand, der mich in ein fernes Land bringt, wo sie den Weg zu mir nicht findet!' Während er nun weinend dort saß, spaltete sich plötzlich die Wand, und aus ihr trat eine große Gestalt hervor, bei deren Anblick die Haut erschauern konnte. Die sprach zu ihm: ‚O Mann, warum hast du mich in dieser Nacht gestört? Seit zweihundert Jahren wohne ich an dieser Stätte; doch nie habe ich jemanden hier hereinkommen und so tun sehen, wie du getan hast. Sage mir, was du wünschest, und ich will dir deinen Wunsch erfüllen; denn mein Herz ist von Mitleid mit dir ergriffen!' ‚Wer bist du? Und was bist du?' fragte Ma'rûf; und die Gestalt erwiderte: ‚Ich bin der Bewohner dieser Stätte.' Nun erzählte Ma'rûf ihm alles, was er von seiner Frau erlitten hatte; und darauf sprach die Gestalt: ‚Willst du, daß ich

1. Ein Stadttor von Kairo im Nordwesten.-2. Eine Moschee außerhalb der Stadt, vor dem Siegestor.

dich in ein Land bringe, wo deine Frau keinen Weg zu dir finden kann?' ,Ja', antwortete Ma'rûf; und die Gestalt fuhr fort: ,So steig denn auf meinen Rücken!' Ma'rûf stieg auf, und der Dämon hob ihn empor und flog mit ihm von der Zeit nach dem Abendgebet bis zum Anbruche der Morgendämmerung; und dann setzte er ihn auf einem hohen Berge nieder. – –«

Da bemerkte Schehrezâd, daß der Morgen begann, und sie hielt in der verstatteten Rede an. Doch als die *Neunhundertundeinundneunzigste Nacht* anbrach, fuhr sie also fort: »Es ist mir berichtet worden, o glücklicher König, daß der Mârid, nachdem er den Schuhflicker Ma'rûf emporgehoben hatte, mit ihm davonflog und ihn auf einem hohen Berg niedersetzte; dort sprach er zu ihm: ,O Sterblicher, steig von der Höhe dieses Berges hinab, dann wirst du das Tor einer Stadt erblicken; in die geh hinein, dort weiß deine Frau nicht den Weg zu dir, dort kann sie nicht zu dir gelangen!' Dann verließ er ihn und flog fort; Ma'rûf aber blieb staunend und ratlos zurück, bis die Sonne aufging. Da sagte er sich: ,Ich will mich aufmachen und von der Höhe dieses Berges zu der Stadt hinabsteigen; denn hier zu bleiben hat keinen Nutzen.' So stieg er denn zum Fuße des Berges hinab und erblickte dort eine Stadt mit hohen Mauern und ragenden Schlössern und vergoldeten Bauten, so daß sie für die Beschauer ein Entzücken war. Und er trat durch das Tor der Stadt ein und sah, daß sie das betrübte Herz aufheitern konnte; doch als er durch die Basare ging, begannen die Leute der Stadt ihn anzuschauen und anzustarren, und sie scharten sich um ihn zusammen und bestaunten seine Kleidung, da seine Tracht nicht der ihrigen glich. Nun hub einer von dem Stadtvolk an: ,O Mann, bist du ein Fremdling?' ,Jawohl', erwiderte er. ,Aus welchem Lande?' ,Aus Kairo, der glücklichen Stadt.' ‚Es ist wohl schon lange her, daß du sie verlassen hast?' ‚Gestern um die Zeit des Nachmittagsgebets.' Da lachte der Mann ihn aus und rief: ‚Ihr Leute, kommt herbei und seht euch diesen Mann an und hört, was er sagt!' ‚Was sagt er denn?' fragten die Leute; und jener Mann erwiderte: ‚Er behauptet, er komme aus Kairo und habe es gestern um die Zeit des Nachmittagsgebetes verlassen.' Da lachten sie alle, und nun stand das ganze Volk um ihn herum und rief: ‚Mann, du bist ja irre, daß du so redest! Wie kannst du behaupten, du hättest Kairo gestern zur Zeit des Nachmittagsgebetes verlassen und seiest heute früh hier angekommen? In Wirklichkeit liegt doch zwischen unserer Stadt und Kairo eine Reise von einem vollen Jahr!' Er aber entgegnete ihnen: ‚Niemand ist hier irre als ihr; was ich sage, ist die Wahrheit. Dies Brot aus Kairo ist doch bei mir noch frisch geblieben!' Er zeigte es ihnen, und als sie es anschauten, wunderten sie sich darüber; denn es war anders als das Brot ihres Landes. Da kamen noch mehr Leute bei ihm zusammen, und sie riefen einander zu: ‚Da ist Brot aus Kairo! Seht es euch an!' So wurde er zum Gerede in jener Stadt; und die einen glaubten ihm, die anderen aber straften ihn Lügen und verspotteten ihn. Während dies sich abspielte, kam plötzlich ein Kaufmann des Wegs, der auf einer Mauleselin ritt, gefolgt von zwei Sklaven. Er brach sich Bahn durch die Menge und rief: ‚Ihr Leute, schämt ihr euch nicht, euch so um diesen Fremdling zu drängen und ihn zu verspotten und auszulachen? Was geht er euch an?' Und er schalt sie so lange, bis er sie von Ma'rûf hinweggetrieben hatte, ohne daß einer ihm Widerworte zu geben wagte. Darauf sprach er zu dem Fremdling: ‚Komm, Bruder! Kümmere dich nicht um diese Leute; die haben kein Schamgefühl!' Dann nahm er ihn mit sich und zog mit ihm dahin, bis er ihn in ein geräumiges und reichgeschmücktes Haus führte; dort hieß er ihn sich setzen in einem Saal, der für Könige paßte, und er gab den Sklaven einen Befehl. Da öffneten sie ihm eine Truhe und holten ihm die Gewandung eines Kaufmannes heraus, der tausend Säcke Goldes besitzt; das legte er Ma'rûf an, und da er ein stattlicher Mann war, sah er nunmehr aus wie der Vorsteher der Kaufmannsgilde. Alsbald ließ der Kaufmann das Mahl auftragen; und die Diener setzten einen Tisch vor die beiden hin, auf dem sich allerlei köstliche Speisen jeglicher Art befanden. Nachdem beide gegessen und getrunken hatten, sprach der Kaufmann zu seinem Gast: ,Bruder, wie heißt du?' Der gab zur Antwort: ,Mein Name ist Ma'rûf, und ich bin meines Zeichens ein Schuhflicker; ich bessere die alten Schuhe aus.' ,Aus welchem Lande bist du?' ,Aus Kairo.' ,Aus welchem Stadtviertel?' ,Kennst du Kairo?' ,Ich bin einer von den Söhnen Kairos!' ,Ich bin aus der Roten Straße.'[1] ,Wen kennst du in der Roten Straße?' ,Denundden und Denundden', erwiderte Ma'rûf und zählte eine große Zahl von Leuten auf. Dann fragte der Kaufmann weiter: ,Kennst du Scheich Ahmed den Spezereienhändler?' ,Er ist mein Nachbar, wir wohnen Wand an Wand.' ,Geht es ihm gut?' ,Jawohl.' ,Wieviel Kinder hat er?' ,Drei: Mustafa, Mohammed und 'Alî.' ,Was hat Allah aus seinen Kindern werden lassen?' ,Mustafa geht es gut; er ist ein Gelehrter, ein Hochschullehrer. Was Mohammed angeht, so ist er ein Spezereienhändler und hat einen Laden aufgetan neben dem Laden seines Vaters, nachdem er sich vermählt hat; und seine Frau hat ihm auch einen Sohn geschenkt, der heißt Hasan.' ,Gott erfreue dich auch durch gute Nachricht!' rief der Kaufmann; und Ma'rûf fuhr fort: ,Und was 'Alî betrifft, so war er mein Gefährte, als wir noch klein waren, und wir

1. Eine Straße im westlichen Teile von Kairo.

pflegten immer zusammen zu spielen. Wir pflegten uns als Christenkinder zu verkleiden und in die Kirche einzuschleichen; dort stahlen wir die Bücher der Christen, und dann verkauften wir sie und kauften uns für den Erlös etwas zu essen. Einmal aber begab es sich, daß die Christen uns sahen und uns mit einem Buch abfaßten; da führten sie Klage wider uns bei den Unsern und sprachen zu 'Alîs Vater: ,Wenn du deinen Sohn nicht daran hinderst, uns zu schädigen, so werden wir dich vor dem König verklagen.' Der Vater beschwichtigte die Leute und gab seinem Sohn eine Tracht Prügel. Deshalb lief der Junge damals davon, und man erfuhr nie, wohin er gegangen ist; seit zwanzig Jahren ist er fort, und niemals hat jemand Kunde über ihn gebracht.' Da rief der Kaufmann: ,Ich bin 'Alî, der Sohn des Scheichs Ahmed, des Spezereienhändlers, und du bist mein Jugendfreund, Ma'rûf!' Und nun begrüßten sie einander von neuem; und nach der Begrüßung fuhr der Kaufmann fort: ,Ma'rûf, erzähle mir doch, weshalb du aus Kairo nach dieser Stadt gekommen bist!' Darauf erzählte ihm jener von seiner Gattin Fâtima, dem Scheusal, und von dem, was sie ihm angetan hatte; dann schloß er mit den Worten: ,Als mir die Qual durch sie zu schlimm geworden war, lief ich fort von ihr nach dem Siegestor; als mich aber dort ein Regenschauer überfiel, ging ich in eine verfallene Nische in der 'Adilîja-Moschee und setzte mich weinend nieder. Doch plötzlich erschien vor mir der Bewohner jener Stätte, ein 'Ifrît aus der Geisterwelt, und befragte mich. Ich berichtete ihm meine Not; und er nahm mich auf seinen Rücken und flog mit mir die ganze Nacht zwischen Himmel und Erde dahin; schließlich setzte er mich auf den Berg nieder und erzählte mir von der Stadt. So stieg ich denn von dem Berg hinunter und kam in die Stadt; dort umdrängten mich die

Leute und fragten mich aus. Als ich ihnen sagte, ich hätte Kairo gestern verlassen, glaubten sie mir nicht; und dann kamst du und triebst die Leute von mir fort und führtest mich in dies Haus. Das ist der Grund, weshalb ich Kairo verlassen habe; doch aus welchem Grunde bist du hierher gekommen?' Der Kaufmann gab ihm zur Antwort: ‚Der Leichtsinn kam über mich, als ich erst sieben Jahre alt war; und seit jener Zeit bin ich von Land zu Land und von Stadt zu Stadt gewandert, bis ich in diese Stadt kam, deren Name Ichtijân el-Chotan[1] ist. Da ich sah, daß die Einwohner hier gütige und freundliche Menschen sind, die dem Armen Vertrauen schenken, ihm auf Borg verkaufen und ihm alles glauben, was er sagt, so sprach ich zu ihnen: ‚Ich bin ein Kaufmann, und ich bin dem Gepäck voraufgeeilt, nun suche ich einen Ort, an dem ich meine Waren unterbringen kann.' Die Leute glaubten mir und räumten mir die Stätte ein. Darauf sagte ich zu ihnen: ‚Ist einer unter euch, der mir tausend Dinare leihen will, bis mein Gepäck kommt? Dann will ich ihm zurückgeben, was ich von ihm erhalten habe; ich brauche nämlich noch einige Sachen, ehe das Gepäck eintrifft.' Da gab man mir, was ich verlangte; ich aber ging in den Basar der Kaufleute, und nachdem ich mir einige Waren angesehen hatte, kaufte ich sie. Am nächsten Tage verkaufte ich sie wieder und gewann dabei fünfzig Dinare, so daß ich andere Waren kaufen konnte. Ich verkehrte immer freundlich und höflich mit den Leuten, und sie gewannen mich lieb; zugleich fuhr ich fort, zu verkaufen und zu kaufen, bis ich viel Geld hatte. Wisse, mein Bruder, das Sprichwort sagt: Die Welt ist Lug und Trug, und in dem Lande, in dem dich niemand kennt, tu, was du willst! Wenn du zum Beispiel allen, die dich fragen, sagst: ‚Ich bin meines Zeichens ein

1. Vielleicht ist Chuttalân el-Chuttal (in Turkestan) gemeint.

Schuhflicker und arm, und ich bin vor meiner Frau davongelaufen und habe Kairo gestern verlassen', so werden sie dir nicht glauben, und du wirst bei ihnen zum Gespött werden, solange du in dieser Stadt weilst. Und wenn du sagst: ‚Ein 'Ifrît hat mich gebracht', so werden sie dich meiden, und keiner wird dir nahe kommen, sondern sie werden sagen: ‚Dieser Mann ist von einem 'Ifrît besessen, und jedem, der ihm naht, ergeht es schlecht.' Und dies Gerede wird dir und mir Unehre bringen; denn sie wissen, daß ich aus Kairo bin.' Nun fragte Ma'rûf: ‚Was soll ich denn tun?' Darauf erwiderte der Kaufmann: ‚Ich werde dich lehren, was du tun sollst, so Allah der Erhabene will. Morgen will ich dir tausend Dinare geben und eine Mauleselin zum Reiten, dazu auch einen Sklaven, der vor dir herlaufen und dich zum Tor des Basars der Kaufleute bringen soll; dort tritt ein. Ich werde auch unter den Kaufleuten sitzen, und sobald ich dich sehe, werde ich mich vor dir erheben, dich begrüßen, dir die Hand küssen und dich als einen hohen Herrn behandeln. Und sooft ich dich nach einer Art von Stoffen frage und zu dir spreche: ‚Hast du etwas von der und der Art mitgebracht?', so ruf du: ‚Eine Menge!' Wenn die Leute mich dann nach dir fragen, will ich dich preisen und dich in ihren Augen zum großen Manne machen. Danach will ich zu ihnen sagen: ‚Gebt ihm ein Vorratshaus und einen Laden!' Dabei will ich dich als einen Mann von großem Reichtum und großer Freigebigkeit hinstellen. Und sooft ein Bettler zu dir kommt, gib ihm, was du zur Hand hast; dann werden sie meinen Worten glauben, auf deine Größe und Freigebigkeit vertrauen und dich lieb gewinnen! Danach will ich dich einladen und auch alle Kaufleute dir zu Ehren; so will ich dich mit ihnen zusammenbringen, auf daß sie alle dich kennen lernen und du sie kennen lernst.' – –«

Da bemerkte Schehrezâd, daß der Morgen begann, und sie hielt in der verstatteten Rede an. Doch als die *Neunhundertundzweiundneunzigste Nacht* anbrach, fuhr sie also fort: »Es ist mir berichtet worden, o glücklicher König, daß der Kaufmann 'Alî zu Ma'rûf sprach: ,Ich will dich einladen und auch alle Kaufleute dir zu Ehren; so will ich dich mit ihnen zusammenbringen, auf daß sie alle dich kennen lernen und du sie kennen lernst, damit du verkaufen und kaufen und mit ihnen Handel treiben kannst. Und dann wird es nicht lange dauern, bis du ein reicher Mann wirst.' Am nächsten Morgen also gab er ihm tausend Dinare, legte ihm Gewänder an, ließ ihn auf einer Mauleselin reiten und gab ihm dazu einen Sklaven; und er sprach zu ihm: ,Möge Allah dich von der Verbindlichkeit für all dies freisprechen! Denn du bist mein Freund, und es ist meine Pflicht, dich ehrenvoll zu behandeln. Mach dir keine Sorgen, tu den Gedanken an das Treiben deiner Frau von dir und erwähne sie vor niemandem!' ,Allah vergelte es dir mit Gutem!' erwiderte Ma'rûf und ritt auf der Mauleselin von dannen, während der Sklave vor ihm her lief, bis er ihn zum Tor des Basars der Kaufleute geführt hatte. Dort saßen alle die Kaufherren, und unter ihnen befand sich auch der Kaufmann 'Alî; als dieser ihn sah, erhob er sich und eilte auf ihn zu, indem er rief: ,Ein gesegneter Tag, o Kaufmann Ma'rûf, o Mann der guten Werke und der Güte!'[1] Dann küßte er ihm die Hand vor allen Kaufleuten und sprach: ,Ihr Brüder, der Kaufmann Ma'rûf hat euch durch sein Kommen beehrt. Begrüßet ihn!' Dabei gab er ihnen ein Zeichen, sie möchten ihn hoch ehren; und so war der Schuhflicker ein großer Mann in ihren Augen. Alsbald half 'Alî ihm, von der Mauleselin abzusitzen; und nachdem alle ihn begrüßt hatten, nahm er die Kaufleute einen

1. Ma'rûf bedeutet im Arabischen ,Güte'.

nach dem anderen beiseite und rühmte Ma'rûf vor ihm. Dann fragten sie ihn: ‚Ist dieser Mann ein Kaufmann?' ‚Jawohl,' erwiderte 'Alî ihnen, ‚er ist sogar der größte unter den Kaufleuten, und es gibt keinen, der reicher wäre als er; denn sein Reichtum und die Reichtümer seines Vaters und seiner Vorfahren sind berühmt unter den Kaufleuten von Kairo. Er hat Teilhaber in Vorderindien und Hinterindien und im Jemen, und wegen seiner Großmut genießt er hohen Ruhm. Erkennet also seine Würde an, preiset seinen Rang hoch und dienet ihm! Wisset auch, daß er nicht um des Handels willen in diese Stadt gekommen ist; er hat nur die Absicht, die Länder der Menschen sich anzuschauen, denn er hat es nicht nötig, um des Gewinnes und des Verdienstes willen in die Fremde zu ziehen. Er hat ja Reichtümer, die das Feuer nicht verzehren kann; und ich bin einer seiner Diener.' Und so rühmte er ihn in einem fort, bis sie ihn weit über sich selber erhoben und einander von seinen Eigenschaften zu erzählen begannen. Dann drängten sie sich um ihn und boten ihm Gebäck und Scherbette an, bis auch der Vorsteher der Kaufmannsgilde kam und ihn begrüßte. Und nun sprach der Kaufmann 'Alî zu ihm in Gegenwart der Kaufleute: ‚Mein Herr, hast du vielleicht auch etwas von dem unddem Stoff mitgebracht?' ‚Eine Menge', erwiderte Ma'rûf; und an jenem Tage hatte 'Alî ihm verschiedene Arten von kostbarem Stoff gezeigt und ihn mit den Namen der teuren und der billigen Stoffe bekannt gemacht. Dann fragte ihn einer von den Kaufleuten: ‚Mein Herr, hast du auch gelbes Tuch bei dir?' ‚Eine Menge', erwiderte Ma'rûf. Dann sagte ein anderer: ‚Auch rot wie Gazellenblut?'[1] ‚Eine Menge', antwortete der Schuhflicker auch darauf. Jedesmal, wenn einer ihn nach etwas fragte, sagte er zu ihm: ‚Eine Menge.' Da rief je-

1. Eine dunkelrote Farbe.

ner: ‚O Kaufmann 'Alî, wenn dein Landsmann tausend Lasten kostbarer Stoffe aufladen wollte, so könnte er es wohl tun!' Und 'Alî erwiderte ihm: ‚Die kann er aus einem einzigen seiner Vorratshäuser aufladen, und dann würde er doch nichts vermissen.' Während sie so dasaßen, kam ein Bettelmann und machte die Runde bei den Kaufleuten; der eine gab ihm einen Para, der andere einen Kupferling, aber die meisten gaben ihm nichts. Wie er jedoch zu Ma'rûf kam, zog der eine Handvoll Gold für ihn heraus und gab sie ihm; der Bettler segnete ihn und ging weiter. Darüber staunten die Kaufleute, und sie sprachen: ‚Das sind königliche Spenden! Er hat ja dem Bettler ungezählte Goldstücke gegeben. Wenn er nicht zu den ganz reichen Leuten gehörte und sehr viel Geld besäße, so hätte er dem Bettler nicht eine Handvoll Gold gegeben.' Nach einer Weile kam eine arme Frau; und wieder nahm er eine Handvoll und gab sie ihr. Auch sie ging fort, indem sie ihn segnete, und erzählte den armen Leuten davon; und die kamen bald einer nach dem anderen zu ihm. Für jeden, der zu ihm kam, zog er eine Handvoll heraus und gab sie ihm, bis er die tausend Dinare ausgegeben hatte. Darauf schlug er die Hände zusammen und sprach: ‚Allah ist unser Genüge, und Er ist der treffliche Sachwalter.' Da fragte ihn der Vorsteher der Kaufmannsgilde: ‚Was ist dir, o Kaufmann Ma'rûf?' Der gab zur Antwort: ‚Es scheint, die meisten Einwohner dieser Stadt sind arm und bedürftig. Hätte ich geahnt, daß es so um sie steht, so hätte ich in den Satteltaschen eine große Menge Geld mitgebracht und davon den Armen gespendet. Doch ich fürchte, ich muß lange in der Fremde bleiben, und es ist meine Art, nie einen Bettler abzuweisen. Jetzt habe ich kein Gold mehr bei mir, und wenn nun ein Bettler zu mir kommt, was soll ich dann zu ihm sagen?' Der Vorsteher sagte darauf:

‚Sprich zu ihm: Allah wird dir dein Brot geben!' Aber Ma'rûf entgegnete: ‚Das ist nicht meine Art; und ich bin deshalb in großer Sorge. Ich brauche jetzt tausend Dinare, um Almosen zu geben, bis mein Gepäck eintrifft.' ‚Sei ohne Sorge!' antwortete der Vorsteher und entsandte einen seiner Diener; der kam mit tausend Dinaren zurück, und sein Herr gab sie dem Schuhflicker. Nun fuhr dieser fort, jedem Armen, der an ihm vorbeikam, zu geben, bis der Ruf zum Mittagsgebet erscholl; darauf gingen sie in die Moschee und verrichteten das Mittagsgebet; und was ihm von den tausend Dinaren übrig geblieben war, das streute er über die Köpfe der Betenden aus. Dies lenkte die Blicke aller auf ihn, und das Volk begann ihn zu segnen, während die Kaufleute seine große Freigebigkeit und Mildtätigkeit bewunderten. Dann wandte er sich an einen anderen Kaufmann und borgte von ihm weitere tausend Dinare; und auch die verteilte er. Der Kaufmann 'Alî sah seinem Treiben zu; aber er wagte nichts zu sagen. Ma'rûf jedoch fuhr in dieser Weise fort, bis der Ruf zum Nachmittagsgebet erscholl; da ging er in die Moschee, betete und verteilte wiederum den Rest des Geldes. Und noch ehe man das Tor des Basars schloß, hatte er schon fünftausend Dinare geborgt und wieder verteilt; zu jedem, von dem er etwas borgte, hatte er gesagt: ‚Warte, bis mein Gepäck kommt! Wenn du dann Gold haben willst, werde ich es dir geben; oder wenn du lieber Stoffe willst, kann ich sie dir auch geben, denn ich habe eine Menge.' Am Abend lud der Kaufmann 'Alî ihn ein, und mit ihm lud er alle die Kaufleute ein, und er ließ ihn auf dem Ehrenplatze sitzen. Da sprach Ma'rûf denn nur von Stoffen und Juwelen, und jedesmal, wenn sie ihm etwas nannten, sagte er: ‚Davon habe ich eine Menge.' Am nächsten Tage begab er sich wiederum auf den Basar, wandte sich an die Kaufleute und borgte Geld von ihnen und verteilte es an die Armen. So trieb er es immer weiter, zwanzig Tage lang, bis er von den Leuten sechzigtausend Dinare erhalten hatte; aber immer noch kam kein Gepäck, noch auch eine verzehrende Pest.[1] Nun begannen die Leute wegen des Geldes zu lärmen und riefen: ‚Das Gepäck des Kaufmanns Ma'rûf ist noch nicht gekommen! Wie lange will er denn den Leuten das Geld abnehmen und es den Armen geben?' Einer von ihnen sprach: ‚Ich meine, wir sollten mit seinem Landsmann, dem Kaufmann 'Alî, reden.' So gingen sie denn zu ihm und sprachen zu ihm: ‚O Kaufmann 'Alî, das Gepäck des Kaufmanns Ma'rûf ist noch nicht gekommen!' Er gab ihnen zur Antwort: ‚Wartet nur; es muß ganz gewiß bald eintreffen!' Dann aber nahm er seinen Freund beiseite und sprach zu ihm: ‚Ma'rûf, was soll dies Treiben bedeuten? Habe ich dir geraten, das Brot zu rösten oder es zu verbrennen? Jetzt lärmen die Kaufleute wegen ihres Geldes, und sie haben mir gesagt, daß du ihnen sechzigtausend Dinare schuldest, die du von ihnen geliehen und an die Armen verteilt hast. Wie willst du den Leuten deine Schulden bezahlen, wo du weder verkaufst noch kaufst?' Der Schuhflicker antwortete ihm: ‚Was hat denn das zu bedeuten? Und was sind sechzigtausend Dinare? Wenn das Gepäck kommt, zahle ich ihnen; wenn sie wollen, in Stoffen oder, wenn sie es vorziehen, auch in Gold und Silber.' Da rief der Kaufmann 'Alî: ‚Allah ist der Größte! Hast du denn überhaupt Gepäck?' ‚Eine Menge!' sagte Ma'rûf; und der Kaufmann fuhr fort: ‚Allah und die Heiligen über dich und deine Frechheit! Habe ich dich etwa diese Worte gelehrt, damit du sie auch zu mir sagst? Warte, ich werde den Leuten die Augen über dich öffnen!' Allein Ma'rûf erwiderte ihm: ‚Geh doch und schwatze nicht so viel! Bin ich etwa ein

1. Das ist eine Seuche, die seine Gläubiger hinweggerafft hätte.

armer Mann? In meinem Gepäck sind viele Dinge; und wenn es kommt, sollen sie ihre Sachen wiederhaben, ja, zweimal so viel. Ich habe die Kerle nicht nötig.' Da ergrimmte der Kaufmann 'Alî, und er rief: ‚Du frecher Bursche, ich will dir schon zeigen, was es heißt, mich so schamlos anzulügen!' Doch Ma'rûf sagte nur: ‚Was in deiner Hand steht, das tu! Sie sollen warten, bis mein Gepäck kommt, und dann sollen sie haben, was ihnen zukommt, und noch mehr.' Da verließ ihn 'Alî und ging fort, indem er bei sich sprach: ‚Ich habe ihn früher gerühmt, und wenn ich ihn jetzt tadle, so steh ich als Lügner da; und dann gilt von mir das Sprichwort: Wer erst preist und dann tadelt, der hat zweimal gelogen.' Und so war er ratlos, was er tun sollte. Dann kamen aber die Kaufleute wieder zu ihm und fragten ihn: ‚Kaufmann 'Alî, hast du mit ihm gesprochen?' Er antwortete ihnen: ‚Ihr Leute, ich scheue mich davor; denn er schuldet mir auch tausend Dinare, und ich mag nicht mit ihm darüber sprechen. Ihr habt mich nicht um Rat gefragt, als ihr ihm euer Geld gabt, und darum habt ihr mir nichts zu sagen, was ihn angeht. Mahnt ihn selbst; und wenn er es euch nicht gibt, so führt Klage wider ihn beim König der Stadt und sprecht zu ihm: ‚Der Mann ist ein Betrüger, der uns betrogen hat!' Dann wird der König euch vor Schaden durch ihn bewahren.' So gingen sie denn zum König und berichteten ihm, was geschehen war, indem sie mit den Worten schlossen: ‚O größter König unserer Zeit, wir sind ratlos, was wir mit diesem Kaufmanne, dessen Freigebigkeit übergroß ist, tun sollen. Er handelt soundso; und alles, was er borgt, verteilt er an die Armen mit vollen Händen. Wenn er wirklich nichts besäße, so würde sein Verstand es ihm doch nicht erlauben, das Gold mit vollen Händen zu nehmen und den Bettlern zu geben. Gehörte er aber zu den Wohlhabenden, so hätte uns durch die Ankunft seines Gepäcks seine Wahrhaftigkeit offenbar werden müssen. Aber wir sehen kein Gepäck von ihm, obwohl er behauptet, er habe eine Karawane, und er sei ihr vorausgeeilt. Jedesmal, wenn wir ihm irgendeine Art von Stoffen nennen, sagt er: ‚Davon habe ich eine Menge.‘ Nun ist schon eine ganze Weile verstrichen, doch von seiner Karawane ist noch keine Nachricht eingetroffen. Er schuldet uns jetzt sechzigtausend Dinare, und die hat er alle an die Armen verteilt.‘ Dabei priesen sie ihn immer und rühmten seine Freigebigkeit. Jener König aber war ein sehr habgieriger Mann, habgieriger als Asch'ab.[1] Und als er von der Freigebigkeit und Großmut Ma'rûfs hörte, überkam ihn die Gier, und er sprach zu seinem Wesir: ‚Wenn dieser Kaufmann nicht ungeheure Reichtümer besäße, so wäre nicht all diese Freigebigkeit von ihm ausgegangen. Es ist sicher, daß seine Karawane kommen wird; dann werden diese Kaufleute sich um ihn drängen, und er wird eine Menge Geld unter sie streuen. Ich aber habe mehr Anrecht auf dies Geld als sie; deswegen möchte ich mit ihm vertraut werden und Freundschaft mit ihm schließen, damit ich, wenn seine Karawane kommt, das erhalte, was sonst diese Kaufleute von ihm empfangen; ich will ihn auch mit meiner Tochter vermählen und so sein Gut zu meinem Gut hinzufügen.‘ Doch der Wesir entgegnete ihm: ‚O größter König unserer Zeit, ich glaube doch, er ist nur ein Betrüger; und der Betrüger vernichtet oft das Haus des Habgierigen.‘ – –«

Da bemerkte Schehrezâd, daß der Morgen begann, und sie hielt in der verstatteten Rede an. Doch als die *Neunhundertunddreiundneunzigste Nacht* anbrach, fuhr sie also fort: »Es ist mir berichtet worden, o glücklicher König, daß der Wesir zu dem

1. Ein Mann, der bei den Arabern wegen seiner Habgier sprichwörtlich geworden ist.

König sprach: ‚Ich glaube doch, er ist nur ein Betrüger; und der Betrüger vernichtet oft das Haus des Habgierigen.' Der König aber fuhr fort: ‚O Wesir, ich will ihn auf die Probe stellen und bald erkennen, ob er ein Betrüger ist oder ein ehrlicher Mann, und ob er im Überfluß groß geworden ist oder nicht.' ‚Wie willst du ihn denn auf die Probe stellen?' fragte der Wesir, und der König erwiderte: ‚Ich habe ein Juwel; und ich will zu ihm senden und ihn vor mich kommen lassen; wenn er sich dann gesetzt hat, will ich ihn ehrenvoll behandeln und ihm das Juwel in die Hand geben. Erkennt er es, und weiß er seinen Wert, so ist er ein Mann von Reichtum und Überfluß. Wenn er es aber nicht kennt, so ist er ein Betrüger, ein Hochstapler, und ich werde ihn den schmählichsten Tod sterben lassen.' Darauf schickte der König zu Ma'rûf und ließ ihn vor sich kommen. Nachdem der Schuhflicker zu ihm eingetreten war und den Gruß gesprochen hatte, erwiderte der König ihm den Gruß und ließ ihn an seiner Seite sitzen; dann sprach er zu ihm: ‚Bist du der Kaufmann Ma'rûf?' ‚Jawohl', erwiderte jener; und der König fuhr fort: ‚Die Kaufleute behaupten, daß du ihnen sechzigtausend Dinare schuldest; ist es wahr, was sie sagen?' ‚Jawohl', antwortete Ma'rûf; und der König fragte ihn nun: ‚Warum gibst du ihnen ihr Geld nicht zurück?' Darauf sagte der Schuhflicker: ‚Sie mögen warten, bis meine Karawane kommt; dann will ich ihnen das Doppelte geben. Wollen sie Gold, so gebe ich es ihnen; wollen sie Silber, so mögen sie das haben; ziehen sie Waren vor, kann ich ihnen auch die geben. Wem ich tausend schulde, dem will ich zweitausend geben zum Entgelt dafür, daß er meinen guten Ruf bei den Armen bewahrt hat; denn ich habe ja eine große Menge.' Darauf sprach der König zu ihm: ‚O Kaufmann, nimm dies hier und sieh, von welcher Art es ist, und wieviel

Wert es hat.' Und er gab ihm ein Juwel von der Größe einer Haselnuß, das er für tausend Dinare gekauft hatte und sehr hoch schätzte, da er kein gleiches besaß. Ma'rûf nahm es in die Hand und drückte es zwischen Daumen und Zeigefinger, so daß es zerbrach; denn das Juwel war empfindlich und konnte den Druck nicht vertragen. Da rief der König: ‚Warum hast du das Juwel zerbrochen?‘ Doch Ma'rûf lächelte und sprach: ‚O größter König unserer Zeit, das ist doch kein Juwel! Das ist nur ein Stück Stein im Werte von tausend Dinaren; wie kannst du von ihm sagen, es wäre ein Juwel? Ein wirkliches Juwel ist doch siebenzigtausend Dinare wert; dies nennt man nur ein Stück Stein. Ein Edelstein, der nicht mindestens die Größe einer Walnuß hat, ist bei mir wertlos, und ich achte seiner nicht. Wie kannst du, der du ein König bist, dies hier ein Juwel nennen, da es doch nur ein Stück Stein ist im Werte von tausend Dinaren? Aber das kann man euch nicht zum Vorwurf machen, da ihr arme Leute seid und keine Schätze von Wert besitzt.‘ ‚O Kaufmann,‘ fragte nun der König, ‚hast du denn Juwelen von der Art, die du beschreibst?‘ ‚Eine Menge,‘ erwiderte Ma'rûf. Da überwältigte den König die Habgier, und er sprach zu dem Schuhflicker: ‚Willst du mir wirkliche Juwelen geben!‘ Jener gab ihm zur Antwort: ‚Wenn die Karawane kommt, will ich dir eine Menge geben. Alles, was du nur wünschest, habe ich in Hülle und Fülle, und ich will es dir ohne Bezahlung geben.‘ Erfreut sprach der König zu den Kaufleuten: ‚Geht eurer Wege und habt Geduld mit ihm, bis die Karawane eintrifft; dann kommt und holt euch euer Geld bei mir!‘ Und die Kaufleute gingen fort. Soviel von ihnen und von Ma'rûf.

Sehen wir nun, was der König weiter tat! Er wandte sich an den Wesir und sprach zu ihm: ‚Sei freundlich gegen den Kaufmann Ma'rûf und plaudere mit ihm von diesem und jenem!

Sprich mit ihm auch von meiner Tochter, damit er sie zur Gemahlin nimmt und wir diese Reichtümer gewinnen, die er besitzt!' Doch der Wesir entgegnete: ‚O größter König unserer Zeit, die Art dieses Mannes gefällt mir nicht. Ich glaube, er ist ein Betrüger und ein Belüger; laß ab von dieser Rede, damit dir deine Tochter nicht umsonst verloren geht!' Nun hatte der Wesir früher einmal den König gebeten, er möchte ihm seine Tochter zur Gemahlin geben; und der König hatte auch in die Vermählung eingewilligt; aber als ihr davon berichtet wurde, hatte sie sich geweigert. Deshalb sprach der König nun: ‚Du Verräter, du wünschest mir nichts Gutes, weil du früher um meine Tochter geworben hast und sie nicht eingewilligt hat, sich mit dir zu vermählen. Deshalb willst du jetzt ihr den Weg zur Vermählung abschneiden, und du möchtest, daß meine Tochter brachliegen soll, damit du sie erhältst. Doch höre dies Wort von mir: Du hast mit dieser Sache nichts zu tun! Wie kann er ein Betrüger und Belüger sein, da er doch den Preis des Juwels kannte, um den ich es gekauft hatte? Er hat es zerbrochen, weil es ihm nicht gefiel; er hat Juwelen in Hülle und Fülle, und wenn er zu meiner Tochter eingeht und sieht, wie lieblich sie ist, so wird sie seinen Verstand berücken, und er wird sie lieb gewinnen und ihr Juwelen und Schätze schenken. Du aber, du möchtest uns beide, mich und meine Tochter, daran verhindern, daß wir diese Güter erlangen.' Da schwieg der Wesir aus Furcht vor dem Zorn des Königs wider ihn, und er sprach bei sich selber: ‚Hetz nur die Hunde aufs Vieh!' Dann begab er sich zum Kaufmann Ma'rûf und sprach zu ihm: ‚Wisse, Seine Majestät der König hat dich lieb gewonnen; und er hat eine Tochter, die schön und anmutig ist. Mit ihr will er dich vermählen; was sagst du dazu?' Ma'rûf erwiderte: ‚Das soll gern geschehen; doch er möge warten, bis mein Gepäck kommt; denn die Brautgabe für Prinzessinnen ist groß, und ihr Stand verlangt es, daß für sie nur eine solche Brautgabe dargeboten wird, die ihrem Range entspricht. Augenblicklich habe ich kein Geld bei mir; so möge er denn sich gedulden, bis die Karawane eintrifft, denn ich habe Gut in Menge. Ich muß doch gewißlich eine Brautgabe von fünftausend Beuteln für sie zahlen, und ferner brauche ich tausend Beutel, um sie am Hochzeitsabend an die Armen und Bedürftigen verteilen zu lassen, und weitere tausend Beutel, um sie an die Leute zu verschenken, die im Hochzeitszuge mitgehen, und abermals tausend Beutel, um für die Truppen und die anderen Speisen zu beschaffen. Auch brauche ich hundert Juwelen, um sie der Prinzessin am Morgen nach der Hochzeit zu schenken, und wiederum hundert Juwelen, um sie an die Sklavinnen und Eunuchen zu verteilen; denn alle von ihnen müssen doch von mir je ein Juwel erhalten, dem Range der Braut zu Ehren. Auch muß ich tausend nackte Arme kleiden, und Almosen müssen auch gegeben werden. All das kann erst geschehen, wenn die Karawane eintrifft; denn ich habe eine Menge bei mir. Ist das Gepäck erst da, so bedeuten alle diese Ausgaben nichts für mich.' Der Wesir ging fort und berichtete dem König, was Ma'rûf gesagt hatte. Der König sprach: ,Da dies seine Absicht ist, wie kannst du ihn einen Betrüger und Belüger nennen?' ,Ich höre auch jetzt noch nicht auf, das zu sagen', erwiderte der Wesir; doch der König drohte ihm und schalt ihn und rief: ,Bei meinem Haupte, wenn du von solchem Geschwätz nicht ablässest, so lasse ich dich hinrichten! Jetzt geh zu ihm zurück und hole ihn her zu mir; ich werde selbst alles mit ihm ordnen!' So ging denn der Wesir zu Ma'rûf und sprach zu ihm: ,Komm, folge dem Rufe des Königs!' ,Ich höre und gehorche!' erwiderte Ma'rûf und begab sich zum

König; der sprach zu ihm: ‚Halt mich nicht mit solchen Entschuldigungen hin! Sieh, meine Schatzkammer ist voll; drum nimm die Schlüssel an dich und gib alles aus, was du brauchst! Verschenke, was du willst, kleide die Armen und tu, was dir beliebt! Mach dir keine Sorgen wegen meiner Tochter und der Sklavinnen; wenn deine Karawane gekommen ist, dann zeige dich so freigebig gegen deine Gemahlin, wie du nur willst! Wir wollen uns mit der Brautgabe von dir gedulden, bis dein Gepäck eintrifft; zwischen mir und dir ist gar kein Unterschied.' Dann befahl er dem Scheich el-Islam, die Eheurkunde aufzusetzen; und der schrieb den Ehevertrag zwischen der Tochter des Königs und dem Kaufmann Ma'rûf. Darauf gab der König ein Zeichen, daß die Hochzeitsfeier beginnen solle, und befahl, daß die Stadt ausgeschmückt werde. Die Trommeln wurden geschlagen, Speisen aller Art wurden aufgetragen, und die Gaukler kamen. Der Kaufmann Ma'rûf aber saß auf einem Thron in einem Saal, und die Gaukler und Taschenkünstler, die Tänzer und all die Leute, die seltsame Kunststücke machten und gefällige Spiele vollbrachten, traten vor ihn hin, und er befahl dem Schatzmeister, indem er sprach: ‚Bring Gold und Silber!' Der also holte Gold und Silber, und nun ging Ma'rûf unter den Zuschauern umher und gab jedem, der spielte, eine Handvoll; auch beschenkte er die Armen und Bedürftigen und kleidete die Nackten. Es war ein lärmendes Freudenfest, und der Schatzmeister konnte das Geld kaum rasch genug aus dem Schatzhause holen. Dem Wesir wollte das Herz bersten vor Wut; aber er wagte nichts zu sagen. Nur der Kaufmann 'Alî, der über diese Verschwendung der Gelder entsetzt war, sprach zum Kaufmann Ma'rûf: ‚Allah und die Heiligen sollen über dein Haupt[1] kommen! Genügte es dir

1. Wörtlich ‚deine Schläfe'.

nicht, das Geld der Kaufleute zu vergeuden, so daß du auch noch das Geld des Königs vergeuden mußt?' ‚Das geht dich nichts an', antwortete ihm der Kaufmann Ma'rûf, ‚wenn das Gepäck kommt, will ich es dem König vielfach vergelten.' Und er vergeudete immer mehr Geld; doch er sprach bei sich selber: ‚Eine verzehrende Pest! Was geschehen soll, geschieht; und dem Verhängnis kann keiner entgehen.' Vierzig Tage lang hörten die Festlichkeiten nicht auf; und am einundvierzigsten Tage wurde der Hochzeitszug für die Braut bereitet, und da schritten all die Emire und die Krieger vor ihr her. Als sie zu Ma'rûf hineingeführt wurde, streute er das Gold über die Häupter der Leute; so war es ein prunkvoller Hochzeitszug für sie, und er gab um ihretwillen Geld aus in ungeheuren Mengen. Dann ward er zu der Prinzessin geleitet, und er setzte sich auf das hohe Lager. Nachdem aber die Vorhänge herabgelassen und die Türen geschlossen waren und das Volk sich fortbegeben und ihn bei der jungen Frau gelassen hatte, schlug er die Hände zusammen und saß eine Weile traurig da, indem er immer wieder Hand auf Hand schlug; dabei rief er: ‚Es gibt keine Macht und es gibt keine Majestät außer bei Allah, dem Erhabenen und Allmächtigen!' Nun fragte ihn die Prinzessin: ‚Mein Gebieter, Allah bewahre dich! Was ist dir, daß du so besorgt bist?' Er antwortete: ‚Wie sollte ich nicht besorgt sein, da dein Vater mich in Verlegenheit gebracht und so an mir getan hat, wie wenn man grünes Korn verbrennt?' Da fuhr sie fort: ‚Und was hat mein Vater an dir getan? Sage es mir!' Und er gab zur Antwort: ‚Er hat mich zu dir hineinführen lassen, ehe meine Karawane gekommen ist, und ich wollte doch zum mindesten hundert Juwelen an deine Sklavinnen verteilen, einer jeden ein Juwel, damit sie sich daran erfreute und spräche: ‚Mein Herr hat mir ein Juwel geschenkt in der Nacht, da er zu meiner Herrin einging.' Eine solche Tat wäre dann zu Ehren deines hohen Ranges geschehen und hätte dein Ansehen erhöht; denn ich brauche mit den Spenden von Juwelen nicht zu sparen, da ich eine Menge von ihnen besitze.' Sie entgegnete ihm: ‚Darum mach dir keine Sorgen! Aus diesem Grunde brauchst du nicht bekümmert zu sein! Was mich angeht, so gräme dich nicht um meinetwillen; denn ich werde gern Geduld mit dir haben, bis die Karawane kommt. Und was die Sklavinnen betrifft, so sei auch um ihretwillen unbesorgt! Erhebe dich, leg deine Gewänder ab und gib dich der Freude hin! Wenn die Karawane eintrifft, so werden wir an jenen Juwelen und den anderen Dingen nicht zu kurz kommen.' Da erhob er sich und legte die Gewänder ab, die er trug, und setzte sich auf das Lager hin; nun hatte er das Liebesspiel im Sinn, und dies war des Kosens Beginn. Er legte seine Hand auf ihre Kniee, und sie setzte sich auf seinen Schoß und schob ihre Lippe in seinen Mund. Das war eine Stunde, die einen Menschen seinen Vater und seine Mutter vergessen läßt. Er umarmte sie und zog sie an sich und preßte sie an seinen Busen und drückte sie an seine Brust und sog an ihren Lippen, bis der Honigtau von ihrem Munde troff. Und er legte seine Hand unter ihren linken Arm, bis sein Leib und ihr Leib sich nach der Vereinigung sehnten. Nachdem er nun seine Hand zwischen ihre Brüste gelegt hatte und sie bis zu den Schenkeln hinab bewegt hatte, umgürtete er sich mit ihren Beinen und erprobte, wie sich die beiden Teile vereinen. Er rief: ‚O Vater der beiden Kinnschleier!' und legte das Pulver auf die Pfanne und entzündete die Lunte und zielte auf den Kompaß; dann gab er Feuer und brach die Burg an allen vier Ecken. So geschah das Ereignis, das unerforschlich ist, und sie tat den Schrei, der unausbleiblich ist. – –«

Da bemerkte Schehrezâd, daß der Morgen begann, und sie hielt in der verstatteten Rede an. Doch als die *Neunhundertundvierundneunzigste Nacht* anbrach, fuhr sie also fort: »Es ist mir berichtet worden, o glücklicher König, daß der Kaufmann Ma'rûf, als die Prinzessin den Schrei tat, der unausbleiblich ist, ihr das Mädchentum nahm. Und jene Nacht war nicht zu irdischem Leben zu zählen, da sie in der Vereinigung der Schönen so viel von Umarmung und Liebesspiel, von Küssen und anderen Genüssen in sich schloß, bis der Morgen sein Licht ergoß. Darauf begab er sich ins Bad und legte eine Gewandung von königlichen Kleidern an; und nachdem er das Bad verlassen hatte, trat er in den Staatssaal des Königs ein. Alle, die dort waren, erhoben sich vor ihm und empfingen ihn mit der höchsten Ehrerbietung; und sie wünschten ihm Glück und Segen. Er aber setzte sich zur Seite des Königs nieder und rief: ,Wo ist der Schatzmeister?' Man gab zur Antwort: ,Da steht er vor dir!' Dann fuhr er fort: ,Bringe Ehrengewänder und bekleide damit alle die Wesire und Emire und Würdenträger!' Da brachte der Schatzmeister ihm alles, was er verlangt hatte; und er selber saß da und beschenkte alle, die zu ihm kamen, indem er einem jeden Manne nach Rang und Würden gab. So trieb er es immer weiter, zwanzig Tage lang; aber es kam keine Karawane für ihn an, noch auch sonst etwas. Darauf geriet der Schatzmeister um seinetwillen in die größte Besorgnis, und er trat zum König ein, als Ma'rûf abwesend war. Nur der König saß da, allein mit dem Wesir; nachdem der Schatzmeister den Boden vor ihm geküßt hatte, sprach er: ,O größter König unserer Zeit, ich muß dir etwas mitteilen, weil du mich sonst vielleicht schelten würdest, wenn ich es dir nicht berichte. Wisse, das Schatzhaus ist fast leer; nur noch ein wenig ist darin verblieben, und nach zehn Tagen werden wir ein leeres Haus zuschließen.' Da hub der König an: ‚O Wesir, die Karawane meines Eidams bleibt wirklich lange aus, und wir erhalten auch gar keine Kunde von ihr.' Lachend erwiderte ihm der Wesir: ‚Allah sei dir gnädig, o größter König unserer Zeit! Du bist völlig achtlos auf das Treiben dieses Betrügers und Belügers! Bei deinem Haupte, es gibt keine Karawane, die ihm gehört, noch eine Pest, die uns von ihm befreit. Er hat dich immer nur betrogen, bis er schließlich all dein Geld vertan und deine Tochter umsonst zur Gemahlin erhalten hat. Wie lange noch willst du sorglos diesem Lügner zuschauen?' Der König erwiderte ihm: ‚O Wesir, was sollen wir tun, um die Wahrheit über ihn zu erfahren?' Darauf sagte der Minister: ‚O größter König unserer Zeit, niemand kann in das Geheimnis des Mannes eindringen, es sei denn seine Gattin. Sende nach deiner Tochter und laß sie hinter einen Vorhang treten, damit ich sie frage, wie es in Wahrheit um ihn steht; denn sie soll ihn ausforschen und uns wissen lassen, was es mit ihm auf sich hat!' ‚Das mag gerne geschehen,' sprach der König, ‚und bei meinem Haupte, wenn es feststeht, daß er ein Betrüger und Belüger ist, so will ich ihn wahrlich des schmählichsten Todes sterben lassen.' Darauf nahm er den Wesir mit sich und führte ihn in das Wohngemach; und nachdem er seine Tochter hatte kommen lassen, trat sie hinter den Vorhang. All das geschah, während ihr Gatte abwesend war. Und als sie dorthin gekommen war, fragte sie: ‚Mein Vater, was wünschest du?' Er sagte: ‚Sprich mit dem Wesir!' So fragte sie denn weiter: ‚O Wesir, was ist dein Begehr?' Und der gab zur Antwort: ‚Meine Herrin, wisse, dein Gatte hat das Geld deines Vaters verschwendet und hat sich mit dir ohne Brautgabe vermählt. Unaufhörlich macht er uns Versprechungen und bricht sie; von seinem Gepäck haben wir noch keine Kunde erhalten, kurz, wir wünschen, daß du uns über ihn Auskunft gibst.' Sie erwiderte: ,Seiner Worte sind viel, und er kommt auch immer und verspricht mir Juwelen, Schätze und kostbare Stoffe, aber ich habe noch nichts gesehen.' ,Meine Herrin,' fuhr der Wesir fort ,kannst du nicht heute nacht mit ihm hin und her plaudern und dann zu ihm sagen: ,Tu mir die Wahrheit kund und fürchte nichts; denn du bist mein Gatte geworden, und ich werde mich nicht an dir versündigen! Drum sage mir, wie alles in Wirklichkeit steht, und ich will für dich einen Plan ersinnen, wie du Ruhe haben sollst!' Darauf sprich noch weiter mit ihm darüber hin und her und zeige ihm deine Liebe und bringe ihn dazu, daß er gesteht! Wenn das geschehen ist, teile uns den wahren Sachverhalt mit!' Sie sagte nur: ,Mein Vater, ich weiß, wie ich ihn erforschen will', und ging fort. Nach dem Nachtmahl kam ihr Gatte Ma'rûf wie immer zu ihr; da trat sie auf ihn zu und faßte ihn unter dem Arm und schmeichelte ihm in lieblichster Weise – o wie können die Frauen schmeicheln, wenn sie einen Wunsch haben, den sie bei den Männern durchsetzen wollen! – und hörte nicht auf, ihm zu schmeicheln und ihn unter Worten, süßer als Honig, zu liebkosen, bis sie ihm den Verstand berückt hatte. Als sie nun sah, daß er sich ihr ganz hingab, sprach sie zu ihm: ,Mein Geliebter, du mein Augentrost und Frucht meines Herzens, Allah beraube mich deiner nie, und nie trenne das Geschick uns beide, dich und mich! Wahrlich, die Liebe zu dir wohnt nun in meinem Herzen, und mein Inneres wird verzehrt von der Sehnsucht brennenden Schmerzen, so daß ich mich nie und nimmer an dir versündigen könnte. Aber ich möchte, daß du mir die Wahrheit sagst; denn die Listen der Lüge frommen nicht, und sie finden auch nicht immer Glauben. Wie lange noch willst du meinen Vater belügen und betrügen? Ich fürchte, deine Lage wird ihm noch eher aufgedeckt werden, als wir einen Plan wider ihn ersinnen können; und dann wird er Hand an dich legen. Drum tu mir die Wahrheit kund, und dir soll nichts geschehen, als was dich erfreut! Wenn du mir berichtet hast, wie alles in Wirklichkeit steht, so brauchst du nicht zu fürchten, daß dir ein Leids widerfahre. Wie oft willst du noch behaupten, du seiest ein Kaufmann und ein Besitzer von Reichtümern und hättest eine Karawane? Seit langer Zeit schon sagst du immer: ‚Mein Gepäck, mein Gepäck!' Doch von deinem Gepäck ist uns noch keine Kunde gekommen, und auf deinem Antlitz ist deshalb die Sorge zu sehen. Wenn also deine Worte nicht der Wahrheit entsprechen, so tu es mir kund; und ich werde dir einen Plan ersinnen, durch den du dich retten sollst, so Gott will.' Da sprach er zu ihr: ‚Meine Gebieterin, ich will dir die Wahrheit sagen, und dann tu, was du willst!' ‚So sprich denn,' erwiderte sie, ‚und bleib bei der Wahrheit; denn die Wahrheit ist ein Rettungsboot; hüte dich vor der Lüge, denn sie bringt dem Lügner Schande, und wie vortrefflich ist der Mann, der da sprach:

> *Sei du ein Mann, der stets die Wahrheit nur bekennt,*
> *Wenn dich die Wahrheit auch durch Feuers Drohung brennt!*
> *Such Gottes Beifall; denn der größte Tor der Welt*
> *Ist, wer den Herrn erzürnet und dem Knecht gefällt!'*

Nun bekannte er: ‚Vernimm denn, meine Herrin, ich bin kein Kaufmann, und ich habe keine Karawane, noch auch sonst irgend etwas. Ich war in meiner Heimat nur ein Schuhflicker, und ich hatte eine Frau, die heißt Fâtima das Scheusal; mit der ist es mir soundso ergangen.' Und so erzählte er ihr die Geschichte von Anfang bis zu Ende. Lächelnd sprach sie darauf: ‚Du bist wirklich erfahren in der Kunst des Lügens und Betrügens!' Er aber sagte: ‚Meine Gebieterin, Allah der Erhabene lasse dich lang am Leben bleiben, um Fehler zu verhüllen und Sorgen zu vertreiben!' Dann fuhr sie fort: ‚Bedenke, du hast meinen Vater betrogen und durch dein vieles Prahlen getäuscht, so daß er mich in seiner Habgier mit dir vermählte; ferner hast du sein Geld vergeudet, und deswegen hegt der Wesir Argwohn gegen dich. Wie oft hat er über dich mit meinem Vater geredet und gesagt: ‚Er ist ein Betrüger und Belüger!' Doch mein Vater wollte nicht auf seine Worte hören, weil er sich einmal um mich beworben hat und ich nicht damit einverstanden gewesen bin, daß er mein Gatte und ich seine Gemahlin werden sollte. Nun ist die Zeit aber zu lang geworden, und mein Vater ist besorgt und hat mir gesagt, ich solle dich zum Geständnis bringen. Ich habe dich zum Geständnis gebracht, und das Verborgene ist offenbar geworden. Mein Vater hat nun Schlimmes mit dir im Sinn; aber du bist mein Gatte, und ich will mich nicht an dir vergehen. Wenn ich meinem Vater berichte, was du mir gesagt hast, so hat er die Sicherheit, daß du ein Betrüger und Belüger bist, daß du Königstöchter betrügst und königliche Schätze vergeudest; und dann wird deine Schuld bei ihm keine Vergebung finden, sondern er wird dich hinrichten lassen, das ist gewiß. Dann wird es aber auch unter dem Volke ruchbar werden, daß ich mit einem Manne vermählt wurde, der ein Betrüger und Belüger ist, und das wäre eine Schande für mich. Wenn mein Vater dich hat töten lassen, so wird er mich vielleicht mit einem anderen vermählen wollen, und das wäre etwas, in das ich nie willigen würde, auch wenn ich sterben müßte. Doch jetzt mache dich auf, lege die Gewandung eines Mamluken an, nimm fünfzigtausend Dinare von meinem Gelde mit dir und besteig ein Roß; dann begib dich in ein Land, in das meines Vaters Herrschaft nicht reicht! Dort werde Kaufmann; und dann schreib mir einen Brief und sende ihn mit einem Boten, der insgeheim zu mir kommen soll, damit ich weiß, in welchem Lande du bist, und dir alles senden kann, was meine Hand erreicht! So wird dein Gut sich mehren; und wenn mein Vater stirbt, will ich zu dir schicken, und du sollst wiederkommen, geachtet und geehrt. Wenn aber einer von uns beiden, ich oder du, zur Barmherzigkeit Allahs des Erhabenen eingeht, so wird die Auferstehung uns vereinen. Dies ist der beste Plan; und solange wir beide am Leben bleiben, will ich nie ablassen, dir Botschaften und Gelder zu senden. Also mache dich auf, ehe der Tag sich über dir erhebt und Ratlosigkeit dich bedrängt und das Verderben sich auf dich niedersenkt!' ‚Ach, meine Gebieterin,' rief er, ‚ich flehe dich an, gewähre mir zum Abschied die Gunst deiner Umarmung!' Sie antwortete: ‚Das mag gern geschehen.' Nachdem er bei ihr geruht und sich gewaschen hatte, legte er die Gewandung eines Mamluken an und befahl den Stallknechten, ihm einen edlen Renner zu satteln. Da sattelten sie ihm ein Roß, und er nahm Abschied von seiner Gattin und ritt gegen Ende der Nacht zur Stadt hinaus. Wie er so dahinzog, glaubte ein jeder, der ihn sah, er sei einer von den Mamluken des Sultans, der fortritt, um einen Auftrag auszuführen. Am nächsten Morgen begaben sich der König und der Wesir in das Wohngemach; der König sandte nach seiner Tochter, und sie kam wieder hinter den Vorhang. Dann fragte ihr Vater sie: ‚Meine Tochter, was hast du zu sagen?' Und sie antwortete: ‚Ich habe zu sagen: Allah schwärze das Antlitz deines Wesirs, denn der hat mein Antlitz vor meinem Gatten schwärzen wollen!' ‚Wie denn das?' fragte er weiter; und sie fuhr fort: ‚Er kam gestern abend zu mir, und ehe ich noch mit ihm über diese Sache sprechen konnte, trat plötzlich der Eunuch Faradsch zu mir herein, mit einem Brief in der

Hand, und sprach: ,Siehe, es stehen zehn Mamluken unter dem Fenster des Schlosses; die haben mir diesen Brief gegeben und gesagt: ,Küsse unserem Herrn, dem Kaufmann Ma'rûf, die Hand für uns und gib ihm diesen Brief; wir gehören zu den Mamluken, die bei der Karawane sind, und es ist uns berichtet worden, daß er sich mit der Tochter des Königs vermählt hat; und wir sind gekommen, um ihm zu melden, was uns unterwegs widerfahren ist.' Da nahm ich den Brief, und als ich ihn las, erkannte ich darin das Folgende: ,Von den fünfhundert Mamluken an Seine Hoheit, unsern Herrn, den Kaufmann Ma'rûf. Des ferneren: Wir tun dir kund, daß nach deinem Fortgehen die Beduinen uns überfielen und angriffen. Es waren ihrer zweitausend Reiter, während wir doch nur fünfhundert Mamluken waren. Zwischen uns und den Beduinen entspann sich ein heftiger Kampf; sie verlegten uns den Weg, und wir mußten dreißig Tage lang wider sie streiten. Und dies ist der Grund unseres Ausbleibens.' – –«

Da bemerkte Schehrezâd, daß der Morgen begann, und sie hielt in der verstatteten Rede an. Doch als die *Neunhundertundfünfundneunzigste Nacht* anbrach, fuhr sie also fort: »Es ist mir berichtet worden, o glücklicher König, daß die Prinzessin zu ihrem Vater sprach: ,Mein Gatte erhielt einen Brief von seinem Gefolge, der also schloß: ,Die Araber verlegten uns den Weg; und dies ist der Grund unseres Ausbleibens. Sie haben uns zweihundert Lasten Stoffe von dem Gepäck geraubt und fünfzig Mamluken getötet.' Als diese Nachricht meinen Gatten erreichte, rief er: ,Allah mache sie zuschanden! Wie konnten sie mit den Beduinen wegen zweihundert Warenlasten streiten? Was bedeuten denn zweihundert Lasten? Um deren willen hätten sie nicht so lange ausbleiben dürfen; denn der Wert von zweihundert Lasten ist doch nur siebentausend Dinare! Aber ich muß jetzt zu ihnen reiten und sie zur Eile antreiben. Was die Araber ihnen geraubt haben, das wird in dem Gepäck nicht vermißt werden, und das macht bei mir nichts aus; ich nehme an, ich hätte es ihnen als Almosen geschenkt.' Dann eilte er lächelnd fort von mir, ohne darum bekümmert zu sein, daß ihm das Gut verloren gegangen war und daß seine Mamluken getötet waren. Und als er hinabgeeilt war, schaute ich aus dem Fenster des Schlosses, und da erblickte ich die zehn Mamluken, die ihm den Brief gebracht hatten; sie waren schön wie Monde, und ein jeder von ihnen trug ein Gewand, das zweitausend Dinare wert war, ja, mein Vater hat keinen Mamluken, der einem von ihnen gliche. Darauf zog er mit den Mamluken fort, die ihm das Schreiben überbracht hatten, und er will sein Gepäck holen. Preis sei Allah, der mich davor bewahrt hat, ihm etwas von dem zu sagen, was du mir befohlen hast; denn sonst hätte er meiner und deiner gespottet! Vielleicht hätte er sogar mich mit dem Auge der Geringschätzung angesehen und eine Abneigung gegen mich gewonnen. Das ist alles die Schuld deines Wesirs, der wider meinen Gatten Worte redete, die sich nicht geziemen.' Da sagte der König: ‚Liebe Tochter, der Reichtum deines Gatten ist unermeßlich, und er achtet seiner nicht; seit dem Tage, an dem er in unsere Stadt einzog, hat er immer nur Almosen an die Armen gegeben. So Gott will, wird er bald mit der Karawane kommen, und dann werden wir durch ihn viel Gut gewinnen. So tröstete er seine Tochter; den Wesir aber schalt er. Und so war die List an ihm gelungen.

Wenden wir uns von dem König wieder zu dem Kaufmann Ma'rûf! Der ritt auf dem Rosse dahin und zog durch die öde Wüste, ratlos und ohne zu wissen, in welches Land er sich begeben sollte. Dabei klagte er im Schmerz über die Trennung;

Sehnsucht und Liebespein bedrängten ihn schwer, und er sang diese Verse vor sich her:

Ach, die Zeit zerriß und trennte unser traut Zusammensein;
Und das Herz zerschmilzt und steht in Flammen ob der grausen Pein.
Trennung von der Liebsten quält mich, daß im Aug die Tränen stehn.
Ja, dies ist die bittre Trennung! Ach, wann kommt das Wiedersehn?
O du, deren Antlitz strahlet gleich dem Mond am Himmelspfad,
Ich bin der, dem deine Liebe ganz das Herz zerrissen hat.
Hätte ich doch keine Stunde jemals nur bei dir geweilt!
Hätte doch nach trautem Nahsein mich das Elend nicht ereilt!
Ewig sieht Ma'rûf in Dunja[1] *seiner Sehnsucht höchstes Ziel;*
Möge sie noch leben, wenn er seiner Lieb zum Opfer fiel!
O du, deren strahlend Leuchten nur die helle Sonne kennt,
Nah dich einem Herzen, das nach Liebe und nach Güte brennt!
Bringt uns wohl das Schicksal einstens wieder ein Zusammensein?
Wird es uns in Zukunft doch noch Wiedersehn und Freude leihn?
Wird der Liebsten Schloß in Freuden uns umschließen wie zuvor?
Und umschließ ich mit den Armen jenes Reis, das ich verlor?[2]
O du schönes Mondenantlitz, gleich der Sonne strahlend klar,
Mögen dir im Antlitz deine Reize strahlen immerdar!
Ach, ich bin ja schon zufrieden mit der Lieb und ihrer Qual;
Denn das Glück der Liebe ist doch Ziel des Unglücks allzumal.

Als er seine Verse beendet hatte, weinte er bitterlich; denn die Wege waren vor ihm verschlossen, und er wollte lieber den Tod erstreben als noch weiterleben. Dann zog er seines Weges dahin, wie trunken vor dem Übermaß der Verstörung, und immer weiter ritt er bis zur Mittagszeit; da kam er zu einem kleinen Flecken, und dort in der Nähe sah er einen Landmann, der mit zwei Stieren pflügte. Weil der Hunger ihn quälte, ritt er auf den Pflüger zu und sprach zu ihm: ‚Friede sei mit Euch!' Der Mann erwiderte seinen Gruß und fügte hinzu: ‚Willkom-

---

1. Nur hier wird der Name der Prinzessin genannt. – 2. Wörtlich: ‚das Reis der Hügel'; das ist ‚das Reis, das den Hügel schmückt'; gemeint ist natürlich die Geliebte.

men, mein Herr! Bist du einer von den Mamluken des Sultans?' ‚Jawohl', erwiderte Ma'rûf; und jener fuhr fort: ‚So steig bei mir zur Mahlzeit ab!' Ma'rûf sah, daß jener ein freigebiger Mann war, doch er sprach zu ihm: ‚Bruder, ich sehe nichts bei dir, womit du mich speisen könntest. Wie kommt es, daß du mich einlädst?' Der Bauer antwortete: ‚Das Gute ist vorhanden; steig nur ab! Siehe, der Flecken ist nahe, und ich will eilen und ein Mittagsmahl für dich und Futter für das Pferd holen.' Nun sagte Ma'rûf: ‚Da der Flecken nahe ist, so kann ich doch ebenso rasch hineilen wie du und mir im Basar kaufen, was ich brauche, und essen.' Doch der Bauer erwiderte: ‚Mein Herr, der Flecken ist nur ein kleines Dorf, und dort gibt es keinen Basar; man kann weder kaufen noch verkaufen. Ich bitte dich um Allahs willen, steig hier bei mir ab und mache mir die Freude; ich will dorthin eilen und rasch zu dir zurückkehren!' So stieg er denn ab, während der Bauer ihn verließ und ins Dorf eilte, um ein Mittagsmahl für ihn zu holen. Nachdem Ma'rûf sich niedergesetzt hatte, um zu warten, sprach er bei sich: ‚Jetzt haben wir diesen armen Mann von seiner Arbeit abgehalten. Ich will doch hingehen und für ihn pflügen, bis er kommt, um es ihm zu vergelten, daß ich ihn von seiner Arbeit fernhalte.' Dann nahm er den Pflug in die Hand und trieb die Stiere an; kaum hatte er ein wenig gepflügt, da stieß die Pflugschar an etwas, und die Tiere blieben stehen. Er trieb sie wieder an, aber sie konnten sich nicht bewegen. Wie er nun nach der Pflugschar schaute, sah er, daß sie sich in einem goldenen Ring gefangen hatte. Rasch grub er die Erde davon beiseite, und da fand er, daß jener Ring sich mitten an einer Marmorplatte befand, die von der Größe eines unteren Mühlsteines war. Dann zog er an dem Steine, bis er ihn von seiner Stelle fortbewegt hatte, und da zeigte sich unter ihm eine Höhle mit Treppenstufen. Er stieg die Stufen hinab und entdeckte nun einen Raum, gleich der Halle eines Bades, mit vier Estraden. Die erste Estrade war vom Boden bis zur Decke mit Gold gefüllt; die zweite war angefüllt mit Smaragden und Perlen und Korallen, gleichfalls vom Boden bis zur Decke; die dritte war voll von Hyazinthen, Ballasrubinen und Türkisen, und die vierte voll von Diamanten und anderen wertvollen Edelsteinen jeglicher Art. Am oberen Ende dieses Raumes aber stand eine Truhe aus klarem Kristall, und die war voll von einzigartigen Juwelen, deren jedes so groß wie eine Walnuß war; und auf der Truhe lag ein kleines goldenes Kästchen von der Größe einer Zitrone. Als er das erblickte, staunte er und freute sich über die Maßen; und er rief: ‚Was mag wohl in diesem Kästchen sein?' Dann öffnete er es und fand darin einen goldenen Siegelring, auf dem Zaubernamen und Talismane eingegraben waren, die wie Ameisenspuren aussahen. Er rieb den Ring, und siehe, da sprach eine Stimme: ‚Zu Diensten, zu Diensten, mein Gebieter! Verlange, und es wird dir gegeben! Willst du einen Ort bevölkern oder eine Stadt zerstören? Willst du einen König töten oder einen Fluß graben lassen oder sonst etwas dergleichen? Was du nur verlangst, wird rasch zustande gebracht durch die Erlaubnis des Königs der Macht, des Schöpfers von Tag und Nacht.' Ma'rûf fragte ihn: ‚O Geschöpf des Herrn, wer bist du, und was bist du?' Jener antwortete: ‚Ich bin der Diener dieses Ringes, und ich stehe im Dienste dessen, der ihn besitzt. Welchen Wunsch er auch immer ausspricht, den erfülle ich ihm, und ich kann mich dem nicht entziehen, was er mir befiehlt. Ich bin Sultan über die Geisterwächter, und meine Heerschar besteht aus zweiundsiebenzig Stämmen, von denen ein jeder zweiundsiebenzigtausend Mann zählt. Je einer von den tausend herrscht über tausend Mârids, jeder Mârid gebietet über tausend Wächter; jeder Wächter ist Herr über tausend Satane; und jedem Satan sind tausend Dämonen untertan. Sie alle stehen unter meiner Herrschaft, und sie wagen es nicht, mir zuwiderzuhandeln. Ich aber bin durch einen Zauber an diesen Ring gebunden und darf dem nicht ungehorsam sein, der ihn besitzt. Siehe, jetzt besitzt du ihn, und ich bin dein Diener geworden. Verlange also, was du willst, ich höre auf dein Wort und gehorche deinem Befehl! Und wenn du mich zu irgendeiner Zeit nötig hast, zu Wasser oder zu Lande, so reibe den Ring, und du wirst mich bei dir finden. Doch hüte dich, ihn zweimal nacheinander zu reiben; denn sonst wirst du mich verbrennen durch die Feuergewalt der Zaubernamen und mich verlieren und hernach um mich trauern! Jetzt habe ich dich mit meinem Wesen bekannt gemacht. Und das ist alles.' – –«

Da bemerkte Schehrezâd, daß der Morgen begann, und sie hielt in der verstatteten Rede an. Doch als die *Neunhundertundsechsundneunzigste Nacht* anbrach, fuhr sie also fort: »Es ist mir berichtet worden, o glücklicher König, daß der Kaufmann Ma'rûf, nachdem der Diener jenes Ringes ihn mit seinem Wesen bekannt gemacht hatte, ihn fragte: ,Wie heißest du?' Der Dämon erwiderte: ,Mein Name ist Abu es-Sa'adât.'[1] Darauf sagte Ma'rûf zu ihm: ,O Abu es-Sa'adât, was für eine Stätte ist dies? Und wer hat dich durch Zauber an dies Kästchen gebunden?' ,Mein Gebieter,' gab jener zur Antwort, ,diese Stätte ist ein Schatz, genannt der Schatz von Schaddâd ibn 'Âd, dem Manne, der Iram erbaute, die ragende Säulenstadt, die im Lande nicht ihresgleichen hat.[2] Ich war sein Diener zu seinen Lebzeiten, und dies ist sein Siegelring, den er in

1. Vater der Glückseligkeiten. – 2. Vgl. Koran, Sure 89, Vers 6 und 7.

seine Schatzhöhle legte; aber jetzt ist er dir zuteil geworden.' Weiter fragte Ma'rûf ihn: ‚Kannst du das, was sich in diesem Hort befindet, an die Oberfläche der Erde schaffen?' ‚Jawohl, das ist so leicht wie nur möglich', erwiderte der Geist; und Ma'rûf befahl: ‚So schaffe denn alles, was sich hier befindet, hinaus, und laß nichts davon zurück!' Da machte der Geist mit seiner Hand ein Zeichen nach der Erde hin, und die spaltete sich; dann stieg er hinab und blieb eine kleine Weile fort. Doch alsbald kamen junge Knaben voller Anmut und schön von Angesicht hervor; die trugen goldene Körbe, und jene Körbe waren voll von Gold. Nachdem sie die ausgeleert hatten, gingen sie wieder fort und brachten andere; und so fuhren sie fort, das Gold und die Juwelen heraufzuschaffen, und ehe noch eine Stunde vergangen war, sprachen sie: ‚Es ist nichts mehr im Schatz geblieben.' Dann kam auch Abu es-Sa'adât wieder herauf zu Ma'rûf und sprach zu ihm: ‚Mein Gebieter, du siehst, daß wir alles, was in dem Schatze war, heraufgebracht haben.' Nun fragte der Schuhflicker: ‚Wer sind diese schönen Knaben?' Und der Geist antwortete: ‚Dies sind meine Söhne. Denn diese Arbeit verdiente es nicht, daß ich die Geisterwächter für sie berief; deshalb haben meine Söhne deinen Wunsch erfüllt, und die fühlen sich geehrt, daß sie dir dienen konnten. Verlange, was du sonst noch begehrst!' Darauf sagte Ma'rûf zu ihm: ‚Kannst du mir Maultiere und Truhen verschaffen, diese Schätze in die Truhen tun und die Truhen auf die Maultiere laden? ‚Das ist so leicht wie nur möglich', erwiderte der Geist und stieß einen lauten Schrei aus. Da traten seine Söhne wieder vor ihn hin, achthundert an der Zahl, und er sprach zu ihnen: ‚Die einen von euch sollen sich in die Gestalt von Maultieren verwandeln, andere in die Gestalt von schönen Mamluken, und der Geringste unter ihnen soll so sein, daß seinesgleichen nicht bei irgendeinem König zu finden ist! Andere von euch sollen die Gestalt von Maultiertreibern annehmen, und noch andere die Gestalt von Dienern!' Sie taten, wie er ihnen befohlen hatte; siebenhundert von ihnen verwandelten sich in Maultiere für die Lasten und die übrigen hundert in das Gefolge. Dann berief er die Geisterwächter, und nachdem sie vor ihm erschienen waren, befahl er ihnen, ein Teil von ihnen solle sich in die Gestalt von Pferden verwandeln, gesattelt mit goldenen und juwelenbesetzten Sätteln. Wie Ma'rûf das sah, fragte er: ‚Wo sind die Truhen?' Man brachte sie vor ihn. Darauf sprach er: ‚Tut das Gold und die Edelsteine hinein, jede Art für sich!' Da füllten sie die Truhen und luden sie auf die dreihundert Maultiere. Nun fragte Ma'rûf: ‚O Abu es-Sa'adât, kannst du mir Lasten von kostbaren Stoffen bringen?' Doch jener entgegnete: ‚Willst du ägyptische Stoffe oder syrische oder persische oder indische oder griechische?' Ma'rûf erwiderte: ‚Bringe Stoffe aus allen Ländern, je hundert Lasten auf hundert Maultieren!' ‚Mein Gebieter,' sagte darauf der Geisterfürst, ‚gewähre mir eine Frist, damit ich meine Geisterwächter dafür bestelle, so daß auf meinen Befehl ein jeder Stamm in ein anderes Land gehen kann, um hundert Lasten Stoffe zu bringen; die Wächter sollen sich in Maultiere verwandeln und mit den Waren beladen hierher kommen.' ‚Wie lange soll die Zeit der Frist dauern?' fragte Ma'rûf; und der Geist antwortete: ‚Die Zeit des nächtlichen Dunkels; ehe der Tag graut, soll alles bei dir sein, was du wünschest.' ‚Diese Frist gewähre ich dir', sagte Ma'rûf; und dann befahl er, man solle ihm ein Zelt aufschlagen. Nachdem das errichtet war, setzte er sich hinein, und man brachte ihm einen Tisch mit Speisen. Darauf sprach Abu es-Sa'adât zu ihm: ‚Mein Gebieter, bleib in dem Zelte sitzen! Meine Söhne hier vor dir werden dich bewachen, und du brauchst nichts zu befürchten. Ich will inzwischen meine Wächter versammeln und sie entsenden, damit sie deinen Wunsch erfüllen.' So ging denn Abu es-Sa'adât seiner Wege, während Ma'rûf im Zelte sitzen blieb, vor sich den Tisch und bewacht von den Söhnen des Geisterfürsten, die als Mamluken, Eunuchen und Diener verkleidet waren. Und wie er so dasaß, kam plötzlich der Bauersmann, der eine große Schüssel voll Linsen und einen Futtersack voll Gerste trug. Als der das Zelt aufgeschlagen und die Mamluken dastehen sah, ihre Arme auf der Brust gekreuzt, dachte er, der Sultan sei gekommen und habe an jener Stätte halt gemacht, und er blieb erschrocken stehen, indem er bei sich selber sprach: ‚Hätte ich doch nur für den Sultan zwei junge Hühner geschlachtet und sie in Kuhbutter gebraten!' Schon wollte er umkehren, um die beiden Hühner zu schlachten und den Sultan damit zu bewirten, da erblickte Ma'rûf ihn und rief ihm zu; und sogleich befahl er den Mamluken: ‚Bringt ihn her!' Sie holten ihn samt der Schüssel voll Linsen und führten ihn vor Ma'rûf; der sprach zu ihm: ‚Was ist das?' Und der Bauer gab zur Antwort: ‚Das ist dein Mittagsmahl und Futter für dein Pferd. Sei mir nicht böse; ich wußte nicht, daß der Sultan hierher kommen würde! Hätte ich das gewußt, so hätte ich zwei junge Hühner für ihn geschlachtet und ihn mit einer guten Mahlzeit bewirtet.' Darauf sagte Ma'rûf: ‚Der Sultan ist nicht gekommen. Ich bin sein Eidam, und ich hatte mich mit ihm erzürnt. Aber jetzt hat er seine Mamluken zu mir gesandt, und sie haben mich mit ihm ausgesöhnt; darum will ich nun zur Hauptstadt zurückkehren. Doch da du diese Mahlzeit für mich hergerichtet hast, ohne mich zu kennen, will ich sie gern annehmen, auch wenn sie aus Linsen besteht, und ich will nur von deiner Speise essen.' So befahl er ihm denn, die Schüssel mitten auf den Tisch zu setzen, und er aß davon, bis er gesättigt war, während der Bauer sich den Wanst mit jenen kostbaren Gerichten füllte. Darauf wusch Ma'rûf sich die Hände und gab den Mamluken Erlaubnis zu essen; die fielen denn auch über den Rest des Mahles her und aßen. Nachdem die Schüssel geleert war, füllte er sie dem Bauer mit Gold und sprach zu ihm: ‚Bring sie in deine Wohnung und komm zu mir in die Stadt; dort will ich dir Ehre erweisen!' Jener nahm die Schüssel voll Gold, trieb die Stiere an und begab sich ins Dorf, indem er sich selbst für den Eidam des Königs hielt. Ma'rûf aber verlebte jene Nacht herrlich und in Freuden; man brachte ihm Mädchen von den Bräuten des Schatzes[1], und die spielten Musikinstrumente und tanzten vor ihm, so daß er eine Nacht verbrachte, wie sie nicht zum Leben der Sterblichen zu rechnen ist. Als es wieder Morgen ward, da trat, ehe er sich dessen versah, eine Staubwolke hervor und wirbelte hoch in die Luft empor; dann erschienen unter ihr Maultiere, die Lasten trugen, und es waren siebenhundert Tiere, die mit Stoffen beladen und von Treibern, Packknechten und Fackelträgern umgeben waren. Abu es-Sa'adât aber ritt auf einer Maultierstute, als Karawanenführer verkleidet; und vor ihm her ward eine Sänfte getragen mit vier Eckzieraten aus glitzerndem, rotem Golde, die mit Edelsteinen besetzt waren. Als er vor dem Zelte ankam, stieg er vom Rücken des Maultiers ab, küßte den Boden und sprach: ‚Mein Gebieter, der Auftrag ist voll und ganz erfüllt, und in dieser Sänfte liegt eine kostbare Gewandung, derengleichen sich unter den Kleidern der Könige nicht findet. Leg sie an, steig in die Sänfte und befiehl uns, was du wünschest!' Ma'rûf erwiderte ihm: ‚O Abu es-Sa'adât, ich will dir einen Brief schreiben, den du in

1. Geisterjungfrauen, die verborgene Schätze hüten.

die Stadt Ichtijân[1] el-Chotan bringen sollst; geh dort zu meinem Schwiegervater, dem König, aber tritt vor ihn nicht anders als in der Gestalt eines sterblichen Boten.' ,Ich höre und gehorche!' gab der Geist zur Antwort; und dann schrieb Ma'rûf einen Brief und versiegelte ihn. Abu es-Sa'adât nahm ihn und eilte mit ihm fort, bis er zum König eintrat; er fand ihn, wie er gerade sprach: ,O Wesir, mein Herz ist um meinen Eidam besorgt, und ich fürchte, die Beduinen werden ihn töten. Ach, wüßte ich doch nur, wohin er geritten ist, damit ich ihm mit den Truppen folgen könnte! Hätte er es mir doch nur gesagt, ehe er fortritt!' Doch der Wesir entgegnete ihm: ,Allah sei dir gnädig in dieser Sorglosigkeit, die dich umfängt! Bei deinem Haupte, der Mann hat gemerkt, daß wir Verdacht gegen ihn geschöpft hatten, und da er sich vor der Entlarvung fürchtete, ist er geflohen. Er ist nur ein Betrüger und Belüger!' In diesem Augenblick trat der Bote ein, küßte den Boden vor dem König und wünschte ihm langes Leben und Dauer des Ruhms und des Glücks. Der König fragte ihn: ,Wer bist du? Und was ist dein Anliegen?' ,Ich bin ein Bote,' erwiderte jener, ,dein Eidam sendet mich zu dir; er kommt mit der Karawane und hat mich mit einem Schreiben an dich vorausgeschickt; hier ist es.' Da nahm der König den Brief und las ihn und fand darin das Folgende geschrieben: ,Viele Grüße zuvor an unseren Schwiegervater, den glorreichen König! Siehe, ich komme mit der Karawane; drum mache dich auf und zieh mir mit den Truppen entgegen!' Nun rief der König: ,Allah schwärze dein Gesicht, o Wesir! Wie oft willst du die Ehre meines Eidams angreifen und ihn zu einem Belüger und Betrüger machen? Jetzt ist er mit der Karawane gekommen, und du bist weiter nichts als ein Verräter.' Da ließ der Wesir den

1. Hier im Arabischen ,Chitân'; vgl. oben Seite 583, Anmerkung.

Kopf zu Boden hängen, beschämt und betroffen, und er sprach: ‚O größter König unserer Zeit, ich habe dies nur gesagt, weil die Karawane so lange ausblieb, und weil ich fürchtete, all das Geld, das er ausgegeben hat, wäre verloren.' Doch der König rief von neuem: ‚Du Verräter, was ist mein Gut? Da die Karawane gekommen ist, wird er es mir in Hülle und Fülle ersetzen.' Darauf befahl der König, die Stadt zu schmücken, und begab sich zu seiner Tochter und sprach zu ihr: ‚Frohe Botschaft! Dein Gatte wird bald mit der Karawane kommen; er hat mir einen Brief des Inhalts geschickt, und jetzt will ich ihm entgegenziehn.' Die Prinzessin wunderte sich über diese Wendung der Dinge, und sie sprach bei sich: ‚Dies ist doch ein seltsam Ding! Wollte er meiner spotten und sich über mich lustig machen, oder wollte er mich auf die Probe stellen, als er mir sagte, er sei arm? Doch Preis sei Allah, daß ich meine Pflicht gegen ihn nicht versäumt habe!'

Wenden wir uns nun von Ma'rûf einmal wieder zu dem Kaufmann 'Alî aus Kairo! Als der sah, daß die Stadt geschmückt wurde, fragte er nach der Ursache; und man erwiderte ihm: ‚Die Karawane des Kaufmanns Ma'rûf, des Eidams des Königs, ist eingetroffen.' ‚Allah ist der Größte,' rief 'Alî, ‚was ist das für ein Unheil! Er kam zu mir auf der Flucht vor seiner Frau und war arm! Woher hat er jetzt eine Karawane? Doch vielleicht hat die Tochter des Königs einen Plan für ihn ersonnen aus Furcht vor der Entlarvung; und Königen ist nichts unmöglich. Möge Allah der Erhabene ihn behüten und nicht in Schande geraten lassen!' – –«

Da bemerkte Schehrezâd, daß der Morgen begann, und sie hielt in der verstatteten Rede an. Doch als die *Neunhundertundsiebenundneunzigste Nacht* anbrach, fuhr sie also fort: »Es ist mir berichtet worden, o glücklicher König, daß der Kaufmann

'Alî, als er wegen der Ausschmückung der Stadt gefragt und den Grund erfahren hatte, für Ma'rûf betete, indem er sprach: ,Allah behüte ihn und lasse ihn nicht in Schande geraten!' All die anderen Kaufleute aber waren froh und vergnügt, weil sie nun ihr Geld wiederbekommen sollten. Dann versammelte der König die Truppen und zog hinaus, während Abu es-Sa'adât zu Ma'rûf zurückkehrte und ihm berichtete, daß die Botschaft überbracht war. Da befahl Ma'rûf: ,Ladet auf!' Und als sie aufgeladen hatten, legte er die kostbare Gewandung an und stieg in die Sänfte und war nun tausendmal prächtiger und majestätischer als der König. Nachdem er den halben Weg zurückgelegt hatte, siehe, da kam ihm der König mit den Truppen entgegen; als er ihn erreichte, sah er ihn in der Sänfte sitzen, mit jenem Gewand bekleidet, und er warf sich auf ihn und begrüßte ihn und wünschte ihm Glück zu seiner Heimkehr. Auch alle Großen des Reiches begrüßten ihn, und es ward kund, daß er die Wahrheit gesprochen hatte und daß kein Falsch an ihm war. Dann kam er in die Stadt in einem solchen Prunkzuge, daß selbst dem Löwen vor Neid die Gallenblase geplatzt wäre; und die Kaufleute eilten zu ihm und küßten den Boden vor ihm. Der Kaufmann 'Alî aber sprach zu ihm: ,Du hast diesen Streich gespielt, und er ist dir geglückt, du Erzgauner! Aber du verdienst es; möge Allah der Erhabene dir seine Gunst noch mehren!' Da mußte Ma'rûf lachen. Als er dann in den Palast eingezogen war, setzte er sich auf den Thron und rief: ,Bringt die Lasten Goldes in die Schatzkammer meines Schwiegervaters, des Königs! Die Lasten Tuch aber bringt hierher!' Die Diener brachten sie ihm und begannen, sie zu öffnen, eine Last nach der andern, und ihren Inhalt herauszunehmen, bis sie siebenhundert Lasten ausgepackt hatten. Dann suchte er die schönsten davon aus und befahl: ,Bringt sie der

Prinzessin; sie möge sie an ihre Sklavinnen verteilen! Nehmt auch diese Truhe voll Juwelen und tragt sie zu ihr hinein; sie möge sie an die Sklavinnen und die Eunuchen verteilen!' Dann überreichte er den Kaufleuten, in deren Schuld er stand, Stoffe als Entgelt für ihre Darlehen, und zwar gab er jedem, der ihm tausend Dinare geliehen hatte, Stoffe im Werte von zweitausend oder mehr. Danach verteilte er Gaben an die Armen und Bedürftigen, während der König selbst zuschaute und ihn nicht zu hindern wagte; unaufhörlich spendete und gab er, bis er die siebenhundert Lasten verteilt hatte. Dann wandte er sich zu den Truppen und verteilte an sie Edelsteine, Smaragde und Hyazinthe, dazu Perlen und Korallen und noch anderen Schmuck, indem er die Juwelen mit vollen Händen hingab, ohne sie zu zählen. Da aber sprach der König zu ihm: ‚Mein Sohn, laß es genug sein mit diesen Gaben; es ist ja von der ganzen Karawane nur noch wenig übrig geblieben!' Doch jener entgegnete ihm: ‚Ich habe eine Menge.' So war seine Wahrhaftigkeit offenbar geworden, und niemand konnte ihn mehr der Lüge zeihen. Und er achtete nicht darauf, wieviel er verschenkte, da ihm der Diener des Ringes brachte, was er nur immer verlangte. Nun kam auch der Schatzmeister zum König und sprach zu ihm: ‚O größter König unserer Zeit, die Schatzkammer ist voll und kann den Rest der Lasten nicht mehr fassen. Wohin sollen wir das tun, was von dem Gold und von den Edelsteinen noch übrig ist?' So wies er ihm denn einen anderen Raum an. Als aber Ma'rûfs Gattin sah, was sich dort begab, wuchs ihre Freude, und sie sprach verwundert bei sich selber: ‚Wüßte ich nur, woher ihm all dies Gut zuteil geworden ist!' Ebenso freuten sich auch die Kaufleute über das, was er ihnen gegeben hatte, und sie segneten ihn. Der Kaufmann 'Alî jedoch sprach bei sich in seinem Staunen: ‚Wie mag er wohl betrogen und gelogen haben, daß er all diese Schätze in seine Hand bekommen hat! Stammten sie von der Prinzessin, so hätte er sie nicht an die Armen verteilt. Doch wie schön ist das Wort dessen, der da sprach:

> *Wenn der höchste König schenkt,*
> *Sollst du nach dem Grund nicht fragen.*
> *Allah spendet, wem Er will;*
> *Ehrfurchtsvoll sei dein Betragen!*

So viel von ihm! Aber auch der König staunte über die Maßen ob dessen, was er Ma'rûf tun sah, wie er so freigebig und großmütig den Reichtum verschwendete. Schließlich trat Ma'rûf zu seiner Gattin ein, und die empfing ihn mit strahlendem Lächeln und voll Freuden, und nachdem sie ihm die Hand geküßt hatte, sprach sie: ‚Wolltest du dich über mich lustig machen oder mich auf die Probe stellen, als du sagtest, du wärest arm und auf der Flucht vor deiner Frau? Doch Preis sei Allah, daß ich meine Pflicht gegen dich nicht versäumt habe! Du bist mein Liebling, und niemand ist mir teurer als du, ob du nun reich oder arm bist. Aber ich möchte doch gern, daß du mir sagst, was du mit jenen Worten im Sinne hattest.' Er gab zur Antwort: ‚Ich wollte dich auf die Probe stellen, um zu sehen, ob deine Liebe aufrichtig wäre oder ob sie dem Reichtum gälte und der Gier nach irdischem Gut entsprungen wäre. Doch nun ist es mir offenbar geworden, daß deine Liebe rein ist; und da du wahrhafte Liebe hegst, so sei mir von Herzen willkommen; ich kenne jetzt deinen Wert!' Darauf schloß er sich allein in ein Gemach ein und rieb den Ring; Abu es-Sa'adât erschien vor ihm und sprach zu ihm: ‚Zu Diensten! Verlange, was du willst!' Ma'rûf erwiderte: ‚Ich wünsche von dir eine kostbare Gewandung für meine Gattin und kostbaren Schmuck, der auch ein Halsband enthält mit vierzig einzigartigen Juwelen.' ‚Ich höre und gehorche!' sprach der Geist und brachte ihm, was er verlangt hatte. Ma'rûf aber nahm die Gewandung und den Schmuck, nachdem er den Diener des Ringes entlassen hatte, und ging wieder zu seiner Gattin, legte beides vor sie hin und sprach zu ihr:‚ Nimm hin und kleide dich; dies sei ein Willkommensgruß für dich!' Als sie das sah, ward sie vor Freuden fast wie von Sinnen; und sie fand unter den Schmuckstücken zwei goldene Fußspangen, die mit Edelsteinen besetzt waren, ein Zauberwerk; ferner Armbänder, Ohrringe und einen Gürtel[1], deren Wert kein Geld bezahlen konnte. So legte sie denn die Gewandung und den Schmuck an und sprach: ‚Mein Gebieter, ich will dies für die Feiertage und die Feste zurücklegen.' Aber er sagte: ‚Trag es nur immer! Ich habe andere in Menge.' Als sie alles angelegt hatte und die Sklavinnen sie erblickten, freuten sie sich und küßten ihm die Hände. Doch er verließ sie wieder und schloß sich ein; dann rieb er den Ring, und als der dienende Geist vor ihm erschien, sprach er zu ihm: ‚Bring mir hundert Gewandungen mit ihrem Schmuck!' ‚Ich höre und gehorche!' erwiderte der Geist und brachte ihm die hundert Gewandungen, in die ihr Schmuck eingehüllt war. Ma'rûf nahm sie und rief die Sklavinnen; nachdem sie zu ihm gekommen waren, gab er einer jeden eine Gewandung. Da legten sie die Gewänder an und sahen nun aus wie die Paradiesesjungfrauen, während die Prinzessin unter ihnen wie der Mond unter den Sternen erstrahlte. Eine der Sklavinnen berichtete dem König davon; und der kam alsbald zu seiner Tochter herein. Doch als er sah, daß sie und ihre Sklavinnen jeden Beschauer blendeten, verwunderte er sich über die Maßen. Dann eilte er wieder hinaus, ließ den Wesir kommen und sprach zu ihm: ‚O Wesir, das-

[1]. Nach einer anderen Lesart, die nur einen Punkt mehr hat: Nasenring.

und das hat sich begeben; was sagst du zu dieser Sache?' ‚O größter König unserer Zeit,' antwortete er, ‚dies ist nicht die Art von Kaufleuten; ein Kaufmann behält die Linnenstücke jahrelang bei sich und verkauft sie nur mit Gewinn. Wie könnten Kaufleute zu einer Freigebigkeit kommen gleich der, die dieser da beweist? Wie wäre es möglich, daß sie solche Reichtümer besäßen, solche Juwelen, von denen sich sogar bei den Königen nur ein kleiner Teil findet? Wie können sich Lasten davon bei Kaufleuten finden? Dies alles muß einen besonderen Grund haben; und wenn du meinem Rate folgst, so will ich dir offenbar machen, wie es sich damit in Wahrheit verhält.' Der König sagte darauf: ‚Ich will deinem Rate folgen, o Wesir.' Und der Minister fuhr fort: ‚So suche ihn auf, sei freundlich zu ihm und plaudere mit ihm! Dann sprich: ‚Lieber Eidam, ich habe im Sinne, mit dir und dem Wesir, ohne jemand anders, in einen Blumengarten zu gehen, damit wir uns dort vergnügen.' Wenn wir aber in den Garten gekommen sind, wollen wir den Tisch des Weines auftragen lassen, und ich will auf ihn einwirken, daß ich ihm zu trinken gebe. Wenn er den Wein getrunken hat, so wird ihm der Verstand benommen werden, und er wird seiner Sinne nicht mehr Herr sein; dann wollen wir ihn fragen, wie es sich in Wahrheit mit ihm verhält, und er wird uns seine Geheimnisse mitteilen; denn der Wein ist ein Verräter, und vortrefflich war der Mann, der da sprach:

> *Als wir ihn getrunken hatten und er leis gekrochen war*
> *Zu der Heimlichkeiten Stätte, da gebot ich ihm: Halt ein!*
> *Denn mich bangte, seine Strahlen könnten mir verderblich sein*
> *Und den Zechgenossen würde mein Geheimnis offenbar.*

Wenn er uns dann berichtet hat, wie es in Wahrheit um ihn steht, so werden wir wissen, was es mit ihm auf sich hat, und werden mit ihm tun können, was wir wollen und wünschen;

denn ich fürchte für dich die Folgen dieses Treibens, das von ihm ausgeht. Vielleicht wird er gar nach der Herrschaft trachten und die Truppen durch Freigebigkeit und Verschwendung gewinnen, um dich abzusetzen und dir die Herrschaft zu rauben.' ,Du hast recht', erwiderte ihm der König. −−«

Da bemerkte Schehrezâd, daß der Morgen begann, und sie hielt in der verstatteten Rede an. Doch als die *Neunhundertundachtundneunzigste Nacht* anbrach, fuhr sie also fort: »Es ist mir berichtet worden, o glücklicher König, daß jener König, als der Wesir ihm seinen Plan ersonnen hatte, zu ihm sprach: ,Du hast recht.' Und einig in diesem Beschluß verbrachten sie die Nacht. Als es wieder Morgen ward, begab sich der König in das Wohngemach und setzte sich nieder; doch da stürzten plötzlich die Diener und die Stallknechte ganz verstört zu ihm herein. ,Was hat euch betroffen?' rief er ihnen zu; und sie antworteten: ,O größter König unserer Zeit, die Stallknechte hatten die Pferde gestriegelt und ihnen und den Maultieren, die das Gepäck gebracht hatten, Futter gegeben; aber heute morgen entdeckten wir, daß die Mamluken die Pferde und die Maultiere gestohlen haben. Wir haben die Ställe durchsucht, doch weder Pferde noch Maultiere gefunden. Und als wir in den Raum der Mamluken eintraten, sahen wir niemanden dort, und wir wissen nicht, wie sie entflohen sind.' Darüber staunte der König; denn er glaubte ja, daß jene Geister wirkliche Pferde und Maultiere und Mamluken wären, und er ahnte nicht, daß sie die Geisterwächter des Dieners des Ringes waren. Darum fuhr er die Leute an: ,Ihr Verfluchten, wie konnten tausend Tiere und fünfhundert Mamluken und dazu noch andere Diener entfliehen, ohne daß ihr etwas davon gemerkt habt?' Sie gaben nur zur Antwort: ,Wir wissen nicht, was mit uns geschehen ist, daß sie fortlaufen konnten!' Darauf sagte der König: ‚Geht, und wenn euer Herr aus dem Harem kommt, so teilt es ihm mit!' So gingen sie denn fort von dem Angesichte des Königs und setzten sich ratlos nieder. Und wie sie so dasaßen, trat Ma'rûf aus dem Harem heraus und sah sie in ihrer Kümmernis. Da fragte er sie: ‚Was gibt es?' Und sie berichteten ihm, was geschehen war. Er aber rief: ‚Was sind sie wert, daß ihr über sie bekümmert seid? Geht eurer Wege!' Dann setzte er sich lächelnd, ohne über dies Geschehnis erzürnt oder bekümmert zu sein. Da schaute der König dem Wesir ins Angesicht und sprach: ‚Was ist das für ein Mensch, für den der Reichtum keinen Wert hat? Das muß doch sicher einen eigenen Grund haben!' Dann plauderten sie eine Weile mit ihm, und nun hub der König an: ‚Lieber Eidam, ich habe im Sinne, mit dir und dem Wesir in einen Blumengarten zu gehen, um uns dort zu vergnügen. Was sagst du dazu?' ‚Das mag gern sein', erwiderte Ma'rûf, und so gingen sie denn fort und begaben sich in einen Garten, in dem allerlei Fruchtbäume paarweise standen, wo die Bächlein sprangen und die Bäume sich hoch in die Lüfte schwangen und die Vögelein sangen. Sie traten dort in ein Gartenhaus, das die Herzen von allem Kummer befreite, und setzten sich zum Plaudern nieder. Der Wesir erzählte seltsame Geschichten und unterhielt sie mit lustigen Berichten und heiteren Gedichten, und Ma'rûf lauschte auf das Geplauder, bis die Zeit des Mittagsmahles kam. Da brachte man den Speisetisch herein und auch den Krug mit Wein. Nachdem sie gegessen und ihre Hände gewaschen hatten, füllte der Wesir den Becher und reichte ihn dem König, der trank ihn aus. Dann füllte der Wesir einen zweiten und sprach zu Ma'rûf: ‚Nimm den Becher, mit dem Tranke vollgeschenkt, vor dem der Verstand in Ehrfurcht den Nacken senkt!' ‚Was ist das, o Wesir?' fragte Ma'rûf; und jener gab zur Antwort: ‚Dies ist die Maid im grauen Haar, die lange als Jungfer behütet war, die dem Herzen die Freude bringt, wie denn der Dichter von ihr singt:

> *Trutz'ger fremder Heiden Füße traten auf ihn rings umher;*[1]
> *An den Häuptern von Arabiens Söhnen rächte er sich schwer.*
> *Ihn kredenzt ein Sohn der Heiden, der ein Mond im Dunkel ist,*
> *Und in seinen Blicken lauert der Verführung starke List.*[2]

Und wie vortrefflich war der Mann, der da sprach:

> *Es ist, als sei der Wein und seines Bechers Träger,*
> *Wenn er den Zechgenossen naht und ihn kredenzt,*
> *Die Morgensonne, die da tanzt*[3] *und deren Antlitz*
> *Der Mond des Dunkels mit den Zwillingssternen kränzt.*
> *Er ist so fein und zart und seine Art so lind,*
> *Daß er gleichwie die Seele durch die Glieder rinnt.*

Wie schön ist auch das Dichterwort:

> *Der schöne Vollmond ruhte nachts in meinen Armen,*
> *Indes die Sonne mir am Becherhimmel schwand.*
> *Ich schaute immer, wie das Feuer, dem die Perser*
> *Sich beugen, mir sich beugte von des Kruges Rand.*

Ein anderer sprach:

> *Er fließet durch die Glieder hin,*
> *Wie Heilung durch die Krankheit fließt.*

Und wieder ein anderer sang:

> *Ich staune, wie der Reben Presser starben*
> *Und uns des Lebens Wasser hinterließen.*

Und schöner als dies ist das Lied des Abu Nuwâs:[4]

> *Nun tadle mich nicht mehr! Der Tadel reizt zum Zorne.*
> *Nein, heile mich mit dem, das auch die Krankheit bringt,*

1. Die Trauben werden von Nichtmuslimen gekeltert. – 2. Der Mundschenk ist meist ein Sklave; und die Sklaven sind Kinder heidnischer Eltern. – 3. Die tanzende Morgensonne ist der Wein im Glase, über dem die Augen (das Gestirn der Zwillinge) des Schenken (der Mond des Dunkels) leuchten. – 4. Vgl. Band II, Seite 603, Anmerkung.

Mit ihm, dem goldnen Trank, vor dem die Sorgen weichen,
Von dem berührt, ein Stein sogar vor Freuden springt.
Wenn er in seinem Krug zu dunkler Nachtzeit nahet,
So strahlt von seinem Glanz im Haus ein heller Schein.
Dann kreist er bei den Mannen, die das Glück begünstigt;
Als ihrer Wünsche Ziel kehrt er bei ihnen ein,
Kredenzt von einer Maid in Kleidern eines Knaben,
Die Knabenfreund und Mädchenfreund mit Lieb erfüllt.
Und sprich zu dem, der sich der Wissenschaften rühmet:
Du kennst nur einen Teil; ein Teil ist dir verhüllt!

Doch am schönsten von allen sang Ibn el-Mu'tazz:[1]

Der Regen ströme reich auf das Zweistromland nieder
Und Dair 'Abdûn[2], das dort im Baumesschatten liegt!
Mich weckte dort zum Frühtrunk einst in alten Zeiten
Beim ersten Morgengrauen, eh der Vogel fliegt,
Der Sang der Klostermönche, die beim Gottesdienste
In schwarzen Kutten dort am frühen Morgen schrein.
Wie mancher Schöne unter ihnen schminkt die Augen
Und schließt verträumt das Weiße in die Lider ein!
Ein solcher kam zu mir, verhüllt vom Kleid des Dunkels,
Und eilte seinen Schritt voll Furcht und Ängstlichkeit.
Da legt ich meine Wange hin für ihn zum Teppich
In Demut und verbarg die Spur mit meinem Kleid.
Das Licht des Neumonds schien und hätt uns fast verraten;
Er glich dem Nagelspane, der vom Finger fiel.
Und was geschah, geschah; ich mag es nicht verkünden.
Doch denke Gutes nur, und frag danach nicht viel!

Vortrefflich war auch der Mann, der da sang:

Ich bin der reichste Mann der Welt
Und lebe froh in Saus und Braus.
Ich habe lauter flüssig Gold
Und messe es in Bechern aus.

1. Ein Dichterprinz aus dem Hause der Abbasiden, der von 861 bis 908 lebte. – 2. Ein Kloster in Mesopotamien.

Und wie schön ist das Dichterwort:
> *Bei Gott, dies ist die einzige Chemie,*
> *Was sonst darin gelehrt wird, das sind Lügen:*
> *Ein Quentchen Wein auf einen Zentner Gram*
> *Verwandelt ihn aufs schnellste in Vergnügen.*

So auch das Wort eines anderen:
> *Wenn leer die Gläser kommen, sind sie schwer,*
> *Bis man mit ungemischtem Wein sie füllt.*
> *Dann sind sie leicht und fliegen fast empor,*
> *Gleichwie der Leib, wenn er den Geist umhüllt.*

Und noch das Wort eines anderen:
> *Dem Becher und dem roten Wein sei hohe Ehre;*
> *Ihr Recht ist, daß man ihre Rechte nie beschränkt!*
> *Wenn ich gestorben bin, begrabt mich bei der Rebe,*
> *Auf daß ihr edler Saft mein tot Gebein noch tränkt!*
> *Begrabt mich aber nicht im trocknen Wüstensand;*
> *Mir graut es, den zu kosten, wenn mein Leben schwand.'*

So reizte er ihn zum Trinken unverwandt, indem er ihm die Tugenden des Weines rühmte, die er für schön befand; er trug ihm vor, was darüber bekannt war an Gedichten und heiteren Geschichten, bis Ma'rûf begann, am Rande des Bechers zu saugen, und glaubte, ihm könne nichts anderes mehr taugen. Immer wieder schenkte der Wesir ihm ein, während jener trank und fröhlich und guter Dinge war, bis ihm die Besinnung schwand und er den Unterschied zwischen Recht und Unrecht nicht mehr fand. Und als der Wesir bemerkte, daß die Trunkenheit in ihm den höchsten Grad erreicht, ja die Grenzen überschritten hatte, da sprach er zu ihm: ‚O Kaufmann Ma'rûf, bei Allah, ich wundere mich, woher du diese Juwelen erhalten hast, derengleichen sich nicht einmal bei den Perserkönigen finden. In unserem ganzen Leben haben wir noch keinen Kaufmann gesehen, der solche Reichtümer besäße wie du, auch keinen, der freigebiger wäre als du; dein Tun ist das

Tun von Königen, nicht das Tun von Kaufleuten. Ich beschwöre dich bei Allah, tu es mir kund, auf daß ich deinen wahren Wert und Rang erkenne!' Und er fuhr fort in ihn zu dringen und ihm zu schmeicheln, bis Ma'rûf, der keine Gewalt mehr über sich hatte, zu ihm sprach: ,Ich bin weder ein Kaufmann, noch gehöre ich zu den Königen', und ihm seine Geschichte von Anfang bis zu Ende erzählte. Darauf bat der Wesir ihn: ,Um Allahs willen, mein Gebieter Ma'rûf, zeige uns diesen Ring, auf daß wir sehen, wie er gefertigt ist!' In seiner Trunkenheit zog er den Ring vom Finger und sprach: ,Nehmt ihn und schaut ihn euch an!' Sofort nahm der Wesir ihn und wendete ihn hin und her, indem er sprach: ,Wird mir der Diener erscheinen, wenn ich den Ring reibe?' ,Jawohl,' antwortete Ma'rûf, ,reib ihn nur, dann kommt der Geist zu dir, und du kannst ihn dir ansehen!' So rieb der Wesir den Ring, und plötzlich rief eine Stimme: ,Zu Diensten, mein Gebieter! Verlange, so wird dir gegeben! Willst du eine Stadt vernichten oder eine Stadt aufbauen oder einen König töten? Was du nur immer verlangst, werde ich für dich tun ohne Widerrede.' Der Wesir aber zeigte auf Ma'rûf und sprach zu dem Geist: ,Heb diesen Elenden hoch und wirf ihn in der ödesten der Wüsteneien nieder, dort, wo er weder zu essen noch zu trinken findet, so daß er vor Hunger umkommt und elendiglich stirbt, ohne daß jemand um ihn weiß!' Da ergriff der Geist ihn und flog mit ihm zwischen Himmel und Erde dahin; als Ma'rûf das sah, fühlte er sicher, daß er in schlimmer Gefahr und dem Untergange nahe war, und er rief unter Tränen: ,O Abu es-Sa'adât, wohin willst du mich bringen?' Der gab ihm zur Antwort: ,Ich will dich im Wüsten Viertel[1] nie-

1. Mit dem ,Wüsten Viertel' ist wohl das ,Leere Viertel', die große Wüste im inneren Südarabien, gemeint.

derwerfen, o du leichtsinniger Narr! Wer gibt wohl, wenn er einen solchen Talisman besitzt, ihn den Leuten, damit sie ihn sich ansehen? Du verdienst, was dir widerfahren ist; und fürchtete ich nicht Allah, so würfe ich dich aus einer Höhe von tausend Klaftern nieder; und ehe du die Erde erreichtest, würden dich die Winde in Stücke reißen!' Ma'rûf schwieg und sprach kein Wort mehr zu ihm, bis sie im Wüsten Viertel ankamen; dort warf der Geist ihn nieder und kehrte um, nachdem er ihn in der trostlosen Einöde zurückgelassen hatte. – –«

Da bemerkte Schehrezâd, daß der Morgen begann, und sie hielt in der verstatteten Rede an. Doch als die *Neunhundertundneunundneunzigste Nacht* anbrach, fuhr sie also fort: »Es ist mir berichtet worden, o glücklicher König, daß der dienende Geist Ma'rûf mit sich nahm, ihn im Wüsten Viertel niederwarf und dann umkehrte, nachdem er ihn dort zurückgelassen hatte.

Wenden wir uns nun von ihm wieder zum Wesir! Als der im Besitze des Ringes war, sprach er zum König: ,Was dünkt dich nun? Habe ich dir nicht gesagt, daß dieser Mann ein Belüger und Betrüger ist? Du aber wolltest mir nicht glauben.' ,Du hast recht, mein Wesir,' erwiderte ihm der König, ,Allah gewähre dir Wohlergehen! Gib mir jetzt den Ring, damit auch ich ihn mir ansehe!' Aber der Wesir blickte auf ihn voll Grimm und spie ihm ins Angesicht und rief: ,O du Dummkopf! Wie werde ich ihn dir geben und dein Diener bleiben, nachdem ich dein Herr geworden bin? Nein, ich will dich überhaupt nicht mehr am Leben lassen!' Dann rieb er den Ring, und als der Geist erschien, befahl er ihm: ,Heb diesen frechen Burschen auf und wirf ihn an derselben Stätte nieder, an die du seinen Eidam, den Betrüger, geworfen hast!' Jener hob ihn auf und flog mit ihm davon. Doch der König sprach zu ihm: ,O Geschöpf Gottes, was ist meine Schuld?' Der Diener des Ringes antwortete ihm: ,Ich weiß es nicht; das hat mir nur mein Herr befohlen, und ich kann dem nicht zuwiderhandeln, der diesen Zauberring besitzt.' So flog er denn weiter mit ihm, bis er ihn an der Stätte niederwarf, an der Ma'rûf lag; dann kehrte er um und ließ ihn dort liegen. Der König hörte Ma'rûf weinen, und er trat zu ihm und berichtete ihm, was geschehen war. Da saßen nun die beiden und weinten über das Geschick, das sie betroffen hatte; und sie fanden weder Speise noch Trank.

Kehren wir jetzt zu dem Wesir zurück! Der machte sich auf, nachdem er Ma'rûf und den König beiseite geschafft hatte, und verließ den Garten; dann ließ er alle Krieger kommen, hielt eine Staatsversammlung ab und berichtete ihnen, was er mit Ma'rûf und mit dem König getan hatte; auch tat er ihnen kund, was es mit dem Ringe auf sich hatte, und sprach zu ihnen: ,Wenn ihr mich nicht zu eurem Sultan macht, so befehle ich dem Diener des Ringes, daß er euch alle forttträgt und in das Wüste Viertel wirft, und dort mögt ihr dann vor Hunger und Durst umkommen.' Sie erwiderten ihm: ,Tu uns kein Leid an! Wir sind es zufrieden, daß du Sultan über uns bist, und wir wollen deinem Befehl nicht ungehorsam sein.' So fügten sie sich wider ihren Willen darein, daß er ihr Sultan ward, und er verlieh ihnen Ehrengwänder; darauf begann er, von Abu es-Sa'adât alles zu verlangen, was er wollte, und der brachte es ihm auf der Stelle. Nachdem er sich dann auf den Thron gesetzt hatte und die Krieger ihm gehuldigt hatten, sandte er zu der Tochter des Königs und ließ ihr sagen: ,Mache dich bereit; ich will noch heute nacht zu dir eingehen, denn ich trage Verlangen nach dir!' Da hub sie an zu weinen voll Trauer über ihren Vater und ihren Gatten, und sie ließ dem Wesir durch den Boten sagen: ,Habe Geduld mit mir, bis die

Zeit der Witwenschaft[1] verstrichen ist; dann magst du den Ehevertrag mit mir schließen und in erlaubter Weise zu mir eingehen!' Doch er sandte wieder einen Boten zu ihr und ließ ihr sagen: ,Ich kenne keine Witwenzeit noch irgendwelche Saumseligkeit; ich brauche auch keinen Ehevertrag, ich mache keinen Unterschied zwischen Erlaubt und Unerlaubt, ich will nichts anderes, als heute nacht zu dir eingehen.' Darauf ließ sie ihm durch den Boten sagen: ,So sei mir willkommen! Es mag denn geschehen!' Aber das war nur eine List von ihr. Als nun die Antwort zum Wesir zurückkam, freute er sich, und die Brust ward ihm weit; denn er war von heißer Liebe zu der Prinzessin entbrannt. Darauf befahl er, allen Leuten Speisen vorzusetzen, und sprach: ,Esset von diesen Speisen; dies ist ein Hochzeitsmahl, denn ich will heute nacht zu der Prinzessin eingehen!' Doch der Scheich el-Islam sprach: ,Es ist dir nicht erlaubt, zu ihr einzugehen, ehe ihre Witwenzeit vollendet ist und du ihr den Ehevertrag hast niederschreiben lassen.' Jener rief: ,Ich kenne keine Witwenzeit, noch irgendwelche Saumseligkeit; also mache mir nicht viele Worte!' Da schwieg der Scheich el-Islam, aus Furcht vor seiner Bosheit, doch er sprach zu den Kriegern: ,Dies ist ein Ungläubiger, er hat weder Glauben noch Satzung!' Als es Abend war, ging der Wesir zu der Prinzessin hinein und fand sie mit ihren prächtigsten Gewändern angetan und mit dem schönsten Schmuck geschmückt. Sobald sie ihn erblickte, kam sie ihm lächelnd entgegen und sprach zu ihm: ,Eine gesegnete Nacht! Wenn du meinen Vater und meinen Gatten getötet hättest, so wäre mir das noch lieber gewesen.' Er antwortete ihr: ,Ich werde sie schon sicher zu Tode bringen.' Darauf ließ sie ihn sich setzen und begann mit ihm zu scherzen und ihm Liebe zu zeigen; und wie sie ihn so lieb-

1. Diese Zeit beträgt vier Monate und zehn Tage.

koste und ihm ins Angesicht lächelte, entfloh ihm der Verstand. Allein sie täuschte ihn durch ihre Liebkosungen nur deshalb, weil sie den Ring in ihre Gewalt bringen und seine Freude in Leid verwandeln wollte, das über sein Haupt[1] kommen sollte; und daß sie solches mit ihm tat, war nach der Weisung dessen, der da gesungen hat:

> *Ich hab durch meine List erreicht,*
> *Was man durch Schwerter nicht erringt,*
> *Und bin mit Beute heimgekehrt,*
> *Die manche süßen Früchte bringt.*

Als er ihre Liebkosungen und ihr Lächeln sah, entbrannte in ihm die Leidenschaft, und er verlangte, mit ihr in Liebe sich zu vereinen. Doch wie er sich ihr nahte, wich sie vor ihm zurück und weinte und sprach: ‚Mein Gebieter, siehst du nicht den Mann, der uns zuschaut? Um Allahs willen, verbirg mich vor seinem Auge! Wie kannst du dich in Liebe mit mir vereinen, wenn er uns zusieht?' Da rief er zornig: ‚Wo ist der Mann?' Und sie erwiderte: ‚Da ist er, im Stein des Siegelrings! Er steckt seinen Kopf heraus und schaut uns an.' So glaubte er denn, daß der Diener des Ringes ihnen beiden zusehe, doch er sprach lächelnd: ‚Fürchte dich nicht! Das ist der Diener des Ringes, und er ist mir untertan.' Darauf entgegnete sie: ‚Ich fürchte mich vor Geistern; tu den Ring ab und wirf ihn weit von mir weg!' So zog er den Ring vom Finger und legte ihn auf das Kissen. Als er aber sich ihr nahte, da versetzte sie ihm mit ihrem Fuße einen Tritt gegen seinen Leib, so daß er rücklings niederfiel und in Ohnmacht sank. Dann rief sie laut nach ihren Dienerinnen, und als die rasch zu ihr geeilt waren, befahl sie: ‚Ergreift ihn!' Nachdem vierzig Sklavinnen ihn gepackt hatten, nahm sie in aller Hast den Ring von dem Kissen und

[1] Wörtlich: die Mutter seiner Stirnlocke.

rieb ihn. Sofort erschien Abu es-Sa'adât vor ihr und sprach: ‚Zu Diensten, meine Herrin!' Sie sagte: ‚Heb diesen Ungläubigen auf, wirf ihn in den Kerker und lege ihm schwere Fesseln an!' Der Geist nahm ihn, und nachdem er ihn in den Kerker des Zornes geworfen hatte, kehrte er zurück und meldete ihr: ‚Ich habe ihn ins Gefängnis gebracht.' Nun fragte sie ihn: ‚Wohin hast du meinen Vater und meinen Gatten geschafft?' Und er antwortete: ‚Ich habe sie im Wüsten Viertel niedergeworfen.' Da rief sie: ‚Ich befehle dir, sie augenblicklich zu mir zu bringen.' ‚Ich höre und gehorche!' erwiderte er und flog fort von ihr; und er schwebte rasch dahin, bis er im Wüsten Viertel ankam. Dort ließ er sich zu den beiden hinab und fand sie, wie sie weinend dasaßen und einander ihr Leid klagten; und er sprach zu ihnen: ‚Fürchtet euch nicht! Euch ist die Rettung genaht.' Dann berichtete er ihnen, was der Wesir getan hatte, und schloß mit den Worten: ‚So habe ich ihn denn auf ihren Befehl mit eigener Hand ins Gefängnis geworfen, und dann hat sie mir geboten, euch zurückzubringen.' Über diese Nachricht waren die beiden erfreut; er aber hob sie empor und flog mit ihnen dahin, und es dauerte nur eine kleine Weile, da trat er schon mit ihnen zur Prinzessin ein. Sie erhob sich und begrüßte ihren Vater und ihren Gatten; und nachdem sie die beiden gebeten hatte, sich zu setzen, und ihnen Speisen und Süßigkeiten hatte bringen lassen, verbrachten sie dort die Nacht. Am nächsten Morgen kleidete sie ihren Vater in ein prächtiges Gewand, desgleichen auch ihren Gatten, und dann hub sie an: ‚Lieber Vater, setze dich wieder auf deinen Thron als König, wie du es früher gewesen bist, und mache meinen Gatten zu deinem Wesir der rechten Hand; den Truppen aber sage, was geschehen ist! Dann laß den Wesir aus dem Kerker holen und hinrichten; darauf laß ihn verbrennen! Denn er ist ein Ungläubiger und wollte meine Liebe genießen, ohne die Ehe zu schließen, und so hat er wider dich selbst Zeugnis abgelegt, daß er ein Ungläubiger ist und keinen Glauben hat, dem er anhängt. Deinen Eidam aber, den du zu deinem Wesir der Rechten machst, laß dir angelegen sein!' ,Ich höre und willfahre, liebe Tochter,' antwortete er ihr, ,doch gib mir den Ring oder gib ihn deinem Gatten!' Aber sie entgegnete ihm: ,Er ist nicht gut für dich, noch auch für ihn. Der Ring bleibe bei mir; vielleicht hüte ich ihn besser als ihr. Was ihr nur wünschet, das verlangt von mir, und ich will es für euch von dem Diener des Ringes verlangen! Fürchtet nichts Schlimmes, solange ich am Leben bleibe; nach meinem Tode tut mit dem Ringe, was euch beliebt!' Ihr Vater sprach zu ihr: ,Dies ist der rechte Rat, liebe Tochter', und dann nahm er seinen Eidam mit sich und begab sich in den Staatssaal. Nun hatten die Truppen die Nacht verbracht in schwerem Kummer um die Prinzessin und wegen dessen, was der Wesir ihr antun wollte, um ihre Liebe zu genießen, ohne die Ehe zu schließen, und auch deshalb, weil er an dem König und seinem Eidam so übel gehandelt hatte; und sie befürchteten, das heilige Gesetz des Islams möchte zuschanden werden, da es sich gezeigt hatte, daß der Wesir ein Ungläubiger war. Deshalb hatten sie sich im Staatssaal versammelt und begannen, dem Scheich el-Islam Vorwürfe zu machen, indem sie zu ihm sprachen: ,Warum hast du ihn nicht daran gehindert, daß er zu der Prinzessin in Unzucht einging?' Da erwiderte er ihnen: ,Ihr Leute, der Mann ist ein Ungläubiger; doch er hat den Ring in seine Gewalt bekommen, und wir alle, ich und ihr, vermögen nichts wider ihn auszurichten. Allah der Erhabene wird ihm sein Tun vergelten; nun schweigt, damit er euch nicht umbringt!' Während die Truppen im Staatssaale versammelt und in diesem

Gespräch begriffen waren, trat plötzlich der König zu ihnen in den Saal ein, und mit ihm sein Eidam Ma'rûf. - -«

Da bemerkte Schehrezâd, daß der Morgen begann, und sie hielt in der verstatteten Rede an. Doch als die *Tausendste Nacht* anbrach, fuhr sie also fort: »Es ist mir berichtet worden, o glücklicher König, daß die Truppen sich im Übermaße ihres Zornes im Staatssaale versammelten und über den Wesir redeten und über das, was er dem König und seinem Eidam und seiner Tochter angetan hatte, und daß dann plötzlich der König zu ihnen in den Saal eintrat und mit ihm sein Eidam Ma'rûf. Als die Truppen ihn sahen, freuten sie sich über sein Kommen, und sie erhoben sich und küßten den Boden vor ihm. Dann setzte er sich auf den Thron, und wie er ihnen die Geschichte erzählte, wich von ihnen, was sie quälte. Darauf befahl er, die Stadt zu schmücken, und er ließ den Wesir aus dem Kerker holen; als der bei den Truppen vorbeigebracht wurde, verfluchten und schmähten und schalten sie ihn so lange, bis er vor dem König ankam. Als er nun vor dem König stand, befahl der, ihn in schmählichster Weise hinzurichten; und nachdem man ihn hingerichtet hatte, verbrannte man ihn, so daß er ins Höllenfeuer fuhr voll Schmach; und trefflich sagte von ihm, der da sprach:

Seine Beingruft finde keine Gnade beim Erbarmungsreichen,
Und die beiden Todesengel mögen niemals von ihr weichen!

Der König machte dann Ma'rûf zu seinem Wesir der Rechten, und nun geschah es, daß die Zeiten ihnen Freude machten und heitere Wonnen ihnen lachten und sie fünf Jahre in dieser Weise verbrachten. Im sechsten Jahre aber starb der König; da setzte die Prinzessin ihren Gatten zum Sultan ein an ihres Vaters Stelle; aber den Ring gab sie ihm nicht. Während dieser Zeit hatte sie von ihm empfangen und einen Knaben zur Welt gebracht, ein Kindlein von wundersamer Lieblichkeit und von hoher Schönheit und Vollkommenheit, der bei den Pflegerinnen zärtliche Fürsorge fand, bis er im Alter von fünf Jahren stand. Doch da ward seine Mutter von einer tödlichen Krankheit befallen, und sie rief Ma'rûf und sprach zu ihm: ,Ich bin krank.' ,Gott schütze dich, Geliebte meines Herzens!' erwiderte er ihr; und sie fuhr fort: ,Vielleicht werde ich sterben; es ist nicht nötig, daß ich deinen Sohn deiner Sorge empfehle, nur das möchte ich dir ans Herz legen, daß du den Ring hütest, da ich um dich und um den Knaben besorgt bin.' Darauf sagte er: ,Wen Allah behütet, dem wird kein Leid widerfahren.' Doch sie zog den Ring vom Finger und gab ihn ihm. Am nächsten Tage ging sie ein zur Barmherzigkeit Allahs des Erhabenen; er aber widmete sich als König weiter den Geschäften des Herrschers. Da begab sich eines Tages das folgende Ereignis. Er hatte das Tuch der Entlassung geschüttelt, und die Truppen hatten sich aus seiner Gegenwart in ihre Wohnungen zurückgezogen; dann trat er in sein Wohngemach und setzte sich dort nieder, bis der Tag zur Rüste ging und die Nacht alles mit ihrem Dunkel umfing. Nun kamen seine Tischgenossen von den Vornehmen nach ihrer Gewohnheit zu ihm und blieben bis zur Mitternacht bei ihm, um mit ihm heiter und guter Dinge zu sein; und nachdem sie ihn um Erlaubnis gebeten hatten, sich zurückzuziehen, gab er ihnen Urlaub, und sie gingen fort von ihm in ihre Häuser. Darauf kam eine Sklavin zu ihm, deren Dienst es war, sein Lager zu bereiten, und sie breitete ihm die Kissen, nahm ihm seine Gewandung ab und legte ihm die Nachtgewänder an. Als er sich niedergelegt hatte, knetete sie ihm die Füße, bis ihn der Schlaf überkam; dann verließ sie ihn, begab sich in ihr Schlafgemach und legte sich zur Ruhe nieder. Also tat sie; aber sehen wir nun, was mit dem König Ma'rûf geschah! Während er schlief, fühlte er plötzlich ganz unvermutet etwas neben sich im Bett, und er fuhr erschrocken auf und rief: ‚Ich nehme meine Zuflucht zu Allah vor dem verfluchten Satan!' Als er jedoch die Augen öffnete, sah er neben sich eine Frau, die häßlich anzuschauen war, und er fragte sie: ‚Wer bist du?' Sie erwiderte: ‚Fürchte dich nicht, ich bin deine Gattin Fâtima das Scheusal.' Da schaute er ihr ins Antlitz und erkannte sie an ihrem scheußlichen Aussehen und ihren langen Eckzähnen. Er fragte weiter: ‚Wie kommst du zu mir? Wer hat dich in dies Land gebracht?' Sie entgegnete ihm: ‚In welchem Lande bist du denn jetzt?' ‚In der Stadt Ichtijân[1] el-Chotan. Und wann hast du Kairo verlassen?' ‚Eben jetzt.' ‚Wie kann das sein?' Da erzählte sie: ‚Wisse, als ich mich mit dir überworfen und dich bei den Machthabern verklagt hatte, weil der Satan mir einflüsterte, dir zu schaden, da suchte man dich, aber man fand dich nicht mehr; und die Kadis fragten nach dir, doch sie bekamen dich nicht zu sehen. Nachdem aber zwei Tage verstrichen waren, packte mich die Reue, und ich sah ein, daß die Schuld an mir lag; allein die Reue nützte mir nichts. So saß ich denn eine Reihe von Tagen da und weinte um deinen Verlust, bis alles, was ich noch hatte, zur Neige ging und ich gezwungen war zu betteln, um mein Leben zu fristen. Und ich begann bei allen zu betteln, bei Reichen, die voll Neid betrachtet werden, und bei Armen, die verachtet werden; seit du mich verlassen hast, aß ich durch schimpfliches Betteln mein Brot und war in der allerärgsten Not. Jede Nacht saß ich da und weinte um deinen Verlust und um alles, was ich seit deinem Fortgehen erdulden mußte an Schmach und Niedrigkeit, an Elend und Herzeleid.' So berichtete sie ihm, wie es ihr ergangen war, während er sie

[1]. Im Arabischen auch hier: Chitân; vgl. oben Seite 615, Anmerkung.

voll Entsetzen anstarrte, bis sie sprach: ‚Gestern irrte ich den ganzen Tag bettelnd umher, aber niemand gab mir etwas; jedesmal, wenn ich an jemanden herantrat, um ein Stück Brot von ihm zu erbetteln, schmähte er mich, ohne mir etwas zu geben. Und als die Nacht anbrach, blieb ich ohne Nachtmahl; da brannte der Hunger in mir, und alles, was ich erduldet hatte, drückte mich schwer. Während ich weinend dasaß, erschien plötzlich eine Gestalt vor mir und fragte mich: ‚Weib, warum weinst du?' Ich erwiderte: ‚Einst hatte ich einen Gatten, der für mich sorgte und meine Wünsche erfüllte; aber der ist jetzt für mich verloren, und ich weiß nicht, wohin er gegangen ist; und seit er mich verlassen hat, habe ich viel Not gelitten.' Die Gestalt fragte weiter: ‚Wie heißt dein Gatte?' ‚Sein Name ist Ma'rûf', antwortete ich; und jener sagte darauf: ‚Den kenne ich. Wisse, dein Gatte ist jetzt Sultan in einer Stadt, und wenn du wünschest, daß ich dich zu ihm bringe, will ich es gern tun.' Da bat ich ihn: ‚Erbarme dich meiner und bringe mich zu ihm!' Und alsbald hob er mich auf und schwebte mit mir zwischen Himmel und Erde dahin, bis er mich in dies Schloß brachte; da sprach er: ‚Tritt in dies Gemach ein, dort wirst du deinen Gatten schlafend auf dem Lager finden!' So trat ich denn ein und sah dich in all dieser Herrlichkeit. Ach, ich hätte nie gedacht, daß du mich verlassen würdest, da ich doch deine Gefährtin bin! Aber Preis sei Allah, der mich wieder mit dir vereinigt hat!' Doch Ma'rûf entgegnete ihr ‚Hab ich dich verlassen, oder warst du es, die mich verließ? Und du hast mich verklagt von Kadi zu Kadi, und schließlich hast du sogar beim obersten Gerichtshofe Klage wider mich geführt und mir den Abu Tabak aus der Burg nachgehetzt; da mußte ich wider meinen Willen fliehen.' Dann erzählte er ihr von dem, was er seitdem erlebt hatte, wie er Sultan geworden war und sich mit der Prinzessin vermählt hatte; auch tat er ihr kund, daß seine Gemahlin gestorben war und ihm einen Sohn hinterlassen hatte, der sieben Jahre zählte. Darauf sagte sie: ‚Was geschehen ist, das war von Allah dem Erhabenen vorherbestimmt; schon längst habe ich es bereut, und du hab Erbarmen mit mir und verlaß mich nicht, sondern gestatte, daß ich bei dir mein Brot als Almosen esse!' Und sie demütigte sich vor ihm so lange, bis sein Herz Mitleid für sie empfand; da sprach er zu ihr: ‚Kehre dich reuig von der Bosheit ab und bleibe bei mir; dir soll nichts geschehen, als was dich erfreut! Wenn du aber irgend etwas Böses tust, so werde ich dich töten, ohne daß ich jemanden zu fürchten brauche. Glaube nicht, daß du mich beim obersten Gerichtshofe verklagen kannst oder daß Abu Tabak von der Burg über mich kommt; denn ich bin Sultan geworden, und das Volk fürchtet mich, während ich niemanden fürchte als Allah den Erhabenen. Ich habe einen Zauberring; wenn ich den reibe, so erscheint der Diener des Ringes, Abu es-Sa'adât geheißen, und bringt mir alles, was ich von ihm verlange. Willst du nun in deine Stadt zurückkehren, so werde ich dir so viel geben, daß es dir dein ganzes Leben lang genügt, und dich eilends in deine Heimat entsenden. Willst du jedoch lieber bei mir bleiben, so will ich dir ein Schloß einräumen und es für dich mit den erlesensten Seidenstoffen ausstatten; auch werde ich dir zwanzig Sklavinnen bestimmen, die dich bedienen sollen, und dir feine Speisen und prächtige Kleider senden lassen, so daß du einer Königin gleich wirst, und du sollst das herrlichste Leben führen, bis du stirbst oder ich sterbe. Was sagst du dazu?' ‚Ich möchte bei dir bleiben', erwiderte sie und küßte ihm die Hand, indem sie ihre Bosheit bereute. So wies er ihr denn ein Schloß an, ganz für sich allein, und beschenkte sie mit Sklavinnen und Eunuchen, und sie ward einer Königin gleich. Der junge Prinz pflegte sie zu besuchen, wie er seinen Vater besuchte; aber sie haßte ihn, weil er nicht ihr Sohn war, und als der Knabe an ihr das Auge des Zornes und der Abneigung sah, mied er sie und hatte Widerwillen gegen sie. Derweilen gab Ma'rûf sich der Liebe zu schönen Odalisken hin und dachte nicht mehr an seine Gattin Fâtima das Scheusal; denn sie war nun grau und alt und von abscheulicher Gestalt, ein kahlköpfiges Weib, häßlicher als die Schlange mit scheckigem Leib, und sie hatte ihn doch auch einst über alle Maßen schlecht behandelt. Und im Sprichwort heißt es: Durch schlechte Behandlung wird die Wurzel des Wünschens abgemäht und Haß auf das Land der Herzen gesät. Vortrefflich war der Mann, der da sprach:

> *Bemühe dich, den Herzen Leiden zu ersparen!*
> *Nach der Entfremdung wird die Umkehr ihnen schwer.*
> *Denn sind die Herzen erst der Liebe ganz entfremdet,*
> *Sind sie wie ein zersprungenes Glas – es heilt nicht mehr.*

Ma'rûf nahm sie auch nicht wegen einer löblichen Eigenschaft auf, die sie besessen hätte, sondern er behandelte sie ehrenvoll, da er das Wohlgefallen Allahs des Erhabenen zu gewinnen suchte.«

Hier unterbrach Dinazâd ihre Schwester Schehrezâd mit den Worten: »Wie sehr können diese Reden entzücken, die stärker als Zauberblicke die Herzen berücken! Wie schön sind diese seltsamen Geschichten mit ihren wunderbaren Berichten!« Schehrezâd erwiderte ihr: »Was ist all dies im Vergleich zu dem, was ich euch in der kommenden Nacht erzählen werde, wenn ich noch am Leben bin und der König mich verschont!« Als dann der Morgen sich erhob und die Welt mit seinen leuchtenden Strahlen durchwob, erwachte der König mit freier Brust und gespannt auf das Ende der Geschichte. Und er sprach bei sich selber: »Bei Allah, ich will sie nicht töten, bis ich das Ende ihrer Geschichte gehört habe.« Darauf ging er in seinen Staatssaal, und der Wesir kam wie immer mit dem Totenlaken unter dem Arm. Nachdem der König unter dem Volke den ganzen Tag über seines Amtes gewaltet hatte, begab er sich in seinen Frauenpalast und ging hinein zu seiner Gemahlin Schehrezâd, der Tochter des Wesirs, wie er es gewohnt war.

Schehrezâd hatte ja bemerkt, daß der Morgen begann, und hielt damals in der verstatteten Rede an. Doch als die *Tausendunderste Nacht* anbrach, die *letzte Nacht* dieses Buches, und als der König in seinen Frauenpalast geschritten und zu seiner Gemahlin Schehrezâd, der Tochter des Wesirs, hineingegangen war, sprach ihre Schwester Dinazâd zu ihr: »Erzähle uns die Geschichte von Ma'rûf zu Ende!« Sie antwortete: »Herzlich gern, wenn der König mir erlaubt zu erzählen.« Da sagte der König zu ihr: »Ich erlaube dir zu erzählen; denn ich bin begierig, das Ende zu hören.« So fuhr sie denn fort: »Es ist mir berichtet worden, o glücklicher König, daß König Ma'rûf sich nicht mehr um die Ehe mit seiner Frau kümmerte, sondern sie ernährte, indem er auf den Lohn Allahs des Erhabenen hoffte. Doch als sie sah, daß er sich von ihrer Umarmung fernhielt und sich anderen zuwandte, begann sie ihn zu hassen, und die Eifersucht gewann Gewalt über sie, und der Teufel flüsterte ihr ein, sie solle ihm den Ring entwenden und ihn töten und sich selbst zur Königin an seiner Statt machen. Deshalb machte sie sich eines Nachts auf und verließ ihr Schloß, um sich in das Schloß zu begeben, in dem ihr Gatte, der König Ma'rûf, wohnte. Nun traf es sich nach dem Ratschluß, den die Vorsehung für gut befand, und dem Geschick, wie es geschrieben stand, daß Ma'rûf bei einer seiner Odalisken ruhte einer Maid von Schönheit und Lieblichkeit und des Wuchses Ebenmäßigkeit. Und er pflegte in seiner schönen Frömmigkeit den Ring von seinem Finger zu ziehen, wenn er bei einer Odaliske zu ruhen gedachte, aus Ehrfurcht vor den heiligen Namen, die darauf geschrieben standen, und ihn erst nach der Reinigung wieder anzulegen. Und seine Frau, Fâtima das Scheusal, verließ damals ihre Wohnung erst, nachdem sie erfahren hatte, daß er vor dem Beilager den Ring vom Finger zu ziehen und auf den Kissen liegen zu lassen pflegte bis zur Reinigung. Ferner war es seine Gewohnheit, nach dem Beilager der Odaliske zu befehlen, sie solle ihn verlassen, da er um den Ring besorgt war. Wenn er dann zum Bade ging, so verschloß er die Tür des Gemaches, bis er aus dem Bade zurückkehrte, den Ring nahm und wieder anlegte; darauf konnte ein jeder ungehindert in das Zimmer eintreten. Von alledem wußte Fâtima, und deshalb hatte sie sich bei Nacht fortgeschlichen, um zu ihm in das Gemach einzudringen, während er in tiefem Schlafe lag, und ihm den Ring zu stehlen, ohne daß er sie sähe. Als sie sich fortschlich, war gerade zufällig der Sohn des Königs ins geheime Kämmerlein gegangen, um im Dunkeln ein Bedürfnis zu verrichten; und er hockte dort ohne Licht über dem Loch in der Marmorplatte nieder, nachdem er die Tür offen gelassen hatte. Wie nun Fâtima aus ihrem Schloß fortgegangen war, sah er sie auf das Schloß seines Vaters zueilen, und er sprach bei sich: ‚Warum hat wohl diese Hexe ihr Schloß im Schatten der Dunkelheit verlassen? Warum sehe ich sie nach dem Schlosse meines Vaters schleichen? Das muß sicher einen eigenen Grund haben.' Darauf ging er hinter ihr her und folgte ihrer Spur, ohne daß sie ihn sah. Er trug aber ein kurzes Damaszenerschwert, und er ging nie in den Staatssaal seines Vaters, ohne sich mit jenem Schwert umgürtet zu haben, da es ihm so teuer war. Wenn sein Vater ihn damit sah, so pflegte er wohl über ihn zu lächeln und zu rufen: ‚Wunder

Gottes! Dein Schwert ist ja prächtig, mein Sohn. Aber du bist mit ihm noch nicht in den Krieg gezogen und hast auch noch keinen Kopf mit ihm abgeschlagen.' Dann antwortete der Knabe ihm: ‚Ich werde sicherlich noch einmal mit ihm ein Haupt abschlagen, das die Köpfung verdient.' Über seine Worte pflegte der König zu lachen. Wie er nun der Frau seines Vaters nachging, zog er das Schwert aus der Scheide und folgte der Alten, bis sie in das Gemach des Königs hineinschlich. Er blieb an der Tür des Gemaches stehen und beobachtete sie; da sah er, wie sie umhersuchte, indem sie sprach: ‚Wohin hat er wohl den Ring gelegt?' So wußte er, daß sie nach dem Ringe suchte, und wartete ab, bis sie ihn gefunden hatte, und sagte: ‚Da ist er!' Sie nahm ihn an sich und wollte heimlich forteilen, während er hinter der Tür verborgen war. Nachdem sie aus der Tür herausgetreten war, schaute sie den Ring an und wandte ihn in der Hand hin und her, und gerade wollte sie ihn reiben, da erhob er den Arm mit dem Schwerte und traf sie auf den Nacken. Sie stieß einen einzigen Schrei aus und sank tot nieder. Ma'rûf erwachte und sah seine Frau am Boden liegen, von Blut überströmt, und seinen Sohn mit gezücktem Schwert in der Hand dastehen. ‚Was bedeutet dies, mein Sohn?' fragte er; und jener antwortete: ‚Mein Vater, wie oft hast du zu mir gesagt: ‚Dein Schwert ist ja prächtig; aber du bist mit ihm noch nicht in die Schlacht gezogen und hast noch keinen Kopf mit ihm abgeschlagen!' Und ich antwortete dir dann: ‚Ich werde sicherlich noch einmal mit ihm ein Haupt abschlagen, das die Köpfung verdient.' Siehe da, jetzt habe ich für dich ein Haupt abgeschlagen, das die Köpfung wahrlich verdiente!' Und er berichtete ihm, was sie getan hatte. Da suchte Ma'rûf nach dem Ringe, aber er konnte ihn nicht finden; erst nachdem er lange an ihren Gliedern gesucht hatte, sah er, daß ihre Hand über ihm geschlossen war. Dann nahm er den Ring aus ihrer Hand und sprach zu dem Prinzen: ‚Du bist mein rechter Sohn, unstreitig und ohne Zweifel. Allah gebe dir Frieden in dieser und in jener Welt, wie du mir Frieden vor dieser Ruchlosen gebracht hast! Sie hat sich durch ihr eigenes Tun zugrunde gerichtet; und vortrefflich war der Mann, der da sprach:

> *Wenn Gottes Hilfe einem Mann zur Seite steht,*
> *So wird ihm der Erfolg in allen Dingen blühn.*
> *Doch wenn von Gott dem Menschen keine Hilfe wird,*
> *So schadet ihm zuerst sein eigenes Bemühn.*

Dann rief König Ma'rûf laut nach einigen seiner Diener; die kamen herbeigeeilt, und er berichtet ihnen, was seine Frau, Fâtima das Scheusal, getan hatte. Darauf befahl er ihnen, ihre Leiche zu nehmen und bis zum Morgen beiseite zu legen. Sie taten, wie er sie geheißen hatte. So beauftragte er denn einige Eunuchen mit ihrer Herrichtung, und die wuschen sie, hüllten sie in das Totenlaken, hielten ein Leichenbegängnis und begruben sie. So war ihr Kommen aus Kairo nur eine Fahrt zu ihrem Grabe. Vortrefflich war der Mann, der da sprach:

> *Wir gehen einen Pfad, der für uns vorgesehen;*
> *Und wem ein Pfad beschieden ist, der muß ihn gehen.*
> *Und droht an einer Stätte einem ein Verderben,*
> *So wird er nur gerad an dieser Stätte sterben.*

Und wie schön ist das Dichterwort:

> *Wenn ich nach einem Lande zieh und Gutes suche,*
> *So weiß ich niemals, was von beiden mir dort naht:*
> *Ob es das Gute ist, das ich im Sinne habe;*
> *Ob es das Böse ist, das mich im Sinne hat.*

Nun ließ König Ma'rûf den Ackersmann kommen, dessen Gast er auf seiner Flucht gewesen war; und als der vor ihm erschienen war, machte er ihn zum Wesir der Rechten und zu seinem Ratgeber. Als er dann erfuhr, daß jener eine Tochter hatte von herrlicher Schönheit und Lieblichkeit und von edler Sittsamkeit, von einem Wesen voll Vornehmheit und von hoher Würdigkeit, so vermählte er sich mit ihr; und nach einer Weile vermählte er auch seinen Sohn. Sie führten noch eine Weile das herrlichste Leben, indem die Zeiten ihnen Freude machten und alle Wonnen ihnen lachten, bis Der zu ihnen kam, der die Freuden schweigen heißt und die Freundesbande zerreißt, der da gebietet, daß blühende Städte in der Einöde verschwinden und daß Söhne und Töchter ihre Eltern nicht mehr finden. Preis aber sei Ihm, dem Lebendigen, der nie dem Tode verfällt und der die Schlüssel der sichtbaren und unsichtbaren Welt in den Händen hält!«

SCHLUSS

Nun hatte Schehrezâd in dieser Zeit dem König drei Knaben geboren, und als sie diese letzte Geschichte beendet hatte, erhob sie sich, küßte dann den Boden vor dem König und sprach zu ihm: »O größter König unserer Zeit, im ganzen Jahrhundert einzigartig weit und breit, siehe, ich bin deine Magd, und ich habe dich nun tausendundeine Nacht hindurch unterhalten mit Geschichten aus der Vergangenheit und lehrreichen Beispielen aus früherer Zeit. Darf ich jetzt an deine Majestät einen Wunsch richten und mir von dir eine Gnade erbitten?« Der König erwiderte ihr: »Bitte, es soll dir gewährt sein, o Schehrezâd!« Da rief sie die Ammen und die Eunuchen und sprach zu ihnen: »Bringet meine Kinder!« Jene brachten die Kinder in Eile; es waren drei Knaben, einer von ihnen ging, der andere kroch, und der dritte lag an der Brust. Und als sie nun bei ihr waren, nahm sie alle drei und brachte sie vor den König, küßte den Boden vor ihm und sprach: »O größter König unserer Zeit, dies sind deine Kinder, und ich flehe dich an, daß du mir den Tod erlässest um dieser unmündigen Knaben willen. Wenn du mich tötest, so sind diese Kleinen ohne Mutter, und sie werden unter den Frauen keine finden, die sie in rechter Weise erzieht.« Da weinte der König und drückte die Knaben an seine Brust. Und er sprach: »O Schehrezâd, bei Allah, ich hatte dich schon freigesprochen, ehe diese Kinder kamen; denn ich habe dich als keusch und rein, edel und fromm erfunden. Allah segne dich und deinen Vater und deine Mutter, deine Wurzel und deinen Zweig! Und ich rufe Allah zum Zeugen wider mich an, daß ich dich freigesprochen habe von allem, was dir schaden kann.« Nun küßte sie ihm die Füße und freute sich über die Maßen und sprach zu ihm: »Allah schenke dir ein langes Leben und mehre deine Majestät und deine Würde!« Alsbald verbreitete sich die Freude im Schlosse des Königs, und sie strömte auch durch die ganze Stadt. Jene Nacht zählte zum irdischen Leben nicht, und ihre Farbe war weißer als des Tages helles Angesicht. Am anderen Morgen erhob sich der König, von Freude berückt und über die Maßen beglückt; dann ließ er alle Krieger kommen und verlieh dem Wesir, dem Vater Schehrezâds, ein prächtiges, kostbares Ehrengewand, indem er zu ihm sprach: »Allah schütze dich dafür, daß du mir deine edle Tochter zur Gemahlin gegeben hast, sie, die der Anlaß war, daß ich mich vom Töten der Töchter des Volkes abgewandt habe. Ich habe sie als edel und rein, keusch und tugendhaft erfunden; und Allah hat mir durch sie drei Söhne geschenkt. Preis sei Ihm für diese reiche Huld!« Darauf verlieh er Ehrengewänder an all die Wesire und Emire und Großen des Reiches und befahl, daß die Stadt dreißig Tage lang geschmückt werden sollte; und er gab

Weisung, daß keiner von den Bewohnern der Stadt etwas von seinem eigenen Gelde ausgeben solle, sondern alle Kosten und Ausgaben sollten aus dem Schatze des Königs bestritten werden. So schmückten sie denn die Stadt in herrlichster Weise wie nie zuvor; die Trommeln wurden geschlagen, und die Flöten wurden geblasen, und alle Spielleute trieben ihre Kurzweil, während der König reiche Gaben und Spenden an sie austeilte und den Armen und Bedürftigen Almosen gab, und alle seine Untertanen, alles Volk seines Reiches mit seiner Huld umfaßte. Und er lebte mit dem Volke seines Reiches in Glück und Seligkeit, in Freuden und Fröhlichkeit, bis Der zu ihnen kam, der die Freuden schweigen heißt und die Freundesbande zerreißt. Preis sei Ihm, über den der Kreislauf der Zeiten keine Macht der Vernichtung hat, dem nie etwas von allem Wandel naht; den nie ein Ding von einem andern Ding abwendet, der einzig ist, in sich vollendet! Und Segen und Heil ruhe auf dem Verkünder Seiner Herrlichkeit, dem Auserwählten unter Seinen Geschöpfen, unserem Herrn Mohammed, zum Herrn der Menschheit ausersehen, durch den wir zu Gott um ein seliges Ende flehen!

ANHANG:
ZUR ENTSTEHUNG UND GESCHICHTE
VON TAUSENDUNDEINER NACHT

DIE ÜBERTRAGUNG
AUS DEM ARABISCHEN

Im Jahre 1918 ward mir vom Insel-Verlag der Auftrag zuteil, die frühere Insel-Ausgabe von Tausendundeiner Nacht, die von Felix Paul Greve auf Grund der Burtonschen englischen Ausgabe besorgt war, mit der Calcuttaer Ausgabe vom Jahre 1839 zu vergleichen und nach ihr zu verbessern. Bei der Herstellung des ersten Bandes der vorliegenden Übersetzung suchte ich diesen Grundsatz durchzuführen, indem ich Übersetzungsfehler verbesserte, den Stil im allgemeinen dem arabischen Erzählungsstile näher anzupassen versuchte, ferner alle Stellen mit Reimprosa und alle Gedichte neu übersetzte. Vom zweiten Bande an jedoch habe ich eine vollständig neue Übersetzung niedergeschrieben, bei der ich öfters die Grevesche Übertragung mit Nutzen zu Rate gezogen habe. Meine Übersetzung wird auf dem Titel bezeichnet als »Vollständige deutsche Ausgabe in sechs Bänden. Zum ersten Mal nach dem arabischen Urtext der Calcuttaer Ausgabe vom Jahre 1839 übertragen«. Dieser Titel ist zu rechtfertigen. Es sind zwar schon früher deutsche Übersetzungen aus dem Arabischen veröffentlicht worden, von denen besonders die von Weil (Stuttgart und Pforzheim 1839 bis 1842) und die von Henning (in Reclams Universal-Bibliothek, Schlußwort vom 30. November 1897) hervorzuheben sind. Weil legte die erste Bulaker und die Breslauer Ausgabe[1] zugrunde sowie eine Gothaer Handschrift, Henning übersetzte nach einer späteren Bulaker Ausgabe und fügte die nicht darin enthaltenen Geschichten nach anderen Ausgaben hinzu, so viele ihrer damals bekannt waren. Beide Übersetzungen sind aber nicht in jeder Hinsicht vollständig;

1. Über die arabischen Ausgaben siehe unten Seite 657 f.

manche Stellen des Originals sind in ihnen ausgelassen oder geändert, und Henning hat die Hälfte der Gedichte nicht übersetzt, da, wie er selbst sagt, »eine prosaische Wiedergabe derselben sie nur zu einem wertlosen Ballast macht«. Die vorliegende Übertragung nun ist eine nach menschlichem Vermögen getreue Wiedergabe des gesamten Textes der zweiten Calcuttaer Ausgabe und ist die erste deutsche Wiedergabe dieser Art. Diese Ausgabe liegt also zugrunde; daneben ist eine der Kairoer Ausgaben, die im allgemeinen denselben Text bieten, durchgängig verglichen worden, besonders bei Fehlern und zweifelhaften Stellen, und zwar eine vierbändige Ausgabe vom Jahre 1325 der Hidschra (= 1907 n. Chr.). Wo die Calcuttaer und die Kairoer Ausgabe Fehler haben, ist auch die Breslauer Ausgabe zu Rate gezogen. Die Abweichungen von der Calcuttaer Ausgabe sind als solche gekennzeichnet. Einige größere Ergänzungen sind gemacht worden, wie in der ersten Insel-Übersetzung, weil ja mehrere der bekanntesten und beliebtesten Geschichten von Tausendundeiner Nacht nicht in den orientalischen Drucken enthalten sind. Dies sind die folgenden:

BAND II: Die Geschichte von 'Alâ ed-Dîn und der Wunderlampe; nach einer von Zotenberg herausgegebenen Pariser Handschrift. Die Geschichte von Ali Baba und den vierzig Räubern; nach einer von Macdonald herausgegebenen Oxforder Handschrift.

BAND III: Die Geschichte von dem Prinzen Ahmed und der Fee Perî Banû; nach Burton. Die Geschichte von Abu el-Hasan oder dem erwachten Schläfer; nach der Breslauer Ausgabe. Die Geschichte von der Weiberlist; nach der ersten Calcuttaer Ausgabe.

BAND IV: Der Schluß der sechsten Reise Sindbads und die siebente Reise Sindbads; nach der ersten Calcuttaer Ausgabe.

Ergänzungen in der Geschichte von der Messingstadt. Das Ende der Geschichte von Sindbad und den sieben Wesiren. Die Geschichte von el-Malik ez-Zâhir Rukn ed-Dîn Baibars el-Bundukdâri und den sechzehn Wachthauptleuten; nach der Breslauer Ausgabe.

BAND V: Die Geschichte von den beiden Schwestern, die ihre jüngste Schwester beneideten; nach Burton.

BAND VI: Die Geschichte von Zain el-Asnâm; nach einer von F. Groff herausgegebenen Pariser Handschrift. Die Geschichte von dem nächtlichen Abenteuer des Kalifen. Die Geschichte von Chudadâd und seinen Brüdern. Die Geschichte von 'Alî Chawâdscha und dem Kaufmann von Baghdad; nach Burton.

Was »Burton« in dieser Aufzählung bedeutet, ist aus Band III, Seite 7, Anmerkung 2 zu ersehen. Aus dieser Liste ergibt sich aber auch, daß von den Geschichten, die nicht in den orientalischen Ausgaben enthalten sind, nur eine Auswahl getroffen ist, und zwar nach Maßgabe der ersten Insel-Übersetzung.

Ich habe mich bemüht, eine wissenschaftlich zu rechtfertigende und zugleich lesbare deutsche Übersetzung herzustellen; papiernes Deutsch habe ich nach Möglichkeit vermieden. So ergab sich denn auch die Notwendigkeit, nicht buchstabenmäßig, sondern sinngemäß zu übertragen; dabei hat mir Luthers Sendbrief vom Dolmetschen vorgeschwebt. Wie Luther oft statt »Gott« im Deutschen »der liebe Gott« sagte, habe ich das arabische »o mein Herr« an vielen Stellen durch »lieber Herr« oder »hoher Herr« oder noch anders wiedergegeben, je nachdem der Sinn es erforderte. Das ewige arabische »er sagte« (oder »sie sagte«, »sie sagten«) habe ich abwechselnd durch verschiedene deutsche Ausdrücke übersetzt, wie z. B. »antwortete«, »erwiderte«, »entgegnete«, »gab zur Antwort« usw. Dabei habe ich manchmal der Deutlichkeit wegen die arabischen Pronomina durch deutsche Substantiva oder arabische Substantiva durch deutsche Pronomina ersetzt. Gelegentlich habe ich auch das arabische »sagte(n)« ganz weggelassen und einfach in Dialogform ohne Einführung des oder der Redenden erzählt. Ich habe mich in solchen Fällen nach den Erfordernissen des Deutschen gerichtet, nicht nach der stereotypen arabischen Art. Ferner habe ich im Deutschen kleinere ausbessernde Veränderungen vorgenommen, wenn im Urtext ein Personenwechsel nicht beachtet oder nachlässig durchgeführt ist, oder wenn bei Übergängen von einer Nacht zur anderen innerhalb der Erzählung jemand erzählt, dies aber im Arabischen nicht angedeutet ist. Wiederholungen, die zum behaglichen Erzählungsstil gehören, namentlich beim Reden, habe ich jedoch auch im Deutschen getreu wiedergegeben. Im Gegensatz zu Burton, der viele arabische Fremdwörter im Englischen gebrauchte, habe ich solche im Deutschen vermieden, soweit es irgend möglich war; ich habe auch ausgesprochen arabische Ausdrücke, wenn ich es wissenschaftlich verantworten konnte, ins Deutsche übersetzt, ebenso wie ich Fremdwörter aus anderen Sprachen vermieden habe, wenn sie nicht unumgänglich nötig waren. Daß ich »Allah« meist habe stehen lassen und nur dann durch »Gott« übersetzt habe, wenn das Wort mehrfach in kurzen Abständen gebraucht wurde, geschah auf Wunsch des Verlages. Wenn sich in einem Werke von fast fünftausend Seiten kleinere unausgeglichene Unebenheiten finden, so ist das wohl zu entschuldigen; ich hoffe, sie werden auch den aufmerksamen Leser nicht stören.

Besondere Erwähnung verdienen die Reimprosa und die Gedichte. Es liegt mir ganz fern, etwa im Deutschen die gereimte Prosa als Stilmittel einführen zu wollen; wir haben im Deutschen viel zu wenig Reime, während im Arabischen ein

Überfluß an ihnen herrscht, und den Germanen liegt der Stabreim viel näher. Ich habe jedoch in meiner Übersetzung die vielen Stellen arabischer Reimprosa durch deutsche Reime wiedergegeben, und zwar einerseits, damit der ästhetische Eindruck des Originals auch von den deutschen Lesern nachempfunden werden möge, und andererseits, damit solche Stellen sich im Deutschen von ihrer Umgebung abheben, wie sie es im Arabischen tun. Dabei hat die Wortwiedergabe gelegentlich gelitten; die Wiedergabe des Sinnes ist aber stets so getreu wie möglich gestaltet. Bei den Gedichten habe ich mir größere Freiheiten in bezug auf Metra und Reim gestattet. Daß ich die arabischen Gedichte durch deutsche Gedichte wiedergegeben habe, wird jedermann billigen; eine prosaische Übersetzung wirkt auf die Dauer unerträglich, und wenn auf die Worte »er sprach diese Verse« deutsche Prosa folgt, so ist das den meisten Lesern unverständlich. Ich habe auch in den Gedichten nach einer möglichst getreuen und sinngemäßen Übertragung gestrebt. Es ist unmöglich, im Deutschen die vielen, sehr komplizierten arabischen Versmaße und den durchgehenden Endreim nachzuahmen, wenn man zugleich getreu übersetzen will. Nur gelegentlich habe ich ein arabisches Versmaß im Deutschen beibehalten und dann natürlich die arabischen Längen durch betonte Silben ersetzt. Im übrigen habe ich die längeren arabischen Metra meist durch »sechsfüßige Iamben«, seltener – besonders bei epischen Heldenliedern – durch »achtfüßige Trochäen« wiedergegeben. Diese Metren sind aber nicht immer streng durchgeführt. Infolge der Fülle der Reime der arabischen Sprache ist es natürlich dort sehr leicht, die Gedichte mit durchgehenden Endreimen zu versehen. Rückert, der große Wortkünstler, hat bei seinen Übersetzungen aus dem Arabischen häufig auch im Deutschen den durchgehenden Reim angewandt; aber die Wiedergabe hat doch dadurch gelitten. Ich habe daher fast immer nur zwei aufeinanderfolgende Reime gebraucht. In meinen Übertragungen bedeutet eine Verszeile stets einen arabischen Halbvers. Ich habe, je nach den Umständen, entweder Halbvers auf Halbvers gereimt oder Ganzvers auf Ganzvers, wobei dann der erste Halbvers jeder arabischen Verszeile ohne Reim blieb. Die arabischen Strophengedichte mit Kehrvers oder Kehrreim habe ich in ihrer Form nachgeahmt; und dort wurde auch der durchgehende Kehrreim im Deutschen wiedergegeben.

*

Die vorliegende Neuausgabe meiner Übertragung der Erzählungen aus den Tausendundein Nächten ist im wesentlichen ein Abdruck der ersten Ausgabe. Nur an wenigen Stellen habe ich den Stil etwas gefeilt oder die Übersetzung nach dem arabischen Urtext verbessert. Zu dem Abschnitt über die Entstehung und Geschichte von Tausendundeiner Nacht mußten auf Grund neuerer Forschungen einige Nachträge gegeben werden. Die Verweise auf Seitenzahlen mußten nach der jetzigen Paginierung geändert werden.

*

Bei dem zweiten Neudruck (6. bis 10. Tausend der neuen Ausgabe: 1954) bin ich ähnlich verfahren wie bei dem ersten Neudruck. Ich habe wiederum an einigen wenigen Stellen gefeilt oder die Übersetzung nach dem arabischen Urtext verbessert. Die Nachträge der ersten Neuausgabe habe ich hier in den Text eingefügt.

ZUR ENTSTEHUNG UND GESCHICHTE
VON TAUSENDUNDEINER NACHT

Wer die Erzählungen aus den Tausendundein Nächten aufmerksam liest, der wundert sich bald über die mannigfaltige Verschiedenheit ihres Inhalts; sie gleichen einer Wiese im Morgenland, die mit Blumen von vielerlei Art und Farbe übersät ist und freilich auch einiges Unkraut trägt. Und ferner wird es dem nachdenklichen Leser bald auffallen, daß diese Erzählungen einen weiten Zeitraum umspannen; da sind einerseits Geschichten von König Salomo, von den alten Perserkönigen und den ersten Kalifen, andererseits solche, in denen Schießwaffen, Kaffee und Tabak vorkommen. Die Fragen, die sich aus diesen Beobachtungen ergeben, sollen hier nach dem augenblicklichen Stande der Wissenschaft beantwortet werden.

Zunächst muß kurz dargestellt werden, wann und wie das Buch von Tausendundeiner Nacht nach Europa gekommen ist; es ist ja eins der am meisten gelesenen Bücher, ist in fast alle europäischen Sprachen übersetzt und löst auch noch heute bei den Erwachsenen nicht nur die Freude am Studium fremder Kulturen und Literaturen aus, sondern auch die schönsten Erinnerungen an die Märchenwelt der Jugend. Schon früh kam die sogenannte Rahmenerzählung, die das ganze Werk umschließt, nach Italien. In einer Novelle des Giovanni Sercambi (1347 – 1424) und in der Geschichte von Astolfo und Giocondo, die im 28. Gesang von Ariosts Orlando Furioso (also Anfang des 16. Jahrhunderts) erzählt wird, sind deutliche Spuren von ihr zu erkennen; sie wird schon längere Zeit vorher durch Reisende, die sie im Orient gehört hatten, in Italien bekannt geworden sein. Aber das eigentliche Werk kam erst zu Anfang des 18. Jahrhunderts nach dem Abendland und trat von Frankreich aus seinen Siegeslauf durch die europäischen Literaturen an. Der französische Gelehrte und Reisende Jean Antoine Galland (1646 – 1715) veröffentlichte es zum ersten Male. Er hatte auf Reisen im vorderen Orient zunächst als Sekretär des französischen Gesandten, dann als Sammler von Museumsstücken im Auftrage von Liebhabern die Welt des Morgenlandes kennen gelernt, und dabei wurde seine Aufmerksamkeit auch auf die erstaunliche Menge von Geschichten und Fabeln der Morgenländer gelenkt. Als er dann nach Frankreich zurückgekehrt war, veröffentlichte er sein Werk »Les milles et une Nuits traduits en François« vom Jahre 1704 ab. Für dies standen ihm eine arabische Handschrift, die er aus Syrien erhalten hatte, sowie mündliche Erzählungen eines Maroniten Hanna, der bei ihm in Paris war, zur Verfügung. Er bemühte sich, seine Übertragung dem Geschmack seiner europäischen Leser anzupassen, indem er manches ausließ, anderes hinzufügte, den Wortlaut änderte und Dinge, die dem Abendländer fremd waren, im Texte selbst umschrieb. Dies tat er mit großer Kunst, und der ungewöhnliche Erfolg, den Tausendundeine Nacht in Europa hatte, ist somit auch ihm zu verdanken; eine wörtliche Übersetzung hätte damals nicht den gleichen Eindruck gemacht. Sein Werk erschien in zwölf Bändchen. In den ersten sechs Bändchen hat er die Einteilung der Nächte beibehalten, in den folgenden aber nicht mehr. Nur in den ersten beiden Bändchen findet sich die Überleitungsformel, in der Dinarzade zu Scheherazade spricht: »Liebe Schwester, wenn du nicht schläfst, so bitte ich dich, mir eine von diesen schönen Geschichten zu erzählen, die du kennst.« Das hatte nämlich einen besonderen Grund. Es wird erzählt, daß nach dem Erscheinen der ersten beiden Bände in einer sehr kalten Winternacht einige junge Leute – es werden wohl lustige Studenten gewesen sein – an die Haustür des Verfassers klopften. Als er im Hemd ans Fenster trat, sagten sie: »Ah, Monsieur Galland, wenn Sie nicht schlafen, so erzählen Sie uns doch eine von diesen schönen Geschichten, die Sie so gut kennen.« Galland sagt selber, er habe die Übergangsformel ausgelassen, »comme cette répétition a choqué plusieurs personnes d'esprit«.

Zunächst gingen natürlich alle Übersetzungen in fremde Sprachen auf Gallands Werk zurück; von ihm wurde sogar auch in orientalische Sprachen übersetzt. Erst als im 19. Jahrhundert die arabischen Urtexte gedruckt wurden, übersetzte man mehrfach nach ihnen. Aber schon vor Erscheinen dieser Texte begann die wissenschaftliche Forschung nach dem Ursprung von Tausendundeiner Nacht. Lange Zeit hatte das Werk nur zur Unterhaltung gedient. Erst seit Herders bahnbrechenden Forschungen erkannte man im Abendlande immer mehr, welche Schätze an Gütern des Verstandes, der Einbildungskraft und des Gemütes in der Volkskunde geborgen sind, und diese Erkenntnis hatte dann auch ihren guten Einfluß auf die Beschäftigung mit den orientalischen Erzählungen. Die hauptsächlichsten Ausgaben der arabischen Texte seien hier zuerst genannt.

1. Die erste CALCUTTAER Ausgabe: The Arabian Nights Entertainments; In the Original Arabic. Published under the Patronage of the College of Fort William; By Shuekh Uhmud bin Moohummud Shirwanee ul Yumunee. Calcutta, Band I 1814; Band II 1818. Sie enthält nur die ersten zweihundert Nächte, dazu die Geschichte von Sindbad dem Seefahrer.

2. Die erste BULAKER Ausgabe, eine vollständige arabische Ausgabe, gedruckt 1835 in der Staatsdruckerei zu Bulak bei Kairo, die von Mohammed Ali, dem Schöpfer des modernen Ägypten, eingerichtet war.

3. Die zweite CALCUTTAER Ausgabe: The Alif Laila or Book of the Thousand Nights and one Night, Commonly known as 'The Arabian Nights Entertainments', now, for the first time, published complete in the original Arabic, from an Egyptian manuscript brought to India by the late Major Turner, editor of the Shah-Nameh. Edited by W. H. Macnaghten, Esq. In four volumes. Calcutta 1839 – 1842.

4. Die BRESLAUER Ausgabe: Tausend und Eine Nacht Arabisch. Nach einer Handschrift aus Tunis herausgegeben von Dr. Maximilian Habicht, Professor an der Königlichen Universität zu Breslau usw., nach seinem Tode fortgesetzt von M. Heinrich Leberecht Fleischer, ordentlichem Prof. der morgenländischen Sprachen an der Universität Leipzig. Breslau 1825 – 1843.

5. Spätere BULAKER und KAIROER Ausgaben. In der zweiten Hälfte des 19. Jahrhunderts und zu Anfang des 20. Jahrhunderts wurde der vollständige Text der ersten Bulaker bzw. der zweiten Calcuttaer Ausgabe öfters wieder neu herausgegeben. In Beirut erschien eine Ausgabe in der Jesuiten-Druckerei; sie ist aber stark gekürzt worden.

Zu diesen Drucken kommen noch verschiedene Handschriften, die in Bibliotheken des Abendlandes und des Morgenlandes aufbewahrt werden, unter denen die von Galland benützte die wichtigste ist. Alle diese Ausgaben und Handschriften weichen zum Teil sehr stark voneinander ab. Denn es ist selbstverständlich, daß bei Werken, die nicht der höheren Literatur angehören und die weder durch einen Kanon noch durch einen berühmten Verfassernamen geschützt sind, große Schwankungen vorkommen. Die Erzähler und Schreiber halten sich für berechtigt, Änderungen, Auslassungen und Zusätze vorzunehmen, wie es ja auch die Sänger der sogenannten Volkslieder getan haben und noch tun. So enthält z. B. die Breslauer

Ausgabe vieles, was gar nicht zu Tausendundeiner Nacht gehört, und die »Handschrift aus Tunis« ist willkürlich von dem Herausgeber nach anderen Quellen ergänzt worden. Und in den orientalischen Drucken fehlen mehrere Erzählungen, die durch Galland bekannt und uns in der Jugend lieb geworden sind, wie »'Alâ ed-Dîn und die Wunderlampe« und »Ali Baba und die vierzig Räuber«. Wir stehen somit vor einer verwirrenden Fülle von Einzelheiten. Der amerikanische Orientalist D. B. Macdonald bereitete eine Ausgabe der Gallandschen Handschrift vor; er hat auch bereits Proben aus ihr veröffentlicht und hat den arabischen Text von Ali Baba in Oxford wiedergefunden und herausgegeben. Vor allem hat er sich um die Aufklärung des Verhältnisses der verschiedenen Textgestalten zueinander und um die Geschichte des ganzen Werkes große Verdienste erworben. Ebenso haben sich der Franzose Zotenberg, die deutschen Gelehrten Nöldeke und Horovitz sowie der Däne Oestrup durch ihre Untersuchungen zu Tausendundeiner Nacht sehr verdient gemacht.[1]

Aus der bisherigen Aufzählung ergibt sich, daß eine unvollständige ägyptische Handschrift von Tausendundeiner Nacht, die Gallandsche, vorhanden ist, die aus dem 15. Jahrhundert stammt, und daß vollständige Ausgaben, in denen manches fehlt, was sonst zu diesem Werke gerechnet wird, im 19. Jahrhundert erschienen sind; diese Ausgaben scheinen eine Textgestalt wiederzugeben, wie sie in Handschriften des 18. Jahrhunderts sich zeigte. Dazu kommt nun eine von H. Ritter in Stambul entdeckte Handschrift aus dem 13. oder 14. Jahrhundert, die zwar nicht als »Tausendundeine Nacht« bezeichnet wird, aber doch manche Geschichten aus ihr enthält; diese, die

1. Näheres über ihre Arbeiten findet sich in der Literaturangabe am Schlusse dieser Abhandlung, Seite 736 ff.

mir in einer Photographie vorlag, und ein Fragment aus dem 9. Jahrhundert, das von Nabia Abbott im Journal of Near Eastern Studies, Vol. VIII, S. 129 ff. herausgegeben und erklärt wurde, sind die ältesten Handschriften. Wir haben vorläufig dies Fragment, und wir wissen, welchen Text einzelne Geschichten hatten, die im 13. Jahrhundert bekannt waren, aber nicht zu Tausendundeiner Nacht gerechnet wurden, ferner, wie das Werk selbst etwa im 15., 18. und 19. Jahrhundert ausgesehen hat. Daß aber dies Werk nicht etwa erst in der Zeit vom 15. bis 18. Jahrhundert entstanden ist, dafür haben wir auch Zeugnisse aus der arabischen Literatur, die zu Anfang des 19. Jahrhunderts von europäischen Gelehrten entdeckt wurden; auf sie wird in allen neueren Untersuchungen hingewiesen, und sie müssen auch hier mitgeteilt werden. Ich gebe sie in wörtlicher Übersetzung nach den Originalen.

Der arabische Schriftsteller el-Mas'ûdi sagt in seinem 947 vollendeten und 957 neubearbeiteten Buch, das den Titel trägt »Die Goldfelder und Edelsteinminen«[1]: »Es ist mit ihnen (das heißt: mit gewissen erdichteten Erzählungen) wie mit den Büchern, die aus dem Persischen, Indischen und Griechischen zu uns gekommen und für uns übersetzt sind, und die so entstanden sind, wie wir schon gesagt haben, zum Beispiel dem Buche *Hezâr Efsâneh*, oder, aus dem Persischen ins Arabische übersetzt ‚Tausend Abenteuer', denn ‚Abenteuer' heißt auf persisch *Efsâneh*. Das Volk nennt dies Buch ‚Tausend Nächte' (nach einer anderen, wohl späteren Lesart ‚Tausendundeine Nacht'). Dies ist die Geschichte von dem König, dem Wesir sowie dessen Tochter und ihrer Dienerin, die Schirazâd und Dinazâd heißen (in anderen Handschriften heißt es ‚und ihrer

1. Ausgabe und Übersetzung von Barbier de Meynard: »Maçoudi, Les Prairies d'Or«, Paris, 1861-1877, Band IV, Seiten 89/90.

Amme', in noch anderen ‚sowie dessen beiden Töchtern').« Neben den Tausend Nächten erwähnt el-Mas'ûdi hier auch noch das Buch von Farza und Simâs und das Buch von es-Sindibâd. Dies sind Geschichten, die jetzt Teile von Tausendundeiner Nacht bilden, und zwar die Geschichte des Königs Dschali'âd und seines Sohnes Wird Chân (oben Band VI, S. 7 ff.) und die Geschichten von der Tücke der Weiber oder von dem König, seinem Sohne, seiner Odaliske und den sieben Wesiren (Band IV, S. 259 ff.).

Ferner heißt es in dem Buche *el-Fihrist* (Der Katalog) von Mohammed ibn Ishâk ibn Abi Ja'kûb en-Nadîm, das im Jahre 987 verfaßt wurde[1]: »Die ersten, die Abenteuer verfaßten, Bücher aus ihnen machten und sie in den Schatzhäusern niederlegten, auch in einigen davon die Tiere reden ließen, waren die alten Perser. Dann beschäftigten sich eifrig mit ihnen die arsakidischen Könige; sie sind die dritte Dynastie der Perserkönige. Darauf vermehrte und erweiterte sich jene [Art von Büchern] in den Tagen der sasanidischen Könige, und die Araber übertrugen sie in die arabische Sprache. Und die Männer von Beredsamkeit und Sprachkenntnis übernahmen sie, feilten an ihnen und schmückten sie aus und verfaßten, was ihnen dem Sinne nach ähnlich war. Das erste Buch, das in diesem Sinne ausgearbeitet wurde, war das Buch *Hezâr Efsân*[2], das heißt ‚Die tausend Abenteuer'. Die Veranlassung dazu war die folgende: Einer von ihren Königen pflegte, wenn er sich mit einer Frau vermählt und mit ihr eine Nacht verbracht hatte, sie am nächsten Morgen zu töten. Nun vermählte er sich einmal mit einer Königstochter, die Verstand und Wissen besaß und Schehrezâd genannt war. Als die bei ihm war, be-

---

1. Ausgabe von G. Flügel: »Kitâb al-Fihrist«, Leipzig, 1871-1872«, Band I, Seite 304. – 2. *Efsân* und *Efsâneh* sind im Persischen gleichbedeutend.

gann sie ihm Abenteuer zu erzählen; dabei ließ sie die Geschichte am Ende der Nacht so weit gelangen, daß der König veranlaßt wurde, sie zu schonen und sie in der nächsten Nacht um Vollendung der Geschichte zu bitten, bis tausend Nächte darüber vergangen waren. Während dieser Zeit wohnte er ihr bei, und ihr ward durch ihn ein Kind geschenkt; das zeigte sie ihm, und dann teilte sie ihm die List mit, die sie wider ihn gebraucht hatte. Da bewunderte er ihre Klugheit, neigte sich ihr zu und ließ sie am Leben. Der König hatte auch eine Hausmeisterin, des Namens Dinarzâd, und die war ihre Helferin dabei. Es wird gesagt, dies Buch sei für Humâi (andere Lesart: Humâni), die Tochter des Bahman verfaßt worden; und man bringt darüber auch andere Angaben vor.

Mohammed ibn Ishâk [das ist der Verfasser] sagt: ‚Das Richtige ist – so Gott will –, daß der erste, dem bei Nacht Geschichten erzählt wurden, Alexander der Große war, und daß er Leute hatte, die ihn zum Lachen brachten und ihm Abenteuer erzählten, wobei er nicht das Vergnügen suchte, sondern nur wachsam und auf der Hut sein wollte. Nach ihm benutzten die Könige dazu das Buch Hezâr Efsân; es umfaßt tausend Nächte und weniger als zweihundert Erzählungen, da an einer Geschichte in mehreren Nächten erzählt wird. Ich habe es mehrere Male vollständig gesehen; es ist aber in Wirklichkeit ein wertloses Buch törichter Geschichten.'

Mohammed ibn Ishâk sagt: ‚Abu 'Abdallâh ibn 'Abdûs el-Dschahschijâri, der Verfasser des ‚Buchs der Wesire', begann ein Buch zu schreiben, in dem er tausend Geschichten auswählte von den Geschichten der Araber, der Perser, der Griechen und noch anderer, und zwar so, daß jeder Teil für sich selbst bestand und nicht mit einem anderen verbunden war. Er ließ die Geschichtenerzähler kommen und nahm von ihnen das Beste, was sie wußten und gut verstanden, und er wählte aus den Büchern, die über Erzählungen und Abenteuer verfaßt waren, das aus, was nach seinem eigenen Geschmack war und was trefflich war. So brachte er daraus vierhundertundachtzig Nächte zusammen, von denen eine jede Nacht eine vollständige Geschichte enthielt, die ungefähr fünfzig Blätter umfaßte. Aber das Todesgeschick ereilte ihn, ehe er sein Vorhaben ausführen konnte, nämlich tausend Geschichten zu vollenden. Ich habe von jenem [Buch] eine Anzahl von Teilen gesehen in der Handschrift des Abu et-Taijib, des Bruders von esch-Schâfi'i'.«

Diese Angaben beziehen sich im wesentlichen auf die arabische Literatur von Baghdad im 10. Jahrhundert. Wir erfahren aus ihnen, daß man dort zu jener Zeit ein Buch der tausend Nächte kannte, das aus dem Persischen übersetzt war, und daß dies Buch eine Rahmenerzählung enthielt, die einem Teile der uns jetzt bekannten Rahmenerzählung entsprach. Ferner erfahren wir, daß ein Schriftsteller namens el-Dschahschijâri ein Buch der Tausend Nächte verfaßte, für dessen Titel ihm sicher jenes andere Buch ein Vorbild gewesen war; sein »Buch der Wesire« hat sich in Wien wiedergefunden und ist durch Prof. H. v. Mžik veröffentlicht worden (Leipzig, 1926), und so kann man vielleicht hoffen, daß auch sein Erzählungswerk noch einmal wieder zum Vorschein kommen möge. Was aber die Tausend Nächte der Hezâr Efsân und die von el-Dschahschijâri enthielten, davon wissen wir nichts außer der Rahmenerzählung. Es ist nicht anzunehmen, daß die Zahl 1000 ursprünglich wörtlich gemeint war, wenn auch el-Dschahschijâri sie bereits im buchstäblichen Sinne zu nehmen beabsichtigt haben mag. Für den einfachen Verstand ist schon 100 eine große Zahl, und vor »100 Jahren« bedeutet daher – auch bei orientalischen Geschichtsschreibern – oft soviel wie »vor langer Zeit«. Aber 1000 ist fast soviel wie »unzählbar«. Daß man später »Tausendundeine Nacht« sagte, beruht neben der Furcht vor der runden Zahl wohl auf türkischem Sprachgebrauch, was nicht zu verwundern wäre, da seit dem 11. Jahrhundert die Länder des islamischen vorderen Orients unter türkischen Einfluß gerieten. Im Türkischen sagt man *bin bir* (mit dem Stabreim *b*) »tausendundeins« für eine große Anzahl. In Kleinasien gibt es eine Ruinenstätte, die von den Türken »Tausendundeine Kirche« genannt wird, in Konstantinopel eine Stätte »Tausendundeine Säule«, wo sich jetzt Seilerwerkstätten befinden; aber in Wirklichkeit sind weder so viele Kirchen noch so viele Säulen an jenen Stätten. Von der Erzählerin Schehrezâd wird gesagt, sie habe »tausend Bücher« gesammelt; ein arabisches »Buch der 1001 Sklaven« und ein »Buch der 1001 Sklavinnen« ist aus dem 13. Jahrhundert bekannt. Später, als man die Zahl 1001 wörtlich nahm, mußten natürlich auch wirklich tausend Nächte und eine Nacht vorhanden sein.

Das nächste Zeugnis ist eine Stelle aus dem Werke eines ägyptischen Geschichtsschreibers des 12. Jahrhunderts. Dieser Mann wird al-Kurtubi genannt, hieß aber wohl, wie Macdonald vermutet hat, al-Kurti und schrieb eine Geschichte Ägyptens zwischen den Jahren 1160 und 1172. Eine Bemerkung von ihm hat der Schriftsteller Ibn Sa'îd übernommen, der 1274 oder 1286 starb, und aus einer seiner Schriften ging sie in die Geschichtswerke von el-Makrîzi (gest. 1442) und el-Makkari (gest. 1632) über. Dem Schriftsteller el-Ghuzûli, der um die Wende des 14. Jahrhunderts lebte, war die ägyptische Fassung von 1001 Nacht bekannt; vgl. Torrey im Journal of the American Oriental Society 1894, S. 45 ff. El-Kurti verglich die Geschichten von den Liebesabenteuern des Fatimidenkalifen el-Âmir biahkâm Allâh mit Tausendundeiner Nacht, indem er sagte: »Das Volk erweiterte die Geschichte von der Beduinin [das ist: der Geliebten jenes Kalifen]..., bis bei ihm die Überlieferung davon gleich wurde den Geschichten von el-Battâl und von Tausendundeiner Nacht und dergleichen mehr.« Die Geschichten von el-Battâl beziehen sich auf den großen Ritterroman von el-Battâl, der früher nur in türkischer Überlieferung bekannt war, von dem aber der arabische Text in einer Berliner Handschrift und einem Kairoer Druck vorliegt. Wir erfahren also weiter, daß die Sammlung der Geschichten von Tausendundeiner Nacht um die Mitte des 12. Jahrhunderts in Ägypten wohlbekannt war. Was sie damals im einzelnen enthielt, wissen wir nicht; wir können aber mit ziemlicher Sicherheit annehmen, daß die meisten Geschichten östlichen Ursprungs, das heißt indische, persische und baghdadische, bereits in ihr enthalten waren. Mit dem Zeugnisse von el-Kurti kommen wir schon näher an die handschriftliche Überlieferung heran. Von jetzt ab entwickelt sich das Werk auf ägyptischem Boden weiter, bis es die Gestalt annimmt, in der wir es kennen. –

Wie sah es aber in seiner Urgestalt aus? Es enthielt von Anfang an eine Rahmengeschichte, die der gegenwärtigen ziemlich ähnlich gewesen sein muß. Jetzt wird in ihr folgendes erzählt. König Schahzamân von Samarkand wollte seinen Bruder König Schehrijâr von Indien besuchen. Er fand, als er bei der Abreise noch einmal in seinen Palast zurückkehrte, seine Gemahlin in den Armen eines Negers. Sofort erschlug er beide und ritt dann traurig zu seinem Bruder. Dort entdeckte er, daß die Gemahlin Schehrijârs es ebenso trieb, wie seine eigene Gemahlin es getrieben hatte. Nun ward er wieder froh. Sein Bruder wunderte sich über sein verändertes Aussehen und erfuhr auf sein dringendes Bitten hin die ganze Wahrheit von

Schahzamân. Darauf legten beide ihre königliche Würde ab und zogen als Pilger durch die Welt auf der Suche nach jemandem, dessen Leid noch größer wäre als das ihrige. Sie fanden einen solchen in einem Dämon, der von seiner Frau in unerhörter Weise betrogen wurde. So kehrten sie denn in die Hauptstadt zurück. Dort schlug Schehrijâr seiner Gemahlin sowie den Sklaven und Sklavinnen, die an ihrem Treiben teilgenommen hatten, den Kopf ab, und von da ab ließ er sich jeden Tag eine Jungfrau bringen, mit der er sich vermählte und die er am nächsten Tage enthauptete. Nachdem er das drei Jahre getan hatte, murrte das Volk, und alle Jungfrauen flohen aus der Stadt. Wieder befahl er seinem Wesir, ein Mädchen zu bringen; doch dieser konnte keines finden und ging betrübt nach Hause. Seine kluge Tochter Schehrezâd sprach ihm Mut zu und veranlaßte ihn, sie zum König zu führen. Als sie beim König war, bat sie ihn, ihre jüngere Schwester Dinazâd kommen zu lassen. Diese bat, als sie beim König war, Schehrezâd möchte eine Geschichte erzählen. Dann folgen im bunten Wechsel alle die Erzählungen, durch die Schehrijâr veranlaßt wird, die Hinrichtung immer von einem Tag auf den andern zu verschieben, da er stets die Geschichte zu Ende hören will. Nachdem Schehrezâd in der 1001. Nacht ihre letzte Geschichte beendet hat, führt sie dem König die drei Söhne vor, die sie ihm inzwischen geboren hatte. Der König bewundert ihre Klugheit, läßt ihr das Leben und gibt sein früheres Tun auf. Dann werden große Feste gefeiert, und alles endet in Herrlichkeit und Freuden, »bis Der zu ihnen kam, der die Freuden schweigen heißt und die Freundesbande zerreißt«.

Über die Herkunft dieser Rahmenerzählung ist viel geschrieben worden. In Wirklichkeit zerfällt sie, wie der französische Volkskundler Cosquin[1] nachgewiesen hat, in drei Teile, die alle aus Indien stammen. Diese drei Teile sind ursprünglich selbständige Erzählungen gewesen, die von Indien nach Osten und Westen und Norden gewandert sind.

1. Die Geschichte von einem Manne, der von seiner Frau betrogen wird, dann aber von seinem Schmerz darüber geheilt wird, als er sieht, daß es einer hohen Persönlichkeit ebenso ergeht wie ihm; sie kommt auch noch heute als selbständige Geschichte im Arabischen vor.

2. Die Geschichte von einem Dämon oder einem Riesen, den seine Frau oder seine Gefangene in kühner Weise mit anderen Männern hintergeht. Es ist dieselbe wie »die Geschichte von dem Prinzen und der Geliebten des Dämonen«, die noch einmal in Tausendundeiner Nacht erzählt wird, und zwar als Teil der Geschichte von der Tücke der Weiber (oder: dem weisen Sindbad), oben Band IV, S. 353 – 357. Zu den vielen Parallelen, die Cosquin angeführt hat, kommt jetzt noch ein neuaramäisches Märchen, in dem freilich aus dem Dämon ein Fellache geworden ist.[2]

3. Die Geschichte von der klugen Jungfrau, die durch ihre geschickte und unerschöpfliche Erzählerkunst ein Unglück abwendet, das ihr oder ihrem Vater oder den beiden droht.

Von diesen drei Teilen hat, nach dem alten Fragment[3], nach el-Mas'ûdi und dem Fihrist, nur der dritte zur ursprünglichen Rahmenerzählung gehört; und zwar hat dieser wohl nur den grausamen König, die kluge Wesirstochter und die treue alte Dienerin gekannt. Da keine persischen Handschriften der Tau-

---

1. Emmanuel Cosquin, Etudes Folkloriques, Paris 1922, Seite 265 (=Revue biblique 1909, Januar- und Aprilnummer). – 2. Bergsträßer, Neuaramäische Märchen aus Ma'lûla, Leipzig 1915, Übersetzung Seite 27 ff. – 3. Vgl. oben, Seite 660.

send Erzählungen und nur ein altes arabisches Fragment von Tausendundeiner Nacht erhalten sind, ist man auf Vermutungen angewiesen. Es ist wahrscheinlich, daß die Geschichte von der klugen Wesirstochter schon früh von Indien nach Persien kam, wo sie »nationalisiert« wurde, wie die echt persischen Namen beweisen; Schehrijâr ist altpersisch *Chschathradâra*, das ist: Reichshalter, Träger der Herrschaft, Schehrezâd ist persisch *Tschihrazâd*, das ist: edel von Art, und Dinazâd bedeutet im Persischen: edel von Religion. Darüber, ob Dinazâd die Schwester oder die Dienerin war, schwanken die Angaben; es ist aber wahrscheinlicher, daß die junge Königin ihre alte Dienerin mit in den Palast bringt oder daß sie eine Hausmeisterin des Königs bei sich hat, als daß sie ihre Schwester dorthin führt. Als dann nach der Einfügung der ersten beiden Teile in die Rahmenerzählung das Brüderpaar Schehrijâr und Schahzamân vorhanden war, stellte man ihm um der literarischen Symmetrie wegen ein Schwesternpaar entgegen. Der Name Schahzamân ist eine künstliche Bildung und kommt nicht als persischer Personenname vor; er soll nach Absicht des Erfinders »König der Zeit«, das ist »der größte König seiner Zeit« bedeuten. Ursprünglich mag Schehrijâr nur ein grausamer Ritter Blaubart gewesen sein; als man nach einem Grunde für seine Grausamkeit suchte, fügte man die beiden ersten Teile hinzu. Das mag erst geschehen sein, als das arabische Buch bereits vorhanden war; wenn bei el-Mas'ûdi Dinazâd nach einer anderen Lesart schon als Schwester bezeichnet wird, so kann diese Angabe von einem späteren Abschreiber stammen. Auch darauf ist noch hinzuweisen, daß im Fihrist Schehrezâd nur einen Sohn zum König bringt, während sie in unseren Texten am Schlusse mit drei Söhnen zu ihm kommt. Wenn in der ursprünglichen Gestalt des Textes 1000 oder 1001 nur eine große Anzahl von Nächten bezeichnete, so konnte man nicht gut mehr als einen Sohn geboren werden lassen. Doch als man die Zahl 1001 wörtlich nahm, verteilte man auf jedes der drei Jahre einen Sohn; und so wurden es »drei Knaben, einer von ihnen ging, der andere kroch, und der dritte lag an der Brust« (Band VI, Seite 644 unten).

Welche anderen Geschichten aber haben in der ursprünglichen Tausendundeinen Nacht gestanden innerhalb der Rahmenerzählung? Unter den jetzt vorhandenen kann für eine ganze Anzahl indischer oder persischer Ursprung nachgewiesen werden. Von manchen ist es sicher, daß sie erst später eingefügt wurden, bei anderen kann man im Zweifel sein. Wir begegnen im ganzen Laufe der Entwicklung immer wieder der Tatsache, daß Geschichten aus Tausendundeiner Nacht anderswo als selbständige Geschichten oder in anderen Sammlungen vorkommen. In moderner Zeit sind mir in Drucken aus Ägypten und Syrien unter anderem die folgenden bekannt:

1. Die Geschichte von der Sklavin Tawaddud.
2. Die Geschichte von 'Adschîb und Gharîb.
3. Die Geschichte von der listigen Dalîla und ihrer Tochter Zainab der Gaunerin.
4. Die Geschichte von dem Hauptmann 'Alî ez-Zaibak.
5. Die Geschichte des Juweliers Hasan von Basra. Dazu kommt noch
6. Die Geschichte des weisen Haikâr, die in einige Rezensionen von Tausendundeiner Nacht aufgenommen ist, aber in der vorliegenden Insel-Ausgabe fehlt.

Dergleichen Drucke wird es noch viele andere geben. Da sie aus neuester Zeit stammen, ist es kaum wahrscheinlich, daß sie alle auf eine eigene Überlieferung zurückgehen; sie werden zum großen Teil erst aus Tausendundeiner Nacht entnommen sein. Aber das ist noch genauer zu untersuchen. Anders steht es, wenn uns aus früherer Zeit Handschriften erhalten sind, in denen sich solche selbständige Geschichten finden. Das ist vor allem bei der oben, Seite 659 genannten Stambuler Handschrift der Fall. Sie hat aus zwei Bänden bestanden, aber nur der erste ist uns vorläufig bekannt geworden; dieser wird von Prof. Wehr herausgegeben und übersetzt unter Benutzung der nicht veröffentlichten Ausgabe von A. von Bulmerincq. Die ganze Handschrift enthielt 42 Geschichten, deren Titel in der Einleitung angegeben werden. Der erste Band geht bis zur 19. Geschichte; da aber im Text die 15. Geschichte fehlt, so sind es im ganzen nur 18 Geschichten. Von diesen 18 finden sich 4 in unserer Tausendundeiner Nacht wieder, und zwar:

1. Die Geschichte der sechs Leute. Dies sind die Geschichten der sechs Brüder des Barbiers von Baghdad; sie haben hier aber nichts mit dem Barbier zu tun, sondern sie werden von der Hausmeisterin eines Königs vor diesen gebracht und erzählen ihre Geschichten.

2. Die Geschichte von Dschullanâr der Meermaid. Sie ist der oben, Band IV, S. 87 ff., übersetzten Geschichte sehr ähnlich und weicht nur in kleinen Einzelheiten von ihr ab.

3. Die Geschichte von Budûr und 'Umair ibn Dschubair. Sie ist ausführlicher erzählt als oben, Band III, S. 258 ff.

4. Die Geschichte von Abu Mohammed dem Faulpelz. Sie ist am Anfang ausführlicher, am Schlusse kürzer als oben, Band III, S. 172 ff.; auch die Gedichte sind zum Teil anders. Der Anfang scheint hier dem Anfang der Geschichte von dem falschen Kalifen (oben, Band III, S. 130 ff.) nachgebildet zu sein.

Dazu kommt noch die Geschichte von Sûl und Schumûl, die in der Stambuler Handschrift als Nr. 10 erscheint, in einer Tübinger Handschrift aber als ein Stück von 1001 Nacht ausgegeben wird. Sie hat sicher nie dazu gehört, da sie auf die Bekehrung eines Muslims zum Christentum hinausläuft, was dem Geiste von 1001 Nacht durchaus widerspricht; ein christlicher Schreiber hat den mißglückten Versuch gemacht, sie in das Werk einzuführen. Aus dem bisher noch nicht gefundenen zweiten Bande der Stambuler Handschrift gehört jetzt die Geschichte vom Ebenholzpferde zu 1001 Nacht (oben, Band III, S. 350 ff.). Mehr läßt sich aus den Überschriften nicht erkennen; vielleicht sind aber auch darin noch einige Geschichten unter anderem Namen vorhanden.

In Handschriften, die in europäischen Bibliotheken aufbewahrt werden, finden sich des öfteren Geschichten aus 1001 Nacht. Um deren Verhältnis zu unserem Werk aufzuklären, müßte man feststellen, ob sie als eigene Geschichten ausgegeben werden, aus welcher Zeit sie überliefert sind und welche Texte sie bieten im Vergleich mit unserer 1001 Nacht. Auf alle diese Einzelheiten kann hier nicht eingegangen werden. Es genügt die Tatsache, daß wir sehr viel aus dem Inhalte von 1001 Nacht anderswo in der arabischen Erzählungsliteratur nachweisen können. Zu diesen gehören vor allem auch die Liebesgeschichten, zu denen R. Paret in seinem Buche »Früharabische Liebesgeschichten« (Bern 1927), S. 73, Parallelen aus der arabischen Literatur nachgewiesen hat.

Da in den meisten uns bekannten Handschriften und Drucken die ersten Geschichten, bis zum Roman von 'Omar ibn en-Nu'mân, das heißt also die oben in Band I, S. 19–500 übersetzten Geschichten, ungefähr übereinstimmen und an der gleichen Stelle stehen, hat man früher wohl angenommen, daß sie wenigstens zum Urbestande des Werkes gehören. Aber Macdonald hat mit Recht betont, daß wir bei unserer Beurteilung viel zu sehr von der uns vorliegenden späteren ägyptischen

Redaktion ausgehen und daß wir in Wirklichkeit über die Geschichte der Sammlung erst etwa seit dem Jahre 1500 etwas Sicheres aussagen können. Dazu kommt, daß die Geschichte von Ghânim ibn Aijûb, die oben Band I, S. 460 - 500 vor dem 'Omar-Romane steht, in anderen Handschriften in diesen einbezogen wird; daß die Geschichten von den Brüdern des Barbiers (Band I, S. 363–402) in der Stambuler Handschrift in ganz anderem Zusammenhange stehen; daß die Geschichte des christlichen Maklers (Band I, S. 300–318) auf ägyptischen Ursprung hinweist und so nicht in einem alten Baghdader Werk gestanden haben kann; daß endlich die erste Geschichte in 1001 Nacht, die Geschichte von dem Kaufmann und dem Dämon (Band I, S. 32–48), obwohl sie deutliche indische Motive enthält, schon Parallelen in der altarabischen Literatur hat, wie Macdonald nachwies. Es ist also nicht sehr wahrscheinlich, daß alle jene ersten Geschichten zum Urbestande des Werks gehören. Prof. Macdonald nimmt fünf Entwicklungsstadien von 1001 Nacht an:

I. Die ursprünglichen persischen *Hezâr Efsân*.

II. Eine arabische Übersetzung der *Hezâr Efsân*.

III. Eine Form, in der die Rahmenerzählung aus den *Hezâr Efsân* übernommen wurde; die dann folgenden Geschichten waren arabischen Ursprungs und standen nun an Stelle der ursprünglichen persischen Geschichten. Diese arabischen Geschichten waren kurz und unbedeutend, und vermutlich gehört zu ihnen der Kaufmann- und Dämon-Zyklus, wie er von Galland überliefert wurde.

IV. Die Tausendundeine Nacht der späteren Fatimidenzeit (also etwa 1100 - 1170). Diese Form mag dieselbe gewesen sein wie III; sie war jedenfalls sehr beliebt in Ägypten.

V. Die Tausendundeine Nacht, für die das Gallandsche Manuskript das älteste handschriftliche Zeugnis ist. Dies war sicherlich, was die in ihr enthaltenen Geschichten betrifft, ein von IV stark verschiedenes Buch. Es ist nahe verwandt mit der von Zotenberg gekennzeichneten »ägyptischen Rezension« und ebenso mit all den anderen Handschriften, die uns erhalten sind. Nabia Abbott teilt die Entwicklungsgeschichte in folgende sechs Stadien: 1. Eine arabische Übersetzung der Hezâr Efsâneh aus dem 8. Jahrhundert; 2. Eine islamisierte Form dieser Übersetzung, auch aus dem 8. Jahrhundert mit dem Titel »Tausend Nächte«; 3. Eine Ausgabe der »Tausend Nächte« aus dem 9. Jahrhundert mit persischen und arabischen Geschichten; 4. Eine Ausgabe mit dem Titel »Tausend Nachtunterhaltungen« aus dem 10. Jahrhundert, deren Verhältnis zu den »Tausend Nächten« nicht klar ist; 5. Eine Sammlung aus dem 12. Jahrhundert mit dem Titel »Tausendundeine Nacht«, die durch Material aus Nr. 4 und durch ägyptisches Material vermehrt war; 6. Das Schlußstadium der Entwicklung, die bis in das 16. Jahrhundert dauerte; darin befanden sich islamische Heldenromane aus den Kämpfen mit den Christen und Erzählungen aus Persien und Iraq, die mit den Mongolen im 13. Jahrhundert dorthin gekommen waren.

Macdonalds Urteil, daß in Nr. III die Geschichten kurz und unbedeutend gewesen seien, ist wohl durch die Bemerkung im Fihrist (oben S. 662) veranlaßt. Ob dessen Verfasser recht gehabt hat, können wir nicht mehr feststellen. Es wäre aber weiter zu fragen, ob es überhaupt nötig ist, Nr. II anzunehmen, mit anderen Worten, ob es wirklich eine arabische Übersetzung der ganzen *Hezâr Efsân* gegeben hat. Es ist denkbar, daß für eine altarabische Geschichtensammlung »Tausend Nächte« nur die Rahmenerzählung aus den *Hezâr Efsân* genommen wurde und daß die in ihr gesammelten Erzählungen von Anfang an islamisch-arabischen Charakter hatten und in arabischer Sprache bekannt waren, mochten sie auch vielfach fremden Ursprungs sein. Dann wäre also das einzige, was »Tausendundeine Nacht« mit den »Tausend Erzählungen« der Perser im Anfang äußerlich gemeinsam hatte, die Rahmenerzählung und das Wort »Tausend«. Doch da weder die *Hezâr Efsân* noch ganze Handschriften der ältesten 1001 Nacht uns überliefert sind, kann darüber nichts Sicheres ausgesagt werden. Eines aber ist sicher, daß wir deutlich erkennbare 1. Baghdader und 2. ägyptische Bestandteile von 1001 Nacht haben. Die Baghdader umfassen natürlich auch all das indisch-persische Gut, das zur Abbasidenzeit nach Westen gewandert war, und die ägyptischen mögen, da Syrien und Ägypten während der Mamlukenzeit und unter der türkischen Herrschaft eng verbunden waren, einiges aus Syrien enthalten. Ferner können wir mehrfach erkennen, daß Baghdader Geschichten in Ägypten umgearbeitet und daß ägyptische Geschichten späteren Datums in die »herrliche Zeit« des Kalifen Harûn er-Raschîd zurückdatiert worden sind. Wir haben zwar kein Mittel, um festzustellen, zu welcher Zeit die »Baghdader Bestandteile«, das heißt die Märchen persischen Ursprungs, die Erzählungszyklen indischer Herkunft, all die Anekdoten aus dem Baghdader Hofleben, der Seefahrer-Roman von Sindbad usw., in 1001 Nacht aufgenommen wurden. Es ist mir aber doch wahrscheinlich, daß sie zum großen Teile schon in der »Baghdader Rezension« standen, ehe diese nach Ägypten kam, und dort erweitert und umgearbeitet wurden. Ob demnach Nr. IV der Liste Macdonalds gleich Nr. III war und auch nur »kurze und unbedeutende Geschichten« enthielt, ist mir sehr fraglich. –

Unsere Tausendundeine Nacht enthält Stoffe aus mancherlei Ländern, Indien, Persien, Mesopotamien, Syrien, Arabien,

Ägypten. Das einigende Band für alle ist der Islam und die arabische Sprache. Alle Geschichten sind von dem islamischen Firnis bedeckt. Ebenso verschieden wie die Herkunft der Stoffe ist auch die literarische und die sprachliche Form. Mehrfach treffen wir Geschichten, die mit großer Kunst erzählt sind; doch sie wechseln mit anderen, die nur bescheidenen literarischen Ansprüchen genügen. Viele Geschichten sind in einfacher Prosa erzählt, deren Sprache nicht mehr das klassische Arabisch ist, sondern sich stark der Sprache des täglichen Lebens nähert; in den Drucken – mit Ausnahme der Breslauer Ausgabe – herrscht das Streben vor, die Sprache einigermaßen literarisch zu gestalten, in den Handschriften tritt die arabische Umgangssprache stärker hervor. Auf viele Geschichten ist jedoch hohe sprachliche Kunst verwendet, die sich namentlich in der Reimprosa äußert. Die Reimprosa war die Sprache der Wahrsager im heidnischen Arabien gewesen, und sie wurde daher in den ersten Jahrhunderten des Islams nicht angewandt, zumal auch das Heilige Buch, der Koran, in ihr abgefaßt war. Aber sie kam später wieder in Aufnahme und feierte im 10. Jahrhundert wahre Triumphe. In den Geschichten, die mit größerer sprachlicher Kunst ausgearbeitet sind, kommt sie vor, wenn es sich um folgende Dinge handelt: 1. Beschreibungen von schönen Mädchen, von Palästen, Gärten, Landschaften, besonders auch von Schlachten oder von plötzlich eintretenden Ereignissen; 2. Briefe; 3. Dialoge, die manchmal an Opern oder Operetten erinnern; 4. Gebete; 5. Predigt; 6. Parodien von Reimprosa höheren Stils; 7. Sprichwörter. In dieser Reimprosa zeigt sich echt arabischer Geist. Etwa 1420 poetische Einlagen finden sich nach Horovitz in der zweiten Calcuttaer Ausgabe; wenn davon die 170 Wiederholungen ausscheiden, so bleiben etwa 1250 verschiedene Gedichte übrig, von denen freilich bei weitem nicht alle vollständige, in sich abgeschlossene Gedichte sind, da manchmal nur wenige Verse angeführt werden. Prof. Horovitz hat festgestellt, daß diejenigen Liedereinlagen, von denen er den Verfasser nachweisen konnte, in ihrer Mehrzahl aus dem 12. bis 14. Jahrhundert n. Chr. stammen, also in die ägyptische Periode der Entwicklung von 1001 Nacht gehören. Die Verbindung von Poesie und Prosa ist auch ein echt arabischer Charakterzug. Freilich sind die dichterischen Einlagen in Tausendundeiner Nacht oft derart, daß sie fehlen könnten, ohne den Gang der Handlung zu stören; daraus erkennen wir, daß diese meist später hinzugefügt sind.

Mögen nun auch die Zeitpunkte für die Aufnahme der einzelnen Geschichten noch so unsicher sein, für ihre Herkunft haben wir doch mancherlei Anhaltspunkte. Daß die Rahmengeschichte aus *Indien* stammt, wurde schon oben S. 667 angeführt. Indisch sind aber auch manche Erzählungen von frommen Männern, die an buddhistische und dschinistische erbauliche Geschichten erinnern; ebenso werden manche Tierfabeln aus Indien stammen, wie ja solche Fabeln schon zur Ptolemäerzeit nach Ägypten gekommen sind und indische Stilelemente sich in der koptischen Kunst finden. Ferner sind die Zyklen von dem weisen Sindbad und von Dschali'âd und Schimâs indisch, und indische Motive finden sich fast durch das ganze Buch zerstreut; vor allem beruht die Geschichte von dem fliegenden Ebenholzpferd auf einem indischen Motiv. Alles ist aber durch das Persische hindurchgegangen, ehe es zu den Arabern kam.

Zu den indischen Motiven vgl. L. Alsdorf, »Zwei neue Beiträge zur ‚indischen Herkunft' von 1001 Nacht« in der Zeitschrift der Deutschen Morgenländischen Gesellschaft (ZDMG

1935, S. 275ff.). Vielleicht gehört auch der Affe Hanuman hierher; vgl. unten S. 679

Aus *Persien* stammen vor allem die Märchen, in denen die guten Geister und Feen selbständig handelnd in das Leben der Menschen eingreifen; diese Geisterwelt ist durchaus verschieden von der unheimlichen Dämonenwelt der arabischen Wüste und von der ägyptischen Zauberwelt. Die Anekdoten von persischen Königen sind natürlich ursprünglich von Persern erzählt worden, mögen sie auch im Laufe der Zeit umgestaltet oder von einem Herrscher auf den anderen übertragen sein. Für ihre Aufnahme in Tausendundeine Nacht kommen wohl nur schriftliche Quellen in Betracht. Etwa fünfzig persische Namen kommen in den hier übersetzten Geschichten vor.

Baghdad liegt im Gebiete des alten Babyloniens; es ist daher von vornherein wahrscheinlich, daß sich dort altbabylonische Anschauungen durch die Zeiten der Griechen und Perser hindurch bis zu den Arabern erhalten haben und gelegentlich auch in 1001 Nacht noch durchschimmern. Sogar eine ganze Erzählung, die in einigen Handschriften zu dem Werke gerechnet wird, ist altmesopotamischen Ursprungs. Das ist die Geschichte vom weisen Haikâr, die etwa im 7. Jahrhundert v. Chr. in der assyrischen Hauptstadt Ninive entstanden ist und durch die jüdische und christliche Literatur hindurch ihren Weg in die arabische gefunden hat. Chidr, der Ewig-Junge, der uns in den Geschichten von Bulûkija, von der Messingstadt und von 'Abdallâh ibn Fâdil und seinen Brüdern begegnet, hat ein babylonisches Vorbild; in den Wanderungen Bulûkijas und in dem Lebenswasser, das Prinz Ahmed holt, mögen Reflexe des babylonischen Gilgamesch-Epos enthalten sein. Aber Chidr und das Lebenswasser sind den Arabern wohl erst durch den Alexander-Roman überliefert worden; und die

Wanderungen Bulûkijas sind aus der jüdischen Literatur zu ihnen gekommen. Vor allem stammen aus der Baghdader Zeit die meisten der Anekdoten, die sich um die Abbasiden und ihren Hof gruppieren; auch einige Anekdoten aus bürgerlichen Kreisen sind dort zu Hause. Der Roman von Sindbad dem Seefahrer wird dort entstanden sein; der Roman von 'Omar en-Nu'mân ist in Syrien und Baghdad zu Hause; der Roman von 'Adschîb und Gharîb weist nach Mesopotamien und Persien; die Geschichte von der klugen Sklavin Tawaddud ist in Baghdad entstanden und in Ägypten überarbeitet worden. Desgleichen sind die Geschichten von Bulûkija, von dem weisen Sindbad und von Dschali'âd und Wird Chân sicher in Baghdad bekannt gewesen. Das »Buch der Lieder«, aus dem einige Geschichten in Tausendundeine Nacht übergegangen sind, wurde zuerst in Baghdad bekannt. Doch wir haben für alle diese Erzählungen keinen sicheren Beweis, daß sie bereits in das Baghdader Werk von Tausendundeiner Nacht aufgenommen waren.

Für *Ägypten* sind in unserem Werke besonders charakteristisch die meist mit Humor und Geschick erzählten Streiche von Dieben und Schelmen sowie die Zaubermärchen, in denen die Geister den Menschen durch Talismane dienstbar gemacht werden. Auch einige Geschichten, die man als bürgerliche Novellen bezeichnen kann, sind dort geschaffen; einige von ihnen nehmen sich fast wie moderne Ehebruchsromane aus. Alle diese Geschichten stammen natürlich in ihrer jetzigen Form aus dem Ägypten der Mamlukensultane oder dem der türkischen Herrschaft. Es fragt sich nun, wieviel Ältägyptisches in ihnen enthalten ist. Das Volk der ägyptischen Hauptstädte ist von alter Zeit bis zur Neuzeit sehr lebensfroh und leichtlebig gewesen; es hatte von jeher Freude am Erzählen, an

Wundern, die oft nicht grotesk genug sein können, an komischen Situationen und humorvollen Ausdrücken. So haben denn unsere arabischen Schelmengeschichten und Zaubermärchen ihre altägyptischen Vorgänger gehabt. Prof. Nöldeke wies bereits darauf hin, daß die Geschichte vom Schatz des Rhampsinit sich in der Geschichte von 'Alî ez-Zaibak wiederfindet. Ein Vorgänger dieses Räuberhauptmannes 'Alî ez-Zaibak und seines Genossen Ahmed ed-Danaf ist der kühne Kondottiere Amasis[1], der es bis zum Pharao brachte, wie ja auch 'Alî ez-Zaibak in einem neuaramäischen Märchen (Bergsträßer, Neuaramäische Märchen, S. 90) sogar Sultan wird. Dazu kommen noch einzelne altägyptische Züge, wie die Gestalt des schreibenden Affen in der Erzählung des zweiten Bettelmönches innerhalb der Geschichte des Lastträgers und der drei Damen von Baghdad. Diese erinnert, wie Prof. Spiegelberg mir mitteilte, an den altägyptischen Götterschreiber Thoth, der oft als Affe dargestellt wird. Andererseits kann man auch an den Affen Hanuman im indischen Epos »Ramajana« denken, dem ein Drama zugeschrieben wird und der dem Helden Rama hilfreich beisteht wie der Mârid Affe dem Abu Mohammed (Band III, S. 182-184). Die Geschichte von dem kleinen Löwen, der sich vor dem Menschen warnen läßt (Band II, S.225 ff.), wird von Prof. Lexa auf ein altägyptisches Vorbild zurückgeführt; vgl. Archiv Orientální (Prag), 1930, S. 441. Man hat auch vermutet, daß die Geschichte des ägyptischen Schiffbrüchigen mit Sindbads Reisen und die Geschichte der Einnahme von Jaffa durch ägyptische Krieger, die in Säcken verborgen waren, mit der Geschichte von Ali Baba

1. Vgl. über ihn Spiegelberg: »Die Glaubwürdigkeit von Herodots Bericht über Ägypten im Lichte der ägyptischen Denkmäler«, Heidelberg 1926, Seite 18 ff.

zusammenhängen. Aber das ist sehr unwahrscheinlich, wie ich in meinem Vortrag »Tausendundeine Nacht in der arabischen Literatur« (Tübingen 1923) S. 22 f. näher ausgeführt habe.

Die Anlage des ganzen Werkes als Rahmenerzählung mit den darin eingefügten Geschichten ist typisch indisch. Zwar findet sich diese Art auch im alten Ägypten und, innerhalb der einzelnen Geschichten, auch in den später entstandenen, ist sie oft nachgeahmt. Aber wo es innerhalb einer Erzählung heißt: »Es ergeht (erging) ihm (ihr, ihnen) so wie dem und dem« und dann gefragt wird: »Wie war denn das?« (oder ähnlich), können wir fast immer mit Sicherheit auf indischen Ursprung schließen; denn dies ist in den indischen Erzählungen die stehende Ausdrucksweise. Auch in altägyptischen Märchen werden Geschichten vor dem König erzählt, geradeso wie vor den indischen Königen und vor den Kalifen aus dem Hause von el-'Abbâs. Der Fihrist (oben S. 662) führt diese Sitte auf Alexander den Großen zurück, »so Gott will«. In Wirklichkeit ist sie in verschiedenen Ländern und zu verschiedenen Zeiten aufgekommen, und ein innerer Zusammenhang zwischen ihren einzelnen Erscheinungsformen braucht nicht zu bestehen. Im allgemeinen unterscheiden sich die aus fremden Literaturen stammenden Erzählungen, vor allem die indischen und persischen, von den in arabischer Zeit entstandenen oder niedergeschriebenen dadurch, daß in ihnen wenig Gedichte und wenig Reimprosa vorkommen. Aber es gibt auch Erzählungen solcher Art, die aus der Baghdader und der ägyptischen Zeit stammen; sie gehören mehr der Gruppe der mündlich erzählten Geschichten an. Für eine Anzahl von Geschichten jedoch ist ein einheitlicher Kunststil charakteristisch, der sich namentlich in stehenden Reimprosaformeln für Sonnenaufgang und Sonnenuntergang, für Schlachtenereignisse usw.

zeigt. Freilich ist die Sprache in den Handschriften sehr verschieden, und in den Drucken ist sie vielfach korrigiert. Das alles wäre noch genauer zu untersuchen.

DIE EINZELNEN ERZÄHLUNGEN

Es ist nicht leicht, die »Erzählungen aus den Tausendundein Nächten« nach ihren literarischen Gattungen in verschiedene Gruppen zusammenzufassen, da die Grenzen fließend sind, so daß man oft im Zweifel ist, welcher Gruppe man eine bestimmte Geschichte zuweisen soll. Dennoch ist im folgenden der Versuch gemacht unter der Voraussetzung, daß spätere Forschung manches anders erklären und vor allem die Herkunft der Geschichten genauer bestimmen wird. Als Hauptgruppen mögen gelten 1. Märchen; 2. Romane und Novellen; 3. Sagen und Legenden; 4. Lehrhafte Geschichten; 5. Humoresken; 6. Anekdoten. Bei der Besprechung der einzelnen Gruppen werden sich noch mehrere Unterabteilungen ergeben. Natürlich sind hier nur die in der vorliegenden Übersetzung vertretenen Erzählungen berücksichtigt; das sind also die Erzählungen, die in der zweiten Calcuttaer Ausgabe stehen, sowie die oben S. 650 f. aufgezählten Geschichten und abweichenden Fassungen.

1. MÄRCHEN

Oft hört man im Deutschen den Vergleich »wie ein Märchen aus Tausendundeiner Nacht«. Und in der Tat sind es die Märchen, die ihren eigenartigen Reiz und Zauber am meisten ausüben, nicht nur auf die Morgenländer, sondern auch auf uns Abendländer. Von ihnen gilt zwar, was der große englische Gelehrte Bacon sagte: »Die Dichtung gibt der Menschheit das, was die Geschichte ihr versagt, und sie befriedigt in gewisser Weise den Geist mit Schattenbildern, wenn er sich der Wesenheit nicht erfreuen kann. Und da die wirkliche Geschichte uns nicht den Erfolg der Dinge gemäß den Verdiensten von Laster und Tugend gibt, so verbessert die Dichtung dies und zeigt uns die Schicksale von Personen, die nach ihrem Verdienst belohnt und bestraft werden.« Aber damit ist das Wesen der orientalischen Märchen nicht erschöpft. Der Orientale flüchtet wohl gern aus der rauhen Wirklichkeit in die Zauberwelt des Märchens, aber die Frage von Verdienst und Schuld wird nicht immer aufgeworfen, Glück ohne Verdienst spielt eine ebenso große Rolle. Alles Geschehen wird jedoch dem Schicksal und dem Willen Allahs zugeschrieben. Und vor allem ist es die Freude an »wunderbaren und seltsamen Dingen«, die dem Orientalen das Märchen so wertvoll macht.

Schon die Rahmenerzählung ist ein Märchen für sich, das aus Indien stammt, wie oben S. 667 ausgeführt wurde. Dann folgt das Märchen von dem Kaufmann und dem Dämon, eine neue Rahmenerzählung mit den eingefügten Geschichten der drei Scheiche. Die Geschichten sind kurz und unheimlich; sie enthalten zwar indische Züge, sind aber auch schon in die altarabische Volksliteratur übergegangen. Sie werden sehr früh in das Baghdader Werk aufgenommen sein, und zwei von ihnen haben späteren ausführlicheren Märchen als Vorbild gedient. Die Geschichte des zweiten Scheichs (I, 41), dessen böse Brüder in Hunde verwandelt wurden, hat zunächst ihr weibliches Gegenstück in der Geschichte der ältesten von den drei Damen von Baghdad (I, 187); diese letztere Fassung ist ausführlicher und enthält bereits die wesentlichen Elemente der dritten Fassung, die am kunstvollsten ausgeführt ist, nämlich der Geschichte von 'Abdallâh ibn Fâdil (VI, 509). Diese Elemente sind der Schlangenkampf und die versteinerte Stadt. Aber die beiden ersten Fassungen enthalten nicht den versöhnenden Schluß der dritten. Die Geschichte des dritten Scheichs (I, 46), der von seiner Frau betrogen wurde und sie in eine Mauleselin verwandelte, nachdem sie ihn vorher zu einem

Hunde verzaubert hatte, ist das Vorbild der Geschichte von Sîdi Nu'mân (VI, 259). Wiederum ist die letztere Fassung ausführlicher und kunstvoller; sie ist bisher nur durch Galland überliefert, erweist sich aber durch diese Zusammenhänge als echt orientalisch. Die Märchenkunst von 1001 Nacht zeigt sich hier am Anfang nicht von der besten Seite, und wenn zur Zeit des Fihrist die Sammlung nur Geschichten dieser Art enthielt, so würde das dort ausgesprochene Urteil, wenn es auch hart ist, doch in gewisser Weise berechtigt sein. Aber zum Glück folgen bald schönere und erfreulichere Märchen.

Schon die Geschichte vom Fischer und Dämon (I, 48) wiederum eine Rahmenerzählung mit eingeschachtelten Erzählungen, bietet ein ganz anderes Bild. Eigentlich besteht sie aus zwei Teilen, die nur lose aneinandergefügt sind, und zwar 1. der Geschichte vom Fischer und dem Dämon bis zu seiner Befreiung aus der Flasche und 2. der Geschichte von dem See mit den verzauberten Fischen. Die Geschichte kann so, wie sie jetzt ist, nicht in den Hezâr Efsân gestanden haben; aber sie enthält doch allerlei indisch-persisches Gut, und die indische Überleitung zu einer eingeschachtelten Geschichte (Wie war denn das?) findet sich auch hier. Die in ihr enthaltene Geschichte von Junân und Dubân ist im wesentlichen indischen Ursprungs; sogar der Name Sindibâd hat sich in ihr erhalten. Am Schlusse wird erzählt, daß der zum Tode verurteilte Arzt an dem König Rache nimmt, indem er die Blätter eines Buches vergiftet, das er ihm hinterläßt; schon J. Gildemeister hat darauf hingewiesen, daß in Indien die Bücher auf Palmblätter geschrieben und zum Schutz gegen die Termiten mit einer ihnen gefährlichen Flüssigkeit eingerieben werden. Das Ganze ist aber mehrfach überarbeitet worden; man kann annehmen, daß die Geschichte zum ersten Male in Baghdad zusammengestellt wurde und später in Ägypten einzelne Veränderungen erfuhr; das Bild des Negers, der Zuckerrohr kaut, Mäuse ißt und Bier trinkt (I, 87), ist typisch afrikanisch. Der Glaube, daß die widerspenstigen Dämonen von Salomo in Flaschen gesperrt wurden, ist wohl schon in alter Zeit aus jüdischen Erzählungen bei den muslimischen Arabern bekannt geworden und ist noch heute bei ihnen bekannt. Parallelen zu dem Motiv, daß Dämonen oder Teufel eingefangen werden, finden sich bei vielen Völkern, auch bei den Indern. Gerade die Art, wie der Fischer hier den Geist übertölpelt, verleiht der Geschichte ihren Reiz.

Die nächsten eigentlichen Märchen sind in der Reihenfolge dieser Übersetzung die von 'Alâ ed-Dîn (II, 659), Ali Baba (II, 791) und Prinz Ahmed (III, 7); sie sollten eigentlich am Ende des ganzen Werkes stehen, da sie in der zweiten Calcuttaer Ausgabe nicht enthalten sind. Vorher steht aber ein Märchen, das mit einem »Familienroman« zusammengesetzt ist und eine eingeschachtelte Liebesnovelle enthält; dies ist die Geschichte von Kamar ez-Zamân und Budûr (II, 357ff.). Zugrunde liegt wohl ein persisches Zaubermärchen, das sich in der Handlungsweise des Geistes Dahnasch und der Dämonin Maimûna widerspiegelt. Aber schon diese Namen sind islamisch-arabisch, und die humorvolle, aber groteske Szene mit dem Eunuchen (II, 393ff.) könnte fast ägyptisch sein; doch auch in Baghdad machte man sich in manchen Erzählungen über die Eunuchen lustig. Die Frage nach den islamischen Monatsnamen (II, 402) kann natürlich nicht in einem altpersischen Märchen gestanden haben, ebensowenig wie die Erwähnung eines venezianischen Hemdes (II, 379, 386). Der Glaube an Dämonen im Brunnen (II, 369) ist altarabisch; aber das Aufsuchen der Geliebten in weiter Ferne (China) erinnert an Hasan el-Basri, der sie in Japan sucht, und Hasan el-Basri seinerseits ist von Sindbad dem Seefahrer abhängig. An Persien erinnert noch der Name Marzuwân (II, 412 ff.). Wir haben es also wohl mit einer späteren Komposition zu tun. Der erste Teil, das Märchen, reicht bis zur Vereinigung der Geliebten. Dann folgt der »Familienroman«. Die beiden Frauen des Helden verlieben sich in ihre Stiefsöhne, und daraus entstehen allerlei Irrungen und Wirrungen. Die »bösen Magier« (II, 443, 501) weisen auf die Baghdader Zeit; und die Geschichte von Ni'ma und Nu'm (II, 530), die in die Omaijadenzeit verlegt wird, stammt spätestens aus der alten Abbasidenzeit. Nach S. 544 war es Sitte, daß die vornehmen Leute Persisch sprachen; da die Derwische bereits eine Rolle spielen und S. 541 der Rosenkranz genannt wird, wird die Erzählung in ihrer jetzigen Form kaum älter als das 9. oder 10. Jahrhundert sein.

Das Märchen von 'Alâ ed-Dîn und der Wunderlampe (II, 659) ist uns nur aus einer verhältnismäßig späten Zeit bekannt. Der arabische Urtext wurde erst Ende des 19. Jahrhunderts entdeckt. Er zeigt sehr starke europäische Einflüsse; manche Stellen sind ganz unarabisch gedacht und sind sehr wahrscheinlich Übersetzungen aus einer romanischen Sprache. Ob das Ganze eine Rückübersetzung ist, muß durch eine genauere Vergleichung endgültig festgestellt werden; das kann aber erst geschehen, wenn eine Gothaer Handschrift, die eine ähnliche Geschichte enthält, veröffentlicht ist. Das Märchen, das wie Ali Baba so große Berühmtheit erlangt hat, wird aus dem späteren Ägypten stammen; darauf weisen die Gestalt des Dämons, des »Dieners der Lampe« und die Erwähnung des Kaffees (II, 735).

Für Ali Baba (II, 791) haben wir einen besseren arabischen Text, der zu Anfang des 20. Jahrhunderts entdeckt wurde. In ihm findet sich die gleiche Sprache wie in den meisten Teilen von Tausendundeiner Nacht. Verschiedene sprachliche Ausdrücke sowie die Tatsache, daß eine ähnliche Geschichte in Syrien noch heute mündlich fortlebt, weisen auf Syrien als das Ursprungsland; der Name Ali Baba ist türkisch.

Das Märchen von Prinz Ahmed und der Fee Perî Banû (III, 7) ist ein hübsches persisches Märchen aus späterer Zeit. Wann es ins Arabische übersetzt wurde und ob noch eine Handschrift des arabischen oder persischen Textes vorhanden ist, wissen wir vorläufig nicht. Daß neben dem persischen Namen auch arabische gebraucht werden, ist nicht verwunderlich, da die muslimischen Perser so unendlich viele arabische Namen übernommen haben. Die genauere Kenntnis von Indien, von Brahmanen, Pagoden, Elefanten u. a. m. weist auch nach Persien, vor allem aber das Motiv des besten Pfeilschützen; ferner ist Firmân (S. 43) ein persisches Wort. Das Fernrohr (S. 20ff.) führt in die Neuzeit. In der Sprache zeigt sich zuweilen europäischer Einfluß durch längere Perioden und Reflexionen, die dem arabischen Erzählungsstil fremd sind. Da III, 22 und 43 König Schehrijâr angeredet wird, gibt sich das Märchen als ein Teil von Tausendundeiner Nacht aus. Innere Beziehungen hat es mit der Geschichte der neidischen Schwestern (vgl. III, 72ff. mit V, 178ff.); aber auch für die letztere Geschichte fehlt der orientalische Urtext. Alle diese Fragen können erst näher beantwortet werden, wenn dieser Text gefunden ist.

Die Geschichte von ʾAlî Schâr und Zumurrud (III, 207) spielt in Chorasân im östlichen Persien, aber ein Kurde von der Bande des Ahmed ed-Danaf (III, 232) wird genannt. Dieser Kurde heißt Dschawân (besser: Dschuwân »Jüngling«), trägt also einen persischen Namen. Auch der Name des Helden ist aus Persien bezogen; denn Schâr ist dasselbe wie persisch Schêr »Löwe«, und dies Wort wird öfters als Beiname gebraucht. Die Verkaufsszene am Anfang (III, 213 ff.) erinnert an die gleiche Szene in der Geschichte von Nûr ed-Dîn und Marjam (V, 658 ff.); letztere mag eine ausführliche Nachahmung der ersten sein. Wegen des Märchenmotivs, daß eine Sklavin in fremdem Lande zur Königin wird, ist diese Geschichte hierher gestellt; man würde sie sonst eher zu den Romanen und Novellen rechnen. Die humoristischen Szenen beim Festmahl der Königin deuten auf ägyptischen Ursprung.

Ein echtes Märchen wiederum ist die Geschichte vom Ebenholzpferd (III, 350). Das Motiv des fliegenden Pferdes ist indisch; das gut erzählte Märchen stammt aus Persien, worauf zunächst der nur in der Breslauer Ausgabe genannte Königsname Sabûr hinweist. Der Name Hardscha (III, 379) könnte ein entstelltes persisches Hardschad oder Chodscha sein. S. 356 wird Indien genannt, S. 357, 358 ist die Rede vom Perserprinzen, S. 374 vom Lande der Griechen, S. 377 von Persien. S. 365 ff. taucht die Stadt San'â auf; die wird den Persern schon in vorislamischer Zeit bekannt gewesen sein, da Südarabien teilweise unter persischer Herrschaft stand. Somit könnte dies Märchen in den Hezâr Efsân gestanden haben; aber wir haben keinen Beweis dafür. In der Stambuler Handschrift (oben S. 671) gehört es jedoch nicht zu Tausendundeiner Nacht.

Die Geschichte von 'Alî aus Kairo (III, 593) ist ein späteres ägyptisches Märchen. Die ägyptische Geographie ist bekannt; S. 597 kommen die Insel er-Rôda und der Nilmesser vor, S. 600 und 612 Bulak und Damiette. Der Held zieht wie 'Alâ ed-Dîn Abu esch-Schamât von Kairo nach Baghdad und erhält dort eine hohe Stellung; er findet dort einen Schatz wie Zain el-Asnâm (VI, 216 ff.), und er sagt, seine Karawane werde kommen, wie der Schuhflicker Ma'rûf (VI, 571 ff.), worauf dann wirklich eine Geisterkarawane eintrifft. Sein Sohn wird König; seine Familie wird durch die Luft getragen, und der Schatz ist an Zauber gebunden.

Die Geschichte von der Schlangenkönigin und Hâsib Karîm ed-Dîn (III, 762) ist ein Märchen, aber ihr Hauptteil, die Geschichte von Bulûkija, ist eine Himmel- und Höllenfahrt, und in sie ist die Geschichte von Dschanschâh eingefügt, die wiederum am ehesten als Märchen zu bezeichnen ist, obwohl sich in ihr auch Motive aus den Seefahrergeschichten finden, wie die Bäume mit Menschenköpfen als Früchten (III, 789) und die Affenburg (III, 820). Der Name Dschanschâh ist persisch, und in seiner Erzählung finden sich auch sonst indisch-persische Züge; die Geschichte von Bulûkija ist jüdischen Ursprungs; das Märchen von der Schlangenkönigin ist allem Anscheine nach ägyptisch. Wir haben hier also ein Musterbeispiel für die Entstehung unserer heutigen Tausendundeinen Nacht; und in Bulûkijas Fahrten haben wir ein ganzes Kompendium der jüdisch-christlich-muslimischen Kosmologie und Eschatologie. Prof. Horovitz, der sich um die Erklärung dieser Geschichte große Verdienste erworben hat, weist mit Recht darauf hin, daß diese Himmel- und Höllenfahrten ihren Höhepunkt in Dantes Divina Commedia erreichten. In neuerer Zeit hat man auch versucht, in Dantes Werk Einflüsse der islamischen Eschatologie zu finden.[1] Prof. Horovitz hat auch nachgewiesen, daß Bulûkija dem biblischen Namen Hilkija entspricht und daß 'Affân der biblische Schafan ist, ferner daß

1. M. Asín Palacios »La escatologia Musulman en la Divina Comedia« (1919). – Zur Frage der islamischen Eschatologie bei Dante vgl. auch Cerulli, »Il ‚Libro della Scala' e la questione delle fonti arabo-espagnole della Divina Commedia«, Città del Vaticano, 1949.

unsere Bulûkija-Geschichte spätestens zwischen 850 und 900 den arabischen Muslimen bekannt gewesen sein muß.

Die Geschichte von Dschaudar und seinen Brüdern (IV, 371) ist wieder ein späteres ägyptisches Märchen. Der See Karûn bei Kairo wird genannt (IV, 377), das Siegestor in Kairo (IV, 400), Suez und das Meer von Suez (IV, 405, 408, 410); die Tochter des Königs heißt Âsija (IV, 427), wie nach den arabischen Auslegern des Korans die Frau des Pharao. Der Schatz kann nur durch Dschaudar gehoben werden, wie der Schatz von 'Alâ ed-Dîn. Aber in einer Hinsicht steht die Geschichte Dschaudars in ihrer jetzigen Gestalt ziemlich allein in 1001 Nacht: das ist ihr tragischer Ausgang. Dschaudar wird wirklich von seinen bösen Brüdern ermordet, dann bringt der eine Bruder den andern ums Leben, schließlich tötet Dschaudars Witwe den überlebenden und zerbricht den Zauberring. Darauf sendet sie zum Scheich el-Islâm und läßt ihm sagen: »Wählt euch einen König, der Herrscher über euch sei!« Das klingt ganz anders als sonst, wenn es heißt »und sie lebten herrlich und in Freuden bis zu ihrem Tode«. – Der Name Dschaudar hat zu verschiedenen Erörterungen Anlaß gegeben. Man hat ihn mit dem altpersischen Gotarzes verglichen, aber den Vergleich doch wieder aufgegeben. Ich sehe darin das arabische Wort *dschaudhar* (teilweise auch anders vokalisiert) »das Junge der Wildkuh«, das allerdings aus dem persischen Worte *gaudar* entlehnt ist. Als Name ist mir dies Wort aus alter Zeit nicht bekannt, wohl aber aus neuerer Zeit, und zwar aus Algerien, wo *Djoudar* und *Djouder* umschrieben wird.

Die Geschichte von Dschullanâr, der Meermaid, und ihrem Sohne, dem König Badr Bâsim von Persien (V, 87) ist ein arabisch umgearbeitetes persisches Märchen; sie enthält Reimprosa und Verse nach allen Regeln der höheren arabischen Erzählungskunst. Die Namen Dschullanâr und Schahrimân sind persisch, ebenso auch Dschauhara und Samandal; aber die beiden letzteren Namen könnten persische Lehnwörter im Arabischen sein. Es ist auffällig, daß der Name des Helden Badr Bâsim nach persischer Weise ohne Artikel gebraucht wird; die Araber würden von sich aus el-Badr el-Bâsim sagen. Daraus könnte man schließen, daß die Geschichte erst in islamischer Zeit in Persien entstanden und dann ins Arabische übersetzt sei; der islamische Firnis ist hier auch ziemlich stark aufgetragen. Jedenfalls gehört dies Märchen noch in die Baghdader Zeit; es ist in der Stambuler Handschrift enthalten (oben S. 670), wo es nur in wenigen Einzelheiten abweicht. Der Name der Hexenkönigin Lâb, der (V, 136) als »Berechnung der Sonne« gedeutet wird, erhält in der Handschrift die Übersetzung *Schams el-Malika*, was nach arabischem Sprachgebrauch bedeuten müßte »Sonne der Königin«, aber doch wohl als »Königin Sonne« gemeint ist; die Nachstellung des Titels könnte persisch sein.

Ein weiteres persisches Märchen ist die Geschichte von den beiden Schwestern, die ihre jüngste Schwester beneideten (V, 154). Die Namen sind alle persisch: Chusrau, Bahman, Parwêz, Perizâde, Rustem, Asfandijâr. Der Tiger wird gejagt (V, 197), was freilich nur in Nordostpersien möglich ist. Da uns aber ein orientalischer Urtext noch fehlt, sind wir diesem Märchen gegenüber in derselben Lage wie dem von Prinz Ahmed und Perî Banû (oben S. 687). Beide Märchen gehören mit zu den schönsten in Tausendundeiner Nacht.

Zu den Märchen muß auch die Geschichte von Saif el-Mulûk (V, 228) gerechnet werden, obgleich ihr Inhalt zum großen Teil aus den Seefahrergeschichten entlehnt und nur mit allerlei Geistermären vermischt ist. Sie ist in eine eigenartige Rahmengeschichte eingespannt, deren richtige Bedeutung Prof. Horovitz erkannt hat. In dem König Mohammed ibn Sabâïk sieht er mit Recht den im ganzen Osten der islamischen Welt hochberühmten Fürsten Mahmûd ibn Sabuktegin von Ghazna (998 – 1030)[1], der in der persischen Gestalt dieser Geschichte auch genannt wird, und so kommt er zu dem Schlusse, daß unsere Geschichte, die als selbständiges Buch noch arabisch, persisch und türkisch erhalten ist, ursprünglich arabisch verfaßt wurde, hauptsächlich aus Erinnerungen an Sindbad, dann nach Persien kam und dort mit einer Einleitung versehen wurde und schließlich ins Arabische zurückwanderte. Als Teil von 1001 Nacht zeigt sie jedoch einige ägyptische Spuren. Daß Saif el-Mulûk der Sohn des Königs 'Âsim von Ägypten ist, fällt kaum ins Gewicht, da die Namen erfunden sind. Aber V, 243 wird der Elefantenplatz genannt, und das weist darauf hin, daß der Schreiber Kairo kannte. Wenn jedoch der König der Geister in der Burg von el-Kulzum, dem heutigen Suez, wohnt (V, 273), so braucht das nicht einem ägyptischen Überarbeiter zugeschrieben zu werden. Das Meer von el-Kulzum (Rotes Meer) war auch in Basra und Baghdad bekannt; und ein Ägypter der späteren Zeit hätte eher Sues geschrieben wie in dem Märchen von Dschaudar (oben S. 690).

Mit dem vorigen hat das lange Zaubermärchen von Hasan von Basra (V, 315) eine gewisse Ähnlichkeit; aber es entfernt sich noch weiter von Sindbad und enthält noch mehr Dinge aus der Geisterwelt. Mit Sindbad hat es nur die Geschichte von dem Diamantberg (hier der Berg mit dem Goldmacherkraut) und die Reise nach Japan gemeinsam. Aus der Geschichte von Dschanschâh (oben S. 689) scheint das Motiv

1. Dies hatte Prof. Oestrup schon vermutet.

der Vogeljungfrauen und die lange Fahrt nach der entflohenen Geisterbraut entlehnt zu sein; doch das müßte erst noch sicher festgestellt werden, da das indische Motiv der Vogeljungfrauen auch sonst in der arabischen Literatur vorkommt. Die Gestalt der alten Schawâhi Umm ed-Dawâhi (V, 422f.) stammt aus dem Roman von 'Omar ibn en-Nu'mân. Der Gegensatz zwischen Muslimen und Magiern, wie er im Anfang der Geschichte in dem Verhältnis zwischen Hasan und dem persischen Zauberer zur Geltung kommt, weist auf die Baghdader Zeit. Dieser erste Teil mag ursprünglich selbständig gewesen und erst später mit der langen Reise Hasans nach Japan verbunden worden sein. Der Name Japans *Wâkwâk* (eigentlich chinesisch *wo-kuok* »Zwergenland«, wie mir Prof. J.-J. Hess mitteilte) wird (V, 425) eigenartig gedeutet: *wâk wâk* (richtig *wâḳ wâḳ* mit emphatischem *k*) soll ein Ausruf der Bewunderung sein wie arabisches *wâh*. Es wäre denkbar, daß diese Deutung ein Zusatz aus späterer ägyptischer Zeit ist, als man *ḳ* wie ' sprach (*wâ' wâ'*); sie findet sich auch bei Ibn Ijâs, einem ägyptischen Schriftsteller um 1500. So wird umgekehrt, wie ich von Prof. Paret hörte, im Roman von Saif ibn Dhî Jazan der Ruf '*âh* '*âh* als *ḳâḳ ḳâḳ* gedeutet. Die Geschichte Hasans ist als einheitliches Kunstwerk von ihrem Verfasser gedacht und von ihm mit viel Reimprosa und Poesie ausgeschmückt; dabei wird die Sentimentalität sehr übertrieben.

Die Geschichte von **'Abdallâh, dem Landbewohner, und 'Abdallâh, dem Meermann** (VI, 186), ist eigentlich eine Wunderreise, die diesmal nicht übers Meer noch durch die Luft, sondern in das Meer hineinführt, oder eher noch eine »Geschichte von den Wundern des Meeres«; doch sie ist hier mit Märchenmotiven ausgestattet und zu einem Märchen verarbeitet; diese Motive hat sie teilweise mit den Märchen von

Dschaudar (oben S. 690) und von Dschullanâr (oben S. 690) gemeinsam. Der Anfang erinnert so stark an den von Dschaudar, daß der eine von dem andern entlehnt sein muß; beide Male erhält der Fischer, der ohne Fang heimkommt, von einem freundlichen Bäcker mehrere Tage hindurch Brot und Geld. Wie Badr Bâsim von dem Meeresbewohner Sâlih vor dem Untertauchen ins Meer mit einer zauberkräftigen Salbe bestrichen wird (V, 102), so erhält auch der Landbewohner von dem Meermann eine Salbe (VI, 203, 205); freilich kommt bei Badr Bâsim auch noch ein Zauberring hinzu. Die Menge der Juwelen im Meere wird in beiden Geschichten ähnlich geschildert. Aber 'Abdallâh bekommt noch allerlei andere Meereswunder zu sehen, wie den großen Fisch Dandân (VI, 204, 206) und die Seeweiberstadt (VI, 207). Am Schlusse findet sich ein merkwürdiges Motiv (VI, 214): die Meeresbewohner freuen sich beim Tode eines der Ihren, da Allah nur »sein Pfand« zu sich zurücknimmt, und der Meermann will mit den Landbewohnern nichts mehr zu tun haben, weil die beim Tode eines Menschen trauern. So endet die Freundschaft der beiden 'Abdallâhs mit einer gewissen Tragik wie die Geschichte Dschaudars (oben S. 690). Aber der Landbewohner selbst führt doch ein Leben voller Freude weiter bis an sein Ende. Das Märchen wird in seiner jetzigen Form aus Ägypten stammen, worauf auch der Gebrauch von Sultan = Herrscher (VI, 207 und öfter) hinweisen mag; es ist aber wohl die Bearbeitung einer Baghdader Erzählung.

Das Märchen von Zain el-Asnâm (VI, 216) fehlt in den orientalischen Drucken; in Sprache und Komposition weicht es auch ziemlich stark von ihnen ab. Stil und Ausdruck sind öfters ungeschickt, und die Erzählung hat nicht die epische Breite wie die anderen Märchen. Der Kaffee wird erwähnt

(VI, 235), mehrere späte Wörter kommen vor, wie *kawaribdschi* »Fährmann« (VI, 226 = Text S. 18, Z. 6) und *ardu-hâl* »Beschwerdeschrift« (VI, 233 = Text S. 28, Z. 5 v. u.), und die Anrede an die Hörer (VI, 217 und 232) wird ganz wie in modernen arabischen Märchen gebraucht, aber sie paßt schlecht zu 1001 Nacht. Am Anfang wird eine Erinnerung an Dschali'âd und Wird Chân, dem indischen Parabelzyklus, vorliegen; denn beide, Zain wie Wird Chân, werden leichtsinnig nach dem Tode ihres Vaters, und das Volk will sich empören. Das Hinundherwandern zwischen Basra und Kairo wegen des Schatzes ist ähnlich geschildert wie III, 337f. und in der Geschichte von 'Alî aus Kairo (III, 593 ff.). Dies Märchen stammt also aus neuerer Zeit und kann irgendwo im vorderen Orient, am ehesten in Ägypten, entstanden sein.

Nach Persien führt uns wieder das Märchen von Chudadâd und seinen Brüdern (VI, 302). Die Namen Chudadâd »Gottesgabe«, Firûza »Türkis«, Darjabâr »Seestadt« sind persisch; allerdings werden auch die arabisch-mesopotamischen Ortsnamen Dijâr Bekr und Harrân sowie das palästinische Samarien genannt. Aber die geographischen Begriffe des Erzählers sind sehr unklar. In gewisser Weise haben wir hier ein Gegenstück zu dem Märchen von den neidischen Schwestern (oben S. 691), doch die Ähnlichkeit besteht nur in dem Geschwisterneid, während die Einzelheiten ganz verschieden sind. Das Schiffbruchmotiv kommt VI, 321 ähnlich vor wie bei Sindbad und Saif el-Mulûk; aber es braucht nicht daher entlehnt zu sein. Sehr auffällig ist die Meißelung eines Bildes, das im Mausoleum aufgestellt wird (VI, 334). Da jedoch der orientalische Urtext noch fehlt, kann über Zeit und Entstehungsort dieses Märchens ebensowenig etwas Sicheres ausgesagt werden wie oben S. 687 und S. 691.

Den Schluß der Märchen und des ganzen Buches bildet die vortrefflich erzählte Märchenhumoreske von dem Schuhflicker Maʾrûf (VI, 571). Die Idee des Märchens mag aus der Geschichte von ʿAlî aus Kairo stammen (oben S. 688); doch ein Erzähler von viel Geschmack und Humor hat etwas ganz Neues daraus geschaffen. Alle Anzeichen sprechen dafür, daß die Geschichte in Kairo entstanden ist, und zwar nicht vor dem 16. Jahrhundert.

2. ROMANE UND NOVELLEN

Während der Begriff »Märchen« noch einigermaßen einheitlich gefaßt werden konnte, müssen unter den »Romanen und Novellen« mancherlei verschiedene Dinge ihren Platz finden. Schon die Romane und Novellen können nicht immer klar voneinander geschieden werden; denn der Umfang kann nicht allein den Ausschlag geben, da längere Geschichten durchaus novellistisch dargestellt werden und Romane auch in kurzer Form erzählt werden können. Dazu kommt, daß die Romane von 1001 Nacht viele Märchenmotive enthalten, namentlich der Roman von ʿAdschîb und Gharîb. Ferner habe ich die Liebesgeschichten, Schelmengeschichten und Seefahrergeschichten hierher gestellt, da einige von ihnen, aber bei weitem nicht alle, als Romane oder als Novellen bezeichnet werden können. Über Zeit und Heimat der Märchen konnte meist ein einigermaßen wahrscheinliches Urteil abgegeben werden; das wird in den folgenden Gruppen immer schwieriger, da noch viele Vorarbeit geleistet werden muß. Manche Quellen, die hier noch nicht genannt sind, werden sich in der arabischen Literatur auffinden. Für die Ritter- und Volksromane hat Prof. Paret wichtige Vorarbeiten verfaßt in seinem Buche »Die legendäre Maghāzī-Literatur«, Tübingen 1930.

Der größte Roman in Tausendundeiner Nacht, zugleich auch die umfangreichste Erzählung des ganzen Werkes ist die Geschichte des Königs 'Omar ibn en-Nu'mân und seiner Söhne Scharkân und Dau el-Makân (I, 500 bis 766, II, 7 bis 224), der hier nicht weniger als 483 Seiten füllt und in anderen Textgestalten sogar noch länger ist. Ihm hat Prof. Paret eine eigene Schrift gewidmet: »Der Ritter-Roman von 'Umar an-Nu'man und seine Stellung zur Sammlung von Tausendundeine Nacht« (Tübingen 1927). Er ist ein echter arabischer Ritterroman, in den allerdings Liebesgeschichten, Anekdoten und noch anderes eingefügt sind. Er spiegelt zunächst die Kämpfe der Muslime und Byzantiner im 8. Jahrhundert wider, dann auch die der Kreuzfahrerzeit. Neben den Griechen, das ist Romäern oder Byzantinern, werden die Franken genannt (I, 545 ff., II, 204), und I, 683 sieht die Aufzählung von Franzosen, Deutschen, Ragusanern, Zaranesen, Venezianern und Genuesen aus wie die Beschreibung eines Kreuzfahrerheeres; aber diese Aufzählung mag ein späterer Zusatz sein. Die eingeflochtene Liebesgeschichte wird weiter unten besprochen werden. Die Episoden in I, 600 ff., 653 ff. sehen aus wie ein indischer Fürstenspiegel und ein Kompendium islamischer Gelehrsamkeit gleich der Geschichte von Tawaddud; dabei spielen die Geschichten von Mystikern eine große Rolle. Eine kleine, wahrscheinlich ägyptische Humoreske findet sich II, 193 bis 195. Am Schlusse schimmert noch etwas Beduinenromantik durch; da werden alte Namen aus der Heidenzeit genannt (II, 160), und später folgen Beduinenkämpfe mit poetischen Herausforderungen (II, 216 ff.). Aber andererseits macht sich der Städter doch lustig über die Feigheit von Beduinen (II, 178, 184), und die Beduinen gelten als Räuber, nicht als Helden. In den Ritterroman spielen auch

Züge eines Familienromanes hinein bei der Geschichte von Scharkân, Dau el-Makân und Nuzhat ez-Zamân. Dagegen tritt das Übernatürliche, das in den späteren Volksromanen alles überwuchert, hier fast ganz zurück. Wenn I, 649 vom Sultan von Baghdad und vom Sultan von Damaskus die Rede ist, so erklärt sich das wohl aus der Seldschukenzeit des 12. Jahrhunderts. Beachtenswert ist der Zug, daß der byzantinische Kaiser Rumzân, in dem Prof. Paret vielleicht mit Recht den Kreuzfahrer Dschaufarân, das ist Gottfried von Bouillon, erkennt, hier zum Sohne des muslimischen Herrschers wird, wie einst Alexander im Roman bei den Persern zum Perser, bei den Ägyptern zum Ägypter wurde; der fremde Eroberer wurde nationalisiert, und die Tatsache seiner Eroberungen wurde dem Nationalgefühl leichter tragbar. Griechische, persische und arabische Namen, zum Teil von seltener Art, kommen in dem Roman vor; der feindliche König Afridûn hat einen altpersischen Namen erhalten, und der Name der Prinzessin Abrîza mag eine arabische Neubildung zum persischen Aparwêz (= Parwêz) sein. Für alle anderen Einzelheiten möge der Leser die Schrift von Prof. Paret vergleichen. Wenn das Werk auch aus vielen verschiedenen Elementen besteht und die Handschriften öfters voneinander abweichen, so ist es doch einmal von einem Verfasser einheitlich konzipiert; dieser Verfasser hat dann auch die Figur der alten schlauen Ränkespinnerin Schawâhi Dhât ed-Dawâhi eingeführt, die mit bewundernswerter Energie ihrem Volke zu nützen und dem Feinde zu schaden sucht. Das Werk ist in Mesopotamien oder Syrien entstanden und erst später nach Ägypten gekommen; natürlich war es zuerst ein selbständiges Buch, das in 1001 Nacht eingefügt wurde, als man die Nächte auffüllte. Ob das schon in Baghdad oder erst in Kairo geschah, kann vorläufig nicht entschieden werden. – Über die Geschichte des Königs 'Omar ibn en-Nu'mân und seiner Söhne als Quelle eines byzantinischen Epos haben H. Grégoire und R. Goossens gehandelt in dem Aufsatz »Byzantinisches Epos und arabischer Ritterroman« (Zeitschr. d. Deutschen Morgenländ. Ges. 1934, S. 213 ff.). Dort werden auch die Namen Lûka, Schamlût, Scharkân, Rumzân erklärt, der letzte Name anders als oben S. 698, und zwar als der Name eines vorislamischen persischen Feldherrn; deutliche iranische Bestandteile des Romans werden hervorgehoben und als eine arabisierte persische Sage bezeichnet. Auch wird festgestellt, daß der Roman schon um das Jahr 1000 in Syrien bekannt gewesen sein muß.

Das Muster eines späten muslimischen Volksromanes ist die Geschichte von 'Adschîb und Gharîb (IV, 432). Er gibt sich als Ritter- oder Heldenroman aus, und am Anfang sind Motive aus dem Ritterroman von 'Antar entlehnt, allein er unterscheidet sich doch stark von den echten arabischen Ritterromanen, nicht nur darin, daß der geschichtliche Hintergrund ganz verzerrt wird, sondern vor allem auch durch das Hineinziehen des Überirdischen; das ist aber nicht etwa eine Götterwelt wie die griechische in der Ilias, sondern eine groteske und spukhafte Dämonenwelt. Ein Vergleich der Ilias mit diesem arabischen Epos, das in Prosa, Reimprosa und Versen abgefaßt ist, würde zu bemerkenswerten Ergebnissen führen. Die Schauplätze des Romans sind Arabien, Mesopotamien und Persien; seine Idee ist der Siegeszug des vorislamischen Islams, das heißt der Religion Abrahams, in diesen drei Ländern, und damit ist der Kampf gegen das Heidentum und das Magiertum verbunden. Aber die Kämpfe mit den Menschen genügen der Phantasie schon nicht mehr, die Menschen kämpfen auch gegen die Geister, die Geister kämpfen für die Menschen und untereinander. Eine Schlacht soll die andere womöglich immer noch überbieten. Der Hauptheld Gharîb ist zwar Araber, doch seine Frau Fachr Tâdsch ist eine Perserin, und beider Sohn Murâd Schâh wird König der »Perser, Türken und Dailamiten« (IV, 616). Darin scheint sich persisches Nationalbewußtsein zu dokumentieren, ein ähnlicher Zug wie der oben S. 698 angeführte. Nach Persien und Indien weisen auch andere Momente. So werden (IV, 536, 548, 572) die Elefanten im Kampfe verwendet, und die genauere Beschreibung S. 572 setzt Kenntnis Indiens voraus. Freilich hat ein hochgemuter Schreiber die Elefanten noch durch Giraffen übertrumpft (IV, 563, 573); er meinte wohl damit das indische Fabeltier çarabha. Das fliegende Pferd, das aus Indien stammt, erscheint hier (IV, 549). Die Episode mit der Königin Dschanschâh (IV, 604 ff.) hat das gleiche Motiv wie die mit der Königin Lâb in der Geschichte von Dschullanâr, für die oben S. 690 f. persischer Ursprung vermutet wurde. Der Bruderkampf zwischen Gharîb und 'Adschîb zieht sich durch das ganze Werk hindurch, und IV, 613 kommt noch der Kampf zwischen Vater und Sohn hinzu. Dies sind zwar Motive, die in der Heldensage verschiedener Völker erscheinen, und ein Bruderkampf begegnet uns sogar auch bei den Tigrē-Stämmen in Nordabessinien; aber hier scheint die Sage doch durch die persische Heldensage beeinflußt zu sein. Daß unser Roman eine späte, muslimische, persisch-arabische Nachahmung von Firdausis »Königsbuch« wäre, ist kaum anzunehmen; der Unterschied ist zu groß, und beide haben nur das Ziel gemeinsam, ihre alte Geschichte zu verherrlichen. Die Namen sind teils arabisch, teils persisch; neben altarabischen Beduinennamen wie Mirdâs und Nabhân u. a. stehen persische Namen wie Sabûr, Dschuwamard, Dschanschâh (vielleicht = Dschehânschâh) und Tumân. Der Name

Mirdâs mag in Erinnerung an den Ahnherrn der Mirdasiden in Aleppo (1023 bis 1079) gewählt sein. Die Hauptstadt der Perser heißt Isbanîr el-Madâïn; damit ist das alte Ktesiphon-Seleucia gemeint, aber Isbanîr scheint nach Isbahan willkürlich neu gebildet zu sein. Es wäre denkbar, daß der ägyptische Arzt Ibn Danijâl, der aus Mosul stammte und zu Kairo in der zweiten Hälfte des 13. Jahrhunderts mehrere Schattenspiele verfaßte, den Titel eines seiner Stücke »'Adschîb und Gharîb« in Anlehnung an den Roman wählte; das könnte aber nur als Parodie gedacht sein, im übrigen haben Roman und Schattenspiel nichts miteinander zu tun. Dann müßte Ibn Danijâl im 13. Jahrhundert den Roman in seiner Heimat oder in Kairo kennen gelernt haben. Auf alle Fälle braucht die Erwähnung von Feuerwaffen (IV, 573), wenn diese wirklich, nicht Wurfgeschosse, gemeint sind, nicht im ursprünglichen Text gestanden zu haben, sondern kann später eingefügt sein. Der Roman ist ursprünglich ein selbständiges Werk gewesen, ist aber allem Anschein nach später entstanden als der von 'Omar ibn en-Nu'mân. Die genauere Erforschung der übrigen arabischen Romane wird auch über ihn neues Licht verbreiten. Es wäre nicht undenkbar, daß er eine neupersische Vorlage gehabt hätte.

Als bürgerlicher Roman ist die Geschichte von 'Alâ ed-Dîn Abu esch-Schamât (II, 569) zu bezeichnen; in ihn sind allerlei Zauberdinge verflochten, wie das im späteren Ägypten leicht möglich war. Wenn er auch zum Teil in Baghdad spielt, so ist er doch in Ägypten entstanden. Der Held ist ein Ägypter, der nach Baghdad kommt, dort allerlei Abenteuer erlebt, dann wieder nach Ägypten fliehen muß und schließlich ins Frankenland verschleppt wird, von wo er mit der Prinzessin Husn Marjam nach manchen Leiden in das Morgenland zurückkehrt. Der Verfasser hat nur eine oberflächliche Kenntnis von Baghdad gehabt; daß er Harûn als Derwisch verkleidet die Stadt besuchen läßt (II, 603), kann er aus anderen Geschichten entnommen haben; der heilige 'Abd el-Kâdir von Dschilân, den er II, 585 erwähnt, ist in Ägypten ebenso berühmt wie in Baghdad, und neben ihm wird auf derselben Seite die Kairiner Heilige Nafîsa genannt. Auf Ägypten weisen ferner die Ausdrücke Ardebb und Wêbe (II, 647) sowie der Zauberstein (II, 655), mit Hilfe dessen man durch die Luft fliegen kann, und die Räubergesellen Ahmed ed-Danaf und Hasan Schumân (II, 613), die freilich nach Baghdad versetzt werden. Da die Seekriege zwischen Muslimen und Franken erwähnt werden (II, 646f.), so könnte man annehmen, daß die Geschichte im 14. Jahrhundert etwa in Alexandrien entstanden sei, worauf auch die Hervorhebung von Genua (II, 646) deuten würde. Doch ist sie vielleicht noch später; denn wir finden hier die türkischen Wörter Effendi (II, 600) und Chatûn (619), den türkischen Namen Aslan (636), das persisch-türkische Wort Firmân (611, 628) und das europäische Wort Konsul (644).

Ein Märchenroman ist die Geschichte von 'Abdallâh ibn Fâdil und seinen Brüdern (VI, 509). Sie ist eine literarische Bearbeitung von Motiven, die wir aus Geschichten am Anfang von 1001 Nacht kennen, wie oben S. 683 ausgeführt ist, und ist im Stil der besten Geschichten von 1001 Nacht gehalten. Die geographischen und historischen Kenntnisse sind sehr ungenau; einen Emir 'Abdallâh ibn Fâdil scheint es in Basra nie gegeben zu haben, die Namen seiner Brüder Mansûr und Nâsir sind typisch erfunden. Dennoch würde man die Geschichte unbedenklich in die spätere Baghdader Zeit setzen, wenn nicht VI, 511 und 513 der Kaffee erwähnt würde; und S. 545 hat ein Drache den Namen Darfîl, der aller Wahrscheinlichkeit nach aus einem europäischen Worte für Delphin entstanden ist. Wenn man nicht annehmen will, daß eine Baghdader Geschichte in Ägypten diese Zusätze erhalten hat, muß man sie ganz für ägyptisch halten.

Die Geschichte des Lastträgers und der drei Damen (I, 97) ist am ehesten eine lasziv-komische Novelle zu nennen, die mit Märchenerzählungen und Anekdoten vermischt ist. Gerade diese Geschichte bietet der Analyse und Zeitbestimmung große Schwierigkeiten. In der Geschichte des ersten Bettelmönches findet sich das Aïda-Motiv; ein Jüngling und ein Mädchen werden unter der Erde eingemauert. Die beiden sind Bruder und Schwester, und man könnte darin einen Anklang an die altägyptische Schwesternheirat sehen. Beim zweiten Mönche kommt der Affe als Schreiber vor, in dem oben S. 679 der ägyptische Gott Thoth oder der indische Hanuman vermutet wurde; aber daneben finden sich das Eßgedicht (I, 152), das vielleicht mit persischen Gedichten ähnlicher Art zusammenhängt, und das indische Motiv des Verwandlungskampfes der Zauberer oder Dämonen (I, 155). Ein Urteil über Zeit und Entstehung des Ganzen ist daher schwer abzugeben. Da die Geschichte jedoch in der Gallandschen Handschrift steht, muß sie spätestens im 15. Jahrhundert in Tausendundeine Nacht aufgenommen sein.

Die Geschichte der Wesire Nûr ed-Dîn und Schems ed-Dîn (I, 224), eine mit Märchenmotiven durchwobene Novelle, wird zwar von dem Barmekiden Dscha'far vor Harûn er-Raschîd erzählt; aber sie stammt doch aus ägyptischer Zeit. Professor Popper[1] hat nachgewiesen, daß der Name der I, 228 genannten Poststation es-Sa'dîje nur von 1264 bis zum Anfang des 15. Jahrhunderts bestanden hat. Somit muß die Geschichte

1. Journal of the Royal Asiatic Society, January 1926.

innerhalb dieser Zeit in Ägypten entstanden sein. Auf Ägypten weist auch die Nennung verschiedener anderer ägyptischer Ortschaften (Gîze, I, 227, Kaljûb und Bilbais, S. 228) sowie die humoristische Schilderung des buckligen Knechtes auf dem Abort (S. 252) und Hasans bei der Wiedererkennungsszene (S. 283 ff.).

Die Geschichte von Nûr ed-Dîn und Enîs el-Dschelîs (I, 406) spielt in Basra und Baghdâd zur Zeit Harûns; sie ist eine Art Familienroman aus den Hofkreisen. Nûr ed-Dîn verliebt sich in eine Sklavin, die für den König bestimmt ist, und erlebt mit ihr allerlei Abenteuer. Die Liebesverhältnisse zwischen Odalisken oder Sklavinnen des Palastes und fremden Männern kommen in manchen der Geschichten aus Baghdad vor; dergleichen Dinge mögen historisch sein, aber in unseren Erzählungen sind sie mehr Dichtung als Wahrheit.

Aus Ägypten stammt die Geschichte von Nûr ed-Dîn und Marjam der Gürtlerin (V, 624). Sie steht in engen Beziehungen zu dem Roman von 'Alâ ed-Dîn Abu esch-Schamât (oben S. 701), und die Geschichte seiner Fahrt in das Land der Franken ist eine Parallele zu der Fahrt 'Alâ ed-Dîns, mit der sie in vielen Punkten übereinstimmt, so daß die eine von der anderen abhängig sein muß. Die Verkaufsszene (V, 659) scheint der bei 'Alî Schâr und Zumurrud (oben S. 688) nachgebildet zu sein; die Szene mit der als Kapitän verkleideten Prinzessin (V, 710 ff.) kehrt ähnlich in der Geschichte von Ibrahîm und Dschamîla (VI, 402) wieder. Die Seekämpfe zwischen den Muslimen und den Franken ergeben die Zeit der Entstehung; von Korsaren ist V, 700 die Rede. Die Erwähnung des Kaffees (S. 636) mag ein späterer Einschub sein. Als Ort der Entstehung ist wegen der Beschreibung Alexandriens (S. 654 f.) wohl diese Stadt anzusehen. Am Schlusse (S. 744 ff.) kommen die fränkischen Namen Bartaut, Bartûs und Fasjân vor, und jeder erhält einen auf seinen Namen reimenden beleidigenden Beinamen. Bartaut ist leicht als Barthold zu erkennen; Bartûs wird eine Verkürzung von Bartholomäus sein; Fasjân kann, durch Weglassung eines Punktes, eine absichtliche Verschreibung für Kasjân sein, und das wäre dann der europäische Name Cassianus.

Eine bürgerliche Novelle mit Zügen, die an Humoresken und Schelmengeschichten erinnern, ist die Geschichte von Abu Kîr und Abu Sîr (VI, 114), die gleichfalls aus Ägypten stammt. Die Fresserei des Abu Kîr (S. 151f.) ist ganz nach dem Geschmack des niederen Volkes in Ägypten, das an solchen Schilderungen große Freude hat; wird doch auch der ägyptische Nationalheilige Ahmed el-Bädawi als großer Esser in Volksliedern verherrlicht. Die Betrügereien von Abu Kîr am Anfange der Erzählung erinnern an Schelmenstücke. Da Tabak (S. 147) und Kaffee (S. 169) genannt werden und man kaum Anlaß hat, diese Stellen als spätere Einschübe anzusehen, stammt die Geschichte erst aus der Zeit nach der türkischen Eroberung; sie wird an ein Grab bei dem Orte Abukîr, östlich von Alexandrien, anknüpfen.

Liebesgeschichten

Der Liebesgeschichten, die in 1001 Nacht vorkommen, ist eine große Zahl. Aber sie sind ganz verschiedener Art; kurze Anekdoten, die man »Skizzen« nennen könnte, wechseln mit langen Liebesromanen; keusche, entsagungsvolle Liebe und echte, triumphierende Treue auf der einen Seite, bedenkliche Liebesabenteuer oder gar krasse Ehebruchsgeschichten auf der anderen Seite. Man kann hier drei Gruppen unterscheiden, von denen keine einzige etwas mit den Hezâr Efsân zu tun hat; wie viele von ihnen bereits in die Baghdader Fassung von 1001 Nacht aufgenommen wurden, entzieht sich vorläufig unserer Kenntnis. Die erste Gruppe ist die der altarabischen aus der Zeit vor dem Islam; sie sind meist kurz, in ihnen wird reine Liebe und Treue bis zum Tode geschildert, vom Liebestod wird oft erzählt, der Ort der Handlung ist die Wüste oder eine der Städte Arabiens; die schon stark einsetzende Sentimentalität nimmt sich bei Beduinen der Wüste etwas sonderbar aus. Die zweite Gruppe stammt aus Basra und Baghdad; städtische Kultur und Großstadtleben werden durchaus vorausgesetzt, das Liebesleben wird teils zu Liebesabenteuern, die liebenden Jünglinge oder Männer schleichen sich in die Häuser oder in den Palast ein, die Liebe zu schönen Sklavinnen tritt stark hervor, während es sich in der Wüste um freie Mädchen handelt, eine etwas dekadente Frivolität macht sich bereits bemerkbar. Die dritte Gruppe ist in Ägypten, hauptsächlich wohl in Kairo entstanden; in ihnen ist Laszivität und Frivolität nichts Ungewöhnliches mehr. So heißt es auch I, 341: »Sie hatte jedoch vom Volk von Kairo die Unzucht gelernt«; ferner nennt der Wachthauptmann von Kairo die dortigen »Häuser der Unzucht« (III, 313), und Zain el-Asnâm muß die Erfahrung machen, daß »es ihm nicht möglich war, in Kairo ein Mädchen zu finden, das vollkommen keusch und rein war« (VI, 232). Diese Urteile sind natürlich stark verallgemeinert, aber sie zeigen doch, in welchem Ansehen Kairo bei manchen Muslimen stand.

Liebesgeschichten müssen früh bei den Arabern und den arabisch sprechenden Muslimen sehr beliebt geworden sein. Bei den heidnischen Arabern gab es neben der Heldenpoesie schon eine entwickelte Liebespoesie; die Verbindung eines

Liebesliedes mit einem Heldenliede wurde sogar zum poetischen Stil. In diesen Liedern tritt bereits eine starke Sentimentalität hervor; von Schmerz und Trennung, von der Sehnsucht nach der Geliebten wird oft gesungen. »Jene Asra, welche sterben, wenn sie lieben« sind durch Heines Lied »Der Asra« allgemein bekannt geworden. Ein Liebestod ist sogar inschriftlich bezeugt; denn eine griechische Grabinschrift aus dem Haurân-Gebiet, das damals von Arabern besiedelt war, lautet: »Aurelius Wahbân, Sohn von Alexandros. Liebe brachte mir den Tod.«[1] Trotz der angenommenen griechisch-lateinischen Namen erkennen wir an dem Namen Wahbân, daß dies Opfer der Liebe ein echter Araber war. Aus vorislamischer Zeit werden folgende Liebesgeschichten in 1001 Nacht erzählt: Die Liebenden aus dem Stamme der 'Udhra (III, 433); El-Mutalammis und sein Weib Umaima (III, 439); Die Liebenden vom Stamme Taiji (III, 558); Die Liebenden von Medina (IV 678); Die Geschichte von 'Utba und Raija (VI, 616), die zwar aus der frühislamischen Zeit datiert wird, aber echt altarabisch ist. Die Geschichte der Liebenden vom Stamme 'Udhra (IV, 650) und die Geschichte von dem Beduinen und seiner treuen Frau (IV, 660) sind hierher zu stellen, obgleich sie zur Zeit des ersten Omaijadenkalifen spielen; der Schluß der letzteren erinnert an das berühmte Gedicht der Kalifengattin Maisûn, die sich nach der Wüste zurücksehnt.[2] Diese Geschichte sowie die der Liebenden von 'Udhra und von Taiji kommen in der Sammlung

---

1. Syria .Publications of the Princeton University Archaeological Expeditions to Syria in 1904–05 and 1909. Division III, Section A, Seite 390. Zum Liebestod vgl. auch Band V, S. 440 und 612 – 2. Rückert, Hamâsa (Stuttgart 1846) I, Seite 246.

des Ibn es-Sarrâdsch vor; sie waren demnach in Baghdad im elften Jahrhundert bekannt.[1]

In die Gruppe der Baghdader Liebesgeschichten mögen hier die gestellt werden, die nicht mit Sicherheit als ägyptische zu erkennen sind; durch spätere Forschung mag hier noch manches genauer erkannt werden. Da ist zunächst die Geschichte von Ghânim ibn Aijûb, dem verstörten Sklaven der Liebe (I, 460); sie ist mit Eunuchenanekdoten untermischt und wird in einigen Handschriften als Teil des Romans von 'Omar ibn en-Nu'mân gerechnet (oben S. 697). Die berühmte Sklavin Harûns Kût el-Kulûb, die von der eifersüchtigen Kalifengemahlin Zubaida beiseite geschafft wird, erscheint hier wie in der Humoreske vom Fischer Chalîfa. Als Teil des Romans von 'Omar erscheint auch in den gedruckten Ausgaben die Geschichte von 'Azîz und 'Azîza (II, 25); sie ist in eine andere Liebesgeschichte eingefügt, die von Tâdsch el-Mulûk und der Prinzessin Dunja (II, 7), und letztere ist nur eine andere, aber ganz ähnliche Form der Geschichte von Ardaschîr und Hajât en-Nufûs (V, 7). Diese Geschichte stammt sicher aus der Baghdader Zeit; der Name Ardaschîr weist nach Persien, die Episode, in der die Prinzessin durch ein geschickt gemaltes Bild eines Vogelstellers, einer Taube und eines Täubers, von ihrer Abneigung gegen die Männer geheilt wird, stammt aus Indien. Man hat wohl mit Recht vermutet, daß der ganze 'Omar-Roman mit der Geschichte von Tâdsch el-Mulûk erst dann ein Teil von 1001 Nacht wurde, als die Parallelerzählung von Ardaschîr bereits aufgenommen war; so erklärt sich am ehesten das doppelte Vorkommen. Auf einer Baghdader Anekdote, die aber kaum auf historischen Tatsachen beruht, ist die

[1]. Paret: »Früharabische Liebesgeschichten«, Seite 74 f. Die Geschichte von den 'Udhra wird in 1001 Nacht in die Zeit Harûns verlegt.

Geschichte von 'Alî ibn Bakkâr und Schams en-Nahâr (II, 289) aufgebaut. Der Held verliebt sich in eine Sklavin Harûns und hat zuerst einen Freund in Abu el-Hasan; dieser rettet sich, als das Abenteuer gefährlich wird, durch die Flucht nach Basra, was ohne Mißbilligung erzählt wird; aber das wäre zur Zeit Harûns unmöglich gewesen, während es zwei- bis dreihundert Jahre später denkbar war. Das Ganze ist eine arabische sentimentale Dichtung. Zu der Geschichte von Dschubair ibn 'Umair und der Herrin Budûr (III, 258) bildet die Geschichte der Liebenden zu Basra (IV, 667) eine kurze Parallele; sie wird von Harûn erzählt. Sie scheint ein beliebtes Thema gewesen zu sein, da sie nicht nur in diesen beiden Fassungen, sondern auch in einer noch ausführlicheren in der Stambuler Handschrift vorkommt (oben S. 670). Die Geschichten von 'Abdallâh ibn Ma'mar und dem Manne aus Basra mit seiner Sklavin (III, 432), von dem irrsinnigen Liebhaber (III, 560) und von dem Liebhaber, der sich als Dieb ausgab (III, 164), sind schon durch Ibn es-Sarrâdsch aus dem 11. Jahrhundert für Baghdad bezeugt. Die Geschichte von Di'bil el-Chuzâ'i und der Dame und Muslim ibn el-Walîd (III, 547) ist eine typische Großstadtgeschichte; Di'bil lebte im neunten Jahrhundert in Baghdad. Zwei Varianten des gleichen Themas sind die Geschichten von Abu 'Îsa und Kurrat el-'Ain (III, 568) und von el-Amîn und Ibrahîm el-Mahdî (III, 577). Auch die Geschichte von dem jungen Manne aus Baghdad und seiner Sklavin (V, 764) gehört hierher; sie wird gleichfalls von Ibn es-Sarrâdsch überliefert (Paret, S. 74, zu Nr. 111). Die kurzen Anekdoten von dem Liebespaar in der Schule (III, 437), von den drei unglücklichen Liebenden (III, 556) und von dem Schulmeister, der sich auf Hörensagen verliebte (III, 533), können sowohl in Baghdad wie in Kairo entstanden sein; ebenso die Geschichte des Wesirs von Jemen und seines jungen Bruders (III, 435), eine Geschichte von der Knabenliebe, die leider in Baghdad ebensosehr wie in Kairo geübt wurde. Die Geschichte von Mus'ab ibn ez-Zubair und 'Aïscha bint Talha (III, 444) ist wohl eine Baghdader Anekdote, ebenso wie die Geschichte von dem Streit über die Vorzüge der Geschlechter (III, 579); letztere wird S. 579 aus dem 12. Jahrhundert datiert. Die Geschichte von Unsel Wudschûd und el-Ward fil-Akmâm (III, 385) ist wahrscheinlich ein ägyptisches Liebesmärchen (vgl. III, 392, Anm. 2 und 3). Von Ehen zwischen Dämonen und Menschen (III, 415) wird auch in Ägypten erzählt.

Von den größeren Liebesromanen können die von Masrûr und Zain el-Mawâsif (V, 557), von Abu el-Hasan aus Oman (VI, 353), von Ibrahîm und Dschamîla (VI, 379) sowie von Abu el-Hasan aus Chorasan (VI, 408) in Baghdad entstanden sein, aber dann sind sie in Ägypten überarbeitet. Sicher aus Ägypten ist der Roman von Kamar ez-Zamân und Halîma (VI, 432); da letzterer nach Basra verlegt wird, ist es möglich, daß ägyptische Autoren die anderen hier genannten Geschichten teilweise in Baghdad und Basra haben spielen lassen, um ihre eigene Heimat davon zu entlasten. Die beiden Romane von Masrûr und Kamar ez-Zamân ähneln sich stark in ihrem unmoralischen Ehebruchsthema.

Für Masrûr und Zain el-Mawâsif (V, 557) werden Zeit und Ort nicht angegeben; nur als das Paar in die Fremde zieht, ist von Aden als einer fernen Stadt die Rede. Masrûr ist Christ und vergeht sich mit der Jüdin Zain el-Mawâsif; aber als beide den Islam annehmen, ist alles gut, während der betrogene Ehemann in elender Weise umkommt. Die Geschichte scheint mehrfach überarbeitet zu sein, bis sie ihre jetzige operettenhafte Gestalt erhielt. Die Episode von dem Liebestode der Kadis (V, 612f.) mag noch aus Baghdader Zeit stammen, kann aber auch von einem späteren Verfasser, der mit den Liebestodgeschichten vertraut war, gedichtet sein.

Abu el-Hasan aus Oman (VI, 353) kommt nach Basra und Baghdad und soll zur Zeit Harûns gelebt haben. Er kommt in ein Mädchenhaus und wird von dem Besitzer fortgejagt, als er kein Geld mehr hat. Durch einen Glückszufall erhält er wieder ein großes Vermögen, aber da er ein Amulett zu billig verkauft, verliert er aus Kummer darüber die Farbe. Er gewinnt seine Geliebte wieder, und als er von Harûn den Tribut von drei Provinzen erhält, kehrt auch die Farbe in sein Gesicht zurück. Da ein babylonischer Zauberer auftritt (VI, 373) und da der Verfasser Ortskenntnis von Baghdad hatte, wird diese Geschichte doch wohl in spätbaghdadischer Zeit entstanden und dem Harûnkreise eingefügt sein.

Die Geschichte von Abu el-Hasan aus Chorasân (VI, 408) spielt zur Zeit der Kalifen el-Mu'tadid (892 – 902) und el-Mutawakkil (847 – 861). Der Held erzählt, wie er in den Palast eindringt, um zu seiner Geliebten, der Sklavin Schadscharat ed-Durr, zu gelangen. Er wird entdeckt, aber der Kalif verzeiht den beiden und gibt die Sklavin frei; auch schenkt er den beiden viel Gut. Das alles wird kaum historisch sein. Die Bemerkung, daß der Kalif sechshundert Wesire gehabt habe (S. 408), kann später in Ägypten hinzugefügt sein; die Geschichte wird wohl aus spätbaghdadischer Zeit stammen wie die soeben besprochene.

Dagegen ist die Liebesgeschichte von Ibrahîm und Dschamîla (VI, 379) ägyptisch oder in Ägypten umgearbeitet. Der

Held ist ein Ägypter; und in Baghdad hätte man kaum einen ägyptischen Helden erfunden. Der Schauplatz ist hauptsächlich Baghdad und Basra. Die Szene (VI, 402), in der Dschamîla sich als Kapitän verkleidet, ist wohl der gleichen in der Geschichte von Marjam der Gürtlerin nachgebildet (oben S. 704); doch die letztere ist ausführlicher und auch besser motiviert. Überhaupt ist das Ganze nicht sonderlich gut erzählt.

Der lange Ehebruchsroman von **Kamar ez-Zamân und seiner Geliebten** (VI, 432) ist sicher erst im 16. oder 17. Jahrhundert in Ägypten entstanden; dabei werden mancherlei Motive aus früheren Geschichten benutzt. Das Kaffeehaus wird S. 443 f. genannt, das Kaffeetrinken S. 465, 468, 470, 477, der Schnupftabak S. 462 Hier liegt keinerlei Anlaß vor, diese Stellen als spätere Einschübe anzusehen. Daher werden auch die türkischen Wörter für Bannerträger (VI, 490) und für den Seesoldaten (VI, 471) im ursprünglichen Text gestanden haben. Aus früheren Geschichten finden sich hier die folgenden Szenen: der Beduinenüberfall (S. 447 und 495) wie bei 'Alâ ed-Dîn Abu esch-Schamât (II, 589); der schlafende Geliebte (VI, 464) wie bei 'Azîz und 'Azîza (II, 45); das Motiv, daß eine Dame beim Zug durch die Straßen nicht gesehen werden will (S. 444, 451) wie bei 'Alâ ed-Dîn (II, 698), aber dort ist es eine Königstochter, hier eine Goldschmiedsfrau, bei der dieser Befehl sehr unangebracht ist. Die päderastische Szene VI, 440 ff., wirkt abstoßend; die Szenen beim Betrug des Ehemanns würden bei uns in einem »Schundroman« stehen. Immerhin ist das Ganze nicht ungeschickt komponiert und mit Reimprosa und Gedichten ausgeschmückt. Der Schluß soll moralisch wirken und die unmoralische Geschichte gewissermaßen legitimieren. Die Ehebrecherin und ihre Sklavin werden getötet, aber der Ehebrecher selbst zieht sich ziemlich feige aus den Folgen seines Tuns heraus und wird sogar noch belohnt. Der Ehebrecherin aus Basra gegenüber werden die Kairiner Frauen als fromm und treu hingestellt. In den sich immer wiederholenden Szenen des Hinundhereilens zwischen dem Hause des Gatten und dem des Liebhabers zeigt sich ein ziemlich primitiver Geschmack; sie erinnern an Darstellungen im Schattentheater oder auf der Volksbühne, wo solche Wiederholungen sehr beliebt sind.

In den Liebesliedern und in Schilderungen des Liebeslebens finden sich sehr viele Ausdrücke, die aus der religiösen Sprache entnommen sind, wie ja andererseits bekanntlich die Sprache des Liebeslebens in der Mystik auf die religiöse Sprache stark eingewirkt hat. Es wäre eine lohnende Aufgabe, diese Frage genauer zu untersuchen. Nach einer arabischen Überlieferung soll der Liebestod dem Märtyrertod gleich geachtet werden. Ebenso wäre genauer zu untersuchen, ob und inwiefern die arabischen Liebesgeschichten mit den hellenistischen Liebesromanen zusammenhängen.

Schelmengeschichten

Die Schelmen- und Diebsgeschichten, die man, modern ausgedrückt, als Räuber- oder Kriminalromane bezeichnen kann, sind fast alle ägyptischen Ursprungs, wie schon oben S. 678 gesagt wurde. An solcher Literatur, die von den Spaniern *el genero picaresco* genannt wird, haben jung und alt in verschiedenen Ländern zu verschiedenen Zeiten ihre Freude gehabt und haben sie noch. So ist denn auch 'Alî ez-Zaibak, der Nachfolger des altägyptischen Amasis, nicht nur in Ägypten, sondern im ganzen vorderen Orient bekannt. Sein Name wird zwar IV, 724 als »Quecksilber-'Alî« gedeutet; aber er wird doch wohl mit dem Namen des türkischen Räuberstammes der Zeibek im westlichen Kleinasien zusammenhängen, obwohl der letztere ein anderes *k* am Schlusse hat. Er wird freilich wie so viele andere in die Zeit Harûns versetzt; das mag erst geschehen sein, als seine Abenteuer, die auch mehrfach als selbständiges Buch überliefert werden, in 1001 Nacht eingefügt wurden. Seine Kumpane sind Ahmed ed-Danaf und Hasan Schumân; der erstere mag seinen Beinamen von *danaf* »chronisches Übel«, der letztere von *schûm* »Unglück« erhalten haben. Ihre Gegenspielerinnen sind die listige Dalîla und deren Tochter, Zainab die Gaunerin. Die Abenteuer dieser Gesellschaft werden hier in Band IV, S. 685 – 776 erzählt. Die Ortskenntnis von Kairo und Umgebung (IV, 725, 731) weist u. a. auf den ägyptischen Ursprung hin. Neben diesen Geschichten finden sich noch die folgenden dieser Art: Von dem Schelm in Alexandrien und dem Wachthauptmann (III, 309); Von el-Malik en-Nâsir und den drei Wachthauptleuten (III, 312); Von dem Geldwechsler und dem Dieb (III, 317); Von dem Wachthauptmanne von Kûs und dem Gauner (III, 319); Von dem Dummkopf und dem Schelm (III, 450), die freilich eine allgemein verbreitete Anekdote ist, hier aber wohl erst in ägyptischer Zeit eingefügt wurde; Von dem Dieb und dem Kaufmann (III, 521); Von el-Malik ez-Zâhir Rukn ed-Dîn Baibars el-Bundukdâri und den sechzehn Wachthauptleuten (IV, 776), die aber nicht in den orientalischen Drucken enthalten ist. Vor den ägyptischen Herrschern el-Malik en-Nâsir und el-Malik ez-Zâhir wird erzählt wie in Baghdad vor Harûn er-Raschîd; es ist wahrscheinlich, daß erstere Einkleidung eine Nachahmung der letzteren ist, doch es ist daran zu erinnern, daß schon im alten Ägypten Geschichten vor den Königen erzählt werden. Einige Geschichten werden doppelt erzählt; die

Geschichte des Wachthauptmanns von Kûs (III, 319) ist die gleiche wie die des Wachthauptmanns von Bulak (III, 315); die Geschichte des Wachthauptmanns von Kairo (III, 312) die gleiche wie die des fünften Wachthauptmanns (IV, 795). Der Zyklus von den sechzehn Wachthauptleuten (IV, 778) ist eine Art von literarischer Komposition einer Reihe von Anekdoten, und er mag der Geschichte der drei Wachthauptleute (III, 312) nachgebildet sein.

Seefahrergeschichten

Die berühmte Geschichte von Sindbad dem Seefahrer (IV, 97), eins der bekanntesten und besten Stücke von Tausendundeiner Nacht, war ursprünglich ein selbständiges Buch. Wir sind auch in der glücklichen Lage, die Quelle für dieses Buch nachzuweisen. Ein persischer Kapitän namens Buzurg ibn Schahrijâr sammelte in der ersten Hälfte des 10. Jahrhunderts Seemannsgeschichten, die er auf seinen Reisen und im Heimathafen Basra gehört hatte, und stellte sie zusammen zu einem Buch, das er »die Wunder Indiens« nannte, da es sich ja hauptsächlich um indische Dinge handelte. Er gibt für jede einzelne Geschichte seinen Gewährsmann, bei vielen auch die Zeit an, zu der sie ihm erzählt wurde. Es sind Seemannsgeschichten, wie sie wohl zu allen Zeiten in allen Häfen der Welt erzählt werden, sailors' yarn, die mancherlei Wahrheit und noch mehr Dichtung enthalten; in ihnen finden sich aber doch zahlreiche Angaben, die von hohem Werte sind. Eine französische Übersetzung dieses Buchs, dessen Verfasser man damals noch nicht kannte, wurde 1878 in Paris von L. Marcel Devic veröffentlicht unter dem Titel »Les merveilles de l'Inde«. Den arabischen Text nebst einer verbesserten französischen Übersetzung gab van der Lith im Jahre 1886 heraus. Ein begabter Schriftsteller, der wahrscheinlich im 11. oder 12. Jahrhundert in Baghdad lebte, schuf aus den einzelnen Geschichten ein einheitliches Kunstwerk. Dabei hat dieser Verfasser andere Berichte von arabischen Kaufleuten und Reisenden, vielleicht auch den arabischen Alexander-Roman und eine Prosabearbeitung von Homers Odyssee benützt. Seinem Sindbad dem Seefahrer gab er ein Gegenbild in Sindbad dem Landbewohner, und so spannte er die einzelnen Reisen in einen hübschen Rahmen ein. Die bunte Menge der einzelnen Abenteuer und Motive muß noch mit den »Wundern Indiens« und anderen Werken der Zeit, soweit sie uns erhalten sind, verglichen werden.

Eine Art von Seefahrerroman ist die Geschichte von Abu Mohammed dem Faulpelz (III, 172); aber die Seereise bildet nur einen Teil dieser aus Märchenmotiven und Seemannsberichten zusammengewobenen Erzählung. Sie steht als selbständige Geschichte in der Stambuler Handschrift, wie oben S. 670 schon erwähnt wurde. Der Affe, der für Mohammed so wichtig ist, wird in der Handschrift als »ein König von den Königen der Geister« bezeichnet; vgl. oben S. 679. Daß die Geschichte aus der Baghdader Zeit stammt, ist mit Sicherheit anzunehmen. – Über das Verhältnis der Sindbadgeschichte zu den Märchen von Saif el-Mulûk und von Hasan aus Basra ist schon oben S. 691 f. gesprochen worden.

3. SAGEN UND LEGENDEN

Die Stammessagen der alten Araber sind in 1001 Nacht kaum noch vertreten. Am ehesten könnte man die Geschichte von Hâtim et-Tâï (III, 85) noch hierher rechnen, die ich in meinem Vortrag »Tausendundeine Nacht in der arabischen Literatur« näher besprochen habe; sie ist aus dem arabischen »Buch der Lieder« (oben S. 678) übernommen. Sie ist auch keine eigentliche Heldensage, sondern eine spukhafte Legende, die an das Grab des Helden anknüpft. Die Sage von der Säulenstadt Iram (III, 108), dem irdischen Paradies, dessen Erbauer durch ein göttliches Strafgericht umkam – ähnlich wie die Erbauer des Turmes von Babel für ihren Übermut bestraft wurden –, mag teils auf altarabische Überlieferungen zurückgehen; diese Überlieferungen waren auch Mohammed bekannt, da er im Koran von ihnen spricht. Gerade wegen ihres Vorkommens im Heiligen Buche war die Sage bei den Muslimen sehr beliebt und wurde später ausgeschmückt. In 1001 Nacht wird erzählt, wie der Omaijadenkalif Muʾâwija I. durch Gewährsmänner Aufschluß über sie erhält. Aus der Zeit der arabischen Eroberungen stammt die Sage von der Stadt Lebta (III, 90), die freilich an das Anekdotenhafte streift. In ihr wird erzählt, wie eine Stadt der Romäer von den Muslimen erobert ward und welche Schätze dort gefunden wurden. Die Stadt soll eingenommen sein, nachdem ein Usurpator einen verschlossenen Turm geöffnet hatte, in dem sich Bildnisse reitender Araberscharen befanden nebst einer Inschrift, die besagte, die Stadt würde erobert werden, wenn der Turm geöffnet wäre. In Lebta sehe ich eine Verschreibung für Sebta, das ist Ceuta in Marokko; mit dem Usurpator wird Graf Julian gemeint sein, der aber seinerseits auch der Legende angehört. Die drei genannten Sagen sind in die Baghdader Zeit zu setzen.

Die große Sagenerzählung von der Messingstadt (IV, 208) ist durch viele Märchenmotive erweitert worden. Sie spielt nach unserem Texte zur Zeit des Omaijadenkalifen ʾAbd el-Malik ibn Marwân, doch sie liegt uns in einer späteren ägyptischen Überarbeitung vor. Die Messingstadt soll im äußersten Westen liegen; eine Messingstadt (Madînat en-Nahâs) ist uns aus Südwestarabien bekannt, und diese hat ihren Namen davon erhalten, daß viele Bronzegegenstände dort gefunden wurden. Eine kurze Fassung der Sage von der Messingstadt findet sich in der Geschichte von Abu Mohammed dem Faulpelz wieder (III, 192); sie erinnert an die Sage von den versteinerten Städten, die in 1001 Nacht vorkommen (I, 190; VI, 528). In der selbständigen Erzählung, wie sie hier vorliegt, mögen auch Reisebeschreibungen nach Nordwestafrika verwandt sein.

Als Tierlegende verdient die Geschichte vom Vogel Ruch (III, 541) besonders erwähnt zu werden; er kommt auch sonst mehrfach in 1001 Nacht vor (I, 178; II, 786; IV, 118, 120ff.). Die Vorstellung von ihm wird auf den Aepyornis maximus zurückgehen.

Eine große Anzahl von Legenden aus dem Leben von Heiligen oder von frommen Leuten ist in 1001 Nacht aufgenommen; sie stehen im schärfsten Gegensatz zu den frivolen Liebesgeschichten und zu vielen erotischen Ausführungen in anderen Geschichten. Diese Legenden sind meist kurz, nur wenige sind etwas breiter ausgeführt. Einige von ihnen könnten als Anekdoten gelten, andere werden auch zu den Liebesgeschichten gerechnet, sofern sie tugendhafte Liebe schildern. Ihr Ursprung ist mannigfaltig; einige stammen aus Indien, andere aus der jüdischen und christlichen Literatur, in der sie teilweise auf hellenistische Vorbilder zurückgehen, noch andere mögen in islamischer Zeit neu erfunden sein. Als Mystik und Derwischtum im arabischen Islam in immer weitere Kreise drangen, wurden diese Legenden eine sehr beliebte Erbauungsliteratur. Die charakteristischeste von allen ist wohl die Geschichte von dem frommen Prinzen (III, 526), in der erzählt wird, daß ein Sohn Harûns zum Derwisch wurde; sie erinnert an indische Vorbilder und an die weitberühmte Alexioslegende. Das Derwischlied III, 533 ist sehr bezeichnend. Es würde viel zu weit führen, hier jede einzelne Geschichte gesondert zu betrachten und auf ihre Herkunft zu prüfen; so mag eine Aufzählung mit einigen Bemerkungen genügen. Der Einsiedler und die Tauben (II, 239); Der fromme Hirte (II, 240); Der fromme Israelit (III, 329); Der Wasserträger und die Frau des Goldschmieds (III, 492); Die fromme Israelitin und die beiden bösen Alten (III, 508; es ist die bekannte Erzählung von Susanna, die auch bei Ibn es-Sarrâdsch steht, Paret, S. 70 und 76); Der König und die tugendhafte Frau (III, 539; da diese Geschichte auch in dem Zyklus vom weisen Sindbad vorkommt (IV, 262), so wird sie von dorther übernommen sein); Der jüdische Richter und sein frommes Weib (III, 708); Das schiffbrüchige Weib (III, 712; hier wird S. 714 mit feiner Detailmalerei geschildert, wie ein kleines Knäblein auf dem Rücken eines Ungetüms im Meere schwimmt und am Daumen saugt); Der fromme Negersklave (III, 715); Der fromme Mann unter den Kindern Israel (III, 720; auch bei Ibn es-Sarrâdsch, Paret, S. 71 und 76); El-Haddschâdsch und der fromme Mann (III, 725); Der Schmied, der das Feuer anfassen konnte (III, 727); Der fromme Israelit und die Wolke (III, 731); Der Prophet und die göttliche Gerechtigkeit (III, 747); Der Nilferge und der Heilige (III, 749; auch hier ist ein sufisches Gedicht besonders bezeichnend); Der fromme Israelit, der Weib und Kinder wiederfand (III, 752); Abu el-Hasan ed-Darrâdsch und Abu Dscha'far der Aussätzige (III, 758, mit einem Derwischlied); Die Geschichte von der Frau, die dem Armen ein Almosen gab (III, 326).

Hierher gehören auch die Geschichten vom Engel des Todes vor dem reichen König und dem armen Manne (III,

697), vor dem reichen König (III, 699), vor dem König der Kinder Israel (III, 702) und ferner die Bekehrungsgeschichten. Von letzteren ist typisch die Geschichte von dem Prior, der Muslim wurde (III, 562); dazu kommen die Geschichten von dem muslimischen Helden und der Christin (III, 736) sowie von der christlichen Prinzessin und dem Muslim (III, 743). Auch sonst ist manchmal von Bekehrungen der Heiden, Juden und Christen zum Islam die Rede; so zum Beispiel II, 651 (Husn Marjam); IV, 769 (die Tochter des Juden Asra); V, 622 (der Christ Masrûr und die Jüdin Zain el-Mawâsif); V, 692 (Marjam die Gürtlerin); V, 763 (die fränkische Rittersfrau). Da solche Übertritte in Wirklichkeit oft genug vorgekommen sind, brauchen die hier erzählten Geschichten nicht alle legendarisch und zum größeren Ruhme des Islams erfunden zu sein. Wir kommen aber ins Reich der Sage und des Märchens, wenn wir lesen, daß Salomo die Dämonen zum Islam bekehrte (IV, 226) oder daß in der versteinerten Stadt ein einziger Prinz von einer alten Frau (I, 194) oder eine einzige Prinzessin von el-Chidr (VI, 539) den Islam annimmt. Wie Salomo, so bekehrt auch der Romanheld Gharîb die Dämonen; doch dieser verbreitet den Islam zugleich mit Feuer und Schwert unter den Menschen.

Es ist auffallend, daß fast alle die frommen Legenden oben im dritten Bande vereinigt sind. Das ließe auf einen Redaktor schließen, der besonderes Interesse für sie hatte. Da nun gerade unter ihnen sich manche Geschichten von frommen Juden befinden, hat man angenommen, daß hier ein zum Islam übergetretener Jude am Werke gewesen wäre. Die Annahme liegt insofern nahe, als hier die Juden als fromme und brave Leute erscheinen, während sie in anderen Teilen von 1001 Nacht manchmal verächtlich gemacht werden. Aber der Schluß ist nicht zwingend; denn einerseits waren die »israelitischen Geschichten« bei dem Völkergemisch in Baghdad und in Kairo den Muslimen bekannt, und andererseits finden sich auch sonst genug Gegensätze der Anschauungen in Tausendundeiner Nacht.

4. LEHRHAFTE GESCHICHTEN

Fabeln und Parabeln, namentlich auch Tiergeschichten, sind bei verschiedenen Völkern zu Hause. Sie waren den alten Ägyptern bekannt; aber schon in ptolemäischer Zeit kamen indische Fabeln nach Ägypten. Von griechischer und römischer Fabelliteratur mag hier ganz abgesehen werden. Die alten Araber haben ihre Tiergeschichten gehabt, und ähnliche Erzählungen finden sich bei vielen primitiven Völkern Afrikas. Da aber die beiden großen Fabelzyklen in 1001 Nacht, die vom weisen Sindbad und von Dschali'âd und Wird Chân, sicher indischen Ursprungs sind, so mögen auch die einzeln vorkommenden Erzählungen dieser Art aus Indien stammen. Die indische Geschichte vom Stier und Esel (I, 27) steht in der Rahmenerzählung; die von König Sindibâd (I, 62) hat sogar noch einen indischen Namen. In Band II ist eine Reihe von Fabeln nach indischer Art zu einer Art von Zyklus vereinigt. Das sind die Geschichten von den Tieren und dem Menschen (II, 225); Vom Wasservogel und von der Schildkröte (II, 244); Vom Wolf und vom Fuchs (II, 249); Vom Falken und vom Rebhuhn (II, 257); Von der Maus und dem Wiesel (II, 268); Vom Raben und von der Katze (II, 270); Vom Fuchs und vom Raben (II, 272); Vom Igel und von den Holztauben (II, 280); Vom Dieb mit dem Affen (II, 284); Vom Pfau und vom Sperling (II, 286). Diese Fabeln mögen auf schriftlichem oder mündlichem Wege, über Persien oder unmittelbar von Indien durch Seeleute oder Reisende zu den muslimischen Arabern gekommen sein; jedenfalls sind einige von ihnen im Arabischen stark umgearbeitet, wie vor allem die Geschichte vom Wolf und vom Fuchs, die mit ihren vielen Gedichteinlagen und ihren Dialogen zwischen den beiden Tieren wie eine komische Operette wirkt.

Indisch ist, wie längst bekannt, die »Geschichte von der Tücke der Weiber oder von dem König, seinem Sohne, seiner Odaliske und den sieben Wesiren« (IV, 259), die auch als »das Buch vom weisen Sindbad« oder als »das Buch von den sieben weisen Meistern« oder nach der griechischen Form des indischen Namens Sindbad als »Syntipas« bezeichnet wird. Der Königssohn, der vom weisen Sindbad erzogen ist, muß nach der Bestimmung des Schicksals sieben Tage lang stumm bleiben. Gerade, wie diese Zeit beginnt, will eine Odaliske seines Vaters ihn verführen, und als er standhaft bleibt, verleumdet sie ihn bei seinem Vater, wie einst Potiphars Weib den keuschen Joseph verleumdete. Da treten die sieben Wesire auf und erzählen einer nach dem andern Geschichten von der Tücke und Untreue der Weiber, einem in Indien von jeher sehr beliebten Thema; die Odaliske selber erzählt dazwischen immer eine Geschichte, in der die Männer als böse, die Frauen aber als gut hingestellt werden. Der König schwankt hin und her in seinem Urteil, bis am achten Tage der Sohn die Wahrheit verkündet und seine Weisheit durch einige Erzählungen bekundet. Darauf wird die Odaliske verbannt, und der Prinz lebt hinfort mit seinem Vater herrlich und in Freuden. Dies Buch, dessen indisches Original noch nicht aufgefunden ist, ist in eine ganze Anzahl von orientalischen und europäischen Sprachen übersetzt worden. Vermutlich wurde es im 6. Jahrhundert ins Mittelpersische und von dort im 8. Jahrhundert ins Arabische übertragen. Denn es wurde schon von einem 815 gestorbenen arabischen Dichter in Verse gebracht; und der muß eine arabische Prosavorlage gehabt haben. Ob diese unserem Texte genau entsprochen hat, kann noch nicht festgestellt werden. Jedenfalls haben wir in ihm eine Umarbeitung, die vom Islam stark beeinflußt ist. Der Prophet Mohammed wird genannt; die Kadis kommen vor (IV, 310, 320); auf Hiobs Qual und Jakobs Trauer wird hingewiesen (S. 343). Die Namen von Geistern sind arabisch: Bint et-Tamîma (S. 276), Dhu el-Dschanahain (S. 286), Râdschiz (S. 287) und et-Taijâch (S. 276). Auch der Gebrauch von Reimprosa beweist, daß eine freiere Bearbeitung vorliegt.

In der äußeren Anlage ist das Buch von König Dschali'âd und seinem Sohne Wird Chân (VI, 7) dem Buche vom weisen Sindbad ganz ähnlich. Beide waren ursprünglich eigene Werke, und als solche werden beide auch bei el-Mas'ûdi genannt; erst später wurden sie in den Kreis von 1001 Nacht einbezogen. Die Namen des Königs, seines Sohnes und seines Wesirs werden in den Handschriften und gedruckten Texten sehr verschieden überliefert; ihre indische Urform ist noch nicht bekannt. Das vorliegende arabische Werk berichtet, daß dem König in seinem Alter noch ein Sohn geboren wird. Bei dieser Gelegenheit erzählen seine Wesire allerlei lehrhafte Geschichten. Dann wird der Sohn von weisen Männern erzogen und übertrifft schon in seinem dreizehnten Lebensjahre alle Gelehrten und Weisen seiner Zeit. Darauf besteht er vor seinem Vater eine Prüfung in Rede und Gegenrede mit Schimâs. Aber nach dem Tode des Königs neigt er sich den Frauen zu und vernachlässigt seine Pflichten. Da sucht Schimâs ihn durch Parabeln zu warnen, aber seine Lieblingsodaliske erzählt ihm Geschichten, durch die er seinem treuen Ratgeber entfremdet wird, und veranlaßt ihn schließlich, diesen und die anderen Wesire zu töten. Darauf gerät er in Kriegsgefahr, aus der er durch den Sohn des Schimâs gerettet wird. Dann regiert er wieder weise und tugendhaft, während seine bösen Weiber elend zugrunde gehen. Man könnte das Buch einen indisch-persisch-christlich-muslimischen Fürstenspiegel mit praktischer Nutzanwendung nennen; denn außer den vielen muslimischen Spuren finden sich auch christliche in ihm, und es war bei den Christen des vorderen Orients sehr beliebt, wie uns denn auch christlich-arabische Handschriften, unter anderen eine in Tübingen, erhalten sind. Überall wird Monotheismus vorausgesetzt. Die theologischen Erörterungen über Adam und den Sündenfall (VI, 75f.) können christlich-jüdisch oder islamisch (von den Christen oder Juden her übernommen) sein; die Ausführungen über den Logos (S. 67) erinnern aber stark an das Johannes-Evangelium. Die Geschichte vom Blinden und Krüppel (S. 52) wird auch jüdisch überliefert. Salomos Frauen (S. 81) waren bei Juden, Christen und Muslimen berühmt, aber schwerlich im alten Indien bekannt. Echt indisch sind jedoch die Elefantenkämpfer (S. 128); auch im Sprichwort kommt der Elefant vor (S. 77). Man kann persische Spuren in dem Buche finden. S. 77 wird nach vier Dingen gefragt, in denen sich alle Geschöpfe gleich sind; es werden aber fünf genannt: Speise und Trank, Süße des Schlafs, Begierde nach dem Weibe und Todeskampf. Im Persischen würde man dadurch, daß man das gleiche Wort für Essen und Trinken gebraucht, die Vierzahl genauer herstellen können. Und die Frage nach der Wahrheit, die häßlich ist, obwohl eine jede an sich schön ist (S. 78), kommt in den neupersischen Fragen des Wesirs Buzurgmihr an seinen Meister ebenso vor; zwischen beiden wird ein Zusammenhang bestehen, und es ist nur natürlich, anzunehmen, daß unser Werk durch das Persische hindurchging, ehe es zu den Christen und Muslimen des vorderen Orients kam. Mir scheint es, daß sprachliche Eigenheiten auf eine Übersetzung ins Syrische deuten, die dann ins Arabische übertragen wäre; doch ist dies vorläufig noch zu unbestimmt. Der Stil des ganzen Werkes läßt Übersetzungstätigkeit erkennen; Reimprosa kommt wenig vor, dagegen sind langatmige Sätze und Konstruktionen nicht selten, während diese in den übrigen Teilen von 1001 Nacht recht wenig gebraucht werden, da sie dem Erzählungsstil nicht angemessen sind. Ungeschickte Darstellungen, wie zum Beispiel am Schluß der 918. und Anfang der 919. Nacht, mögen dem Übersetzer zur Last fallen oder bei der Einteilung in Nächte entstanden sein. Auch darauf sei hingewiesen, daß hier nie wie sonst immer in 1001 Nacht gesagt wird »er küßte den Boden vor dem König«, sondern »er warf sich anbetend vor Gott nieder und küßte die Hand des Königs«.

An dieser Stelle mögen noch drei kleinere Geschichten von der Frauenlist angefügt werden, obgleich allein bei der ersten ein Satz am Schlusse lehrhaften Charakter hat, während die anderen beiden nur unterhaltende Anekdoten sein wollen. Das sind die Geschichten vom Müller und seinem Weibe (III, 448), von der List einer Frau wider ihren Gatten (III, 501), von der Weiberlist (III, 502). Die letztere ist nur in der ersten Calcuttaer Ausgabe ein Teil von 1001 Nacht; sie wird aber auch sonst mehrfach aus moderner Zeit überliefert, und mir wurde sie im Jahre 1900 in Jerusalem erzählt. Sie ist wohl in Syrien oder Ägypten zu Hause, obwohl sie in Baghdad spielt. Der Kaffee wird S. 505 erwähnt.

Ganz anderer Art aber ist die lange Erzählung von der klugen Sklavin Tawaddud (III, 626). Sie ist, wie Prof. Horovitz sagt, »weniger durch ihren Inhalt als durch ihre literarischen

Nachwirkungen bemerkenswert«. Kluge Sklavinnen kommen mehrfach in 1001 Nacht vor, aber Tawaddud übertrumpft sie alle bei weitem. Sie hat ihrem Herrn, der in Not gekommen ist, geraten, sie auf dem Sklavenmarkt zu verkaufen, und wird dann dem Kalifen zum Kauf angeboten. Vor ihm besteht sie ein gründliches Examen über Fragen der Theologie, Astronomie, Medizin und Philosophie; dabei gibt sie nicht nur Antworten auf die Fragen, die ihr gestellt werden, sondern sie richtet auch ihrerseits Fragen an die Examinatoren, worauf diese ihr die Antworten schuldig bleiben. Dann fordert der Kalif sie auf, sich eine Gnade zu erbitten, und gibt sie ihrem früheren Herrn zurück. Prof. Horovitz erkannte, daß diese Geschichte ihr Vorbild vielleicht in einer aus dem Griechischen übersetzten Schrift hat, deren Titel lautet »Das Buch von dem Philosophen, der durch die Sklavin Kitâr geprüft wurde, und der Bericht der Philosophen in ihrer Sache«, und daß sie eine Parallele in einem weitverbreiteten arabischen Buche hat, den Fragen des 'Abdallâh ibn Salâm, die in manche orientalische Sprachen übersetzt und deren lateinische Übersetzung vom 13. bis ins 17. Jahrhundert im christlichen Europa viel gelesen wurde. Vor allem betonte er die schon früher erkannten Beziehungen zu einem spanischen Volksbuche, der Historia de la doncella Teodor, die bis gegen Ende des 19. Jahrhunderts sehr beliebt war; der Name ist auch der gleiche, da Teodor aus der arabischen Nebenform Tudur entstanden ist. Die ältesten erhaltenen spanischen Versionen stammen spätestens aus dem 14., vielleicht schon aus dem 13. Jahrhundert. Das arabische Buch ist wahrscheinlich zu einer Zeit entstanden, in der man sich des Philosophen Ibrahîm ibn Saijâr en-Nazzâm (III, 632, 686) noch erinnerte; dieser starb im Jahre 845. Es stammt also aus der Baghdader Zeit, und die koptischen Monatsnamen (III,

678 ff.) sind erst später in Ägypten hinzugefügt. – Als Tauded ist Tawaddud noch bei den heutigen Nordabessiniern bekannt, worauf ich im Vortrage »Tausendundeine Nacht in der arabischen Literatur« S. 23 aufmerksam gemacht habe.

5. HUMORESKEN

Auf humorvolle Schilderungen in Geschichten verschiedener Art aus 1001 Nacht ist schon mehrfach hingewiesen. Sie kommen besonders in den Erzählungen aus Ägypten vor, wie ja heute noch die Kairiner im arabischen Orient als die besten Humoristen gelten; aber auch die Bewohner Arabiens, Syriens und Mesopotamiens waren und sind durchaus nicht ohne Humor, und die drei Geschichten aus 1001 Nacht, die am ehesten als Humoresken bezeichnet werden können, stammen wahrscheinlich noch aus der Baghdader Zeit. Die Geschichte von Abu el-Hasan oder dem erwachten Schläfer (III, 454) spielt zur Zeit Harûns. Gleich zu Anfang erzählt der Held schon dem Kalifen die lustige Anekdote von dem Strolch und dem Koch (S. 456). Dann veranlaßt der Kalif, daß Abu el-Hasan betäubt in den Palast gebracht wird und dort als Kalif erwacht. Darauf wird er wiederum betäubt und in sein Haus zurückgetragen, hält sich für den Kalifen und wird schließlich ins Irrenhaus gebracht. Das alles wird mit großer Komik erzählt. Er wird noch ein zweites Mal in den Palast gebracht, und nachdem er dort erwacht ist, macht ihn der Kalif zu seinem Tischgenossen. Dann spielt er mit seiner Frau dem Kalifen und seiner Gemahlin noch einen lustigen Streich, indem beide sich tot stellen. Diese Geschichte wird meist als ein Teil des großen 'Omar-Romans überliefert; sie wird daher auch in Baghdad entstanden sein.

Eine andere lustige Geschichte vom Kalifen und seinem »Doppelgänger« ist die von dem Fischer Chalîfa (V, 503).

Im Deutschen wirkt die Geschichte nicht mehr ganz so komisch, da der Titel Chalîfe von den neueren Orthographen zu Kalif gemacht ist. Im Arabischen lautet der Personenname Chalîfa aber genau so wie der Titel des Beherrschers der Gläubigen; auch bei uns gibt es viele einfache Leute, die Kaiser König, Prinz oder Fürst heißen. Der Kernpunkt der Geschichte ist denn auch, wie der Fischer Chalîfa mit dem wirklichen Kalifen zusammentrifft, ihn das Fischen lehrt, dann mit dem Kalifenmantel abzieht und schließlich in den Palast des Kalifen kommt. Vorher geht eine Einleitung, die mehrere komische Szenen enthält; der Fischer fängt nur Affen, die ja als Unglückstiere oder Teufelstiere gelten, kommt dann zu einem Juden, bei dem ein Mißverständnis zu einer Prügelei führt, und wird schließlich um seine hundert Dinare besorgt, was mit grotesker Komik geschildert wird. Zum Schlusse wird die Geschichte des Fischers Chalîfa mit der von der Sklavin Kût el-Kulûb verquickt, die wir aus der Geschichte von Ghânim ibn Aijûb kennen (oben S. 708).

Auch die Geschichte von Dscha'far dem Barmekiden und dem alten Beduinen (III, 510) spielt in der Nähe von Baghdad. Sie ist von so derber Komik, daß »Harûn er-Raschîd lachte, bis er auf den Rücken fiel«.

Eine echte Lügengeschichte, die zur Erheiterung dienen soll, ist die Geschichte von 'Alî dem Perser (III, 155) mit seinem Sack und dem Kurden. Sie wird baghdadisch sein. Lügengeschichten sind heute noch im Orient sehr beliebt, und Lügenmärchen sind auch im Abendlande nicht unbekannt. Die Geschichte von 'Alî dem Perser ist mit großer Sprachgewandtheit erzählt. – Über die Märchenhumoreske von Ma'rûf ist schon oben S. 696 gesprochen. Die Geschichte des Buckligen (I, 292) ist ein großer Zyklus von meist humoristischen Anekdoten.

6. ANEKDOTEN

Der Begriff der Anekdote muß hier etwas weit gefaßt werden; er umfaßt alle Geschichten, die in den vorhergehenden Gruppen keinen Platz gefunden haben. Da ist gleich die Geschichte von den drei Äpfeln (I, 214), eine Art Kriminalgeschichte, die als Rahmenerzählung zu der Novelle von den Wesiren Nûr ed-Dîn und Schems ed-Dîn (oben S. 703) dient; sie geht auf ein indisches Vorbild zurück. Die Geschichte des Buckligen (I, 292) mit der des Barbiers von Baghdad und seiner Brüder ist eine große Sammlung von Anekdoten und längeren Erzählungen, die durch Einschachtelung zu einer Komödie großen Stils miteinander verbunden sind. Wir sahen oben S. 670 bereits, daß die Geschichten der Brüder des Barbiers in der Stambuler Handschrift als selbständige Erzählung vorkommen. Die Rahmenerzählung wird nach China verlegt; in der Geschichte des christlichen Maklers finden sich so viele ägyptische Spuren, daß man sie nicht anders als in Ägypten entstanden denken kann (I, 300: Ardebb, Chân el-Dschawâli und Siegestor; 303f.: Chân Masrûr und die Straße Bain el-Kasrain; 308: Tor der Zuwaila und andere Kairiner Bezeichnungen). So bietet denn die Geschichte dieses Anekdotenzyklus die ähnlichen Schwierigkeiten wie die von 1001 Nacht als ganzem Werk; wir können jedoch wie dort einen Baghdader Grundstock annehmen, der in Ägypten erweitert wurde.

Die übrigen Anekdoten lassen sich in drei Gruppen einteilen, und zwar haben wir zuerst solche von Herrschern und ihren Kreisen, zweitens solche von freigebigen Leuten, drittens solche aus dem allgemeinen menschlichen Leben. Die Herrscher-Anekdoten beginnen mit Alexander dem Großen und enden mit den Mamluken-Sultanen. Eine Anekdote von Alexander findet sich III, 704. Auf ihn folgen die Perserkönige: **König Kisra Anuscharwân und die junge Bäuerin** (III, 489); **Der gerechte König Anuscharwân** (III, 706); **Chosrau und Schirîn und der Fischer** (III, 494). Es wäre denkbar, daß diese persischen Anekdoten in den Hezâr Efsân gestanden haben und von dort ins Arabische übersetzt wurden; doch nötig ist diese Annahme nicht, da auch in anderen arabischen Büchern Erzählungen von Perserkönigen vorkamen, die als Quelle für Tausendundeine Nacht gedient haben mögen. Noch unter Perserkönigen lebten die Lachmiden, die arabischen Fürsten von el-Hîra; eine ihrer Prinzessinnen hieß Hind, und von ihrem Abenteuer mit 'Adî ibn Zaid handelt die Geschichte III, 543 - 547; sie beruht in dieser Form vielleicht auf einer Ortslegende des Klosters von el-Hîra. Im »Buch der Lieder« (oben S. 678) wird das Abenteuer sowohl von 'Adî wie von einem anderen Dichter erzählt; es ist wohl aus zwei Versen des Dichters 'Adî herausgesponnen. Von den vier ersten Kalifen ist nur 'Omar I. vertreten; von ihm und einem jungen Beduinen handelt die Geschichte III, 512 - 518, der das Motiv der Bürgschaft zugrunde liegt; ferner wird I, 609, die berühmte Geschichte von ihm und der armen Frau erzählt. In die Zeit der omaijadischen Kalifen werden folgende Anekdoten versetzt: **Von dem Beduinen und seiner Frau** (IV, 660); **Von Hind, der Tochter en-Nu'mâns, und el-Haddschâdsch** (IV, 623; hier wird anachronistisch einem Mädchen aus der Zeit von el-Haddschâdsch der Name einer Lachmidenprinzessin beigelegt); **Von dem Schreiber Jûnus und Walîd ibn Sahl** (IV, 633); **Von Hischâm ibn 'Abd el-Malik und dem jungen Beduinen** (III, 93). Auch sonst werden die Omaijaden öfters genannt; so spielt die Geschichte von Ni'ma und Nu'm (oben S.686) an ihrem Hofe, und die

Geschichte von der Messingstadt ist von einer Rahmenerzählung umgeben, die uns nach Damaskus an ihren Hof versetzt. Solche »Einrahmungen« für Geschichten anderer Art sind häufig, in den meisten wird Harûn verwendet; aber die brauchen nicht besonders aufgezählt zu werden. Es ist auch bekannt, daß manche Anekdoten oder »Einrahmungen« von anderen Herrschern auf Harûn übertragen sind; dafür ließen sich viele Beispiele anführen. Harûn war für die späteren Geschlechter das Urbild eines großen und mächtigen Herrschers schlechthin, ebenso wie Salomo für die späteren Juden, und damit für Christen und Muslime. Beide waren keine wirklich bedeutenden Herrscher; aber da in ihrer Zeit Frieden herrschte, nach vorhergehenden Kämpfen und vor all den folgenden Unruhen, so prägte sie sich der Nachwelt besonders lebhaft ein, und die Herrschergestalten wurden gewissermaßen verklärt. Auf Harûn und seinen Kreis beziehen sich die folgenden Anekdoten: Harûn er-Raschîd und der falsche Kalif (III, 130; dies ist eigentlich ein kleiner Roman, in dem das Motiv des »Doppelgängers« aber ganz anders gewendet ist als oben S. 727); Harûn er-Raschîd, die Sklavin und der Kadi Abu Jûsuf (III, 160); Harûn er-Raschîd, die Sklavin und Abu Nuwâs (III, 298); Abu Nuwâs mit den drei Knaben und dem Kalifen (III, 425; zu den Anekdoten über Abu Nuwâs vgl. den Aufsatz von A. Schaade über Herkunft und Urformzweierdieser Geschichten in Zeitschr. d. Deutsch. Morgenländ. Ges. 1934, S. 259 ff.); Der Kalif Harûn er-Raschîd und die Herrin Zubaida im Bade (III, 440); Harûn er-Raschîd und die drei Dichter (III, 442); Harûn er-Raschîd und die beiden Sklavinnen (III, 446); Harûn er-Raschîd und die drei Sklavinnen (III, 447; eine Erweiterung der vorigen); Masrûr und Ibn el-Kâribi (III, 523;

eine kleine Humoreske); Harûn er-Raschîd und die junge Beduinin (IV, 638); El-Asma'i und die drei Mädchen von Basra (IV, 641; ein Gegenstück zu der Geschichte von dem Lastträger und den drei Damen von Baghdad, aber aus einer ganz anderen Sphäre, auch bei Ibn es-Sarrâdsch, Paret S. 66 und 75); Ibrahîm el-Mausili und der Teufel (IV, 645); Ishâk von Mosul und der Teufel (IV, 674; eine andere Fassung der vorhergehenden Anekdote). In die Zeit von Harûns Nachfolger el-Amîn führen uns die beiden Anekdoten III, 497: Von Mohammed el-Amîn und Dscha'far ibn Mûsa und III, 577: Von el-Amîn und seinem Oheim Ibrahîm el-Mahdî, in die Zeit von dessen Bruder und Nachfolger el-Mamûn die folgenden: Ibrahîm el-Mahdî (III, 96; er hatte sich gegen el-Mamûn empört); Ibrahîm el-Mahdî und der Kaufmann (III, 321); Ishâk aus Mosul und der Kaufmann (III, 550; eine Variante der vorigen Anekdote); Ishâk el-Mausili (III, 115; die Geschichte der etwas romantischen Verlobung von el-Mamûn mit der Tochter von Hasan ibn Sahl, die auch sonst in der arabischen Literatur vorkommt; sie ist unhistorisch, worauf schon der muslimische Geschichtsschreiber Ibn Chaldûn aufmerksam macht); El-Mamûn und der fremde Gelehrte (III, 204); Der Mann aus Jemen und seine sechs Sklavinnen (III, 280); Abu Hassân ez-Zijâdi und der Mann aus Chorasân (III, 331); Der Kalif Mamûn und die Pyramiden (III, 518). Die späteren Abbasiden sind seltener vertreten; aber manche Anekdote, die zuerst von ihnen erzählt wurde, mag jetzt unter dem Namen Harûns stehen. Wir finden noch die Geschichte von dem Kalifen el-Mutawakkil und der Sklavin Mahbûba (III, 339) sowie die von ihm und el-Fath ibn Chakân (III, 578). Dieser selbe Kalif und sein Enkel el-Mu'tadid spielen eine wichtige Rolle in der Liebesgeschichte von Abu el-Hasan aus Chorasân (oben S. 711). Die Anekdoten von den Barmekiden sind weiter unten zusammengestellt; eine kurze Anekdote von einem der Tahiriden, die unter den Abbasiden mehrere Statthalterstellen bekleideten, findet sich III, 591. Von den fatimidischen Herrschern Ägyptens wird nur eine Anekdote erzählt, die von dem Kalifen el-Hâkim und dem Kaufmann (III, 488); dieser Kalif kommt auch in der Geschichte von der Frau mit dem Bären vor (III, 341f.). Welcher ägyptische Herrscher in der Geschichte von el-Malik en-Nâsir und seinem Wesir (IV, 682) gemeint ist, läßt sich nicht sagen, da ja mehrere von ihnen diesen Beinamen trugen, und da auch sein Wesir nicht bestimmbar zu sein scheint. Vor einem Herrscher dieses Namens und vor el-Malik ez-Zâhir werden die Schelmengeschichten erzählt (oben S. 714f.).

Eine eigene Gruppe bilden die Anekdoten von freigebigen Männern. Freigebigkeit und Gastfreundschaft waren neben der Tapferkeit bei den alten Arabern die höchsten Mannestugenden, und von ihnen wurde auch schon im alten Arabien manche Geschichte erzählt. Der Typus des freigebigen Helden war Hâtim, von dem oben S. 716 eine Legende angeführt wurde. Sein Nachfolger in diesem Rufe war Ma'n ibn Zâïda, von dem hier III, 87 und III, 88 zwei Anekdoten wiedergegeben werden. In diese Gruppe gehört ferner die Geschichte von Chuzaima ibn Bischr und 'Ikrima el-Faijâd (IV, 626) aus der Omaijadenzeit. Die Freigebigkeit und Verschwendung der Abbasiden kennt in den meisten Erzählungen, namentlich in den Märchen, gar keine Grenzen mehr; diesen Zug teilen sie aber mit den meisten Königen und Herrschern in 1001 Nacht. Der Glanz Harûns wurde auch auf das berühmte Geschlecht der Barmekiden übertragen, das unter

Harûn ein so elendes Ende nahm und dessen Name heute in Ägypten die Landstreicher und anderes Gesindel bezeichnet. Der Wesir Dscha'far el-Barmeki ist der ständige Begleiter Harûns; ihm gilt eine besondere Anekdote (mit dem Bohnenverkäufer, III, 169). Von dem Edelmute seines Vaters erzählen die Anekdoten: Die Großmut des Barmekiden Jahja ibn Châlid gegen Mansûr (III, 195); Die Großmut Jahjas gegen den Brieffälscher (III, 199; eine ähnliche Geschichte wird von dem späteren Wesir 'Alî ibn el-Furât erzählt, und diese mag auf Jahja übertragen sein); Der Barmekide Jahja ibn Châlid und der arme Mann (III, 496). Dazu kommt noch die Geschichte von den Söhnen Jahjas ibn Châlid (das ist el-Fadl und Dscha'far) und Sa'îd ibn Sâlim el-Bâhili (III, 499).

Verschiedene Anekdoten aus dem Leben der Bürger finden sich neben denen von Herrschern und Ministern. Da ist zunächst die Geschichte von dem Schlachthausreiniger und der vornehmen Dame (III, 124). Das Thema »Reich und Arm« wird in drei Anekdoten variiert: Der Mann, der die goldene Schüssel stahl, aus der er mit dem Hunde gegessen hatte (III, 305); Der Arme und sein Freund in der Not (III, 335); Der reiche Mann, der verarmte und dann wieder reich wurde (III, 337). Von Jugend und Alter handeln zwei kleine Geschichten: Abu Suwaid und die schöne Greisin (III, 590); Die beiden Frauen und ihre Geliebten (III, 592); von Tyrannenmacht und den Leiden des Volkes erzählt die Geschichte von dem Pilgersmann und der alten Frau (III, 622); den Kauf einer Sklavin rechtfertigen die Verse des Abu el-Aswad (III, 446). Eine wahre Begebenheit aus der Zeit der Kreuzzüge mag in der Geschichte von dem Oberägypter und seinem fränkischen Weibe

(V, 758) geschildert sein; denn die Kreuzfahrer wurden öfters von ihren Frauen begleitet.

Ganz eigentümlich sind die Geschichten von Wardân dem Fleischer mit der Frau und dem Bären (III, 341) sowie von der Prinzessin und dem Affen (III, 347). Über sie ist in Band III, S. 344, Anm. 1, und S. 347, Anm. 1, das Nötige gesagt. Sie stammen sicher aus Ägypten. Besondere Typen, die im Orient für Anekdoten ein beliebtes Thema bildeten und bilden, sind die Eunuchen, Schulmeister und Richter; den Eunuchen wird Dummheit und Frechheit, den Schulmeistern Torheit, den Richtern Bestechlichkeit und Ungerechtigkeit vorgeworfen. Schon im Altertum gab es den Typus des törichten Schulmeisters. In 1001 Nacht erscheinen diese Typen aber nur einige Male: Eunuchen sind Buchait (I, 465) und Kafûr (I, 467); in Band III, S. 533 - 539 lesen wir hintereinander die Geschichten von dem Schulmeister, der sich auf Hörensagen verliebte; Von dem törichten Schulmeister; Von dem Schulmeister, der weder lesen noch schreiben konnte. Von ungerechten und tyrannischen Richtern und Beamten ist nur gelegentlich die Rede (IV, 320 und 379); in V, 660 wird ein Spottvers auf die hohen Beamten mitgeteilt. Dagegen wird die Klugheit des Richters in zwei Anekdoten gerühmt: in der von Harûn er-Raschîd, der Sklavin und dem Kadi Abu Jûsuf (III, 160) sowie in der von dem Kadi Abu Jûsuf und der Herrin Zubaida (III, 452), während in der Geschichte von ʾAlî Chawâdscha und dem Kaufmanne von Baghdad (VI, 340) ein leichtsinniger Richter durch einen kleinen Knaben über sein Amt belehrt wird.

Zuletzt sei hier noch des nächtlichen Abenteuers des Kalifen (VI, 240) gedacht, das bisher nur durch Galland überliefert ist. In ihm finden sich drei ausführlich und breit erzählte

Anekdoten, die mit Märchenmotiven durchsetzt sind: Baba Abdullah verliert Besitz und Augenlicht wegen seiner Habgier; Sîdi Nu'mân hat eine Frau, die in Wirklichkeit eine Dämonin ist (oben S. 684); Chawâdscha Hasan el-Habbâl wird reich durch einen Diamanten, den seine Frau im Bauche eines Fisches findet. Diese Geschichten können der Baghdader Zeit angehören; das persische Wort *bacht*, »Glück« (VI, 266), kann schon damals in die arabische Umgangssprache aufgenommen sein. Die Erzählungen sind aber durch Galland überarbeitet worden, und auf ihn wird die europäische Ausdrucksweise zurückgehen, auf die oben S. 259, Anm. 1, und S. 262, Anm. 1, hingewiesen ist.

Im vorhergehenden ist versucht worden, von dem unendlich mannigfaltigen Inhalt von Tausendundeiner Nacht und seiner Geschichte ein Gesamtbild zu geben. Sehr viele Fragen mußten offen gelassen werden; namentlich in den Abschnitten über die Legenden und die Anekdoten ist noch ein reiches Feld für künftige Forschungen enthalten.

Wir haben gesehen, daß es außer Tausendundeiner Nacht noch eine ausgedehnte arabische Erzählungsliteratur gibt, aus der auch sehr vieles in unsere Sammlung übernommen wurde. Aber insofern ist das Buch von Tausendundeiner Nacht einzig in seiner Art, als es ein ungeschminktes Bild des muslimisch-arabischen Mittelalters in seiner ganzen Vielseitigkeit bietet. Und in ihm ziehen die Motive der Volkserzählungen aus vielen Ländern und vielen Zeiten an unseren Augen vorüber, da die islamische Kultur eine Fortsetzung und Zusammenfassung vieler anderer Kulturen ist.

BIBLIOGRAPHIE

Aus der reichhaltigen Literatur über Tausendundeine Nacht seien hier genannt: H. Zotenberg, Notice sur quelques manuscrits des Mille et une nuits et la traduction de Galland (Paris 1888). – V. Chauvin, Bibliographie arabe IV–VII (Lüttich 1900 ff.). – V. Chauvin, La récension égyptienne des mille et une nuits (Brüssel 1899), in der Bibliothéque de la Faculté de Philosophie et Lettres de l'Université de Liège. – J. Oestrups »Studien über 1001 Nacht« aus dem Dänischen (nebst einigen Zusätzen) übersetzt von O. Rescher (Stuttgart 1925). Hier hat der Übersetzer im Vorwort eine Übersicht über die neuere Literatur zu Tausendundeiner Nacht gegeben, in der auch die Einzeluntersuchungen von Macdonald, Horovitz und Nöldeke aufgeführt werden. Von den dort nicht genannten Aufsätzen Nöldekes ist sein Artikel »Zu den ägyptischen Märchen« in der Zeitschrift der Deutschen Morgenländischen Gesellschaft, Band 42 (Leipzig 1888), S. 68–72, besonders wichtig. – J. Horovitz, Die Entstehung von Tausendundeine Nacht, in »The Review of Nations« Nr. 4, April 1927.

Aus meinem Vortrag »Tausendundeine Nacht in der arabischen Literatur« (Tübingen 1923) sind hier einige Ausführungen herübergenommen. Die Schriften von Prof. R. Paret sind oben im Text aufgeführt. Herrn Professor Nöldeke, durch den ich manche Anregungen erhalten habe, sei hier mein herzlichster Dank ausgesprochen.

Außer den in der »Abhandlung« erwähnten Büchern und Schriften, seien noch genannt Heller, »Das hebräische und arabische Märchen« in Bolte und Polivka, »Anmerkungen zu Grimms Märchen« IV (1930) S. 315 ff.; G. E. von Grunebaum, »Medieval Islam« (Chicago 1946), S. 294 bis 319, »Greece in the ‚Arabian Nights'«.

Zu dem Abschnitt »Die einzelnen Erzählungen« (oben S. 682 ff.) ist das wichtige Werk von Nikita Elisséeff »Thèmes et motifs des Mille et une Nuits« (Beyrouth 1949) zu vergleichen. Eine ausführliche Bibliographie zu 1001 Nacht findet sich in dem Buche von C. Brockelmann »Geschichte der arabischen Litteratur, Zweiter Supplementband«, S. 62 f. Dort und in der zweiten Auflage des Grundwerks »Geschichte der arabischen Litteratur« Band II, S. 73 sind auch die neueren Übersetzungen ins Dänische und Russische genannt. Eine Übersetzung ins Italienische von F. Gabrieli erschien 1949; zu ihr ist der Aufsatz von F. Gabrieli, »Le mille e una notte nella cultura europea« (in Storia e civiltà musulmana, 1947, S. 99-107) zu vergleichen.

NAMENVERZEICHNIS

Dies Verzeichnis enthält die Namen der Menschen, Dämonen, Götter, Wundertiere, Länder und Orte. Die Namen der Stadtteile und Straßen sind nicht aufgeführt. Dazu kommen folgende Ausnahmen: Unter den Menschen fehlt der Prophet Mohammed, unter den Ländern und Orten fehlen Ägypten, Arabien, Syrien, Persien, Kleinasien, Griechenland, Baghdad, Basra, Kairo. Hinter Namen, die in derselben Geschichte mehr als zweimal vorkommen, steht meist nur die erste Stelle mit ff. Die römischen Zahlen verweisen auf die Bände, die arabischen auf die Seiten. Der arabische Artikel el- (oder mit assimiliertem l) kommt für die alphabetische Reihenfolge nicht in Betracht.

Für die Übersetzung und die Schlußabhandlung wurde ein vereinfachtes System gewählt; betonte Längen wurden durch ˆ bezeichnet, unbetonte Längen nicht, bei den emphatischen Buchstaben h s d t z k wurde der Punkt weggelassen, der Kehllaut ‘ wurde durch ’ angedeutet. Im folgenden Verzeichnis sind die emphatischen Buchstaben kursiv gedruckt, über unbetonten Längen steht ein Strich, und der Kehllaut ‘ ist stets gesetzt, damit überall die arabischen Formen genau erkannt werden können. Die Buchstaben des arabischen Alphabets sind also hier folgendermaßen wiedergegeben (nach der arabischen Reihenfolge): ’ (nur im Innern und am Schluß der Wörter bezeichnet) b t th dsch *h* ch d dh r z s sch *s d t z* ‘ gh f k *k* l m n h w j. Im allgemeinen sind die arabischen Vokale a i u gewählt; in einzelnen Fällen sind e und o gesetzt, auf Schwankungen ist durch Rückverweise hingewiesen. Die biblischen Namen sowie manche Namen von Städten und Ländern sind in der im Deutschen geläufigen Form gegeben. Für Nichtorientalisten sei noch besonders bemerkt, daß z immer das weiche (stimmhafte) s bezeichnet.

Aaron I 294; III 652
‘Abbâd, Beduine II 219
‘Abbâs, el-, Stammvater der Abbasiden I 186, 216; II 560; III 141, 690; V 380; VI 550, 553
‘Abbâs, el-, Sohn des Kalifen el-Ma’mûn III 104, 106

‘Abd el-A*h*ad, Zauberer IV 382
‘Abd el-‘Azîz, Omaijade I 604; IV 212
‘Abd el-*K*âdir, König von ‘Irâ*k* V 7 ff.
‘Abd el-*K*âdir el-Dschîlânî, Heiliger II 585, 590

'Abd el-Kuddûs, Zauberer V 399, 402ff.

'Abd el-Malik ibn Marwân, Omaijade I 500, 604, 614f.; II 533ff.; IV 208ff., 257f., 624ff.

'Abd el-Masîh, Christ III 562f.

'Abd er-Rahîm, Maure IV 382

'Abd er-Rahmân el-Maghribî, Seefahrer und Erzähler III 541ff.

'Abd er-Rahmân, Kaufmann VI 432ff.

'Abd es-Salâm, Maure IV 382

'Abd es-Samad, Maure IV 382ff., 411ff.

'Abd es-Samad ibn 'Abd el-Kuddûs es-Samûdî, Weiser IV 213ff.

'Abd el-Wadûd, Maure IV 382

'Abdallâh, Emir von Basra VI 515f.

'Abdallâh, Bäcker VI 201f.

'Abdallâh, Kaufmann V 143ff.

'Abdallâh, Kaufmann VI 432ff.

'Abdallâh, König VI 201f.

'Abdallâh, Landbewohner VI 186ff.

'Abdallâh, Meermann VI 186ff.

'Abdallâh, Mönch I 704

'Abdallâh, Sklave II 837ff.

'Abdallâh, Sohn einer Sklavin IV 754

'Abdallâh, bekehrter Christ III 563f.

'Abdallâh ibn Abî Kilâba, Erzähler III 108ff.

'Abdallâh ibn Dscha'far IV 754

'Abdallâh ibn Fâdil, Statthalter von Basra VI 509ff.

'Abdallâh ibn Mâlik el-Chuzâ'î, Statthalter III 199ff., 499ff.

'Abdallâh ibn Ma'mar el-Kaisî, Erzähler IV 616ff.

'Abdallâh ibn Ma'mar et-Taimî, Emir III 432f.

'Abdallâh ibn Mas'ûd, Überlieferer III 447, 659

'Abdallâh ibn Mohammed es-Sukkarî, Überlieferer I 668

'Abdallâh ibn Sâlim, Überlieferer III 447

'Abdallâh ibn Schaddâd, Frommer I 612

'Abdallâh ibn Tâhir, Richter IV 623f.

'Abdallâh ibn ez-Zubair, Gegenkalif II 491

'Abdallâh ibn Zuraik IV 756

'Abdân, Tischgenosse von Hârûn III 466, 477

Abdullah, Baba VI 245ff.

Abraham I 570, 752; II 403; III 153, 646, 649, 652ff., 773, 776; IV 448, 452f., 456ff., 488ff.

Abrîza, byzantin. Prinzessin I 534ff.; II 199ff.

Abū el-'Abbâs s. Chidr und Mubarrad

Abū el-'Ainâ', Überlieferer III 592

Abū 'Alî, Pförtner IV 689ff.

Abū 'Âmir, Überlieferer III 527, 531

Abū 'Âmir ibn Marwân, Wesir IV 682f.

Abū el-Aswad, Dichter III 446

Abū Bakr, Kalif I 613; III 684, 690; V 512
Abū Bakr, Imam in Baghdad VI 233 ff.
Abū Bakr Mohammed el-Anbârī, Überlieferer III 562
Abū Bakr esch-Schiblī, Heiliger III 760
Abū Bilâl, Scheich II, 593
Abū Dharr, Prophetengenosse I 658; III 515 f.
Abū Dscha'far der Aussätzige III 758 ff.
Abū Dscha'far el-Mansûr I 670
Abū Dulaf, Tischgenosse von Hārûn VI 354
Abū el-Fath ibn Kaidâm, Kaufmann IV 344 ff.
Abū el-Hamalât, Heiliger IV 691 ff.
Abū Hanîfa, Gelehrter I 667, 670
Abū el-Hasan, der Schalk III 454 ff.
Abū el-Hasan aus Chorāsân VI 408 ff.
Abū el-Hasan aus 'Omân VI, 364, 375 ff.
Abū el-Hasan 'Alî ibn Tâhir, Kaufmann II 289 ff.
Abū el-Hasan ed-Darrâdsch, Erzähler III 758 f.
Abū Hassân ez-Zijâdī, Erzähler III 331 ff.
Abū Hâzim, Frommer I 664
Abū Huraira, Überlieferer III 448
Abū el-Husn, Kaufmann III 626 ff., 696
Abū 'Îsā, Abbaside III 568 ff.

Abū Ishâk, Tischgenosse von Hārûn I 441; III 104, 106, 466, 477; VI 509 ff. = Ibrāhîm
Abū Ja'kûb, Tischgenosse von Hārûn III 510
Abū Jazîd el-Bistâmī, Heiliger III 760
Abū Jūhannā, christlicher Arzt III 579
Abū Jûsuf, Kadi III 160 ff., 333, 452 f.
Abū el-Kâsim es-Sandalânī, Maler VI 380 ff.
Abū Kîr, Färber VI 144 ff.
Abū el-Laith, Statthalter von Basra VI 384 ff.
Abū Makârisch, Badediener I 335
Abū Mohammed der Faulpelz III 172 ff.
Abū Mohammed el-Battâl, Held V 716
Abū Murra, Teufel IV 649
Abū Mûsā el-Asch'arī, Statthalter I 609
Abū Mus'ab, Dichter III 443
Abū el-Muzaffar, Kaufmann III 178 ff.
Abū Nuwâs, Dichter I 102; II 603, 609; III 298 ff., 425 ff., 477, 510, 582 f., 588; IV 674; VI 354, 624
Abū 'Obaida, Koranüberlieferer III 659
Abū er-Ruwaisch, Zauberer V 407 ff.
Abū es-Sa'ādāt, jüdischer Wechsler V 507 ff.
Abū es-Sa'ādāt, Dämon VI 610 ff.

Abū es-Sakr, Beduine III 513
Abū ʿSîr, Barbier VI 144 ff.
Abū Suwaid, Erzähler III 590
Abū Tabak, Büttel VI 577, 637 f.
Abū Tammâm, Dichter III 584
Abū ez-Zinâd, Überlieferer III 448
Achlât, Stadt am Wan-See IV 612
ʿÂd, mythischer Held und Stamm I 78; II 460; III 110; IV 253, 447, 453, 462; V 249; VI 197
Adam I 25; II 421; III 38, 105, 652, 661 f., 683, 686 ff., 741, 790, 796, 799 ff.; IV 235 ff., 678; VI 69 ff.
Aden, Stadt V 605, 616
ʿAdhra, Jude IV 705, 758 ff., 772
ʿAdî ibn Hâtim, Beduine III 86
ʿAdî ibn Zaid, Dichter III 543 ff., 573
ʿAdnân, arab. Stamm III 513; IV 223
ʿAdschîb, Wesirssohn I 170 ff., 263 ff.
ʿAdschîb, Held IV 432 ff., 474 ff.
ʿAdschlân Abū Nâʾib, Beduine II 584 ff.
ʿAffân, Genosse von Bulûkijā III 776 ff.; IV 76
ʿAfîf, Eunuch II 298, 300
Afrîdûn, byzantin. Kaiser I 505 ff.; II 167, 223
Ahmed, Prinz III 7, 23 ff.
Ahmed, Spezereienhändler VI 581 f.
Ahmed ed-Danaf, Räuberhauptmann II 613 ff.; III 232 f.; IV 685 ff., 717 ff.

Ahmed el-Ghadbân, Räuber II 830 ff.
Ahmed el-Lakît, Enkel der listigen Dalîla IV 686, 734 f., 770, 772
Ahmed ibn Châlid, Wesir unter el-Maʾmûn III 104
Ahmed ibn Duwâd, Kadi VI 430
Ahmed ibn Hanbal, Gelehrter I 602 f.
Ahmed Kamâkim, Erzdieb II 622 ff.
Ahnaf, el-, ibn Kais, Beduinenführer I 606 ff.
Ahwâz, Stadt in Südwestpersien IV 471
Aijûb, Vater des Ghânim I 460 ff.
Aijûb es-Sachtijânî, Gelehrter III 716
ʿAin Zâr, Wesir in Kabul III 811 ff.; IV 43 f.
ʿÂʾischa, Tochter von Abū Bakr III 494, 668
ʿÂʾischa, Tochter von Talha III 444 f.
Ajâs, Stadt am Mittelmeer II 633 f.
ʿAkaba, el-, Ort zwischen Babylonien und Mekka III 759
ʿAkîk, el-, Tal bei Medina IV 680
ʿAkîl, Bruder des Kalifen ʿAlî II 560; V 539
Akko, Stadt V 758, 761
ʿAlâʾ ed-Dîn, Kaufmann V 665
ʿAlâʾ ed-Dîn, Wachthauptmann III 319
ʿAlâʾ ed-Dîn mit der Wunderlampe II 659 ff.
ʿAlâʾ ed-Dîn Abū esch-Schâmât II 569 ff.

'Alam ed-Dîn Sandschar, ägypt. Beamter I 428 ff.; IV 771, 781
'Alawîja, Mädchenname I 264
Aleppo, Stadt I 228; II 544, 582 ff.; III 426; IV 727; V 631; VI 342
Alexander der Große I 505, 656; II 749, 775; III 704 ff.; IV 217. – Vgl. Dârân
Alexandrien, Stadt I 318; II 634 ff.; III 309; IV 204, 215, 217, 798; V 653 ff., 692 ff., 714 f.; VI 144, 149, 182 ff.
'Alî, Kalif I 605; II 147, 491, 573; III 656, 660, 671, 690
'Alî, Prinz III 7, 19 ff.
'Alî aus Kairo, Kaufmannssohn III 593; VI 581 ff.
'Alî der Perser III 155 ff.
Ali Baba II 791 ff.
'Alî Chawâdscha VI 340 ff.
'Alî Kitf el-Dschamal, Räuber IV 717 ff., 740, 770 f.
'Alî Nûr ed-Dîn, Kaufmannssohn V 624 ff.
'Alî Schâr, Kaufmannssohn III 207 ff.
'Alî ez-Zaibak, Räuberhauptmann II 632; IV 724 ff.
'Alî Zain el-'Âbidîn, Heiliger I 661
'Alî ibn Bakkâr, Prinz II 289 ff.
'Alî ibn el-Hasan es-Sulamī, Frommer I 670
'Alî ibn Hischâm, Statthalter III 568 ff.
'Alî ibn Mansûr, Schalk von Damaskus III 260 ff.
'Alî ibn Mohammed ibn Tâhir, Statthalter III 591
'Alī ibn Tâhir s. Abū el-Hasan
'Âlî el-Mulûk, König V 280, 282
'Amârija, Stadt V 280
A'masch, el-, Überlieferer III 447
A'masch, el-, Dämon IV 226
Amdschad s. Malik
Âmid, Stadt IV 239. – Vgl. Dijâr Bekr.
Amîn, el-, Abbaside I 212; III 132, 497 ff., 577 f.
Amîn el-Hukm, Kadi IV 779 ff.
Âmina, Frau von Sîdî Nu'mân VI 260 ff.
'Âmir, arab. Stamm III 100; IV 503, 509, 515, 530
'Ammûrija, Stadt in Phrygien III 562 f.
'Amr, Eroberer Ägyptens II 491. – Vgl. Zaid
'Amr ibn Ma'dīkarib, Dichter III 571
'Amr ibn Mas'ada, Erzähler III 568
Anbâr, el-, Stadt III 159, 562 f.
'Antâb, Stadt in Nordsyrien V 629
'Antar, Held I 752; II 182
Antiochien, Stadt I 701
Anūscharwân, Perserkönig III 159, 706. – Vgl. Kisrā
A'radsch, el-, Überlieferer III 448
'Arafât, Berg bei Mekka I 570; III 643, 759, 761
Ardaschîr, Perserkönig I 603 f.
Ardaschîr, Prinz V 7 ff.
'Arîsch, el-, Ort am Mittelmeer VI 486

743

Armānûs, König der Ebenholzinseln II 446 ff., 569
Asad, arab. Stamm IV 626
Asʻad s. Malik
Âsaf ibn Barachijā, Wesir Salomos I 53; IV 228, 230; V 231 ff., 485
Aschʻab, Urbild der Habgier VI 591
Asfandijâr, pers. Held V 190
Âsija, ägypt. Prinzessin IV 427
ʻÂsim, König von Ägypten V 228 ff., 295
Askalon, Stadt III 159
Askar, el-, Tischgenosse von Hārûn III 477
Aslam, Begleiter des Kalifen ʻOmar I. I 609 ff.
Aslân, Sohn von ʻAlâʼ ed-Dîn Abū esch-Schāmât II 636 ff.
Asmaʻī, el-, Gelehrter IV 641 ff., 667
Asra (ʻUdhra), arab. Stamm II 33, 381; III 433; IV 650, 655 f.; VI 436
Asrael, Engel III 807; V 164
Asuân, Stadt in Oberägypten III 159
ʻAtâʼ es-Sulamī, Gelehrter I 661; III 716
ʻAtîja, Dichter I 24
ʻÂtika, arab. Frauenname I 73
ʻAudsch, Stadt in Persien VI 568
Avicenna (Ibn Sînā), Philosoph I 594; II 114
ʻAzîz, Kaufmannssohn II 25 ff.
ʻAzîza, Base von ʻAzîz II 25 ff.

ʻAzza, Geliebte von Kuthaijir I 529 f.
ʻAzza, Medinenserin III 444 f.

Baʻalbek, Stadt in Syrien I 443; V 625
Babel (Bâbil) IV 479 f., 482 f., 580; V 249 ff.; VI 363, 373
Babylon IV 236
Badîʻ (oder Badîʻā), Wesir in Indien VI 111 ff.
Badîʻat el-Dschamâl, Geisterprinzessin V 224 ff.
Badr Bâsim, Perserkönig V 87, 101 ff.
Badr el-Budûr, Prinzessin II 698 ff.
Badr ed-Dîn, Wesir in Jemen III 435 ff.
Badr ed-Dîn el-Bustânī, Kaufmann I 305 ff.
Badr ed-Dîn Hasan (Hasan el-Basrī) I 233 ff.
Badr, el-, el-Kabîr, Sklavin III 497
Bahâdur, früherer Mamluk II 512 ff.
Bahman, Prinz V 165 ff., 193 ff.
Bahr, Sohn von el-Ahnaf I 606 f.
Bahrâm, Türkengeneral I 681 ff.; II 7, 134, 139
Bahrâm, Magier II 519 ff.
Bahrâm, Prinz IV 334, 338
Bahrawân, König von Chorāsân III 811 ff.
Baibars s. el-Malik ez-Zâhir
Bakbûk, el-, Scherzname I 349
Bakkâr s. ʻAlî ibn Bakkâr

Bākûn, Sklavin II 191 ff.
Balch, Land (= Baktrien) III 159; IV 612
Bandscha, el-, Odaliske VI 426
Barachijā, Vater Âsafs s. Âsaf
Barâchijā, Geisterkönig III 797 ff.
Barakât (wohl = abessin. Berkût) Abū Schâma, Oberaufseher in Kairo I 308
Barîc, Ort in Südwestpersien III 560
Bârik ibn Fâki‘, Geisterbaumeister IV 556
Barkân, Geisterkönig IV 544 ff., 593
Barkîk, indischer Held IV 46 f.
Barsûm, Christ III 224 ff., 239 ff., 247
Bartaut (= Bartold), fränkischer Ritter V 744 ff.
Bartûs (vielleicht = Bartholomaeus), fränkischer Ritter V 746
Battâl, el-, Held V 716
Battâsch el-Akrân, indischer Held IV 564 f.
Bedr s. Badr
Bilâl, Beduine II 216
Bilâl, Gebetsrufer III 147
Bilbais, Stadt in Unterägypten I 228
Bilkîs, Königin von Saba I 524; V 302,
Bilkîs, Zauberin V 408 f., 415
Bint Schumûch, Name einer Schlange IV 75
Bint et-Tamîma, Dämonin IV 276

Bischangarh, Stadt und Land in Indien III 10 ff.
Bischr el-Hâfî, Asket I 662 f.; V 760
Bochara, Stadt III 492
Buchait, Sklave I 463 ff.
Budûr, Prinzessin von China II 375 ff.
Budûr, Dame in Basra III 258 ff.
Būlâk, Vorstadt von Kairo III 312, 314 f., 600 f., 612; V 653
Bulbul, Sklavin V 45
Bulûkijā der Weltenwanderer III 771 ff.; IV 73 ff.
Bustân, Mädchenname II 527 ff., 568
Buthaina, Geliebte des Dschamîl I 530

Caesarea, Stadt in Kleinasien I 502 ff.
Ceylon IV 186, 202 f.; V 272, 282, 313, 315. – Vgl. Sarandîb
Chadîb, Vater des Fürsten ‘Adschîb I 165, 170 f.
Chadîdscha, Tochter von Hasan ibn Sahl III 123
Chadîdscha, Frauenname IV 792
Chaithama, Überlieferer III 447
Chaizurân, Sklavin I 487
Chākân, Vater des Wesirs el-Fadl I 406. – Vgl. el-Fath
Chalaf, Name eines Bürgers III 242
Châlid, Emir II 619 ff., IV 685
Châlid, Frommer I 662
Châlid, Name eines Bürgers III 242

745

Châlid ibn ʿAbdallâh, Statthalter III 164ff.
Châlid ibn Safwân, Überlieferer I 618f.
Châlidân, Inseln II 416, 443ff.
Chalîfa, Fischer V 503ff.
Chalît, Höllengeschöpf III 795f. – Vgl. Malît
Chânka, el-, Ort bei Kairo, IV 731
Chara' es-Sûs, Schimpfname für Bartûs V 746
Chârân = Tâdsch el-Mulûk II 17ff.
Châridscha, Kadi in Ägypten II 491
Chasîb, el-, Herr von Ägypten VI 379ff.
Cha*t*ûb = Chu*t*ûb
Châtûn, türk. Frauenname II 180f., 619ff.
Châtûn, Frau des Emirs *H*asan IV 689, 691ff.
Châtûn, Frau des Wesirs Fâris V 239
Châtun, andere Lesart für Fâtin II 180ff.
Chi*d*r, el-, Abū el-ʿAbbâs, Heiliger IV 78f., 256; VI 539f., 569f.
China I 19ff., 292ff., 402ff., 501; II 375ff., 659, 673ff., 741ff.; III 160, 198ff., 415, 541; IV 253, 559; V 219, 222, 253f., 268. – Vgl. Madînat es-*S*în
Chirad Schâh (persisch wohl = Churrâd Schâh), König von Schiras IV 469f., 590ff.
Chitân VI 615, 636; andere Schreibung für Ichtijân

Chorāsân, Land I 433, 507, 586ff.; II 149ff., 791; III 159f., 207, 254, 331f., 811f.; IV 51, 236, 300; V 87, 219, 222, 512; VI 377, 408ff.
Chosrau, Perserkönig III 494f.
Chudādâd, Prinz VI 302ff.
Chusrau (= Chosrau) Schâh, Perserkönig V 154ff.
Chu*t*ûb, Sklavin V 587
Chuzaima ibn Bischr, Statthalter IV 626ff.
Chwārizm, Land IV 51, 247

D*ahh*âk, e*d*-, Zeitgenosse Mohammeds III 659
Dâhisch ibn el-Aʿmasch, Dämon IV 226
Dahnasch, Dämon II 371ff.
Dahnasch ibn Fa*kt*asch, Dämon V 413, 484
Dair ʿAbdûn, Kloster in Mesopotamien VI 625
Dakianus, byzantin. Ritter I 713ff.
Dalîla, Gaunerin IV 685ff., 736ff.
Damaskus I 256ff., 331ff., 460ff., 568ff.; II 138ff., 205ff., 538f.; III 260, 600, 612, 736; IV 208, 257, 635, 660, 730; V 223, 751, 761, 768; VI 342
Damdam, Dämon I 145
Damiette, Stadt in Ägypten III 159, 600, 612; V 67
Dâmigh, e*d*-, König IV 477ff., 587, 616
*D*amra ibn el-Mughîra, Vornehmer in Basra IV 671 f.

Danânîr, Sklavin III 197
Dandân, Wesir I 507ff.; II 7ff.
Dandân, großer Fisch VI 204, 206
Daniel III 509, 762; IV 85, 96, 97
Dânis (wohl = Dionys), Abt V 614, 618
Dârân der Romäer = Alexander der Große IV 217
Darfîl (vielleicht = Delphin), Dämon in Drachengestalt VI 545
Darjâbâr (pers. = Seestadt) VI 316, 318
Dascht, ed-, Landschaft in Südpersien IV 471
Datmā, ed-, Prinzessin IV 334ff.
Dau' el-Makân, Prinz I 500ff.; II 7ff.
Daulat Chātûn, Prinzessin von Ceylon V 272ff.
David II 10, 421, 596, 601, 610; III 92, 652, 821; IV 16, 59, 102, 190, 204, 209ff., 226, 247, 257; V 94, 102. 230ff., 252, 277f., 295, 302, 470, 484; VI 81, 134, 533
Dhât ed-Dawâhî I 512ff.; II 134ff. – Vgl. Schawâhî
Dhû el-Autâd (= Pharao) IV 251
Dhû el-Dschanāhain, Geisterkönig IV 286
Dhû el-Kifl, Prophet III 652
Dhû el-Kurâ', König von Himjar III 85f.
Di'bil el-Chuzâ'î, Dichter III 547, 575
Dîdân, Wesir IV 459

Dijâr Bekr, Stadt in Nordmesopotamien I 271, 628; III 428; VI 302. – Vgl. Âmid
Dimirjât, ed-, Dämon II 369ff.; IV 228ff.
Dînâr s. Malik und Maslama
Dînâzâd I 26ff.
Dirbâs, König III 411ff.
Dschābarsā, Wunderstadt IV 545
Dschâbir ibn 'Abdallâh, Korangelehrter III 658
Dschadîm, Hofmann bei Hârûn III 466
Dscha'far, Barmekide I 111ff., 204, 214ff., 291, 438ff., 487ff.; II 603ff.; III 130ff., 155ff., 169ff., 431, 462, 500, 510f., 523; IV 638, 640, 681f., 754; V 521ff.; VI 241, 347ff., 509ff.
Dscha'far, el-Mutawakkil III 340f.
Dscha'far ibn Mûsâ el-Hâdî III 497ff.
Dschaland, el-, ibn Karkar, König von 'Omân und Jemen IV 504ff.
Dschalî'âd, König v. Indien VI 7ff.
Dschamak, König von Babel IV 479ff.
Dschamâl ed-Dîn el-Atwasch (wohl = el-Atrasch), Präfekt IV 787
Dschâmi', Emir der Dailamiten II 187
Dschamîl, Geliebter der Buthaina I 530
Dschamîl ibn Ma'mar, Dichter IV 650ff.

Dschamíla, Tochter des Statthalters von Basra VI 379ff.

Dschamra*k*ân, el-, König von Südwestpersien IV 471, 500ff., 561ff., 575ff.

Dschamschêd, mythischer König III 30

Dschandal, Dämon IV 545

Dschânschâh, Prinz III 810ff.; IV 7ff.

Dschânschâh, Königin IV 604, 608

Dschardscharîs, Dämon I 135ff.

Dschardûm, Geisterschmied IV 542

Dscharîr, Dichter III 572

Dschaudar, Kaufmannssohn IV 371ff.

Dschauhara, Meeresprinzessin V 111ff.

Dschawân (besser: Dschuwân, pers. = Jüngling) Räuber III 232ff., 243f.

Dschazîra, el-, Stadt IV 477f., 492f.

Dschebel eth-Thaklâ, in Oberägypten (?) III 392, 402, 415

Dschidda, Stadt am Roten Meere IV 411

Dschubair ibn 'Umair, Emir III 258ff.

Dschullanâr, Meermaid V 87, 93ff.

Dschuml, arab. Mädchenname II 546

Dschunaid, el-, el-Baghdâdī, Asket V 760

Dschuwāmard (pers. Dschuwānmard = Edler), Wesir von 'Omân IV 506ff.

Dschuwân s. Dschawân

Dūbân, indischer Weiser I 56ff.

Dunjā, Prinzessin II 7, 78ff.

Dunjā, Barmekidin III 146ff.

Dunjā, Prinzessin in Turkestan VI 607

Elias III 652

Elisa III 652

Enîs el-Dschelîs, Sklavin I 406ff.

Esra I 294; III 684; V 512

Eva III 560, 687, 803

Fachr Tâdsch, pers. Prinzessin IV 454ff., 559, 580, 582f., 589, 610ff.

Fâ*d*il VI 518

Fa*d*l, el-, ibn Chā*k*ân, Wesir I 406ff. – Vgl. el-Fa*th*

Fa*d*l, el-, ibn Ja*h*jā, Barmekide III 197, 500; VI 354

Faghfûr Schâh, König von China V 255ff.

Fâ*ki*' s. Bâri*k*

Fa*k*î*k*, Scherzname I 349, 377

Fa*k*tasch, Dämon V 413

Fā*k*ûn el-Kalb, indischer König IV 48f.

Fala*k*, Urweltschlange III 804

Fal*h*ûn, Dämon IV 451

Faradsch, Eunuch VI 604

Farâscha, Mutter von Dschullanâr V 150f.

Farazda*k*, el-, Dichter III 477

Fāri*k*în, Stadt in Nordwestmesopotamien IV 239. – Vgl. Maijāfāri*k*în

748

Fâris ibn Sâli*h*, Wesir V 228 ff.
Fârs, Stadt I 56
Faschschâr, el-, Scherzname I 349
Fasjân (vielleicht zu lesen *K*asjân, das ist: Kassian) fränkischer Ritter V 747
Fat*h*, el-, ibn Chā*k*ân, Freund des Kalifen el-Mutawakkil III 578 f.; VI 431
Fâ*t*ima, Tochter Mohammeds III 494; V 608
Fâ*t*ima, Heilige II 781 ff.
Fâ*t*ima, Omaijadin I 613 ff.
Fâ*t*ima, Frauenname IV 792
Fâ*t*ima das Scheusal VI 571 ff.
Fâtin, Sklavin III 572. – Vgl. Châtun
Fâ*t*ir, Sklavin VI 429
Fes, Stadt in Marokko IV 397 f.
Fes und Meknes, desgl. IV 385, 388
Fitna, Schwester v. Ghânim I 460 ff.
Fīrûza, Königin VI 303 ff.
Fu*d*ail, el-, ibn 'Ijâ*d*, Asket V 760
Fu*d*âla ibn 'Obaid, Dichter I 660

Gabriel, Engel III 655, 658, 784 f., 806 f.
Gaza, Stadt III 159
Genua, Stadt II 646
Gha*d*anfar, Held in Kabul IV 46 f.
Gha*d*bân, el-, Sklave I 559 ff.; II 200, 221 f., 502. – Vgl. A*h*med el-Gha*d*bân
Gha*j*ûr, el-, König von China II 372 ff.
Ghânim ibn Aijûb, der Sklave der Liebe I 460 ff.

Gharâm, Sklavin II 302
Gharîb, Held IV 432, 435 ff.
Ghassân, Beduine II 167
Ghatrafân, Wesir in Indien IV 43 f.
Ghauth ibn 'Abdallâh, Überlieferer I 660
Ghazâla, Sklavin VI 381
Ghi*t*rîf, el-, Beduine IV 619 ff.
Gîlân, Land in Nordwestpersien V 629
Gîze, Ort bei Kairo I 227
Gog und Magog III 794

Habesch (= Abessinien) III 286; IV 237
*H*abîb el-Fârisī, Gelehrter III 716
*H*ab*z*alam Ba*zz*âza, Scherzname II 619 ff.
Haddâr, el-, Scherzname I 349
*H*addschâdsch, el-, Statthalter II 533 ff.; III 625, 725 ff.; IV 623 ff.
Ha*d*ramaut, Land III 114
Hadschar, Stadt in Arabien IV 621
*H*af*s*a, Tochter 'Omars I 611
Hagar III 685
Hajât en-Nufûs, Prinzessin der Ebenholzinseln II 446 ff.
Hajât en-Nufûs, Prinzessin von 'Irâ*k* V 7 ff.
*H*âkim, el-, bi-'amri-llâh, Fatimide III 341, 346, 488 f.
Halîma, Frauenname VI 478 ff.
Ham III 286; IV 256, 449
*H*âm ibn Schîth IV 445
Hamā, Stadt in Syrien I 128; III 580

749

Hamal, el-, ibn Mâdschid, Häuptling IV 437ff., 475

Hāmân IV 251

Hamîd et-Tawîl et-Tûsī, Zeitgenosse des Kalifen el-Ma'mûn III 569

Hammâd, Beduine II 211 ff.

Hammâm, Beduine II 160

Hamza, Bruder von el-'Abbâs II 560; V 539

Hanâd, Stadt in China III 191

Hardscha (pers. Name, vielleicht ist Chodscha zu lesen) III 379

Hardûb, König von Kleinasien I 533 ff.; II 201f., 222

Harîfa, Frauenname IV 792

Harîrī, el-, Dichter III 584

Hârith, el-, ibn Labîb es-Saffâr, Überlieferer I 668

Harrân, Stadt bei Edessa VI 302ff.

Hārûn er-Raschîd I 111ff., 214ff., 291, 320, 324, 431ff.; II 289ff., 603, 609; III 96, 130ff., 155ff., 260ff., 265ff., 429, 440ff., 518f., 526ff., 555, 569ff., 630ff.; IV 97, 185ff., 203f., 638, 641, 645, 649ff.; V 378, 516ff., 749ff.; VI 240ff., 340, 347ff., 405ff.

Hārûn, Sohn von Mûsā ibn Nusair IV 214f.

Hârût, gefallener Engel II 363; III 295

Hasan, Sohn von 'Alî aus Kairo, III 616 ff.

Hasan, Tischgenosse von Hārûn III 477

Hasan, Kaufmann II 581; IV 693f.; V 219ff.

Hasan, Wesir VI 332

Hasan aus Baghdad III 593 ff.

Hasan von Basra, Juwelier V 315 ff.

Hasan, el-, Überlieferer I 611. – Vgl. auch Badr ed-Dîn

Hasan, el-Habbâl, Chawâdscha VI 244, 273 ff.

Hasan Scharr et-Tarîk, Emir IV 688ff., 712ff., 739f., 750

Hasan Schūmân, Räuber II 613, 631f.; IV 685ff., 717ff.

Hasan ibn Sahl, Bruder des Wesirs el-Fadl ibn Sahl III 123

Hâsib Karîm ed-Dîn, Sohn des griechischen Weisen Daniel III 764ff.; IV 75 ff.

Hassân ibn Abî Sinân, Gelehrter III 716

Hassân ibn Thâbit, Häuptling IV 437f.

Hassûn, König des Kampferlandes V 414, 416, 494f.

Hâtim, Dämon V 276

Hâtim et-Tâ'ī, Häuptling III 85f.

Hâtim der Taube, Frommer I 667

Hattâl, arab. Stamm IV 461

Haurân, Landschaft in Syrien IV 818

Hesekiel, Kloster des, III 560

Hidschâz I 288, 501, 592, 622, 646; III 109; IV 622, 682, 727; V 421

Hilâl, Beduine II 217

Himjar, Land in Südarabien III 85

Hind, Land I 40; IV 237; V 171
= Indien
Hind, Frauenname I 638 : II 75, 389
Hind, Tochter von en-Nu'mân
III 543 ff.; IV 623, 625
Hindī, Dämon IV 449
Hiob II 46, 421; III 250, 652;
IV 343
Hîra, el-, Stadt in Babylonien
III 543 ff.
Hischâm ibn 'Abd el-Malik,
Omaijade I 618 f.; III 93 ff;
IV 633
Hischâm ibn Bischr, Erzähler
I 658
Hischâm ibn 'Urwa, Überlieferer
III 447
Homs (Hims) Stadt in Syrien
I 271; V 625
Hubûb, Sklavin V 565 ff.
Hûd, Prophet III 652, 661; IV 447,
476, 525, 536
Hudhaifa, Überlieferer I 666
Hulwa, Sklavin I 475
Humaid, Straßenkehrer I 355
Hunain, Tal bei Mekka III 428
Husâm ed-Dîn, Wachthauptmann
III 309
Husain, Prinz III 7 ff.
Husain ibn el-Chali', Dichter
IV 667 ff.
Husain ibn Raijân, Überlieferer
III 512
Husn Marjam, fränkische Prinzessin II 649 ff.
Husn el-Wudschûd, Prinzessin
III 616

Ibn 'Abbâs, Überlieferer I 347;
III 655, 658
Ibn Abī Aufā, Frommer I 659
Ibn Hamdûn, Tischgenosse von el-Mu'tadid VI 408, 410
Ibn el-Kâribī, Gaukler III 523 f.
Ibn el-Kirnâs, Juwelier Hârûns
V 519 f., 548 ff.
Ibn el-Mu'tazz, Abbaside VI 625
Ibn es-Saddī, Ringkämpfer I 519
Ibn Schaddâd, Kadi V 763
Ibn Schihâb I 666
Ibn Sīnā s. Avicenna
Ibn Suraidsch, Sänger III 572
Ibn eth-Thumâm, Dichter I 102
Ibn Zubair II 491
Ibrāhîm, Gärtner Hârûns I 432 ff.
Ibrāhîm, erfundener Name V 721 f.
Ibrāhîm, Wesir III 385 ff.
Ibrāhîm, Sohn von el-Chasîb
VI 379 ff.
Ibrāhīm (Abū Ishâk) el-Mausilī
III 102, IV 645 ff., 678
Ibrāhîm ibn Adham, Frommer
I 662, 666 f.
Ibrāhîm ibn el-Chauwâs III 743,
745
Ibrāhîm ibn el-Mahdî, Bruder
Hârûns III 96 ff., 321 ff., 577
Ibrāhīm ibn Saijâr en-Nazzâm,
Gelehrter III 632, 686 ff.
Ichtijân el-Chotan, Stadt in Turkestan VI 583, 615, 636. – Vgl.
Chîtân
Idrîs (= Henoch) III 652
'Idschlī, el-, Tischgenosse Hârûns
III 466, 477

751

Ifîtâmûs, Herr der Ebenholzinseln
  I 135 ff.
'Ikrima el-Faijâd, Statthalter
  IV 626 ff.
'Ikrischa, Grünkrämer I 355
Indien I 19, 40, 65, 132, 228, 501;
  II 741, 797; III 7ff., 159, 356;
  IV 186, 298, 555, 562, 564, 568,
  575; V 219, 222, 256, 265ff.,
  625; VI 111, 118ff., 373, 450
'Irâk I 569ff.; II 161f., 202ff., 369,
  545; III 200, 447, 507; IV 251,
  474, 478ff., 505f., 511ff., 577,
  597, 611, 748f., 759; V 376, 394,
  421, 443ff.; VI 246, 294, 586
Iram, das »irdische Paradies«
  III 108ff.; V 249ff., 303 ff.; VI 610
Isaak, jüdischer Kaufmann I 242
Isaak, Erzvater III 652
Isbânîr el-Madâ'in, Hauptstadt
  Persiens IV 460, 466ff., 580, 586,
  588, 591, 608
Ishâk ibn Ibrâhîm el-Mausilī,
  Tischgenosse von Hârûn und el-
  Ma'mûn I 431; III 115ff., 550ff.;
  IV 674ff.; VI 354, 358
Iskandar s. Alexander
Ismael II 632; III 652, 684
Ispahan, Stadt II 7ff.; III 159,
  403ff.; IV 236, 468
'Izz ed-Dîn, arab. Mannesname
  I 264

Jaghmûs, Zauberer IV 58f.
Jaghûth, arab. Gott IV 465
Jahjā ibn Châlid, Barmekide
  III 146ff., 195ff., 496f.

Jakob, Erzvater II 7, 421, 548;
  III 250, 267, 652, 684; IV 343
Jamlîchā, Schlangenkönigin III 809
Japhet IV 541ff., 587, 593; V 271
Ja'rub ibn Kahtân, arab. König
  IV 518, 539, 555, 562
Jāsmîn, Sklavin II 620ff.; V 546
Jazîd, Omaijade I 606, 614
Jemen, Land I 501; III 108ff.,
  280ff., 384, 435, 605, 607; IV 11,
  504f., 538, 568, 621; V 582;
  VI 586
Jerusalem I 570ff., 700; II 137ff;
  III 776f; IV 258; VI 342
Jesus I 684; III 652, 687, 804;
  IV 393; V 754
Johannes der Täufer I 545, 744;
  III 652
Jonas II 421; III 652. - Vgl. Jûnus
Joseph I 25; II 18, 33, 381, 421, 548;
  III 98, 106, 250, 267, 412, 625f.;
  IV 414; VI 533
Josua I 294
Jūhannā, fränkischer König II 649
Jūhannā, Arzt III 579
Jûnân, König I 56ff.
Jûnus, Schreiber IV 633ff.
Jûnus ibn Mattai (d. i. Jonas)
  III 685
Jûsuf ibn 'Omar, Statthalter unter
  dem Omaijaden Hischâm I 618

Ka'b el-Ahbâr, Überlieferer
  III 110ff.
Kâbil, indische Insel IV 110
Kabul, Stadt III 810f.; IV 28f.,
  40f., 55, 68

Kadîb el-Bân, Sklavin I 487
Kâdisîja, el-, Ort in Babylonien III 758
Kâf, Berg I 86, 154, 211; II 786ff.; III 781f., 792, 801ff.; IV 16, 60, 76f., 554ff., 566, 593, 764
Kafîd, König von Indien IV 39ff.
Kâfûr, Sklave I 463ff; II 123f.; V 73
Kahardâsch, Heerführer II 167ff.
Kahîn, el-, el-Abtan, Zauberer IV 383
Kahtân, arab. Stamm IV 436ff., 458ff., 500
Kahtân, Person IV 518, 555
Kailadschân, el-, Dämon IV 538ff., 577ff.
Kairawân, Stadt IV 214; V 691
Kais, Dichter I 658
Kais, Geliebter der Lubnā II 316
Kais, vgl. Ahnaf
Kal'âs, el-, Stadt in China II 681
Kaljûb, Stadt in Unterägypten I 228, 232
Kamâl ed-Dîn, Karawanenführer II 587ff.
Kamar, Tochter des Juden 'Adhra IV 758ff.
Kamar el-Akmâr III 350
Kamar ez-Zamân, Prinz II 357ff.
Kamar ez-Zamân, Kaufmann VI 432ff.
Kamchîl, Vater von Ghadanfar IV 46
Kamîn el-Bahrain, Hafen V 280
Kamra, Ort zwischen Damaskus und Kairo I 281

Kân-mâ-kân, Prinz I 762f.; II 135ff.
Kanaan IV 251, 448
Karadsch, el-, indische (?) Stadt IV 596, 600, 608
Karânî, el-, Wiesental bei Kabul IV 31f.
Karâtasch (türkisch = schwarzer Stein), Dämon IV 69
Karazdân, Perserkönig IV 84ff.
Karîm, Stallknecht I 355
Karîm, Fischer I 443ff.
Karkar, el-, Meer IV 232, 256
Karmûs, Berg IV 62
Kārûn (= Korah) III 671; IV 251
Kārûn, See IV 377ff.
Käschardah, byzantin. Ritter I 533
Kaschkasch, Dämon II 383ff.
Kaschmir IV 297f., 576, 578
Kâsim, Bruder von Ali Baba II 791ff.
Kâsim, el-, ibn 'Adî, Überlieferer III 558
Kâsim, el-, Vater Zubaidas V 380, 521, 529, 544
Kasîm, Wächter I 355
Katâda, Gelehrter III 660
Kaukab es-Sabâh, Dämonin IV 558ff., 567, 579, 608
Kaukab es-Sabâh, Kaufmannstochter VI 432
Kauthar, Paradiesesstrom V 430
Kisrā Anūscharwân, Perserkönig III 489ff.
Kitf el-Dschamal, vgl. 'Alî
Komorin, in Hinterindien III 785
Konstantinopel I 505ff.; II 134; III 694; V 690

Koraisch, Stamm III 445
Kudâ'a, Stamm III 88
Kudîja-Fakân, Prinzessin I 625 ff.; II 135 ff.
Kufa (el-Kûfa) I 663; II 530ff.; III 159, 446; IV 204, 483, 494 ff., 579; VI 522, 564 f.
Kulzum, el- (= Suez), Geisterburg V 273
Kumait, el-, Vertrauensmann von Mu'âwija I. IV 664
Kundamir, König IV 432, 478, 480, 497, 529
Kunûz, el-, Meer (Strom) in Oberägypten III 392 f.
Kûradschân, el-, Krieger IV 511 ff.
Kûradschân, el-, Dämon IV 538 ff., 577 ff.
Kurrat el-'Ain, Sklavin III 568, 575
Kûs, Stadt in Oberägypten III 319
Kûsch ibn Schaddâd IV 223
Kût el-Kulûb, Odaliske von Hârûn I 480 ff.
Kût el-Kulûb, Sklavin von Hârûn II 615 ff.; V 520 ff.
Kût el-Kulûb, Prinzessin V 448
Kutait, Gefängniswärter I 453 f.
Kuthaijir, Geliebter der 'Azza I 530
Kûz, el-, el-Uswânî, Scherzname I 349

Lâb, Geisterkönigin V 136 ff.
Lâ'ik, Eunuch I 274
Laila, Araberin II 38; V 325; VI 480

Lauz, el-, Tischgenosse von Hârûn III 477
Lâwija (vielleicht = Leo), byzant. Ritter I 745
Lebta, Stadt in Nordwestafrika III 90
Leila s. Laila
Lokmân, arab. Weiser I 657; II 421
Lot II 469; III 652
Lubnâ, Araberin II 316
Lukas (Lûkâ ibn Schamlûṭ) byzantin. Ritter I 686 ff.
Lukmân s. Lokmân
Luṭf, Sklavin III 264

Ma'bad, Sänger III 571
Ma'dan, Stadt II 369
Madînat Schim'ûn, Stadt IV 51
Madînat es-Sîn, Stadt IV 189
Madschd ed-Dîn, Kaufmann III 207
Mâdschid, Name eines Knaben I 264
Magog s. Gog
Mahbûba, Sklavin III 339 ff.
Mahdî, el-, Abbaside I 186; IV 674; VI 550
Mahdîja, Beduinin IV 437 ff., 458, 474, 477, 579, 608
Mahmûd, Herr der Schwarzen Inseln I 83
Mahmûd el-Balchî, Kaufmann II 581 ff.
Mahzîja, Kaufmannsfrau IV 346
Maijâfârikîn, Stadt IV 483, 584. – Vgl. Fârikîn
Maimûn, Dämon I 145

Maimûn, Sklave III 718f.
Maimûna, Dämonin II 369ff.
Maimûna, arab. Frauenname I 69
Maisûn, Frau des Kalifen Muʿâwija I 606ff.
Mâlik, Überlieferer III 447
Mâlik, Höllenwächter II 95
Malik, el-, el-Amdschad, Prinz II 477ff.
Malik, el-, el-Asʿad, Prinz II 477ff.
Malik, el-, el-Aʿzam V 77ff. – Vgl. es-Saif el-Aʿzam
Malik, el-, en-Nâsir, Sultan III 312; IV 682ff.
Malik, el-, en-Nâsir = Saladdin V 761ff.
Malik, el-, ez-Zâhir Rukn ed-Dîn Baibars IV 776ff.
Mâlik ibn Dînâr, Frommer I 663; III 715, 717ff.
Malît, Höllengeschöpf III 795f. – Vgl. Chalît
Malûchinâ, Mönch I 733. – Vgl. Matrûhinâ
Maʾmûn, el-, Abbaside I 212; III 96, 132, 204ff., 280, 321ff., 518ff., 568f., 577ff.
Maʿn ibn Zâʾida der Freigebige II 450; III 87ff.
Manâr es-Sanâʾ, Prinzessin V 445ff., 490ff.
Mansûr, el-, Abû Dschaʿfar, Abbaside I 186, 603f., 670
Mansûr, Schuldner Hârûns III 195f.
Mansûr, Sohn des Hasan von Basra V 374, 439, 453

Mansûr, Bruder des ʿAbdallâh ibn Fâdil VI 518, 563ff.
Mansûr ibn ʿAmmâr, Frommer I 663
Marʿasch, Geisterkönig IV 533ff.
Mardschân, Eunuch II 298
Mardschâna, Sklavin von Abrîza I 527, 537ff., 700; II 199ff.
Mardschâna, Sklavin von Ali Baba II 813ff.
Mardschâna, Geistersklavin V 304, 306
Mardschâna, Königin II 521ff., 562ff.
Maria, Jungfrau I 545ff.; II 421; III 687; V 706
Mâridîn, Stadt I 271
Mârija, christl. Sklavin III 543ff.
Marjam im Hause der Omaijaden I 616
Marjam die Gürtlerin V 624,677ff.
Marsîna, Sklavin V 125
Maʿrûf, Schuhflicker VI 571ff.
Marwân, Omaijade I 614
Marwân ibn el-Hakam, Statthalter IV 661ff.
Marzuwân, pers. Männername II 412ff.
Maslama ibn ʿAbd el-Malik, Feldherr I 614ff.
Maslama ibn Dînâr, Frommer I 664
Masrûr, Obereunuch unter Hārûn I 111ff., 214f., 439ff., 493; II 298, 300, 603; III 131ff., 173ff., 258f., 260, 431, 455ff., 523ff.; IV 650; V 380ff.; VI 241, 347, 407

Masrûr, Kaufmann V 557ff.
Mas'ûd, Barbier IV 707
Mas'ûd, Sklave I 21; III 602; V 738
Mas'ûda, Sklavin I 84
Mâsûra, byzant. Ritter I 533 ff.
Matrûhinâ, Mönch I 703, 712 ff.
Mausûra, byzantin. Ritter I 533
Medina III 108, 159, 335, 444 ff., 631, 741, 760; IV 622, 664 f., 678 ff.; VI 202
Mekka I 570, 663; III 447, 563, 572, 631, 758 f.; IV 411; VI 340 ff.
Merw, Stadt II 369; V 625
Michael, Engel III 801, 807
Midian, Land I 665
Mihrdschân, König IV 107 ff.
Minâ bei Mekka III 643
Minkâsch, Götzenbild IV 596
Mirdâs, Häuptling der Kahtân IV 436 ff., 498 ff.
Miska, Sklavin III 468 f.
Mizrakân, Stadt in Indien IV 51
Mohammed, Abbaside, Urgroßvater von Hârûn I 186
Mohammed, Färber IV 694, 700
Mohammed, Kaufmannssohn VI 581
Mohammed 'Alî, der falsche Kalif III 143 ff.
Mohammed el-Amîn s. Amîn
Mohammed el-Basrî, Tischgenosse von el-Ma'mûn III 280, 297
Mohammed Kaimâl, Ringkämpfer I 519
Mohammed el-Mahdî s. el-Mahdî
Mohammed Simsim, Straßenausrufer II 571, 578

Mohammed ez-Zubaidî, Statthalter III 173 f.
Mohammed ibn 'Abdallâh ibn Schaddâd I 612, 659
Mohammed ibn 'Alî, Juwelier in Basra III 143 ff., 264
Mohammed, Sohn des Ali Baba II 849 ff.
Mohammed ibn 'Imrân, Überlieferer I 667
Mohammed ibn Sabâ'ik, Perserkönig (= Mahmûd ibn Sabuktegin) V 219 ff.
Mohammed ibn Sulaimân er-Rabî'î, Statthalter von Basra IV 667, 672
Mohammed ibn Sulaimân ez-Zainî, König von Basra I 406 ff.; III 260
Mohammed ibn Sulaimân ez-Zainî, Statthalter von Damaskus I 489
Mohammed ibn Wâsi', Gelehrter III 716
Mohammed vgl. auch Schams ed-Dîn
Mokattam, el-, Berg IV 76
Moses I 294, 664 ff., 710, 763; II 19, 403, 548; III 285, 652, 661, 685, 687, 772, 777; IV 738; VI 134, 342
Mosul, Stadt I 210, 303, 332; II 223; III 426; IV 483, 584, 719; VI 342, 403
Mu'âdh ibn Dschabal, Koranüberlieferer III 659
Mu'aikib, Schatzverwalter unter 'Omar I. I 608 f.

Mu'âwija, Omaijade I 606ff.;
    II 450; III 102ff.; IV 660ff.
Mubârak, Sklave VI 223 ff.
Mubâraka, Geisterkönigin VI 545
Mubarrad, el-, Abū el-'Abbâs,
    Überlieferer III 560, 562
Mudschâhid, el-, Ehrenname
    II 139ff.
Muhsin, Kaufmann IV 693 f.
Muhsin, Geldwechsler V 550
Mu'în, Vater der Zauberin Bilkîs
    V 408, 415
Mu'în, el-, ibn Sâwâ, Wesir
    I 406ff.
Mu'în ed-Dîn, Wachthauptmann
    IV 778ff.
Mu'în ed-Dîn, Kapitän V 281
Mu'nis, Sklavin III 591
Munkar, Todesengel VI 183 –
    Vgl. VI 634
Muntasir, el-, Abbaside VI 431
Murâd Schâh, König IV 609ff.
Mûsâ el-Hâdî, Abbaside I 186
Mûsā ibn Nusair, Eroberer von
    Nordwestafrika IV 212ff.
Mus'ab ibn ez-Zubair, Bruder des
    Gegenkalifen 'Abdallâh III 444f.
Muschaijad, el-, Zaubergarten V 337
Muslim ibn el-Walîd, Freund des
    Dichters Di'bil III 547f.
Mustadî', el-, billâh, Abbaside
    I 363f.
Mustafā, Schuhmacher II 816ff.
Mustafā, Kaufmannssohn VI 581
Musta'în, el-, Abbaside VI 432
Mustansir, el-, billâh, Abbaside
    I 363f.
Mu'tadid, el-, billâh, Abbaside
    VI 408ff.
Mutalammis, el-, Dichter
    III 439f.
Mutawakkil, el-, Abbaside III 339,
    562, 578; VI 412ff.
Mu'tazz, el-, billâh, Abbaside
    VI 426
Muzâhim, im Hause der Omaijaden I 616
Muzalzil, el-, Geisterkönig IV 600f.
Muzanī, el-, Gelehrter I 668. –
    Vgl. Sâlih el-Muzanī
Muzdalifa, el-, bei Mekka III 643

Nabhân, arab. Stamm IV 437, 475
Nâbigha edh-Dhubjânī, Dichter
    IV 211
Nâdschija, Beduinin I 586
Nadschm es-Sabâh, Prinzessin
    V 448
Nadschma, arab. Mädchenname
    II 160, 184
Nadschma, Dämonin IV 533f.
Nadschmat es-Subh, Sklavin I 475
Nâfi', Korangelehrter III 644, 654f.
Nafîsa, Heilige II 591
Nâ'ib s. 'Adschlân
Nakîr, Todesengel VI 183. –
    Vgl. VI 634
Nardschis, Sklavin V 546
Nasîm, Jüdin V 596ff.
Nâsir, Sohn des Hasan von Basra
    V 374, 439, 453
Nâsir, Bruder des 'Abdallâh ibn
    Fâdil VI 518, 563 ff.
Nasr, König der Vögel IV 16ff.

Naṣr ibn Dhībân, Vertrauensmann Mu'âwijas IV 664
Nawâr, arab. Mädchenname II 389
Nedschd, Land IV 648; V 482
Nedschef, Stadt I 289
Nedschrân, Ort in Syrien I 698 f.
Ni'ma (= Ni'mat Allâh), Sohn eines Vornehmen in Kufa II 530 ff.
Nimrod IV 253, 448
Nīsābûr, Stadt in Persien VI 409
Noah III 286, 652, 661; IV 59, 232, 251, 256, 465, 525 ff., 593; V 271
Nubien II 797; IV 237
Nudschaij el-Bakkâ', Gelehrter III 716
Nu'm, Sklavin II 530 ff.
Nu'mân, Sîdī VI 257 ff.
Nu'mân, Vater des 'Omar II 178
Nu'mân, en-, ibn el-Mundhir, Herrscher in el-Ḥîra III 439, 543 ff.
Nûn, Vater des Josua I 294
Nûr ed-Dîn 'Alî, Wesir I 224 ff.
Nûr ed-Dîn 'Alî, Wesirssohn I 406 ff.
Nûr ed-Dîn 'Alî, Kaufmannssohn V 624 ff.
Nûr Dschehân, Geisterdienerin III 69 f.
Nûr el-Hudā, Sklavin I 475
Nûr el-Hudā, Königin V 436 ff., 489 ff.
Nûr el-Hudā, arab. Frauenname II 51
Nûr en-Nahâr, Prinzessin III 7 ff.
Nūrain, Stadt IV 612

Nusra, arab. Frauenname IV 476
Nuzha, Sklavin I 475
Nuzhat el-Fu'âd, Schatzmeisterin der Zubaida III 477 ff.
Nuzhat ez-Zamân, Prinzessin I 504 ff.; II 143 ff.

'Obaid, Juwelier in Basra VI 450 ff.
'Obaidallâh ibn Moḥammed, Tahiride III 591. – Vgl. 'Ubaid ibn Ṭâhir
Oḥod, Berg bei Medina I 611
'Omân IV 504 ff., 670; VI 353, 359, 378
'Omar, Kaufmann IV 371 ff.
'Omar, Vater des Dschaudar 391 f., 395
'Omar et-Tartîs, Tischgenosse von Hārûn III 477
'Omar ibn 'Abd el-'Azîz, Omaijade I 613 ff.
'Omar ibn el-Chaṭṭâb, Kalif I 604 ff., 613; III 512 ff., 736 ff.
'Omar ibn en-Nu'mân, König I 500 ff.; II 134 ff.
'Omar ibn 'Obaid, Frommer I 658
'Othmân, Emir IV 420 f.
'Othmân, Kalif I 609, 614; III 659
'Othmân ibn Muṣ'ab, Prophetengenosse III 660

Parwêz, pers. Prinz V 165 ff., 193 ff.
Perî Bānû (persisch), Fee III 7, 35 ff.
Perīzāde, pers. Prinzessin V 166 ff., 193 ff.
Pharao IV 253

Rabâb, arab. Mädchenname II 420
Rabî', er-, Überlieferer I 667
Rabî', er-, ibn Hâtim, Vornehmer in Kufa II 530 ff.
Ra'd, er-, el-Kâsif, Dämon IV 383, 412 ff.
Ra'd Schâh, indischer Prinz IV 563, 568 ff., 576 ff.
Râdschiha, Heilige, VI 569
Râdschiz, Geistersklave IV 287
Radschmûs, Dämon I 136
Râhat el-Kulûb, Sklavin III 469
Rahîl, Jüdin VI 290
Rahma, Tochter des maurischen Zauberers IV 389
Raihân, Sklave I 223
Raihâna, Sklavin I 700; II 200
Raihâna, Dirne IV 791
Raij, er-, Stadt in Nordpersien III 96, 578
Raijā, arab. Mädchenname IV 616 ff.
Rakâschī, Tischgenosse von Hārûn III 443, 466, 477
Ramle, er-, Ort in Palästina IV 631
Rammâh, Beduine II 160
Râs el-Killaut, Schimpfname für Bartaut V 744
Rascha', Sklavin III 573
Raschîd ed-Dîn, Kaufmann III 213, 224 ff., 246 f.
Ridwân, Paradieseswächter II 90, 95, 99; III 216; V 13; VI 533
Ridwân, Torwächter V 627 ff.
Roch s. Ruch
Rôda, er-, bei Kairo III 597

Rosette, Stadt in Agypten V 654
Ruch, sagenhafter Vogel I 178; II 786 ff.; III 541 ff.; IV 118, 120, 135, 163 ff.
Ruhbe, er-, Ort in Babylonien II 141
Rûmân, Land I 56
Rûmzân, byzantin. König II 197, 202 f.
Rustem, Dailamitengeneral I 681 ff.; II 7, 134, 139
Rustem, pers. Heerführer IV 581 ff.
Rustem, pers. Sagenheld V 190

Sa'âda, Jüdin V 513
Saba, in Südarabien III 108, 114; V 232
Sabbâh, Beduine II 160 ff., 177 ff.
Sabîha, Sklavin I 475
Sabu' el-Kifâr, Krieger IV 477 f.
Sabûr, Perserkönig III 350; VI 454 ff., 559, 582 ff.
Sachr, Dämon I 53; III 790 ff.
Sa'd, Sklavin II 531
Sa'd, Mann in Baghdad VI 274 ff.
Sadaka ibn Sadaka, Freund von el-Mutawakkil VI 431
Sa'dallâh, Sklave IV 743, 745
Sa'dallâh, Zauberer VI 373
Sa'dân, Dämon IV 449, 463 ff., 577 ff.
Sa'dâna, Kupplerin II 173
Sa'dī, Mann in Baghdad VI 274 ff.
Sa'dîje, es- (besser: es-Sa'īdîje) Ort in Ägypten I 228
Sadschâhi, Sklavin III 571
Safadī, es-, Ringkämpfer I 519

Saffâh, es-, Abbaside I 186
Sahîm el-Lail, Bruder des Gharîb IV 436 ff., 580
Sâ'id, Sohn des Wesirs Fâris V 242 ff.
Sa'îd, Kameltreiber I 355
Sa'îd ibn Dschubair, Überlieferer I 660
Sa'îd ibn Sâlim el-Bâhilī, Erzähler III 499 ff.
Sa'îd ibn Zaid, Überlieferer III 447
Sa'îda, Geisterprinzessin VI 545 ff.
Saif, es-, el-A'zam Schâh, König V 7. – Vgl. el-Malik el-A'zam
Saif el-Mulûk, Prinz V 222 ff.
Saijâr, Leibwächter IV 487, 494
Saijâr, Dämon IV 601
Saijidat el-Maschâjich, Predigerin III 579
Sâ'ik, Dämon IV 533
Salâh (ed-Dîn) el-Misrī, Polizeihauptmann in Kairo IV 724, 730
Salâhita, es-, Sunda-Insel IV 137
Salh es-Subjân, Schimpfname für Fasjân V 747
Salî', Kornhändler I 355
Sâlih, Leibwächter Hārūns III 195 ff.
Sâlih, Meermann V 93, 101 ff.
Sâlih, Prophet III 652, 683 f.; IV 525, 536,
Sâlih el-Muzanī, Gelehrter III 716
Sâlih ibn 'Alī III 336
Sālihîje, es-, Ort in Ägypten VI 486
Sâlim, Bruder des Dschaudar IV 371, 404 ff.

Sâlim ibn 'Abdallâh, Koranüberlieferer III 659
Salîm, Sklave II 607
Salîm, Bruder des Dschaudar IV 371, 404 ff.
Salomo I 51 ff.; II 425, 684; III 92, 652, 684 ff., 776 ff., 821; IV 16, 54 ff., 76, 102, 188, 190, 204 ff.; V 230 ff., 252 f., 295, 302 ff.; VI 81, 134, 191. – Salomos Ring bzw. Siegel: I 54, 99, 199; II 371 f., 389; III 262, 629, 776 ff.; V 94, 102, 227 f., 296, 348, 470, 558; VI 81, 134 f., 191, 454, 554; Salomos Thron III 14; Salomos Teppich IV 18, 228 f.
Salsabîl, Paradiesesstrom V 430
Salsâl ibn Dâl, Geisterkönig IV 610 f.
Salûl, arab. Stamm III 100
Samandal, es-, König im Meer V 111 ff.
Samarkand, Land und Stadt I 19; III 23 ff.; IV 612
Samaria VI 304 ff.
Samâwa, Wüste von III 82; IV 619 f.
Samhar, Landschaft in Ostafrika III 295; V 520
Samîr (oder: Sâmir) Prinz VI 304, 306
Sâmit, es- (= der Schweiger), Scherzname I 349, 364. – Vgl. den »Schweiger Mustafā« II 824
Samsâm, es-, ibn el-Dscharrâh, Häuptling IV 461 ff.

San'â', Stadt III 109, 365 ff.; IV 667; VI 382
Sandal, Eunuch V 528, 535 ff.
Sandalânî, es-, s. Abū el-Kâsim
Sanîna, Frauenname IV 792
Sarah III 685
Sarandîb (= Ceylon) IV 186. – Vgl. Ceylon
Sarî, es-, es-Sakatî, Asket V 760
Sâs(ā) ibn Schîth, Dämon IV 453, 466, 471 ff.
Sāsān, Wesir II 150 ff.
Sâwā, Vater des Wesirs el-Mu'în I 406 ff.
Sawâb, Eunuch II 393; III 150
Sawâb, Sklave I 463 ff.
Sawâd el-'Ain, Sklavin V 45
Schabbar, Dämon III 79 ff.
Scha'bî, esch-, Überlieferer III 114
Schaddâd ibn 'Âd, arab. Sagenheld III 110 ff., 357, 792; IV 223, 251; VI 610. – Vgl. 'Abdallâh ibn Schaddâd
Schadîd ibn 'Âd, Sagenheld III 110
Schadscharat ed-Durr, Sklavin I 475; III 269; VI 423 f.
Schadscharat ed-Durr, Prinzessin V 448
Schâfi'î, esch-, Gelehrter I 667 ff.; III 636 ff.
Schâh Badrî, König der wilden Tiere IV 55 f.
Schahjâl (= Schammâch), Geisterkönig V 307 ff.
Schahlân, Stamm III 810 f.
Schahlân, Geisterkönig IV 60 ff.
Schahr Banû III 84
Schahrijâr s. Schehrijâr
Schahrimân, König II 78 ff., 125 ff., 375 ff.; V 87 ff.
Schāhzamân, König I 19 ff.
Schaibân, arab. Stamm III 265, 513
Schakâschik, Scherzname I 349
Schakîk el-Balchî, Frommer I 666 f.
Schalâhit s. Salâhita
Schama'ja, jüdischer Name IV 377, 379
Schamardal, esch-, Zauberer IV 383 f., 390 ff.
Schamhûr, Wesir IV 84 ff.
Schamhûrisch, Dämon II 372, 374
Schâmich, König III 411 ff.
Schamlût s. Lukas
Schammâch, Geisterkönig IV 56 ff.
Schammâch (= Schahjâl), Geisterkönig V 249 f.
Schams ed-Daula, König von Ägypten IV 410, 417 ff.
Schams ed-Dîn, Kaufmann II 569 ff.
Schams ed-Dîn, Mohammed, Wesir I 224 ff.
Schams ed-Duhā, Prinzessin V 448
Schams en-Nahâr, Odaliske Hārûns II 289 ff.
Schamsa, Fee IV 25 ff.
Scharaf el-Banât, Prinzessin V 448
Scharâhijā, Riesendämon III 790
Scharîf ed-Dîn, Kaufmann V 661
Scharkân, Prinz I 500 ff., II 134 ff.
Schārûch, Geisterkönig V 249 f.
Schawâhî Dhât ed-Dawâhî II 167, 200, 205, 222 ff. So ist auch I 747., Z. 28 und I 760, Z. 20 zu lesen.

Schawâhî Umm ed-Dawâhî, Zauberin in Wâk V 422 ff., 445 ff. (S. 469 f. heißt sie Dhât ed-Dawâhî), 481 f., 491
Schehrezâd (= pers. Tschihrāzâd) I 26 ff.
Schehrijâr, König I 19 ff.
Schehrimân s. Schahrimân
Schihâb, esch-, Dichter I 288
Schihâb ed-Dîn, Kaufmann V 663
Schimâs, Wesir in Indien VI 7 ff.
Schimwâl, Dämon IV 71 f.
Schiras, Stadt III 19 ff.; IV 469 f., 590 ff.; V 7; VI 342
Schîrîn, Geliebte des Königs Chosrau Parwêz III 494 f.
Schîth s. Hâm und Sâs(ā)
Schu'aib (= Jethro) I 665 f.; III 652
Schudschâ' ed-Dîn Mohammed, Emir V 758
Schuraih, Richter in Kufa I 281 f.
Sem III 386
Sendsch (besser: Zendsch), Negerland IV 237
Seraphel, Engel III 807
Sîlat, Bohnenverkäufer I 355
Simeon (= Melchisedek) III 683
Simsim s. Mohammed Simsim
Sinai, Berg I 710, 763
Sind (Hinterindien) IV 141, 237
Sinda, Stadt II 283
Sindbad der Lastträger IV 97 ff.
Sindbad der Seefahrer IV 97 ff.
Sindbad der Weise IV 260, 355 f., 368
Sindibâd, es-, König I 62 ff.
Sîrân, Mann in Basra IV 670

Sîrân, pers. Zauberer IV 592 ff.
Sitt el-Husn, Wesirstochter I 153 f., 253 ff.
Soghd, bei Samarkand III 25
Sophia, byzantin. Prinzessin I 502 ff.; II 134, 223
Su'âd, Beduinin IV 661 ff.
Su'dā, arab. Mädchenname II 546; III 307; V 104
Sudan, Land I 501; II 171; III 159 f.
Suez IV 204, 405 ff. — Vgl. el-Kulzum
Sufjân eth-Thaurī, Gelehrter I 612, 661, 670; III 447, 648
Sukkarī, es-, s. 'Abdallâh ibn Mohammed
Sukûb, Sklavin V 565, 568, 585
Sulaim, arab. Stamm IV 620, 622
Sulaima, arab. Mädchenname II 420
Sulaimân (= Salomo) III 159
Sulaimân, Omaijade I 614; IV 626 ff.
Sulaimân Schâh, König von Ispahan II 7 ff.
Sulaimānîja, Ort IV 723
Sumatra III 785
Suwâ', arab. Gott IV 465
Suwaid, Lastträger I 355

Tadmura, Königin IV 251
Tâdsch ed-Dîn, Kaufmann V 624 ff., 749 ff.
Tâdsch el-Mulûk, Prinz II 7, 17 ff.
Tâdsch el-Mulûk, König von Indien V 274 ff.
Tāghût, et-, Götze II 363

Tâhir ibn el-'Alâ' VI 361 ff. – Vgl. Abū el-Hasan und 'Alî ibn Mohammed
Tâ'if, Stadt in Arabien V 672
Taijâch, et-, Dämon IV 276
Taiji', Stamm III 558
Tairab, et-, Stadt II 416
Taknī, Edelsteinschloß IV 37 f., 54 ff.
Tâlib ibn Sahl, am Hofe des Kalifen 'Abd el-Malik IV 209 ff.
Tamâthîl, Byzantinerin I 713 ff.
Tamîm, Beduine II 219
Tamîm, Stamm I 606; III 558; IV 661
Tamschûn, Geisterdiener IV 58
Tanger, Stadt IV 239
Tan'um, arab. Mädchenname II 420
Târik ibn Zijâd, Eroberer Spaniens III 91
Tarka, Sklavin III 468
Tarkanân, König von Indien IV 562, 576 f.
Tarkâsch, pers. Heerführer I 738 ff.; II 134 ff.
Taufîk, Sklavin II 531
Tawaddud die kluge Sklavin III 626 ff.
Tha'âlibî, eth-, Überlieferer III 115
Thâbit el-Bunânî, Gelehrter I 659; III 716
Thakîf, arab. Stamm IV 624
Tha'laba, Beduine II 219
Thamûd, Stamm II 460; IV 448; VI 197. – Vgl. 'Âd
Tiberias, Stadt I 112

Tīghmûs, König von Kabul III, 810 ff; IV 31 ff.
Tuffâha, Sklavin III 469
Tuhfa, Lautnerin V 378, 380
Tuhfa, Sklavin III 468 f.
Tūmân, pers. Hauptmann IV 467 f., 587
Tûr, Ort am Sinai V 631

'Ubaid ibn Tâhir III 339 (wohl = 'Obaidallâh ibn Mohammed)
Ubaij ibn Ka'b, Koranüberlieferer III 659
Ubulla, el-, Tigris-Kanal V 774
'Udhra s. Asra
Umaima, Frau von el-Mutalammis III 439 f.
Umaima, arab. Frauenname III 104
Umâma, arab. Frauenname I 73
Umm 'Abdallâh, Sklavin IV 787
Umm 'Amr, arab. Frauenname in allgemeiner Bedeutung III 535
Umm el-Chair, arab. Frauenname IV 704 f.
Umm Ghailân, arab. Frauenname III 160
Umm es-Su'ûd, Prinzessin VI 197 f,
Uns el-Wudschûd, Krieger III 385 ff.
'Utba el-Ghulâm, Gelehrter III 716
'Utba ibn el-Hubâb, Nachkomme ein. Prophetengenossen IV 616 ff.
'Utbī, el-, Überlieferer III 556
Utruddscha, Sklavin I 700

Wadd, arabischer Gott IV 465
Wâdi Nu'mân, Tal III 159 f.

Wâdī Zahrân, Tal an der Grenze von Kabul IV 41, 44
Wâk (= Wâkwâk), das ist Japan V 386 ff., 401 ff., 487 ff.
Walîd, el-, Omaijade I 614; III 91
Walîd ibn Sahl, Omaijade IV 633 ff.
Ward Schâh, Prinz von Persien IV 585. – Vgl. Wird Chân
Ward, el-, fil-Akmâm, Wesirstochter III 385 ff.
Wardân, Fleischer III 341 ff.
Wasîf, Eunuch II 300
Wâsiṭ, Stadt im 'Irâk V 767
Wird Chân, Prinz von Indien VI 7, 44 ff. – Vgl. Ward Schâh

Zabja, Sklavin III 571
Zacharias II 598; III 652
Zahr el-Bustân, Sklavin I 475
Zahr Schâh, König II 9 ff.
Zahra, Quelle IV 284
Zaid und 'Amr = Hinz und Kunz II 532. – Zaid und Zainab = Knabe und Mädchen VI 436
Zaid ibn Aslam, Überlieferer I 609
Zaid ibn Thâbit, Koranüberlieferer III 659
Zain el-'Ābidîn s. 'Alî
Zain el-Aṣnâm, Prinz VI 216 ff.
Zain el-Mawâsif, Jüdin V 557 ff.
Zainab die Gaunerin IV 686 ff., 718 ff., 772
Zainab, arab. Mädchenname II 389; VI 436
Zainab, Kämme der, = Gebäck I 98
Zaitûn, Badbesitzer I 355
Zalzâl ibn el-Muzalzil, Dämon IV 599 ff.
Zanzibar VI 323
Zarîfa, Sklavin I 475
Zarûd, Ort zwischen Kufa und Mekka III 261
Zendsch s. Sendsch
Ziblikân, ez-, Statthalter II 139 ff., 204 f.
Zijâd, Gesandter unter dem Kalifen 'Othmân I 609
Zu'âzi', Dämon IV 594
Zubaida, Gemahlin Hārûns I 324 ff., 480 ff.; II 625 f.; III 149 f., 161, 172 f., 412 f., 477 ff., 493; V 378 ff., 521 ff.
Zubaida, Lautnerin II 594 ff., 649 ff.
Zuhrī, ez-, Gelehrter I 656; III 447
Zumurrud, Sklavin III 207 ff.
Zuraik, Fischhändler IV 747 ff.
Zurzûr eṣ-Ṣaghîr, Sänger III 575

ALPHABETISCHES VERZEICHNIS
SÄMTLICHER GESCHICHTEN
DER SECHS BÄNDE

Die Zahlen hinter dem –: verweisen sämtlich auf den VI. Band, und zwar auf die Stellen, an denen die betreffenden Geschichten besprochen sind. Fehlt eine solche Zahl, so ist nur die Rahmengeschichte, in der sich die Einzelgeschichte befindet, besprochen.

'Abdallâh, der Landbewohner, und 'Abdallâh, der Meermann VI 186 – : 693

'Abdallâh ibn Abi Kilâba und die Säulenstadt Iram III 108 –: 717

'Abdallâh ibn Fâdil und seine Brüder VI 509 –: 683, 702

'Abdallâh ibn Ma'mar und der Mann aus Basra mit seiner Sklavin III 432 –: 709

'Abd er-Rahmân über den Vogel Ruch III 541 –: 718

Abu el-Aswads Verse über seine Sklavin III 446 –: 734

Abu el-Hasan aus Chorasân VI 408 –: 711

Abu el-Hasan aus Oman VI 353 –: 711

Abu el-Hasan ed-Darrâdsch und Abu Dscha'far der Aussätzige III 758 –: 719

Abu el-Hasan oder der erwachte Schläfer III 454 –: 727

Abu Hassân ez-Zijâdi und der Mann aus Chorasân III 331 –:732

Abu 'Îsa und Kurrat el-'Ain III 568 –: 709

Abu Jûsuf und Zubaida III, 452 –: 735

Abu Kîr und Abu Sîr VI 114 –: 705

Abu Mohammed der Faulpelz III 172 –: 716

Abu Nuwâs mit den drei Knaben und dem Kalifen III 425 –: 731

Abu Suwaid und die schöne Greisin III 590 –: 734

'Adî ibn Zaid und die Prinzessin Hind III 543 –: 730

'Adschîb und Gharîb IV 432 –: 699

Ahmed, Prinz, und die Fee Perî Banû III 7 –: 687

'Alâ ed-Dîn Abu esch-Schamât II 569 –: 701

'Alâ ed-Dîn und die Wunderlampe II 659 –: 686

'Alî, Kaufmann aus Kairo III 593 –: 688

Ali Baba und die vierzig Räuber II 791 –: 686

'Alî Chawâdscha und der Kaufmann von Baghdad VI 340 –: 735

'Alî ibn Bakkâr und Schams en-Nahâr II 289 –: 709
'Alî ibn Mohammed und die Sklavin Munis III 591 –: 733
'Alî der Perser III 155 –: 728
'Alî Schâr und Zumurrud III 207 – : 687
'Alî Zaibak von Kairo IV 724 –: 713
Alter Gauner IV 824
Älteste Dame I 187 –: 683
Anuscharwân, der gerechte König III 706 – : 730
Äpfel, Drei I 214 –: 729
Ardaschîr und Hajât en-Nufûs V 7 –: 708
Armer und sein Freund in der Not III 335 –: 734
Arzt, Jüdischer I 331
'Azîz und 'Azîza II 25 –: 708

Baba Abdullah, der Blinde VI 246 –: 736
Badr Bâsim, König von Persien V 87 –: 690
Bahrâm, Prinz, und Prinzessin ed-Datma IV 334
Barbier I 363 –: 729
   Erzählung von seinem ersten Bruder I 366
   – – – zweiten Bruder I 372
   – – – dritten Bruder I 377
   – – – vierten Bruder I 381
   – – – fünften Bruder I 385
   – – – sechsten Bruder I 396
Beduine und seine Frau IV 660 –: 707, 730

Bettelmönch, Erster I 121 –: 703
– Zweiter I 131 –: 703
– Dritter I 162
Blinder und Krüppel VI 52 –: 724
Bohnenverkäufer III 169 –: 734
Brieffälscher III 199 –: 734
Buchait I 465 –: 735
Buckliger I 292 –: 729
Bulûkijas Abenteuer III 771; IV 7 –: 689

Châlid ibn 'Abdallâh und der Liebhaber, der sich als Dieb ausgab III 164 –: 709
Chalîfa, Fischer V 503 –: 727
Chawâdscha Hasan el-Habbâl VI 274 –: 736
Chosrau und Schirîn und der Fischer III 494 –: 730
Christlicher Makler I 300 –: 729
Chudadâd und seine Brüder VI 302 –: 695
Chuzaima ibn Bischr und 'Ikrima el-Faijâd IV 626 –: 733

Dalîla, listige IV 685 –: 714
Dame, Älteste I 187 –: 683
Darjabâr, Prinzessin von VI 316
Di'bil el-Chuzâ'i und die Dame und Muslim ibn el-Walîd III 547 –: 709
Dieb IV 811
Dieb mit dem Affen II 284 –: 721
Dieb, schlauer IV 824
Dieb und Kaufmann III 521 –: 714
Diener, der vorgab, die Sprache der Vögel zu verstehen IV 316

Dscha'far, der Barmekide und der alte Beduine III 510 –: 728
Dscha'far, der Barmekide, und der Bohnenverkäufer III 169 –: 734
Dschali'âd, König, und sein Sohn Wird Chân VI 7 –: 723
Dschamîla VI 379 –: 711
Dschanschâh III 810; IV 7 –: 689
Dschaudar und seine Brüder IV 371 –: 690
Dschubair ibn 'Umair und Budûr III 258 –: 709
Dschullanâr, die Meermaid und ihr Sohn, der König Badr Bâsim von Persien V 87 –: 690
Dummkopf und Schelm III 450 –: 714

Ebenholzpferd III 350 –: 688
Einsiedler und Tauben II 239 –: 719
El-Amîn und sein Oheim Ibrahîm ibn el-Mahdî III 577 –: 709, 732
El-Asma'i und die drei Mädchen von Basra IV 641 –: 732
El-Haddaschâdsch und der fromme Mann III 725 –: 719
El-Hâkim, Kalif, und der Kaufmann III 488 –: 733
El-Malik en-Nâsir und die drei Wachthauptleute III 312 –: 714
El-Malik en-Nâsir und sein Wesir IV 682 –: 733
El-Malik ez-Zâhir Rukn ed-Dîn Baibars el-Bundukdâri und die sechzehn Wachthauptleute IV 776 –: 714

El-Mamûn, Kalif, und der fremde Gelehrte III 204 –: 732
El-Mamûn und die Pyramiden III 518 –: 732
El-Mutalammis und sein Weib Umaima III 439 –: 707
El-Mutawakkil, Kalif, und die Sklavin Mahbûba III 339 –: 732
El-Mutawakkil, Kalif, und el-Fath ibn Chakân III 578 –: 732
Engel des Todes und der König der Kinder Israel III 702 –: 720
Engel des Todes vor dem reichen König III 699 –: 720
Engel des Todes vor dem reichen König und vor dem frommen Manne III 697 –: 719
Esel, Stier und I 27 –: 721

Falke und Rebhuhn II 257 –: 721
Faulpelz, Abu Mohammed, der III 172 –: 716
Fische und Krebs VI 21
Fischer Chalîfa V 503 –: 727
Fischer, Törichter VI 86
Fischer und Dämon I 48 –: 684
Fleischer Wardân mit der Frau und dem Bären III 341 –: 731
Floh und Maus II 273
Frau, Alte, und Kaufmannssohn IV 340
Frau, die dem Armen ein Almosen gab III 326 –: 719
Frau, die ihren Mann betrügen wollte IV 291
Frau, die ihren Mann Staub sieben ließ IV 279

Frau und ihre beiden Liebhaber IV 272
Frau und ihre fünf Liebhaber IV 319
Frauen, Beide, und ihre Geliebten III 592 –: 734
Fromme Israelitin III 508 –: 719
Frommer und sein Butterkrug VI 16
Frommer Hirte II 240 –: 719
Frommer Israelit III 329 –: 719
Frommer Mann unter den Kindern Israels III 720 –: 719
Frommer Prinz III 526 –: 718
Fuchs und die Leute IV 369
Fuchs und Rabe II 272–: 721

Gauner, alter IV 824
Geiziger und die beiden Brote IV 271
Geldbeutel, gestohlener IV 365
Geldwechsler und Dieb III 317 –: 714
Ghânim ibn Aijûb I 460 –: 708
Ghûla und der Prinz IV 274
Goldschmied, Frau des Goldschmiedes III 492 –: 719
Goldschmied und Sängerin aus Kaschmir IV 297

Halsband, gestohlenes IV 331
Harûn er-Raschîd und Abu Hasan, der Kaufmann aus Oman VI 353 –: 711
Harûn er-Raschîd und der falsche Kalif III 130 –: 731
Harûn er-Raschîd und die beiden Sklavinnen III 446 –: 731
Harûn er-Raschîd und die drei Dichter III 442 –: 731
Harûn er-Raschîd und die drei Sklavinnen III 447 –: 731
Harûn er-Raschîd und die junge Beduinin IV 638 –: 732
Harûn er-Raschîd, die Sklavin und Abu Nuwâs III 298 –: 731
Harûn er-Raschîd, die Sklavin und der Kadi Abu Jûsuf III 160 –: 731, 735
Harûn er-Raschîd und Zubaida im Bade III 440 –: 731
Hasan el-Habbâl VI 274 –: 736
Hasan, Kaufmann V 219 –: 691
Hasan von Basra, Juwelier V 315 –: 692
Haschischesser II 193 –: 697
Hâtim et-Tâî III 85 –: 716
Hind, die Tochter en-Nu'mâns, und el-Haddschâdsch IV 623 –: 730
Hirte, Frommer II 240 –: 719
Hirte und Dieb VI 103
Hischâm ibn 'Abd el-Malik und der junge Beduine III 93 –: 730
Honigtropfen IV 278

Ibrahîm el-Mausili und der Teufel IV 645 –: 732
Ibrahîm ibn el-Mahdî III 96 –: 732
Ibrahîm ibn el-Mahdî und der Kaufmann III 321 –: 732
Ibrahîm und Dschamîla VI 379 –: 711
Igel und Holztauben II 280 –: 721
Irrsinniger Liebhaber III 560 –: 709

Ishâk aus Mosul und der Kaufmann III 550 –: 732
Ishâk el-Mausili III 115 –: 732
Ishâk von Mosul und der Teufel IV 674 –: 732
Iskandar Dhû el-Karnain und der genügsame König III 704 –: 729
Israelit, Frommer III 329 –: 719
Israelit, Frommer, der Weib und Kind wiederfand III 752 –: 719
Israelit, Frommer, und die Wolke III 731 –: 719
Israelitin, Fromme, und die beiden bösen Alten III 508 –: 719

Jahja ibn Châlid, der Barmekide, und Mansûr III 195 –: 734
Jahja ibn Châlid, der Barmekide, und der arme Mann III 496 –: 734
Jahja und der Brieffälscher III 199 –: 734
Jüdischer Arzt I 331
Jüdischer Richter und sein frommes Weib III 708 –: 719
Junân, Wesir des Königs, I 56
Junger Mann aus Baghdad und seine Sklavin V 764 –: 709
Jûnus, der Schreiber, und Walîd ibn Sahl IV 633 –: 730
Juwelier Hasan von Basra V 315 –: 692

Kadi Abu Jûsuf und Zubaida III 452 –: 735
Kafûr I 467 –: 735

Kalif el-Hâkim und der Kaufmann III 488 –: 733
Kalif el-Mamûn und der fremde Gelehrte III 204 –: 732
Kalif el-Mamûn und die Pyramiden III 518 –: 732
Kalif el-Mutawakkil und die Sklavin Mahbûba III 339 –: 732
Kalif 'Omar ibn el-Chattâb und der junge Beduine III 512 –: 730
Kamar ez-Zamân II 357 –: 685
Kamar ez-Zamân und seine Geliebte VI 432 –: 712
Katze und Maus VI 10
Kaufmann und Dämon I 32 –: 683
Kaufmann und Diebe VI 95
Kaufmann und die beiden Gauner II 283
Kaufmann und der Papagei IV 265
Kisra Anuscharwân und die junge Bäuerin III 489 –: 730
Knabe und die Diebe VI 88
König Anuscharwân, der gerechte III 706 –: 730
König und Frau seines Wesirs IV 262 –: 719
König und tugendhafte Frau III 539 –: 719
König, Ungerechter, und der Pilgerprinz VI 30
Könige, Zwei VI 49

Lastträger und die drei Damen I 97 –: 703
Lebta, Stadt, III 90 –: 717
Liebe von Abu 'Îsa zu Kurrat el-'Ain III 568 –: 709

Liebenden, Die drei unglücklich, III 556 –: 709
Liebende vom Stamme Taiji III 558 –: 707
Liebende vom Stamme 'Udhra III 433; IV 650 –: 707
Liebende von Medina IV 678 –: 707
Liebende zu Basra IV 667 –: 709
Liebespaar in der Schule III 437 –: 709
Liebhaber, der sich als Dieb ausgab III 164 – : 709
Liebhaber, Irrsinniger III 560 –: 709
List einer Frau wider ihren Gatten III 501 –: 725
Lüstling und dreijähriger Knabe IV 364

Makler, Christlicher I 300 –: 729
Ma'n ibn Zâïda III 87 –: 733
Ma'n ibn Zâïda und der Beduine III 88 –: 733
Mann aus Jemen und seine sechs Sklavinnen III 280 –: 732
Mann, der die goldene Schüssel stahl III 305 –: 734
Mann, der nie mehr im Leben lachte IV 303
Mann und seine Frau VI 92
Marjam, Gürtlerin V 624 –: 704
Ma'rûf, Schuhflicker VI 571 –: 696
Masrûr und Ibn el-Kâribi III 523 –: 731
Masrûr und Zain el-Mawâsif V 557 –: 710

Maus und Wiesel II 268 –: 721
Messingstadt IV 208 –: 717
Mohammed el-Amîn und Dscha'far ibn Mûsa III 497 –: 732
Mohammed ibn Sabâïk, König, und der Kaufmann Hasan V 219 –: 691
Müller und sein Weib III 448 –: 725
Mus'ab ibn ez-Zubair und 'Âïscha bint Talha III 444 –: 710
Muslimischer Held und die Christin III 736 –: 720

Nächtliches Abenteuer des Kalifen VI 240 –: 735
Negersklave, Frommer, III 715 –: 719
Neider und Beneideter I 144
Nilferge und Heiliger III 749 –: 719
Ni'ma ibn er-Rabî' und seine Sklavin Nu'm II 530 –: 686
Nûr ed-Dîn 'Alî und Enîs el-Dschelîs I 406 –: 704
Nûr ed-Dîn und Marjam die Gürtlerin V 624 –: 704
Nûr ed-Dîn und Schems ed-Dîn I 224 –: 703

Oberägypter und sein fränkisches Weib V 758 –: 734
'Omar ibn el-Chattâb und der junge Beduine III 512 : – 730
'Omar ibn en-Nu'mân, König, und seine Söhne Scharkân und Dau el-Makân I 500 –: 697

Pfau und Sperling II 286 –: 721
Pförtnerin I 199
Pilgersmann und alte Frau III 622 –: 734
Prinz und die Geliebte des Dämonen IV 353 –: 667
Prinz und die Ghûla IV 274
Prinz und Kaufmannsfrau IV 313
Prinzessin, Christliche, und der Muslim III 743 –: 720
Prinzessin und Affe III 347 –: 735
Prinzessin von Darjabâr VI 316
Prior, der Muslim wurde III 562 –: 720
Prophet und göttliche Gerechtigkeit III 747 –: 719

Quelle, Verzauberte IV 281

Rabe und Katze II 270 –: 721
Rabe und Schlange VI 24
Raben und Falke VI 34
Rebhuhn und Schildkröten VI 113
Reicher Mann, der verarmte und wieder reich wurde III 337 –: 734
Richter, Jüdischer, und sein frommes Weib III 708 –: 719
Ruch, Vogel III 541 –: 718

Saif el-Mulûk, Prinz, u. Prinzessin Badî'at el-Dschamâl V 228 –: 691
Sakerfalke und Raubvögel II 277
Sandelholzhändler und Spitzbuben IV 357
Sängerin aus Kaschmir IV 297
Säulenstadt Iram III 109 –: 717
Schakale und Wolf VI 99

Schehrijâr und sein Bruder I 19 –: 665
Schehrijâr und Schehrezâd; Schluß VI 644
Scheich, Erster I 35
– Zweiter I 41 –: 683
– Dritter I 46 –: 683
Schelm in Alexandrien und der Wachthauptmann III 309 –: 714
Schiffbrüchiges Weib III 712 –: 719
Schlachthausreiniger und vornehme Dame III 124 –: 734
Schläfer, Erwachter III 454 –: 727
Schlangenbeschwörer VI 38
Schlangenkönigin III 762; IV 7 –: 689
Schmied, der das Feuer anfassen konnte III 727 –: 719
Schneider I 343; Schluß I 402
Schuhflicker Ma'rûf VI 571 –: 696
Schulmeister, der sich auf Hörensagen verliebte III 533 –: 709, 735
Schulmeister, der weder lesen noch schreiben konnte III 537 –: 735
Schulmeister, Törichter III 536 –: 735
Schurke und keusche Frau IV 268
Schwestern, die ihre jüngste Schwester beneideten VI 54 –: 691
Sîdi Nu'mân IV 259 –: 684, 736
Sindbad der Seefahrer IV 97 –: 715
Sindbad und die sieben Wesire; Ende IV 368 –: 722
Sindibâd, König, I 62 –: 721
Sohn des Wesirs und die Frau des Badhalters IV 289
Söhne Jahjas ibn Châlid und Sa'îd ibn Sâlim el-Bâhili III 499 –: 734

Sperling und Adler II 278
Spinne und Wind VI 41
Sprache der Vögel IV 316
Stadt Lebta III 90 –: 717
Stier und Esel I 27 –: 721
Streiche der Dalîla IV 685 –: 714
Streit über die Vorzüge der Geschlechter III 579 –: 710
Strolch und Koch III 456 –: 724

Tâdsch el-Mulûk und die Prinzessin Dunja II 7 –: 708
Taiji, Liebende vom Stamme III 558 –: 707
Tauben, Die beiden IV 333
Tawaddud, Sklavin III 626 –: 725
Tiere und Menschen II 225 –: 721
Törichter Fischer VI 86
Törichter Schulmeister III 536–: 735
Törichter Weber II 285
Treuloser Wesir I 65
Tücke der Weiber oder der König, sein Sohn, seine Odaliske und die sieben Wesire IV 259 –: 722

Ungerechter König und der Pilgerprinz VI 30
Uns el-Wudschûd und el-Ward fil-Akmâm III 385 –: 710
'Utba und Raija IV 616 –: 707

Verse des Abu el-Aswad über seine Sklavin III 446 –: 734
Versteinerter Prinz I 83
Verwalter I 318
Verzauberte Quelle IV 281

Vierzig Räuber II 791 –: 686
Vogel Ruch III 541 –: 718

Wachthauptmann, Erster bis Sechzehnter IV 778 bis 829 –: 714
Wachthauptmann von Alt-Kairo III 316
Wachthauptmann von Bulak III 315
Wachthauptmann von Kairo III 312
Wachthauptmann von Kûs und der Gauner III 319 –: 714
Walker und sein Sohn IV 268
Wardân der Fleischer mit der Frau und dem Bären III 341 –: 735
Wasserträger und die Frau des Goldschmiedes III 492 –: 719
Wasservogel und Schildkröte II 244 –: 721
Weber, Törichter II 285
Weib, Schiffbrüchiges III 712–: 719
Weiberlist III 502 –: 725
Wesir des Königs Junân I 56
Wesir, Treuloser I 65
Wesir von Jemen und sein junger Bruder III 435 –: 710
Wildesel und Schakal VI 27
Wolf und Fuchs II 249 –: 721
Wunderlampe, 'Alâ ed-Dîn und die II 659 –: 686
Wünsche, Drei IV 329

Zain el-Asnâm VI 216 –: 694
Zain el-Mawâsif V 557 –: 710
Zwei Könige VI 49

INHALT DES SECHSTEN BANDES

ENTHALTEND DIE ÜBERSETZUNG VON BAND IV
SEITE 366 BIS SEITE 731 DER CALCUTTAER AUSGABE
VOM JAHRE 1839

DIE GESCHICHTE DES KÖNIGS
DSCHALI'ÂD UND SEINES SOHNES WIRD
CHÂN *Neunhundertste bis Neunhundertunddreißigste Nacht* · 7 – 144
Die Geschichte von der Katze und der Maus . . . . . . 10 – 14
Die Geschichte von dem Frommen und seinem
Butterkrug . . . . 16 – 18
Die Geschichte von den Fischen und dem Krebs . . . . 21 – 23
Die Geschichte von dem Raben und der Schlange . . 24 – 25
Die Geschichte von dem Wildesel und dem Schakal 27 – 28
Die Geschichte von dem ungerechten König und
dem Pilgerprinzen . . . . 30 – 33
Die Geschichte von den Raben und dem Falken . . . . 34 – 36
Die Geschichte von dem Schlangenbeschwörer . . . . . 38 – 39
Die Geschichte von der Spinne und dem Winde . . . 41 – 42
Die Geschichte von den zwei Königen . . . . 49 – 51
Die Geschichte von dem Blinden und dem Krüppel . 52 – 54
Die Geschichte von dem törichten Fischer . . . . 86 – 87
Die Geschichte von dem Knaben und den Dieben . . 88 – 90
Die Geschichte von dem Manne und seiner Frau . . . . 92 – 94
Die Geschichte von dem Kaufmann und den Dieben . 95 – 97
Die Geschichte von den Schakalen und dem Wolf . . 99 – 101
Die Geschichte von dem Hirten und dem Diebe . . 103 – 104
Die Geschichte von dem Rebhuhn und den Schild-
kröten . . . . 113 – 116

DIE GESCHICHTE VON ABU KÎR UND
ABU SÎR *Neunhundertunddreißigste bis Neunhundertundvierzigste Nacht* .... 144 – 185

DIE GESCHICHTE VON 'ABDALLÂH,
DEM LANDBEWOHNER, UND 'ABDALLÂH,
DEM MEERMANN *Neunhundertundvierzigste bis
Neunhundertundsechsundvierzigste Nacht* .... 186 – 215

DIE GESCHICHTE VON ZAIN EL-ASNÂM
Neunhundertundsechsundvierzigste Nacht .... 216 – 240

DIE GESCHICHTE VON DEM NÄCHT-
LICHEN ABENTEUER DES KALIFEN
Neunhundertundsechsundvierzigste Nacht .... 240 – 302

Die Geschichte des blinden Baba Abdullah .... 246 – 256
Die Geschichte von Sîdi Nu'mân .... 259 – 272
Die Geschichte von Chawâdscha Hasan el-Habbâl 274 – 301

DIE GESCHICHTE VON CHUDADÂD UND
SEINEN BRÜDERN *Neunhundertundsechsundvierzigste Nacht* .... 302 – 340

Die Geschichte der Prinzessin von Darjabâr ...... 316 – 325

DIE GESCHICHTE VON 'ALÎ CHAWÂDSCHA
UND DEM KAUFMANNE VON BAGHDAD
Neunhundertundsechsundvierzigste Nacht .... 340 – 353

DIE GESCHICHTE VON HARÛN ER-
RASCHÎD UND ABU HASAN, DEM KAUF-
MANN AUS OMAN *Neunhundertundsechsundvierzigste bis Neunhundertundzweiundfünfzigste Nacht* .... 353 – 378

DIE GESCHICHTE VON IBRAHÎM UND
DSCHAMÎLA *Neunhundertundzweiundfünfzigste bis
Neunhundertundneunundfünfzigste Nacht* .... 379 – 408

DIE GESCHICHTE VON ABU EL-HASAN
AUS CHORASÂN *Neunhundertundneunundfünfzigste bis
Neunhundertunddreiundsechzigste Nacht* .... 408 – 432

DIE GESCHICHTE VON KAMAR EZ-ZAMÂN
UND SEINER GELIEBTEN *Neunhundertunddrei-
undsechzigste bis Neunhundertundachtundsiebzigste Nacht* .. 432 – 508

DIE GESCHICHTE VON 'ABDALLÂH IBN
FÂDIL UND SEINEN BRÜDERN *Neunhundert-
undachtundsiebzigste bis Neunhundertundneunundachtzigste
Nacht* .... 509 – 571

DIE GESCHICHTE VON DEM SCHUH-
FLICKER MA'RÛF *Neunhundertundneunundachtzigste
bis Tausendunderste Nacht* .... 571 – 644

SCHLUSS DER GESCHICHTE VON KÖNIG
SCHEHRIJÂR UND SCHEHREZÂD.......... 644 – 646

ANHANG: ZUR ENTSTEHUNG UND
GESCHICHTE VON TAUSENDUNDEINER
NACHT 647

Die Übertragung aus dem Arabischen .... 649 – 654
Zur Entstehung und Geschichte von Tausendundeiner Nacht................................ 655 – 736
Die einzelnen Erzählungen.................... 682 – 736
  1. Märchen ....,...... 682 – 696
  2. Romane und Novellen .... 696 – 705
    Liebesgeschichten .... 705 – 713

Schelmengeschichten .... 713 – 715
　　Seefahrergeschichten .... 715 – 716
3. Sagen und Legenden .... 716 – 721
4. Lehrhafte Geschichten .... 721 – 727
5. Humoresken .... 727 – 728
6. Anekdoten............................. 729 – 736

BIBLIOGRAPHIE .... 736 – 738

NAMENVERZEICHNIS .... 739 – 764

ALPHABETISCHES VERZEICHNIS
SÄMTLICHER GESCHICHTEN
DER SECHS BÄNDE .... 765 – 772